上博简《诗论》研究

晁福林 著

2013年·北京

图书在版编目(CIP)数据

上博简《诗论》研究/晁福林著.—北京：商务印书馆，2013
ISBN 978-7-100-10197-4

Ⅰ.①上… Ⅱ.①晁… Ⅲ.①竹简文—研究—中国—楚国(？～前223)②古典诗歌—诗歌研究—中国 Ⅳ.①K877.54②I207.22

中国版本图书馆 CIP 数据核字(2013)第 184746 号

所有权利保留。
未经许可，不得以任何方式使用。

上博简《诗论》研究

晁福林 著

商 务 印 书 馆 出 版
(北京王府井大街36号 邮政编码 100710)
商 务 印 书 馆 发 行
北京瑞古冠中印刷厂印刷
ISBN 978-7-100-10197-4

2013年10月第1版　　开本 787×1092　1/16
2013年10月北京第1次印刷　印张 72½
定价：188.00元

目　　录

自　序 …………………………………………………………………… 1

绪　论 …………………………………………………………………… 3
  一　上海博物馆藏战国楚竹书简介 ………………………………… 3
  二　上海博物馆藏战国楚竹书《诗论》简况 ……………………… 8
  三　本书的基本思路 ………………………………………………… 11
  四　《诗论》的"留白简"问题 …………………………………… 12
  五　《诗论》的简序编联 …………………………………………… 14
  六　从《诗经》学史看上博简《诗论》的重要价值 ……………… 21

上编　疏证 ……………………………………………………………… 30
  凡例 …………………………………………………………………… 30
    【第一简】 ………………………………………………………… 31
    【第二简】 ………………………………………………………… 41
    【第三简】 ………………………………………………………… 52
    【第四简】 ………………………………………………………… 58
    【第五简】 ………………………………………………………… 65
    【第六简】 ………………………………………………………… 71
    【第七简】 ………………………………………………………… 80
    【第八简】 ………………………………………………………… 87
    【第九简】 ………………………………………………………… 103

【第十简】…………………………………………………………… 119
　　【第十一简】…………………………………………………………… 139
　　【第十二简】…………………………………………………………… 144
　　【第十三简】…………………………………………………………… 148
　　【第十四简】…………………………………………………………… 152
　　【第十五简】…………………………………………………………… 156
　　【第十六简】…………………………………………………………… 160
　　【第十七简】…………………………………………………………… 166
　　【第十八简】…………………………………………………………… 172
　　【第十九简】…………………………………………………………… 177
　　【第二十简】…………………………………………………………… 181
　　【第二十一简】………………………………………………………… 186
　　【第二十二简】………………………………………………………… 196
　　【第二十三简】………………………………………………………… 201
　　【第二十四简】………………………………………………………… 212
　　【第二十五简】………………………………………………………… 218
　　【第二十六简】………………………………………………………… 226
　　【第二十七简】………………………………………………………… 235
　　【第二十八简】………………………………………………………… 245
　　【第二十九简】………………………………………………………… 252

中编　综合研究…………………………………………………………… 261
　一　《诗论》与孔子思想：《诗论》所见孔子思想的若干特色………… 261
　　（一）尊王思想………………………………………………………… 261
　　（二）民本观念………………………………………………………… 271
　　（三）人性与民性……………………………………………………… 279
　　（四）情爱观念………………………………………………………… 284
　　（五）礼之观念………………………………………………………… 288
　二　上博简《诗论》与《诗经》………………………………………… 295
　　（一）《诗》在周代社会中的作用……………………………………… 295

- (二)"思无邪"与诗之思 302
- (三)关于"断章取义" 322

三 《诗论》如何解诗 326
- (一)《诗论》简内容分类 326
- (二)论《诗》的类别与解题 333
- (三)阐发诗之本意 341
- (四)情、志并重:提升"情"在《诗》中的地位 345
- (五)还原诗的历史时代 348

四 《诗经》的成书和上博简《诗论》的作者与写作时代问题 351
- (一)《诗经》的成书 351
- (二)关于"逸诗"的问题 359
- (三)关于"采诗"的问题 375
- (四)《诗论》与《论语》论诗的比较 380
- (五)《诗论》与《诗序》的关系问题 383
- (六)《诗论》的时代与作者 400

五 从新出战国竹简资料看《诗经》成书的若干问题 406
- (一)西周贵族的诗作与《诗》的古本之滥觞 407
- (二)"献诗"与"采诗":《诗经》古本的出现 416
- (三)春秋时期古本之《诗》的流传与定本的编辑 421
- (四)简短的结论 426

六 上博简《诗论》与《孔丛子·记义》篇对比研究 427
- (一)对比简表 427
- (二)若干分析 431

附录:简本《缁衣》引诗考 438
- (一)竹简《缁衣》引《诗》表 441
- (二)相关考析 446
  - 考析一 简本首章"缁衣"、"巷伯"非篇名说 446
  - 考析二 关于《大雅·文王》"缉熙敬止"的早期文本的推测 452
  - 考析三 《曹风·鸤鸠》"其仪不忒"与《缁衣》"可述而知"释意 454
  - 考析四 简本《缁衣》"共惟王邛"与今本"惟王之邛"的对比考察 455

考析五　简本《缁衣》"仇"字补释 …… 457
考析六　关于简本《缁衣》所引逸诗的考察 …… 461
考析七　关于简本《缁衣》的"民之藥" …… 465
考析八　简本《缁衣》"有共德行，四方顺之"考 …… 468
考析九　《缁衣》"苟有车"章"服之亡斁"考 …… 471
考析十　关于逸诗"吾大夫龏（恭）且俭，靡人不敛"的推测 …… 475
考析十一　今本《缁衣》"君子道人以言"章的一处错讹 …… 476
考析十二　简本《缁衣》"出言有方"考析并论《诗·都人士》首章非逸诗 …… 478
考析十三　从简本《缁衣》"夋"字说到《小雅·车攻》篇的时代问题 …… 485
考析十四　好仁、好贤与朋友：简本《缁衣》"轻绝贫贱"章和《大雅·既醉》篇补释 …… 496
考析十五　《礼记·缁衣》文本的一桩历史公案——早期儒家思想变迁的一个例证 …… 515
考析十六　美丑之辨：孔子思想的一个起点——简本《缁衣》首章补释 …… 529

下编　专题研究 …… 543

一　先秦儒家"诗言志"理论再探讨 …… 543
二　《诗论》"关雎之改"与《诗·关雎》探论 …… 564
三　上博简《诗论》"梂（樛）木之时"释义
　　——兼论《诗·樛木》的若干问题 …… 577
四　《诗论》"《汉广》之智"探论
　　——并论儒家情爱观的若干问题 …… 584
五　《诗论》"《浴（谷）风》，悥"释义
　　——并论先秦儒家婚姻观念的若干问题 …… 596
六　《诗论》"《小旻》多疑"释义 …… 606
七　上博简《诗论》之"雀"与《诗·何人斯》探论 …… 613
八　从王权观念变化看上博简《诗论》作者及时代问题 …… 624
九　《诗论》"讼平德"释义 …… 640
十　上博简《诗论》与《诗经·黄鸟》探论 …… 643
十一　《诗论》"雀（截）服"与《诗·杕杜》篇考析
　　——附论春秋战国时期社会结构松动问题 …… 656

十二	《诗论》"《人之》怨子"考析	
	——附论逸诗的若干问题	667
十三	《诗论》"仲氏"与《诗·仲氏》篇探论	
	——兼论"共和行政"的若干问题	680
十四	《诗论》"以人益"与《诗·菁菁者莪》考论	689
十五	中国古代"养子"现象的起源及其发展	
	——附论上博简《诗论》的相关问题	696
十六	《诗》、《书》互证：上博简《诗论》第9号简的一个启示	721
十七	上博简《诗论》与《诗·绿衣》试论	731
十八	上博简《甘棠》之论与召公奭史事探析	
	——附论《尚书·召诰》的性质问题	739
十九	《诗·燕燕》与儒家慎独思想考析	752
二十	从上博简《诗论》看《诗·齐风·东方未明》的"利词"	763
二十一	谈上博简《诗论》与《诗·郑风·将仲子》的几个问题	773
二十二	上博简《诗论》第17号简与《诗·采葛》篇的若干问题	785
二十三	从上博简《诗论》对于《木瓜》篇的评析看《诗经》编纂问题	793
二十四	从上博简《诗论》第19号简看《诗·黍离》的"溺志"	806
二十五	从上博简《诗论》看《诗经·葛覃》所反映的周代礼俗	814
二十六	从上博简《诗论》第20号简看孔子的"民性"观	826
二十七	从上博简《诗论》第21号简看孔子的情爱观	840
二十八	孔子与《宛丘》	
	——兼论周代巫觋地位的变化与巫女不嫁之俗	853
二十九	孔子何以赞美《齐风·猗嗟》	
	——从上博简《诗论》看春秋前期齐鲁关系的一桩公案	865
三十	孔子与《鸤鸠》	880
三十一	从上博简《诗论》第21—22号简看文王"受命"及	
	孔子天道观问题	901
三十二	从上博简《诗论》第23号简看《鹿鸣》古乐复原问题	923
三十三	试论上博简《诗论》第23号简对《诗·桑柔》的评论	
	——附论"共和行政"的若干问题	943

三十四　孔子何以颂"葛"
　　——试析上博简《诗论》第16、24号简的一个问题 …… 952

三十五　上博简《诗论》与《诗经·兔爰》考论
　　——兼论孔子天命观的一个问题 …… 961

三十六　"时命"与"时中"：孔子天命观的重要命题 …… 972

三十七　诗意礼学：谈上博简《诗论》所载孔子对于
　　《诗·大田》的评析 …… 988

三十八　从上博简《诗论》看孔子的君子观 …… 998

三十九　"浑厚"之境：论上博简《诗论》第25号简对于
　　《诗·小明》篇的评析 …… 1009

四十　诗意外的责任：上博简《诗论》第26号简的启示 …… 1021

四十一　试析上博简《诗论》中的"知言"与"不知言"
　　——附论《诗论》简所反映的孔子语言观 …… 1038

四十二　孔子如何评析论"言"三诗
　　——上博简《诗论》第28号简补释 …… 1046

四十三　《诗经·卷耳》再认识
　　——上博简第29号简的一个启示 …… 1061

四十四　英雄气短：春秋初期社会观念变迁之一例
　　——上博简《诗论》第29号简补释 …… 1079

四十五　试释战国竹简中的"薦"字并论周代的薦祭 …… 1092

四十六　《诗经》学史上的一段公案
　　——兼论消隐在历史记忆中的邶、鄘两国 …… 1116

四十七　说新蔡楚简的"薦"字和薦祭 …… 1125

参考论文目录 …… 1136

参考书目 …… 1146

后记 …… 1151

自　　序

　　时代给予思想先驱者的往往是寂寞和冷落,在社会大变革行将到来之际尤其如此。《诗·卫风·考槃》云"考槃在涧,硕人之宽。独寐寤言,永矢弗谖",正道出了孔子心境之一隅。所以他说:"吾……于《考槃》见遁世之士而不闷也。"[①]孔子自然不是"考槃在涧"的"遁世之士",他所说的"乘桴浮于海"[②],也只不过是一时的愤悱之辞。他对于现实社会的冷静的关注要比一时的义愤强烈得多。孔子师徒当春秋末年,目睹王道式微、霸权迭兴、陪臣执国的社会现实,在世风日下之际,相与陋室,不避困穷而偈偈于列国间传道,孜孜于杏坛讲学,研习六艺,以传承古学而自慰。其精神之专注、其毅力之坚韧,概可想见。孔门师徒正是以这种方式表现了对于社会的另一种关注。

　　上博简《诗论》正是孔子师徒研《诗》之论。它越千年而突现于今,展现于世人面前,实在是我们非常幸运的事。六国古文不仅佶屈聱牙,而且将其隶定亦是非常困难之举。今日能够大致了解《诗论》的内容,应当特别感谢上海博物馆及开辟先路的诸位专家。自上博简《诗论》问世以来,学界前辈和时贤专家,如马承源、李学勤、裘锡圭、李零、季旭昇、廖名春、黄怀信、刘信芳、曹建国、陈桐生等,多有与上博简《诗论》直接相关的皇皇大著问世,或有许多专家发表论文,颖识灼见屡见于学术期刊以及简帛研究网络。他们辟莽创榛,其卓见剀切锗于,足为黄钟之宝以启迪后学。他们为上博简的释读和研究奠定了坚实基础,直可谓蚕丛鱼凫矣。

　　上博简《诗论》的研究涉古文字学、诗经学、历史学、文学等多个学科,能够

[①] 《孔丛子·记义》,见宛委别藏本《孔丛子注》卷一,江苏古籍出版社1988年版。
[②] 《论语·公冶长》。

疏解其文字者自当为通儒大家。愚不揆梼昧，腆在诸家之后学步，有幸在诸家之后，做一些拾遗补缺的工作。研习有年，又幸运地被批准为北京奥运之年的国家社科基金项目，有此项目在肩，不得不加快研习进度。因为工程较大，而愚学力有限，所以不得不申请完成日期稍延。从立项至今已有四年之久，方初步完成。

近年面世的竹简资料，和上博简《诗论》相类并且很有特色的是郭店简及上博简的《缁衣》，此篇文字可以和传世本《礼记·缁衣》篇对读。《缁衣》言辞的特色之一是引《诗》作为权威证据。简本《缁衣》引诗，与上博简《诗论》论诗的时代是相一致的。大体说来，《诗论》论诗，论而不引；而《缁衣》引诗则是引而不论。两者各有章程，对于研《诗》来说，可谓双璧。研究先秦之《诗》的诸多问题，简本《缁衣》与上博简《诗论》有同等重要的价值。愚对于简本《缁衣》亦进行学习和探讨，但仅限于其引诗的范围，并未对简本《缁衣》做全面研究①。为了给研究上博简《诗论》的学者提供参考，所以本书"综合研究"部分附录了愚所作的《简本〈缁衣〉引诗考》。

近年的疾病几乎将我逐出此岸世界，多亏救助，教我又能苟延残喘。虽然朽舆疲驷，但尚有一点老骥之志。通过这些年的学习和探讨，我深深觉悟到自己在诸多学术、知识问题面前的浅薄与渺小。愚虽然私心所向，奢望能步时贤后尘，继诸家未竟之余绪，有所发现而抒一孔之愚见，把相关研究略微向前推进一点，无奈绠短汲深，企盼并未实现。看看多年积攒下来的相关文字，很是羞愧，其间的谬误不知凡几，因愚孤陋寡俦，故难逃附会穿凿之斥，于时贤专家的卓见未能发扬光大，适增陋见芜秽而已。烦请专家听瓦釜之鸣，多多指谬纠误，使我有改正的机会，谨此先致谢忱。

作　者
2012 年 10 月 17 日

---

① 全面研究简本《缁衣》的专著，今所见有虞万里先生所著《上博馆藏楚竹书〈缁衣〉综合研究》（武汉大学出版社 2009 年版）一书，这部著作功力不凡，多有创获。

绪 论

一 上海博物馆藏战国楚竹书简介

上海博物馆藏战国楚竹书竹简共 1200 余支,35000 多字。这批竹简于 1994 年春开始出现在香港的古玩市场上,张光裕教授将消息通告上海博物馆的马承源先生,并提供一百多支简的摹本。张光裕先生曾经赋诗言其惊喜之情,诗中谓:"手泽挹书香,疑是梦中策","江陵文物幽光发,将续流沙坠简书"[①]。马承源先生请张光裕教授设法与卖家周旋,以拖延其售出时间。不久上海博物馆出资购回第一批竹简。此年秋冬之际,香港友人朱昌言等五位先生每位出资 11 万港币,以 55 万港币买下这批竹简,购回第二批竹简计 497 支,捐赠上海博物馆。至此,上海博物馆已有前后两次入藏的战国竹简 1200 余支,竹简文字计 35000 余字。上海博物馆文物保护与考古科学实验室专题研究组运用醇醚法的部分工艺并结合真空冷冻干燥原理,边脱水边加固定型,成功地解决了竹简脱水保护的难题。使这两批竹简色泽自然,简文十分清晰。

翌年,上海博物馆请北京大学李零先生对这两批竹简进行初步分类、释文等整理工作。1997 年全部竹简的脱水、去污等工作完成,遂采用高精度电子数码显微技术进行处理,逐字进行了放大百倍的观察,还发现了某些肉眼看不清楚的文字及原简上所补的小字。启动了这批竹简的简序排列及考

[①] 张光裕:"雪斋惊见上博竹书诗稿",朱渊清、廖名春主编:《上博馆藏战国楚竹书研究续编》,上海书店出版社 2004 年版。

析工作。这批竹简由于都来自一个如酱色条般的胶合泥团,所以排除了混入其他竹简的可能。经中国科学院上海原子核研究所用超灵敏小型回旋加速器质谱仪测出竹简距今时间为2257年(正负误差为65年)。这批竹简最短的22.8厘米,最长的57.2厘米,每简宽度约0.6厘米,厚度0.1—0.14厘米。①

由于竹简内容辞文丰富,数量庞大,所以上海博物馆拟分批陆续出版公布全部数据,并按考析完成的具体情况分批发表。现将上博简第1—8册的出版时间、篇目、释文作者的情况列表如下:

册数	出版时间	篇目及释文作者
第一册	2001年	孔子诗论(马承源) 缁衣(陈佩芬) 性情论(濮茅左)
第二册	2002年	民之父母(濮茅左) 子羔(马承源) 鲁邦大旱(马承源) 从政(甲篇、乙篇)(张光裕) 昔者君老(陈佩芬) 容成氏(李零)
第三册	2003年	周易(濮茅左) 仲弓(李朝远) 亘先(李零) 彭祖(李零)
第四册	2004年	采风曲目(马承源) 逸诗(马承源) 昭王毁室 昭王与龚之脾(陈佩芬) 柬大王泊旱(濮茅左) 内豊(李朝远) 相邦之道(张光裕) 曹沫之陈(李零)

---

① 马承源、朱渊清:"马承源先生谈上博简",朱渊清、廖名春主编:《上博馆藏战国楚竹书研究》,上海书店出版社2002年版,第2页。

续表

第五册	2005年	竞建内之(陈佩芬)
		鲍叔牙与隰朋之谏(陈佩芬)
		季庚子问于孔子(濮茅左)
		姑成家父(李朝远)
		君子为礼(张光裕)
		弟子问(张光裕)
		三德(李零)
		鬼神之明 融师有成氏(曹锦炎)
第六册	2007年	竞公疟(濮矛左)
		孔子见季趄子(濮矛左)
		庄王既成 申公臣灵王(陈佩芬)
		平王问郑寿(陈佩芬)
		平王与王子木(陈佩芬)
		慎子曰恭俭(李朝远)
		用曰(张光裕)
		天子建州(甲本、乙本)(曹锦炎)
第七册	2008年	武王践祚(陈佩芬)
		郑子家丧(甲本、乙本)(陈佩芬)
		君人者何必安哉(甲本、乙本)(濮茅左)
		凡物流形(甲本、乙本)(曹锦炎)
第八册	2011年	子道饿(濮茅左)
		命(陈佩芬)
		李颂(曹锦炎)等

整理分类上博楚简者皆于古文字学、简帛学、历史学等方面有深厚的学术功力，他们进行了开创性的工作，他们的筚路蓝缕，为广大的研究者的进一步研究奠定了坚实的基础。

这些竹简右侧有呈凹状的浅斜契口以固定编绳。可以推测，当时竹简有两道或三道丝质编绳。竹简文字涉及哲学、文学、历史、宗教、军事、教育、政论、音乐、古文字学等多学科内容。由于这些竹简系劫余截归之物，所以其出土时间、地点等情况无法知道。这批竹简的文字系典型的楚系文字，其内容更非作伪者所能造出，并且其年代经由科学测定，再考虑到考古发掘中曾出现过遗址一端正在考古发掘，而另一端却同时盗掘的情况，再联系到这些竹简内容与1993年冬发掘的郭店楚墓竹简相近,所以专家或推测这批竹简可能出自郭店楚简或相距不远的地方。这批竹简的时代被初步定为"楚国迁郢以前贵族墓中的随葬物"①。

《诗论》简的简数,据说早在2000年8月于北京大学赛克勒考古与艺术博物馆展出时,计有31支。前29支简收入《上海博物馆藏战国楚竹书》(一)之中,还有两支简,马承源先生在作《诗论》简的考释释文中加以披露引用。这两支简的文字如下图②:

上列两支简左侧一支系残简,简文作"□不曰生民未之也"(上右图为此段简文

---

① 马承源:《上海博物馆藏战国楚竹书·前言》,上海古籍出版社2001年版。
② 见马承源主编:《上海博物馆藏战国楚竹书》(一),上海古籍出版社2001年版,第129、135页。原系黑白照片图,比较模糊,不若彩版图清楚。

的放大图)。马承源先生将这支简在第7简的考释文字后披露,并且指出此残简之文"此为论《大夏·生民》断文",暂附于第7简之后。上列两支简靠右的一支,简文"者。《少(小)夏(雅)》,亦德之少者也。繇(由)《□祭□》,见又(有)达(去)而䏍(忘)邦(?)者。……"此简文字,尚有近一半的字无法读出,付之阙如,甚为遗憾。简文"䏍"原作"" 形,为上亡下月下心,楷写作䏍,所从的月为羡划。郭店楚简《尊德义》第14简和《语丛》二第16简各有"忘"字[①],与本简的简文䏍字的字形相近,兹将三个字的字形列于下,以便比较:

本简的这个䏍字,只是比郭店简的忘字多出羡划月。所以,愚以为简文这个字可以读为"忘"。这段简文,马承源先生把它列为释《诗》之列,但不属于《诗论》,是可以的。此简释《诗》颇可以与《孔丛子·记义》篇所载相比较,是篇载"孔子读《诗》,及《小雅》喟然而叹",显然是对于《小雅》诸诗的感慨,孔子可能对于《小雅》多有论析,孔门弟子各有所记,《诗论》简以"衰矣少矣"论《小雅》与此简"《少(小)夏(雅)》,亦德之少者也"的说法显属同一思路,马承源先生说它可以作为理解《诗论》简内容的"进一步解释",是有道理的。简文"繇(由)"字下三字,疑为《诗》之篇名,文辞颇类《记义》篇所语"于……见……"的文例。由此一方面,说它是评《诗》之语还是可信的。由于简文漫漶不清,所以只可辨认上端开始的十几个字,余者待考。

这一批千年遗珍入藏上海博物馆,得以面世,震撼了整个学术界。这批竹简不仅有不少完简,可以缀连成篇,使我们得见先秦古籍原貌,就是断简残辞,亦是碎金残珠而弥足珍贵。不少专家为能够亲眼目睹这批连司马迁都没有见过的珍贵资料而感到幸运,为收藏这批古荆遗珍做出重要贡献的古文字学家张光裕先生曾经激动地写下五首诗,表达自己的心情。其第三首题为《荆梦》,内容如下:

[①] 以下引用的郭店简的两个字的字形,转引自张守中等:《郭店楚简文字编》,文物出版社2000年版,第144页。

> 秦火劫余今日事，
> 似随荆梦入吾庐。
> 江陵文物幽光发，
> 将续流沙坠简书。①

嗟乎！荆楚遗珍静观世间风云变幻，幽閟数千百年乃得出现，历劫余而幸存，真乃"天之未丧斯文"也。这批竹简的时间距今两千多年，能够展现在我们面前，它所提供的各种信息，确有"动心魄"之感。曾有专家谈及拜读竹书的感觉，"似乎已经触摸到了古人的手泽，闻到了古墨的馨香"②，欣喜之情溢于言表。荆楚遗珍惊现于当代，是当代学人之幸，然窥其奥，识其意蕴，亦复当代学人之责。从这批竹简开始面世，至今已有十余年，学术界对它的探研，断断弗已，一直都在进行，新知卓见不断涌现，在许多方面补充了中国古代学术史的研究内容。随着时代的发展，相关的研究将会取得越来越多的成果。

二　上海博物馆藏战国楚竹书《诗论》简况

《诗论》与《子羔》、《鲁邦大旱》三篇合为一卷。这一卷的文字书写工整，字距行款基本一致，系同一人所书。此卷的顺序是：《鲁邦大旱》——《子羔》——《诗论》③。这三篇文章内容不一，各自有明确的主题，"系同卷异篇"④。《子羔》篇第5号简背面有"子羔"两字，是为卷题。古书中常有意义上并无密切或直接联系的书篇合为一卷的情况，这可能是由于读书人将篇编连为卷以便于阅读所致。

---

① 张光裕："雪斋惊见上博竹书诗稿"，朱渊清、廖名春主编：《上博馆藏战国楚竹书研究续编》，上海书店出版社2004年版，第584页。
② 刘钊："读《上海博物馆藏战国楚竹书》（一）札记"，朱渊清、廖名春主编：《上博馆藏战国楚竹书研究》，上海书店出版社2002年版，第289页。
③ 也有专家认为这三篇的次序是《孔子诗论》《鲁邦大旱》《子羔》，见林志鹏："战国楚竹书《子羔》篇复原刍议"，朱渊清、廖名春主编：《上博馆藏战国楚竹书研究续编》，上海书店出版社2004年版，第58页。
④ 濮茅左："《孔子诗论》简序解析"，朱渊清、廖名春主编：《上博馆藏战国楚竹书研究》，上海书店出版社2002年版，第11页。

上海博物馆藏战国楚竹书《诗论》原被暂定名为《孔子诗论》①。后来学者们多采用《诗论》命名。《诗论》共有29支简，计1006字。竹简两端皆圆，简上文字匀称秀美，满简者约有54—57字。据李零先生观察，"这批残简，很多都是从编绳断折，特别是从第一道和第三道编绳处断折。凭借编痕，我们可把简文分成四截：第一截，从上面的简端到第一道编绳，约可容八九字；第二截，从第一道编绳到第二道编绳，约可容十八九字；第三截，从第二道编绳到第三道编绳，也约可容十八九字；第四截，从第三道编绳到下面的简端，也约容八九字"②。其中有一部分简（即编号为第2号简到第7号简共六支），被称为"留白简"，其简的第一道编线之上和第三道编线之下留白不书，文字仅在第一道编线与第三道编线之间。一般认为这些简的内容应当与其他满简书写者有别。这类留白简的内容很可能是整个《诗论》的序言，或者是对于某一问题的专门阐述③。《诗论》简的抄手所书文字与上博简《子羔》、《鲁邦大旱》相一致，可以断定为同一书手所书写，并且这些篇章的竹简的简长、竹简的上下两端形制亦相一致，所以三篇文章可能属于同一卷古书，但从内容上看，又难以做出此判断，《子羔》篇记载子羔问孔子"三王之乍（作）"的问题，《鲁邦大旱》的内容也与《诗论》无涉。三篇文章的区别甚为清楚。所以三篇文章以及其他文章的分卷情况，实难一时有肯定的结论。这当是研究上博简的长期任务之一。因为《诗论》紧连在《子羔》篇之后，所以有专家推测它可能是《子羔》篇的一部分。

或有专家提出，篇名应当定为《诗序》、《诗说》、《诗传》等④。此篇简文有"孔子曰"字样，证明有些简文并非孔子自著之文字，但即令如此，也可以断定简文是孔门师徒研诗之辞，并且是以孔子为主导的对于《诗》的研究。这些讨论的简文固然可以称为序、说、传，但名之为"论"，亦不为过，并且很可能较它

---

① 李零先生认为这部分内容应当是这批楚竹书中的《子羔》的一部分。参见李零：《上博楚简校读记》，《中华文史论丛》第68辑，上海古籍出版社2002年版。廖名春先生认为"细加分析，《诗论》简并非全为孔子论《诗》之语"（"上海博物馆藏《战国楚竹书·孔子诗论》研究浅见"，《文艺研究》2002年第2期）。
② 李零："上博楚简校读记"，《中华文史论丛》第68辑，上海古籍出版社2002年版。
③ 廖名春先生指出，第2—7简，简首尾留空"它们当来自一篇孔子的语录，其篇名为何，我们现在还不能确知"（"上博《诗论》简的形制和编连"，载《孔子研究》2002年第2期）。
④ 汉儒对于经、传，有不少解释，如王充谓："圣人作其经，贤者造其传，述作者之意，采圣人之志，故经须伟也。"（《论衡·正说》）传为解经而制作，若孔门弟子《诗》，称为《诗传》似乎是可以的。但上博简《诗论》是孔门师徒相与研讨《诗》的记录，其中有"圣人"语在焉，所以，称为《诗传》则不若称为《诗论》合适。

说为优。今试述如下。论与伦、仑等有意义的关联(《荀子·儒效》"人论",即人伦,是论通伦之例),皆当起源于上古时代的管乐器"龠",竹管以长短而作有秩序的排列,会其意故为"伦",有等差之意。论当指以一人为主而进行的讨论。如《韩非子·孤愤》篇谓:"人主之左右不必智也,人主于人有所智而听之,因与左右论其言,是与愚人论智也。人主之左右不必贤也,人主于人有所贤而礼之,因与左右论其行,是与不肖论贤也。"《荀子·正名》谓"明君临之以埶,道之以道,申之以命,章之以论,禁之以刑",所称的"论"即是人主之意与臣下商谈。战国诸子已经用"论"作为文体之称,《公孙龙子》诸篇皆以"论"为名,其《迹府》篇载公孙龙自谓"龙之所以为名者,乃以白马之论尔",故其篇名即称《白马论》。孔子与弟子论道之语即称《论语》,是以孔子为主进行的论议。《孔丛子》有《刑论》是孔子与仲弓等弟子关于"刑"的论议。《吕氏春秋》有《开春论》、《慎行论》、《贵直论》、《不苟论》、《似顺论》、《士容论》六论,《史记·孟子荀卿列传》谓"慎到著十二论",《荀子》书中有《天论》、《正论》、《礼论》、《乐论》等,《庄子》书有《齐物论》,是皆以"论"为文体之称。《越绝书》谓"经者,论其事,传者,道其意",《论语》为经,其语方为传。上博简《诗论》简文为孔子亲炙,所以其篇名亦可以有"孔子"之称。综合战国时期的这些材料,可以说将上博简这些孔门师徒论议《诗》的简文称之为《诗论》是比较合适的。当然,若称为《孔子诗论》,亦不为过。另外,从文体上看,上博简《诗论》没有训诂字词之语,而是论析诗旨,可证它不走《尔雅》、《毛传》之途,称其为"论",也是合适的。再者,战国秦汉儒者以述事证经之作称为传,如《春秋》有左、公、谷三传,《尚书》有《尚书大传》,《易》有《易传》等,而上博简《诗论》与《韩诗外传》并不相类,从29支简文看,除论《甘棠》一诗提及史事以外,其他皆不述史事,而是从文学的角度讲诗,若此,称其为传,也是不合适的。

全部《诗论》简计29支,且多不连贯,其间缺失尚不知凡几。然而,毕竟是两千多年前之物,对于研究《诗经》与周代社会其价值自不待多说,尽管残缺不全,但吉光片羽仍弥足珍贵,雪泥鸿爪毕竟是遥远古代之真迹。关于《诗》的研究与论说,自战国时代以来,遭秦火之后,汉代尚保存不少。《汉书·艺文志》载:

> 《诗经》二十八卷,鲁、齐、韩三家。《鲁故》二十五卷。《鲁说》二十八卷。《后氏故》二十卷。《齐孙氏故》二十七卷。《齐后氏传》三十九卷。

《齐孙氏传》二十八卷。《齐杂记》十八卷。《韩故》三十六卷。《韩内传》四卷。《韩外传》六卷。《韩说》四十一卷。《毛诗》二十九卷。《毛诗故训传》三十卷。凡《诗》六家,四百一十六卷。

相关古籍代有散佚。后来,汉朝所存有的三家诗只余《韩诗外传》,其他就只有未立学官的《毛诗》。总之,《艺文志》所说的"六家,四百一十六卷",至今已大部散失。先秦诸子书中保存的论《诗》言论只是为数不多的词语,就产生的时代看,上博简《诗论》是我们今天所见到的距离《诗》最近的论诗著作。我们今天能够见到《诗论》这样的系统论《诗》的文字,实在是很幸运的。宋儒程大昌曾谓:"经文之在古简者,亲预圣人授证之数,则其审的可据,岂不愈于或有师承者哉?"[①]他以古简所载的可靠性超出汉儒解经之论,是很有见地的。历代的诗学研究中,学者无不尽力追寻最接近诗本义的记载与研究,由于时代变迁的原因,较早的记载距离诗本义一般来说,应当是比较接近的。清儒钱大昕说:"言有出于古人而未可信者,非古人之不足信也,古人之前尚有古人,前之古人无此言,而后之古人言之,我从其前者而已矣。"[②]我们所见到的上博简《诗论》,对于孔子所编定的《诗》,可以说是迄今为止,最早的研究诗著述,其弥足珍贵的价值也许正在乎此。

三 本书的基本思路

本书的探讨力求在前辈与时贤专家研究的基础上对于《诗论》进行缕析。学界前辈和时贤专家已经对《诗论》的研究奠定了坚实基础。张光裕先生为《诗论》简回归大陆、入藏上博馆做出了重要贡献,李零先生对于上博简进行了初步的分类、释文工作,这项工作可以说为整个上博简的考释奠定了基础。关于《诗论》简,马承源先生筚路蓝缕,将《诗论》编号和进行文字考释,继由许多专家研究《诗论》简的编连顺序,探求其原貌,不少专家不仅对于简文难字和文意进行考释研究,而且还据《诗论》简内容论析孔子的诗歌理论,探讨《诗论》与《毛诗序》的关系。诸家的研究精义多多,本书拟依照体例,选取诸家之说,以

---

① 程大昌:《〈诗论〉序》,《学海类编》第五册。
② 钱大昕:《秦四十郡辨》,《潜研堂文集》卷十六,《钱大昕全集》本,江苏古籍出版社1997年版,第245页。

求能够反映学术界当前研究的水平。只是囿于闻见,若有诸家精义未被称引者,非为不敬,乃是自己孤陋所致,这是我应当道歉的事情。

本书主要内容拟分为绪论及上、中、下三编。

上编是"疏证",拟对于《诗论》全部29支简进行考析并写出今译。为大家探讨方便,考释先依《上海博物馆藏战国楚竹书》第一册的编号为顺序,然后再将重新调整的顺序写出,并说明调整的理由。

中编是"综合研究",对于《诗论》简论诗特点及它与《诗序》的关系等问题,做比较全面的考察。

下编是"专题研究",讨论《诗论》简的作者与时代,探讨《诗论》的性质及其意义。对于"疏证"部分一些待详细考证的问题进行比较全面的探讨。

《诗论》简的考释研究,从它面世开始至今已历时逾十余年之久,许多学术大家做了精深的研究,就是一般的学者也往往能够披沙拣金,卓有发现。关于《诗论》简的研究已经是一部分量不菲的学术研究史。愚学习《诗论》简有年,得见诸家精见,实感荣幸。我虽然尽力搜罗,但仍有一些专家的论著尚未能够拜读,实在是很遗憾的事情。我虽然有意对于相关的学术史进行一些梳理,但此目标的实现尚须今后的努力。

四 《诗论》的"留白简"问题

所谓"留白简"指《诗论》第2—7号简,即马承源先生所划分出的作为"诗序"的第一类简[①]。这六支简的第一道编线之上和第三道编线之下都留白,文字只书写在第一道编线之下和第三道编线之上的位置。这与其他诸简满简写满的情况显然有异[②]。关于"留白简"出现的原因,专家或谓系由原简字迹脱落(或者是被刮削掉)所造成。专家谓,"可能先写后削,是削除文字所造成的,不是这批竹简的原貌,更非先秦楚国简牍形制的常态"[③],也可能与将随葬器

---

① 马承源主编:《上海博物馆藏战国楚竹书》(一),上海古籍出版社2001年版,第121—122页。
② 或有专家认为《诗论》第6号简第一道编绳的上部有残字,所以它不能算是留白简,第1号简上下皆残缺,可能也不是留白简,真正的留白简只有编号为2、3、4、5、7的五枚。
③ 周凤五:"论上博简《孔子诗论》竹简留白问题",朱渊清、廖名春主编:《上博馆藏战国楚竹书研究》,上海书店出版社2002年版,第187页。

物破坏后入葬的习俗有关。可是有专家亲赴上海博物馆目验,认为这些留白之处原先并无写过字的痕迹,上海博物馆的专家亦指出,"我们反复察看了竹简的现状,留白胎面交1.2毫米左右,交代清楚,古论书法有'入木三寸'之说,表明墨入质有深度,《孔子诗论》篇竹简的厚度只1.2毫米左右,无论是自然的或人为的因素,要使两端白简一点不留痕迹,是困难的"①。由此看来因字迹脱落而出现"留白"的解释,恐怕不大靠得住。另有专家解释谓,"竹书抄写者所用的底本已经有残简,他大概知道竹简残缺的大致字数,因此在抄写时预留了空白,一是向读者提醒这部分是残简,二是希望有朝一日找到完本,将缺字补齐"②。这种说法虽然颇有可取之处,无奈尚需证明太多的中间环节,所以只能作为一种具有可能性的推想。或有专家将《诗论》分为满写与留白简两类,两类有不同来源,"满写简应属之于《子羔》篇","留白简""不属于《子羔》篇,当另有来源"③。

根据专家的目验和上海博物馆专家的明指,可以基本上排除"留白简"为字迹脱落或削刮之结果的可能。预留空白的可能性也不大,愚以为"留白简"很可能是《诗论》篇中将着重强调的一段文字有意低格写出的结果。留白简着重强调的是文王之德,与满写简的论诗虽然都是在说明王道及其影响,但毕竟有所区别,编写者将这部分单独以"留白"形式写出的可能性是存在的。留白诸简内容并不连贯,其内容尚有较多缺失。但是它藉阐诗以明理,与《诗论》其他诸简性质相一致,不可将其排除在《诗论》之外④。

---

① 濮茅左:"《孔子诗论》简序解析",朱渊清、廖名春主编:《上博馆藏战国楚竹书研究》,上海书店出版社2002年版,第22页。
② 姜广辉:"古《诗序》留白简的意含暨改换简文排序思路",简帛研究网2002年1月19日。
③ 廖名春:"上博《诗论》简的作者和作年",简帛研究网2002年1月17日。
④ 关于留白简问题彭浩先生曾独辟蹊径,创立新说,认为"先秦两汉时期的古书有分栏抄写的格式,即同一竹简分作上下若干栏,文字各自从右至左抄写。先读上栏,后依次读以下各栏",《诗论》简的阅读次序是"上栏—中栏—下栏",各栏均由右向左。这种抄写方式不同于《诗论》的满写简,应是另一个篇,不应当归入《诗论》之中"("《诗论》留白简与古书的抄写格式",《新出楚简与儒学思想国际学术研讨会论文集》,清华大学思想文化研究所2002年排印本,第120—122页)。按,此说合乎古代抄写格式,颇有新意,但以此办法则很难通读各简,且各简内容基本上可以上下连贯,似不可分裂。留白简的内容是否单独成篇虽然尚待再论定,但将其排除在《诗论》简之外,似不可取。我们可以按照彭先生所提出的这个思路来考虑,即留白简仍属分栏抄写,不是一栏自左至右的通读,而是二、三、四栏作为一体的自左至右的通读。这样理解,是说得通的,是很有价值的卓见。

五 《诗论》的简序编联

上博简《诗论》计29支简,在字形、简长、两端形制上与《子羔》、《鲁邦大旱》两篇是一致的。一般认为这是同卷异篇的结果,如果此卷仅此这三篇的话,那么它的先后次序可能是:《子羔》——《诗论》——《鲁邦大旱》。

《诗论》29支简编联原则一般认为应当考虑到文义与形制两个方面,并且把形制作为第一要素。形制的内容主要是编线及契口的位置、留白简与满写简的区别(此项严格说起来不属于形制问题,但又不属于文义,定为形制比较妥当一些)、简长及简端形状等。

上博简第一册所列《孔子诗论》计29支简[①],马承源先生除编号之外,还将其分为"诗序"(第1—4号简)、"讼"(第5—6号简)、"大夏"(第7号简)、"少夏"(第8—9号简)、"邦风"(第10—29号简)五个部分,分别与《诗经》的序、颂、大雅、小雅、国风分类相对应。其排列顺序与《诗经》传世本的风、雅、颂次序相异。濮茅左先生撰《〈孔子诗论〉简序解析》一文对于这个排列进行了说明和研究[②]。这个排列为相关的研究奠定了基础。专家们在此基础上又有若干调整。

李学勤先生将这29支简分为四组。具体情况是:第一组(10、14、12、13、15、11、16、24、20、27、19、18);第二组(8、9、17、25、26、23、28、29、21、22、6);第三组(7、2、3);第四组(4、5、1)。李先生还指出,按照以上的四组排列,则"《诗论》全篇始于论国风,其次风与小雅,继之大雅与颂,以通说《诗》旨终结,确是有比较严密组织的著作"[③]。

李零先生认为"现在题名为《孔子诗论》的简文,其实是《子羔》篇的一部分",这部分简文"包括五个可供分析的部分"。具体情况是:(一)1、19、20、18,这是"孔子诗论"的第一章;(二)11、16、10、12、13、14、15、24,这是"孔子诗论"部分的第二章;(三)27、29、28、25、26、17,这部分以论国风为主;(四)8、

---

① 此外还有两支残断简,内容与《诗论》相关,一作"少夏亦德之少者也……"一作"不曰生民未之也",马承源先生将其附于第3号简和第7号简后供参考,但因为残断过甚,且与《诗论》不属同一人手笔,所以未能列入《诗论》简。
② 濮茅左:《孔子诗论》简序解析",朱渊清、廖名春主编:《上博馆藏战国楚竹书研究》,上海书店出版社2002年版,第9—50页。
③ 李学勤:"《诗论》简的编联与复原",《中国哲学史》2002年第1期。

9、23、21、22、6 这部分以论小雅为主,兼及其他;(五)4、5、7、2、3,这部分综述风、雅、颂。①

廖名春先生主要按照形制,将《诗论》29支简分为两部分,并对于残简进行了缀合。第一部分包括:1、8、9、10、14、12、13、15、11、16、24、20、19、18、27、29、26、28、17、25、23、21、22。这部分,"皆为简头简尾都写满之间,都属于《子羔》篇"。第二部分包括:4、5、6、7、2、3。这第二部分,"不属《子羔》篇,虽同为孔子论《诗》,但当另有来源"。②

范毓周先生调整简序,分为六章,第一章:4;第二章:5、6;第三章:1、10、11、19、15、16、12、14、13、24、20;第四章:18、27、29、28、26、17、25;第五章:23、9、8、21、22、7;第六章:2、3。③

李锐先生以李学勤先生的排序为基础而有所调整,顺序为,第一章:10、14、12、13、15、11、16、24、20、19、18;第二章:9、21、22;第三章:23、27、25、8、28、29、26、17;第四章:4、5、6、7、2、3、1。④

曹峰先生将第1—7号简作为总论,第8号简以后者作为分论,分论部分调整排序为六段,第一段:10、14、12、13、15、11、16;第二段:24、20、19、18;第三段:8、9、21;第四段:22;第五段:23、27;第六段:26、25、28、29、17。⑤他排列简序,将一简分列于两段者有第16、21、27诸简。这种考虑颇有特色。

姜广辉先生亦在李学勤排序的基础上进行再调整,他以第4号简为首简,以求"符合《诗》以赋、比、兴起句的特点"。他所分的五个部分是:(一)4、5、1、10、14、12、13、15、11、16、24、20、27;(二)23、19、18、17、25、26、28、29、8、9、21、22、6;(三)7、2、3。他认为这三个部分的内容可以分为十章,并且命名为"古《诗序》"⑥。

---

① 李零:《上博楚简校读记》,《中华文史论丛》第68辑,上海古籍出版社2002年版。
② 廖名春:"上海博物馆藏诗论简校释",《中国哲学史》2002年第1期。
③ 范毓周:"上海博物馆藏楚简《诗论》的释文、简序与分章",朱渊清、廖名春主编:《上博馆藏战国楚竹书研究》,上海书店出版社2002年版,第173—186页。
④ 李锐:"《孔子诗论》简序调整刍议",朱渊清、廖名春主编:《上博馆藏战国楚竹书研究》,上海书店出版社2002年版,第192—198页。
⑤ 曹峰:"对《孔子诗论》第八简以后简序的再调整——从语言特色的角度入手",朱渊清、廖名春主编:《上博馆藏战国楚竹书研究》,上海书店出版社2002年版,第199—207页。
⑥ 姜广辉:"关于古《诗序》的编连、释读与定位诸问题研究"(简帛研究网2002年5月24日)—"古《诗序》章次"(简帛研究网2002年1月17日)。

陈斯鹏先生将《诗论》29支简分为八个编联组①，每组所包括的简号具体如下：一，10、14、12、13、15、11、16、24、20、27；二，26、23；三，28、29；四，19、18；五，17、25；六，8、9、21、22、6；七，7、2、3；八，4、5、1。在论证了现编的首简不应当是第1简的基础上，陈先生提出了作为首简的原则，那就是此简必须"提行另写"，意即此简开首的简文一定是文句的开头，而一定不是连接于上简的话。在29支简当中符合这一条件的有三支简，即第8、10、17简。在排除掉第8号和第17号简之后，第10号简应当列为首章。另外，简文排序应当和今本《诗经》的排序编次相一致，至少是差距不会太大。

诸家的研究中提出许多卓见，有些虽然没有解决全部的简序问题，但其所指出的某些简必定前后系连的意见仍然是很有启发的。如李学勤先生以"双重理由"，提出第6号简必定连于第22号简后②，就是很有意义的论断。

为了了解诸家对于各简调整的情况，兹以马承源先生所列为基本顺序，将诸家所论列表如下（有些先生是将《诗论》简分组或分章论说的，为了方便起见，此表亦将其所论按简序排列，与其分组、分章之论有一些距离）：

马承源	李学勤	廖名春	李 零	范毓周	李 锐	曹 峰	姜广辉	陈斯鹏
1	10	1	1	4	10	1	4	10
2	14	8	19	5	14	2	5	14
3	12	9	20	6	12	3	10	12
4	13	10	18	1	13	4	10	13
5	15	14	11	10	15	5	14	15
6	11	12	16	11	11	6	12	11
7	16	13	10	9	16	7	13	16
8	24	15	12	15	24	10	15	24
9	20	11	13	16	20	14	11	20
10	27	16	14	12	19	12	16	27
11	19	24	15	14	18	13	24	26
12	18	20	24	13	9	15	20	23
13	8	19	27	24	21	11	27	28
14	9	18	29	20	22	16	23	29

---
① 陈斯鹏：《简帛文献与文学考论》，中山大学出版社2007年版，第27—32页。
② 李学勤："《诗论》说《宛丘》等七篇释义"，廖名春主编：《新出楚简与儒学思想国际学术研讨会论文集》，清华大学思想文化研究所2002年印本，第1页。

续表

15	17	27	28	18	23	24	19	19
16	25	29	25	27	27	20	18	18
17	26	26	26	29	25	19	17	17
18	23	28	17	28	8	18	25	25
19	28	17	8	26	28	8	26	8
20	29	25	9	17	29	9	28	9
21	21	23	23	25	26	21	29	21
22	22	21	21	23	17	22	8	22
23	6	22	22	9	4	23	9	6
24	7	4	6	8	5	27	21	7
25	2	5	4	21	6	26	22	2
26	3	6	5	22	7	25	6	3
27	4	7	7	7	2	28	7	4
28	5	2	2	2	3	29	2	5
29	1	3	3	3	1	17	3	1

上列表中曹峰先生所排原来分为"总论"和"分论",但尚未见其言两者先后次序,兹姑以总论在前排列。其所说的"总论"部分亦未排序,此姑以简序暂排。从上表可以看出,诸家排列虽然有相同处,但相异处则更多。之所以有这许多不同,愚以为根本原因在于《诗论》简残缺所致。由今存简的情况看,愚以为关于《诗论》简与它篇的关系及简序的一些问题可以提出如下一些认识。

第一,《上海博物馆藏战国楚竹书》第一册的《诗论》与第二册的《子羔》及《鲁邦大旱》三篇文字相同,出自一人手笔。因为在《子羔》篇第5号简背面书写有"子羔"二字,因此,马承源、濮茅左、李零等专家推测这三篇本属于一卷,是很可信的说法。《诗论》首简首句作"行此者其有不王虖(乎)",应当是以讨论"三王"问题为主旨的《子羔》篇的结论性文字,由此可以推测,《诗论》篇当紧接在《子羔》篇之后,《鲁邦大旱》则又在《诗论》之后。此三篇同卷,总的标题是《子羔》。此三篇内容虽然相互间关系不大,但却同属一卷,其原因,可能在于它们都是子羔一系的儒者的传闻记载,因其内容有较密切的关联(或其他原因),故而抄在一起,归于一卷①。第二,《诗论》简的主旨,非必是原先所断定

---

① 子羔一系的儒者不在《韩非子·显学》篇所说的儒家八派之列,今得上博简的这三篇材料可以知道,子羔一系儒者也是有学术传承的儒家流派,"儒分为八"之说,非必就是八派,孔门弟子分化的情况可能比原来所说的要复杂。

的是对于《诗》的讨论,愚以为它的主线可能是通过论《诗》来阐释儒家王权观念。引诗论事,断章取义是春秋战国时人的通例。孔子及其弟子以说《诗》为线索而讲述王权观念和政治理想,是即《诗论》简内容的线索。如此看来,它和讲"三王"问题的《子羔》篇以及讲鲁国御旱之策的《鲁邦大旱》篇合为一卷,其原因亦非仅在于同为子羔一系儒者传闻记载这一项,三篇间可应当是有其内在联系的。这个内在联系就是儒家的王权政治学说,《诗论》简也不应当例外。过去按《诗》的风、雅、颂为序(或者将其颠倒为序)的排列,似乎还有重新考虑的余地在。如果按此思想线索考虑问题,《诗论》简的排序可能会是另外一个样子。或有专家提出简文当中的"孔子曰"应当是"排序最关键的钥匙"[①]。这个说法颇有道理,对于简文的分章应当是很重要的参考,但是简文"孔子曰"多不在简首,这对于以其为标准排序则是不利的。

　　第三,愚以为循以上思路,《诗论》简可能应当分为四个部分,第一部分,总论《诗》与王道,包括2、7、6、4、3、5六支所谓的"留白简"及第1号简;第二部分,分析《诗》中诸篇对于王道的尊崇和对于佞臣的抨击,包括8、9、21、22、24等简;第三部分,分析《诗》中诸篇所表现的王道影响下的民性与民风,包括16、17、10、14、12、13、15、11、20、19、18、23、24、25、26、27、28、29诸简。这些简前后不一定可以系连,中间可能有较多残缺。所以,其先后次序还只能算是大概如此。《诗论》简中现在可以基本上肯定的系连关系,只有8—9号简、16—24号简、27—26号简等不多的几例。说详下文诸简简序的分析部分。

　　《诗论》简有些在内容上有密切联系,语言逻辑亦一致,当为前后系连的简序。例如,第10号简举出《关雎》、《樛木》、《汉广》、《鹊巢》、《甘棠》、《绿衣》、《燕燕》七首诗说明"童(终)而皆贤(贤)于其初"这一道理,第10号简末尾和第11—12号简,则分别论析这七首诗的意义。显然,这3支简语意是连贯的,不应当拆分排列。同样的情况亦见于第21—22号简,两简皆论《宛丘》、《猗嗟》、《鸤鸠》、《文王》等诗,也应当是系连一起排列的。

　　根据简的形制、长度,可以推测每简可能补入的字数,这对于整理和研究《诗论》是有意义的,专家曾列出"《诗论》简形制及缺补字表"说明此一问题[②],

---

[①] 曹峰:《对〈孔子诗论〉第八简以后简序的再调整——从语言特色的角度入手》,朱渊清、廖名春主编:《上博馆藏战国楚竹书研究》,上海书店出版社2002年版,第203页。

[②] 张三夕:"关于上博简《孔子诗论》编联排序的几个问题",《华中师范大学学报》2002年第5期。

很有参考价值。现将此表迻录如下（表中的简宽和简厚数字及契口距离简端和相互距离的长度数字，据濮茅左先生《〈孔子诗论〉简序解析》一文）：

简号	长度(厘米)	残存与留白(厘米)	残存字数	缺补字数
1	22	上下端残，宽0.6，厚为0.11，中契口距上残端17.1	23，合文1	34
2	55.5	上下端完整，上端留白8.7，下端留白8，宽0.6，厚0.11，上契口距上弧端8.7，上下契口间距离19.5，下契口距下弧端8.1	38	
3	51	上下端残，上端留白残4.9，下端留白残7.8，宽0.6，厚0.12，上、中契口距离19.1，中、下契口距离下残端7.8	40，合文1	
4	46.1	上下端残，上下端留白残7.3，残缺，宽0.6，厚0.1，契口距上残端7.3，上、中契口距离19.2，中、下契口距离19.5，下契口距下残端0.1	43，合文1	
5	47.5	上下端留白8.5，下端留白残缺，宽0.6，厚0.12，上契口距上端8.5，上、中契口距离19.3，中、下契口距离19.6	38	
6	49.5	上端残，下端完整，上端留白残缺，下留白8，宽0.6，厚0.12，上契口距上端20.4，下契口距下残端8.7	43，合文1	
7	42	上下端残①，下端残留白5.5，宽0.6，厚0.13，中契口距上残端16.9，下契口距下残端5.5	40，合文1	2
8	52.4	上端完整，下端残，宽0.7，厚0.13，上契口距上端8.8，上、中契口距离19.2，中、下契口距离19.4，下契口距离下残端5	55，合文1	2
9	53.8	上端完整，下端稍残，宽0.6，厚0.12，契口距上端8.7，上、中契口距离19.2，中契口距下残端19.4，下契口距离下残端6.5	57，重文2	2

---

① 濮茅左先生指出，第7号简"下简上端残缺，根据下简中契口至上残端为17厘米，而完整的上契口、中契口的间距是19厘米，那么，文字部分残去2厘米，又根据该简行款，约每厘米书写一字，则可定残两字"("《孔子诗论》简序解析"，朱渊清、廖名春主编：《上博馆藏战国楚竹书研究》，上海书店出版社2002年版，第31页)。

续表

10	46	上端残,下端残,宽 0.6,厚 0.12,契口距上端 8.4,上、中契口距离 19.1,中契口距下残端 18.5	46,重文 1	10
11	38.1	上端残,下端完整,宽 0.6,厚 0.11,中契口距上残端 10.3,中、下契口距离 19.2,下契口距离下端 8.6	38	16
12	18.5	上下端残,宽 0.6,厚 0.13	18,合文 1	38
13	23.7	上下端残,宽 0.6,厚 0.12,上契口距上残端 7.3,上契口距下残端 16.4	24	32
14	24.5	上端完整,下端残,宽 0.6,厚 0.12,上契口距上端 8.7,上契口距下残端 16.8	23	33
15	18.4	上下端残,宽 0.6,厚 0.12,上契口距上残端 0.1,上契口距下残端 18.3	18	37
16	47.8	上端残,下端完整,宽 0.6,厚 0.1,上契口距上残端 7,上、中契口距离 19.2,中、下契口距离 19.4	50,重文 1,合文 1	7
17	24.1	上下端残,宽 0.6,厚 0.12,中契口距上残端 8.5,中契口距下残端 15.6	28	26
18	18.6	上下端残,宽 0.6,厚 0.11,下契口距下残端 0.6	19	36
19	21.6	上下端残,宽 0.6,厚 0.12,上契口距上残端 1.3,上、中契口距离 19.3,中契口距下残端 1	21	35
20	44.3	上下端残,宽 0.6,厚 0.12,上契口距上残端 6.4,上、中契口 19.2,中契口距下残端 18.7	44	19
21	47.6	上端完整,下端残,宽 0.6,厚 0.12,上契口距上端 8.7,上、中契口 19.3,中、下契口距 19.5,下契口距下残端 0.1	49,合文 1	8
22	上段 38.4 下段 9.3	下段下端完整。上段宽 0.6,厚 0.12,上契口距上残端 0.7,上、中契口距 19.3。下段,宽 0.6,厚 0.11,中契口距上残端 0.7,下契口距下残端 8.6	上段 41,下段 10	10

				续表
23	27.7	上端残,下端完整,宽 0.6,厚 0.12,中契口距上残端 0.1,中、下契口距 19.2,中契口距下残端 8.4	27	27
24	53.8	上端略残,下端残,宽 0.6,厚 0.12,上契口距上端 8.6,上、中契口距 19.2,中、下契口距 19.4,下契口距下残端 6.6	53	1
25	20	上下端残,宽 0.6,厚 0.13,中契口距上残端 0.1,中、下契口距 19.5,中契口距下残端 0.4	22,重文 1	35
26	23.4	上下端残,宽 0.6,厚 0.12,上契口距上残端 4,上、中契口距 19.3,中契口距下残端 18.4	22	29
27	43	上下端残,宽 0.6,厚 0.12,上契口距上残端 5.4,中、下契口距 19.2,下契口距下残端 18.4	42,合文 1	15
28	20.3	上下端残,宽 0.6,厚 0.11,中契口距上残端 0.7,中、下契口距 19.2,下契口距下残端 0.4,	16	39
29	18.7	上下端残,宽 0.6,厚 0.12	18	36
		合计字数:	1006	528

六 从《诗经》学史看上博简《诗论》的重要价值

近年来随着以郭店简、上博简、清华简为代表的重要简帛材料的面世,极大地促进了相关的学术研究。不少专家提出了"重写学术史"的问题,这是一个很有学术创新意义的积极的命题。

(一)《诗经》学史的历史发展

我国传统经典几乎每一部都有一个蔚为大观的研究史,这些研究史是我国学术史的重要组成部分。以《诗经》为例,对于它的诠释和研究,代不乏人、名家辈出。对于《诗经》这部书的研究构成了古代诗史研究的大宗。关于《诗经》学史,顾颉刚先生曾经将其分为汉、宋和当代三个时期。指出:"我们可把自汉到今的《诗》学分为三期。第一期是汉,那时只有伦理观念,没有历史观念,所以不承认《诗经》的古代历史上的价值,而只承认它在汉代的伦理上的价值。第二期是宋,那时既有伦理观念,又有历史观念。在历史观念上不肯不指出它在古代社会的真相,而在伦理观念上又不忍不维持孔子在经书上的权威,结果弄得圣道与非圣道纠缠不清,没法'一以贯之'。第三期是现在,我们把历史观念和伦理观念分开了。"①。这个分析高瞻远瞩,很有见地。它指出了几个主要时代颂读和研究《诗经》的旨趣所在,汉代是从伦理道德的角度来看待和研究《诗经》的,并不重视研究《诗经》的历史价值。宋儒把这两项兼顾了,而现在又把它分开。顾颉刚先生所缕析的这个脉络很有启发意义,由于他没有见到过现今我们所见到的这些简帛资料,所以他把汉以前的诗学置而不论,这是颇为矜慎的态度。中国古代学术传统以教化为首位,而以求真求是的实证为其辅。顾先生所讲的古代诗学,实际上也是这个路数。

以顾先生的这个眼光来看古代《诗经》学史,可以说,历来《诗》学的研究大体分为两途,一是对于《诗》的早期文本的探索以及成书年代的考究;二是以某一时代的学术眼光来评析《诗》的学术内涵及意义(顾颉刚先生所说的伦理与历史者应当就是这一类的内容)。对于《诗经》学来说,这个方面还包括了《诗经》文本(即诗三百篇)的诠释注疏,我国古代这方面的成就也非常巨大,是我国传统文化中一份厚重的结晶。

在《诗经》学史上进行的"求真"研究。历来都十分重视《诗经》的早期文本面貌,这主要依靠考古材料来提供。关于《诗经》文本资料的历代面世情况,胡道静先生曾经有过一个精彩的概述。他说:

> 葩经正丽,亘古诗宗。两千数百载来,传注万千,孕育亿兆,而古本难觏,真貌但堪意象。版刻以前,传世者唯开成石经暨孟蜀《毛诗》残字拓本二卷,早不过晚唐已。清季鸣沙山莫高窟密室启开,始得六朝写本及唐写本《毛诗故训传》。唐写本《毛诗正义》等残卷,已称瑰宝,视同珍薮。顾地

---

① 顾颉刚《重刻〈诗疑〉序》。《古史辨》第三册,第 41—411 页,上海古籍出版社 1982 年版。按,关于《诗》的教化作用,清姚际恒谓:"诸经之《诗》之为教独大,……其中于人心,流为风俗,与天地而无穷,未有若斯之甚者也。夫子之独重于《诗》,岂无故哉!"(《诗经通论》,中华书局 1958 年版,第 7 页)。清儒章学诚曾从传颂的角度来谈《诗》的教化作用,说:"夫子曰:'不学《诗》,无以言。'古无私门之著述,未尝无达意之言语也。惟托子声音,而不著于文字,故秦人禁《诗》、《书》、《书》阙有间,而《诗》篇无有散失也。后世竹帛之功,胜于口耳;而古人声音之传,胜于文字;则古今时异,而理势亦殊也。"(《文史通义》卷一)清儒所言之"诗教",即顾颉刚先生所说的伦理观念与价值。

不爱宝,天之不丧斯文,1977年8月,皖北阜阳城郊双古堆进行考古发掘,一号汉墓得竹简文籍无数。《苍颉篇》《周易》《刑德》外,《诗经》一百七十余片赫然在焉。①

阜阳汉简《诗经》让我们看到了汉代《诗》的不同于齐、鲁、韩三家诗,也不同于毛诗的一种古抄本,专家通过这个本子的研究基本上解决了《诗》传抄的一些问题,例如《风》诗中《邶》、《鄘》、《卫》是否分立的问题,证明"西汉初年的《诗经》——非《毛诗》系统的《诗经》里,也是将《邶》、《鄘》、《卫》三国分立的"②。另外,它与今传本《诗经》进行对比,可以看到相当数量的异文,这对于研究《诗经》文本的源流也是非常有用的资料。

《诗》学研究以时代为序来观察,可以说汉、宋、清是三个高峰时期。汉代是诗学研究的奠基期。在汉代官府复兴文化的政策下,《诗》的文本得以整理和流传,研诗成为学术风气之荦荦大端。汉代诗学虽纷纷然学派林立,但却趋向于今古文融通、诗礼结合,最后,以毛传和郑笺对于《诗经》的释解来融通各家各派,成为汉代诗学的大宗。宋代诗学一反汉儒以诠释章句为主的诗学研究方法,开启了以义理思辨为主的研究之途,实有思想解放的意义在焉。清代的诗学研究集今古文经学的大成,在训诂、义理等方面皆有突出成就,乾嘉诸老于此尤为卓越。近现代以来在新思想的指导下,《诗经》研究进入一个崭新的阶段。对于《诗经》学术史,专家做过很好的总结工作和不少细密的研究,如,夏传才先生把历代研究划分为先秦时期、汉学时期、宋学时期、新汉学时期、"五四"及以后时期这样五个阶段③,洪堪侯先生则以学派消长为标准分为先秦诗学、诗经汉学、诗经宋学、诗经清学和现代诗学等五个阶段④。戴维先生则划分得更细密,分述从先秦到清代各个历史时期的《诗》学研究情况⑤。此外如朱东润《诗三百篇探故》(云南人民出版社2007年版)、陈子展《诗三百

---

① 胡道静《阜阳汉简〈诗经〉研究序》,见胡平生、韩自强著《阜阳汉简诗经研究》,上海古籍出版社1988年版,第1页。
② 胡平生、韩自强《阜阳汉简诗经研究》第34页,上海古籍出版社,1988年。
③ 夏传才:《〈诗经〉研究史概要》,中州书画出版社1982年版,第1—5页。
④ 洪堪侯:《诗经学史》,中华书局2002年版,第3页。
⑤ 见戴维著:《诗经研究史》,湖南教育出版社2001年版。

篇解题》(复旦大学出版社 2000 年版)、陈戍国《诗经刍议》(岳麓书社 1997 年版)等也都是研究《诗经》学术史的名著。

(二)上博简《诗论》开启了《诗经》学研究的新阶段

近年面世的简帛资料,特别是上博简《诗论》的材料,在很大程度上可补先秦《诗》学之阙,揭示出湮没已久的战国时代的儒家诗学面貌。过去谈论战国《诗》学,多从战国诸子书中找寻材料。这些材料虽如遗珠之珍贵,但毕竟不够系统,并且难以深入了解孔子论《诗》的真谛。上博简《诗论》不仅对于探寻先秦古本《诗》的面貌有重要作用,而且可以窥见孔门诗徒论诗、研诗的情况。这是前所未见的非常宝贵的资料。关于这批资料的重要学术史意义,愚以为暂可举以下两例进行说明。

其一,关于《诗经》编纂的目的与宗旨的阐明。

从春秋时人引诗的情况看,《诗》的流传已经经历了一个很长的时段,大约从西周初期开始,周王朝史官就不断地搜集整理,乐官为之合乐演唱,以适应各种典礼的需要,这些诗歌可能在西周中期被编辑成册向各诸侯国颁发,流行于天下,所以春秋时期各国贵族才能对于《诗》耳熟能详,牢记于胸,娴熟地在各种场合赋诗言志,成为贵族典雅品格的一个标识,没有很长时间的流传和普及这是不可能做到的。专家指出,《诗》所涉及的"时代如此之长,地域如此之广,作者如此复杂,显然是经过有目的搜集整理才成书的"[1]。这是很正确的说法。

接下来的一个问题便是,进行这样长期的搜集整理工作而编定《诗》的目的是什么呢?亦即《诗》是按什么宗旨来编定的呢?古代学者常讲诗之作的原因及目的。如,汉代经学大师郑玄对比商周两代诗作情况,谓《诗》乃是"论功颂德"和"刺过讥失"之作[2],将作《诗》纳入汉儒的"美刺说"范畴。《诗序》则谓"诗者,志之所之,在心为志,发言为诗","上以风化下,下以风刺上"[3],认为《诗》之作乃是表达"志"以及君主治国的需要。司马迁说:"诗三百篇,大抵圣贤发愤之所为作也"[4]。唐儒孔颖达说是"作之者所以畅怀舒愤"[5],《诗》乃是

---

[1] 聂石樵、李炳海主编:《中国文学史》第一卷,高等教育出版社 2005 年版,第 64 页。
[2] 见郑玄:《诗谱序》,李学勤主编《十三经注疏·毛诗正义》,北京大学出版社 1999 年版,第 6 页。
[3] 李学勤主编:《十三经注疏·毛诗正义》,北京大学出版社 1999 年版,第 6—13 页。
[4] 《史记·太史公自序》。
[5] 孔颖达《毛诗正义序》,李学勤主编《十三经注疏·毛诗正义》,北京大学出版社 1999 年版,第 3 页。

舒发愤郁之作。后来，宋儒朱熹说："或有问于予曰：诗何为而作也？予应之曰：人生而静，天之性也，感于物而动，性之欲。夫既有欲矣，则不能无思；既有思矣，则不能无言；既有言矣，则言之所不能尽而发于咨嗟咏叹之余者，必有自然之音响节族（音奏）而不能已焉，此诗之所以作也。"除了强调诗为人之情欲的表达之外，朱熹还指出《诗》的教化作用，"用之乡人，用之邦国，以化天下"①。总之，前人所论可以概括为两点，即诗之作是为抒发情志郁闷，《诗》之作是为行王道而化天下②。这些，当然都是正确的说法。

然而，关于《诗》之宗旨则罕有论及者。今得见上博简《诗论》，我们可以知道，孔子对于此一问题早有所言，简文记载孔子的说法是：

> 寺（诗）也，文王受命矣。讼坪（平），德也，多言后。其乐安而迟，其诃（歌）绅（埙）而麎，其思深而远，至矣！大夏（雅）盛德也。多言（以上第2简）怀尔明德害（曷）？城（诚）胃（谓）之也。又（有）命自天，命此文王，城（诚）命之也，信矣！孔子曰：此命也夫。文王隹（唯）谷（裕）也，得摩（乎）？此命也。（以上第7简）③

《诗》之宗旨，在于讲"文王受命"。此即这段简文首句"寺（诗）也，文王受命矣"的意蕴。为什么孔子要这样讲呢？原来，"文王受命"这是周王朝立国的根本、存在的依据，是周王朝统治天下的合法性与正当性的终极道理之所在。周王朝采诗编《诗》的目的就是通过诗三百篇来体现和宣传这一道理。孔子有比较深厚的尊王思想，上博简《诗论》和传世文献记载一样，对此亦有较集中的反映。在孔子看来，周文王接受天命，后世周王则继承先王所传下来的天命，所以周天子才是值得尊敬的、应当服从的。上博简《诗论》这段简文及多支简中所讲"天命"的言论，为我们认识《诗》之宗旨提供了非常重要的资料。这在《诗

---

① 朱熹《诗集传·序》，上海古籍出版社1958年版，第3页。
② 孟子说："王者之迹熄而诗亡，诗亡然后春秋作"。此说高瞻远瞩，放眼《诗》之兴亡，揭示了《诗》之兴亡的深刻的时代背景与社会深层原因。宋儒欧阳修说："王道废，诗不作焉。秦汉而后何其灭然也？王通谓'诸侯不贡诗，天子不采风，乐官不达雅，国史不明变'，非民之不作也。诗出于民之情性，情性其能无哉，职诗者之罪也。通之言其几于圣人之心矣。"按，欧阳修所引王通之语，见王通及门徒所编《文中子中说·问易》。
③ 马承源主编《上海博物馆藏战国楚竹书》（一），上海古籍出版社2001年版，第127—135页。

经》学史上有着较为重要的意义。

我们明白了《诗经》的总体宗旨在于阐扬"文王受命",证明周王朝的正当性与合法性,那么,《诗经》学史上的一些问题似乎就容易解释清楚了。例如,关于《诗》的"四始"的问题,即风、小雅、大雅、颂四类诗的首篇何以为首的问题。清儒魏源说是演奏音乐的需要所致,"古乐章皆一诗为一终,而奏必三终",所以便以成型而连贯的三首诗为每部分的开始,是为"礼乐之纲纪"①。专家指出,魏源的此项解释,"确有可取之处",但是,"'四始'指的是《诗经》四类诗的排列顺序,三篇连奏是指诗乐,两者不可混为一谈"②。从汉儒的理念看,"四始"确实概括了当时儒家理论"重视婚姻伦理、养贤、尚德、崇孝这四大主题"③。专家的这个认识是相当深刻而有据的。在上博简《诗论》面世以后,专家的相关认识又前进了一步,指出"《关雎》、《鹿鸣》、《文王》、《清庙》这四首诗讨论的主要是夫妇、父子、君臣、天人四种关系",把这四首诗作为《诗经》的"四始","与孔子的礼学思想有着密切关系"④。把贯彻孔子的礼学思想作为安排"四始"的原因,是很有启发性的很可宝贵的认识。愚以为在这个认识的基础上不妨提出一种新的认识,那就是周王朝史官编定《诗》的古本的时候,是依照阐述和宣扬"文王受命"这一周王朝立国之本来安排"四始"的,上博简《诗论》的简文表明,孔门师徒正是循这个理念来解释这四首诗的。

第二,关于《诗经》的文本问题。

由于司马迁说过"古者《诗》三千余篇,及至孔子,云其重"⑤的话,所以关于孔子是否删诗就成为《诗经》学史上的一大公案⑥。在各种释解中,清儒朱彝尊所提出的孔子未删《诗》的理由颇能服人,他说:"诗者,掌之王朝,班之侯服,小学大学之所讽诵。冬夏之所教。莫之有异。故盟会、聘问、燕享,列国之大夫赋诗见志,不尽操其土风。使孔子以一人之见,取而删之,王朝列国之臣,其孰信而从之者?……衰周之际,礼不期于坏而坏,乐不期于崩而崩,孔子方

---

① 魏源:《诗古微·四始义例》,《魏源全集》第一册,岳麓书社 2004 年版,第 175 页。
② 陈桐生:《史记与诗经》,人民文学出版社 2000 年版,第 97—98 页。
③ 陈桐生:《史记与诗经》,人民文学出版社 2000 年版,第 116 页。
④ 李锐:《"四始"新证》,《孔子研究》2004 年第 2 期。
⑤ 《史记·孔子世家》。
⑥ 夏传才:《〈诗经〉难题与公案研究的新进展》,《淮阳师范学院学报》1999 年第 5 期。

忧其放失求之不暇,而岂其删之以自取不众之罪哉?"①在漫长世代的流传过程中,《诗经》的章节容或有错简,字句或者有讹误,然整篇之诗作被孔子删掉者,则实未见。上博简《诗论》是孔门师徒论诗的记录,其论诗的情况为我们考虑孔子是否删诗的问题,提供了一个窗口。

据我的考析和统计,上博简《诗论》总共评析的诗篇数为 63 篇,其中有 56 篇见于今本《诗经》,有 3 篇可以肯定见于今本,只是不知系于何篇。另有 4 篇存疑者,也不能否定其见于今本的可能性。我们可以总结说,上博简《诗论》所评之诗绝大部分(或者全部)都见于今本《诗经》,属于逸诗者尚未见到。上博简《诗论》的这种情况,让我们知道在孔子之后的时代,《诗》基本上未散佚,这是我们应当感到庆幸的事情。如果孔子确曾删诗,那么他和弟子讨论的诗作中当会有这样的诗作出现,甚至会有关于删掉某诗的原因的解释词语,但《诗论》丝毫没有这样的词语。孔子授徒的一个直接目的是为"从政"做准备。春秋时期在各种典礼上贵族赋诗言志,成为时尚风气。其所赋之诗必然是流行于各诸侯国的大家都知道的诗作,这种诗作最大可能是周王朝所颁发给各诸侯国的《诗》,而不可能是孔子所编选的《诗》,如果真有孔子新编的《诗》,也无力在各诸侯国中广泛传播,即令传出去,也会如朱彝尊所言"其孰信而从之者"。在尊王理念之下,孔子不会背离王朝家法,而另立一套的。既然,孔门师徒所论之诗皆在《诗》中,这就为孔子未曾删诗之说提供了一个比较重要的旁证。

除了以上两个方面的例子以外,上博简《诗论》还向人们展示了孔门师徒研诗的理念与方法。例如首简谓"孔子曰:'诗亡(无)隱(隐)志,乐亡(无)隱(隐)情,叟(文)亡(无)隱(隐)言'"明确地揭示了孔子关于诗与志、乐与情、文与言这几对关系的论断。这是前所未见的重要材料,可以说是研《诗》的指路灯。再如,《诗论》简中多次提到孔子语所谓的"民性"问题,说明孔子已经将其人性论的观念用于研《诗》。再如,综论《风》、《小雅》、《大雅》及《颂》这四类诗的诗旨,对于《诗》中的爱情诗的看法,对于揭露巧言僭语的诗作的看法等,皆为前所未见,富有理论创新意义,颇能激发人们关于先秦《诗》学的探讨兴趣。

(三)《诗经》学史与考镜源流

辨章学术,考镜源流,是清儒章学诚论目录学时所讲的话,他说:"自郑樵

---

① 朱彝尊:《诗论》一,《曝书亭集》卷五十九,世界书局 1937 年版,第 688—689 页。

氏兴,始为辨章学术,考竟(镜)源流。"①由于这句话揭示了学术研究的一般规律,所以很为人们所重视。《诗经》学的研究历来都是十分重视这一规律的。汉儒的毛传和郑笺,实际上是那个时代《诗经》学的一个总结。毛传虽然大胆提出自己的看法,如独标"兴"体之类,但于训诂释解却依先秦旧说而言之有据,不事凿空之论。郑笺释诗,"删取众家,归于至当"②,可见郑笺和毛传一样也很讲究学术渊源的。唐儒孔颖达作《毛诗正义》,总结了六朝经学家的成果,专家说孔颖达之作"融贯群言,包罗古义,远明姬汉,下被宋清"③,是很正确的。汉宋的《诗经》学,总体说来注重考镜源流,注意吸收借鉴前人研究成果,因此在学术上能有较大的发展,相反,明代《诗》则多随心所欲,是那个时代学风空疏浮泛的表现,直到清前期汉宋兼采的《诗经》学发展的时候,才扭转了学术进程的颓势。

古代《诗经》学史的历程表明,学术的发展必须继承与发展并重。近年多为人们关注的"重写学术史",愚以为这应当是在继承学术传统基础上进行的补苴与修正的工作,如果说这是"重写"的话,那么学术史在每个时期都是在不断地被"重写"着的。那种推倒一切传统、另起炉灶式的"重写",是不可取的,也是不可能的。所谓"重写"只能是补苴和修正,缺者补之,错者改之,都是在传统基础上进行的工作。新的材料的出现,往往会促进这样的"重写"工作,这是因为新材料对于旧的学术史来说多有补苴与修正的学术价值。学术史和一般意义上的各种"史"一样,也只是一个客观存在。学问家通过各种努力来接近它,展现它的面貌(这个展现只能是近似的),随着时代的变迁,人们认识水平的提高,也会对于学术史的情况及价值、意义等问题有新的醒悟、新的认识,但这都不足以完全颠覆此前对它的认识、分析和研究。所以,重写的学术史只能是"接着说",而不会是完全的新说。当然,重写的学术史也不会是陈陈相因的"太仓之粟",必定要有补苴和修正的新内容、新认识。可是,"粟"虽然有新的,但"仓"却还是老的。犹如旧瓶装新酒一样,"重写"的内容还是要装在"学术史"这个瓶子里面。完全打破学术史这个瓶子的崭新的"学术史",至今尚未见到。就拿简帛资料来说,上博简《诗论》的面世固然为《诗经》学史增添了新

---

① 章学诚《文史通义·附校雠通义》,上海书店 1988 年版,第 74 页。
② 黄焯:《毛诗郑笺平议》,上海古籍出版社 1985 年版,第 4 页。
③ 黄焯:《诗疏平议》,上海古籍出版社 1985 年版,第 1 页。

的重要内容，可以填补相关研究的个别空白，但它并没有颠覆传统的《诗经》学研究。相反，关于《诗论》研究的情况表明，传统的《诗经》学研究还是不可或缺的认识《诗论》这批新资料的基础。

追溯《诗经》研究之源，过去多从汉儒今古文经学说起，实际上汉代的《诗经》学只是流而不是源。上博简《诗论》的材料告诉我们，孔子师徒的论诗、评诗才是真正的《诗经》研究之"源"，以前多以为先秦时期虽然习见赋《诗》言志，但那只是用《诗》，而不是研《诗》，所以先秦时期没有真正的《诗经》学研究，而只有《诗》的实用。从上博简《诗论》中我们可以看到孔门师徒不仅研讨了《诗》的宗旨、《诗》的分类、风雅颂的各自特色等问题，而且对于多篇诗作进行了画龙点睛式的点评。上博简《诗论》既站在《诗》外论诗，也深入到《诗》内研诗。就目前的材料来说，孔门师徒的研究，可以说是《诗经》学史的真正源头。当然，从宽泛的意义上看，在孔子之前，编定《诗》的古本的时候，研诗就应当开始了，周王朝的史官们也可能有相当的认识和研究寓于《诗》的编定工作之内，例如《诗》的选择标准、"四始"的确定、三百篇次序的排列等，都是在他们的观念指导下完成的。然而，周王朝史官们的这些观念和认识只能说是《诗经》学研究的滥觞而已，可以作为《诗经》学史上首部成果的应当就是我们今天所看到的上博简《诗论》。认识学术史和认识一般的事物一样，把"源"弄清了，后面的"流"也就比较容易理解了。上博简《诗论》对于《诗经》学史的最大价值就在于它提供了《诗经》学史的源头阶段的珍贵资料。

新材料带来新的研究课题，促进新学问的涌现。对于《诗经》学史而言，近年面世的以上博简《诗论》为代表的简帛资料，不仅大大地促进了对于诗三百篇的研究，而且促进了《诗经》学史的研究。近年关于上博简《诗论》研究的专著和论文的数量已经相当可观，专门以《诗论》为主的专著就有刘信芳先生的《孔子诗论述学》（安徽大学出版社2003年版）、黄怀信先生的《上海博物馆藏战国楚竹书〈诗论〉解义》（社会科学文献出版社2004年版）、陈桐生先生的《〈孔子诗论〉研究》（中华书局2004年版）等多种，再加上数以千百篇计的论文，确是蔚为大观的学术成果。在上博简研究的带动下，近些年其他关于《诗经》的研究成果也大量涌现。要之，如果说上博简《诗论》补充了《诗经》学史的源头的话，那么，上博简《诗论》面世以后的这十几年的研究成果就正是一部《诗经》学史的尾，这个首尾对于"重写学术史"而言，都是很有意义的。

上编　疏证

凡　　例

第一,本书所录上博简简序,一遵《上海博物馆藏战国楚竹书》(一)一书中马承源先生的排序,诸家的相关卓见,另作说明,但不改动原简序。

第二,本书为便于研讨,将各简图版亦附于各简的疏证部分之前,图版亦采自马承源先生主编的《上海博物馆藏战国楚竹书》(一)一书。

第三,本书所录简文文字,诸家一致认定者,径以今字写出,如"肰"写作"然"、"丌"写作"其"、"㠯"写作"以"、"虗"写作"吾"、"㠯"写作尸等。

第四,本书所录简文,在[ ]号中者,为据上下文意,参照诸家之说所拟补的文字。

【第一简】

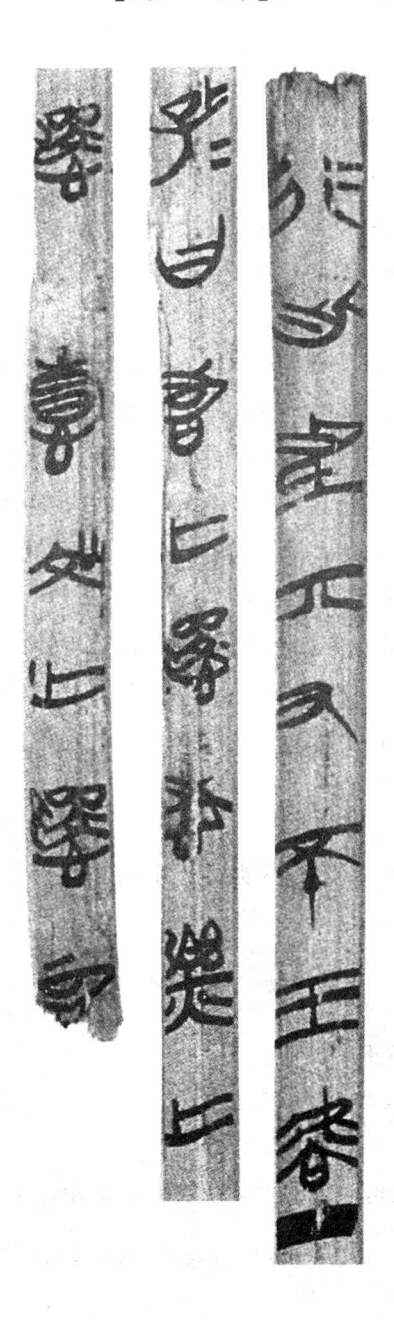

……行此者其有不王虖（乎）？⁽⁻⁾。孔子曰："诗亡（无）隐（隐）志⁽⁼⁾，乐亡（无）隐（隐）情，旻（文）亡（无）隐（隐）言⁽⁼⁼⁾。"

〖简序〗

诸家多依马承源先生说，将此简列为首简，这样比较有说服力。此简上部文字"行此者其有不王虖（乎）"，非《诗论》文句，简文"虖（乎）"字下有墨钉，应当是分篇符号，这句简文很可能是属于另外一篇者（据推测是上博二《子羔》篇）。《诗论》文句从此简的"孔子曰"开始。若将此简不列为首简，则无法处理"行此者其有不王虖（乎）"一句简文。除了多数专家列此简为首简以外，还有专家列此简为第 4 号简或第 10 号简者，但不若列为首简较有说服力。李学勤、李锐先生将其排列为《诗论》最后一简。李学勤先生将其列在第 5 号简之后，董莲池先生从之①。姜广辉先生列为第 3 号简。愚以为此处简序的排列关键在于对留白简性质的认识，此问题若不解决，任何排列方案可能都不会令人满意。此简当与《子羔》篇关系密切，或者其首句就属于《子羔》篇。李锐先生后来提出新的看法，认为留白简并非原有文字而后来才被削去，而是原本没有字，所以留白简应当是单独成章的一个单位。而第 1 号简（即本简）应当在第 6—7 号简之间②。此说亦甚有理致，足可供参考，可是尚不足以否定以本简为首简的说法。

〖意译〗

……做到这些的人难道还不能够称王吗？孔子说："诗不必拘泥于志，乐不必拘泥于情，行文不必拘泥于口头语言。"

〖考析〗

（一）行此者其有不王虖（乎）？

此语与后面的简文内容没有直接关系，很可能是某一篇文字的结尾一句。

---

① 董莲池："上海博物馆藏〈战国楚竹书一·孔子诗论〉解诂"（一），《古籍整理研究学刊》2002 年第 2 期。

② 李锐："试论上博简《子羔》诸章的分合"，见朱渊清、廖名春主编：《上博馆藏战国楚竹书研究续编》，上海书店出版社 2004 年版，第 92—94 页。

此句后面有墨钉,可以为证。下面的"孔子曰"才真正是《诗论》的开始。上博简《子羔》篇的主要内容是孔子对于子羔所问"三王者之乍(作)"的回答①。"行此者其有不王虞(乎)"可能是孔子答子羔的言辞之结语,应当是属于《子羔》篇的内容。《上海博物馆藏战国楚竹书》(二)载《子羔》篇第9号简谓:"子羔昏(问)于孔子曰:厽(三)王者之乍也,皆人子也,而其父戈(贱)而不足偁(称)也与(欤)? 殹亦城(成)天子也与(欤)?",以下第9—13号简的内容是孔子对于三王之兴的具体情况的说明,第13号简谓:"子羔曰:然则厽(三)王者孰为……?"②此句应当是一句问话,系关于三王异同比较的问题。依照逻辑,下面应当还有三位古帝王何以为王的问题的详细论析,本简"行此者岂有不王虞(乎)"应当是相关论析的结语。惜《子羔》篇的这些内容缺失,不知孔子关于这方面问题回答的具体所云。对比《子羔》篇与《诗论》篇的竹简形制、字形的情况,可以肯定系出同一人手笔,更可证本句当属于《子羔》篇。在简文"虞(乎)"字之后,有墨节,应当表示着此处为《子羔》篇的结束③。儒家推崇"三代之王",《韩诗外传》卷五云:"三代之王也,必先其令名。《诗》曰:'明明天子,令闻不已。矢其文德,洽此四国。'此太王之德也。"④这个论述与《子羔》篇所讲"三王",有一定的联系。

(二)孔子曰:"诗亡(无)隐(隐)志。"

简文"孔子"系合文,字形作"𠃓",或有读为"卜子"或"子上"者,或有谓指卜商者,似皆不确。马承源先生举上海博物馆藏战国楚竹书的《子羔》篇和《鲁

---

① 马承源先生说:"《子羔》篇所载的内容是孔子对于其弟子子羔提出的'三王者之作'诸问题的回答,此篇虽不完整,但从'孔子曰'开始的答辞出现了四次"(《上海博物馆藏战国楚竹书》(一),上海古籍出版社2001年版,第123—124页)。《上海博物馆藏战国楚竹书》(二)所载《子羔》篇的内容证明了马先生说法的正确。也有学者指出,此语应当也是《诗论》内的部分而与《子羔》篇没有什么关系。愚以为"行此者岂有不王"或当为他篇所云,非必为《子羔》篇之辞。当存疑待考。

② 《子羔》篇的这些内容参见马承源主编:《上海博物馆藏战国楚竹书》(二),上海古籍出版社2002年版,第183—199页。

③ 曾有专家猜想"先秦也许有一本名为《子羔》的子书,后来亡佚了。故《汉书·艺文志》没有记载,而《诗论》和《鲁邦大旱》都是这本书的部分章节"(张三夕:"关于上博简《孔子诗论》编联排序的几个问题",《华中师范大学学报》,2002年第5期)。这个猜想虽然现在还找不到根据,但似有一定道理,若果真如此,那么如今一般所排的第1简,就有可能坐不稳首位。并且,《诗论》也有属于《子羔》篇的可能性。

④ 屈守元:《韩诗外传笺疏》卷五,巴蜀书社1996年版,第493页。

邦大旱》篇的文例证明这个合文"只能是孔子","释为孔子合文,是无可怀疑的"①。何琳仪先生曾经从古文字演变的情况论证简文孔子合文"🔲"的情况,指出它是从子和一个附件所组成,这个附件或讹变为宀,或讹变为人。并且指出《古文四声韵》卷三引《籀韵》"孔"正作从子从人之形(见右图)②。这个字的考释,关系重大。牵涉到是篇的命名是否称为《孔子诗论》的问题。愚以为马承源先生说虽然可从,但本篇所记出自孔门后学所传的关于《诗》的解释(若为孔子自着,则不当有"孔子曰"之辞),称为《诗论》比较妥当。因此,篇名不加"孔子"二字可能更好一些,犹《论语》虽不加孔子之名但亦为孔子之语的集录然。

简文"🔲"作上止下言之形,与《说文》所引古文"诗"字相合,原释为"诗",是正确的。简文的"亡"字原作"不"来理解,有专家指出古文献中,"亡"从来没有释为"不"之例,这是正确的。但又谓简文"亡","其义应该训作'失去'"③,这虽然在古文献中是有显例可循的,《孟子·离娄》下篇所说的《诗》亡,应当就是散失的意思,但是用来释读本简简文却似迂曲,不若释"亡"为"无"之意更为直截了当。

简文"隐"字,简文作"🔲"形,左侧为阜,右半上部为"叩"、中部为文、下部为心。专家之释今见者有释为离、邻、隐、陵、泯、吝、忞等。诸家考释,共同之处在于皆认为简文此字以"吝"(或文)为声符,从而导出不同的通假音读。这些考释皆信而有征。现在越来越多的学者将它读为"隐"。愚以为多数专家的选择是有道理的。隐从"㥯"得声,而"㥯"又从"䜊"得声。简文中的这个字"把'㥯'变成了'叟',改变了声符"④。专家或疑虑"文"字是明母文部字,而"隐"

---

① 马承源主编:《上海博物馆藏战国楚竹书》(一),上海古籍出版社 2001 年版,第 124 页。按,今所见诸家或有释为"卜子"、"子卜"、"子上"等说,裘锡圭先生、濮茅左、朱渊清、李零等学者皆同马承源说,释为"孔子"合文。
② 夏竦:《古文四声韵》卷三,中华书局 1981 年版,第 3 页正面。
③ 邱德修:"《上博简》(一)'诗无隐志'考",朱渊清、廖名春主编:《上博馆藏战国楚竹书研究》,上海书店出版社 2002 年版,第 302 页。
④ 李学勤:"谈《诗论》'诗亡隐志'章",《文艺研究》2002 年第 2 期。按,冯时先生认为"叟"即"吝"字,并且指出,"上古音'吝'、'䜊'同在文部,叠韵可通"("战国楚竹书《子羔·孔子诗论》研究",《考古学报》2004 年第 4 期),说与李学勤先生略同。

为影母文部字,两字相通假,于音训会有问题,李学勤先生已经指明"来母或明母文部的字,每每和喉音'晓、匣、影一系同韵的字相关",所以"叟"字既可借为来母文部的'㕻',也就可以和影文部的隐字相通①。得此解释,可以说,对于将"㥯"读若隐的正确性的疑虑似可消除。

专家们读《诗论》简文"㥯"为隐虽然是正确的。但是释其义为隐蔽之隐,或者释其意谓"不可知"。或有专家将"隐"字训解为"私",并举《吕氏春秋·圜道》篇高注"隐,私也"为证,谓简文"诗无隐志"意即"诗没有表达私志的"②,说虽多可取之处。但是这些论定似皆有可再探讨的余地。

愚以为这个隐字当用其古意。它的古义中十分重要的一项就是依、据。由此而引申出檃栝、隐括、居、定等义。《孟子》"隐几而卧"之隐③,简文之意与其相近,并且含有拘泥的意蕴。简文"诗亡(无)㥯(隐)志,乐亡(无)㥯(隐)情,文亡(无)㥯(隐)言",表明孔子认为,对于诗、乐、文而言,它们不是说与志、情、意等没有关系,而只是说都不必拘谨、拘泥,而应当达观,根据实际情况具体来定,而不要受到某一局部认识的限制。专家或谓"'诗'之实质,志意也,藏于内而不可见,故简文云'诗无离志'"④,其实,人之志多不藏于内而是发诸于外的,若释为"诗无离志",则难以梳理诗与情、志的关系。孟子曾经提出理解诗意的基本原则,那就是"以意逆志"⑤。孟子所批评的现象就是拘泥于诗的文辞而不能正确理解诗旨。正因为诗不是志的直接表达,不是志的实录,所以在解诗时就不能够胶柱鼓瑟,而是需要用意念来理解,用"思"来剖析。若只求字面之意,那就会有失之毫厘之虞。

---

① 李学勤:"谈《诗论》'诗亡隐志'章",《文艺研究》2002年第2期。
② 方铭:"《孔子诗论》第一简'隐'字及与《诗序》的联系",《湖北大学学报》2004年第1期。除此之外,还有专家深入考察简文"隐"字的用法,廖名春先生同意李锐先生的说法将这个字读为"惌"。《说文》释惌字引《周书》"其在受德惌"《尚书·立政》篇今惌作"敄"。《法言·问神》"传千里之惌惌者",注"惌,心所不了",意谓思维混乱不清。廖名春先生同意屈万里注《尚书》所谓"瞖与氐通"的说法,并指出,"《说文·心部》的'惌'字即瞖,也就是昏字,……为'惛'的异体字,训为昏乱,应该是信而有征的"("楚竹书《诗论》一号简'㥯'字新释",《郑州大学学报》2008年第2期),按,此说不同意把简文"隐"字释为隐藏之意,还是正确的。
③ 《诗论》第20号简还有一处提到"隐"字者,谓"民性固然,其隐志必有以俞(喻)也",意谓民众为某种原因而被拘束之志必然要表达出来。此辞用隐字,亦为将㥯释为隐,提供了一个佐证。
④ 黄人二:"'孔子曰诗无离志乐无离情文无离言'句跋",朱渊清、廖名春主编:《上博馆藏战国楚竹书研究》,上海书店2002年版,第328页。
⑤ 《孟子·万章》上。

本简关于诗、志关系的论断与战国时期儒家的理解是一致的。郭店楚简《语丛》一载:"《诗》,所以会古含(今)之志也者。"(见下图)①

简文中的"志"字,原释文作"恃",裘锡圭先生先生释文按语谓"疑读为'志'或'诗'"②。饶宗颐先生先生认为是"'志'字的繁写"③。将简文读作"《诗》,所以会古今之志也者",应当是没有问题的。有问题的是简文的"会"字之意,专家多释为会合、融汇,虽然不误,但较迂曲,难以理解;或释为会通、沟通④,意较前释为优。愚以为或可释为领会、领悟较好。郭店楚简《性自命出》谓"时(诗),有为为之也。箸(书),有为言之也。豊(礼)、乐,有为举之也。圣人比其类而仑(论)会之"⑤,所谓"论会"意犹分层次辨析领悟。郭店楚简《语丛》四谓"圣(听)君而会"⑥,"会"亦当释为领悟之意。本简所说的"会古今之志",意当谓领悟古、今之志。可见,古今之志并不一致。以今之志领会古之志,就是孟子所说的"以意逆志"。《诗》之志即古之志,今人理解是以今人之意来解释古之志。诗作不必拘泥于"志",当率性情而为,所以领悟它的时候,也不应当拘泥于诗的表面之意,认为它就是诗的本义。

关于"言无隐志"及孔子诗歌理论的探讨,详请参阅本书下编"专题研究"

---

① 参见荆门市博物馆编:《郭店楚墓竹简》,文物出版社1998年版,第80页。
② 同上书,第200页。
③ 饶宗颐:"诗言志再辨——以郭店楚简资料为中心",武汉大学中国文化研究院编:《郭店楚简国际学术研讨会论文集》,湖北人民出版社2000年版,第8页。
④ 陈斯鹏:《简帛文献与文学考论》,中山大学出版社2007年版,第66页。
⑤ 荆门市博物馆编:《郭店楚墓竹简》,文物出版社1998年版,第179页。
⑥ 同上书,第210页。

《上博简〈诗论〉"诗亡隐志"释义——先秦儒家"诗言志"理论再探讨》。

(三)乐亡(无)隐(隐)情,旻(文)亡(无)隐(隐)言。

简文的"文"字作"🈳"形,从口从文,原释为"旻",是为"文"字异体。也有专家认为是附加了羡划"心",若省去羡划,可以直接写为"文"字①。但细审简文右肩部所附加之字与"心"差别较大,还是说它是"口"字较妥。包山楚简多有"文坪夜君"之载,亦作上口下文之形,可证本简的上口下文之字可以直接书写为"文"。

简文的"言"字,原字残,李学勤先生说:"《诗论》简文'言'字出现了几次,字的顶上部没有小横,这个字却有小横。我认为此字不是'言'而是'意',字的写法可参看《金文编》'意'字。"②专家或读为"音"。音与言两字形近,《说文》所引两字小篆,仅于下部有一小短横的差别,而此简的这个字又仅存上部,而下部残缺。马承源先生认为它必定是"言"字,举《左传》襄公二十五年载孔子语"言以足志,文以足言"为证,是比较有说服力的。于此可以补充说明的是,"言"与文发生关系,而"音"与文则很难说有什么密切关系。《诗序》云"声成文谓之音",《说文》云"声生于心,有节于外谓之音"。所以说,"音"是与乐发生关系者,而言则与记录语言的"文"有关。此处云"文无隐言",正是这种关系的说明。本简的残字"言"作"🈳"形,与《诗论》第2简言字"🈳"字相类③,多数专家定此字为"言"是有道理的。

简文此处的"文"字,当指篇章字句之文,类于后世所谓的"文章"。文字虽然记录语言,但又与语言不能完全等同。孔子讲"文无隐言",实际是对于文、言关系的辩证认识。简文"文无隐言",意即文辞不要拘泥于口头语言。行文只有不拘泥于语言,才能使所写下的文字有文采而传之久远。否则的话,如果

---

① 专家所指出的附加心旁的"文"字是很有意义的。清末金石学家已经说过,并且论证了《尚书》将文王误为"宁王"之来历。裘锡圭先生《谈谈清末学者利用金文校勘〈尚书〉的一个发现》(《古代文史研究新探》,江苏古籍出版社1992年版,第76页)和廖名春《上海博物馆藏诗论简校释札记》(朱渊清、廖名春主编:《上博馆藏战国楚竹书研究》,上海书店2002年版,第261页)都曾论及此点,甚有卓见。但金文资料中的"文"字所附加的心旁皆在"文"字中心部位,不在"文"字肩部,而竹简字例,并不能证明其所附加之旁为"心",所以此说尚待进一步研究。

② 李学勤:"谈《诗论》'诗无隐志'章",《文艺研究》2002年第2期。

③ 检《诗论》简"言"字,用例甚多,见于第2、3、7、17、18、28等简,与我们这里所举言字字形皆相近。这里为避免烦琐,不备引。

写下来的只是口头语言的直录,只是口头语言的翻版,便很难广为传布。从《论语》和《诗论》简中,可以看到孔子十分重视人的语言表达。可是,简文此处是在讲诗之文字与"言"的关系,强调的是诗不可拘泥于口头语言,这与孔子的语言观并不矛盾。春秋时期人们的言辞有文、质之别,《左传》襄公二十五年载:"仲尼曰:'《志》有之:言以足志,文以足言。'不言谁知其志?言之无文,行而不远。"这里讲的是言辞须有文采,用今天的话来说,就是语言要有艺术性,不能让人听了觉得干枯无味。本简简文讲的是"文无隐言",简文的"文"不是指文采,而是指文辞,类似于后世所说的文章。《左传》襄公二十五年所载仲尼语,似不能直接用来说明本简简文。

"乐无隐情"的"乐",指为颂诗所配之音乐。《诗》之诸篇多与"乐"关系密切,顾炎武指出:"诗有入乐不入乐之分。《鼓钟》之诗曰:'以雅以南。'子曰:'雅、颂各得其所。'夫二南也,豳之《七月》也,小雅正十六篇,大雅正十八篇,颂也,诗之入乐者也。邶以下十二国之附于二南之后,而谓之风;《鸱鸮》以下六篇之附豳,而亦谓之豳;《六月》以下五十八篇之附于小雅,《民劳》以下十三篇之附于大雅,而谓之变雅:《诗》入乐者也。《乐记》:'子夏对魏文侯曰:云者,郑音好滥淫志,宋音燕女溺志,卫音趋数烦志,齐音敖辟乔志:此四者,皆淫于色而害于德,是以祭祀弗用也。'朱子曰:'二南正风,房中之乐也,乡乐也。二雅之正雅,朝廷之乐也。商、周之颂,宗庙之乐也。'"① 孔子谓"吾自卫返鲁,然后乐正,《雅》、《颂》各得其所"② 可见,孔子整理《诗》的时候,亦辨正诗篇之乐。此正如清儒毛奇龄《四书改错》所云"正乐,正乐章也,正《雅》、《颂》之入乐部者也"。孟子强调乐对于人的教化作用,他说:

> 仁言,不如仁声之入人深也。善政,不如善教之得民也。善政民畏之,善教民爱之;善政得民财,善教得民心。③

乐("仁声")对于人的教化作用可以深入,比之于言辞说教("仁言")更有效果。在孟子看来,"仁声"实际上是"善教"的措施之一。它既然是"善教"之措施,诗

---

① 顾炎武:《日知录》卷三。
② 《论语·子罕》。
③ 《孟子·尽心》上。

乐("仁声")所依据的自然是仁、礼原则,而不是普通的人情①。简文"乐无隐情"的主旨也可以从这个角度来理解。简文"乐无隐情",意即为诗所配的乐不必拘泥于人的情绪。

当然,我们也可以从另一角度来看此一问题。

《诗论》简文所谓"乐无隐情"当即孔子"正乐"的指导思想。情可泛滥游荡,而诗乐则应当适当约束而使之合乎礼仪。所以《荀子·劝学》篇说"诗者,中声之所止也",意即作为乐章之诗必须"节声音,至乎中而止,不使淫流"②。简文所谓"乐无隐情",意即诗乐不必拘泥于情。其所强调的不要让情泛滥恣肆,而应当有所约束。关于"乐"与"人情"的关系,荀子所论甚精辟,他说:

> 乐者,乐也,人情之所必不免也。故人不能无乐,乐则必发于声音,形于动静;而人之道,声音动静,性术之变尽是矣。故人不能不乐,乐则不能无形,形而不为道,则不能无乱。先王恶其乱也,故制雅颂之声以道之,使其声足以乐而不流,使其文足以辨而不諰,使其曲直、繁省、廉肉、节奏,足以感动人之善心,使夫邪污之气无由得接焉。是先王立乐之方也。……故乐者,天下之大齐也,中和之纪也,人情之所必不免也。是先王立乐之术也。③

荀子肯定了乐与人情的必然联系,说明人离不开乐,但是乐又不能随人情而任意为之,必须有"方"有"术"而加以限制和引导。《诗论》所云的"乐无隐情"(意即乐不要拘泥于情),可谓是荀子这一说法的先声。

本简的"文无隐言",是说明"隐"字意蕴的极好例证。"文"的本义即"字",故《说文》谓"文,错画也",许慎《说文解字序》谓:"仓颉之初作书,盖依类象形,故谓之文,其后形声相益,即谓之字。文者物象之本,字者言孳乳而寖多也。"战国时期,文指记载文辞的文字,《韩非子·五蠹》"儒以文乱法",就是这种用

---

① 孟子还曾经提道:"仁之实,事亲是也;义之实,从兄是也。……乐之实,乐斯二者,乐则生矣;生则恶可已也,恶可已,则不知足之蹈之、手之舞之。"(《孟子·离娄》上)孟子认为"乐"即仁、义原则的表现,乐是从仁、义(亦即人之"善")起源的。
② 《荀子·劝学》杨注。
③ 《荀子·乐论》。

法。"言",指说话,言论。文字与语言之间关系可谓有两个方面,一是关系密切,所以孔子很称赞古人的"文以足言"的说法①。从这个角度可以说"文"是语言的表达;另一方面是,两者又有一定的区别,文并非绝对地语言表达。一般说来,言语比"文"更容易表达思想,所以《论语·颜渊》篇有"驷不及舌"的说法,行文有自己的规律,不完全是语言的实录。和言语相比,"文"的逻辑性要强些,而生动性则差一些,但也就更精练一些。《左传》襄公二十五年载仲尼语:"《志》有之,'言以足志,文以足言。'不言,谁知其志?言之无文,行而不远。"这里的"文",指文辞经过修饰加工而有文采。这里的文即文采,文与言之间是、修饰、协助、补充的关系,如果仅仅是实录,那就谈不上修饰、协助与补充了。

和语言相比,作为文章、文辞的"文"是经过加工的语言。它可以穿越时空,可以保存更长久的时间,可以更大范围内传播,这些都是"言"所不具备的。

简文"文亡(无)隐言"指的是"文"不必是言语的实录,文字所表达的内容应当与言语有别,因此不必拘泥于言语②。《孟子·万章》上篇"说诗者不以文害辞,不以辞害志。以意逆志,是为得之"③。孟子强调"以意逆志",而不是以文"逆志",正道出了诗无拘泥于文字的道理。到了汉代,这个方面的认识又发展为"诗无达诂"④之说,上博简《诗论》可谓《诗》的此类解释学的滥觞。

本简简文还可以启发我们考虑,过去常谓的"诗——乐"一体的说法,不必绝对地去看它。诗和乐虽然有密切关系,但两者又有所差别,所以此简才将诗、乐并列。另外,本简的三个隐字之义应当是统一的,"文无隐言"必须解释为行文不必拘泥口头语言,才能够语意通畅。那么另外两个隐字,亦当释为"依据"、"拘泥"之意较妥。

---

① 参见《左传》襄公二十五年。
② 关于从语言到文字记录的变化的实例,相关内容可以对读《上海博物馆藏战国楚竹书》(三)的《仲弓》篇与《论语·子路》篇。孔子和仲弓的相关讨论,《仲弓》用了 800 多字,而《论语》则仅用 40 个字就将其精粹表达出来。可以推想写成《仲弓》一文时,作者已经对于孔子与仲弓的谈话进行了一些整理,但距离实际言语并不太远,编定《论语》的再次整理,则进行了更多的精练调整,距离口语就有了更远的距离。可以推测,孔门弟子正是遵从了"文亡(无)隐言"的原则,才编定了《论语》一书的。
③ 《孟子·万章》上。
④ 《春秋繁露·精华》。

【第二简】

寺(诗)也,文王受命矣⁽⁻⁾。讼坪(平),德也⁽⁻⁾,多言後⁽⁻⁾。其乐安而迟,其诃(歌)绅(引)而荨(覃),其思深而远。至矣!⁽四⁾《大夏(雅)》,盛德也,多言……⁽五⁾。

〖简序〗

此简顺序,专家或不据马承源先生所列顺序,而将其排列于第 7 号简之后①,愚以为当依原简序较优。本简讲"诗也,文王受命矣",是《诗论》的思想纲领,与第 7 号简的分论性质的语言并无系连的可能。

〖意译〗

《诗》,是讲文王受命的。使虞芮之讼得以合理解决,是文王之德的表现。《大雅》之诗反复强调文王之德对于后世的影响。其音乐平和而迟缓,其歌曲悠长而蔓延,其思绪深刻而辽远,真是达到了最高的境界啊!《大雅》体现了周文王的盛德,反复强调……。

〖考析〗

(一)寺(诗)也,文王受命矣。

简文"寺"字,李学勤先生通假为"时"②。廖名春先生通假为"志"③。冯莲池先生用如"持"④,说虽皆可行,但愚以为通假为"诗"字可能更妥当些。郭店楚

---

① 例如,庞朴先生指出第 7 号简的"已"字,"很大可能是用作动词……,如果真是这样,则第二简便有很大可能直接连在第七简之后"(《上博简零笺》,朱渊清、廖名春主编:《上博馆藏战国楚竹书研究》,上海书店 2002 年版,第 235—236 页)。按,此说注意到第 2 号简和第 7 号简在意义上的联系,诚为卓见。李学勤、廖名春等先生将第 2 号简列于第 7 号简之后,说见本书"绪言"部分之《诗论》的简序排列与'留白简'问题。
② 李学勤:《诗论的编联与复原》,《中国哲学史》2002 年第 1 期。俞志慧先生亦疑为"时"之假借字,见其所著《战国楚竹书·孔子诗论》校笺》上,简帛研究网站 2002 年 1 月 17 日。或有专家引《大雅·文王》"有周不显,帝命不时",传"不时,时也。时,是也"来释此简简文,但如此释读颇难通。按,简文"时"字,于上博简、郭店楚简多见,皆从日从寺。上博简《曹沫之陈》有"诗"字,从言从寺。可见,诗与时在简文中还是区分得清楚的。简文"寺"从通假情况看,读若时、若诗都是可以的。《诗论》第 10 号简的"时"字亦从日,而本简"寺"字并不从日,读为"时"的可能性并不大。
③ 廖名春:"上海博物馆藏诗论简校释",《中国哲学史》2002 年第 1 期。
④ 董莲池:"上海博物馆藏《战国楚竹书·孔子诗论》解诂"(一),《古籍整理研究学刊》2002 年第 2 期。

简《缁衣》篇多有以"寺"作诗之例①，上博简《缁衣》篇则径以"告(寺)"字作"诗"，是皆为简文这个字释读的旁证。特别是细绎简文上下文之意，则非作"诗"莫属。

简文"文王受命"为周人成语，出自《尚书》的《无逸》《君奭》等篇，谓"文王受命惟中身，厥享国五十年"，"我道惟宁(文)王德延，天不庸释于文王受命"。关于"文王受命"的具体含义，郑玄谓"受殷王嗣位之命"，但此说多为人所不赞同。王肃说："文王受命嗣位为君，不言受王命也。"他所说的"王命"，即殷王之命。孔颖达说："殷之末世，政教已衰，诸侯嗣位何必皆待王命，受先君之命亦可也。"②然而，郑玄所谓受殷王之命与孔颖达所谓受周先君之命皆不合周人观念。周人关于"文王受命"的观念见诸《诗》者甚夥。如《文王》篇谓："文王在上，于昭于天。周虽旧邦，其命维新。……穆穆文王，于缉熙敬止，假哉天命，有商孙子。商之孙子，其丽不亿，上帝既命，侯服于周。侯服于周，天命靡常。……上天之载，无声无臭。仪刑文王，万邦作孚。"《大明》篇谓："天监在下，有命既集。文王初载，天作之合。……有命自天，命此文王。于周于京，缵女维莘，长子维行，笃生武王，保右命尔，燮伐大商。"《文王有声》篇谓"文王受命，有此武功。既伐于崇，作邑于丰。"《荡》篇谓："文王曰咨，咨女殷商。匪上帝不时，殷不用旧。虽无老成人，尚有典型。曾是莫听，大命以倾。"这些例证，皆可以说明，周人实认为，文王受命乃受天之命。此"天命"的内容就是以周取代殷统领天下。观《诗·荡》篇所载文王之语，可以推测，周人认为文王时已有此接受天命而将代殷的观念。

周代晚期还有武王随文王而受命的观念。《逸周书·克殷解》载武王伐纣胜利之后所举行的仪式上，"尹逸策曰：殷末孙受德，迷失成汤之明，侮灭神祇，不祀，昏暴商邑百姓，其章显闻于昊天上帝。武王再拜稽首膺受大命，革殷受天明命。武王又再拜稽首"③。周代晚期亦有武王随文王接受天命之事(汉儒承继了这一观念，所以《诗·大明》序谓"天复命武王")，但周人观念中最为牢固的、最重

---

① 关于简文"寺"通假而读为"诗"，参见刘信芳：《楚简帛通假汇释》，高等教育出版社，2011年版，第58页。
② 这里所称引的郑玄、王肃、孔颖达诸说，皆见孔颖达《尚书正义》卷十六。
③ 按，《逸周书》四部丛刊本无"武王再拜稽首膺受大命革殷受天明命"等十六字，但《史记》有此，《文选》李注引《周书》亦有。晋孔晁注语谓"受天大命以改殷，天明命王"，可见孔晁所见本有此16字的内容。所以前人以为此16字为脱文，当补。说详清儒卢文弨校定本《逸周书》校语(参见黄怀信等：《逸周书汇校集注》上册，上海古籍出版社1995年版，第375页)。

要的还是"文王受命"。认为正是文王受命才奠定了周王朝的基业。简文"寺(诗)也,文王受命矣",系探下句为言,意谓《诗》非常重视颂扬文王受命。文王之所以能够"受命"是因为他有"明德",即《诗论》第 7 号简所谓的"怀尔明德"。

(二) 讼坪(平),德也。

简文"讼坪(平),德也"的坪字,简文作"坪"形,相关的考释,今所见有以下几说:第一,马承源先生释为"坪",以《平安君鼎》证之,断定"坪、平古通用"①。刘信芳先生进一步论证说,"'平德',乃天下归往之德"②。范毓周先生亦释为"坪",并引《长沙子弹库帛书》中的"九州岛不平"的"平"字与此相印证,从而断定马承源先生所释"是很正确的"③。第二,裘锡圭先生认为是"'圣'字的误摹","《周颂》主要歌颂文王、武王之德,文武是圣王,所以说'颂,圣德也。'"④。第三,周凤五先生释为"旁"⑤。何琳仪先生释为"㫄",读为"广","广德",见《逸周书·太子晋解》和《老子》第四十一章,意即"广大之德"⑥。第四,俞志慧和吕文郁先生隶定此字为"坊","义则取其字'旁'",意谓盛大⑦。第五,姜广辉先生释为"重","是一个指事会意兼形声字"⑧。比较专家诸说,以首说为优。这个字当是坪之本字,读若"平",是借坪为平。

关于简文断句,愚以为,简文"坪(平)"字,应当连于其前的"讼"字,而不应当与其下的"德"字相连。若读为为"讼(颂),平德也",此结构颇为费解,且"平德",似属"不辞",有专家指出,若释"平德"为"平成天下之德","有增字解经之嫌"⑨。

---

① 马承源主编:《上海博物馆藏战国楚竹书》(一),上海古籍出版社 2001 年版,第 127 页。
② 刘信芳:"关于上博藏楚简的几点讨论意见",廖名春主编:《新出楚简与儒学思想国际学术研讨会论文集》,清华大学思想文化研究所 2002 年排印本,第 36 页。
③ 范毓周:"上海博物馆藏楚简《诗论》第 2 简的释读问题",简帛研究网站 2002 年 3 月 6 日。
④ 裘锡圭先生:"谈谈上博简和郭店简中的错别字",廖名春主编:《新出楚简与儒学思想国际学术研讨会论文集》,清华大学思想文化研究所 2002 年版,第 23—24 页。
⑤ 周凤五:《孔子诗论》新释文及注解",朱渊清、廖名春主编:《上博馆藏战国楚竹书研究》,上海书店 2002 年版,第 152 页。冯胜君先生亦读为旁,指"广大周遍之德"("读上博简《孔子诗论》札记",《古籍整理学刊》2002 年第 2 期)。
⑥ 何琳仪:"沪简《诗论》选释",朱渊清、廖名春主编:《上博馆藏战国楚竹书研究》,上海书店 2002 年版,第 245 页。
⑦ 俞志慧:"《战国楚竹书·孔子诗论》校笺"上,简帛研究网站 2002 年 1 月 17 日。吕文郁:"读《战国楚竹书·诗论》札记(之二)"《吉林师范大学学报》2004 年第 5 期。
⑧ 姜广辉:"《上海博物馆藏战国楚竹书》(一)几个古异字的辨识",廖名春编:《新出楚简与儒学思想国际学术研讨会论文集》,清华大学思想文化研究所 2002 年版,第 41 页。
⑨ 范毓周:"上海博物馆藏楚简《诗论》第 2 简的释读问题",《东南文化》2002 年第 7 期。

愚以为简文当读为"讼平,德也。"简文"讼"字,专家多读为"颂"。《说文》:"讼,争也,从言,公声,一曰歌讼。"段玉裁谓"讼、颂古今字"①。这个说法虽然是正确的,可是,讼字未必皆训为颂,《说文》所训"争也"只是其一义,先秦文献中其用如争讼字者甚多,遍见于《周礼》、《礼记》、《左传》、《国语》等书,其例证多至不可胜举。孔子所谓"听讼,吾犹人也,必也使无讼乎"②,即为显例。《包山楚简》第81号简有名周赐者"讼"某人"政(征)其田"的记载,第89号简有名远乙者"讼"某人"取其妾"的记载③,讼即诉讼。简文的"平",在较早文献里多用如动词,意为平息,犹今语之摆平。如《尚书·尧典》"平章百姓"、"平水土"、《尚书·君奭》"天寿平格"。春秋时期,平息争端使双方和解之事多以"平"当之,如《邶风·击鼓》"从孙子仲,平陈与宋",《左传》庄公十三年"会于北杏。以平宋乱"、《左传》文公九年"郑及楚平"等,皆为其例。简文"讼平",即平虞芮之讼。关于周文王接受天命本来是玄而又玄者,乃挟天命而自重之举,是可传而不可见之事。相关的传说,多怪诞而不可信,相比而言,《史记·周本纪》的说法倒是平实可信的。其载如下:

> 西伯阴行善,诸侯皆来决平。于是虞、芮之人有狱不能决,乃如周。入界,耕者皆让畔,民俗皆让长。虞、芮之人未见西伯,皆惭,相谓曰:"吾所争,周人所耻,何往为,祇取辱耳。"遂还,俱让而去。诸侯闻之,曰"西伯盖受命之君"。

宣称文王受命最主要的目的是让各邦国相信周文王有代殷而统领天下的资格。周文王平虞芮之讼所带来的效果正是宣示这一主题的绝好契机。依照《周本纪》的说法,各邦国通过此事确实相信了文王受命之说,谓"西伯盖受命之君"。周文王因其"德"而受命,平虞芮之讼正是其德的一个显例。西伯平虞芮之讼的事,在《诗》中见于《大雅·绵》篇,此篇为述周族发祥的长篇史诗,诗从古公亶父讲起,历数周族于周原定居、建立宗庙宫社、开辟草莱、修筑道路、驱逐混夷等事。其末章云:"虞芮质厥成,文王蹶厥生。予曰有疏附,予曰有先

---

① 段玉裁:《说文解字注》三篇上。
② 《论语·先进》。
③ 参见湖北省荆沙铁路考古队编:《包山楚简》,文物出版社1991年版,第22、23页。

后,予曰有奔奏,予曰有御侮①。"意思是说:虞芮两国入周争讼,因文王之德而感发了其平和谦让的本性。我们都知道了亲疏远近,都知道了先后顺序,都知道了要将周德奔走相告,都知道了要团结起来抵御外侮。周人所创造的先祖神话,以姜嫄履帝迹而生后稷最为著称,其次就应当说是文王受命了。关于"文王受命"的具体情况,大略说来有二,比较朴实的说法是文王接受了商王所命,汉代经学大师郑玄说是"受殷王嗣位之命",三国时期大儒王肃即驳郑玄此说,谓:"文王受命嗣位为君,不言受王命也。"②关于"文王受命",比较怪诞的说法是谓文王受命是通过接受河图洛书的形式而进行的③。然谶纬之说不足凭信。可信的说法,是汉儒伏胜《尚书大传》的说法,其云:"天之命文王,非哼哼然有声音也。文王在位,而天下大服,施政而物皆听,命则行,禁则止,动摇而不逆天之道。故曰:'天乃大命文王。'文王受命一年,断虞芮之质。"④伏胜认为文王受命靠的是具体行事所产生的影响。周文王"断虞芮之质",就是产生这种影响("天下大服")的关键之举。可以推测,周人正是利用断虞芮之讼的影响来广泛宣传文王接受天命之说的。《史记·周本纪》谓各国诸侯,闻知周王断虞芮之讼的事迹以后所说的"西伯盖受命之君",与《尚书大传》所云"文王受命一年,断虞芮之质",若合符契。本简简文谓"寺(诗)也,文王受命矣。讼坪(平),德也",其所表达的正是这一主旨。

诸家将此处的"讼"读若颂,很可能是囿于排列颂、雅、风顺序的需要。其实,关于诗的各部分的排列,是否如专家所云为"颂—大雅—小雅—邦风"⑤的次序是可以再讨论的问题。由第3、4、5这三支简的情况看,诗各编的顺序应当是:邦风—雅—颂。第2号简的"讼"当读如本字,不必通假为"颂",与第5、6两简的

---

① 《绵》诗末章的"予曰"四句,过去多以为是周文王自谓,今揆诗意,愚以为理解为虞芮之君及被周感动而附周的众多"诸侯"所语,似乎更妥一些。"予"作为人称代词,固然以表示单数居多,但也有用作复数者,如《诗·扬之水》"终鲜兄弟,维予二人",《祈父》"予王之爪牙,胡转予于恤",《云汉》"父母先祖,胡宁忍予"等,就是例证。
② 《尚书·无逸》孔疏引。《十三经注疏·尚书》,台湾艺文印书馆2007年版,第242页。
③ 参见《诗经·文王》孔疏引《谶纬注》。
④ 《尚书大传》卷二,第89页,《丛书集成》"初编"本。
⑤ 马承源先生指出:"第二简残文先概论《讼》,再论《大夏》,这前后次序非常明确,论《少夏》的简仅存末句,最后是概论《邦风》。这些情况说明诗各编的名称,在孔子之前已经存在了。其中《诗》各编的排列是前所未见的新的重要资料。"(马承源主编:《上海博物馆藏战国楚竹书》(一),上海古籍出版社2001年版,第122页)按,此说非常敏锐地提出了诗各编顺序的问题。

情况有所区别。第 4 号简文载"其用心也将如何？曰《邦风》是也。……上下之不和者其用心将何如？"，其下缺文李零先生补作"《小雅》是也。……其用心将何如？《大雅》"，再以后则连接第 5 号简："是也。又成功者何如？曰《颂》是也。"①这个顺序与传世本《诗经》是一致的。

（三）多言後。

简文"后"字，原作"𨒪"形，当写作"逡"。《说文》所引古文后字作"𨒪"，谓"古文后从辵"，包山楚简的后字多作"逡"形②，与本简相同。可证马承源先生释本简简文"𨒪"为"逡"，并谓"'逡'、'後'通用"③，是正确的。专家或谓简文"後"，当通假读若"后"，具体所指，就是简文下面所说的"有成功者"④。这种解释亦通，可备一说。马承源先生亦谓"指文王、武王之后"⑤，可从。若说后，指子孙后人，亦无不可。专家或读为"厚"，不若马说较妥。然而，此处的"后"字，不是指诗的颂的部分多称赞文王武王之后的周代诸王，而是指《大雅》之诗多言文王之德对于后世的影响。简文"言"或有读为延，用若及者，但不若以"多言"为先秦时期成语理解更妥当些。此处的"多言"，犹《诗·将仲子》所云"人之多言，亦可畏也"之"多言"。"多言"，本有多嘴多舌之意，但此处之使用则犹今语所谓之"反复强调"。简文"后"指作为时间观念的"以后"，意即文王受命对于后世的影响⑥。

（四）其乐安而迟，其诃（歌）绅（引）而荨（覃），其思深而远，至矣！

简文"其乐安而迟，其诃（歌）绅（引）而荨（覃），其思深而远"皆为形容歌颂文王的音乐和歌曲之用语。安，平和。迟，舒缓。

简文绅，当读若"引"。随县曾侯乙墓竹简有"绅"字，裘锡圭、李家浩两先生说这个字"也写作'缏'，所从右旁'𠬢'，即《说文·又部》训为'引'的字，以古

---

① 李零："上博楚简校读记"，《中华文史论丛》第 68 辑，上海古籍出版社 2002 年版，第 22 页。
② 张守中：《包山楚简文字编》，文物出版社 1996 年版，第 29 页。
③ 马承源主编：《上海博物馆藏战国楚竹书》（一），上海古籍出版社 2001 年版，第 127 页。
④ 陈斯鹏："上海博物馆藏战国竹简解诂"，《考古与文物》2007 年第 6 期。
⑤ 马承源主编：《上海博物馆藏战国楚竹书》（一），上海古籍出版社 2001 年版，第 127 页。按，专家或谓"後"即迟缓之意，是说明《讼》的雍容大度，节奏舒缓安适，所以解"'後'为子孙后代之'後'当属臆断"（范毓周："上海博物馆藏楚简《诗论》第 2 简的释读问题"，《东南文化》2002 年第 7 期）。按，此说颇有理致。然先秦典籍，每以"後"作子孙後代之之，马说亦不可废。
⑥ 季旭昇先生指出，简文"多言後"，意指"深思远虑，惠及後世"（《上海博物馆藏战国楚竹书（一）读本》，北京大学出版社 2009 年版，第 17 页）。

文'申'为声旁。为了书写方便,释文一律写作'绅'。98号简'绅'作'軙'。此字见于云梦睡虎地秦简,用为'靷'。简文'绅'作'軙',当读为'靷'。"①黄德宽、徐在国先生同意此说,并指出,《列子·汤问》"复为曼声长歌",《释文》"曼声,引声也","'引'、'覃'均训长,且均与歌声相关。因此,将'绅'读为引,'葦'读为覃,是可以成立的"②。亦有专家释简文"绅"字本为伸之假借,而伸之本字为"申"。"申"在先秦亦有"舒"义。所以简文"绅",用如申,有舒缓之意,亦通。或有专家直接用原字"绅",来解释简文,谓祭礼者束整严谨,然此处是讲"其歌绅而葦",非指衣服。所以直接用原字释解,恐非是。

简文"葦"字,原作"葦"形,或以为从草从豸(或作易)之字,并读若簏。另有专家或读若引,或读若逫,读若荡,读若易,读若惕,读若寻等,曾有专家将诸种考释列表说明,颇便观览③,今迻录如下:

表1 "绅而葦"各家考释

学者	释读	语意	论著
马承源	绅(堙)而葦(簏)	以堙、簏相和	《上博简(一)〈孔子诗论〉释文》
李学勤	绅(引)而葦(逫)		《〈诗论〉简的编连与复原》
季旭昇	绅而葦(易)	约束而警惕,或:平易而舒和	《读郭店、上博简五题:舜、河浒、绅而易、墙有茨、宛丘》
刘钊	绅(伸)而葦(延)		《读〈上海博物馆藏战国楚竹书〉(一)札记》
何琳仪	绅(伸)而葦(易)	舒缓而简易	《沪简〈诗论〉选释》
黄德宽,徐在国	绅(引)而葦(覃)	均训长	《〈上海博物馆藏战国楚竹书(一)·孔子诗论〉释文补正》
许子滨	绅(申或伸、信)	长引宽直	《读〈上海博物馆藏战国楚竹书(一)〉小识》
范毓周	绅(申)而葦(荡)	舒畅而宽广深远	《〈诗论〉第二简的释读问题》
廖名春	葦(引)	长	《上海博物馆藏诗论简校释札记》
王志平	葦(惕)	敬	《〈诗论〉笺疏》
张桂光	葦(逦)		《〈战国楚竹书·孔子诗论〉文字考释》

---

① 裘锡圭、李家浩:"曾侯乙墓释文与考释",《曾侯乙墓》上册,文物出版社1989年版,第506页。
② 黄德宽、徐在国:"《上海博物馆藏战国楚竹书(一)·孔子诗论》释文补正",《安徽大学学报》2002年第3期。
③ 杨怀源:"上博简(一)《孔子诗论》'绅而葦'考",《广西师范大学学报》2008年第5期。

续表

许全胜	绅(申)而茖(遞)	舒缓、复沓、悠扬、跌宕	《〈孔子诗论〉拾零》
虞万里	荡(荡)		《上博〈诗论〉简其歌"绅而荡"臆解》
董莲池	绅而荡(惕)	敛束、惧惕	《〈战国楚竹书(一)·孔子诗论〉解诂(一)》
刘信芳	绅(申)而荡(易)	重而和易	《〈孔子诗论〉述学·诗论集解》
俞志慧	绅而荡(眇)		《〈战国楚竹书·孔子诗论〉校笺(上)》

上述诸说尚缺周凤五先生释为"寻"之说①。上述诸说，虽皆有据，但似不若读若荨为优②。寻声之字每与覃声之字相通借，《淮南子·天文训》"火上荨"，高注谓"荨读若《葛覃》之覃"，是为其例。简文中的"荨"字当读若覃。覃有绵长意。

简文此句意谓《大雅》之乐平和而迟缓，《大雅》之歌悠长而辽远。

马承源先生将简文"绅"读若埙，因为两字"韵部旁传，声纽相近"。简文荨字，马先生考释颇详，今述之如下。马先生认为"茖"，"与'篪'为双声叠韵，同音通假"③。埙、篪为伴奏乐器，类于《诗·何人斯》篇之"伯氏吹埙，仲氏吹篪"。专家或据《诗·何人斯》而以为埙、篪相和为一般贵族之乐，从而断定非此处的王者之乐。这个疑问虽然不无道理，但是应当指出的是，王者之乐并不排斥埙、篪，《管子·轻重己》篇载秋分之时王要"服白而絻白，搢玉揔，带锡监，吹埙篪之风，凿动金石之音，朝诸侯卿大夫列士，循于百姓，号曰祭月"，埙、篪之乐虽然不如黄钟大吕洪亮威严，但亦为贵族之乐所用，"吹埙篪之风"也是王者之乐，则无可疑。明乎此，专家的质疑似可释然。关于这两种乐器的形制，朱熹曾有说明，谓埙音埙，篪音池，"乐器。土曰埙，大如鹅子，锐上平底，似称锤，六孔。竹曰篪，长尺四寸，围三寸，七孔。一孔上出，径三分。凡八孔，横吹之"④。《礼记·乐记》讲乐、喜、敬、爱等几种心情所能够接受的音乐曲调谓"其乐心感者，其声啴以缓；其喜心感者，其声发以散；……其敬心感者，其声直

---

① 周凤五：《〈孔子诗论〉新译文及注解》，朱渊清、廖名春主编：《上博馆藏战国楚竹书研究》，上海书店出版社 2002 年版，第 157 页。
② 参见黄德宽、徐在国："《上海博物馆藏战国楚竹书(一)·孔子诗论》释文补正"，《安徽大学学报》2002 年第 3 期。
③ 马承源：《上海博物馆藏战国楚竹书》(一)释文，上海古籍出版社 2001 年版，第 128 页。
④ 朱熹：《诗集传》卷十二，上海古籍出版社 1980 年版，第 144 页。

以廉;其爱心感者,其声和以柔"。说简文所说的"安而迟"、"其思深而远"的歌颂文王的与《乐记》所言的这些情况是吻合的。这样节奏舒缓、旋律静谧祥和的音乐,完全能够表达人们对于周文王的乐、喜、敬、爱的情怀。

马先生的这些说法虽辨,但这里仍有问题存在。《大雅》之歌固然可以用埙、篪伴奏,但如果联系到简文上句"其乐安而迟",则有不可通的阻碍,平和而舒缓的音乐只能是黄钟大吕所奏出者,此处简文下句其思深而远,也表明这里所说的音乐应当是黄钟大吕伴奏的雄浑合唱,而不会是埙篪伴奏的轻歌柔曲。所以说,马承源先生的这个解释的问题并不在于是否王者之乐,而在于它与整句简文所表现出的氛围不大符合。对比专家的几种说法,黄德宽、徐在国两先生的说法应当更胜一筹。

(五)《大夏(雅)》,盛德也。多言……。

简文"夏"原作"顗",马承源先生说"顗、夏古同","古字顗、雅通用"①,诸家皆无疑义。《诗》之"雅"的起源及其分为大、小,由来甚久。主要的解释有源于声音或乐器之说,源于篇章体裁之说。比较而言,《诗序》的源于政教说,影响最巨。《诗序》谓:"雅者,正也。言王政所由废兴也。政有大小,故有小雅焉,有大雅焉。"汉儒郑玄所提出的"正变"说即由此而衍生。清儒马瑞辰释此意谓:"风、雅之正变,惟以政教之得失为分。政教诚失,虽作于盛时,非正也。政教诚得,虽作于衰时,非变也。论诗者但即诗之美刺观之,而不必计其时焉可也。"②是说以政教立义,是可取的。政教与德关系颇为密切,即孔子所云"为政以德"(《论语·为政》语)之义。本简简文谓"《大雅》,盛德也",对于《诗序》相关说法是有利的。

此处所言"盛德"指周文王的高尚伟大的德操,这在《大雅》诸诗中是反复强调的内容。简文"多言"之后,依简文"多言後"之例,当缺一字。本简有论《诗》乐之语,《大夏(雅)》亦如是。专家指出,"《诗》大、小雅本是从音乐方面对《诗》作出的分类。今传《诗·大序》云:'雅者正也,言王政所由兴废也',实属穿凿之谈"③,此论虽有一语中的之快,亦有理可据,但却与第3号简的说法难

---

① 马承源:《上海博物馆藏战国楚竹书》(一),上海古籍出版社2001年版,第128页。
② 马瑞辰:《毛诗传笺通释》卷一,中华书局1986年版,第10页。
③ 董莲池:"上海博物馆藏《战国楚竹书(一)·孔子诗论》解诂(一)",《古籍整理研究学刊》2002年第2期。

以吻合。所以本简"多言"之后所缺之简文就至少有两种可能的拟补方案。一是,据雅为乐之说,或可推测,简文"多言"之后所残缺的是一个评论"大雅"音乐的词;二是,据第 3 号简"多言"之后的文辞是评论"小夏(雅)"内容之辞("多言难而悫(狷)退(怼)者也"),推测本简"多言"之后所残缺的是对于"大夏(雅)"内容的评论之辞。这两种方案,哪一种更好些,惜因简残而不可考矣。

【第三简】

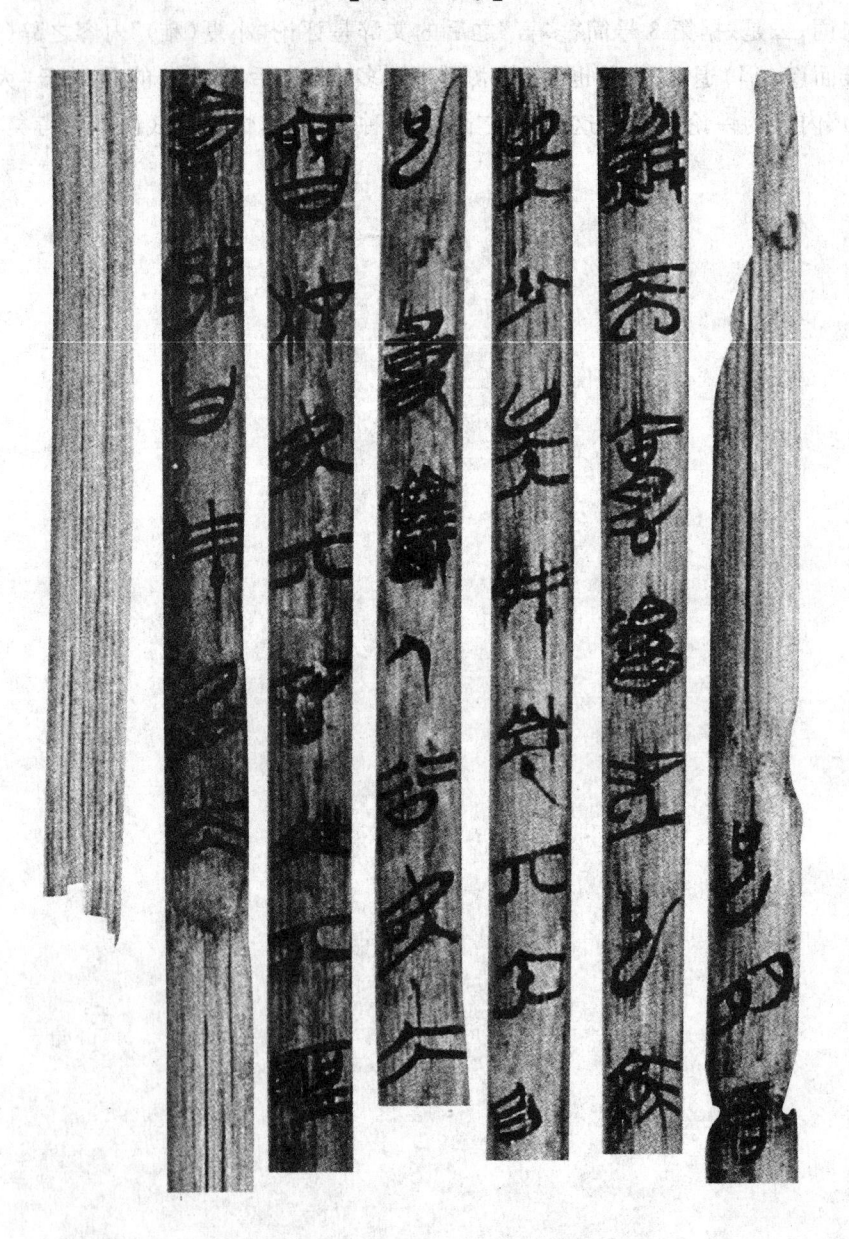

……也。多言难而悬(狷)退(怼)者也⁽⁻⁾。衰矣,少(小)矣⁽⁻⁾!《邦风》其内(纳)勿(物)也専(博)⁽三⁾,观人谷(俗)安(焉),大敛材安(焉)⁽四⁾。其言文,其圣(声)善⁽五⁾。孔子曰:佳(唯)能夫……。

〖意译〗

[《小雅》之诗],多反映了周的王业艰难以及人们烦闷的偏激情绪,真是衰弱呀,真是式微呀!《邦风》它所容纳的内容是很广泛的,可以从中观察民俗,可以从中多多地搜集治国之道。其用辞很有文采,诵读时朗朗上口。孔子说:只有《邦风》诸诗才能够……

〖考析〗

(一)……也。多言难而悬(狷)退(怼)者也。

简文"难",一般理解为忧难,或有专家指出当通假而读戁,《说文》"戁,敬也",《诗·商颂·长发》"不戁不竦",毛传"戁,恐",简文之"难",当为敬惧之意①。所论有理,可备一说,然尚不足以否定以忧难释简文"难"之说。

简文"多言"常见于《诗论》诸简,其意义犹今语之"经常表现"、"反复强调"。简文"悬"字亦见于《诗论》第18号简,专家或读为怨,或读为悁,于音理而言固皆无障碍,然而从简文意蕴上看,却还有再酌的余地。愚以为读若狷似乎更妥当一些。马承源先生指出,备用残简中有一支简云"《小夏(雅)》亦德之少者也","所谓'德之少者',可以作为'衰矣少矣'的进一步解释。但此简与《诗论》并非同一人手笔,今附之以供参考"②。马先生此说矜慎而可取。简文此语在论《邦风》之前,依理推之,其前当为论《小雅》者。《诗论》第2号简论"大夏(雅)"之诗谓其"盛德",此处论"小夏(雅)",谓其"德之少",两者正相吻合。《小雅》多数诗篇,抒发愤恨情绪,正与简文"多言难而悬(狷)退(怼)者"若合符契。综上所述,可以看到马先生疑其为论《小夏(雅)》之辞是有道理的。

---

① 秦桦林:"上博简《孔子诗论》辨证",《古汉语研究》2003年第2期。
② 马承源主编:《上海博物馆藏战国楚竹书》(一),上海古籍出版社2001年版,第129页。

简文"退",马承源先生读为"怼",谓"怼、退一声之转,《说文》'怼,怨也。从心对声。'《孟子》'以怼父母',赵岐注:'以怨怼父母。'"①这个说法符合简文之意,可从。或有专家直接以"退"字为释,意指"引退",有去周之意。此说如果单言退字,自然并无不可,但简文"悥(狷)退"为一词,退与狷意义当同类,若分而解之,似不妥。还有专家将简文退读若"湛",有深厚意。

简文之"怼(难)"一方面指王业艰难,一方面指人生之难。《诗论》认为《小雅》之诗反复强调的主题之一就在于此。狷的本义为偏激,与獧字同。《论语·子路》"不得中行而与之,必也狂狷乎!狂者进取,狷者有所不为也。"可见"狷"所表现的是与"狂"不同的另一种形式的偏激。简文的"狷退(怼)",意犹狷介、怨恨。《诗论》简评析《小雅》之诗篇数目不少,约有总篇数的三分之一。其所关注的诗篇表现王业艰难的有《节南山》、《十月之交》、《雨无正》等篇。第8号简谓"《雨亡(无)政(正)》、《即(节)南山》,皆言上之衰也,王公耻之"。这三篇诗作中,表现"上之衰"的典型诗句如"天方荐瘥,丧乱弘多。民言无嘉,憯莫惩嗟"、"昊天不佣,降此鞫讻。昊天不惠,降此大戾"、"今此下民,亦孔之哀"、"哀今之人,胡憯莫惩"、"浩浩昊天,不骏其德,降丧饥馑,斩伐四国"等,皆哀叹时世之艰难,表现了人们在天降大灾面前的痛苦无助的烦闷心情。简文的"狷退(怼)"在《小雅》诗中也多有表现,例如,"维彼愚人。谓我宣骄"、"驾彼四牡。四牡项领。我瞻四方。蹙蹙靡所骋"、"念我独兮。忧心京京"、"四方有羡。我独居忧"、"民莫不谷。我独于罹。何辜于天。我罪伊何。心之忧矣。云如之何",②皆表现出贤人于浊世的狷介心态。再如,《小雅·鹤鸣》写贤人之狷介,谓"鹤鸣于九皋,声闻于野。鱼潜在渊。或在于渚,乐彼之园。爰有树檀,其下维萚。它山之石,可以为错。鹤鸣于九皋,声闻于天。鱼在于渚,或潜在渊。乐彼之园,爰有树檀。其下维谷,它山之石,可以攻玉",诗中所描写之贤人在荒野渊渚之处可以自得其乐,以"鹤鸣于九皋,声闻于天"写其超凡脱俗,应当就是诗作者自己处乱世而不与世俗同流合污心态的自况。再如《小雅·白驹》写一位遐世的贤人独处的心态,谓"皎皎白驹。在彼空谷。生刍一束。其人如玉。毋金玉尔音。而有遐心"。他能够金玉其音,但却远离世俗,

---

① 马承源:《上海博物馆藏战国楚竹书》(一),上海古籍出版社 2001 年版,第 129 页。
② 依次参见《小雅》的《鸿雁》、《节南山》、《正月》、《十月之交》、《小弁》。

如同白驹之在空谷,尽管荒野凡尘,也要保持自己如玉的身影。

本简前端所缺文字与现有文字联系者,可拟补"《小夏(雅)》是"三字。如此,简文作"……[《小夏(雅)》是]也,多言难而悥(狷)退(怼)者也",语意连贯且内容逻辑通畅,应当是正确的。

(二)衰矣,少(小)矣!

此是对于《诗·小雅》的评论。文献所见对于《小雅》之诗的最早评论,是《左传》襄公二十九年所记吴公子季札至观乐时所发出者,史载:"为之歌《小雅》,曰:'美哉!思而不贰,怨而不言,其周德之衰乎!犹有先王之遗民焉。'"所谓的"周德之衰"可与此简相印证。本简的"少"字当读若小,意即微也。"衰矣少矣"即衰微矣,关于东周社会,后世多以衰微概括,《史记·太史公自序》所谓"幽厉之后,周室衰微,诸侯专政,《春秋》有所不纪",可谓典型表述。

(三)《邦风》其内(纳)勿(物)也尃(博),

《邦国》后世称国风。"物"本义指牛色,引申指事类。"内(纳)勿(物)",意犹包含之事类、内容。"尃",古读若布,此处简文可读若博。朱骏声《说文通训定声》豫部云"尃"转注"广也,经传皆以博为之",可谓精当之论。《汉书·食货志》谓:"孟春之月,群居者将散,行人振木铎徇于路,以采诗,献之大师,比其音律,以闻于天子。故曰王者不窥牖户而知下天下。"《汉书·艺文志》谓"古有采诗之官,王者所以观风俗,知得失,自考正也"。简文讲《邦国》"纳物也博",又讲"观人俗",此说可与《汉书》两志之载相互印证。简文"安",通假读若"焉"。安、焉上古音均属元部、影母、平声,读音一样,所以通假。简文"尃(博)",或有专家连下句读,虽亦可通,但不若连于上句为妥。

关于《诗》的"国风"之称,前人或有怀疑。今传本《诗经》有"毛诗国风"四字,郑笺:"国者,总谓十五国,风者,诸侯之诗。"孔疏:"毛字,汉世加之。"依此,则古本所说当称为"诗国风"。清儒于鬯谓:"旧题当作'风诗'二字,不但无毛字,亦无国字。何以知之?《序》云:'风,风也教也。风以动之,教以化之。诗者,志之所之也。在心为志,发言为诗。'先释'风'字,次释'诗'字。明旧题是'风诗'二字。"[①]本简简文表明,孔子时代已有"邦风"之称,这是"国风"之称的先声,《荀子·大略》篇有"国风"之称,可证于鬯此说不够妥当。

---

① 于鬯:《香草校书》卷十一,中华书局1982年版,第209页。

关于《诗》之"风"义,历来有风教、风化、讽诵、讽刺、风俗等说,现代专家亦有讴歌谓风,牡牝相诱为风等说,这些说法皆合乎"风"之意蕴,本简简文所说"其纳物也博",可以较好地解释"风"何以有多重含意的问题。《诗论》第 4 号简简文指出"《诗》其猷(犹)坪(平)门,与戋(贱)民而豫之,其甬(用)心也酒(将)可(何)女(如)?曰:《邦风》氏(是)已(也)",意思是说,《诗》大概是如同民众时常出入的通畅的城门一样的,是给予普通民众宣泄情感的便捷通道。《诗》可以将民众的愤怨情绪汇聚一起,让其发泄排解。这种情况也在《诗》中有所反映,诗作者及采集者所编定的《诗》的这部分的用心是什么样子的呢?《邦(国)风》正是这个样子的。从此可以看出,孔门师徒是从政治理念方面来理解"邦风"的,其所谓的"风"意,当与"风俗"、"风教"之意接近。本简简文下云"观人俗焉,大敛材焉",是为其证。

(四)观人谷(俗)安(焉),大敛材安(焉)。

《诗经》国风部分多民歌,自来相传为官府派人所收集。从这些表达民众愿望的民歌中考察民俗,是古代王者善政的表示,即《礼记·王制》篇所谓王在巡守时"命大师陈诗,以观民风",亦即《汉书·艺文志》所谓"观风俗,知得失,自考正"。马承源先生曾指出《诗论》关于《邦风》具有教化作用的论述,"在各种史料中是较早的"。简文"敛"字原来从金从曰,诸家多从马承源先生释读若敛。"敛材"之意,有收集物质、网罗人才、尊重从事敛材之臣、多识鸟兽草木之名、采风集诗、调和大众等不同解释。愚以为此句当与简文上句"观人俗"有意义上的密切联系,或当即指观人俗的作用就在于能够以此而"大敛材"。"材"字,古与裁通,裁亦有道,故材有"道"之释解。《礼记·学记》"教人不尽其材",郑注:"材,道也。"《易·系辞》下篇谓"有天道焉。有人道焉。有地道焉。兼三材而两之",所谓"三材"即天、地、人之道。《管子·乘马》五"凡立国都……因天材,就地利","天材"即天道。《广雅·释诂》三据此而说"材,道也",是正确的。"大敛材焉",意即可以从《邦风》多多地搜集治国之道[①]。

(五)其言文,其圣(声)善

简文上两语"观人俗"、"大敛材",言《邦风》之政治教化功能,此两语"其言

[①] 简文"大敛材"的"大"字,或有专家释其意犹若重视、看重。"大敛材"指重视敛材的百姓。按,从简文上下文意看不若理解为说明敛材规模的副词为妥。专家或读"敛材"为"敛采",虽然音近可通,但于简文之意不协。

吝,其声善",则指《邦风》之艺术特色。简文"文"字上附加口形偏旁,与《诗论》第1简的"文"字相同。诸家皆以此字为"文"之异,意指《邦风》之诗有文采。简文"其声善",善有好、良之意,"声善"指声音好听悦耳。《史记·赵世家》谓"其于义也声善而实恶",说某人说得好听而实际却险恶。这里的"声善"即如此用法。简文"其声善",其意蕴不仅指诸风《诗》朗朗上口,便于诵读,而且指《邦风》之诗演唱时音乐和美,悦耳动听。清儒方玉润说:"风之本乎人者因时而为俗。本时势之风尚,发而为天籁之声。"[1]邦风诸诗多民歌,浑然天成不事雕琢,谓其为"天籁之声",甚是。

---

[1] 方玉润:《诗无邪太极图说》,《诗经原始》,中华书局1986年版,第8页。

【第四简】

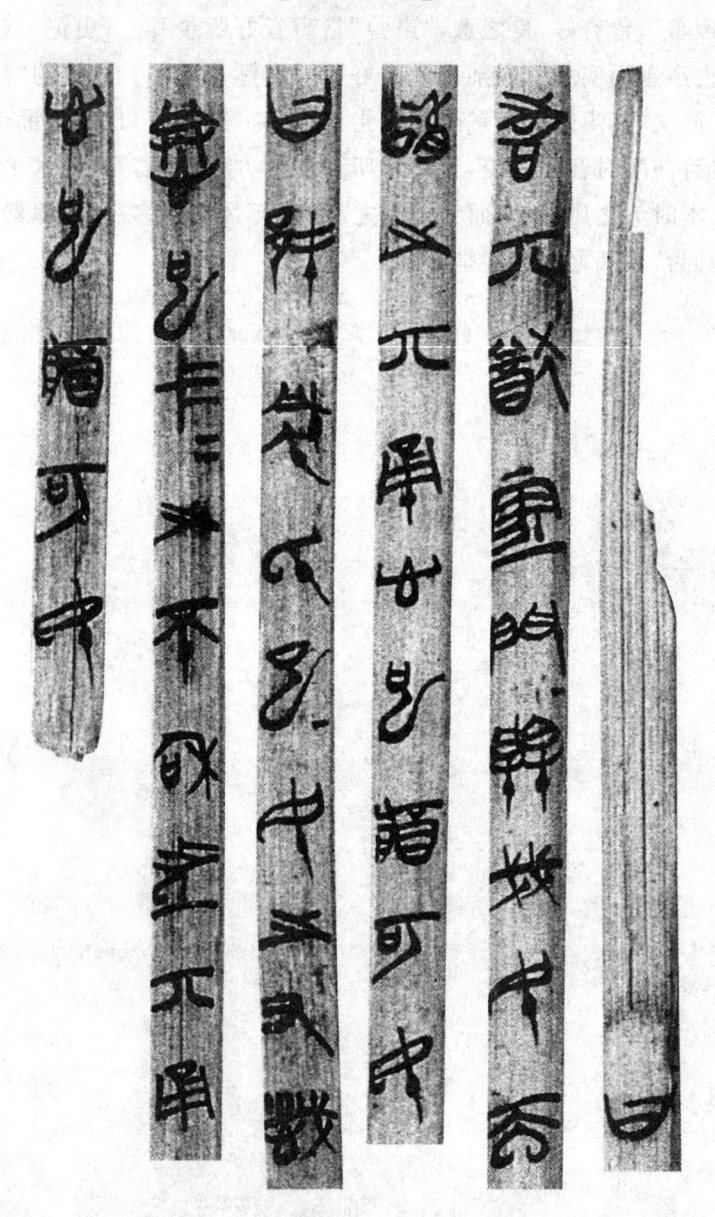

……曰：《诗》其猷（犹）坪（平）门⁽⁻⁾，与戈（贱）民而豫之⁽⁻⁾，其甬（用）心也牀（将）可（何）女（如）？曰：《邦风》氏（是）巳（也）⁽³⁾。民之有慼倦也⁽四⁾，上下之不和者，其甬（用）心也牀（将）可（何）女（如）？[《小夏（雅）》氏（是）巳（也）]。⁽五⁾

〖意译〗

[孔子]说：《诗》大概是如同民众时常出入的通畅的城门一样的，是给予普通民众宣泄情感的便捷通道。《诗》可以将民众的愤怨情绪汇聚一起，让其发泄排解。这种情况也在《诗》中有所反映，诗作者及采集者所编定的《诗》的这部分的用心是什么样子的呢？《邦（国）风》正是这个样子的。民众有了怨诽愤恨和倦怠疲惫的情绪，使得社会上上下下各阶层的人不和谐，这种情况也在《诗》中有所反映，诗作者及采集者所编定的《诗》的这部分的用心是什么样子的呢？[《小夏（雅）》正是这个样子的]。

〖简序〗

诸家对于此简的排序歧义最多，或将排列在第 6 简后，或在第 22 简后，或在第 17 简后，或将其列为首简。愚以为列在第 6 简后可能是比较妥当的，但它与第 6 简的内容并不连贯，其间尚有较多缺失。

〖考析〗

（一）……曰：诗其猷（犹）坪（平）门，

此句前省略了"曰"之主词。简文"坪"字又见于第 2 号简，有释读为平、旁、广、坊、重、衡、圣等说①，愚以为读"平"较优（说详第 2 号简考析）。还有专家读为"衡"，谓简文"衡门"，与《韩诗外传》卷二第 29 章引子夏语有关②。按，

---

① 裘锡圭先生说："'圣门'，疑当记为'声门'。……可以说作为心声的诗，是通往诗人心灵的一道门。"（"谈谈上博简和郭店简中的错别字"，廖名春编：《新出楚简与儒学思想国际学术研讨会论文集》，清华大学思想文化研究所 2002 年版，第 24—25 页。）
② 王志平："《诗论》发微"，廖名春编：《新出楚简与儒家思想国际学术研讨会论文集》，清华大学思想文化研究所 2002 年版，第 111 页。

读若衡,虽然不为无据,但联系到第2号简,还是读为"平"较妥帖。平与便、辨等字相通假,古代文献中例证颇多。《尚书·尧典》"平章百姓","平秩东作",《史记·五帝本纪》作"便章百姓","便秩东作",是为显例。要之,"坪(平)门"当即宽畅方便之门。此句之意谓:《诗》是否如"平门"一样,是给予普通民众的宣泄情感的便捷通道。《诗论》简称引某人之语言,冠以"某某曰"者,仅孔子为然。所以本简简首所缺之简文主词应当是"孔子"。

(二)与戋(贱)民而𧖟(逸)之。

简文"与"字,专家多连上句,读若欤,成为一个疑问词。已有专家指出,这样句读虽然"亦可文从字顺,但终究与简文原意不合,决不可从"①。还有专家读简文"与"为"举",从古音韵的通假看,此说是可以成立的。然不若用如动词"予"若"爱",专家谓"读如《小明》诗'正直是与'及《儒行》'同弗与也'之与,与犹爱好之。"简文之意谓"《诗》好像一座平和之门,亲近贱民而给民带来安乐"②,此亦可备一说。按,原简"平门"之后有一墨钉(见右图),所以,将"与"字连于简文"戋(嶘)民",应当是正确的③。简文"与"字,专家或读若举,或读若予,意皆可通。

简文"戋(嶘)",或读为残、善、渐、前、贱等,愚以为原考释读贱较优。贱民指地位低下的人。简文"戋(嶘)民",是承上句"坪(平)门"为说,指普通民众,都从城门出入,喻指普通民众都有发表意见的通道,那就是诗。民众表达用诗歌表达自己的意见就像从城门出入那样方便。

简文"𧖟"字从谷、从兔、从肉,专家或读为豫,或读为舒,或读为说(悦)④,但不若读为逸为优⑤。逸有逃逸、释放之意。此句之意谓,像民众通过便畅的

---

① 程二行:"楚竹书《孔子诗论》关于'邦风'的二条释文",《武汉大学学报》2002年第5期。
② 陆华:"读上博简《孔子诗论》札记二则",《兰州学刊》2008年第12期。
③ 陈斯鹏指出"原简'门'字下明显有一句读符号,很难说是误点或无意为之,相反地,更可能是为避免误读而有意所加,所以还是当于'门'字断读为妥"(《简帛文献与文学考论》,中山大学出版社2007年版,第38页)。
④ 将简文此字读若"说(悦)"之说,见于李开先生"上博楚竹简《孔子诗论》词语考释",《古籍整理研究学刊》2005年第1期。
⑤ 专家或谓此字从沿字右旁而非从谷,细审此字上部作两"八"之形,而非只从一"八",所以可确定字从谷。此字所从的"兔",专家或谓从绢字右旁,然而此字实与兔相同。故而此字当谓"从谷、从肉、从兔,兔亦声"。参见李零先生"上博楚简校读记"(《中华文史论丛》第68辑,上海古籍出版社2002版,第22页)读为逸,是有道理的。李学勤先生认为这个字"是从'谷'声的字,可读作'裕'"("释《诗论》简'兔'及从'兔'之字",《北方论丛》2003年第1期),亦有理致,可备一说。

城门出入一样,《诗》会将民众的愤怨情绪发泄排解。此即孔子所说的诗"可以怨"的意旨之所在。《论语·阳货》篇载孔子论诗的作用之语,其中一项即谓"可以群,可以怨",前人多以"怨刺上政"为释。这是从执政者的立场出发的解释,若从民众的立场看,则诗实为宣泄不满情绪的一个重要管道。清儒焦循曾论及明代《诗》教不行,而致群众闹事,"假宫闱庙祀储贰之名,动辄千百人哭于朝门,自鸣忠孝,以激其君之怒,害及其身,祸于其国"①。孔子主张疏导民众的怨愤情绪,所以简文云"诗其猷(犹)坪(平)门,与戔(贱)民而饯之",将《诗》比喻为民众经常出入的城门,谓其可以排解宣泄民众的不满情绪,以免酿成事端,以免由此而给民众带来危害。孔子曾经把"无怨"视为仁者的美德,君子应当做到"在邦无怨,在家无怨"②。但是对于一般老百姓而言,不能只要求他们自己自觉地"无怨",作为统治者来说,应当通过政治的清明而不产生怨气,即使有了怨气,也要让老百姓释放怨气而无怨。所以孔子认为《邦风》之诗就是让百姓释放怨气的一个通道。这是孔子对于《诗》的一个深刻认识,也是孔子"仁"学思想的一个表现。春秋时期,开明的政治家多能不堵民口,让民众比较自由地发表言论,《左传》襄公三十一年所载郑国执政子产不毁乡校事是为典型:

> 郑人游于乡校,以论执政。然明谓子产曰:"毁乡校何如?"子产曰:"何为?夫人朝夕退而游焉,以议执政之善否。其所善者,吾则行之。其所恶者,吾则改之。是吾师也,若之何毁之?我闻忠善以损怨,不闻作威以防怨。岂不遽止?然犹防川,大决所犯,伤人必多,吾不克救也,不如小决。使道不如,吾闻而药之也。"然明曰:"蔑也今而后知吾子之信可事也。小人实不才。若果行此,其郑国实赖之,岂唯二三臣?"仲尼闻是语也,曰:"以是观之,人谓子产不仁,吾不信也。"

防民之口,甚于防川,这是自西周以来的古训。孔子赞成让民众自由发表意见,当权者虚心听取民众意见,这是他政治思想的一个重要方面,《诗论》第4

---

① 焦循《毛诗补疏·序》,《皇清经解》本。
② 《论语·颜渊》。

简的简文为此提供了新的明证。孔子重视普通民众,这一点对于认识孔子思想颇有意义。过去每以孔子为扼杀民众言论自由的贵族阶级(剥削阶级)代言人,观此简可知这种说法是不全面的。

(三)**其甬(用)心也牆(将)可(何)女(如)？曰:《邦风》氏(是)巳(也)。**

关于简文"邦风",马承源先生说:"《邦风》是初名,汉因避刘邦讳而改为《国风》"①。有专家指出,汉代去古未远,避讳较疏,往往是临文不讳,《诗》、《书》不讳,汉代大量文献证明汉代并不讳"邦"字②。"因避刘邦讳而改为《国风》"之说可能是不妥当的。《诗》的《国风》一辞从先秦到汉代屡见诸文献记载,如《荀子·大略》篇谓"《国风》之好色也,《传》曰:'盈其欲而不愆其止。其诚可比于金石,其声可内于宗庙。'《小雅》不以于污上,自引而居下,疾今之政以思往者,其言有文焉,其声有哀焉。"将《国风》与《小雅》并提。汉代称《国风》之例亦非罕见。然,先秦、秦汉文献中,"邦风"之称却未见到,仅见于上博简《诗论》。究先秦、秦汉时代,"邦"、"国"用例之别,盖在于"邦"多有氏族、宗族之背景,而"国",则以王朝、国家为背景。两者有一定的差异。将"邦"理解为上古时代的"国",这原本是不错的。今本《尚书·金縢》"流言于国",清华简"国"作"邦"③,是为邦、国两字相通之例。只不过应当指出这里所说的国已经是我们现代人的概念,而非古人的概念。上古时代,"国"本指都城而言,后来才逐渐扩而大之,渐至有了国家的意蕴。明乎此,说"邦"就是古国方不至于错。上古时期"封"、"邦"同字,邦当指一定的封域,而与之相对的"国",当指都城。但是如果将"国风"理解为城市民歌,"邦风"理解为乡村民歌,恐怕亦有不妥,因为"邦"可能是将"国"涵盖于其中的。

简文"其甬(用)心"指《诗》作者及采集者的良苦用心。"将何如",犹言"是什么样子的呢"。下句答语云《邦(国)风》就是这个样子的。朱熹谓:"风者,民俗歌谣之诗也。谓之风者,以其被上之化以有言,而其言又足以感人,如物因风之动以有声,而其声又足以动物也。"④在《诗》中,"风"就是反映民众心声的

---

① 马承源主编:《上海博物馆藏战国楚竹书》(一),上海古籍出版社2001年版,第129页。
② 钟书林:"上博简《诗论》'邦风'避讳说献疑",《文博》2008年第6期。按,此说可以证明汉代并不避讳"邦"字,也不大可能因此而改"邦风"为"国风"。此说实属卓见。
③ 李学勤主编:《清华大学藏战国竹简》(壹),中西书局2010年版,第158页。
④ 朱熹:《诗集传》卷一。

歌谣[①]。《诗论》认为它充分体现了诗作者宣泄民众情绪的意旨。《诗论》对于“邦(国)风”的论析,又见于第3号简。其简文谓“《邦风》其内(纳)勿(物)也尃(博),观人谷(俗)安(焉),大敛材安(焉)。其言文,其圣(声)善”,第3号简的这段简文的意思正是对于本简“其甬(用)心也牆(将)可(何)女(如)”这一问题的回答,指明了《邦风》诸诗的创作和采集的目的。

简文“邦风是也”的“也”,原作“”,专家或认为当释为“巳”[②],从字形上看确是如此,但从上下文意看,把它作为“也”之误字,可能更好些。

(四)民之有慼惓也,上下之不和者,其甬(用)心也牆(将)可(何)女(如)?

[《小夏(雅)》氏(是)巳(也)]。

简文慼为从業、从戈、从心,专家或读为罢,但多数专家认为它又见于郭店简《性自命出》第34号简,于该简当读若戚[③]。此下的“惓”字,原有恳切之意,专家多认为,于简文中当读若“患”,并举出上博简《性情论》中两例为证。愚以为《性情论》第31号简“凡忧惓之事谷(欲)任”,第35号简“甬(用)智之疾者惓为甚”,两处的“惓”虽然皆可读若患,但也未必绝对如此,其后一例读患即未必合适。濮茅左先生在考释此段简文时曾举出《淮南子·人间训》“病者已惓而索良医”为证,指出“惓为甚”[④],其说甚有理致。此字在本简中可读若倦,有罢惫、倦怠之意。郭店简《性自命出》谓“愠斯忧,忧斯慼(戚)”,可见在思想情绪的序列中,“慼(戚)”比忧为甚,其状态类于今语之痛心疾首。简文“惓”所表示的是两种情绪,一痛心疾首;二倦怠罢惫。这两种情绪在《诗·小雅》

① 古代多将“风”代指风俗、风气。民歌是风俗、风气的一个生动典型体现,故而亦将它称为“风”。当代专家或将“风”理解为“各地方的乐调,《国风》便是各国土乐的意思”(朱自清:《经典常谈》,上海古籍出版社1999年版,第27页),按,仅以乐调释“风”之意,似不妥。“风”诗具有生动、质朴、辛辣、幽默、活泼、贴近社会现实、迅速反映民瘼民意等特点。风诗之作源于民歌民谣,多是一人之智而众人之慧,一唱三叹,抒发大众或小众的情绪,若辅之以乐器演奏,伴之以舞蹈,则往往有感天撼地的气势。若是二人或多人对歌,则往往绵远悠长,情意深厚,曼妙无比。搜集风诗是上古时代统治者了解民情民意的重要方法。

② 张桂光:“《战国楚竹书研究·孔子诗论》文字考释”,朱渊清、廖名春主编:《上博馆藏战国楚竹书研究》,上海书店出版社2002年版,第337页。

③ 参见李零“上博楚简校读记”(《中华文史论丛》第68辑,上海古籍出版社2002年版,第22页)、周凤五《〈孔子诗论〉新释文及注解》(朱渊清、廖名春主编:《上博馆藏战国楚竹书研究》,上海书店2002年版,第158页)。其他诸家,如李学勤、廖名春、俞志慧、黄德宽、徐在国等,亦释其为“慼”。刘信芳先生指出,《礼记·檀弓》录子游语“愠斯戚,戚斯叹”,据此知简文中的这个字乃“‘戚’之古文”(“楚简《诗论》释文校补”,《江汉考古》2002年第2期)

④ 马承源主编:《上海博物馆藏战国楚竹书》(一),上海古籍出版社2001年版,第270页。

诸篇中多有表现。

《诗论》第4号简之后当脱一简,此简的开首部分,依简文文例当谓"曰《小夏(雅)》是也",以与本简最后的"其甬(用)心也将可(何)女(如)"相呼应。《诗·小雅》多数篇章表现了社会各个阶层的"怨诽"(司马迁语)情绪,揭露贵族统治者内部矛盾的诗作占有较大比重,本简所谓"上下不和",符合《小雅》之旨。

从本简上文所云"曰《邦风》是也"和第五简的"曰《讼(颂)》氏(是)也"看,本简后面当拟补"曰《小雅》是也"五个字。

【第五简】

……氏(是)巳(也)⁽⁻⁾。又(侑)城(成)工(功)者可(何)女(如),曰《讼(颂)》氏(是)巳(也)⁽⁻⁾。《清庙》,王惠(德)也,至矣!⁽三⁾。敬宗庙之豊(礼),以为其本⁽四⁾;"秉文之德",以为其糵(业)⁽五⁾,"肃雍[显相",以为其桢]⁽六⁾,……。

〖意译〗

[《大雅》就]是这个样子的。《诗》是怎样将伟大功业通过的侑祭向神明报告的呢?《颂》所表现的就是这个样子的。《清庙》这首诗所表现出的周文王的美德,多么至高无上啊!敬重宗庙之礼,将它作为治国的根本。正如诗中所云"秉持和继承文王之德",作为自己修身和治家的事业,"严肃静穆的大臣们",[是王朝的栋梁。]

〖简序〗

本简与第4号简没有必然的直接联系,但从文意和简文句式看,两简间尚可编连。中间有无缺简,可存疑。兹姑据诸家排序,暂列于此。本简三个"也"字,前两个作"巳"形,当是"也"的误字。

〖考析〗

(一)……氏(是)巳(也)。

本简此处和另一处简文"巳",均为"也"的误字。依照第4号简"邦风是也"的文例,本简"是也"之前所缺文字补齐后,简文可能是"《大夏(雅)》是也",再其前当有论《大雅》的词语。估计其前有一简或两简的缺失。

(二)又(侑)城(成)工(功)者可(何)女(如),曰讼(颂)氏(是)巳(也)。

简文"又"字,可读若"有"。又、有相通之例甚多,"有"常作语首助词①。本简"又(有)"字亦然。本句意谓:对于所取得的成功业绩,《诗》是怎样表达的

---

① 参见王引之《经传释词》卷三和杨树达《词诠》卷七。这类语首助词虽然基本无意可寻,但实表现一种已经存在的状态,如"有王虽小子"(《尚书·召诰》),"有王"即已经存在之王,再如"有夏"、"有商"、"有周"、"有家"、"有庙"、"有众"等亦皆莫不如是。

呢？应当说《讼(颂)》就是这样的表达。如此来解释简文,意虽可通,但不若有专家将"又"字读若"侑",更为妥当。"又(侑)"指侑祭,是为报本返始而答谢神灵保佑之祭。《尔雅·释诂》"侑,报也",就侑祭的这个意义言,应当说所有对神灵的祭祀都在"侑祭"的范围之内,所以说侑祭非必为殷周商卜辞中所见到的那样的专门的范围较小的祭祀。简文"(有)城(成)功",即报答神明护佑而获成功的祭祀。在这种感恩于神明的祭礼上所演唱的乐歌,以《颂》居多,所以简文说"曰讼(颂)氏(是)也"。

"成功"为古代成语,《尚书·禹贡》"禹锡玄圭,告厥成功",即为显例。郑玄解释《周颂》之义谓"周室成功,致太平德洽之诗。其作在周公摄政、成王即位之初"①,其说与此简文相合。简文"城(成)工(功)",意指周公成王之时的天下太平、德治融洽。鲁襄公二十九年,吴公子季札聘鲁观周乐,听到"颂"的音乐,他评论说:"至矣哉! 直而不倨,曲而不屈。迩而不偪,远而不携。迁而不淫,复而不厌。哀而不愁,乐而不荒。用而不匮,广而不宣。施而不费,取而不贪。处而不底,行而不流。五声和、八风平、节有度、守有序,盛德之所同也。"②季札所听到的颂音乐正是庆祝胜利成功的音乐,亦与简文所说相合。

(三)《清庙》,王德也,至矣!

《清庙》为《诗·周颂》的首篇。此诗简短,具引如下:

> 于穆清庙,肃雍显相。济济多士,秉文之德,对越在天,骏奔走在庙。不显不承,无射于人斯。

这首诗的意思是说:"多么肃穆清静的宗庙啊,还有严肃雍容的尊贵的助祭者。那些众多的参加祭祀者,都秉承着文王的德操,回应着在天上的文王的指示,敏捷地在宗庙里走来走去。大大地彰显和顺承了文王的德操,这些人肯定会让文王满意的。"

朱熹承《诗序》之说,谓《清庙》之诗为"周公既成洛邑而朝诸侯,因率之以

---

① 《毛诗正义》卷十九《周颂谱》。
② 《左传》襄公二十九年。

祀文王之乐歌"①，简文"王德也，至矣"，意指《清庙》一诗所表现的文王之德无以复加的高尚伟大。《清庙》郑笺云："天德清明，文王象焉，故祭之而歌此诗也"，与简文意合。关于《清庙》一诗的"清"字之义，古人有指清明之德或肃穆清静的不同。郑笺谓"清庙者，祭有清明之德者之宫也，谓祭文王也。天德清明，文王象焉，故祭之而歌此诗也"，今得此简为据，可证郑笺说可信。简文用"至矣"（最美好、最伟大）形容《清庙》一诗的原因，颇值得寻味。此诗描写祭祀文王的场面，但其中心在于"秉文之德，对越在天"，济济多士秉承文王之德，这才是最可贵者，亦即最伟大而美好者，那么文王之"德"是什么呢？"对越在天"一语道出了其中的涵义，即文王得到了天之眷顾，亦即周人常谓的"文王受命"（指文王膺受了天所授予的统治天下的大命）。能够秉承文王所得之天命，当然是周人所最为重视的事情，故而以"至矣"评析此诗。德者，得也。此诗之"德"应作如是观。"至矣"实是对于天命之颂扬。《左传》襄公二十九年载吴公子季札以"至矣"评论"颂"之诗，那是对于颂之音乐的评论，与简文此处的"至矣"并不相同。

（四）敬宗庙之豊（礼），以为其本。

宗庙之礼，指在宗庙举行的祭典。其作用主要在三个方面，一是表示对于神明的敬重，即《礼记·哀公问》篇所谓"治宗庙之礼。足以配天地之神明"；一是表示对于祖先鬼神的敬重，即《礼记·中庸》篇所谓"宗庙之礼，所以祀乎其先也"；一是明确个人在宗族中的地位，贯彻孝道，加强宗族团结，亦即《中庸》所谓"宗庙之礼，所以序昭穆也……敬其所尊，爱其所亲，事死如事生，事亡如事存，孝之至也"。依儒家观念，人为天地先祖所生，天地先祖即为人之本源。

---

① 朱熹：《诗集传》卷十九。后人对于朱熹此说或有驳之者，但从《礼记》诸篇的相关记载看，《清庙》一诗确实是颂扬周文王之作。虽然因为谥法起源问题复杂而尚不可断定周公时是否有谥法存在，但从《诗》的写作至编定，实有一个过程。《清庙》"秉文之德"，是诗人吟咏先王之事所作，盖为编定《诗》时所理解的秉持文王之德的意思。"清庙"一辞，容或指清静肃穆之庙，但《清庙》一诗则为颂扬文王的专篇，故而唐儒孔颖达谓"《礼记》每云'升歌《清庙》'，然则祭宗庙之盛，歌文王之德，莫重于《清庙》，故为《周颂》之首"（《毛诗正义》卷十九）。《清庙》为周代许多礼仪场合所演唱的歌诗，如"天子视学"时要"登歌《清庙》"（《礼记·文王世子》），"以禘礼祀周公于大庙"时及举行大规模的尝祭时都要"升歌《清庙》"（《礼记·明堂位》、《祭统》）。演唱《清庙》歌诗的时候"朱弦而疏越，壹倡而三叹"（《礼记·乐记》），按照孔子"升歌《清庙》，示德也"（《礼记·仲尼燕居》）的说法，之所以特别认真地咏唱是诗乃是为了表达对于周文王美德的尊敬景仰之情。王国维谓："《清庙》之篇，不过八句，不独视《鹿鸣》、《文王》长短相殊，即比《关雎》、《鹊巢》亦复简短，此亦当由声缓之故。"（《观堂集林·说周颂》）。演唱《清庙》时歌声缓慢浑厚，充分表现出对于文王之德的重视。

所以通过宗庙的祭典,来表达对于天地先祖的敬重之情,这也就是敬重人之本源的做法,亦即简文"以为其本"的含意。此句简文是对于《清庙》一诗的进一步评说,认为此诗之旨即在于"敬宗庙之礼"。孔子思想的核心在于"仁"。《礼记·中庸》载孔子语谓:"仁者,人也,亲亲为大;义者,宜也,尊贤为大;亲亲之政,尊贤之等,礼所生也。"孔子在《诗论》中之所以特别重视《清庙》一诗,是为其仁学思想所决定的。《清庙》一诗所阐述的对于周文王的崇敬,即代表着周人对于先祖的敬重。将其列为《诗·颂》之首,即表现出"亲亲"原则的重要。简文"以为其本"的另一方面的含义在于修身之本。《论语·学而》篇载孔子弟子有子语谓:"君子务本,本立而道生。孝弟也者,其为仁之本与!"孝悌两种德行,是儒家修身理论所强调的根本。《清庙》所述的宗庙之礼,也体现着孝悌原则,让参祭者通过宗庙之礼将孝悌原则融入于心灵之中。

(五)"秉文之德",以为其糵(业)

简文"业"字原作双"業"并列之形。或读为质,或读为糵,皆不若李学勤、廖名春、俞志慧等先生径释为"业"较优①。"业"指事业,与上句作为修身之本的"本"相对应。《礼记·大学》谓"自天子以至于庶人,壹是皆以修身为本,其本乱而末治者否矣",又谓"身修而后家齐,家齐而后国治,国治而后天下平"。可见,"本"指修身,而"业"则指齐家、治国、平天下诸事。此事虽然重要无比,但与修身之"本"比起来,也还只能算是"末"。简文此句实言,《诗》的"秉文之德"一句表示,在宗庙之礼中人们可以将文王之德融汇于胸,其价值取向即在于从事齐家治国平天下之伟业②。在后儒的理论中有与此简文义相近的说法,见于《荀子·儒效》篇,是篇说:"成王冠,成人,周公归周,反籍焉,明不灭主之义也。周公无天下矣;乡有天下,今无天下,非擅也;成王乡无天下,今有天下,非夺也;变埶次序节然也。故以枝代主而非越也;以弟诛兄而非暴也;君臣

---

① 李学勤:"《诗论》简的编联与复原",《中国哲学史》2002年第1期。廖名春:"上海博物馆藏诗论简校释",《中国哲学史》2002年第1期。俞志慧:"《战国楚竹书·孔子诗论》校笺"(上),简帛研究网站2002年1月17日。

② 简文"业"原作糵,冯胜君先生谓《秦公簋》铭文有并列双"業"下加"去"之字,杨树达先生读为义。糵与义同声。"业,上古音为疑纽叶部字,糵,上古音为疑纽月部字。二字双声,而叶、月二部关系极为密切",所以简文这个字"应该读若糵"("读上博简《孔子诗论》札记",《古籍整理研究学刊》2002年第2期),今《尚书·盘庚》"若颠木之有由糵"。简文"敬宗庙之礼,以为其本;秉文之德,以为其业(糵)"。本、糵相对成意。意犹文王之德的发展。按,如此理解简文,亦甚有理致,可备一说。

易位而非不顺也。因天下之和,遂文武之业,明主枝之义,抑亦变化矣,天下厌然犹一也,非圣人莫之能为。夫是之谓大儒之效。"其所谓"遂文武之业",意即成就文王、武王开创的伟业,与此简所说的"以成其业",语意一致。

(六)"肃雍[显相",以为其桢]

《诗·清庙》有"肃雍显相"之句,依本简上句"'秉文之德',以为其业"的文例,"肃雍"以下之文可补如此。"肃雍显相",是形容清庙中的相礼者具有肃敬雍和的特别敬慎的神态。这些相礼者即助祭的公卿诸侯。简文缺失,不知"其"字后究为何字,但似可推测,系标识栋梁之材的用词,或即"桢"字乎?《大雅·文王》篇载:"王国克生,维周之桢。济济多士,文王以宁。"桢,干也,意指主干、立柱。"维周之桢"的诗句将"济济多士"形容为周王朝的支柱,此处简文在"其"之后若拟补"桢"字,或者与真实相距不远。

【第六简】

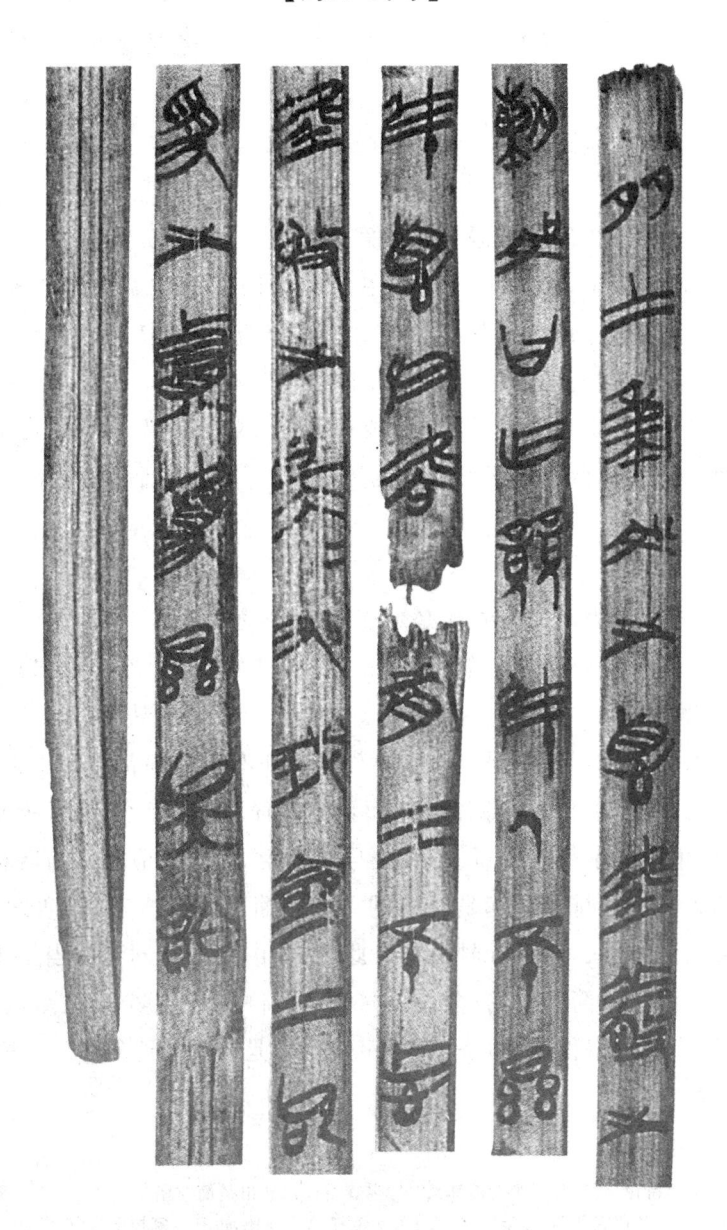

["肃雝显相,济济]多士,秉文之德",吾敬之。⁽⁻⁾《烈文》曰:"乍(亡)竞佳(唯)人"、"不(丕)显佳(唯)德"⁽⁻⁾、"於虐(呼)前王不忘",吾敓(悦)之⁽⁻⁾。《昊天又城(成)命》,"二后受之",贵且显矣,讼(诵)。⁽四⁾

〖意译〗

《清庙》诗谓:"在清静肃穆的先王宗庙里面,严肃而雍和的助祭者和那些威仪济济的朝廷多士,他们以执行文王之德为己任而虔诚无比地参与祭典。我十分敬重他们。"《烈文》诗谓:"君主治理国家,没有比任用贤人更重要的事情了。""伟大光明的先王美德,是我们的楷模。""啊!先王的伟大光明的美德没有被遗忘。"我喜欢这些。《昊天有成命》谓:"文王和武王两位君王膺受天命,能够继承文武二后的尊贵而显达的周王啊,那就是王诵(周成王)。"

〖简序〗

李学勤先生认为此第 6 号简必定连于第 22 号简后,并且指出,此有"双重理由",一是"这样能将缺字准数补全";一是这两支简的"保存形态是近似的,简首都在系绳的缺口上方一小段处折断,都留有皱缩的残部"①。按,是说虽然牵涉到"留白简"的问题,但是李学勤先生将所有留白简都排列于第 22 号简之后,意欲巧妙地避开这个障碍。然而,"留白简"尚有待论定处,故而本书仍按马承源先生所排定简序为说。第 21 号简和第 22 号简应当是前后相连的两简,马承源先生将其排连一起是可信的。这两简的句式多有"吾善之"、"吾信之"、"吾美之"之语式,而第 6 号简亦有此句式,由句式相同看应当是排列在一起的。再者,第 6 号简开头的"多士"即《清庙》诗中"济济多士"之后两字,故而可拟补《清庙》曰:肃穆显相,济济等字。至于是否系连于第 22 号简之后,容当再作研讨。

---

① 李学勤:"《诗论》说《宛丘》等七篇释义",廖名春主编:《新出楚简与儒学思想国际学术研讨会论文集》,清华大学思想文化研究所 2002 年印本,第 1 页。对于这个问题,也有专家指出"第 6 简的诗风与第 21、22 简根本不同……,不是一种体例",所以留白简应当"单独考虑",而不必连在第 22 简之后(曹建国:"论上博《孔子诗论》简的编连",简帛研究网站 2003 年 4 月 12 日)。

〖考析〗

（一）["肃雝显相,济济]多士,秉文之德",吾敬之。

简文"多士,秉文之德"见《诗·周颂·清庙》,此诗内容如下:"于穆清庙,肃雝显相。济济多士,秉文之德。对越在天,骏奔走在庙。不显不承,无射于人斯。"简文"多士"前残缺文字,可据此诗拟补"肃雝显相,济济"六字。

孔子对于文王的业绩和德操特别崇敬,就《诗论》而言,第21号简谓"《文王》吾美之",第22号简谓"《文王》曰:'文王在上,于昭于天',吾美之",都表达了这一思想。在儒家观念中,周文王是恪守孝道的典范,《礼记》的《祭义》和《文王世子》篇述之甚详。《礼记·缁衣》篇载,孔子认为民众如果能够像文王那样"好贤"、"恶恶",就会"爵不渎而民作愿,刑不试而民咸服",就会像《大雅·文王》篇所说的那样,"仪刑文王,万国作孚"①。据《礼记·中庸》篇记载,孔子还曾称赞说:"无忧者其惟文王乎!"孔子自己以承继文王道统自豪,谓:"文王既没,文不在兹乎?"②《清庙》一诗描述了在清静肃穆的先王宗庙里面,严肃而雍和的助祭者和那些威仪济济的朝廷多士("肃穆显相,济济多士"),他们以承继文王之德为己任("秉文之德"),他们虔诚地参与祭典。这些人为孔子所敬重,所以孔子说:"吾敬之。"简文"吾"本作从虍、从壬之形,《诗论》简多次出现,皆读若"吾"。简文所从的"壬",《说文》训为"位北方也,阴极阳生""象人裹妊之形,承亥壬以子生之叙也",这种以律历为释之解,后人多不相信,清儒朱骏声引或说谓:壬是个借用字,"借以纪数,非因纪数而特制其字也。"然朱骏声谓其字像人担物之形为释,亦有可疑处,因为他所据的是小篆的"壬"字,并非壬字之溯③。当代学者多据甲金文字谓壬字本义是人挺立之形,或谓其就是"挺"之本字。愚以为从字形上看,不似挺立之人形,而是坚韧不屈之人形。壬古音属侵部,吾属鱼部。两部相距甚远,无因音同字通的可能。简文所以将从"壬"之字读为"吾",是因为"壬"与"吾"两者意相涵,皆表示人的缘故。

---

① 郭店简《缁衣》第1号简载此诗句作"仪型文王,万邦乍(作)孚",参见荆门市博物馆编:《郭店楚墓竹简》,文物出版社1998年版,第129页。
② 《论语·子罕》。
③ 参见朱骏声:《说文通训定声》,中华书局1984年版,临部第90页。

(二)《烈文》曰:"乍(亡)竞隹(唯)人"、"不(丕)显隹(唯)德"。

《烈文》一诗为今传本《诗经·周颂》的第三篇,是篇谓:"烈文辟公,锡兹祉福[①],惠我无疆[②],子孙保之。无封靡于尔邦,维王其崇之。念兹戎功,继序其皇。无竞维人,四方其训之,不显维德,百辟其刑之。於乎,前王不忘!"意思是说:有功烈的各位国君,文王赐予我们如此的福祉,文王给予我们无边的永久的恩惠,后世子孙都要保守它。不要在你的邦国过度奢糜,你们是周王所封建的诸侯。周王念及你的大功,你可要继续发扬光大它。没有比它更重要的是你作为一位杰出之人,四面八方都会以你为榜样。你的光辉的伟大的德行,众多的诸侯国君都会效仿。啊!先王的美德不要忘记呀。

关于此诗主旨,《诗序》云"成王即位,诸侯助祭",朱熹《诗集传》云"此祭于宗庙而献助祭诸侯之乐歌"。姚际恒驳斥此说,谓:"'四方其训','百辟其刑',不类告诸侯语。又诏诸侯以不忘'前王',亦不类。"他认为此诗"当是周公作,以为献祭诸侯之乐歌而末因以勉王也"[③]。愚以为,此诗非周公作,亦非成王作,也不是诸侯助祭之作,而是与《清庙》同类的作品,即诗人(也可能是某位参加祭典者)述祭典情况之作,很可能是参祭的某位史官的籍述祭典而颂扬王德之作。从诗意中看不出是何种祭典,非必如《诗序》所云是周成王即位时的庆典祭礼。从诗意中可以看出的是颂扬王德,希望助祭的诸侯国君将其发扬光大。

简文"乍(亡)竞维人"的"乍"字,是为"亡"之误字,马承源先生指出"乍"与"亡"两字"字形相近"而致误,是正确的[④]。今本此句作"无竞维人","无"与"亡"因为双声而相通假,而非字形相近而误。古书此例甚多,所以此处的"乍(亡)"变为今传本的"无",并非传抄之讹,而是音通相假的原因。"无竞",疑为周人成语。诗句"无竞维人,四方其训之"又见于《大雅·抑》篇。"竞"意为强[⑤],"无竞"犹今语之"没有比这更强的","无竞维人",意犹郑笺所释"人君为政,无强乎得贤人"。"四方其训之"("天下顺从其政")是"得贤人"的结果。郑

---

① 《烈文》"锡兹祉福"的锡福祉者,毛传以为是"文王",郑笺说是"天",当代专家或以为是诸侯赐予成王。从诗意看,此为写诸侯在宗庙里助祭之诗,直接锡福者当是文王。
② 《烈文》"惠我无疆"的"疆",郑笺释为"无期"。揆诸诗意,"无疆"还应当包括空间范围。将此诗的"无疆"理解为无边永久,盖近乎是。
③ 姚际恒:《诗经通论》卷十六。
④ 马承源主编:《上海博物馆藏战国楚竹书》(一),上海古籍出版社 2001 年版,第 133 页。
⑤ 这里的"竞"字,毛传《烈文》和郑笺《抑》皆训"强",然郑笺《烈文》又训其为"疆"。疑前说为是。

笺此释似不妥。"贤人"之概念盖为春秋初期方才出现。西周前期称"贤人"者皆为后世所追述,非当时所称①。再从上下文意看,"无竞维人"句下讲"四方"、"百辟"以之为榜样,这个作为榜样的人("无竞维人")也应当是同级别的诸侯,而不应当是当时尚未出现的诸侯所任用的"贤人"。

专家或认为简文"乍"即"作"字,"商周金文'作'字用了4549次,其中以'乍'为'作'的情形占了4485处。"简文"乍(作)"或当通假读若"职",用法与《十月之交》的"职竞由人"、《桑柔》的"职竞用力"类似。职词在此是虚词,与下句句首的"不(丕)"正相对应②。

"不(丕)显维德"句,在《烈文》诗中与"无竞维人"句相对应。两句皆颂扬王德,特别是文王、武王之德。"丕显"为周人成语,文献和彝铭中多有运用其形容祖先功烈者,其意犹今语之"伟大光明"。"不(丕)显维德"即伟大光明的先王美德。唯因为如此,所以才能够成为百辟卿士和天下诸侯的楷模("百辟其刑之")。简文"吾敬之",需要探求的是所"敬"者何?其所敬者,从形式上看是王之善政和臣之懿行,是上下皆恪守礼仪的行为,从实质上看,则是对于"德"的崇敬。若具体说来,"德"之崇高皆融汇于政治与礼仪的美善之中,政、礼与德是质与文,表与里的统一。我们这里还可以注意到简文"敬"字实际上还在标识着言诗者的身份问题。孔子及其弟子对于以王道、王德"化"天下,实无操作之职权,而只有"敬"的本分。清儒章学诚曾经比较周公与孔子的不同,他说:

> 周公成文、武之德,适当帝全王备,殷因夏监,至于无可复加之际,故得藉为制作典章,而以周道集古圣之成,斯乃所谓集大成也。孔子有德无位,即无从得制作之权,不得列于一成,安有大成可集乎?非孔子之圣,逊于周公也,时会使然也。③

---

① 周代彝铭中,"贤",西周中期作人名用(参见《贤簋》铭文),直到春秋晚期还用为表示贡纳用字的借用字(参见《枺氏壶》铭文),直到战国时期的《中山王壶》铭文才出现作为"贤人"、"贤才"的用法。文献记载中,春秋初年有贤才、贤人、贤德的概念,《左传》隐公三年"先君以寡人为贤",僖公二十四年"尊贤,德之大者也",《国语·周语》中"尊贵、明贤"等,皆为其例。多为西周作品的《诗·大雅》中唯一提到"贤"的是《行苇》"序宾以贤",郑笺谓"贤"指射礼射中的数目多少,亦非指贤人。《尚书》中的西周时代文献,不见贤字。总之,若谓"贤"作为贤人、贤才、贤德的用例,始于春秋初年,当无大错。
② 臧克和:"上博楚竹书中的'诗论'文献及范型",《学术研究》2003年第9期。
③ 章学诚:《文史通义·原道》上,叶瑛校注:《文史通义校注》,中华书局1985年版,第121页。

若论政、礼之集大成,只有周公才可以说应运而生并予以完成者,而孔子则是"有德无位",因无其"势",故而无"制作之权",制礼作乐,只能是周公之事,而非孔子之职。简文"吾敬之"之意我们也可以从这一角度来认识。

(三)"於虖(呼),前王不忘",吾敓(悦)之。

"於呼"同于感叹词"鸣呼","前王不忘"亦是对于王德的颂扬,指周王不忘记先王的伟大光明的美德。此美德即上两句诗所云的两个方面。一是任用人才("无竞维人"),一是磨砺自己的德操,臻至于"丕显维德"的境界。诗所云不忘记前王,非是卿大夫之作为,而是周王之所为。前人(如朱熹《诗集传》、吕祖谦《吕氏家塾读诗记》、陈启源《毛诗稽古编》等)将《烈文》一诗全部理解为周王训诫诸侯之语,似失之。欧阳修将《烈文》一诗分为"君敕其臣之辞"和"臣戒其君之辞"两类[①],比较通达,但这些皆为诗作者所叙述,而非实录。欧阳修谓此诗开头至"无竞维人"之前,为"君敕其臣之辞",是可取的,但是,诗中从"无竞维人"以下似不可理解为"臣戒君之辞",而应当是诗作者颂扬王德之辞。值得我们注意的是孔子评论《烈文》一诗的着眼点在于肯定王德,所以对于此诗的前半部分根本不提,而只引后半部分加以评析。

简文"吾敓之"的"敓",马承源先生释读为"悦",并谓"《诗论》中孔子对具体诗篇所作评语'敓',宜皆读为'悦'"[②],甚确。对于《烈文》一诗的评析,在《诗论》中亦见于第21号和第22号简,作"《烈文》吾敓(悦)之"[③]。孔子所感到喜悦的是在《烈文》诗中看到了对于王德的颂扬。孔子特别强调尊奉周文王,所以《诗论》简充分表现了其对于文王之德的无以复加的高度赞颂;此外,他还赞颂其他的周王,赞美王朝大臣和诸侯时也多强调其尊王的表现。本简的"吾悦之",与其基本思路完全一致。关于此点,烦请参阅本书下编"专题研究"部分之"从王权观念变化看上博简《诗论》作者及时代问题"。

---

① 欧阳修:《诗本义》卷十二。按,对于欧阳修的这个说法,姚际恒曾经批评说"以一诗作两人语,未免武断"(《诗经通论》卷十六),但若明确是诗乃史官叙述之作,这个批评也就是可以消解了。

② 马承源主编:《上海博物馆藏战国楚竹书》(一),上海古籍出版社2001年版,第134页。按,这个字在战国竹简中习见,于此处读"悦"为妥,但在其它竹简中或读为"夺",参见罗新慧"从上博简《鲁邦大旱》之'敓'看古代的神灵观念"《学术月刊》2004年第10期。

③ 此语原简无,系李学勤先生和廖名春先生据第21号简缺字情况和上下文意拟补者。参见李学勤:"《诗论》简的编联与复原"和廖名春:"上海博物馆藏诗论简校释",两文均载《中国哲学史》2002年第1期。

(四)《昊天又城(成)命》,"二后受之",贵廈(且)显矣,讼(诵)。

《昊天有城(成)命》为《诗·周颂》之第六篇,全文如下:

> 昊天有成命,二后受之。成王不敢康,夙夜基命宥密。于缉熙,单厥心,肆其靖之。

这首诗的意思是:上天有明确的命令,两位君主接受了它。成王不敢安逸,夙兴夜寐谋划政命使之宽厚。多么光明啊,竭诚其心,所以天下和平安定。所谓"昊天有成命",意即上天有授命于周的决定。"二后受之",指文王、武王接受天命。诗句的"成王不敢康",前儒多以为是指文、武成就王业而不敢康宁。其实应当是指周成王,汉儒贾谊于此有一段很精到的论析,他说:

> 成王者,武王之子,文王之孙也。文王有大德,而功未就,武王有大功,而治未成。及成王承嗣,仁以临民,故称昊天焉。不敢怠安,蚤兴夜寐,以继文王之业,布文陈纪,经制度,设牺牲,使四海之内,懿然葆德,各遵其道,故曰有成承顺武王之功,奉扬文王之德。九州之民,四荒之国,歌谣文武之烈,絫九译而请朝,致贡职以供祀,故曰二后受之。方是时也,天地调和,神民顺亿,鬼不厉祟,民不谤怨,故曰宥谧。成王质仁圣哲,能明其先,能承其亲,不敢惰懈,以安天下,以敬民人。①

贾生并未否定文、武之功烈,而且实事求是地指出他们的"功未就"与"治未成",能够真正成就王业,达到"贵且显"者,正是周成王,史家艳称的"成康之治"由周成王奠定其基础,这是显而易见的事实,今得此简简文为证,可证史家之不虚。

简文"贵且显矣讼(诵)"(见左图)的"且"字本作从卢、从且、从又之形,可以楷写作"廈",释为荐②,马承源先生引商承祚先生《殷墟文

---

① 贾谊:《新书·礼容语》下,中华书局2000年版,第397页。
② "廈"是竹简中行用较多的一个字,约略相当于今天的"荐"字,可以读若"且"。详细考证,烦请参见本书下编"专题研究"部分的"试释战国竹简中的'荐'字并论周代的荐祭"和"说新蔡楚简的荐字和荐祭"。

字》一书之说证明当读若"且",诸家无疑义。观察《诗论》第 6 号简,"讼"字之前无墨钉,与其前的"矣"字无间隔,所以与其前的矣作一句读,是完全有可能的。

简文"讼"字,诸家多读为"颂",愚以为本简此字当读若诵。讼与颂固然为古今字,但颂亦多通诵,如《诗·烝民》"吉甫作诵",《潜夫论·三式》篇云"尹吉甫作封颂二篇",陈奂据此谓此诗的"诵作颂字"①,《文选·与吴季重书》李注亦引诵作颂。《周礼·大师》所谓"六诗"之一有"颂",郑玄注谓"颂之言诵也"。是皆为证。《史记·吕太后本纪》"未敢讼言诛之",《汉书·高后纪》讼作诵,高亨先生《古字通假会典》列讼与诵为通假字②,是有道理的。"诵"为周成王之名,简文"贵且显矣讼(诵)",意指诵始"贵且显"。这类句式,在《诗》中还见于《周颂·天作》"彼徂矣岐"和《书·牧誓》"逖矣西土之人",可见"矣"字亦有用作语中助词者。这类句式中,矣字前者多为形容其后的主词之语,起着强调和突出形容之词的作用③,王引之谓"矣,犹乎也"④,是可信的说法。周文王和周武王膺受天命而造周之基业,虽然为周人所充分肯定,但他们活着的时候并没有达到"贵且显"的地步,周文王始终只是"西伯","三分天下有其二,以服事殷"⑤,周武王虽然完成了伐纣克商的大业,但他在克商后两年即因病故去,当时天下未宁,形势严峻,到了周公东征平叛、致政成王时,才可以说周王朝始完全巩固,《白虎通·封禅》谓"武王不巡守,至成王乃巡守",以证明王者"太平乃巡守"之义,是有道理的⑥。巡守与封禅一方面表示周王朝受命于天,一方面表示政权的巩固,是"王"的尊贵与显荣的主要标识。

周王之名见诸文献者不独成王为然,其他亦有所见,如文王昌,武王发。此处简文称"诵",《昊天有成命》诗又称"成王",足可证成王为王诵生时美称而

---

① 陈奂:《诗毛氏传疏》卷六。
② 高亨:《古字通假会典》,齐鲁书社 1989 年版,第 9 页。
③ 这类句式,在汉代还有所见,如《史记·陈涉世家》"伙颐涉之为王沉沉者",索隐"颐者,助声之词也",所谓"伙颐",亦即"伙矣"。
④ 王引之:《经传释词》卷四。
⑤ 《论语·泰伯》。
⑥ 清儒魏源曾论及此,谓"周德之洽维成王。成王之封禅则近之矣"(《诗古微》卷十五,《周颂答问》)。

非谥①。专家或另辟蹊径,将此句补作"贵且显矣,[吾]诵[之]",说虽然不无道理,但愚以为仍不若一句读作"贵且显矣诵",更妥当一些。并且,从简文排列看,在"矣"字之后并无一字的距离可以写下"吾"字。于此后加一字似不可取。疑《诗论》第6号简以后之简有缺失,所缺之简,可能会有"吾敬之"之类的表示肯定的语词。惜无证据,只能有此一种推测而已。此简揭示了今传本《毛诗》与孔子时代的《诗》在词语上尚微有区别的一个情况,对于研究《诗》的发展史是弥足珍贵的材料。

---

① 于省吾先生考证"成王不敢康"诗时,曾经指出"郑笺'成此王功,不敢自安逸'。按,成王不敢康,承二后受之而言,自系专指成王诵。非如笺之所谓'成此王功'也。金文如《献侯鼎》'唯成王大祈在宗周'、《遹簋》'穆穆王在丰京'、《昔曹鼎》'龚王在周新宫',是皆生称谥号之证"(《双剑誃诗经新证》卷四)。按,于省吾先生的考证与王国维的结论是一致的,皆认为谥法出现于周代中期以后。王国维在《遹簋跋》一文中说:"谥法之作,其在宗周共懿诸王以后乎!"(《观堂集林》卷十八)总之,本简表明,《诗·昊天有成命》既出现"成王"之称,又出现成王之名,可为研究谥法起源添一重要佐证。

【第七简】

"褱(怀)尔明德"害(曷)？⁽一⁾城(诚)胃(谓)之也。⁽二⁾"又(有)命自天,命此文王",城(诚)命之也,信矣！⁽三⁾孔子曰："此命也夫？文王隹(虽)谷(欲)已(已),得虗(乎)？此命也。"⁽四⁾

〖意译〗

[为什么《大雅》反复强调]"怀尔明德"一类意思呢？因为《大雅》的主旨确实是这样的呀。《大雅》的诗句说"命令来自于上天,将天命交付给文王"的诗句,确实表明了天命的归属,的确是这样的呀！孔子说："这就是天命啊！文王就是想不接受天命,能够做得到吗？这就是天命。"

〖简序〗

本简,除了李零先生将其列于第 4 号简、范毓周先生列于第 22 号简的位置以外,诸家皆系连于第 6 号简之后。关于此简下连之简,不少专家认为当系连第 2 号简。

〖考析〗

(一)"褱(怀)尔明德"害(曷)？

简文"褱",与"怀"为古今字,释读其为怀,是正确的。简文"明"字下部附加有示旁,可能为盟字古文或体,依照明、盟二字通假和《诗·皇矣》篇此句,可以肯定它当读若"明"。此简当上接第 2 号简(说详第 2 号简"考析"),则此简首句当连第 2 号简末尾的"多言"二字,此句即："多言怀尔明德害(曷)？"简文"怀尔明德",马承源先生认为今传本《诗·大雅·皇矣》"帝谓文王,予怀明德"与之近似。《墨子·天志》上篇载："《皇矣》道之曰:'帝谓文王,予怀明德。'"《墨子·天志》下篇引《皇矣》作"帝谓文王,予怀明德",孙诒让注曰："吴钞本,'怀'下有'而'字。"①是别本此句作"予怀而明德"。然而,《诗》、《书》之中,帝从无自称"予"之例。疑《诗》的流传本中,本应作"怀尔明德",后衍变为"予怀明德"②。今

---

① 孙诒让:《墨子间诂》卷七。
② 庞朴先生指出《皇矣》诗此句本当作"怀尔明德","今本乃系当年钞写错误,应据出土本更正"("上博简零笺",朱渊清、廖名春主编:《上博馆藏战国楚竹书研究》,上海书店 2002 年版,第 234 页)。

得《墨子·天志》篇引诗印证,可以知道《诗论》简文所引《诗》为古本,由此似亦可以推想至少《诗论》的这个部分出现的时代当在墨子之前,应当是孔子及其及门弟子的作品①。由《诗》之诸篇看,帝从无自称为"予"者。故而可以推测,"怀尔明德",系《皇矣》篇之古本,而"予怀明德",则是后来演变的结果。《皇矣》篇见今本《诗经·大雅》。是一篇共八章,每章十二句的长篇史诗。此诗述用人开国史,从太王开辟岐山讲起,依次述王季美德、传位文王,再说文王伐崇诸事。其第七章谓:

帝谓文王,予怀明德,不大声以色,不长夏以革,不识不知。顺帝之则。帝谓文王,询尔仇方,同尔兄弟,以尔钩援,与尔临冲,以伐崇墉。

此章诗的意思是:"帝对文王说,我赞赏你的光明之德。你不厉声厉色以显威严,也不拿着荆条鞭打人,你在不知不觉中自然而然地,遵循着帝的准则行事。帝对文王说,征询友邦的意见,会同兄弟般的诸侯国,拿起攀登城墙的钩援,还有那冲击城墙的战车,去进攻崇国的高城吧。"此章诗写帝对于文王之德的赞赏,文王这些美德集中说来,就是对内和谐宽容,对兄弟友邦亲善团结,对于敌方则坚决进攻。"予怀明德",毛传"怀,归也",此句意思是,上帝说我赞赏你的明德②。而通尔③,此指周文王。简文"害"字,学者或指出本当隶定为以韦字最上部分为字头、下加害之字④,此说正确,但字头部分在甲骨文中已经写作"止",所以此字实即上止下害之字。由于古音同在月部而读若"曷"。或有专

---

① 于此,当然也可以揣测换另一个思路,即《诗》古本原作"予怀明德",固不大合乎《诗》例,而被人改动为"怀而明德"。但愚以为这种可能性甚小。《诗》的古本应当是正确的,而非误写。
② 关于"怀而明德"之意,亦有专家指出,"'以'怀'为'归'实不可据,而应如《大雅·板》之'怀德维宁'以及《召南·野有死麕》之'有女怀春'等之'怀',乃'怀有'之义,因此'怀德之意即为修德'"(林素英"从'孔子诗论'到'诗序'的诗教思想发展",《古籍整理研究学刊》2009 年第 6 期),按,此说虽然可以成立,但毛传之释仍可不废。但依此理解,则属增字解经,释解或有未安处。专家或以为"怀"有归向意,可以用如赞成、赞赏。(见程俊英、蒋见元:《诗经注析》,中华书局 1991 年版,第 785 页)似较妥。
③ 《书·吕刑》"在今尔安百姓",《墨子·尚贤》下引尔作而。《左传》宣公三年"余речь祖也",《史记·郑世家》而作尔。《墨子·尚贤》中篇"以裨辅而身",下篇而作尔。以而为人称代词"尔",同于汝、女、若、戎等,朱骏声以为"皆一声之转"(《说文通训定声》颐部)。《诗·桑柔》"予岂不知而作",郑笺"犹女也",《礼记·中庸》"抑而强欤",注"而之言女也"。《左传》昭公二十年"余知而无罪也",注"女也"。是皆为证。
④ 冯胜君:"读上博简《孔子诗论》札记",《古籍整理研究学刊》2002 年第 2 期。

家在简文"怀"字之前拟补"帝谓文王"四字,以求合乎今本《诗经·大雅·皇矣》篇之例。但此简上端所残,据研究只有两字之缺。并且此简系连于第6号简之后,而第6号简下端完整,并无残缺而补字的可能。所以补此四字的说法,可能是有问题的。

(二)城(诚)胃(谓)之也。

简文"城"字,诸家皆读若"诚",可从。但专家认为简文的"诚"字,意指真实无妄的仁德,则未达一间。此处的"诚"字,愚以为当是副词,因为它所修饰的是动词。依杨树达先生的界定,当为"表态副词"①。意同于审、信,类于今的口语"真的是"或"果然如此"。简文此句意谓"果真是这样说的呀"。马王堆汉墓帛书《五行》"成(诚)举之也"、"成(诚)士(事)之也"②,与此用法相同。

"诚"是儒家重要的道德观念之一,人所天然的诚信禀性是为"诚";人所后天修养而形成的诚信称为"诚之"。所以,《礼记·中庸》篇说:"诚者,不勉而中,不思而得,从容中道,圣人也;诚之者,择善而固执之者也。"③值得注意的是,"诚"用如道德观念的意义,一定是名词,而不作副词。此简在动词"胃(谓)"之前的"成(诚)"字必定是副词,其意应当与作为儒家道德观念的作为名词的"诚"有所区别。

《诗·皇矣》本有"帝谓文王,怀而明德"之句,表明了上帝对于文王圣明德操的赞许。此类思想在《诗》中多有表现,如《周颂·清庙》谓"秉文之德,对越在天",依郑笺之意,即是说"执行文王之德,文王精神已在天矣"④。再如《维天之命》篇谓"於乎不显,文王之德之纯,假以溢我,我其收之,骏惠我文王"。《中庸》释解其意谓:"'於乎不显!文王之德之纯!'盖曰文王之所以为文也,纯亦不已。"程子解释文王之德的纯粹情况曰:"天道不已,文王纯于天道,亦不已。纯则无二无杂,不已则无间断先后。"⑤关于"文王之德"的具体表现,以见

---

① 杨树达:《词诠》,中华书局1965年版,第215页。
② 《长沙马王堆三号汉墓帛书之一:老子甲本及卷后古佚书》,文物出版社1974年版,第13页。庞朴先生以"诚恳"、"真心"解释帛书的这两个"成(诚)"字(参见"上博简零笺",朱渊清、廖名春主编:《上博馆藏战国楚竹书研究》,上海书店2002年版,第235页),甚是。
③ 参见李学勤"郭店简'君子贵诚之'试解",《中国历史文物》2002年第1期。
④ 上博简《诗论》第5号简"《清庙》,王德也,至矣。敬宗庙之礼,以为其本;'秉文之德',以为其质",其意可以完全和《诗·清庙》的诗句印证。所谓"王德",即文王之德。
⑤ 朱熹:《四书集注·中庸章句》引。

于《大雅》之篇者最多,如《文王》、《大明》都是歌颂文王的专篇。《大明》篇说:"维此文王,小心翼翼,昭事上帝,聿怀多福。厥德不回,以受方国。"所谓"厥德不回",意即文王之德操高尚,不违背上帝和祖先的意愿。正由于文王有高尚而纯粹的、美好的、高尚的德操,所以《文王》篇说"文王陟降,在帝左右",能够得以上帝的渥泽和信任。

(三)"又(有)命自天,命此文王",城(诚)命之也,信矣!

依本简开首之句"'裹(怀)尔明德'害(曷)"的文例,简文此处可能漏写一个"害(曷)"字,简文本句是:"'又(有)命自天,命此文王'害(曷)?",下面的简文是对于此问句的解答。简文"'又(有)命自天,命此文王'[害(曷)]?城(诚)命之也,信矣",意指:诗句所谓"有命自天,命此文王",上帝果真是如此授天命于文王的呀。真是如此呀!"又(有)命自天,命此文王",语出《诗·大明》篇。《大明》是一首长八章的史诗,叙述文王出生、长大、娶妻、生子,以及武王伐商、牧野会战的英武形象。其第六章内容是:

> 有命自天,命此文王。于周于京,缵女维莘。长子维行,笃生武王。保右命尔,燮伐大商。

此章诗的意思是:"命令自天上来,命令这位文王。让他在周的京师,迎娶来自莘邦的淑女。这位莘国的长女与文王同有美好的德行,他们生下了武王。上天保佑你赐命于你,去进攻庞大的殷商。"本简简文引"有命自天,命此文王"句,是与本简开首所引的"怀尔明德"相互照应的。意谓正因为周文王是一位有"明德"之人,所以上帝才将天命授予这位文王。简文"诚"应当是一个说明动词"命"的副词。专家或理解为作为表示诚信的名词,虽可备一说,但在动词前单列一名词,诚少见焉。若颠倒简文词序而解之,亦颇为难通。

(四)孔子曰:"此命也夫?文王唯(虽)谷(欲)巳(已),得虖(乎)?此命也。"

简文"唯",原作"𰀀",当写作"唯",原释文作"隹",似不确。依上下文意,当读若"虽"。马承源先生将此句的"巳"释为"也",似不确。细审简文虽然它与"也"字酷似,但其上部的区别还是可以明显看出的。简文于此,可以有两种解释。其一,马承源先生将"隹"读若"唯","谷"读若"裕"①。简文巳,原作

---

① 参见马承源主编:《上海博物馆藏战国楚竹书》(一),上海古籍出版社2001年版,第135页。

"𠭁",李零先生、庞朴先生释作"已"①。如此,则简文即为:"文王虽裕已,得虖(乎)?"或"文王虽欲已,得虖(乎)?"文辞虽略有区别,但意思正同。《尚书·无逸》篇称颂周文王劳苦黾勉,谓:"文王卑服,即康功田功。徽柔懿恭,怀保小民,惠鲜鳏寡。自朝至于日中昃,不遑暇食,用咸和万民。文王不敢盘于游田,以庶邦惟正之供。"依照这种释读,简文意谓文王虽然想过着宽裕舒适的生活,能够得到吗?其二,李学勤先生和廖名春先生将简文"谷",读若"欲"②,则此句意谓:如果文王没有"明德",他就是想得到天命,可能得到吗?两说相较,愚以为后说较优。理由在于后说能够和简文称引"又(有)命自天,命此文王"的诗句,以及简文所谓"城(诚)命之也,信矣",及孔子语"此命也夫"的意义较好地衔接,在逻辑上更通畅些。

　　愚以为此处还可以进一步探讨,"已"字在古汉语中主要意义是停止和去掉,《诗·风雨》"鸡鸣不已"和《论语·公冶长》"三已之,无愠色"可以为证。简文此处的"已"字若如此理解,则意即天命必然授予文王,文王就是想停下来不接受都不行。简文的这个"巳"字必当读为已,而不能读为"也"。这是因为读法不同而语意将大变的缘故。若谓"虽欲也",则是肯定文王有这种欲望。依照周人的观念,文王以"明德"之故而上帝经过考察,决定将天命授予他,并不是文王本有这种欲望。专家曾谓简文此句"应读为'文王虽欲已,得乎'"③,是很正确的。这种句式所表达的是身不由己的一种状况,即不合己意也要顺从大势。同类的词语,可举《左传》襄公十四年所载一例。鲁国大夫评论卫献公被人逐出卫国而寄居于齐地,说他一定可以返回卫国重新执政,说道:"卫君必入关,夫二子者(按,指卫臣孙文子、宁惠子),或挽之,或推之,欲无入,得乎?"所谓"得乎",意指卫献公就是自己不愿意返国,能够做得到吗?同类的词语,

---

① 李零:《上博楚简校读记》,《中华文史论丛》第68辑,上海古籍出版社2002年版,第23页。庞朴:"上博简零笺",朱渊清、廖名春主编:《上博馆藏战国楚竹书研究》,上海书店2002年版,第235页。关于楚简"也"、"巳"两字的区别可参见张守中等撰集《郭店楚简文字编》,文物出版社2000年版,第169、197页。按,《诗论》简也、巳、已三个字每易误写,如第4、5、27号简的四个"巳"字即当为也的误字。而本简的巳,则当为已的误字。要之,简文"𠭁",当释为已,郭店楚简《成之闻之》第40简"以巳天常",巳字读为祀,可以为证。但因字形与竹简文字"也"类似,所以也每为也的误字。本简的"巳",可定为已的误字。

② 参见李学勤:"《诗论》的编联与复原",《中国哲学史》2002年第1期。廖名春:"上海博物馆藏诗论简校释",《中国哲学史》2002年第1期。

③ 刘乐贤:"读上博简札记",朱渊清、廖名春主编:《上博馆藏战国楚竹书研究》,上海书店出版社2002年版,第384页。

还有:"天夺之明,欲无弊,得乎?"、"禹八年于外,三过其门而不入,虽欲耕,得乎?"、"不敢为天下先则事无不事,功无不功,而议必盖世,欲无处大官,其可得乎?"、"虽欲无明达,得乎哉?"①本简简文"文王唯(虽)谷(欲)巳(已),得虖(乎)",与上述用例的用法应当是一致的,表明周文王接受天命乃是天之成命,是不依文王个人意志为转移的。

  愚以为此句可能是孔子自问自答之语,先总括前面的简文之意而提出问题:这就是"命"吗("此命也夫"),然后再自己回答说,周文王就是想停下来不接受天命都不可能,这也是一种"命"呀("此命也")。本简也可以为研究孔子论"命"的问题提供一重要材料。《论语·子罕》篇谓"子罕言利与命与仁",对于此语历来有不同理解。一种解释谓孔子很少谈到"命",皇疏谓"命是人禀天而生,其道难测,又好恶不同,若逆向人说,则伤动人情,故孔子希说",朱熹《论语集注》引程子语云:"计利则害义,命之理微,仁之道大,皆夫子所罕言也。"这似乎与《公冶长》篇载子贡语"夫子之言性与天道,不可得而闻也",可以相表里而发明②。还有孔子自语"五十而知天命"③之说,亦为旁证。另一理解谓"与"犹称许之意,"命"与"仁"并不在孔子"罕言"之列。传世文献材料中,孔子言"命"之辞确实不多,因此上述前一解,似乎不无道理,可是,孔子重视作为事物发展必然性的"命"毕竟是事实,本简五言"命",是为一有力证据。关于《子罕》篇的两种相互矛盾的理解,得此《诗论》简的材料,可以有一比较正确而可信的说法了。

---

 ① 依次见《国语·郑语》、《孟子·滕文公》上、《韩非子·解老》、《荀子·富国》等。
 ② 《孟子·尽心》下篇载孟子语:"口之于味也,目之于色也,耳之于声也,鼻之于臭也,四肢之于安佚也,性也,有命焉,君子不谓性也。仁之于父子也,义之于君臣也,礼之于宾主也,智之于贤者也,圣人之于天道也,命也,有性焉,君子不谓命也。"可见性与命二者犹相互影响的主观与客观一样关系密切,清儒程瑶田谓"性、命二字,必合言之而治性之学始备"(焦循:《孟子正义》卷二十八引)。所以说,孔子不常言性,亦即不常言命。
 ③ 《论语·为政》。

【第八简】

《十月》善諀言⁽一⁾。《雨亡(无)政(正)》、《即(节)南山》,皆言上之衰也,王公耻之⁽二⁾。《少(小)旻》多悇(疑)。悇(疑),言不中志者也⁽三⁾。《少(小)宛》其言不亞(恶),少又悡安(焉)⁽四⁾。《少(小)弁》、《考(巧)言》,则言譖(间)人之害⁽五⁾。《伐木》……⁽六⁾

〖简序〗

关于此简性质,廖名春先生曾谓简1和简8—29,"它们和'三王者之作'诸简内容既有联系,书法也同,书写形制无别,当同属一篇",这23简"应该是《子羔》篇的一部分"①。然而此点仍待进一步论定,今暂从马承源先生说,仍作为《诗论》内容进行分析。

〖意译〗

《十月》这首诗称许那些对于佞臣的排抵痛斥之言。《雨无正》和《节南山》这两首诗都叙述了周王朝的衰落情况,王公大臣们皆以王朝之衰为耻。《小旻》这首诗表现了王朝大臣们的多重疑虑,这些疑虑都是他们言不由衷的虚伪说辞。《小宛》,所说的言语没有什么恶意,只是稍微有些埋怨情绪。《小弁》和《巧言》两首诗则是述说离间者的危害。《伐木》这首诗……

〖考析〗

(一)《十月》善諀言。

简文"十月",指《诗·小雅·十月之交》篇,诸家无异议。这是一篇痛斥朝廷中居高位的无耻之徒的诗作。全诗八章,每章八句。是诗内容如下:"十月之交,朔月辛卯。日有食之,亦孔之丑。彼月而微,此日而微。今此下民,亦孔之哀。／ 日月告凶,不用其行。四国无政,不用其良。彼月而食,则维其常。此日而食,于何不臧。／ 烨烨震电,不宁不令。百川沸腾,山冢崒崩。高岸为谷,深谷为陵。哀今之人,胡憯莫惩。／ 皇父卿士,番维司徒。家伯维宰,仲允膳夫。聚子内史,蹶维趣马。楀维师氏,艳妻煽方处。／ 抑此皇

---

① 廖名春:"上博《诗论》简的形制和编连",《孔子研究》2002年第2期。

父,岂曰不时①。胡为我作,不即我谋。彻我墙屋,田卒污莱。曰予不戕,礼则然矣。/ 皇父孔圣,作都于向。择三有事,亶侯多藏。不慭遗一老,俾守我王。择有车马,以居徂向。/ 黾勉从事,不敢告劳。无罪无辜,谗口嚣嚣。下民之孽,匪降自天。噂沓背憎,职竞由人。/ 悠悠我里,亦孔之痗。四方有羡,我独居忧。民莫不逸,我独不敢休。天命不彻,我不敢傚我友自逸。"这首诗的意思是:"十月里日月交会的时间,正是月首的辛卯日。那天有了日蚀,带来了极大的凶兆。那天月亮无光,如今日头昏暗。当下的民众,真是很大的悲哀。/ 日月向我们预报了凶兆,用了它们不按正常轨道运行的方法向我们提醒。四方的邦国没有善政,不任用良善的官员。如果说这就像月蚀一样,是正常的现象,那么,如今的日蚀,为何说是不正常的极不吉利的事?/ 闪闪的震雷,让天下不得安宁和善。众多的江河都沸腾起来,高山也都崩碎。高岸陷落为谷地,深谷隆起成丘陵。哀叹如今的人啊,怎么还不引起警惕呢?/ 皇父担任卿士,番任职司徒。家伯是冢宰,仲允是膳夫。棸子任内史,蹶担任趣马。楀是师氏,美艳之妻正受宠掌权。/ 噫,就说这位皇父,岂能说他不是吗?为什么役使我作事,却不和我商量?拆掉我的墙屋,使田地荒芜,污水横流。还狡辩说'不是我伤害你们,礼制就是这样规定的呀'。/ 皇父真的很'聪明'呀,他在向这个地方建立城堡,为自己准备退路。还选择带走三有司之人,多多搜刮财物给他。不肯留下一个老臣,让他守卫我们周王。他选择有车有马的殷实富人,到他所经营的向这个地方居住。/ 我努力从事,不敢自诉辛劳。我无罪无辜,却遭到众口嚣张地攻击。下民的所遭受的痛苦,并非自天而降。小人们的聚合憎恨,只是由恶人所造成。/ 悠长的忧思啊,真是痛苦得很。旁边的人都忙着发财,只有我独自忧愁。大家都在贪图安逸,唯有我不敢休息。天命不循道而行,我怎么敢效仿他们自求安逸?"诗中对于那些居于高位而只知贪腐敛财者,点名进行猛烈抨击。在这些贪婪之徒

---

① 《十月之交》"岂曰不时",毛传谓"时,是也",郑笺谓此为皇父之语,意为"岂曰我所为不是乎",后儒解释,亦不尽相同。清儒马瑞辰说:"时当读为'使民以时'之时。下言'田卒污莱',是夺民时之证。'岂曰不时',言其使民役作,不自以为不时也。"(《毛诗传笺通释》卷二十,中华书局1989年版,第616页)。按,毛传以是训时,是正确的。时亦有善意,毛传释《頍弁》"尔殽既时",即训时为"善也",与此处的训"是也",是一致的。揆上下文意,"岂曰不时"当是诗作者斥皇父之语,意谓"岂能说他不是(善)吗",这是正话反说,谓皇父就是不善(是)。

把持下，朝政混乱，谗人高张，田园荒芜，民不聊生。这些贪婪之徒竟然打着礼制的招牌为自己敛财，他们完全不为朝政和周天子着想，只顾着自己寻找退路。诗中还指出，下民之灾难，是不来自上天，而是这些把持朝政的贪腐之徒所造成的。

简文"諀"字之义，专家有不同说法①，似当依《广雅·释言》"諀，訾也"为释较妥。《庄子·列御寇》"有以自好也而呲其所不为者也"，郭注"呲，訾也"，王念孙《广雅释诂》卷二下谓"呲与諀同"。简文"諀"字意类于訾，有揭短、憎疾之意。此处的善字，愚以为并非"善于"之意，而应当理解为"称许"。《十月之交》一诗的作者称许了哪些"諀言（犹后世所谓的愤世嫉俗之言）"呢？此诗痛斥了幽王左右担任司徒、宰、膳夫、内史、趣马、师氏等要职的大臣及宠妃褒姒，而特别提出予以抨击的是"皇父卿士"。专家多谓此诗旨在痛斥幽王无道，其实是不太准确的。可举两例以明之。其一，此诗第六章历数皇父恶行之首是为作私邑于向地，并且带走许多官员，以至于"不憖遗一老，俾守我王"，所谓的"我王"即幽王，可见诗作者对于"王"的关爱依然；其二，此诗第七章谓"无罪无辜，谗口嚣嚣。下民之孽，匪降自天。噂沓背憎，职竞由人"，社会的灾难、民众的痛苦并非自天而降，而是人祸的结果（"职竞由人"），哪些"人"呢？显然就是诗所痛斥的以皇父为首的诸人。关于《十月之交》一诗，历来有刺厉王或刺幽王两说之争论，实则皆非，因为诗不刺王，而只刺佞臣，姚际恒谓此诗"实刺皇父也"，方玉润谓"刺皇父煽虐以致灾变"②，说皆近是。专家或谓简文《十月》善諀言"，意指此诗"善于批评君上"，似不确切。其意应当是谓此诗称许了

---

① 相关的考释今见有，第一，马承源先生谓此语犹《尚书·秦誓》的"善谝言"，意如毛传所释"便巧善为辨佞之言"(《上海博物馆藏战国楚竹书》（一），上海古籍出版社 2001 年版，第 136 页）。第二，廖名春先生谓諀字意为"诽谤"("上海博物馆藏诗论简校释"，《中国哲学史》2002 年第 1 期）。俞志慧先生释此字为"諀"，并引《广雅·释言》"訾也"释其意（俞志慧《战国楚竹书·孔子诗论》校笺》（上），简帛研究网站 2002 年 1 月 17 日）。李零先生以为是"訾议之言"("上博楚简校读记"，《中华文史论丛》第 68 辑，上海古籍出版社 2002 年版，第 18 页）。第三，周凤五先生释此字为"辟"，辟言指"所言合于法度也"（"《孔子诗论》新释文及注解"，朱渊清、廖名春主编：《上博馆藏战国楚竹书研究》，上海书店出版社 2002 年版，第 158 页）。第四，许子滨先生释作"譬"，谓"《老子》三十二章'譬道之在天下'，马王堆汉墓帛书乙本'譬'正作'卑'"（"读《上海博物馆藏战国楚竹书（一）》小识"，廖名春主编：《新出楚简与儒学思想国际学术研讨会论文集》，清华大学思想文化研究所 2002 年印本，第 49 页）。黄德宽、徐在国先生亦读此字为譬，谓"即譬喻之言"("《上海博物馆藏战国楚竹书（一）·孔子诗论》释文补正"，《安徽大学学报》2002 年第 3 期）。数说相比，以第二说较优。第一说将"善諀言"与下句连一句读，似不可从。马承源和俞志慧先生释简文此字为"諀"是较为妥当的。

② 方玉润《诗经原始》卷十。

("善")那些对于佞臣的排抵痛斥之言①。《十月之交》全诗共八章,排抵痛斥佞臣的诗句最典型的是其第七章,此章指出,努力工作的人,不敢有一句怨言。这样的人无罪无辜却平白无故地遭到喧哗的谗言的诽谤。下民的灾难,不是来自上天,而是由于小人们相聚勾结、专事陷害所造成的。此章诗所表现的诗人好恶爱憎十分明显,确如本简简文所言是对于构祸的小人谗口进行痛斥("諙言")的称赞和支持。

关于《十月之交》之诗的意旨,王夫之曾谓:"有道之廷不讳过,过则相惩,相惩以相劝,不以言为耻也;无道之廷不讳恶,暴而不耻,举而委之于口耳,不以耻为耻也。幽王之诗,不讳甚矣;天子之嬖御,斥其姓字,而悬指宗周之灭,号举六卿,目言其艳煽,父不能施之于子者,而臣极道之宫闱而无所避忌,亦绞矣哉!"②依王夫之之意,臣下本应对于王廷之"耻",隐而讳之,但是《十月之交》一诗却将其尖锐揭出,实在是太过分了。其实,"不以耻为耻",而将王廷之耻揭櫫于诗,正是孔子赞许此诗的原因所在。第8号简的"《十月》善諙言"之语,愚以为应当是和其下的简文"《雨亡(无)政(正)》、《即(节)南山》,皆言上之衰也,王公耻之"的意思密切相连,这两句简文是属于同一逻辑序列的语词。"王公耻之"不仅指《雨无正》、《节南山》两篇而且也包括了《十月之交》篇。《十月之交》的诗作者,纵然有"不以耻为耻"的情绪在,但孔子认为周天子和真正的王公大臣并不作如是观,而仍然是以耻为耻的。幽王之朝廷是"有道之廷",抑或是"无道之廷",孔子取回避态度而不语及,依简文"王公耻之"语看,孔子实认为周天子之朝廷应当是以耻为耻的"有道之廷"。该受到指斥的只是佞臣、乱臣而不是周天子。

(二)《雨亡(无)政(正)》、《即(节)南山》,皆言上之衰也,王公耻之。

《雨无正》和《节南山》两诗皆见于今本《诗·小雅·节南山之什》。这两篇诗作的时代,毛传、郑笺有异。学者们的争论多在诗属幽王或厉王之世的范围

---

① 善,用如称许之意,乃是名词的意动用法,"善某",即以某为善。先秦文献中不乏例证,如《国语·楚语》下"朝夕献善败于寡君","善败"即以败为善。《墨子·迎敌祠》"善重土",即以重土为善。《穀梁传》庄公六年"称名,贵之也。善救卫也",即称许救卫之举。简文"善諙言",即称许"諙言"。
② 王夫之:《诗广传》卷三。曾经有人以温柔敦厚的诗教质疑《十月之交》一诗,谓:"《十月》之篇讼言姓氏、指斥宫闱,其异于诗教者何?"魏源即以王夫之此语作答,魏源的结论是,"《国风》好色而不淫、《小雅》怨诽而不乱,皆言其大都耳,未必无一言之出入也"(《诗古微》卷十二)。实际上是认为《十月之交》并不符合温柔敦厚的诗教。

里进行。郑玄时有人问《小雅》之中"何以独无刺厉王",郑玄回答说:"有焉。《十月之交》、《雨无正》、《小旻》、《小宛》之诗是也。汉兴之初,师移其第耳。"①其所说的"师",指毛公。如果《诗》的原本这四诗位置在厉王时,那么毛公作《训诂传》时将其移至幽王时,正说明毛公已确认其时代为幽王时诗。宋儒范处义《诗补传》曾经举五证说明郑玄此说之误②,结论是"郑氏好立异,何其疏耶"③。郑玄此说固不可信,然定其为幽王之世的作品,亦有可商榷处。

其实,这两篇诗作和《正月》、《小旻》等篇一样,皆当为平王之世的作品。其中的不少诗句,如"国既卒斩"(《节南山》)、"赫赫宗周,褒姒灭之"(《正月》)、"周宗既灭"(《雨无正》)等,只能是宗周溃灭以后所写,在此之前,诗人不可能写出此类诗句。赵光贤先生深入研究之后指出,这五篇诗作均作于平王之世④。愚在此基础上,曾通过对于平王东迁之事的探析,进一步推断这些诗当作于公元前770年至前760年之间⑤。

《雨无正》一诗,因其有"周宗既灭"之句,所以朱熹肯定它是"东迁后诗"⑥是有道理的。然而,东迁雒邑之后的周诗列入于"王风",而不入雅。列入"小雅"的《雨无正》篇不应当是平王东迁雒邑以后之诗,而从其内容上看,此篇当作于两周之际平王与携王对峙之时。是诗的第二章云:"周宗既灭,靡所止戾,正大夫离居,莫知我勚。三事大夫,莫肯夙夜。邦君诸侯,莫肯朝夕。"正说明宗周溃灭之后,贵族大臣们无定居之处,正大夫、三事大夫和邦君诸侯都不肯朝夕敬奉周天子。其第四章云:"戎成不退,饥成不遂。"谓战事已成而不罢退,饥馑已成而不消失,说明此时携王与平王之间的战事并未消停。宗周溃灭以后,有一大部分大臣不愿意依附携王,但又不想离开丰镐去随从平王居申。

---

① 郑玄:《小大雅谱》,李学勤主编:《十三经注疏·毛诗正义》卷九之一,北京大学出版社1999年版,第551页。
② 范处义《诗补传》所举五证是:"十月辛卯,日有食之,验之唐历在幽王六年。一也。'百川沸腾,山冢崒崩',稽之《史记》幽王二年三川皆震。二也。《雨无正》言周宗既灭,指'赫赫宗周,褒姒灭之'之事。三也。《小旻》言'谋夫孔多,发言盈庭',谓七子之徒。若厉王'监谤益严,国人莫敢言,道路以目',安有'孔多'、'盈庭'之刺?四也。《小宛》言'念昔先人,有怀二人','先人'谓先王,'二人'谓文武。若厉王,先人则为夷王,安能怀文武之事?五也。"按,此五证,除末项容有再商之外处,其他四项皆无可疑。
③ 范处义:《诗补传》卷十八,《文渊阁四库全书》第72册,台湾商务印书馆2008年版,第225页。
④ 参见赵光贤:《古史考辨》,北京师范大学出版社1987年版,第107页。
⑤ 参见拙作:"论平王东迁",《历史研究》1991年第6期。
⑥ 朱熹:《诗集传》卷十一。

《雨无正》篇的作者应当是一位追随平王的臣下,所以在该篇末尾说:"谓尔迁于都,曰予未有家室,鼠思泣血,无言不疾。昔尔出居,谁从作尔室?"他劝告大臣们不要以"未有家室"为借口而犹豫,而应当果敢地追随平王。宗周既灭,大厦已倾,人心惶惶不安,正是《雨无正》篇所反映的王室贵族的矛盾心态。所谓"雨无正",犹今语之不知道雨落何方,或者说是不知道哪块云彩有雨。所比喻的意思是,携王与平王究竟谁是周王室的正统呢?鹿死谁手尚未可定,如果跟错了人,站错了队,那可不是闹着玩的。

简文"节南山"的节原为即,通假而读若节,与今本《诗经》合。《小雅·节南山》有"节彼南山"之句,毛传谓"节,高峻貌"。清儒马瑞辰谓"节即巀字之假借"①。这个说法是有根据的,《释文》:"节,又音截"。又,司马相如《文选·子虚赋》"巀嶭",李善注"巀,音截",可见节、巀两字古音相通。马瑞辰的这个说法可以成立。②《节南山》,因诗中有"家父作诵"之句,所以可肯定其为名家父者所作。"家父"是什么时代的人呢?前人争论甚多。一般认为不会是鲁桓公十五年至鲁为"天王""求车"者③。愚以为此诗作于两周之际"周二王并立"之时。诗句谓"不吊昊天,乱靡有定",正是携王与平王争夺王位的表现,"驾彼四牡,四牡项领。我瞻四方,蹙蹙靡所骋",正是贵族在两王之间无所适从的心态的表达。此诗与写《节南山》诗的家父与鲁桓公十五年的家父虽非一人,但却是一家。此家族是追随平王的贵族。所以在《节南山》诗中所痛斥的不是平王,亦非如《诗序》所云"刺幽王",而是痛斥当时秉持国政的"师尹"一类的佞臣。名家父者所慨叹的是"昊天不平,我王不宁"。为什么周王不得安宁呢?原因就在于师尹之类的大臣聒噪争讼于王前④。《节南山》末章云:"家父作诵,以究王讻。式讹尔心,以畜万邦。"前人或以为这表明此诗将祸乱归本于王心,不确。胡承珙云:"玩全

---

① 马瑞辰:《毛诗传笺通释》卷二十,中华书局1990年版,第591页。
② 还有专家说,简文这个字,当如字读,不必通假而读若节,这样读更"合理","可信度更大"(王志轩:"上博楚竹书《诗论》第八简'即'字考辨",《古籍整理研究学刊》2006年第5期),亦可备一说焉。
③ 孔疏《节南山》谓:"桓十五年上距幽王之卒七十五岁,此诗不知作之早晚,若幽王之初,则八十五年矣。韦昭以为平王时作,此言不废(陈子展先生以为言字为诗之误,废字为应字之误。见其所著《诗三百篇解题》,复旦大学出版社2001年版,第723页。)作在平、桓之世而上刺幽王。"孔颖达谓"古人以父为字,或累世同之","此家父或父子同字,未必是一人也"(《毛诗正义》卷十二),是比较通达的说法。
④ 《节南山》第五章有"鞫讻",卒章有"王讻",两"讻"字,依毛传皆当训讼。此争讼虽然未必全为争田之讼,但两周之际贵族内部纷争不已,"逸口嚣嚣"(《十月之交》语),"发言盈庭,谁敢执其咎"(《小旻》语)则是事实,郑笺谓"昊天不佣,降此鞫讻"之句即"昊天乎,师氏为政不均,乃下此多讼之俗,乃下此乖争之化,病时民仿效为之诉之于天",是合乎诗意的。

诗,首章'民具尔瞻',末章'式讹尔心',起结两'尔'字相应,必皆指尹氏而言。末章之'尔心',即九章之'其心'。'不惩'、'式讹'反正言之……其实诗词专责尹氏,而刺王之旨自在言外"①。此所说"专责尹氏",甚是。但诗之言外并无"刺王之旨",胡氏狃于《诗序》的刺王之说而做出了这个推断,未成一箦也。

  简文"皆言上之衰也",字面的意思虽一目了然,然而其内涵却颇有可以体味之处。依照君上臣下的通例,这里的"上"应当指周王。在两周之际,周王的权威受到极大挑战,周王室出现了极其不正常的情况。周幽王八年(前774)之前,周幽王曾经立褒姒之子伯服为王,盖以"丰王"为称。其后,太子宜臼因被废而投奔西申,在申侯、鲁侯、许文公等诸侯拥戴之下称"天王"。幽王被杀以后王子余臣被王朝卿士虢公翰拥立为携王。这其间虽然曾有一个短暂时期有幽王、丰王、天王三王并立之势,但其本质仍是幽王与天王两派的对立。周幽王和伯服死后,又形成了天王与携王的并立。直到公元前760年携王被晋文侯所杀,历时十七年之久的"周二王并立"的局面才告结束②。这个历史阶段里面,不仅周天子的权威迅速下跌,而且宗法系统遭到前所未有的破坏,周幽王废嫡立庶;太子宜臼虽然被废却敢于抗父命而自立为"天王",公然与周幽王分庭抗礼;王子余臣身为庶子亦自立为王。这些都是与宗法制原则相背离的反常举动。这些混乱的根本原因在于周王,而孔子《诗论》却轻描淡写,用一个"上"字将其模糊化。本来是极度混乱,宗周溃灭,也只是用一个"衰"字带过。孔子为尊者讳的春秋笔法于此亦得以体现。如前所述,孔子的尊王思想是十分浓厚的,他不仅尊周文王、周武王,而且对于历代周王亦都有崇敬之情在焉。今传本《诗》是为孔子所编选者,《诗序》每以刺厉王、刺幽王等为说,实失诗旨,这些所谓的"刺王"之作,其实绝大多数都是只斥佞臣而不斥责周王,套用近人的说法那就是"只反贪官,不反皇帝"③。简文"王公耻之",更是将周

---

① 胡承珙:《毛诗后笺》卷十九。
② 关于这段史事,《史记》乏载,《左传》昭公二十六年正义引《汲冢书纪年》有宝贵的记载:"平王奔西申,以本太子,故称天王。幽王既死,而虢公翰又立王子余臣于携。周二王并立。二十一年,携王为晋文公(侯)所杀,以本非嫡,故称携王。"所述"二十一年",据王国维《古本竹书纪年辑校》考证,系指晋文侯二十一年,即公元前760年。关于周二王并立及平王东迁的探讨,参见拙稿"论平王东迁",《历史研究》1991年第6期。
③ 春秋时期著名的城濮之战以后,晋文公会诸侯于温,并且将周襄王召来助兴。孔子修《春秋》,此事载作"天王狩于河阳,孔子说:"以臣召君,不可以训。故书曰'天王狩于河阳'。"(《左传》僖公二十八年)可以说,孔子为维护周王权威而煞费苦心,简文"皆言上之衰"亦为一例。

王纳入于指斥王朝衰落的行列，似乎周天子与周王朝的衰落无关，而只是个旁观者，这也体现了孔子对于周王极力回护的态度。

本简简文强调《雨无正》和《节南山》两诗的诗旨是"皆言上之衰也"，指出周王朝的衰落，还指出"王公耻之"，从道德的层面上强调有良知的王公大臣以王权的衰落为耻。这是站在周王朝的立场上的分析。然而《诗序》却将《雨无正》篇具体化为"大夫刺幽王也"，把《节南山》的诗旨具体化为"家父刺幽王也"。我们且不论汉儒解诗的说法是否有据，就仅从这两首诗的诗意就可以看出这两首诗的宏旨岂止一个"刺"字所能概括。对于这两首诗的评析，《诗论》和《诗序》的差别直是不可以道里计了。或有专家认为简文"耻之"，可能是"之耻"的误倒，"若是'王公之耻'，则与诗合，亦与'言上之衰也'语气一贯"①。这个推测，很有道理，足可开启研究者对于相关问题的深入思考。愚以为还可以再进一步说"耻之"并非误倒，而是一种动词的意动用法，"耻之"意即以之（"上之衰"）为耻。如此看来，这些诗既不"刺"周王，也不"刺"那些正直的王公大臣，而只"刺"那些佞臣。

本简内容对于研究《诗·小雅》部分的分组问题颇有启发。依毛传和诗序，《小雅》被分为《鹿鸣之什》、《南有嘉鱼之什》、《鸿雁之什》、《节南山之什》、《谷风之什》、《甫田之什》、《鱼藻之什》七组，其中《鹿鸣之什》有《南陔》等三篇之目而无辞，《南有嘉鱼之什》有《南庚》等三篇之目而无辞，有目无辞的六篇为《仪礼·乡饮酒礼》所提到的六笙诗②，从《仪礼》记载的情况看这六篇皆有声而无辞，毛传盖据此而分列其目于《鹿鸣之什》和《南有嘉鱼之什》两组之中，这

---

① 俞志慧：《〈孔子诗论〉五题》，朱渊清、廖名春主编：《上博馆藏战国楚竹书研究》，上海书店出版社2002年版，第312页。
② 《仪礼·乡饮酒礼》载贵族饮宴时乐工歌乐助兴的情况，"笙入，堂下磬南北面立，乐《南陔》、《白华》、《华黍》……，间歌《鱼丽》，笙《由庚》；歌《南有嘉鱼》，笙《崇丘》；歌《南山有台》，笙《由仪》"，以笙为主由磬伴奏的《南陔》等六篇被称为"六笙诗"，后人一般认为这六篇诗在战国和秦时亡佚其辞，后儒编诗时存其目而无其辞，毛传以为是"有其义而亡其辞"，故而仍有序在其前。郑笺亦以为这种编定方法由毛传而来，"毛氏《训传》中引序冠其篇首，故序存而诗亡"（见《毛诗正义》卷九）。一般认为孔子编《诗》时，此六篇尚在。后人或有疑六笙诗隐于今三百篇者，只是名称有别而已。然而，上博简《诗论》中并无此六笙诗的踪影，因此关于六笙诗以及其它佚诗和《诗》的编定等问题的论定，仍尚待新的材料出现而再研究。清儒姚际恒谓："《仪礼》之书作于周末，去三百篇之世已远……且《仪礼》之乐章甚多，不止此六篇。……当时作乐，被于八音诸器，皆系别有乐章，唯用三百篇为歌，甚明矣。""古所传《诗》唯三百篇，且《诗》自秦后未有一篇缺失，不应唯经所用为笙诗者尽失之"，"六笙诗本不在三百篇中，系作序者所妄人"（《诗经通论》卷十二）。此说甚有理致，值得重视。

种分组,基本上使各组诗歌内容保持一致,或者是使每组各篇有内在逻辑联系。朱熹曾经改定这种分组,改列为《鹿鸣之什》、《白华之什》、《彤弓之什》、《祈父之什》、《小旻之什》、《北山之什》、《桑扈之什》、《都人士之什》。朱熹的分组完全以《仪礼》所载笙诗与它诗的顺序而定,但这种方法是不可靠的。《乡饮酒礼》在述六笙诗之后,紧接着还说"乃合乐《周南·关雎》、《葛覃》"等,显然不能据此而列《关雎》于六笙诗的《由仪》篇之后。再从《节南山之什》的诸篇内容看,皆为两周之际的衰世之音,朱熹将其打乱,让《节南山》、《十月之交》等诗与《斯干》、《无羊》等盛世之诗合为《祈父之什》一组,显然不如旧有的《节南山之什》的划分合理。上博简《诗论》第8号简集中论《十月之交》等旧本《节南山之什》中的七篇诗作,显然是将其作为一组来看待的。这从一个角度表明毛诗关于《小雅》分组可能是近于孔子编诗之旧的,朱熹的重新划分并不一定合适。

(三)《少(小)旻》多悑(疑),悑(疑),言不中志者也。

简文"旻"作"㫰"形,从口从文,诸家多释其字为"旻"。简文中的这句话,诸家考释其字略同,但是句读有异,主要有以下两说:其一,"《小旻》多疑矣,言不中志者也。"①其二,"《小旻》多疑,疑言不忠志者也。"②比较两说的区别大致有三:第一,对于"疑"字重文的理解不同。简文疑字,下有重文符号。关于这个重文,前说谓"增语辞'矣'";后说不作语辞,而作"疑"并将"疑言"连用,意谓"多疑之言"。第二,两说句读不同,"悑(疑)"或连上句为虚词,或连下句为实词。第三,"中"字或作本字用,或径通假作"忠",这个理解文意亦稍有差异。这些不同反映了专家对于《诗论》此语文意理解的差别。除以上两种释解句读之外,愚以为今尚可提出第三种读法,或许更近于简文原意。这种句读是:"《小旻》多疑。疑,言不中志者也。"愚以为两"疑"字后皆当断句,后一"疑"字,是对于这里的"疑"字的特殊用意的解释界定,指出这个疑与平常所用者不一,不是平常所谓的怀疑,而是论语"居者不疑"——意即言论行动与内心的不一而不知反省——的疑,言不中志即言不由衷也。此为儒家心学的一个重要内容。简文"疑"字本作上矣下心之字。众所周知,郭店简和上博简有不少加心符的字,都是某种心理活动的表示。"悑"所表示的就是对于心

---

① 马承源先生说,见其主编的《上海博物馆藏战国楚竹书》,上海古籍出版社 2001 年版,第 136 页;李学勤先生说见其所著《诗论》简的编联与复原》,载《中国哲学史》2002 年第 1 期。

② 廖名春先生说,见其所著"上海博物馆藏诗论简校释",载《中国哲学史》2002 年第 1 期。

灵的自省①。

《小旻》一诗见于《小雅》，是一首共六章的较长的诗作。全诗内容如下："旻天疾威，敷于下土。谋犹回遹，何日斯沮。谋臧不从，不臧覆用。我视谋犹，亦孔之邛。／ 潝潝訿訿，亦孔之哀。谋之其臧，则具是违。谋之不臧，则具是依。我视谋犹，伊于胡底。／ 我龟既厌，不我告犹。谋夫孔多，是用不集。发言盈庭，谁敢执其咎。如匪行迈谋，是用不得于道。／ 哀哉为犹，匪先民是程。匪大犹是经，维迩言是听。维迩言是争，如彼筑室于道谋，是用不溃于成。／ 国虽靡止②，或圣或否。民虽靡膴，或哲或谋。或肃或艾，如彼泉流，无沦胥以败。／ 不敢暴虎，不敢冯河。人知其一，莫知其他。战战兢兢，如临深渊，如履薄冰。"这首诗的意思是："上天暴虐肆威，将灾难普降下土。朝廷的政令谋划却邪僻不正，这种情况不知何时到头！好的政令不被采纳，不好的反被施行。我看那些施行的谋划，真的有太多弊病。／朝廷上权臣们既相互附和又相互诋毁，真是悲哀呀。好的谋划，则完全被反对。不好的谋划，则都被顺从照办。我看这样的取恶止善的谋划决策，何时才能到底？／ 我的灵龟都厌烦了，不复告知我所占问之事的吉凶。朝廷上献谋者很多，却因此不能集中意见。尽管发言声音充斥着大庭，却没有谁肯担负责任。就像那商量远行之事一样，众说纷纭却不知道当走的路径。／悲哀呀这样的图谋，不是效法先民，也不去商讨重大的道理，只是听信肤浅的言论，只是就肤浅的言论进行争辩。就像筑室道谋一样不着边际，所以不能达到成功。／ 都城虽然不大，但其中的人有的聪明、有的闭塞。都城之人虽然不多，却也是有的明哲、有的只会小计谋。有的恭敬严肃、有的随和可亲。如果都警觉起来，就不会像滔滔东逝的泉流之水一样，相继败亡。／ 不敢空手打虎，也不敢徒步渡河。人只知道这样做的危害，还不知晓比这更危险的事情。要警惕呀，战战兢兢地小心，如同而临深渊一样害怕，如同踏在薄冰上一样恐惧。"这首诗历来以为是"刺王（幽王或厉王）"之作，但揆其意蕴，却不似如此。此诗所"刺"的只是主持朝政的卿士大臣，并不涉及周王。

《诗·小旻》之篇所涉及的"疑"有三层意蕴：第一，《小旻》诗的作者对于主

---

① 后世以矣为偏旁的字，亦如此。例如，骏字表示愚痴、无知，并每与佁、呆等字相通。
② 上古时代，直到春秋时期，所言"国"，除类于"邦"者外，一般指都邑，《尚书·金縢》"流言于国"，《左传》隐公元年"都城过百雉，国之害也"，《周礼·考工记》"匠人营国，方九里，旁三门"皆为显例。

持朝政的卿士大臣不听善谋的怀疑。《小旻》诗的首章谓"我视谋犹,亦孔之邛（我看佞臣们的谋划,真是糟糕透顶）",次章谓"我视谋犹,伊于胡底（我要看看佞臣所谋之策,将何所归）",都表明诗作者的怀疑态度,怀疑对象直指周天子附近的佞臣①。第二,神龟所表达的天意对朝中权臣的怀疑。第三,周王朝佞臣们的疑虑。可以说《小旻》一诗集中反映了幽王时期周王朝君臣疑虑重重的情况。上博简《诗论》的"《小旻》多疑"是对诗意的准确概括。《诗论》所谓"《小旻》多疑。疑,言不中志者也"实际上是一个旨在选择的句式,首先是指《小旻》之疑乃疑虑之疑,而非凝止之疑。其次是指在多种疑虑中,此诗主题强调的是"言不中志"之疑。《小旻》诗谓"发言盈庭,谁敢执其咎",即揭露了佞臣们只会在朝廷上夸夸其谈,但却不敢负任何责任。这些佞臣只会替自己打算,为自己寻出路、留后路。简文"疑,言不中志者也",意指佞臣们的"疑",并非如他们所表现的为王朝大政而疑虑,而只是为个人找寻出路而疑,其言论"不中志",乃"不中"（不符合）其所标榜的忠于周王朝之志。

关于这段简文的详细讨论,烦请参阅本书下编"专题研究"部分之"《诗论》'《小旻》多疑'释义"。

（四）《少（小）宛》其言不亚（恶）,少又悡安（焉）。

简文"宛"字原作"🐇"形,从兔、从二肉。关于这个简文的考释,今从诸家说,读其为"宛"②。简文"悡"字,原作"🌾"形,专家或写定其为从年、从心之字,或谓其义"待考",或释其为"仁"、"委"、"佞"、"危"等字,或读若"过"或"祸",或将此字直接隶定为"悸"。愚以为这个字并不从年,其上部虽然与年字相类,但并非年字。古文字中的年字多作上禾下人之形,从人负禾以喻丰收取意,战国文字中此字虽然偶尔少有变异,但只是有些字的下部演变为土旁,而"悡"字既不从人,也不从土,所以很难将其看作年旁。愚以为,"悡",的上部应当是"利"字之异。简文中的这个"悡"字可从李零先生的卓见,断定它是从黎从心

---

① 专家或认为,简文之"疑"指斥了"君王"。似是而实不然。《诗论》指斥的只是君王左右之人,并非君王本人。

② 简文这个从兔从肉之字,是否读作宛,专家有疑,因为它与《诗论》第21号简"宛丘"之宛的写法相距甚远。李零先生说:"此字也见于我负责整理的上博楚简《容成氏》,该篇讲夏桀娶琬、琰,其中与'琬'字相当的字就是这样写,可见定为《小宛》并没错。"（"上博楚简校读记",《中华文史论丛》第68辑,上海古籍出版社2002年版,第18—19页）按,今《上海博物馆藏战国楚竹书》（二）出版,李零先生所指出的读"琬"的那个字见该书《容成氏》篇第38号简,可见其说之确。

之字的省体,以"恨也"为训。

《小宛》一诗见于《小雅》,是一首共六章,每章六句的长篇诗作。其内容如下:"宛彼鸣鸠,翰飞戾天。我心忧伤,念昔先人。明发不寐,有怀二人。／ 人之齐圣,饮酒温克。彼昏不知,壹醉日富。各敬尔仪,天命不又。／ 中原有菽,庶民采之。螟蛉有子,蜾蠃负之。教诲尔子,式谷似之。／ 题彼脊令,载飞载鸣。我日斯迈,而月斯征。夙兴夜寐,毋忝尔所生。／ 交交桑扈,率场啄粟。哀我填寡,宜岸宜狱。握粟出卜,自何能谷。／ 温温恭人,如集于木。惴惴小心,如临于谷。战战兢兢,如履薄冰。"这首诗的意思是:"宛然鸣叫的小斑鸠,高高地飞在天上。我心多么忧伤,只因怀念先祖。大睁眼睛不能入睡,想念我的父母。／ 人明智的时候,饮酒能够克制。但是那些愚蠢无知的人,却一醉方休,一天比一天厉害。要戒慎自己的威仪,天命也会不不保佑你的。／ 田野上有豆叶,庶民可以采集它。螟蛉的孩子,却被蜾蠃负持为自己的孩子。要教诲你的孩子,好好承继祖德。／ 看那脊令鸟,边飞边叫。我每天都在劳作,你每月也要远行服役。早起晚睡勤苦劳作吧,不要辱没你的生身父母。／ 小小的桑扈鸟,循着谷场啄取粟粒。哀叹我这孤苦之人,大概会有牢狱之灾吧。拿一把粟谷给占卜者,从何处能致吉利呢？／ 温和恭敬的人,好像栖集在树上一样担心摔下来。惴惴不安小心翼翼,就像踩在悬崖边上。战战兢兢害怕,就像走在薄冰上一样慌恐。"这首诗的主旨,有刺幽王、戒兄弟、盼免祸等说法。其实是表现周代养子悲痛情绪的作品。

《小宛》一诗所表达出来的"养子"的怨恨情绪最主要的就是对于自己受人歧视的社会地位的怨恨。叹息自己只能如同"桑扈"鸟那样不得其所。尽管如此,诗的主调却是积极的。孔子称许此诗的着眼点应当在以下两个方面。一方面,诗作者(可能就是作为"螟蛉"的养子)念念不忘亲生父母("有怀二人"),并且表示"无忝尔所生"。这是符合孝道精神的;另一方面,"蜾蠃负之"一语表明他并没有忘记养父母的恩情,所以他对于养父母的家庭持"夙兴夜寐"勤劳奋斗的积极态度。这种做法含有"义"之意蕴在内。从这两点出发,尽管诗中有"战战兢兢"的恐惧和"哀我填寡"的呼唤,但总的格调却还是积极向上的。《诗论》评论此诗谓"其言不亚(恶),少(小)有怼安(焉)",可以说对于《小宛》诗旨的把握非常准确,评论之语的遣词也极有分寸。《礼记·祭义》篇曾引《小宛》诗句"明发不寐,有怀二人",说是"文王之诗也"。《祭义》篇此处主旨是讲文王之孝，说他"事死者如事生，思死者如不欲生。忌日必哀。称讳如见亲"。思念父母达到夜不能寐的地步，是讲文王仁孝如此。《祭义》此处所言指此诗句所表达的情怀唯文王能当之，非是言此诗为文王所作。

简文"亚"，专家或读为"噩"，释为畏忌，认为简文意谓《小宛》出言不畏忌，但是，小有恐惧①，按，此释可备一说。

关于这段简文及《诗·小宛》的分析，详请参考本书"专题研究"部分之"中国古代养子现象的起源及其发展"。

(五)《少(小)弁》、《考(巧)言》，则言谗人之害也。

简文"弁"字，马承源先生将其与《曾侯乙编钟》音变之字进行比较，谓"变、弁音同"，故当读若"弁"。简文"考"因声通而读若"巧"。文献中亦多有考、巧相通之例证。简文"谗"字原作从言从双虫之形，专家或读为诓，意指谎言骗人，专家或指出其所从的双虫，"乃是双兔的讹写"②，若此，则此字当即从双兔的逸字。今写作"谗"。刘信芳先生说这个字"应是从'言'得声，读为间，《尔雅·释诂》'虚无之言，间也。'《左传》哀公二十七年'君臣多间'，注：'间，隙也。'《国语·晋语》一'且夫间父之爱而嘉其贶，有不忠焉'，韦昭注：'间，离也。'《史记·高祖本纪》：'汉王患之，乃用陈平之计，予陈平金四万斤，以间疏楚君臣，于是项羽乃疑亚父。'此'间'犹今所谓'离间'。"③按，此说较优，可从。简文这个字，可以写作"谗"，读若"间"。简文"谗人之害"，意指离间者的祸害。

《小弁》之诗列在《小雅·节南山之什》的《小宛》之后，本简所述次序亦然。《小弁》全诗内容如下："弁彼鸒斯，归飞提提。民莫不谷，我独于罹。何辜于天，我罪伊何。心之忧矣，云如之何。／ 踧踧周道，鞫为茂草。我心忧伤，惄焉如捣。假寐永叹，维忧用老。心之忧矣，疢如疾首。／ 维桑与梓，必恭敬止。靡瞻匪父，靡依匪母。不属于毛，不罹于里。天之生我，我辰安在。／ 菀彼柳斯，鸣蜩嘒嘒。有漼者渊，萑苇淠淠。譬彼舟流，不知所届。心之忧矣，不

---

① 于茀："上海博物馆藏战国楚简诗论补释"，《北方论丛》2003年第1期。
② 李零："上博楚简校读记"，《中华文史论丛》第68辑，上海古籍出版社2001年版，第19页。或有学者将此字读为"流言"之"流"(陈美兰："上博简'谗'字刍议"，简帛研究网2002年2月17日)，亦可备一说。黄德宽、徐在国先生谓"此字应分析为从育儿'言''允'声，隶作'谎'，疑为流言之'流'的专字。《礼记·乐记》'先王耻其乱，故制雅颂之声以道之，使其声足乐而不流。'郑玄注：'流，谓淫放也。'"("《上海博物馆藏战国楚竹书·孔子诗论》(一)释文补正"，《安徽大学学报》2002年第3期)，此说亦颇有理致，足供参考。
③ 刘信芳："楚简《诗论》释文校补"，《江汉考古》2002年第2期。

遑假寐。／　鹿斯之奔,维足伎伎。雉之朝雊,尚求其雌。譬彼坏木,疾用无枝。心之忧矣,宁莫之知。／　相彼投兔,尚或先之。行有死人,尚或墐之。君子秉心,维其忍之。心之忧矣,涕既陨之。／　君子信谗,如或酬之。君子不惠,不舒究之。伐木掎矣,析薪扡矣。舍彼有罪,予之佗矣。"这首诗的意思是:"快乐的鸒鸟,一群一群地飞归。民众没有过得不好的,唯独我犯了大罪。有什么欺天之罪,我的罪过是什么?满心忧愁,那又能如何?／　平坦的大道,塞满了杂草。我那颗忧伤的心,痛得如同杵杆在捣。就连打瞌睡时也会长叹,忧愁叫我提前衰老。心情的忧伤,叫我痛心疾首。／　桑梓之邦,必然要恭而敬之。所见到的都是父亲栽的树,所依傍的都是母亲栽的树。父母不能依靠,让我不能连系着外表,也不能附丽着内套。上天让我降生,我的命运在哪里?／　茂盛的柳呀,鸣蝉嘒嘒地叫。灌灌的深渊呀,芦苇繁密地长。如同顺水漂流的舟,不知道落向何方。我那忧伤的心,有谁能知晓。／　看到那将要触网的兔,尚且有好心的人将它赶跑,叫它不入罗网。路上见到死者,尚且有人将其掩埋。君子的心,多么的狠。我心的忧伤啊,叫我落下眼泪。／　君子听信谗言,如同饮别人的敬酒一样顺当。君子对自己的不恩惠的作为,不做反省追究。伐木时要让它慢慢倒下,劈柴时要顺着纹理劈开。把那真正有罪的人放过,却来加罪于我啊。／　没有什么比山高,没有什么比泉深。山高泉深不可测,君子们也不可轻易发言,窃听墙根所得到的只是阴险之辞。不要拆掉我捕鱼的堰梁,不要打开我捕鱼的笱笼。我现在都自身难保,何能虑及以后?"

　　这篇诗作序、传皆谓太子宜臼(或其傅)自闵其被谗而废逐所作,三家诗则以为是周卿尹吉甫之子伯奇之诗,传闻异辞,无所断定是非。从诗的内容上看,应当是被逐之子的诗。前娘之子因为被后母进谗而遭弃逐的命运,民间传说对此往往寄于无限同情,将此逐子之诗附会于宜臼或伯奇身上,事出有因,不足为怪。孔子讲述此诗盖据宜臼之诗为说,其说与《诗序》的极大区别在于它只言"谗人之害"而不涉及幽王,而《诗序》则强调"刺幽王也"。从简文之意推测,孔子所论盖据宜臼之诗为说。战国前期曾有人因为诗中充斥着幽怨情绪的缘故而斥责此诗为"小人之诗",孟子力为之辩,谓"《小弁》之怨,亲亲也。亲亲,仁也"[1]。此说符合孔子的"亲亲"理念。《小弁》之怨是表现亲亲之仁的

---

[1] 《孟子·告子》下。

正当之怨,言外之意在于,宜曰没有错,幽王也没有错,一切错误皆在于"谗人"。孔子为周王回护的态度于此亦可窥见。

　　传世本《毛诗》将《巧言》列在《小弁》之后与《诗论》所列次序相同。《巧言》诗为斥谗之作,诗意甚明。《巧言》全诗六章,内容如下:"悠悠昊天,曰父母且。无罪无辜,乱如此幠。昊天已威,予慎无罪。昊天泰幠,予慎无辜。／ 乱之初生,僭始既涵。乱之又生,君子信谗。君子如怒,乱庶遄沮。君子如祉,乱庶遄已。／ 君子屡盟,乱是用长。君子信盗,乱是用暴。盗言孔甘,乱是用餤。匪其止共,维王之邛。／ 奕奕寝庙,君子作之。秩秩大猷,圣人莫之。他人有心,予忖度之。跃跃毚兔,遇犬获之。／ 荏染柔木,君子树之。往来行言,心焉数之。蛇蛇硕言,出自口矣。巧言如簧,颜之厚矣。／ 彼何人斯,居河之麋。无拳无勇,职为乱阶。既微且尰,尔勇伊何。为犹将多,尔居徒几何。"这首诗的末章当即《何人斯》一诗之逸而混入于此者。《巧言》前五章的意思是:"悠远的上天呀,我的父母呀!我无罪无辜,却遭遇如此乱世。上天也太威严了吧,我真的无罪呀。上天太傲慢了吧,我是真的没有过错呀。／ 祸乱刚出现的时候,谮语谗言就开始被接纳。祸乱再次发生,君子已经完全听信这些谮语谗言。君子如果怒斥谮语谗言,祸乱差不多就会被制止。君子如果喜欢贤人,那么祸乱就会很快停止。／ 君子屡次盟誓,祸乱反而增强。君子轻信盗贼一样的谗人,祸乱就是越发猛烈。谗言很甘甜,祸乱就会因此加剧。这些人不是供奉王事,徒为王增添病痛。／ 高大的宫庙,君子建成了它。圣明的谟策,圣人计划了它。那些谗人的用心,我会推测而知道它。跳来跳去的狡兔,猎犬遇到就会捕获它。／ 柔弱的佳木,君子栽培了它。往来无定的流言蜚语,我心里会辨别它。弯曲莫测的大话,从那些谗人嘴里出来了呀。如笙音般动听的谗言也能出自他们的口,脸皮真是太厚啊。"

　　这首诗的首章三呼"昊天",其第三章谓"匪其止共,维王之邛",皆可推测此诗所斥责的是蒙蔽周王之佞臣。孔子历来痛恨"巧言",故《论语》的《学而》篇和《阳货》篇两载孔子语谓"巧言令色鲜矣仁",《公冶长》篇载孔子语谓"巧言、令色、足恭,左丘明耻之,丘亦耻之",《卫灵公》篇载孔子语谓"巧言乱德",都充分表达了孔子的严正态度。详细考析烦请参阅本书下编之"孔子如何评析论'言'三诗"。

　　(六)《伐木》……

　　此为篇名,当连第9号简。说解详下简考析。

【第九简】

[《伐木》]实咎于其也。(一)《天保》其得录(禄)蔑畺(疆)矣,巽寡德古(故)也。(二)《祥(祈)父》之责,亦又(有)以也。(三)《黄鸣(鸟)》则困而谷(欲)反其古也,(四)多耻者其怎之虐(乎)？(五)《觜(菁)觜(菁)者莪》则以人益也。(六)《裳裳者芋(华)》则……(七)。

〖意译〗

[《伐木》这首诗]只是强调严于律己。《天保》一诗说周成王之所以得到广大无边的福禄,乃是由于他能够遵循周文王、武王的伟大之德而行事的缘故。《祈父》这首诗的斥责也是有根据的。《黄鸟》一诗在于表明其作者因为困惑而欲返归以"涂车刍灵"随葬的"古之道"的愿望,颇多羞耻之心的高尚者该是有这种愿望的吧？《菁菁者莪》一诗说明了与君子交往可以使自己受益的道理。《裳裳者华》就是[倾慕君子美德的表现]。

〖简序〗

此简位置,除范毓周先生将其列于第 8 号简之前以外,诸家皆系连于第 8 号简之后,而第 8、9 号简在《诗论》的位置,诸家所列则很不相同,从本书"绪言"部分之"《诗论》的简序编连与'留白简'问题"所列诸家排序表,可以十分明显地看出诸家将此两简排序的情况。

〖考析〗

(一) [《伐木》]实咎于其也。

简文的"实"字,马承源先生释为从宀、从贵之字,读若贵①。其实,这个字又见于郭店楚简《忠信之道》第 5 号简和第 8 号简,两字皆当读作"实",句谓"口惠而实不至"、"忠,仁之实也"②。是可证李零、廖名春、范毓周、黄德宽、徐

---

① 马承源:《上海博物馆藏战国楚竹书》(一),上海古籍出版社 2001 年版,第 138 页。按,另有专家从此为释,读若"归"(汪维辉:《上博楚简〈孔子诗论〉释读管见》,简帛研究网 2002 年 6 月 17 日)。

② 荆门市博物馆编:《郭店楚墓竹简》,文物出版社 1998 年版,第 163 页。廖名春:"上海博物馆藏诗论简校释"《中国哲学史》2002 年第 1 期)指出"李锐《札记》"已经考释出此点。李零先生亦谓"从彩色照片看,这是楚简常见的'实'字"("上博楚简校读记",《中华文史论丛》第 68 辑,第 19 页)。

在国、何琳仪诸家将其释为"实"字较优。诸家之所以将此简系连于第8号简之后，是因为此简首句之"实咎于其也"，可能与第8号简末尾的残辞"《伐木》"相关。这种系连当是可信的。《伐木》、《天保》是《小雅》"鹿鸣之什"中前后相继的两篇，《诗论》第8号简最后是《伐木》而第9号简次句即《天保》，所以其首句当为对于《伐木》一诗的评析。《伐木》一诗共六章，每章六句。全诗内容如下："伐木丁丁，鸟鸣嘤嘤。出自幽谷，迁于乔木。嘤其鸣矣，求其友声。／ 相彼鸟矣，犹求友声。矧伊人矣，不求友生。神之听之，终和且平。／ 伐木许许，酾酒有藇。既有肥羜，以速诸父。宁适不来，微我弗顾。／ 于粲洒埽，陈馈八簋。既有肥牡，以速诸舅。宁适不来，微我有咎。／ 伐木于阪，酾酒有衍。笾豆有践，兄弟无远。民之失德，乾糇以愆。／ 有酒湑我，无酒酤我。坎坎鼓我，蹲蹲舞我。迨我暇矣，饮此湑矣。"这首的意思是："伐木声丁丁，鸟鸣声嘤嘤。出自幽深山谷，升上了高大的树木。嘤嘤的鸣叫，那是求友之声。／ 看那鸟呀，犹有求友之声，何况我们这些人呀，难道还不知道寻求朋友吗？神明听到这些求友之声，终会赐给你和美幸福。／ 伐木声许许，滤过的酒香藇藇。准备了羊羔肉，邀请诸父前来赴宴。宁可诸父遇事不能前来，也不要我不去请邀。／ 把宴会厅堂打扫干净，摆上装满食物的八只簋。有肥美牡羊肉，用来邀请诸舅。宁可诸舅遇事不能前来，也不要因为我没有邀请而有过疚。／ 伐木在山坡上，滤过的酒满满。装满美食的笾豆陈设整齐，就像兄弟一样不疏远。民众如果失去德行，彼此间就会像硬干粮一样乏味。／ 家里有酒我就把它滤净，家里没有酒我就去外面买回来。我把鼓咚咚地敲起来，随着鼓乐声我把舞跳起来。趁我如今有闲暇，把这湑酒饮起来。"

《伐木》一诗盖为春秋前期之人造篇诵古之作[①]，其中一方面含有在宗法制趋于削弱的情况下对于朋友的呼唤，另一方面亦通过追述周文王、武王不忘故旧之事，树此为楷模，从而加强宗族团结。《诗序》谓："《伐木》，燕朋友故旧也。自天子至于庶人，未有不须友以成者，亲亲以睦，友贤不弃，不遗故旧，则民德归厚矣。"此说是正确的。《尚书·无逸》篇说，周文王曾经"卑服即康功田功"，从而知道"稼穑之艰难"，楚辞《天问》亦谓"伯昌号衰，秉鞭作牧"，若谓周

[①] 关于此意，清儒魏源所说"乐虽作于后嗣，而事必属之先王，词虽及乎有天下，而义必兼乎文王"（《诗古微·正小雅文武诗发微》，《清经解续编》卷一千二百九十五），可谓达论。

文王曾经上山伐木,亦不为臆断,《伐木》所述之古应当就是周文王之事①。如此说来,在孔子心目中《伐木》一诗亦是歌颂周文王功德的诗作。《诗论》第8号简所缺,愚以为仅一两个字的长度,愚以为可拟补一个"则"字②,连于此简首句,简文便是"《伐木》[则]实咎于其也"。

简文"实"字通"寔",亦即"是"③,"则是"一词为先秦古籍习见,这里可举一例,如《韩非子·难一》篇"舜之救败也,则是尧有失也",是为其证。"是"有"祇"意,犹今语"只是"。简文"咎"字用如动词,意指"责备",《左传》襄公三年"楚人以是咎子重,子重病之,遂遇心病而卒",《尚书·西伯戡黎》序"殷始咎周,周人乘黎",《晏子春秋》卷一"百姓之咎怨诽谤,诅君于上帝者多矣",《韩非子·解老》"憯则退而自咎",是皆为"咎"字用如动词"责备"意之例。此处简文的"其"字,当如诸家所云读若"己"④,"咎于其(己)"即自责之意。《论语·颜渊》篇载孔子语谓:"克己复礼为仁。一日克己复礼,天下归仁焉。为仁由己,而由人乎哉?"⑤可见孔子十分重视自身修养的提高,而不将注意力集中于别

---

① 《伐木》诗的次章云"陈馈八簋",毛传"天子八簋",是言此为天子宴饮朋友故旧,《周礼·大宗伯》载大宗伯有佐王行各种礼节的职守,其中有"以饮食之礼亲宗族兄弟"、"以宾射之礼亲故旧朋友",与《伐木》诗"以速诸父"、"以速诸舅"、"兄弟无远"等意相合。关于《伐木》一诗所述为周文王者,清儒魏源所论甚详,他指出,"《周礼·大宗伯》贾疏曰:'《伐木》诗,文王敬故也。'毛传言'君子迁于高位,不可以忘朋友',郑笺言'昔日未居位在农之时,与友生于山岩伐木为勤苦之事,犹以道谊相切正',韩诗传曰:'饥者歌其食,劳者歌其事,诗人伐木自苦之事,故以为文',是韩诗故取兴以歌其劳,言昔人曾自亲伐劳苦之事,故取兴以歌其劳苦,为郑笺所本,与毛传谊同。故疏谓'指文王未即位时言之也'……友文王之臣,述文王之事,继文王之志,敬其所尊,爱其所亲"(《诗古微·正小雅文武诗发微》中,《清经解续编》卷一千二百九十五)。

② 简文开首残缺之处,廖名春先生拟补一"弗"字("上海博物馆藏诗论简校释札记",朱渊清、廖名春主编:《上海博物馆藏战国楚竹书研究》,上海书店出版社2002年版,第262页)。

③ 参见王引之《经传释词》卷九。

④ 王引之谓"其,语助也;或作记,或作忌,或作丌,义并同也。《诗·扬之水》曰'彼其之子',《笺》曰'其,或作记,或作已,读声相似',又《羔裘》'彼其之子',襄二十七年《左传》及《晏子·杂篇》并作'己'"(《经传释词》卷五)。

⑤ 对于"克己复礼"的"克"字的解释,颇有分歧。比较流行的说法是以为"克"就是克制、战胜。朱熹所说最为典型。他说:"克,胜也。己,谓身之私欲也。……盖心之全德,莫非天理,而亦不能不坏于人欲。故为仁者必有以胜私欲而复于礼,则事皆天理,而本心之德复全于我矣。"(朱熹:《四书章句集注·论语集注》卷六,中华书局1983年版,第131页)。按,前人多指出朱熹此说源于汉儒马融之说,马曰:"克己,约身也。"后来学者对于熹此说的批评,颇中肯綮。程树德谓:"孔子明言复礼,并未言理。止言克己,并未言私欲。今硬将天理人欲四字塞入其内,便失圣人立言之旨。"(《论语集释》卷二十四,中华书局1990年版,第819页)将"克己"理解为胜私欲之意虽然语意通畅,却不合乎经旨。相比而言,另外一种说法却较为合理。这种说法是,谓"克"为"能",下面的"己复礼"当"三字连文"(俞樾:《群经平议》卷三十一,《续修四库全书》本,第504页),则意谓能使自己合乎礼的要求。愚以为即令将"克"理解为能,那也多少带有约束自己的意思,之所以能遵循礼,是因为能够约束自己的行为而纳入礼之轨道。理解"克己复礼"之意,这两种说法皆有道理,只不过前者说得直接,后者说得隐幽而已。

人的缺点上面。《伐木》诗中已有严于律己之意在,其第二章谓"既有肥羜,以速诸父。宁适不来,微我弗顾","既有肥牡,以速诸舅。宁适不来,微我有咎",其意即"具酒食以乐朋友如此,宁使彼适有故而不来,而无使我恩意之不至也"①。周文王以明德慎罚著称,《尚书·康诰》载周公教诲康叔之语云"惟乃丕显考文王,克明德慎罚。不敢侮鳏寡,庸庸,祗祗,威威,显民,用肇造我区夏,越我一二邦,以修我西土惟时怙冒,闻于上帝,帝休。天乃大命文王,殪戎殷,诞受厥命越厥邦厥民",是对于文王之德的最可信的说明。《荀子·君道》篇引《书》谓"惟文王敬忌,一人以择",可见其敬畏于用人之事的心态。《伐木》诗所表现的文王严于律己、宽以待人,与其明德的态度是完全一致的。孔子于此强调"《伐木》[则]实(是)咎于其(己)也",正如马承源先生所指出的,"《伐木》为朋友欢宴,孔子独重责己之句"②。我们于此可以进一步指出,《诗论》此语亦是其通过分析文王之德以阐述王道的主旨的一个方面。

(二)《天保》其得录(禄)蔑畺(疆)矣,巽寡德古(故)也。

简文"蔑"字,原来其下部从伐,诸家皆读作"蔑(无也)",是可信的③。简文"得录(禄)蔑畺(疆)"可与《天保》"万寿无疆"句意相互印证。简文"巽寡德古(故)也",李零先生以为"连下句为读",指"刺宣王之司马不得其人"④,则"寡德"之义即为缺德、少德。观《诗论》评诗,恒以先言《诗》篇之名,然后评析,未见先评析后言其名者,故此说尚待再论定,今暂据诸家比较一致的看法,将其连于上句为释。

《天保》一诗在传世本《诗经·小雅·鹿鸣之什》,排列在《伐木》之后,与《诗论》简排序同。《天保》一诗内容如下:"天保定尔,亦孔之固。俾尔单厚,何福不除?俾尔多益,以莫不庶。天保定尔,俾尔戬谷。罄无不宜,受天百禄。降尔遐福,维日不足。天保定尔,以莫不兴。如山如阜,如冈如陵,如川之方

---

① 朱熹:《诗集传》卷九。
② 马承源主编:《上海博物馆藏战国楚竹书》(一),上海古籍出版社2001年版,第138页。
③ 这个字出现得很早,甲骨文中即有此字,除作神名称以外,还常与"雨"字系连,辞谓"蔑雨"(参见《甲骨文合集》第250、24901、12895、33960等片),意即无雨。彝铭中它常与历字连用,意为考察某人履历、功绩。东周时期的《诅楚文》(参见《金石索·石索》卷一)有"求蔑法皇天上帝"之语,"蔑法"意犹无疆。
④ 李零:"上博楚简校读记",《中华文史论丛》第68辑,上海古籍出版社2002年版,第19页。

至,以莫不增。吉蠲为饎,是用孝享。禴祠烝尝,于公先王。君曰卜尔,万寿无疆。神之吊矣,诒尔多福。民之质矣,日用饮食。群黎百姓,遍为尔德。如月之恒,如日之升。如南山之寿,不骞不崩。如松柏之茂,无不尔或承。"

《天保》诗的主旨,《诗序》云:"下报上也。君能下下以成其政,臣能归美以报其上焉",毛传亦谓"归美于王以崇君之尊而福禄之",朱熹《诗集传》卷九承序、传之说,谓"臣受赐者歌此诗以答其君,言天之安定我君,使之获福如此也",然而,关于此诗制作的时代及背景,从这些说法里面是看不清楚的。当代专家亦往往泛泛而论,说它"是一首给贵族祝福的诗"①,或谓其为"臣下对君上献媚祝福,歌功颂德而作"②,或谓"这是一首祝颂君主的诗,反映了当时统治阶级'敬天保民'的思想"③。这些说法不能说不对,但对于明晰此诗主旨,仍显得不够。

愚以为有两个方面的问题可以再做一些补充。

其一,《天保》一诗主旨在于对于王德的歌颂,而非臣下对于君主的阿谀谄媚;简文"得录(禄)蔑畺(疆)",《天保》一诗能够对其作有力的印证,诗云"如山如阜,如岗如陵,如川之方至……,如月之恒,如日之升,如南山之寿……如松柏之茂",在两章诗中用九个"如"字,实即九种比喻,给人留下深刻印象。这些诗句以形象化的言语充分表达了诗人对于王禄的喜悦心情,反复歌咏而又有所变化,非必像有的专家所批评的那样是无耻吹捧、令人厌恶。《天保》诗中强调周王"受天百禄"(此亦简文"得录"之意),并用九个"如……"来形容此天赐之"禄"的广大无涯,这"九如"所带来的形象,本简以"蔑畺(疆)"来概括,可谓恰到好处。

---

① 高亨:《诗经今注》,上海古籍出版社 1980 年版,第 225 页。
② 陈子展:《诗三百篇解题》,复旦大学出版社 2001 年版,第 623 页。陈先生对于《天保》的分析尽管颇有可取之处,但对于此诗似乎否定太多,陈先生说:《天保》在三百篇中"达到了'善颂善祷'的高峰。此后从歌颂秦始皇的《秦刻石辞》、歌颂王莽的《剧秦美新文》,直到贡谀蒋中正的《九鼎铭》三千年来在历史上出现过无数这种传为笑柄的丑恶作品。我以为应该歌颂的是创造历史的人民群众,尽管《天保》这诗颂祷'九如',善于使用形象,读来却不免肉麻,又感觉语多重复可厌。"(《诗三百篇解题》,复旦大学出版社 2001 年版,第 622 页)陈先生将此诗作为逢迎拍马之作,则此诗已失"无邪"之旨矣。愚以为此诗充溢着对周王朝立国初期社会稳固蒸蒸日上局面的由衷地赞美之情,不失为当时社会观念的一种表达。后世的对上的谀辞谀文,不该都算到此诗账上。
③ 程俊英:《诗经译注》,上海古籍出版社 1985 年版,第 301 页。

其二,《天保》非是泛泛之作,其所颂扬者只是周文王、武王的功德。诗的"天保"一词,应当是有特指含义的。《逸周书·度邑》篇所谓"天保",就是建都于"天室"附近的"伊雒"之事,此事经过周公平叛稳定大局以后营建雒邑而得以实现。《天保》一诗与《书·洛诰》每相呼应,应当皆是营建雒邑之后的庆功之作。两者相呼应,关系极为密切。今得《诗论》简之证,此意则更为明显。

所谓"天保",并不是一般泛指的上天保佑之意,而是指于"天室"附近的"伊雒"建立都邑而言。从周公与武王的谈话情况看,"定天保"是当时他们所关注的首要大事。"天保"之"保"疑当因音通而假作"服"。服本义为车舟两旁的夹木,有用、事等意蕴,但周人屡用之谓等级之称,如五服、九服等,《周礼·职方氏》"辨九服之邦国",郑注:"服,服事天子也。"周有畿服之制,《国语·周语》上载周卿祭公谋父语谓:"夫先王之制:邦内甸服,邦外侯服,侯、卫宾服,蛮、夷要服,戎、狄荒服。甸服者祭,侯服者祀,宾服者享,要服者贡,荒服者王。"从服为服事于上命的角度看,它又含有"命"之意,所谓的"九服"、"五服"等,犹言九命、五命。所谓的"天保(服)",便犹言大服,即最高最大的"服",指上天所授予的"命"。《度邑》篇所说的"定天命",意即稳定巩固天授之命。

简文"巽"字,马承源先生读若"馔寡",意谓"孝享的酒食不多,但守德如旧"[1],廖名春先生将"巽"字读若"选",谓"'选'有善意,……'寡德'即君德。此是说《天保》'得禄蔑疆',是以君德为善的缘故"[2]。周凤五先生将"巽寡德"读若"赞寡德","谓臣下能助成寡君之德"[3]。今按,以上诸家说皆有据并可通释简文,但对于简文这个字,尚须再做一些补充探讨。《说文》"巽,具也",段玉裁云:"孔子说《易》曰,巽,入也。巽乃愻之假借字,愻,顺也。顺故善入。"[4] "巽"字习见于《周易》,并且于《易传》中多有解释,其意常与"顺"义相涵相通。如《易·蒙》象传谓"顺以巽也",《易·升》象传谓"柔以时升,巽而顺",《易·家

---

[1] 马承源主编:《上海博物馆藏战国楚竹书》(一),上海古籍出版社2001年版,第138页。
[2] 廖名春:"上海博物馆藏诗论简校释",《中国哲学史》2002年第1期。
[3] 周凤五:"《孔子诗论》新释文及注解",朱渊清、廖名春主编:《上博馆藏战国楚竹书研究》,上海古籍出版社2002年版,第159页。
[4] 段玉裁:《说文解字注》五篇上。

人》象传"六二之吉,顺以巽也",《易·观》象传谓"大观在上,顺而巽,中正以观天下"。段玉裁释巽为"愻之假借字"是可信的,释其意为顺亦颇多文献之证,如《尚书·尧典》"巽朕位",伪孔传"巽,顺也",《论语·子罕》"巽与之言",朱注"巽言无所乖忤",皆可为据。简文"巽寡德"不是谓诗作者自己或其所嘱告之人有"寡德",而是说所嘱告之人能够"巽(顺)寡德",即能遵循前人之"寡德"而行事。

再说"寡"字。《老子》第三十九章谓"侯王自谓孤、寡、不縠",但文献记载表明侯王自称时恒谓"寡人",从不单称"寡",单称寡者,意为少,或为孤,非侯王自谓也。专家以简文"寡德"为寡君之德,这样解释疑有不通之处。愚以为此处的寡字当循"反训"的原则为释,这其间最为著名的例子是"乱",训为"治"。《左传》昭公二十四年引《大誓》载"纣有亿兆夷人,亦有离德。余有乱臣十人,同心同德",所谓乱臣,即治理国家之臣。这种"反训",是为表面看来意义相反的词义而实际上又是意相涵者,乱字初创会理丝之意,丝有千头万绪的乱态,故为乱,但理丝又有治理之义在,故反训为治。"寡"字亦当如是观,寡字,朱骏声谓:"此字从古文贫,从夏省声,《尔雅·释诂》'寡,罕也'。"① 段玉裁谓《说文》训寡"从颁。颁,分也","颁字本训大头也。此云'颁,分也'谓假借"②。按,依朱说,寡字本从夏得声,而夏字的"引伸之义为大"③;而依段说,寡字所从之颁亦有大意。仔细分析起来,寡字的孤、少之义,与普通的孤独、缺少之意并不完全相同。寡字的特点是,它在特定的场合指出类拔萃之孤、超世绝伦之少。其所指的特定位置即在于第一、首先;其所表示的意思虽然为少,但却是稀少,即物以稀为贵之义也。所谓"寡人"即居于首位的无与伦比之人,"寡君"即超世绝伦之君。由于"寡"本身又有少之意,所以说寡人、寡君又有天然的谦逊之意在。所以说,它有着既谦虚又自负的双重意蕴。如此看来,依反训为释,简文"寡德",其意并非缺德、少德,而是无与伦比的伟大之德。简文"《天保》其得录(禄)蔑畺(疆)矣,巽寡德古(故)也",意指《天保》一诗说周成王之所以得到无涯之福禄,乃是由于他能够遵循周文王、武王的伟大之德而行事的缘故。

---

① 朱骏声:《说文通训定声》豫部。
② 段玉裁:《说文解字注》七篇下。
③ 段玉裁:《说文解字注》五篇下。

相关的详细探讨,烦请参阅本书"专题研究"部分之"《诗》、《书》互证:上博简第 9 号简的一个启示"。

(三)《谇(祈)父》之责,亦又(有)以也。

简文"谇父",马承源先生以为即《小雅·祈父》篇名,诸家无疑义。简文"责"字,原作"責"形,从贝从束。马承源先生引《玉篇》为证,并指出《兮甲盘》铭文责字与之相同。马先生的这个说法是正确的。其实,《说文》训责字"从贝、束声",亦是确证。专家或将此字径释为"刺",或谓"从文义看,似应读为'刺'"①。这样来读,于古音毫无问题,也比较符合《诗序》的"刺宣王"之说,然而,责亦有刺义。段玉裁说责字已经可以直接"引伸为诛责、责任"②。所以说简文此字径读为"责"与改读为"刺"并无多少区别。

简文"《谇(祈)父》之责",所"责"所"刺",究为何人,乃是一个值得进行探讨的问题。《诗序》云"《祈父》,刺宣王也",郑笺发挥此意,谓"刺其用祈父不得其人也,官非其人则职废",毛传亦云"宣王之末,司马职废,羌戎为败"。诸家似皆以为此即简文"责"之所指。愚以为,《祈父》一诗并无刺王之意,而是以维护王之权威来说话的,今得《诗论》此简,更可以明确这一点,这对于理解《诗·祈父》篇的主旨很有重要意义。

《诗·祈父》共三章,章四句,全文如下:

> 祈父!予王之爪牙。胡转予于恤?靡所止居!
>
> 祈父!予王之爪士。胡转予于恤?靡所厎止!
>
> 祈父!亶不聪。胡转予于恤?有母之尸饔!

这首诗的关键问题在于对"予王"两字的理解。郑笺释"予王之爪牙"之意云:"我乃王之爪牙之士,当为王闲守之卫。"学者释诗皆与此说相同。如此,则"爪牙"为武士自称。由此作解,则将诗之主旨归于序之所谓"刺宣王",亦与毛传之所谓"刺其用祈父不得其人也"相符合。但是,此说有问题在。其一,依郑笺

---

① 李零:"上博楚简校读记",《中华文史论丛》第 68 辑,上海古籍出版社 2001 年版,第 19 页。
② 段玉裁:《说文解字注》六篇下。其实,从"朿"之字每有刺责之义,《说文》有从言从朿之字,训为"数谏也",专家引以说明简文此字(参见俞志慧:"《战国楚竹书·孔子诗论》校笺"上,简帛研究网站 2002 年 1 月 17 日),是正确的。

此说,则句读当为"祈父,予,王之爪牙"(按,此种句式于《诗》中并无他例可证),不若"祈父,予王之爪牙"顺畅。其二,"爪牙"与"爪牙之士"是有区别的。"爪牙"可以指王之股肱大臣,而"爪牙之士"则只能是普通武士之总称,其地位远不能与作为股肱大臣的"爪牙"相比拟。《韩非子·人主》篇谓:"虎豹之所以能胜人执百兽者,以其爪牙也,当使虎豹失其爪牙,则人必制之矣。今势重者,人主之爪牙也,君人而失其爪牙,虎豹之类也。宋君失其爪牙于子罕,简公失其爪牙于田常,而不蚤夺之,故身死国亡。"此说颇能够说明"爪牙"对于人主的重要,春秋时人曾将大臣文种比喻作越王勾践的"爪牙",谓"大夫文种者,国之梁栋,君之爪牙"①。《祈父》一诗的作者可以定为一位不能奉养老母的武士(这由诗的末章"有母之尸饔"句可以看出),他的身份与作为王之股肱大臣的"爪牙"尚有不小距离。即以"王之爪牙"为称,应当由作为"三公"重臣之一的"祈父(司马)"当之。由这两个方面看,此句当读为"予王之爪牙",而不可将"予"、"王"二字分开。释者实际上将其分开,而不作如此句读,可能是觉得分开的话与《诗》例不合,从而故意模糊化的缘故。

在先秦时代的文献中,"予"字为第一人称代词作主语的时候,如果后系人称名词,则是对于"予"的具体称谓的解释,如"予一人","予小子"等,不胜枚举。此外,还有对于他人的称谓以第一人称之词系之的情况,如"吾君"、"吾王"等。如《国语·越语》下篇谓"吾王敢无听天之命,而听君王之命乎",《孟子·梁惠王》下篇载"吾王之好鼓乐,夫何使我至于此极也",《左传》昭公六年载"吾君贿,左右谄谀,作大事不以信,未尝可也",等皆其例。所谓"吾王"、"吾君",即吾之王、吾之君。由此例之,"予王"意可以理解为我之王,"予王之爪牙",即我王之爪牙。

《祈父》这首诗所"责"的事有两项,一是作为我王爪牙的"祈父",让军士们辗转到令人担忧的地方去受苦("胡转予于恤"),让我们没有安定的居所("靡所止居"、"靡所厎止");二是为什么让我们长期在外,无法奉养老母,出发服役时老母尚在,归来时却阴阳两隔,只能陈饔以祭("有母之尸饔")。此诗是武士对于祈父的比较委婉的讽喻,而不是呼天抢地般的诅咒仇怨。诗作者将祈父称为"予王之爪牙",是对于祈父地位的肯定,也是对于王权的拥护,如果将主

---

① 《吴越春秋·越王入臣外传》。

旨解为"刺宣王",则与实际背道而驰。本简肯定《祈父》一诗对于祈父的刺责"亦有以也",意即也是有根据的。这是因为其指责符合"忠"、"孝"的原则。所谓"忠",即它不是刺责周王,而只是委婉地对于祈父进行讽谏。"予王"之称,可见其对于周王的亲切。所谓"孝"是指武士认为自己的劳苦最主要的还不是辗转守卫各地而不得止息,而在于有老母而不能奉养,甚至临终也不得见上一面。这样的诗为倡导孝道的孔子所肯定,乃是理所当然的事情,可谓"良有以也"。

(四)《黄鸣(鸟)》则困而谷(欲)反其古也。

简文"鸣"原作"𪆴"形,可以直接写作"鸣",也可以把所从的"口"视为羡划,而直接转释为"鸟(鸟)"。简文"黄鸣(鸟)",马承源先生释为《毛诗》之《黄鸟》篇名,诸家无疑义。以《黄鸟》为篇名之诗有二,一在《秦风》;一在《小雅》。李零先生说:"即今《秦风·黄鸟》。此诗批评秦穆公以三良从葬,屡言'彼苍者天,歼我良人',耻其故而伤其情,故曰'则困天欲,耻其故也,多耻者其病之虖(乎)。'"①廖名春先生考释此句谓:"'困'指'黄鸟''集于谷'、'啄我粱'、'啄我黍','此邦之人,不我肯谷'、'此邦之人,不可与明'。'而欲返其故',也就是'言旋言归,复我邦族','言旋言归,复我诸兄','言旋言归,复我诸父'。"②马承源等先生,将简文的"古"字通假为"故",并与《小雅·黄鸟》的"复我邦族"、"复我诸兄"、"复我诸父"等一起考虑,似乎简文"返其古",即返归故乡之意。廖先生此说虽然甚有理致,于简文之意亦能通释而无碍,但尚有再探讨的余地。愚以为,"故"单独使用的时候,尚未见用如"故乡"之意者。因此,将此简所提到的《黄鸟》定为今本《诗经》之《小雅》者,可能是比较牵强的。李零先生定它为属于《秦风》者,是可信的判断。

我们先来看《秦风·黄鸟》一诗。全诗三章,每章十二句。全诗内容如下:"交交黄鸟,止于棘。谁从穆公,子车奄息。维此奄息,百夫之特。临其穴,惴惴其栗。彼苍者天,歼我良人。如可赎兮,人百其身。／ 交交黄鸟,止于桑。谁从穆公,子车仲行。维此仲行,百夫之防。临其穴。惴惴其栗,彼苍者天。歼我良人。如可赎兮,人百其身。／ 交交黄鸟,止于楚。谁从穆公。子车鍼

---

① 李零:"上博楚简校读记",《中华文史论丛》第68辑,上海古籍出版社2001年版,第19页。
② 廖名春:"上海博物馆藏诗论简校释",《中国哲学史》2002年第1期。

虎,维此针虎,百夫之御。临其穴,惴惴其栗。彼苍者天,歼我良人。如可赎兮,人百其身。"这首诗的意思是:"交交鸣叫的黄鸟,栖止在酸枣树上。谁跟着穆公从死?是那位子车奄息。这位奄息,正是一个顶一百个的英才。来到墓穴的时候,惴惴不安恐惧得发抖战栗。苍天啊,为何要尽杀我们的好人!如果可以救赎,我情愿死一百次来救赎他。/ 交交鸣叫的黄鸟,栖止在桑树上。谁跟着穆公从死?是那位子车仲行。这位仲行,正是抵得上一百个才德之人的英才。来到墓穴的时候,惴惴不安恐惧得发抖战栗。苍天啊,为何要尽杀我们的好人!如果可以救赎,我情愿死一百次来救赎他。/ 交交鸣叫的黄鸟,栖止在牡荆树上。谁跟着穆公从死?是那位子车针虎。来到墓穴的时候,惴惴不安恐惧得发抖战栗。苍天啊,为何要尽杀我们的好人!如果可以救赎,我情愿死一百次来救赎他。"这首诗的史事见于《左传》文公六年,云:

> 秦伯任好卒。以子车氏之三子,奄息、仲行、针虎,为殉。皆秦之良也。国人哀之,为之赋《黄鸟》。君子曰:"秦穆之不为盟主也,宜哉!死而弃民。先王违世,犹诒之法,而况夺之善人乎?《诗》曰:'人之云亡,邦国殄瘁。'无善人之谓。若之何夺之?"古之王者,知命长,是以并建圣哲,树之风声,分之采物,著之话言,为之律度,陈之艺极,引之表仪,予之法制,告之训典,教之防利,委之常秩,道之以礼,则使毋失其土宜,众隶赖之,而后即命,圣王同之。今纵无法以遗后嗣,而又收其良以死,难以在上矣。君子是以知秦之不复东征也。

从《左传》作者的评论看,秦穆公以三良殉葬,是完全违背古礼的。古代的王者,千方百计优待善人贤人,如今纵然秦穆公做不到这些,也没有让三良殉葬的理由。《左传》作者所言的"古"与本简简文所说的"古"的意蕴是一致的。

今可对于本简简文,试补充论证如下。首先,简文所提到的"古"字不必通假为"故",而应当就其本字本义理解。简文之意应当是指《黄鸟》诗表明了对于以人为殉的葬礼、葬俗的困惑,走出困惑的出路就在于"反(返)其古",返归合乎礼仪的随葬的古代礼俗。具体来说,认识到孔子对于丧葬之礼的复古思想,对于我们理解简文很有帮助。所谓"困而谷(欲)反(返)其古",意即《黄鸟》一诗在于表明其作者因为困惑而返归以"涂车刍灵"随葬的

"古之道"的欲望①。其次这种理解与简文下句"多耻者其忞之",也能较好融汇,使简文意义得到通畅的解释。简文中的"而"字,也有专家认为本应当是天字,因与天字形近相混而误写。然,若释为天,则简文很难通释,还是直接释为"而"字较妥。

(五)多耻者其忞之虖(乎)?

简文"忞"字,可以径读如《诗·鹊巢》"维鸠方之"之"方",毛传"方,有之也"。简文"多耻者其忞之"的"耻"字应当是关于人的精神状态的专用名词。在儒家观念中,"耻"本来指人的羞怍状态,后来人们在使用这个概念的时候,将其意义引申,一是有了耻辱感会激发人奋进努力,郭店楚简载有"望生于敬,耻生于望,悧生于耻"②,意谓景仰之意生于崇敬,羞耻之心生于景仰,振奋精神生于羞耻之心。这与孔子所谓"知耻近乎勇"的思想是完全一致的;二是,耻即羞,有了这羞辱感,就会自觉地不去做那些缺德卑下的事情。儒家讲道德修养的时候特别强调这后一个角度的认识。"耻"这条道德底线,既能够让人知道哪些事情不可去做,又可以让人知道应当去做哪些事情,这种辩证关系即孟

---

① 简文所云的"古",当非泛指的远古、上古,而当指距孔子不远的西周春秋时期之"古",那个时期虽然有人殉之现象,但往往不被社会舆论所认可,《左传》宣公十五年载结草还报的故事即为一显例。孔子谓:"始作俑者,其无后乎!"(《孟子·梁惠王》上)表明了他对于人殉之反对和批评的态度。《周礼·秋官·冢人》"鸾车象人",郑众注谓"象人,谓以为人",郑玄注谓"孔子谓为刍灵者善,谓为俑者不仁,非作象人者,不殆于用生乎?"揆郑玄之意,孙诒让说:"后郑以刍灵束草为之,略具人形,不若木俑有面目机发,于人尤象,故不从先郑也。"(《周礼正义》卷四十一,第1702页,中华书局,1987年)郑玄所述孔子之意,见于《礼记·檀弓》篇,是篇载:"孔子谓为明器者,知丧道矣,备物而不可用也。哀哉!死者而用生者之器也,不殆于用殉乎哉!""孔子谓为刍灵者善,谓为俑者不仁,殆于用人乎哉!"(按,《檀弓》所述孔子此两语中间尚有"其曰'明器,神明之也',涂车刍灵,自古有之,明器之道也"数语,此不当为孔子语,当为《檀弓》作者之语,孙希旦《礼记集解》卷十以为"'哀哉'以下,记者之言也也",疑非。)孔子这两段话表明他对于人殉之事的强烈反对,就连用极似人形的俑为殉,他也反对,认为太像人形,以之随葬,跟用人殉近似("殆于用人乎哉"),所以孔子认为"为俑者不仁"。"涂车"是送葬所用的作为明器的泥车,"以采色涂饰,以象金玉。刍灵,束草为遣车上御右之属,及为驾车之马"(孙希旦:《论语集解》卷十,中华书局1989年版,第265页)。"涂车刍灵"简言之,就是作为明器的泥车及泥车上的草人和草马。

② 郭店楚简《语丛》二,参见《郭店楚墓竹简》,文物出版社1998年版,第203页。李零先生指出,此处的"望"字,"从文义看,应是与'敬'含义相近的词,这里疑是景仰之义。'悧',疑读'烈'('悧'是来母之字,'烈'是来母月部字),是刚烈之义"(《郭店楚简校读记》,北京大学出版社2002年版,第172页)。按,此说可从。望字本身就有盼望、敬仰之义,《诗·都人士》"万民所望"、《诗·卷》"令闻令望"、《荀子·天论》"望时而待之"等,皆为其例。关于"悧"字,愚以为读烈,固然可取,但若读"厉",似乎更好一些。《史记·田敬家》"陈厉公"索隐指出,即《陈世家》之利公,"利即厉也"。《论语·卫灵公》"必先利其器",《汉书·梅福传》引作"厉"。是皆为利、厉相通假之例。厉为砺之本字,刃具得磨砺则利,故"利"与"厉"不仅古音相近、声纽相同,而且义亦相涵。厉字有振奋、踊起之意,是为简文"悧"所取焉。

子所说的"人有不为也,而后可以有为"①。就人的道德修养看,"无耻"类于卑鄙,而"有耻"则近乎高尚。简文的"多耻者",意指那些很有羞耻之心的人,也就是那些道德高尚的人。简文"忥"字②,可以径读如《诗·鹊巢》"维鸠方之"之方,毛传"方,有之也",是正确的。此处简文此字,亦当以"有"为训,意指心中所考虑、思想上所拥有的某种观念。联系上句简文,其意就是:《黄鸟》之诗表明了其作者因困惑而欲返于丧葬古道的愿望,颇多羞耻之心的高尚者该是有这种愿望的吧? 这是个反问句式,其意义则是完全肯定的。这种理解与将简文"忥"字意释为病若忧相比,应当更近于是。

关于这段简文的详析,烦请参阅本书下编"专题研究"部分之"上博简《诗论》与《诗经·黄鸟》探论"。

(六)《**䂙**(菁)**䂙**(菁)者莪》则以人益也。

简文"菁"字,原作左"缶"右"青"之形,此字为《说文》所无,马承源先生读为《诗·菁菁者莪》的"菁",诸家从之。关于简文"以人益"之意专家或谓与"益人"相同,意即使人长进,指君子长育人才。此说虽然符合传笺之意,但与诗旨有较大距离。郑笺"既见君子,乐且有仪"云:"既见君子者,官爵之而得见也。见则心既喜乐又以礼仪见接。"宋儒欧阳修曾批评郑笺之说,谓其为"拘儒之狭论",并云"郑谓有官爵然后得见君子,见则心喜乐又以礼仪见接者,亦衍说也。郑氏解诗常患以衍说害义,如其所说,则未仕之人不见君子而不得教育矣"③。后来,朱熹谓此诗为"燕饮宾客之诗"④,并不从"育材"的思路来释解。看来对于此诗的内容及主旨的理解,尚有辨析的必要。我们先来看这首诗,这首诗见于《诗·小雅》,全诗内容如下:"菁菁者莪,在彼中阿。既见君子,乐且有

---

① 《孟子·离娄》下。
② 简文中的这个字作上方下心之形,有专家读若"仿",谓"'仿'为人的一种行为,与心理活动有关,故可从心"(汪维辉:"上博楚简《孔子诗论》释读管见",简帛研究网2002年6月17日),于茀先生亦持此说,谓,此句意思是《黄鸟》言陷困境于他乡而欲返归故里,那些于他乡蒙受诸多耻辱的人都会效仿吧"("上海博物馆藏战国楚简诗论补释",《北方论丛》2003年第1期)。按此说虽不误,但于此似不可,而只应读方。不然的话,则语意大变。或有专家将简文"忥"字楷写作"怲",释为忧之意(姚小鸥:"《孔子诗论》第9简黄鸟句的释文与考释",《北方论丛》2002年第4期)。此说虽然不无无据,但有可取之处,因为与简文字形相符,只不过是"心"旁所在位置不同而已。愚以为从简文文意考虑,不若读为"方",释为有,更妥当一些。周凤五先生认为"当读为'方'"("《孔子诗论》新释文及注解",朱渊清、廖名春主编:《上博馆藏战国楚竹书研究》,上海书店出版社2002年版,第159页),得之。此外专家尚有释读为防、病、怲等说,似皆不如径读为"方",较妥当些。
③ 欧阳修:《毛诗本义》卷十三。
④ 朱熹:《诗集传》卷十。

仪。/ 菁菁者莪,在彼中沚。既见君子,我心则喜。/ 菁菁者莪,在彼中陵。既见君子,锡我百朋。/ 泛泛杨舟,载沉载浮。既见君子,我心则休。"诗的意思是:"绿油油的莪,长在那山坡。见到了君子,你的仪容让我欢乐。/ 绿油油的莪,长在那河中小洲。见到了君子,就像得到了百朋赐赠。 泛泛地飘起杨木舟,小船儿起起伏伏。见到了君子,我的心无比欢喜。"此诗主旨是受到帮助提携者对于恩人的感激之情,普通的萝蒿、一般的杨木,都可变为有用之材。诗中以此来喻指受到栽培提携后的喜悦。

愚以为,简文"以人益"不当解为"益人"。"益"为"溢"之本字,常常用为增加、利益、补助等意,久假不归,故而另造出"溢"字。在古代文献中,虽然有"益友"、"益智"、"益寿"等辞,但皆谓于己之利,而不云对人之利,所以古代文献并没有"益人"之辞,如果说"益人"勉强可以说成有益于人,并且引申为育人之解的话,那么"以人益"的含意则完全不能作如是观。儒家所强调的交友之道在于"为己",即砥砺自己的德操,而非取悦于人。所以,在交友时要有所选择,以德操高尚者为友。简文"以人益"即靠与君子之类的贤人的交往而使自己的德操受益。专家或批判此诗谓"读《菁莪》诗,一般学士利禄熏心,灼然可见,这是知识分子传统的弱点"[①]。孔门师徒认为,交友目的是"为己",而非"为人"。所谓为己,并非指个人私利,而是指砥砺自己,要通过交友高尚自己的德操。从《诗论》简"以人益"的评价看,此诗作为砥砺个人德操之诗,与"利禄熏心",似乎还有较大距离,若严厉斥责,实似无的放矢。

相关的分析,详见本书下编"专题研究"部分之《诗论》'以人益'与《诗·菁菁者莪》考论"。

(七)《棠棠者芋(华)》则……

简文棠字原作"䈞"形,从尚、从示,这个字见于战国文字,何琳仪先生说它"从示尚声,读尝。《尔雅·释天》'秋祭曰尝'"[②]。马承源先生将它通假作"裳",于音理上完全没有问题,诸家之释无疑义。简文"芋"字,马承源先生谓《说文》"大叶实根骇人","而'华'无骇人之理,则'芋'或为诗句之本义字",如此,似将"芋"字作为对于诗的评析用词。其实,诸家将此字读为"华"还是完全可信的。

---

① 陈子展:《诗三百篇解题》,复旦大学出版社2001年版,第660页。
② 何琳仪:《战国古文字典》,中华书局1998年版,第681页。

芌、华古皆鱼部字。华本为荣华之意,引申则有大、张扬等义项,故大声叫喊称为"哗"。"芌"字依朱骏声说,可以通假为"吁","《说文》'骇人故谓之芌',谓取吁大之意,吁惊之声"①。由此可见在"大"之意项方面,芌、华两字有相涵之处。音相同而意相涵,读芌为华,以芌为华的假借字②,可谓信而有征矣。从《诗·裳裳者华》的篇名看,将简文芌字读为华,作为篇名用字应当是没有问题的。

此诗见于《诗·小雅》,全诗四章,每章六句。内容如下:"裳裳者华,其叶湑兮。我觏之子,我心写兮。我心写兮,是以有誉处兮。/ 裳裳者华,芸其黄矣。我觏之子,维其有章矣。维其有章矣,是以有庆矣。/ 裳裳者华,或黄或白。我觏之子,乘其四骆。乘其四骆,六辔沃若。/ 左之左之,君子宜之。右之右之,君子有之。维其有之,是以似之。"诗的意思是:"堂堂亮丽的花,芸芸茂盛黄澄澄啊。我见到你这个人,我心里忧愁尽消了呀。我尽消了忧愁呀,因此能够安乐地住下去了。/ 堂堂亮丽的花,芸芸茂盛黄澄澄啊。我见到你这个人,见你是多么的有才华呀。是因为你有才华,所以才有喜庆呀。/ 堂堂亮丽的花,有的黄来有的白。我见到你这个人,乘坐四骆驾的车。乘坐四骆驾的车,六条缰绳闪闪有光泽。/ 车跑起来的时候,左边左边,君子会惬意。右边右边,君子也痛快。因为有好驭手,所以他的车技会有人继承它。"

《裳裳者华》一诗主旨,诗序及传、笺皆以刺幽王弃贤而任用小人为说,从《诗论》此简看,这种说法可能是不太正确的。第 9 号简基本上以德操说诗,《裳裳者华》一诗与《菁菁者莪》相近,其意亦当是表现对于君子美德的倾慕,君子心有美德,所以才有外在的表现("维其有之,是以似之")。如果说是周王进用世禄子孙,或者说是诸侯赞美周天子,或者说是赞美周宣王、赞美郑武公等,似皆不能落实。诗意宽泛,未必专指一事。即令专为一事而作,但诗作中却显现不出其所"专"的内容。所以宽泛地将此诗定为对于君子仪容和美德的赞美,应当是较为合适的。

简文以下所缺之语,可能是对于此点的肯定之辞。具体内容则由于简文缺失而难以推测。

---

① 朱骏声:《说文通训定声》豫部。
② 专家或指出简文"竽"字"从艸,雩省声。它是荣华之华与光华之华二者的共同简体"(秦桦林,"上博简《孔子诗论》辩证",《古汉语研究》,2003年第2期)。此说亦甚有理致。简文"竽"是华的本字,抑或是假借字,是值得探讨的问题。

【第十简】

《关疋(雎)》之改⁽⁻⁾,《梂(樛)木》之时⁽⁻⁻⁾,《滩(汉)往(广)》之智⁽⁻⁻⁻⁾,《鹊椊(巢)》之逜(归)⁽四⁾,《甘棠》之保(报)⁽五⁾,《绿衣》之思⁽六⁾,《燕燕》之情害(曷)⁽七⁾?曰:"童(终)而皆取(贤)于其初者也。"⁽八⁾《关疋(雎)》以色俞(喻)于礼……⁽九⁾。

〖简序〗

本简上端为完整弧形,简首文字无残缺,简文内容自成体系,应当是《诗论》某一部分的首简,专家或将其排列为整个《诗论》的首简,也有一定道理。多数专家则将其列为《诗论》中分论诸章——特别是"邦(国)风"部分——的首简。此简当下接第 14 号简。专家曾经细心地注意到,此简首句没有"孔子曰"字样,并且句式与它章有别,简文思想亦与孔子思想似有距离,如此等等,所以判定此简关于《诗》的七首的综合评论,系《诗论》作者之语,而非孔子之语①。专家此说甚有启发性,然《诗论》中未冠以"孔子曰"字样都还有多处,长句式者亦见于简文它辞,简文此处的思想在传世文献所载孔子之语中还可以找到佐证,这些都说明要判定简文这些话非孔子语,尚须更多地证明,所以我们在这里,还是将简文这些话作为孔子之语来对待。

〖意译〗

《关雎》篇的意蕴伟大,《樛木》篇所说的时遇,《汉广》篇所表现出的明智,《鹊巢》篇所赞美的女子出嫁,《甘棠》篇所肯定的报本反始之愿,《绿衣》篇对于睿圣而功业卓著的古人的怀念,《燕燕》篇所表现的笃厚情爱,这些都说明了什么呢?可以说:这些诗篇都表现出结果好于其开始的特点。[具体说来,例如],《关雎》篇是将淑女之美色作为"礼"的喻指,[所以说《关雎》篇所歌颂的对于淑女的追求就会有好的结果]。

---

① 黄怀信:"'《关雎》之改'等七句非孔子《诗论》说",《东岳论丛》2003 年第 1 期。

〖考析〗

(一)《关疋(雎)》之改,

本简《关疋(雎)》的疋字读若雎。简文"关"原作"❡",从门从串。专家指出,这个字亦见于包山楚简。关与贯每相通假,而贯与毌为古今字。《说文》谓"毌,穿物持之也,从一横囗,囗,象宝货之形",段玉裁说:"古囗多作串。"①可以说,简文这个字当从串得音,读若贯。王力先生谓"《说文》'户部':'关,以木横持门户也。'这也是一种贯穿的动作,它与'贯'声近义通,实属同源。"②马王堆帛书《老子》第27章,"关钥"的关字作"❡"形③,与本简简文相同。是皆可证本简简文这个字当读若"关"。

疋与从且得音的雎字古音皆鱼部字,有通假的条件。并且,古文献中从疋从且之字每相通假。清儒马瑞辰释《小雅·筵之初宾》"笾豆有楚"对于且、疋二字的通假所论甚详,可以录之如下:

> 楚与且古音同部。《大雅·韩奕》诗"笾豆有且",毛传"且,多貌",且之本义为荐,《说文》"且,荐也。从几,足下有二横。一,其下地也",引伸之义为再,又训为多。"有楚"当即"有且"之假借,犹《曹风》"衣裳楚楚",《说文》引《诗》作"黼黼",亦因黼、楚音近,得相假借。黼从虍声,虍亦且声也。又《史记·仲尼弟子传》"秦祖字子南",王尚书曰:"祖读为楚,声近假借。"亦与此诗假楚为且者相类。④

按照马瑞辰的说法,"楚"字与"且"因古音同部而相通假。其实,除此之外,楚与且的意蕴也有相涵处。且字在战国竹简文字中有不少写作"❡",从蒦从且从又,可以写作"廑",当读若"薦",通作"荐"。楚本指灌木丛,薦本有草蓆意⑤,与楚字

---

① 段玉裁:《说文解字注》十篇下,上海古籍出版社1988年版,第514页。
② 王力:《王力古汉语字典》,中华书局2000年版,第1323页。
③ 国家文物局古代文献研究室:《马王堆汉墓帛书》(壹),文物出版社1980年版,《老子》甲本图版第145行。
④ 马瑞辰:《毛诗传笺通释》卷二十二,中华书局1989年版,第746页。
⑤ 详细考释烦请参阅本书下编"专题研究"部分之"试释战国竹简中的'薦'字并论周代的薦祭"和"说新蔡楚简的薦字和薦祭"。

意蕴部分相涵,所以马瑞辰认为诗中"假楚为且",是正确的。此外,马王堆汉墓帛书《易经·夬卦》九四之爻"亓(其)行邟胥",今本《易经》"胥"作"且"。是亦可证疋与且音近可通。所以说简文《关疋》谓为《关雎》是没有什么疑问的。诗的"笾豆有楚"和"笾豆有且"意皆指笾豆有草荐为垫。是可证本简的"疋"可读为"且",因此也可读为从且的"雎"字。简文"关疋",即"关雎"矣。

简文"改"字,马承源先生读为"怡",李学勤先生释为"改","训为更易",刘信芳先生释同①,廖名春先生认为其义即"毛《序》所谓'移风俗'或《礼记·乐记》所谓'移风易俗'"②。李零先生曾释其为妃,后改释为"改"。饶宗颐先生先生释为卺③。许子滨先生读其为"哀"④。

愚以为这个字疑读若"妃"较妥。《说文》谓妃为"竢"的或体,今通作俟。段玉裁谓:"竢,待也。待,竢也。是为转注。经传多假俟为之,俟行而竢废矣"⑤,《说文》训俟字本义谓:"大也,从人矣声。《诗》曰:'伾伾俟俟'。"按,《说文》所引见《小雅·吉日》。段玉裁考证谓"《吉日》传有'俟俟,大也'之文",可见《诗经》时代尚有俟为"大也"之训。"自经传假为竢字,而俟之本义废矣"⑥,段氏此说可信。春秋战国时期,俟字多用如等待之义,如《诗·静女》"静女其姝,俟我于城隅"、《相鼠》"人而无止,不死何俟"、《丰》"子之丰兮,俟我乎巷兮"、《著》"俟我于著乎而"等,皆为其例。总之,春秋战国时期,俟字之义,一谓大,一谓待,两者并行不悖。愚以为,上博简《诗论》的"《关雎》之改(俟)",以释其为"大"之意较妥。"大"本为名词,亦常常作为动词、副词、形容词来使用,作名词用的反而成为少数。先秦文献中,"大"用作名词,如《孟子·离娄》下"父子责善,贼恩之大者"、《韩非子·说疑》篇云"凡治之大者,非谓其赏罚之当也"、《五蠹》云"以天下之大,而为服役者七十人"、《商君书·禁使》云"山陵之

---

① 李学勤:"《诗论》说《关雎》等七篇释义",廖名春主编:《清华简帛研究》第二辑,清华大学思想文化研究所 2002 年 3 月印本,第 16 页。刘信芳先生说见其所著"《诗论》所评'童而偕'之诗研究",《齐鲁学刊》2003 年第 6 期。

② 廖名春:"上博简《关雎》七篇诗论研究",《中州学刊》2002 年第 1 期。

③ 饶宗颐:"竹书《诗序》小笺",朱渊清、廖名春主编:《上博馆藏战国楚竹书研究》,上海人民出版社 2002 年版,第 229 页。

④ 许子滨:"读《上海博物馆藏楚竹书》小识",廖名春主编:《新出楚简与儒学国际学术论文集》,清华大学思想文化研究所 2002 年 3 月排印本,第 46 页。

⑤ 段玉裁:《说文解字注》十篇下。

⑥ 段玉裁:《说文解字注》八篇上。

大,而离娄不见"、郭店楚简《成之闻之》"富而分贱,则民欲其富之大也"等,尽为显例。简文"《关疋(雎)》之改",意即"《关雎》之大"。

《关雎》一诗是为《三百篇》之首,虽然作为千古名篇,人们耳熟能详,但为了讨论方便,我们还是应当把它的内容列出来。《关雎》诗云:"关关雎鸠,在河之洲。窈窕淑女,君子好逑。／ 参差荇菜,左右流之。窈窕淑女,寤寐求之。／ 求之不得,寤寐思服。悠哉悠哉,辗转反侧。／ 参差荇菜,左右采之。窈窕淑女,琴瑟友之。／ 参差荇菜,左右芼之。窈窕淑女,钟鼓乐之。"这首诗的意思是:"关关鸣叫的雎鸠鸟,在那河中之洲。美好窈窕的淑女,是君子的好配偶。／ 长短不齐的荇菜,左手采它右手采它。美好窈窕的淑女,昼思夜想求取她。／ 求取她而没有得到,这让我昼思夜想。思绪绵长,翻来覆去不能入睡。／ 长短不齐的荇菜,左手采它右手采它。美好窈窕的淑女,用琴瑟之音跟她亲爱。／ 长短不齐的荇菜,左手择它右手择它。美好窈窕的淑女,撞钟敲鼓让她快乐。"

从诗的内容看,《关雎》应当是一首贵族青年的恋歌。孔门师徒非常重视《关雎》一诗,《韩诗外传》卷五有一大段孔子回答子夏问诗的话,专讲《关雎》之重要。子夏所提的问题是"《关雎》何以为《国风》始也?"孔子回答说:"《关雎》至矣乎!夫《关雎》之人,仰则天,俯则地,幽幽冥冥,德之所藏,纷纷沸沸,道之所行,虽神龙化,斐斐文章。大哉《关雎》之道也,万物之所系,群生之所悬命也,河洛出《书》《图》,麟凤翔乎郊。不由《关雎》之道,则《关雎》之事将奚由至矣哉?夫六经之策,皆归论汲汲,盖取之乎《关雎》。《关雎》之事大矣哉!冯冯翊翊,自东自西,自南自北,无思不服。子其勉之,思服之天地之间,生民之属,王道之原,不外此矣。"[1]汉儒或谓此诗为衰世之作,"周道缺,诗人本之衽席,《关雎》作"[2],定其为"刺"诗。从本简简文看,此说非是。

关于《诗论》所述《关雎》篇意义的评析,详请参阅本书下编"专题研究"下编"专题研究"之"上博简《诗论》'关雎之改'与《诗·关雎》探论"。

(二)《梂(樛)木》之时,

简文"梂",原释以同部音近而读为樛,是正确的。《樛木》阜阳汉简《诗经》

---

[1] 屈守元:《韩诗外传笺疏》卷五,巴蜀书社1988年版,第435页。
[2] 《史记·十二诸侯年表序》。

作《南有杸木》。樛,阜阳汉简《诗经》作"朻"①。这个字韩诗、鲁诗作朻②,与阜诗合。朻、杸、樛三个字古皆幽部字,声纽皆见纽,可谓音同字通。《说文》训朻为"高木下曲",毛传谓"木下曲曰樛",是可证,朻与樛义相同。阜诗为较早的传本,但晚于上博简《诗论》,从本简简文可以看到,诗在流传过程中每因音同义通而用字有所不同,杸、朻、樛就是一个典型例证。

简文"时"字,从止从日,马承源先生据《说文》时字古文释其为"时",并谓"或当读为'持'"。《诗论》简有三处论《杸(樛)木》诗,皆提到"时",可见孔门师徒对于"时"的重视。简文"时"字之义,当为理解《诗论》相关内容之关键。关于这个字的解释,今见有以下两家之说,第一,马承源先生读若"持",但未云此读的意义,盖谓"持福禄"也。第二,廖名春先生谓:"《杸(樛)木》一诗屡言'福履绥之'、'福履将之'、'福履成之',所谓'绥'(训'降')、'将'、'成''福履'于君子的,当是上天,'君子'有上天降福,是得天时,故于《杸(樛)木》而称'时'。"③愚以为此处关于"时"的意义的考究,尚可另献一说,以备参考。战国时人所讲关于个人的"时"略有两种含义,一是要顺应时世,即荀子所谓"君子时诎则诎,时伸则伸"(《荀子·仲尼》),"与时迁徙,与世偃仰"(《荀子·儒效》);一是时运、机遇,亦恰如荀子所云:"夫遇不遇者,时也;贤不肖者,材也。君子博学深谋不遇时者多矣……遇不遇者,时也;死生者,命也。今有其人不遇其时,虽贤,其能行乎? 苟遇其时,何难之有? 故君子博学、深谋、修身、端行以俟其时。"(《荀子·宥坐》)。加强学问与道德修养,等待施展自己治国平天下的身手的时机("以俟其时"),可以说是儒家对于"时"的基本态度④。本简"时"字当即战国时人惯用的"时运"之义。

《樛木》一诗见于《诗·周南》,全诗三章,每章四句。内容如下:"南有樛木,葛藟累之,乐只君子,福履绥之。/ 南有樛木,葛藟荒之,乐只君子,福履将之。/ 南有樛木,葛藟萦之,乐只君子,福履成之。"这首诗的大意是:"南边

---

① 胡平生、韩自强:《阜阳汉简诗经研究》,上海古籍出版社1988年版,第2页。
② 王先谦:《诗三家义集疏》,中华书局1987年版,第32页。
③ 廖名春:"上博简《关雎》七篇诗论研究",《中州学刊》2002年第1期。
④ 和儒家积极待"时",争取机遇的态度不同,道家一般持"安时而处顺"(《庄子·养生主》)、"与时俱化"(《庄子·山木》)的态度,当"时命"未至的时候便耐心等待,"当时命而大行乎天下,则反一无迹;不当时命而大穷乎天下,则深根宁极而待"(《庄子·缮性》)。另有学者,将此字读若时,训为美善,亦可备一说。

那弯曲的树，葛藟爬满了它。快乐的君子，福履总是联系着它。/　南边那弯曲的树，葛藟攀爬盖满了它。快乐的君子，福履将要提拔他。/　南边那弯曲的树，葛藟攀縈绕着它。快乐的君子，福履成就了他。”这是一首赞美贵族青年被“蔑历”（鼓励，提携）的诗作。在周代宗法体制的大树庇护下，各级贵族被社会所认可，充满着欢乐情绪。此诗所表现出来的正是这种积极向上的情绪。

简文之意与《诗·樛木》相合。诗的“福履”二字盖读若“蔑（伐）历”，意指贵族受到关于其经历及功绩的考察与肯定。在此基础上我们来理解全诗的意义似可洞若观火。此诗以“梂（樛）木”和“葛藟”两种植物起兴比喻。展现人们面前的形象是南山那向下弯曲之树（“梂（樛）木”）被葛藟的藤条缠绕（“葛藟累之”），其喻指的意思是在说，下级贵族（即本诗中的“君子”），必得上层人物（或宗主）的考察确指后，其社会地位方才被肯定，并由此出发而扶摇攀升，此犹藤之缠树而升高。贵族之所以非常欢乐，就是因为他被蔑历（“福履”）以后和上层人物（或宗主）有了关系（“绥之”）。这关系犹如葛藤攀树。全诗三章，句式相同，皆由喻指起兴，然后点明主题，表达了“君子”的快乐心情。

关于简文“时”字及《樛木》诗的探讨，烦请参阅本书下编“专题研究”部分之“上博简《诗论》‘梂（樛）木之时’释义——兼论《诗·樛木》的若干问题”。

（三）《滩（汉）往（广）》之智，

这条简文，马承源先生将“滩往”读若《汉广》①，诸家无疑义。《诗论》第10号简载“《滩（汉）往（广）》之智，则智（知）不可得也”。《诗论》第13号简载：“[《汉广》不求不]可得，不攴（攻）不可能，不亦智恒虖（乎）?”②。《诗论》惜墨如金，但却有三支简提及《汉广》一诗，可见对于此诗的重视。

《汉广》一诗见于《诗·周南》。全诗三章，每章八句。内容如下：“南有乔木，不可休息。汉有游女，不可求思。汉之广矣，不可泳思。江之永矣，不可方

① 参见马承源主编：《上海博物馆藏战国楚竹书》（一），上海古籍出版社2001年版，第140页。诸家无疑义。

② 参见廖名春“上海博物馆藏诗论简校释”，《中国哲学史》2002年第1期。另外，李零先生亦补此五字，但在“汉广”二字后空五字，然后再接下文（见其所撰“上博简校读记”，《中华文史论丛》第68辑，上海古籍出版社2002年版，第11页）。今暂从廖说。

思。／ 翘翘错薪,言刈其楚。之子于归,言秣其马。汉之广矣,不可泳思。江之永矣,不可方思。／ 翘翘错薪,言刈其蒌。之子于归,言秣其驹。汉之广矣,不可泳思。江之永矣,不可方思。"诗的大意是:"南边那高高的乔木,不可以在下面休憩呀。汉水那边的游女,不可以求取呀。汉水广阔,不可游泳过去呀。江水绵长,不可以乘筏过去呀。／ 翘翘高起的柴草,是秋天割下的荆楚。那位女子准备出嫁,这边已经喂饱了驾车亲迎的马。汉水那边的游女,不可以求取呀。汉水广阔,不可游泳过去呀。江水绵长,不可以乘筏过去呀。／ 翘翘高起的柴草,是秋天割下的蒌蒿。那位女子准备出嫁,这边已经喂饱了驾车亲迎的马。汉水那边的游女,不可以求取呀。汉水广阔,不可游泳过去呀。江水绵长,不可以乘筏过去呀。"这首情歌,写一位男子对于"游女"的喜爱,但又不能如愿以偿,他一方面想象迎娶的场景,聊以自慰,一方面以礼自持,发乎情而止乎义。

本简所谓的"智",即指第 13 号简所说的"不求不可得,不攻不可能",由《诗·汉广》可以看出,所谓的"不求不可得",意即采取知足守常的态度,不去强求不可得的对象,不去硬做不能成功的事情;对于那些暂时看来不可能的事情,不要固执地非要去做,不要非去碰壁不可,而是应当等待机会,相机从事。这些做法都是明智之举。孔子曾谓"甯武子邦有道则知,邦无道则愚。其知可及也,其愚不可及也。"①卫大夫宁武子在卫成公昏庸失国之时洁身隐退,"沉晦以免患"②,这种大智若愚之举,非常人所能及。孔子赞成这种斗争和生存的智慧。简文此所肯定的正是伺机而动的明智。

详细考析,烦请参阅本书下编"专题研究"部分之"《诗论》'《汉广》之智'探论——并论儒家情爱观的若干问题"。

(四)《鹊槃(巢)》之遝(归),

简文"槃"字原作"𣖫",从木,除此之外所从的部分原释为卓,但其所从的这个偏旁不见于《说文》,马承源先生认为它是桌字的繁构,以卓得音。然而,这个所从的字又见于望山楚简第 89 号简,字形作"𣎑"③,与本简所从的偏旁完

---

① 《论语·公冶长》。
② 宋儒程颐语。参见朱熹:《四书集注·论语集注》卷三。
③ 《望山楚简》,中华书局 1995 年版,第 35 页。

全一致。望山简的这个字见于望山一号楚墓所出竹简第118号简,裘锡圭先生、李家浩先生释为巢,云:"119号简有'王孙㠯',与'王孙巢'当是一人。'巢'、'㠯',音近,此字字形又与'巢'相近。故释作'巢'。"①张桂光先生赞同此说,并谓简文这个字的形构都是不能作"卓"字分析的,所以这个字当做樔,简文"'鹊樔'即今本之'鹊巢'"②。这个分析是有道理的。简文这个字当直接释为从木从㮸之字,比释为从木从卓之字,再通假为巢("樔"字与"巢"字古音同为宵部字,于音训上可以通假),更妥当一些。

简文"遆"字,作从帚、从辶之形。《正字通》谓它与归字同,望山楚简、包山楚简、天星观楚简等皆以之为"归",不过其意义与包山楚简等释为馈有别,它于本简当指《诗·鹊巢》及《桃夭》、《汉广》等篇的"之子于归"的"归",《说文》训归谓"女嫁也",正合诗意。《鹊巢》诗赞颂贵族以百辆车的盛大规模迎娶新妇,自然非同寻常。本简所有评诗之语,皆当与简文下面所谓"终而皆贤于其初者也"作一句连贯为读,此《鹊巢》之遆(归)亦然,意指此女之"归(嫁)",定会有好的结果。

《鹊巢》一诗见于《诗·召南》,全诗三章,每章四句。内容如下:"维鹊有巢,维鸠居之。之子于归,百两御之。／ 维鹊有巢,维鸠方之。之子于归,百两将之。／ 维鹊有巢,维鸠盈之。之子于归,百两成之。"诗的大意是:"喜鹊筑好巢,鸤鸠住进去。这位女子出嫁,百辆车来迎娶她。／ 喜鹊筑好巢,鸤鸠占了它。这位女子出嫁,百辆车迎娶她。／ 喜鹊筑好巢,鸤鸠住满了它。这位女子出嫁,百辆车来成就她。"

《鹊巢》首句谓"维鹊有巢,维鸠居之",以鸠占鹊巢之事兴妇嫁夫家之事。对于这种"兴"体的比喻意义历来学者的理解颇有不同,或有专家推测这是在写召南地区的某一国君续娶夫人之事,后夫人占据了前夫人之"巢"。或谓鸠居鹊巢,并不能喻指婚配事,因为"鹊鸠异巢类,不能作配也"③。此说似拘泥,《诗》之取譬,只其一端,不论全体,此处所说,似无关乎动物学之问题。清儒胡承珙谓诗义不必过于引申,"诗人取兴,止于鸠居鹊巢"④,并无其他深意在焉。

---

① 《望山楚简》,中华书局1995年版,第98页。
② 张桂光:"《战国楚竹书·孔子诗论》文字考释",朱渊清、廖名春主编:《上博馆藏战国楚竹书研究》,上海书店出版社2002年版,第338—339页。
③ 欧阳修:《诗本义》卷二,通志堂经解本。
④ 胡承珙:《毛诗后笺》卷二,黄山书社1999年版,第63页。

吴闿生谓"止是嫁女之乐歌,并无他意"①,虽说直指诗旨,简洁明快,但仍有未明之处。鹊居鸠巢,毕竟不是比喻未婚男女成亲的最佳喻指,若以之为新妇占旧妇之居所,应当是比较合适的。清儒王先谦说此诗"鹊居鸠巢,以喻妇道无成有终之意"②,是可信的。旧妇之道无成,而新妇之道有终,其意亦即本简简文所云"《鹊槕(巢)》之遀(归)……害(曷)?曰:'童(终)而皆臤(贤)于其初者也'"(《鹊巢》诗所说表示女子出嫁的"归"是什么意思呢?那就是结果都好于起初)。

(五)《甘棠》之保(报),

上博简《诗论》多次论及此诗,除本简外又见于第13、15、16、24等简。内容如下:

《甘棠》思及其人,敬爱其树,其报厚矣。甘棠之爱,以召公所茇也。③(第13号简、15号简)

[《甘棠》之报,敬]邵公也。(第16号简)

吾以《甘棠》得宗庙之敬,民眚(性)古(固)然。甚贵其人,必敬其立(位)。悦其人,必好其所为,亚(恶)其人者亦然。(第24号简)

简文这些评析,说明孔门师徒对于《甘棠》一诗的重视。本简简文"《甘棠》之保(报)",在简文的位置类于前面所提到的几首诗的评语,都与"终而皆贤于其初者也"作一句连贯为读。《甘棠》一诗为颂赞召伯的诗作,是一首仅三章的短诗,内容如下:"蔽芾甘棠,勿翦勿伐,召伯所茇。/ 蔽芾甘棠,勿翦勿败,召伯所憩。/蔽芾甘棠,勿翦勿拜,召伯所说。"诗的大意是说:"高大茂密的甘棠树,不要攀折和砍伐。那是召伯在其下住过的树呀。/ 高大茂密的甘棠树,不要剪伐和毁坏,那是召伯曾经在其中休息过的树呀。/ 高大茂密的甘棠树,不

---

① 吴闿生:《诗义会通》,中华书局1959年版,第10页。
② 王先谦:《诗三家义集疏》卷二,中华书局1987年版,第66—67页。
③ 关于这条简文,廖名春先生于"甘"字下补"棠思"二字,并且下接15号简"及其人,敬爱其树,其报厚矣。甘棠之爱,以召公",再下又补"所茇也"三字(参见"上海博物馆藏诗论校释",《中国哲学史》2002年第1期)。

要剪伐和拔坏，那是召伯喜欢的树呀。"

诗中所赞颂的"召伯"，即召公奭（或谓为召伯虎，似不可信）。马承源先生读简文"保"为襃，以为是对于召伯的赞美。保通假作襃，虽然没有任何问题，但此释还是不若读为"报"为优。李学勤先生说："'保'读为'报'，因思念感激召公，而敬爱召公种植的甘棠，是其报德至厚。"[①]甚确。按，保字与报相通假，其例见于《礼记·乐记》，是篇谓"故礼有报"，郑注"报读曰襃"，而襃与保相通，则保可读为报矣。保字本义为襁褓之子为人所保护、包裹，并由此出发引申出许多义项，比较近直的义项为保持、保有，如今语之永葆革命青春然。这里所用的"保"字已有报本反始之意在。《韩诗外传》卷三载："大道多容，大德多下，圣人寡为，故用物常壮也。《传》曰：'易简而天下之理得矣。'忠易为礼，诚易为辞，贤人易为民，工巧易为材。《诗》曰：'政有夷之行，子孙保之。'"[②]所谓"子孙保之"，固然有子孙保持先祖传统之意，可是也有子孙以此而报答先祖恩泽之意，也可以理解说只有宽厚仁慈之政，子孙才能报本反始而长葆其美德之政。本简的"《甘棠》之保"，与此所引《诗·天作》篇的"子孙保之"的意思十分接近。《诗·烈文》亦云："烈文辟公，锡兹祉福。惠我无疆，子孙保之"，其意亦可作如是观。

愚以为《甘棠》之诗固然为颂赞召公奭之作，但诗中所谓对于召公曾经在其下休憩过的甘棠树的态度已是非常崇敬，人们不得去碰它，要做到"勿翦勿伐""勿翦勿败""勿翦勿拜（拔）"，已将其作为神树对待，这种树应当是周代的社树[③]，《礼记·郊特牲》篇谓："社所以神地之道也。地载万物，天垂象。取财于地，取法于天。是以尊天而亲地也，故教民美报焉。家主中霤，而国主社，示本也。唯为社事，单出里。唯为社田，国人毕作。唯社，丘乘共粢盛，所以报本反始也。"可见社祭的目的之一即在于"报本反始"。人们祭祀召公曾经在其下休息过的甘棠树，就是对于召公功业德操的怀念。以前读《甘棠》诗，觉得此诗

---

① 李学勤：《〈诗论〉说〈关雎〉等七篇释义》，廖名春主编：《清华简帛研究》第二辑，清华大学思想文化研究所2002年印本，第17页。周凤五先生也说"当读为'报'"（《〈孔子诗论〉新释文及注解》，朱渊清、廖名春主编：《上博馆藏战国楚竹书研究》，上海书店出版社2002年版，第160页）。

② 《韩诗外传》诸本多衍引诗之十一字，今据许维遹《韩诗外传集释》（中华书局1980年版）本所校。

③ 周代有社树，如《庄子·人间世》载"匠石之齐，至于曲辕，见栎社树，其大蔽数千牛"，《墨子·耕柱》篇所载"丛社"，亦当包括有树木。《白虎通·社稷》所谓"报社祭稷"的"报社"，是汉人所记对于社神之祭，而追本其源，可能与古代对于神树的祭祀有关系。

中的甘棠当为社树,苦无证据,今得此简文佐证,可谓释疑矣。孔子在谈到殷周庙制的时候说:

> 如殷周之祖宗,其庙可以不毁,其他祖宗者,功德不殊,虽在殊代,亦可以无疑矣。《诗》云:"蔽芾甘棠,勿翦勿伐,邵伯所憩。"周人之于召公也,爱其人犹敬其所舍之树,况祖宗其功德而可以不尊奉其庙焉?①

孔子这段话可以与本简简文"《甘棠》之保(报)"相互印证,对于理解《甘棠》诗旨有重要作用。总之,简文之"保"如果读"褒",固然不误,但不若读"报"为优。简文"保(报)"如果笼统地说是对于召公的报德,固然也不误,但是具体而言,则报祭之"报"来理解,似又优于笼统之说也。

《诗论》简中除本简外,尚有第13、15、16、24诸简提及《甘棠》之诗,详细考析请参阅本书下编"专题研究"部分之"上博简《甘棠》之论与召公奭史事探析——附论《尚书·召诰》的性质问题"。

(六)《绿衣》之思,

《绿衣》一诗见于《诗·邶风》。全诗四章,每章四句。内容如下:"绿兮衣兮,绿衣黄里。心之忧矣,曷维其已。／ 绿兮衣兮,绿衣黄裳。心之忧矣,曷维其亡。／ 绿兮丝兮,女所治兮。我思古人,俾无訧兮。／ 絺兮绤兮,凄其以风。我思古人,实获我心。"这首诗的意思是说:"绿色的外衣啊,绿色的面黄色的里。心中的忧愁啊,何时才会停止。／ 绿色的衣服啊,绿色的上衣黄色的裳。心中的忧愁啊,何时才会忘掉。／ 绿色的丝线啊,你所纺织啊,我思念仿效古人,使我没有过错啊。／ 细葛布啊粗葛布,现在冷得如同寒风。我思念仿效古人,古人先得我心所求,真能符合我的心意。"

是诗主旨,诗序谓"卫庄姜伤己"之作,郑笺谓"绿,当为䘲,故作䘲,转作绿,字之误也",䘲衣,依《周礼·天官·内司服》郑注的说法,本为王后"御于王之服",是为燕居的亵衣之类。郑笺如此解释,是为了牵合其以礼释诗的思路。清儒王先谦对此说提出异议,谓"诗喻毁常,则绿衣未为害义。……皮锡瑞云:'考之于古,妇人服绿,亦有明征。'"(《诗三家义集疏》卷三上)今得上博简所

---

① 《孔子家语·庙制》。陈士珂:《孔子家语疏证》卷八,上海书店1987年版,第203页。

载,此字正作绿字,可见郑笺以"绿"为"褖"之说不确,王先谦等的判断是有道理的。简文强调的是"《绿衣》之思",《邶风·绿衣》诗中确有两句提到"思":"我思古人,俾无訧兮"、"我思古人,实获我心"。诗中所提到的"思",是什么意思呢?从诗意可知,其所思者为"古人",《诗论》第16号简正谓"《绿衣》之忧,思古人也",与传世本《绿衣》可以互证。简文所谓"《绿衣》之思",即《绿衣》诗的思古人。

要说明"思"古人的具体情况,尚需从此诗所涉及的史事谈起。

《左传·隐公三年》载:"卫庄公娶于齐东宫得臣之妹,曰庄姜。美而无子,卫人所为赋硕人也。又娶于陈,曰厉妫。生孝伯,早死。其娣戴妫,生桓公,庄姜以为己子。公子州吁,嬖人之子也,有宠而好兵。公弗禁,庄姜恶之。"这里所提到的"嬖人"就是《绿衣》诗中以"绿"所喻指的嬖妾①。庄姜"美而无子",是一位受到广泛同情的人。诗中两次提到"心之忧矣",并且说她的忧虑得很厉害,"曷维其已"("何时能够终止")、"曷维其亡"("何时才能忘掉"),此并非夸张之辞,而是真实情绪的流露。诗中所表现的庄姜的情绪可以说是幽怨而不怨恨,由"绿衣黄裳"而起兴,可是又没有明说,没有怒目拍案,而只是低声倾诉的思绪,"此种情理,最为微妙,令人可思而难以言。……似乎无头无绪,若断若连,最足令人寻绎",清儒姚际恒的这个分析,颇得诗意之奥。我们结合庄姜史事,似乎可以"寻绎"出其忧虑之所在。她之所忧,其一,为自己的身世而忧,忧虑自己"无子"的后果;其二,她为自己所养的戴妫之子而忧,这个孩子将来会有什么样的命运呢?其三,她为嬖人之子"州吁"的肆无忌惮而忧,这个缺德寡义的家伙将会给卫国带来怎样的祸患呢?总之,她既为个人的身世前途而忧,也为国家的命运而忧。第16号简所谓"《绿衣》之忧,思古人也",从上下文的语意看,完全是肯定的语气。简文肯定《绿衣》所表达的忧愁情绪与诗所谓庄姜的"思古人"有关。于此我们亦可以推测出其中的逻辑关系:庄姜想到古人曾经创造了丰功伟业,再看她自己所面临的国将不国的严峻形势,两者对比强烈,更令人忧愁无绪。庄姜思古而忧今,将个人命运与国家前途联系一体,所以受到简文肯定。庄姜很了不

---

① 毛传"绿,间色;黄,正色",朱熹发挥此意指出,"绿衣黄里,以比贱妾尊而正嫡幽微","今以绿为衣,而黄者自里转而为裳,其次所益甚矣"(《诗集传》卷二)。按,朱熹此说甚是。

起的一点就是,她能够自己找到心理平衡的支点,这个支点便是她想到了"古人"①,从"古人"的榜样那里得到了力量。"古人"一词所包括的范围极大,庄姜没有明说其所指,我们如何分析其意之所在呢?愚以为庄姜此处所说的能够使自己免陷于过错("俾无訧")并且慰其心("实获我心")的"古人"应当符合两个条件,首先,这位"古人"应当是卫国前世之君,并且应当是一位能够力挽狂澜,做出重大贡献之人。唯有如此才可以鼓励自己前进,而不至于灰心丧气。其次,这位古人应当是一位道德高尚、堪称楷模之人。唯如此才可以作为榜样,使自己免于过错。遍捡卫国史事,符合这两个条件的"古人",非卫武公莫属。卫武公名和,是卫僖侯的庶子,因为世子共伯余早逝而继位,是为卫武公。他曾于周厉王奔彘之后以共伯身份入主周王朝执政称王达十四年之久,史称"共和行政",后来他又主动将政权交付周厉王太子靖,自己返归共国,以高龄而善终②。他的德操高尚,春秋时期吴公子季札曾经用"美哉渊乎,忧而不困"之辞赞扬"武公之德",战国时人还说他"修其行,好贤仁"、"好行仁义,诸侯贤之"③。卫武公还是一位能够严格道德自律,善于听从劝谏的贤者。

在诗中,庄姜一云"我思古人,俾无訧兮",意即可以学习"武公之德",使自己能够在复杂多变的世事中采取正确的做法,从而避免过错。她再云"我思古人,实慰我心",意即有了卫武公所奠定的基础,卫国一定会有好的发展,州吁之流的作乱无道成不了气候,"贱妾尊而正嫡幽微"(朱熹语)以及州吁的蛮横作乱犹如浮云蔽日一样,只是暂时现象。想到这些,庄姜心中可自安慰("实获我心")。关于《绿衣》末章所说"我思古人,实获我心",朱熹曾指出:"言古人所为,恰与我合,只此便是至善。前乎千百世之已往,后乎千百世之未来,只是此

---

① 关于《绿衣》一诗所提到的"古人",清儒于鬯谓"古,故也。故人者,旧所识也,即其夫也"(《香草校书》卷十一,中华书局 1984 年版,第 225 页)。按,此说与先秦时期关于"古人"的用例不合。并且谓"即其夫",则更失于详察。

② "共和行政"史事非常复杂,相关史载又多歧异,愚曾有所辨析,详请参阅拙作《先秦社会形态研究》(北京师范大学出版社 2003 年版),第 459—476 页,及拙作《伯和父诸器与"共和行政"》(《古文字研究》第 21 辑,中华书局 2001 年版)一文。

③ 这些资料依次见《左传》襄公二十九年、《吕氏春秋·开春》和《史记·周本纪》正义引《鲁连子》。于此还应当提到一件彝铭资料,即共伯和的儿子为他所铸《井人钟》,钟铭说共伯"克哲厥德,贲屯(纯)用鲁,永终于吉",他的儿子要以其父的"穆穆秉德"为榜样。这些说法都充分肯定共伯和德操的高尚,与文献记载完全吻合。

个道理。孟子所谓'得志行乎中国,若合符节',正谓是尔。"①武公之德与庄姜的《绿衣》之思,虽然间隔有年,但道理与心灵上却是相通的。

关于研究《诗·绿衣》的若干纠葛,今得上博简相关简文的证明,可以得到解决。于此可以肯定的有以下三点,其一,是诗的名称为"绿衣",而非褖衣。清儒的相关论辩可以得到极有力的证据而被肯定。其二,《绿衣》一诗的作者为春秋前期卫庄公妻庄姜。其三,《绿衣》诗中和上博简《诗论》相关简文所提到的"古人",就是曾经以"共和行政"而叱咤风云的卫武公—共伯和。关于共伯和的史载较少且多歧异,如果我们的分析不致大误的话,那么,就可以说《绿衣》一诗是共伯和儿媳之作,距离共伯和的时代比较接近,是研究共伯和历史影响的一个比较重要的材料。

关于这段简文的分析详请参考本书下编"专题研究"部分之"上博简《诗论》与《诗·绿衣》试论"。

(七)《燕燕》之情害(曷)?

简文"害",或有专家认为应当在其前断句,将"害"字连下面的"曰"字一起读,"害曰"即"盖曰",害读为盖,"为语词,无实义"②。但不如将"害(曷)"作为一个疑问词,连于上句为妥。简文这个疑问词,实涵盖本简所提到的七篇诗而发出,非必仅谓《燕燕》一诗。

简文"燕"字本作左半为鸟、右半上部为日、下部为女之字,下有重文符,诸家皆作为《燕燕》篇名。今传本《诗经》的《燕燕》一篇共四章,其第四章与前三章有明显差异,盖为错简而混入者③。

此简的"害"字,在彝铭中多读若曷④,《毛公鼎》"邦将害吉",即为显例。郭店简和上博简中也有多例。所以,李学勤等先生认为它读若"曷",是很可信的论断。这个"害(曷)"字在简文中当是一字为句,表疑问。其前者(即简文所提《关雎》等七篇的评析之语)皆为同类事项的罗列。其后面的简文"童(终)而

---

① 黎德清编:《朱子语类》卷八十二,中华书局1988年版,第2103页。
② 彭裕商:《〈读战国楚竹书〉(一)随记三则》,廖名春编:《新出楚简与儒学思想国际学术研讨会论文集》,清华大学思想文化研究所2002年版,第34页。
③ 详细考析烦请参见本书下编"专题研究"部分之《〈诗论〉'仲氏'与《诗·仲氏》篇探论》。
④ 此处的专家解释,还有彭裕商先生读其为"盖",认为是"语词,无实义"("读战国楚竹书随记三则",廖名春主编:《新出楚简与儒学思想国际学术研讨会论文集》,清华大学思想文化研究所2002年3月排印本,第44页)一种说法。颇有理致,足供参考。

皆臤(贤)于其初者也",是为总括解释。关于《燕燕》之诗,《诗论》简中还有两处提及:

[《燕燕》之]青(情),爱也。①
《燕燕》之情,以其蜀(独)也。②

这两处简文皆肯定《燕燕》诗所表达的笃厚情爱,与本简对此的肯定是一致的。需要我们考虑的问题是《燕燕》一诗表达了怎样的"情"而值得肯定呢?《燕燕》一诗,见于《邶风》,或谓其为春秋前期卫庄姜送归妾之作,或谓此为年轻之卫君送以前的情侣远嫁之作。此诗将家国兴亡之感,伤逝怀旧之情浓缩于诗中,《诗论》以"蜀(独)"(慎于内心体验)评之,甚精到。

简文"害(曷)"字表示疑问,乃汇总上述七篇诗而总括言之。这里稍有疑问之处是"害"若读为"曷",则在上古时期文献中,"曷"每用于句首或句中,罕有用的句末者。若此而言,简文的"害"似不若读为常可用的句末的疑问词"何"为妥。害古音属月部、匣纽,何属歌部、匣纽,两者的韵部可以阴入对转,所以简文害读若何,于音转上并没有障碍。简文"害"读为"曷",抑或是读为"何",都不影响这段简文的句式为一疑问句。

《燕燕》一诗见于《诗·邶风》,全诗四章,每章六句。内容如下:"燕燕于飞,差池其羽。之子于归,远送于野。瞻望弗及,泣涕如雨。/ 燕燕于飞,颉之颃之。之子于归,远于将之。瞻望弗及,伫立以泣。/ 燕燕于飞,下上其音。之子于归,远送于南。瞻望弗及,实劳我心。/ 仲氏任只,其心塞渊。终温且惠,淑慎其身。先君之思,以勖寡人。"这首诗的末章,与前三章词语不类

---

① 参见《诗论》第11号简,方括号内字为拟补,详请参阅本书第11号简的考析。另外,今传本《燕燕》一诗共四章,章六句,为研究方便计,具引如下:"燕燕于飞,差池其羽。之子于归,远送于野。瞻望弗及,泣涕如雨。/燕燕于飞,颉之颃之。之子于归,远于将之。瞻望弗及,伫立以泣。/燕燕于飞,下上其音。之子于归,远送于南。瞻望弗及,实劳我心。/仲氏任只,其心塞渊。终温且惠,淑慎其身。先君之思,以勖寡人。"关于此诗的卒章,李学勤先生指出:"猜想当时此章独立,与今传《毛传》本连于《燕燕》不同。"见其所著《〈诗论〉与〈诗〉》(廖名春主编:《清华简帛研究》第二辑,清华大学思想文化研究所2002年3月印本,第29—37页)一文,对于这个卓见愚曾予以发挥补充,烦请参见本书下编"专题研究"部分之《诗论》'仲氏'与《诗·仲氏》篇探论——兼论'共和行政'的若干问题"。

② 见《诗论》第16号简,马承源先生将"蜀"字读为"独",假借为"笃",其说虽然不误,但不若径释为"独",意指"慎独",更为妥当一些。详请参阅本书"专题研究"部分之"《诗·燕燕》与儒家慎独思想考析"。

且诗意不谐,疑其为错简而混入者。上博简《诗论》第27号简简文谓"《中(仲)氏》,君子",则《燕燕》末章本当为《仲氏》诗的一章①。诗的大意是:"燕子飞飞,翅膀下上参差。这位女子出嫁,我远送到郊外。遥望背影渐渐远去,我难过得涕泣如雨。/ 燕子飞飞,高高低低相追随。这位女子出嫁,我目送她往远处去。遥望背影渐渐远去,我难过得伫立哭泣。/ 燕子飞飞,上上下下鸣叫不已。这位女子出嫁,我远送到南边。遥望背影渐渐远去,让我心里常挂念。"这是一首送人远嫁的诗,过去常以为此诗的末章有"寡人"一词,所以说这首诗是卫国君主的送别诗,并由此而引起很多的猜测和争论,其实就这首诗的前三章内容看,乃是泛指,而不能落实到某人某事的。感人的送别情景,何国何时都可能存在。本诗写出了送别场景及其思绪,感情十分真挚感人。本简简文特别点出"《燕燕》之情",看来对此点是尤为重视的。

(八)曰:童(终)而皆臤(贤)于其初者也。

简文"童"字,专家或读若"重",疑非是。当依廖名春先生说,读若"终"②。简文"臤"字,见于《说文》,许慎谓"古文以为贤字",段玉裁说:所谓"古文以为贤"即古文假借为贤,并举汉《校官碑》、《国三老袁良碑》为证(见《说文解字注》三篇下)。这个字又见于郭店楚简《唐虞之道》第2号简"昔臤仁圣者"、第6号简"爱亲尊臤"③、《语丛》三第52—53号简"臤者唯其止也以异",《缁衣》第17号简"大人不新(亲)其所臤",这些"臤"字皆读若贤。此处简文

---

① 关于此一问题的详细探讨,烦请参阅本书下编"专题研究"部分的"《诗论》'仲氏'与《诗·仲氏》篇探论——兼论'共和行政'的若干问题"。

② 这个字,李学勤先生通假作"诵"。李学勤先生说:这个字"和《说文》'钟'字或从'甬'作'鏞'是一样的。'诵'即诵读……,意思是诵读这些诗篇便能有所提高,胜于未读之时。"("《诗论》说《关雎》等七篇释义",廖名春主编:《清华简帛研究》第二辑,清华大学思想文化研究所2002年排印本,第16页)此外,李学勤先生还曾读此字为"同",释为"总括"之意(见《中州学刊》2002年第1期所载廖名春"上博简《关雎》七篇诗论研究"一文引李先生说)。廖名春先生读若"终"("上海博物馆藏诗论简校释",《中国哲学史》2002年第1期),可是廖名春先生后来又改读为"重","训为善、贵"("上海博物馆藏诗论简校释札记",朱渊清、廖名春主编:《上博馆藏战国楚竹书研究》,上海书店出版社2002年版,第263页)。愚以为廖先生二说,以前说更优。此外,还有的专家不作通假字处理,而用其本义,认为简文是指"孔子是以一位老者的慈爱心情看待《邦风》中的童(年轻人)之诗的"(刘信芳:"《诗论》所评'童而偕'之诗研究",《齐鲁学刊》2003年第6期),将"童"释作"年轻人"。诸说比较而言,廖说为优,今从之。

③ 郭店楚简《唐虞之道》篇的这两个"臤"字为省写体,将所从的臣省写为一圆点,裘锡圭先生说:"从文意上可以断定是'臤'字,读为'贤'。"(荆门市博物馆编:《郭店楚墓竹简》,文物出版社1998年版,第158页)

"臤"读为贤,殆无可疑。

"贤"有"多"、"善"、"好"诸义。《礼记·投壶》"某贤于某若干纯"、《国语·晋语》九"瑶之贤于人者五"等例中贤字的用法皆与此处简文同,意犹多于、善于、好于等。简文"童(终)而皆臤(贤)于其初",意即结果皆好于其开始。此处的"曰"字,是回答之辞的提示之语,意犹"回答说"。此句是探本简开始至此的简文为说的,正确的读法应当是"《关疋(雎)》之改、《梂(樛)木》之时、《滩(汉)往(广)》之智、《鹊棹(巢)》之遆(归)、《甘棠》之保、《绿衣》之思、《燕燕》之情害(曷)?曰:童(终)而皆臤(贤)于其初者也。"《大戴礼记·保傅》篇谓:"《诗》之《关雎》、《礼》之冠婚、《易》之乾巛(坤),皆慎始敬终云尔。"这里所说的《关雎》有"慎始敬终"之义,与本简的"童(终)而皆臤(贤)于其初",有一定的意义上的关联。所谓"慎始",是因为事物的开始总是难之所在,故而要更加谨慎从事、黾勉努力,有了这样的开端,事物发展成功的结果("终"),就会比开始要好,这个好的结果是奋斗之果实,故而要对其充满敬意。简文此句是孔门师徒对于这七篇诗作的共同特点的一个发明。

(九)《关疋(雎)》以色俞(喻)于礼……

此语应当是另一段落的开头,愚以为其下面的文字应当下接《诗论》第14＋12简,简文是:"[其三章则]两矣,其四章则俞(喻)矣。以琴瑟之悦,悆(拟)好色之忢(愿);以钟鼓之乐,[悆(拟)好色之]好,反内(纳)于礼,不亦能改虖(乎)?"①如果这样系连不误的话,那么,本简这句简文的意思就应当是说,《关雎》用对于淑女美色的追求来晓谕礼②。

"以色俞(喻)于礼"的"色",马承源先生谓即指"窈窕淑女",廖名春先生谓"就是'民初'、'民性'"③愚以为前说似较优,第14号简有"好色之愿",即淑女之愿,可以为证。这里的问题是为什么"色"可以作为"礼"的比喻呢?这是因为,依《诗论》作者的意思,《关雎》一诗所述"君子"对于"淑女"的追求,所强调

---

① 马承源主编:《上海博物馆藏战国楚竹书》(一),上海古籍出版社2001年版,第139页。此处依李学勤、廖名春等先生将第14、12号简缀连于其后。方括号中的简文系愚依文意拟补。说详本书"专题研究"部分之"《诗论》'关雎之改'与《诗·关雎》探论"。

② 简文"俞(喻)"应当是晓谕、明白、了解之意,《论语·里仁》"君子喻于义,小人喻于利",钱穆先生译为"君子所了解的在义,小人所了解的在利"(《论语译注》第100页,巴蜀书社,2002年),是可为证。

③ 参见马承源主编:《上海博物馆藏战国楚竹书》(一),第140页,廖名春:"上博简《关雎》七篇诗论研究",《中州学刊》2002年第1期。

的是男女之间的爱恋之情的发展应当纳入礼义的轨道。《诗论》述《关雎》之旨在于由"色"生情，以礼围情，融情于礼，终而使"情"得到最佳归宿。《礼记·坊记》载孔子语谓："礼者，因人之情而为之节文，以为民坊者也。"坊，即防范的堤坝。在孔子看来，《关雎》一诗既然要将"好色之愿"、"纳之于礼"，那么它所说明的就是这个防范爱恋情感泛滥的堤坝之重要。有了这个堤坝，洪水就不会泛滥成灾，就会在礼、义所限定的轨道中顺畅地行进。《诗论》第14号简所说的"琴瑟之悦"、"钟鼓之乐"都是"好色"（即美色、淑女）的意愿和美好的象征，而这些又皆是"礼"的物化形式。这里所说的"以色喻于礼"，就是指《关雎》一诗所表现的对于"淑女"（"色"）的追求，皆合乎礼。孔子的时候，尚无性善、性恶之论争，所以当时所理解的人之情似不分善恶，但是情如果超过一定的度，就会泛滥成灾，所以孔子认为要用礼节制它、文饰它。犹如人之内心感情就像一团火，热情奔放，但表现出来的、让别人看到的则是符合礼义的彬彬有礼的典雅之容。这样做，并不影响情之表达，而是让它更好地更得体的表达①。

关于简文"喻"字之意，马王堆汉墓帛书《五行》篇有一段话直可称为其注脚，这段话是：

  榆（喻）之也者，自所小好榆（喻）摩（乎）所大好，"茭（窈）芍（窕）[淑女，寤]眛（寐）求之"，思色也。"求之弗得，唔（寤）眛（寐）思伏"，言其急也，"繇（悠）才（哉）繇（悠）才（哉），婘榑（转）反厕（侧）"，言其甚□□。□如此其甚也，交诸父母之厕（侧），为诸？则有死弗为之矣。交诸兄弟之厕（侧），亦弗为也。交[诸]邦人之厕（侧），亦弗为也。[畏]父兄，其杀畏人，礼也，繇（由）色榆（喻）于礼，进耳。②

---

① 儒家理论中讲礼与情之事，每言"节文"。细绎其意，当是以二者为表里。"节"为节制，"文"则为文饰。如《论语·述而》"子所雅言，诗、书、执礼，皆雅言也"，朱熹释其意谓"礼以谨节文"（《四书章句集注·论语集注》卷四）"执礼"之时用雅言，即是"节文"的表现，其所表现出来正是语言的典雅得体。就人的行动来说，孔子主张"义以为质，礼以行之"（《论语·卫灵公》）朱熹说"行之必有节文"（《四书章句集注·论语集注》卷八）。按，朱熹理解"节文"之意似有偏差，在释《孟子·离娄》上篇时他以"品节文章"来解释"节文"之意（《四书章句集注·孟子集注》卷七），就不够确切。节文意即谓节制文饰，其目的在于寻找事物之最佳之点，王夫之谓："庸为用，则中之流行于喜怒哀乐之中，为之节文，为之等杀，皆庸也。"（《读四书大全说》卷二"中庸"）。事物的最佳之处在于"庸（用）"之，能够"节文"，能够"等杀"。

② 《马王堆汉墓帛书（壹）·五行》，文物出版社1975年版，第24页。

这里所说的意思关键在于以小喻大,以彼喻此。这种"喻"的目标在于说明"色"(情、欲)与礼的关系,说明礼对于情、欲的调节和引导作用的重要[①]。关于"喻"字在古文献中的使用,《论语·里仁》篇所载孔子语"君子喻于义,小人喻于利",与本简简文十分接近。孔子这句话的意思是"君子所了解的在义,小人所了解的在利"[②],喻之意即了解。简文"以色俞(喻)于礼",意思是说用"色"来了解礼。

[①] 关于帛书《五行》篇的这个论述与上博简《诗论》的关系,首由曹峰先生发见,并进行了深入剖析,见其所著"'色'与'礼'的关系——《孔子诗论》、马王堆帛书《五行》、《孟子·告子下》之比较",《孔子研究》2006年第6期。

[②] 钱穆:《论语新解》,巴蜀书社2002年版,第100页。

【第十一简】

……青(情)，爱也⁽一⁾。《关疋(雎)》之改(妃)，则其思贎(益)矣⁽二⁾。《梂(樛)木》之时，则以其录(禄)也⁽三⁾。《滩(汉)往(广)》之智，则智(知)不可得也⁽四⁾。《鹊椑(巢)》之归则离者(诸)……⁽五⁾。

〖简序〗

此简的编连，除马承源先生所排之外，主要有两说，第一，李学勤、廖名春等先生连于第 15 号简后，简序为 15—11—16。李守奎先生也认为此简应当"移到第 16 号简之前，二简内容紧密相连"①。第二，李零先生以之为《诗论》第二大部分的开端，实际连在第 18 号简后②。第 10 号简末尾云"《关雎》以色喻于礼"，其意很难与本简开首的"情，爱也"系连，但却与第 15 号简接近。

〖意译〗

[《燕燕》一诗所表现的]情，是爱慕之情。《关雎》一诗的伟大之处在于它的思考是很有好处的呀。《梂(樛)木》一诗所说的时遇，是因为君子在被荫庇之后获得了爵禄。《汉广》一诗所表现出的智慧在于深深知道对象若不可得，即不可以去强求。《鹊巢》一诗所写女子出嫁事，则是合乎礼的呀。

〖考析〗

（一）……青(情)，爱也。

由《诗论》简文例看，周凤五先生将"情爱"两字断开似乎是比较妥当的做法③。依照"《关雎》之改"的文例，可以拟补为"[《燕燕》之]青(情)，爱也"。情与爱虽然意义相关，但亦有差异。爱虽然也是人之情的一种，但其范围比情要

---

① 李守奎：《"战国楚竹书·孔子诗论·邦风"释文订补》，《古籍整理研究学刊》2002 年第 3 期。
② 李学勤："《诗论》简的编联与复原"，《中国哲学史》2002 年第 1 期。廖名春："上海博物馆茂诗论简校释"，《中国哲学史》2002 年第 1 期。李零："上博楚简校读记"，《中华文史论丛》第 68 辑，上海古籍出版社 2002 年版，第 10 页。
③ 周凤五："《孔子诗论》新释文及注解"，朱渊清、廖名春主编：《上博馆藏战国楚竹书研究》，上海书店 2002 年版，第 154 页。按，李学勤先生"《诗论》说《关雎》等七篇释义"一文亦曾将"情爱"两字断开（见廖名春主编：《清华简帛研究》第二辑，清华大学思想文化研究所 2002 年印本，第 18 页)，但他在"《诗论》简的编联与复原"，《中国哲学史》2002 年第 1 期）一文却将"情爱"连用。

小。情指人之欲望,包括喜、怒、哀、惧、恶、爱等多种。爱,《说文》作"从心、旡声"之字,训为"惠也",与仁、亲等辗转互训。爱的本质应当是一种发自内心的诚挚情感,受外物影响较少。爱之本训盖即"从心、从旡,旡亦声"。"旡"字不仅表示声而且表示一种自发的、自然的心理状态。《诗论》第16号简谓"《燕燕》之情,以其蜀(笃)也",指《燕燕》一诗所表达的爱情具有专一、深厚的性质。联系本简分析,可以看出《诗论》对于专注而深厚的爱情的肯定。

(二)《关疋(雎)》之改(俟),则其思賹(益)矣。

简文"改"字已见于《诗论》第10号简,专家考释有读怡、读改、读嬰等说,愚以为这个字可以径释为"改",不必读若"怡",也不必以形近而致误而释为"改"。这个字应为"竢"的或体,今通作俟。俟字之义,一谓大,一谓待,两者并行不悖。愚以为,上博简《诗论》的"《关雎》之改(俟)",虽可两义并用,但以释其意为"大"近是。简文"《关疋(雎)》之改"句,意指《关雎》一诗的伟大之处即在于它的"思"是有益的。这里的"思"不仅指诗中所表现的辗转反侧之思慕,而且指《关雎》一诗作者对于爱情与礼义关系的深入思考。

汉儒对于《关雎》一诗十分重视,但角度不同。具体说来,毛诗与本简简文所评比较接近。《诗序》说:"《关雎》,后妃之德也。风之始也,所以风天下而正夫妇也。故用之乡人焉,用之邦国焉。……《关雎》乐得淑女以配君子,爱在进贤,不淫其色。哀窈窕、思贤才而无伤善之心焉,是关雎之义也。"对于《关雎》一诗极尽赞美。而三家诗,则认为《关雎》为"刺"诗[①],与《诗论》简所说相距较远。关于此句简文的考析烦请参阅第10号简考析的相关部分和本书下编"专题研究"部分之"《诗论》'关雎之改'与《诗·关雎》探论"。

(三)《梂(樛)木》之时,则以其录(禄)也。

意即《梂(樛)木》一诗所说的时遇,是因为君子在被蓐历之后获得了爵禄。详细讨论见本书下编"专题研究"部分之"上博简《诗论》'梂(樛)木之时'释义——兼论《诗·樛木》的若干问题"。

(四)《漢(汉)往(广)》之智,则智(知)不可得也。

作为诗篇名称的《漢(汉)往(广)》已见《诗论》章第10号简。马承源先生谓指今传本《诗经》的《汉广》篇,诸家皆无疑义。《汉广》见于《诗·周南》,共三

---

① 参见王先谦:《诗三家义集疏》卷一。

章。内容如下:"南有乔木,不可休思①。汉有游女,不可求思。汉之广矣,不可泳思。江之永矣,不可方思。/ 翘翘错薪,言刈其楚。之子于归,言秣其马。汉之广矣,不可泳思。江之永矣,不可方思。/ 翘翘错薪,言刈其蒌。之子于归,言秣其驹。汉之广矣,不可泳思。江之永矣,不可方思。"

诗的首章写汉水之绵长宽广,令作者望洋兴叹,由此而联想起心仪的"游女"可望而不可求。后两章的前面部分写诗作者想象中的刈薪、秣马、驾车迎娶"游女"为妻的场景,美妙而欢悦,但眼前的现实却依旧是滔滔的汉江水,可渡而又不可渡,就像那位"游女"一样可求而又不可求。这首诗,显然是表达着诗作者对于"汉之游女"的爱慕与渴求。这位"游女"的身份,或谓是出游于汉水岸边的贵族小姐,或谓是汉水女神(或女妖),或谓是游泳于汉水的村姑。诸家所说皆有理致,皆可通释全诗。然揆诗中所写刈薪诸事,则以其为平民之女较优,诗作者也应当是一位平民身份的小伙。或谓其有车有马,非贵族而莫能当之。其实,这正如过普去通民众娶妻一样,就是穷人家也要千方百计以花轿迎亲。不能因为地主老财天天坐轿出行,就断定花轿迎亲也非地主老财不可。

《诗论》第 13 号简谓"[《汉广》不求不]可得,不攻不可能,不亦智恒虐(乎)"。是皆说明,《诗论》作者对于《汉广》一诗的基本看法在于肯定这篇诗作表现出的知足守常的明智态度。不去强求不可得的对象,这种明智态度的基础在于对客观外界事物和别人的正确分析和认识。通过实事求是的分析认识以确定某事之可行,某女之可得与否,然后再决定下一步的行动。这段简文两"智"字,前一个当指智慧,后一个当读若"知"。意指《汉广》篇所表现出的智慧在于知道("智")不可得的对象不去强求。此段简文可与第 10、13 两简参看互证。

(五)《鹊樔(巢)》之归则离者(诸)……

关于《鹊樔(巢)》一诗,《诗论》第 10 号简亦有简评,谓"《鹊樔(巢)》之归,……曷? 曰:童(终)而皆臤(贤)于其初者也"。意即《鹊巢》篇所说的女子出嫁体现了什么呢? 体现了结果好于开始这一过程的特点。本简再次提到"《鹊樔(巢)》之归",可见《诗论》作者对于《鹊巢》一诗之重视。

本简的"离"字,又见于《诗论》第 13 号简和第 27 号简。这个字原作从

---

① 《汉广》首章"不可休思"的"思",毛诗作"息",学者多据韩诗改正作"思",见冯登府:《三家诗遗说》卷一,《续修四库全书》第 76 册,上海古籍出版社 2002 年版,第 749 页。

"离"从"辶"之形。马承源先生疑读为"霍",意指"匹配"。此外或释为"离",或读为俪,或读为荡,或释为邕(通畅),或释为邕(通御),等,异说甚多。今从李学勤、廖名春、李零等先生说,释为"离"①。它的本义指竹木条编之物,是为篱笆、笊篱的"篱"的本字。其本义固然在于使物分离,也包含着有使物受到局限的意蕴。所以它在古代文献里面常与罹字相通,如《诗·兔爰》"逢此百罹"、《诗·斯干》"无父母诒罹"、《国语·晋语》一"祇罹咎也"等,别本"罹"皆作离。《楚辞·七谏》"恐离罔而灭败"、《庄子·渔父》"离此四谤"等,离字皆或作罹。可以说离即罹的古字。总之,离字本应有分离与局限两意,愚以为本简和第13号简的离字皆用如局限之意,而第27号简之离字则用如分离之意。

我们于此先来分析第13号简,是简谓"《鹊槈(巢)》出以百两(辆),不亦又(有)离虖(乎)",其意义应当是与本简完全一致的。所谓"出以百两",即指《诗·鹊巢》三章末句之"百两御之"、"百两将之"、"百两成之"。所谓"百两",即指一百辆车,这里指送亲和迎亲的车皆百两,用郑笺的话说就是"家人送之,良人迎之,车皆百乘",以百辆车送迎新妇是诸侯国君主的规格,而普通士人,则只有两三辆车而已,故而《仪礼·士昏礼》谓:"主人爵弁,纁裳缁袘,从者毕玄端。乘墨车,从车二乘,执烛前马。妇车亦如之。"孔子认为诸侯国君主迎娶新妇所用车辆虽多,但还是在礼制所限范围之内的。以我们对于简文"离"字之意分析。这里的离字当通于"罹",意为限制、局限。第13号简的这个简文意即,《鹊巢》一诗所写诸侯国君主娶妇出车百辆,[虽然规模盛大],但不也是在礼制范围之内的吗?明乎此,可以知道,本简所谓"《鹊槈(巢)》之归则离者(诸)"②,愚以为依本简上面评析诸诗的语词,可以拟补"礼也"二字,此处简文意犹:《鹊巢》一诗所写女子出嫁事,是受到礼的限制,也是合乎礼的呀。

孔子每有称赞周代礼制和礼乐文明之盛的言辞,如《论语·八佾》载孔子语"周监于二代,郁郁乎文哉!吾从周",就是典型之例。《诗论》简肯定《鹊巢》篇所载诸侯国君主娶妇事,实际上是对于其事合乎礼制的肯定,也是对于周代礼乐文化的赞美。

---

① 参见本书下编"专题研究"部分之"上博简《诗论》之'雀'与《诗·何人斯》探论"。
② 此简的"者"字,李锐同志读作"诸",见其所撰《孔子诗论》简序调整刍议》(载朱渊清、廖名春主编:《上博馆藏战国楚竹书研究》,上海书店出版社2002年版,第192—198页)。此说可从。"诸",在古汉语中可以"用如代名词兼助词'之乎'二字之合声"(杨树达《词诠》卷五)。本简"离(罹)诸(之乎)[礼也]",即限之乎礼,意犹合乎礼也。

【第十二简】

……好(一)。反内(纳)于礼,不亦能改(妃)虖(乎)(二)?《梂(樛)木》,福斯(斯)才(在)君子,君子不……(三)

〖简序〗

此简当依李学勤、廖名春、曹峰等先生的意见系连于第 14 号简之后。第 14 号简约残缺四字。

〖意译〗

[用钟鼓的音乐,喻指淑女的]喜好,如果把这个过程纳入礼的轨道,不就能够达到伟大的境界了吗?《梂(樛)木》诗所谓幸福乃在君子,[正是因为君子不也是能……?]

〖考析〗

(一)……好。

愚以为从第 14 号简"以琴瑟之悦,悆(拟)好色之忨"的句式分析,其下句的简文所缺者可能是"悆(拟)好色之"四字。可以连于本简开始的"好"字。两简相连之后,简文为"以钟鼓之乐[悆(拟)好色之]好"①,意即用钟鼓铿锵有节所给人带来的欢乐,喻指淑女("好色")的喜好。详见本书对于第 14 号简的"考析"。简文"好色"的"好"字,不当读为"好奇"之好,而应当读若"好歹"之好。《大学》云:"所谓诚其意者,毋自欺也。如恶恶臭,如好好色。此之谓自谦。"所喜好的"好色"即美色。简文"好色"即诗中的"淑女"。

(二)反内(纳)于礼,不亦能改(妃)虖(乎)?

简文"改"字,又见于第 10 号简,专家或读为"改"、或读为"婴",似皆不若马承源先生读为"怡"较优。但是,愚以为还有进一步探讨的余地,于此尚可提出一种新说。我觉得简文这个字当读若"妃"。《说文》谓妃为"竢"的或体,今通作俟。段玉裁谓:"竢,待也。待,竢也。是为转注。经传多假俟为之,俟行而竢废矣"②。《说文》训俟字本义谓:"大也。从人矣声。《诗》曰:'伾伾俟

---

① 简文所拟补的这四字,廖名春先生补作"喻求女之",见其所著《上海博物馆藏诗论简校释》(《中国哲学史》2002 年第 1 期)一文。

② 段玉裁:《说文解字注》十篇下。

俟'"。按,《说文》所引见《小雅·吉日》。段玉裁考证谓"《吉日》传有'俟俟,大也'之文",可见《诗经》时代尚有俟为"大也"之训。"自经传假为竢字,而俟之本义废矣"①,段氏此说信而有征,十分精当。今依段玉裁说,将简文这个字读若"妃",用如"大"之意。

简文"反内(纳)于礼"的"反"字,意同"返",即返回来的意思,但这个返回来,不是指从事物的终点再返回一次,而是指从事物的起点再走一次,所以简文"反内(纳)于礼"的"反"是指回过头来再走一次。若将"反内(纳)于礼",释为将这个过程纳入于礼,应当是符合简文原意的。

此句,连于上句,其意思是说,如果能够将淑女之愿和对于配偶的美好追求都纳入礼的轨道,不就能够达到伟大的境界了吗?详细论析见本书下编"专题研究"部分之"上博简《诗论》'关雎之改'与《诗·关雎》探论"。

(三)《梂(樛)木》,福斯(斯)才(在)君子,君子不……

简文"斯"字与郭店简《成之闻之》篇作"𣁋"形的斯字相同,马承源先生释其为"斯",是正确的。《樛木》一诗见于《诗·周南》。诗中的"福履"一词,前人多释为福禄,然"履"无禄意,却与经历的"历"字意相涵。愚以为《樛木》诗的"福履"二字盖读若"蔑历"②,意指贵族受到关于其定的经历及功绩的简文"斯"当用如"乃"③,"福斯在君子",即福乃在君子。从《樛木》诗看,其所描可靠。在周代宗法体系中,贵族无不处于一定的宗法地位,维护好宗法体系,不仅为周王朝所必须,也是贵族安身立命获得福祉的保证。"蔑历(福履)",就是维护宗法体系的一项重要举措。简文"福斯在君子",其意思说《樛木》诗写了"君子"被"福履(蔑历)"以后,其地位和功绩被承认,这样福祉才会降临到君子头上。

简文"《梂(樛)木》,福斯才(在)君子,不"后有缺文,廖名春先生补为"不[亦能时虐(乎)]"④此句意为:《梂(樛)木》诗所谓将幸福赐予君子,不正是因

---

① 段玉裁:《说文解字注》八篇上。
② "蔑历"一词屡见于西周彝铭,实指西周时期一种考察勉励制度,愚曾有小文("金文'蔑暦'与西周勉励制度",《历史研究》2008 年第 1 期)考析之,烦请参阅。
③ 语词"乃"有"于是"、"然后"等意(参见王引之:《经传释词》卷六,岳麓书社 1982 年版,第 121 页)。
④ 廖名春:"上海博物馆藏诗论校释",《中国哲学史》2002 年第 1 期。

为君子能得时遇的缘故吗？廖先生这个说法颇有道理。但西周时期，时遇之观念还没有成为普遍社会观念，人们在宗法体系中，世卿世禄，似乎所有的地位、福祉都是生而有之的，无须通过时遇而拣到天上掉的馅饼。《樛木》一诗强调"蒇历"，强调维护宗法体系，从中看不出时遇的多少影子。春秋战国时期，随着士人登上社会舞台，时遇观念方大行于世。从得到福祉这个方面看，可以说西周时人盼蒇历，而东周时人则盼时遇了。决定社会观念如此变迁的深层原因，正是宗法体系与制度的兴盛与衰落。虽然简文所残处拟"时"字非必为是，但廖先生指出拟被"不亦能……乎"的句式，还是很有启发性的。依愚之见，拟补一个表示欢乐情绪的字可能比较合适。

详细讨论烦请参见本书下编"专题研究"部分之"上博简《诗论》'《梂（樛）木》之时'释义——兼论《诗·樛木》的若干问题"以及"从上博简《诗论》看孔子的君子观"。

【第十三简】

[《汉广》不求不]可得,不㧻(攻)不可能,不亦智恒虖(乎)⁽⁻⁾?《鹊槔(巢)》出以百两,不亦又离虖(乎)?⁽⁻⁾《甘[棠]……]⁽三⁾

〖简序〗

此简连于第 12 号简之后,诸家基本上是意见一致的。理由在于,它的首句"可得,不㧻(攻)不可能,不亦智恒虖(乎)"可以肯定为评析《汉广》篇之语,而第 12 号简后部简文所评是为"《梂(樛)木》"篇,《诗论》第 10 号简表明这一段话所分析的七篇诗的次序是《梂(樛)木》下接《滩(汉)往(广)》,因此,本简开首部分应当是评《汉广》之语。也有专家认为此简当与第 15 号简缀合。

关于本简,马承源先生说其下端残,其实其下端呈圆弧形,其形状与第 11 号简上端相同,不可谓其残。本简下端并无缺字。《诗论》第 15 号简接于本简,系连后的缺字为第 15 号简上端所残。

〖意译〗

[《汉广》一诗说明不去追求]不可得到的目标,不要非要去做不可能的事情,这样不也是深思熟虑的明智之举吗?《鹊巢》一诗所写的诸侯国出车百辆送迎出嫁之女,此事不也是合乎礼制规定的吗?《甘[棠]》一诗所写由甘棠树[而]思念召公其人。对于召公曾在其下休憩过的甘棠树的敬爱,说明民众对于召公赞颂、怀念是如何的深厚呀!

〖考析〗

(一)[《汉广》不求不]可得,不㧻(攻)不可能,不亦智恒虖(乎)?

这段简文开首盖缺五字,廖名春先生据文意及简文辞例补作"[《汉广》不求不]可得"①,甚是。简文"㧻"可以写作"㧻",从工从又。专家或谓从工从攵,似不确。马承源先生的《考释》说这个字阙疑待考。其他专家或释为"穷"②,或

---

① 参见廖名春"上海博物馆藏诗论简校释",《中国哲学史》2002 年第 1 期。另外,李零先生亦补此五字,但在"汉广"二字后空五字,然后再接下文(参见"上博简校读记",《中华文史论丛》第 68 辑,上海古籍出版社 2002 年版,第 11 页)。今暂从廖说。

② 李零:"上博楚简校读记",《中华文史论丛》第 68 辑,上海古籍出版社 2002 年版,第 12 页。

释为"求"①。今从李学勤先生、廖名春先生说释为"攻"字。其意即李先生据《小尔雅》所指出的"攻,治也"。这个字既然是"攻"字,那么前面的阙文补为"[不求不]可得",也就显得更切合《诗论》文例,与《汉广》诗中的"汉有游女,不可求思"在意义上相呼应,不仅如此,而且还不会有因为两处同样用"求"字而造成的词语重复。简文"不攻不可能"的上句是"不求不可得"。两句语意虽相仿,并且意亦相涵,但实有侧重点的区别。所谓于事(或物、或人)之"不可得",其意在于强调由于受到某种主观观念的限制,所以才不可以得到。所谓于事(或物、或人)的"不可能",其意则强调由于客观外界条件的限制,所以才不能够得到。分析《汉广》诗意,可见诗人实在"不可得"与"不可能"之间犹豫徘徊、在"求"与"不求"之间矛盾斗争。此层意蕴为前人所未揭出者。事物的"可能"与"不可能",并不受礼义界限的影响,而是基本上与礼义无关的事情。然而,事物的"可得"与"不可得"则是礼义影响的结果。依照儒家理论,它是由礼义所决定的。"不可得"的事情,与礼义相违背,所以一定不要去追求。此即简文"不求不可得"之意。而看来不可能的事情,虽然可以等待时机将其做到,但是在时机不成熟的时候,则不要轻举妄动,不可非固执地拘泥于此事。这就是简文"不攻不可能"的意蕴所在。简文所谓的"智恒",意当同于"恒智",恒为坚持不懈之意,与深思熟虑意同。或有专家释"智恒"为"知恒",意谓知常守本,亦通。

(二)《鹊槕(巢)》出以百两,不亦又离虖(乎)?

简文的"离"字,原作"**遙**"形,此字又见于《诗论》第11号简和第27号简,字形与本简无异。何琳仪先生楷作"遛",读为"荡"②。此释虽然有据,但于解释简文却较难通。今从李学勤等先生说,释其为离。其意近乎"罹",有局限、限制之义。所谓"出以百两(辆),不亦有离(罹)乎",实为说明《诗·鹊巢》写诸侯国君主送亲和迎娶皆出车百辆是合乎礼制规定的。或有专家将简文"离"字

---

① 周凤五:《〈孔子诗论〉新释文及注解》,朱渊清、廖名春主编:《上博馆藏战国楚竹书研究》,上海古籍出版社2002年版,第12页。按,释为"求"字比较牵强。求本为裘的本字,故《说文》谓它是"古文裘"。战国文字中"求"将表示皮毛的下垂之形,连为横线,但仍存皮毛之意蕴,即两横约略两端下垂,郭店楚简《六德》第7号简、第33号简的两例,即作如此之形。它如包山楚简、石鼓文、诅楚文等的求字,莫不如此。而《诗论》第13号简的这个字,不仅两横不下垂,而且两横位于字的上部,且不与下面的部分相连,与战国时期的"求"字实难类同看待。

② 何琳仪:"沪简《诗论》选释",《上博馆藏战国楚竹书研究》,上海书店出版社2002年版,第248页。

读若俪,意若匹、配,亦可通。此句意译当谓:《鹊巢》一诗所写的诸侯国出车百辆送迎出嫁之女,此事不也是合乎礼制规定的吗①? 对于这些详细说明烦请参阅本编第 11 号简的考析(四)。

(三)《甘[棠]……]

本简下端不残,其下所缺之字为第 15 号简上端残缺所致。廖名春先生拟补"棠思"二字②。本简的"甘"字连于第 15 号简之后,简文系连之后谓:"《甘[棠]》思及其人,敬爱其树,其保(报)厚矣。"相关文意的分析请参见第 15 号简考析(一)。

---

① 将简文"不亦又离虖(乎)"的"离"释为合乎礼义有增字解经之嫌,但除了这样解释之外,尚无其他好的解释,故而暂从之。另外,《诗论》第 11 号简谓"《鹊楳(巢)》之归则离者(诸)……",评析此诗也提到"离",据上下文义,愚以为当在其后拟补"礼也"二字,指在礼的范围之内。如果此说不谬,那么,本简的增字解经之嫌或可稍稍释疑。

② 廖名春:"上海博物馆藏诗论简校释",《中国哲学史》2002 年第 1 期。

【第十四简】

……两矣,其四章则俞(喻)矣。(一)以琴瑟之悦,孨(拟)好色之忨(愿)。(二)以钟鼓之乐[孨(拟)好色之]好。(三)

〖简序〗

此简当据李学勤、廖名春等先生的说法,排在第 10 号简后,下接第 12 号简。此简内容"琴瑟之悦"、"钟鼓之乐",都应当是评析《关雎》之语,与第 10 号简内容前后相连。

〖意译〗

[《关雎》一诗的第三章表现了热恋中的男女]双方呀,其第四章则是用琴瑟之音给人带来的喜悦喻指淑女的心愿;用钟鼓之乐声喻指淑女的喜好。

〖考析〗

(一)……两矣,其四章则俞(喻)矣。

马承源先生将此简系连于第 13 号简之后,第 13 号简末尾文字是《诗·鹊巢》篇的"出以百两",故而马承源先生认为此简的"两矣"应当是"乃百两矣"的"残文"。廖名春先生从分析《诗论》简文论《关雎》等七篇诗的次序排列出发,认为"不可能是论《鹊巢》的残文"[1]。今按,廖名春先生的判断比较有理,从第 10 号简所排列的次序是:《关雎》—《樛木》—《汉广》—《鹊巢》—《甘棠》—《绿衣》—《燕燕》,简文"其四章则俞(喻)矣",与前面的"两矣"一句,在意义上应当是有密切关系的,可能是对于同一篇诗作的评论,而《鹊巢》一诗仅三章,不合"四章"之说,故而大体可以断定"……两矣,其四章则俞(喻)矣"所评不是《鹊巢》。因为《燕燕》一诗亦为三章[2],所以此语也不可能是评《燕燕》者。

愚以为排除了此语非评《鹊巢》、《燕燕》的可能性之外,最大的可能便是对于《关雎》的论析。由"其四章则俞(喻)矣"的语式分析,其前一句当为"[其二

---

[1] 廖名春:"上海博物馆藏诗论校释",《中国哲学史》2002 年第 1 期。
[2] 今传本《诗经·邶风·燕燕》一诗四章,但其第四章,与前三章内容大相径庭,故而判断它是别诗乱简之混入者,据分析可能是《仲氏》一诗中的某章,愚推测《燕燕》的卒章原当为《仲氏》的首章(说详本书"专题研究"部分之《诗论》'仲氏'与《诗·仲氏》篇探论")。

章则]两矣"。此处的"两"字当依本义训为耦。《广雅·释诂》"耦、两,二也"。两本指成双成对,故而《方言》卷十二谓"筑娌,匹也。"郭注:"今关西兄弟妇相呼为筑娌。娌,耦也。"耦通偶,亦为"双"之义。简文"[其二章则]两矣",是评析《关雎》第二章之辞①,此章云:"窈窕淑女,寤寐求之",下面一章又说"求之不得,寤寐思服,悠哉悠哉,辗转反侧。"过去皆以为此章仅述求窈窕淑子而不得之男士的焦虑忧思之情态,今得此简文启示,可以看出此章不仅如此,女子得意中人热恋追求,又何尝得以安眠呢?她和男士一样也会有焦虑不安之情态。君子追求淑女固然会比较主动,但淑女对于君子也不会无动于衷、不理不睬。君子追求淑女,乃是双方情投意合的事情,否则就不会有后来的好结果,更谈不到《诗论》第14号简此后所述的"琴瑟之悦"与"钟鼓之乐"出现了。所以此处简文的"两"字当训为"耦(偶)也",意指男女双方皆是如此,皆有卧不安席之意。简文"[其二章则]两矣"当涵二、三两章之意,犹简文下面所说之"四章"涵四、五两章之意。然,"两"字在上古文献中多置于名词之前,如两轮、两国、两君等,但亦有单独使用之例,如《管子·侈靡》"审此两者,以为处行,则云矣"、《管子·白心》"空然勿两之,淑然自清"、《管子·禁藏》"行有进退,而力不能两也"、"两"字用在动词之前及单独使用时,皆表示两个方面,

本简"其四章则俞矣"的"俞"字若马承源先生读"愉",似不若读与第 10 号简"《关雎》以色俞(喻)于礼"的俞(喻)为优,谓《关雎》第四章就是"以色俞(喻)于礼"的具体说明("其第四章就是具体的喻指呀")。《关雎》诗的第四章内容是:"参差荇菜,左右采之。窈窕淑女,琴瑟友之。"再下一章的诗句是:"参差荇菜,左右芼之。窈窕淑女。钟鼓乐之。"

(二)以琴瑟之悦,矣(拟)好色之忨(愿)。

简文矣字,上"矣"下"心",楚简中从"心"之字较多,一般都表示某种心理活动。此简矣字,马承源先生读为嬉,用如游乐之意,这个读法虽然于音理不误,但与表示心理活动距离较大。李学勤、廖名春两先生读为拟,意为喻②。

---

① 《关雎》一诗的分章情况,历来有异辞,有三、四、五章诸说,也有论者谓今本《关雎》系脱简残篇,就目前材料看,完全解决此一问题尚无可能,只宜阙疑存妥。上博简《诗论》关于此诗有"[其三章则]两矣,其四章则俞(喻)矣"之说,尚可推测此诗至少有四章。

② 李学勤:"《诗论》简的编联与复原",廖名春:"上海博物馆藏诗论校释",皆见于《中国哲学史》2002 年第 1 期。

愚以为后说较妥。简文"好色"的"好"字,应当予以注意,它不当读为"好奇"之好,而应当读若"好歹"之好。《大学》云:"所谓诚其意者,毋自欺也。如恶恶臭,如好好色。此之谓自谦。"所喜好的"好色"即美色。简文"好色"即诗中的"淑女"。简文"忨"字从元,而元与原每相通谐,《左传》成公十年与襄公七年的"髡顽",《史记·郑世家》与《公羊传》、《穀梁传》顽皆作原,从虫旁的元,与从虫旁的原字亦相通。可证此处的忨字,专家读若愿,是正确的。《关雎》的"琴瑟",指夫妇间的融洽和谐,故简文"以琴瑟之悦,忨好色之忨(愿)",意即用琴瑟融洽和谐所给人带来的喜悦,喻指淑女的心愿。

(三)以钟鼓之乐[忨(拟)好色之]好。

愚以为从"以琴瑟之悦,忨(拟)好色之忨"的句式分析,其下句可能是,"以钟鼓之乐,[忨(拟)好色之]好"[1],意即用铿锵有节的钟鼓声所给人带来的欢乐喻指淑女的喜好。简文"好色"指淑女,末一个"好"字指喜好。

---

[1] 廖名春先生于此句简文拟补"喻求女之"四字,亦通。

【第十五简】

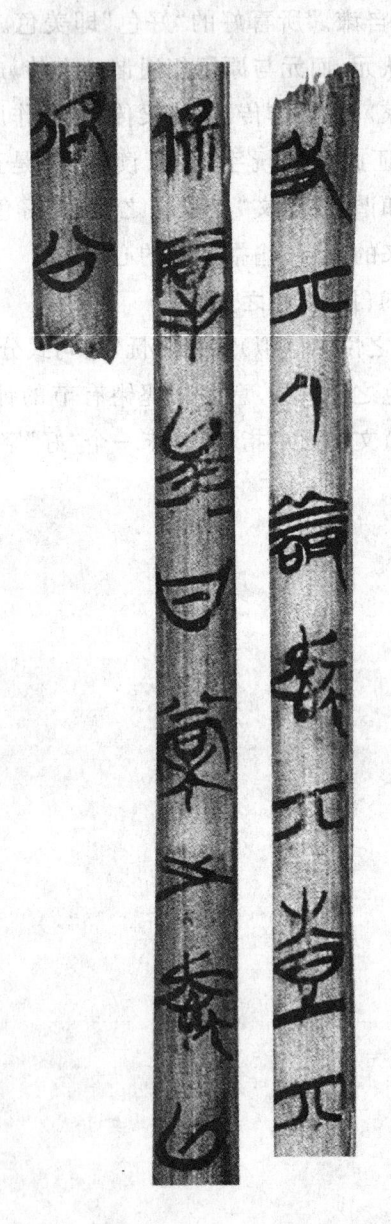

……及其人。敬爱亓(其)树,其保(报)厚矣⁽一⁾。《甘棠》之爱,以邵(召)公……⁽二⁾。

〔简序〕

此简内容是对于《甘棠》一诗的评析之语。《诗论》第13号简末尾一字为"甘",其后残缺,此甘字当即《甘棠》之"甘"字,所以,本简系连于第13号简之后较妥。《上海博物馆藏战国楚竹书》(一)《孔子诗论》的彩色图版(见第3页),本简正排在第13号简之后,这表明在排序时,马承源先生曾经考虑过将此简列在第13号简之后,现在这个排列顺序,马先生本来是犹豫的。廖名春先生推断它和第13号简是同一支简残存的两段,应当是有道理的。如果依《诗论》第10号简所论七篇诗的次序,本简以下当论及《绿衣》和《燕燕》。惜于《诗论》简中尚无所见,专家或将此简置于第11号简之前,其说亦可备参考。

〔意译〕

[《甘棠》一诗叙述了人们对于召公的敬爱之情],由思念其人,到敬爱他曾经在其下休憩过的甘棠树,这说明人们为表示对于召公的敬爱而进行报祭时的情感是多么深厚呀。《甘棠》一诗所表现的人们的深厚的敬爱之情,是因为召公……

〔考析〕

(一)……及其人。敬爱亓(其)树,其保(报)厚矣。

本简上接第13号简,连上第13号简的"甘"字,并补足本简缺字之后,应当是:"《甘[棠]》思及其人,敬爱其树,其保(报)厚矣。"《诗论》简屡见"保"字,专家或读为"褒",虽然于音训上没有障碍,但此释还是不若读为"报"为优。李学勤先生说:"'保'读为'报',因思念感激召公,而敬爱召公种植的甘棠,是其报德至厚。"①甚确。按,保字与报相通假,其例见于《礼记·乐记》,是篇谓"故

---

① 李学勤:《〈诗论〉说〈关雎〉等七篇释义》,廖名春主编:《清华简帛研究》第二辑,清华大学思想文化研究所2002年印本,第17页。周凤五先生也说"当读为'报'"(《〈孔子诗论〉新释文及注解》,朱渊清、廖名春主编:《上博馆藏战国楚竹书研究》,上海书店出版社2002年版,第160页)。

礼有报",郑注"报读曰褒",而褒与保相通,则保可读为报矣。

《诗·甘棠》述召公为宣扬文王之德而奔走于南国,曾于途中在甘棠树下休息,人们敬爱召公,并且爱屋及乌,亦敬爱召公曾于其下休憩过的甘棠树。这说明人们通过报祭的形式表达了对于召公的深厚的敬爱之情。这种爱屋及乌式的情结,是周代社会广为流传的观念的表现。春秋后期,郑卿子然杀郑析而用其竹刑,此事为人所诟病,人们说"《诗》云:'蔽芾甘棠,勿翦勿伐,召伯所茇。'思其人,犹爱其树,况用其道而不恤其人乎?子然无以劝能矣"①。引用《甘棠》诗句,正是对于子然的批评。这里所说的"思其人,犹爱其树"与简文"及其人。敬爱其树"十分接近,可见这条简文所表达的观念传播之广。相传孔门弟子子羔看到祭典规定,除了祖、考之庙之外,还在宗庙里尊奉时代久远的先祖,曾经向孔子请教这是什么原因。孔子即引用甘棠之诗进行说明。孔子说:"如殷周之祖宗,其庙可以不毁。其他祖宗者,功德不殊,虽在殊代,亦可以无疑矣。《诗》云:'蔽芾甘棠,勿翦勿伐,邵伯所憩。'周人之于邵公也,爱其人犹敬其所舍之树,况祖宗其功德而可以不尊奉其庙焉。"②由此可见,《甘棠》诗所表现的尊祖敬宗之意,是周人祭祀观念的理论根据之一。

《甘棠》一诗反映了召公因为做了利国利民的好事而垂名后世的情况。就人类社会而言,"名存实亡"的现象比比皆是。人之寿命有限,但人的英名却可以是无限的。"名"的存在可以远远超越"实",名比之实,似乎更重要也更神圣。孔子主张"正名",实有深意在焉。召公"名垂青史"之事,应当是孔子重名理论的一个实例。孔子希望君子能够据于仁而"成名"③,并谓"君子疾没世而名不称焉"④。他认为"名不正,则言不顺;言不顺,则事不成;事不成,则礼乐不兴;礼乐不兴,则刑罚不中;刑罚不中,则民无所措手足"⑤。"君子",其言行应当符合这一美称,以免身后之悔。西哲海德格尔曾谓"思者述说存在,诗人为神圣之物命名"⑥。《甘棠》一诗所做的事情,就是为神圣命名。

---

① 《左传》定公九年。
② 《孔子家语·庙制》,见陈士珂《孔子家语疏证》卷八,上海书店 1987 年版,第 203 页。
③ 《论语·里仁》。
④ 《论语·卫灵公》。
⑤ 《论语·子路》。
⑥ 海德格尔:《什么是形而上学》,转引自叶秀山"'思无邪'及其他",《中国哲学史》2005 年第 1 期。

或有专家把"敬爱其树"和周代的社祭联系一起考虑,然历来释《甘棠》诗者及解释《诗论》简文者罕有如此之说者,所以只能算是一个思路,若要成为定论,尚需更多的证明。

(二)《甘棠》之爱,以邵(召)公……

召与从召之字每相通假,如《诗·甘棠》的"召伯",《汉心·韦玄成传》颜注引作邵。《诗·江汉》"王命召虎",《文选·求自试表》李注引召作邵。《礼记·曾子问》"召公谓之曰",《释文》云:"召本又作邵"。皆可为证。本简的"邵公",马承源先生谓即"召公",是正确的。召公奭是周初名臣,在挽救周王朝面临的巨大危机之时,他和周公站在一起,同心同德。他支持周公平定三监之乱,并且在营建雒邑时付出过很大努力。廖名春先生在本简"公"字之后补"所茇也"数字,其说可备参考。

《诗论》简中除本简外尚有第10、13、16、24等简提及《甘棠》一诗,详细考析请参阅本书下编"专题研究"部分之"上博简《甘棠》之论与召公奭史事探析——附论《尚书·召诰》的性质问题"。

【第十六简】

［《甘棠》之报，敬］邵公也。⁽一⁾《绿衣》之忧，思古人也。⁽二⁾《燕燕》之情，以其蜀（独）也。⁽三⁾孔子曰："吾以《葛覃》得氏（氐）初之诗，民眚（性）古（固）然。见其芺（美），必谷反其本。夫葛之见诃（歌）也，则［以絟（蒙）箂（棘）之古（故）也。后稷之见贵也，则以文武之德也］。"⁽四⁾

〖简序〗

除马承源先生的排列之外，专家多将此简系连于第 11 号简之后。此简开始部分的方括号［］内的文字，系专家依文意拟补。按照陈剑先生等专家的意见，此简应当下接第 24 号简。这段简文"则"字后面的方括号内（［ ］）者，是《诗论》第 24 号简开首部分的文字，第 24 号简应当系连于第 16 号简之后，为保持文意完整，故而附加于此处。

〖意译〗

［《甘棠》一诗所述报祭之事，在于尊敬］召公。《绿衣》所表现的忧虑是通过思念古人而转化为树立前进信心的呀。《燕燕》所表现出来的感情是那样深厚呀。孔子说："我从《葛覃》感悟到诗的其初面貌。民的本性固然如此。民的本性就是，见到高尚至美的事物，就要追溯其本源，《葛覃》一诗正是这样的。［诗中为什么要歌咏葛呢？就是因为人穿了用葛织的绤、綌，就会想到它来自山谷中生长的葛，由此也就会联想到自己的本原，那就是父母呀。自己应当归宁父母以尽孝道。民有孝道这种品德，才会给父母增添光辉，也让别人永记我的父母呀。就拿后稷来说，他那么受后人尊敬，靠的就是周文王和周武王恪守孝道的品德呀。］"

〖考析〗

（一）［《甘棠》之报，敬］邵（召）公也。

本简之"召公也"，应当是关于《甘棠》之诗的评析之语的末句。廖名春先生在简文"邵"字之前拟补"《甘棠》之报，敬"数字，意义顺畅，可备参考。《诗论》简多次提到《甘棠》一诗，请参阅本书第 15 号简的考析。

(二)《绿衣》之忧,思古人也。

《诗·绿衣》在《诗论》中有两处提及,除本简外尚见第 10 号简,该简谓:"《绿衣》之思,……害(曷)?曰:童(终)而皆贤于亓(其)初者也。"和本简文字可以相互发明。《诗·绿衣》为春秋前期卫庄公妻庄姜所作,本简的"思古人"和诗中的"我思古人"可以印证。愚以为此"古人"所指非卫武公(即共伯和)莫属。卫庄姜在复杂而严峻的形势下以卫武公为榜样,将为国、为子之忧,转化为树立前进之信心。所以说,《绿衣》是一篇有积极意义的诗作。详细分析请参阅本书下编"专题研究"部分之"上博简《诗论》与《诗·绿衣》试探"。

(三)《燕燕》之情,以其蜀(独)也。

《燕燕》一诗除本简外,还见于《诗论》第 10 号简。此诗充满国家兴亡的感叹和依依惜别的浓情,马承源先生将"蜀"字读为"笃",表示情深意厚,或谓指其情专一不渝,虽然其说甚有理致,亦可从,但不若径释为"慎独"之"独"更妥当些。郭店简《五行》篇第 17—18 号简载:"'……[瞻望弗]及,□(泣)涕女(如)雨',能□(差)沱(池)其羽,然后能至哀。君子慎其[独也]。"[①]此处引《燕燕》一诗来说明慎独的道理。可以为解释此简"独"字意蕴的有力旁证。

郭店楚简《五行》篇和马王堆汉墓帛书《五行》篇皆引用《燕燕》一诗说明儒家的"慎独"理论,说明此诗对于儒家理论的重要。详细考析,烦请参阅本书下编"专题研究"部分的"《诗·燕燕》与儒家'慎独'思想考析"。

(四)孔子曰:"吾以《[illegible](葛)[illegible](覃)》得氏(𠂤)初之诗,民眚(性)古(固)然。见其𡴨(美),必谷(欲)反其本。夫葛之见诃(歌)也,则[以絓(蒙)簌(棘)之古(故)也。后稷之见贵也,则以文武之德也]"。

简文"葛"字原作"[illegible]",从字面看来是从艹、从禹之形,可以楷作"萬",此字又见于第 17 号简。或有专家说简文这个字从倒趾,但细审本简和《诗论》第 17 简的原图,终看不出从倒趾之形。专家这样说,大概是为了说明这个字与竹简帛书文字的"萬",是一致的。萬在甲骨文字中作萬。裘锡圭先生指出,

① 荆门市博物馆编:《郭店楚墓竹简》,文物出版社 1998 年版,第 32、149—150 页。按,马王堆汉墓帛书《五行》亦引《燕燕》一诗此句,但评论句作"然后能是袁(远)"(《马王堆汉墓帛书》(壹)图版第 185—186 行,文物出版社 1974 年版)。

"'虫'(禹)字有'害'音,其字形象人的足趾为虫豖之类所咬啮,也与伤害之义相合,应该就是伤害之'害'的本字。"①害字的这个本义多少还保存在"割"字里。割字同《说文》舛字的"𦥔"。"𦥔"的古文作"𦥑"②,正是从止从禹之形。可见割字古文从禹。所以禹字可以读若害声,简文𦥑也就可以读害,而害与葛声相通,害、割、葛,古音皆月部字,所以它也就可以读若葛。其实,即便本简和第17简的简文的这个字没有从倒趾,也可以这样来论证,那是因为,简文这个字实是从艹、从禹省之字。这样也就论证通顺无碍了。本简下面还有一个"𦥑"字,应当也读为葛,专家或读为"苏",不甚妥当。

简文"覃"字原作"𦥔",从古、从寻。李零先生指出,寻是邪母侵部字,读音与葛相近。"郭店楚简《成之闻之》简34'簟席'的'簟'字就是从寻得声"③。《尔雅·释言》释文云:"覃本又作𢅥,叔然云古覃字同。"④古覃字或从爻从寻,可证寻、覃两字相通假。由此可知,这个字读若"覃"是没有多少问题的。此处提到的诗篇应当就是《诗·葛覃》篇。简文"兆",即微字省写,依古无轻唇音之例⑤,当读若"美"。还有专家认为,简文这两个字当读为"禹籀",意谓"禹被讽颂",并且与《诗经》中有关讽诵禹的诗篇相比照,"非常吻合"⑥。此说虽辨,但愚以为不若读为"葛覃"较妥。

《葛覃》一诗见于《诗·周南》,其诗三章,每章六句。全诗内容如下:"葛之覃兮,施于中谷,维叶萋萋。黄鸟于飞,集于灌木,其鸣喈喈。/ 葛之覃兮,施于中谷,维叶莫莫。是刈是濩,为绤为绤,服之无斁。/ 言告师氏,言告言归,薄污我私,薄浣我衣。害浣害否,归宁父母。"诗的大意是:"葛藤枝蔓长长啊,蔓延到山谷中央。它那青青的枝叶萋萋般地茂盛。黄鸟儿飞来飞去,聚集在灌木丛上,喳喳地喧叫。/ 葛藤枝蔓长长啊,蔓延到山谷中央。它那青青的

---

① 裘锡圭:《古文字论集》,中华书局1992年版,第14页。
② 徐锴:《说文解字系传》卷十,四部丛刊影印本。
③ 李零:"上博楚简校读记",《中华文史论丛》第68辑,上海古籍出版社2002年版,第12页。
④ 陆德明:《经典释文》卷二十九,四部丛刊初编本,第402页。按:此例由何琳仪先生率先指出,见其所撰《沪简〈诗论〉选释》(朱渊清、廖名春主编:《上博馆藏战国楚竹书研究》,上海书店出版社2002年版,第248页)一文。
⑤ 钱大昕:《古无轻唇音》,《十驾斋养新录》卷五,上海书店1983年版,第101页。按,钱大昕在此书中曾以"古音微如眉"为例论证古无轻唇音的规律。
⑥ 李守奎:"《战国楚竹书·孔子诗论·邦风》释文订补",《古籍整理研究学刊》2002年第3期。

枝叶莫莫般地茂盛。把葛藤割下把葛藤煮好,做出细葛布做出粗葛布,穿上葛布衣服真是惬意不厌烦。/ 告诉我的师氏傅母,告诉她我要归宁回娘家。洗洗我的衣服,洗和不洗的要分清楚,我要回娘家探望父母。"诗中所写的"葛"为蔓生之草类,可以用作纺织材料,所织之布为先秦时期服饰的主要面料。《葛覃》诗的首章写山谷中葛长正茂盛,黄鸟在其上鸣叫着,采葛之人所见的情景美丽浓艳。诗的次章,写采葛并织为绨为绤,穿在身上心情十分舒畅。诗的末章,写采葛之女禀告"师氏"要回家探望父母,临行前哪些衣服要洗,哪些不洗,也都交代清楚。诗的意境本来比较清楚,但历来对于此诗的争论却很多。争论的焦点是采葛妇女的身份。孔子对于《葛覃》一诗,并不看重采葛女的身份,而只是用一句"民性固然"加以概括。不管采葛女是后妃、抑或士大夫之妻,或者是村妇女奴,在孔子的评论中,她们都是"民"。孔子并不关注她们身份的差异,而是强调了其本性中的共同因素。前人欲究明采葛女的身份而进行的研讨,虽然有其作用,但孔子看重人的本性中的共同之点,却更胜一筹,也更为重要。

简文"氏"字专家或以为是"民"之误字,还有读若衹、若祗、若遂、若是、若始者,或以为即指"师氏",或以为指女子出嫁为氏。诸说皆有理致,例如读若只者,在周代金文中就可以找到例证,《长由盉》"井(邢)白(伯)氏寅不奸",意指邢伯恭敬不邪,氏字读若衹,其证甚坚。然而,于此简文中读若衹,则不大合适。愚以为此字当依董莲池先生所释,通作氐[1]。兹可补充说明如下,《说文》训氐字谓:"木本也,从氏、丁。本大于末也,读若厥。"金文中"厥"字皆写作"氐",可为许慎《说文》此说之证。

简文"氏初之志"就是"氐初之志",亦即厥初之志、其初之志,归根到底就是规范,就是礼。所谓"氏初之志"的意思,可以说就是自古以来相因的作为礼的行为规范意识。

简文"必欲反其本"的"其"字,原简漫漶,颇似"一"字,仔细辨认,可以看出其左下尚有残笔痕迹(见右图),所以这当是个残缺不清的"亓(其)"字。简文"夫葛之见诃(歌)也,则〔以絟(蒙)籔(棘)

---

[1] 董莲池:《〈上海博物馆藏战国楚竹书(一)·诗论〉三诂》,"新出土文献与古代文明研究"际学术研讨会,上海大学 2002 年 7 月。转引自刘信芳:《孔子诗论述学》,安徽大学出版社 2003 年版,第 197 页。

之古(故)也]",是系连16号简与24号简两简文字所组成。意指以葛蔓的漫延绵长喻指治民者对于民众的保护。简文谓《诗》中所以屡次歌颂"葛"的原因就在于它的这种喻指的缘故。

后稷为周族始祖,简文认为后稷之所以受到后人景仰,是与周文王和周武王的德操有直接关系的。这里的内容与儒家报本返始的观念,实为一个事情的两个方面。后世子孙得先祖恩德荫庇而成长,而先祖亦得后世子孙的成就与道德而越发彰显其业绩之辉煌、影响之巨大。简文"后稷之见贵也,则以文武之德也",意指后稷为后人所尊崇,就是因为周文王、周武王所创建的伟大功德的原因。

本简提到的"民性固然",又见于第20和第22号简,庞朴先生说"这里所谓'民性',不是性善、性恶那样的人性,而是刚柔、缓急、高明、沉潜之类的血气心知之性"[①]。关于人性的问题,孔子曾有概括性的话,谓:"性相近也,习相远也。"[②]孔子这里所说的"性"指人与生俱来的本然之性,朱熹说它是气质之性:谓"此所谓性,兼气质而言者也。气质之性,固有美恶之不同矣。"[③]孔子所言的"性",质言之,即人的本性,所包括甚广,性善、性恶之性亦在其中。从《诗论》简看,孔子提到"民性固然"之事,一是返本报始,不忘根本(本简);一是馈赠礼物以示礼貌(第20号简);一是尊祖敬宗,爱屋及乌(第24号简)。这些内容不能说与性善、性恶无关。就本简而言,不必究其本性到底如何,只理解为人的本性即可,孔子当时实无性善、性恶的严格区分。

关于此简与《葛覃》篇相关的简文考释,烦请参阅本书"专题研究"部分之"从上博简《诗论》看《诗经·葛覃》所反映的周代礼俗"。关于此简与24号简系连部分简文的考释烦请参阅本书"专题研究"部分的"孔子何以颂'葛'——试析上博简《诗论》第16号简的一个问题"

[①] 庞朴:"上博藏简零笺",朱渊清、廖名春主编:《上博馆藏战国楚竹书研究》,上海书店出版社2002年版,第238—239页。
[②] 《论语·阳货》。
[③] 朱熹:《四书章句集注·论语集注》卷九,中华书局1983年版,第175页。

【第十七简】

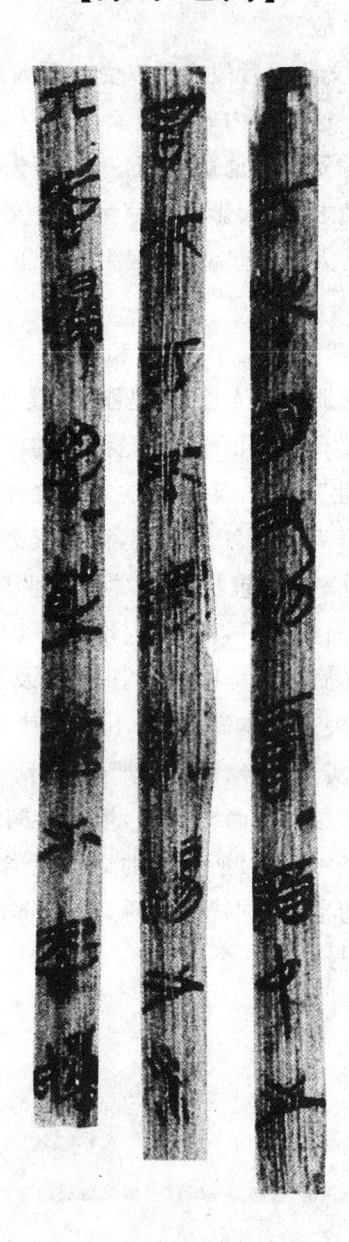

《东方未明》又(有)利词。[一]《牆(将)中》之言不可不韦(畏)也。[二]《汤(杨)之水》其爱妇,悡。[三]《菜(采)菡(葛)》之爱妇……。[四]

〖简序〗

此简排序,分歧较大,排在其前者,专家有第 9、28、26、23、18 等简之说。排在其后者,专家有第 4、8、25、29 等简之说,还有将其排为最后一简者,其中以排在第 25 号简之后居多。就评诗词语来看,排在第 28 号简之后、25 号简之前比较合适。还有专家依据竹简残断的规律,认为此简存在着与 25 号简缀合的可能性。[①]

〖意译〗

《东方未明》篇中有狡辩之辞,《将仲子》篇中的言辞是不可不畏惧的,《扬之水》篇的"爱妇"情感,含有怨恨,《采葛》篇的爱妇情感(含有愤懑)。

〖考析〗

(一)《东方未明》又(有)利词。

简文"词",或读为始。此字于郭店楚简亦多见,虽然也有读若"始"之例,但大多却读若词。简文此处的词通辞,意即言辞。简文"利词"专家多理解为斥责之语的锋利之辞。但在儒家语言里面,它却每与"巧言"连用并称,其意亦与"巧言"相类,皆指狡辩之言辞。孔子和后世儒者多批判巧言利词的危害,主张诚信慎言,反对弄虚作假无理强辩。

《东方未明》一诗见《诗·齐风》,是诗三章章四句。全文如下:"东方未明,颠倒衣裳。颠之倒之,自公召之。/东方未晞,颠倒裳衣。倒之颠之,自公令之。/折柳樊圃,狂夫瞿瞿。不能辰夜,不夙则莫。"诗的大意是:"东边的天还没有亮,急忙起床连衣裳都穿颠倒。颠倒了衣颠倒了裳,皆因为齐公召唤他。/ 东边的日还没有露头,急忙起床连衣裳都穿颠倒。颠倒了衣颠倒了裳,皆因为齐公命令他。/ 折断了柳枝扎的篱笆,瞪起双眼发了疯地召唤。

---

① 参见康少峰:"《诗论》竹简残断类型与残简缀合",《求索》2008 年第 6 期。

召唤者早晚不能守时,不是太早就是晚。"是诗写一位职在齐公周围的小官吏赶赴应召的情况,召唤者的催促,让他更加忙乱。他通过狡辩而泄愤。诗的第三章就是他的泄愤之辞,亦即《诗论》所说的"利词"。

简文指出《东方未明》一诗中有"利词",即指诗中末章齐国小官晚朝的狡辩之语。此处牵涉到对于是诗诗旨的理解,烦请参阅本书下编"专题研究"部分"从上博简《诗论》看《诗·齐风·东方未明》的'利辞'"部分内容。

(二)《䣽(将)中》之言不可不韦(畏)也。

简文䣽为"酱"之古文别写,诸家读其为"将",甚是。诸家考释皆以此所指为《诗·郑风·将仲子》一诗,诗中屡言"父母之言亦可畏也"、"诸兄之言,亦可畏也"、"人之多言,亦可畏也",与简文"言不可不畏也"吻合。《将仲子》一诗见于《诗·郑风》。全诗共三章,每章八句,内容如下:"将仲子兮,无踰我里,无折我树杞。岂敢爱之,畏我父母。仲可怀也,父母之言,亦可畏也。/ 将仲子兮,无踰我墙,无折我树桑。岂敢爱之,畏我诸兄。仲可怀也,诸兄之言,亦可畏也。/ 将仲子兮,无踰我园,无折我树檀。岂敢爱之,畏人之多言。仲可怀也,人之多言,亦可畏也。"诗的意思是:"请你这位仲子啊,不要翻过这边的里墙。不要折断我所栽的杞树。仲子可想念呀,但是父母的责骂之言,也是很可怕呀。/ 请你这位仲子啊,不要翻过我家的院墙,不要折断我所栽的桑树。不是我舍不得这些树,只是害怕我的那些兄长。仲子可想念呀,诸位兄长的责骂之言,也是很可怕的呀。/ 请你这位仲子啊,不要到我的园子里来,不要折断我所栽的檀树。岂是舍不得檀树,只是害怕旁人的闲言碎语。仲子可想念呀,旁人的闲话,也是很可怕的呀。"这是一首女子婉拒情人仲子的诗。她对仲子挚爱有加,感情强烈,但又惧怕父母兄长反对和舆论的批评,所以不得不反复叮咛,让仲子小心,请他不要再来。从诗意看,仲子曾经翻墙攀树来和情人相会,后世文学作品里与崔莺莺约会的张君瑞身上就有这位"仲子"的影子。

关于《将仲子》一诗,宋以前多以为是刺郑庄公之作,宋代朱熹《诗集传》卷四认为它是"淫奔者之辞"。清儒方玉润《诗经原始》卷五指出是诗"不得谓之为奔,亦不得谓之为淫",乃是"采自民间闾巷、鄙夫妇相爱慕之辞"。清儒还有将诗中的女主人公扮为贞妇烈女形象者。当代专家则多谓它是女子婉拒情人之辞。关于是诗诗旨,比较而言,以汉儒所释近是。原因在于:其一,有此简文的评析与之吻合；其二，尚见诸史载的春秋时人两次引用此诗都与汉儒说相合，而与淫奔说等相左；其三，孔子的"三畏"思想与汉儒的"刺庄公"说符合。相关的详细考析烦请参阅本书"专题研究"部分的"谈上博简《诗论》与《诗·郑风·将仲子》的几个问题"。

(三)《汤(杨)之水》其爱妇，悡。

简文"汤"字原整理者马承源先生即读为"扬"，并且指出简文的《汤之水》即指《王风》的《扬之水》篇。简文"悡"字，当为上黎下心之字的省文，《说文》释其为"恨也"。"简文是说诗篇所言的爱，也是妇人之恨"①。然而，专家多将简文悡读若烈。或以为简文《扬之水》篇属于《郑风》。按，《诗经》中《王风》、《郑风》、《唐风》三者皆有《扬之水》篇。与"爱妇"之意相关者为《王风》、《郑风》二者，理由应当在于《唐风·扬之水》虽然亦以"扬之水"起兴，但其下却无表示夫妇关系的"束薪"、"束楚"之句，因此谈不到"爱妇"的问题。简文所指者应当在《郑风》。

《郑风·扬之水》篇从诗意本身看，应为远行者嘱妻之语。这是一首仅二章的短诗，内容如下："扬之水，不流束楚。终鲜兄弟，维予与女。无信人之言，人实迋女。／ 扬之水，不流束薪。终鲜兄弟，维予二人。无信人之言，人实不信。"诗的大意是："悠悠的河水，飘不走一束荆条。我没有多少兄弟，亲人只有我与你。不可轻信别人的言语，人家那是在诳你。／ 悠悠的河水，飘不走一束柴草。我没有多少兄弟，亲人只有我与你。不要轻信别人的言语，人家那是在骗你。"从诗中看，远行者两次叮嘱其妻莫信别人的逸言碎语（"无信人之言，人实迋女"、"无信人之言，人实不信"），表明此前其妻有令他不放心之处，那就是听信逸言而与其夫产生了矛盾，所以丈夫临行时才会如此叮咛。丈夫对于妻子关爱有加，他的叮嘱之语中特别强调流言蜚语绝拆不散夫妻同心。还特别指出，自家兄弟稀少，只有夫妻二人相依为命（"维予与女"、"维予二人"）所以更需同心同德，不为流言所动。

简文之意是指出《郑风·扬之水》篇的爱妇情感中含有怨恨（"悡"）的成分，是恨中所透露出的爱。疑此句与简文下句为同一格式，原意是比较《扬之水》与《采葛》两篇爱妇情感的不同之处。只是下句简文在"爱妇"后残缺，所以无法做具体的比较分析。

---

① 马承源主编：《上海博物馆藏战国楚竹书》(一)，上海古籍出版社2001年版，第147页。

(四)《菜(采)苢(葛)》之爱妇……

简文"菜"字诸家多读为采,甚是。其下一字,比较模糊,李零先生等指出它与《诗论》第 16 号简的葛字相同①,现将此两字列在下面,以资比较:

上面右侧一字是《诗论》第 17 号简者,可以看出它与第 16 号简者的写法皆同,只是笔画稍粗且有漫漶不清处,但可以看出其运笔之势则与第 16 号简的葛字是一致的,应当为同一字。或有专家释这个字"禺",亦读为葛,此说亦甚有理致。总之简文这个字释读为葛,应当是问题不大的。简文此处所提到的诗篇名应即《诗·王风·采葛》篇。此篇诗作完全采用民歌体,反复诵唱同一主题。只是用词略有变化。简文最后一字适缺。诸家多无拟补,仅见黄怀信先生补作"切"字②。愚以为可以拟补悁字。这个字在郭店楚简和上博简中多次见到,字例如下:

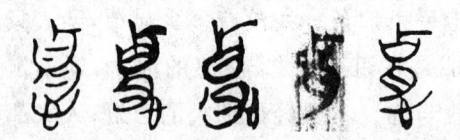

以上五个字例从左开始依次见于郭店楚简《缁衣》第 10 号简、上博二《从政》甲篇第 5 号简、上博二《从政》乙篇第 2 号简、上博二《容成氏》第 36 号简和上博一《诗论》第 27 号简。这个字从肉从占从心。从肉从占之字,后来讹变为"肙"。何琳仪先生认为它是从食从肙之字的初文③,它在简文多读若怨,但此字既然从心从肙,应当径释为"悁",此处当以其本义为释。简文意思是说,《采葛》诗中所蕴含的爱妇情感其中有愤懑的因素。这种因素依《诗论》的眼光看,是一种没有将夫妇关系摆在恰当位置的不良情绪的表现。

《采葛》一诗见于《诗·王风》。全诗三章,每章三句。内容如下:"彼采葛

---

① 参见李零:"上博楚简校读记",《中华文史论丛》第 68 辑,上海古籍出版社 2002 年版。
② 黄怀信:《上海博物馆藏战国楚竹书〈诗论〉解义》,社会科学文献出版社 2004 年版,第 102 页。
③ 何琳仪:《战国古文字典》,中华书局 1992 年版,第 974 页。

兮,一日不见,如三月兮。/ 彼采萧兮,一日不见,如三秋兮。/ 彼采艾兮,一日不见,如三岁兮。"诗的意思是:"那位采葛的女子啊,一天见不着她,就如同过了三个月啊! / 那位采香蒿的女子啊,一天见不着她,就如同过了三个秋季啊! / 那位采艾叶的女子啊,一天见不着她,就如同过了三年啊!"这首诗中所写的采葛者,可以是姑娘,也可以是妻子。因此可以说此诗主旨是想念情人,也可以说是思妇。诗中选取了需沐风栉雨的三项劳作为代表,说是妇人的劳作,当更为合理。妇在山野间采葛、采萧、采艾,令远戍的丈夫深生怜心,思念之情日甚一日,故有三秋之叹。本简简文明谓"爱妇",为了解《采葛》主旨,提供了一个很有力的证明。相关的详细探讨,烦请参阅本书"专题研究"部分的"谈上博简第17号简与《诗·采葛》篇的几个问题"。

【第十八简】

因《木苽（瓜）》之保（报）以俞（喻）其悁（悁）者也。⁽一⁾《折（杕）杜》则情憙其至也。⁽二⁾

〖简序〗

本简排序除马承源先生排为第 18 号简之外，尚有两说，一是将此简排在第 20 号简后，一是将此简排在第 19 号简后。两说对照，似以后者为是。这是因为第 19 号简末端可以和本简前端相缀合。今可试比较以下诸字形，从左至右依次为《诗论》第 19 号简末端、第 18 号简首端、上博二《容成氏》第 18 号简、上博三《恒先》第 9 号简：

靠右侧两字为楚简"因"字的基本形状，特别是最右侧一字更能表明其造字本义。因字的造字本义当是因循平躺的人体而画其形之轮廓，轮廓之形要随人体而折曲。《说文》训因谓"就也"，即此因循折曲之意。所以说《恒先》第 9 简的因字当为正体，而上博二《容成氏》第 18 号简的因字已经有所讹变，其下部不再折曲。这个字后来其轮廓之形渐变为"囗"。《诗论》第 18 号简上端属于因字下部，仍然可以明显看出其随人体折曲之状。这些比较说明，两者的缀合是有道理的，李学勤等先生的说法是可信的。所以本简当位于第 19 号简之后，并且可将此简和 19 号简缀合为一简。此简长 18.6 厘米，第 19 号简长 22.6 厘米，缀合后长 41.2 厘米，并没有超出《诗论》完简的长度（55 厘米）。

〖意译〗

[《诗》的《木瓜》篇的主旨是表现一类人心中埋藏的愿望没有得到表达时的情绪。]可以根据《木瓜》篇的"报"看出他内心的愤懑。《诗》的《折（杕）杜》之篇则表现出同族兄弟间和悦情感的至高无上。

【考析】

(一) 因《木苽(瓜)》之保(报)以俞(喻)其悁(悁)者也。

此简首字只存其下部,上部见于第 19 号简末端,缀合而成"因"字。本简"因"字之上可能另有残文,已不可知。简文"因"字意犹凭借、依靠、根据。

简文"瓜"字,原从艹从勺,为"𦭝"之形(按,第 19 号简的瓜字作"𠂭"形,虽然不大清晰,但其笔势仍然可见,与此字是相同的),疑当写作苽。专家或指出,此即苽之本字。"瓜写作苽,大约始于南北朝,……今得此简则知早在战国后然,这可以丰富我们的俗字知识"①。简文俞,有读若谕、揄等说,皆不若读若喻为优。

简文"悁"字,专家或释读为捐若狷、怨、婉、娟等,皆联系《诗·木瓜》篇意旨为说,持之有故,不为无据。然皆不若读为悁,这是因为简文这个自身带有心旁,与悁相近,而且读若悁,能够与诗意密合。简文"悁"指内心的愤懑情绪。专家或读"悁"为狷介之狷,理解为洁身自好,于诗意似不相合。

了解《木瓜》诗旨,尚需我们把此诗找出来看一下。这篇诗见于《卫风》,全诗三章,每章四句,内容如下:"投我以木瓜,报之以琼琚。匪报也,永以为好也。／ 投我以木桃,报之以琼瑶。匪报也,永以为好也。／ 投我以木李,报之以琼玖。匪报也,永以为好也。"诗的大意是:"送我一个木瓜,回赠一个琼琚。不仅仅是回报,而是要永远相好。／ 送我一个木桃,回赠一个琼瑶。不仅仅是回报,而是要永远相好。／ 送我一个木李,回赠一个琼玖,不仅仅是回报,而是要永远相好。"这首诗的起源不似文人作品,就《木瓜》一诗内容看,其原创应当是民歌。它复沓重叠,朗朗上口,并且,从其所表达的内容还可以看出劳动群众间的企盼和睦友好的真挚感情。劳动群众通过并非名贵之物而是普通瓜果(木瓜、木桃之类)的馈赠,所表达的愿望("永以为好")的愿望应当是明确的。但经过加工整理之后,诗中出现了以美玉("琼琚"、"琼瑶"、"琼玖")相馈赠的情况,则不似劳动群众的作为。《木瓜》诗中的"琼琚"之类,可能就是采诗、编诗者再工的结果。这种改变,不仅变民间馈赠为贵族礼数,而且在思想意义上也有了重大变化。

---

① 汪维辉:"上博楚简《孔子诗论》释读管见",简帛研究网站 2002 年 6 月 17 日。

这里应当指出的是，《诗论》第19号简既然应当与本简缀合，而第19号简亦提及《木瓜》一诗，所以两简所论应当联系为一体进行讨论。如此，则缀合后的简文（第19号间后半和第18号简前半）当作：

《木苽(瓜)》又(有)藏愿而未得达也，因《木苽(瓜)》之保(报)以俞(喻)其寙(悁)者也。

所谓"藏愿"，指一类工于心计、工于计算利益的小人内心所埋藏的意愿。《木瓜》诗的主旨应当是对于工于心计的谗佞小人的揭露。正如王夫之所谓"见薄于彼，见厚于此，早已挟匪报之心而责其后。故天下之工于用薄者，未有不姑用其厚者也。而又从而矜之，曰：'匪报也，永以为好也'。"①相关考析，详请参阅本书"专题研究"部分之"从上博简《诗论》对于《木瓜》篇的评析看《诗经》编纂问题"。

（二）《折(杕)杜》则情憙(憘)其至也。

马承源先生释"折"字为"杕"的"传抄之误"②，是正确的。关于简文《折(杕)杜》之所指，有三种说法，第一，马承源先生以为即《小雅·鹿鸣之什》之《杕杜》篇。第二，专家以为简文之《杕杜》即《唐风》之《杕杜》篇，如廖名春先生释第20号简文谓"《小序》：'《杕杜》，刺时也。君不能亲其宗族，骨肉离散，独居而无兄弟，将为沃的并尔。'"③，这里所提到《小序》之文，正属于《唐风·杕杜》，可见廖先生将简文提到之篇定为属于《唐风》者。第三，周凤五先生和李零先生则将此篇定为属于《唐风》的《有杕之杜》篇，而非《杕杜》篇④。比较而言，愚以为第二说较妥。

《杕杜》全诗两章，每章九句。内容如下："有杕之杜，其叶湑湑。独行踽踽，岂无他人，不如我同父。嗟行之人，胡不比焉。人无兄弟，胡不佽焉。/

---

① 王夫之：《诗广传》卷一，《船山全书》第三册，岳麓书社1992年版，第339页。
② 马承源主编：《上海博物馆藏战国楚竹书》（一），上海古籍出版社2001年版，第148页。
③ 廖名春："上海博物馆藏诗论简校释"，《中国哲学史》2002年第1期。
④ 周凤五："《孔子诗论》新释文及考析"，朱渊清、廖名春主编：《上博馆藏战国楚竹书研究》，上海书店出版社2002年版，第162页。李零："上博楚简校读记"，《中华文史论丛》2001年第4辑（总第68辑），上海古籍出版社2002年版，第9页。

有杕之杜,其叶菁菁。独行睘睘,岂无他人,不如我同姓。嗟行之人,胡不比焉。人无兄弟,胡不佽焉。"诗的大意是:"孤独的棠梨树,树叶尚湑湑繁茂。我在踽踽独行,难道没有人跟我同路?虽然有,可是都比不上同父的兄弟。唉,那些行路的人,为何都不跟我亲近?我没有兄弟,为何都不来助我?／ 孤独的棠梨树,树叶尚菁菁茂盛。我在睘睘独行,难道没有人跟我同路?即令有也比不上我的同姓兄弟。唉,路上的行人,为何不来跟我亲近?我没有兄弟,为何都不来助我?"

《唐风·杕杜》篇的主旨在于说明,路途上所行之他人不是没有,但皆不若如宗族的兄弟能够亲密帮助于我。如果说求助者已经脱离了其宗族,则诗中所表现的他的盼望正是对于宗族兄弟之情的渴求。简文"意"字,李零先生径释为"喜"[①],廖名春先生释为"嘻",并谓"《说文·言部》:'嘻,痛也。''情嘻之至也'即'情痛其至也',必情沉痛到了极点。《杕杜》'独居无兄弟',故有此说"[②]。今按,这两说于音读上是毫无问题的。但是,前一说径释为喜,当表示心情喜悦,与《杕杜》一诗的幽怨情绪不谐。而后一说谓表示"心情沉痛到了极点",似不够妥当。愚以为简文"意"字之释,不必改心旁为言旁,也不必省略其心旁,而应当移其心旁于左,楷写为"憘"字。憘字通嘻,可作为叹声之词表示和乐之貌。此处的"憘"字当读若怡。喜与台古音皆属之部,故而"憘"字可以读若怡。将其读若怡不仅于音训可通,而且还有古代文献的证据。如,《论语·子路》"朋友切切偲偲,兄弟怡怡",《大戴礼记·曾子立事》作"朋友切切,兄弟憘憘",可证憘与怡相通。简文所谓"情憘之至"正指达到顶点的、无以复加的同族兄弟间的情感。

关于简文《折(杕)杜》的考释及与《唐风·杕杜》篇相关的论析,烦请参阅本书"专题研究"部分之"《诗论》'雀(截)服'与《诗·杕杜》篇考析——附论春秋战国时期社会结构松动问题"。

---

① 李零:"上博楚简校读记",《中华文史论丛》第68辑,上海古籍出版社2002年版,第10页。
② 廖名春:"上海博物馆藏诗论简校释",《中国哲学史》2002年第1期。

【第十九简】

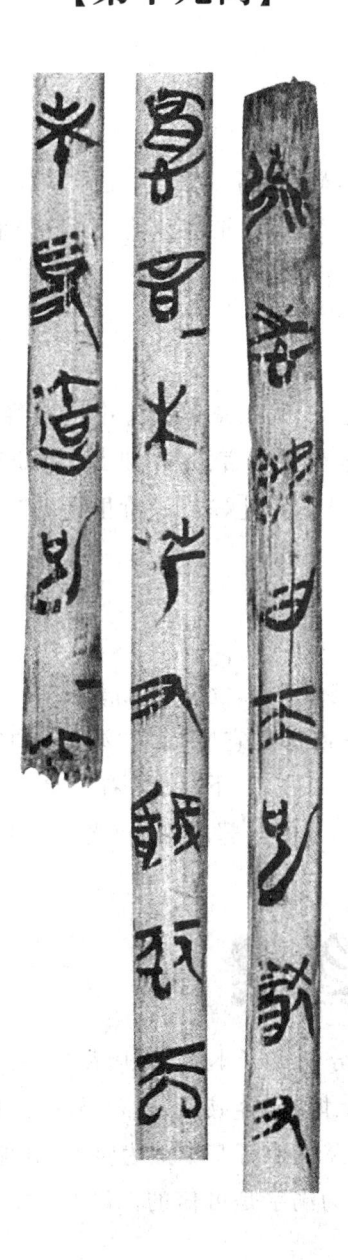

……□(溺)志,既曰"天也",犹又(有)悁言。⁽¹⁾《木苽》又(有)藏愿而未得达也。因……⁽²⁾

〖简序〗

本简末端与第 18 号简首端可以缀合(说见第 18 号简)。故可以肯定本简当排在第 18 号简之前。李学勤先生认为 19 号简和 18 号简可以"直接缀合"①,是很有道理的。

〖意译〗

[《黍离》这篇诗表达了]忧患意识。诗中已经将不可逆转的事情的出现归之于"天",却还有愤懑怨恨之言。《木瓜》一诗说明了某种人心中的真实想法没有能够得到表达,所以靠[《木瓜》诗里面的"报"来比喻他自己内心的愤懑情绪。]

〖考析〗

(一)……□(溺)志,既曰天也,犹又(有)悁言。

本简首字残,诸家一致肯定它应当是"溺"字,并举《礼记·乐记》"宋音弱女溺志"为证。此字左从弓,右下从水,右上余残画。这个字又见于包山楚简第 5、第 7 简、第 246 号简及郭店楚简《老子》甲本第 37 号简,相关字形可以比较如下:

上列字形从左至右分别见于本简、郭店简《太一生水》第 9 号简、郭店简《老子》甲本第 37 号简、上博简《容成氏》第 36 号简。比较可知,字形虽然尚有一些差距,如本简其字所从的水旁基本上为竖形,其他则多作横形,然而,诸字形大体相近,定本简之字为溺字是可信的。简文"溺"字之前所缺当为这段简

---

① 李学勤:"《诗论》简的编连与复原",《中国哲学史》2002 年第 1 期。

文所评诗篇名称，依本简下文之例，在《诗》篇名称后还当有"又(有)"字。诸家所提出的拟补方案有三，一，补《鄘·君子偕老》；二，补《鄘·柏舟》；三，补《邶·北门》。三说虽然皆甚有理致，但对于"溺志"一语实为对于此诗主旨的定性性质的断语这一点却重视不够。"溺志"不当解作使意志消沉，而应当读若"愵志"。简文"愵"字，当读如"怒"。怒字古音属觉部，愵字古音属药部。觉、药两部邻近，并且怒、愵两字声皆泥纽。所以简文"愵"，可以用如"怒"，指忧虑。"溺(愵)志"，犹今语之忧患意识。以此考虑，所拟补的之诗，应当是《王风》的《黍离》篇①。依《诗论》文例，这段简文拟补后当如下：

[《黍离》又(有)]溺(愵)志，既曰"天"也，犹又(有)悁言。

《王风·黍离》诗旨以诗序所云近是，历代学者多相信此诗为周大夫行役路过已经成为丘墟禾黍之地的慨叹之作，诗中充满诗人对于周王朝变迁的忧虑愁思，吻合简文"溺(愵)志"之意。

《黍离》全诗三章，每章十句，内容如下："彼黍离离，彼稷之苗。行迈靡靡，中心摇摇。知我者，谓我心忧。不知我者，谓我何求。悠悠苍天，此何人哉！／彼黍离离，彼稷之穗。行迈靡靡，中心如醉。知我者，谓我心忧。不知我者，谓我何求。悠悠苍天，此何人哉！／ 彼黍离离，彼稷之实。行迈靡靡，中心如噎。知我者，谓我心忧。不知我者，谓我何求。悠悠苍天，此何人哉！"诗的大意是："那些排列离离的黍苗，那些稷的苗，从我眼前滑过。我迟迟地远行，心中充满无可诉说的忧愁。了解我的人，说我眷恋故土而忧。不了解我的人，会说我还有什么企求。悠悠的苍天，是何人让我如此忧愁呀？／ 那些排列离离的黍苗，那些稷的穗，从我眼前滑过。我迟迟地远行，心如醉酒一样恍惚。了解我的人，说我眷恋故土而忧。不了解我的人，会说我还有什么企求。悠悠的苍天，是何人让我如此忧愁呀？／ 那些排列离离的黍苗，那些稷的果实，从我眼前滑过。我迟迟地远行，心情忧郁咽喉哽噎。了解我的人，说我眷恋故土而

---

① 俞志慧先生认为从简文之意看，缺失的篇名应当是《邶风·北门》。见其所撰《〈孔子诗论〉五题》（朱渊清、廖名春主编：《上博馆藏战国楚竹书研究》，上海书店出版社2002年版，第315页）一文。愚以为要拟补简文前面所残缺的诗篇名称，此诗必须具备简文所包含的三个条件，一是诗中要有"溺志"的内容；二是诗中要提到"天"；三是诗中有"悁言"。

忧。不了解我的人，会说我还有什么企求。悠悠的苍天，是何人让我如此忧愁呀？"关于此诗的主旨，《诗序》所谓《黍离》为周大夫见宗周故国荒芜情景感叹而作的说法是可取的。本简简文所指出的"溺（愵）志"，应当是对于《黍离》一诗主题最早的确切说明。"愵志"意即忧思，这从《黍离》诗的内容中不难看出。其诗的这种忧患情感是为孔子所肯定的，因为这种"溺（愵）志"，体现了对于国家的责任感和深沉的故国情愫。相关的详细论析，烦请参阅本书"专题研究"部分之"上博简《诗论》第19号简看《诗·黍离》的'溺志'"。

（二）《木苽》又（有）藏愿而未得达也。因……

简文藏字，原作"𰐈"形，马承源先生写作"𢧵"，专家多释为"藏"字异体，或释为臧，意为善。简文若读为"臧愿"，似为不词。臧虽意为善，但它是名词而不是形容词，不能用来修饰其他的名词。从简文上下文意看，释为藏较优。

《木苽》诗名在上博简《诗论》中见于第18、19号简，是孔子比较关注的诗篇之一。关于这篇诗的主旨，当代专家多以为是民间投桃报李式的情歌。此论或可符合《木瓜》诗的原生形态，但经史官或乐官之手改定并编入《诗》以后，其意蕴很可能与其原生形态时期的主旨有所变化。这变化以后的主旨，前人多有揣测，多种说法里面，以王夫之所论最为精当。简文"愿"字从上元下心之字，诸家皆读若愿，今径写作"愿"。简文"藏愿"，即埋藏在心中的意愿，指人的真实想法。因为本简可以缀合于第18简之前，本简末尾的"因"字连下文，即"因《木苽（瓜）》之保（报）以俞（喻）其悁者也"，简文此句意谓《木瓜》一诗说明了某种人心中的真实想法没有能够得到表达，所以靠《木瓜》诗里面的"报"来比喻他自己内心的愤懑情绪。

关于此诗及相关简文的考析，烦请参阅本书下编"专题研究"部分之"从上博简《诗论》对于《木瓜》篇的评析看《诗经》编纂问题"。

【第二十简】

[吾以《鹿鸣》得]币帛之不可迲（去）也，民眚（性）古（固）然，其隐志必又（有）以俞（喻）也。其言又（有）所载而句（后）内（纳）。或前之而后交，人不可觕也。⁽⁻⁾吾以《折（杕）杜》得雀（截）服［之怨，民眚（性）固然］。⁽⁻⁾

〖简序〗

关于本简之序，李零先生从马承源先生之说，将其列在第 19 号简之后，其他诸家多列于第 24 号简之后。专家或将 19 号简列于本简之后，18 号简又其后。并且认为 20 和 19 号简之间当有缺简。

〖意译〗

我从《鹿鸣》篇中见到了馈赠币帛之事不可缺失的道理，从中认识到，民众的本性一定是这样子的。他们内心的想法必定要使别人明白。人际交往的时候应当先行礼，说明自己的意思，然后以币帛之物作为心意的载体，将其献上请别人收下。若有人先献上币帛然后再行礼交往，这就是对于别人的不尊重。之所以不能这样做，就是因为与人交往时不可鲁莽。我从《杕杜》篇见到了民众在断绝了五服关系之后［所产生的幽怨情绪，民众的本性本来就是这个样子的。］

〖考析〗

(一)［吾以《鹿鸣》得］币帛之不可迲（去）也，民眚（性）古（固）然，其隐志必又（有）以俞（喻）也。其言又（有）所载而句（后）内（纳）。或前之而后交，人不可觕也。

《诗论》简作比较详细分析时常用的句式是"吾以某篇得某某也"，如本简谓"吾以《折（杕）杜》得雀（截）服……"，第 16 号简的"吾以《葛覃》得氏初之诗，民眚（性）古（固）然。"与本简尤相近，特别是本章亦有"民眚固然"一语，更是如出一辙，第 16 号简的这种句式足可以作为本简拟补的依据。所以在"币帛"之前，当拟补"吾以某某篇得"几字。至于拟补的篇名，诸家认为当即《木瓜》一篇①。我觉得此处尚可再研究。木瓜一篇主旨是对于那些工于心计的小人之类的揭露,并非谈正常的通过馈赠币帛来进行的礼仪交往。且《木瓜》诗中并无明显的"币帛"迹象,所以要说它是在讲"币帛不可去"的道理是比较牵强的。或有专家以为是《诗·唐风》的《有杕之杜》篇,但与简文之意不类。愚以为《鹿鸣》篇符合简文所谓"得币帛之不可达(去)"之意。《诗序》分析《鹿鸣》一诗的主题是:"《鹿鸣》,燕群臣嘉宾也。既饮食之,又实币帛筐篚,以将其厚意。"《鹿鸣》诗首章谓"吹笙鼓簧,承筐是将",意思是说,在一派音乐声中行礼之时,主人将盛币帛的筐篚馈赠群臣嘉宾。此诗表现了馈赠币帛的社会礼俗。

简文"俞",专家或读为输,意类于"抒"。然而,俞、输两字古音虽然同为侯部字,但声纽却相距较远,俞为喻纽四等字,输为审纽三等字。俞字每和纽的侯部字相通假②,但却无与审纽字相通假者。所以,从古音相距远近而言,简文"俞"当以读"喻"为优。

简文里面的这个"牾"字,诸家多释为从角从干之字。细审其字形,其上部为角,是无可疑的,但字并不从干,而是从牛。其下部偏旁与楚简中的"干"字(如《包山楚简》第 269 号简和第 1 号木牍上的"干"字),相距较远。干字为上有分歧的木梃之形,其竖画不加圆点形的饰划,这与楚简上的牛字的区别是比较明显的。这个字的下部与郭店楚简《穷达以时》第 5 号简和第 7 号简的两个牛字形体略同,只是其竖画稍短了一些而已。下面三个简文偏左者是《穷达以时》第 5 号简的"牛"字,居中者是包山楚简第 269 号简的"干"字,居右者是本简的"牾"字,三者的区别,一望可知:

---

① 专家或在此处似补它篇,今所见者如周凤五先生说"盖指《有杕之杜》而言"(《〈孔子诗论〉新释文及注解》,上海大学古代文明研究中心、清华大学思想文化研究所编:《上海博物馆藏战国楚竹书研究》,上海书店出版社 2002 年版,第 162 页)

② 朱骏声曾指出俞与踰、愉相通假之例(《说文通训定声》"需部",中华书局 1984 年版,第 363 页),高亨亦指出俞与隃、榆、渝等通假的例证(《古字通假会典》,齐鲁书社 1989 年版,第 328—329 页)。《沮楚文》"变输盟约",专家或读输为渝(汤余惠:《战国铭文选》,吉林大学出版社 1993 年版,第 189 页),其实不必如此通假,《广雅·释诂》三"输,更也","变输盟约"即变更盟约。段玉裁说输字谓"输于彼则彼赢而此不足,故胜负曰赢输"(《说文解字注》十四篇上,上海古籍出版社 1988 年版,第 727 页),输之更意,当由此起。

本简的这个字应当是从角从牛之字,可以定为"牦"。"牦",与粗、麤两字音义皆同。段玉裁于《说文》麤字下注谓:"鹿善惊跃,故从三鹿。引伸之为卤莽之称。《韵》云'不精也,大也,疏也,皆今义也。俗作麁,今人概用粗。粗行而麤废矣。"(《说文解字注》十篇上)段氏的这个考释甚精当,简文牦字当解为与麤同,意为鲁莽、粗鲁。黄德宽、徐在国两先生以古玺文为证,认为当释为觕①,亦可备一说。专家或释为"盱"字、"觝"字,似不确。

关于这段简文的断句,专家或将"交人"两字连读,作"交(佼)人不可盱也","佼人见《陈风·月出》"。简文"意谓不可以盯着美人瞧"②。此释可备一说。

简文的"俞"字专家或读若抒,或读若输,愚以为读若"喻"更为恰当些。喻义同谕③,即晓告的意思,即今语之"表明"、"表达"。

《鹿鸣》一诗为《小雅》首篇,全诗三章,每章八句,内容如下:"呦呦鹿鸣,食野之苹。我有嘉宾,鼓瑟吹笙。吹笙鼓簧,承筐是将。人之好我,示我周行。/呦呦鹿鸣,食野之蒿。我有嘉宾,德音孔昭。视民不恌,君子是则是傚。我有旨酒,嘉宾式燕以敖。/ 呦呦鹿鸣,食野之芩。我有嘉宾,鼓瑟鼓琴。鼓瑟鼓,和乐且湛。我有旨酒,以燕乐嘉宾之心。"诗的大意是:"鹿呦呦地鸣,唤同伴来吃野地里的苹。我欢迎嘉宾,鼓瑟又吹笙。吹动笙簧出佳音,馈赠玉帛用筐盛。嘉宾对我态度友善,将治国大道讲给我听。/ 鹿呦呦地叫,唤同伴来吃野地里的蒿。我迎来众多嘉宾,他们的声誉情操都美好,在民众面前威仪庄重不轻佻,这样的楷模当为君子来仿效。我用美酒招待,嘉宾饮宴乐逍遥。/鹿呦呦地鸣,唤同伴来吃野地里的芩。我欢迎嘉宾,鼓瑟又弹琴,和美的音乐令人入迷。我用美酒招待,嘉宾愉悦欢心。"关于此诗的主旨,历来都认为是上级贵族宾请下级贵族的诗,只是此上级贵族是周王抑或是诸侯,有些不同的说法。

关于拟补《鹿鸣》诗名与相关"民性"的探讨,烦请参阅本书"专题研究"部

---

① 黄德宽、徐在国:"《上海博物馆藏战国楚竹书(一)·孔子诗论》释文补正",《安徽大学学报》2002年第3期。刘信芳先生亦释为"觕字古文"("楚简《诗论》释文校补",《江汉考古》2002年第2期)。

② 何琳仪:"沪简《诗论》选释",载朱渊清、廖名春主编:《上博馆藏战国楚竹书研究》,上海书店出版社2002年版,第252页。

③ 刘信芳先生将此字读若"谕",见其所著《孔子诗论述学》(安徽大学出版社2003年版)一书的第213页。廖名春先生亦将此字读为"谕",意指"晓谕,告"("上博《诗论》简'以礼说诗'初探",《中国诗歌研究》2004年)。

(二)吾以《折(杕)杜》得雀(截)服[之怨,民眚(性)古(固)然]。

马承源先生将"折"字释为"杕"字的"传抄之误"①,是正确的。《折(杕)杜》当即属于《诗·唐风》之《杕杜》篇。相关分析详见本书对于第 18 号简的讨论。简文"㠯"字已残(下图左),但从其所保留的字的上部看,与上博简《缁衣》第 1 号简的㠯字的上部(下图右)酷似,李学勤先生将其释为"㠯"②,是正确的。

或释这个字为"见"字、"焦"字,疑非是。《说文》"截,断也",而断与绝字同出一源,皆从断丝取意,只不过有从刀与从斤的区别而已。截、绝古音皆月部字,截读若绝应当是没有太大问题的。愚以为简文"雀服"当读若"绝服"。简文"服"字之下尚残缺五六字。在《诗论》简中,"吾以《某某》得……"是一个固定的叙述格式,第 16、20、24 等简皆有例证。据此可以将此简末句残文复原为"吾以《杕杜》得雀(绝)服[之怨,民眚(性)古(固)然。]"。在宗法制解体的春秋时期,宗族兄弟间的情感逐渐淡化,但是传统的观念依然对于人们有着强烈影响,所以《诗经》中不少诗篇都在呼唤恢复和保持兄弟间的怡怡之乐,人们在绝服之后产生出幽怨情绪,这就是《诗·唐风·杕杜》所表达的思想情感的主旨所在。孔子谓"吾以《杕杜》得雀(绝)服[之怨]",即指他通过《杕杜》篇认识到了这种幽怨情绪,并且强调民众的本性本来如此("民性固然")。

关于简文《折(杕)杜》的考释及与《唐风·杕杜》篇相关的论析,烦请参阅本书"专题研究"部分之"《诗论》'雀(截)服'与《诗·杕杜》篇考析——附论春秋战国时期社会结构松动问题"。

---

① 马承源主编:《上海博物馆藏战国楚竹书》(一),上海古籍出版社 2001 年版,第 148 页。
② 李学勤:"《诗论》简的编联与复原",《中国哲学史》2002 年第 1 期。

【第二十一简】

……[之]贵也。⁽一⁾賸（臧）《大车》之嚣也，则以为不可女（如）可（何）也？⁽二⁾《审（湛）零（露）》之賹（益）也，其犹酡（酡）与（欤）！⁽三⁾孔子曰：《訇（宛）丘》，吾善之。⁽四⁾《于（猗）差（嗟）》吾憙（喜）之。⁽五⁾《尸鸼（鸠）》吾信之。⁽六⁾《文王》，吾兴（美）之，《清……⁽七⁾

〖简序〗

第 21 号简下接第 22 号简，是为诸家共识，但其前所接，异说甚多，有上接第 23 号简、第 9 号简、第 29 号简、第 8 号简等数种说法。

〖意译〗

……贵也。称赞《大车》一篇所表现出的偏执情绪，就认为这是不可以的，这是什么原因呢？[看看《湛露》一篇所写的内容就清楚了。]《湛露》写了饮酒的最佳状态，这状态恐怕就在于微醺而不醉吧！[这就说明做事应当适度，过分偏执，毫无顾忌，是不行的。]《宛丘》这首诗，我赞许它。《尸鸠》这篇诗所讲的道理，我相信它。《文王》这首诗，我赞美它。《清[庙]，我]……。

〖考析〗

（一）……[之]贵也。

这是对于另一首诗的评论之辞的结尾两字，廖名春先生谓："疑 21 简可接简 23，如此，则为'《兔苴》其用人，则吾取贵也'。"[1]按，此论颇有理致，可备一说，足供参考。愚疑简文"贵也"之语式，可能与"賸（臧）《大车》之嚣也"相近，简文"则以为不可女（如）可（何）也？"当是对于此两诗（或更多）的评析疑问之辞。惜简文过残，无法推测竟为何诗。按照这个思路，可以说此简首句之意，盖为称赞（或否定）某诗之可贵。后面的意思，仍由下面的简文"则以为不可女（如）可（何）也？"作为全句的总结。若仿下句句式，这里应当是"《某某》篇之贵也"，其后则是顿号，与下面"賸（臧）《大车》之嚣也，则以为不可女（如）可（何）也"连为一整句来读。如此语意甚通顺。惜此处篇名适缺，无可稽考矣。

---

[1] 廖名春："上海博物馆藏诗论校释"，《中国哲学史》2002 年第 1 期。

(二)臧(赃)《大车》之器也,则以为不可女(如)可(何)也?

简文"臧"字。专家多直接释为"将",证据不足,似可商。简文这个字(见下图)

依《说文》释字之例,应当说是一个从贝、从戕,戕亦声之字。其所附加的"口"为羡画。这种羡画即专家所指出的无义偏旁。在战国文字中以"口"为无义偏旁之例颇多,如上博三《恒先》第5号简的"既"字,《彭祖》第5号简的两个"纪"字和"余"字,皆为附加无义偏旁"口"的典型例证[①]。何琳仪先生即指出这种情况是"在文字中增加形符,然而所增加形符对文字的表意功能不起直接作用……这类偏旁很可能是无义部件,只能起装饰作用"。其在"增繁无义偏旁"部分曾举出"丙"、"念"、"巫"、"秋"等字附加"口"为无义偏旁之例[②]。朱骏声《说文通训定声》壮部释"臧"字,谓:"字亦作藏,实庄之别体,借庄为装耳,俗字亦作赃、作脏。"从这个解释里,可以看出,赃、脏、臧三字实即一字之异。简文这个字从贝,应当直接释为"赃",而以"臧"释其意。诸家多以为这个字从"将",并不大合适。"将"字,依《说文》,它是一个"从寸,酱省声"之字,而简文这个字虽然有"丬"旁,但却看不出"酱省"之踪[③],若通假为将,尚可,但直接释为"将"则很勉强。黄德宽、徐在国先生把简文这个字释为从贝臧声之字[④]。此说比把这个字直接释为"将"为适,实属卓见,但将此字释为藏字或体,则似未达一间耳。愚以为此字不必释为藏字或体,而应当直接释为"赃"字,并且以"臧"字为其意。诸家把简文这个字释为"将",原因可能在于要与《诗·无将大车》之名牵合。其实这是不大必要的,因为,这里的《诗》篇名并非《无将大车》,而是属于《王风》的《大车》。"臧"依《说文》所训,其意为"善",简文"赃(臧)《大车》之器",意即称赞《大车》一篇的"器"。"器"表示一种十分自

---

① 《上海博物馆藏战国楚竹书》(三),上海古籍出版社2003年版,第110、125页。
② 何琳仪:《战国文字通论》,中华书局1989年版,第196—197页。
③ "将"的本字作从"丬"从"手"之字,见于《说文》,训为"扶也"。《诗·无将大车》,郑笺"将犹扶也",合于将字本意。由此可见,所从手旁为"将"字所必需。简文此字却正无这个偏旁,故而释其为将是可疑的。
④ 黄德宽、徐在国:"上海博物馆藏战国楚竹书(一)·《孔子诗论》释文补正",《安徽大学学报》2002年第3期。

负、毫无顾忌的精神状态①。

《王风·大车》是一首仅三章的短诗,内容如下:"大车槛槛,毳衣如菼。岂不尔思,畏子不敢。/ 大车哼哼,毳衣如璊。岂不尔思,畏子不奔。/ 谷则异室,死则同穴。谓予不信,有如皦日。"这首诗的大概意思是:"大车快快地行,发出'槛——槛——'的响声;车上人儿的毛衣颜色像嫩芦荻那样泛着淡青。不是我不想你,只是怕你犹豫不敢行动!/ 大车走得慢慢吞吞,车上的人儿的毛衣像赤玉那样红殷殷。不是我不想你,只是害怕你不敢和我私奔!/ 活着各住各的房,死后同埋一个坑。若说我的话不可信,天上太阳可作证!"

关于《大车》一篇意旨,汉儒或以为是刺时之作,或以为是春秋时期息夫人所作,宋儒朱熹以为是淫奔者之诗,当代专家则多定其为爱情之诗。愚以为朱熹与当代专家之说可信。《大车》诗末章谓"谷则异室。死则同穴",表达了女子对于恋人坚贞不渝,她表示活不能成夫妻,死后也要归于一处。这种坚贞之情是可贵的,但与恋人私奔的做法却是违礼的。孔子认为这种"嚣"(毫无顾忌)的精神状态并不可取。简文谓"以为不可女(如)可(何)也",意思是说既然称许《大车》一诗,为什么还认为它不可实施,这是什么原因呢。从简文的这一问题看,孔门师徒显然不赞成为爱情而私奔这种违礼的做法。

对于此句的详细探讨,烦请参阅本书下编"专题研究"部分的"从上博简《诗论》第21号简看孔子的情爱观"。

(三)《审(湛)雺(露)》之赠(益)也,其犹酡(酡)与(欤)!

简文"审"字,原整理者声转读为湛。简文露字原为雺,与露字为"双声对转",可读若露。《湛露》一诗见于《小雅》,历来认为是君宴臣之诗。全诗内容如下:"湛湛露斯,匪阳不晞。厌厌夜饮,不醉无归。/ 湛湛露斯,在彼丰草。厌厌夜饮,在宗载考。/ 湛湛露斯,在彼杞棘。显允君子,莫不令德。/ 其桐其椅,其实离离。岂弟君子,莫不令仪。"这首诗大意是说:"早晨露水浓湛湛,太阳不出不会被晒干。长夜饮宴很舒闲,酒不喝醉不回还。/ 早晨露水亮晶晶,留在野草上使它更显茂盛。长夜痛饮,表示着对宗亲的孝敬。/ 早晨露水闪亮,沾在那杞树和荆棘上。尊贵诚信的君子,

---

① 父母之命、媒妁之言,是当时婚嫁的必备礼仪。如果私奔,那就会为社会所不齿("父母国人皆贱之")。《大车》诗中所写的那位女子全然不顾这些,她还指日为誓,决心为爱情奋斗到底。她的这种自负而毫无顾忌的态度,就是简文所谓的"嚣"。

德行莫不显荣光。／　看那桐树和椅树，果实满枝离离。平易和善的君子，酒后莫不彬彬有礼。"

《湛露》诗中写饮酒者注意礼仪，"显允君子，莫不令德（尊贵诚信的君子无不有美善之德）"，可见参加饮宴者都注意到饮酒要适度。本简简文指出，《湛露》所表现的饮宴的最佳状态（"《湛露》之䀢（益）也"），就在于掌握了适当的"度"，脸红而不醉（"其犹酡欤"）。简文"鮀"，专家或读为驰，指车马奔驰。但如此解释，很难与诗意牵合。简文此语应当和紧连其前的"贀（臧）《大车》之嚣也，则以为不可女（如）可（何）也"连读。孔子这里用两种不同的状态进行对比，孔子的意见显然是赞成凡事都掌握适当的"度"，而不可以太过。此正符合孔子所持的"过犹不及"①的观念。

对于此句的详细探讨，烦请参阅本书下编"专题研究"部分的"从上博简《诗论》第 21 号简看孔子的情爱观"。

(四)《甹（宛）丘》，吾善之。

上博简《诗论》第 21 号简后半直至第 22 号简结尾，这一大段简文以"孔子曰"起头，用同一句式，连续评论《宛丘》、《猗嗟》、《鸤鸠》、《文王》、《清庙》等篇，其评论《宛丘》一诗的简文如下："孔子曰：《宛丘》，吾善之。……（以上第 21 号简）……之。《甹（宛）丘》曰：'甸（洵）有情，而亡望。'吾善之。（以上第 22 号简）"。

简文"宛"字，或释为备字讹省，或读为畎，或读为畖，或读为畹，皆因音假而读为宛，或有专家径读为苑，皆可备一说。战国竹简文字中有宛字，与此不同。愚以为它可能是甸字异构，音假而读为宛。刘信芳先生将简文这个字写作"备"，指出它是金文、石鼓文"邍"字之省形。邍字与隰相对，指高平之地，可以读若"畹"。《说文》："畹，城下田也。"简文"备丘"，即畹丘，"乃陈东门外社稷之类宗教设施之所在，其地有丘"②。此说甚有理致，今以音读而径读为"宛"。何琳仪先生指出，这个字与《鲁原钟》的邍字，"有相同的偏旁"，而原与宛均属元部，所以简文"甹丘"，可以读为"宛丘"③。此说甚为简洁明快。《宛丘》是《诗·陈风》中的一首仅三章的短诗，内容如下："子之汤兮，宛丘之上兮。洵有

---

① 《论语·先进》。
② 刘信芳："楚简《诗论》苑丘考"，《古籍整理研究学刊》，2002 年第 3 期。
③ 何琳仪："沪简《诗论》选释"，朱渊清、廖名春主编：《上博馆藏战国楚竹书研究》，上海书店出版社 2002 年版，第 253 页。

情兮,而无望兮。／ 坎其击鼓,宛丘之下。无冬无夏,值其鹭羽。／ 坎其击缶,宛丘之道。无冬无夏,值其鹭翿。"这首小诗,可以意译如下:"巫女的舞姿轻轻摇荡啊,在那宛丘的高地之上呀。爱慕之情真的深厚啊,然而却没有什么指望啊!／ 击鼓声坎坎响起,在那宛丘下的野地。不分夏季冬日,舞动鹭羽不停息。／ 击缶声坎坎作响,在那宛丘的道路上。不分冬夏,手中鹭翿舞得狂!"

依据这首诗的内容,我们可以分析本简简文所云称赞此诗的缘由。

简文所谓"善之"意即以"之"(指《宛丘》)为善,称许《宛丘》一诗美善。《宛丘》一诗古人曾以为是淫荡之诗,或者说是写游荡的诗,然而孔子何以"善之"呢?原因就在于,《宛丘》一诗所写的主人公是一位巫女,一位男子为她跌宕起伏、婀娜多姿的舞蹈所倾倒,与之相爱生情,但迫于客观条件,两人无法结合为婚姻,这一对男女不得不采取冷静态度,谓"洵有情兮,而无望兮"。孔子称赞这种做法。孔子之所以"善之",是由其情爱观所决定的。依照儒家"发乎情,止乎礼义"的情爱观,孔子既赞赏巫女对于爱情的执着,又称赞他们止乎礼义的做法。

相关的具体分析烦请参阅本书"专题研究"部分的"孔子与《宛丘》——兼论周代巫觋地位的变化与巫女不嫁之俗"。

(五)《于(猗)差(嗟)》吾熹(喜)之。

除本简外,《诗论》中评析《于(猗)差(嗟)》一诗的还见于第22号简,内容如下:"《于(猗)差(嗟)》曰:'四矢弁(反),以御乱',吾喜之。"这应当是对于本简的进一步解释,具体说明了"吾喜之"的原因何在。简文"于差",作为诗篇名定为《齐风》的《猗嗟》,诸家无疑义。

《猗嗟》,是为《齐风》篇名。简文"熹"字不可读为憘,而当读为喜。《猗嗟》所云"不出正兮,展我甥兮"的"甥"是全诗颂赞的主人公,具体所指就是鲁庄公。此诗内容如下:"猗嗟昌兮,颀而长兮。抑若扬兮,美目扬兮。巧趋跄兮,射则臧兮。／ 猗嗟名兮,美目清兮。仪既成兮,终日射侯,不出正兮,展我甥兮。／ 猗嗟娈兮,清扬婉兮。舞则选兮,射则贯兮。四矢反兮,以御乱兮。"诗的大意是:"哎呀,多么美貌呀,身材高大挺拔啊。隐藏不住的动人呀,美丽的眼神在飘动啊。射场上的跑动巧妙得像舞蹈呀,射起箭来真是娴熟啊!／ 哎呀,长得多么精神呀,美丽的双眼清澈明亮啊。射礼上的仪法多么熟练呀,射礼进行一整天,也是箭箭射得准啊!真是我们齐国的好外甥呀。／ 哎呀,多么令人赞美呀,神采飞扬又婉转多情啊。舞动的节奏真好看呀,箭箭都贯穿箭靶啊。连续四箭都只射在一个点呀,如此箭术真能够抵御祸乱啊!"

此诗写射手潇洒的外貌、箭法之精良和御乱保国的信心,诗作者对于其所描写的这位射手极尽钦佩赞美,爱慕之情溢于言表。诗中所写的这位射手,应当就是鲁庄公。汉儒美刺说系统中,多言此诗是"刺"鲁庄公,说他空有才艺,并不能防范其母文姜与齐襄公(文姜之兄)通奸,以至于让人说自己是舅(齐襄公)之子。然而究之于史实,却可以看到鲁庄公能够正确对待关于其母的传言,以对于母亲的敬重表现自己的孝道。文姜于鲁桓公十八年春至齐,由于桓公被杀,所以她直到翌年春还未归鲁。可以推想当时鲁国国内的情况一定是舆论大哗。鲁庄公元年春,要举行鲁桓公的丧葬之礼,文姜未回鲁,但依礼又应当有她参加,所以鲁国史官记上一笔,说"夫人孙(逊)于齐",这表示文姜有悔过之意,有对于回鲁的恐惧。《公羊传》解释《春秋》的这个记载,应当是近乎实际的,说:"孙者何?孙,犹孙(逊)也。内讳奔,谓之孙(逊)。夫人固在齐矣,其言孙(逊)于齐何?念母也。正月以存君,念母以首事。……念母者,所善也。"何休《解诂》云:"礼,练祭取法存君,夫人当首祭事。时庄公练祭,念母而迎之,当书迎,反书孙者,明不宜也。"[①]这里是说,为桓公举行练祭时当以桓公夫人为首祭,庄公怀念其母而欲迎其返鲁。鲁庄公"念母",本为孝子之"善"事,而《春秋》只记"夫人孙于齐",所以《公羊传》认为这其间便寓有对于鲁庄公的贬义。不管此处是否有贬义在[②],都可以说,鲁庄公在为其父举行练祭时曾经"念母"而欲迎文姜返鲁,则必当为事实。孔子重视孝道。本简表明他对于《猗嗟》诗"喜之",实有赞赏鲁庄公孝道的原因。另一方面,鲁庄公能够识大体,为国家利益而不过分计较个人私仇,这也是孔子所深为赞许的。

详细分析烦请参阅本书"专题研究"部分的"孔子何以赞美《齐风·猗嗟》——从上博简《诗论》看春秋前期齐鲁关系的一桩公案"。

(六)《尸䳒(鸠)》吾信之。

本简简文的"尸"字原从尸从二,所从的"二"当为羡画。简文"䳒"字所从的口,为习见的战国文字中的羡画。诸家一致释此篇名为《尸鸠》,甚确。《诗

[①] 《春秋公羊传注疏》庄公元年,《十三经注疏》本,北京大学出版社1999年版,第112页。
[②] 关于此处的贬义,唐代徐彦《春秋公羊注疏》卷八谓:"文十八年夏,'齐人弑其君商人',而不书其葬者,以责臣子不讨贼也。似文姜罪,实宜绝之,公既不绝,宜尽子道,而反忌省,故得责之。"

论》简中两论《尸鸠》,其内容如下:"《尸(鸤)鸠》虔(吾)信也。……"(以上第21号简)"《尸(鸤)鸠》曰:'其义(仪)一氏(兮),心女(如)结也。'虔(吾)信之。"(以上第22号简)

今本《诗·鸤鸠》篇的"仪",上博简写作"义"。这一点可颇具启发意义。《鸤鸠》篇的"仪"不应当读若义,而是恰恰相反,作为《诗》的本字,"义"本指"仪",上博简的用法保存了"义"的本意,只是在《诗》编定的时候,才采用了"仪"字。所以说,简文"其义一"当即"其仪一",而不是相反讲《诗》的"其仪一"作"其义一"。《说文》训仪为"度也",其本意指仪容、威仪。威仪为维护上下尊卑关系所必须,《郭店楚简·缁衣》第20号简简文所载孔子语曾经提到了仪容与尊尊的关系:"子曰:'为上可望而知也。为下可类而志也。则君不疑其臣,臣不惑于君。《诗》云:淑人君子,其义不忒。'"从简文可以看到孔门师徒信服《尸鸠》篇所表现出来的君子威仪,对于此篇是相当肯定和赞扬的。

《尸鸠》属于《曹风》。其内容如下:"鸤鸠在桑,其子七兮。淑人君子,其仪一兮。其仪一兮,心如结兮。/ 鸤鸠在桑,其子在梅。淑人君子,其带伊丝。其带伊丝,其弁伊骐。/ 鸤鸠在桑,其子在棘。淑人君子,其仪不忒。其仪不忒,正是四国。/ 鸤鸠在桑,其子在榛。淑人君子,正是国人。正是国人,胡不万年。"这首诗大意是说:"布谷鸟居住在桑树上,养育了七个孩子啊。善人君子,他的仪容一贯守礼呀。他的仪容一贯守礼,所以他的心才能够坚如磐石啊。/ 布谷鸟居住在桑树上,它的孩子分居在梅树啊。善人君子,他的大带是丝质的。他的大带是丝质的,所以他的皮弁才镶着青黑色的美玉啊。/ 布谷鸟居住在桑树上,它的孩子分居在酸枣树。善人君子,他的仪容没有差误啊。他的仪容没有差误,这才能够成为四方的楷模。/ 布谷鸟居住在桑树上,它的孩子分居在榛树。善人君子,他是国人的榜样呀,他是国人的榜样,怎么能不万寿无疆?"

诗中所赞扬的"淑人君子"的身份应当是周代宗法体系中的大大小小的各级贵族。宗法观念的核心内容是亲亲,在其适应周代政治时又发展为尊尊。亲亲、尊尊二者体现着宗法的基本精神。《诗·鸤鸠》篇所展现的能够成为四方国人楷模的威仪、仪容("正是四国"、"正是国人"),是贯彻尊尊原则的需要。《鸤鸠》之意与《大雅·抑》篇所谓"敬慎威仪,维民之则"完全一致。相关分析请参阅本书下编"专题研究"部分的"孔子与《尸鸠》"。

(七)《文王》,吾𢡱(美)之,《清……

上博简《诗论》第 2 号简、第 7 号简多次提及《诗》之主旨是写"文王受命",并且于第 21、22 号简两提《文王》之诗,崇敬赞美之情甚为浓烈,这与孔子的尊王观念有直接关系。郭店简《五行》篇引《诗》"明明才(在)下,赫赫才(在)上"见于《诗·大明》篇,是篇谓"维此文王,小心翼翼,昭事上帝,聿怀多福。厥德不回,以受方国",可见,《五行》篇所谓的明明之"智"和赫赫(显显也)之"圣",皆是文王美德的表现。简文所引"文[王在上,于昭]于而(天)",见于《诗·文王》篇。此处简文意谓义、德、明、智、仁、礼等德行皆为文王代表上帝而播布于天下者。《五行》篇的这些内容可能是战国中期儒者对于孔子所讲"文王德"的阐释与发挥。从这里也可以看出孔子对于周文王的高度赞扬,这对于儒家思想有着深远影响。

《文王》一诗是《大雅》首篇。全诗七章,每章八句,内容如下:"文王在上,于昭于天。周虽旧邦,其命维新。有周不显,帝命不时[1]。文王陟降,在帝左右。／ 亹亹文王,令闻不已。陈锡哉周,侯文王孙子。文王孙子,本支百世。凡周之士,不显亦世。／ 世之不显,厥犹翼翼。思皇多士,生此王国。王国克生,维周之桢。济济多士,文王以宁。／ 穆穆文王,于缉熙敬止。假哉天命,有商孙子。商之孙子,其丽不亿。上帝既命,侯于周服。／ 侯服于周,天命靡常。殷士肤敏,祼将于京。厥作祼将,常服黼冔。王之荩臣,无念尔祖。／ 无念尔祖,聿脩厥德。永言配命,自求多福。殷之未丧师,克配上帝。宜鉴于殷,骏命不易。／ 命之不易,无遏尔躬。宣昭义问,有虞殷自天。上天之载,无声无臭。仪刑文王,万邦作孚。"诗的大意是:"文王神灵在天,啊,在天上闪耀着光芒。周虽然是旧邦,但是所受的天命却是新的。伟大光明的周,上帝之命确实授予了他。文王的神灵在天下升升降降,总是在上帝的左右。／ 亹亹勤勉的文王,善声美誉从不停止。上帝赐予他周邦,文王的子子孙孙都来继承。文王的子孙,本根的大宗与枝叶的小宗传承百世。凡是周的食世禄的士,都显耀

---

[1] 《文王》"帝命不时"的时字,清儒马瑞辰谓:"时当读为承,时、承一声之转。《大戴·少间》篇'时天之气',即承天之气,《楚策》'抑承甘露而用之',《新序·杂事》篇承作时,皆时、承古通用之证。……时读承,亦当训美。'帝命曰时',犹天子之命曰休命、曰大命也。"(《毛诗传笺通释》卷二十四,中华书局 1989 年版,第 793 页)按,此释虽然于理可通,但较迂曲,揆诸诗意,上句言"其命维新",此下句"帝命不时",当为对于帝授命于周的再次肯定。毛传云:"时,是也。"较为可信。此句意即帝命确实如此。

荣光。/ 世世荣光,就在于他们的谋划谨慎小心。皇皇然的众多的士,都有幸生长在周王之国。周王之国能使众多的士成长,使他们成为周国的栋梁。威仪济济的众多的士,使文王的神灵放心安详。/ 穆穆和善的文王,啊,多么光明而恭敬。伟大的天命呀,殷商的子孙也来臣服。殷商子孙繁多,为数上亿也不止。上帝既然有命令,他们就来臣服于周。/ 殷商子孙臣服于周,说明天命是不固定的。殷商人士壮美而敏捷,参加灌祭于周的京城。灌祭就要开始,殷商人士还是穿戴着他们的黼冔礼服。他们是周王的进用之臣,不要再念念不忘你的先祖。/ 不要念念不忘你的先祖,要修养你们自己的德,永远地服从天命,自己寻求福祉。殷商王朝没有丧失民众支持的时候,尚能服从上帝。应当以殷商为鉴戒,接受天的大命是不容易的。/ 接受天命不容易,所受之命不要断在你的身上。要发扬光大所受的天命,时时揆度天之意旨。上天的意旨,没有声音没有气味。只要效法文王,万国诸侯就会信服。"这首长诗既追述文王德业,又告诫殷商人士,表明了文王所受天命之正当性、合理性。本简简文谓赞美《文王》一诗,就是赞美文王受命。

本简最后一字"清",马承源先生推测当补成"《清庙》,吾敬之",虽然于语意通畅,但第 6 号简已有"[《清庙》曰:'肃穆显相,济济]多士,秉文之德',吾敬之"之辞。这里似不应重复。所以,若在这里拟补"吾……之"应当是正确的,但"吾"后一字为何,则当存疑。

196　上博简《诗论》研究

【第二十二简】

……之。《㝬(宛)丘》曰:"旬(洵)有情,而亡望。"吾善之。⁽¹⁾《于(猗)差(嗟)》曰:"四矢弁(反),以御乱",吾喜之。⁽²⁾《尸(鸤)鸠》曰:"其义(仪)一氏(只),心女(如)结也。"吾信之。⁽³⁾《文王》[曰:"文]王在上,于邵(昭)于天,吾岂(美)之。"⁽⁴⁾

[简序]

此简为两简缀合,其上半有《文王》诗名,其下半简文"(文)王在上,于邵(昭)于天",见于今本《诗经·文王》篇,可以肯定缀合是没有什么可疑之处的。诸家皆将此简排于第21号简之后,从文意上看是可以的,但亦有可能排在第21号简之前。存疑待考可也。专家或依竹简长度推算,此简上部可能遗失八至九字,若连接本简简首,其文字则可能是"《昊天有成命》吾□之"。还有专家指出,"一般情形之下残泐字之后就是下契口位置。本简就属于下契口之前10字处残断,此字残为两半,两段残简可直接缀合,故无须再补入文字"①。此说粗看起来,颇有理致,但若细推敲,则还有再研究的余地。第一,若直接缀合,上下端口残缺处难出互补,不似直接折断者(见下图):

第二,《诗论》简的完简(第2号简)长55.5厘米,而第22简,上段长38.4厘米,下段长9.3厘米,两者相加,仅47.7厘米,若直接缀合则距离完简长度差距过大。第三,《诗论》简共有"王"字7例(除去第22号简)(见下图)②:

如果直接缀合,则很难出现写法非常规整一致的"王"字。第四,就简文句式

---

① 康少峰:"《诗论》竹简残断类型与残简缀合",《求索》2008年第6期。
② 以上7例简文"王"字依次见《诗论》第1、2、5、6、7、8号简。

看,本简皆先述篇名,再引诗句,然后进行评论。此处不会例外。所以,原整理者马承源先生没有直接缀合,还是比较可取的做法。他所拟补的"曰王"二字,完全符合简文句式文例,也是正确的。还有专家认为诗句里面已经包括了篇题《文王》所出不再重复。此说亦似不确,若果如此,则简文"文王"当各有重文符号,检视22简图片,看不出重文符号。另有专家推测,此简内容与第6号简内容有较大的一致性,或者有编联一起的可能。

【意译】

《宛丘》这首诗说"真是有感情呀,然而却没有什么指望。"我称许这首诗。《猗嗟》这首诗说"连续四箭都准确地射在一个点上,如此箭术真能够抵御祸乱。"《尸鸠》这首诗说:"君子的仪容一贯守礼,所以他的心能够坚强如磐石。"我相信这首诗。《文王》这首诗说:"文王在天上,[他的德操]光耀于天。"我赞美这首诗。

【考析】

(一)……之。《宛丘》曰:"訇(洵)有情,而亡望。"吾善之。

此处与前简系连,具体分析请参阅第21号简〔考析〕(三)。

(二)《于(猗)差(嗟)》曰:"四矢弁(反),以御乱",吾喜之。

上博简《诗论》第21号简和第22号简两次提到《诗·齐风·猗嗟》篇,简文如下:"孔子曰:……《于(猗)差(嗟)》吾喜之。"(以上第21号简)"……《于(猗)差(嗟)》曰:'四矢弁(反),以御乱',吾喜之。"(以上第22号简)①简文表明,第22号简的内容,是对于第21号简所谓"《猗嗟》,吾喜之"的具体解释,说明了孔子喜爱《猗嗟》一诗的最主要的原因所在。《猗嗟》一诗的史事涉及春秋前期鲁桓公被杀于齐这桩公案。历代大儒研究此诗时多表现出对于鲁桓公夫人文姜的强烈敌忾情绪。简文所载见于今《齐风·猗嗟》篇第三章"四矢反兮,以御乱兮"(意思是说,"连续四箭都准准地射在一个点呀,如此箭术真能抵御祸乱啊!")。关于《猗嗟》一诗的分析,详见《诗论》第21号简的讨论。更多

---

① 钱大昕《十驾斋养新录》卷五云:"古读'反'如'变',《诗》'四矢反兮',《韩诗》作'变'。《说文》:'汳水即汴水。'"马瑞辰《毛诗传笺通释》卷九谓:"'反'古音如变。故韩诗借作'四矢变兮',反通作变,犹卞通作反也。"可以说卞、弁、反诸字古音相同可通。简文的弁,诸家一致读"反",可以经文吻合,应当是正确的。

的分析烦请参阅本书"专题研究"部分的"孔子何以赞美《齐风·猗嗟》——从上博简《诗论》看春秋前期齐鲁关系的一桩公案"。

(三)《尸(鸤)鸠》曰:"其义(仪)一氏(只),心女(如)结也。"吾信之。

本简简文"《尸(鸤)鸠》曰:'其义(仪)一氏(只),心女(如)结也。'吾信之。"是对于第 21 号简简文"《尸鸤(鸠)》吾信之"的进一步说明。

此诗见于今本《诗经·曹风》,此处所引诗句在今本《诗经》中作"其仪一兮,心如结兮"(意即"他的仪容一贯守礼,所以他的心才能够坚如磐石啊")。简文的"氏",专家谓当读若"只","《说文》'扺,读若抵掌之抵',是其佐证。'只'与'兮'均为语尾叹词"①。马王堆汉墓帛书《五行》经之部分引有《曹风·鸤鸠》"鸤鸠在桑"和"其子七兮"之句,传之部分释其义谓"直之",谓其有矫枉之意,认为此篇诗赞美君子行义,慎独其身。帛书的解释与本简之义相吻合。详细分析请参阅本书下编"专题研究"部分的"孔子与《鸤鸠》"。

(四)《文王》[曰:"文]王在上,于邵(昭)于天,吾斨(美)之。

上博简《诗论》第 21 号简"孔子曰"之前,有分章的墨节,这表明简文"孔子曰"其后的内容应当是另外的单独一章。这两简的相关内容可以归并如下:

孔子曰:……《文王》,吾斨(美)之。(第 21 号简)
《文王》[曰:"文]王在上,于邵于天",吾斨(美)之。(第 22 号简)

第 22 号简所提到的《诗》的内容与《诗经·大雅·文王》篇吻合,所以定此处简文的诗篇名为《文王》是没有什么疑问的。简文"吾斨(美)之"的"美",原作微字的中间部分,此字或从女或从页②,诸家一致将其读为美,是正确的③。其意蕴不仅有赞美,而且可能有以动用法的"贤"若"善"之义。上博简《缁衣》第 1

---

① 何琳仪:"沪简《诗论》选释",朱渊清、廖名春主编:《上博馆藏战国楚竹书研究》,上海书店出版社 2002 年版,第 255 页。

② 参见上博简《缁衣》第 1、18 等简,见马承源主编:《上海博物馆藏战国楚竹书》(一),上海人民出版社 2001 年版,第 201—210 页。

③ 《周礼》中"美"字作"媺",如《大司徒》"媺宫室",《师氏》"掌以媺诏王",《鄙师》"察其媺恶而诛赏",《旅师》"以地之媺恶为之等",《司几筵》"陈玉以贞来岁之媺恶"等,"媺"字皆读若美,用如善。李学勤先生曾指出此点(见其所著《〈诗论〉说〈宛丘〉等七篇释义》一文,见谢维扬、朱渊清主编:《新出土文献与古代文明研究》,上海大学出版社 2004 年版,第 2 页)。

号简"好美女(如)好兹(缁)衣",今本《礼记·缁衣》篇作"好贤如好缁衣",是可为证。本简"吾美之",可以理解为吾赞美他,也可以理解为吾以他为"美",或者理解为吾以他为"贤"若"善"。简文"之"字,代表《文王》之篇。本简简文所引诗句"文王在上,于邵于天"(意即"文王神灵在天,啊,在天上闪耀着光芒")见于《文王》一诗首章。此句赞美文王受到上天眷顾而得天命,孔子对此十分欣赏,所以有简文此语。

关于简文的详细分析烦请参见本书"专题研究"部分的"从上博简《诗论》第21—22号简看文王'受命'及孔子天道观问题"。

【第二十三简】

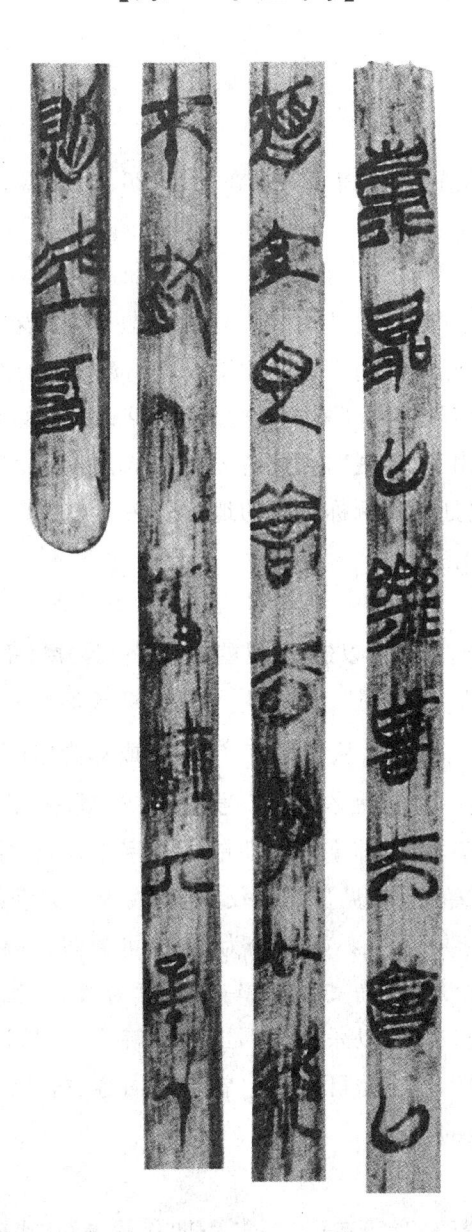

《鹿鸣》以乐,始而会以道交,见善而学,冬(终)虖(乎)不厌人。(一)《象(桑)蘆(柔)》其甬(用)人则(贼),吾取……。(二)

〖简序〗

此简排序问题较多,专家有将其排在第 29、26、25、9、22、27 号等简之后诸说。

〖意译〗

表演《鹿鸣》音乐的时候,开始时音乐的主题是表现君主和臣下以正道相交往,继而表现了君臣向善而学习的意境,《鹿鸣》音乐结尾的乐章依然和谐优美,一点也不让人感到压抑。《桑柔》这篇诗所说周厉王的错误过于严重了,他的过失仅仅在于任用了"人贼",因此并不值得大加挞伐。尽管《桑柔》篇斥王过分,但仍有可取之处。我所称赞它的地方就在于它的直言不讳。

〖考析〗

(一)《鹿鸣》以乐,始而会以道交,见善而学,冬(终)虖(乎)不厌人。

此简"鹿"字,简文作"🐾",从鹿头、从录,马承源先生指出它"以录为声符"。简文"🐾",当释为"始",从司从言,字专家或释为"词"、"司",皆不若释为始较妥。这个字与郭店简《缁衣》第 7 号简的"🐾"颇相似①,愚以为这个字从台、从司省,当即𦥯字,是为辞字之异。战国文字中,"台"字所从的"厶",本作一笔,但也有分为两笔之例,见于何琳仪先生《战国古文字典》所引温县盟书及天星观楚墓竹简此字②。𦥯、始俱以台为声,例可通假。虽然与词声亦有通假的可能,但分析《诗论》此段简文,在文句中若读为"词",实则不词矣。这是因为,"以乐词",无论理解为"以乐为词",或是理解为"以乐词"云云,似皆难通。此字诸家多读为"始",应当是可取的。就本简内容看,读"始"可通,而读"词"不可通,是比较明显的事情。

---

① 此例还见于郭店楚简《老子》甲本第 19 号简"始制有名",丙本第 12 号简"慎终若始",这两例皆当写作词而读为"始"。
② 何琳仪:《战国古文字典》,中华书局 1998 年版,第 56、113 页。

简文"孝"字,原简比较模糊,但它从爻从子,还是可以肯定的。马承源先生将其释为"效",是可以的。简文这个字见于《说文》子部,训"放"①,但它从爻而不从交,与效字尚有较大距离。经审之,这个字与学字相近。《说文》教、学字皆从爻从子,特别是教字所从与简文此字全同,如此说来,释其为"教"当近是。效与教、学,虽然在意义上有相涵之处,古音亦相近,但其本源却很有区别。学字源于爻(交午的物形),而效字则源于交(交胫的人形)。效虽有仿效义,但其意多用如效力、致力于某事,在意义上与教、学字有别。总之,这个字在简文中不当释"效",而应当径释为"教"。学字本作"斅",与教字相近。教、学两字皆以孝为根本,由于其所附加之划不同的缘故,所以两者的意义稍有区别,教的意思,依《说文》所训是"上所施下所效",而学的意思则是"学悟也",是接受"教"之后而觉悟。所以说,"教"与"学"实即一件事情的两个方面,自上而言是教,自下而言则是学。简文虽然可以读为"见善而教",但读为"见善而效"或"见善而学",更妥当一些。"见善而效(学)"实际上是在讲《鹿鸣》之乐两个音乐主题围绕同一旋律的相互交替演奏或堂上、堂下歌唱演员的交替演唱。上博四《采风曲目》保存了古代音乐表演的一些音律与程序,弥足珍贵。其中有"有斅"一词,原释为曲目之名,后来专家以为音乐术语,甚是②。可是谓其为"和声"或者"节拍",虽然大致不差,但尚未能与简文"斅"之意相融。愚以为"斅"与此简的"效(学)"的意义一样,或者就应当读若"效(学)",意指以同一旋律为主线的交替演奏或演唱,犹如一个声部对于另外一个声部的模仿。

简文断句,专家所读虽多异,但其首句,专家尚无在"乐"字后断开者。愚以为当从"乐"字后断,读为:"《鹿鸣》以乐,始而会以道交,见善而学,冬(终)虖(乎)不厌人。"所谓"以乐",意即举乐、用乐、为乐,与《诗·鼓钟》篇的两句诗"以雅以南,以钥不僭"可以互证。简文"《鹿鸣》以乐……",意谓《鹿鸣》作为配乐之诗,它的音乐所表现出的内容即是如何如何,下面的简文都是对于《鹿鸣》一诗音乐的理解。简文"厌"字本义不在于饱,也不在于由此而引申的满足之意,而在于"压"、"合",段玉裁认为它与压是古今字,是正确的。简文"终乎不

---

① 《说文》或本训作"效也",段玉裁依宋刻本及《集韵》正之作"放也"(见《说文解字注》十四篇下),今依段注改定。今按,按照《说文》之意,疑此字当训放,读仿。

② 季旭昇:"《采风曲目》释读"(摘要),武汉大学简帛网2006年12月5日。

厌人"指的是说《鹿鸣》一诗所描写的饮宴直至终结,气氛一直和谐美好,让嘉宾都不因为是在君主那里而感到压抑。简文之意是依先后次序对于《鹿鸣》诗的三章进行评析,这应当是不错的,但愚以为如此解释尚有意犹未尽处。这是因为,除了诗意之外,简文的评析更为看重的是它的音乐。

简文"见善而学"是先秦儒家对于善恶的重要原则。孔子曾谓:"见善如不及,见不善如探汤。吾见其人矣,吾闻其语矣。"[①]从孔子之语可知,当时实有"见善如不及"的君子之人,这种人深为孔子所赞许。《礼记·儒行》篇谓"儒有闻善以相告也,见善以相示也",这是对于他人的善言德行称许有加并传颂赞扬的正确态度,而不是嫉妒排诋的恶劣小人之态。对于他人的善言懿行,从自己的角度看,儒家主张要律己。曾子说:"见善恐不得与焉,见不善恐其及己也,是故君子疑以终身。"[②]他所言的"见善恐不得与焉",与简文所谓"见善而学"是完全一致的。

儒家讲求人际关系之融洽和谐。《易经·泰卦·彖传》谓:"天地交而万物通也,上下交而其志同也。"与此相反,《易经·否卦·彖传》则说"天地不交而万物不通也,上下不交而天下无邦也"。君主与臣下若正常交往,则会出现"天下无邦"的严重后果,即所谓"无邦",意即"上下乖隔,则邦国灭亡"[③]。在周代分封制度下,诸侯国与周王朝的关系,严格说起来,就是靠周天子与诸侯的"以道交"来维系的。诸侯国君主与卿大夫臣下的关系也是靠"以道交"来系连的。

周代社会上的人际关系,主要指周天子、诸侯、卿大夫、臣下等各级贵族之间以及同级贵族之间的交往关系。儒家讲求君子之间的交往须符合正道,这就是"以道交"。《郭店楚简·性自命出》篇谓:"昏(闻)道反上,上交者也。昏(闻)道反下,下交者也。昏(闻)道反己,攸(修)身者也。上交近事君,下交得众近从正(政),攸(修)身近至仁。同方而交,以道者也。"[④]所谓"反上,上交",意即将所闻之道,反之于君上,以道与君上交往。所谓"同方"意指志同道合。《诗论》的"以道交"与《性自命出》的"同方而交,以道者也"意近。

---

① 《论语·季氏》。
② 《大戴礼记·曾子立事》。
③ 孔颖达:《周易正义》卷二。
④ 《性自命出》第55—57简,参见荆门市博物馆编:《郭店楚墓竹简》,文物出版社1998年版,第177页。

儒家讲人际交往还强调要明事理,深察事物的奥妙,能够做到这些的就是"知几",《易·系辞》载孔子语谓:"知几其神乎?君子上交不谄,下交不渎,其知几乎?"所谓"上交不谄,下交不渎",指与比自己地位高的人交往不奴颜谄媚,与比自己地位低的人交往不轻慢亵渎①。

关于《鹿鸣》一诗的诗旨,汉儒的《毛诗序》与本简的评析相近。《诗序》谓"《鹿鸣》,燕群臣嘉宾也,既饮食之,又实币帛筐篚以将其厚意,然后忠臣嘉宾得尽其心矣",显然誉此诗为赞美周王朝之诗,而三家诗则与此相反。清儒王先谦释三家诗之意,谓:"鲁说曰:'仁义陵迟,《鹿鸣》刺焉。'(按,此说出自《史记·十二诸侯年表》序)又曰:'《鹿鸣》者,周大臣之所作也。王道衰,君志倾,留心声色,内顾妃后,设酒食嘉肴,不能厚养贤者,尽礼极欢,形见于色。大臣昭然独见,必知贤士幽隐,小人在位,周道陵迟,自以是始。'(按,此说出自蔡邕《琴操》卷上)"②今得见《诗论》简文知毛诗所释近是,而三家诗则似不确。《诗论》第20号简简文谓"[吾以《鹿鸣》得]币帛之不可迻(去)也,民眚(性)古(固)然,其隐志必又(有)以俞(喻)也。其言又(有)所载而句(后)内(纳)。或前之而后交,人不可觥也。"此是对于《鹿鸣》诗旨的评析,而本简简文"《鹿鸣》以乐",则是对于其音乐的评析,两者判然有别。

此简对于考察《诗》的成书和流传颇有启发意义。西周时期史官采诗,乐官配乐,供王朝贵族欣赏。那个时代诗、乐合一,所谓"三百五篇孔子皆弦歌之"③是也。司马迁将此事归于孔子,可能是不大可靠的,若改为"三百五篇乐官皆弦歌之",可能更近于是。王国维曾经分析上古诗乐流传情况,指出:

> 诗、乐二家,春秋之季,已自分途,诗家习其义,出于古师儒。孔子所云言诗、诵诗、学诗者,皆就其义言之,其流为齐、鲁、韩、毛四家。乐家传其声,出于古太师氏,子贡所问于师乙者,专以其声言之,其流为制氏诸

---

① 关于"上交不谄,下交不渎",《易系辞》韩康伯注谓"形而上者况之道。形而下者况之器。于道不冥而有求焉,未离乎谄也。于器不绝而有交焉,未免乎渎也",孔颖达疏亦谓"上谓道也,下谓器也。若圣人知几穷理,冥于道,绝于器,故能上交不谄,下交不渎。若于道不冥而有求焉,未能离于谄也;于器不绝而有交焉,未能免于渎也"。按,以形上、形下释"上交"、"下交"之上、下,未若以社会地位为释更近经意。
② 王先谦:《诗三家义集疏》卷十四,中华书局1987年版,第551页。
③ 《史记·孔子世家》。

家。诗家之诗,士大夫习之,故诗三百篇至秦汉具存。乐家之诗,惟伶人世守之,故子贡时尚有风、雅、颂、商、齐诸声。①

王国维所言"诗、乐二家,春秋之季,已自分途"②,是可信的。然而,诗家言诗虽然以习义为主,可是对于诗乐也还是有所关注的,《礼记·乐记》载有子贡问乐于师乙的一段话③,此段话末尾有"子贡问乐"四字,与整段文意疏离,疑为篇名。此段文字当即儒家流传的《子贡问乐》篇。另外,《史记·孔子世家》所言孔子为诗三百篇配乐"皆弦歌之",之事,虽然未必完全准确,但若谓孔子不仅精研诗义,而且于诗乐也很有了解,则还是近于实际的。此简文字谓"《鹿鸣》以乐",并且讲《鹿鸣》诗乐的特色,实为非常难得的材料。

关于《鹿鸣》诗的研究,烦请参阅第 20 号简的相关疏证。关于这段简文的详细考析,烦请参阅本书"专题研究"部分"从上博简《诗论》第 23 号简看《鹿鸣》古乐的相关问题"。

(二)《象(桑)莀(柔)》其甬(用)人则(贼),吾取……。

简文中作为篇名的两个字第一个字原作"⿻"形,从马承源先生开始,专家多释其为"兔",独何琳仪先生,释其为"象"④。对比两类说法,以何琳仪先生说为妥,可试补充说明如下:

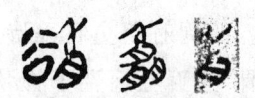

---

① 王国维:《汉以后所传周乐考》,《观堂集林》卷二,中华书局 1959 年版,第 121 页。
② 按,关于此一问题,顾颉刚先生曾说:"从西周到春秋中叶,诗与乐是合一的,乐与礼是合一的。"(《诗经的厄运与幸运》,钱小柏编:《顾颉刚民俗学论集》,上海文艺出版社 1998 年版,第 251 页),其说与王说基本上是一致的,只不过将王说"春秋之季"具体定为"春秋中叶",可以说是对于王说的一个发展。
③ 今将子贡问乐一段话具引如下,以便参考:"子赣见师乙而问焉,曰:'赐闻声歌,各有宜也。如赐者宜何歌也?'师乙曰:'乙,贱工也,何足以问所宜。请诵其所闻,而吾子自执焉。爱者,宜歌商。温良而能断者宜歌齐。夫歌者,直己而陈德也,动己而天地应焉,四时和焉,星辰理焉,万物育焉。故商者,五帝之遗声也。宽而静,柔而正者,宜歌颂。广大而静,疏达而信者,宜歌大雅。恭俭而好礼者,宜歌小雅。正直而静,廉而谦者,宜歌风。肆直而慈爱,商之遗声也。商人识之,故谓之"商"。齐者,三代之遗声也。齐人识之,故谓之"齐"。明乎商之音者,临事而屡断。明乎齐之音者,见利而让。临事而屡断,勇也。见利而让,义也。有勇有义,非歌孰能保此。故歌者上如抗,下如队,曲如折,止如槁木,倨中矩,句中钩,累累乎端如贯珠。故歌之为言也,长言之也。说之故言之,言之不足,故长言;长言不足,故嗟叹;嗟叹之不足,故不知手之舞之、足之蹈之也。'子贡问乐。"
④ 何琳仪:"沪简《诗论》选释",朱渊清、廖名春主编:《上博馆藏战国楚竹书研究》,上海古籍出版社 2002 年版,第 253 页。

今试检查相关简文之字进行比较。上左图是《诗论》第 4 号简的从谷从兔之字,上中图是《诗论》第 8 号简的上兔下朋之字。上右图是《诗论》第 25 号简的兔字。25 号简的兔字及第 4、8 号两简所从的"兔",虽然已是简化形态,但却都突出了兔的两只上跷与微耷的大耳之形。这个形状与 23 号简的这个字并不相类。我们再来看郭店楚简中的两例"象"字:

这两例均见于郭店楚简《老子》,前者见于乙本第 12 行,后者见于丙本第 4 行。两者(特别是前面一字的运笔气势)皆与《诗论》第 23 号简者接近。我们再看战国文字中作偏旁的简文象字①:

以上五例前三例皆为豫字,见于《包山楚简》第 2.7 简、第 2.24 简和第 2.72 简。《诗论》第 23 号简的这个字从运笔气势看,更类于象字。特别是作为最上部的十分有力的一撇于漫漶中隐然可见。应当肯定,《诗论》简的那个字距离兔字较远,而与"象"字接近。战国文字中兔与象两字的最大区别在于前者突出了兔的两只大耳,而后者则用向左微下的一撇表示象鼻。战国文字中"为"字较多,其所从的"象"旁,虽然大部分已经省略,但表示象鼻的一撇却还是保留。检视《诗论》23 号简的这个字,隐然可以看出这一撇的笔势②。总之,何琳仪先生将其释为"象"是比较可靠的。

作为此篇篇名的第二个字释为上草下虘之形,当释为"蘆"。除了加草头与否之外,专家的意见是一致的③。至此我们可以确定,《诗论》第 23 号简作

---

① 简文引自滕任生《楚系文字编》,湖北教育出版社 1995 年版,第 750 页。还有原作为从某从象的两例(𤣥、𤣨),亦见于《包山楚简》。原释为从革从双象之家,细审之,所从之"象"与豫字所从的象不类,专家或已释为从革从兕之字,故而所从之字不当作为"象"字对待。关于这两例的专家之释见刘信芳先生著《包山楚简解诂》(台北艺文印书馆 2003 年版)第 302 页,所释较为可靠。

② 关于古文字中兔、象两字的区别,李学勤先生指出,这两个字"从甲骨文起,是象形字,有躯体足尾可辨。在楚文字中两字除首部外,下作'肉'形,以致难于释读"("释《诗论》简'兔'及从'兔'之字",《北方论丛》2003 年第 1 期)。李先生所说甚是,我们可以进而说明,兔与象的区别,在楚文字中的突出之点是表示兔耳与象鼻的笔画之别。

③ 关于这个字,或有专家释为"虚"字,细审之,疑非是。

为诗篇名称的两个字应当就是"象虘"。象与桑古音同在阳部,何琳仪先生于简文此处读其为桑,是可取的。而这个虘字,其音从"且",古音在幽部。幽、侯两部音近,字每相通假,"且"与"需"字的古音接近,可以说柔、需两字音义皆通。《老子》第三十六章"柔胜刚,弱胜强",朱谦之引顾炎武说谓:"柔,古读如蠕。《说文》桵、鍒皆训耎,魏太武改柔然为蠕蠕,则柔音如蠕,可知也。"①总之,简文的这个篇名,愚以为当读若《桑柔》。

这段简文中的"则"字。它在简文里疑读若"贼"。则、贼两字,因其音同而相通假,这在战国简文及古文献中皆有例证。上博楚竹书第三册《彭祖》第7号简"贼者自贼也",郭店楚简《老子》甲本"绝巧弃利,盗贼亡又(有)","法勿(物)慈章(彰),盗贼多又(有)",《语丛》二第27号简"贼生于惎"。此数处贼字皆作从则从心之形,是战国文字中则、贼相通的直接证据。

明白了这几字的音读,我们可以将这段简文标点如下:"《象(桑)虘(柔)》其甬(用)人则(贼),吾取……。"简文在"吾取"之后所缺失的部分,似可以拟补"其直也"三字。

《桑柔》一诗见于《诗·大雅》。是一首共十六章的长诗,全诗内容如下:"菀彼桑柔,其下侯旬。捋采其刘,瘼此下民。不殄心忧,仓兄填兮。倬彼昊天,宁不我矜。/ 四牡骙骙,旟旐有翩。乱生不夷,靡国不泯。民靡有黎,具祸以烬。于乎有哀,国步斯频。/ 国步灭资,天不我将。靡所止疑,云徂何往。君子实维,秉心无竞。谁生厉阶,至今为梗。/ 忧心殷殷,念我土宇。我生不辰,逢天僤怒。自西徂东,靡所定处。多我觏痻,孔棘我圉。/ 为谋为毖,乱况斯削。告尔忧恤,诲尔序爵。谁能执热,逝不以濯②。其何能淑,载胥及溺。/ 如彼溯风,亦孔之僾。民有肃心,荓云不逮。好是稼穑,力民代食。稼穑维宝,代食维好③。/ 天降丧乱,灭我立王。降此蟊贼,稼穑卒痒。哀恫

---

① 朱谦之:《老子校释》,中华书局1984年版,第146页。
② "逝不以濯"之意,传、笺、疏皆释为执热物先以水濯手,清儒于鬯说"濯"是"盛热之器",通杓。"执热者正谓以热盛于榴而执其柄也"(《香草校书》卷十七,中华书局1984年版,第351页)。按,于说较迂曲,不若传笺之释为优。孙作云先生释"谁能执热,逝不以濯",谓"言谁能拿东西,而不先用水醮一醮手"(《孙作云文集·诗经研究》,河南大学出版社2003年版,第229页),言简意明,比较贴切。
③ 这几句诗费解,今暂从郑笺说。《释文》云"家穑二字皆无禾者,下'稼穑卒痒'始从禾。"阮元校语引段玉裁说谓"改'稼穑'者非也"(《十三经注疏·毛诗正义》,北京大学出版社1999年版,第1182页)。按,笺释"家(稼)啬(穑)"为"居家吝啬,于聚敛作力之人",于诗意亦不畅。

中国,具赘卒荒。靡有旅力,以念穹苍。/ 维此惠君,民人所瞻。秉心宣犹,考慎其相。维彼不顺,自独俾臧。自有肺肠,俾民卒狂。/ 瞻彼中林,甡甡其鹿。朋友已谮,不胥以谷。人亦有言,进退维谷。/ 维此圣人,瞻言百里。维彼愚人,覆狂以喜。匪言不能,胡斯畏忌。/ 维此良人,弗求弗迪。维彼忍心,是顾是复。民之贪乱,宁为荼毒。/ 大风有隧,有空大谷。维此良人,作为式谷。维彼不顺,征以中垢。/ 大风有隧,贪人败类。听言则对,诵言如醉。匪用其良,覆俾我悖。/ 嗟尔朋友,予岂不知而作。如彼飞虫,时亦弋获。既之阴女,反予来赫。/ 民之罔极,职凉善背。为民不利,如云不克。民之回遹,职竞用力。/ 民之未戾,职盗为寇。凉曰不可,覆背善詈。虽曰匪予,既作尔歌。"这首诗的大意是:"菀然茂盛而柔软的桑树,下面满是阴凉,如今却把桑叶捋掉采净使得阴凉全无。害得下民无从得到庇护,下民的心止不住地忧愁。凄凉纷乱这么久长啊,光明的苍天,难道一点也不怜悯我吗!/ 驾车的四匹牡马骙骙地奔跑,车上的旗旐翻飞飘摇。祸乱发生不得平息,没有一个邦国不混乱。见不到黎民百姓,都因祸乱而死绝。唉,多么悲哀,国运如此濒危!/ 国运无从安定,天再也不来扶助我们。没有安定的处所,我能往去往哪里?唯有君子才可扪心自问,自己是否没有为私利而争竞。是谁引起祸端?一直祸害至今。/ 慇慇地忧愁,顾念我的家乡。我生不逢时,正碰到上天震怒。祸乱遍布从西到东,没有安定之处。我见到许多灾难,再加上我们的边疆告急。/ 如果能谋划谨慎得当,祸乱的情况就会减少。告诉你要忧恤国事,告诉你要授贤才以相当的爵位。谁能去拿热物,而不先将手蘸蘸凉水。国事何能改善,恐怕大家都要陷溺。/ 如同迎着大风,噎得不能喘气。民众有心进取,却使他们不能实行。喜欢居家吝啬之人,这些人只知道用力聚敛侵蚀民众。视居家吝啬者为宝,代己侵蚀民众者为好人。/ 天降下丧乱,灭掉我们的为天所立之王。降下这些蟊贼,让庄稼遭祸殃。悲伤痛心国中之人,都受到牵连而饥荒。人们再也没有力量,通过奋斗去感动上苍。/ 这位恩惠于民的君主,正为民众所瞻仰盼望。他存心光明磊落,能够慎选辅佐。再看那位悖理的君主,他独自享受,刚愎自用,使民众尽皆狂乱。/ 看那树林中,有那甡甡而立的鹿,尚且相亲。可是我们的朋友却相互欺骗,不能互相友善。人们常说,真是进退两难。/ 只有这位圣人,高瞻远瞩,可是那位愚蠢的人,却狂妄自喜。不是不能说话,只是顾忌害怕。/ 只有这位好人,没有奢求也不攫取权位。只有那位残忍的家伙,瞻前顾后反复无常,使民众贪冒作乱,宁可去破坏。/ 大风隧隧地刮,就像在空谷中疾行。只有这位好人,所作所为皆是善道。那位不顺善道的人,却只会在宫中行污浊之事。/ 大风隧隧地刮,如同贪财之人和败类之徒在肆无忌惮地行恶。听从的话就应对,劝谏的话就装醉不听。不采用良言,促使民众反叛作乱。/ 哎呀,你们这些朋友,我岂是不知道你所作之事。就像飞鸟一样,总有被擒获之时。我已经洞悉了你的底细,你反过来却将我威嚇。/ 作乱的民众没有准则,主张刻薄惯于背叛。你作尽了于民不利的事,就好像唯恐不能克制民众一样。民众的邪僻,是由于你用暴力的结果。/ 民众未向善的时候,就想成为盗贼去抢劫。诚恳地劝告你不要这样做,你却反过来在背后骂我。虽然诽谤我,我也要为你写下这首诗歌。"

  这首诗为芮良夫所作,写于共和行政的中、后期,当时共伯和尚未归政于周宣王,所以诗中还称他为"惠君"、"圣人"。在《桑柔》诗中,芮良夫将批评的矛头直指周厉王,并不加以掩饰和开脱。孔子对于这种激烈的批评态度并不赞成,而只是指出"《桑柔》其用人贼",周厉王的问题只是用人不当而已。所谓"人贼",应当就是执行"专利"政策,后来又被提升为卿士的"荣夷公"一类的小人。芮良夫对于共和行政的态度,从《桑柔》诗中,可以看出这样几点,一是,他赞扬共伯和,批评周厉王。但还是承认周厉王为"王",诗中所说的"立王",即天命所立之王,如果说有"正统"观念的话,则周厉王仍然是唯一合法的"王",尽管诗中说周厉王是"不顺"(不合情理之人)、"愚人"、"忍心"(有残忍之心的人),但还是肯定他是"立王",而芮良夫所赞赏的"惠君"、"圣人"、"良人"则没有被赋予"王"的称号。共和行政的时候,共伯和不仅执政,而且称王[①]。《桑柔》诗中不许之以"王"称,可见此点不被芮良夫认可。二是,芮良夫不赞成民众的造反,不赞成社会局面的动荡混乱。尽管他将这些都归之于周厉王的举措不当,以至于官逼民反,但还是认为这种局面不好。三是,芮良夫痛斥的矛头所指是朝廷中的只知图谋私利、散布流言蜚语的权贵,所以敦促他们"秉心无竞",造就"厉阶"的就是这些人。

  孔门师徒多畅言历史,但集中于上古圣王,如尧、舜、禹和周代的文、武、

[①] 关于共和行政,愚曾有专文讨论,烦请参阅拙作"伯和父诸器与'共和行政'",《古文字研究》第21辑,中华书局2001年版、"试论共和行政及其相关问题",《中国史研究》1992年第1期。

成、宣诸王,而罕言桀、纣、厉、幽等王。共和行政,似乎也是他们避而不谈的一个区域。但孔子并不避讳言此,而只是罕言罢了。孔门师徒言诗,也论及《桑柔》。这就为我们了解孔门师徒对于共和行政的看法提供了难得的材料。总体上说,孔子与芮良夫的意见是一致的,只是较多地为厉王回护而已。

关于这段简文相关内容的详细分析,烦请参阅本书"专题研究"部分的"试论上博简《诗论》第23号简对《诗·桑柔》的评论——附论'共和行政'的若干问题"。

【第二十四简】

……以絟(蒙)簌(棘)之古(故)也。(一)后稷之见贵也,则以文武之德也。(二)吾以《甘棠》得宗庙之敬。(三)民眚(性)古(固)然。甚贵其人,必敬其立(位)。敓(悦)其人,必好其所为,亚(恶)其人者亦然。(四)

〖简序〗

学者多将此简系连于第 16 号简之后。亦有学者将其系连于第 15 号简或 13 号简之后,对比而言,连于第 16 号简之后者为优。今从之。

〖意译〗

[葛之所以被歌颂,]是因为它"蒙棘"的缘故。后稷之所以被后人尊崇,就是因为周文王、武王有德的缘故呀。我从《甘棠》这首诗里面知道了宗庙之被尊敬的情况,尊祖敬宗,民众本性固然如此。[依照民性,]如果特别尊崇那个人,必然会敬重那个人曾经在过的位置。如果喜欢一个人,那就必定喜好他的作为。反过来说,厌恶一个人也是这样的。

〖考析〗

(一)以絟(蒙)簌(棘)之古(故)也。

诸家认为此简当系连于第 16 号简之后,第 16 号简末尾的简文"夫葛之见诃(歌)也,则"当连于此简开端简文。这个说法是正确的。

本简简文第二个字缺失左半,第三个字也比较模糊难辨。而这两个字对于考释简文之意颇为重要,现将这两个字据上博简《诗论》图版复制如下[1],并将专家的摹写也附之如下[2]:

关于这两个字的释读有释为"绨绤"、"荏菽"等不同的说法。愚以为当楷写

---

[1] 参见马承源主编:《上海博物馆藏战国楚竹书》(一),上海古籍出版社 2001 年版,第 36 页。
[2] 参见刘信芳:《孔子诗论述学》,安徽大学出版社 2003 年版,第 232 页。

作"筳簎",读若"蒙棘"①。"蒙棘"意指葛条蔓延覆盖于荆棘之上,比喻治民者关心广大民众疾苦。本简和第 16 号简系连之后,是一句完整的解释性句式,即:

夫葛之见诃(歌)也,则以筳(蒙)簎(棘)之古(故)也。

简文意思是说,"葛"之所以被歌颂,就是因为它能蒙棘的缘故。《诗》中有哪些诗提到"葛"呢? 以"葛"见于篇名的诗有《葛覃》、《葛藟》、《采葛》、《葛屦》、《葛生》等五篇,除此五篇之外,在诗句中提到"葛"的还有《樛木》、《旄丘》、《南山》、《大东》、《旱麓》等五篇。诗中提到"葛"予以赞颂,并且与"蒙棘"相关的诗,首推《葛生》,此篇见《唐风》。内容如下:"葛生蒙楚,蔹蔓于野。予美亡此,谁与? 独处。/葛生蒙棘,蔹蔓于域,予美亡此,谁与? 独息。/角枕粲兮,锦衾烂兮。予美亡此,谁与? 独旦。/夏之日,冬之夜,百岁之后,归于其居。/冬之夜,夏之日,百岁之后,归于其室。"这首诗的意思是:"葛藤爬满荆树,蔹草蔓延野外。我的爱人流亡在外啊,谁来相伴? 独自居住。葛藤爬满酸枣树,蔹草蔓延庭院。我的爱人流亡在外啊,谁来相伴? 独自歇息。角枕粲粲啊,锦衾烂烂啊。我的爱人流亡在外啊,谁来相伴? 独自待曙。难熬的漫漫夏日、长长冬夜。但愿百年之后,归于你的长眠之处。难熬的漫漫冬夜、长长夏日。但愿百年之后,归于你的长眠之处。"

这首诗不仅以"葛"起兴,而且诗中有"蒙棘"(诗中的"蒙楚"之语与之相近)之语,应当就是简文所谓以"蒙棘"之故。"蒙"有覆盖、敦厚之意,引申谓相容并蓄。"蒙棘"即葛条蔓延覆盖于荆棘之上,诗中以此比喻治民者关心广大民众疾苦。犹《易·蒙·彖传》所谓"蒙以养正,圣功也(兼容各种情况,修养贞正之德,类于圣人之功)"。《葛生》篇的"葛生蒙楚,蔹蔓于野","葛生蒙棘,蔹蔓于域",皆此之意。《葛生》篇的主旨,如明清之际大儒王夫之所说,赞扬晋君能够关爱民众,使民众"乐有其身"、"乐有其家"、"乐用其情",进而成就晋国霸业,"晋之为政于天下也,得之于《葛生》"②。本简简文表明,孔门师徒正是从

---

① 简文"筳"字应当从壬得音,而从壬之字,古音多在耕部,而耕部每多与东部字通假,愚以为这个字以古音求之,盖读若东部字的"蒙"。后一个字所从的朿,本为刺的本字。其字形在战国文字中变化颇多,这里所从者,类于《六年安阳令矛》和《二年郑令矛》的朿字,后一个字当从朿得音而当读若"棘"。

② 王夫之:《诗广传》卷二,《船山全书》第三册,岳麓书社 1992 年版,第 367—368 页。

仁学理论出发,强调统治者应当关爱民众,所以才如此揭示葛之所以被歌颂的真正原因。

关于这段简文的考析烦请参见本书下编"专题研究"部分的"孔子何以颂'葛'——试析上博简《诗论》第 16 号简的一个问题"。

(二)后稷之见贵也,则以文武之德也。

此段简文之意有两种解释,一是说,后稷之被人们所尊贵,是因为他本身具有文德与武德,"谓后稷能文能武,文武双全"[①],马承源先生简文此处是在论《大雅·生民》篇,刘毓庆先生认为论的"是《周颂·思文》"[②]。比较而言,马承源先生说近是。《生民》序谓:"尊祖也。后稷生于姜嫄。文武之功,起于后稷。故推以配天焉。"这是战国秦汉时儒者的一种意见。而《思文》篇,无论诗或是序,皆没有提及文武或文武之德。另一说是谓后稷之所以被人尊重,是因为他的后人周文王、周武王之功德,"也是歌颂周文王、周武王不忘本……致使始祖显贵"[③]。后稷教民稼穑,其功虽大,但未见其文治武功之事,所以两说相较以后说为优[④]。

(三)吾以《甘棠》得宗庙之敬。

《甘棠》一诗见于《诗经·召南》。上博简《诗论》多次论及此诗,分别见于第 10、13、15、16、24 等简。简文"得"为得知、得见之意。《孔子家语·好生》篇载孔子语谓"吾于《甘棠》,见宗庙之敬甚矣,思其人必爱其树,尊其人必敬其位",与此简内容十分接近。为什么可以从《甘棠》一诗中体悟到"宗庙之敬"的道理呢?《孔子家语·庙制》所载孔子与子羔的谈话,可以解决这一问题。是篇载:

子羔问曰:"祭典云:'昔有虞氏祖颛顼而宗尧,夏后氏亦祖颛顼而宗

---

① 胡平生:"读上博藏战国楚竹书《诗论》札记",朱渊清、廖名春主编:《上博馆藏战国楚竹书研究》,上海古籍出版社 2002 年版,第 279 页。
② 刘毓庆:"楚竹简《孔子诗论》与孔门后学的诗学倾向",《北京师范大学学报》2004 年第 4 期。
③ 廖名春:"上海博物馆藏诗论简校释札记",朱渊清、廖名春主编:《上博馆藏战国楚竹书研究》,上海古籍出版社 2002 年版,第 264 页。
④ 战国秦汉间的学者不仅认为后稷声名得"文武之德"而彰显,而且认为周的后世子孙亦得"文武之德"的庇佑而得益,如《韩诗外传》卷五谓:"天有四时:春夏秋冬。风雨霜露,无非教也。清明在躬,气志如神,嗜欲将至,有开必先。天降时雨,山川出云。诗曰:'崧高维岳,骏极于天。维岳降神,生甫及申。维申及甫,维周之翰。四国于蕃,四方于宣。'此文武之德也。"就是明证。

禹，殷人祖契而宗汤，周人祖文王而宗武王。'此四祖四宗，或乃异代，或其考祖之有功德，其庙可也。若有虞宗尧，夏祖颛顼，皆异代之有功德者也，亦可以存其庙乎？"孔子曰："善，如汝所闻也。如殷周之祖宗，其庙可以不毁，其他祖宗者，功德不殊，虽在殊代，亦可以无疑矣。诗云：'蔽芾甘棠，勿翦勿伐，邵伯所憩。'周人之于邵公也，爱其人犹敬其所舍之树，况祖宗其功德而可以不尊奉其庙焉。"

原来，在孔子的观念里尊祖敬宗的原因，不仅在于血缘关系，而且也在于先祖的"功德"。《甘棠》一诗体现的正是对于召公"功德"的敬重之情。值得注意的是自"异代之有功德者也，亦可以存其庙乎？"这一问题出自子羔，孔子回答此一问题引《甘棠》之诗为据，这些都与上博简《诗论》与《子羔》同卷异篇的现象似有某种关系。并且由此也可以推测《孔子家语·庙制》之篇的这一记载应当是渊原有自的一种说法。

（四）民眚（性）古（固）然。甚贵其人，必敬其立（位）。敚（悦）其人，必好其所为，亚（恶）其人者亦然。

简文"民性固然"，意即民性本来如此。《诗论》简多次提到"民眚（性）"的问题，皆谓"民眚古（固）然"。所言"民性"，是战国后期社会观念中的一个重要命题。大体说来，道家以素朴为民性，儒家则以礼敬为民性。"民眚固然"，是谓民性本来如此。但是民性需要加以引导，所以《礼记·王制》主张"修六礼以节民性"，《荀子·大略》主张"理民性"。本简所强调的是"民眚（性）"本来就是尊祖敬宗的，是从礼敬方面对于民性的理解。

"敚"字在竹简文字中可读为悦，亦可读为夺，在这条简文里面读为悦。简文"其立（位）"的"位"之所指应当辨析。"位"，之本意指位置。先秦时期，单独说"位"的时候，主要有三种不同的指代，一是指人的行止所处；二指人们社会中的位置，如爵位、朝廷之位、君位、官位、禄位等，如《国语·晋语》言郤氏家族强盛，有"三卿而五大夫"，但是却"高位实疾颠"，高位即指郤氏在朝廷中的地位；三指宗庙中神主的位置，《国语·楚语》谓"制神之处位次主"，即指排列神主的位次。简文"甚贵其人，必敬其立（位）"，其意思是对于很敬重的人，因为特别敬重他，所以必然会敬重他所在过的位置。从《诗论》简多次提到《甘棠》一诗的情况，这里所说的特别敬重的人，应当就是《甘棠》诗所称颂的召公。敬重召公之"位"当即他曾经在其下休息过的甘棠树下的位置。若谓这个"位",似指甘棠树下之位,但本简简文在本句之上谓"吾以《甘棠》得宗庙之敬",似与本句有意义上的联系,若此,本句简文的"敬其立(位)"当指宗庙里召公的神主之位。愚以为简文之"立(位)",非必只有一种含意,非必只能二者取一,也可能有两种意义俱存的情况存在。简文的"立(位)",即指召公生时曾经休息过的甘棠树下之位,亦指其逝世后,在宗庙里的召公的神主之位。这样来理解,似较圆融。

【第二十五简】

《肠(荡)肠(荡)》,少(小)人。(一)《又(有)兔》,不奉时。(二)《大田》之卒章,智(知)言而又(有)礼。(三)《少(小)明》,不(负)。(四)

〖简序〗

诸家排序多有不同,或有专家将其列为上博简《诗论》的第16、18、21、26号等简位置。此简上端残,至少缺8个字以上。专家或推测,连接本简上端简文"肠肠"之上的,可能是"君子"二字。此说与简文整体内容不大符合,当存疑待考。

〖意译〗

《荡荡》为小人之诗。《有兔》这首诗批评了不遵奉时命的人。《大田》这首诗的最末一章表现了语言得体的守礼风貌。《小明》一诗表现了不辜负国家和友人希望的精神。

〖考析〗

(一)《肠(荡)肠(荡)》,少(小)人。

简文"肠肠"作为篇名,马承源先生释为《荡荡》,指《大雅·荡》篇,其他诸家多以为指《王风》的《君子阳阳》篇。从音读上看,两说皆通。阳、肠、荡三字都从昜得声,古音属阳部字。所以从音读上看,两说难分轩轾。因此,说明简文篇名所指还得从诗作内容入手。简文"少人",诸家皆读若"小人",是可取的。孔子评诗,贯穿着其人格理想,所以每从伦理道德的角度论诗。《诗论》第27号简和第12号简曾分别以"君子"之语评《中(仲)氏》与《梂(樛)木》两诗,是为其证。简文"少"必读若小,少字从小得音,与小古音皆属宵部,段玉裁说"古少小互训通用"①。先秦秦汉时期的文献中,将"少人"作为动宾词组者有之,但却从来没有将其作为一个名词词组者。而"小人"之词则俯拾皆是。古文献和古文字资料中的"少"字亦每每读若"小"②。因此,诸家将简文"少人"

---

① 段玉裁:《说文解字注》二篇下,上海古籍出版社1988年版,第48页。
② 《礼记·少仪》,《释文》引郑玄说"以其记相见及荐羞之小威仪",所以《释文》谓"少犹小也"。

读若"小人",完全可信。若以"小人"来评析《君子阳阳》一诗,这是讲不出多少道理的。《君子阳阳》一诗见于《王风》,是一首只有两章的短诗。内容如下:"君子阳阳,左执簧,右招我由房。其乐只且。/君子陶陶,左执翿,右招我由敖。其乐只且。"这首诗的意思是:洋洋得意的君子舞动起来,左手挥动着簧,右手招呼我演奏那首称为"由房"的乐曲。真是其乐融融呀!乐陶陶的君子,左手拿着五彩的翿,右手招呼我演奏那首称为"由敖"的乐曲。真是其乐融融呀!

孔子每从道德的角度着眼分析人的品格,将伦理道德作为区别"君子"与"小人"的标准。《君子阳阳》一诗所描写的主人公只是一位执翿而舞的乐工,自来认为此篇之作,意在"全身远害"。陈子展先生说此篇为"乐官遭乱,相招以卑官为隐,全身远害之作"①,其说甚是。诗中写这些乐工,执簧、执翿而舞,其乐融融,洋洋自得之貌状,其实并非乐以蹈忧的没有思想者,而只是其乐工的身份使然。如果此篇意在全身远害,那么乐工的"其乐只且",在欢乐的背后就不免隐藏着许多悲凉。此诗中没有写这些乐工的道德质量,没有写他们更多的精神风貌,有的只是苦中作乐的无奈。这些乐工,即非达官权贵,也不是富甲一方的财主,他们只是供贵族消遣娱乐的奴仆。孔子如果评析此诗,当不会仅他们的"阳阳"自得之风貌而斥之为小人的。

马承源先生以《荡》篇为释,愚以为是正确的。马先生对于《荡》诗进行的剖析,也是准确的。他指出,"《荡》共八章,自第二章开始,都是文王抨击殷商的咨责之辞,一个王朝不能称其为'小人'。……其下七章与第一章在内容方面没有任何联系。第一章是指上帝与烝民,后七章是'咨女殷商',当是另一篇内容,可能简序乱列与第一章缀合为一篇"②。他将《荡》诗一分为二,指出错简问题,确属卓见。现在可以对马先生的说法进行一些补充。其一,今所见的《诗经·荡》篇的后七章,从各章句式皆以"文王曰咨,咨女殷商"为首句的情况看,后七章不应以"荡"为篇名(或者当以《咨》为名)。而第一章首句即谓"荡荡上帝",正可见其篇名为《荡》。《诗》的风、雅部分无一章成诗者,《荡》诗可能还有它章,或隐于它诗,未被发现,或已散佚而至今未见。其二,今所存《荡》诗的一章,内容如下"荡荡上帝,下民之辟。疾威上帝,其命多辟。天生烝民,其命

---

① 陈子展:《诗三百篇解题》,复旦大学出版社 2001 年版,第 239 页。
② 马承源主编:《上海博物馆藏战国楚竹书》(一),上海古籍出版社 2001 年版,释文第 155 页。

匪谌。靡不有初,鲜克有终",它的意思是说,天帝骄纵放荡,作为下民之主,他却邪僻暴虐。天生百姓本来是需要善待的,但却政令无常,只是开始讲得不错,却总是结果不良。《荡》诗此章主旨是通过斥天而刺周王。其言辞之激烈于《诗经》中并不多见。从敬天尊王的基本观念出发,孔子是绝不会赞同这种态度的①。他将《荡》诗的作者斥之为"小人",理所当然。

(二)《又(有)兔》不奉时。

今传本《诗经》篇名中没有称为《有兔》者。专家一致肯定,简文的《有兔》即《王风·兔爰》篇,因为此诗诸章首句皆谓"有兔爰爰"。《诗》三百篇中多有以诗句的开首二字为题者,故而简文所说的《有兔》当即《王风·兔爰》篇。是篇内容如下:"有兔爰爰,雉离于罗。我生之初,尚无为,我生之后,逢此百罹。尚寐无吪。／ 有兔爰爰,雉离于罦。我生之初,尚无造,我生之后,逢此百忧。尚寐无觉。／ 有兔爰爰,雉离于罿。我生之初,尚无庸,我生之后,逢此百凶。尚寐无聪。"这首诗的意思是说:"狡兔自由自在,野雉落入网罗。我生之初没有发生变故,我生之后却多灾多祸。还是睡过去吧,什么都不要说。／ 狡兔自由自在,野雉堕入网罗。我生之初没有遇到灾祸,我生之后却多忧多患。还是睡过去吧,不必有什么知觉。／ 狡兔自由自在,野雉闯进圈套。我生之初没有徭役困扰,我生之后却多险多恶。还是睡过去吧,什么都不要听到。"

专家多断定简文"奉"读若逢。《兔爰》篇有"我生之初,尚无为;我生之后,逢此百罹",并谓"逢此百忧","逢此百凶"等,此皆生不逢时之叹,故而简文说它"不奉(逢)时"。

《诗论》第25号简的"奉"字作丰形,可以楷写作"弄"。这个字在简帛文字中又见于郭店楚简《老子》乙本第17号简,简文谓"攸之邦,其德乃弄(奉)"②,传世本和帛书本《老子》此条作"修之于国,其德乃丰"。可证简文"弄"字非读若"丰"不可,而不可能读若逢。西周时期的彝铭中有一个从丰从双手形的字,可以楷写作"弄",它与弄是很接近的。这个字读若"封"③,亦不用如逢。总

---

① 关于上博简《诗论》所反映的孔子的尊王观念,烦请参阅本书下编"专题研究"部分的"从王权观念变化看上博简《诗论》作者及时代问题"。

② 荆门市博物馆编:《郭店楚墓竹简》,文物出版社1998年版,图版第8页,释文第118页。

③ 这个字在《散氏盘》中多有所见,皆读若"封",可谓确证。

之,在先秦时期的甲、金和简帛文字中,这个字从来未见有读若"逢"之例①。我们即使依照近字通的原则将简文里面的这个字勉强读为"逢",但却很能难与诗意相符合。所以简文这个字愚以为还是从原字读为奉为妥。奉字之意指敬奉、奉献。而简文"时"字,则指时命。"奉时"意即遵奉时命。相关的详细讨论,烦请参阅本书下编"专题研究"的"上博简《诗论》与《诗经·兔爰》考论——兼论孔子天命观的一个问题",和"'时命'与'时中':孔子天命观的重要命题"两个部分的相关讨论。

(三)《大田》之卒章,智(知)言而又(有)礼。

简文"卒"字,从爪、从衣,《说文》所无。《说文》所录卒字不从爪,而是"从衣、一",所从的"一"表示衣服上的"题识"②。简文此字与《说文》所录者相近,诸家释为"卒",可信从。

《大田》一诗见于《诗经·小雅》,为著名的周代农事诗之一。简文特别拈出《大田》一诗的"卒章"予以说明,耐人寻味。此章内容是:"曾孙来止,以其妇子,馌彼南亩,田畯至喜。来方禋祀,以其骍黑,与其黍稷。以享以祀,以介景福。"

关于简文"知言",有两位专家的解释是有道理的。廖名春先生认为,"知言"就是明智之言,指有见识的话,并引《左传》襄公十四年所载秦伯谓士鞅"知言"之事为证。刘信芳先生同意廖说,并指出,《荀子·非十二子》篇载"言而当,知也,默而当,亦知也",这说明"言而当",就是知言。"曾孙赛祷,其言有当,是'知言'也"③。按照两位专家的看法,"知言"所指就是知道该说什么,不该说什么。这样,说出来的话就是明智之言。这样来解释简文"知言",应当是正确的。现在的问题是,从《大田》诗的末章内容看,所有内容都是关于过程的叙述,并无言语出现,简文"知言"具体指的是什么呢?亦即,所"知"的是什么"言"呢?如果根本无"言",那又何必谓"知言"呢?分析起来,《大田》末章之言实隐于事中,愚以为并非是曾孙赛祷时言语有当,而是曾孙"馌彼南亩"时的言语。

简文"有礼"并非指卒章所写"来方禋祀,以其骍黑,与其黍稷"的禋祀之

---

① 马王堆汉墓帛书《老子》乙本卷前古佚书《经法·四度》篇有"后不奉央"之句,"奉央"读为"逢殃",然而,这是汉代读奉为逢之例,尚不足以说明先秦时期此字的必当有的读法。
② 段玉裁:《说文解字注》八篇上,上海古籍出版社 1988 年版,第 397 页。
③ 刘信芳:《孔子诗论述学》,安徽大学出版社 2003 年版,第 238 页。

礼，而是指到田间慰劳的曾孙的言行彬彬有礼①。从简文"知言而有礼"的语句看，"有礼"当与"知言"密切相关，"而"字作为连接词用在句中，多用若"乃"，正如王引之所说"乃与而对言之则异，散言之则同"②，"知言而有礼"，语意为承接关系，知言转而为有礼。知言与有礼，并不是并列的两事，而是先后承继的两事。由是而言也可以看出"有礼"的"礼"非谓禘祀之礼，而是指曾孙之来彬彬有礼之礼。

对于此句简文的相关研讨，烦请参阅本书下编"专题研究"的"诗意礼学：谈上博简《诗论》所载孔子对于《诗·大田》的评析"部分。

(四)《少(小)明》，不(负)。

上博简《诗论》第25号简为残简，此简上部的半圆部分隐然可见，证明上部不残，所残部分为下部。简文最末三字为"少明不"。"不"字下残，所以诸家往往只指出简文"少(小)明"，即今本《诗经·小雅·谷风之什》的《小明》篇，而不做具体解释。一般将这里的简文标点为"《小明》不……"，表示以下有缺文，而不再做解释。这固然是慎重的做法，但是细审视原简图片，在"不"字下尚有大约近两个字的范围为空简，所以不大可能有缺文。现将《上海博物馆藏战国楚竹书》(一)第37页所载第25号简图片的相关部分截取(见左图)，以供参考。

这个比较大长度的空简可能表示，相关评论的一个部分的结束。马承源先生解释此处只明确指出《少(小)明》即《小雅·谷风之什》的《小明》篇，并未进一步解释，但他将第26号简系连于此简之后，则会使人想到此间的"不"字下连26号简开头的"忠"字，即《小明》，不忠，但是《小明》诗意与"不忠"之意相距甚远，因此忠字不大可能与25号简的末字相连。愚推测第26号简与第25号简之间可能另有若干支简，可惜已不可见。专家或有在简文"不"字之后补字进行继续说明者，其努力甚为可贵③，但所补内容甚难找到旁证，故而暂不就此进行讨论。

---

① 《大田》诗末章所云"来方禘祀"，指"'曾孙'为禘祀而来，此禘祀乃秋成报赛，古人即祈必报……，报其秋成，因以祈来岁，故曰'介景福'也"(竹添光鸿：《毛诗会笺》，台湾大通书局1920年版，第1455页)。
② 王引之：《经传释词》，岳麓书社1985年版，第140页。
③ 黄怀信先生在"不"字之后"据诗意"补"得归"两字，指出此诗是在写"一个在外服役而不得回家之人所唱的怨歌。所以《诗论》'不'下所阙当为'得归'二字"(《上海博物馆藏战国楚竹书〈诗论〉解义》，社会科学文献出版社2004年版，第110页)。是说颇有启发意义。到底补何字更妥，值得再深入研究。

愚以为简文在这里是一字为释,是用一个"不"字对于《小明》之诗进行评论的。《诗论》中简评某诗用一个字者,此非孤例,第 26 号简评论《柏舟》、《谷风》亦皆各用一个字,是为同类语式。

《小明》篇见于《小雅》,内容如下:"明明上天,照临下土。我征徂西,至于艽野。二月初吉,载离寒暑。心之忧矣,其毒大苦。念彼共人,涕零如雨。岂不怀归,畏此罪罟。／ 昔我往矣,日月方除。曷云其还,岁聿云莫。念我独兮,我事孔庶。心之忧矣,惮我不暇。念彼共人,睠睠怀顾。岂不怀归,畏此谴怒。／ 昔我往矣,日月方奥。曷云其还,政事愈蹙。岁聿云莫,采萧获菽。心之忧矣,自诒伊戚。念彼共人,兴言出宿。岂不怀归,畏此反复。／ 嗟尔君子,无恒安处。靖共尔位,正直是与。神之听之,式谷以女。／ 嗟尔君子,无恒安息。靖共尔位,好是正直。神之听之,介尔景福。"诗的大意是:"光明的天空,阳光普照天下。我向西出征,到这荒远的地方。二月的首个吉日出发,已经经历了寒来暑往。心中忧愁啊,出征的辛劳太苦,念及我那位共事的朋友,不禁伤心落泪如雨。岂是不想回家,只是惧怕触及法网。／ 当初我出发的时候,正是岁月交替的年初。何时才能回家？又到了岁末的时候。事务非常繁多,心里的忧伤啊,终日劳累不得闲暇。念及我那位共事的朋友,回首往事眷眷思念。岂是不想回家,只是惧怕长官的愤怒责骂。／ 当初我从家乡出发,正值春天刚刚暖和的时候。何时才能回家？政事越来越繁忙。又到年终岁尾,采集艾蒿收获菽豆。心中的忧伤啊,乃是自寻烦恼。念及我那位共事的朋友,难以入睡而彷徨行走。岂是不想回家,只是惧怕长官反复无常加罪于我。／ 唉,你这位君子,不要只图安逸享受,要认真恭敬地办好本职事务,要跟正直的人亲近。神明听到这些,就会赐福给你。／ 唉,你这位君子,不要贪图安逸享受。要认真恭敬地办好本职事务,要跟正直的人相好。神明听到这些,就会给你赐赏大福。"

这首诗的主旨,清儒姚际恒谓:"此诗自宜以行役为主,劳逸不均,与《北山》同意,而此篇辞意尤为浑厚矣。"[①]《小明》诗虽然写久役于外的盼归心态,但主旨不在于埋怨社会不公,也不在于抒发自己的愁怨情绪。其诗作者应当是一位与友人相善的正直的有较高德操的王朝大夫。与《北山》、《四月》之诗

---

① 姚际恒:《诗经通论》,中华书局 1958 年版,第 227 页。

只泄私愤而不顾国家需要的诗作者的道德品格有高下之别，《小明》辞意"浑厚"，对于国事的尽职尽责，对于友人关照叮嘱与衷心祝福，都跃然诗中。

在先秦文献中，"不"可能音假而读若"负"。"不"与"负"两字古音皆属之部，每相通假①。例如《公羊传》桓公十六年"负兹"，《礼记·曲礼》下《正义》引《音义》作"不兹"。以"不"为声符之字亦多与以"负"为声之字相通，如坏与贡、伾与负、苤与蒉等②。"负"，意指承担、负责任。"负"，《说文》训为"恃也，从人守贝，有所恃也"，古文献中多用其引申之义，指承担、承载。负字可以一字为用，意同于"任"③，意犹负责、负任，即今言的负责任。《吴越春秋·勾践阴谋外传》"重负诸臣"，意即重任诸臣。本简简文用"不（负）"来说明《小明》之旨准确而简明。"不（负）"是说，《小明》一诗表现了对于国事和友人负责任的精神。

关于这段简文与《小明》诗的详细探讨，烦请参阅本书下编"专题研究"的"'浑厚'之境：论上博简《诗论》第25号简对于《诗·小明》篇的评析"。

---

① 古音"不"属职部、帮纽，"负"属之部、奉纽。从声部看，之、职两部相邻，可以阴入对转而音通，从声纽看，两者实为重唇、轻唇之转。重唇音的背、不，皆可读若负。

② 负有任之意。如《管子·兵法》篇载："五教各习，而士负以勇矣。"所谓"负以勇"意即任以勇。再如《战国策·燕策》载"寡人任不肖之罪"，鲍注"任，犹负"。是负与任意同。屈原《九章》"骤谏君而不听兮，重任石之何益"，朱熹《楚辞章句》卷四注谓"任，负也"。

③ 参见高亨、董治安：《古字通假会典》，齐鲁书社1989年版，第434页。

【第二十六简】

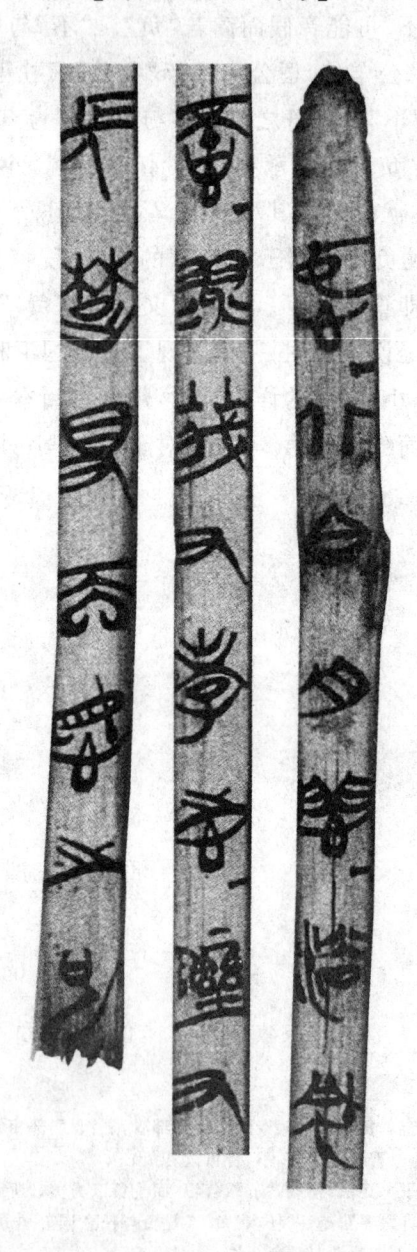

……忠。《北(邶)·白(伯)舟》,闷。⁽¹⁾《浴(谷)风》,惎。⁽²⁾《翏(蓼)莪》,又(有)孝志。⁽³⁾《隰又(有)长(苌)楚》得而惎(谋)之也。⁽⁴⁾

〖简序〗

马承源先生将此简排在第 25 号简之后,能够使人想到与第 25 简最末一字"不"连读,但第 25 号简下面有较大空白,似不大可能与 26 号简径直连接,并且若"不忠"连读又很难解释第 25 号简"不"字前的诗篇《小明》之意,马先生大概是顾及于此而未作肯定的判断,表现出矜慎的态度。此简之序,即令不和第 25 号简径直系联,但从内容看亦当相距不远,主要证据就是 26 号简论《柏舟》、《谷风》,皆一字为释①,与 25 号简论《小明》亦一字为释两者类似。可能是属同一段落的文字。此简,上部可见其半圆形的上端,所以其首字"忠"当系连于它简(不当是 25 号简)为说。《毛诗》释此诗称《邶柏舟诂训传》,与上博简《诗论》称《北(邶)·白(柏)舟》相同②,亦可证毛诗传授有自③。

〖意译〗

……忠。《邶·伯舟》篇表现了朝中正直大臣的苦闷与忧伤。《谷风》批评了弃妇的固执偏激情绪。《蓼莪》篇表现了尽孝道的志向。《隰有苌楚》篇告诉人们,得到了相知朋友、得到了家室、得到了宗族,就要为其谋划。

---

① 《诗论》简中现在可以确定一字为释的《诗》篇有 25 简的《小明》、26 简的《柏舟》、《谷风》、29 简的《青蝇》等。另外,第 10 号简的《关雎》、《樛木》等七篇亦与此相近,不过是在评论之语前加有"之"字,如"《樛木》之时"、"《汉广》之知(智)"等,与一字为释者句式不同,但类型相近。

② 汉代三家诗称为《邶鄘卫柏舟》,与毛诗不同(参见王先谦:《诗三家义集疏》卷三上,中华书局 1987 年版,第 124 页)。当代专家亦多持此说,或谓"《邶》、《鄘》、《卫》共诗三十九篇,在春秋时代便已混在一起,今本《诗经》《邶》十篇,《鄘》十篇,《卫》十篇,是汉人随意分的"(高亨:《诗经今注》,上海籍出版社 1980 年版,第 7 页)按,王先谦谓"《邶鄘卫诗》本同风,不当分卷"以及断定"邶、鄘、卫三诗之分为汉人随意分的",皆不足为据。《诗论》简明确指出《邶·柏舟》,是邶鄘卫诗本来即分卷之证。《左传》襄公二十九年载季札聘鲁"观周乐"事,评论《邶》、《鄘》、《卫》三诗乐,谓:"是其《卫风》乎?"论者多据此而言邶、鄘、卫三诗不分卷,其实,三诗是合则为一,分则为三的,季札"观周乐"之载就已表明《邶》、《鄘》、《卫》三诗乐已分为三,季札合而评之称其为《卫》,是为合则为一之证。总之,简文这一个"北(邶)"字,实为解决《诗经》学史上一个纷争不已的问题提供了重要证据。早在上博简发现之前,阜阳汉简已有类似的材料出现,但属于汉代数据,无法像上博简这样可以直接说明先秦时期《邶》、《鄘》、《卫》三诗的情况。

③ 还有专家将此简与第 23 号简缀合,因为两简缀合后长度接近《诗论》完整简的长度。参见康少峰:"《诗论》竹简残断类型与残简缀合",《求索》2008 年第 6 期。

【考析】

(一)《北(邶)·白(伯)舟》,闷。

《诗经》中以《柏舟》名篇者有二,一见诸《邶风》,一见诸《鄘风》。本简指明《北(邶)》,可以推测在孔子编《诗》的时代已经有二《柏舟》并存,所以此处特意指明此所评论之《柏舟》诗是见诸《北(邶)风》者。此篇内容如下:"泛彼柏舟,亦泛其流。耿耿不寐,如有隐忧。微我无酒,以敖以游。/ 我心匪鉴,不可以茹。亦有兄弟,不可以据。薄言往愬,逢彼之怒。/ 我心匪石,不可转也。我心匪席,不可卷也。威仪棣棣,不可选也。/ 忧心悄悄,愠于群小。觏闵既多,受侮不少。静言思之,寤辟有摽。/ 日居月诸,胡迭而微。心之忧矣,如匪浣衣。静言思之,不能奋飞。"这五章诗的大意是:"河中的柏木之舟,漂浮河中空自游。这让我耿耿于怀不能入睡,心里好像有无尽的忧愁。不是我没有浇愁的酒,也不是没有遨游消愁的舟。/ 我的心境不能明亮如镜,让人一望可知。虽有兄弟,也都不可依靠。找他们去诉说忧愁,不得同情反惹其恼怒。/ 我的心不像石头一般,可以任由翻转。我的心也不像席子那样,可以任由缩卷。我有娴熟的威仪,不容他人指指点点。/ 我忧心忡忡,为一群小人怨恨。让我受苦很多,受到的侮辱也非少数。这叫我寤寐难安,只能捣胸拊心而稍有排解。/ 日啊月呀,为什么越来越昏暗?我那忧闷的心绪,犹如总也洗不净的衣衫。静下心来想想,恨不能远走高飞,离他们远而又远。"

关于《邶风·柏舟》之诗,《孔丛子·记义》篇谓"于《柏舟》见匹夫执志之不可易也",此说与《诗序》所谓之朝廷中的官员不同,是指"匹夫",是社会上的一般人。《诗序》谓:"言仁而不遇也。卫顷公之时,仁人不遇,小人在侧。"此说代表了汉儒的认识,郑笺即进一步谓"不遇者,君不受已之志也。君近小人,则贤者见侵害"。闷之意主要有烦闷、忧伤两种,简文取后一种,指朝廷中的仁者为小人所排挤诬陷,内心痛苦,为国事而忧伤。孔子用"闷"评析《邶风·柏舟》是对于朝廷中正直大臣的赞许。关于周代邶国的情况请参阅本书"专题研究"部分的《诗经》学史的一段公案:兼论消隐在历史记忆中的邶、墉两国"。

关于简文"闷",《孔丛子·记义》篇载:"孔子读诗及《小雅》,喟然而叹曰:'吾……于《考槃》,见遁世之士而不闷也……'"可见以"闷"释诗旨,例证不孤。《易·乾卦·文言》引孔子语谓:"龙德而隐者也。不易乎世,不成乎名,遁世无闷,不见是而无闷,乐则行之,忧则违之,确乎其不可拔,'潜龙'也。"孔疏云:"此夫子以人事释'潜龙'之义,圣人有龙德隐居者也。'不易乎世'者,不移易其心在于世俗,虽逢险难,不易本志也。'不见是而无闷'者,言举世皆非,虽不见善,而心亦无闷。上云'遁世无闷',心处僻陋,不见是而无闷,此因见世俗行恶,是亦'无闷',故再起'无闷'之文。'乐则行之,忧则违之'者,心以为乐,已则行之,心以为忧,已则违之。'确乎其不可拔'者,身虽逐物推移,隐潜避世,心志守道,确乎坚实其不可拔,此是'潜龙'之义也。"总之,孔子所释《易·乾卦·初九》所谓"潜龙勿用"之意,主旨在于强调君子处乱世的那种淡定、坚韧、随遇而安的正确态度。《诗·邶风·柏舟》写主人公为"群小"所害,"寤辟有摽"(意即夜间噼里叭啦地拍打着胸脯发泄闷气①),表现出十分烦闷的心态。简文以"闷"评析之,非是赞成其心态,而是对其心态的说明。从《易传》所载孔子释"潜龙"之意可知,孔子实提倡"不闷"。君子处乱世时心态由"闷"到"无闷"乃是精神意志的磨炼,也是精神境界的升华。

(二)《浴(谷)风》,惎。

"浴风惎"的"惎"字,从否、从心,当楷作"惎",专家的考释今所见者有以下几说:第一,李学勤先生释其为上否、下心之字,读为悲。② 第二,马承源先生释其为上不、下心之字,读为背。③ 第三,廖名春先生释其为左心、右不之字,字形同于简化字的"怀",但它与简体字怀音义皆不同。廖先生谓其意为恐。④ 第三,周凤五先生释同第一说,但读若鄙。⑤ 第四,李零先生释其字谓从心、从丕,读为负。⑥ 第五,刘钊和刘信芳先生释为咅,读为倍⑦。细审这个字的字

---

① 《释文》"辟,本又作擗,拊心也",毛传"辟,拊心也"当本以此为释。"有摽"即"摽摽",专家释为"拍胸声"(程俊英、蒋见元:《诗经注析》,中华书局1991年版,第64页)。
② 李学勤:"《诗论》简的编联与复原",《中国哲学史》2002年第1期。
③ 参见马承源主编:《上海博物馆藏战国楚竹书》(一),上海古籍出版社2001年版,第156页。
④ 廖名春:"上海博物馆藏诗论校释",《中国哲学史》2002年第1期。
⑤ 周凤五:"《孔子诗论》新释文及注解",朱渊清、廖名春主编《上博馆藏战国楚竹书研究》第163页,上海书店出版社2002年版。郑玉珊先生亦释此字从否从心,但从郭沫若先生对于石鼓文中此字的解释,读其"怖",释为"惧"之意(见其所撰"《上博简一·孔子诗论》26简'惎'字考释"一文,简帛研究网站2003年1月19日)。
⑥ 李零:"上博楚简校读记",《中华文史论丛》第六十八辑第16页,上海古籍出版社2002年版。
⑦ 刘钊:《读〈上海博物馆藏战国竹书〉(一)札记》,朱渊清、廖名春主编《上博馆藏战国楚竹书研究》,上海书店出版社2002年版,第291页。刘信芳:《孔子诗论述学》,安徽大学出版社2003年版,第241页。按,这个字释为咅,亦有一定道理。《说文》谓咅"从丶、从否",简文此字没有从丶的明显表示,但其所从的"丶"可能以"不"字一竖中部的肥笔表示,故而释为咅,也应当是可以的。咅与駜,古音皆之部字有通假的条件。

形,愚以为周凤五先生之说当更为妥当些。他指出,"简文从心,从否,但否字下方口与心字有省笔,共享部分笔划"。根据简文字形,可以说上引第一、四两说释其为上否下心(态)之字,较为妥当。"否"字本有闭塞不通之意。如果人的心灵思想闭塞不通,那么,其所表现出来的只能是愚呆。上博简此字于否下加心,同于这个时期竹简文字加"心"旁表示思维状态的通例,只是更增强了否的愚呆的意思。《诗论》评析《浴(谷)风》的"态"字,当依《五音集韵》直接读若"駇"。駇,《方言》卷十谓"痴,駇也",可见駇有呆痴之意。简文这个字似应直接为释,而不必通过音转而读为悲、背、负等。《诗论》第26号简以"态"所评析的《浴(谷)风》篇应当属于《邶风》而非《小雅》。在评析此篇之前,简文评《柏舟》一诗时,特意加"北(邶)"字,表示是《邶风》的《柏舟》篇。论《浴(谷)风》的简紧接其后,或者为省文字计,而连于以上简文,因而没有再指出其为属于《邶风》之篇。这首诗内容如下:"习习谷风,以阴以雨。黾勉同心,不宜有怒。采葑采菲,无以下体。德音莫违,及尔同死。/ 行道迟迟,中心有违。不远伊迩,薄送我畿。谁谓荼苦,其甘如荠。宴尔新昏,如兄如弟。/ 泾以渭浊,湜湜其沚。宴尔新昏,不我屑以。毋逝我梁,毋发我笱。我躬不阅,遑恤我后。/ 就其深矣,方之舟之。就其浅矣,泳之游之。何有何亡,黾勉求之。凡民有丧,匍匐救之。/ 不我能慉,反以我为雠。既阻我德,贾用不售。昔育恐育鞫,及尔颠覆。既生既育,比予于毒。/ 我有旨蓄,亦以御冬。宴尔新昏,以我御穷。有洸有溃,既诒我肄。不念昔者,伊余来塈。"这首长诗共六章,每章八句。大致意思是:"飒飒的来自山谷的风,使阴天使下雨。夫妇同心努力,不应当冲突愤怒。就像先采蕪菁后拔萝卜一样,难道不是为了地下的根果吗?永不离分的誓言还在耳边响起,我要和你同生共死。/ 我走的时候迟迟迈不开腿,只因为心中熬煎不愿离去。你勉强送我到门槛,更不愿意送到远郊畿外。我的心比荼草还要苦。荼草谁说它苦呢,我倒觉得它像荠菜一样甘甜。宴尔新婚的你,和新妇如兄弟般亲密。/ 泾水因渭水而显得混浊,渭水因泾水而显得幽清。宴尔新婚的你,对我不屑于答理。我走之后不要拆掉我捕鱼的堰梁,不要打开我捕鱼的笱笼。不再惦念这些了呀,我自己还不知道流落何方,哪有心情顾及以后? / 河水深的时候,要用木筏或船只渡河。河水浅的时候,才可以游泳过去。家里的富有或贫困,都在于自己的努力追求。邻里乡党有了丧亡困难,我就是爬着也要去把他帮助。/ 做得再好也不被喜欢,反而将我视为仇敌。抹杀我的美德,把我看做卖不出去的旧货。想当年穷困窘迫,我跟你一起奋斗。现在日子好起来,你却像看到毒虫一样将我厌恶。／ 我勤苦地蓄积物品,以抵御冬日的严寒。你却把这些当做宴尔新婚时的帮衬。你只知洸洸溃溃地大发雷霆,一切劳累都留给我担负。你一点也不念记过去的时光,你忘记了那时候你示爱于我的甜言蜜语。"

《邶风·谷风》并不是一般意义上的弃妇怨诗,而是在客观的叙述中蕴含了对于弃妇偏执情绪的委婉批评。从这个评析中可以看出,孔子的婚姻观念中重视夫妻间的情爱和相互理解,"好美"、"好色"虽然位置在德操之下,但并不处于被摈弃被鞭挞的地位。

关于这些内容的详细分析烦请参阅本书下编"专题研究"部分的"《诗论》'《浴(谷)风》忞'释义——并论先秦儒家婚姻观念的若干问题"。

(三)《翏(蓼)莪》,又(有)孝志。

这段简文意思十分明晰,简文指出《翏(蓼)莪》篇表现了尽孝道的志向,"孝志",即恪尽孝道之志。此篇诗见于《诗·小雅·谷风之什》。关于此篇诗的主旨古今皆无疑义,一致肯定它是诗作者苦于兵役而不能够尽孝道从而十分痛苦的情绪的表达,是一首悼念父母,并深深自责的诗作。全诗内容如下:"蓼蓼者莪,匪莪伊蒿。哀哀父母,生我劬劳。／ 蓼蓼者莪,匪莪伊蔚。哀哀父母,生我劳瘁。／ 瓶之罄矣,维罍之耻。鲜民之生,不如死之久矣。无父何怙,无母何恃,出则衔恤,入则靡至。／ 父兮生我,母兮鞠我。拊我畜我,长我育我。顾我复我,出入腹我。欲报之德。昊天罔极。／ 南山烈烈,飘风发发。民莫不穀,我独何害。／ 南山律律,飘风弗弗。民莫不穀,我独不卒。"这首诗的意思是:"蓼蓼高大的蒿,披披散散又不似那护根的蒿。可邻我的父母,生我育我的辛劳。／ 蓼蓼高大的蒿,披披散散又不似那护根的蒿蔚。／ 可邻我的父母,生我育我的悴憔。瓶子空了呀,这是罍的耻。孤子之生,还不如死。没有父亲谁来将我保护,没有母亲我将依靠谁?出门时满是忧愁,回来时不知道往哪里去。／ 父亲啊生我,母亲啊养我。爱护我养育我,照顾我庇护我。出出进进将我抱负。盼望着报答父母的恩德,老天爷却不留给我机会。／ 南山那烈烈的风,迅暴而起严寒无比。下民没有不善的呀,为什么独独由我遭此祸害?／ 南山那烈烈的风,迅暴而起扬起沙尘。下民没有不善的呀,为什么独独让我不得终养父母?"

从这首诗中可以看到,诗作者自责的内容是自己不能在父母生前恪尽孝养的责任,孤子思亲,欲报答父母养育之恩而父母却逝去而使自己没有机会。此篇诗中的"哀哀父母,生我劬劳"、"无父何怙,无母何恃,出则衔恤,入则靡至"、"父兮生我,母兮鞠我,拊我畜我,长我育我"等,成为传诵千古的名句,其悼念父母的深情感动着历代人们的心灵。《孔丛子·记义》篇载孔子评诗之语有"吾……于《蓼莪》见孝子之思养也",与简文"有孝志"之语意完全吻合。孝的观念是孔子思想中的重要内容,孔子论诗也体现了这一思想。《论语·学而》篇载孔子弟子有子语谓:"君子务本,本立而道生。孝弟也者,其为仁之本与!"孝悌两种德行,是儒家修身理论所强调的根本。《蓼莪》篇所体现的"孝志",显然是孔子十分赞许的。

然而,应当看到孔子的赞许是有一定保留的。有"孝"之志,不一定有孝之行。"思养",意即考虑到要供养父母,不一定就做得到。这是其一。其二,孝之志、孝之思,不应当是学而后成,而应当是融化于自己心灵的本能观念。在孔子的孝道观念中,更为重视的是孝敬,《论语·为政》篇记载孔子曾经和弟子有关于孝的两个讨论:

  子游问孝。子曰:"今之孝者,是谓能养。至于犬马,皆能有养;不敬,何以别乎?"子夏问孝。子曰:"色难。有事弟子服其劳,有酒食先生馔,曾是以为孝乎?"

这两个记载说明孔子在养与敬二者之间把"敬"看得更为重要,"敬"是发自内心的对于父母和长辈的挚爱和尊敬,它比单纯地供养父母和长辈饮食重要得多。在孝道里面,思养固然不错,但思敬则更为重要。养与敬虽然皆为孝道的内容,但有程度高低之区别。所以说《诗·蓼莪》篇所表现的孝道中的"思养",只是孝道的较低层次,尽管它也是应当肯定的(而不是要予以否定的),但它还不能说是孝道的全部,也不代表着孝道的高层次。对于社会伦理道德的提高,孔子既是理想主义者,又是现实主义者。对于实行孝道而言,首先做到能够供养父母就算不错了,正是在这个层面上,孔子肯定了《蓼莪》篇所表现的孝的精神。

在孝道理论中,孔子还非常重视对于父之志的继承。他说:"三年无改于父之道,可谓孝矣"①。具体而言,孟庄子就是一个典型。曾子谓"吾闻诸夫子:'孟庄子之孝也,其他可能也;其不改父之臣,与父之政,是难能也。'"②所谓"父之道",就是继承父亲的事业,实现他的遗志。在《蓼莪》篇中人们所见到的只是诗作者对于自己没有能够恪尽孝道的自责,并没有涉及如何承继"父之道"的迹象。孔子对于《蓼莪》篇孝道精神的赞许虽然有所保留,但并不苛求。这反映了孔子看人看事的宽容大度。

(四)《隰又(有)长(苌)楚》得而怠(谋)之也。

隰,低湿之地。《诗·皇皇者华》"于彼原隰"。本篇的隰,意即原隰,指广平湿地。苌楚,即今俗称的猕猴桃,藤本蔓生,善攀援向上。《隰有苌楚》全诗三章,章四句。内容如下:"隰有苌楚,猗傩其枝。夭之沃沃,乐子之无知。/ 隰有苌楚,猗傩其华。夭之沃沃,乐子之无家。/ 隰有苌楚,猗傩其实。夭之沃沃,乐子之无室。"这首小诗的意思是:"湿地上长着苌楚,枝叶好看多婀娜。枝叶嫩嫩有光泽,喜欢你们无不有相知③。/ 湿地上长着苌楚,繁华艳丽好婀娜。枝叶嫩嫩有光泽,喜欢你们无不有室家。/ 湿地上长着苌楚,果实累累真婀娜。肥肥大大有光泽,喜欢你们无不有家室。"

此诗之旨古人有刺君、悲观厌世、盼子成材、哀叹乱离、描写爱情等说。释解此诗主旨,似当注意到诗中反复咏唱的"苌楚"的习性。苌楚,木质蔓生,但又不像紫藤那样整个缠绕于它树,而是长大之后靠枝蔓攀援它物(如树木、支架等)向上生长而结出果实。苌楚为人所喜爱,故歌而咏之,诗的首章谓"乐子之无知",表明诗人先喜它幼苗之时"真而好",并不依附它物,连叶子都光泽嫩润。无相知者,无不有相知也。它树皆在其周围,供它选择攀援相伴。次章言"乐子之无家",表明诗人喜欢它长大之后攀援它树向上挺拔,此时已经攀援它

---

① 《论语·学而》。
② 《论语·子张》。
③ 诗中的"无"字,似不能够理解为没有、毋、不等意,而须理解为从反面的强调之意,意犹无不。王引之《经传释词》卷十曾经旁征博引,说明经传中的"无"每作"发声"之词,如《礼记·祭义》篇"天之所生,地之所养,无人为大",王引之说:"'无人为大',人为大也。《大戴礼记·曾子大孝》篇:'天之所生,地之所养,人为大矣。'则'无'为发声可知。《正义》曰:'天地生养万物之中,无如人最为大。'失之。"杨树达补充王说,谓:"此'无'犹惟也。"按,王、杨两家之说皆可通,但孔颖达《礼记正义》释为"无如"之说,更为近之。愚以为若释为"无不",可能更妥。《祭义》所云"无人为大",意即天地之间无不以人为大。以此来理解诗意,诗中的"无知"意即无不有相知;"无家"意即无不有家;"无室"意即无不有室。

树，犹如有了家庭可以依靠，所以诗人说喜欢它无不有家。末章言"乐子之无室"，室与家本来可以互用，但在先秦时期，一般说来，室要大于家，就地位看，室可以有"王室"、"公室"，就数量上看，室可以包括许多家。一个宗族也可以称为"室"，如《国语·越语》上"当室者死"，韦注"当室，嫡子也"。此诗中的室相当于屡见于先秦文献的"宗室"，是为宗族的代称。诗末章中的室盖用此意。谓果实累累的苌楚，像宗室（宗族）有许多"家"那样令人喜悦。

简文愳，专家或读若悔，读若悔，或用如侮，或读若媒，虽皆有据，但比较而言似皆不若通假作"谋"妥帖。母和某，皆明母之部字谋，所以就古音而言，愳通假而读若谋，是没有问题的。再说，从心从言之字每相通假，如说通悦，请通情等，皆为其证①。谋的意蕴是考虑、筹划，与计、谟等意皆相近。简文"得而谋之也"，字面的意思是说得到了就要谋虑它、谋划它。此诗通篇为赋体意蕴，皆在诗外。相关探讨请参阅本书下编"专题研究"之"诗意外的责任：上博简《诗论》第26号简的启示"。

---

① 上博六:《慎子曰恭俭》第1简慎写作訢，马王堆汉墓帛书《易·系辞》第27行"请"字读若"情"（陈鼓应主编:《道家文化研究》第三辑，上海古籍出版社1998年版，第418页）。是皆为从言、从心字每相通的例证。

【第二十七简】

……女（如）此。《可斯》雀（截）之矣，离亓（其）所爱。必曰吾奚舍之，宾赠氏（是）巳（也）。^{（一）}孔子曰：《七（蟋）率（蟀）》，智（知）难。^{（二）}《中（仲）氏》，君子。^{（三）}《北风》，不绝。《人之》，怨子。《立不》……^{（四）}

〖简序〗

此简之序专家或有将其列为第 2、4、7、28 等简者，当存疑待考。

〖意译〗

……如此。《何人斯》这首诗表示了与阴险的谗佞小人的决绝啊。谗人通过挑拨离间使人与他所爱的人疏远分离。如果一定要我说些馈赠谗人的话语，那我就赠送一首送葬之歌给他吧。孔子说：《蟋蟀》这首诗表明知晓事理是困难的。《仲氏》这首诗让我们看到了注重兄弟情谊的君子风范。《北风》这首诗写朋友情谊不断绝。《人之》这首诗写人们对于品行不端者的怨愤。《立不》这首诗写……。

〖考析〗

(一)《可斯》雀（截）之矣，遹（离）亓（其）所爱，必曰吾奚舍之，宾赠氏（是）巳（也）。

简文"雀"专家多读若爵若诮，但不若读"截"更为合适①，简文"雀（截）之矣"，意犹一刀两断了呀，表示与谗媚小人决断的明确态度。简文"离其所爱"的"离"字，原作"遹"形，可以写作"遹"，专家或谓"当读为传代、传世之传"②，或谓此字从邑，"应读伤"③。此外还有读荡、读俪、读逦（训为遇）、读远等说法，

---

① 据许全胜先生考证，本简的"雀"字当读为"截"（《〈孔子诗论〉零拾》，参见廖名春主编：《新出楚简与儒学国际学术研讨会论文集》，清华大学思想文化研究所排印本，第 134 页）。按，此字又见于《诗论》第 20 号"吾以《折（杕）杜》得雀及"，此处的"雀及"当读若"截服"。《说文》截字从雀从戈，与断互训。《何人斯》一诗表现了与为鬼蜮般的谗人的决断意志，故简文评论其主旨为"截之矣"。

② 许全胜："《孔子诗论》零拾"，廖名春主编：《新出楚简与儒学国际学术研讨会论文集》，清华大学思想文化研究所排印本，第 134 页。

③ 何琳仪："沪简《诗论》选释"，朱渊清、廖名春主编：《上博馆藏战国楚竹书研究》，上海书店出版社 2002 年版，第 254 页。

或释为甹(通畅)、释为甹(通御),释为传等①,这些说法似皆不如李学勤、廖名春、李零等先生读为"离"为优。简文"是巳"的巳,为"也"的误字。

马承源先生谓简文"可斯"之诗,可能是今本《诗·小雅·节南山之什》的《何人斯》,"但诗意与评语不谐",又谓此篇可能是《诗·召南·殷其靁》,马先生说:"诗义与评语难以衔接,今阙释。"马先生于此持矜慎态度,未下断语。或有专家以为是《鸤弁》的别名。愚以为从简文内容分析,它与《小雅·何人斯》篇接近,而与《召南》之篇则距离较远,李零先生断定其所指即《何人斯》之篇②,是正确的。这首诗内容如下:"彼何人斯,其心孔艰。胡逝我梁,不入我门。伊谁云从,谁暴之云。／ 二人从行,谁为此祸。胡逝我梁,不入唁我。始者不如今,云不我可。／ 何人斯,胡逝我陈?我闻其声,不见其身。不愧于人,不畏于天。／ 彼何人斯,其为飘风。胡不自北,胡不自南。胡逝我梁,祇搅我心。／ 尔之安行,亦不遑舍。尔之亟行,遑脂尔车。壹者之来,云何其盱。／ 尔还而入,我心易也。还而不入,否难知也。壹者之来,俾我祇也。／ 伯氏吹埙,仲氏吹篪。及尔如贯,谅不我知。出此三物,以诅尔斯③。／ 为鬼为蜮,则不可得。有靦面目,视人罔极。作此好歌,以极反侧。"诗的大意是:"那是个什么人呀,他的心思高深莫测。为什么经过我家鱼梁,却不进我的家门?他被什么人唆使呢?那就只有暴公身边的人呀。／ 俩人一同前往觐见,是谁造成了俩人的被谴之祸。为何经过我的鱼梁,却不进来慰问于我?当初不如今日,那时候并没有说我不好。／ 那是个什么人呀,为什么来到我庭院的过道?我能听到他来访的音讯,却不见其身?你难道对于人没有愧疚吗?难道你不怕遭天谴吗?／ 那是个什么人呀,就像狂暴的大风。说不上它来自北,也说不上它来自南。这暴风却偏偏吹到我家,正只

---

① 诸家之说见于:周凤五"《孔子诗论》新释文及注解"(《上博馆藏战国楚竹书研究》,上海书店2002年版,第158页)、俞志慧"《战国楚竹书·孔子诗论》校笺"上(简帛研究网站2002年1月17日)、姜广辉"《上海博物馆藏战国楚竹书》(一)几个古异字的辨识"(新出楚简与儒学思想国际学术研讨会论文集,清华大学思想文化研究所2002年印本,第42页)、何琳仪"沪简《诗论》选释"(朱渊清、廖名春主编《上博馆藏战国楚竹书研究》,上海书店出版社2002年版,第254页)。许全胜"《孔子诗论》零拾"(新出楚简与儒学思想国际学术研讨会论文集,清华大学思想文化研究所2002年印本,第132页)等。

② 李零:"上博楚简校读记",《中华文史论丛》2001年第4辑,上海古籍出版社2002年版,第14页。按,专家或有读"可斯"为"可期"者,认为即是《鸤弁》一诗,可备一说。

③ 《何人斯》此章疑原为《仲氏》诗的次章,因错简而混入本诗。

搅乱我的心绪。／ 你徐徐地慢慢走,顾不得停下休息。你快快地暴走,连脂车的功夫也没有。往日的来来往往,让我何其忧伤！／ 你从朝廷回来进入我家,我的心多么喜悦。你下朝回来而不入我家,你心里怎么想的别人猜不透。往日的来家造访,只会使我痛苦。／ 长兄吹埙,二弟吹篪。本来要像被一条绳子捆绑在一起那样亲密,但你却不理解我。／ 害人的鬼蜮,让人见不到其踪影。你觍有人的面目,却没有人的行事准则。我写这首诗,就是要深究你的反复无常。"

《诗·何人斯》篇所斥责的逸人是暴公的陪臣。他贯于挑拨离间,如同鬼蜮一样阴险而人不得见,而他却以极丑恶的嘴脸（"有腼面目"）含沙射影,逸害于人,无所不用其极。挑拨离间者非暴公,乃是暴公之侣。诗中反复表达作者苏公盼望暴公能够莅临住所安慰自己,并以诗句形容自己和暴公如同琴瑟一般谐调,如同伯仲兄弟一样友好。恨只恨那如同鬼蜮一样的丑陋而阴险的小人,有了他的挑拨离间才使自己和暴公的关系产生罅隙,这样的小人居心叵测（"其心孔艰"）,厚颜无耻,为诗作者所深恶痛绝。

简文"舍",读若赐予之"予",所云"必曰吾奚舍之"意犹如果一定要我说些馈赠的话语。简文的"宾赠"以向死者赠送助葬之物取义,非赠送财物,而是赠送一首送葬之歌。若以后世语类之,即谓"为逸人敲响丧钟"。简文"可",当读若何,这种通假例证在上博简《诗论》里所在多有,如第 4 号简"其用心也可如","可如"即读若何如。第 5 号简亦有同样的例子。第 21 号简"可也",读若何也,亦为其例。

相关的详细考释烦请参阅本书下编"专题研究"下编"专题研究"的"上博简《诗论》之'雀'与《诗·何人斯》探论"部分。

（二）《七（蟋）率（蟀）》,智（知）难。

"七"与"蟋",古音皆属质部,有通假的条件,蟀读率音。简文"七率",可读若《蟋蟀》,当即《诗·唐风·蟋蟀》篇。智与知互通,古代文献与出土文献资料中例证之多,不胜枚举。简文"智难",意即知难,这里可有两种理解,一是知道艰难,二是知晓事理很困难。简文所指是哪一种"知难"呢？专家皆以为指前者。依专家所论"知道艰难"首先是知道时不我待之难,诗中说"日月其除"、"日月其迈",意指时间像流水一样过去,光阴荏苒不再,诗人哀叹岁月流逝,而自己没有建功立业。其次是知道世事艰难。愚以为如此理解简文之意,固然可以说得通,但并不完全符合诗旨。简文"知难"之意,应当还有知晓事理很困难之意。近年面世的清华简《耆夜》篇有周公作《蟋蟀》一诗的记载。对于理解本简简文非常重要。《耆夜》所载《蟋蟀》一诗如下①：

蟋蟀在尚（堂），役车兀（其）行。
今夫君子，不（丕）愭（喜）不（丕）药（乐）。
夫日［其落，毋已大］忘（荒），母（毋）已大药（乐），则冬（终）已康。
康药（乐）而母（毋）忘（荒），是隹（惟）良士之迈（方）。②

蟋蟀在筥（席），岁甬（聿）員（云）䒼（莫）。
今夫君子，不愭（喜）不药（乐），日月其穮（迈）。
从朝及夕，母（毋）已大康，则终以㪅（祚）。
康药（乐）而母（毋）［忘（荒）］，是隹（惟）良士之慇（惧、惧）。③

蟋蟀在舒，岁甬（聿）［員（云）逝。
今夫君子，不（丕）喜不（丕）乐。
日月其慆（慆）。从冬及夏］。
母（毋）已大康，则冬（终）以慇（惧、惧）。
康药（乐）而母（毋）忘，是住良士之慇（惧、惧）。④

简本《蟋蟀》一诗的主旨是写伐耆获胜后君臣欢庆之喜乐，同时告诫欢乐不可

---

① 《耆夜》所载《蟋蟀》一诗文字主要依据李学勤主编《清华大学藏战国竹简》（壹）（中西书局2010年版，图版第63页，释文第149—155页），并参照诸家相关考释，稍有订正。

② 上引简文是《耆夜》所载《蟋蟀》一诗的首章。简文"不"当读为丕，意为大。若以之为语词，亦通。简文"其落，毋已大"五字，据黄怀信先生《清华简〈耆夜〉句解》（简帛研究网，2011年1月21日）所说拟补。简文"药"字专家或直接释为樂，但今所见简文之樂字无此形者，上博二《从政》甲第13简有与此相近的字例，那个字释为药，读为樂。对于此字，清华简原释为"藥"，读为樂，比较妥当。

③ 上引简文是《耆夜》所载《蟋蟀》一诗的第二章。专家指出，《小雅·小明》有"岁聿云莫"，与此同。《蟋蟀》"岁聿其莫"，与此稍别。（复旦大学出土文献与古文字研究中心研究生读书会《清华简〈耆夜〉研读札记》，复旦大学出土文献与古文字研究中心网，2011年1月5日）。简文"母（毋）"后所缺一字当据首章拟补"忘（荒）"字。简文"㪅"当读为祚，意与《诗·既醉》"永锡祚胤"之祚相同，指福祚。

④ 上引简文是《耆夜》所载《蟋蟀》一诗的第三章。简文"岁甬（聿）"以后的18字系原考释者和黄怀信先生拟补，其中"从冬"二字系复旦大学出土文献与古文字研究中心研究生读书会《清华简〈耆夜〉研读札记》（复旦大学出土文献与古文字研究中心网，2011年1月5日）拟补。

太过，而应当保持警惕。时不待人，必把掌握准则和方向（"方"）、心存畏惧，才会取得最终的福祉。今本《诗经·唐风·蟋蟀》与简本有诸多类似之处，原文如下："蟋蟀在堂，岁聿其莫。今我不乐，日月其除。无已大康，职思其居。好乐无荒，良士瞿瞿。／蟋蟀在堂，岁聿其逝。今我不乐，日月其迈。无已大康，职思其外。好乐无荒，良士蹶蹶。／蟋蟀在堂，役车其休。今我不乐，日月其慆。无已大康，职思其忧。好乐无荒，良士休休。"今本这首诗的大意是："蟋蟀来到了堂，天冷了已经到了岁末。如今我再不及时行乐，光阴就要过去。只是不要太过安乐，还要顾及自己的职责。欢乐又不过度，良士要瞿瞿然保持警惕。／蟋蟀来到了堂上，天冷了已经到了岁末。如今我再不及时行乐，光阴就要滑走。只是不要太过安乐，还要顾及自己的职责以外的事情。欢乐又不过度，良士要蹶蹶然敏捷从事。／蟋蟀来到堂上，天冷了已经到服役车辆回家休息的时候。如今我再不及时行乐，光阴就要逝去。只是不要太过安乐，还要顾及自己面前的忧愁。欢乐又不过度，良士要心情坦然善待一切。"

对比简本的文字，可以看到今本显然经过整理加工。整理者或当为史官，或有可能是最初的《诗》的文本之编定者。整理加工固然整齐了文字，简化了文本，但却失去了简本若干古朴生动的内容。例如，今本所见诗中的蟋蟀均为"在堂"，而简文则有"在尚（堂）"、"在筥（席）"、"在舒（序也）"的区别，《诗·豳风·七月》写蟋蟀"七月在野，八月在宇。九月在户，十月蟋蟀入我床下"，生动而有趣，今本写蟋蟀，仅写其"在堂"，韵味失却不少。而简本所写与《七月》是接近的。然今本亦有经整理而增色之处，如写良士，简本仅写其"方"，其"惧"，而今本则有"瞿瞿"、"蹶蹶"、"休休"等不同的描写。就诗的主旨看，两者并无不同，"母（毋）已大康"（简本）、"无已大康"（今本），可以说是共同的主题。汉儒释此诗偏离了原来的诗旨，《诗序》说《蟋蟀》，刺晋僖公也。俭不中礼，故作是诗以闵之，欲其及时以礼自虞乐也。"这里把《蟋蟀》进行牵强附会地历史化解读，将其纳入"刺"诗，说是"刺晋僖公"之作，在很大程度上偏离了诗旨。本简简文谓《七（蟋）率（蟀）》，智（知）难"，谓此诗强调的是知晓世事之艰难，也指出了能够知晓事理之不易。

（三）《中（仲）氏》，君子。

关于简文"中氏"，马承源先生的考释虽然正确指出"中氏"为"篇名"，可是却认为于"今本《诗》中未见"①。第二,李零先生指出此"中氏"以音近读为"螽斯",即今《周南·螽斯》篇,此篇"是以'宜尔子孙'祝福别人,所祝者盖即君子"②。廖名春先生同意这个说法,并以《诗序》之说论证称为"君子"的缘由③。第三,李学勤先生将"中氏"读作"仲氏",指出"系指今传本《燕燕》的第四章"④。此外,周凤五先生亦将"中氏"释作"仲氏"⑤。杨泽生先生也论及此点,指出,简文"中氏""应该读作'仲氏',是今本《燕燕》所包含另一首诗的一章"⑥比较以上三说,愚以为第三说,将"中氏"读作"仲氏",比读作"螽斯"可能更好一些。理由如下,首先,就读音上看,简文与"仲氏"更为接近。其次,"螽"为蝗属害虫,不大可能如简文所载以"君子"来称颂它。李学勤先生的说法,他指出:"猜想当时此章独立,与今传《毛传》本连于《燕燕》不同。"⑦这个说法颇具卓见。愚以为在此卓见的基础上尚可作一些补充探讨。根据今传本《诗经》风、雅部分,无一章成诗之例,我们可以推测《仲氏》一诗原来至少有两章,因错简的缘故而分散于它诗。《燕燕》的卒章盖为《仲氏》的首章,而《何人斯》的第七章则是其次章。今不妨将这两章试合为《仲氏》一诗,内容如下:"仲氏任只,其心塞渊。终温且惠,淑慎其身。先君之思,以勖寡人。／ 伯氏吹埙,仲氏吹篪。及尔如贯,谅不我知。出此三物,以诅尔斯。"这两章诗的意思是:"二弟忠厚可信,他的心诚实宽容。性格温柔而且和顺,保持着善良谨慎的人品。不忘记先君的教诲,并且时常勉励我。／ 大哥吹起埙,二弟吹起篪。我跟你就像钱穿在一条绳子上那样亲密,如果你真的不跟我好,我就拿出三物来诅咒你。"

---

① 马承源主编:《上海博物馆藏战国楚竹书》(一),上海古籍出版社2001年版,第158页。
② 李零:"上博楚简校读记",《中华文史论丛》2001年第4辑,上海古籍出版社2002年版,第14页。何琳仪先生说略同(见其所著"沪简'诗论'选译",朱渊清、廖名春主编:《上博馆藏战国楚竹书研究》,上海书店出版社2002年版,第255页)。
③ 参见廖名春:"上海博物馆藏诗论校释",《中国哲学史》2002年第1期。
④ 李学勤:"《诗论》与《诗》",廖名春主编:《清华简帛研究》第二辑,清华大学思想文化研究所2002年3月印本,第29—37页。
⑤ 周凤五:"《孔子诗论》新释文及注解",朱渊清、廖名春主编:《上博馆藏战国楚竹书研究》,上海书店出版社2002年版,第155页。按,或有专家以为简文"中氏"指的是《大雅·烝民》篇里的仲山甫,此说虽然从简文"中氏,君子"之评语看,仲山甫足以当之,但《诗论》简此类评语皆是对于诗篇而发,并无评论某个人之例。故疑此说非是。
⑥ 杨泽生:"试说《孔子诗论》中的篇名《中氏》",朱渊清、廖名春主编:《上博馆藏战国楚竹书研究》,上海书店出版社2002年版,第361页。
⑦ 李学勤:"《诗论》与《诗》",廖名春主编:《清华简帛研究》第二辑,清华大学思想文化研究所2002年3月印本,第29—37页。

从诗意可以看出,《仲氏》一诗,亦当属吟咏兄弟之情的作品。此诗的首章是兄对弟的称赞和希望,赞扬其弟心胸宽广,待人和顺,希望其弟成为自己的有力助手。其次章先回溯兄弟间的欢乐和谐,然后表明自己的心迹,即一定会诚心诚意对待兄弟,并且可以赌咒发誓为证。诗中既然提到伯氏、仲氏,那么,诗作者应当就是伯仲兄弟间人,从诗意及语气上看,作诗者应当是为"伯氏",是作为兄长者对于伯仲兄弟友爱的赞美。诗中所表现的兄弟间的融洽密切情感,完全符合儒家提倡的孝悌之义。孔子《诗论》以"君子"来评析此诗,其原因应当就在于认为它合乎儒家倡导的"兄弟怡怡"[①]的伦理原则。

相关的详细分析烦请参阅本书下编"专题研究"部分的"《诗论》'仲氏'与《诗·仲氏》篇探论——兼论'共和行政'的若干问题"。

(四)《北风》,不绝。《人之》,怨子。《立不》……

本简"《北风》不绝"之后的文字今所见有两种专家释读,都和简文"不绝"相联系。一是读若"《北风》不绝,人之怨子,泣不……",将这段话作为孔子对于《北风》篇的进一步评析。二是将其系连于简文"不绝"之后读若"《北风》不绝人之怨,《子立》不……"。这两种读法虽然皆有可取之处,都能从《诗·北风》篇得到比较合理的印证。然而,此处皆尚有进一步探讨的余地,其主要问题在于这两种释读与我们上述的简文所载孔子这类评诗的简短用词(少至一二字)之例不合。愚以为相关简文当标点为"《北风》,不绝。《人之》,怨子。《立不》……"。

简文所提到的《北风》是《诗·邶风》篇名,诗序以"刺虐"为释,不妥。全诗内容如下:"北风其凉,雨雪其雱。惠而好我,携手同行。其虚其邪,既亟只且。／ 北风其喈,雨雪其霏。惠而好我,携手同归。其虚其邪,既亟只且。／ 莫赤匪狐,莫黑匪乌。惠而好我,携手同车。其虚其邪,既亟只且。"这首诗的意思是:"北风如此寒冷,雨雪纷纷地下。你既然爱我喜欢我,那就携手同归吧。你已经威仪雍容,那就快快走吧。／ 北风如此寒冷,雨雪纷纷地下。你既然爱我喜欢我,那就携手同乘一车吧。你已经威仪雍容,那就快快走吧。／ 狐狸没有不是赤色的,乌鸦没有不是黑色的,那些小人我们不用理他。你既然爱我喜欢我,那就携手同乘一车吧。你已经威仪雍容,那就快快走吧。"

---

① 《论语·子路》篇语。

《北风》一诗,诗义比较明白,或谓是刺时之作,不如定其为写朋友交往之诗较妥。简文释其诗旨谓"不绝",当指真正的朋友之交,情谊不会断绝。

本简简文"人之"亦篇名,愚以为《人之》一诗的情况和《诗论》同简提到的《仲氏》一篇的情况类似,即它并没有完全佚失,而是因为错简而混入于它诗。据我的考察,这首诗的内容,至少应当包括了今传本《诗经》的《小宛》篇的第二章和《瞻卬》第五章的最后两句及其第六章和第七章前两句。我们将这些内容整理后,可以看出《人之》一诗的大致情况:

"人之齐圣,饮酒温克。彼昏不知,壹醉日富。(《小雅·小宛》次章)①/人之云亡,邦国殄瘁。天之降罔,维其优矣。(《大雅·瞻卬》第五—六章)/人之云亡,心之忧矣。天之降罔,维其几矣。(《大雅·瞻卬》第六章)/ 人之云亡,心之悲矣。觱沸槛泉,维其深矣。(《大雅·瞻卬》第六—七章)",这首诗的大意是:"人要是敏捷聪明,饮酒就会从容克制。那个愚昧无知的人,却是天天一醉方休。/ 人要是只想一走了事,那么邦国就会病困憔悴。天降下罪网,下民的罪过就会很多。/ 人要是只想一走了事,那就令人悲哀了。泉水翻腾泛滥,让人的忧思更加深远。"

《人之》的"之",作为篇名在《诗》中有不少类似的例证。最直接的证据是《周颂·敬之》。此外,将"之"字用于篇题者亦多有所见,如《扬之水》、《定之方中》、《麟之趾》、《苕之华》等。《人之》一诗取诗中数章的章首二字为题,应当说合乎《诗》篇命名之例。

关于《人之》一诗的问题比较复杂,详细分析请参阅本书下编"专题研究"部分的"《诗论》'《人之》怨子'考析——附论逸诗的若干问题"。

本简简文"立不"亦当为诗篇名称,今传本《诗经》中无与之相应者,相关的评析之辞,因简文残缺而无可稽考,只能存疑。今可以试提出一个可供思

---

① 《小宛》一诗主旨是表达"螟蛉"之子的悲怨情感(关于此一问题的讨论,烦请参阅本书"专题研究"部分的"中国古代'养子'现象的起源及其发展——附论上博简《诗论》的相关问题"),今本此诗的第二章诗意与全诗主旨相距甚远。如果去掉此章,则各章意义连贯。另外,《左传》昭公元年载,晋卿赵文子与楚令尹会见时,"赋《小宛》之二章",而今本《小宛》的第二章的内容绝不是赵文子所赋诗的内容。其所当赋的正是今本《小宛》的第三章。若去掉今本的第二章,则其第三章正是赵文子所"赋《小宛》之二章"(说详本书"专题研究"部分的"《诗论》'《人之》怨子'考析——附论逸诗的若干问题",烦请参阅)。

考的线索。那就是《立不》之诗,有可能是痛斥谗言巧语之诗,《韩诗外传》卷四载:

> 桀为酒池,可以运舟;糟丘,足以望十里;而牛饮者三千人。关龙逢进谏曰:"古之人君,身行礼义,爱民节财,故国安而身寿。今君用财若无穷,杀人若恐弗胜,君若弗革,天殃必降,而诛必至矣。君其革之!"立而不去朝。桀囚而杀之。君子闻之曰:"天之命矣!"诗曰:"昊天太忧,予慎无辜!"①

这里提到的"昊天太忧,予慎无辜!"见于《小雅·巧言》篇。关龙逢以谏诤著称,战国时人说他"疾争强谏以胜其君"②。据说关龙逢是受末喜的谗言之害而致死的,荀子说:"桀蔽于末喜斯观,而不知关龙逢,以惑其心,而乱其行"③,战国时人说"桀听谗而杀关龙逢"④。关龙逢不避谗言之害而直谏,"立而不去朝"。或者后人咏其事之诗即称《立不》。以上这个想法建立在两个事实之上,一是,《韩诗外传》载有关龙逢"立而不去朝"之事;二是,《韩诗外传》述关龙逢之事引《巧言》诗句来说理。这两个事实当然不能证明简文"立不"必定是诗篇之名。所以此一想法只是仅供参考的猜测而已。

---

① 参见许维遹:《韩诗外传集释》,中华书局1980年版,第130页。
② 《韩非子·说疑》。
③ 《荀子·解蔽》。
④ 《战国策·秦策》五。

【第二十八简】

246　上博简《诗论》研究

《[巧]言》,言恶而不虘(荐)。⁽⁻⁾《牆(墙)又(有)茨(茨)》,慎密而不智(知)言。⁽⁻⁾《青蠅(蝇)》,[智(知)言而不智(知)辟。]⁽⁻⁾……

〖简序〗

此简内容与第 27 号简没有必然联系,与其他简亦无法系连,可能因为这个原因,所以马承源先生将此简附于此。此简开始一字残存字的下部,专家释为"言",甚是。它与言字下部确有相似之处(见下图)。

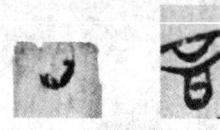

并且此简讨论的下一首诗,是"智(知)言"的问题,所以其前也可能是一言字,谓"知言",或"不智(知)言",专家以为残字为"言"字之残,可从。有专家认为此简可与第 29 号简缀合。

〖意译〗

《巧言》这首诗只指出其丑恶而不举出其具体内容。《墙有茨》这首诗只注意了言辞要缜密而不外泄,而没有注意到言所当言这个原则。《青蝇》[这首诗虽然知道逸言之害,但却不知道如何避免它的祸害。]

〖考析〗

(一)《[巧]言》,言恶而不虘(荐)。

简文"虘"字,专家或读为"文"、"民",或读为且。愚以为,此字从鹿从且从又,疑当读为"荐"。《说文》:"且,荐也。从几,足有二横,一,其下地也。"段玉裁注云:"荐训兽所食草,荐席谓草席也。草席可以为藉,谓之荐。故凡言藉当曰荐。而经传荐荐不分。凡藉义多用荐。……且,古音俎,所以承藉进物者。引申之,凡有藉之词皆曰且。"① 王筠《说文释例》亦谓"且,盖古俎字,借为语词

----

① 段玉裁:《说文解字注》十四篇上,上海古籍出版社,1988 年版,第 716 页。

既久,始从半肉定之"①,他以为且是俎的本字,久假不归故而再造出俎字。简文"廘"字,从鹿从且,就已经保存了《说文》所言的荐席之意,所从的又,是且的附加意旁。金文且字有加"又"旁者,专家解释说,"古置肉俎上以祭祀先祖,故金文或增从手"②。这个字应当读若荐。它与藉意通,均作草席讲,故而可以同意连用,如《易·大过》"藉用白茅",孔颖达谓"荐藉于物,用絜白之茅",是为其证。这里的"廘"字可以用若藉。有凭借、依靠之意。那么,此段简文所评析的是哪一首诗呢?专家多以为是《相鼠》,这首诗痛斥那些没有礼义容止的人,认为这些人连老鼠都赶不上,何不快快死掉呢?如果用"言亚(恶)而不廘(荐,藉)"来评析,是否可以说得通呢?此有两点不好解释,一是痛斥无礼仪容止者,虽然语言过分了些,但不可谓"恶";二,"不藉",意即不可凭借,不可引以为据。这样的痛斥语言,固然有些过分,但却并非一无是处,不可以说这样的话毫无可取之处,一点也不可凭借。愚以为所评的诗不是《相鼠》而是《巧言》篇。做出这个推测的理由如下。第一,第28号简所评析的三诗,皆与恶言有关③。其所评的第二首诗是《墙有茨》,简文说它"缜密而不知言"。其第三首是《青蝇》篇,此诗痛斥谗言害人。上博简所论诗往往连类而评。《巧言》一首也是痛斥谗言谮语之作,若谓第28号简开头所评的诗与其下两篇为同类之诗,应当是有可能的。第二,第28号简上端残缺,疑水渍断折所致,所以开首字迹漫漶不清,细审上端所残的"言"字,其下右侧当有重文符号,虽因水浸而漫漶不清,但亦可辨识。如果这个推测可以成立,那么,简文"言"就应当是一个重文。则简文就可能是诗篇之名的末一字为"言"之诗,检《诗经》诸篇,没有单独一字为"言"的篇名,篇名末一字为"言"的诗仅《巧言》一篇。所以,第28号简上端所残去之《诗》篇名称很有可能是《巧言》。我们可以推测今所见《诗论》第28号简上端残字"言"字之上应当有一"巧"字④。如果这个推测不误的话,那么第28号简开头的简文应当是"《[巧]言》,言恶而不荐"(言字系重文)。

---

① 王筠:《说文释例》卷二十,中华书局1987年版,第489页。
② 方述鑫等编:《甲骨金文字典》,巴蜀书社1993年版,第1105页。
③ 按照西哲的观念,语言是存在的家,言语是思想人格的体现。言如出风,"恶言"所刮的一定不是良善之风,而只能丑陋之风。孔子评析论恶言的三诗,实是从另一角度来讲"思无邪"的问题。
④ "巧"字以上依原考释者所排列的情况看(参见马承源主编:《上海博物馆藏战国楚竹书》(一),上海古籍出版社2001年版,图版第4页),所残缺的"言"字以上还应当有七个字左右,除"巧"字可推测以外,今已经无法推测知晓其他内容。

《巧言》一诗见于《小雅》。全诗内容如下:"悠悠昊天,曰父母且。无罪无辜,乱如此幠。昊天已威,予慎无罪。昊天泰幠,予慎无辜。／ 乱之初生,僭始既涵。乱之又生,君子信谗。君子如怒,乱庶遄沮。君子如祉,乱庶遄已。／ 君子屡盟,乱是用长。君子信盗,乱是用暴。盗言孔甘,乱是用餤。匪其止共,维王之邛。／ 奕奕寝庙,君子作之。秩秩大猷,圣人莫之。他人有心,予忖度之。跃跃毚兔,遇犬获之。／ 荏染柔木,君子树之。往来行言,心焉数之。蛇蛇硕言,出自口矣。巧言如簧,颜之厚矣。／ 彼何人斯,居河之麋。无拳无勇,职为乱阶。既微且尰,尔勇伊何。为犹将多,尔居徒几何。"今本《巧言》共六章,其第六章当是《何人斯》一诗的逸章。除出此章,则《巧言》诗共五章。这五章的意思是:"悠远的天,你是下民的父母。既然下民无罪无辜,你为何还要降下这大灾大祸。苍天对我过分威严,我真的是没有什么罪过的呀。苍天布下太大的网,让我无处可逃,但我真是没有过错的呀。／ 祸乱之所以起端,就是因为谮言的侵蚀。祸乱的连续不断,是因为君子听信谗言。君子如果怒斥谗言,祸乱也许就能够很快止息。君子如果能够闻善言而喜,祸乱也会很快消失。／ 君子虽然屡次盟誓,但却因为缺乏诚信而使得祸乱蔓延。君子听信盗贼谗人,祸乱就会更加猛烈。如果觉得盗贼谗人的谮言很甘甜,那么祸乱就会使人自食其果。大臣们不恭敬地恪守职责,便会徒增王的病痛。／ 高大的寝庙,是君子建造了它。井井有条的谋划,是圣人谟定了它。别人的心思,我可以忖测窥知它。蹦蹦跳跳的狡兔,猎犬遇到就捕获了它。／ 那些柔绵的树木,是君子栽培了它。来来往往的游移言辞的用意,在心里可以揣摩到它。／ 那些吹吹拍拍的大话,从谗人嘴里冒出了呀。巧言如笙簧发出的音乐一样好听,真是厚颜无耻啊!"

《巧言》这首诗里,反复指出谗言谮语所带来的祸乱及其巨大危害,还指出这些谗言谮语蒙蔽不了君子,君子可以揣测到它的用意,可以看清其厚颜无耻的丑态,甚至可以捕获这些巧言,让其现出原形。诗中从首章首句即开始痛斥"巧言"之祸害,连续不断地揭露它,批判它。但在诗中却没有举出一句具体的"巧言",没有举出一条谗言谮语展示于读者面前。诗作者这样做的用意,恐怕是不愿污己之口、亦不愿污人之眼的缘故吧。本简简文"《[巧]言》,言恶而不廌(荐)"意谓《巧言》这首诗所痛斥的巧言谮语只指出其丑恶而不举证出来①,

---

① 简文的"言"字可用如动词,指言说。亦可用如名词,指"巧言",若用作名词,则简文之意即是巧言之言丑恶不堪,所以没有具体举出("不荐")。两种用法,皆可通释简文,并且文意一致。

简文之意正是诗作者之良苦用心,可以说简文在这里是直抒诗心了。

关于简文"廈(荐)"字的考析烦请参阅本书下编"专题研究"部分的"试释战国竹简中的'荐'字并论周代的荐祭"。

(二)《墇(墙)又(有)茡(茨)》,慎密而不智(知)言。

简文"墇"字,专家或谓并不从"章",因为楚简中章字并不这么写。此字应当是从郭、从墉(或说融)之字,是墙的异体。然而对比上博简中的字形,愚以为还是以从"章"之说近是。现将几个典型的字例排列如下:

这三个字偏左的是《诗论》第14号简的章字,中间是本简简文的那个字,中间偏右的是上博简《曹沫之陈》第43号简的从障从土之字,从字形上看,本简所从的与其他两例所从者是一致的,只是稍有一点区别,即最上面一笔没有作直线,而成为人字形。对比古文字中的"墉(或作郭)"字应当说两者有着较有明显的差别。所以,诸家说本简的那个字可以楷写作"墇"。因为章、墙均属阳部字,所以简文"墇",可以读若墙。郭店楚简《语丛》四第2号简的"墙"(见上列字例最右一字)字写法与本简相同,亦足证本简的这个字当读若墙。

简文"茡"字与"茨"可以通假。《说文》草部"茡"字引《诗》作《墙有茡》。清儒马瑞辰说:"古齐、次同声通用。《周官·外府》郑注:'赍、资同,其字以齐、次为声。'是其证矣。"[①] 阜阳汉简《诗经》"鄘风"茡作䅧,胡平生、韩自强先生谓:"上古音'茨','茡','资'皆从母脂部字,'䅧'为精母脂部字,声音相近,可以相通。……《阜诗》'䅧'亦假借字。"[②] 总之,本简简文《墇又(有)茡》即今本《诗经·鄘风》的《墙有茨》篇。《鄘风·墙有茨》全诗共三章,每章六句。内容如下:"墙有茨,不可扫也。中冓之言,不可道也。所可道也,言之丑也。/ 墙有茨,不可襄也。中冓之言,不可详也。所可详也,言之长也。/ 墙有茨,不可束也。中冓之言。不可读也。所可读也。言之辱也。"这首诗的意思是:"墙上的蒺藜,不要将它扫掉。夫妻的枕边话,不可让外人知道。如果说了出去,那

---

① 马瑞辰:《毛诗传笺通释》卷五,中华书局1989年版,第168页。
② 胡平生、韩自强:《阜阳汉简诗经研究》,上海古籍出版社1988年版,第58页。

就会叫人耻笑。／ 墙上的蒺藜,不要将它割光①。夫妻的枕边话,不可向外张扬。如果向外张扬,那将使流言嚣张。／ 墙上的蒺藜,不要将它束起丢出。夫妻的枕边话,不可演绎泄露。如果向外泄露,那将会自取其辱。"

关于此诗本简简文指出其两点,一是注意了言辞的缜密,注意家中之语不可随意外传;二是指出它"不知言"。本简简文之意谓,就是夫妻之间也应当讲诚信之言,而不可以随意胡说。清儒方玉润认为《墙有茨》篇是提醒人们要知道"虽闺中之言,亦无隐而不彰也"②,总会泄露于外,所以应当慎言。这是符合此诗主旨的。但是孔子认为怕泄露于外而慎言,并非达到了"知言"的标准。君子应当做到的操守之一,就是慎独,就是言所当言——即诚信之言。从另一个角度看,只要能够慎独,能够合礼而诚信,那就不在乎区隔内外。因此说《墙有茨》篇所表达的意思,虽然注意到了室居内的言辞应当缜密,应当保守秘密而不外泄,但却没有进一步体会到"知言"的道理。所以孔子批评它"不知言",即不知道说所当说之言的道理。

关于这段简文的详细分析,烦请参阅本书下编"专题研究"部分的"试析上博简《诗论》中的'知言'与'不知言'——附论《诗论》简所反映的孔子语言观",以及"孔子如何评析论'言'三诗——上博简《诗论》第 28 号简补释"。

(三)《青蠅(蝇)》,[智(知)言 而不智(知)辟 。]

简文"蠅"字,原作"䘒"形,与小篆字形"蠅"不合。专家认为这个字,从兴省声,为蝇之异体。愚以为简文"䘒",应当是从兴省,"弓"声之字。"弓"作为声符,曾见于"雝"字,为影纽东部字,而蝇字为余纽蒸部字。简文这个字读若蝇,从声训上看是可以的。

《青蝇》一诗见于《小雅》。全诗共三章,每章四句。内容如下:"营营青蝇,止于樊。岂弟君子,无信谗言。／ 营营青蝇,止于棘。谗人罔极,交乱四国。／ 营营青蝇,止于榛。谗人罔极,构我二人。"这首诗的意思是:"嗡嗡叫的苍蝇,飞到篱笆上。平易和善的君子,莫要信谗言。／ 嗡嗡叫的苍蝇,飞到酸枣树上。进谗言的人不会停止,把四方的邦国都弄乱。／ 嗡嗡叫的苍蝇,

---

① 诗中的"襄"当读若攘,《诗·出车》"赫赫南仲,獯狁于襄",或本襄作攘,是为其证。攘有除意,但只是指赶走,而非将消灭,所以这里用割光来译其意。

② 方玉润:《诗经原始》卷四,中华书局 1986 年版,第 156 页。

飞到榛树上,进谗言的人不会停止,离间我们的交情。"此诗的主旨十分清楚,可以肯定它是斥责谗人害人祸国的诗作。

依全简文意,愚以为在简文"青蝇(蝇)"之后可以拟补"智(知)言 而不智(知)辟"六字。本简所评皆为论言之诗,集中于一简,当是孔子有意并而论之结果。孔子非常讨厌巧言、恶言、谮言,他曾经对鲁哀公说:"恶恶道不能甚,则其好善道亦不能甚;好善道不能甚,则百姓之亲之也,亦不能甚。诗云:'未见君子,忧心惙惙,亦既见止,亦既觏止,我心则说。'诗之好善道之甚也如此。"① "恶道"之一就是恶言谮语,孔子主张"恶恶道"应当坚决彻底("甚"),可见其抑恶扬善的明确态度。详细分析烦请参阅本书"专题研究"部分的"试析上博简《诗论》中的'知言'与'不知言'——附论《诗论》简所反映的孔子语言观",以及"孔子如何评析论'言'三诗——上博简《诗论》第28号简补释"。

---

① 《说苑·君道》。参见赵善诒:《说苑疏证》卷一,华东师范大学出版社1985年,第3页。

【第二十九简】

《倦(卷)而》，不知人。(一)《涉秦(溱)》其绝柎(附)而士。(二)《角幠》，妇。(三)《河水》，智。(四)

〖简序〗

关于第 29 号简是否和第 28 号简连读的问题，专家已经指出《诗论》第 29 号简上端残，"根据契口，中间至少还有四个空格"①，所以不能够径自将两简连读。这个意见应当是正确的。于此还可以再补充一下，细审两简的情况②，不仅第 29 号简上部至少有四个字的空格，而且第 28 号简下部还有三十余字的空格，因此是无法直接连读的。另外，还有专家指出，若将 29 号简连读 28 号简，这于诗意上难以解释，《诗·青蝇》篇明言谗言之害，若依 29 号简说它"不知人"，则"比较勉强"③。此简简文末一字"智"字之后尚有空，而无字，可见此简文意在"智"字已完，且"《河水》智"，正符合一字为评的简文用例。

〖意译〗

《倦(卷)而》篇讲的是不能够知人善任的道理。《涉溱》这首诗说的是郑太子忽拒绝依附大国的事。《角枕》这首诗言明了妇道。《河水》这首诗，表明了其智。

〖考析〗

(一)《倦(卷)而》，不知人。

依马承源先生释文，简文原作："《倦(卷)而(耳)》，不智(知)人。"马承源先生认为简文的"倦而"，即今本《诗经》中的《卷耳》，因为两者"字音相通"④。李学勤先生认为简文此处的"倦"，当读若患。并且以为此简可以和第 28 号简连

---

① 季旭昇主编：《〈上海博物馆藏战国楚竹书〉(一)读本》，台湾万卷楼图书股份有限公司 2004 年版，第 65 页。
② 参见马承源主编：《上海博物馆藏战国楚竹书》(一)，第 4 页图版。
③ 黄怀信：《上海博物馆藏战国楚竹书〈诗论〉解义》，社会科学文献出版社 2004 年版，第 132 页。
④ 马承源主编：《上海博物馆藏战国楚竹书》(一)，上海古籍出版社 2001 年版，第 159 页。

读作"《青蝇》知惓(患)而不知人"①。周凤五、季旭昇先生亦将卷读若患②。卷与患古音同在元部,相通假在音读上是可以的。上博简《性情论》第31号简"凡忧卷之事",郭店简《性自命出》第62号简作"凡忧患之事"③。上博简《诗论》第4简"民之有慽惓也"④,惓亦可读作患。这些都是"卷"通假作患的旁证。这些说法给简文《惓而》认定为《卷耳》的马承源先生的原考释带来了很大挑战,足以启发人们做进一步的思考。其实,简文的这个卷字读为患,虽然不误,但却未必合适。《诗论》第4号简的"慽惓",应当是当时习语。《淮南子·人间训》:"患至而多后忧之,是犹病者已惓而索良医也。"高注:"惓,剧也。"简文"慽惓"意即悲慽已剧。这个"惓"字依原字读,即已通达,不必通假而读若患。简文的"而"与耳,古音皆之部字,段玉裁谓"凡语云而已者,急言之曰耳"⑤,可见两者相通假在古音上是没有问题的。耳字多借用作尔⑥,"而"在先秦文献中每与"尔"相通假。简文"惓而",依马承源先生原考释读若"《卷耳》",说较为优。

《卷耳》属于《周南》,全诗四章,每章四句。内容如下:"采采卷耳,不盈顷筐。嗟我怀人,寘彼周行。/ 陟彼崔嵬,我马虺隤。我姑酌彼金罍,维以不永怀。/ 陟彼高冈,我马玄黄。我姑酌彼兕觥,维以不永伤。/ 陟彼砠矣,我马瘏矣。我仆痡矣,云何吁矣。"诗的大意是:"遍地茂盛的卷耳,采不满一个浅浅的小筐。叹息我的怀人呀,被置在周行。/登上那崔嵬高山,马儿跑得疲惫腿软。姑且用金罍酌饮,以消退那长长的怀念。/ 登上那高高山冈,马儿病瘠玄黄。姑且用兕觥酌饮,以抚慰那长长的忧伤。/ 登上乱石山丘,马儿累病了呀,仆人也疲劳得再也走不动,多么忧愁啊。"

《卷耳》之篇历来以费解著称,宋儒刘克说:"是诗何其难知也!说诗者姑

---

① 李学勤:《〈诗论〉简的编联与复原》,《中国哲学史》2002年第1期。
② 周凤五:《〈孔子诗论〉新释文及注解》,朱渊清、廖名春主编:《上博馆藏战国楚竹书研究》,上海书店出版社2002年版,第156页。季旭昇主编:《〈上海博物馆藏战国楚竹书〉(一)读本》,台湾万卷楼图书股份有限公司2004年版,第56页。
③ 马承源主编:《上海博物馆藏战国楚竹书》(一),第101页。荆门市博物馆编:《郭店楚墓竹简》,文物出版社1998年版,第66页。
④ 马承源主编:《上海博物馆藏战国楚竹书》(一),第16页。
⑤ 段玉裁:《说文解字注》十二篇上,上海古籍出版社1988年版,第591页。
⑥ 参见黄侃先生为王引之《经传释词》所加的批语。《经传释词》,岳麓书社1985年版,第162页。

以《诗序》求通于诗之辞,其所未畅,则强为之说,似非。诗人之旨,去古既远,非有明证亦不得为之说。"①今《诗论》简为理解此诗提供了重要启示。简文以"不知人"之语来评析《卷耳》之诗,是从知人善任以举贤才的角度来说话的②。孔子认为"知人"就是"举直",具体来说就是把贤人、好人放在掌握权力的位置上,这样他们就会发挥才能管理那些不贤之人,使他们变好。从《卷耳》诗意看,显然没有做到知人善任,所以,简文用"不知人"来点这一点。

关于简文"不知人"之意及《卷耳》篇内容的探析,详细分析烦请参阅本书下编"专题研究"部分的"《诗经·卷耳》再认识——上博简《诗论》第 29 号简的一个启示"。

(二)《涉秦(溱)》其绝柎(拊)而士。

简文"涉秦",马承源先生谓:"今本《诗·郑风》有《褰裳》,诗句云'子惠思我,褰裳涉溱','涉溱'通'涉秦',当为同一篇名,简本取第一章第二句后二字,今本取其前二字。"③专家皆同意此说,肯定《涉秦(溱)》与《褰裳》异名同篇。或有专家把这简文的七个字分为两句读,谓《涉秦(溱)》其绝"为一句,后面的三个字为一句④。我觉得此说虽然可通,但并不可靠。因为从原简看,简虽然文字不多,但却有三个作为分隔符号的小墨钉,而上述简文的七个字正在两个小墨钉之间。在《诗论》简评论具体某篇诗的系列文字,凡两墨钉间的文字,皆为评一首诗的内容,从来不将评两首诗的短语列为一体,而不加墨钉,《诗论》第 25、26 两简是为典型。在评论短语中加墨钉以示区别,可见当时书手的良苦用心。要之,专家将简文此七字当一句读之说⑤符合《诗论》简书写体例的,是可信的。

简文"其"字,当训为"乃"⑥。简文"柎",原作"⿰木付"形,原释为侟,或释肆,皆

---

① 刘克:《诗说》卷一。宛委别藏本,江苏古籍出版社影印 1988 年版。
② 前人多谓后妃选拔贤才,宋代苏辙认为妇人不当有求贤之事,"若夫求贤审官司,则君子之事也"(《诗集传》卷一,宋淳熙七年刻本)。
③ 马承源主编:《上海博物馆藏战国楚竹书》(一),上海古籍出版社 2001 年版,第 159 页。
④ 或有专家将此句的后三字读若《俟(著)而》士,认为《著而》相当于今本的《著》篇,其首句云"俟我于著乎尔"。或有专家读若《俟(突)而》士,认为《突而》与《齐风·甫田》篇的主旨"颇相契合"(姚小鸥:《孔子诗论》第二十九简与周代社会的礼制与婚俗,《北方论丛》2006 年第 1 期),当可即指该篇。
⑤ 持此说的专家有刘信芳先生(《孔子诗论述学》,安徽大学出版社 2003 年版,第 257—258 页)、季旭昇先生、郑玉珊先生(《〈上海博物馆藏战国楚竹书(一)〉读本》,台湾万卷楼图书股份有限公司 2004 年版,第 65 页)等。
⑥ 王引之谓"其,犹'乃'也"(《经传释词》卷五,岳麓社 1985 年版,第 110 页)。按,在其训乃的这种用法里面,实包含有一些"殆"与"庶几"的意蕴。

不若李零、何琳仪等先生释"栩"为洽①。从原简文字看,这个字上半为付,下半为木,释为"栩",是可信的。简文"栩",愚以为当读若附。两字古音同在侯部,声纽亦相近,当因音近而相通。简文"而"当读若"之"。虽然文献中"而"字常用作承上之词,但亦偶有通假作"之"者,《诗·角弓》"民之无良",《说苑·建本》引作"人而无良"②,即为其例。简文"士"字,当读若"事"。这两个字相通假,我们在前面分析《褰裳》"岂无他士"时已经提及,这里还可以做一点补充。《荀子·致士》"士其刑赏而还与之",杨注"士当为事"。高亨先生以此为例说士、事相通假③。总之,简文"《涉秦(溱)》其绝栩(附)而士",当读若"《涉秦(溱)(褰裳)》,其绝附之事"。简文"绝附",指的是郑忽拒绝依附大国之事。春秋时代社会上国人地位重要,他们参政议政意识很强烈,对于国家大事每每加以评论,赞美、惋惜者有之,讥刺、怒骂者亦皆有之。郑忽失国败亡之事为国人所熟知,并用诗歌的形式表示国人的某种情绪是完全可能的。简文"《涉秦(溱)》,其绝栩(附)而(之)士(事)",意即《涉秦(溱)(褰裳)》此篇讲的就是(郑忽)拒绝依附(大国)的事情。

《褰裳》一诗见于《郑风》,全诗两章,每章五句,内容如下:"子惠思我,褰裳涉溱。子不我思,岂无他人?狂童之狂也且。／ 子惠思我,褰裳涉洧。子不我思,岂无他士?狂童之狂也且。"这首诗的大意是:"你若思念我,提起衣裳淌溱河。你若不想我,难道没有他人来爱我。看你这个疯小子的疯样儿哟!／ 你若思念我,提起衣裳淌洧河。你若不想我,我难道没有别的事儿做?看你这个疯小子的疯样儿哟!"汉儒释《褰裳》一诗主旨,意见是比较一致的,都肯定它们与郑忽之事有关。其中以《诗序》说得最为明白:"刺忽也。郑人刺忽不昏于齐。太子忽尝有功于齐,齐侯请妻之,齐女贤而不取,卒以无大国之助,至于

---

① 李零:《上博楚简三篇校读记》,中国人民大学出版社,2007年版,第21页。何琳仪:"沪简《诗论》选释",朱渊清、廖名春主编:《上博馆藏战国楚竹书研究》,上海书店出版社2002年版,第256页。

② 按高亨先生以此为据认定"而与之"可相通假(参见高亨:《古字通假会典》,齐鲁书社1989年版,第397页)。论证"而"训为"之"之说,以裴学海先生最审明。他指出"而"训之,犹口语之"的",并举八例以证明"'而'与'之'为互文",如《淮南子·人间训》"虞之与虢,相恃而势也",所云"相恃而势"即"相恃之势",《庄子·大宗师》"天而生也",即"天之生也",《论语·泰伯》"人而不仁",《论衡·问孔》引"而"作之,可见"人而不仁"即"人之不仁"等。他还另举多例证明古文献中"而"可训为"之"。(参见裴学海:《古书虚字集释》卷七,中华书局2004年版,第533—536页)。

③ 高亨:《古字通假会典》,齐鲁书社1989年版,第405页。

见逐,故国人刺之。"宋儒、清儒多不相信此说,今见此简简文,可证汉儒此说是接近诗旨的正确说法。

关于此简文的详细分析,烦请参阅本书下编"专题研究"部分的"英雄气短:春秋初期社会观念变迁之一例——上博简《诗论》第29号简补释"。

(三)《角幡(枕)》,妇。

简文"幡"字,竹简文字罕见。专家异说颇多。或释为艳,或读为卭,似皆未读若枕更恰适些。专家以为这个字从审省声,当即枕之异构,说或近是。《唐风·葛生》篇第三章首句谓"角枕粲兮",若推测《葛生》原名《角枕》,虽然没有证据,但也似有一定的可能性。这首诗写妻子对于亡夫的无比怀念。丈夫生前外出服役没有长相厮守,丈夫逝去她倍觉形单影只,悲哀无限。并且诗中后半,思念之绪转化为盼能死后同穴,酸楚之情令人流泪。此诗直可视为千古悼亡之祖。本简简文着一"妇"字评论此诗,应当是赞美此妇的恪守妇道、感情真挚而且深厚。

《唐风·葛生》全诗四章,每章四句。关于这首诗的相关讨论已见于《诗论》第24号简的讨论,这里不再赘述。

(四)《河水》,智。

依《诗论》简文之例,《河水》为诗篇名,应当肯定。"河水"之称见于《新台》《硕人》《伐檀》等诗,所以专家有以此三篇之一为简文所指者,不为无据。马承源先生谓:"《河水》,今本所无。见于《国语·晋语》四:'秦伯赋《鸠飞》,公子赋《河水》。'"然而,《国语》韦昭注谓"河,当作沔,字相似误也"。韦昭注见《国语·晋语》四,谓:"河,当作沔,字相似误也。其诗曰:'沔彼流水,朝宗于海。'言己反国当朝事秦。"这说明早在韦昭的时期,就有了"河水"、"沔水"易混的情况。专家指出,竹简文字中,河与沔区别甚明显,说此简的河为沔,似不可信。然而,韦昭说两字"相似",盖三国时期隶书所致,而先秦时期的楚国文字则不易混同。从今本《沔水》所云"沔彼流水,朝宗于海",公子重耳引此表示自己返晋以后,当朝事于秦。很是密合妥当。简文称其"智",可能是指公子重耳在特定场合赋此诗之事,说明重耳反应敏锐,智慧超群。所以这里简文"智"字,不必依一般竹简文字通假而读为知。另有专家指出,在正常的情况下,孔子或者是书手,不大可能把"沔"字误写作"河"字,若果有此误,则此种巧合太过离奇,并不可信①。这个肯定,也是有道理的。再者,《诗》异名同篇的情况,虽然不能说没有,前引《晋语》的《鸠飞》就是《诗·小雅·小宛》的异名,但这种情况非常罕见,遍检文献,有确证者仅有此一。所以,《河水》误为《沔水》的可能性是不大的。

我们关于"逸诗"问题的探讨,所得出的结论是,《诗》三百篇自孔子编定授徒之后,相传有序,很少散佚,上博简《诗论》所载孔门师徒对于《诗》的评析讨论,皆在三百篇的范围之内进行。若依此为前提来认识此简所载的"河水",之称,它就不可能是逸诗,而应当是三百篇中的某篇。从《诗》的篇名规律看,《河水》一诗应当有"河水"之句。检《诗》可以看到,《新台》、《硕人》、《伐檀》三篇皆有"河水"之语。这三篇中当有一篇即此简所提到的《河水》。曾有专家认为这首诗是《新台》,我倒以为《伐檀》的可能性更大些。

先说《邶风·新台》一诗,汉儒四家诗皆以为是刺卫宣公作新台于河上拦夺其子伋之妻之作,此诗语义隐晦难解,所以自宋儒以来多有怀疑此篇是否刺卫宣之作者,所刺既难明,读来又不简洁明快,因此很难以"智"来评它。

再说《卫风·硕人》一诗写庄姜之美和新婚的幸福。其中的诗句"巧笑倩矣,美目盼兮",还曾见于《论语·八佾》所载子夏关于礼的请教之语。此诗虽极尽铺陈形容,其作者的语言艺术自非寻常,但却无法体现其智慧。若用"智"来评它,是不贴切的。若能够排除《新台》、《硕人》,那么,这三篇诗句提及"河水"的诗作中,若以"智"的评析来比量,就当以《伐檀》最为近之。

《魏风·伐檀》是一首三章、章九句的短诗。内容如下:"坎坎伐檀兮,寘之河之干兮,河水清且涟猗。不稼不穑,胡取禾三百廛兮。不狩不猎,胡瞻尔庭有县貆兮。彼君子兮,不素餐兮。／ 坎坎伐辐兮,寘之河之侧兮,河水清且直猗。不稼不穑,胡取禾三百亿兮。不狩不猎,胡瞻尔庭有县特兮。彼君子兮,不素食兮。／ 坎坎伐轮兮,寘之河之漘兮,河水清且沦猗。不稼不穑,胡取禾三百囷兮。不狩不猎,胡瞻尔庭有县鹑兮。彼君子兮,不素飧兮。"这首诗的意思是:"砍伐檀树的声音坎坎地响,砍下的树放在河岸上。河水清清泛起涟漪。不耕种不收割,为何他的粮食倒有三百廛?不出狩不打猎,为何能看到他的院子里悬挂着猪獾?他是君子啊,不是白吃饭的呀!／ 为了做轮辐而砍树的声

---

① 曹建国:"《诗》本变造与'孔子删诗'新论",《文史哲》2011年第1期。

音坎坎地响,砍下的树放在河边上,河水清清泛起涟漪。不耕种不收割,为何他的粮食倒有三百亿?不出狩不打猎,为何能看到他的院子里悬挂着大野猪?他是君子啊,不是白吃饭的呀!／ 为了做车轮而砍树的声音坎坎地响,砍下的树放在水边上,河水清清微起涟漪。不耕种不收割,为何他的粮食倒有三百囷?不出狩不打猎,为何能看到他的院子里悬挂着鹌鹑?他是君子啊,不是白吃饭的呀!"

关于此诗主旨,20世纪在强调阶级斗争,强调《诗经》人民性的背景下,研究者多以此诗为"人民性"的典范之作。说这首诗是伐木的劳动者讽刺贵族的尸位素餐,不劳而食,并且认为此诗反映了劳动者与剥削者两大阶级的对立,是劳动人民对于不劳而食者的冷嘲峻刺。其实,此诗的一些问题尚需再作探讨。

首先是关于"素餐"的问题。

战国秦汉时期所理解的"素餐"或指无功食禄,或指居位无能,意义是明确的。那么君子在位而享尊荣,这是不是"素餐"呢?孟子弟子公孙丑曾经向孟子请教关于"不素餐兮"这句诗的问题,孟子跟他有所讨论。内容如下:

公孙丑曰:"诗曰'不素餐兮',君子之不耕而食,何也?"

孟子曰:"君子居是国也,其君用之,则安富尊荣;其子弟从之,则孝弟忠信。'不素餐兮',孰大于是?"[1]

公孙丑的问题颇有深度,实际上是针对孟子的一个重要理论而发。孟子强调社会分工的合理性,指出"劳心者治人,劳力者治于人;治于人者食人,治人者食于人:天下之通义也。"[2]这大体上说的是体力劳动与脑力劳动的差别。公孙丑的问题是,只有耕而食才算是不"素餐",而"君子"能够不耕而食,这是什么原因呢?孟子的回答是说,君子不耕是有其合理性的,因为君子得到国君的任用,发挥了才能,所以安富尊荣。君子的子弟也随之于此,并且孝弟忠信,合乎社会伦理道德的标准。所以孟子认为君子"不素餐"不仅是合理的,而且是

---

[1] 《孟子·尽心》上。
[2] 《孟子·滕文公》上。

十分重要的("孰大于是")。

其实孟子所理解的《伐檀》诗旨与孔子是一致的。《孔丛子·记义》篇载：

> 孔子读诗及小雅，喟然而叹曰："吾于……《伐檀》见贤者之先事后食也。"①

所谓"先事后食"，即指贤士先侍奉君主，然后得以食取俸禄。

其次，关于《伐檀》诗意问题。当代专家多将其理解为劳动人民的"杭唷杭唷"之歌，一边干活，一边唱出心声。全诗皆劳动群众的所事、所见、所言。还有学者曾经出于义愤，将"彼君子兮，不素餐兮"译为："唉！那些混账王八蛋，无菜不下饭！"②将"君子"译为"混账王八蛋"，将"素餐"理解为无菜之饭，观上古时代对于此二者的理解，亦从无作此说者。

汉儒对于《伐檀》诗旨的理解与孔子、孟子之意相近。《诗序》这在本质上与汉儒的说法并无大别③。清儒王先谦总结汉代三家诗之说指出："鲁说曰：《伐檀》者，魏国之女所作也，伤贤者隐避，素餐在位……齐说曰：功德不施于天下而勤劳于百姓。"可见三家诗与毛诗对于此诗主旨的理解并无大别。《孔丛子·记义》篇说"于《伐檀》见贤者之先事后食也"，先事而后食，这应当是一种生存智慧。对于素餐者的讽刺，指斥其不劳而食，并且这种指斥为千古所传诵。这也是一种智慧。本简简文用"智"来说它，可谓一语中的。

上博简《诗论》所论之诗，名称与今本不一者，有多例，如第17号简《将仲》，今本作《将仲子》，第18号简《枎杜》，今本作《有枎之杜》，第21号简《将大车》，今本作《无将大车》，本简《角枕》，今本作《葛生》，本简《涉溱》，今本作《褰裳》等，所以本简《河水》，今本作《伐檀》亦无足怪焉。

---

① 王钧林、周海生译注：《孔丛子》，中华书局2009年版，第44页。
② 魏建功：《〈邶风·静女〉的讨论》引某氏说，《古史辨》第三册，上海古籍出版社1982年版，第531页。
③ 《诗序》云："伐檀。刺贪也。在位贪鄙。无功而受禄。君子不得进仕尔。"郑笺亦有类似的说法。

中编 综合研究

一 《诗论》与孔子思想：
《诗论》所见孔子思想的若干特色

《诗论》记载了孔子与弟子论《诗》的情况，从中可以看到孔子思想的若干重要方面，虽然不能把它看成是一部严谨的哲学或思想的著作，但其中涉及孔子思想的诸多方面的内容，其中有些还是前此不曾见到的新的材料。研究这些内容，对于认识孔子思想以及早期儒家观念的不少问题，具有比较重要的价值。今择其荦荦大端者分述于后。

(一) 尊王思想

孔门师徒论《诗》，应当有自己的思想含义，应当有一个思想主线。对于这个思想主线，专家或提出是以礼研诗，也有的专家说是《诗论》第1简所载的孔子之语"诗亡(无)隐(隐)志，乐亡(无)隐(隐)情，旻(文)亡(无)隐(隐)言"，这样来理解，虽然有一定道理，但是却不能涵盖《诗论》简的全部简文之意。愚以为这个思想主线，应当就是孔子的尊王观念。

在孔子思想中，尊王观念十分重要。《论语·里仁》篇曾经记载孔子和曾子的谈话：

> 子曰："参乎！吾道一以贯之。"曾子曰："唯。"子出。门人问曰："何谓也？"曾子曰："夫子之道，忠恕而已矣。"

关于"忠恕"之意，朱熹说是"尽己之谓忠，推己之谓恕"①，从君子个人修养方

---

① 朱熹：《四书章句集注·论语集注》卷二。

面来说,这是正确的。但是朱熹,并没有说"忠恕"的对象。就政治理想而言,孔子认为首先应当是"忠恕"于周王,"忠恕"于由周王所分封的诸侯国君主。春秋时代,周天子权威虽然是明日黄花,比不得西周时期风光,但其影响还是不可以小觑的,朱熹曾用"尊王贱伯"来说《春秋》大旨①,很是精辟。孔子的时代,王权和各诸侯国的君权都在下降,用孔子的话来说就是"礼乐征伐自诸侯出"、"自大夫出"以及"陪臣执国命"的"天下无道"②的时代。就是在这样的时代,孔子却逆潮流而动,恪守传统,依然在政治观念上尊王、尊君,痛斥无视王道威严的僭越行为。他说:"如有用我者,吾其为东周乎?"③把自己的理想定位于复兴周道于东方。周道即周天子之道,即周天子为首的社会伦理政治秩序。《孟子·万章》上篇载:

> 咸丘蒙问曰:"语云:盛德之士,君不得而臣,父不得而子。舜南面而立,尧帅诸侯北面而朝之,瞽瞍亦北面而朝之。舜见瞽瞍,其容有蹙。孔子曰:'于斯时也,天下殆哉,岌岌乎!'不识此语诚然乎哉?"孟子曰:"否。此非君子之言,齐东野人之语也。尧老而舜摄也。尧典曰:'二十有八载,放勋乃徂落,百姓如丧考妣,三年,四海遏密八音。'孔子曰:'天无二日,民无二王。'舜既为天子矣,又帅天下诸侯以为尧三年丧,是二天子矣。"

孟子称引的孔子之语"天无二日,民无二王",是一个重要的材料。它说明,在忠(尊王)、孝(尊亲)二者有矛盾的时候,孔子坚决主张后者必须服从前者,即尊亲当服从于尊王。战国时代已有"假造圣人语以证己说"的现象存在,所以咸丘蒙所说的孔子之语"于斯时也,天下殆哉,岌岌乎!"④完全出自伪造,孟子斥之为"齐东野人之语"⑤。孟子引真正的孔子语"天无二日,民无二主"予以

---

① 朱熹谓:"《春秋》则是尊王贱伯,内中国而外夷狄,明君臣上下之分。"(《朱子语类》卷六十七,中华书局 1988 年版,第 1659 页)。按,除谓"尊王"一词来说《春秋》主旨以外,朱熹还用"贵王"来说明,如谓"《春秋》大旨,其可见者:诛乱臣,讨贼子,内中国外夷狄,贵王贱伯而已"(《朱子语类》卷八十三,中华书局 1988 年版,第 2144 页)。
② 《论语·季氏》。
③ 《论语·阳货》。
④ 咸丘蒙所说之古史之事(即舜父瞽瞍朝舜见为"天子"的舜),以及所编造的"孔子语"(认为这是人伦乖乱,天下危殆)皆系信口胡说,没有任何证据可言,故孟子斥之。
⑤ 《孟子·万章》上。

驳之。正击中假说之要害。

"天无二日,民无二主"的思想,充分肯定了现实政治中君主的意义,君主（首先是夏商周三代之王）,乃是社会之主宰,是民族与国家的象征。孔子的尊王观念即由此而升发。孔子论《诗》,其思想的主导之一就是尊王。对于这一点,孟子曾从历史哲学的角度进行的说明,所论非常深刻。他说：

> 王者之迹熄,而《诗》亡,《诗》亡然后《春秋》作。晋之《乘》,楚之《梼杌》,鲁之《春秋》,一也。①

照孟子看来,《诗》即"王者之迹",是"王天下"事迹的反映与记录。从孟子这段话看,他实指出《诗》就是王者的历史亦即王者的历史先是由《诗》来记录的,然后才由《春秋》来记录。为什么会如此呢？唐儒成伯璵解释说："王泽竭而《诗》不作者,谓幽厉之后周室大坏,不能赏善罚恶,讽刺无益故也。"②原来,《诗》是王道、王权之表现,周王室权力跌落,到幽厉时期周王朝已经麻木不仁,到了赞美和讽刺规劝都无济于事的地步,既然如此,《诗》还有什么意义呢？所以世事发展到这一步,《诗》一定衰亡,也必然衰亡。《诗》与周王朝相始终,它是王者之迹,是王泽的表现。王泽不存,《诗》何以附之呢？

《诗经》所载之周王朝,从其起源、发展到文王受命、武王伐纣、成王制礼,直到西周后期王朝衰败,一直到春秋前期诸侯兴起、王纲不振,都有诗化的描绘,诗歌语言所解读的周王朝历史成为后来史家撰写周王朝历史的取材之源。说《诗》是周王之迹的诗,一点也不过分。《诗论》简对此也曾有所指出,《诗论》在总论性质的简文所强调的"寺（诗）也,文王受命矣"（第2号简）,与孟子所谓《诗》乃"王者之迹",在逻辑上是完全一致的,说它是孟子此一思想理念的先声,亦不为过。

《诗论》简还指出有的诗是写成王之事的,第6号简简文谓："《烈文》曰：'乍（亡）竞隹（唯）人'、'不（丕）显隹（唯）德'、'于呼前王不忘',吾敓（悦）之。《昊天又城（成）命》,'二后受之',贵且显矣讼（诵）。"《诗论》指出,《烈文》《昊天

---

① 《孟子·离娄》下。
② 成伯璵：《毛诗指说·兴述》,四库全书荟要本。

有成命》这两首诗就是写成王承继文王、武王之业而发扬光大之事的。《诗论》第 8 简指出,有几首诗是写周王朝衰败气象的,简文谓"《雨亡(无)政(正)》、《即(节)南山》,皆言上之衰也,王公耻之"。这些简文皆为直接评析《诗》之所写周王朝气象者。其他间接说明此一问题者,亦有不少。再如,《王风》列为十五国风之首,根据就在于它是周王朝的代表,虽然其所在的王畿地区,在春秋时期已经失去了昔日辉煌,但它仍然是东周王朝所在之地,是正统根基之所在。清儒曹元弼说:"观于左氏而知周公制礼深根固本,东迁以后纲纪法度日失其序,而天下尚未遽为战国者,有由然也。"①在孔子看来,《王风》正是东周之地,是周文化的最后遗存,其地位自然非同一般②。孔子曾有复兴周道于东方的志向③,关注《王风》应是其题中应有之意。《诗论》简评论《黍离》之诗,表明了孔子对于《王风》的重视。《诗论》第 19 号简谓:"[《黍离》又(有)]溺(惄)志,既曰'天'也,犹又(有)悁言。"意思是说,《黍离》这篇诗表达了忧患意识。诗中已经将不可逆转的事情的出现归之于"天",却还有愤懑怨恨之言。认识天命是完全应当的,但是,知天命之后不应当再有怨恨情绪。《黍离》之诗写西周宫室沦为荒野之处。《诗序》谓"《黍离》,闵宗周也。周大夫行役,至于宗周。过故宗庙宫室,尽为禾黍。闵周室之颠覆,彷徨不忍去而作是诗也"。诗序认为此诗是周大夫闵宗周沦亡之作,宫室繁华之地变为田垄沟壑,令人颇有沧海桑田之叹。见故园荒芜而忧叹故国泯灭,让人感悟到天命之威严与不可违拗。孔子说:"天下有道,则礼乐征伐自天子出;天下无道,则礼乐征伐自诸侯出。自诸侯出,盖十世希不失矣;自大夫出,五世希不失矣;陪臣执国命,三世希不失矣。"④孔子敏锐地看到了时移所造成的世势巨变,虽然不满意这种变迁,但他承认这个历史事实,他自己从来不灰心丧气,而是以复兴周道为己任,进行着孜孜不倦地努力。《诗论》所载对于《黍离》之诗的评析,正反映了子"知天命"而尊王的理念和态度。

然而,毕竟大江东流,落花无情,周王朝东迁之后的衰落趋势不可逆转,正如元儒所云"刑政不以能治天下,诸侯恣擅相关灭,王迹熄矣"⑤,孔子对于这

---

① 曹元弼:《礼经学》卷四。
② 尊奉周王朝是春秋时期普遍的社会观念。《史记·吴世家》集解引服虔说,论王风列为风而不入雅的原因,谓:"王室当在《雅》,衰微而列在《风》,故国人犹尊之,故称《王》,犹《春秋》之王人也。"
③ 《孟子·阳货》载孔子语"如有用我者春秋,吾其为东周乎?"是为孔子志向的一个说明。
④ 《论语·季氏》。
⑤ 朱焯:《诗经疑问》卷一。四库全书荟要本。

个情况，在无奈之余采取了现实的态度，如实地承认了这个变化。他在评诗时候，将王风置于国风之列，而没有做特殊处置。上博简第18—19号简将关于《王风·黍离》篇与风诗诸篇一起评析，就是这种态度的一个表现。对于周王朝的衰落，《诗论》第8号简谓："《雨亡（无）政（正）》、《即（节）南山》，皆言上之衰也，王公之耻。"①《雨无正》等诗揭示了在周王朝衰亡之际，王公大臣不敢负责的嘴脸，他们只为自己打算而不替王朝着想，只是一群结党营私之徒，所以说是"王公之耻"。从逻辑上看，孔子实认为就是周王朝衰落了，那也是王公大臣的责任，而与周天子无涉。

孔子以《诗》作为教本授徒，十五国风不能涵盖西周、春秋时代的主要诸侯国，这其间的根本原因在于孔子评《诗》的原则标准之一就是"尊王"。唐儒成伯瑜指出："荆徐吴越僭窃名号、杞莒邾滕杂用夷礼、江黄道柏陷于楚服，不与诸夏同风，皆没而不取。"②其所列十二国，皆不与十五国风，不入选的理由就在于这些国家不尊崇周王朝。这个说法是很道理的。上博简《诗论》所论之诗皆在今本《诗经》当中，没有发现十五国风以外的诸侯国的作品，说明孔子尊王思想的贯彻是始终一致的。

从《诗论》简中可以看到，孔子对于《关雎》篇情有独钟，在惜墨如金的简文中却有两简（第10号简、11号简）三次提及《关雎》之篇。《关雎》之篇肇端于民间的婚恋情歌，但它被编入《诗》的时候，却不是以情歌的面貌出现的。《诗序》说："《关雎》，后妃之德也，风之始也，所以风天下而正夫妇也，故用之乡人焉，用之邦国焉。风，风也，教也。风以动之，教以化之。"这里，强调的是《关雎》之篇是以后妃之德来风化天下的样板。上博简《诗论》第10号简强调"《关疋（雎）》之改"，即《关雎》之篇意义的重大，第10号简又说"《关疋（雎）》以色俞（喻）于礼"，把它作为行为规范来看待。《诗序》对于《关雎》风教天下的意义的强调，可以说在《诗论》简文中已有端绪。第11号简从诗言情的角度再次指出"《关疋（雎）》之改，则其思赠（益）矣"，认为此篇之思是有益的。那么，什么是《关雎》之思呢？用孔子的话来解释那就是"诗三百，一言以蔽之，曰'思无邪'。"③

---

① 按，简文原作"王公耻之"，俞志慧先生认为简文"耻之"，可能是"之耻"的误倒，"若是'王公之耻'，则与诗合，亦与'言上之衰也'语气一贯"（"《孔子诗论》五题"，朱渊清、廖名春主编：《上博馆藏战国楚竹书研究》，上海书店出版社2002年版，第312页）。其说甚有理致，洵为卓识。

② 成伯瑜：《毛诗指说》"兴述"，四库全书荟要本。

③ 《论语·为政》。

《关雎》作为"三百"篇之首,自然也是"思无邪"的榜样。《诗序》将《关雎》的意义大而化之,唐儒孔颖达则将其具体化,认为此篇乃是在宣示文王之德。他说:

> 言文王行化,始于其妻,故用此为风教之始,所以风化天下之民,而使之皆正夫妇焉。周公制礼作乐,用之乡人焉,令乡大夫以之教其民也;又用之邦国焉,令天下诸侯以之教其臣也。①

从孔子的尊王观念看,《诗序》的说法是不错的,但孔疏之意则更为准确。清儒林伯桐曾经进一步指出:"文王至德,不可测度。观后妃之德如此,则文王刑于之化,大略可想。"②《诗·大雅·思齐》有"刑于寡妻"之句,意指文王仪型其嫡妻,从而治理天下。林伯桐所谓"刑于之化"即指此。孔子尊王,首先是尊文王。他编《诗》时列《关雎》为三百篇之首,其用意在也正在于此。春秋时人非常重视文王之德的影响。春秋后期吴公子季札聘鲁观乐,他评论《大雅》之乐说:"广哉,熙熙乎!曲而有直体,其文王之德乎。"③依照季札的说法,则《大雅》之诗,也是在表现文王之德的。周因文王美德而德天眷顾,终至"受命"。所以说,文王之德和文王受命都是周王朝的立国之基。《诗论》简所谓"《诗》也,文王受命矣",正揭示了《诗》正是为展现"文王受命"这一主题之作,说它是"王迹",首先是文王受命之迹,历代周王无非是沿着文王之迹前进而已。《诗》作者和编定者胸中往往梗着一个展现"王迹"的情结,《诗论》简对于这方面的评析是很有意义的。

诗不仅是王迹的表现,而且也是周王行政的工具。诗可以反映各个地区各个社会阶层的不同面貌,可以使"王者不窥户牖而知天下"④。上博简《诗论》也有这方面的说法,例如《诗论》第4简谓:

---

① 孔颖达:《毛诗正义》卷一,《十三经注疏》本。
② 林伯桐:《毛诗识小》卷一,四部丛刊初编本。
③ 《左传》襄公二十九年。按,这里所说的"曲而有体",是说《大雅》之乐,虽然抑扬顿挫("曲"),但其主旋律("体")则是一贯不变的("直")。日儒竹添光鸿《易经·明夷》彖传《明夷》,内文明而外柔顺,以蒙大难,文王以之"为释,近之。《左氏会笺》下册,台湾大通书局1976年版,第15页。)
④ 成僎:《诗说考略》卷一,信芳阁刊本。

中编 综合研究 267

　　[孔子]曰:诗其猷(犹)坪(平)门,与戈(戋)民而镦之,其甬(用)心也
牆(将)可(何)女(如)?曰:《邦风》氏(是)也。民之有惠倦也,上下之不和
者其甬(用)心也牆(将)可(何)女(如)?[《小夏(雅)》是也。]①

　　这段简文的意思是:[孔子]说:《诗》大概是如同民众时常出入的通畅的城门一
样的,是给予普通民众宣泄情感的便捷通道。《诗》可以将民众的愤怨情绪汇
聚一起,让其发泄排解。《诗》作者及采集者的良苦用心是什么样子的呢?《邦
(国)风》正是这个样子的,从它那里就可以看到。民众有了怨诽愤恨和倦怠疲
惫的情绪,使得社会上上下下各阶层的人不和谐,这种情况也在《诗》中有所反
映,《诗》作者和采集者叙说和搜集这些的内容的良苦用心是什么样子的呢?
[《小夏(雅)》正是这个样子的,从它那里就可以看到。]简文分析了《邦(国)风》
和《小雅》诗篇的意旨,指出,其中不少诗篇是民众愤恨和倦怠疲惫情绪的发
泄,这两类诗就是民众宣泄情感的通道。执政者看了这些诗篇自然会知道社
会,了解下情。这两类诗正是为王者"知天下"而设计的②。

　　《诗论》简中论说周代王权与天命的关系,强调指出,"天命"正是周王朝立
国的根本。《诗论》第7号简谓:

　　"褱(怀)尔明德"害(曷),城(诚)胃(谓)之也。"又(有)命自天,命此
文王",城(诚)命之也,信矣!孔子曰:"此命也夫?文王隹(虽)谷(欲)已,
得摩(乎)?此命也。"

　　这段简文的大意是说,为什么《诗·大雅》要反复强调"怀尔明德"一类意思呢?
因为《大雅》的主旨确实是这样的呀。《大雅》的诗句说"又(有)命自天,命此
文王"(命令来自于上天,将天命交付给这位文王)的诗句,确实表明天命的归
属,真是这样的呀!孔子说:"这就是天命啊!如果文王没有'明德',他就是想
得到天命,就是能够得到的吗?反过来说,就是正因为文王有被上天看重的

---

　　① 关于这段简文的讨论,烦请参阅本书"疏证"部分。简文此处[ ]号之内的文字,系愚据上下文意拟
补的。
　　② 大家知道,汉儒是把《国风》和《小雅》里面的这类诗篇作为"刺"诗,将这些诗纳入其美刺说的范畴
来认识的。汉儒之说,已经多少偏离了孔子论诗的理念。

'明德',所以他想不接受天命,也是不能够的呀。这就是天命啊!"

"袞(怀)尔明德",见于今本《诗经·大雅·皇矣》篇。今本《皇矣》诗句是"帝谓文王,予怀明德,不大声以色,不长夏以革,不识不知,顺帝之则。"《墨子·天志》下篇引《皇矣》作"帝谓文王,予怀明德"孙诒让注曰:"吴钞本,'怀'下有'而'字。"①是别本此句作"予怀而明德",今得《诗论》简文为证,可见此句原本当作"怀尔明德",流传过程中讹变为"予怀明德"。现在的问题是,孔子为什么单取《皇矣》的"怀尔明德"之句来论证天命这一重大理念呢?愚以为理解这一问题,关键是将《皇矣》一诗的重要性弄清楚。在周族的诸篇开国史诗中,《皇矣》一诗颇为独特,它讲了从太王、太伯,直到王季、文王的业迹。它是诸篇史诗中唯一一篇把"天命眷周"这一主题讲得清楚仔细的诗作。《皇矣》的首章开宗明义地说道:"皇矣上帝,临下有赫。监观四方,求民之莫。维此二国,其政不获。维彼四国,爰究爰度。上帝耆之,憎其式廓。乃眷西顾,此维与宅。"说是英明的上帝观察下界的民瘼。"二国"之政不善,四方的其他国家也让上帝讨厌②,上帝往西边看,眷顾着西方的周,这才决意离殷而迁于周。原来,周受天命有一个逐步发展的过程。据《皇矣》篇说,在王季的时候,"天立厥配,受命既固",上帝已经授命于他。但是这个授命,还只是接受了上帝所授予的福祉,用《皇矣》的诗句说,那就是"既受帝祉,施于孙子"。正式的受命,还是在周文王的时候,本简所提到的"怀尔明德",就是帝将天命授给文王的依据。墨子解释这几句诗的时候,说道:"帝善其顺法则也,故举殷以赏之,使贵为天子,富有天下,名誉至今不息。"③《诗论》第 7 号简再引《大雅·大明》篇之句"有命自天,命此文王",说明天确实将天命授予有"明德"的周文王。孔子总结说天命就是这个样子的,你有了明德,想不接受天命都不行。《诗论》简有比较多的字句专讲文王授命的问题,除了说明孔子对于天命问题的重视以外④,还可以看

---

① 孙诒让:《墨子间诂》卷七,中华书局 1986 年版,第 199 页。
② 《皇矣》首章诗旨较平易,唯"上帝耆之,憎其式廓"句前人多有误释。清儒马瑞辰说"耆从旨声,旨责二字双声。《广雅》:'怒,责也。''诼,怒也。'责与怒皆恶也。以声为义,则耆字亦得训恶耳。"(《毛诗传笺通释》卷二十四,中华书局 1989 年版,第 840 页。)愚以为马氏此说,将耆理解为指责之义,是正确的。
③ 《墨子·天志》中,参见孙诒让《墨子间诂》卷七,中华书局 1986 年版,第 186 页。
④ 《论语·子罕》"子罕言利与命与仁",论者多以为利、命、仁三者皆孔子所罕言,宋儒史绳祖谓"子罕言者,独利而已。当以此四字为句作一义。曰命曰仁,皆平日与深与,此当别一义。与,如'吾与点也'、'吾不与也'等字之义"。程树德《论语集释》赞成此说(参见《论语集释》,中华书局 1990 年版,第 566 页)。今见上博简《诗论》,亦证史绳祖之说为是。

到孔子讲天命的目的在于说明周王朝立国有据。天命就是周王权的后台,谁还能够与之抗衡呢?

上博简《诗论》经过多年的研究表明,虽然有个别所评之诗缺失篇名,或与今本篇名不一致,但其所评析之诗皆在今本《诗经》的范围之内。这一点很可以说明一些问题。上博简《诗论》是在楚地流行的著作,其中一遵《诗》之原貌,反映了楚地文字对于周文化之尊重。这与楚庄王在成周城下不敢造次的事情,如出一辙。但是,周王朝对于楚的不满却并未减退。《诗》中不载楚诗就是一个证明。孔子编定《诗》的定本时,一遵这一原则,这是孔子尊王而蔑楚态度的表现。学者或谓楚国"僭号称王,不承天子威令,则不可黜陟,故不录其诗"①,是有道理的。

《诗论》作者反复申述的主旨,即周文王从平虞芮之讼开始表明了天命之所归。最为典型的词语见于第 2 号简和第 7 号简:

寺(诗)也,文王受命矣。讼坪(平),德也,多言后。其乐安而迟,其诃(歌)绅(顺)而癃,其思深而远,至矣! 大夏(雅)盛德也。多言(以上第 2 号简)怀尔明德害(曷)? 城(诚)胃(谓)之也。又(有)命自天,命此文王,城(诚)命之也,信矣! 孔子曰:此命也夫。文王隹(唯)谷(裕)也,得摩(乎)? 此命也。(以上第 7 号简)

《诗·大雅》是周族与周王朝的史诗。《大雅》共三十篇,其《文王之什》等十篇诗作皆以"有命自天,命此文王"、"仪刑文王,万邦作孚"为中心展开,《生民之什》和《荡之什》诸篇也大致体现了同一主题,说明文王受命的必然原因和后世必须"仪刑文王"的道理。简文"寺(诗)也,文王受命矣",正是对于这一主题的简要而准确的概括。第 21 号简谓"《文王》吾美之",第 22 号简谓"《文王》曰:'文王在上,于昭于天',吾美之",也表达了这一思想。第 6 号简谓"[《清庙》曰:'济济]多士,秉文之德',吾敬之",所谓"秉文之德"意即秉承文王的德,同简所谓"不(丕)显维德",亦指文王之德。第 5 号简谓:

---

① 张西堂:《诗经六论》,商务印书馆 1957 年版,第 79 页。

> 《清庙》，王德也，至矣。敬宗庙之礼，以为其本，秉文之德，以为其业。

所谓"王德"，据此简的"秉文之德"可知此"王德"即文王之德。文王之德不仅是周王朝接受天命而立国的根本依据，而且是周王朝历来坚持的所有人的伦理道德典范。

除了对于周文王的高度赞美之外，《诗论》简表明孔子对于其他的周王也有显著的赞美之辞。第6号简"昊天又(有)城(成)命，二后受之"是讲"二后"（周文王、周武王）接受天命。《诗·昊天有成命》篇除了讲"二后"之外，还讲"成王不敢康，夙夜基命宥密"，颂扬周成王尽心尽力地继承文武之业。对于周天子，《诗·烈文》篇以"前王"概括而称之，谓"无竞维人，四方其训之。丕显维德，百辟其刑之，于乎！前王不忘"。第6号简特别重视此语，谓：

> 《剌(烈)文》曰："乍(亡)竞隹(唯)人，不(丕)显隹(唯)德。于摩(乎)！前王不忘。"吾悦之。

《烈文》一诗所说的"前王不忘"的"前王"，其所指是什么呢？毛传以为指武王，其实应当是指历代周王。

正所谓爱屋及乌，孔子敬重和赞美周王，也附带着赞美拥戴周王、辅佐周王的贤臣和诸侯。《诗论》简中有第10、13、15、24号等四支简颂扬召公。不唯如此，就是对于到周王朝宗庙里参加祭典的"济济多士"，孔子也给予了敬意，谓"吾敬之"（第6号简）。相反对于危害周王而只贪图私利的佞臣小人，孔子论诗时也给予痛斥。《大雅·荡》篇有谓：

> 荡荡上帝，下民之辟。疾威上帝，其命多辟。天生烝民，其命匪谌。靡不有初，鲜克有终。

这几句诗的意思是说，天帝骄纵放荡，作为下民之主，他却邪僻暴虐。天生百姓本来是需要善待的，但却政令无常，只是开始讲得不错，却总是结果不良。其主旨是通过斥天而刺周王。其言辞之激烈于《诗经》中并不多见。由于其所

"刺"的对象是周王和上天,所以孔子从尊天敬王的立场出发,便在《诗论》第25号简中斥此诗为"小人"之作。孔子和早期儒家严君子、小人之辨,君子与小人的区别标准有许多,看来是否尊崇周王也应当是标准之一。

孔子的尊王观念与后世专制王朝体制下对于王(皇帝)的愚忠思想还是有所区别的。春秋时代虽然王纲解纽,诸侯称霸,但周王毕竟还有相当大的影响。周王是春秋时代漫无秩序中的秩序的标识,是华夏族诸侯国维系相互关系的枢纽,是社会理想的旗帜,孔子以复兴"东周"为理想表明他对于社会和谐与稳固的社会秩序的向往与追求。

(二)民本观念

为了说明孔子民本观念的历史地位,我们有必要缕析一下上古时代政治理念变迁的一个脉络(神主、君主和民主),政治理念包括的范围颇为广泛,我们所缕析的只是社会权力的掌控者的变化。

夏商时期对于社会和个人产生最大影响的是神权。大量的殷墟卜辞表明,以商王为代表的贵族每日必卜,每事必卜,通过占卜所得的神灵的意愿,成为国家大事与个人行为的指南与准则。商周之际,"天命"观念发展起来,得天命者方可统治天下,于是周王朝的建立便是"革殷受天明命"[①]的结果。"天命"在冥冥之中,什么样子? 谁也没有见过。如果把"天命"具体化一点,也就落实到了"帝"的头上。商周之际的人看来,"帝"就是最高最大的神。所以说,这个时期的王朝更迭大事,也是神意的表现。如果说后世有"民主"的时代的话,那么夏商王朝便可以说是"神主"的时代。到了春秋时期,"神主"的影响已经江河日下。春秋前期周内史过所云"国将兴,听于民;将亡,听于神"[②],其对于"神"的作用的估计,与"神主"时代的差异已经不可以道理计。

在"神主"的时代,虽然"神"是主宰,但"人"的影子却一直时隐时现地存在着。这里所说的"人"并不是一般的人,不是社会上的一般民众,而是有居于社会上层有身份地位的人,那就是大大小小的邦国君主。这样的人如果他的影响特别大,就往往被推上神坛,成为"神"。最起码也要是一位能够与"神"沟通

[①] 《史记·周记》。
[②] 《左传》庄公三十二年。

并传达"神"意的"大巫"。因此,尽管他是一位君主,但却以"神"的面貌出现。可以说他作为君主的权力是在作为"神"的权力之下。

周族的领袖利用神权的影响,宣示自己获得了"天命",固结各个诸侯国(即氏族邦国),灭掉了商王朝。在周王朝立国之初,固然要利用神权巩固政权,但形势要求他们要走一条与商王朝不同的发展道路,才能立国稳固,长治久安。为了重构社会秩序,寻求最佳的治国方略,他们降尊纡贵,与商王贤臣大贵族箕子讨论"彝伦攸叙"的问题,就是一个典型的表现[①]。按照一般的规律,理论指导行动,周初的统治者必须占领理论高地,才能真正管理好新构建起来的前所未有的庞大王国。在这种形势下,新的理念、新的理论应运而生,开国之君周武王、平定三监之乱并且制礼作乐的周公旦,成为占领理论高地的代表。商代神权的那些老套子,周初的统治者虽然仍然使用,但作为立国的两大法宝则是分封与宗法。贯穿这两大法宝的理念则是人的意志、人的道德,而非"神"意[②]。在制度变革之后,周天子亦占据了观念中的至高无上的地位,诚如王国维所言,"由是天子之尊非复诸侯之长,而为诸侯之君"[③]。可以说,摆脱了神权羁绊而统领天下的"君主"到这个时候才开始出现。周王朝时期,周天子是天下共主,各国诸侯是本国之主,周天子和诸侯国君,就是有周一代的"君主"。君主就是统一与秩序的象征,周代政治的运转皆围绕着君主进行。西周春秋时期的虽然君主多称"王"、"君"("君主"一词直到战国后期才出现),但是,"王"若"君"皆是不称"君主"的君主。

正如神主的光芒下君主的影子已经悄然显现一样,在君主的光芒中民主的影子也开始露出。一个饶有兴味的现象是我国上古时代"民主"的理念,最初是穿着君主的袍子,迈着君主的步伐登上政治殿堂的,或者可以说它只是"君主"的影子,是"君主"的另一种表达。先秦时期的"民主"的观念与"君主"没有太大的区别。"民主"一词,在西周初年就出现于《尚书·多方》篇。是篇说:

[①] 相关的探讨,烦请参阅拙稿"说彝伦——论殷周之际社会秩序的重构",《历史研究》2009年第4期。
[②] 王国维论及殷周之际制度变革时说,"其立制之本意乃出于万世治安之大计,其心术与规摹迥非后世帝王所能梦见也"(《殷周制度论》,《观堂集林》卷十,中华书局1959年版,第453页)。
[③] 王国维:《殷周制度论》,《观堂集林》卷十,中华书局1959年版,第467页。

> 亦惟有夏之民叨懫，日钦劓割夏邑。天惟时求民主。……克以尔多方，简代夏作民主。……天惟五年须暇之子孙，诞作民主。

这段话是周公在平定三监之乱以后对于因参与叛乱而被迁到洛邑的各方国人员的讲话，周公说道：有夏之民贪饕忿戾，残害夏邑。上天因为这个原因才为夏民寻求其主，并且大大地降下光显嘉命给成汤，让他殄灭有夏。……成汤在你们多方的支持下取代夏作了夏民之主。商朝末年的时候，上天对商王宽待了五年，让他仍然作商民之主。这个时候"民主"的概念，实即君主，"民主"就是民之主人。在殷代夏、周灭殷的历史事实面前，"民主"的理念中在周初已经开始有了可以更换的意思。这种更换不是随意的，而是要由上天来更换。到了春秋时期，残暴的国君为国人所驱逐之事屡有发生，作为"君主"（亦即"民之主人"的"民主"），为民所废，这个现象如何解释呢？在天命论的笼罩下，春秋时期的人对于这个问题有这样的表述：

> 夫君，神之主也，民之望也。若困民之主、匮神乏祀、百姓绝望、社稷无主，将安用之？弗去何为？天生民而立之君，使司牧之，勿使失性。①

这里所强调的内容，在思想史的发展途径上可以看出，它承继了"神主"的观念，只是突出了"君"的地位，认为君方面是神主，一方面又指出它是民望，即民众希望之所在。这两方面的重点，愚以为在于后者。民众对于君的希望是什么呢？照这里的说法，就是希望"君"能够统领、管理（"司牧"）民众，使民众不至于失却纯朴的本性（"勿使失性"），犹如一群绵羊希望有一个好的牧羊人来管理自己一样。如果这位牧羊人不好好管理这群羊，而是虐待它们（"困民之主"），那么这样的牧羊人有什么用呢（"将安用之"）？就应当被换掉。这一段话，体现着春秋中期人的"民主"观念。这个"民主"的意思就是"民之主人"，

---

① 《左传》襄公十四年。按，这里所说的"牧"，先秦时期文献，讲君主管理民众，多称用之，虽然已是管理的意思，但其根源依然是放牧牲畜。《尚书·吕刑》有"天牧"之辞，意即替天牧民。上古时代的诸侯（即各氏族方国的酋长），在《尚书·尧典》中称为"群牧"、"十有二牧"。《管子》有《牧民》篇，专讲治理民众之事。孟子亦用"牧民"的观念，曾经向子思请教如何牧民的问题（见《孔丛子·杂训》），《逸周书·命训》篇讲古代的明王的职责就在于"以牧万民"。

就是"牧羊人"。按照这个"民主"观念,君主天生就是民的主人①,这是天所安排好了的。这样的"民主"对于"民"有着生杀予夺的权力,所以"民"必须拥戴其主,正如《管子·国蓄》篇所说,"予之在君,夺之在君,贫之在君,富之在君。故民之戴上如日月,亲君若父母"。民尊奉君主(亦即"民主"),其根源不仅有着信仰、伦理道德方面的因素,而且更为直接的则是经济基础方面的因素。西周春秋时期的君主为什么要以"民主"的面貌出现,而不径称为"君主"呢?这确是一个耐人寻味的问题。推想起来,这其间的原因,是当时的统治理念中,"民"之重要日益显现的结果,实质上说"君主"应当是为民做主的。

春秋战国时期的"民主"观念,大致可以分为两个方面,上述这些可以算做第一方面。

这个方面的要点在于强调国君是"民"之主人,是"民"之管理者,并且这是由天意来安排和决定的。这是那个时代的"民主"观念的主要方面。另外一个方面,就是以民为本的理念。前一个方面实质上是强调"君"对于"民"的重要,强调"君"治民乃是天经地义的事情,而后一个方面,则是努力阐明"民"之重要。具体说来,春秋战国时期,这一逐渐兴起的理念固然离不开周王朝政治理念中"保民"、"惠民"、"恤民"、"治民"等老调子,但也可以看出以下几个新的特点:

其一,能够成为"民主"者,不再完全是由上天所决定,而可以是凭借个人的高尚品德而为"民主"。依照商周之际的政治理念,君所以治民,那是上天的安排,所以《尚书·洪范》谓"天子作民父母以为天下王"。到了东周时期这一观念有所转变,"为民父母"者非必为"天子",而是道德高尚者,《诗·大雅·泂酌》云"岂弟君子,为民父母"②,孔疏谓"有道德,为民之父母"。郭店楚简的

---

① 这时候的"民主",不一定指国君,就是大臣亦可有此称,春秋中期,晋国刺客行刺晋贤臣赵盾的时候,见他兢兢业业于国事,受到感动,说道:"不忘恭敬,民之主也。贼民之主,不忠。"(《左传》宣公二年)这位刺客宁肯自杀也不愿意刺杀赵盾,因为他是刺客心目中的"民主"。再如晋卿赵文子苟且贪财,鲁贤臣穆叔预言"赵孟将死矣,其语偷,不似民主"(《左传》襄公三十一年)。春秋中期郑大夫子展说"国卿,君之贰也。民之主也"(《左传》襄公二十二年),可见各诸侯国之卿即被视为"民主"。

② 《泂酌》虽然被编入《大雅》,但其诗为民歌之风。《诗序》谓是篇为"召康公戒成王",姚际恒说此说"未有以见其必然。"(《诗经通论》卷十四,中华书局1958年版,第290页)。方玉润说"其体近乎风,匪独不类大雅,且并不似小雅之发扬蹈厉,剀切直陈者。"(《诗经原始》卷十四,中华书局1986年版,第520页)。当代专家推测,"可能本是周地民歌,因其颂美之意浓厚而收入《大雅》。"(程俊英、蒋见元:《诗经注析》,中华书局1991年版,第830页)这个推测是可信的,愚以为此篇时代当同于《国风》诸篇,为春秋早期的作品,此诗何时何故而被编入《大雅》的问题,可存以待考。

《唐虞之道》篇谓:"古者尧之举舜也:昏(闻)舜孝,智(知)其能养天下之老也;昏(闻)舜弟,智(知)其能事天下之长也;闻舜慈乎弟[象□□,知其能]为民主也。"①在《唐虞之道》篇的作者看来,舜因为有慈爱品德所以能成为"民主"。这与春秋中期晋臣所谓"恤民为德"②的意思是相通的。

其二,不称职的"民主"可以撤换。"民之主人",犹如牧羊人有责任把自己的羊群放牧好一样,有责任管理好民众。如果不能管理好民众,则这样的"民主"被撤换是很正常的事情,"岂其使一人肆于民上?"③春秋后期的人引用《尚书·太誓》的话说"民之所欲,天必从之"④。大致可以理解为民众之欲望假天之手来实行之。但是至于如何撤换不称职的"民主",由谁来撤换,这些问题尚未有深入思考。春秋时期弑君、逐君之事层出不穷,反映出君、民关系淡漠化的趋势,鲁昭公被逐在外,终死未能返鲁,晋臣史墨就评论说:"民忘君矣。虽死于外,其谁矜之?社稷无常奉,君臣无常位,自古以然。故《诗》曰:'高岸为谷。深谷为陵。'三后之姓,于今为庶。"⑤春秋中期鲁贤臣臧文仲所云"民主偷,必死"⑥,已经成为名言被传颂。

其三,君民关系由"利"来系连。君利之,民则归附;否则,民则离去。春秋中期周贤臣富辰对周襄王说,君主举措如果有利,"民莫不固其心力以役上令",否则的话,"民乃携贰,各以利退"⑦,即民众就会离心离德,各自因为自身的私利而退去。鲁庄公曾想以施小惠于民而获得支持,鲁臣曹刿即谓"小惠未遍,民弗从也"⑧。可见遍施"惠",是统治民众的好办法。由于利害关系的背反,所以君民关系有时候会相当紧张。周卿士单襄公曾经用古谚语"兽恶其

---

① 武汉大学简帛研究中心、荆门市博物馆编:《楚地出土简册合集》(一),文物出版社2011年版,第61页。按,此条简文"能事天下之长"的"事"字,原整理者读为"嗣",裘锡圭先生指出,"从文义看,也可能读为'事'"(《郭店楚墓竹简》,文物出版社1998年版,第159页),今从之。
② 《左传》襄公七年。
③ 《左传》襄公十四年。
④ 《左传》昭公元年。
⑤ 《左传》昭公三十二年。按,春秋时期不仅国君一级的"民主",可以被废黜,就是卿大夫一级者,亦可如此。例如,郑大夫驷秦富而侈,嬖大夫也而常陈卿之车服于其庭。郑人恶而杀之。子思曰:《诗》曰:'不解于位,民之攸墍。'不守其位,而能久者鲜矣。"(《左传》哀公五年)驷秦被杀,依子产之孙国参(即子思)的说法,卿大夫的本分是安于其位,能够让民众休息安稳。若做不到而被杀,是正常的。
⑥ 《左传》文公十七年。
⑦ 《国语·周语》中。
⑧ 《左传》庄公十年。

网，民恶其上"①，来说明"民"对陵于其上的统治者的憎恶。晋贤臣叔向反对郑国铸刑书，谓"民知争端矣，将弃礼而徵于书。锥刀之末，将尽争之。乱狱滋丰。"②认为民就是趋利而行，君应当制止这种倾向。齐国贤臣晏婴讲齐国陈氏坐大的原因就在于"陈氏厚施焉，民归之矣"③，所谓"厚施"，就是以物质利益聚拢民心。

其四，国家政治的根本目标在于统治民众，故春秋前期的人有"政以治民"之说④。春秋后期大政治家子产所谓"民不可逞（意即不可让民众过分的欲望得逞）"⑤，也是基于治民的一种说法。春秋后期楚臣所说"以礼防民。犹或踰之"⑥，足见统治者对于民众之提防心态。春秋时人对于君民关系的理想状态，可以用春秋中期晋贤臣师旷的话作为代表，他说："良君将赏善而刑淫，养民如子。盖之如天，容之如地。民奉其君，爱之如父母，仰之如日月，敬之如神明，畏之如雷霆。"⑦国君掌握的政治权力是统治民众的主要手段，所谓"赏善而刑淫"，就是其中的两项。春秋初年郑国大夫说："苟主社稷，国内之民其谁不为臣？"⑧可见"主社稷"，掌握政权是为"治民"的关键⑨。

以上所述是孔子之前的关于民本的社会理念之荦荦大端者。孔子承继了民本思想的传统，且在不少方面有所发展。见于《论语》和其他文献记载的孔子的民本理念，是以孔子的仁学思想为中心展开的。他强调统治者应当关爱民众，"敬事而信，节用而爱人，使民以时"⑩，"其养民也惠，其使民也义"⑪。孔

---

① 《国语·周语》中。
② 《左传》昭公六年。
③ 《左传》昭公二十六年。按陈氏兴起的原因，《左传》昭公三年所载晏婴跟叔向的谈话中有明指，其中的"以家量贷。而以公量收之"（亦即以大斗借贷于民，而以小斗收回，施利于民），是为典型。
④ 《左传》隐公十一年。
⑤ 《左传》昭公四年。
⑥ 《左传》哀公十五年。
⑦ 《左传》襄公十四年。
⑧ 《左传》庄公十四年。
⑨ 国家政权以"社稷"称之，盖肇端于两周之际（"社稷"之辞，最初见于《左传》隐公三年，《史记·殷本纪》载汤迁夏社事，后儒或以为是变置社稷，盖非后世所谓社稷之义）。关于国家政权的理念，春秋时人逐渐有所认识。原先以为君主就是国家，就是政权，但逐渐认识到国家政权在君主之外，君主只是社稷之主而已，因此春秋后期齐贤臣晏婴说："君民者岂以陵民？社稷是主。"（《左传》襄公二十五年）
⑩ 《论语·学而》。
⑪ 《论语·公冶长》。

子十分重视礼、义,他认为礼和义最终目的,就是要对民有利,并且认为这就是最大的政治。他说:"礼以行义,义以生利,利以平民,政之大节也。"①孔子和弟子子夏曾经讨论"君"作为"民之父母"的问题。此一问题,上博简《民之父母》篇详细记载了讨论的情况:

> [子]夏问于孔子:"《诗》曰:'幾(凯)俤君子,民之父母。'敢问可(何)女(如)而可胃(谓)民之父母?"孔子答曰:"民[之]父母虖(乎),必达于豊(礼)乐之苣(祀),以至(致)'五至',以行'三亡(无)',以皇(横)于天下"。②

简文的"苣"字,原考释者濮茅左先生读为"洍",通作"汜",是正确的。愚以为还有另外一种读法,可供参考。即将这个字读为祀。《方言》十二谓"祀(或本作熙),长也"(周祖谟《方言校笺》第72页,中华书局1993年),义指成长、壮大。简文"礼乐之苣(祀)",意即礼乐之长,就是说为"民之父母"者当使礼乐得到发展。按照孔子的逻辑,发展礼乐,最终还是为了民众。孔子把君主执政的最高境界理解为"博施于民",并且救民众于水火③,认为这不仅是仁的体现,而且也是圣人才能做到的事情。

古代文献记载的孔子言论,多讲君民如何和谐的问题,较少提到若君民关系不和谐时该怎么办的问题。上博简《诗论》对此有了补充。《诗论》的第3—4号简所载孔子之语涉及了这个问题。孔子谓:

> ……也。多言难而悥(狷)退(悫)者也。衰矣,少矣!《邦风》其内(纳)勿(物)也尃(博),观人谷(俗)安(焉),大斂材安(焉)。其言文,其圣(声)善。孔子曰:隹(唯)能夫……。(以上第3简)……曰:《诗》其猷(犹)坪(平)门,与戋(贱)民而豫之,其甬(用)心也牆(将)可(何)女(如)?曰:《邦风》氏(是)巳(也)。民之有慼倦也,上下之不和者其甬(用)心也牆(将)可(何)女(如)?(以上第4号简)

---

① 《左传》成公二年。
② 马承源主编:《上海博物馆藏战国楚竹书》(二),上海古籍出版社2002年版,图版第17—18页,考释第154—156页。按,方括号[ ]中的字为拟补。
③ 参见《论语·雍也》。

《诗论》第3号简的简文意思是说,《小雅》之诗多反映周的王业艰难处境及人们的偏激、烦闷情绪。从《小雅》诗中所见的周王朝,真是衰弱呀,真是式微呀!《邦风》它所容纳的内容是很广泛的,可以从中观察民俗,还可以通过这些民俗从中大大地搜集治国之道。诸诗用词省简却[含意深刻],朗朗上口,便于诵读。孔子说:只有[《邦风》诸诗]才能如此呀!《诗》如同民众时常出入的通畅的城门一样的,是给予普通民众宣泄情感的便捷通道。《诗》可以将民众的愤怨情绪汇聚一起,让其发泄排解。《诗》作者及采集者的良苦用心是什么样子的呢?《邦(国)风》正是这个样子的,从它那里就可以看到。民众有了怨诽愤恨和倦怠疲惫的情绪,使得社会上上下下各阶层的人不和谐,这种情况也在《诗》中有所反映,《诗》作者和采集者叙说和搜集这些的内容的良苦用心是什么样子的呢?《小夏(雅)》正是这个样子的,从它那里就可以看到。

　　倾听民众意见,让民众说话,是自西周时代以来的有识之士的优秀传统。先秦时期最著名的例子有两个,一是西周厉王时期的召公所言"防民之口,甚于防川"①,一是春秋时期郑国子产的不毁乡校之论。他说:"夫人朝夕退而游焉,以议执政之善否。其所善者,吾则行之。其所恶者,吾则改之。是吾师也,若之何毁之? 我闻忠善以损怨,不闻作威以防怨。岂不遽止? 然犹防川,大决所犯,伤人必多,吾不克救也,不如小决。使道不如,吾闻而药之也。"②孔子承继了这一优秀传统并且有所发展,他提出《诗》"可以怨"(意即诗可抒发怨恨情绪),上博简《诗论》的简文进一步证明,所以"可以怨"主要指"民之有慭倦"③就会引起"上下不知",所以要让民众把这种情绪发泄出来。依孔子之意,"可以怨"的主体是上引简文中的"戋(贱)民"和"有慭倦"情绪之民,这正是下层的社会民众。

　　孔子关于让民众发泄情绪的主张里面,还包括着了解民意、调整政策的意蕴。简文所谓"观人谷(俗)安(焉),大敛材安(焉)",就是这个意思。民众的怨愁、忿恚情绪,是社会矛盾的体现,统治者如果能够注意,就是相应地调整方略以适应民意。孔子这方面的认识,是其民本思想中颇为独到之处。

---

　　① 《国语·周语》上。
　　② 《左传》昭公三十一年。
　　③ 简文"慭",当读为戚感,意为忧愁,参见李零:《上博楚简三篇校读记》,中国人民大学出版社2007年版,第31页。

(三) 人性与民性

对于人性的探讨是先秦时期思想家们的大问题。"性"是"生"的孳乳字①。"性"的意义是指人生而即有的并且可以为人所感觉到的欲望与能力。这种本能是人的生命中所蕴藏的、固有的②。不同的自然环境、不同的社会生活条件可以使人的天性发生变化，正如荀子所谓："郢国之民安习其服，居楚而楚，居越而越，居夏而夏，是非天性也，积靡使然也。"③春秋时人认为，人之性是天、地之性的反映或表现，人的喜、怒、哀、乐以及好、恶等都是"协于天地之性"的结果④，亦即《易·乾卦》象传所谓的"乾道变化，各正性命"。

作为人的本质、特点的"性"是在各方面有所表现的，关于"性"之表现映象，在孔子之前的社会观念中把它概括为"威仪"，人的威仪世界表现着其本性。清儒阮元著《威仪说》专门言及此点，谓"商、周人言性命者，祇范之于容貌最近之地所谓威仪也。"⑤阮元特别注意到《左传》襄公三十一年载卫贤臣北宫文子关于楚令尹子围的"威仪"的评论：

> 令尹似君矣，将有他志。虽获其志，不能终也。《诗》云："靡不有初，鲜克有终。"终之实难。令尹其将不免。……《诗》云："敬慎威仪，惟民之则。"令尹无威仪，民无则焉。民所不则，以在民上，不可以终。……有威而可畏谓之威，有仪而可象谓之仪。君有君之威仪，其臣畏而爱之，则而象之。故能有其国家，令闻长世。臣有臣之威仪，其下畏而爱之。故能守其官职，保族宜家。顺是以下，皆如是。是以上下能相固也。《卫诗》曰："威仪棣棣，不可选也。"言君臣上下、父子兄弟、内外大小，皆有威仪也。《周诗》曰："朋友

---

① "性"字春秋战国时已习用，见诸简帛文字者皆作"眚"。简文"眚"字，作上生下目之形，如"眚"、"眚"（张守中等编：《郭店楚简文字编》，文物出版社2000年版，第63页）。盖简文这个字下部所从"目"形与竹简文字作为偏旁的"心"近似，后遂作从心从生之字。

② 参见徐复观：《中国人性论史（先秦篇）》，三联书店2001年版，第6—7页。按，这种人所固有的本能，先秦时人常称之为"天性"，如《尚书·西伯戡黎》"不虞天性"，《孟子·尽心》上篇谓"形色，天性也"。皆此之谓。徐复观先生说《西伯戡黎》所谓的"天性"，"是春秋时代，从事校录的人，把'天命'偶然写成了当时流行的'天性'"（《中国人性论史（先秦篇）》，上海三联书店2001年版，第51页），此一认识是备一说，亦有理致，但涉及《尚书》版本问题，恐难以遽而定"性"为"命"之误字。且"天性"之辞在春秋时期并不流行。

③ 《荀子·儒效》。参见王先谦：《荀子集解》卷四，中华书局1988年版，第144页。

④ 参见《左传》昭公二十五年。

⑤ 阮元：《揅经室集》一卷十，中华书局1993年版，第217页。

攸摄,摄以威仪。"言朋友之道,必相教训以威仪也。《周书》数文王之德曰:
"大国畏其力,小国怀其德。"言畏而爱之也。《诗》云:"不识不知,顺帝之
则。"言则而象之也。纣囚文王七年,诸侯皆从之囚,纣于是乎惧而归之,可
谓爱之。文王伐崇,再驾而降为臣,蛮夷帅服,可谓畏之。文王之功,天下
诵而歌舞之,可谓则之。文王之行,至今为法,可谓象之,有威仪也。故君
子在位可畏,施舍可爱,进退可度,周旋可则,容止可观,作事可法,德行可
象,声气可乐,动作有文,言语有章,以临其下,谓之有威仪也。

这里把"威仪"讲得很清楚,那就是可以让别人眼睛看到的、可以感知和效法的动作、容止、声气、行事等。社会人们的威仪世界体现的是氏族、宗法制度下不同阶层的人的不同气象,这是人的外在的影象世界。它反映着人们的社会等级秩序,按照北宫文子的话来说就是"君有君之威仪,臣有臣之威仪,顺是以下,皆如是",人们都生活在威仪世界里。承继三代文化传统的孔子当然也十分重视"威仪"①。但是除了威仪世界的映象之外,孔子还开辟了人的人格世界。威仪偏重表象,而人格偏重精神。孔子的仁学理论可以说是对于人的人格世界的探寻。他的礼学理论则是他对于人的威仪世界的研究。

进入人格世界探索的时候,必然要涉及对于人的本性的认识。以前我们从文献记载的孔子言论中知道他谈"性"的一个著名论断:

性相近也,习相远也。②

孔子此论并未言性善、性恶之事,但对于人性的探讨却"无所不包,而浑然无迹,后儒言性,究不能出其范围"③。孔子所云"性相近"之"性"虽然不言善恶,

---

① 孔子重威仪事,此可略举三例以明之。其一,《左传》成公二年记载卫国新筑大夫仲叔于奚救卫卿孙良夫有功,卫赏邑,仲叔于奚辞不受,请求将表示诸侯身份的曲县、繁缨赏赐给他,得之。孔子评论此事说:"惜也!不如多与之邑。唯器与名,不可以假人。"曲县繁缨是表示诸侯威仪之物,大夫不可僭用,所以孔子说"惜也"。其二,孔子说:"君子不重则不威,学则不固"(《论语·学而》),所谓"重"、"威",皆有威严、威仪的因素在内。其三,上博简《诗论》第9号简谓"《鶺(菁)鶺(菁)者莪》则以人益也",此诗中的"既见君子,乐且有仪",说有威仪的君子态度和善,因而受到孔子称赞。
② 《论语·阳货》。
③ 程树德:《论语集释》卷三十四,中华书局1990年版,第1180页。引朱彬《经传考证》说。

但其范围之广则是我们应当特别注意的。他说的"性",是普遍意义上的人性（或民性）,而没有贵族平民之别,也没有君子小人之分①。人的本性的基本表现的诸方面,如喜、怒、哀、乐,饮食男女之欲望等等,孔子都从"仁"的角度来观察,他肯定仁、义都是人的天性。他和弟子谈话时曾经论及此点:

> 子贡曰:"如有博施于民而能济众,何如? 可谓仁乎?"子曰:"何事于仁,必也圣乎! 尧舜其犹病诸! 夫仁者,已欲立而立人,已欲达而达人。能近取譬,可谓仁之方也已。"

此处孔子所言"圣"与"仁"的问题,有两点值得特别注意,其一,孔子对于"仁"所体现的精神自觉状态的探寻。这种精神自觉状态即包括对于外物的极大关注,"博施"、"济众"无不如此;另一方面,也包括对于个人欲念的约束和责任心的高度增强。孔子称这两点为"仁之方",即实现"仁"的路径。其二,孔子考察问题的角度,是从子贡所言的"民"、"众"入手的。以前或有学者认为孔子的理念皆从如何统治民众出发,是替统治者出谋划策。现在看来,此说不大正确。孔子比他同时代的思想家、智者、贤者更多地关注到广大的社会民众的温饱饥寒。并且从"性"的角度来深入分析民众,实为社会上一般人所不及。上博简《诗论》为此提供了新例证。其第 16 号简的简文谓:

> 孔子曰:"吾以《葛覃》得氏（槩）初之诗,民眚（性）古（固）然。见其芺（美）,必谷反一本。夫葛之见诃（歌）也,则[以銉（蒙）籡（棘）之古（故）也。后稷之见贵也,则以文武之德也]。"

孔子这段的大概意思是说,我从《葛覃》感悟到其初的诗的面貌。诗是民性的表达,民的本性固然如此。民的本性就是,见到高尚至美的事物,就要追溯其本源,《葛覃》一诗正是这样。诗中为什么要歌咏葛呢? 就是因为人穿了用葛织的绨、绤,就会想到它来自山谷中生长的葛,由此也就会联想到自己的本原,那就是父母呀。自己应当归宁父母以尽孝道。人循孝道,才会给父母增

---

① 《荀子·荣辱》篇所谓"材性知能,君子小人一也;好荣恶辱,好利恶害,是君子小人之所同也",即此意。

添光辉,也让别人永记我的父母呀。就拿后稷来说,他那么受后人尊敬,靠的就是周文王和周武王恪守孝道的品德呀。孔子指出,民的本性之一就是见到高尚至美的事物,就要追本溯源。在周代的社会思想中,这种追本渊源的最终结果就是要激发人们更加尊祖敬宗,认识其间的道理。

上博简《诗论》简文中另一处关于"民眚(性)"问题的阐述见于第20号简,简文谓:

[吾以《鹿鸣》得]币帛之不可达(去)也,民眚(性)古(固)然,其隐志必又(有)以俞(喻)也。其言又(有)所载而句(后)内(纳)。或前之而后交,人不可觕也。〈吾以《折(秋)杜》得雀(爵)服[之怨,民眚(性)固然]。

这段简文的意思是说:我从《鹿鸣》篇中见到了馈赠币帛之事不可缺失的道理,从中认识到,民众的本性一定是这样子的。他们内心的想法必定要有所表达。人际交往的时候应当先行礼,说明自己的意思,然而以币帛之物作为心意的载体,将其献上请别人收下。若有人先献上币帛然后再行礼交往,这就是对于别人的不尊重。之所以不能这样做,就是因为与人交往时不可鲁莽。我从《秋杜》篇见到了民众在断绝了五服关系之后所产生的幽怨情绪,民众的本性本来就是这个样子的。这段简揭示了"民眚(性)"的多面性,礼尚往来与和睦亲族是民性的表现。

孔子不仅开启了研究"人性"的道路,而且进一步关注对于"民性"的解析。他所说的"民"指社会上的中、下层普通民众,与包括全部社会成员的"人"并不相同①。孔子之前的社会思想中,尚未见到真正关注"民性"问题的探讨②。孔子在开启关于"人性"问题的探讨路径以后,进而关注到"民性"的问题,这是那个时代社会思想的一大进步。上博简《诗论》曾经四次提及"民眚(性)"问题,内容如下:

孔子曰:吾以《葛覃》得氏(柢)初之诗,民眚(性)古(固)然。见其芺

---

① 以前有学者将《论语》书的"人"与"民"硬划分为相互对立的两个阶级(参见赵纪彬:《论语新探》,人民出版社1974年版,第1—26页),是不妥当的。可是,"人"与"民"的含义确有不同,也是事实。
② 《国语·晋语》四载晋文公执政伊始,"利器明德,以厚民性",所谓"厚民性"意即淳厚民俗。

(美),必谷反其本。(第16号简)

[吾以《鹿鸣》得]币帛之不可迲(去)也,民眚(性)古(固)然,其隐志必又(有)以俞(喻)也。其言又(有)所载而句(后)内(纳)。或前之而后交,人不可触也。(第20号简)

吾以《折(杕)杜》得雀(爵)服[之怨,民眚(性)古(固)然]。(第20号简)

后稷之见贵也,则以文武之德也。吾以《甘棠》得宗庙之敬。民眚(性)古(固)然。甚贵其人,必敬其立(位)。敚(悦)其人,必好其所为,亚(恶)其人者亦然。(第24号简)

这些简文提到的"民眚(性)",主旨是揭示"民性"之内涵。这些内涵主要是以下四项,即报本返始而尊祖敬宗、赠送礼物以表达心意、眷恋宗族温情而恐惧脱离宗族、敬重伟人而爱屋及乌。在孔子的心目中,民性的这些内容皆为发自民众本性的美好,都是完全应当肯定和赞赏的。

这些简文体现了孔子对于民众本性的肯定和支持的态度。过去曾有人断定孔子蔑视民众,并且举孔子说过的"上智下愚"来作为证据。于此,我们应当稍加讨论。

《论语·阳货》篇在"性相近,习相远也"章之后,紧接着的一章是"唯上智与下愚不移",别本此章上无区分章别的"子曰"二字,将此句连于上章的"性相近也,习相远也"之后为一章。从文意上看,这该是比较妥当的。上面既然讲了"习相远",那就是说人之性由于"习"(即社会环境和实践)的不同,所以其表现和发展也不一样,"相远"也就是说拉开了距离,意思是变动("移")的。孔子认为尽管因"习"之别而有所变动,但是还有即使"习"也不能变动的人性,那就是"上智"和"下愚"。这里所说的"上"、"下"指的是人的天分智力的区别,犹孔子所说的"中人以上"、"中人以下"①。他认为这个区别是不能因"习"而改变的。过去或有学者将这里的"上"、"下"作为统治阶级与被统治阶级的区别,说上智就是统治者有智慧,"下愚"则是被统治者皆愚蠢,并不符合孔子原意。"唯上智与下愚不移"的"不移",前人多谓是"不肯移",阅其本意盖指"不可移"较妥。但是社会上大量的还是"中人",这部分人的"性",经过"习"是可以改变

---

① 《论语·雍也》载孔子语谓:"中人以上可以语上也;中人以下,不可以语上也。"

的,是能够"移"的。所谓的"上智"者,在孔子看来应当是极少数的"圣人",七十子后学所谓"民皆有眚(性),而圣人不可莫(摹)也"①,所表达的正是对这种"不可移"的意蕴的发挥。孔子的此种分析不涉及人的社会地位,而只是仅就人的天分来言说的。这种说法虽然未必完全正确,但其中无蔑视劳动人民之意则是可以肯定的。

孔子以后,以子思为代表的七十子后学对于"性"的问题进行了探讨和发挥,集中见于《礼记·中庸》和郭店简《性自命出》等篇。这些探讨论析了天命之性与生理之性的关系,研究了作为"习"之实践功夫的"慎独"以及"中"、"和"等。这些探讨多属于"道"的范围,不再像孔子那样关注"民性"问题。到了荀子的时候,他从治民的角度出发,已经将性的问题社会等级化,谓:"人论(伦):志不免于曲私,而冀人之以己为公也;行不免于污漫,而冀人之以己为修也;甚愚陋沟瞀,而冀人之以己为知也:是众人也。志忍私,然后能公;行忍情性,然后能修;知而好问,然后能才;公修而才,可谓小儒矣。志安公,行安修,知通统类:如是则可谓大儒矣。大儒者,天子三公也;小儒者,诸侯、大夫、士也;众人者,工农商贾也。"②荀子所谓"人论",清儒王念孙谓:"论,读为伦。伦,类也、等也,谓人之等类,即下文所谓'众人'、'小儒'、'大儒,也。"③清儒王先谦完全赞同此说,并指出《荀子》杨注"人论","论人之善恶","失之"④。可见,荀子已经不像孔子那样以人的天分、智力水平划分等类,而是以人的社会身份来区而别之。在对待民众的态度上,荀子已经和孔子有了较大的区别。孔子对"民性"的关注和研究,是先秦时期关于人性论探讨的一道思想灵光,实在难能可贵。

(四)情爱观念

因为孔子讲过"唯女子与小人为难养"⑤的话,所以给许多人留下他轻视妇女的印象,也影响了学者们对于孔子情爱观念的研究。我们这里可以把孔

---

① 《郭店楚墓竹简·成之闻之》第 28 简,陈伟、彭浩主编:《楚地出土战国简册合集》(一),文物出版社 2011 年版,第 75 页。按,简文"𢘓",本为"莫"字,诸家多读为"慕",愚以为可读为"摹",亦是仿效义。
② 《荀子·儒效》。
③ 王念孙:《读书杂志》第十一册,北京市中国书店 1985 年版,第 107 页。
④ 王先谦:《荀子集解》卷四,中华书局 1983 年版,第 145 页。
⑤ 《论语·阳货》。

子的这句话,简单讨论一下。宋儒朱熹谓其意指"君子之于臣妾,庄以莅之,慈以畜之,则无二者之患矣"①,认为孔子这里所说的"女子"与"小人",指臣妾而言。钱穆先生的解释与朱熹说同,谓:"女子、小人指家中仆妾言。妾视仆尤近,故女子在小人前。因其指仆妾,故称养。待之近,则狎而不逊。远,则怨恨必作。"②但是,学者们多认为此处的"女子"就是一般意义上的妇女,小人则是道德范畴里之人。"小人"固然难以共事,何以"女子"与"小人"相同,亦谓之"难养"呢?台湾学者傅佩荣先生解释说:"古代女子没有公平的受教育机会,在经济上亦不能独立,所以心胸与视野受到很大限制。孔子所说的是古代实情,今日看来已经不再适用了。"③这是从分析妇女的社会地位、生活环境出发进行的解释,是正确可信的说法。孔子的妇女观总体上来看,可谓尊重妇女的社会地位,并指出男女有别,男女间应当依礼相待。与妇女观很有关系的孔子的情爱观,因为相关资料的缺失,而历代学者很少关注。上博简《诗论》则提供了前所未见的这方面的宝贵资料。《诗论》第10号简谓:

  《关疋(雎)》之改、《梂(樛)木》之时、《灘(汉)往(广)》之智、《鹊槔(巢)》之逋(归)、《甘棠》之保、《绿衣》之思、《燕燕》之情害(曷)?曰:童(终)而皆臤(贤)于其初者也。《关疋(雎)》以色俞(喻)于礼……

此简简文的意思是说,《关雎》篇意蕴的伟大,《樛木》篇所说的时遇,《汉广》篇所表现出的明智,《鹊巢》篇所赞美的女子的出嫁,《甘棠》篇所肯定的报本反始之愿,《绿衣》篇对于睿圣而功业卓著的古人的怀念,《燕燕》篇所表现的笃厚情爱,这些都说明了什么呢?可以说:这些诗篇都表现出结果好于其开始的特点。[具体说来,例如],《关雎》篇是将淑女之美色作为"礼"的喻指,[所以说《关雎》篇所歌颂的对于淑女的追求就会有好的结果]。

  此简简文列举《关雎》、《梂木》等七篇诗来说同一个问题,即事物的因果关系问题。孔子认为这七篇诗虽然所写事物不尽一致,但是在因果关系上都有相同的发展逻辑,所以能够合并一体来分析。这个发展逻辑,就是只要经过努

---

① 朱熹:《四书章句集注·论语集注》卷九,中华书局1983年版,第182页。
② 钱穆:《论语新解》,三联书店2002年版,第463页。
③ 傅佩荣:《解读论语》,上海三联书店2007年版,第279页。

力,事物的结果一定会好于其开始("终而皆贤于其初")。这七首诗至少有《关雎》、《汉广》两首是爱情诗,《诗论》对于这两首诗的论析,反映了孔子的情爱观,这是传世文献很少见到的宝贝材料。

我们先来说《诗论》对于《关雎》诗的论析。

《关雎》作为"诗三百篇"之首,汉儒依照美刺说将它视为歌颂后妃之德的诗作。现代学者多不相信此说,而认为它是典型的爱情诗,或说它是贵族青年恋歌,或说是贵族青年婚礼上演唱的诗歌,或说它是描写青年热恋一位采集荇菜的女子之诗。对于《关雎》一诗的重要意义和特色,孔子多曾提及:

> 《关雎》,乐而不淫,哀而不伤。
> 师挚之始,《关雎》之乱,洋洋乎!盈耳哉。①

这两段论析,都是从诗乐的角度出发的。"乐而不淫"正是说"洋洋乎盈耳"的乐声与朗诵诗的声音虽然盛大,但并不过分("不淫");声音的低沉处,也不影响整个诗歌及乐曲的氛围("不伤")。当然,诗乐二者关系是很密切的,"乐而不淫,哀而不伤"也反映了《关雎》诗的意蕴之特色,宋儒郑樵《通志略》谓:

> 人之情闻歌则感,乐者闻歌则感而为淫,哀者闻歌则感而为伤。《关雎》之声和而平,乐者闻之而乐其乐,不至于淫;哀者闻之而哀其哀,不至于伤。此《关雎》所以为美也。(转引自程树德《论语集释》卷六)

郑樵从"人之情"的角度讲《关雎》诗给人的艺术感受,颇中肯綮。《韩诗外传》载有孔子和弟子子夏关于《关雎》一诗的谈论:

> 子夏问曰:"《关雎》何以为《国风》始也?"孔子曰:"《关雎》至矣乎!夫《关雎》之人,仰则天,俯则地,幽幽冥冥,德之所藏,纷纷沸沸,道之所行,虽神龙变化,斐斐文章。大哉!《关雎》之道也。万物之所系,群生之所悬命也,河洛出《书》、《图》,麟凤翔乎郊。不由《关雎》之道,则《关雎》之事将

---

① 《论语·八佾》、《泰伯》。

奚由至矣哉？夫六经之策，皆归论汲汲，盖取之乎《关雎》。《关雎》之事大矣哉！冯冯翊翊，自东自西，自南自北，无思不服。子其勉强之，思服之。天地之间，生民之属，王道之原，不外此矣!"子夏喟然叹曰："大哉《关雎》！乃天地之基地。"①

这里极度强调了《关雎》一诗的伟大，它不仅是万物生民赖以生存和发展的规律所在，而且是儒家六经之源，还是统治天下的"王道"之源。《韩诗外传》这段记载当源自七十子后学所传，今《诗论》简简文"《关疋(雎)》之改"的意蕴可以与之相印证，这表明，从评论《关雎》一诗的如何伟大、怎样伟大着眼进行分析评论，确是儒家的传统认识。

孔子对于《关雎》篇的充分肯定，表明了他对于爱情的伟大持着同样的认识。《诗论》简三见对于《关雎》的论析：

《关疋(雎)》之改……害(曷)？曰：童(终)而皆臤(贤)于其初者也。（第10号简）

《关疋(雎)》以色俞(喻)于礼。（以上第10号简）[其三章则]两矣，其四章则俞(喻)矣。以琴瑟之悦，悆(拟)好色之忢(愿)；以钟鼓之乐，（以上第14号简）[悆(拟)好色之]好，反内(纳)于礼，不亦能改摩(乎)？（以上第12号简）

《关疋(雎)》之改，则其思賹(益)矣。（第11号简）

《关雎》一诗所写爱情的开始与结果，依照简文"童(终)而皆臤(贤)于其初"的说法，肯定是结果比开始还要好，这也正是《关雎》的伟大之处。从《关雎》所写爱情的情况看，从男女相爱，发展到步入婚姻殿堂，体现着十分完美的境界。再从《关雎》所体现的社会责任看，作为人伦之始的爱情婚姻，依照孔子所论，那是天地之基，王道之原，其结果要影响到整个社会与人类的发展，那就更是"童(终)而皆臤(贤)于其初"了。简文又说"其思益"，那么，《关雎》一诗的"思"是什么呢？从简文里，我们可以看到两点。一是，慎重对待爱情，要慎始

---

① 《韩诗外传》五，许维遹：《韩诗外传集释》，中华书局1979年版，第164页。

慎终①,力争好的结果;二是,简文"以色喻于礼",就是"色"要以礼为喻,以礼为引导②。《关雎》一诗所述"君子"对于"淑女"("色")的追求,其所强调的是男女之间的爱恋之情的发展应当纳入礼义的轨道("反纳于礼")。《诗论》述《关雎》之旨在于由"色"生情,以礼囿情,融情于礼,终而使"情"得到最佳归宿。将"好色之愿"、"纳之于礼",那么它所说明的就是这个防范爱恋情感泛滥的堤坝之重要。有了这个堤坝,洪水就不会泛滥成灾,就会在礼、义所限定的轨道中顺畅行进。从简文中我们可以看到孔子的情爱观念是很辩证的,既肯定"情"之重要,又强调"情"必须纳于礼的轨道。这种情爱观可以说对于社会各阶层的人都是恰当而正确的指引原则。其意义经受了历史的检验,证明是古往今来人们的守则之一。

(五)礼之观念

作为人们社会行为准则的礼,起源于人类社会生活习俗,礼是习俗的规范化与理论化的结果。春秋战国时期正处于由旧礼制向新礼制转变的阶段,如果说那是一个礼崩乐坏的时代,那也只是周天子之礼崩、周天子之礼坏,相反,诸侯之礼却正是兴盛时期。春秋战国时期是上古时代礼学的总结时期,传统的"三礼",即《仪礼》、《周礼》、《礼记》多成书于那个时代。这是社会发展与时代变革的需要,并非纯粹出自于所谓的"精神自觉"或者说是出自思古之幽情。那时候的人对于礼的重要毫不吝惜溢美赞颂之辞,以表达自己对于礼的极

---

① 《大戴礼记·保傅》篇谓:"《春秋》之'元',《诗》之《关雎》,《礼》之'冠'、'婚',《易》之'乾'、'《坤》',皆慎始敬终云尔。"(王聘珍:《大戴礼记解诂》,中华书局1983年版,第58—59页)此与简文所载内容一致。

② 《诗论》第10号简的"喻"字之意,依照马王堆汉墓帛书《五行》篇所说,还当有另外一种解释,即"喻"为以小喻大之意,帛书《五行》谓:"榆(喻)之也者,自所小好榆(喻)虖(乎)所大好。'芺(窈)芍(窕)[淑女,寤]眛(寐)求之',思色也。'求之弗得,唔(寤)眛(寐)思伏',言其急也。'悠才(哉)悠才(哉),婘槫(转)反廁(侧)',言其甚□(急)□(也),□(急)如此其甚也,交诸父母之廁(侧),为诸? 则有死弗为之矣。交诸兄弟之廁(侧),亦弗为也。交[诸]邦人之廁(侧),亦弗为也。[畏]父兄,其杀畏人,礼也。由色榆(喻)于礼,进耳。"(国家文物局古文献研究室:《马王堆汉墓帛书(壹)》,文物出版社1980年版,释文第24页)按,以此条材料释解《诗论》相关内容,曹峰先生特具慧眼卓识而首发其覆,见于其所撰"'色'与'礼'的关系——《孔子诗论》、马王堆帛书《五行》、《孟子·告子下》之比较"(《孔子研究》2006年第6期)一文,上所引帛书《五行》篇的三个缺文,依曹峰先生说拟补。从时代先后来看,《诗论》在前,似可推测帛书《五行》吸收了《诗论》的思想用在了这里。"喻"字有比喻、晓谕二意,简文"以色喻于礼",可以释为以色比喻于礼,也可释为以色晓谕于礼。若依后者之例,则当理解为礼可使"色"明白。简文"喻于礼",释为以礼为喻、以礼为引导,应当是可以的。《礼记·文王世子》"少傅奉世子,以观大傅之德行而审喻之。大傅在前,少傅在后。入则有保,出则有师,是之教喻而德成也。师也者,教之以事,而喻诸德者也",《论语·里仁》"君子喻于义,小人喻于利",简文的"喻于礼"与此"喻诸德"、"喻于义"、"喻于利",其逻辑结构当为同例。

度尊崇之情。如谓：

> 礼，经国家、定社稷、序民人、利后嗣者也。
>
> 礼，国之干也。敬，礼之舆也。不敬则礼不行，礼不行则上下昏，何以长世？
>
> 礼，人之干也。无礼无以立。
>
> 夫礼，天之经也，地之义也，民之行也。……礼，上下之纪，天地之经纬也，民之所以生也，是以先王尚之①。

观上述言论，可以说在春秋时人的心目中，礼对于国家、社会和民众的重要性，可谓无以复加矣。对于如许重要的"礼"，春秋时期的智者已经作了一些深入思考，将礼与仪加以区分，就是其中一项。春秋后期，鲁昭公被三桓驱逐离鲁到晋的时候，各种礼节都很周到，晋平公说鲁昭公知礼，晋臣女叔齐说："是仪也，不可谓礼。礼所以守其国、行其政令、无失其民者也。今政令在家，不能取也。有子家羁，弗能用也。奸大国之盟，陵虐小国。利人之难，不知其私。公室四分，民食于他。思莫在公，不图其终。为国君，难将及身，不恤其所。礼之本末将于此乎在，而屑屑焉习仪以亟。言善于礼，不亦远乎？"②依照女叔齐的看法，礼应当是经国治民的大节，而仪只是典礼上的一些仪节。仪虽然与礼有关，但并非真正的根本的"礼"。所以他说鲁昭公虽知仪而并不知礼。

孔子承继了传统的礼学观念，并且加以改造，将礼纳入其仁学系统，从而在很大程度上发展了传统礼学。他曾经和最为器重的弟子颜渊有过这样的讨论：

> 颜渊问仁。子曰："克己复礼为仁。一日克己复礼，天下归仁焉。为仁由己，而由人乎哉？"颜渊曰："请问其目。"子曰："非礼勿视，非礼勿听，非礼勿言，非礼勿动。"颜渊曰："回虽不敏，请事斯语矣。"③

关于此语的解释历来的分歧集中于"克"的理解上，比较流行的说法是以为

---

① 依次见《左传》隐公元年、僖公十一年、昭公七年、二十五年。
② 《左传》昭公五年。
③ 《论语·颜渊》。

"克"就是克制、战胜。朱熹所说最为典型。他说:"克,胜也。己,谓身之称欲也。……盖心之全德,莫非天理,而亦不能不坏于人欲。故为仁者必有以胜私欲而复于礼,则事皆天理,而本心之德复全于我矣。"①后来学者批评朱熹此说颇中肯綮,程树德谓:"孔子明言复礼,并未言理。止言克己,并未言私欲。今硬将天理人欲四字塞入其内,便失圣人立言之旨。"②将"克己"理解为胜私欲之意虽然,却不合乎经旨。相比而言,另外一种说法却较为合理。这种说法是,谓"克"为"能"③,下面的"己复礼"当"三字连文"④,则意谓能使自己复于礼。

为了深入了解孔子对于仁与礼关系的看法,我们应当讨论一下"克己复礼"的另一个记载。

"克己复礼"是在孔子之前就有的一个观念,《左传·昭公十二年》载孔子语谓:"古也有志,克己复礼,仁也。"⑤。《左传》作者引述孔子此语是有目的的,那就是评论《左传》昭公十二和十三年所载的楚灵王之事。原来,那时候楚灵王率军与吴在州来争锋,驻军于乾谿,他与大臣谈话时还询问求周鼎、取郑土、威服诸侯等事,流露出强烈的欲望。虽有贤臣谏劝,但楚灵王不听。不久,楚国内乱、楚灵王众子被杀、众叛亲离,楚灵王就在乾谿附近自缢身亡。《左传》作者熟悉孔子之语便把孔子克己复礼与仁联系起来,可以说楚灵王是个不仁之人,自取其辱,实为必然。后儒解释《论语·颜渊》篇所载孔子语"克己复礼为仁"时,或有将《左传》所载评论楚灵王之语也算作孔子语者,并以此证明经文"克"即"约也、抑也"之意⑥。其实,孔子之意与《左传》作者之意并不一致,以"约也、抑也"解"克",那是《左传》作者之意,孔子所理解的古代格言"克

---

① 朱熹:《四书章句集注·论语集注》卷六,中华书局 1983 年版,第 131 页。按,前人多指出朱熹此说源于汉儒马融之说,马曰:"克己,约身也。"(见程树德《论语集释》,中华书局 1990 年版,第 818 页)
② 程树德:《论语集释》卷二十四,中华书局 1990 年版,第 819 页。
③ "克己"之"克"字还有另外一种解释,谓《说文解字》曰:'克肩也。'《诗》'佛时仔肩',毛传云:'仔肩,克也。'郑笺云:'仔肩,任也。'盖肩所以儋荷重任,克训肩,则亦训任矣。克己复礼,以己身肩任礼也。"(江声:《论语竢质》卷中,《丛书集成初编》本,第 31 页)按,此说释经,亦通,与释"克"为"能"是一致的。任之,意犹能之。
④ 俞樾:《群经平议》卷三十一,《续修四库全书》本,第 504 页。
⑤ 《左传》昭公十二年载孔子这句话的后面还有一句话,即"楚灵王若能如是,岂其辱于乾谿?"原先多以为这也是孔子之语,愚以为不若作为《左传》作者之语更为合适。
⑥ [清]毛奇龄:《论语稽求篇》,转引自程树德:《论语集释》,中华书局 1990 年版,第 818 页。

己复礼"的"克"当是"能也"之意。能做到什么才是"复礼"了呢？依照孔子回答颜渊的话来说，即"非礼勿视、非礼勿听、非礼勿言、非礼勿动"。

按照逻辑的发展，这里会出现的一个问题便是，为什么能"复礼"就会达到"仁"的境界呢？

关于这个问题，清儒江声揭示了其中一方面的道理，他说：

> 克己复礼，以己身肩任礼也。言复者，有不善未尝不知，知之未尝复行。《周易》所谓"不远复"也。克己复礼，仁以为己任矣，故为仁。[①]

这里所引"不远复"，见于《易经·复卦》"初九爻辞，辞谓：不远复，无祗悔"。意思是出行到不远处即返回，就不会有大的让自己后悔的事出现。江声用"不远复"，取其近诸己的意蕴，说明复归于礼从自己做起，而不是远及别人。所以说这是一种"慎独"的工夫。这种内化于己的实践，必然会使自己达到"仁"的境界。除此之外，"克己复礼"之所以会达到"仁"之境界似乎还在于另外一个方面的原因，即自己所实践者是作为社会伦理准则的"礼"。跟核心在于对他人的关爱的"仁"不同，礼之核心在于确定人在社会生活中的位置，使人与人之间有一定的可以使自己自由发展的空间。简单来说，"仁"是拉近人们相互距离的，而"礼"则是让人们保持一定距离的[②]。这样的礼，是人对于他人的敬重。这敬重的本身与对他人的关爱是一致的。从这个角度可以说，礼是对于仁的补充。"复礼"的结果臻至于仁，应当是逻辑发展的必然。

孔子言礼每以反问的形式进行言说，《论语》载有他对于"礼"之三问，很可以表明他的礼学观念。我们可以试作分析。"礼"之三问：其一，问仁、礼关系。从古代文献记载中可以看到，孔子的礼学思想的核心是强调礼应当是仁的外在形式，他认为仁为礼之灵魂与主干，所以他有"仁而不仁，如礼何"[③]之问，意即仁是先于礼而存乎人心的，只有仁人才会有礼。其二，问"礼"本身的内容与

[①] 江声：《论语竢质》卷中，《丛书集成初编》本，第31页。
[②] 关于礼使人保持相互距离的作用，荀子曾有所论，谓："礼起于何也？曰：人生而有欲，欲而不得，则不能无求。求而无度量分界，则不能不争；争则乱，乱则穷。先王恶其乱也，故制礼义以分之，以养人之欲，给人之求。"（《荀子·礼论》，王先谦：《荀子集解》卷十三，中华书局1988年版，第346页）
[③] 《论语·八佾》。

形式的关系。孔子认为礼在于人的内心感受,而不在于形式,所以他才有"礼云礼云,玉帛云乎哉"①之问。其三,问"礼"如何治国。孔子认为礼之要义在于"让",所以他又有"能以礼让为国乎？何有？不能以礼让为国,如礼何？"②之问。把"让"作为"礼"的关键,这并不是孔子的发明,在孔子之前,社会上就有这种理念,谓"让,礼之主也。……世之治也,君子尚能而让其下,小人农力以事其上。是以上下有礼而谗慝黜远,由不争也,谓之懿德。"③孔子将礼与让黏合一起,首创"礼让"一词,是他对于礼之本质深刻认识的结果。

认识了孔子礼学观念的基本内容,我们可以讨论上博简《诗论》中的问题了。那就是孔子的"礼"之观念在《诗论》中有无反映呢？答案应当是肯定的。那么可不可以说《诗论》是在以礼解诗呢？

说到这里,那就牵涉到《诗论》解诗的主导思想之所在这个问题。愚以为很难用一句简单的话加以概括这个问题的答案。我们似乎可以这样来概括:《诗论》作者解诗的主导思想分为两个方面,一是从政治理念上看,是以尊王思想为主导来解诗;二是从《诗》学意蕴上看,是以性情来解诗。《诗论》中固然许多内容牵涉到多种礼,但《诗论》只是说某诗与某礼有关而已,并不是将此诗作为某礼之注脚。其眼光是诗学的,而不是礼学的。

清儒有谓以礼说诗乃发轫于孔子者。根据就是《论语·八佾》所载子夏与孔子论诗之事：

> 子夏问曰："'巧笑倩兮,美目盼兮,素以为绚兮。'何谓也？"子曰："绘事后素。"曰："礼后乎？"子曰："起予者商也！始可与言诗已矣。"

清儒或认为"子夏发礼后之说,夫子叹其可与言诗,此以礼说诗之所由昉也。汉儒称《诗》有毛公之学,自谓子夏所传,今读《故训传》……皆据三礼以立说"④。曾有专家指出,清儒包世荣撰《毛诗礼征》一书,"其用意在于将《诗经》中与礼制有牵连的每一诗篇,甚至凡与礼义、礼仪有关系的每一句诗,都落实

---

① 《论语·阳货》。
② 《论语·里仁》。
③ 《左传》襄公十三年。
④ 包世荣：《毛诗礼征》陈氏序，《续修四库全书》第 69 册，上海古籍出版社 2002 年版，第 98 页。

到礼上去,用力不可谓不勤,用心不可谓不苦,而其疏失之处,主要在于不免附会牵强,过分信赖毛诗小序,因而其'礼征'不尽可信"[1]。子夏和孔子论诗而言及于礼,孔子赞扬子夏考虑问题能够由此及彼、举一反三。师徒的言辞中没有以礼说诗,也没有以诗说礼,说孔子发轫了以礼说诗之传统,难以令人信服。在《诗》的传授历史上,真正算得上以礼说诗大家的是汉儒郑玄。前人曾多论精研三礼的汉代大儒郑玄"以礼训《诗》"、"以礼注《诗》",纵观郑玄为《诗》所作的笺,可谓此论不谬。然而,以礼说诗是否解诗正途,学者也每有批评,清末学者皮锡瑞说:"郑精研三礼,以礼解诗,颇多纡曲,不得诗人之旨。"[2]当代专家黄焯先生谓:"郑君知宗小序,顾于诗之辞义求之过深,往往失之迂拙,而不若传之精简。"[3]陈戍国先生说:"质言之,郑君一味以礼说诗,忽略了以诗说《诗》,好多诗篇的文学价值(亦即所谓美学价值,所谓美德)几乎被抹煞了,人的性灵几乎被窒息了。此以礼说《诗》之大失。"[4]

要之,因为《诗》是周代社会生活的一面镜子,诗三百篇可以都是当时社会生活的结晶。贯穿于社会生活各个方面的周代礼制在诗篇中往往有所反映,可以说是顺理成章的事情。为了把诗篇的内容理解深入而解释诗所涉及的礼,这是释诗、论诗的题中应有之意。这不是把礼制作为释诗的准则或标准,而是释诗、论诗的内容之一,释诗、论诗的出发点不是周礼,而是诗篇本身的内容。若从这个角度来看,研诗的正途就应当是"以诗说诗",但这样来说却太笼统了些,我们还是应当考虑孔门师徒研诗的真正路数该是什么的问题,他们是不是开了"以礼说诗"的先河呢?答案是否定的。上博简《诗论》和传世文献记载的孔门师徒研诗的出发点,也可以说是一以贯之的线索,是其尊王思想和性情观念。《诗论》简中直接提到"礼"的,有以下内容:

《清庙》,王惪(德)也,至矣。敬宗庙之豊(礼),以为其本;"秉文之德",以为其鞶(业),"肃雍[显相",以为其桢],……。(《诗论》第5号简)
《关疋(雎)》以色俞(喻)于礼。[其三章则]两矣,其四章则俞(喻)矣。

---

[1] 陈冠梅:"论以礼说《诗》的因缘、源头及相关原则",《湖南大学学报》,2008年第7期。
[2] 皮锡瑞:《经学通论》卷二,中华书局1954年版,第65页。
[3] 黄焯:《毛诗郑笺平议》,上海古籍出版社1985年版,第2页。
[4] 陈戍国:《诗经刍议》,岳麓书社1997年版,第135页。

以琴瑟之悦,欰(拟)好色之恕(愿);以钟鼓之乐,[欰(拟)好色之]好,反内(纳)于礼,不亦能攺㪝(乎)?(第 10、14、12 号简)

我们先来讨论第一段简文的意蕴。这段简文的意思是:《清庙》这首诗所表现出的周文王的美德,多么至高无上啊。敬重宗庙之礼,将它作为治国的根本。秉持和继承文王之德,作为自己修身和治家的事业。严肃静穆的大臣们,是王朝的栋梁。这里提到了宗庙之礼,但并不是用这个礼来诠释《清庙》之诗,而是讲《清庙》诗里所展现的宗庙之礼的意义。《诗论》作者诠释《清庙》诗的指导思想是其尊王观念,是对于文王之德的推崇。除上博简的简文以外,在传世文献中还有一条孔子由诗论礼的记载,见于《孔丛子·记义》篇,是篇载:"孔子读《诗》及《小雅》,喟然而叹曰:'吾于《鹿鸣》见君臣之有礼也。'"联系到上博简《诗论》简所说:"[吾以《鹿鸣》得]币帛之不可迏(去)也,民眚(性)古(固)然,其隐志必又(有)以俞(喻)也。其言又(有)所载而句(后)内(纳)。或前之而后交,人不可觟也。"(第 20 号简)可以看到孔子实际上是在分析《鹿鸣》篇所写君臣之礼的社会习俗依据。这个君臣之礼与民众间馈赠礼物之俗是一致的。孔子强调的重点在于"民性固然"。当然,讲君臣之礼,离不开孔子的尊王思想,但是,在分析《鹿鸣》诗的时候,他更看重的是"民性"。

上引第二段简文讨论了《关雎》诗中"色"与"礼"的关系。简文所说的"色",不仅指淑女、美色,而且指对于"色"的追求。简文实际上分为三个层次:第一个层次是,简文"以色俞(喻)于礼"("用'色'来了解礼"),这是评论的总纲。第二个层次是,讲《关雎》之"色",就是对于淑女、美色的追求,这是诗的第三章(含今本第四章)的主旨。今本相关的诗句是:"参差荇菜,左右流之。窈窕淑女,寤寐求之。求之不得,寤寐思服。悠哉悠哉,辗转反侧"[①]。这正是简文"两矣"(意即男女双方的热恋)的意蕴所在。第三个层次是,讲男女间热恋的情感升华礼仪的境界,即"琴瑟之悦"与"钟鼓之乐"。第四个层次是,简文用

[①] 这些诗句是今本《关雎》的第三、四章,从内容上看,先写"寤寐求之",再写其"求之"的具体情况,实当为一章较妥。此章不仅写男士而且蕴含了淑女之情态。男士固然会"辗转反侧",而淑女与男士一样处在情窦初开之际,得到意中人热恋追求,又何尝得以安眠呢?她和男士一样也会有焦虑不安之情态。君子追求淑女固然会比较主动,但淑女对于君子也不会无动于衷,不理不睬。君子追求淑女,乃是双方情投意合的事情,否则就不会有后来的好结果。

一个反问句"反内(纳)于礼,不亦能改虏(乎)?"作结,指出将热恋之情纳于礼的轨道,才是高尚与欢乐的保证。《诗论》述《关雎》之旨在于由"色"生情,以礼围情,融情于礼,终而使"情"得到最佳归宿。《礼记·坊记》载孔子语谓:"礼者,因人之情而为之节文,以为民坊者也。"坊,即防范的堤坝。在孔子看来,《关雎》一诗既然要将"好色之愿""纳之于礼",那么它所说明的就是这个防范爱恋情感泛滥的堤坝之重要。有了这个堤坝,洪水就不会泛滥成灾,就会在礼、义所限定的轨道中顺畅地行进。总之,这一段评《关雎》诗的简文重点不是说"礼",而是言"情"。

在"以情(性情)说诗"范畴内,还应当包括"以德说诗"的因素。《诗论》简文多次提到德,如第2号简将平虞芮之讼作为周文王之德的典型表现,从而说明展现文王之德是《诗》之主旨,并谓《大雅》的作品也皆为展现文王"盛德"之作。再如第5、6两简评析《清庙》的主题是表达"王德",具体来说就是"秉文之德"(秉持文王之德),再如第7号简引用"丕显唯行德"的诗句,亦是从德的角度对于《诗》的评析。再如第9号简评析《天保》一诗,说周成王的福禄乃是循行文武之德的结果。再如第16号简和第24号简,举出文武之德,说明它不仅泽及后世,而且光耀了先祖门楣,使"后稷见贵"。除了直接以"德"为说之外,在《诗论》中还多见"君子"、"小人"进入评诗之语,这也是以德说诗的表现。要之,"德"与"情"有着比较紧密的关系,可以说情是德之基础,而德则是情之升华。例如对于他人的关爱之情,可以升华为仁之德操。并且从这种关爱之情里,可以衍化出诚信、忠贞等美德。

上博简《诗论》所反映了孔子的"礼"的思想,可以说是十分重视的,但其说礼只是在谈其尊王思想和性情观念时的一个注脚。不能说《诗论》是在"以礼说诗",但可以说是以尊王理念和以性情思想来说诗。

二 上博简《诗论》与《诗经》

(一)《诗》在周代社会中的作用

《诗》是周代人们行为准则的来源之一。对于《诗》的理解成为人们指导思想之一。《左传》僖公二十七年载在著名的城濮之战前,晋国"作三军,谋元帅",可是任用三军统帅的标准是什么呢?谁可以担当这个重任呢?赵衰推荐郤縠。推荐郤縠的理由之一就是他有深厚的文化底蕴,即"说(悦)礼乐而敦《诗》、《书》"①。而《诗》、《书》却是"义之府",亦即人们的行为准则。我们从《左传》、《国语》等文献中可以看到,在各阶层贵族的外交及礼仪场合,引用《诗》句的现象十分普遍,简直是到了"不学诗,无以言"②的地步。关于春秋时代贵族在各种礼仪场合引诗明志的情况,清儒赵翼曾经有过一个统计。他说:

> 《国语》引诗凡三十一条,惟卫彪引武王"饫歌"(其诗曰:"天之所支,不可坏也。"谓武王克殷而作此,谓之饫歌,名之曰支,使后人监戒),及公子重耳赋"河水"二条,是逸诗。而"河水"一诗,韦昭注又以为河当作沔,即沔彼流水,取朝宗于海之义也。然则《国语》所引逸诗仅一条,而三十条皆删存之诗,是逸诗仅删存诗三十之一也。《左传》引诗共二百十七条,其间有丘明自引以证其议论者,犹曰丘明在孔子后,或据删定之诗为本也。③

《左传》、《国语》所记的三百余条引诗,皆贵族礼仪场所用者。这些记载以情理度之,只是当时各种场合引诗的一小部分。这种情况到了战国前期仍有所表现。诸子书中多称引诗句作为立论的根据,成为一代学风的一个特色。"《孟子》引《诗》者三十,论《诗》者四"④,可谓其中的一例。《诗》对于社会群众的作用,以孔子所云最为精典。他说:

> 诗,可以兴,可以观,可以群,可以怨。迩之事父,远之事君。多识于鸟兽草木之名。⑤

所谓的"兴"、"观"、"群"、"怨"四义,朱熹依次解释谓"感发志意"、"考见得失"、

---

① 宋儒认为,夏商周三代"治出于一,而礼乐达于天下;由三代而下,治出于二,而礼乐为虚名"(《新唐书·礼乐志》),诗、书与礼、乐关系密切,所以春秋时人才会有"说(悦)礼乐而敦《诗》、《书》"的说法。
② 《论语·季氏》。
③ 赵翼:《陔余丛考》卷二,商务印书馆1957年版,第25页。
④ 陈澧:《东塾读书记》卷三,三联书店1987年版,第46—47页。
⑤ 《论语·阳货》。

"和而不流"、"怨而不怒"①。综合而言,诗的兴、观、群、怨是表示人们可凭借诗来表达自己的意见和志向,考察历史和现实中的成败得失,与他人进行高雅而和谐的交往,发泄自己的不满情绪。简言之,熟读和理解《诗》是那个时代贵族融入社会的必需的台阶,也是必备的文化素养。汉儒认为"建邦能命龟,田能施命,作器能铭,使能造命,升高能赋,师旅能誓,山川能说,丧纪能诔,祭祀能语,君子能此九者,可谓有德音,可以为大夫"②。其所说的"升高能赋",就是指赋诗而言。清儒劳孝舆说:春秋时期各国贵族赋诗不言诗为何人所作,"盖当时祇有诗,无诗人。古人所作,今人可援为己诗,彼人之诗,此人可赓为自作,期于言志而止","人无定诗,诗无定指,以故可名不名,不作而作也。"③在这种社会风习下,人们讲究的是用诗的准确无误,得体文雅,并无著作权之概念。不唯如此,就连诗的内容也不必多所计较,只要符合己志并为他人所理解就可以了。西周春秋时代不仅外交、礼仪场合赋诗言志④,而且宗教祭祀、民俗聚会等场合也离不开诗。诗之功用可以渗透于社会生活的各个方面。正因为《诗》的社会功用如许之大,所以孔子提倡人们要学习《诗》,不仅可以用于事奉君父这样的大事,并且,在社交场合必须懂《诗》,孔子所说"不能《诗》,于礼缪"⑤,就是这个意思。学诗可以"多识鸟兽草木之名",这样的日常生活小事也可以得益于学诗。⑥ 从广大的时代背景来说,孔门教育重视《诗》学乃是

---

① 朱熹《四书章句集注·论语集注》卷九。古今论诗的学者对于兴、观、群、怨的论说非常之多。特别是对于"兴"的辨析更是深入。朱熹谓"兴"为"感发志意",已经指出,兴实将诗的原有之意境升华为另外一种境界,把遥远的追忆拉到现实境界,读诗者的体悟既是历史的但更是现实的。朱熹所云"考见得失"为观,亦未必是。或有学者将赋诗理解为观诗,恐不确。赋诗是诗可以赋,与"观"并不一致。"诗可以观"当指诗与乐舞每相融为一体,故可以观赏。《左传》襄公二十九年吴公子季札聘鲁"请观于周乐",而不记请观于周诗,是为其证。

② 《诗·鄘风·定之方中》毛传。

③ 劳孝舆:《春秋诗话》卷一,丛书集成初编本,商务印书馆1932年版,第1页。

④ 关于"诗言志"的功用,《礼记·孔子闲居》载有孔子回答子夏的一段话,很有参考价值。孔子说:"志之所至,诗亦至焉;诗之所至,礼亦至焉;礼之所至,乐亦至焉;乐之所至,哀亦至焉;哀乐相生。是故正明目而视之,不可得而见也。倾耳而听之,不可得而闻也。志气塞乎天地。"诗在志、礼之际,诗兼有志、礼,其影响可谓大矣。

⑤ 《礼记·仲尼燕居》。

⑥ 重视诗的社会功用,古希腊的情况亦然,亚里士多德指出,"到了公元前五世纪,荷马已是希腊民族的老师。在一个相当长的时期内,诗是小学生的'必修课',孩子们通过读诗学习做人的美德,受过教育的希腊人无例外地熟悉荷马史诗,许多人熟记了其中的精彩段落和警句,有的甚至能够背诵整部作品"。(亚里士多德:《诗学》,陈中梅译,商务印书馆1996年版,第277页),这与春秋时期贵族赋诗明志,专对四方的情况十分相似。

世风使然。上博简《诗论》就是孔门师徒研习《诗》的记录和结晶。

上博简《诗论》表明孔子很重视《诗》的政教功能。《诗论》第 2 号简说："寺(诗)也,文王受命矣。讼坪(平),德也。"文王受命为周王朝立国之基,周文王平虞芮之讼,是文王受命的先导。文王受命为周王朝统治者世代相传的立国法宝,曾经多方宣示,向社会各阶层灌输。《诗论》第 5 号简又说："又(有)城(成)工(功)者可(何)女(如),曰《讼(颂)》氏(是)也",认为《诗》之《颂》就是向神明报告周王朝治国成功的诗篇,从西周时期贵族赋诗的情况看,实际上是把《诗》作为政教的工具,简言之,即以《诗》论政,《诗论》所强调的颂诗就是政治诗篇。当然,在雅诗里也有一些发泄对于政治不满情绪的诗篇(汉儒将这些诗作为"刺"诗,作为"变风"、"变雅"之诗)。《诗论》将这些诗作为政治衰败的反映,《诗论》第 3 号简说："(《小雅》)多言难而悹(狷)退(悥)者也。衰矣,少矣!"所谓"衰"、"少"①,正是对于西周后期王朝衰败政治的说明。《诗》中也有一些史诗性质的诗篇,但其主旨也是在说明周先王创业之难和成功之巨,仍然没有离开政治。愚以为不能够简单地说西周时期"以《诗》为史"②,而应当说是"以《诗》为政",《诗》是政教的反映,是政教的工具。东周时期,虽然《诗》的教化功能增强,政治功能相对来说有所减消,但始终没有脱离政治的影响。对于《诗》的政治功能,孔子曾经说过"诵诗三百,授之以政,不达;使于四方,不能专对;虽多,亦奚以为?"③战国术士多通诗教。"纵横之学,本于古者行人之官。观春秋之辞命,列国大夫,聘问诸侯,出使专对,盖欲文其言以达其旨而已。至战国而抵掌揣摩,腾说以取富贵,其辞敷张而扬厉,变其本而加恢奇焉,不可谓非行人辞命之极也。"④显而易见,"诵诗三百"正是"行人辞命"的必要准备,虽然它直接是术士"腾说以取富贵"的工具,但归根到底则还是政治的工具。

孔子注重诗教,以《诗》授徒,所以当时的人说"夫子之施教也,先以诗"⑤。

---

① 简文"少",与"小"相通假,意为式微。
② 从"六经皆史"的角度看,说"以《诗》为史",当然亦不为过,但那是从大历史的角度来讲的,我们这里是从社会功能的角度来提出的认识,与大历史的观念并非一途。
③ 《论语·子路》。
④ 章学诚:《文史通义·诗教》上,上海书店 1988 年版,第 17 页。
⑤ 《大戴礼记·卫将军文子》。

孔子以诗授徒之事先秦文献多有所载，其中子贡倦学而孔子以《诗》教之之事，甚为典型：

> 子贡问于孔子曰："赐倦于学矣，愿息事君。"孔子曰："诗云：'温恭朝夕，执事有恪。'事君难，事君焉可息哉！""然则，赐愿息事亲。"孔子曰："诗云：'孝子不匮，永锡尔类。'事亲难，事亲焉可息哉！""然则赐愿息于妻子。"孔子曰："诗云：'刑于寡妻，至于兄弟，以御于家邦。'妻子难，妻子焉可息哉！""然则赐愿息于朋友。"孔子曰："诗云：'朋友攸摄，摄以威仪。'朋友难，朋友焉可息哉！""然则赐愿息耕。"孔子曰："诗云：'昼尔于茅，宵尔索绹，亟其乘屋，其始播百谷。'耕难，耕焉可息哉！"①

从这个对话里可以看到上至事君孝亲，下至交友耕田，几乎所有的人生之事在《诗》里都可以找到如何正确对待的答案，孔子正是以《诗》意来勉励子贡生生不息、奋斗不止。关于诗的社会功用，吴承仕曾谓："诗本性情，饥者歌其食，劳者歌其事，循省上下，足以知其政教风俗之中失。且诗者温雅以广文，兴喻以尽意，芳臭气泽之所被，足以动人心，优柔厌饫，则随俗雅化。故诗之为物，上摩则有风刺之益，下被则有兴观群怨之效。"②诗的兴味特色确实在于温雅和兴喻，这是周代社会的需要，也是周代社会所造就的结果。风俗是地域文化的表现，是一定区域里的人们的精神之结晶，其积极抑或是消极，其进取抑或是保守，其包容抑或是狭隘等等的不同风俗对于春秋战国时代各诸侯国的发展与存亡，可谓影响大矣。宋儒王应麟曾谓：

> 风俗，世道之元气也。观《葛生》之诗，尧之遗风变为北方之强矣；观《驷铁》、《小戎》之诗，文、武之民变为山西之勇猛矣。晋、秦以是强于诸侯，然晋之分为三，秦之二世而亡，风俗使然也。是以先王之为治，威强不足而德义有余。商之季也，有故家遗俗焉；周之衰也，怀其旧俗焉。③

---

① 《荀子·大略》。
② 吴承仕：《经典释文序录疏证》，中华书局1984年版，第75页。
③ 王应麟：《困学纪闻》卷三，上海古籍出版社2008年版，第458页。

观王应麟此说,正可谓成也"风俗"、败也"风俗"。《诗》正是先秦时期大大小小的贵族统治者阶层,了解风俗而调整治国之策的窗口和重要渠道。

东周时期,《诗》的流传益广泛,称诗引诗成为贵族士人生活的不可或缺的文化底蕴。战国初年魏国的太子击被封在外,他遣其傅赵仓唐朝见其父魏文侯的一件事,颇为典型。可略引如下:

> 文侯曰:"子之君何业?"仓唐曰:"业《诗》。"文侯曰:"于《诗》何好?"仓唐曰:"好《晨风》、《黍离》。"文侯自读《晨风》曰:"鴥彼晨风,郁彼北林。未见君子,忧心钦钦。如何如何,忘我实多。"文侯曰:"子之君以我忘之乎?"仓唐曰:"不敢,时思耳。"文侯复读《黍离》曰:"彼黍离离,彼稷之苗。行迈靡靡,中心摇摇。知我者谓我心忧,不知我者谓我何求?悠悠苍天,此何人哉?"文侯曰:"子之君怨乎?"仓唐曰:"不敢,时思耳。"文侯于是遣仓唐赐太子衣一袭,敕仓唐以鸡鸣时至。太子起拜,受赐发箧,视衣尽颠倒。太子曰:"趣早驾,君侯召击也。"仓唐曰:"臣来时不受命。"太子曰:"君侯赐击衣,不以为寒也,欲召击,无谁与谋,故敕子以鸡鸣时至,诗曰:'东方未明,颠倒衣裳。颠之倒之,自公召之。'"遂西至谒。文侯大喜。……赵仓唐一使而文侯为慈父,而击为孝子。太子乃称:"《诗》曰:'凤凰于飞,哕哕其羽。亦集爰止,蔼蔼王多吉士。维君子使,媚于天子。'舍人之谓也。"①

赵仓唐是太子击之傅,他奉命朝见魏文侯时说太子击以《诗》为业,即经常习《诗》。魏文侯可以随口诵出《晨风》及《黍离》的诗句,并且借用《诗·东方未明》之句以示己意,足可见其研诗的功夫自是上乘。太子击能够悟出其父的良苦用心,并且很贴切地用《大雅·卷阿》的诗句称赞赵仓唐,说明他平日"业诗",并非虚语。孟子曾经谈到对于古代的"天下之善士(天下公认的优秀人士)"的认识,必须"颂其诗,读其书"②。他所说的古代应当是以西周春秋时代为主的,那个时代会做诗、会写书的人士,在孟子看来,就是"天下之善士"。

---

① 《说苑·奉使》,参见赵善诒:《说苑疏证》卷十二,华东师范大学出版社 1985 年版,第 329 页。
② 《孟子·万章》下。

战国秦汉时期，《诗》在不断地被传承的时候，也不断地被神圣化①。《荀子·儒效》篇说：

> 圣人也者，道之管也；天下之道管是矣，百王之道一是矣。故诗书礼乐之道归是矣。《诗》言是其志也，《书》言是其事也，《礼》言是其行也，《乐》言是其和也，《春秋》言是其微也，故《风》之所以为不逐者，取是以节之也，《小雅》之所以为《小雅》者，取是而文之也，《大雅》之所以为《大雅》者，取是而光之也，《颂》之所以为至者，取是而通之也。天下之道毕是矣。②

按照这个说法，《诗》乃是圣人之志的表达，是圣人之道的体现。是圣人的经典之一。限于上古时代文献流传的条件有限，所以，《诗》和其他文献一样有多种传本，乃是很正常的事情。上博简《诗论》是据《诗》的定本，有感而发。它的发现，对于认识《诗》在上古时代的情况很有帮助。明儒陈第论《诗》的作用一段话，很能代表古人对于它的高度评价。陈第说：

> 《诗》三百篇，牢笼天地，囊括古今，原本物情，讽切治体，总统理性，阐扬道真，廓乎广大，靡不备矣！美乎精微，靡不贯矣！近也实远，浅也实深，辞有尽而意无穷。③

依此说，可见古人把《诗》视为经典中之经典，是认识社会、自然、历史的百科全书。历代人们重视它，良有以也。

我们于此可以略微讨论一下历代学者对于《诗》的研究状况之大概。简言之，汉唐时代重训诂，毛诗之胜三家诗是为一个例证。其末流则近于穿凿琐细。宋明时代则重诠释经意，其末流则近于空疏虚拟。清前期则以复兴汉学

---

① 《诗》被神圣化的趋势到了魏晋时代有所转变，当时的玄学家在清谈时将《诗》作为谈资，如《世说新语·排调》篇载孙兴公曾经以"蠢尔蛮荆"，戏谑楚地襄阳人习凿齿，习立即以"薄伐猃狁，至于太原"回敬太原人孙兴公。（《世说新语·排调》，参见余嘉锡《世说新语笺疏》，中华书局2007年版，第950页）
② 王先谦：《荀子集解》卷四，中华书局1988年版，第133页。
③ 陈第：《读诗拙言》，转引自陈澧：《东塾读书记》，三联书店1998年版，第120页。

为帜,清后期则宋学渐苏而略优。历代学者所以如此关注《诗》学,根本原因是它与周代(乃至整个中国古代)社会关系密切,它不仅是周代社会一面镜子,而且是传统文化精神的渊薮,所以说它是中华文化的重要"元典"①。我们从上博简《诗论》一方面可以感觉到孔子对于《诗》的重视,另一方面也可以感觉到孔子并没有将《诗》神化与圣化。孔门师徒多以尊王思想与性情观念为主旨来解诗,直指诗的主题。《诗论》之解诗,基本上是以诗学(也可以说文学)为准则,虽然有尊王思想,但并不拘泥于政治。我们从《诗论》中所看到的孔门师徒心目中的《诗》,仅仅是诗而已。将《诗》推向神坛,那是后儒之事,并非孔子及其及门弟子所为。

(二)"思无邪"与诗之思

孔子所总结的"《诗》三百,一言以蔽之,曰'诗无邪'",得上博简《诗论》简相关材料的印证,可以使人们有了更多的对于"思无邪"美学意义的认识。"思无邪"源自《诗·駉》篇,此篇中"思无邪"等相似的四个"思"字,其主体不当是鲁僖公,也不是养马者,而应当是《駉》诗所着意刻画的那些雄健的马匹。孔子引用"思无邪"之句,是赋以新的含义而化用之,并非一般意义上的断章取义。上博简《诗论》作为孔门师徒研诗、论诗的专门论著,比较全面地对《诗》进行了探讨。《诗论》简论诗的多种不同角度,如以礼说诗、以性情说诗、以尊王观念说诗等,多有专家发明指出,我们还可以从"思"(亦即诗心)这一新的视角进行探讨②。

"思无邪"的初意及其与汉儒"美刺"说的关系。

"思无邪"原出自《诗经·鲁颂·駉》篇,为了探求"思无邪"之旨,需要先来

---

① "元典"是近年学术界新兴的词语,其意当指最重要最经典的典籍文献。其时代也应当是很早的,是后来的典籍文献之祖。能够体现中华文化精神的可以称为"元典"的典籍,当以战国秦汉时代所形成的"五经"为主。

② 诗心,指诗人之心,亦即诗所表现的诗人的情志和精神。"诗心"一词盖出现于晚唐。晚唐诗人薛能《秋日将离滑台酬所知》"相知莫话诗心苦"(《全唐诗》卷五百五十九)、晚唐诗僧齐己《谢澹湖茶》"还是诗心苦"(《全唐诗》卷八百四十),已用"诗心"表现自己的情志。唐以后"诗心"之辞每人诗作中。清儒潘德舆《养一斋李杜诗话》卷二谓:"作诗若有赋而无比兴,则诗心凋丧,而去《风》、《雅》、《颂》益远。"当代专家朱东润先生著《诗心论发凡》,认为诗心即"诗人之心","诗篇之作本于人心,情动于中,故形于声"(《诗三百篇探故》,云南人民出版社2007年版,第101—102页)我们这里所说的"诗人"之心,从《诗》三百篇的情况看,应当也包括了诗的采编者之心。

讨论一下这篇诗的一些问题。我们先将此篇具引如下：

> 駉駉牡马，在坰之野。薄言駉者，有驈有皇。有骊有黄。以车彭彭，思无疆，思马斯臧。
>
> 駉駉牡马，在坰之野。薄言駉者，有骓有駓。有骍有骐，以车伾伾。思无期，思马斯才。
>
> 駉駉牡马，在坰之野。薄言駉者，有驒有骆。有駵有雒，以车绎绎。思无斁，思马斯作。
>
> 駉駉牡马，在坰之野。薄言駉者，有駰有騢。有驔有鱼，以车祛祛。思无邪，思马斯徂。

关于《駉》篇的写作时代及作者，历来有歧义，今不作讨论。暂依诗序所说，将此诗作为春秋中期鲁史臣史克所著。关于它的体裁，宋儒魏了翁说《駉》篇，"虽错名为'颂'，则体实'国风'，非告神之歌，故有章句也"[①]，得之。我们可以先将《駉》诗意译如下[②]：

> 肥大的雄马，在远郊野外。这些高头大马，或者黑中带白，或者白中带黄。有的是纯正的黑色或者是黄色，这些马驾起车来威武雄壮，它们只想无疆无界地奔跑，好漂亮的马呀！
>
> 肥大的雄马，在远郊野外。这些高头大马，或者黑白相杂，或者黄白相间。有的纯黄或者纯黑，这些马驾起车来力大无比，它们只想无休止地奔跑，好俊美的马呀！
>
> 肥大的雄马，在远郊野外。这些高头大马，或者带着斑驳的花纹，或者是白体黑鬣。有赤身黑鬣的駵马，也有黑身白鬣的雒马，这些马驾起车来绎绎地奔跑，它们只想不会疲倦地驱驰，好活泼的马呀！

[①] 魏了翁：《毛诗要义》卷二十上，《续修四库全书》第56册，上海古籍出版社2002年版，第807页。按，关于《駉》篇体裁，明清之际大儒王夫之谓此篇"朱弦疏越风，憗留此焉，虽列之《颂》可矣"（《诗广传》卷五，《船山全书》第三册，岳麓书社1983年版，第507页），按，此从《駉》诗韵律之美的角度论其可列为颂之由，可备一说。

[②] 译文参考了马持盈先生所著的《诗经今注今译》（台湾商务印书馆1979年版）一书。

肥大的雄马,在远郊野外。这些高头大马,或者阴白杂毛,或者混杂着朱红与白色。有的黑色黄脊,有的长着白眼圈。这些马驾起车来强健敏捷,它们只想一直向前,好善跑的骏马呀!

《鲁颂·駉》篇共四章,八用"思"字,每章末句的"思"字为语词,历来无疑问,其前一句的"思"字则有两种说法,一说谓亦语词,一说谓即思想、思考之思。比较而言后说较胜而前说于疏通诗意有碍。但对于思考的主体则有不同的看法,一般认为郑笺之说可从,系指鲁僖公之思,其具体内容则是"遵伯禽之法,反复思之"("思无疆")。日本学者竹添光鸿说:"通诗以思字为主,万化起于君心,君心有所注向,特即应之,思固不专一马也。"①另外一说,将"思"定为牧人之思,清儒方玉润说:"思字乃属牧人言,言谓德之良者,其智虑必深广而无穷也;才之长者,其干济必因应而无方也;神之王者,其举动必振兴而无厌也;心之正者,其品行必端向而无曲也。"②当代学者高亨先生之说与之相似,谓"思"是养马者之思,"思无疆"意指"养马者想要永远保持子孙世袭的利益,把马养好,以免失去职位。"③上述两种说法,"思"不管是指鲁僖公之思,抑或是养马者之思,都是指人之"思"。这些说法中,愚以为较优者为宋儒苏辙所言:"'思无邪,思马斯徂。'苟思马而马应,则凡思之所及,无不应也。"④他从人马互动的角度来解释"思",这比之于释为鲁僖公之思或牧马人之思要好。可以说是诠释《駉》篇"思无邪"道路上的一大进步。然此说仍给人以未达一间的感觉。

愚以为《駉》诗"思无疆"、"思无期"、"思无斁"、"思无邪"的这四个"思"字的解释尚可另作考虑。今试提出新说,非敢自以为是,只冀求能有可备一说之效。我以为,从全诗文意上看,不若解为诗作者所拟的马之思为妥。《駉》诗全篇咏马、颂马,不应当兀自出现一个写人之句。全诗多写马之英俊、高大、雄壮和马的富丽花纹和毛色,还描写马匹驾车的敏捷、矫健之态。有了如许的铺排,如果不写马的灵性,实为一种缺憾。《駉》诗的作者,用"思无疆"、"思无期"、"思无斁"、"思无邪",来状写马儿的神态,可谓画其龙而点其睛,顿然使得

---

① 竹添光鸿:《毛诗会笺》,台湾大通书局 1975 年版。
② 方玉润:《诗经原始》卷十八,中华书局 1986 年版,第 631 页。
③ 《诗经今注》,上海古籍出版社 1980 年版,第 510 页。
④ 苏辙:《论语拾遗》,《栾城集》,上海古籍出版社 1987 年版,第 1535 页。

全诗灵动起来①。人们之所以不如此认识,盖狃于唯人能思、马岂能思之故,其实,马固然不能有人之思,但人可以设想其能思,并且从其状态感悟其所思之内容。这是一种换位形式的假定,想象马亦和人一样有"思"。《駉》诗中写这些高头大马驾起车来,矫健飞驰、勇往直前,充满了浩然之气。马拉的车辆也"彭彭"作响,似乎是为奔驰的马加油鼓劲。在这幅鲜活的场景中,《駉》篇所写的马之"思"——"无疆"、"无期"、"无斁"、"无邪",盖由诗作者据马之神态和气势而悟出,实为点睛之妙笔。我们如果不把此点指出,当有愧于《駉》诗作者独具的匠心。

《駉》篇这种状写马之"思"的拟人化的艺术手法,在《诗》三百篇中并不多见②,所以《駉》篇也就更为值得重视。孔子论《诗》三百,以"思无邪"为统领,是以真、善、美的眼光来看待所有诗篇的。他取《駉》篇的"思无邪"而化用之,从表面上看这是春秋时人引诗"断章取义"之一例,但实际上却与一般的断章取义有所不同。孔子取了《駉》篇"思无邪"的勇往直前、不事邪曲之途的意思,但又赋予了"思无邪"以新的意义。他将马之思,转变为人之思。从伦理道德的层面上看,只有在这一转变的基础上,"思无邪"才能够体现"善"之意。"思无邪"之论,表明孔子认为《诗》三百篇之立意主旨皆不邪曲,都是纯正思想的表露,作诗者、采编者须有"无邪"的理念与态度,才能写出和编定如许的诗作。此正如清儒方玉润所说,"思无邪","此一言也,实作诗者之真枢"③。孔子化用《駉》篇的"思无邪"之意,其所作的这一转变,实有点石成金之效,更何况这不是一块顽石,而是一块灵石呢。

孔子强调"思无邪",对于《诗》的思想内容如此之高的评价,专家或谓在孔子之前已经有了,说是春秋前期晋国的赵衰就曾经说过"《诗》、《书》,义之府也"④这样的话。专家此说不误,但"义之府"虽然与"思无邪"有意义相蕴含之处,但意旨的重点并不一致,前者说的是行为规范之厚藏,后者则是讲《诗》的

---

① 前人关于《駉》诗的评论已有学者指出其空灵的特色,谓"极一篇铺张文字,都是极空灵文字"(吴闿生:《诗义会通》,中华书局1959年版,第265页)。按,此说正确,但其仍谓此篇为"美僖公之善思",惜未达一间耳。
② 《诗》三百篇里,采用拟人手法之例,尚可举出《隰有苌楚》一篇。是篇曾将"苌楚"状写为有朋友、有家室的"人",详细分析烦请参阅拙稿《上博简〈诗论〉与〈诗·隰有苌楚〉新解》(《河北学刊》2009年第3期)。
③ 方玉润:《诗无邪太极图说》,《诗经原始》,中华书局1986年版,第7页。
④ 《左传》僖公二十七年。

思想观念之纯正①。这样看来,肯定《诗》的思想观念之纯之正,对于《诗》的思想观念有如此评析,说孔子为首创,并不为过。

"思无邪"的"思"字的意义,在汉代已被理解为思想、思虑,如《韩诗外传》卷三载:

> 公仪休相鲁而嗜鱼,一国人献鱼而不受。其弟谏曰:"嗜鱼不受,何也?"曰:"夫欲嗜鱼,故不受也。受鱼而免于相,则不能自给鱼;无受而不免于相,长自给于鱼。"此明于鱼为己者也。故老子曰:"后其身而身先,外其身而身存。非以其无私乎?故能成其私。"诗曰:"思无邪。"此之谓也。

这里的"思无邪",是在说公仪休已经考虑到"后其身而身先,外其身而身存",以及无私故能成其私,这些辩证的关系。"思无邪"是在指出公仪休可以径直地想到这些问题而做出正确的判断。《韩诗外传》这里已经将"思无邪"的"思"字作为人之思虑来使用了。

汉代论诗的"美刺说"与"思无邪"理论有一定的关系②。宋儒朱熹释此意甚精确,他说:

> 凡诗之言,善者可以感发人之善心,恶者可以惩创人之逸志,其用归于使人得其情性之正而已。然其言微婉,且或各因一事而发,求其直指全体,则未有若此之明且尽者。故夫子言《诗》三百篇,而惟此一言足以尽盖其义,其示人之意亦深切矣。程子曰:"'思无邪'者,诚也。"③

---

① 朱熹说:"'《诗》无邪',是心正、意诚之事。"(《朱子语类》卷二十三,中华书局1988年版,第546页)。
② 清儒程廷祚曾谓"汉儒言《诗》不过美刺二端。《国风》、《小雅》为刺者多,《大雅》则美多而刺少。岂非本原固有不同者与?"依程廷祚之意,无论美、刺,皆为忠君爱主的无上情怀所至,即使是"刺"诗,也是忠爱君主的"流风遗韵"(程廷祚:《诗论十三"再论刺诗"》,《青溪集》卷二,金陵丛书本。)程氏又谓"刺"诗之作在于"先王之遗泽尚存于人心,而贤人君子弗忍置君国于度外,故发为吟咏,动有所关。"(《诗论六"刺诗之由"》,《青溪集》卷二,金陵丛书本。)按,依汉儒所言,诗无非美刺,而美刺亦无非出于忠爱之心。这个思路与"思无邪"说是一致的。
③ 朱熹:《论语集注》卷二。按,关于"思无邪",朱熹还从另外一个角度来看,即强调读诗者要思无邪,而非三百篇的作者尽皆思无邪。他说:"'思无邪',乃是要使读诗人'思无邪'耳。读三百篇诗,善为可法,恶为可戒,故使人'思无邪'也。若以为作诗者'思无邪',则桑中溱洧之诗,果无邪耶?"(《朱子语类》卷二十三)据元儒马端临统计,朱熹将《诗经》中汉儒所指为刺诗者以及写它事者,皆列为"淫诗","今以文公《诗传》考之,其指以为男女淫奔诱,而自作诗以叙其事者,凡二十有四,如《桑中》、《东门之墠》、《溱洧》、《东方之日》、《之池》、《东门之杨》、《月出》,则序以为刺淫,而文公以为淫者所自作也;如《静女》、《木瓜》、《采葛》、《丘中有麻》、《将仲子》、《遵大路》、《有女同车》、《山有扶苏》、《兮》、《狡童》、《褰裳》、《丰》、《风雨》、《子衿》、《扬之水》、《出其东门》、《野有蔓草》,则序本别指他事,而文公亦以为淫者所自作也"(《文献通考》卷一百七十八《经籍考》五)。这些"淫诗",朱熹坚决否定其"思无邪",是强调读这些淫诗者当"思无邪"。

原来,诗的内容是可以兼及善、恶的。"善者可以感发人之善心,恶者可以惩创人之逸志"。所谓"惩创"者,也就是"刺"的意思了。就"美"、"刺"二者而言,"刺"诗又多于"美"。朱东润先生谓:"果据《毛序》而论,总诗之美刺与夫类似美刺者言之,《风》、《雅》二百六十五篇之诗,十可尽其八九,而刺诗为尤众。"①正因为诗之无邪,所以它既可以扬善,也可以惩恶。

"无邪"之诗怎样起到扬善惩恶的作用呢?

宋儒的答案是要有读者的"无邪"之思来配合。宋儒不仅肯定《诗》三百篇作者的"无邪"之思,并且还指出读诗者亦应当有"无邪"之思,吕祖谦《吕氏家塾读诗记》卷五谓"仲尼谓'《诗三百》,一言以蔽之,曰:思无邪',诗人以无邪之思作之,学者亦以无邪之思观之,闵惜惩创之意隐然自见于言外矣。"宋儒或谓"道本无邪正,自正人视之,天下万物未始不皆正;自邪人视之,天下万物未始不皆邪。……观人之言,系乎心术之邪正。如此夫子言之,非特明作诗者之思虑不及于邪,亦欲使读诗者其心术不可不出于正也"②。

相同的诗,或者相同的诗句,不同的人来读会有不同的体会,虽然自可清者自清,浊者自浊,但总还有一个"心术"正与不正的问题。《礼记·乐记》曾经提到对于乐的不同态度,即"乐者,乐也。君子乐得其道,小人乐得其欲。以道制欲,则乐而不乱;以欲忘道,则惑而不乐"。拿这个道理来说明读诗的态度,可以说是完全适用的。清儒曾经论及读诗的体会,如读《郑风·狡童》之诗本来可以悟出与贤人共事而忠于君主之理念,但有人却"淫心生焉,出而视邻人之妇,皆若目挑心招,怪而自省,夫犹是'彼狡童兮,不与我好兮'二语,而一读之而生忠心,一读之而生淫心者,岂其诗有二乎?解之者之故也"③。

宋儒苏辙曾经指出,诗之思的动力在于随物而动,人摆脱了物欲的干扰,方可达到"思无邪"的境界。他说:

> 《易》曰:"无思无为,寂然不动,感而遂通天下之故。"《诗》曰:"思无邪。"孔子取之,二者非异也。惟无思,然后思无邪;有思,则邪矣。火必有光,心必有思。圣人无思,非无思也。外无物,内无我,物我既尽,心全而不乱。

---

① 朱东润:《诗三百篇探故》,云南人民出版社2007年版,第98页。
② 龚昱:《乐庵语录》卷二,四库全书影印文渊阁本。
③ 毛奇龄:《白鹭洲主客说诗》,《清经解续编》第一册,上海书店1988年版,第85页。

物至而知可否,可者作,不可者止,因其自然,而吾未尝思。未尝为此,所谓无思无为,而思之正也。若夫以物役思,皆其邪矣。如使寂然不动,与木石为偶,而以为无思无为,则亦何以通天下之故也哉?故曰"思无邪"①。

所谓"以物役思",意由物欲掌控思,其结果必然走"邪"之途。苏辙认为要做到"思无邪"必须摆脱物欲的干扰("外无物")。诗之思是客观存在的、必然的("火必有光,心必有思"),无思则无诗。在外物的影响面前,必须"知可否,可者作,不可者止"。所以苏辙所说的"无思",并非绝对地、真正的"无思",而只是无物欲掌控下的"思"。摆脱了物欲影响的"思"自然是无邪之思。这种"思"所显示出来的强大活力,用苏辙的话来说就是能够"通天下之故"。这个"故",就是现实与历史的存在,足可牢笼天地、贯通古今。苏辙这个论析把思想幽深到道家理念的层面,很是精彩。

总之,孔子所言"思无邪"之意首先在于要认识到《诗》三百篇的作诗者、采编者有无邪之思,犹宋儒所谓"道德仁义之语、高雅淳厚之义自具"②。这一点应当是评诗、论诗的基础与前提。《诗》三百篇的理念本质的"无邪",不仅是其伦理道德方面的高尚境界的保证,而且是《诗》的诠释者思想境界的一个保证,正所谓"近朱者赤"了。

孔门后学的相关思考。

孔子后学关于"思"的问题有了更多地思考。《郭店楚墓竹简·语丛》三所载的一段话:

思亡(无)强(疆),思亡(无)亓(期),思亡(无)约(结),思亡(无)不由我者。③

---

① 苏辙:《论语拾遗》,《栾城集》,上海古籍出版社1987年版,第1536页。按,苏辙《诗集传》有类似的说法,谓"思无邪"乃"人生而有心,心缘物则思,故事成于思……思而不留于物,则思而不失其正,正存而邪不起。"(《续修四库全书》第56册,上海古籍出版社2002年版,第188页。)此处所云,不若其在评析《论语》时所说的为深刻。
② 魏庆之:《诗人玉屑》卷十三,上海古籍出版社1978年版,第269页"陵阳发明思无邪之义"条。
③ 《郭店楚墓竹简》,文物出版社1998年版,图版第100页,释文第211页。按,此处释文"强"读若"疆"、"亓"读若"期",取自李零先生的说法,见其所著《郭店楚简校读记》,北京大学出版社2002年版,第149页。

这段简文明显与《诗·鲁颂·駉》篇有关,专家指出此诗"四章各有一个三字句,分别作'思无疆'、'思无期'、'思无斁'、'思无邪'。简文应即摘取一、二、四句而成"①。专家将《语丛》三的此处简文与《駉》篇联系一起考虑,是很正确的。说"思无疆"、"思无期"摘自《駉》篇也是对的,只是还应当补充讨论的是,第一,上引简文的绐字,专家或将此字释为"裹"(后世通作"邪"),这样说固然有道理,并且可以与"思无邪"之语直接印证,但于读音方面似有问题。愚以为,简文这个字疑当读作"绐",段玉裁说:"绐之言怠也。如人之倦怠然。古多假为诒字。言部曰:'诒者,相欺诒也。'"②第二,既然取了《駉》篇的三个三字句,为什么《语丛》三简文不取《駉》篇的"思无斁"之说呢?这句诗见于《駉》篇的第三章。此章内容如下:"駉駉牡马,在坰之野。薄言駉者,有驒有骆。有骝有雒,以车绎绎。思无斁,思马斯作。"诗中的"斁"字,意为厌。《诗·葛覃》"服之无斁",毛传:"斁,厌也。""无斁"之意与"无疆"、"无期"有相涵处,或者说"无疆"、"无期"已经包括了"无斁"之意。"无斁"在《駉》诗中固然可谓健马之不疲倦的状态,但若以说明人之"思",其在"无疆"、"无期"之后,似已可有可无。《语丛》作者将其去掉而换上"无绐"(无欺),突出了"诚"之品德,应当是合乎儒家思想发展情况的一个更动。除此之外,《语丛》的作者还不取"无邪",而更之以"无不由我",意在强调人自己为"思"之主体,意即无邪之思乃人心所固有③。

简文这段话讲了"思"的四个特色,第一,思没有疆界,这是就空间为说的;第二,思没有时间限制("思无期"),既可以就过去的时间说,它可以思接千载;就未来的时间看,它也能够思瞻千载;第三,思出自人的自我诚意,人之有思一般不会自己欺骗自己("思无绐");第四,思是个人的主动的行为,不为外界或他人所左右。人之"思"处于永远律动的状态,它可以幻化出至善至美的天使虑,也可以打开潘多拉的盒子释放出魔鬼。人应当如何"思"呢?大体说来唯有正、邪两途而已。依孔子之意,当走正路,而不要误入歧途。"思无邪"的关键即在于此。《语丛》作者所所谓的"思亡绐(绐)",与"思无邪"的导向是相同

---

① 陈伟:"郭店楚简别释",《江汉考古》1998年第4期。
② 段玉裁:《说文解字注》十三篇上。
③ 关于此点,宋儒杨简曾谓:"至道在心,奚必远求,人心自善、自正、自无邪、自广大、自神明、自无所不通。"(《慈湖诗传》"自序",四明丛书本)按,其说可为简文"亡(无)不由我"的注脚。

的。由于思出自个人的自我之"诚",所以它不自欺。

关于人之"思",到了孟子的时代,儒家理论又进一步发展,孟子在强调思可得到人对于外界事物地认识之外,他还探寻了思之源。孟子说:"耳目之官不思,而蔽于物,物交物,则引之而已矣。心之官则思,思则得之,不思则不得也。此天之所与我者,先立乎其大者,则其小者弗能夺也。此为大人而已矣。"①依孟子之意,思出自于天,用我们现在的话来说就是,"思"是天然形成的。这虽然不符合实践出真知的原则,但其强调思之作用则还是正确的。关于这一点,朱熹曾经引用范浚《心箴》的如下的话:"君子存诚,克念克敬,天君泰然,百体从令。"②从这里我们可以悟到:只有个人心中的"诚"才能发出"无邪"之思,这种思是为《诗》之灵魂。诗的创作者固然是其自得之思的结果,而读诗者亦需要自有所得,而不是人云亦云。宋代魏庆之所编的《诗人玉屑》曾引《漫斋语录》的论诗之语,谓:"诗吟函得到自有得处,如化工生物,千花万草,不名一物一态。若摸勒前人,无自得,只好世间剪裁诸花,见一件样,只做得一件也。"③这种不入流俗的"自得"之途,亦是"思无邪"的一个表现。南北朝时期梁简文帝曾经说:"诗者,思也、辞也。发虑在心谓之思,言见其怀抱者也。在辞为诗,在乐为歌。其本一也。"④思之源本在于"心",心之意旨与考虑("怀抱")表达出来就是诗。简文帝的这个说法是可取的。可以说,诗是思的产物,这是古往今来学者们的一致看法。人之思有善恶之分、对错之别,诗作者的"思"是否"无邪",是可以从诗篇中体察出来的。正如东汉王充所云,"志有善恶,故夫占迹以睹足,观文以知情"。王充以"疾虚妄"自许,就是遵循孔子所指出的"思无邪"之途而前进的⑤。

"诗无邪"与诗之思。

作为诗之灵魂的"思",其实是诗之心,其特色是它持久的律动。这正如

---

① 《孟子·告子》下。按,宋儒王应麟循此思路,谓"诗由人心生也,风土之音曰风,朝廷之音曰雅,郊庙之音曰颂,其生于心,一也"(《诗地理考·自序》,四库全书荟要本,吉林人民出版社2009年影印)。
② 朱熹:《四书章句集注·孟子集注》卷十一。
③ 《诗人玉屑》卷十,古典文学出版社1958年版,第220页。
④ 参见[唐]成伯玙《毛诗指说》"解说",四库全书荟要本。
⑤ 王充《论衡·佚文》篇谓:"《诗》三百,一言以蔽之,曰:'思无邪'。《论衡》篇以百数,亦一言也,曰:'疾虚妄'。"(黄晖《论衡校释》卷二十,中华书局1990年版,第870页。)

《文心雕龙·明诗》篇所谓"诗有恒裁,思无定位。随性适分,鲜能通圆。"①这个"思",它没有固定的位置,是最为活跃的,如果套用西哲之语式,可以说,"思"之树常青,而表现"思"的体裁则是灰色的。

论诗、评诗,其大端不出分析其政治伦理、探究其艺术感染之法两途。如果用艺术欣赏来比喻的话,可以说通过诗之思能够聆听洪钟大吕的纯正之音,也可以看到灵动跳跃的曼妙舞姿。孔子提出"思无邪",表明他论诗评诗已经触及"思"(亦即诗心)的层面。与同时代的人相比,显然更胜一筹②。大体说来,《诗》三百篇的作者只有无邪之思才可以写出臻至于真善美境界的诗篇,读诗者也只有持无邪之思才能够真正领悟这些诗篇的真善美的境界。当然,《诗》三百篇的水平并不一致,不是说篇篇皆是精品,正是基于此,孔子才说"一言以蔽之,曰思无邪",只是从总体上的笼统概括之辞。

孔门师徒的"思无邪"之论虽然不出伦理道德的范畴,但于艺术手法的探讨也有一定的影响。上博简《诗论》所表明的情况与此是合拍的。然而,在《诗论》简中也有关于诗的艺术手法的一些说法,显系凤毛麟角而值得珍视。这主要表现在对于"喻"的认识上。《诗论》简文中如下诸例,可以为作典型:

一、《关疋(雎)》以色俞(喻)于礼。(第10号简)

二、……其四章则俞(愉)矣。(第14号简)

三、以琴瑟之悦,忞(拟)好色之忨(愿)。以钟鼓之乐[忞(拟)好色之]好。(第14号简)

四、因《木芯(瓜)》之保(报)以俞(喻)其寙(悁)者也。(第18号简)

五、[吾以《鹿鸣》得]币帛之不可迖(去)也,民眚(性)古(固)然,其隐志必又(有)以俞(喻)也。(第20号简)

上列第一条简文说,《关雎》一诗是用对于淑女美色的追求来认识礼,简文

---

① 范文澜:《文心雕龙注》卷二,人民文学出版社1958年版,第67—68页。

② 据史载,春秋时人引诗绝大多数是断章取义以为己说之注脚,并无对于诗的深入分析。见诸史载的深入论诗者是吴公子季札。《左传》襄公二十九年载,季札聘鲁时,遍论风、雅、颂之诗,在评语中三用"思"字,一谓《王风》"思而不惧",一谓《唐风》"思深矣",一谓《小雅》"思而不贰"。还将"怨"、"忧"、"哀"等与"思"有关之词用于评诗之语。其论虽然超出常人,但并没有再深入一步涉及于道德伦理层面来评诗。

"俞(喻)"应当是晓谕、明白、了解之意,《论语·里仁》"君子喻于义,小人喻于利"的用法可以为证。"喻"的本义为明白,现在习用的"比喻"一词,由此而衍生。简文所言的"俞(喻)",在这里不是比喻的意思,而是了解、认识之意。简文"以色俞(喻)于礼",是从对于"色"的追求系连到礼的联想思维,不是把对于色的追求比喻为礼,而是从这种追求里看到礼、认识礼。上引第二例简文专家指出原本应当系连于第 10 号简之后,若此,这句简文就是对于第 10 号简简文"《关疋(雎)》以色俞(喻)于礼"的进一步说明,简文的"其四章"实包括《关雎》诗的第四、五两章,这两章内容是:"参差荇菜,左右采之。窈窕淑女,琴瑟友之。参差荇菜,左右芼之。窈窕淑女。钟鼓乐之。"这两章写了采择荇菜、弹拨琴瑟、撞钟击鼓等三件追求"女"色之事,皆与礼仪有关①,因此上引第三例简文谓"以色俞(喻)于礼",又谓用这些来表达渴求"好色(美好女色)"的愿望和"色"的美好。这段简文的最后一字"好",非为动词(喜好),而是一个形容词,意指美好。上列第四例简文说,可以根据《木瓜》一诗所说的还报之事,来了解其内心的愤懑和险恶②。上引第五例简文说,我从《鹿鸣》篇中见到了馈赠币帛之事不可缺失的道理,从中认识到,民众的本性一定是这样子的。他们内心的想法必定要有所表达。这条简文的"俞(喻)",意即使别人明白。以上这些简文的中的"俞(喻)"和"慐(拟)",虽然都不是严格意义上的比喻,但却与之相近,或者说是比喻这种艺术手法的先河,是从一件事物引发的对于另一事物的联想,《诗》中这种由此及彼的喻指,正是"思"的律动,是《诗》之思的花蕾。

如果把"思"作更深入一步的哲理的推敲,则还可以指出,诗即思,就像如风的语言一样是存在的家。诗即思,是对于过去的思念,是对于现实的描摹,是对于未来的憧憬。从哲理的层面上看,"思"是介乎存在与虚无之间者,是人

---

① 琴瑟、钟鼓之事为礼仪之必备,固不待多言,采择荇菜何以与礼仪有关,则需要探究。依毛传、郑笺所云,此乃后妃备宗庙之祭所为;依清儒胡承珙所说,此乃是为备昏礼之事,胡承珙谓:"古者昏礼纳采,即谓纳其采择之礼。以此讬兴,意味深长。"(《毛诗后笺》卷一,黄山书社 1999 年版,第 14 页)按,汉儒将《关雎》归之于后妃之事,并不妥当,故而前说不如后说合理。《仪礼·士昏礼》载"昏礼。下达、纳采用雁",意谓媒氏下通求婚意向之后,若女方同意,即可"纳采",就是接纳男方送来的采择之礼。古俗所以用雁作为"采礼",系男方(很可能是求婚的男子)所捕获以显示勇武多才。采,即亲自采择。"用雁",非为显富,而是显示求婚者之才能出众。后世以金银财宝为采礼,以失"纳采"之原意。

② 关于《木瓜》一诗所揭露的小人工于心计,王夫之曾有评析,谓:"授之以好而不称其求,恶仍之无嫌,聊以塞夫人之口,则琼瑶之用,持天下而反操其左契,险矣。"(《诗广传》卷一,《船山全书》第三册,岳麓书社 1992 年版,第 339 页)是说甚确。详细分析烦请参阅拙稿"从上博简《诗论》对于《木瓜》篇的评析看《诗经》编纂问题"(《史学史研究》2005 年第 1 期)一文。

们所看不见、摸不着的,它如树根一样深入人们所见不到的地下,而语言则是这棵大树的繁茂的枝叶和花朵,我们是透过这些枝叶与花朵来认识"思"的。简单来说,"思"是无形的根,而语言则是有形的果。所有这些,都必须遵循的原则就是"无邪",也就是"正",名正言顺之"正"。这种"正",按照儒家的观念,必然来源于天命,是人之性所在,所以说"天命之谓性"(《中庸》语)。关于诗之思,《论语·子罕》篇孔子语足可启发我们的思考。此篇载:

"唐棣之华,偏其反而。岂不尔思?室是远而。"子曰:"未之思也,夫何远之有?"

此章的大意是说:"那唐棣之花,翩翩地随风翻转摇动。它撩拨起我的思念,我哪里是不想念你呀,只是咱们的居住得太远了呀。"孔子说:"只是没能真正地思念呀,若果真思念,还有什么远的呢?"孔子认为,道不远人,思则得之,他曾谓"仁远乎哉?我欲仁,斯仁至矣"[1]。朱熹以为此处所引逸诗的用意在于"借其言而反之"[2]。孔子借用这几句逸诗,反其意而用之,说明发自至诚的内心的"思",可以克服一切障碍实现自己的愿望,如若在现实中不能实现,那么,起码在人的"思"之中也是可以实现的。

"思"的律动及其与史的关系。

"思无邪",是孔子对于《诗》三百篇的诗心总体领悟的结果。在这一命题下,孔子似乎已经察觉到"思"是一般的仁、礼道德观念所不能左右的,所以他要用"无邪"来对于"思"加以引领。孔子给颜渊讲"克己复礼为仁"的道理时,特意补充了具体方法,即"非礼勿视,非礼勿听,非礼勿言,非礼勿动"[3]。其所讲的"为仁"的行动指南包括了言、行、视、听诸项内容,其涵盖的内容不可谓不广。然而,孔子却没有把"思"包括进来,没有提出"非礼勿思"这样的概念[4]。

---

[1] 《论语·述而》。
[2] 朱熹:《四书章句集注·论语集注》卷五。
[3] 《论语·颜渊》。
[4] 战国末年荀子之学以隆礼著称,他曾经提到礼与思的关系,谓:"礼之中焉能思索,谓之能虑;礼之中焉能勿易,谓之能固。能虑、能固,加好者焉,斯圣人矣。……圣人者,人道之极也。杨倞注谓:勿易,不变也。若不在礼之中,虽能思索,勿易,犹无益。"(《礼记》,王先谦:《荀子集解》卷十三,中华书局1988年版,第357页)荀子于此将"思"纳入于礼的轨道,与孔子的思路是不一致的。

以孔子之睿智明哲,是不应当有此遗漏的。这是什么原因呢?愚推测根本的原因应当在于孔子已经意识到"思"的无疆无界、无时无限并且永远律动的特点,现实中的"礼"是远不能将其牢而笼之的。人们的视听言行,固然离不开思想,但却可以给社会和他人带来影响,而"思"则不会这样。孔子不提"非礼勿思",就是要给思想以自由。这是对思想自由的尊重,也是对于人的尊重。可是,孔子并不是主张人们应当胡思乱想,只是不让礼把它束缚而已。如果扩大而言,孔子的"思无邪"之论,直可视为对于"克己复礼为仁"这一命题的补充。"思"虽然不受现实中的礼的束缚,但却不应当邪曲,不应当走上恶之途,还是要向善之方向发展。

正由于"思"之无疆无界、无时无限的特点,所以它可以与《诗》水乳交融,密合无间。诗是思的跳跃和律动,思则是诗的动力之源泉。诗与真实之间似乎是一种若即若离的关系。关于史与诗的关系,钱锺书先生曾谓:"史必征实,诗可凿空。古代史与诗混,良因先民史识犹浅,不知存疑传信,显真别幻。号曰实录,事多虚构;想当然耳,莫须有也。"①此论讲上古先民没有将史与诗区分,是很正确的。然而史、诗与历史实际的关系却十分复杂。今可试说之。

由于"真实"已融入历史,所以任何手段都无法完全再现它,但是人之思都可以触摸到它的边缘,在恍惚中看见真实之影像。诗的美学展现正是如此。它对于"真实"的那种触摸边缘、那种恍惚之象的描摹,在有些时候,可能比较其他方式和手段的展现而言,可能是更接近真实的。古希腊哲学家亚里士多德讲诗、史的区别时说:

> 诗人的职责不在于描述已经发生的事,而在于描述可能发生的事,即根据可然或必然的原则可能发生的事。……诗是一种比历史更富哲学性、更严肃的艺术,因为诗倾向于表现带普遍性的事,而历史却倾向于记载具体事件。所谓"带普遍性的事",指根据可然或必然的原则某一类人可能会说的话或会做的事——诗要表现的就是这种普遍性,虽然其中的人物都有名字。②

诗的这种比历史更富哲学性的特点,给诗之思提供了无限广阔的空间。此正

---

① 钱锺书:《谈艺录》,三联书店 2001 年版,第 122 页。
② 亚里士多德:《诗学》第 9 章,陈中梅译,商务印书馆 1996 年版,第 81 页。

如清儒方玉润所说,"思者,可以通天地而感鬼神者也"①。合乎逻辑的"思"的结果就是诗比之史有可能更接近真实。可以说许多诗是比历史还历史的"史"。诗与思之间的这种微妙关系,在孟子的时代,已经有人悟到这一问题。《孟子·万章上》篇载:

> 咸丘蒙曰:"舜之不臣尧,则吾既得闻命矣。诗云:'普天之下,莫非王土;率土之滨,莫非王臣。'而舜既为天子矣,敢问瞽瞍之非臣,如何?"曰:"是诗也,非是之谓也;劳于王事,而不得养父母也。曰:'此莫非王事,我独贤劳也。'故说诗者,不以文害辞,不以辞害志。以意逆志,是为得之。如以辞而已矣,《云汉》之诗曰:'周余黎民,靡有孑遗。'信斯言也,是周无遗民也。"

咸丘蒙应当是一个善于发现问题的人②,他所提出的问题,从逻辑上看是可以成立的。在普天下的人皆是王臣这一大前提之下,舜之父瞽瞍却不是"王臣",这怎么能够说得通呢?他所讲的大前提就是《小雅·北山》的诗句"率土之滨,莫非王臣"。孟子的回答颇中肯綮,原来《北山》之诗讲的是贤大夫劳于王事而无暇孝养父母,所以《北山》之作者叹息既然普天之下皆为王臣,为什么偏偏自己劳苦而无法孝养呢?诗之意并不涉及天子臣其父的问题。咸丘蒙读诗能够联想到其他问题,固然无可厚非,但若胶柱鼓瑟、不能正确理解诗意的话,便会陷于矛盾之中而无法自拔。他的问题正是"以辞害志"。如果能够"以意逆志",开动思想、意念去认真思考,也就不会陷入不能自拔的矛盾境地了。孟子所提出的"以意逆志",正是对于诗之思的深刻理解。诗之思可以囊括天地宇宙,也可以细致入微地表现万事万物之精妙。在一个普遍性的前提下,拘泥于个别现象,实际上是对于诗之思的亵渎。孟子举出《大雅·云汉》"周余黎民,靡有孑遗"之句,是进一步阐述这个道理的极佳例证。《云汉》一诗说周朝的老

---

① 方玉润:《诗无邪太极图说》,《诗经原始》,中华书局1986年版,第8页。
② 和咸丘蒙类似,孟子弟子万章亦是一个以胶着纠结心态理解诗意的人。《孟子·万章》上载:"万章问曰:'诗云:"娶妻如之何?必告父母。"信斯言也,宜莫如舜。舜之不告而娶,何也?'孟子曰:'告则不得娶。男女居室,人之大伦也。如告,则废人之大伦,以怼父母,是以不告也。'"万章这里提到的诗见于《齐风·南山》。

百姓都被旱灾弄得死光了,只是形容之辞,只是在讲天灾人祸的严重而已,如果偏偏要用统计的方法来叫真儿,诗句自然是不能成立的,但读此诗的人并不如此认识,而是能够体会到诗句之意的重心之所在,此正如朱熹所言"作诗者之志在于忧旱,而非真无遗民也"①。我们如果把全局性的、抽象的真实称为"大真实",而把局部的、形象化的真实称为"小真实"的话,那么,诗所反映乃是"大真实",是不可以用"小真实"来加以验证的。《诗论》所谓的"诗无隐志",正反映了"以意逆志"的诗学理论。"诗无隐志"就是不拘泥("无隐")于"小真实",而着眼于"大真实"。诗可以视为一种历史,但它是"大真实"的历史。由于思想本质的无边无际,所以诗也应当尽量符合思想的这一特点,方为上乘。有鉴于此,所以明儒郝敬说:"不微不婉,径情直发,不可为诗;一览而尽,言外无余,不可为诗"②。清儒方玉润谓"愈无故实而愈可以咏歌"③,他们所说的也正是这个道理。

既然诗可以不拘泥于志,那么孟子为什么还要强调"以意逆志"呢?愚以为孟子是从理解诗作者的主观动机的角度来说此一问题的。作者写诗是有意识的行为,其思想必然有一种冲动和激情在,理解到其动机再来看诗的本身就不至于胶柱鼓瑟了。就诗的本身来看,往往其所表达出来的内容与诗作者的动机不尽符合,如果仅就诗的内容来分析,就会误解诗作者本来的动机。动机和效果二者,于诗而言,就理想状态而言,应当是统一的,但现实中的诗作这两者却常常不尽统一。这种现象本来是人的常态,所以诗作者写诗应当不拘泥于"志",而读诗者要以自己的"意"尽可能地理解诗作者之动机("志")。孟子说"不以辞害志",证明在孟子看来,诗之辞和诗作者之志并不是相吻合的,只注意诗之辞,往往会做出错误的理解,所以,必须"以意逆志"。从这个方面看,孟子所说的"以意逆志"正是对于《诗论》简所谓的"诗无隐志"的极好诠释。

上博简《诗论》如何论诗之"思"。

上博简《诗论》作为孔门师徒研诗、论诗的专门著作,比较全面地对《诗》进行了探讨。《诗论》简论诗的多种不同角度,如以礼说诗、以性情说诗、以尊王

---

① 朱熹:《四书章句集注·孟子集注》卷九。
② 郝敬:《毛诗原解·序》,四部丛刊初编本。
③ 方玉润:《诗经原始》,中华书局1986年版,第85页。

观念说诗等,多有专家发明指出,然至今尚未见从诗心的角度进行探索者,今试说之。

孔子重视分析《诗》中所表现的人物之"思",并且将"思无邪"作为认识《诗》的总纲,这在上博简《诗论》的简文中也有所反映。

上博简《诗论》论诗,很重视对于诗篇中的"思"的意义的抉发。《诗论》简文表明,孔子认为《诗》不仅是唤起民众本性的艺术享受,而且是引起人们对于宏大问题的思考之关键。例如,《诗论》第2号简谓:

> 《寺(诗)》也,文王受命矣。讼坪(平),德也,多言后。其乐安而迟,其诃(歌)绅(引)而荨(覃),其思深而远。至矣!

这段简文的意思是说:《诗》的主旨在于讲文王受命。正如《大雅》中的《绵》诗所谓周文王平虞芮之讼,即文王之德的表现。《大雅》之诗反复强调文王之德对于后世的影响。《大雅》之乐平和而迟缓,《大雅》之歌悠长而辽远。不管是乐抑或是歌都能启发人思考得深入而久远,真是达到了最高的境界啊!根据简文的这些意思,我们再进一步推测,以讲文王之德为主旨的《诗》所启发的人的思考必然是正确而不邪曲的,因为这些诗本身就有"无邪"的本质。

另外,《诗论》简文中还有直指诗作者(抑或是采编者)之"思"的评析,如第4号简谓:

> 《诗》其猷(犹)坪(平)门,与戋(贱)民而镱之,其甬(用)心也牁(将)可(何)女(如)?曰:《邦风》氏(是)巳(也)。民之有慼惓也,上下之不和者,其甬(用)心也牁(将)可(何)女(如)?[《小夏(雅)》氏(是)巳(也)]。

这段简文是说,《诗》大概是如同民众时常出入的通畅的城门一样的,是给予普通民众宣泄情感的便捷通道。《诗》可以将民众的愤怨情绪汇聚一起,让其发泄排解。其用心是什么样子的呢?《邦(国)风》正是这个样子的,从它那里就可以看到。民众有了怨诽愤恨和倦怠疲惫的情绪,使得社会上上下下各阶层的人不和谐,这种情况也在《诗》中有所反映,思考的呢?简文里面两次提到"其用心将何如"的问题,实际上就是问是怎么思考的呢?简文的"其"所代表的正是由诗作者和采集者所编定的《诗》的这一部分的内容。简文"其用心"这两问所抉发的不仅是《诗》的某一部分之"思",而且更重要的是探究这些诗篇的作者和采编者之"思"。

那么,这个"思"是正确的抑或是错误的呢?《诗论》第3号简简文肯定了其"思"的正确性,简文谓"《邦风》其内(纳)勿(物)也専(博),观人谷(俗)安(焉),大敛材安(焉)。其言文,其圣(声)善。孔子曰:隹(唯)能夫……",依照孔子所言,《邦(国)风》的特点在于其诗篇所容纳的内容很广泛,可以从中观察民俗,还可以通过这些民俗从中大大地搜集治国之道。《邦(国)风》诸诗的语言有文采,朗朗上口,便于诵读,对于民众有亲和力。可见,孔子完全肯定《邦(国)风》诗篇之"思"的正确,说这些诗"思无邪",应当是没有疑问的。

关于"思无邪"的理论,虽然孔子有确定的说明,并且斩钉截铁般地肯定,《诗》的全部诗作,"一言以蔽之"皆可以"思无邪"来概括。但是在以往的文献记载中却没有孔门师徒于此点的具体论证。上博简《诗论》有对于巧言谮语的痛斥,简文曾将与此相关的三诗集中一起讨论,这就为我们理解有"思无邪"的意义提供了颇有意义的例证。今可试说如下。

对于论言三诗的讨论见于上博简《诗论》第28号简,是简简文谓:

《[巧]言》,言恶而不廖(荐)。《牆(墙)又(有)茦(茨)》,慎密而不智(知)言。《青蠱(蝇)》,[智(知)言而不智(知)辟。]

简文的意思是说:《巧言》这首诗"只指出其丑恶而不举出其具体内容。《墙有茨》这首诗只注意了言辞要缜密而不外泄,而没有注意到言所当言这个原则。《青蝇》这首诗虽然知道谗言之害,但却不知道如何避免它的祸害。"①言为人所发,所以孔子十分痛恨谗谮之徒,宋儒王质谓这类小人,欲除"墙茨",正是为了方便其"内外交乱而杂言"②。简文从更深入的程度指出言所当言,才是根本。除此之外,《诗论》中还有对于谮害的批判,亦可为证。

---

① 关于第28号简的简文字句的考释及意义的理解,烦请参阅本书下编"专题研究"部分的"试析上博简《诗论》中的'知言'与'不知言'——附论《诗论》简所反映的孔子语言观"与"孔子如何评析论'言'三诗——上博简《诗论》第28号简补释"两个章节的内容。这里不再重复。

② 王质:《诗总闻》卷三,丛书集成初编本,第44页。

"思无邪"的理论,大体来说包括诗作者与诗读者两个方面皆"无邪"的意义。我们从相关文献记载中虽然找不到对此的明确说明,但是从《诗论》所揭示的内容看我们还是可以悟及孔子当年的"思无邪"的理论已经包括了这样两方面的意蕴。这些意蕴早已在孔门师徒的思想之内,汉儒、宋儒的阐释只不过是对于孔门师徒思想原有之意的抉发,并非孔子思想范围之外的新发明。

孔门师徒论诗,不仅有关注诗的作者及采编者之"思"的例子,也有关注到诗中所写人物之"思"的例子。请看《诗论》第7号简的段简文:

"褱(怀)尔明德"害(曷),城(诚)胃(谓)之也。"又(有)命自天,命此文王",城(诚)命之也,信矣!孔子曰:"此命也夫?文王隹(虽)谷(欲)巳(已),得摩(乎)?此命也。"

简文"褱(怀)尔明德"与《诗·大雅·皇矣》之句,"帝谓文王予怀明德"相近,所以认为简文此句就是《皇矣》此句的讹变[①]。第7号简简文是说:为什么《大雅》反复强调"天命终归要给你这样的明德之人"呢?因为《大雅》的主旨确实是这样的呀。《大雅》的诗句说"命令来自于上天,将天命交付给这位文王"的诗句,确实表明天命的归属,真是这样的呀!孔子说:"这就是天命啊!文王就是想不接受天命,也是不可能的呀。这就是天命啊!"孔子分析了《皇矣》篇中所写周文王之"思",即他不贪恋天下共主的地位,不贪恋天命之所归,他之所以接受天命完全是为了秉奉天意,不违拗天的意旨。孔子所揭示的周文王这个"思",使得周文王的形象中,完全脱离了个人争取权位的阴影,在其"明德"的光环上更增添了光辉。

《诗论》简注重诗中人物之"思"的分析对于理解诗旨颇有意义,例如《诗论》第8号简谓:

《十月》善諀言。《雨亡(无)政(正)》、《即(节)南山》,皆言上之衰也,王公耻之。

[①] 《墨子·天志》下篇引《皇矣》作"帝谓文王,予怀明德",孙诒让注曰:"吴钞本,'怀'下有'而'字。"是别本此句作"予怀而明德"。然而,《诗》、《书》之中,帝从无自称"予"之例。疑《诗》的流传本中,本应作"怀尔明德",后衍变为"予怀明德"。

这段简文的意思是说:《十月》这首诗称许那些对于佞臣的排抵痛斥之言。《雨无正》和《节南山》这两首诗都叙述了周王朝的衰落情况,王公大臣们皆以王朝之衰为耻①。从这个分析中可以知道,《雨无正》和《节南山》等诗的作者是以尊王理念来做诗的,他们痛斥的不仅不是周天子,而且也不是王朝正直的卿大夫,而只是那些佞臣。这种"思"当然是"无邪"的。宋儒朱熹谓:"凡《诗》之言,善者可以感发人之善心,恶者可以惩创人逸志,其用归于使人得其情性之正而已。"②《雨无正》等诗所言佞臣之恶,正是"惩创人之逸志"所需者。《诗论》简文关于"王公耻之"的分析,说明朱熹关于"思无邪"的论断是很有道理的。孔子痛恨那些巧言谮语者,这在《诗论》简文中也有所反映,如《诗论》第28号简谓"《[巧]言》,言恶而不廖(荐)",意即《巧言》这首诗只指出其丑恶而不举出其具体内容。《巧言》这首诗见于《诗·小雅》的第四章,此章诗句如下:"荏染柔木,君子树之。往来行言,心焉数之。蛇蛇硕言,出自口矣。巧言如簧,颜之厚矣。"诗句只痛斥巧言者之厚颜无耻,并没有举出其花言巧语的具体内容③。《诗论》简肯定《巧言》之诗不转述恶言的做法,也就是肯定是诗作者理念的正确。《诗论》能够从这个层次来论析,表明孔门师徒眼光之非凡。

关于诗篇中所写人物之"思"作出直接评论者,在《诗论》还有对于《绿衣》一诗的两处(第16号简和10号简)评析。简文如下:

《绿衣》之忧,思古人也。

《绿衣》之思害(曷)?曰:童(终)而皆贤于亓(其)初者也。

---

① 简文"王公耻之",或有专家认为简文"耻之",可能是"之耻"的误导,这个推测,很有道理,足可开启研究者对于相关问题的深入思考。愚以为还可以再进一步说"耻之"并非误导,而是一种动词的意动用法,"耻之"意即以("上之衰")为耻。如此看来,这些诗既不"刺"周王,也不"刺"那些正直的王公大臣,而只"刺"那些佞臣。

② 朱熹:《论语集注》卷一,《四书章句集注》,中华书局1983年版,第53页。

③ 关于"巧言",在《诗》中还见于《小雅·雨无正》第五章,谓"哿矣能言,巧言如流,俾躬处休"(意谓善巧言者可以说话的时候,总是媚俗而没有原则,其言语如水流转而没有定向,使自己无论何时都安然悠哉地生活),只揭露巧言者随风而倒的丑态,并没有说明其巧言的内容。不转述巧言、恶言、流言等鄙污言辞,是儒家道德修养的原则之一,正如曾子所谓"孝子恶言死焉,流言止焉,美言兴焉,故恶言不出于口,烦言不及于己"(《大戴礼记·曾子本孝》,王聘珍:《大戴礼记解诂》,中华书局1983年版,第79页)。孔门师徒论诗的时候,注意到诗篇内容痛斥巧言等丑恶语言即可,而不举证("不廖(荐)")这一特点,诚如明儒毛先舒所谓"不以讦露为工"(《诗辨坻·自叙》)。相传古人喜读清新良善之诗,若三日不读,便觉口臭。以此推想孔子师徒论《诗》的不举恶言之意,当是作诗、读诗只留清香、不使口臭也。

上引第一条简文意思是说《绿衣》这首诗所表达的忧愁,是思念古人呀。第二条简文说《绿衣》诗之思是什么呢,那就是其结果要好于它的开端。单从简文之意,很难确知其中所言的"思"的意蕴,须联系《绿衣》这首诗,才可以比较全面地了解。《绿衣》一诗见于《诗·邶风》。此诗四章,章四句,为方便讨论,现具引如下:

绿兮衣兮,绿衣黄里。心之忧矣,曷维其已。
绿兮衣兮,绿衣黄裳。心之忧矣,曷维其亡。
绿兮丝兮,女所治兮。我思古人,俾无訧兮。
缔兮绤兮,凄其以风。我思古人,实获我心。

这首诗为春秋前期卫庄公之妻庄姜所作。她是一位美丽非凡但却命运多舛从而受到广泛同情的人。诗中两次提到"心之忧矣",并且说她的忧虑得很厉害,"曷维其已"("何时能够终止")、"曷维其亡"("何时才能忘掉"),此并非夸张之辞,而是真实情绪的流露。从诗中我们可以看到,庄姜虽然幽怨异常,但却没有怒目拍案,而只是低声倾诉自己的思绪。庄姜思古而忧今,将个人命运与国家前途联系一体,所以受到《诗论》简文肯定。再从文献关于卫国史事的记载看,庄姜的担忧应当说是完全有根据的,绝非杞人忧天。《左传》隐公三年载,嬖人之子州吁,有宠而好兵,公弗禁,庄姜恶之,卫庄公不仅纵容州吁作恶,而且有意让他继位为卫君。后来,虽然卫桓公继位,但州吁之骄横依然如故。后来州吁弑杀卫桓公而自立为君,卫庄公之子公子冯逃奔于宋,州吁即联合宋、陈、蔡等国两次伐郑,并且在国内"不务令德"、"而虐用其民"遭到卫国国人和民众的广泛反对,州吁被杀,卫国的内乱外患始定。观这段史实,可以说庄姜之忧良有以矣。《绿衣》诗中两提"我思古人",并且说这位"古人""实获我心"。她所"思"的这位古人,就是卫武公,也就是那位大名鼎鼎的"共伯和"。卫武公曾经力挽狂澜,为稳定西周后期王朝政局作出重大贡献。他不贪恋权位,主动将大权让于周宣王,他在卫国以严于律己、道德高尚著称。庄姜思古之伟人而磨砺自己的眼光和勇气。《诗论》简两提《绿衣》诗的"思",可见对于此点的关注程度非同一般。《绿衣》所表达的"思",一是对于国家前途的忧思;二是对于有雄才大略的古人的仰慕之思。庄姜之思及《绿衣》之思实为一事,是高尚情操的显露。孔子说"《诗》三百,一言以蔽之,曰'思无邪'"[①]的时候,很可能是将《绿衣》之诗作为此论的重要证据的吧。不然的话,《诗论》简就不会两次肯定《绿衣》之"思"的问题了。

总括上述,我们可以说《诗论》简所反映的关于《诗》三百篇之"思"的探求已经关注到诗人的灵魂深处。在这个方面,其探求的关键是从总体上论析《诗》作者和编者之"思"。在探索《诗》三百篇总体之"思"的时候,《诗论》从各个不同的侧面和角度阐明"文王受命"之原因和正确,从而为周王朝的立国之本奠一柱石。关于这一点,《诗论》概括为"其思深而远,至矣",是十分精当的。除此之外,其关注和评析的要点还有诗篇所写人物之"思",无论是忧国忧民之思,抑或是对于流言谮语排揎之思,都表现了其"无邪"的情怀。这些都完全符合孔子论《诗》三百为"思无邪"这一宗旨。

(三)关于"断章取义"

断章取义是周代用诗的常态。西周时期即已开始。西周时期说诗、引诗、赋诗的情况比较少,但也偶有所见,如《国语·周语》上篇载:

> 穆王将征犬戎,祭公谋父谏曰:"不可。先王耀德不观兵。夫兵戢而时动,动则威,观则玩,玩则无震。是故周文公之颂曰:'载戢干戈,载櫜弓矢。我求懿德,肆于时夏,允王保之。'先王之于民也,懋正其德而厚其性,阜其财求,而利其器用,明利害之乡,以文修之,使务利而避害,怀德而畏威,故能保世以滋大。"

周文公(即周公旦)所作的《时迈》一诗,今在《周颂》[②]。此诗,一章十五句,祭公谋父引用了五句。他实际上是引《诗》以证己意,说明"耀德不观兵"这一道理的权威性质。而《时迈》一诗,依《诗序》的说法,乃是"巡守告祭柴望"之诗,其主旨是说明周武王革掉殷命而建立周王朝以后告祭神灵的情况,"载戢干戈,载櫜弓矢"的诗句虽然反映了周武王的思想,但并不是《时迈》的主旨。显然祭公谋父不是在分析《时迈》的主题,而是采用断章取义的方法来证成自己

---

① 《论语·为政》。
② "载櫜"以下的颂诗,《左传》宣公二年定为周武王所作。此说似较可信,周穆王时期祭公谋父已误以为周公所作。

谏劝周穆王的词语。《国语·周语》上篇还载有周卿士芮良夫评周厉王专利的言辞,其中两引《诗》以说理①,情况与祭公谋父相同。

引诗、赋诗断章取义,这个意思出自《左传》。《左传》襄公二十八年载:

> 齐庆封好田而耆酒。与庆舍政,则以其内实,迁于卢蒲嫳氏,易内而饮酒。数日国迁朝焉。使诸亡人得贼者,以告而反之,故反卢蒲癸。癸臣子之,有宠,妻之。庆舍之士谓卢蒲癸曰:"男女辨姓,子不辟宗,何也?"曰:"宗不余辟,余独焉辟之?赋诗断章,余取所求焉,恶识宗?癸言王何而反之。二人皆嬖。"

这里是在说齐国庆氏事,庆氏中有识之士引自古以来的规矩("男女辨姓")来批评庆氏,庆氏强调夺理,说看问题各有各的角度。此处虽然并没有引诗说事,但却明谓"赋诗断章",说明此为春秋时人习见之现象。

断章取义并非对于诗意的曲解,而只是摄取诗的部分之意为个人思考的注脚,但它并不影响对于诗意的总体理解。引诗之人并不需要对全诗作深入全面理解,而只撷取其中某一义而发挥②,这是必需的,因为引诗者的目的并非诠释诗篇而是以诗证己,是拿诗意来说明己意③。清儒皮锡瑞曾经从另一角度指出,春秋时期由于近古而诗义"大明",所以诗赋诗之人于"诗人之旨不无了然于心,故赋诗断章,无不暗解其意,而引诗以证义者,无不如自己出"④。其实对于诗人之旨了然于胸者并非人皆如此,并且即使对于诗意了然于胸,在赋诗时也往往

---

① 《周语》上篇载:"厉王说荣夷公。芮良夫曰:'王室其将卑乎!……夫王人者,将导利而布之上下者也,使神人百物无不得其极,犹日怵惕,惧怨之来也。故《颂》曰:"思文后稷,克配彼天。立我蒸民,莫匪尔极。"《大雅》曰:"陈锡载周。"是不布利而惧难乎?故能载周,以至于今。今王学专利,其可乎?……'"芮良夫所引《颂》诗见于今《周颂·思文》,所引《大雅》之诗,见于今《大雅·文王》篇。

② 关于此点,清儒魏源所云甚精,他说:"赋诗与引诗者,诗因情及,虽然取义微妙,亦止借词证明。盖以情为主而诗从之,所谓兴之所之也。"(《诗古微》上编之二"毛诗义例篇中"条,《续修四库全书》第77册,上海古籍出版社2002年版,第42页)

③ 顾颉刚先生曾说:"春秋时人的断章取义,原是说明本于自己的意思,代他们立一个题目,可以说是'以意用诗'。以意用诗,则我可以这样用,你可以那样用,本来不必统一。"(顾颉刚:《诗经的厄运与幸运》,线小柏编:《顾颉刚民俗学论集》,上海文艺出版社1998年版,第248页)。按,断章取义的要点即在于以意用诗。己之意与诗句之意吻合,取其章句而用之,若有不合,则将诗意,句原意隐去而变为己意,总之,一切皆以己意为准,而诗意则仅为参考。

④ 皮锡瑞:《经学通论·诗经》,中华书局1954年版,第3页。

不按诗的本意来引用,所谓"如自己出",就可见赋诗者已经将诗意转化为己意了。

按照诠释学的基本规律,对于文本诠释的要义在于"把一种意义关系从另一个世界转换到自己的世界"①。引诗者在"自己的世界"里面没有必要将诗意完全转换过来,而只能是取己所需。所以说引诗的断章取义乃是必需的。就传统诗学的奉为圭臬的"诗言志"而言,若从读诗者方面而言,也正是以他在之诗言在我之志,诗是用来诠释"我"之志的一个工具。《诗论》第 4 号简谓"诗其猷(犹)坪(平)门与(欤)? 戈(贱)民而豫(逸)之,其甬(用)心也将可(何)女(如)? 曰:《邦风》氏(是)也",认为《诗》,特别是《国风》诸诗,就像民众时常出入的通畅的城门一样,是普通民众宣泄情感的便捷通道。《诗》可以将民众的愤怨情绪汇聚一起,让其发泄排解。引诗者只取诗的内容的某一部分,并不怎么在乎作者的愤怨之气,其引诗已经与作诗者的本意有了相当距离。《论语·阳货》载孔子语谓"诗,可以兴",意即可以"感发志意"②,所"兴"(即"感发")出来的志意,非为它,乃是读诗者自己的志意,这"志意"已经从诗人的世界转换到引诗者"自己的世界"。从现实的引诗者的角度看,《诗》早已融入了历史,要完全理解诗人的本意,要复原历史,乃是不可能的事情。所以说引诗者断章取义,也是现实的事情。断章取义有取诗内之意与诗外之意的不同。例如《论语·八佾》篇载孔子与子夏谈话引《诗·卫风·硕人》之句"巧笑倩兮,美目盼兮"不顾《硕人》全诗之意,只取此二句来喻指先仁后礼的道理,即为断引诗中之意。再如,上博简《诗论》第 24 号简说:"吾以《甘棠》得宗庙之敬。民眚(性)古(固)然。甚贵其人,必敬其立(位)。敓(悦)其人,必好其所为,亚(恶)其人者亦然。"《甘棠》一诗本意是写民众对于召公的怀念与敬意。《诗论》拈出"宗庙之敬"先作分析,然而又由此引申到"民性"的问题进入认识,以大段的语言讲"民性"好恶所形成的传统。这些都是在《甘棠》诗中所没有写到的,而是读诗者"兴"的结果。这种断章取义,实为取其诗外之意③。

---

① 伽达默尔:《诠释学》,参见洪汉鼎主编:《理解与解释——诠释学经典文选》,东方出版社 2001 年版,第 475 页。

② 朱熹:《四书章句集注·论语集注》卷九。按,诗三百篇中,毛传所释诗之写作以"兴"为标识者约占三分之一,可见其重要。曾有学者统计共 116 篇,除两篇外都标注在诗的首章一、二、三句之下。

③ 除了诗本义以外,还关注诗外之精微之意,这是孔子论诗的特点之一,宋儒刘克曾经谈到此点,他说:"夫子之言诗,大抵推广宣之旨趣,极于精微类出于诗人本旨之外,岂害于言诗哉。如许商赐以言诗皆为其能引而信之,触类而长之,以'切磋琢磨',为告往知来,以'素为绚兮'之为礼后,皆为充类至义者也。"(《诗说》"总说",宛委别藏本,江苏古籍出版社 1988 年版)

春秋战国时人引诗,只注重诗意中的某一个点,或某一个方面,并不顾及诗的时代背景的主旨所在。例如孟子在跟许行等人辩论时说:

> 吾闻用夏变夷者,未闻变于夷者也。陈良,楚产也。悦周公、仲尼之道,北学于中国。北方之学者,未能或之先也。彼所谓豪杰之士也。子之兄弟事之数十年,师死而遂倍之。……吾闻出于幽谷迁于乔木者,未闻下乔木而入于幽谷者。《鲁颂》曰:"戎狄是膺,荆舒是惩。"周公方且膺之,子是之学,亦为不善变矣。①

《鲁颂·閟宫》的这两句诗意思是赞扬鲁僖公能够北击戎狄,南伐荆舒。孟子引此诗是说戎狄蛮夷文化落后,应当用先进的华夏文化去提高它、转变它。《鲁颂》就说过要排击("膺")戎狄蛮夷。周公就曾经排击过它("方且膺之"),我们现在有什么可怀疑的呢?我们当然也应当排摈戎狄蛮夷。朱熹说道:"此诗为僖公之颂,而孟子以周公言之,亦断章取义也。"②《鲁颂·閟宫》讲的是以武力打击戎狄蛮夷,孟子转换了意思引用来说明应当排摈戎狄蛮夷的文化。当然,这也应当属于断章取义的范围,朱熹的说法是正确的。当然,断章取义,也应当有一定的规范,那就是让别人能够领会己意,否则断章引诗还有什么意义呢?周代社会上的人对于诗的理解还是比较一致的。例如,魏文侯和太子击以诗句表达己意,魏文侯赐太子击衣服时故意颠倒放置,太子见后即悟到这是其父采用《齐风·东方未明》的诗意来召唤自己。因为此诗谓"东方未明,颠倒衣裳。颠之倒之,自公召之",所以急赴见君父③。《荀子·大略》篇说"诸侯召其臣,臣不俟驾,颠倒衣裳而走,礼也。诗曰:'颠之倒之,自公召之。'"可见魏文侯父子对于《齐风·东方未明》诗句的理解与荀子是完全一样的。

断章取义,实即引诗证己,目的并非研《诗》,所以它算不得严格意义的诗学研究。而上博简《诗论》多是直指诗旨,不采取断章取义的做法。《诗论》简文虽然体例不一,但却都是围绕《诗》旨进行探讨,皆属于诗学研究的范围④。

---

① 《孟子·滕文公》上。
② 《四书章句集注·孟子集注》卷五,中华书局1983年版,第261页。
③ 参见《说苑·奉使》。
④ 专家曾指出,"以《孔子诗论》为标志,《诗三百》有了以阐释作品主题为宗旨的传记,开始了真正意义上的《诗》学研究"(陈桐生:"上博简《孔子诗论》对诗教学说的理论贡献",《陕西师范大学学报》2006年第4期)。这个说法很有见地,是正确的。

另外，还可以看到的一点是，孔子研诗，其思想相当活跃，研诗的思路并没有被礼所桎梏。这是汉儒所望尘莫及的地方之一。曾有专家指出，"汉代'独尊儒术'，儒家攀附专制君主，'六经'成为官方意识形态，儒家诗说由灵活的'用义'，而转向死板的'本义'，又由死析的'本义'转而成为不容异议的'通义'，这种活泼开放的精神就彻底丧失了"[①]。春秋时期普遍存在的赋诗言志，断章取义的世态，实在是一个很好的方式。借他人之酒，抒发自己胸中块垒，可谓奇妙。

断章取义，扩大了诗的使用范围，可以说是一次诗传播的解放。诗的传播方式，最初是和乐联系一体的，音乐固然可以使诗庄严肃穆，登于大雅之堂，但也在一定程度上限制了它的普及。春秋时期普遍所见的赋诗言志，使诗脱离了音乐的束缚，普遍走进了人们的社会生活领域，专家说这是"一种解放"[②]，是很正确的。赋诗言志，大多取断章取义的方式进行，可以说又一次打破束缚。灵活地使用诗意，用春秋时人的话来说就是"诗以合意"[③]，诗逐渐被释放出来，步入社会，进入个人生活，其社会功用由此而大大增强。

三 《诗论》如何解诗

（一）《诗论》简内容分类

《诗论》简 29 支，其内容大致可以分为五类。

第一，对于《诗》的总体认识。

最为典型的是第 1—5 号简的简文，如第 1 号简载："孔子曰：'诗亡（无）隱（隐）志，乐亡（无）隱（隐）情，旻（文）亡（无）隱（隐）言。'"总论诗、乐、文与志、情、言的关系。第 2 号简载："寺（诗）也，文王受命矣。讼坪（平），德也，多言后。其乐安而迟，其诃（歌）绅（引）而荨（罩），其思深而远。! 大夏（雅）盛德也。多言……。"讲《诗》的总的主导思想是展现"文王受命"以后周王朝的各种情况。文王受命

[①] 杨春梅："上博竹书《诗论》与《诗经》学的几个问题"，《齐鲁学刊》2002 年第 4 期。
[②] 王齐洲："诗言志：中国古代文学观念发生的一个标本"，《清华大学学报》2010 年第 1 期。
[③] 春秋时期鲁国师亥说"诗所以合意"（《国语·鲁语》下），已经提示人们考虑到诗应当进入个人主观认识领域，才能被理解。

是周王朝存在的依据,是其立国之本。《诗》三百篇可以说每一篇都与文王受命有关。颂、大雅之诗都是直接展现文王盛德之作。第3—4号简谓"《邦风》其内(纳)勿(物)也専(博),观人谷(俗)安(焉),大敛材安(焉)。其言文,其圣(声)善。孔子曰:隹(唯)能夫……。曰:诗其猷(犹)坪(平)门,与戔(贱)民而韱之,其甬(用)心也将可(何)女(如)? 曰:《邦风》氏(是)也。民之有慼倦也,上下之不和者其甬(用)心也将可(何)女(如)?"这里强调《邦(国)风》之诗的主旨在于文王所开创的敬德保民的治国理念,诸篇风诗从方方面面表现了这个道理。孔子的第3号简简文末端有一句自问自答的词语,答语文字适缺,我们若拟补上敬德保民几个字,可能是文从字顺的,那就是风诗"唯能夫敬德保民也"。第5—6号简谓"又(有)城(成)工(功)者可(何)女(如),曰《讼(颂)》氏(是)也。《清庙》,王惪(德)也,至矣! 敬宗庙之礼,以为其本;'秉文之德',以为其业,'肃雍[显相'以为其桢],'肃雝显相,济济]多士,秉文之德',吾敬之。《烈文》曰:'乍(亡)竞隹(唯)人'、'不(丕)显隹(唯)德'、'于呼前王不忘',吾敓(悦)之。《昊天又城(成)命》,'二后受之',贵且显矣讼(诵)。"这是讲《颂》诗的主旨在于周的后世子孙对于文王受命的歌颂与崇敬。第5—6号简的内容,虽然也有分论某些诗句的词语,但总体意思还是讲《颂》的特色及主旨的。第7号简说:"'怀尔明德'害(曷),城(诚)胃(谓)之也。'又(有)命自天,命此文王',城(诚)命之也,信矣。孔子曰:'此命也夫? 文王隹(虽)谷(欲)已,得虖(乎)? 此命也。'"这是通过具体诗句来说明文王如何受命的问题。它与第2号简的内容密切相关,是第2号简内容的进一步发展。总论《诗》的各简皆属"留白简",而不见于其他的"满写简"。这对于说明"留白简"的性质应当有一定的启发意义。

第二,为讨论某一理论问题而集中论述某一类诗的主旨或特色。

这类评析以第20号简为代表,是简谓"[吾以《鹿鸣》得]币帛之不可迲(去)也,民眚(性)古(固)然,其隐志必又(有)以俞(喻)也。其言又(有)所载而句(后)内(纳)。或前之而后交,人不可觕也。吾以《折(杕)杜》得雀(爵)服[之怨,民眚(性)固然]。"此简是讲"民性"的问题,故而举出《鹿鸣》、《杕杜》两诗为例进行说明。第24号简,亦是关于"民性"问题的论说,是简谓:"后稷之见贵也,则以文武之德也。吾以《甘棠》得宗庙之敬。民眚(性)古(固)然。甚贵其人,必敬其立(位)。敚(悦)其人,必好其所为,亚(恶)其人者亦然。"这种论诗方式,是以诗证己,实开汉代《韩诗外传》论诗方式的先河。

第三,单论某一篇诗的主旨或特色。

第8—9号简可以作为此类内容的代表,简文谓"《十月》善諀言。《雨亡(无)政(正)》、《即(节)南山》,皆言上之衰也,王公耻之。《少(小)旻》多悆(疑)。悆(疑),言不中志者也。《少(小)宛》其言不亚(恶),少又惄安(焉)。《少(小)弁》、《考(巧)言》,则言讒(间)人之害。《伐木》……实咎于其也。《天保》其得录(禄)蔑置(疆)矣,巽寡德古(故)也。《祽(祈)父》之责亦又(有)以也。《黄鸣(鸟)》则困而谷(欲)反其古也,多耻者其忑之虗(乎)?《蜻(菁)蜻(菁)者莪》则以人益也。"这样连续评析十余篇诗作,皆是分析某篇诗作的基本特征。这类简文还见于第25号简:"《肠肠》少(小)人。《又(有)兔》不奉时。《大田》之卒章,智(知)言而又(有)礼。《少(小)明》不(负)。"评诗之语虽然简短,但语意明晰。更为简短的评析见于第26号简:"《北(邶)·白(伯)舟》,闷。《浴(谷)风》,忞《翏(蓼)莪》,又(有)孝志。《隰又(有)长(苌)楚》得而毋(谋)之也。"同类的内容还见第27号简:"孔子曰:《七(蟋)率(蟀)》,智(知)难。《中(仲)氏》,君子。《北风》,不绝。《人之》,怨子。"对于有些诗的评析,简短到一字为释,可谓画龙点睛,要言不烦。专家或谓简文的这类解释是"关注诗歌的情感基调"①,是有道理的。其实,孔门师徒研诗时的话语,可能并非如此。例如《孟子·告子》上篇载:"诗曰:'天生蒸民,有物有则。民之秉夷,好是懿德。'孔子曰:'为此诗者,其知道乎!故有物必有则,民之秉夷也,故好是懿德。'"②孔子讲《烝民》诗的首章,先肯定此诗的作者认识了"道"(即规律、最高准则)。然后,再讲事物必定有自己的发展轨迹和原则,民众掌握了原则和规律("彝"),所以才有对于美德的追述与喜好。他从肯

---

① 陈斯鹏:《简帛文献与文学考论》,中山大学出版社2007年版,第51页。
② 《告子》上篇所载孔子这段话的后半,即"故有物必有则,民之秉夷也,故好是懿德",清儒戴震以为是孟子的申述之语(《孟子字义疏证》卷上,中华书局1982年版,第3页)。其实依据上下文义看,这段话属于孔子之语更为合理。赵岐注谓"孔子谓之知道,故曰人皆有善也",是以此为孔子语,清儒焦循谓"孔子释诗增'必'字'也'字'故'字,而性善之义见矣"(《孟子正义》卷二十二,中华书局1987年版,第759页),亦同于赵岐之说。

定诗作者水平出发，以具体论析诗句内容为证。这是一个有严密逻辑的推论。上博简《诗论》很少这样的具体分析，而是点睛般的凝练语言作为表达。也许在师徒论诗时，弟子撷取了乃师的最要紧的内容，而其他则忽略不计，才形成了我们现在所看到的简文的情况。这是弟子整理的结果，但并不失乃师原意。

第四，对于某些诗句的评析或者是表达孔子对于某诗的感受情绪。

这类的典型例证是第22号简，是简载："《㠯(宛)丘》曰：'訇(洵)有情，而亡望。'吾善之。《于(猗)差(嗟)》曰：'四矢弁(反)，以御乱'，吾喜之。《尸(鸤)鸠》曰：'其义(仪)一氐(兮)，心女(如)结也。'吾信之。《文王》[曰：'文]王在上，于邵(昭)于天，吾党(美)之。'"此简所评四诗，皆附有孔子之语，并且孔子之语所表现的皆是他自己读诗的感受，如喜、善、信、美等。我们从"吾某之"这类句式中体悟到孔门师徒的一种自信精神。关于儒家精神的变迁，曾子和子思曾经谈及：

> 曾子谓子思曰："昔者吾从夫子巡守于诸侯，夫子未尝失人臣之礼，而犹圣道不行。今吾观子有傲世主之心，无乃不容乎？"子思曰："时移世异，人有宜也。当吾先君，周制虽毁，君臣固位，上下相持，若一体然。夫欲行其道，不执礼以求之，则不能入也。今天下诸侯方欲力争，竞招英雄以自辅翼，此乃得士则昌失士则凶之秋也。伋于此时不自高，人将下吾；不自贵，人将贱吾。舜禹揖让，汤武用师，非故相诡。乃各时也。"①

曾子和子思所论孔子执礼，事属确实。子思言"时移世异"，确为至理之言。然而，曾子和子思看到了孔子执礼的一面，尚未言及孔子自信、自负的一面。孔子以文化传统的传承者自任，放言"文王既没，文不在兹乎"②，子思的"自高"、"自贵"，从本质上说正是对于孔子精神的继承。孔门弟子记孔子之语，强调"吾某之"，可以说隐约记下了乃师的自尊精神，也表明了孔门对这种精神的传承。

---

① 《孔丛子·居卫》。
② 《论语·子罕》。

第五,对于《诗》乐的评析。

《诗论》简主要从诗文角度来评诗①,但亦有少量文字从诗乐的角度进行评析。《诗论》第2号简论《颂》之音乐,谓:"其乐安而迟,其诃(歌)绅(引)而荨(覃)"很恰当地指出了颂乐的庄重肃穆、和缓舒平、悠远绵长的特点。当时在庙堂之下,乐队以黄钟大吕管弦丝竹演奏颂乐,并且为庙堂之上人数众多的合唱队的齐唱颂诗进行伴奏,其音乐之宏富,其场面之壮观,从简文可以体悟出一二。再者第3号简论《邦风》之诗,谓"其圣(声)善",意指指《邦风》之诗演唱时音乐和美,悦耳动听。这也是对于诗乐的一个分析。关于《诗论》的论诗乐,尤为令人注意的是第23号简专论《鹿鸣》音乐旋律之和谐优美,简文谓"《鹿鸣》以乐,始而会以道交,见善而学,冬(终)虖(乎)不厌人",简文指出表演《鹿鸣》音乐的时候,开始时音乐的主题是表现君主和臣下以正道相交往,继而表现了君臣向善而学习的意境,《鹿鸣》音乐结尾的乐章依然和谐优美,一点也不让人感到压抑。春秋时人研诗,若从方便的角度而言,自然是研读诗文。孔子授徒时说:"小子! 何莫学夫诗? 诗,可以兴,可以观,可以群,可以怨。迩之事父,远之事君。多识于鸟兽草木之名。"②这自然是从研读诗文的角度来说的,但其中的"可以兴"一项也并不排除诗乐的因素。《诗序》和《礼记·乐记》都载有诗—乐—舞的演变规律,谓:

> 歌之为言也。长言之也。说之故言之。言之不足。故长言之。长言之不足。故嗟叹之。嗟叹之不足。故不知手之舞之。足之蹈之也。

《乐记》这段话的后面有"子贡问乐"四字,疑为篇章之名,先秦时期原有《子贡问乐》之篇,被《乐记》的编写者采择写入,无意中将此四字篇名也带了进来。若果真如此,那么这段话有可能出自孔子之口而为子贡记录。关于诗、乐、舞

---

① 关于诗乐合一,虽然此命题不误,但亦不可将其绝对化,清儒或谓"诗以声为用,八音六律为之羽翼耳,仲尼编诗为燕、享、祀之时,用以歌而非用以说义也。古之诗今之辞曲也,若不能歌之,但能诵其文而说其义,可乎?"(王崧:《说纬》,《皇清经解》第七册,上海书店1984年版,第724页。按,后来,尹继美《诗管见》卷一亦有类似的说法。)此论虽然正确地强调了诗乐合一,但却谓孔子不评说诗之义,则是不正确的。上博简《诗论》正是孔子以评说诗义为主进行授徒的记录。

② 《论语·阳货》。

三者的关系,郭店楚简《性自命出》第34号简亦有解释,谓:"喜斯慆,慆斯奋,奋斯羕(咏),羕(咏)斯猷,猷斯迠(舞)。迠(舞),喜之终也。"心情欢悦而手舞足蹈,心情欢悦而吟诵诗词,是为习见的现象。正由于诗、乐、舞三者关系密切,所以可以通过乐舞而体悟到诗词之意。春秋时期吴公子季札聘鲁时"观周乐",就是一个典型①。朱熹以"感发志意"②来解释"兴"。这是正确的。那么,"志意"被"感发"之后而演变为歌舞,就是顺理成章的事情了。关于诗乐的意义,孟子说:"仁言,不如仁声之入人深也。"③在儒家的理论中,一直主张"教化"民众。教化的一个重要方面,就是"感化",即通过礼仪场面的感染,杰出人物的垂范示例,以及音乐舞蹈的震撼来体悟圣道,淳朴心灵。诗乐就是"感化"的重要形式之一。如果说诗文近乎教化,即言辞说教的形式,那么诗乐则近乎感化的形式。诗乐在深入人心方面比之于诗文是有优势的。《诗论》说《邦风》的诗乐"声善",与孟子所言的"仁声"应当是一致的。

总之,我们从以上几个分类情况可以考虑到这样两点。

第一,《诗论》简并不是一部严谨的著作,所以它没有一个贯穿头尾的体例。《诗论》的论诗方式灵活多样,应当是孔门师徒长期研诗的部分内容。孔门师徒对于《诗》篇内容的把握非常人所能比。可是,从《诗论》简内容看,如果把它说成是一部逻辑关系非常严密的诗学著作,则是言过其实的。

第二,贯穿《诗论》简的主导思想是什么?当然全部简文都是围绕《诗》来展开讨论的,所谈论的无出《诗》外的问题,所以说它的主导思想是对于《诗》的认识,这样来理解,并不错误。然而,对于《诗》的认识又是围绕着什么内容来进行的呢?这又可以有各种考虑,例如文学性的解读,诗化的思维,社会功能

---

① 季札聘鲁,"请观于周乐。使工为之歌周南、召南。曰:'美哉! 始基之矣,犹未也,然勤而不怨矣。'为之歌邶、鄘、卫,曰:'美哉,渊乎! 忧而不困者也。吾闻卫康叔武公之德如是,是其卫风乎!'为之歌王,曰:'美哉思而不惧,其周之东乎!'……"(《左传》襄公二十七年)这里说"观于周乐",依史载当是欣赏乐舞。季札遍评《国风》诸诗,固然离不开诗文之意,但更多地则是体悟诗乐,杜预注谓:"季札贤明才博,在吴虽已涉见此乐歌之文,然未闻中国雅声,故请作周乐,欲听其声,然后依声以参时政,知其兴衰也。"杨伯峻先生据杜注而全面评说,谓:"季札论诗论舞,即论其音乐,亦论其歌词与舞象。"(《春秋左传注》,中华书局2000年版,第116页)杜注和杨先生的说法,可以确评。若就季札观乐事一定要分出诗文、诗乐之争的高下,恐未有当。诗、乐、舞三者均是对于人的性情、情绪的表达,只不过是表达和诠释的方式不一而已,其间并无鸿沟在焉。

② 朱熹:《四书章句集注·论语集注》卷九。

③ 《孟子·尽心》上。

的剖析等,可是它的主旨是什么呢? 愚以为核心的内容就是孔子的王权观念。尊王思想贯穿于《诗论》的全部简文之中。从孟子开始,儒者不断有人指出,"《诗》亡而后《春秋》作",《诗》就是王迹,就是周代王权的历程,无论是《风》,抑或是《雅》、《颂》无一不是在展示周代王权的兴盛与衰落,无一不是在展示周代王权影响下的社会众生相。

从这个角度来看《诗论》简的排序问题,也许会对于此一问题有一个新的认识。愚以为第2号简很可能是《诗论》的首简,此简除了留白简所空的部分之外,其第一字还比其他留白简的首字略微低一些。若是推测书手有意将首简区别于它简,亦无不可。此简内容首言"诗也,文王受命矣",有开宗明义之效果。在此之后,紧接着讲文王平虞芮之讼的事情。此事为文王受命的标志,所以非先说不可。再讲歌颂文王的音乐如何宏大优美。再言《大雅》与《小雅》及《邦风》之诗的特点,这就是《诗论》第2、3、4简的内容,具体指的是文王受命称王的道理。所以《诗论》简的排序开首几支简的顺序可能是2—3—4。其下的文字再转入第5号简,讲《讼(颂)》诗的特点。再转入第6号简,讲文王受命之后,"二后受之"(指文武受命),实际上是指出武王继文王之后再次受天命。第6号简还讲到周成王继承了文、武之受命,使得自己"贵且显"①。再下面接着的第7号简,论题又回复到第2号简所说的"文王受命"的问题上来,强调"文王受命"是天意,简文云"孔子曰:此命也夫!"。可以说留白简的内容是一篇以《诗》为依托的关于"文王受命"的专论,由语势而言,下面当接第1号简,谓:"行此者其有不王乎?"以此来总结这篇专论的内容。大家知道,第1号简并非留白简。此简内容先以"行此者其有不王乎?"总结以上的专论。再以"孔子曰:诗无隐志,乐无隐情,文无隐言"来开启对于《诗》的具体评论。以"诗无隐志"来开启具体评《诗》的部分应当也是有深意蕴含其中的。这个深意应当就是后来孟子所提出的"以意逆志"。让有深入体悟的应当是读《诗》须透过诗作的表面意思来体悟《诗》的本义和主旨。再深入一步也就是要体悟到《诗》为周王而作的这一理念。

《诗论》的排序在我们所说的 2—3—4—5—6—7—1 之后,我觉得李学勤、

---

① 若以文献记载来看,正是成王开启了史家艳称的"成康之治"的时代。在这里,《诗论》简的说法是与文献记载吻合的。

李锐、陈斯鹏等先生将10—14—12—13—15—11—16—24—20等简排列系连是可取的,这组简的前三支(10—14—12)是以论《关雎》之篇为中心展开的。《关雎》是讲王化之迹的,其列为三百篇之首,原因即在于此。《诗论》简在专论"文王受命"这个《诗》的主题之后,先讲以《关雎》为中心的诸篇,从逻辑上看是合理的。如果把这些简作为一组的话,那么此组简的内容主要是讲"二南"之诗。《周南》、《召南》的二十五篇诗,被说成是"正风","《周南》王者之风,故皆以天子之事言焉。""《周南》、《召南》,王化之基"①,首先评论二南,很符合孔子的尊王观念。

(二)论《诗》的类别与解题

上古时代,《诗》有原本与定本的区别。原本,指西周史官、乐师一类人所编定的《诗》;定本,指孔子为授徒所编定的《诗》三百篇。《诗》的原本的面貌我们已经很难窥其详,只能依据一些资料作大略的推测。

原本中,《风》、《雅》、《颂》的先后排列次序是怎样的呢?

我们现在所见的《诗经》今本的排列次序,据专家说,应当是简帛时代竹简编连的结果。从《诗》的各部分发生和成书的次第看,《颂》应当是最先的,若此,则"《颂》结集在先,后出《雅》竹简连接于《颂》卷轴外接口上,则形成竹简读序为《雅颂》之结集,若《风》最后出,其得再连接于《雅颂》卷轴外接口上,最后形成《风》、《雅》、《颂》的《诗经》结集"②。因为展卷阅读的时候,首先看到的是最后结集的、连接的卷的最外端的《风》,所以这部分就成为《诗》的排列最前的部分。再展卷时则陆续见到《小雅》、《大雅》以及《颂》。今本《诗经》的编序,反映了竹简时代人们的阅读习惯。宋儒郑樵曾经论及《诗》的编序问题,他认为编序主要是依据是诗的历史时代,"文武成康其诗最在前,故二雅首之,厉王继成王之后,宣王继厉王之后,幽王继宣王之后,故二雅者顺其序。《国风》亦然"③。这两种说法其实是一致的,还是应当肯定《诗》的各部分的编序主要依据的是诗的历史时代,只不过是按照古人的读书展卷的习惯,以后(国风)为先,以先(颂)为后而已。

《诗》三百篇在其初步编定的时候,可能就有所分类,依《周礼·春官·大

---

① 孔颖达:《毛诗正义》卷一。
② 吕绍纲、蔡先金:"楚竹书《孔子诗论》'类序'辨析",《东南文化》2002年第2期。
③ 郑樵:《诗辨妄》,朴社1933年版,第92页。

师》所说,《诗》分为风、赋、比、兴、雅、颂六种,称为"六诗",《诗序》则以称之为"六义"。无论是"六诗"抑或是"六义",最初都应当指的是诗体,即诗的六种体裁。对于这六种体裁,古人的解释只限于风、雅、颂三者。于是六种体裁为世所公认的就只剩下三体。宋儒郑樵说"风雅颂,诗之体也,赋比兴,诗之言也。……三者之体,正如今人作诗,有律、有古、有歌行是也。"①一般认为,这三者是孔子之前已有的诗的体裁②。关于"风"的解释,汉以降的儒者多认为它有"风教"、"风刺"、"风俗"等义③。关于"雅"的解释,或谓以政之大小而分④,或谓以音乐不同而别,似以后说近是。关于"颂"的解释,一般认为有诵、容二义。而赋、比、兴三者逐渐用为诗之不同的艺术手法,不再把它作诗的体裁来理解。总之,《诗》之所分的风、雅、颂三者可以称为诗之"三体"⑤。今《诗论》的相关记载表明,古人的这些理解都是比较可信的。关于风、雅、颂三类诗的不同,前

---

① 郑樵:《六经奥论》卷三,福建文史研究社1976年版,第111页。
② 《左传》襄公二十九年载吴季札聘鲁观乐,鲁为之演唱《周南》、《召南》等十五国风,又"为之歌小雅"、"为之歌大雅"、"为之歌颂",是时孔子七岁,并未编《诗》,说明在孔子之前,《诗》已有风、雅、颂的分类。
③ 关于"国风"的称谓,宋儒程大昌认为《诗》有南、雅、颂,无国风。其曰国风者,非古也。夫子尝曰'雅、颂各得其所',又曰'人而不为周南、召南',未尝有言国风者(《诗论》一,《学海类编》第五册)。近世专家亦有认为出现得很晚者,谓《诗经》自己的文句中,只提雅、南,而不及风字。《左传》襄公二十九年载吴季札观乐语,"亦不及风字,直曰周南、召南、邶、鄘、卫等而已……汉儒制作的《礼记》各篇中,才有国风这个名词"(傅斯年:《诗经讲义稿》,中国人民大学出版社2004年版,第52页)。按,《礼记》一书各篇成书年代有异,不当一概视为"汉儒制作",先秦文献(如《荀子》),亦有"国风"之称。今上博简《诗论》的"邦(国)风"的记载,足证战国后期已有国风之称出现。以情理论之,将各诸侯国之诗分地区排列而称为"国风",乃是十分自然的事情。似乎可以推测,孔门师徒的时代,多用雅、南,而不用"国风"之称,只偶用"邦风",当是上古所称之孑遗。《诗·小雅·黄鸟》"言旋言归,复我邦族",是邦即族也。战国后期,重国而不重族,故而"国风"之称始用,至汉代方才大用于世。邦、国两字,就意义方面看略有差别,其大略是邦小而国大,邦重族而国重政。甲骨文的时代,封邦一字,而当时国之概念尚微,就此而言,可以说邦近乎国,而国则较后。到了西周春秋时代邦国之称可以连用,两者界限趋于泯灭,故而《大雅·烝民》谓"邦国若否,仲山甫明之",《鲁颂·閟宫》谓邦国是有,既多受祉"。这个时期称邦,亦即如国,《大雅·文王》"仪型文王,万邦作孚",亦即万国作孚。郭店楚简《老子》甲本"以正治邦",今本作"以正治国"。较早的文献里,多有"邦家"之称,如《周颂·载芟》"有飶其香,邦家之光",是为其例。春秋时期"邦家"之称较多,如《小雅·南山有台》"乐只君子。邦家之基。……乐只君子。邦家之光",《论语·阳货》"恶利口之覆邦家"等皆为其例。而战国时期的文献里面,则邦家少见而国家之称兴焉。《诗论》之称"邦风",或即恪守古训而不趋时髦之表现。
④ 前人或以雅为王政之诗,而风为诸侯国之诗。清儒崔述批评此说,谓:"误以雅为天子之诗,风为侯国之咏……不知风雅之分分于诗体,不以天子与诸侯也。天子之畿,未尝无风,诸侯之国,亦间有雅。"(《读风偶识》卷一,顾颉刚编:《崔东壁遗书》,上海古籍出版社1983年版,第530页。)
⑤ 关于风雅颂之称的起源,前辈专家或推测"恐甚后"(傅斯年:《周颂说》,中研院历史语言研究所论文集刊(历史编 先秦卷),中华书局2009年版,第106页),今得上博简《诗论》证之,可确定风雅颂之称,起源甚早,或者可以说孔子编定《诗》的时候,就是以其为区别的。

人所论甚多,其中当以朱熹所说,最为简洁明快。他说:"大率《国风》是民庶所作之诗,《雅》是朝廷之诗,颂是宗庙之诗。"①就其思想倾向而言,唐儒或谓一部《诗经》皆为刺诗,就是雅、颂部分的诗篇也是在拐弯抹角地在"刺上","夫《诗》之《雅》《颂》,皆下刺上所为,非上化下而作"②。这个说法有些绝对化。虽然不能说《雅》《颂》诸诗的作者皆怀着"颂上"之心来创作,他们中也许有对于"上"心怀不满之人,但是有些诗篇的主旨还是可以肯定为"上化下"的,如周族的发祥和周王朝开国的史诗,就不能说是对于现实不满的发泄,再拐弯也难以拐到"刺上"上面去。总体而言,雅、颂之诗的特点在于歌颂王业为主调,个别诗篇的另类,似乎也可以用"恨铁不成钢"来解释。其思想倾向还是赞美,而非讽刺。《诗论》第5号简谓"颂"诗在于歌颂王业的"成功",还是可以成立的,不能把颂诗理解为发泄怨恨情绪的"刺上"之诗。

赋、比、兴的情况又是如何的呢?

上博简发现的时候已经完全散乱,已无可能根据出土情况确定简序,所以在简序的排列上专家多有不同意见。马承源先生将《诗论》29支简分为四类。第一类简属于诗序性质,概论《讼》、《大夏》、《少夏》和《邦风》。第二类论各篇《诗》的具体内容。第三类"纯粹是《邦风》的"。第四类是"《风》、《雅》、《颂》并存的"。他认为"可能存的着不同于《毛诗》的《国风》、《小雅》、《大雅》、《颂》的编列次序"③,并且按照新的编列顺序为《诗论》29支简排序。李学勤先生为简序的排列提出了新思路。他将29支简分为四组,认为《诗论》全篇,始于论国风,其次风与小雅,继之大雅与颂,以通说《诗》旨终结④。如果按照春秋时人展卷读诗的习惯来分析,李学勤先生所论的次序是与之符合,当是较好的排列,但还是应当注意到竹简形制的问题,亦即"留白简"的问题,才能将简序排

---

① 魏庆之编:《诗人玉屑》卷十三,上海古籍出版社1978年版,第368页。按,关于六义,清儒还有三经三纬之说,亦颇有理致,今引之如下:"风以道性情,雅以正礼节,颂以告成功,此诗之三经也。赋者直指其事,比者以彼状此,兴者托物起兴,此诗之三纬也。"(成僎:《诗说考略》卷一,信芳阁刻本)现代学者黄焯亦谓"风雅颂为三经,赋比兴为三纬,三经为诗之体裁,三纬为作诗之方法"(《诗说》,长江文艺出版社1981年版,第14页)。按,三经三纬之说,宋儒朱熹曾指出"三经是风、雅、颂,是做诗的骨子,……赋、比、兴却是里面横串的,故谓之三纬。"(《朱子语类》卷八十,中华书局1986年版,第2070页)后来王应麟也谓"《诗》'六义',三经三纬。"(《困学纪闻》卷三,上海古籍出版社2008年版,第315页)

② 《旧唐书》卷一百七十三,《郑覃传》。
③ 马承源主编:《上海博物馆藏战国楚竹书》(一),上海古籍出版社2001年版,第122页。
④ 李学勤:"《诗论》简的编联与复原",《中国哲学史》2002年第1期。

列臻至完善。要之,我们对于《诗》的成书问题的梳理应当可以说明今本《诗经》的风、雅、颂的排列次序乃是渊源有自的可信的原本顺序,上博简《诗论》29支简的排序不大可能有异于此。

我们先来看《诗论》论"三体"的情况。

从上博简诗论的记载里面可以看到孔子正是将诗分为风、雅、颂三类来论析的。《诗论》谓:

> 大夏(雅)盛德也。(第2号简)

意思是说《大雅》诸诗赞扬了周文王的伟大而厚重的德操。清儒成僎曾经论大雅之诗的特色,谓其诗"舂容正大,词旨浑厚,气象开阔"[①]《诗论》第2号简所云"盛德",正道出了大雅之诗的宏大气象[②]。

《诗论》还谓《小雅》之诗:

> 多言难而寤(悁)退(怼)者也。衰矣,少(小)矣!(第3号简)

认为《小雅》诸诗多反映了周的王业艰难处境及人们的偏激烦闷情绪,认为这些诗是衰弱之音、式微之声。对于《小雅》诸诗的评析,侧重于怨恨与愤怒。到了战国后期已经发生了一些变化。《荀子·大略》篇说:"《小雅》不以于污上,自引而居下,疾今之政,以思往者,其言有文焉,其声有哀焉。"此说认为《小雅》诸诗的作者都是甘居下位的君子,他们对于现实和政治的不满,只是恨铁不成钢。显然,《诗论》所突出的《小雅》诸诗的强烈的现实批判精神,到荀子的时代已经减弱了。关于大雅、小雅的主旨及特色,明儒郝敬谓:"列国之诗谓之风,王朝之诗谓之雅。风,俗也。雅,正也。正者,政也。言小政者为小雅,言大政者为大雅。皆王朝之诗。小雅多言政事而兼风;大雅多言君德而兼颂。"[③]雅

---

① 成僎:《诗说考略》卷一,《续修四库全书》本。
② 关于《诗》的"雅"之起源,陈致先生指出:"'雅'与'夏'的概念源于商周两朝的政治斗争。从周文王到周公,周朝的知识分子便称呼他们的文化为'夏',这是为了建立其历史的正统性及族群的优越性。"("从礼仪化到世俗化:《诗经》的形成",上海古籍出版社2009年版,第317页)按,此说是正确的。上博简将"雅"诗称为"夏",应当是这种"正统"观念之孑遗。
③ 郝敬:《毛诗原解》卷十七,四部丛刊初编本。

诗何以分大、小,历代学者所论甚多,歧义迭出,郝敬所说,盖得之。上博简《诗论》简所述与《诗序》的说法大体思路是一致的。当是对于这一问题的近是的解释①。

《诗论》还针对"国风"诸诗谓:

《邦风》其内(纳)勿(物)也尃(博),观人谷(俗)安(焉),大敛材安(焉)。其言杳,其圣(声)善(以上第3号简)。……诗其猷(犹)坪(平)门与(欤)?戋(贱)民而豩之,其甬(用)心也将可(何)女(如)?曰:《邦风》氏(是)也。(以上第4号简)

这段简文的意思是说,《国风》诸诗所容纳的内容是很广泛的,可以从中观察民俗,还可以通过这些民俗从中大大地搜集治国之道。诸诗用词省简却[含意深刻],朗朗上口,便于诵读。……《国风》诸诗如同民众时常出入的通畅的城门一样的吧!是普通民众宣泄情感的便捷通道。《诗》可以将民众的愤怨情绪汇聚一起,让其发泄排解。《诗》作者及采集者的良苦用心是什么样子的呢?《邦(国)风》正是这个样子的。《风诗》中有许多爱情诗,荀子时代的儒者指出:"《国风》之好色也,《传》曰:'盈其欲而不愆其止。其诚可比于金石,其声可内于宗庙。'"②这里引用《传》的说法来解释"《国风》之好色",所谓"盈其欲而不愆其止",实开《诗序》"发乎情,止乎礼义"之说的先河。荀子一系的儒者力挺"礼"之重要,所以要将情纳入礼的轨道。看来,从荀子到《诗序》都将国风之诗的主旨理解为"以礼统情",而上博简《诗论》则强调了另一个方面,即表达民众的愿望。这一点虽然荀子和汉儒也并不否认,但强调的程度是不够的。

汉儒认为《诗》的风、雅之篇多为一人所作,"是以一国之事,系一人之本,谓之风。言天下之事,形四方之风,谓之雅"。汉儒讨论"一人作诗"这个问题,

---

① 关于"雅"之得名,学者或谓实为"夏"字之假。当代学者黄焯曾经称引章太炎之说并加以补充,指出"谓秦声为夏声(按,指《左传》襄公二十九年载季札观周乐事,乐工"歌秦"却谓之"夏声"),又谓为周之旧,当谓周之旧音,其为指正小雅、正大雅无疑,此雅、夏相通之又一证。故雅声即夏声,实为诸夏之正声尔"(《诗说》,长江文艺出版社1981年版,第17—18页)按,此说甚精到,可从。今见《诗论》简谓"大雅"即"大夏",足证是说之确不可易。

② 《荀子·大略》。王先谦:《荀子集解》卷十九,中华书局1988年版,第511页。

郑玄说:"作诗者,一人而已。其取义者,一国之事。变雅则讥王政得失,闵风俗之衰,所忧者广,发于一人之本身。"①所谓"一人",实即百姓的代表,这"一人"就是《诗论》简所说的"人俗"的代言者。此正如唐儒孔颖达所说"《风》、《雅》之作,皆是一人之言耳。一人美,则一国皆美之;一人刺,则天下皆刺之"②,汉儒于此正承继了《诗论》解风诗意蕴的传统。唐儒刘知几谓"观乎《国风》,以察兴亡"③,《国风》之诗所以能够反映"兴亡",是因为它表达了民众的情绪。宋儒或有将《周南》、《召南》独立为一体的说法,当代学者亦有从此说者,谓"《诗经》内分南、风、雅、颂四类"④。此说虽然有一定道理,但将南作为与风、雅、颂并列的一体,还不大可信。今观上博简《诗论》并无将"南"独立为一体的意思,可见此说当以存疑为妥。

关于《颂》诗,《诗论》是这样评论的:

又(有)城(成)工(功)者可(何)女(如),曰《讼(颂)》氏(是)也。(第5号简)

简文意思是说,对于周先王所取得的成功业绩,《诗》是怎样表达的呢?应当说《讼(颂)》就是这样的表达。古希腊伟大的哲学家亚里士多德说:"神的生活需要诗的点缀,人的生活需要诗来充实。诗可以博得神的欢心,也可出给凡人带来欢乐。"⑤依照周人的观念,周先王已经高升在了天上,《颂》诗的主要作用就是通过歌颂先王的伟大功绩来博得已经成为神的先王们的欢心,听到臣民们的悠长洪亮的颂扬赞美,已经成为神的先王们该是多么愉悦。这些颂扬不仅是神们的生活点缀,而且简直就是神们不可或缺的生活的美酒佳酿。先王们的"城(成)工(功)"是靠"颂"的形式来展现的。这样的诗篇自然也使成为神的先王的后世子孙们感到骄傲和自豪。讲到神、人关系,"在古希腊传说里,人间

---

① 《郑志》答张逸问。见《毛诗正义》卷一引,参见《十三经注疏》,中华书局1980年版,第272页。
② 《毛诗正义》卷一,《十三经注疏》,中华书局1980年版,第272页。
③ 刘知几:《史通·载文》,参见赵吕甫:《史通新校注》,重庆出版社1990年版,第304页。
④ 陆侃如、冯沅君:《中国诗史》,百花文艺出版社1999年版,第12页。
⑤ 亚里士多德:《诗学》,陈中梅译,商务印书馆1996年版,第278页。按,颂当为娱神之诗。日本学者竹添光鸿说颂之诗"以神道事之",而燕饮之诗则是"以人道娱之,故为雅也"(《毛诗会笺》卷三十九,大通书局1920年版,第2165页),是说有一定的道理。

最早的诗人是神的儿子。诗人是了不起的……'神一样的'。"①在古代中国作为至上神的"神的儿子"是被夏商周三代王朝的"天子"所垄断了的（为了突出周天子的权威，所以其他的贵族不仅不称"天子"，而且也不见称为其他神的"儿子"的记载），所以诗人并未被视为"神一样的"的超人。然而通过《颂》的大量诗歌来无限赞美"神"，比之于古希腊则是有过之而无不及的。宋儒郑樵曾谓"古者，《雅》用于人，《颂》用于神"②，已经揭示出《颂》之特色及其与雅乐的区别所在。

《诗序》云："颂者，美盛德之形容，以其成功，告于神明者也。"和《诗论》此简所说相比，《诗序》多了"美盛德之形容"一项，其实，盛德也好，形容也罢，都应当指的是时王和致祭者的德操和仪表，孔疏说"形容者，谓形状容貌也"是正确的，但又谓"作颂者美盛德之形容，则天子政教有形容也。可美之形容，正谓道教周备也，故《颂谱》云：'天子之德，光被四表，格于上下，无不覆焘，无不持载。'此之谓容"。此说引申过度而有些牵强。《诗序》所谓"美盛德之形容"，意即赞美致祭者的形状容貌。《周颂·雝》篇谓"有来雝雝，至止肃肃。相维辟公，天子穆穆"，就是对于致祭者（包括周天子和助祭的贵族）的庄严肃穆的形状容貌的赞美。孔疏解释"成功"，比较全面，说道："'成功'者，营造之功毕也。天之所营在于命圣，圣之所营在于任贤，贤之所营在于养民。民安而财丰，众和而事节，如是则司牧之功毕矣。干戈既戢，夷狄来宾，嘉瑞悉臻，远迩咸服，群生尽遂其性，万物各得其所，即是成功之验也。"用今天的话来说，简文和"诗序"所谓的"成功"就是内政和外交的巨大成就。

关于"颂"诗与"成功"的关系，《周礼·春官·小师》曾经把它纳入阴阳五行的体系中来理解。在解释颂磬、笙磬时，郑玄注《小师》说"磬在东方曰笙，笙，生也。在西方曰颂，颂或作庸，庸，功也。"为什么把作为乐器的磬摆放在西方就称为"颂"呢？贾公彦疏谓："西方是成功之方，故云庸，庸，功也。谓之颂者，颂者美盛德之形容，以其成功告于神明，故云颂。"这个解释完全合乎五行观念，司马迁曾经引述如下的当时的社会观念，"'东方，物所始生；西方，物之成孰。'夫作事者必于东南，收功实者常于西北。"原来，在五行观念中，西方是

---

① 亚里士多德：《诗学》，陈中梅译，商务印书馆1996年版，第275页。
② 郑樵：《通志略·乐略》，上海古籍出版社，第346页。

与收获、成功相联系的。《诗论》简文将"颂"与"又(侑)成功"联系,应当与当时的五行观念有关。

上博简《诗论》虽然讨论了风、雅、颂三类诗,但并没有提出六义、三体之类的概念。这些概念的形成应当是汉儒研诗的结果。《周礼》虽然提出了"六诗"的概念,但并没有形成体系,直到汉儒才将六诗解释为"六义",再以后才提出"三体"之说。为什么将六诗称为"六义"呢?唐儒孔颖达说:"赋、比、兴者,诗文之异辞耳,大小不同,而得并为六义者,赋、比、兴是诗之所用,风、雅、颂是诗之成形,用彼三事,成此三事,是故同称为义。"①这是一个比较准确的解释,后来得到多数学者的赞同。具体来说,风、雅、颂为三体,赋、比、兴为三用,即三种艺术手法。汉儒研诗最先注重的是"赋"之用。正如《文心雕龙·比兴》篇所说,"诗文弘奥,包韫六义,毛公述传,独标兴体。"为什么毛传独标兴体而不言比、赋呢?清儒惠周惕解释说:"毛公传诗,独言兴,不言比、赋,以兴兼比、赋也。"惠氏又指出毛传此说的不足,即《诗》三百篇中赋、比、兴之用往往分别在诗之各章,足见错综变化之精妙。但毛传亦有不足之处,"毛氏独以首章发端者为兴"②,余则不论,显然失之。毛传的这个不足也许正说明了其研诗属于较早的时期。时代较前者多粗疏,后出乃转精细,这是研诗的一般规律。毛传提出兴体说诗,比之于上博简《诗论》不言兴体的情况,应当说已经有所进步了。毛传简明近古,当是先秦儒者释诗的余绪,至汉代毛亨始总结而作《诂训传》③。

上博简《诗论》对于《诗》的评析是和《诗》的分类相一致的。《诗》的分类,应当说从汇集整编的时候就有了风、雅、颂的区别。那么,《诗论》是否存在着排列风、雅、颂的次序与传世本有异的现象呢,是一个值得考虑的问题。马承源先生说《诗论》29号简"可能存在着不同于《毛诗》的《国风》、《小雅》、《大雅》、《颂》的编列次序"④,《诗论》第3号简载"……也。多言难而悡(狷)退

---

① 《毛诗正义》卷一,《十三经注疏》,中华书局1980年版,第271页。
② 惠周惕:《诗说》,《皇清经解》卷一百九十。
③ 关于毛传的制作时代,黄焯先生曾经指出,"毛公生当六国时,其释字之音义,尚无汉儒'读如'、'读曰'、'读为'之法,直以训诂之法行之"(《诗说》,长江文艺出版社1981年版,第7页)。按,此说甚有道理,"直以训诂之法"确是毛传的一个突出的特点。再者,陆玑也认为毛公是战国时期人,他讲的传诗次弟是"荀卿授鲁国毛亨,作《诂训传》,以授赵国毛苌,时人称亨为大毛公,苌为小毛公"。
④ 马承源主编:《上海博物馆藏战国楚竹书》(一),上海古籍出版社2001年版,第122页。

(怼)者也。衰矣,少矣!《邦风》其内(纳)勿(物)也専(博),观人谷(俗)安(焉),大敛材安(焉)。其言杏,其圣(声)善",此简前面缺失的文字应当是"《小夏(雅)》是"三字,与下面的简文内容"衰矣,少矣"相符合,若此,则此简正是先论《小雅》,再论《邦风》。这样的次序,即非马先生所言的次序,也非传世本的次序。愚以为《诗论》简并非是三百篇的排列,而是论《诗》之主旨问题,并不涉及排序问题。所以,现有的材料即证明不了马先生所提出的说法,也无法否定其说,以存疑待考较妥。

另外,上博简《诗论》简常从"情"的角度来对具体诗篇加以评析。例如对于《燕燕》一诗,孔子先画龙点睛式的用一个"情"字加以评析,并且指出,这种情"童(终)而皆臤(贤)于其初者也"(第 10 号简),强调最终是一个好的结果。然后,孔子又指出《燕燕》所表现出来的"情"乃是"爱也"(第 11 号简),是一种不可遏抑的爱慕之情。从《诗论》的第 10—11 号简里,我们可以看到,孔子对于表现男女情爱的《关雎》、《汉广》等诗都给予了很高的评价。

上博简《诗论》简的简文表明,孔子不仅通过对于具体诗篇的评析来表达思想与情感,而且还直抒胸臆,痛快淋漓地表达自己的爱慕与厌恶的感情。如《诗论》第 21 号简谓:

孔子曰:《訽(宛)丘》,吾善之。《于(猗)差(嗟)》吾憙(喜)之,《尸鸠(鸠)》吾信之。《文王》,吾苂(美)之,《清……》。

孔子毫不掩饰自己对于这些诗的赞美、信赖、喜爱的情怀。相反,孔子对于恶言、巧言也不掩饰自己的厌恶,孔子对于痛斥巧言谮语的论言三诗的评析就是证明。① 过去,专家在分析孔子美学思想的时候,认为孔子"在情感的表现上,排斥着激烈的怨恨、爱憎,这就使得艺术对社会生活的反映受到了局限"②。如今,我们见到《诗论》简所展现的孔子诗学,这种观点似当有所修正。

(三)阐发诗之本意

诗对于社会现实的表现和对于诗人情愫的表达,不是摄影,不是白描,不

---

① 孔子对此的相关评析,见《诗论》第 28 号简。烦请参阅本书下编"专题研究"的"孔子如何评析论'言'三诗——上博简《诗论》第 28 号简补释"部分。

② 李泽厚、刘纲纪主编:《中国美学史》第一卷,中国社会科学出版社 1984 年版,第 157 页。

是单纯的写照,所以人们常常看不到诗人之意和诗的本意,而只能看到由创作者(诗人)和整理者经过艺术加工之后的作品。犹如土地的本来面貌被鲜花和草木所掩盖一样,诗人的本意往往是诗的深层,甚至于要到诗外才可以看得到。诗本意与诗的表面意蕴之间的距离有时候是相当大的。清儒魏源说:

> 夫诗,有作诗者之心,而又有采诗、编诗者之心焉。有说诗者之义,而又有赋诗、引诗者之义焉。作诗者自道其情,情达而止,不计闻者之如何也,即事而咏,不求致此者之何自也。讽上而作,但蕲上寤,不为他人之劝惩也。至太师采之以贡于天子,则以作者之词而论乎闻者之志,以即事之咏而推其致此之由,则一时赏罚黜陟兴焉。国史编之以备矇诵教国子,则以讽此人之诗,存为讽人人之诗,不存为处此境而咏己、咏人之法,而百世劝惩观感兴焉。①

按,此论诗之作与诗之用,有各种不同的语境,因而衍生各种层次的意蕴,甚为精审。清儒皮锡瑞亦指出:"诗本讽喻,非同质言。前人既不质言,后人何从推测。就诗而论,有作诗之意,有赋诗之意。郑君云'赋者或造篇,或述古。'故诗有正义,有旁义。"②这里所说的"质言",意犹直言。诗人之意既不直接说出,所以要了解其本意,要区别诗的正义与旁义,必然要费周折。上博简《诗论》解诗的一大特点在于努力理解和探寻诗的本意,在忠实于诗本意的基础上去阐发诗所蕴含的更多方面的意义。对于《甘棠》一诗的评析,可算这方面的典型。《诗论》第10、13、15、16、24等五支简都提到了《甘棠》一诗,其评论文字如下:

> 《甘棠》之保……害(曷)? 曰:童(终)而皆臤(贤)于其初者也。《甘[棠》思]及其人,敬爱其树,其保(褒)厚矣。《甘棠》之爱,以邵(召)公……。[《甘棠》之报,敬]邵公也。吾以《甘棠》得宗庙之敬。民眚(性)古(固)然。甚贵其人,必敬其立(位)。敓(悦)其人,必好其所为,亚(恶)其人者亦然。

---

① 魏源:《诗古微》上编之一"齐鲁韩毛异同论中"条,《续修四库全书》第77册,上海古籍出版社2002年版,第19页。
② 皮锡瑞:《经学通论·诗经》,中华书局1954年版,第1页。

《甘棠》一诗诗意明确，写民众热爱召公之事，召公行文王之政，德化所到之处，民众颂声不绝，连召公休憩时所乘凉的甘棠树也为民众敬爱。《诗论》评此诗从其本意出发，肯定"思及其人，敬爱其树"，然后由此升发出"甚贵其人，必敬其位"，再由此引申出民众对于造福于民的执政者的敬爱。并且联系到社会上的好、恶之俗来作进一步的说明，即"悦其人，必好其所为，恶其人者亦然"，此亦爱屋及乌、恶湿恨下之意。

再如《墙有茨》是首反复吟唱的民歌风的小诗，其首章谓"墙有茨，不可扫也。中冓之言，不可道也。所可道也，言之丑也。"，后两章意旨相同。诗的主旨是指，夫妻间的枕席词语，只应室中言，而不可传扬于外。汉儒撇开此诗的本意，硬把它定为讥刺卫公子顽通乎君母宣姜之作，使诗旨顿失。上博简《诗论》第28号简评析此诗谓"《墙有茨》，缜密而不智（知）言"，简文"缜密"是说院墙上长满的"茨"密密麻麻，"缜密"，墙上长满蒺藜，可谓缜密矣。比喻此墙将居家与外界有所隔离，尽管如此，还是应当注意内外有别。因为它并不能保证家中之言不外传①。

从《诗论》简中我们可以看到，孔子论诗有时会采取层层递进的方式进行，如论《关雎》一诗，先是在第10号简提到"《关雎》之改"，把它纳入"童（终）而皆臤（贤）于其初"的理论当中，只是作为例证之一的面貌出现的，在第12号简，孔子又一次提及《关雎》，谓"《关疋（雎）》之改，则其思賹（益）矣"，让人思考此诗所表现的"思"之益处在哪里这一问题。关于此诗的真正意义，《诗论》简指出，"《关疋（雎）》以色俞（喻）于礼。（以上第10号简）[其三章则]两矣，其四章则俞（喻）矣。以琴瑟之悦，拟好色之愿；以钟鼓之乐，（以上第14号简）[拟好色之]好，反内（纳）于礼，不亦能改摩（乎）？（以上第12号简）"。如此来论《关雎》一诗，就把认识推进到了人的性情与"礼"的范畴，已经不是在浅层次上的点睛之论了。再如，《诗论》提到《宛丘》一诗，先在第21号简说"《宛丘》，吾善

---

① 汉儒喜好以史解诗，固然有一定的合理因素，有些认识也不为过。但这种历史化的倾向从总体上看则较远地背离了诗的本意。这种牵强附会地将诗落实于史的做法，大部分是不可取的。普遍性的诗意，不可以背离诗意而局限于某一狭小范围，汉儒以史说诗的毛病，盖在乎此。专家或将汉儒的这种做法誉为"诗史互证"，似有过焉。要之，诗的历史化解读是解诗的重要途径，只是这个历史化解诗的着眼点应当在于认识诗的真正历史场景，而不是以某一具体史事遮蔽这一场景。汉儒解诗每每不顾诗本意，而只片面追求诗本事，故而常被后人指责其有穿凿之嫌。

之",并没有具体解释孔子喜欢此诗的原因,而在第 22 号简,则说"《宛丘》曰'洵有情,而亡望',吾善之",点明了《宛丘》一诗的诗旨在于表现真挚的爱情,所以孔子才喜欢它,把第 21 号简的点睛之论具体化了。其他,如讨论《猗嗟》、《鸤鸠》、《文王》等诗也是采取了同样的推进一层、说明主题的方式。这种方式的优点是用循序渐进的方法让人有思考的空间,从而加深对于诗旨的感悟。

《诗论》简阐发诗的本意往往一语中的,要言不烦。清儒崔述曾经指出《论语》一书所载孔子论诗之语词的特点,即"言简意赅,义深词洁"①,用此语来评析上博简《诗论》的论诗亦非常恰当。

例如评析《柏舟》一诗,第 26 简谓"《北(邶)·白(伯)舟》,闷",仅一个"闷"字就说明了《邶风·柏舟》一诗的主旨在于表现朝中正直大臣们的烦闷情绪。《诗论》简中用一字点明诗者,并非仅见,第 26 号简第 29 号简还有三例,即"《浴(谷)风》,怼"、"《角幡》,妇"、"《河水》,智"。《诗论》简评论具体诗篇之意多简短言之,除一字为释之外,还有类乎一字为释的两字为释者,其句式作"某某之某",如第 10 号简所论七诗:"《关疋(雎)》之改,《梂(樛)木》之时,《滩(汉)往(广)》之智,《鹊棹(巢)》之逼(归),《甘棠》之保,《绿衣》之思,《燕燕》之情",只不过这种句式,并非"某某之某"单独成句,而是在一个大句式中的简短小句。再有,直接以二字评诗之例,如第 25 号简载"《肠肠》少(小)人"、"《少(小)明》不(负)",第 27 号简载"《七(蟋)率(蟀)》,智(知)难"、"《中(仲)氏》,君子"、"《北风》,不绝"、"《人之》,怨子"等。这种用一字或两字评诗的例证,可以都是直指诗旨的点睛文字,并非评诗者之意,而是诗的本意。

《诗》的蕴含之意,是一个复杂的综合体,诚如清儒魏源所言,"夫《诗》有作《诗》者之心,而又有采《诗》、编《诗》者之心焉;有说《诗》者之心,而又有赋《诗》、引《诗》者之心焉。作《诗》者自道其情,情达而止,不计闻者之如何也;即事而咏,不溯到此者何自也;讽上而作,但期上悟,不为他人之劝惩也"②。在诸种含义之中,作诗者之心是为基础,是为渊源。透过诗篇理解诗心殊非易事,这其间还有一个原因,那就是时代的悬隔,清儒钱大昕说:"后儒去古益远,欲以一人之私意窥则古人,亦见其惑已。"③就此而言,可以说上博简《诗论》作

---

① 崔述:《读风偶识》卷一,"《序》非孔子与国史作"条,参见顾颉刚编:《崔东璧遗书》,上海古籍出版社 1983 年版,第 525 页。
② 魏源:《诗古微·毛诗明义一》,《魏源全集》第一册,岳麓书社 2004 年版,第 34 页。
③ 钱大昕:《十驾斋养新录》卷一,上海书店 1983 年版,第 22 页。

为孔门师徒的论诗之辞，其"时代悬隔"的因素是不多的，应当是我们研诗的重要参考。

了解诗作者之心境与心意，颇为不易，诚如清儒所言"后人之见，未必果得古人之心"[①]。后人所说的"诗心"，主要是指诗的本意所表现的诗作者的主旨和情志，通过评诗认识诗的本意，也在一定程度上揭示了诗作者的情志。《文心雕龙·乐府》篇谓"诗为乐心，声为乐体"[②]，《诗论》简的简短评析往往直指作者情志，由此而深化对于是诗的认识。例如《诗论》第26号简载："《北（邶）·白（伯）舟》，闷。《浴（谷）风》，悁。《翏（蓼）莪》，又（有）孝志。《隰又（有）长（苌）楚》得而㥁（谋）之也。"简文意思是说，《邶·伯舟》篇表现了朝中正直大臣的苦闷与忧伤。《谷风》批评了弃妇的固执偏激情绪。《蓼莪》篇表现了尽孝道的志向。《隰有苌楚》篇告诉人们，得到了相知朋友、得到了家室、得到了宗族，就要为它们进行谋划。显然，《柏舟》之诗表现的是烦闷情绪，《谷风》表现的是偏执情绪，《蓼莪》表现的是对于父母的孝敬之志，《隰有苌楚》表现的是人们的悌爱情感、宗族情怀。孟子强调研诗者必须以意逆志[③]，方不致胶柱调瑟。可以说从《诗论》简中我们看到的正是这种以意逆志研诗方式的开启。要之，从总体意义上看，上博简《诗论》重在认识诗的本义，并不作过多的引申理解。发掘诗的本身意蕴，这对于研诗来说，是基础，是关键，可以说是孔子诗学理论的重点所在。《诗论》简的这些简短的评诗之语，可以说最简捷地接近诗心之词语。

《诗论》简所展示的这种评诗的情况，与我们从文献记载里所知道的孔子研诗情况并不完全一致。例如《论语·学而》篇载子贡说"如切如磋，如琢如磨"的诗外之意，受到孔子称赞，说他能够"告诸往而知来者"。再如《论语·八佾》篇子夏读到"巧笑倩兮"几名诗，想到这些诗句的言外之意，孔子称赞他"始可与言《诗》已矣"，似乎孔子并不拘泥于诗的本身意蕴，今见《诗论》简文，可知孔子正是从理解诗的本义出发来认识诗的深刻含义的。

（四）情、志并重：提升"情"在《诗》中的地位

自从《诗序》以来，"诗言志"成为论诗之纲领，然而另一方面"诗达情"也几

[①] 李慈铭：《越缦堂读书记》，上海书店出版社2000年版，第39页。
[②] 范文澜：《文心雕龙注》卷二，人民文学出版社1958年版，第102页。
[③] 孟子说："说诗者，不以文害辞，不以辞害志。以意逆志，是为得之。"（《孟子·万章》上）

乎成为论诗的另一纲领。历代儒者虽然也强调情对于"诗"之重要,但其论述仍然要打着"诗言志"的旗帜,例如南北朝时期的刘勰说:"大舜云:'诗言志,歌永言。'圣谟所析,义已明矣。是以'在心为志,发言为诗',舒文载实,其在兹乎?诗者,持也,持人情性,三百之蔽,义归无邪,持之为训,有符焉尔。人禀七情,应物斯感,感物吟志,莫非自然。"①就情、志二者而言,情近乎天然,而志则近于理性。刘勰这里所说的关系,可以概括为:

情——感物——吟志——诗

这个排列是有道理的。可以说情是志的基础,志是情的理性表达。刘勰还说"理不空弦"②,可见志的表达,必有诗乐的配合,而诗乐所演奏亦当表现着情志的内容。

清初大儒王夫之,在这方面的论述尤为精到。他说:

君子与君子言,情无嫌于相示也;君子与小人言,非情而无以感之也。小人与君子言,不能自匿其情者也。将欲与之言,因其情而尽之,不得其情,不可尽也;将欲与之言,匡其情而正之,苟非其情,非所匡也。言之而欲其听,不以其情嫌于不相知而置之也。言之而为可听,不自以其情,彼将谓我之有别情而相媚也。故曰"诗达情"。达人之情必先自达其情,与之为相知,而无别情之可疑,则甘有与甘,苦有与苦。我不甘人之苦而苦人之苦,人亦不得而苦之矣。③

王夫之此处所论详析了诗的语言是情感的表达。心心相印,同甘共苦,皆需情的支撑。所谓"诗达情",首先要展现自己的真感情,还要体谅他人的感情,这

---

① 刘勰:《文心雕龙·明诗》,参见范文澜《文心雕龙注》卷二,人民文学出版社 1962 年版,第 65 页。
② 刘勰:《文心雕龙·明诗》。按,"理不空弦"的弦字,通行本作绮,范文澜先生据唐写本指出,绮为弦字之误。孔颖达指出,《云门》等古乐,"既能和集,必不空弦,弦之所歌,即是诗也"(《毛诗正义·诗谱序》疏,参见《十三经注疏》,中华书局 1980 年版,第 262 页)范文澜先生说孔氏所说即本此(参见范文澜:《文心雕龙注》卷二,人民文学出版社 1962 年版,第 65 页)。《毛诗正义》
③ 王夫之:《诗广传》卷二。《船山全书》第三册,岳麓书社 1983 年版,第 354 页。

样的诗作才是好诗。

历来论诗者多以"诗言志"为大纛,而对于"诗缘情"则小觑之。关于诗所蕴含的志、情的关系,上博简《诗论》有所涉及。其第1号简载:

孔子曰:诗亡(无)隐志,乐亡(无)隐情,文亡(无)隐意。

简文的"隐"字,专家对它的考定今见者有释为离、邻、隐、陵、泯、吝等,诸家之说中,以李学勤先生的说法最优。李先生将这个字读为"隐"①,得到多数专家的认可。"隐"字古义中十分重要的一项就是依、据。由此而引申出檃栝、隐括、居、定等义。专家们读《诗论》简"隐"为隐虽然是正确的。但是释其义为隐蔽之隐,则尚可再探讨,愚以为这个隐字当如《孟子》"隐几而卧"之隐,意为据,并且含有拘泥的意蕴。这段简文所谓"诗亡(无)隐(隐)志",意即诗不必拘泥于志。这就在实际上为凸现情在诗中的作用打开了门径。孔子编《诗》时将《关雎》定为首篇,在上博简《诗论》中多次对于《关雎》一诗进行评说与分析,这应当是他情、志并重的诗歌理论的体现。自己在回答子夏所问"《关雎》何以为《国风》始也"的问题时谓:"《关雎》至矣乎!夫《关雎》之人,仰则天,俯则地,幽幽冥冥,德之所藏,道之所行,虽神龙化,斐斐文章。大哉《关雎》之道也,万物之所系,群生之所悬命也。"孔子将《关雎》的意义发挥到了极致,认为"天地之间,生民之属,王道之原,不外此矣"②。《诗论》简文表明,孔子对于达情类为主的诗更为重视。大家知道,《诗》中表现情感,体现兴、观、怨之旨的诗集中于《风》和《小雅》这两部分。《诗论》共论诗五十余篇,其中《风》占26篇,占总数一半以上。论《小雅》者有22篇,亦占有颇大比重。而对于以言政治为主的可

---

① 参见李学勤:《〈诗论〉简的编联与复原》(《中国哲学史》2002年第1期)和《谈〈诗论〉'诗亡隐志'章》(《文艺研究》2002年第2期)两文。庞朴先生在释上博简《性情论》第29号简的时候,曾将此简上吝、下心之字读为隐("上博藏简零笺",《上博馆藏战国楚竹书研究》,上海书店出版社2002年版,第241页)。周凤五先生从李、庞两家说而读若隐,并谓郭店简《性自命出》第59号简"兑人勿吝"当读为"说人勿隐"("《孔子诗论》新释文及注解",《上博馆藏战国楚竹书研究》,上海书店出版社2002年版,第156页)。俞志慧先生"《战国楚竹书·孔子诗论》校笺"(简帛研究网站2002年10月13日)亦释为隐。

② 《韩诗外传》卷五。按,此所述《关雎》之重要意义,或许有后儒增饰之成分,但其主旨应当是合乎孔子原意的。上博简《诗论》孔子论诗语句最多者为《关雎》,与《韩诗外传》之载是可以相互印证的。

以集中体现"诗言志"的《大雅》和《颂》的部分的诗所论甚少。《诗论》对这两部分仅提到四篇。这并不是说孔子完全不重视"志"的表达①,而只是说他于情、志两者之间于前者更为关注。孔子所关注的诗达情的范围是比较广泛的。除了男女之情被肯定以外,孔子还称赞兄弟、朋友之情,如《诗论》第18号简谓"《杕杜》则情憙之至也"。《诗·甘棠》写民众对于召公的崇敬之情,民众由爱其人进而爱其所休憩过的棠树。《诗论》简文盛赞"《甘棠》之保(报)",并谓"甘[棠思]及其人,敬爱其树,其保(报)厚矣,甘棠之爱,以召公[所芘也]","[甘棠之报,敬]召公也"②。诗中所表达的民众的这种感情,亦为孔子充分肯定。

(五)还原诗的历史时代

《诗论》简对于具体诗篇的评析,有时候会比较重视诗作的历史时代,并且由此引发开去,思前想后,把关键问题的前因后果缕析清楚。这种解诗方法可谓是视野开阔,情思畅达。《文心雕龙·神思》篇谓:"文之思也,其神远矣。故寂然凝虑,思接千载;悄焉动容,视通万里;吟咏之间,吐纳珠玉之声;眉睫之前,卷舒风云之色;其思理之致乎!"以此来形容孔子解诗的文风,可谓近之。《诗论》第16号简载:

孔子曰:吾以《葛覃》得氏(民)初之诗,民眚(性)古(固)然。见其羹(美),必谷反一本。夫葛之见诃(歌)也,则[以荅(蒙)笍(棘)之古(故)也。后稷之见贵也,则以文武之德也。]

孔子这段话,情感深厚,可谓"思接千古"。这段话的大意是说:我从《葛覃》感悟到诗的其初面貌。[诗,起初是人性的表达,]人的本性固然如此。人的本性就是,见到高尚至美的东西,就要追溯其本源,《葛覃》一诗正是这样。

---

① 上博简《诗论》表明,孔子就是在论《风》及《小雅》的时候亦重视"志",如第16号简谓"吾以《葛覃》得民初之志",《葛覃》今存于《风·周南》。又如第26号简赞扬"《蓼莪》有孝志",《蓼莪》今存《小雅·小旻之什》。是皆为其证。

② 以上简文依次见上博馆藏《诗论》第10、13、15、16号简,方括号中字据廖名春先生说拟补,廖说见其所撰"上海博物馆藏诗论简校释"(《中国哲学史》2002年第1期)一文。

[诗中为什么要歌咏葛呢？就是因为人穿了用葛织的绤，就会想到它来自山谷中生长的葛，由此也就会联想到自己的本原，那就是父母呀。自己应当及时归宁父母，以尽孝道。人有孝道这种品德，才会给父母增添光辉，也让别人永记我的父母呀。就拿后稷来说，他那么受后人尊敬，靠的就是周文王和周武王恪守孝道的品德呀。]从这段话里我们可以感觉到孔子思维的灵动与跳跃。他从具体的《葛覃》一诗想到了诗的原初形态，再由此考虑到诗源于人的本性的表达。再由人的报本返初的本性讲明现实的自己与祖先的关系。祖先是后人的保护伞，而后人则是祖先德行懿名的传承者。我们认识孔子的这段话，可以知道"其思远矣"的开阔境界。在《诗论》中，孔子多次强调"民性固然"，可见他对于诗与人性的关系非常看重。几乎和孔子同时的西哲亚里士多德认为诗的产生，"都与人的天性有关"[①]。对于诗的历史渊源的认识，孔子和亚里士多德，可谓英雄所见略同。

春秋战国时期随着宗法氏族制度的影响逐渐衰减，个人在社会上的地位和作用日渐显著，关注人性问题成为新的社会思想潮流，孔子及其弟子成为关注人性问题的最早的一批学者。《诗论》简关于"民性"的说明为研究孔子的人性思想提供了宝贵材料。孔门弟子将人性问题的研究推向深入者代不乏人。《论衡·本性》篇载：

> 周人世硕以为"人性有善有恶，举人之善性，养而致之则善长；[恶]性，(恶)养而致之则恶长。"[情]性各有阴阳，善恶在所养焉。故世子作养[性]书一篇。密子贱、漆雕开、公孙尼子之徒，亦论情性，与世子相出入，皆言性有善有恶。[②]

《汉书·艺文志》载儒家类著作有"《世子》二十一篇"，班固自注："名硕，陈人也。七十弟子。"从孔子时开始，对于人性的思辨和研究到了孟子、荀子之时可谓达到高潮。《汉书·艺文志》所载儒家弟子研究人性问题的著作，如《世子》之类，虽然早已经散佚，但近年《郭店楚简》和上博简里面的儒家类著作中每有

---

① 亚里士多德：《诗学》，陈中梅译，商务印书馆1996年版，第47页。
② 黄晖：《论衡校释》（附刘盼遂集解），中华书局1990年版，第32—133页。

论人性的长篇文字,可稍补相关文献散佚之缺。

专家或谓《诗论》简主旨在于"以礼说诗",此说虽然不可谓误。但如何以礼说诗,则还是一个问题①。不能说凡是提到"礼"的文字,以及提及某项古礼名称的简文,都是在以礼说诗。例如《诗论》第25号简谓"《大田》之卒章,智(知)言而又(有)礼",其中简文有"有礼"的字样,就说它是在以礼说诗。简文"有礼"主要并非指卒章所写"来方禋祀,以其骍黑,与其黍稷"的禋祀之礼,而是指到田间慰劳的曾孙的言行彬彬有礼。当然,《大田》诗所记"曾孙",亦曾参加"禋祀"之祭礼,可这只是曾孙彬彬有礼的一个方面,而非其全部。简文所以强调"《大田》之卒章,智(知)言而又(有)礼",是在说明曾孙"馌彼南亩"时的表现,足为民众的楷模。简文是在说那个时代人们在"南亩"上的情况,而不是在讲古礼的什么情况。再如《诗论》第23号简的简文谓:"《鹿鸣》以乐,始而会以道交,见善而学,冬(终)虖(乎)不厌人",讲的是对于《鹿鸣》一诗的音乐的理解,简文讲了《鹿鸣》之诗乐,而不是讲诗中所写的君主宴臣下之礼。如果说这是"以礼说诗"的话,那么讲《鹿鸣》篇的简文毋宁说是"以乐说诗"。

前人或以为《论语·八佾》篇所载孔子指教子夏的一段话为孔子以礼说诗之源,其实是一种误解。《论语·八佾》篇载:

> 子夏问曰:"'巧笑倩兮,美目盼兮,素以为绚兮。'何谓也?"子曰:"绘事后素。"曰:"礼后乎?"子曰:"起予者商也!始可与言诗已矣。"

这段话表明孔子善于循循诱导,以"绘事后素",让子夏悟及礼在忠信之质以后,忠信之质是礼的前提条件。"礼后"这一问题已经和《诗》意没有了直接的关联,而是属于另一范畴,如果用赋比兴的理论来分析,子夏所举出的"巧笑"等诗句只是一个"兴"体,由此而引发关于礼的重要性问题。言者无意,听者有

---

① 汉儒"以礼说诗"最为著名的是礼学大儒郑玄,对于其以礼说诗,宋儒王应麟曾经批评说:"郑之释繁塞而多失,郑学长于礼,以《礼》训《诗》,是案迹而议性情也。'绿衣'以为禒;'不谏亦人',以为入宗庙;'庭燎',以为不设鸡人之官,此类不可悉举。"(《困学纪闻》卷三,上海古籍出版社2008年版,第329页)清儒陈澧也批评郑玄以礼说诗,有"拘于说礼而破字"的现象,认为郑玄这样做,"尤其病也"(《东塾读书记》六,三联书店1998年版,第109页)。按,诗以性情为中心,非为礼而作。性情之事可以涉迹于礼,但并非以礼为准的。

心,所引诗句只是一个由头而已。如果把这也算做"以礼说诗",那就无异于曲解经义了。

总之,《诗论》简文虽然提到"礼"的字样,以及一些古礼的名称,但那不是以礼说诗,而是在阐明诗的时代背景,还原诗的历史时代。《孔丛子·记义》篇载孔子语自谓"于《木瓜》见苞苴之礼行",《诗论》第 20 号简谓"[吾以《鹿鸣》得]币帛之不可逡(去)也,民眚(性)古(固)然,其隐志必又(有)以俞(喻)也。其言又(有)所载而句(后)内(纳)。或前之而后交,人不可觕也",《木瓜》和《鹿鸣》皆写有行礼之事,孔子指出其礼,还是在讲诗旨及背景,并非是在分析这些哪些地方合乎或违背于礼。孔子重礼,但是,我们并不能简单地说《诗论》解诗的特点即在于以礼说诗,因为孔子只不过是把礼作为诗之历史时代背景中的一个道具而已。

四 《诗经》的成书和上博简《诗论》的作者与写作时代问题

(一)《诗经》的成书

《诗经》的成书年代非为一时。若以时段而言,大体可以分为西周时期——春秋时期——战国秦汉时期这样三个阶段。当然,我们这里所说的只是《诗》这部书的成书,并非诗的起源。诗之起源甚早,可以追溯到夏商之前。甲骨卜辞的有些内容颇类原始的诗篇,所以章太炎说:"官藏占谣皆为诗","扬榷道之,有韵者皆为诗,其容至博"[①]。从远古时代开始,直到商周时期,氏族(包括后来的宗族)在社会上影响至巨,加强氏族内部联系和外部交往的主要方式就是歌舞饮宴,《吕氏春秋·古乐》篇曾经从朱襄氏、葛天氏的歌舞讲起,历陶唐氏、帝尧、帝舜直到周文、周武,其结论是"乐之所由来者尚矣,非独为一世之所造也"。可以说乐舞诗歌自远古时代开始就是社会生活的不可或缺的内容。如果说当时就有教化的话,那么诗歌就是当时教化的载体。宋儒叶适谓:"自文字以来,《诗》最先立教,而文、武、周公用之尤详。以其治考之,人和之感,至于与天同德者,盖已教之《诗》,性情益明,而既明之性,诗歌不异故也。"[②]诗歌

[①] 章太炎:《国故论衡·辩诗》,上海古籍出版社 2003 年版,第 86 页。
[②] 叶适:《水心文集·黄文叔诗说序》,参见《叶适集》,中华书局 1961 年版,第 215 页。

和乐舞所造就的就是氏族成员之间的"人和之感"。再以后,诗歌才成为政教的工具,然自古以来的以"人和之感"为主要因素的"教化"仍蕴含于乐舞之中。

相传周武王曾经制《象》乐,《墨子·三辩》篇说:"武王胜殷杀纣,环天下自立以为王,事成功立,无大后患,因先王之乐,又自作乐,命曰《象》。"《象》为乐舞之名,春秋时犹存,《左传》襄公二十九年载,吴公子季札聘鲁"见舞象箾南籥者",是为其证。上古时代诗、乐、舞三者关系密切,既然有《象》舞,是否有《象》诗,虽然无确证其有,但亦无确证其无,应当是一个存疑的问题。古代文献还谓周成王曾经制《驺虞》,《墨子·三辩》篇载"周成王因先王之乐,又自作乐,命曰驺虞。"孙诒让说:"《诗·召南》有《驺虞》篇,盖作于成王时,故墨子以为成王之乐。凡诗皆可入乐也。"①从诗乐合一的角度看,此说可信。

西周时期在制礼作乐的时代潮流之下,赞颂周先王和各级贵族的《颂》、《雅》之诗涌现,周王朝史官所保存的这类诗篇经过初步整理而成《诗》应当是可信的。今本《竹书纪年》说周康王三年"定乐歌"②,虽然具体年代未必如此,但若说康王时期有"定乐歌"之事,则还是可以的。《国语·周语》上载:

> 周文公之《颂》曰:"载戢干戈,载櫜弓矢。我求懿德,肆于时夏,允王保之。"

"周文公",是周公旦的谥号。他所引的《颂》诗见于《诗·周颂·时迈》篇,可证此篇曾被《诗》收录。春秋早期,贵族赋诗皆在《雅》、《颂》诗篇之列,可以推测,西周时期的《诗》是以《颂》、《雅》为主的。古有献诗、采诗之制,由官府所采集的诗,当经过一定的筛选,进行初步的分类、整理,在孔子之前应当有一个《诗》

---

① 孙诒让:《墨子间诂》卷一。按,关于上古时期诗乐合一的问题,此可举出一例。《孟子·梁惠王》下篇载:"(齐景公)召大师曰:'为我作君臣相说之乐!'盖《徵招》、《角招》是也。其诗曰:'畜君何尤?'畜君者,好君也。"《徵招》、《角招》是为乐名,但却有诗句,孟子犹见其乐诗,并举出"畜君何尤"的诗句。是可为诗乐合一之一证焉。古今学者多主张诗乐合一,如谓"诗不可歌则不采矣"(俞正燮:《癸巳存稿》卷一,辽宁教育出版社2003年版,第21页),"周时无不入乐之诗"(魏源:《诗古微·夫子正乐论上》,《魏源全集》第一册,岳麓书社2004年版,第139页)。

② 王国维:《今本竹书纪年疏证》卷下,方诗铭、王修龄:《古本竹书纪年辑证》,上海古籍出版社1981年版,第242页。

的古本。郑玄曾经论及《诗》之起源，说道：

> 至于大王、王季，克堪顾天，文、武之德，光熙前绪，以集大命于厥身，遂为天下父母，使民有政有居。其时《诗》，《风》有《周南》、《召南》，《雅》有《鹿鸣》、《文王》之属。及成王、周公致太平，致礼作乐，而有《颂》声兴焉，盛之至也。本之由此，风雅而来，故皆录之，谓之《诗》之正经。①

郑玄依照他自己关于三百篇的断代，将《周南》、《召南》及雅诗的部分篇章列为最早入《诗》者，虽然这是他自己的标准，但《颂》诗的时代不会晚于这些诗应当是可以肯定的。郑玄此说指出《诗》起源于周公制礼作乐之时也还可信。按照班固所说，夏代的诗已不可考，而商代的诗犹有保存，即在《周诗》中还有所保留。他说："自夏以往，其流不可闻已，《殷颂》犹有存者，《周诗》既备。"②所以他断言，"孔子纯取《周诗》，上采殷，下取鲁，凡三百五篇。"③所谓的《周诗》，就是孔子以前的《诗》的原本。班固的这些说法是有道理的。

周公作诗，文献记载里也并非孤证。成王冠礼时，"周公命祝雍作《颂》曰：'祝王达而未幼。'祝雍辞曰：'使王近于民，远于年，啬于时，惠于财，亲贤而任能。'其颂曰：'令月吉日，王始加元服，去王幼志，服衮职，钦若昊命，六合是式，率尔祖考，永永无极。'此周公之制也。"（《孔子家语·冠颂》）此冠礼颂辞的作者祝雍，盖史官者流，颂诗之作，已甚熟稔。周公多才多艺，其作诗水平当不在其下。论者或认为周代贵族赋诗之事，当在周公"制礼作乐"之后。其实，周公"制礼作乐"，是兴周族之礼乐，以适应周王朝的分封与宗法制度，在他制作礼乐之前并非没有礼乐。周王朝建立之前，周族的文化已经有了飞跃式的发展，文王演易，武王和周公赋诗都是这方面的标识。过去或认为周革殷命是落后文化战胜先进文化，现在看来，可能并非如此。《诗》作为周文化的代表，其渊源有自，由来已久。清华简《耆夜》记载当时宴会上有一位"东堂之客"——"作册逸"，他是周初史官。他参加如此重要的饮宴，并将宴会上所赋五诗记载下

---

① 郑玄：《诗谱序》，《十三经注疏》，中华书局1980年版，第262—263页。
② 《汉书·礼乐志》。
③ 《汉书·艺文志》。

来，或者可以说《耆夜》之作，即出自作册逸之手，都是极有可能的事情。周王朝鼎革之初的史事记载特别丰富，到成康之世，王朝兴盛，如《耆夜》所载的此类庆典，当非偶见。庆典饮宴，贵族赋诗①，史官记录。积存即久，经过整理，《诗》的原本的出现，应当是顺理成章的事情。

西周前期的诗作于古文献中尚可考见者还有周穆王时祭公谋父所作的《祈招》一诗。《左传》昭公十二年载：

> 昔穆王欲肆其心，周行天下，将皆必有车辙马迹焉。祭公谋父作《祈招》之诗，以止王心。……其诗曰："祈招之愔愔，式昭德音。思我王度，式如玉，式如金。形民之力，而无醉饱之心。"

祭公谋父所作之诗，古本《诗》中应当收存因而流传较广，所以春秋时期楚人才会娓娓道来。另《穆天子传》载周穆王西行，会见西王母，西王母和周穆王皆有诗作，虽然有人疑其为战国时人的托伪之作，但此说并无坚实证据，只能说周穆王确曾是一位有文采的周王，其诗作或当有其史影。

郑玄在《诗谱序》中说"孔子录懿王、夷王时诗讫于陈灵公淫乱之事，谓之变风、变雅"，如果是说可信，那么自然就是有这样一个问题，那就是懿王之前之诗为什么孔子不录呢？一个合理的解释，那就是懿王之前的诗已经录过了，已经有了一个诗的原本。也可以说是有一个《诗》的古本（或称原本）。可以推测，《诗》的古本形成于孝王时期的周王朝的史官之手。古本形成之后，可能在西周后期又有所增补。今本《诗经》三百篇有西周后期厉王、宣王、幽王时期的诗作，这些诗作是否为古本之《诗》所载有，今已无可考知。

---

① 周代贵族赋诗应当是比较常见的事情。《大雅·桑柔》和《崧高》都是比较长的名篇，前者为芮良夫所作（《左传》文公十三年引此诗谓"芮良夫之诗"，是为其证），后者为尹吉甫所作（此诗中有"吉甫作诵"之句可证）。《诗》中可以考见作者的还有《小雅·巷伯》，诗中自报作者"寺人孟子，作为此诗"，《鲁颂·閟宫》末章谓"奚斯所作"，证明此诗作者为奚斯，《大雅·节南山》诗中有"家父作诵"之句，表明此诗作者为家父（当即《春秋》桓公八年所载到鲁国求车的周卿士"家父"），《鄘风·载驰》为许穆夫人所作（《左传》闵公二年谓"许穆夫人赋《载驰》"，是为其证）。《诗》中还应当有不少为贵族所作，只是史无明载而已。另外，贵族所赋之诗非必为《诗》中之诗，也可能是随口拈来之作，例如，公元前722年（鲁隐公元年）郑庄公和其母武姜，在隧道中相见，"公入而赋：'大隧之中，其乐也融融。'姜出而赋：'大隧之外，其乐也泄泄。'"（《左传》隐公元年）郑庄公与其母所赋之诗句，就是即兴之作。

这个古本在春秋时期尚在社会上流行。可以推想，周王朝的乐官、史官等编定《诗》之后，要颁发给各个诸侯国，所以"邦中之版"和"诸侯之策"[1]，是完全有可能保存有《诗》的。在孔子所编的定本之《诗》以前，周代贵族所传诵的《诗》皆当为古本之《诗》。例如，《礼记·王制》篇说：

> 乐正崇四术。立四教。顺先王诗书礼乐以造士。春秋教以礼乐。冬夏教以《诗》、《书》。

当时诗乐关系密切，所以要由"乐正"之官来传授《诗》、《书》[2]。乐正传授的《诗》应当就是《诗》的古本。又者，《礼记·内则》篇说周代贵族子弟年十三岁，就要"学乐、诵《诗》"，所诵之诗，亦当如此。《礼记·曲礼》上篇说，周代贵族在提及长辈名讳的时候，"《诗》、《书》不讳"，即指读《诗》、《书》的时候，可以不避讳长辈的名讳。据《大戴礼记·保傅》所说，按照要求，太子要在"大师"的辅导下学习并且正确理解《诗》、《书》，不然的话，"《诗》、《书》礼乐无经，学业不法，凡是其属，太师之任也"。这里所说的"经"，应当是"先王之正经"[3]，就是周先王所审定的经典，其中的《诗》当即古本之《诗》，而非孔子为授徒所编选的定本的《诗》。

春秋时期，社会上流传的《诗》已被广泛认可，被视为社会行为准则之所在。《左传》僖公二十八年载：

> 于是乎蒐于被庐，作三军，谋元帅。赵衰曰："郤縠可。臣亟闻其言

---

[1] 《周礼·天官·司书》："掌邦之六典、八法、八则、九职、九正、九事、邦中之版、土地之图。"《左传》文公十五年"名在诸侯之策"，《左传》襄公二十年"名藏在诸侯之策"。

[2] 周代官制中，掌《诗》者不少，除"乐正"外，其他如瞽、史、大师等，亦预此事。《大戴礼记·保傅》有"瞽史诵《诗》"的说法。"瞽史"原作"鼓夜"，卢辩注谓当为"瞽史"，孙诒让引孙渊如说以为卢说"作瞽史为是"（《大戴礼记斠补》卷上，齐鲁书社1984年版，第191页）。史官掌《诗》可以从《左传》昭公十二年的一个记载中推知，是篇载："左史倚相趋过。王曰：'是良史也。……祭公谋父作《祈招》之诗'。"此诗为"左史"所收录，刘师培曾据以论定"《祈招》闻于倚相，则《诗》掌于史矣"（《古学出于史官论》，《刘师培辛亥前文选》，三联书店1998年版，第206页）。另外，《礼记·王制》载"大师陈诗，以观民风"，记载六笙诗的《仪礼·燕礼》篇说"大师告于乐正曰：'正歌备。'"《荀子·王制》及《乐论》载大师之事，其中一项就是"审诗商（章）"，亦可见大师和乐正一样掌《诗》。

[3] 王聘珍：《大戴礼记解诂》卷三，中华书局1983年版，第59页。

矣,说礼乐而敦《诗》、《书》。《诗》《书》,义之府也。礼乐,德之则也。德义,利之本也。《夏书》曰:'赋纳以言,明试以功,车服以庸。'君其试之。"乃使郤縠将中军。

晋国所选的中军主帅郤縠,熟读《诗》为其重要特色之一。他在平时言辞中能够引用《诗》,并为赵衰所知。赵衰在关键时刻举出此事,足证《诗》之重要,赵衰所说的《诗》应当就是《诗》的古本。春秋前期,楚庄王的时候,大臣申叔时教授太子的内容之一就是"教之《诗》,而为之导广显德,以耀明其志",并且"诵《诗》以辅相之"①。所谓"导广显德",韦昭注:"'导',开也。'显德',谓若成汤、文、武、周邵、僖公之属,诸诗所美者也。"赞美成汤之诗见于《诗·商颂》,赞美周文王、武王、周公、邵公之诗多见《诗·周颂》和《诗·大雅》,赞美鲁僖公之诗见于《鲁颂》。我们从这里可以推想,当时的《诗》应当仍然是以《雅》、《颂》为主的。春秋早期,《风》诗甫出现于《诗》,《左传》隐公三年载"《风》有《采蘩》、《采苹》,《雅》有《行苇》、《泂酌》,昭忠信也",《风》诗在《雅》诗之前。春秋中期,吴公子季札聘鲁观乐,鲁国所演奏的乐歌次序是《风》、《小雅》、《大雅》、《颂》。《庄子·天运》篇曾经记载孔子与老聃的谈话:

> 孔子谓老聃曰:"丘治《诗》、《书》、《礼》、《乐》、《易》、《春秋》六经,自以为久矣,孰知其故矣;以奸者七十二君,论先王之道而明周、召之迹,一君无所钩用。甚矣夫!人之难说也,道之难明邪?"老子曰:"幸矣,子之不遇治世之君也!夫六经,先王之陈迹也,岂其所以迹哉!今子之所言,犹迹也。"

《诗》为孔子学习的内容之首,老子称其为"先王之陈迹"。是可推测孔子之前已经有了《诗》的本子,以供学者研习。这时候的《诗》,应当是包括《风》、《雅》、《颂》在内的完整的传本。《诗》的古本,编定于周史官与乐师之手,流传于各诸侯国。宋儒郑樵说,孔子"得之于鲁太师,编而录之"②,应当是一个近于实际

---

① 《国语·楚语》上。
② 郑樵:《诗辨妄》,朴社1933年版,第94页。

的说法。宋儒朱熹谈到"删诗"时说:"当时史官收诗时,已各有编次,但到孔子时已经散失,故孔子重新整理一番,未见得删与不删。①"周王朝史官所收录之诗,即为《诗》的古本。朱熹说"史官收诗"是正确的。但是,到孔子之时是否编次尽失,却是不见得的事情,吴公子季札聘鲁观乐时,风、雅、颂次序井然,可证编次未尽失,孔子编定《诗》的定本时可能只是对于编次有所调整。对于《诗》的古本(或称原本),孔子是不可能有所删削的。清儒朱彝尊曾经指出:

  《诗》者,掌之王朝,班之侯服,小学大学之所讽诵。冬夏之所教,莫之有异,故盟会、聘问、燕享,列国之大夫赋诗见志。不尽操其土风。使孔子以一人之见,取而删之,王朝列国之臣,其孰信而从之者?②

这个说法很有道理。只是要注意到朱彝尊所说的实是《诗》的古本,朱氏自己尚未意识到这一点。孔子所见到的《诗》的本子,我们可以称为"原本"或"古本",孔子并未对于古本之《诗》进行删削。后来孔子为授徒所选编成的《诗》可以称为"定本"③。

  孔子率徒周游列国返归鲁国后进行了为诗正乐的工作,他说:"吾自卫反鲁,然后乐正,《雅》、《颂》各得其所。"④关于孔子整理《诗》的情况,司马迁说:"古者诗三千余篇,及至孔子,去其重,取可施于礼义,上采契、后稷,中述殷周之盛,至幽厉之缺,始于衽席,故曰:'关雎之乱以为《风》始,《鹿鸣》为《小雅》始,《文王》为《大雅》始,三百五篇孔子皆弦歌之。'"⑤由司马迁首创的孔子删诗说,后世学者质疑者甚多,然信服者亦多。愚以为司马迁此说基本可信。但比较模糊,所谓"古者诗三千余篇",愚以为不当指古本之《诗》有三千余篇,而

---

 ① 黎德清编:《朱子语类》卷三十四,中华书局1988年版,第856页。
 ② 朱彝尊:《诗论》一,《曝书亭集》卷五十九,世界书局1937年版,第688页。
 ③ 专家曾引清儒方玉润之说,提出"两次编诗"之论,洵为卓识,但将第二次定为"鲁乐官之手"(周振甫:《诗经译注·引言》,中华书局2002年版,第4页),则似有不妥之处。
 ④ 《论语·子罕》。按,在孔子之前,孔子的远祖正考父曾整理过《商颂》,《国语·鲁语》下载:"正考父校商之名《颂》十二篇于周太师,以《那》为首,其辑之'乱'曰:'自古在昔,先民有作。温恭朝夕,执事有恪。'"这里所提到的四句诗在今本《诗·商颂·那》篇仍可见到。
 ⑤ 《史记·孔子世家》。

是古代的诗作有三千余篇,周王朝所颁发给各诸侯国的当只有三百多篇。清儒朱彝尊说:"当日掌之王朝,班之诸侯者,亦止三百余篇而已"①,这个说法是为卓见。

孔子所进行的工作是对于古本之《诗》进行整理和编定,以之作为授徒的教材。经他选编的《诗》②,就是战国秦汉时期诸家传诗的原本。这个本子可以称为孔子编定的"定本"。我们可以作这样的推断,即周王朝和各诸侯国的诗作是大量的,非止三千之数可以概括。出自周王朝史官和乐师之手的古本之《诗》的数量也不大可能达到三千之数。可能只有数百篇(或者就是三百多篇),孔子选编《诗》的时候,"去其重",选取最有代表性的诗作,仅只"三百"而已。

孔子三十岁左右即授徒设教,《论语·述而》篇载:

> 子曰:"志于道,据于德,依于仁,游于艺。"
> 子曰:"自行束脩以上,吾未尝无诲焉。"
> 子曰:"不愤不启,不悱不发,举一隅不以三隅反,则不复也。"

这些都应当是他三十岁到五十一岁之间授徒时语③。此时孔子即"游于艺",所谓"艺",当指"六艺"而言,其内容,依《周礼·保氏》"养国子以道,乃教之六艺:一曰五礼,二曰六乐,三曰五射,四曰五驭,五曰六书,六曰九数"的说法,即礼、乐等六项,按照古代诗、乐不分而言,习乐即习诗。可见孔子作为有深厚文化底蕴者,对于《诗》的研习应当是较早的事情(这是他授徒设教的需要),非必等到他周游列国返鲁已年逾花甲之时。孔子授徒,除了传承古代文化以外,还

---

① 朱彝尊:《诗论》一,《曝书亭集》卷五十九,世界书局1937年版,第689页。
② 《左传》襄公二十九年载吴公子季札聘鲁观乐事,此时孔子年幼,不可能《诗》,故鲁国演唱的《风》诗次序,与今本《诗经》不同,杜预谓"仲尼删定,故不同"(《春秋经传集解》卷十九),是正确的。《左传》提到逸诗《辔之柔矣》篇名,杜预以为此诗内容见于《逸周书》。今查《逸周书·太子晋》篇载太子晋语引诗:"马之刚矣,辔之柔矣。马亦不刚,辔亦不柔。志气廉廉,取予不疑。"可证杜预此说不误。杜预释其意谓:"义取宽政以安诸侯,若柔辔之御刚马。"(《春秋经传集解》卷十八)另外,《左传》襄公二十八年提到《茅鸱》诗名,亦逸诗。《左传》所载《辔之柔矣》、《茅鸱》两逸诗的情况,以及其他先秦文献所载逸诗的情况,说明孔子选诗(或谓删诗)的说法可信。《左传》昭公二年载《祈招》之诗,内容是"祈招之愔愔,式昭德音。思我王度。式如玉、式如金。形民之力,而无醉饱之心。"据说这是周穆王时代的诗作,亦不见今本《诗经》,当是孔子未选者。前人有比较诸多逸诗与三百篇之异同,谓"凡此数十处,其音响与三百篇何异"(焦竑《焦氏笔乘续集》卷四"逸诗"条,金陵丛书本)。
③ 参见钱穆:《孔子传》第四章,三联书店2002年版,第12—23页。

注意到适应社会的需要。他说:"诵诗三百,授之以政,不达;使于四方,不能专对;虽多,亦奚以为?"①研习《诗》的目的,很重要者就是在接受君命出使别国时要能够精通诗义,随时应对问答以不辱使命。此时所称"诗三百",应当是《周诗》三百篇,各国贵族大多数已经对它熟悉并且能够自如应用,孔子所编定的《诗》只是授徒所用,还达不到《周诗》行用于周王朝和各诸侯国的程度。定本之《诗》的影响是随着儒家兴盛而益增的。定本出现之前社会上所流行的《诗》还是作为《诗》之古本(或称原本)的《周诗》。可以推测,定本与古本的《诗》差别并不太大。如果孔子另起炉灶,重新编一部《诗》,那么他编的《诗》则很难得到各国贵族的认可,流行起来是比较困难的,这就不大可能适应"专对"的需要。所以说孔子编《诗》只应当是做了一些"去重"、"正乐"的工作,并没有对于古本之《诗》作很大的更改。这是我们理解孔子所讲"诗三百"之说的题中应有之义。

孔子关于"诗三百"之说还见于以下两个记载:

子曰:"诗三百,一言以蔽之,曰'思无邪'。"
孔子曰:"诵诗三百,不足以一献。"②

所云"诗三百"当即古本及定本之诗三百篇。

(二)关于"逸诗"的问题

上博简《诗论》作为孔门师徒研《诗》的记录,对于研究《诗》的成书问题很有启发作用。今本《诗经》计305篇,加上六笙诗为311篇,孔子论诗谓"诗三百"③,取其整数。可以推测,孔子所编定的《诗》基本上没有逸诗。那么,前人所论的"逸诗"是怎么一回事呢。前人对于"逸诗"的研究较多,清儒对此项研究尤为精到,清儒往往上下穷索,广为搜寻,可以说现存文献中已经被网罗殆尽④。

---

① 《论语·子路》。
② 依次见《论语·为政》、《礼记·礼器》。
③ 《论语·为政》载孔子语:"诗三百,一言以蔽之,曰'思无邪'。"《子路》篇载孔子语又谓:"诵诗三百,授之以政,不达;使于四方,不能专对;虽多,亦奚以为?"
④ 关于逸诗的数量,当代专家研究统计,说有"七十五篇以上"(张启成:《诗经》逸诗考",《贵州文史丛刊》1984年第1期)后又增补二十篇("《诗经》逸诗考补遗",《贵州文史丛刊》1984年第3期)。逯钦立编:《先秦两汉魏晋南北朝诗》(中华书局1983年版)卷六为"逸诗",录先秦文献所载逸诗数量,《左传》7,《论语》6,《礼记》2,《孔子家语》1,《管子》1,《墨子》3,《荀子》6,《庄子》1,《吕氏春秋》3,《战国策》4,《周礼》1。计有35篇。

然而，这些求索虽然成就显著，相关考证也每见精义，但尚存在一些问题，主要是，对于逸诗鉴别不审，"昧者不察，乃以诸书引诗不见三百篇者，举以为逸诗"①，对于逸诗的性质尚少分析。今试从逸诗的不同类别入手进行分析，以求探寻逸诗对于研究《诗》的成书问题的意义。

我们的讨论有一个前提，那就是《诗》应当分为古本和定本两种。约略成书于西周恭王前后时期史官之手的《诗》即它的原本（或称古本），由孔子所编定的《诗》是它的定本。如果从"正名"的角度看，所谓"逸诗"应当有宽泛的和严格的两类概念。大致说来可以分为三种情况：

其一，从未被入古本或定本的诗，这是从最宽泛的概念上来界定的。严格说来，这类诗只能算是遗漏未选之诗，并非散佚之诗。

文献所载的《采薇》和《麦秀》，如果可信的话，那它就应当是时代甚早的两篇诗作。《史记·伯夷列传》载周武王伐纣的时候，

  伯夷、叔齐耻之，义不食周粟，隐于首阳山，采薇而食之。及饿且死，作歌。其辞曰："登彼西山兮，采其薇矣。以暴易暴兮，不知其非矣。"

《采薇》之诗，简洁明快，其意境与三百篇相近。《史记》所引四句当是其诗的一章。《麦秀》之诗见于《史记·宋微子世家》，是篇载：

  箕子朝周，过故殷虚，感宫室毁坏，生禾黍，箕子伤之，……。乃作《麦秀》之诗，以歌咏之。其诗曰："麦秀渐渐兮，禾黍油油。彼狡僮兮，不与我好兮！"②

---

① 清儒郝懿行曾经批评将逸诗范围盲目扩大的情况，谓："先儒凡今《诗》所无者尽目为逸诗，误矣。"（《诗经拾遗》，光绪八年《郝氏遗书》本）。按，对于前人罗列不审的情况作出详析的现代专家首推张西堂先生，其所撰"逸诗篇句表（附考）"（《西北大学学报》，1958年第1期）为其这方面研究的代表作。其所论大体可信，但尚有少数待商榷之处。

② 《尚书大传》载《麦秀之歌》与此所载略同而稍别，"渐渐"作"薪薪"，"油油"作"蝇蝇"，盖太史公以今释古所致。此诗的作者，司马迁以为是箕子，伏胜以为是微子。依《史记》所载，箕子为纣之亲戚，而微子为帝乙长子，是诗既称是诗为感慨父母之国化为丘墟而作，则伏胜说"尤为有理"，所以清儒皮锡瑞质疑说："不知司马迁何所据而与书传抵牾耳？"（《尚书大传》卷三，师伏堂刻本）

这两首诗皆未入《诗》，《采薇》之诗否定武王"革命"，自然与周人的观念差距甚远。未被选入《诗》，这应当是根本原因。《麦秀》未入选则是因为它的作者并非周人。《诗》中无商人之作，《麦秀》未被编入《诗》，是合乎编选原则的。

上古文献记载人们引诗多加"《诗》曰"，表示所引的诗见《诗》（无论古本或定本），若不称"《诗》曰"者，则多应当是未编入《诗》的逸诗。我们前面所提到的清华简《耆夜》篇所载诸诗，除《蟋蟀》外，应当都是这类逸诗。

没有入选此原本的诗篇现还可以偶见于古代文献，上博简中也曾有所发现。这些没有入选而零星出现的诗篇或被称为逸诗。上博简第二册《采风曲目》记载了多篇诗名及演奏时的音高。这些诗名是：

《子奴思我》、《硕人》、《又(有)文又(有)肢》、《丧之末》、《疋(足)臖(奂)月》①、《野又(有)菜(刺)》、《出门以东》、《君寿》(以上《采风曲目》第1号简)。

《㴋(将)岂(㦳)人》、《毋过吾门》、《不寅之煙》、《要丘又(有)肢》、《奚言不从》、《礼又(有)酉(酒)》、《高木》(以上第2号简)。

《牧人》、《蒍人》、《蚕亡(无)》、《毳氏》②、《城上生之苇》、《道之远尔》、《良人亡不宜也》、《鼎也遗夬(玦)》、《磋剚之宾》(以上第3号简)

《亓(其)□也》、《之白也》、《子之贱奴》、《北(邶)野人》、《寡虎》、《咎(皋)比》、《王音深浴(谷)》、《嘉宾遙意》(以上第4号简)

《思之》、《兹信然》、《邓韇哉虎》(以上第5号简)

《狗(苟)吾君毋死》(以上第6号简)

这批简所记载的诗篇名计有37篇，另外第1—5号简简首皆有残存篇名，所缺失的简所记篇目数量无可稽考。《诗经》篇名多为采诗之官所定，所以宋儒程大昌说："采诗者摘其首章要语以识篇第，本无深义"③。

---

① 简文《疋(足)臖(奂)月》的篇名中的"臖"字，原释为"坓"，有可商之处。这个字，简文上部作"奴"，下部作壬(不作"土"，清儒王筠指出《史颂篹》盖、器铭文所载显字所从"奴"，讹变为尹(《说文释例》卷三，中华书局1987年版，第79页)。所以可将简文这个字写作"臖"。分析这个字从壬(即人形之变)、从奴的情况，愚疑可以将此字读若"奂"，《礼记·檀弓》谓"美哉奂焉"。简文载诗篇名《疋(足)臖(奂)月》，当是赞美圆月美丽的诗篇。

② 简文"毳"原作上雨下毳之形，今从马承源先生说，读为毳。

③ 程大昌：《诗论》九。《学海类编》第五册。

仅就这 37 篇的篇名看，与《诗经》符合的仅《硕人》一篇，其余的 36 篇，据诗篇名称推测，可以分为以下几类：

一是写男女或夫妇爱慕思念，如《子奴思我》、《㾓(将)㤅(媺)人》、《毋过吾门》、《良人亡不宜也》、《之白也》、《子之贱奴》、《思之》、《兹信然》、《狗(苟)吾君毋死》、《道之远尔》、《良人亡不宜也》、《余也遗夬(珙)》、《奚言不从》等。

一是写郊外出游或景色，如《野又(有)萊(蓻)》、《出门以东》、《要丘又(有)敱》、《高木》、《城上生之苇》、《王音深浴(谷)》、《疋(足)君(夋)月》等，这些诗里是否有爱情主题，已难以索解，若推测其有，或当近之。

一是写某种职业的劳动者，如《牧人》、《芨人》、《蚕亡(无)》、《毳氏》、《北(邶)野人》等。

一是写礼仪或宾客情况，如《又(有)文 又(有)敱》、《丧之末》、《君寿》、《礼又(有)酉(酒)》、《磋刜之宾》、《嘉宾遥意》等。

一是写老虎，如《寡虎》、《咎(皋)比》、《邛䜣哉虎》等。

分析这些情况可以看到它们的性质应当就是马承源先生所说的"郢都的流行歌曲"[①]，这些"流行歌曲"多围绕爱情这一主题。楚地多民歌民谣，《楚辞》是为其部分的结晶。这些民歌诗篇的出现和被搜集，应当是在《诗》成书之后，当然算不得"逸诗"，但它却可以让我们据以推测，在春秋战国的社会上，相当于《国风》诸篇的民歌还有许多，许多诗没有被史官采集，或者采集后没有被选编入《诗》者的数量应当不是少数。例如《孟子·离娄》上篇载：

> 有孺子歌曰："沧浪之水清兮，可以濯我缨；沧浪之水浊兮，可以濯我足。"孔子曰："小子听之！清斯濯缨，浊斯濯足矣，自取之也。"夫人必自侮，然后人侮之；家必自毁，而后人毁之；国必自伐，而后人伐之。太甲曰："天作孽，犹可违；自作孽，不可活。"此之谓也。

孺子之歌，类乎民谣，若被采诗之官收集，即成为《国风》之诗，先秦文献载有不少民歌民谣，证明未被编入《诗》者良多。可以推测有一部分也可能是逸

[①] 马承源、朱渊清："马承源先生谈上博简"，《上博馆藏战国楚竹书研究》，上海书店出版社 2002 年版，第 7 页。

诗。不仅风诗有逸，就是作为庙堂乐歌的《颂》，也有逸诗在。如《墨子·尚贤》中篇载：

> 《周颂》道之曰："圣人之德，若天之高，若地之普，其有昭于天下也。若地之固，若山之承，不坏不崩。若日之光，若月之明，与天地同常。"

《墨子》所引的《周颂》诗句，没有篇名，今本中亦无相类诗篇，当为逸诗。清儒俞樾曾谓《墨子》此处引诗有误，原诗当为："圣人之德，昭于天下，若天之高，若地之普，若山之承，不坏不崩，若日之光，若月之明，与天地同常。"①这正是一首颇有雍容典雅气象的《颂》体诗。

《上海博馆藏战国楚竹书》（四）发表了两首逸诗，一首是《交交鸣鸟》，一首是《多薪》。这两首诗经马承源先生和其他专家的考证，使我们基本上看清了这两首逸诗的原貌。《交交鸣鸟》篇的文字如下②：

> [交交鸣鸴（鸟），集于中]汦（梁）。恺俤（悌）君子，若玉若英。君子相好，以自为匡（长）。恺敉（豫）[是好，惟心是向。间关悔（诲）司]，皆（偕）芌（华）皆（偕）英。
>
> 交交鸣鸴（鸟），集于中渚。恺悌君子，若豹若虎。君子[相好，以自为御]。恺豫是好，惟心是冀，间关悔（诲）司③，皆（偕）上皆（偕）下。
>
> 交交鸣鸴（鸟），集于中瀿，恺[悌君子，若锦若]贝。君子相好，以自为慧。凯豫是好，惟心是万（劢）。间关悔（诲）司，皆（偕）小皆（偕）大。

《交交鸣鸟》这首诗以交错往来的飞鸟起兴，描写了朋友之交的美好与和谐。

---

① 俞樾：《诸子平议·墨子》一，中华书局1954年版，第171页。
② 此诗的释文主要依马承源先生的考释（《上海博物馆藏战国楚竹书》（四），上海古籍出版社2004年版，第174—177页），并且参考了廖名春"楚简《逸诗·交交鸣鸴》补释"（《中国文化研究》2005年春之卷），曹建国"楚简逸诗《交交鸣鸴》考论"（《考古与文物》，2010年第5期）两文。
③ "间关悔司"四字意蕴，诸家考释虽多有发明，但甚歧异。愚以为"间关"二字当与"关关"类似，指鸟鸣叫之音，简文"悔"可读若海，意犹《论语·述而》"诲人不倦"之诲，简文"司"为语助词。此四字意指间关鸣叫的鸟儿像是在切磋商讨。此诗每章的后二句，以形容鸟儿双飞之状，与首二句呼应。

每章的末二句以写鸣鸟叫声而与首二句相呼应。此诗的写作水平和艺术表现力与今本《诗经·国风》诸篇相比并不逊色。另一首逸诗《多薪》,文字如下①:

……兄及弟淇,鲜我二人。
多新(薪)多新(薪),莫奴(如)蘿苇。多人多人,莫奴(如)兄[弟。
多薪多薪,莫如萧荓。多人多人],莫奴(如)同生。
多薪多薪,莫如松杼(梓)。多人多人,莫如同父母。

这应当是一首共四章,章四句的短诗。此诗二、三、四各章皆以"多薪"起兴,说是虽然林木品类众多,但都不如蘿苇、松梓等树木有特色。世上虽然人员众多,但都不如兄弟重要,这些兄弟包括了同族兄弟、同姓兄弟、同父母兄弟。反映了周代宗族观念下,族人间关系的层次。今本《诗经》中亦有一些篇章称颂兄弟情谊,《多薪》与之相比,亦有一定特色。

上述这些诗作,严格说起来都不能算作"逸诗",而只是未被史官、乐师采录而编入《诗》的古本或定本的诗。然而,若从最广泛的意义来说,它们却是从未被录编而逃逸在外的诗。称为逸诗也有一点理由。这些诗作其思想内容和意义,其艺术水准大体说来虽不能和《诗》三百篇相比肩,但其价值仍然不小,正如清儒范家相所说:"风味自有浅深,质文亦表厚薄,不难寻咀而见焉。片语只词纵无关于经义,残编蠹简岂有废于搜寻?学者览之,将毋然然而喜乎!"②我们所见到这些逸诗不止有助于"搜寻",而且让我们看到了当时社会文化场景之一角。其影响虽然不能与《诗》三百篇相拟,但就数量而言,其所占诗坛的比例当近乎半壁江山矣。

关于逸诗及孔子删诗问题,前人或云古诗并无三千之数,所以说逸诗不会太多,例如清儒赵翼指出,《国语》引诗凡31条,逸诗仅1条;《左传》引诗217条,逸诗不过3条。因此,"若使古诗有三千余条,则所引逸诗宜多于删存之诗十倍,岂有……反不及删存诗二三十分之一?以此推知古诗三千之说不足凭也。"③从

---

① 逸诗《多薪》文字依据马承源:《上海博物馆藏战国楚竹书》(四),(上海古籍出版社2004年版,第177—178页),并且参考了廖名春:"楚简'逸诗'《多薪》补释"《文史哲》2006年第2期)。
② 范家相:《三家诗拾遗》卷二,守山阁丛书本。
③ 赵翼:《陔余丛考》卷二,商务印书馆1957年版,第25—26页。

文献记载的角度进行分析,虽然不失为一个重要方法,但文献记载对于说明真实的历史情况毕竟也有相当的局限性。从上博简所载逸诗的情况看,应当说逸诗为文献失载者居多。周王朝是一个诗的时代,社会上创作和流传的诗作不知凡几,我们今日从简帛资料中所见到的逸诗只是凤毛麟角而已。若从社会的角度来看,如果说未被收入《诗经》者皆为逸诗的话,那么,我们可以借用宋儒欧阳修的说法,谓:"犹是言之,何啻乎三千?"①

我们对于前人所指出的逸诗情况应当进行分析(其实前人也一直在进行这项工作)。前人所定的逸诗总有后人进行再检查,进行落实。例如,宋儒吴曾提到周子醇所撰《乐府拾遗》论删诗之语,谓:"周子醇作《乐府拾遗》,谓孔子删诗,有全篇删去者,有删去两句者,有删去一句者。……'月离于毕,俾滂沱矣;月离于箕,风扬沙矣。'则删去两句者也。"②宋儒王应麟从《周礼》疏中找到了原来的记载进行核对,指出:"愚考之《周礼·大宗伯》疏引《春秋纬》云'月离于箕,风扬沙',非诗也。"③他的这个核对和认识是正确的。周子醇在引用的时候,在"沙"字添加一个"矣"字,使这两句似有《诗经》的句式,把这个"矣"字去掉也就不行了,正如王应麟所说"非诗也"。但是王应麟没有提周子醇所说的后两句。在《周礼·大宗伯》疏中这两句作:"《诗》云:'月离于毕,俾滂沱矣。'"这两句不仅末尾有"矣"字,而且明谓《诗》云。于是这便成为一个可以存疑待考的问题。我们不知道唐儒贾公彦撰写《周礼》疏时所引这个《诗》句的具体来源,况且在唐代仍能发现逸诗的可能性很小。所以他疏中的这个记载,当存疑,而不可遽信。但这后两句的情况和前两句(贾疏所引的前两句来自《春秋纬》)是不一样的,应当区别对待。

再如《左传》僖公五年载:

> 初,晋侯使士蒍为二公子筑蒲与屈。不慎,寘薪焉。夷吾诉之。公使让之。士蒍稽首而对……退而赋曰:"狐裘尨茸,一国三公,吾谁适从?"

士蒍所"赋",乃是他随口而出的诗句,并非称引《诗》的某篇的句子。其所赋,

---

① 欧阳修:《诗本义》卷十五"诗图总序"条,四部丛刊三编本。
② 吴曾:《能改斋漫录》卷十,"议论"。
③ 王应麟:《困学纪闻》卷三。参见栾保群等校点:《困学纪闻(全校本)》,上海古籍出版社2008年版,第318页。

在古本之后,定本之前,但未为定本所收。这是属于第一种情况的逸诗。

礼书上所载射礼和投壶礼上有以之为节拍的诗,可能也是这类逸诗。《大戴礼记·投壶》篇载:

> 曾孙侯氏:
> 今日泰射,四正具举。
> 大夫君子,凡以庶士,
> 小大莫处,御于君所。
> 以燕以射,则燕则誉。
> 质参既设,执旌既载。
> 大侯既亢,中获既置。
> 弓既平张,四侯且良。
> 决拾有常,既顺乃让。
> 乃揖乃让,乃隮其堂。
> 乃节其行,既志乃张。
> 射夫命射,射者之声。
> 获者之旌,既获卒莫。①

难能可贵的是《礼记·射义》篇也是类似的记载:

> 古者天子之制。诸侯岁献贡士于天子。天子试之于射宫。其容体比于礼。其节比于乐。故《诗》曰:
> 曾孙侯氏,四正具举。
> 大夫君子,凡以庶士。
> 小大莫处,御于君所。
> 以燕以射,则燕则誉。

---

① 在"今日泰射"之后,经文原有"于一张侯参之曰今日泰射",应当是注语而误入经文者。在"中获既置"之后,经文原有"壶脰修七寸,口径二寸半,壶高尺二寸,容斗五升,壶腹修五寸",此是解释投壶所用之壶的形制的话,当在经文此篇开头的"使人执壶"之后,因错简而误在此。前人或以为此即《投壶》篇所说的《貍首》之诗,清儒郝懿行说"疑《貍首》篇文"(《诗经拾遗》,光绪八年郝氏遗书本)。也有人认为《貍首》之诗的逸句即《礼记·檀弓》下篇所载的"貍首之班然,执女手之卷然"。其间是非,疑莫能定。

这两个记载的不同之处是前者有较多诗句是射壶场面和细节的描写。而开始的部分则大体是一样的。可以推测这是射者入场时（或正式比赛之前）乐工（也可能还有射者）所颂的口号。这两首诗皆不见今三百篇，但《礼记·射义》又明谓"《诗》曰"，可见其诗句见于《诗》。这个《诗》应当是它的古本。宋儒叶适说："《诗》，周及诸侯用为乐章，今载于《左氏》者，皆史官先所采定。就有逸诗，殊少矣。"①"史官先所采定"之诗，当即《诗》之古本。孔子每言"诗三百"②叶适认为是"本谓古人已具之《诗》"③，这个认识也是正确的。

古本之《诗》的全貌虽已不可晓，但其若干体例和内容则还是从古代文献记载略可窥见一二。如，《左传》襄公二十九年吴公子季札聘鲁观乐论诗，诗乐的演奏次序是先国风而后雅颂，这与今本《诗经》是一致的④。季札论各种体裁的诗的评语与今本《诗经》亦吻合。是年孔子七岁，定本之诗尚未出现，为季札所演唱者必当为古本之诗，可以推测古本之诗与今本之诗的差别并不太大。再如，古本之诗，在文献中或称为《周诗》，其意指周王朝所编之诗，其内容除了周王朝和诸侯国的诗作以外，尚有商诗（即《商颂》十二篇）。汉儒班固说："孔子纯取《周诗》，上采殷，下取鲁，凡三百五篇。"所谓《周诗》当即《诗》的古本⑤。

其二，古本之《诗》后来未被编入定本的诗，这是从比较宽泛的角度来界定的。

周武王所作的名为《支》的饫歌⑥，当是此类诗的典型。《国语·周语》下篇载：

---

① 叶适：《习学记言序目》卷六，中华书局 1977 年版，第 61 页。
② 参见《礼记·礼器》、《论语·为政》、《论语·子路》等。
③ 叶适：《习学记言序目》卷六，中华书局 1977 年版，第 62 页。
④ 季札观乐，雅、颂和诸国风皆次序井然，自汉儒以来每有论者以为是"传家据已定录之"（皮锡瑞：《经学通论》二，《诗经》，中华书局 1954 年版，第 50 页），认为是《左传》作者据孔子所定而转录，并且进而认定孔子之前《诗》尚无定本。按，此说似不可从。《论语·子罕》所载孔子语"吾自卫反鲁，然后乐正，《雅》、《颂》各得其所。"只是说孔子返鲁后的"正乐"之事，与《诗》之古本流传事并不相涉。
⑤ "周诗"之称在孔子编定《诗》之后犹有此称，东汉儒者所谓"吉日车攻，序于《周诗》"（《后汉书·马融传》）、"南仲赫赫，列在《周诗》"（《后汉书·庞参传》）、"节彼南山，咏自《周诗》"（《后汉书·郎顗传》）以及魏晋儒者所称的《周诗》均指孔子所编定本之《诗》而言，与定本出现之前的《周诗》不同。
⑥ 饫，《国语·周语》下篇韦注"立行礼"。"饫歌"之意当为列队站立行礼时所唱的歌。

《周诗》有之曰:"天之所支,不可坏也。其所坏,亦不可支也。"昔武王克殷,而作此诗也,以为饫歌,名之曰"支",以遗后之人,使永监焉。

这首饫歌当载之古本之《诗》,所以《国语》才会说它属于"《周诗》"。说它是《周诗》而又未见诸今本,所以说它应当是古本之诗。《左传》襄公八年载郑卿子驷语谓:"《周诗》有之曰:'俟河之清,人寿几何。兆云询多,职竞作罗。'"其所引的《周诗》不见于今本,当为古本之逸。

曾经列入古本而今未收之逸诗,还可以举出一个典型的例证,那就是古本的《商颂》有七篇至孔子时已经散佚(或者说是未被孔子选入定本)①。《国语·鲁语》下篇说:"正考父校《商》之名《颂》十二篇于周太师,以《那》为首。"②周太师处保存有《商颂》十二篇,而定本《诗》只存有五篇,可证古本《诗》有七篇《商颂》散佚,而未被编入定本。

再如,《大戴礼记·投壶》篇说:

凡《雅》二十六篇:其八篇可歌——歌《鹿鸣》、《狸首》、《鹊巢》、《采蘩》、《采苹》、《伐檀》、《白驹》、《驺虞》,八篇废不可歌;七篇《商齐》,可歌也。

这里所提到"《雅》二十六篇",前人多从《诗》的大、小雅中找寻,孙诒让另辟蹊径,谓:"此盖秦汉人所记,雅谓雅声,对下商齐为宋、齐方音言之,非《诗》之大、小雅也。投壶礼先秦时通行于邦国,故歌诗则雅、商齐之声,鼓则有鲁薛之节,

---

① 张西堂先生说:"其逸当在孔子之前,非三百篇之逸也。"并且指出,"《毛诗正义》说有此说"("逸诗篇句表",《西北大学学报》,1958年第1期)。今捡《毛诗正义》卷二十,确有此说,谓"今诗是孔子所定,《商颂》止有五篇,明是孔子录《诗》之时已亡其七篇,唯得此五篇而已"。

② 关于《商颂》,《史记·宋世家》谓"襄公之时,修行仁义,欲为盟主。其大夫正考父美之,故追道契、汤、高宗,殷所以兴,作《商颂》",后人或引这条材料以否定孔子删诗之说。其实,这条材料是靠不住的。《史记索隐》就已经提出:"《毛诗·商颂序》云正考父于周之太师得《商颂》十二篇,以《那》为首。"《国语》亦同此说。今五篇存,皆是商家祭祀乐章,非考父追作也。又考父佐戴、武、宣,则在襄公前且百许岁,安得述而美之?"此说很有道理。比较《国语》与《宋世家》的说法,当以前者近是。《韩诗外传》卷三述周公诫伯禽封鲁谓:"《诗》曰:'汤降不迟,圣敬日跻。'诫之哉!"《说苑·敬慎》篇亦有类似的记载)周公所引诗句见于《商颂·长发》。若此事为真,则《商颂》自当以商诗为是。再者,《国语·晋语》载公子重耳过宋之事,宋司马公孙固向宋襄公进言时谓"'《商颂》曰:"汤降不迟,圣敬日跻。"降,有礼之谓也。君其图之。'襄公从之,赠以马二十乘。"宋襄公时人就已经引用《商颂》之诗,所以时代远在宋襄公之后的正考父,不当是《商颂》的作者。应当说,《商颂》为商代之诗,正考父只是加以整理(即《鲁语》所说的"校")而已。

与六诗风雅不相涉也"①。按，古音方言甚多，若谓雅即雅声，商齐即宋、齐方言，则十五国风则当不止宋、齐两种方言，所以雅即雅声之说，尚不足以成为定论。愚以为此处的《雅》即指《诗》，国风中以风为雅者，豳风亦称豳雅是为显例。诗与民谣相比，当谓之高雅。此谓"《雅》二十六篇"，盖指可以为投壶礼演奏和歌唱的诗篇，《投壶》篇谓"八篇可歌"、"八篇废"、"七篇商齐"、"三篇间歌"，合计正是二十六篇之数。此处所谓的"《商齐》"，清儒范家相引《礼记》说为据，谓："《乐记》'商者，五商之遗声；齐者三代之遗声也'"②商齐乃是上古流传下来的两种音调，《诗》中以商齐为音者，有七篇，是为《商齐》。《商齐》应当是一组诗的名称，《投壶》篇说它有七篇，可能是指它有七篇，也可能指可以歌唱的有七篇，其总数或当超过七篇。这里所说的可以歌唱的七篇《商齐》之诗，应当是第二种情况的逸诗③。

再如，《左传》襄公二十六年载齐卿赋《辔之柔矣》，襄公二十八年载："叔孙穆子食庆封，庆封泛祭。穆子不说，使工为之诵《茅鸱》"。所赋所诵的《辔之柔矣》、《茅鸱》即逸诗，此时，乐工不大可能即席创作，所诵者，当为《诗》之所有者。其时《诗》的定本尚未出现，所以《辔之柔矣》、《茅鸱》当为古本之逸诗④。

再如，《孟子·梁惠王》下篇载齐景公时事：

> 景公说，大戒于国，出舍于郊。于是始兴发补不足。召大师曰："为我作君臣相说之乐！"盖《徵招》、《角招》是也。其诗曰："畜君何尤？"

"大师"为乐工之长，《徵招》《角招》是大师所"作"之乐，上古"作乐"，有二义，一

---

① 孙诒让：《大戴礼记·斠补》卷下，中华书局1984年版，第253页。
② 范家相：《三家诗拾遗》卷二，守山阁丛书本。
③ 关于《大戴礼记·投壶》篇的性质与时代，清儒王聘珍谓当出自孔壁中书，壁中书"简灭札烂，小戴取其明文者入篇，大戴则仍古本而存之"(《大戴礼·记解诂》，中华书局1983年版，第8—9页)，黄怀信先生说此篇属于"礼古经"(《大戴礼记·汇校集注》，三秦出版社2005年版，第28页)。按，此篇写成的具体时代虽然不可确定，但它来源较早，或当在孔子之前。因此，断定其所提到的逸诗属于第二种情况，应当是可信的。前人或谓其为汉人伪托，但是并没有提出什么证据。
④ 论者或以此言"诵"而不言"赋"，所以怀疑其非逸诗。其实，上古时代，诵、讽、赋等的意思皆相同，并无诵、赋之别。《辔之柔矣》和《茅鸱》两诗依清儒魏源说法，即"逸于夫子之前"(《诗古微·三家发凡下》，《魏源全集》第一册，岳麓社2004年版，第30页)，此时之《诗》必当为孔子所编的定本之前者，即为古本之《诗》。

是创作乐曲,二是演奏音乐①。这里所说的"作乐"当即演奏音乐,这两首诗(亦即乐),不见于今本《诗经》,当是古本之诗而未被编入今本者。

我们从《左传》、《国语》书中可以看到春秋时期贵族常引"《诗》云"、"《诗》曰"云云以为己说之证。既然以《诗》为称,此时《诗》之定本尚未出现,那么贵族所称的诗应当为古本之诗,当即古本之逸诗。如《左传》成公九年载:"《诗》曰:'虽有丝麻,无弃菅蒯。虽有姬姜,无弃蕉萃。凡百君子,莫不代匮。'"再如襄公八年载:"周《诗》有之曰:'俟河之清,人寿几何。兆云询多,职竞作罗。'"②再如《礼记·坊记》载:"礼,君不称天,大夫不称君,恐民之惑也。《诗》云:'相彼盍旦。尚犹患之。'"等等。需要指出的是,战国时期诸子书所引之"诗",多为谚语格言,其风格与三百篇者差别较大,很难说其为逸诗③。但是情况亦比较复杂,如《庄子·外物》载:

儒以《诗》《礼》发冢,大儒胪传曰:"东方作矣,事之何若?"小儒曰:"未解裙襦,口中有珠。""《诗》固有之曰:'青青之麦,生于陵陂。生不布施,死何含珠为!'"

依《外物》篇上下文意,"《诗》固有之"至"死何含珠为"之语,应当是"大儒"所言,大儒强调按照《诗》、《礼》书本所载指导盗墓之事,并且引《诗》为证,特别指出"《诗》固有之",其所引的《诗》,前两句似为《诗》之句,而后两句则似大儒的即兴之辞。但无论如何,其所谓的《诗》应当是《诗》之定本。《诗》在流传过程中,有篇存而句佚者,"大儒"所云若果为真,那么"青青之麦,生于陵陂"就有可能为《诗》之佚句。庄子善以寓言为说,此篇所讲的盗墓故事,当即寓言而不必

---

① 关于创作乐曲(或乐舞)称为"作乐"者,例见《墨子·三辩》篇,是篇说商汤之时"因先王之乐,又自作乐,命曰《护》,又修《九招》;武王胜殷杀纣,环天下自立以为王,事成功立,无大后患,因先王之乐,又自作乐,命曰《象》;周成王因先王之乐,又自作乐,命曰《驺虞》"。关于演奏音乐称为"作乐"之例见于《诗·周颂·有瞽》序"始作乐而合乎祖",毛传"大合诸乐而奏之"。又,《诗·大雅·行苇》描写周代贵族饮宴,其中有"或歌或咢"之句,孔疏谓"作乐助欢,于是时,或比于琴瑟而歌,或徒击鼓而咢",是皆可证"作乐"亦有演唱或演奏音乐之意。

② 这里称"周诗",不知是"周《诗》",抑或是"《周诗》",似以前者为优。所谓"周《诗》"当指周王朝之《诗》,与《左传》引诗称"《诗》曰"者无异。说此番者为楚人,指明"周《诗》",盖有"于周为客"之意。

③ 参见张西堂:"逸诗篇句表(附考)",《西北大学学报》1958年第1期。

当真。然寓言为了增强其可信性,述说一些"真",而不必尽假,也是可能的。所以《外物》所载"青青之麦,生于陵陂"是否真为《诗》之佚句,实难断定。

有些诗见于汉儒所著的书中,是否为逸诗,也是很难断定的。如《列女传》卷六载:

> 宁戚击牛角而商歌,甚悲,桓公异之,使管仲迎之,宁戚称曰:"浩浩乎白水!"管仲不知所谓,不朝五日,而有忧色,其妾婧进曰:"今君不朝五日而有忧色,敢问国家之事耶?君之谋也?"管仲曰:"非汝所知也。"婧曰:"妾闻之也,毋老老,毋贱贱,毋少少,毋弱弱。"……管仲乃下席而谢曰:"吾请语子其故。昔日,公使我迎宁戚,宁戚曰:'浩浩乎白水!'吾不知其所谓,是故忧之。"其妾笑曰:"人已语君矣,君不知识邪?古有《白水》之诗。诗不云乎:'浩浩白水,鯈鯈之鱼,君来召我,我将安居,国家未定,从我焉如。'此宁戚之欲得仕国家也。"管仲大悦,以报桓公。

这里所称引的《白水》一诗,但从文意而论其前两句为古,而后四句则不古。文中既称"古有《白水》之诗",可以推测其来源较久。所以不应当排除其在古本之《诗》的可能性。清儒郝懿行谓其为"逸诗也"[①],有一定的道理。

其三,定本之《诗》在流传过程中所散佚的诗篇或诗句。这是严格意义上的界定。

可以论定的这类逸诗是"六笙诗"。《诗经·小雅》"鹿鸣之什"中的《南陔》、《白华》、《华黍》,"南有嘉鱼之什"中的《由庚》、《崇丘》、《由仪》六篇的合称。这六篇诗都仅有篇名而无文辞。按照《仪礼·乡饮酒礼》和《燕礼》的记载,典礼上要演奏这六篇的音乐,经文称为"笙"、"乐"、"奏"而不言歌,所以宋儒朱熹认定它们"有声而无词"[②],故而称为"六笙诗"。宋儒郑樵谓"古者有堂

---

① 郝懿行:《列女传补注》卷六,郝氏遗书本。
② 朱熹:《诗集传》卷九,上海古籍出版社 1958 年版,第 109 页。按,论者或据此论推测根本就没有"辞",乃是"乐者撰此六诗,用以吹笙,而非三百篇之诗"(张西堂《逸诗篇句表(附考)》,《西北大学学报》,1958 年第 1 期),按此说虽然有一定道理,但《诗序》谓此六篇"有其义而亡其辞",且此篇篇名俱在,小序皆存,若谓本无其辞,恐难说通。即令将《诗序》所言之"亡"通假为"无",亦觉牵强。

上堂下之乐,歌主人声,堂上乐也;笙镛以间,堂下乐也。……六亡诗乃笙诗,初无辞之可传也"①,按,这种情况犹如现今歌唱家在舞台上唱歌,而乐队在台下伴奏。若以此推断,似乎也有道理。清儒说到笙诗时依然循此思路而言,如谓"诗有用之堂上者,有用之堂下者。堂上之诗弦歌 之,堂下之诗,则曰笙曰管。今之诗皆堂上之诗,用弦歌而不用笙管"②。然而,这些认识可能是不大符合先秦时期演唱诗歌情况的。周代演唱诗歌用籥、箫、笙、管等乐器伴奏,"四器各主声诗,然亦各相通。如见舞韶籥箫韶九成,则以箫主韶,谓之箫诗;下管象武,则以管主象与武,谓之管诗,见舞象籥南籥者则以箫主二南,谓之箫诗。籥诗以雅以南,则雅与二南皆主以籥,皆谓之籥诗。燕乐歌二南,以钟笙应之,则又以笙主二南,谓之笙诗"③。周代演唱诗歌,演唱者在堂上,大型的乐器,如钟镈之类,在堂下,这些当皆无可怀疑,只是演奏弦乐诸乐器者是在堂上,抑或是在堂下的问题。看来,断定其在堂上较为合理。再者,既称"笙诗",当即表明其为诗而非乐。况且,六笙诗皆有序。诗必有经文方知其意,知其意方才有序。依此而言,推论六笙诗当为定本之逸诗,可能近是。关于六笙诗的问题自宋儒以来论辩很多。清儒或谓:"今夫画角之类,其为器也,五音六律未能备且也,而其三弄之曲尚且有辞焉。何况笙乃五音六律备具之器,而六诗既有声矣,安得无辞乎?即无辞安得谓之诗乎?又安得复有《南陔》等名与夫孝子相戒以养等义乎?以此观之,则彼有声无辞之说滞阂不通矣。"④。此说甚有理,足可否定"无词"之说,六笙诗为逸诗当可肯定。

由于世代久远和流传过程中的问题,所以,有些逸诗的情况难以说明。如,《礼记·缁衣》篇载孔子语谓:

> 民以君为心,君以民为体。心庄则体舒,心肃则容敬。心好之身必安之,君好之民必欲之。心以体全,亦以体伤。君以民存,亦以民亡。《诗》

---

① 郑樵:《诗辨妄》,朴社 1933 年版,第 93 页。按,郑樵还谓:"古者丝竹与歌相和,故有谱无辞,所以六诗在三百篇中,但存名耳。汉儒不知,谓为六亡诗也。"(《通志略·乐略》,上海古籍出版社 1990 年版,第 345 页。)
② 徐养原:《笙诗说》上,《清经解》第一千三百八十五卷第七册,上海书店 1988 年版,第 827 页。
③ 毛奇龄:《白鹭洲主客说诗》,《清经解续编》第一册,上海书店 1988 年版,第 87 页。
④ 成左泉:《诗说考略》卷四,引朱氏说。续修四库全书本。

云:"昔吾有先正,其言明且清。国家以宁,都邑以成,庶民以生。谁能秉国成,不自为正,卒劳百姓。"

此处所引诗的后三句,今本《诗·小雅·节南山》篇作"谁秉国成,不自为政,卒劳百姓"。而前几句则不见于今本。是何原因造成这种歧异呢?清儒郝懿行说:"下三句见《小雅·节南山》之篇,然不更加'《诗》云'以别之,或其始本为一诗而今逸欤?"①是说甚有理致,可从。战国秦汉时人著作中所引的《诗》多比较随意,清儒范家相曾经说道他整理逸诗的情况,谓:"诗之逸句见于秦汉晋唐人引述,类于古语者皆弃勿录……其他《吕氏春秋》四条,《史记》一条,《列子》一条,《周礼》郑注一条,皆称曰'诗'而类于古之成语者也……或疑为逸诗,而实非也。春秋之后周道寖衰,聘问歌咏不行于列国,学士之诗逸在布衣。盖自大野获麟至于秦人失鹿,数百年之诗,不登于太史之掌录,其遗文断句见于子史百家之引述者,皆秀民学士之逸诗,而非必尽经孔子之所删者也。"②他对于逸诗的这个谨慎态度是正确的。关于逸诗出现的原因,清儒朱彝尊提到这样几点,一,秦火焚毁;二,传颂时整齐章句而去重;三,乐师只记音节而不记其辞③。这三点应当说都是正确的。但是,秦火究竟在多大程度上影响到了古书的流传还是不大清楚④。

关于逸诗的探讨,可以启发我们深入认识诗、乐关系的问题。

上古时代诗、乐二者往往不分,但这里所指的诗三百皆可以为歌词,有诗必当有乐,这并不意味着可以反过来说有乐必定有诗。合而为一的诗乐,有些场合可以只用其辞而不歌其诗。朱熹曾谓礼书所载六笙诗皆"曰笙、曰乐、曰奏,而不言歌,则有声而无词明矣"⑤。三礼中所载许多礼仪场合所奏之乐,也是曰笙、曰乐、曰奏,而不言歌,但如果肯定它们为逸诗则证据不似六笙诗充分。前人或列其为逸诗,并不妥当。如《肆夏》之乐常被用在典礼场合,所以汉儒郑众说它是"乐名","人君行步,以《肆夏》为节"⑥。《肆夏》在毛诗和三家诗

---

① 郝懿行:《诗经拾遗》,光绪八年(1882)刻本。
② 范家相:《三家诗合遗》卷二,守山阁丛书本。
③ 参见朱彝尊:《曝书亭集》卷五十九"诗论"一,世界书局1937年版,第1009页。
④ 唐儒陆德明说:《诗》"遭秦焚而得全者,以其得人所讽诵,不专在竹帛故也。"(《经典释文·序录》,参见吴承仕:《经典释文序录疏证》,中华书局1984年版,第75页)
⑤ 朱熹:《诗集传》卷九,上海古籍出版社1958年版,第109页。
⑥ 贾公彦:《周礼注疏》卷二十三引。

中皆不见其名，更无其序，若说它为逸诗，似不可信；说它是"乐名"，则确不可易。除了六笙诗之外，其他类似的载于"三礼"的诗，皆不能与六笙诗类比而视为逸诗。如《乡饮酒礼》所载的《陔》、《骜》、《燕礼》所载《肆夏》、《采齐》①《新宫》②、《锺师》所载的《九夏》、《文王世子》所载的《象》、《吕氏春秋·古乐》篇所载《三象》等。另外，有些上古时代的曲名也有被误为逸诗者，如《祭统》所载的《武宿夜》、《左传》襄公十年载的《桑林》、《逸周书·世俘》所载的《明明》、《崇禹》《生开》、《周礼·大司乐》所载的《九德之歌》③等等。

我们讨论"逸诗"的问题对于认识上博简《诗论》有一定的作用，愚以为其作用就在于让我们了解孔门师徒论诗的背景，让我们知道，孔门师徒所依据的《诗》，大体来说，就是我们今天所见到的《诗经》。据我的考析和统计《诗论》总共评析的诗篇数为 63 篇，其中国风 30 篇、小雅 20 篇、大雅 3 篇、周颂 3 篇。另有 3 篇散佚之诗，但系错简而混入其他诗篇，还有 4 篇存疑待考。这 4 篇，其中有 3 篇（分别见第 21、26、27、37 号简），简文只提到所评析的字辞，但所论篇名缺失。还有一篇（见第 29 号简）虽然篇名和评诗内容皆有，但尚不能确定为何篇，所以存疑待考。总之，这 63 篇中有 56 篇见于今本《诗经》，有 3 篇可以肯定见于今本，只是不知系于何篇。另有 4 篇存疑者，也不能否定其见于今本的可能。我们可以总结说，《诗论》所评之诗绝大部分（或者全部）都见于今本《诗经》，可以确定属于逸诗者尚未见到。上博简《诗论》的这种情况，让我们

---

① 《采齐》与《周礼·春官·大司乐》、《夏官·大驭》所载的《采荠》当为同一首乐曲之名。《礼记·玉藻》讲君子佩玉，"趋以《采齐》，行以《肆夏》"，郑玄注云"齐当为楚荠之荠"，是可证"荠"与"齐"通用，《采荠》当即《采齐》。

② 逸诗《新宫》还见于《左传》昭公二十五年、《仪礼·燕礼》。日本学者竹添光鸿说它"与《鹿鸣》相次，盖一时之诗"，断定其为逸诗，除了这一项理由之外，竹添光鸿还指出，是诗"为燕飨宾客及大射之乐者，其在小雅中不为圣人所删，又必不至孔子时已亡逸，如《商颂》十二篇，是正考甫当东迁之前得于周大师，故孔子时亡其大半，此年（按，指鲁昭公二十五年）宋公享昭子赋《新宫》，其诗尚存。孔子时年三十五，去孔子年四十三退修诗书礼乐弟子弥众，仅八年。安得诗遂逸？应编列孔门三百篇内，祇遭秦火而失之耳"（《左氏会笺》昭公二十五年，台湾大通书局 1976 年版）。这里所举出的理由是不充分的。依《史记·孔子世家》所载孔子"去其重，取可施于礼义，上采契、后稷，中述殷周之盛，至幽厉之缺……以《诗》、《书》礼乐教，弟子盖三千焉"，是孔子晚年之事，非必在其四十岁之时。再者，三百篇不焚于秦火，而独失《新宫》，这是说不大通的。宋公所赋诗为《诗》之古本之诗，非孔子所编的用以授徒的定本。总之，《新宫》为逸诗，是《诗》的古本所逸而未被编入定本者，非是定本之逸诗。

③ 关于《九德之歌》，《周礼·大司乐》谓"九德之歌，九磬之舞，于宗庙之中奏之。若乐九变，则人鬼可得而礼矣"，按，其所本言之"歌"，当有歌诗，但此处谓"奏之"，则只奏其曲而不唱其辞。因此，《九德之歌》当为曲名。其是否有作为歌词的诗，则于古文献中难寻其踪。

可以推测到这样两点：一是孔子确曾编定过《诗》，作为授徒的教本。一是《诗论》的性质是孔子和弟子论诗的记录。如果以这两点为前提来考虑问题，就应当得出结论说，在孔子之后的时代，《诗》基本上未散佚，这应当是我们应当感到庆幸的事情。关于逸诗的讨论，对于我们研究上博简《诗论》是很有意义的。我们对于逸诗问题应当有两个基本的估计，那就是，其一，自西周后期以来流传到孔门师手中的《诗》大体说来，并未散佚，即令有之，其数量也甚少，仅止残简遗珠而已。其二，自古本之《诗》编定以来，文人学士所作之诗，村夫妪嫂的讴歌之传，这些《诗》外之诗，应当是有很大数量的。此正如清儒范家相所说："盖自大野获麟至于秦人失鹿数百年之诗，不登于太史之掌录，其遗文断句见于子史百家之引述者，皆秀民学士之逸诗，而非必尽经孔子所删者也。"①在《诗》之外，当时社会上也会流传一些"秀民学士"的诗作，只不过这些《诗》外之诗没有《诗》内者影响大流传广而已。

（三）关于"采诗"的问题

《诗》三百篇的作者，大体可以分为士大夫与村夫鄙妇两类。作为庙堂乐歌的雅、颂的大部分篇章皆当出自士大夫之手，而以民歌为主的十五国风，则当出自民间，多为村夫鄙妇所唱和②。周代有献诗与采诗的制度。《国语·周语》上载"天子听政，使公卿至于列士献诗……瞍赋"，在周天子的朝会上，从公卿到列士的各级贵族要向周天子献诗，然后由"瞍"者吟诵给周天子及后妃、贵族大臣们听。对于这种献诗制度，春秋时人还津津乐道，记忆尤深③。《国语·晋语》六载：

> 古之王者，政德既成，又听于民，于是乎使工诵谏于朝，在列者献诗使勿兜。

这段文字里的"勿兜"的"兜"字，王引之说为"宄"字之讹，《说文》训为廱蔽。

---

① 范家相：《三家诗拾遗》卷二，守山阁丛书本。
② 吕思勉先生曾据古人有喜欢歌唱的习惯指出《诗经》中的《风》诗"是妇人孺子、农夫野老脱口而出之作"（《〈诗经〉与民歌》，参见《吕思勉论学杂著》，上海古籍出版社2006年版，第601页）。
③ 张西堂曾经广为搜集文献记载，举八例以明古代采诗之制，其所举八例，见于《礼记·王制》，刘歆与扬雄书（《方言》附）、《汉书·艺文志》、《汉书·食货志》、《说文》，宣十五年《公羊传》注、《郑志》答张逸、《文选·三都赋序》等（《诗经六论》，商务印书馆1957年版，第78页）。尚未提及《国语》的记载，张西堂说"采诗"之事据文献记载，尚有歧异，所以说此事"古代并无定制"。按，此说甚精到，可从。

"勿兜"意即"勿雍蔽也"①。"献诗"的目的在于通过这一方式了解风土人情和民众疾苦,以免王者被蒙蔽。除了士大夫的"献诗"以外,还有一种"采诗"之制。《汉书·食货志》载:

> 孟春之月,群居者将散,行人振木铎徇于路,以采诗,献之大师,比其音律,以闻于天子。故曰王者不窥牖户而知天下。

被派下去采诗的官员称为"行人",又称"遒人"②。这种采诗之制应当是一种古制,《左传》襄公十四年引《夏书》谓"遒人以木铎徇于路",似夏代已有此事。《礼记·王制》篇载上古帝王巡狩时,"命大师陈诗,以观民风"③。汉武帝设乐府官,"采诗夜诵",是采诗之制在汉代绵延的结果。对于这种采诗之制,颜师古注《汉书·礼乐志》谓"采诗,依古遒人徇路,采取百姓讴谣,以知政教得失也",应当是可信的说法。采诗的作用,依王充所说就是"观风俗,知下情"④。对于古代社会政治而言,采诗是政教的一个必不可少的环节。

古代文献所载的这些"献诗"、"陈诗"以及"采诗"应当是《诗》形成过程的源头⑤。孟子说:"王者之迹熄而诗亡,诗亡然后春秋作"⑥。此说高瞻远瞩,放

---

① 王引之:《经义述闻》卷二十一,江苏古籍出版社 2000 年版,第 507 页。
② 关于采诗者的身份,汉儒何休《公羊传》十五注谓:"男女有所怨恨,相从而歌,饥者歌其食,劳者歌其事。男年六十,女年五十无子者,官衣食之,使之民间求诗,乡移于邑,邑移于国,国以闻于天子,故王者不出牖户尽知天下所苦,不下堂而知四方。"何休所说的采诗者不具备某种官衔,如行人之类,但却有较大的年龄,应当是有社会阅历的,并且他们本人也可能是民间的歌手,是民间诗人。这些人在官府资助下采诗以献王朝,当然也是有可能的。古代文献关于采诗之官的记载有"轩车使者"、"遒人使者"(《说文》"丌部"和《刘歆与杨雄书》,见周祖谟《方言校笺·附录》,中华书局 1993 年版,第 91 页)、"行人"(《汉书·食货志》、"国史"(《诗序》及郑玄答张逸问,见孔颖达《毛诗正义》卷一)等。这些职官皆当是《汉书·艺文志》所说的"采诗之官"。前辈学者或以为这些记载都是汉儒"臆说",但又谓"西汉去古未远,拿它来证明古代情况,是完全可以相信的"(张西堂:《诗经六论》,商务印书馆 1957 年版,第 82 页),正是以己之矛攻己之盾。就现有资料看,汉儒的史官"采诗"之说,尚不能否定。
③ 关于巡狩时的"太师陈诗",《白虎通·巡狩》引《尚书大传》亦谓"见诸侯,问百年,命大师陈诗,以观民风俗"(陈立:《白虎通疏证》,1994 年版,第 289 页),按,此说与《王制》篇略同。
④ 《论衡·对作》,黄晖:《论衡校释》,中华书局 1990 年版,第 1185 页。
⑤ 清儒崔述主"太史采风之说不可信",他所持的理由是,"克商以后下逮陈灵近五百年,何以三百年所采殊少,后二百年所采甚多?周之诸侯千八百国,何以独此九国有风可采,而其余皆无之?……且十二国风中,东迁以后之诗居其太半,而春秋之策,王人至鲁虽微贱无不书,何以绝不见有采风之使?乃至《左传》之广搜博采而亦无之,则此言出于后人臆度无疑也"(《读风偶识》卷二,《崔东壁遗书》,上海古籍出版社 1983 年版,第 543 页)。按,崔述目光如炬,所看到的确是《诗经》成书历史上的重要问题,但此一疑问尚不足以否定太史"采诗"之说。
⑥ 《孟子·离娄》下。

眼《诗》之兴亡,的确揭示了《诗》之兴亡的深刻的时代背景与社会深层原因①。宋儒欧阳修说:"王道废,诗不作焉。秦汉而后何其灭然也?王通谓'诸侯不贡诗,天子不采风,乐官不达雅,国史不明变',非民之不作也。诗出于民之情性,情性其能无哉,职诗者之罪也。通之言其几于圣人之心矣。"②按,欧阳修所引王通之语,见王通及门徒所编《文中子中说·问易》篇。王通和欧阳修将诗亡归之于周王室衰败后"采诗"制度之缺失,是有一定道理的。按照"普天之下,莫非王土"之义,天下诸侯皆当有献诗之责。但周代亦有例外。那就是宋国,因为"宋,先代之后也,于周为客"③,所以它可以有不献诗的资格,曾有人问郑玄:"列国政衰则变风作,宋何独无乎?"郑玄回答说:"有焉,乃不录之。王者之后,时王所客也,巡守述职,不陈其诗,亦示无贬黜,客之义也。"④因为客不贬主,所以在《诗经》中没有"宋风",而只有《商颂》。宋儒或谓陈灵公之后王者迹息,风俗大坏,所以无诗之作,谓"及其(按,指变风、风雅)大亡也,怨君而思叛,越礼而忘反(返),则其诗远义而无所归向。由是观之,天下未尝一日无诗,而仲尼有所不取也……故《诗》止于陈灵,而非天下之无诗也,有诗而不可以训焉耳"⑤天下未尝一日无诗的说法是正确的,然而说孔子采诗则没有根据。陈灵以后无诗,根本原因在于王者迹息,时移世异,周王朝亦没有力量再行搜集诗作而观民俗之事,史官不再有采诗之责。《诗》止乎此时,王政衰微为其根本原因,非仲尼不取之故。

这些诗集中到王朝官府以后,如何来编定呢?对于这个问题,虽然没有明确的记载,但我们还是可以从相关材料中找到一点线索。一是《周语》所说的"瞍赋",二是《汉书·食货志》所说的大师"比其音律"。"赋",吟诵出来。所谓"比其音律"是指配上音乐以便于演唱。这两点都是对于所集中起来的诗篇进行加工整理过程的事。值得注意是这个加工整理过程可能并不仅限于这些。

---

① 前辈专家或质疑孟子的历史观,顾颉刚先生就曾经指出,通过孟子论诗可以看出他是"一个最没有历史观念而最敢引用历史来论事的人"(顾颉刚:"重刻《诗疑》序",《古史辨》第三册,上海古籍出版社1982年版,第415页)。其实,孟子正是从历史发展的角度来分析从《诗》到《春秋》这一变化的。明儒郝敬说"千古知诗,无如孟氏"(《毛诗原解·序》,四部丛刊初编本),信然。
② 欧阳修:《诗本义》卷十五,四部丛刊三编本。
③ 《左传》僖公二十四年。
④ 郑玄:《商颂谱》,见《毛诗正义》卷二十。
⑤ 苏辙:《诗集传》卷七。宋淳熙七年(1180)刻本。

所搜集到的诗,因为是要让天子、后妃及贵族们听的,所以整齐文字,改动一些字句以便于沉吟和演唱,乃是情理中事。这种加工整理就是一种过滤,筛掉在贵族眼光上不雅的东西,增添一些为贵族阶层喜闻乐见的内容。这在"采诗"所得诗篇中比较突出,而直接出自士大夫之手的"献诗"、"陈诗"(这些诗大多在《诗》的雅颂部分),则比较少见。十五国风,是通过"采诗"途径所得最多者。其中不少诗都可以得见这种加工整理的痕迹。今可试举两例。《卫风·木瓜》篇本来写劳动者之间投桃报李的相互馈赠[①],以表示"永以为好"的愿望。然今所见本,则非投桃报李而掺杂了"琼琚"、"琼瑶"、"琼玖"等贵族玉佩,这应当是整理加工的结果。再如《葛覃》本来是写鄙妇村姑采葛的诗,诗的前两章此意甚明。这应当是当时的民歌,但被"采诗"整编之后,便加上了第三章,有了"言告师氏"等语,遂成为贵妇人准备归宁之诗。

再如,《卷耳》。诗谓"采采卷耳,不盈顷筐,嗟我怀人,寘彼周行",正是鄙妇村姑采卷耳时的民歌,说它是"思君子之劳于行迈"[②]、"因采卷耳而动怀人念"[③]是可以的,然而诗中又有"金罍"、"兕觥"这样的贵族酒器名称出现。《小雅·桑扈》"兕觥其觩,旨酒思柔",郑笺云:"兕觥,罚爵也。古之王者与群臣燕饮,上下无失礼者,其罚爵徒觩然陈设而已。"总之,"金罍"、"兕觥"皆为贵族饮宴所用之器,非鄙妇村姑所当用者。无论是采诗之官,抑或是大师,他们在整理加工《卷耳》一诗的时候对于原生态的民歌做了一定的改造,以适应贵族的"高雅"口味,以取悦周天子、后妃及贵族大臣们的视听。上博简《诗论》第29号简谓:"《惓(卷)而(耳)》,不智(知)人。"这是据整编之后的定本之《诗》对于诗旨的阐释,而不是对于原创之诗的面貌和含义的考究。历代学者对于《卷耳》一诗释解,歧义迭出,根本原因就在于所据材料之原创与整编之不同,意见歧异,乃情理之中事[④]。

采诗之后进行的初步整理,并不损伤诗之本义及关于来源的记载,宋儒程

---

① 前人或谓木瓜是"以木为瓜为桃为李,如今所谓假借者,亦画饼土饭之义耳"(焦竑《焦氏笔乘》续集卷四"木瓜"条,金陵丛书本)。按,此说揆之诗意,是不妥当的。
② 戴震:《毛诗补传》卷一,《戴震全书》第1册,黄山书社1994年版,第154页。
③ 方玉润:《诗经原始》,第78页。
④ 关于上博简《诗论》论《卷耳》的考析,烦请参阅拙稿"《诗经·卷耳》再认识——上博简《诗论》第29简的一个启示"(《文史哲》2011年第3期)一文。

大昌说:"诗之作也,其悲欢讥誉讽劝赠答,既一一着其本语矣,至其所得之地,与夫命地之各,凡诗人之言既已出此,史家宁舍国号以从之,无肯少易。夫其不失真如此。所以足为稽据也。"①他所强调的采诗之官力求不失诗之真,应当是正确的说法。大量的诗篇之所以采集至周王朝,目的是为王朝统治者提供治国的鉴戒,即观诗之后可以"不出户牖而知天下"。这些诗篇当然要加工整理和编定,从事这项工作的当即周王朝的史官和乐官。我们若谓史官正其辞,乐官定其音,或当与事实距离不远。《诗序》云:"国史明乎得失之迹,伤人伦之废,哀刑政之苛,吟咏情性,以风其上。"孔颖达疏解这段话的意思,讲得十分清楚。他说:

> 国之史官,皆博闻强识之士,明晓于人君得失善恶之迹,礼义废则人伦乱,政教失则法令酷,国史伤此人伦之废弃,哀此刑政之苛虐,哀伤之志郁积于内,乃吟咏己之情性,以风刺其上,冀其改恶为善,所以作变诗也。国史者,周官大史、小史、外史、御史之等皆是也。……然则凡是臣民,皆得风刺,不必要其国史所为。此文特言国史者,郑答张逸云:"国史采众诗时,明其好恶,令瞽蒙歌之。其无作主,皆国史主之,令可歌。"如此言,是由国史掌书,故托文史也。苟能制作文章,亦可谓之为史,不必要作史官。《駉》云"史克作是颂",史官自有作诗者矣,不尽是史官为之也。言明其好恶,令瞽蒙歌之,是国史选取善者,始付乐官也。②

对于《诗序》和孔颖达的这个说法,朱熹曾经以《周礼》、《礼记》的记载中"史并不掌诗"③为据而加以质疑。古代礼书中所记史官虽然无具体的"掌诗"之责,但记言、记行则是史官的基本职掌,王之言、行无不与政之得失相关,所以在职官中由最有文化底蕴的史官"掌诗"之收集整理,还是比较可信的推测。朱门弟子王德修与朱熹论诗时,曾谓"《诗序》只是'国史'一句可信"④,朱熹并未认为其说为误。朱熹还曾说:"当时史官收诗时,已有各编次,但经孔子时,已经

---

① 程大昌:《诗论》十四,《学海类编》第五册。
② 孔颖达:《毛诗正义》卷一。参见《十三经注疏》,中华书局1980年版,第272页。
③ 黎靖德编:《朱子语类》第六册卷八十,中华书局1988年版,第2072页。
④ 同上书,第2068页。

散佚,故孔子重新整理一番,未见到删与不删。"①朱熹不否认《诗序》的"国史"之说,并谓"史官收诗",足见其基本上是承认《诗》之成书是出自国史之说的。但他又觉得礼书中无史官掌诗的记载,所以对于"国史"采诗之事尚未有明确的判断。总之,朱熹之疑,并无碍孔颖达疏解《诗序》这段论国史采诗的判断的成立。

(四)《诗论》与《论语》论诗的比较

我们先将《论语》诸篇所载孔子论诗的相关材料集录如下:

1 子贡曰:"贫而无谄,富而无骄,何如?"子曰:"可也。未若贫而乐,富而好礼者也。"子贡曰:"诗云:'如切如磋,如琢如磨。'其斯之谓与?"子曰:"赐也,始可与言《诗》已矣!告诸往而知来者。"(《论语·学而》)

2 子曰:"《诗》三百,一言以蔽之,曰'思无邪'。"(《为政》)

3 三家者以雍彻。子曰:"'相维辟公,天子穆穆',奚取于三家之堂?"(《八佾》)

4 子夏问曰:"'巧笑倩兮,美目盼兮,素以为绚兮。'何谓也?"子曰:"绘事后素。"曰:"礼后乎?"子曰:"起予者商也!始可与言《诗》已矣。"(《八佾》)

5 子曰:"《关雎》,乐而不淫,哀而不伤。"(《八佾》)

6 子所雅言,诗、书、执礼,皆雅言也。(《述而》)

7 子曰:"师挚之始,《关雎》之乱,洋洋乎!盈耳哉。"(《泰伯》)

8 子曰:"吾自卫反鲁,然后乐正,《雅》、《颂》各得其所。"(《子罕》)

9 "唐棣之华,偏其反而。岂不尔思?室是远而。"子曰:"未之思也,夫何远之有?"(《子罕》)

10 子曰:"衣敝缊袍,与衣狐貉者立,而不耻者,其由也与?'不忮不求,何用不臧?'"子路终身诵之。子曰:"是道也,何足以臧?"(《子罕》)

11 "色斯举矣,翔而后集。"曰:"山梁雌雉,时哉!时哉!"子路共之,三嗅而作。(《乡党》)

12 子曰:"诵诗三百,授之以政,不达;使于四方,不能专对;虽多,亦奚以为?"(《子路》)

13 陈亢问于伯鱼曰:"子亦有异闻乎?"对曰:"未也。尝独立,鲤趋而过庭。曰:'学诗乎?'对曰:'未也。''不学诗,无以言。'鲤退而学诗。他

---

① 转引自朱彝尊:《经义考》卷九八,参见台湾中研院文哲所筹备处:《点校补正经义考》,1997年版,第683页。

日又独立,鲤趋而过庭。曰:'学礼乎?'对曰:'未也。''不学礼,无以立。'鲤退而学礼。闻斯二者。"陈亢退而喜曰:"问一得三,闻诗,闻礼,又闻君子之远其子也。"(《季氏》)

14　子曰:"小子!何莫学夫诗?诗,可以兴,可以观,可以群,可以怨。迩之事父,远之事君。多识于鸟兽草木之名。"子谓伯鱼曰:"女为周南召南矣乎?人而不为周南召南,其犹正墙面而立也与?"(《阳货》)

另有材料,虽然不是征引诗句,但却提及诗句中的某一词语,亦当是《论语》引诗之例。如:

15　南容三复《白圭》,孔子以其兄之子妻之。(《论语·先进》)[①]

以上十几条材料,可以分为三类,

第一类是讲学《诗》的重要作用及研《诗》方法,如上列第 1、6、8、12、13、14 条。第二类是论《诗》的主旨,如第 2、5 条。第三类是引《诗》而言事,如第 3、10、15 条。第四类是引申《诗》意说明某一道理。如第 4、9、11 条。第五类是讨论《诗》乐,如第 7 条。

《论语》突出讲了《诗》的教化和政治及外交作用("专对"、"执政"、"事父"、"事君")[②],还有博物多识的作用("多识于鸟兽草木之名"),《诗论》则多强调

[①] "白圭"之句见于《诗·大雅·抑》篇,谓:"白圭之玷,尚可磨也。斯言之玷,不可为也。"《论语》所载南容"三复",指南容反复吟诵"白圭"诗句,能够慎言,可以信任,所以孔子将姪女嫁给他。

[②] 关于《诗》的教化作用及引《诗》说理之事,《礼记·缁衣》篇亦有例证,是篇载孔子语谓"好贤如《缁衣》,恶恶如《巷伯》,则爵不渎而民作愿,刑不试而民咸服。《大雅》曰:'仪刑文王。万国作孚。'"此段孔子之语引用了《郑风·缁衣》、《小雅·巷伯》及《大雅·文王》三诗所说明者皆为教化的问题。《孟子·告子》下篇载:"诗云:'天生蒸民,有物有则。民之秉夷,好是懿德。'孔子曰:'为此诗者,其知道乎!故有物必有则,民之秉夷也,故好是懿德。'"《孟子·公孙丑》上篇载:"贵德而尊士,贤者在位,能者在职。国家闲暇,及是时明其政刑。虽大国,必畏之矣。诗云:'迨天之未阴雨,彻彼桑土,绸缪牖户。今此下民,或敢侮予?'孔子曰:'为此诗者,其知道乎!能治其国家,谁敢侮之?'"《孟子》书所载这两条材料都是孔子引诗论理的例证,也是他强调《诗》的教化作用的例证。孔子所说的"知道",即知晓教化之道。《孟子·离娄》上篇所载一事,与此同类,是篇载"有孺子歌曰:'沧浪之水清兮,可以濯我缨;沧浪之水浊兮,可以濯我足。'孔子曰:'小子听之!清斯濯缨,浊斯濯足矣。自取之也。'夫人必自侮,然后人侮之;家必自毁,而后人毁之;国必自伐,而后人伐之。太甲曰:'天作孽,犹可违;自作孽,不可活。'此之谓也。"孺子所歌虽非《诗》句,但用法及说理的逻辑则与引诗论理是一样的,这时所说的是教化民众自强不息的道理。关于《诗》的教化作用,孔子认为它是某一国家或地区民众文化水准的一个标识,他说"入其国,其教可知也,其为人也,温柔敦厚。《诗》教也。……故《诗》之失,愚"。民众的温柔敦厚之风就是《诗》教的表现,因为《诗》的教化作用之一就在于敦化民俗。但是,《诗》教必须有所节文,不然的话,也会造成"愚"的后果。

《诗》可以起到让民众发泄情绪的作用。与《论语》所强调者略有不同,但无根本的区别。关于研诗的方法①,《论语》指出要首先学习《周南》、《召南》,提倡用"雅言"颂《诗》。研《诗》要切磋琢磨,深入认识《诗》意。而《诗论》这方面的论析则较少。在论《诗》的主旨方面,《论语》提出了"思无邪",这是《诗论》所没有明确提出的,但有类似的说法存在。《论语》和《诗论》皆用不少文辞来评析《关雎》一诗,充分肯定其教化的作用,这是两者十分一致的。引诗言事之例②,《论语》曾经引诗抨击三桓的僭越,并引诗句赞许子路的品格。《诗论》中则无相似的言辞。在引诗说理方面,《诗论》和《论语》是一致的③。虽然所说道理不同,但引诗而证之的方式则是相同的。《论语》"绘事后素",强调仁是良好品质的基础④,这个论断是孔子从相关诗意中引申出来的,是他断章取义的结果。这种方式在《诗论》中也可以见到。《论语》和《诗论》都有讨论《诗》乐的词语,两者是相同的。

---

① 孔子还主张研《诗》必须结合实践,他说:"诵《诗》三百,不足以一献。一献之礼,不足以大飨。大飨之礼,不足以大旅。大旅具矣,不足以飨帝。毋轻议礼。"(《礼记·礼器》)《诗》中虽然写礼的内容不少,但是若只是诵诗,而不具体习礼,则连"一献"这样的小礼仪也做不好。所以诵诗不能代替习礼。诵《诗》要和习礼结合起来,所以孔子又说"不能《诗》,于礼缪(误也)"(《礼记·仲尼燕居》),"志之所至,诗亦至焉。诗之所至,礼亦至焉"(《礼记·孔子闲居》)。

② 孔子引《诗》以言事之例,春秋时期多有,如宣公九年载:"陈灵公与孔宁、仪行父通于夏姬,皆衷其祖服以戏于朝。泄冶谏曰:'公卿宣淫,民无效焉。且闻不令,君其纳之。'公曰:'吾能改矣。'公告二子,二子请杀之。公弗禁,遂杀泄冶。孔子曰:《诗》云:'民之多辟,无自立辟。'其泄冶之谓乎!"孔子用诗句说明泄冶被杀之事。再如《左传》昭公七年载孟僖子有过能改事,"仲尼曰:'能补过者,君子也。《诗》曰:'君子是则是效。'孟僖子可则效已矣。'"是孔子引《鹿鸣》诗句说明孟子的君子人格。再如《左传》昭公十三年载子产"争承"之事,"仲尼谓:'子产于是行也,足以为国基矣。《诗》曰:'乐只君子,邦家之基。'子产,君子之求乐者也。'"这是孔子引《小雅·鹿鸣》诗句,说明子产为国家争取了尊严。再如《左传》昭公二十八年载魏献子任贤之事,"仲尼闻魏子之举也,以为义。曰:'近不失亲。远不失举,可谓义矣。'又闻其命贾辛也,以为忠。《诗》曰:'永言配命。自求多福。'忠也。魏子之举也。"孔子所引乃《大雅·文王》之语。为什么"配命"就是忠呢?因为笃信天命,就是忠于受天命的君主,是忠于国家的表现,所以孔子引此以说明魏献子之忠。

③ 引《诗》证理是孔子说诗的重要领域,例如《左传》昭公二十年载郑国宽猛之政事,"兴徒兵以攻萑苻之盗,尽杀之。盗少止。仲尼曰:'善哉!政宽则民慢,慢则纠之以猛,猛则民残,残则施之以宽。宽以济猛,猛以济宽。政是以和。《诗》曰:'民亦劳之,汔可小康。惠此中国,以绥四方。'施之以宽也。"毋从诡随,以谨无良。式遏寇虐,惨不畏明。"纠之以猛也。"柔远能迩,以定我王。"平之以和也。又曰:"不竞不絿,不刚不柔。布政优优,百禄是遒。"和之至也。'"孔子于此引《大雅·民劳》和《商颂·长发》的诗句说明为政当宽猛相济的治国理念。

④ 《礼记·表记》载孔子言:"仁有数,义有长短小大。'中心憯怛',爱人之仁也。率法而强之,资仁者也。《诗》云:'丰水有芑,武王岂不仕。诒厥孙谋,以燕翼子,武王烝哉。'数世之仁也。《国风》曰:'我今不阅,皇恤我后。'终身之仁也。"在这里,孔子强调有各种不同层次的"仁",仁出自人的本心,是人的优良品质的基础。

总之,从《论语》引诗与《诗论》论诗的情况而言,两者是基本相同的思路与理念,虽然两者并不能一一对应,但两者之间并没有抵牾矛盾的现象出现。这一点对于研究上博简《诗论》的作者问题应当是一个比较有力的旁证。从《诗论》简文可以看到,它的体例是不一致的,究其原委,当时孔门弟子研诗,"各言其志"①,充分发表自己的意见,孔子加以引导,并讲述孔子自己的意见和弟子讨论,弟子各有所记,因此才形成了体例不一的情况。孔门师徒研诗时不仅没有为礼仪所束缚,而且没有为诗本义所束缚,而是充满着极其活跃的思想与精神。

(五)《诗论》与《诗序》的关系问题

现在我们见到的《毛诗序》一般分为大序和小序。两者的区分,学者颇有不同的看法,现取朱熹的说法②,把排列于《关雎》之前的大段文字划分出大序,余者为《关雎》之序,亦即小序,三百篇诗前皆有解题性质的文字,一并称为诗序,即小序。《关雎》一诗的所谓大序,实际上是总论《诗》的文字,而小序则是指解说《关雎》的文字。

为了考察方便,现将《诗论》简文与《诗序》的文字排列如下:

表一 《诗论》与《诗序》对照表

上博简诗论简序	《诗论》内容	在《诗经》中的分布	篇数序号	《诗序》内容	诗论与诗序主旨的对比③
1	孔子曰:"诗亡(无)隐(隐)志,乐亡(无)隐(隐)情,旻(文)亡(无)隐(隐)言。"	诗大序		诗者。志之所之也。在心为志。发言为诗。情动于中而形于言,言之不足故嗟叹之,嗟叹之不足故永歌之,永歌之不足,不知手之舞之足之蹈之也。情发于声,声成文谓之音。治世之音安以乐,其政和。乱世之音怨以怒,其政乖。亡国之音哀以思,其民困。故正得失、动天地、感鬼神,莫近于诗。	2

---

① 《论语·先进》。
② 朱熹:《诗序辨说》,商务印书馆1937年版,第1—2页。
③ 《诗论》与《诗序》主旨的对比在本表中分为4类。1:符合。2:不符合。3:有关系但主旨有所变化。4:无相应文辞。

续表

2 7	寺(诗)也,文王受命矣。讼坪(平),德也,多言后。其乐安而迟,其诃(歌)绅(引)而荨(覃),其思深而远!大夏(雅)盛德也。多言…… "怀尔明德"害(曷),城(诚)胃(谓)之也。"又(有)命自天,命此文王",城(诚)命之也,信矣。孔子曰:"此命也夫?文王佳(虽)谷(欲)已,得虞(乎)?此命也。"	诗大序	先王以是经夫妇、成孝敬、厚人伦、美教化、移风俗。故诗有六义焉。一曰风,二曰赋,三曰比,四曰兴,五曰雅,六曰颂。	4
2 3 残简 ①	"大夏(雅)",盛德也。多言……。 ……也。多言难而悥(狷)退(怼)者也。衰矣,少矣! 《小夏(雅)》亦德之少者也。	诗大序	言天下之事,形四方之风,谓之雅。雅者,正也,言王政之所由废兴也。政有小大,故有小雅焉,有大雅焉。	3
3 4	《邦风》其内(纳)勿(物)也専(博),观人谷(俗)安(焉),大敛材安(焉)。其言否,其圣(声)善。孔子曰:佳(唯)能夫……。 ……曰:诗其猷(犹)坪(平)门,与戋(贱)民而𫗦之,其甬(用)心也将可(何)女(如)?曰:《邦风》氏(是)也。民之有慼倦也,上下之不和者其甬(用)心也将可(何)女(如)?	诗大序	上以风化下,下以风刺上,主文而谲谏,言之者无罪,闻之者足以戒,故曰风。至于王道衰,礼义废,政教失,国异政,家殊俗,而变风变雅作矣。国史明乎得失之迹,伤人伦之废,哀刑政之苛,吟咏情性,以风其上,达于事变而怀其旧俗者也。故变风发乎情,止乎礼义,发乎情,民之性也。止乎礼义,先王之泽也。是以一国之事,系一人之本,谓之风。	3

---

① 马承源主编:《上海博物馆藏战国楚竹书》(一),上海古籍出版社2001年版,第129页。

续表

5	……是也。又(有)城(成)工(功)者可(何)女(如),曰《讼(颂)》氏(是)也。				4
5	《清庙》,王惪(德)也,至矣。敬宗庙之礼,以为其本;"秉文之德",以为其业,"肃雍[显相",以为其桢]……。	周颂	1	《清庙》,祀文王也。周公既成洛邑,朝诸侯,率以祀文王焉。	3
6	[《清庙》曰:"肃穆显相,济济]多士,秉文之德",吾敬之。				
21	《清[庙,吾□之]》。				
6	《烈文》曰:"乍(亡)竞佳(唯)人"、"不(丕)显佳(唯)德"、"于呼前王不忘",吾敓(悦)之。	周颂	2	《烈文》,成王即政。诸侯助祭也。	3
6	《昊天又城(成)命》,"二后受之",贵且显矣,讼(诵)。	周颂	3	《昊天有成命》,郊祀天地也。	2
8	《十月》善諀言。	小雅	4	《十月之交》,大夫刺幽王也。	2
8	《雨亡(无)政(正)》……皆言上之衰也,王公耻之。	小雅	5	《雨无正》,大夫刺幽王也。雨自上下者也,众多如雨,而非所以为政也。	2
8	《即(节)南山》,皆言上之衰也,王公耻之。	小雅	6	《节南山》,家父刺幽王也。	2
8	《少(小)旻》多佁(疑)。佁(疑),言不中志者也。	小雅	7	《小旻》,大夫刺幽王也。	2
8	《少(小)宛》其言不亚(恶),少又秕安(焉)。	小雅	8	《小宛》,大夫刺宣王也。	2
8	《少(小)弁》……则言讒(间)人之害。	小雅	9	《小弁》,刺幽王也。大子之傅作焉。	2
8	《考(巧)言》,则言讒(间)人之害。	小雅	10	《巧言》,刺幽王也。大夫伤于谗,故作是诗也。	2

续表

8—9	《伐木》实咎于其也。	小雅	11	《伐木》,燕朋友故旧也。自天子至于庶人,未有不须友以成者。亲亲以睦,友贤不弃,不遗故旧,则民德归厚矣。	2
9	《天保》其得录(禄)蔑疆(疆)矣,巽寡德古(故)也。	小雅	12	《天保》,下报上也。君能下下以成其政,臣能归美以报其上焉。	2
9	《谇(祈)父》之责亦又(有)以也。	小雅	13	《祈父》,刺宣王也。	2
9	《黄鸣(鸟)》则困而谷(欲)反其古也,多耻者其忑之虖(乎)?	秦风	14	《黄鸟》,哀三良也。国人刺穆公以人从死,而作是诗也。	3
9	《䂿(菁)䂿(菁)者莪》则以人益也。	小雅	15	《菁菁者莪》,乐育材也。君子能长育人材,则天下喜乐之矣。	2
9	《裳裳者芋(华)》则……	小雅	16	《裳裳者华》,刺幽王也。古之仕者世禄,小人在位,则谗谄并进。弃贤者之类,绝功臣之世焉。	2
10	《关疋(雎)》之改……害(曷)?曰:童(终)而皆臤(贤)于其初者也。《关疋(雎)》以色俞(喻)于礼。	周南	17	《关雎》,后妃之德也,风之始也。所以风天下而正夫妇也。故用之乡人焉,用之邦国焉。风,风也,教也。风以动之,教以化之。……然则《关雎》、《麟趾》之化,王者之风,故系之周公。南,言化自北而南也。《鹊巢》、《驺虞》之德,诸侯之风也。先王之所以教,故系之召公。《周南》、《召南》,正始之道,王化之基。是以《关雎》乐得淑女以配君子。爱在进贤,不淫其色。哀窈窕思贤才而无伤善之心焉。是《关雎》之义也。	2
11	《关疋(雎)》之改,则其思赔(益)矣。				
12—14	[其三章则]两矣。其四章则俞(愉)矣。以琴瑟之悦,愆(拟)好色之忧(愿)。以钟鼓之乐[愆(拟)好色之]好。反内(纳)于礼,不亦能怡虖(乎)?				
10	《梂(樛)木》之时……害(曷)?曰:童(终)而皆臤(贤)于其初者也。	周南	18	《樛木》,后妃逮下也。言能逮下而无嫉妒之心焉。	2
11	《梂(樛)木》之时,则以其录(禄)也。				
12	《梂(樛)木》,福斯才(在)君子,不……				

续表

10	《滩(汉)往(广)》之智……害(曷)？曰：童(终)而皆臤(贤)于其初者也。	周南	19	《汉广》，德广所及也。文王之道被于南国，美化行乎江汉之域。无思犯礼，求而不可得也。	2
11	《滩(汉)往(广)》之智，则智(知)不可得也。				
13	[《汉广》不求不]可得，不攴(攻)不可能，不亦智恒虖(乎)？				
10	《鹊棹(巢)》之遑(归)……害(曷)？曰：童(终)而皆臤(贤)于其初者也。	召南	20	《鹊巢》，夫人之德也。国君积行累功，以致爵位。夫人起家而居有之，德如鸤鸠，乃可以配焉。	2
13	《鹊棹(巢)》出以两，不亦又离虖(乎)？				
10	《甘棠》之保……害(曷)？曰：童(终)而皆臤(贤)于其初者也。	召南	21	《甘棠》，美召伯也。召伯之教，明于南国。	3
13—15	《甘[棠思》]及其人，敬爱其树，其保(褒)厚矣。《甘棠》之爱，以邵(召)公……。				
16	[《甘棠》之报，敬]邵公也。				
24	吾以《甘棠》得宗庙之敬。民眚(性)古(固)然。甚贵其人，必敬其立(位)。敨(悦)其人，必好其所为，亚(恶)其人者亦然。				

续表

10 16	《绿衣》之思……害(曷)? 曰:童(终)而皆既(贤)于其初者也。 《绿衣》之忧,思古人也。	邶风	22	《绿衣》,卫庄姜伤己也。妾上僭,夫人失位而作是诗也。	2
10 11 16	《燕燕》之情……害(曷)? 曰:童(终)而皆既(贤)于其初者也。 [《燕燕》之]青(情),爱也。 《燕燕》之情,以其蜀(独)也。	邶风	23	《燕燕》,卫庄姜送归妾也。	3
16	孔子曰:"吾以《蓁(葛)勒(覃)》得氏(祇)初之诗,民眚(性)古(固)然。见其党(美),必谷(欲)反其本。"	王风	24	《葛覃》,后妃之本也。后妃在父母家,则志在于女功之事。躬俭节用,服浣濯之衣。尊敬师傅,则可以归安父母,化天下以妇道也。	3
17	《东方未明》又(有)利词。	齐风	25	《东方未明》,刺无节也。朝廷兴居无节,号令不时,挚壶氏不能掌其职焉。	3
17	《牆(将)中》之言不可不韦(畏)也。	郑风	26	《将仲子》,刺庄公也。不胜其母以害其弟,弟叔失道而公弗制。祭仲谏而公弗听,小不忍以致大乱焉。	2
17	《汤(扬)之水》其爱妇,悡。	郑风	27	《扬之水》,刺平王也。不抚其民,而远屯戍于母家。周人怨思焉。	2
17	《菜(采)菏(葛)》之爱妇……	王风	28	《采葛》,惧谗也。	2
18	因《木苽(瓜)》之保(报)以俞(喻)其意(悁)者也。	卫风	29	《木瓜》,美齐桓公也。卫国有狄人之败,出处于漕。齐桓公救而封之,遗之车马器服焉。卫人思之,欲厚报之,而作是诗也。	2
18 20	《折(秋)杜》则情憙其至也。 吾以《折(秋)杜》得雀(截)服[之怨,民眚(性)固然]。	唐风	30	《秋杜》,刺时也。君不能亲其宗族,骨肉离散,独居而无兄弟,将为沃所并尔。	3

续表

19	[《黍离》又(有)]溺(慆)志,既曰"天"也,犹又(有)悁言。	王风	31	《黍离》,闵宗周也。周大夫行役,至于宗周,过故宗庙宫室,尽为禾黍,闵周室之颠覆,彷徨不忍去,而作是诗也。	1
20	[吾以《鹿鸣》得]币帛之不可去(去)也,民眚(性)古(固)然,其隐志必又(有)以俞(喻)也。其言又(有)所载而句(后)内(纳)。或前之而后交,人不可觕也。	小雅	32	《鹿鸣》,燕群臣嘉宾也。既饮食之,又实币帛筐篚,以将其厚意,然后忠臣嘉宾,得尽其心矣。	1
23	《鹿鸣》以乐,始而会以道交,见善而学,冬(终)虖(乎)不厌人。				
21	《鬵(臧)大车》之器也,则以为不可女(如)可(何)也?	王风	33	《大车》,刺周大夫也。礼义陵迟,男女淫奔。故陈古以刺今,大夫不能听男女之讼焉。	2
21	《审(湛)零(露)》之赗(益)也,其犹酡(酡)与!	小雅	34	《湛露》,天子燕诸侯也。	2
21	孔子曰:《甬(宛)丘》,吾善之。	陈风	35	《宛丘》,刺幽公也。淫荒昏乱,游荡无度焉。	2
22	《甬(宛)丘》曰:"旬(洵)有情,而亡望。"吾善之。				
21	《于(猗)差(嗟)》吾惪(喜)之。	齐风	36	《猗嗟》,刺鲁庄公也。齐人伤鲁庄公有威仪技艺,然而不能以礼防闲其母,失子之道,人以为齐侯之子焉。	2
22	《于(猗)差(嗟)》曰:"四矢弁(反),以御乱",吾喜之。				
21	《……》,……[之]贵也。		37		4
21	《尸鸠(鸠)》吾信之。	曹风	38	《鸤鸠》,刺不壹也。在位无君子,用心之不壹也。	3
22	《尸(鸤)鸠》曰:"其义(仪)一氏(兮),心女(如)结也。"吾信之。				

续表

21	《文王》，吾兇（美）之。《文王》[曰："文]王在上，于邵（昭）于天，吾兇（美）之。"	大雅	39	《文王》，文王受命作周也。	1
23	《象（桑）蘆（柔）》其甬（用）人则（贼），吾取……	大雅	40	《桑柔》，芮伯刺厉王也。	3
25	《肠肠》少（小）人。	大雅	41	《荡》，召穆公伤周室大坏也。厉王无道，天下荡荡无纲纪文章，故作是诗也。	3
25	《又（有）兔》不奉时。	王风	42	《兔爰》，闵周也。桓王失信，诸侯背叛，构怨连祸，王师伤败。君子不乐其生焉。	2
25	《大田》之卒章，智（知）言而又（有）礼。	小雅	43	《大田》，刺幽王也。言矜寡不能自存焉。	3
25	《少（小）明》，不（负）。	小雅	44	《小明》，大夫悔仕于乱世也。	2
26	《……》……忠。		45		4
26	《北（邶）·白（伯）舟》，闷。	邶风	46	《柏舟》，共姜自誓也。卫世子共伯蚤死，其妻守义。父母欲夺而嫁之，誓而弗许，故作是诗以绝之。	2
26	《浴（谷）风》，惡。	邶风	47	《谷风》，刺夫妇失道也。卫人化其上，淫于新昏而弃其旧室。夫妇离绝，国俗伤败焉。	2
26	《翏（蓼）莪》，又（有）孝志。	小雅	48	《蓼莪》，刺幽王也。民人劳苦，孝子不得终养尔。	2
26	《隰又（有）长（苌）楚》得而悉（谋）之也。	桧风	49	《隰有苌楚》，疾恣也。国人疾其君之淫恣，而思无情欲者也。	2
27	《……》，……女（如）此。		50		4
27	《可斯》雀（截）之矣，离亓（其）所爱。必曰吾奚舍之，宾赠氏（是）也。	小雅	51	《何人斯》，苏公刺暴公也。暴公为卿士而谮苏公焉，故苏公作是诗以绝之。	1
27	孔子曰：《七（蟋）率（蟀）》，智（知）难。	唐风	52	《蟋蟀》，刺晋僖公也。俭不中礼，故作是诗以闵之，欲其及时以礼自虞乐也。此晋也而谓之唐。本其风俗。忧深思远。俭而用礼。乃有尧之遗风焉。	2
27	《中（仲）氏》，君子。①		53		4

---

① 《仲氏》，属于佚诗而混入它者。疑为《燕燕》的卒章（《仲氏》的首章）和《何人斯》的第七章（《仲氏》的次章）所组成。故而没有对应的诗序。

续表

27	《北风》,不绝。	邶风	54	《北风》,刺虐也。卫国并为威虐,百姓不亲,莫不携持而去焉。	2
27	《人之》,怨子。①		55		4
27	《立不》,……。②		56		4
28	《[巧]言》,言恶而不廖(瘳)。	小雅	57	《巧言》,刺幽王也。大夫伤于谗,故作是诗也。	2
28	《牆(墙)又(有)茡(茨)》,慎密而不智(知)言。	鄘风	58	《墙有茨》,卫人刺其上也。公子顽通乎君母,国人疾之,而不可道也。	2
28	《青蠅(蝇)》,[智(知)言而不智(知)辟。]	小雅	59	《青蝇》,大夫刺幽王也。	2
29	《倦(卷)而》,不知人。	周南	60	《卷耳》,后妃之志也。又当辅佐君子,求贤审官,知臣下之勤劳,内有进贤之志,而无险诐私谒之心,朝夕思念,至于忧勤也。	1
29	《涉秦(溱)》其绝枏(柎)而士。③	郑风	61	《褰裳》,思见正也。狂童恣行,国人思大国之正己也。	1
29	《角幡》,妇。④	唐风	62	《葛生》,刺晋献公也。好攻战则国人多丧矣。	3
29	《河水》,智。⑤		63		4

从上表我们可以看到上博简《诗论》所提到的诗篇计有63篇。我们将这63篇再进行分析,可列出表二。

总括下表可以看到,上博简《诗论》共论诗63篇,除却佚诗和阙疑之诗不计以外,还有56篇,我们现在可以进行的诗篇分类是:

---

① 《人之》一诗,属于佚诗而混入它诗者,系由《小宛》篇的第二章和《瞻卬》第五章的最后两句及其第六章组成,没有相应的诗序。

② 《立不》一诗早佚,愚推测它可能是《小雅·巧言》一诗的前三章(说详本书的"疏证"部分)。所以它没有相应的诗序。

③ 简文"涉秦",马承源先生谓:"今本《诗·郑风》有《褰裳》,诗句云'子惠思我,褰裳涉溱','涉溱'通'涉秦',当为同一篇名,简本取第一章第二句后二字,今本取其前二字。"(马承源主编:《上海博物馆藏战国楚竹书》(一),上海古籍出版社2001年版,第159页。)

④ 《唐风·葛生》篇第三章首句谓"角枕粲兮",推测《葛生》原名《角枕》,当无大误。

⑤ 依《诗论》简文之例,《河水》为诗篇名,应当肯定。"河水"之辞见于《新台》《硕人》《伐檀》等诗,所以专家有以此三篇之一为简文所指者,不为无据。因为不能确定为何篇,所以暂无对应的诗序。

表二 《诗论》评诗在今本《诗经》中的分布及篇数表

《诗论》所评诗在《诗经》中的分布及篇数	在上列"表一"中的序号	《诗论》简号
周颂 3	1、2、3	5、6、21
小雅 20	4、5、6、7、8、9、10、11、12、13、15、16、32、34、43、44、48、51、57、59	
大雅 3	39、40、41	21
秦风 1	14	9
周南 4	17、18、19、60	10、11、12
召南 2	20、21	10、13、16
邶风 5	22、23、46、47、54	10、11、16、26、27
王风 5	24、28、31、33、42	16、17、19、21、25
齐风 2	25、36	17
郑风 3	26、27、61	17
卫风 1	29	18
唐风 3	30、52、62	18、29
陈风 1	35	21、22
曹风 1	38	21、22
桧风 1	49	26
鄘风 1	58	28
佚诗 3	53、55、56	27
阙疑 4①	37、45、50、63	21、26、27、29

《国风》30 篇

《小雅》20 篇

《大雅》3 篇

《周颂》3 篇

《诗论》简所没有涉及的部分是：豳风、魏风、商颂、鲁颂。《诗经》国风计十五国风，《诗论》简论诗涉及十三国风。我们可得出结论说，《诗论》简论诗的范围是广泛的。但大致都在《诗》的定本范围之内。这是我们可以得出的

---

① 所阙疑的 4 篇，其中有 3 篇（分别见第 21、26、27、37 号简），简文只提到所评析的字辞，但所论篇名缺失。还有一篇（见第 29 号简）虽然篇名和评诗内容皆有，但尚不能确定为何篇，似应存疑待考。

第一点认识。

《诗论》简论诗的次序由于简序问题尚无得到完全的解决,所以现在还不好肯定说它进行了颂、雅、风的排序,不能肯定它完全有异于今本《诗经》的风、雅、颂的顺序。这是我们可以得出的第二点认识。

《诗论》简文评诗的主导思想符合孔子的仁、礼学说,没有以毛传《诗序》为代表的汉儒那种"美刺说"的影子,没有对诗进行政治化、历史化的解读,而常常是直指诗旨,体味诗的情感,并且直言读诗时的审美感悟,这些都与《诗序》有较大区别。这是我们可以得出的第三点认识。

我们还应当特别提到的是《诗论》贯穿了孔子的遵王思想,而《诗序》在汉代的政治与学术背景下则多有"刺王"之说。司马迁曾经综论汉初政治,说道:"汉兴,功臣受封者百有余人。天下初定,故大城名都散亡,户口可得而数者十二三,是以大侯不过万家,小者五六百户。后数世,民咸归乡里,户益息,萧、曹、绛、灌之属或至四万,小侯自倍,富厚如之。子孙骄溢忘其先,淫嬖。至太初百年之间,见侯五,余皆坐法殒命亡国,耗矣。"①汉初功臣受封为诸侯,逐渐发展成为有影响的强大政治经济势力。比这支势力更为强大的是同姓诸侯王的势力。司马迁指出:"汉定百年之间,亲属益疏,诸侯或骄奢,邪臣计谋为淫乱。大者叛逆,小者不轨于法。"②汉景帝时候的"七国之乱",就是这支势力膨胀的恶果。正所谓尾大不掉,汉初百余年间王纲不振,乃是形势发展的必然。汉初百余年间,皇帝的权力受到强有力的挑战,皇帝在帝位常战战兢兢③,大臣们也多敢于犯颜直谏。史所艳称的"文景之治",并非皇权高扬的标识,而是皇权与地方势力达到暂时平衡的表现。《诗序》的思想虽然有些可以上溯至孔门师徒,但那只是先声与嚆矢,它的主要撰著者还是汉初的毛公。《汉书·儒林传》载"毛公,赵人也。治《诗》,为河间献王博士"。据三国时期陆玑所著《毛

---

① 《史记·高祖功臣侯者年表》序。
② 《史记·汉兴以来诸侯王年表》序。
③ 汉文帝曾经下诏自责,谓"以不敏不明而久抚临天下,朕甚自愧。其广增诸祀埋场珪币。昔先王远施不求其报,望祀不祈其福,右贤左戚,先民后己,至明之极也。今吾闻祠官祝厘皆归福朕躬,不为百姓,朕甚愧之。夫以朕不德,而躬享独美其福,百姓不与焉,是重吾不德"。又诏曰:"间者岁比不登,朕甚忧之。愚而不明,未达其咎。"(《史记·文帝纪》)

诗草木鸟兽虫鱼疏》的说法,这位毛公就是"大毛公"毛亨,比他稍后的治毛诗的毛苌,则称为"小毛公"①。他们生活的时代正是汉武帝强化皇权之前的汉初时期。所以说,《诗序》每言"刺王"正是提供反面教材,是提供鉴戒,正适应了汉初的政治形势,也符合那个时期的学术氛围。《新语·术事》篇说:"善言古者合之于今,能述远者考之于近。故说事者上陈五帝之功,而思之于身,下列桀、纣之败,而戒之于己。"这种托古言今,让帝王"戒之于己",正是以毛传和《诗序》为代表的汉儒解诗的"美刺说"的基本路数。著名政论家贾谊亦谓:"桀纣,所谓暴乱之君也,士民苦之,皆即位数十年而灭,士民犹以为大久也。"②揭露、剖析桀、纣,还有秦始皇、秦二世这样的"暴乱之君",成为汉初政治家的热门话题,如果这些政论家来解《诗》,他们肯定会走上以毛传和《诗序》为代表的"美刺说"一途③。东汉时期古文经学昌盛,由于经学大师郑玄为毛诗作笺,所以毛诗逐渐兴盛,而立于官学的齐、鲁、韩三家诗式微。对于这个转变过程,可谓是三个"官"打不过一个"民"④。难怪清儒王先谦要用"众煦漂山,聚蚊成雷"⑤之语来慨叹之。

总之,《诗序》和毛传盖为同一历史时期的作品,清儒或谓两者为一人所著⑥,虽然尚不能为定论,但两者内容与旨趣的一致性质还是可以肯定的。郭

---

① 陆玑述毛诗传授次第甚详。他说:"孔子删诗卜商,商为之序,以授鲁人曾申,申授魏人李克,克授鲁人孟仲子,仲子授根牟子,根牟子授赵人荀卿,荀卿授鲁国毛亨,亨作《诂训传》以授赵国毛苌,时人谓亨为大毛公,苌为小毛公。以其所传故名其诗曰《毛诗》。"(《毛诗草木鸟兽虫鱼疏》卷下,咸丰七年刊本)
② 阎振益、钟夏校注:《新书校注》,中华书局 2000 年版,第 341 页。
③ 对于汉儒的美刺说,朱熹曾经予以驳斥,说道:"大率古人作诗,与今人作诗一般,其间亦自有感物道情,吟咏情性,几时尽是讥刺他人?"又谓:"《诗序》多是后人妄意推想诗人之美刺,非古人之所作也。"(《朱子语类》卷八十)朱东润先生曾经力赞此说,谓:"朱熹此言,深得诗义。后人作诗往往牵扯附会,或自作一诗而必影射时政,或读人一诗而必推求寄喻,皆《毛序》之言,为之厉阶也。"(《诗三百篇探故》,云南人民出版社 2007 年版,第 98—99 页。)
④ 关于毛诗与三家诗争竞获胜的缘由,谢无量曾谓:"有以下三种理由:(一)三家诗传世已久,人情厌故喜新,毛诗新出,故能风行一时。(二)郑君当时大儒,声望甚著,独为毛诗作笺,故学者群起附和。(三)西汉博士习气最坏,三家诗久立学官,多被牵入纬书杂入说,毛诗较纯正,传笺又复平实简要,易于传习。"(《诗经研究》,商务印书馆 1923 年版,第 41 页)按,其所谓三种理由虽皆是,但尤以第三种最为根本。就东汉时期的社会大背景看,士族与士人兴起,宦官当道所造成的官府权威渐失,列为官学的三家诗的失势也当与之有关。
⑤ 王先谦:《诗三家义集疏》序例,中华书局 1987 年版,第 1 页。
⑥ 参见俞正燮:《癸巳类稿》六"毛诗传序一人所作论"条,《皇清经解续编》卷八百四十,上海书店 1988 年版,第 1349 页。

店简《缁衣》载孔子语"长民者衣備（服）不改，从颂（容）又（有）常。则民德弌（一）。"①《缁衣》篇载这段孔子的话以后，引《小雅·都人士》篇的"其颂（容）不改"等两句诗为证。今本《诗经·都人士》篇诗序之语与《缁衣》篇所载这段孔子语十分接近，此篇诗序谓："古者，长民者，衣服不贰，从容有常，以齐其民，则民德归壹。"这种十分接近的情况表明，诗序的作者在此篇是完全采取孔子之说而言的。虽然我们不能据此一个材料，就断定所有《诗序》尽皆如此，但可以确定《都人士》篇确实如此，并且可以将此作为旁证来考虑其他篇的《诗序》。关于《诗序》的成书，王引之指出，《汉书·艺文志》载"《诗经》二十九卷"，"《毛诗故训传》三十卷"。"《毛诗》经文当为二十八卷，与鲁、齐、韩三家同。其序别为一卷，则二十九卷矣。……若《毛诗》本经，则以诸篇之序合编为一卷，明甚。经二十八卷，序一卷，是以云二十九卷也。"②可见，《诗序》本来是单独成篇的，到了汉儒的时候才将其打乱，分置于每篇之首，成了我们现在所见的《毛诗》的样子③。

《诗序》的大部内容形成较晚，但有个别内容可能有较早的渊源。如《小雅·北山》序谓"大夫刺幽王也。役使不均，已劳于从事，而不得养其父母焉。"孟子说诗时谓此篇诗旨言"劳于王事，而不得养父母也"。清儒钱大昕谓孟子之说即《诗序》之说，"唯小序在孟子之前，故孟子得引之"④，意即孟子曾引《诗序》为己论之据。《诗序》此条内容可能是在孟子之前者，若推测为子夏传诗时语，是有可能的。

《诗论》简文与《诗序》相关内容的对比，我们在前列表一，曾有一项加以具体分类，现可以将此分类列为下表，以便观览。

---

① 荆门市博物馆编：《郭店楚墓竹简》，文物出版社1998年版，第130页。
② 王引之：《经义述闻》卷七。
③ 郑玄笺《南陔》、《白华》《华黍》三逸诗云：此三诗，"孔子论诗'雅、颂各得其所'时俱在耳，篇第当在于此，遭战国及秦之世而亡之，其义则与众篇之义合编故存。到毛公为诂训传，乃分众篇之义，各置于其篇端"（参见孔颖达《毛诗正义》卷九，《十三经注疏》，中华书局1980年版，第418页）。
④ 钱大昕：《十驾斋养新录》卷一，上海书店1983年版，第22页。按，谓孟子引《诗序》为说，实无确证。何以见得《诗序》作者不会引孟子之论为说呢？今暂依钱氏说，谓《诗序》有些内容可能是早于孟子的。按，相似的例子还见于《礼记·缁衣》篇，是篇载"子曰：'长民者，衣服不贰，从容有常，以齐其民，则民德壹。《诗》云：'彼都人士，狐裘黄黄。其容不改，出言有章。行归于周，万民所望'。"孔子所说的"衣服不贰，从容有常"见于《诗·小雅·都人士》之序，上述《缁衣》篇所引诗，亦见于《都人士》。我们无法断定孔子是见《诗序》而发论，比较可信的推测应当是《诗序》的作者见《缁衣》篇所载孔子之论而用之《都人士》之序。

表三　《诗论》简文与《诗序》内容对比分类表

（《诗论》与《诗序》内容的对比分类，在本表中分为四类，第一类：符合。第二类：不符合。第三类：有关系但主旨有所变化。第四类：无相应文辞，当阙疑。）

第一类（两者符合）在表一中的序号	第一类总计	第二类（两者不符合）在表一中的序号	第二类总计	第三类（有关系但主旨有变化）在表一中的序号	第三类总计	第四类（无相应文辞而当阙疑）在表一中的序号	第四类总计
31、32、39、51、60、61	6	3、4、5、6、7、8、9、10、11、12、13、15、16、17、18、19、20、22、26、27、28、29、33、34、35、36、42、43、44、46、47、48、49、52、54、57、58、59	38	1、2、14、21、23、24、25、30、38、40、41、62	12	37、45、50、53、55、56、63	7

从表三中我们可以看到在《诗论》简所提及的 63 简《诗》中，《诗论》内容与《诗序》不相符合的有 38 篇之多，占到 60% 以上，内容虽有一些联系，但主旨已经变化的有 12 篇，占总类 63 篇的 19%。把第二类和第三类合诗，则有 50 篇之多，则占总数 63 篇的 79%。如果除去当阙疑的 7 篇，这个比例还会再大些。两者相符合的仅有 6 篇，还不到 10%。可以说，后儒在《诗序》的时代虽然还知道师训，但现实的政治需要却占了更要紧的位置，所以他们的解诗的时候，《诗论》之类的内容只能一个并不重要的参考而已。就《诗论》简总论《诗》的内容与《诗大序》的比较而言，虽然思想上的联系时有所见，但是思路不一致，主旨不相同的地方更多，这与 63 篇诗的具体比较情况，也是相应的。《诗序》往往将诗旨落实到具体的史事或人物，这在《诗论》中是没有的现象。而《诗论》中直指诗旨，以诗学解诗的思路则与《诗序》有较大差异。可以肯定《诗论》和《诗序》是有关系的，但《诗序》则基本上是另起炉灶的作品。撰写《诗序》的汉儒有《诗论》内容的影子，但他们脑海中更

多的则是政治的需要，他们已经深谙汉初名儒叔孙通"进退与时变化"①的官守之道。

在汉代皇权的影响下，以毛传和《诗序》为代表的"美刺"之说亦有一定的变化，美则颂上，谄媚愈甚，思路未改，只是更加露骨而已。可是，"刺"则愈益失去锋芒，东汉大儒郑玄如此讲他所理解的"美刺"：

> 诗者，弦歌讽喻之声也。自书契之兴，朴略尚质，面称不为谄，目谏不为谤，君臣之接如朋友然，在于恳诚而已。斯道稍衰，奸伪以生，上下相犯，及其制礼尊君卑臣，君道刚严，臣道柔顺，于是箴谏者希，情志不通。故作诗者以诵其美而讥其过。②

郑玄将"美刺"定位于"弦歌"上德，"讽喻"下失。这种诵美讥过的主旨在于磨去锋芒，把"刺"的锋芒"严严实实地隐藏了起来"③，只浮现出柔顺之态。

《诗序》的作者与存废之争，是《诗》学研究的一个重要问题。前人论争中关于《诗序》的作者就有十几种之多。大体说来，学者们比较一致的看法是《诗序》非一人一时之作，据《后汉书·卫宏传》的记载，其最终应当是经由卫宏之手才完成的。我们从上博简《诗论》中可以看到《诗》作为授徒的教本经过孔子编定之后，孔门师徒就开始了对它的研究，理解诗意，阐发诗旨，领悟精神。这些工作孔门弟子或有所记载，儒家后学在授《诗》的过程中再据孔子之意加以补充润饰，我们见到的《诗论》就可能是孔门后学弟子的手泽。从《诗序》的发生次第看，这些应当是它的嚆矢。到了汉代四家诗的时候，社会背景和学术背景已经和战国时期大有变化，所以，汉儒解诗的角度适应汉代政治与学术的需要，对于《诗》的理解也和战国时期儒家弟子的观念颇有不同。汉儒以美刺说解诗是其一大特色，《诗序》是其美刺说的主要载体之一④。

---

① 《史记·刘敬叔孙通列传》。
② 郑玄：《六艺论》，参见皮锡瑞：《师伏堂丛书·六艺论疏证》（光绪己亥刊本）。
③ 刘毓庆、李蹊："郑玄诗学理论及其对传统诗论的转换"，《文学评论》2007年第6期。
④ 汉儒于美刺说意见并不统一，如作为《诗经》首篇的《关雎》，毛诗以为是"美"诗，《诗序》说它表现了"后妃之德"，体现着"王者之风"，"《关雎》乐得淑女以配君子，爱在进贤，不淫其色。哀窈窕，思贤才，而无伤善之心焉，是《关雎》之义也"，毛传则认为此诗"后妃说乐君子之德，无不和谐，又不淫其色，慎固幽深"，亦极尽赞美。而三家诗则力主其为"刺"诗（说详王先谦《诗三家义集疏》卷一）。

《诗序》不可能出现于孔子之前①,清儒程廷祚曾经论及此事,谓周代盛世时乐师学士大夫皆习诗、乐,诗的主旨,"兴于何事,作于何人,不赖诗之有序也。孔子设教洙泗之间,训弟子以学诗之益,降及战国孟子最深于诗而其时诗亦无序"②。他的这个说法基本上是正确的,孔孟的时候,《诗》尚无序,《诗序》之起源,当滥觞于战国中期,是在《诗论》出现以后。在《诗》的古本出现以后为了研习的需要,史官及乐官以及传《诗》的士大夫或者士人,有可能对于一些诗篇写出极简短的文字以说明诗篇的时代及主旨,但可能不是系统的,只是零星的只言片语而已。这可以视为《诗》的古序的滥觞。例如,《墨子·明鬼》篇述周宣王杀无辜大臣杜伯,后来杜伯为鬼而复仇,说"周宣王合诸侯而田于圃,田车数百乘,从数千,人满野",宣王被射杀在田车之上。论者或以为这是周宣王东都大会诸侯之证,其实,田车数百、随从数千,观看的人满山遍野,这只是说明杜伯为鬼而复仇之事人皆所见,车、人云云,皆为衬托之辞。宣王合诸侯事,不见诸史载,彝铭亦无所见,此事仅见于《诗·小雅·车攻》之序,墨子讲这个鬼故事,其依据应当就是《诗》的古序。墨子是战国初期的人,《诗》的古序在这个时期应当是存在的。我们可以推测,《诗》序有一个漫长的萌芽、发展、形成的过程,是不断修改补充所完成的。这一过程在一个短时间里面是不可能完成的,它需要一个长时段。

　　《诗序》的特色及其与上博简《诗论》的区别,可以概括为以下几点:

　　一、《诗序》突出诗的"教化"作用,如《诗大序》谓:"风,风也,教也。风以动之,教以化之。诗者。志之所之也。在心为志,发言为诗。……先王以是经夫妇,成孝敬,厚人伦,美教化。"有时候,《诗序》还将这种教化具体落实到某人或某事上面,如《甘棠》一诗,《诗序》谓:"美召伯也。召伯之教,明于南国。"其实,《甘棠》一诗主旨正如上博简《诗论》所说是写民众对于召伯的敬重感情,"思及其人,敬爱其树,其保(褒)厚矣"(第15号简),然后又论及民众的好恶观念,谓"甚贵其人,必敬其立(位)。敓(悦)其人,必好其所为"(第24号简),其所突出

----

①　宋儒程大昌谓《诗》有"古序",说道:"夫诗之古序,亦非一世一人之所能为也。采诗之官,本其所得于何地,审其出于何人,究其主于何事,其有实状,致之大师,上之国史。国史于是采案所以,缀辞其端而藏诸有司,是以有发篇两语,而后世得以目为古序也。"(《诗论》十一,《学海类编》第五册)按,是说以情理度之,似无不可,但于文献无征,于《诗》无考,只可略备一说。

②　程廷祚:"诗论一'序'",《青溪集》卷二,金陵丛书本。

的是对于民众敬重有功业者这一本性的认识,而不是凸现召公的"教化"。再如《葛覃》一诗,写女子采葛、制衣等事,《诗序》也将其纳入教化的轨道,谓:"《葛覃》,后妃之本也。后妃在父母家,则志在于女功之事。躬俭节用,服浣濯之衣。尊敬师傅,则可以归安父母,化天下以妇道也。"《诗论》则指出是诗所表现的是"民性",即"见其芺(美),必谷(欲)反其本"(第 16 号简)。总之,《诗序》所关注的是诗的教化功能,而《诗论》关注的则是诗的主旨及其背后的思考,两者的思路导向并不一致。

二、《诗序》尽力将诗篇具体化、历史化,而《诗论》则纵论诗旨。例如《清庙》篇,《诗序》谓"祀文王也。周公既成洛邑,朝诸侯,率以祀文王焉",其实,《清庙》只是一般意义上的宗庙祭礼上的颂歌,并不特指周公之祭,《诗序》将其落实,是没有根据的。《诗论》评析此篇指出:"《清庙》,王惪(德)也,至矣。敬宗庙之礼,以为其本"(第 5 号简)强调它是一篇宣扬"王德"之诗,正因为"王德"之至高无上,所以人们才尊敬宗庙之礼,并将作为自己的立身之本。

三、《诗序》论诗时的风格犹呆板且冬烘的经师之枯燥宣讲,而《诗论》则似学者直抒胸臆,畅论读诗感受。《诗论》论诗每言"吾敬之"、"吾悦之"(第 6 号简)、"吾美之"、"吾信之"(第 21 号简)、"吾善之"、"吾喜之"(第 22 号简)。这些情况,让人想到孔子师徒坐而论道、各言尔志的活泼场面①。而《诗序》的文字,除《大序》较有文采外,《小序》则多泥于"美刺"之说,以"美某王"或"刺某王"为说辞,篇篇一律,给人以枯燥乏味之感。如《鹊巢》一诗,本是描写婚礼场面的活泼欢快的小诗,《诗论》谓其写了"出以百两(辆)"的迎娶场景,谓其结果比预料得还要好("童(终)而皆臤(贤)于其初者也")(第 10 号简、第 13 号简),而《诗序》则谓是诗是写"夫人之德"之诗,所表现的是"国君积行累功,以致爵位。夫人起家而居有之,德如鸤鸠,乃可以配焉",其说完全是礼的说教之辞,距离诗旨甚远。

总之,从我们前面所列的"《诗论》与《诗序》对照表"来看,两者内容差别较大者占了大多数,这表明《诗序》不大可能承继《诗论》而来,再从两者写定的时代看,《诗论》是孔门师徒的研诗记录;而《诗序》则主要由战国秦汉间的经师操刀所完成。从这两点看,要说《诗论》是古诗序恐怕是比较困难的。

---

① 孔门师徒论学的情况,《论语》的《公冶长》和《先进》篇有所记载。

(六)《诗论》的时代与作者

上博简《诗论》每言"孔子曰"、"子曰",这说明《诗论》应非孔子手著,而应当是孔子的再传弟子据师传内容所写成。这种情况颇类似于《论语》的编定。《论语》一书的编纂,一般认为出自曾子一系的儒家弟子或再传弟子,距离孔子辞世已有百年左右的时间。这个时期正值战国初期诸子蠭起之际,儒家弟子为拓展理论阵地和传学授徒的需要而纂集先师理论及嘉言懿行,于是各出所承所记的资料汇集整理成书。《论语》是这些工作中最有成绩的一部书。除《论语》之外,如《易》、《礼》、《诗》等的内容编纂成书,马王堆汉墓帛书的关于《易》的一些书,据研究就是纂集孔子授《易》的言论而成。《诗论》作者的有专家认为是子夏的门人(也有专家认为出自子夏之手)。

《诗论》虽非孔子手著,但却是孔子诗学理论的汇集。儒家弟子编纂《诗论》虽然不免于时代的烙印,但其思想则还是祖述孔子者,而非弟子所杜撰。我们不敢说《诗论》所载每一句话都是当日孔子所亲语,但也不能说它与孔子思想有较大距离,不能说它是儒家弟子离开师传的造作①。

《诗论》中语具有时代特点又不失孔子思想之旧的典型例证是并于"民性"的问题。《诗论》曾经三提"民性"的问题,并且皆称"民性固然",简文如下:

吾以《□(葛)□(覃)》得氏(祇)初之诗,民眚(性)古(固)然,见其美,必谷(欲)反其本。(第16号简)

[吾以《鹿鸣》得]币帛之不可迏(去)也,民眚(性)古(固)然,其隐志必又(有)以俞(喻)也。(第20号简)

吾以《甘棠》得宗庙之敬,民眚(性)古(固)然,甚贵其人,必敬其立(位),悦其人,必好其所为,亚(恶)其人者亦然。(第24号简)

上引第16号简的"民性",指的是见到高尚至美的东西,就要追溯其本源("反

---

① 专家曾经指出,《诗论》第7号简:"怀尔明德"害(曷),诚(诚)胃(谓)之也。"又(有)命自天,命此文王",诚(诚)命之也,信矣。孔子曰:"此命也夫?文王隹(虽)谷(欲)已,得摩(乎)?此命也。"简文"孔子曰"之前的内容是《诗论》"作者自己的论说"(刘毓庆:《楚竹书'孔子诗论'与孔门后学的诗学倾向》,《北京师范大学学报》2004年第4期)。按,这个说法是有一定道理的。但《诗论》作者的这个议论完全符合孔子的思想,没有超越孔子诗学。愚以为此简内容可以理解为孔子自问自答之语。

其本")。第 20 号简的"民性"指在典礼上馈赠币帛之事不可缺失。这是因为，民众内心的想法必定要有所表达，人际交往的时候应当先行礼，说明自己的意思，然后以币帛之物作为心意的载体。第 24 号简的"民性"，说的是如果特别尊崇那个人，必然会敬重那个人在宗庙的神位。如果喜欢一个人，那就必定喜好他的作为。反过来说，厌恶一个人也是这样的。这三处简文所提到的"民性"，无论是崇尚完美而尊祖敬宗，或是礼尚往来馈赠币，抑或是爱屋及乌的敬慕，都是民众的日常，都是具体可行的，而不属于缥缈虚空的、纯思维的范围。

要探究"民性"的问题，我们不得不稍微多说一些，以求弄清这一概念的源流。

"性"这一概念的出现于文献，或以为《尚书·召诰》篇所载可能是最早者，是篇说"呜呼！若生子，罔不在厥初生，自贻哲命。今天其命哲，命吉凶，命历年"。关于此处的涵义，清儒阮元谓："哲与愚，吉与凶，历年长短，皆命也。哲愚授于天为命，受于人为性。"[①]依此理解，则可简言之，在天为命，在人为性。命与性为同一事之两面。然而，阮元此说，实际上是对于经文的发挥，经文只谓人之"初生"即有天命在焉，而并未谈及"性"的问题。据《国语·周语》上记载，周穆王时人曾谓"先王之于民也，懋正其德而厚其性"，依我之浅见，此语之意即谓先王之时对于民众是增加其所得并且让其性更加纯厚。显而易见，这里所说的"其性"，就是"民性"。其所说的"性"仍就民众的日常而言，并未将性与天、命等概念合在一起使用。直到孔子的时候，还是只言"性"。并且所言之性皆指"民性"，而不着重于从人性角度出发的抽象的理论探讨。《论语》所载关于"性"的论述有两条。一条见于《公冶长》篇：

子贡曰："夫子之文章，可得而闻也；夫子之言性与天道，不可得而闻也。"[②]

此处所言的"性"与"文"相对应，文指文饰、文彩。皆为增饰之事物，而与之相

[①] 阮元：《性命古训》，参见《揅经室一集》卷十，《揅经室集》上册，中华书局 1993 年版，第 211 页。

[②] 作为篇幅不太长的独立成篇的文字来理解的"文章"是汉代才出现的概念，先秦时期，文章多指错杂的色彩或纹饰，用以区别人的社会地位的尊卑高下。此外，礼乐制度的灿然可观也可以被称为"文章"。经文所云"夫子之文章"，后儒多以"文"指诗书礼乐，恐不尽然，何晏注所云"文彩"，亦当为其内容之一。后儒或以"性与天道"所指为《易》，亦失之于狭，何晏注所谓"性者，人之所受以生也。天道者，元亨日新之道"，当近是。

对之"性",则当为本来的素朴的事物。所以经文所云的"性",当以原生之概念来理解。而民众的日常欲望渴求皆为其"性"。这里言的"性",是为"民性"。《论语》一书所载另一个关于"性"的记载见于《阳货》篇:

> 子曰:"性相近也,习相远也。"

这里所强调的是人的后天的社会的影响,而不深究"性"的本质是善抑或是恶的问题。依照孔子关于"民"的概念,这里的"性"依然是作为普遍的日常的"民性",是人的自然情感,亦即人的天然的本性,而不是抽象的"人性"[①]。

一般认为,孔门儒家到了子思及其弟子的时候才将"性"与天、命、情等观念联系一起进行深入的学理的探讨。相传为子思所作的《中庸》里就将性与天命连为一体,谓:

> 天命之谓性。

这个命题,在《郭店楚简·性自命出》篇中作了进一步的细致的表述,说是"性自命出,命自天降",专家多认为这是把"天命谓之性"一句话分成两句来说,也许这样说更易于理解。《性自命出》篇中有一大段话专门分析性、命、情、义、心、物等的关系。为了说明战国时期儒者对于"性"这一问题的全面认识,现将这些简文称引如下:

> ……眚(性)自命出,命(以上第 2 号简)自天降。(始)于青(情),青(情)生于性。司(始)者近青(情),终者近义。智(知)[青(情)者能](以上

[①] 《尚书·召诰》有"节性惟日其迈"的说法,于省吾《尚书新证》释"节性"为"人生"之讹,刘起釪先生从其说,释此句意为"人生惟日其迈"(《尚书校释译论》,中华书局 2005 年版,第 1441 页),又,据《国语·周语》中篇所载,春秋时人有称"人性"之例,谓"夫人性,陵上者也,不可盖也。求盖人,其抑下滋甚,故圣人贵让。且谚曰:'兽恶其网,民恶其上。'《书》曰:'民可近也,而不可上也。'"。按,这里所说的"人性",实即民性。这是因为,出人头地("陵上者"),是社会上普通人的共有品格,从所引谚语"民恶其上"、所引《书》"民可近也",皆可证所云"人性",实即民性。

第 3 号简)出之,智(知)宜(义)者能内(纳)之。好亚(恶),肯(性)也。所好所亚(恶),勿(物)也。善不[善,性也]。(以上第 4 号简)所善所不善,势也。凡肯(性)为宔(主),勿(物)取之也。(以上第 5 号简)①

这段简不仅十分清楚地讲了"性"的生成,还讲了作为人的内在本质的"性"与外在事物的关系。在《郭店楚简·语丛》二中,还将情、爱、欲、智、恶、喜、愠、惧、强、弱等人的本能的情感表现的生成皆归本于性。《诗论》第 12 号简谓:"[愳(拟)好色之]好,反内(纳)于礼,不亦能改虖(乎)?"这里所说的"礼"并非后世所认为的冷冰冰的僵硬之礼,而是保护、节制乃至文饰人情的礼。孟子曾说:"仁之实,事亲是也;义之实,从兄是也;智之实,知斯二者弗去是也;礼之实,节文斯二者是也。"②

孟子曾经和他的弟子讨论"人性"的问题,《孟子·告子》上篇载:

> 告子曰:"性犹湍水也,决诸东方则东流,决诸西方则西流。人性之无分于善不善也,犹水之无分于东西也。"孟子曰:"水信无分于东西。无分于上下乎?人性之善也,犹水之就下也。人无有不善,水无有不下。"

通过孟子和他的弟子的讨论,我们可以看到那个时代的儒家哲人已经在深入地讨论"人性"的问题。其情况与孔子时期只论民众日常的"民性"问题已经有了区别。子思孟子一系的儒者关于"性"的研究在深度和广度上都超过了孔子。

总之,通过对于儒家学派关于"性"的研究在不断深化这一情况的研究,可以说《诗论》简所载孔子三论"民性固然"是和孔子关于"性"的理论合拍的,不可以把它下延到子思、孟子的时代。这从一个侧面说明,《诗论》当是孔子所传诗学之旧,而非儒家后学说诗之新。

孔门诗学非常重视《诗》的社会功用,孔子曾说"诵诗三百,授之以政,不达;使于四方,不能专对;虽多,亦奚以为?"③这里讲春秋时赋诗明志是贵族交

---

① 荆门市博物馆编:《郭店楚墓竹简》,文物出版社 1998 年版,第 179 页。
② 《孟子·离娄》上。按,关于"节文"的"文",赵岐注"文其礼敬之容",清儒焦循谓"大质则无礼敬之容,故文之"(《孟子正义》卷十五,中华书局 1987 年版,第 533 页)。"节文"之"文"当指文饰其仪容,尽量使仪容典雅得体。
③ 《论语·子路》。

往的重要手段,大夫应对对方的辞语要谦逊得体,出使别国的大夫,受命不受辞,不仅应当熟读《诗》篇,而且应当在礼仪外交场合诵诗言志,应答自如。孔子这里强调不仅要诵诗,而且要善于运用它。春秋中期齐国大夫高厚在出席晋国主持的盟会时,歌诗"不类"(即所诵之诗不得体),即被认为齐国对于盟主有"异志"[①],以至于各国结盟要同讨齐国。此为孔子所云"不能专对"之一例。

孔门师徒论诗的记载表明,孔子曾与子夏论诗,颇得孔子赞赏,《论语·八佾》篇载:

> 子夏问曰:"'巧笑倩兮,美目盼兮,素以为绚兮。'何谓也?"子曰:"绘事后素。"曰:"礼后乎?"子曰:"起予者商也！始可与言诗已矣。"

这个记载表明,子夏从《卫风·硕人》的诗句联想到"礼",能够举一反三,能够做进一步的引申思考,得孔子赞赏,原因应当就在乎此。特别值得我们重视的是《礼记·孔子闲居》篇。此篇文字全部是孔子与子夏论诗之辞,子夏先是请教《大雅·泂酌》篇"凯弟君子,民之父母"之句的涵义,孔子对以"五至"、"三无"之说。子夏再以"三王之德,参于天地"如何理解求教。孔子举商汤、文武之事说明"三无私"的道理和"三王之德"的伟大,并引《商颂·长发》"帝命不违,至于汤齐。汤降不迟,圣敬日齐。昭假迟迟,上帝是祗,帝命式于九围"和《大雅·嵩高》"嵩高惟岳,峻极于天。惟岳降神,生甫及申。惟申及甫,惟周之翰。四国于蕃,四方于宣"的诗句为证[②]。孔子与子夏论诗事还见于《韩诗外传》卷二,是篇载:

> 子夏读《诗》已毕。夫子问曰:"尔亦何大于诗矣?"子夏对曰:"诗之于事也,昭昭乎若日月之光明,燎燎乎如星辰之错行,上有尧舜之道,下有三

---

① 《左传》襄公十六年。
② 从《孔子闲居》篇所载孔子与子夏论诗的情况我们或可悟到孔子所言的"三王",乃是汤和文武,《韩诗外传》卷二载孔子与子夏论诗谓"上有尧舜之道,下有三王之义",可见"三王"之称,必当为汤及文武,非尧舜可当。这些都与上博简《子羔》所说"三王"不合。则《诗论》首简所说"行此者岂有不王"之说,未必一定就是《子羔》篇的结尾之辞,所以"行此者岂有不王"之语可能另属他篇。《诗论》简未必与《子羔》同卷。于此尚无法确证,有以下两个原因,一是子羔篇也提到"三王"之说,二是《诗论》与《子羔》两篇文字字体相同,为同一书手所写。所以列为《子羔》之后的说法,亦无法否定。此事或可存疑待考。

王之义,弟子不敢忘,虽居蓬户之中,弹琴以咏先王之风,有人亦乐之,无人亦乐之,亦可发愤忘食矣。《诗》曰:'衡门之下,可以栖迟;泌之洋洋,可以乐饥。'"夫子造然变容,曰:"嘻!吾子始可以言诗已矣,然子以见其表,未见其里。"颜渊曰:"其表已见,其里又何有哉?"孔子曰:"窥其门,不入其中,安知其奥藏之所在乎!然藏又非难也。丘尝悉心尽志,已入其中,前有高岸,后有深谷,泠泠然如此既立而已矣,不能见其里,未谓精微者也。"

孔子于此所言"始可以言诗已矣"与《论语·八佾》篇所载如出一辙,亦表明孔子对于子夏解诗的赞赏态度。子夏于此所引诗,见于《陈风·衡门》。这是一首隐逸诗,诗中写主人公虽然穷困潦倒,但却能够乐道忘饥,子夏引它表达自己恪守师训、发愤努力之志。孔子于此虽然赞赏子夏之志,但却提醒子夏不要只知其表,不知其里。事情和道理都须深入理解才行,如果只知安守贫困,而不融入社会,那就只能徒见高岸深谷,孤立于社会之外,那是不可能认识到尧舜和三王之道的精微大义的,充其量也就只能算是窥其门户而未入其门。《八佾》篇所载是子夏启发孔子,此篇所载则是孔子启发子夏。

文献的这些记载,说明子夏颇得孔子诗学真传,由此而论,李学勤先生所做出的"子夏很可能是《诗论》的作者"[①]的推测,应当是可信的。子夏在孔子辞世以后"居西河教授,为魏文侯师"[②],他晚年丧子失明,曾子到西河看望,史载其情况如下:

子夏丧其子而丧其明。曾子吊之。曰:"吾闻之也,朋友丧明则哭之。"曾子哭,子夏亦哭。曰:"天乎,予之无罪也。"曾子怒。曰:"商,女何无罪也?吾与女事夫子于洙泗之间,退而老于西河之上,使西河之民疑女于夫子,尔罪一也。……"[③]

孔颖达疏谓:"云'疑女于夫子'者,既不称其师,自为谈说。辨慧聪睿,绝异于人,使西河之民疑女道德与夫子相似。皇氏言:'疑子夏是夫子之身。'然子夏

[①] 李学勤:《〈诗论〉的体裁和作者》,《上博馆藏战国楚竹书研究》,上海书店出版社2002年版,第57页。
[②] 《史记·仲尼弟子列传》。
[③] 《礼记·檀弓》上。

魏人,居在西河之上,姓卜名商,西河之民,无容不识,而言是鲁国孔丘,不近人情,皇氏非也。"①这里所说的"疑女于夫子"的疑,当读若拟,比拟之意。专家或认为子夏既然"不称其师,自为谈说",所以若说他作《诗论》的可能性不大。其实,子夏没有言必称师,而自为谈说,正符合《诗论》之体,《诗论》简的简文有称"孔子曰"者,亦有不称者,形式多样。颇有"自为谈说"之意。要之,《檀弓》的这个记载还不足以成为子夏作《诗论》说的反证。只是这里有一个尚需进一步考虑的问题,那就是孔子以《诗》授徒,亲聆其讲授者非止子夏一人,为什么其他孔门弟子就不能染指《诗论》之作呢?这样看来,若肯定《诗论》就是子夏所作,似乎还得再做进一步的证明才更有说服力。

《诗论》的写作编定时代,可能与《论语》一书相近。《汉书·艺文志》谓:

> 《论语》者,孔子应答弟子时人及弟子相与言而接闻于夫子之语也。当时弟子各有所记。夫子既卒,门人相与辑而论纂,故谓之《论语》。

《论语》一书源自孔门弟子聆听教诲的记录,有些内容出自孔门再传弟子,只有少数内容是后人补充。因此可以视《论语》的编定在孔子再传弟子之手,其时代应当是在战国前期。据《论语》而分析上博简《诗论》的制作,若说其时代与作者与《论语》相距不远,当无大误。至于《诗论》之书何时、通过何种方式传到楚地,现在尚无资料可资分析。

五 从新出战国竹简资料看《诗经》成书的若干问题

《诗》之成书,有一个从古本到定本的发展过程。西周贵族的诗作是首先被编入古本之《诗》的内容,相对于《颂》、《雅》之诗而言,《风》诗出现的稍晚。古本之《诗》开始编定的时间应当在西周中期的康王时期,西周后期又有增益。西周春秋时期流行的《诗》约有三百篇,就是孔子每每言及的"《诗》三百"。孔子为授徒所编的定本之《诗》与古本没有太大的差别。上博简《诗论》所评之诗绝大部分(或者全部)都见于今本《诗经》,属于逸诗者尚未见到。上博简《诗

---

① 孔颖达:《礼记正义》卷七。

论》的这种情况,让我们知道在孔子之后的时代,《诗》并未散佚,这应当是我们感到庆幸的事情。

《诗经》成书是上古文献编撰中的一件大事。这件事情的问题也非常多,例如它成书的时代,它的作者与编者,它的流传情况等等,都是历代学者探讨、争论不已的焦点。近年,以郭店楚简、上博简、清华简为代表的战国竹简资料不断涌现,为探讨这些问题提供一些新材料,使得我们可以再来检讨这些问题,把相关认识向前稍有推进。综合我们前几章所讨论的内容,可以概括如下。

(一)西周贵族的诗作与《诗》的古本之滥觞

讨论《诗经》的成书问题必须从诗的起源说起。

诗之起源甚早,远古时代的民谣即为它的滥觞。殷商时期,甲骨卜辞的有些内容颇类原始的诗篇,所以章太炎说:"官藏占谣皆为诗","扬榷道之,有韵者皆为诗,其容至博"[①]。从远古时代开始,直到商周时期,氏族(包括后来的宗族)在社会上影响至巨,加强氏族内部联系和外部交往的主要方式之一就是歌舞、饮宴,《吕氏春秋·古乐》篇曾经从朱襄氏、葛天氏的歌舞讲起,历陶唐氏、帝尧、帝舜直到周文、周武,其结论是"乐之所由来者尚矣,非独为一世之所造也"。可以说乐舞诗歌自远古时代开始就是社会生活的不可或缺的内容。如果说当时就有教化的话,那么诗歌就是当时教化的载体。宋儒叶适谓:"自文字以来,《诗》最先立教,而文、武、周公用之尤详。以其治考之,人和之感,至于与天同德者,盖已教之《诗》,性情益明,而既明之性,诗歌不异故也。"[②]诗歌和乐舞所造就的就是氏族成员之间的"人和之感"。诗的作用首先是加强氏族成员之间的联系,再以后,诗歌才成为政教的工具。就是在成为教化工具的时候,自古以来的"人和之感"的因素仍蕴含于乐舞之中。

夏商时期虽然有与乐舞一体的诗,但未闻有将诗编纂成书之事。把古代的诗歌编成一部书,以广流传,这是西周时代所开始的事情。《诗经》的成书年代非为一时。若以时段而言,大体可以分为西周时期——春秋时期——战国秦汉时期这样三个阶段。我们先来看西周时期的情况。

[①] 章太炎:《国故论衡·辩诗》,上海古籍出版社2003年版,第86页。
[②] 叶适:《水心文集·黄文叔诗说序》,参见《叶适集》,中华书局1961年版,第215页。

相传周武王曾经制《象》乐,《墨子·三辩》篇说:"武王胜殷杀纣,环天下自立以为王,事成功立,无大后患,因先王之乐,又自作乐,命曰《象》。"《象》为乐舞之名,春秋时犹存,《左传》襄公二十九年载,吴公子季札聘鲁"见舞象箾、南籥者",是为其证。上古时代诗、乐、舞三者关系密切,既然有《象》舞,是否有《象》诗,虽然无确证其有,但亦无确证其无,应当是一个可以存疑的问题。古代文献还谓周成王曾经制《驺虞》。《墨子·三辩》篇载"周成王因先王之乐,又自作乐,命曰驺虞"。孙诒让说:"《诗·召南》有《驺虞》篇,盖作于成王时,故墨子以为成王之乐。凡诗皆可入乐也。"①从诗乐合一的角度看,此说颇有理致。

尽管我们从古代文献中可以窥见周初贵族诗作的个别迹象,但具体情况则仍难知晓。新近面世的清华简《耆夜》篇载有周武王、周公旦作诗的情况及诗作文字,对于我们了解周初贵族作诗的情况,弥足珍贵。兹将是篇内容具引如下②:

> 武王八年征伐鄜,大戚(戡)之。还(还),乃饮至于文王大室,毕緐(毕)公高为客,邵公保奭(奭)为夹(介),周公叔旦为宝(主),辛公詻虘(甲)为立(位),作策逸(逸)为东尚(向)之客,邵(吕)上甫(父)命为司政,监饮酉(酒)。王夜箞(爵)酬緐(毕)公,作诃(歌)一终曰《乐乐脂(旨)酉(酒)》》③:

---

① 孙诒让:《墨子间诂》,中华书局2001年版,第41页。按,关于上古时期诗乐合一的问题,此可举出一例。《孟子·梁惠王》下篇载:"(齐景公)召大师曰:'为我作君臣相说之乐!'盖《徵招》、《角招》是也。其诗曰:'畜君何尤?'畜君者,好君也。"《徵招》《角招》是为乐名,但却有诗句,孟子犹见其乐诗,并举出"畜君何尤"的诗句。是可为诗乐合一之一证焉。古今学者多主张诗乐合一,如谓"诗不可歌则不采矣"(俞正燮:《癸巳存稿》卷一、辽宁教育出版社2003年版,第21页),"周时无不入乐之诗"(魏源:《诗古微·夫子正乐论上》,《魏源全集》第一册,岳麓书社2004年版,第139页)。

② 本文所引《耆夜》简内容见李学勤先生主编:《清华大学藏战国竹简(壹)》第63—74、149—156页,个别文字参照诸家之说并附以拙见而有所修订。

③ 简文这一段写武王八年伐耆获胜后的饮至之礼和参加典礼的人员情况。简文"立",或以为当直接读为立,指立于席前。按,上古席地而宴,人立其旁,高低悬殊,似不妥。当以布位为释较妥。简文"尚",疑读为向,"东向"即坐于东方之客,面向西。则主宾毕公为西向之客,面向东。简文"夜",原考释者读舍若奠。裘锡圭先生说读举,指出:金文中习见的"乎夜"即"乎舆",《仪礼·聘礼》:"一人举爵,献从者,行酬","举爵"与"酬"连用与简文中的"夜(举)爵酬"恰可对比。(说见复旦大学出土文献与古文字研究中心研究生读书会:"清华简《耆夜》研读札记",复旦大学出土文献与古文字研究中心网,2011年1月5日)。按当以读舍为优,合于《左传》桓公二年所载饮至礼上的"舍爵"。或疑篇题之夜乃夜晚之夜,犹《小雅·湛露》"厌厌夜饮"之夜。此释虽然亦有道理,但篇题与简文所用字当同义,不当有别。故仍当释"舍"为优。

乐乐脂(旨)酉(酒),宴以二公。
紝(恁)仁兄弟,庶民和同。
方臧方武,穆穆克邦。
嘉𥳑(爵)速饮,后𥳑(爵)乃从。①

王夜𥳑(爵)酬周公作诃(歌)一冬(终)曰《輶乘》:

輶乘既戎(饬),人備(服)余不胄。
荐士奋甲,殹民之秀。
方臧方武,克燮仇雔。
嘉𥳑(爵)速饮,后𥳑(爵)乃复。②

周公夜𥳑(爵)酬毕(毕)公。作诃(歌)一终曰《央央》:

央央戎備(服),臧武叄(赳)叄(赳)。
㚿(愍)情㥯(谋)猷,裕惪(德)乃救(求)。
王又(有)脂(旨)酉(酒),我忧(忧)以飋(孚)。
既醉又侑,明日勿稻(慆)。③

---

① 《乐乐旨酒》,是周武王为毕公所作的诗。简文"速",在先秦时期有二意,一是召请,如《诗·伐木》"酾酒有藇,既有肥羜,以速诸父",二是迅速、快。《尔雅·释诂》"迅、亟、遄、速也",是其证。分析简文之意,当释为快、迅。

② 《輶乘》是周武王为周公所作的诗。简文"廌(荐)",愚以为当读荐(参见"试释战国竹简中的'荐'字并论周代的荐祭",《中国史研究》2010年第2期),"荐士"见诸《仪礼·燕礼》和《仪礼·大射》,古代文献"荐士"每和举贤相对应,意即推荐之良士。简文"甲",或说当释为刃(复旦大学出土文献与古文字研究中心研究生读书会:"清华简《耆夜》研读札记",复旦大学出土文献与古文字研究中心网,2011年1月5日),虽可备一说,然不若释甲为优。甲在上古文献中每指甲士,代指士兵。简文"薦(荐)士"与"奋甲"相对应,分别指士与甲,荐和奋是对于士与甲的说明。简文"殹民之秀",意谓荐(荐)士和奋甲都是民众之优秀者。简文"臧",专家或读若壮(黄怀信:"清华简《耆夜》句解",简帛研究网2011年1月21日),亦通。

③ 《央央》是周公为毕公所作的诗。简文"情",专家或谓当用若靖(静、靖),训为善(宋华强《清华简校读散札》,简帛研究网2011年1月10日)。简文"飋"疑读若孚,意谓相符。"王又(有)脂(旨)酉(酒),我忧(忧)以飋(孚)",意谓我担心怎样才能对得住("孚")王的美酒。简文"稻",专家或读"悼",疑非是,当以原释读为慆为优。简文之稻,疑当读为韜。《左传》昭公二十六年"天道不韜",杜注"韜,疑也"。简文"明日勿稻(韜)",即明日勿疑。

周公或夜箮(爵)酬王,作祝诵一终曰《明明上帝》:

明明上帝临(临)下之光。
不(丕)显来各,念(歆)毕(厥)醴(禮)明(盟)。
于……。
月又(有)坙(成)(盛)敌(彻),岁又(有)剌(歇)行。
复(作)孳(兹)祝诵,萬(万)寿无疆。①

周公秉箮(爵)未饮,蟋蟀趆(匋)②降于堂,[周]公作词(歌)一冬(终)曰《蟋蟀》:

蟋蟀在尚(堂),役车亓(其)行。
今夫君子,不憘(喜)不药(乐)。
夫日[其落,毋已大]忘(荒)。
母(毋)已大药(乐),则冬(终)已康。
康药(乐)而母(毋)忘(荒),是佳(惟)良士之方。③

蟋蟀才(在)筶(席),岁裔(聿)員(云)苓(莫)。
今夫君子,不憘(喜)不药(乐)。

---

① 《明明上帝》是周公作给武王的祝诵之诗,简文前此所载的诗,皆为"作歌",而简文于此处特意指明此诗是周公"作祝诵",提法与前面有明显不同。简文"坙(成)(盛)敌",或读为"盛彻",《诗经·豳风·鸱鸮》"彻彼桑土"毛传"彻,剥也",《仪礼·大射仪》"乃彻丰与觯"郑注"彻,犹除也"(米雁:清华简《耆夜》《金滕》研读四则",简帛研究网 2011 年 1 月 10 日),按此说近是。简文"岁"指岁星。

② 简文"趆"或释为跃(复旦大学出土文献与古文字研究中心研究生读书会:"清华简《耆夜》研读札记",复旦大学出土文献与古文字研究中心网,2011 年 1 月 5 日)或读为骤(黄怀信:"清华简《耆夜》句解",简帛研究网,2011 年 1 月 21 日)。按,跃字古音余母药韵,骤字崇母侯韵,而简文之趆当从舟得音,为章母幽韵。跃、骤两字与简文这个字声母韵部皆相距较远,而少有音通字假之可能。愚以为,以声求义之,这个字当读若匋,《说文》训为"帀也",段玉裁以"周而复始"、"其极而复"(《说文解字注》九篇上)释之。匋与简文此字古音同声同韵,更具备通假之可能。简文"趆(匋)降于堂",意指蟋蟀转来转去,最后降到堂上。

③ 以上简文是《蟋蟀》诗的首章,"其落,毋已大"五字,是黄怀信先生拟补("清华简《耆夜》句解",简帛研究网 2011 年 1 月 21 日)。简文"役车其行"比之于今本作"役车其休",其旨更为贴切。此章诗以蟋蟀起兴,联想到高堂饮宴时尚有役车行进,喻指天下政局并非可以高枕无忧之时。如今大喜大乐固然可以,但不可过分,这才是良士应有的作为。

日月其穧（迈），从朝及夕，母（毋）已大康。
则终以复（祚），康药（乐）而母（毋）[忘（荒）]，是佳良士之愄（惧）。①

蟋蟀才（在）舒，岁矞（聿）[员（云）逝。
今夫君子，不（丕）喜不（丕）乐。
日月其稻（慆），从冬]及夏。
母（毋）已大康，则冬（终）以愄（惧）。
康药（乐）而母（毋）忘，是佳良士之愄（惧）。②

我们之所以全文引录清华简《耆夜》，是因为此篇全部内容以记载当时高级贵族饮宴时赋诗的情况为主。专家或疑是篇诗作的真实性，认为是战国时人的拟作。可是，既然简文明谓《耆夜》所载五篇诗作为周武王和周公所作，如今若仅凭怀疑就否定诗作的真实性，恐怕不能令人信服。周初，作诗、赋诗已成风习。《国语·周语》下篇有周武王作诗的记载："周诗有之曰：'天之所支，不可坏也。其所坏，亦不可支也。'昔武王克殷，而作此诗也，以为饫歌，名之曰'支'，以遗后之人，使永监焉。"这里所说的诗篇名曰《支》，韦昭注谓："支，柱也。""天之所支"，即擎天之柱。周武王虽以"武"为称，但他的文采亦不可小觑。今可举出以下几例为证。上博简第七册《武王践阼》篇载武王克商以后垂询臣下之事，其中有武王书铭于席端以自警的事。简文载：

安乐必戒，
无行可悔。

---

① 这段简文是《蟋蟀》诗的次章。简文"岁聿云莫"见于《小雅·小明》。今本《诗·蟋蟀》作"岁聿其莫"，与此稍别。云与其在此诗中之用，皆当为语助之词。此章诗与首章大旨相同，亦谓良士当欢乐之时不忘戒惧之念。

② 这段简是《蟋蟀》诗的第三章。简文"母"字以上二字残缺，原考释者指出当为"及夏"二字，甚确。此二字之上，专家拟补"从冬"二字（复旦大学出土文献与古文字研究中心研究生读书会："清华简《耆夜》研读札记"，复旦大学出土文献与古文字研究中心网 2011 年 1 月 5 日）。简文"矞（聿）"字以下 18 字据黄怀信先生说（"清华简《耆夜》句解"，简帛研究网 2011 年 1 月 21 日）拟补。简文"舒"，原考释读为序，指堂的东西端，或有专家读为宇（黄人二、赵思木："读《清华大学藏战国竹简（壹）》书后"（四），简帛研究网 2011 年 2 月 13 日），亦通。简文"愄"，或读为衢，有庇荫意。按，如此释读虽然可以与前两章的"则终以康"、"则终以祚"相对应，但这个字在《耆夜》简中多次出现，皆读为惧，此处不当有异。第三章诗旨与前两章相同。

> 民之反仄（侧），
> 亦不可以（不）志。
> 所监不远，
> 视尔所弋（代）。①

这些自铭之语，实即一首短诗，诗中的戒、侧、代三字古音皆为职部字，悔、志二字古音是之部字，之、职两部字每以阴阳对转而相通假，因此，这些铭语当是有韵之诗。《左传》宣公十二年载"武王克商，作《颂》曰'载戢干戈，载櫜弓矢。我求懿德，肆于时夏。允王保之。'又作《武》。"《国语·周语》上篇将此诗列为周公所作。杨伯峻先生说："依《传》意，《时迈》为武王克商后所作。……西周初之诗，东周以后人已不能确定其作者矣。"②今据诗意可以推测，诗的前半部分写巡守告祭柴望者，当为《时迈》一诗，余则为周武王所作的《颂》，此《颂》诗的名称依诗篇命名之例，似可称为《载戢》。两诗在流传过程中因错简而误合为一。《左传》宣公十二年记载还表明，楚武王所见到的《诗》将《武》诗的作者也断定为周武王。此诗在今本《诗经·周颂》，《武》诗的开头谓"於皇武王！无竞维烈"，当为周武王时期的军歌。要之，我们说周武王会作诗、能作诗，是有证可据的，并非空穴来风。由此，我们来看清华简《耆夜》的记载，就不会感到突兀了。

西周时期在制礼作乐的时代潮流之下，赞颂周王和各级贵族的《颂》、《雅》之诗涌现，周王朝史官所保存的这类诗篇经过初步整理而成《诗》，这应当是可信的推测。今本《竹书纪年》说周康王三年"定乐歌"③，虽然具体年代未必如此，但若说康王时期有"定乐歌"之事，则有一定的可信度。《国语·周语》上载：

> 周文公之《颂》曰："载戢干戈，载櫜弓矢。我求懿德，肆于时夏，允王保之。"

---

① 相关考析烦请参阅拙作"从上博简《武王践阼》看战国时期的古史编撰"《史学理论研究》2011年第1期。
② 杨伯峻：《春秋左传注》，中华书局1981年版，第745—746页。
③ 王国维：《今本竹书纪年疏证》卷下，方诗铭、王修龄：《古本竹书纪年辑证》（修订本），上海古籍出版社2005年版，第248页。

"周文公"，是周公旦的谥号。他所引的《颂》诗见于《诗·周颂·时迈》篇，可证此篇曾被《诗》收录①。

周公作诗，文献记载里也并非孤证。成王冠礼时，"周公命祝雍作《颂》曰：'祝王达而未幼。'祝雍辞曰：'使王近于民，远于年，啬于时，惠于财，亲贤而任能。'其颂曰：'令月吉日，王始加元服，去王幼志，服衮职，钦若昊命，六合是式，率尔祖考，永永无极。'此周公之制也。"②此冠礼颂辞的作者祝雍，盖祝史之官。其所颂诗中规中矩，颇有文采，可见他对于颂诗之作，已甚熟稔。周公多才多艺，其作诗水平当不在祝雍之下。论者或认为周代贵族赋诗之事，当在周公"制礼作乐"之后。其实，周公"制礼作乐"，是兴周族之礼乐，以适应周王朝的分封与宗法制度，在他制作礼乐之前并非没有礼乐。

周王朝建立之前，周族的文化已经有了飞跃发展，文王演易，武王赋诗、周公礼乐都是这方面的标识。过去或认为周革殷命是落后文化战胜先进文化，现在看来，可能并非如此绝对。《诗》作为周文化的代表，其渊源有自，由来已久。清华简《耆夜》记载当时宴会上有一位"东堂之客"，即"作册逸"③，值得注意。他是周初史官。他参加如此重要的饮宴，并将宴会上所赋五诗记载下来，或者可以说《耆夜》之作，即出自作册逸之手，都是极有可能的事情。周王朝鼎革之初的史事记载特别丰富，到成康之世，王朝兴盛，如《耆夜》所载的此类庆典，当非偶见。庆典饮宴，贵族赋诗④，史官记录。积存即久，经过整理，出现

---

① 《左传》宣公十二年引此诗谓为周武王所作，《国语》则以为是周公所作，两者虽传闻异辞，不能定其是非，但若谓此诗出自周初最高统治集团则是可信的。

② 《孔子家语·冠颂》，《孔子家语》，上海古籍出版社1990年版，第86页。

③ 作册逸即史佚，清华简原注释者赵平安先生已经指出，《尚书·洛诰》有"王命作册逸祝册"；"作册逸诰"。我们还可以从其他的文献记载找到一些相关的材料，如《逸周书·克殷》有周武王"命南宫百达、史佚迁九鼎三（于）巫（郊）"。《国语·晋语四》载周文王"谘于蔡、原而访于辛、尹"，韦昭注"尹，尹佚"。史佚是周初的著名史官，又称尹佚、史逸、尹逸。其言广为流传，《左传》、《国语》等典籍多有记载。清华简《耆夜》篇出现的"作册逸"，也是我们研究史佚的珍贵资料。

④ 周代贵族赋诗应当是比较常见的事情。《大雅·桑柔》和《崧高》都是比较长的名篇，前者为芮良夫所作（《左传》文公元年引此诗谓"芮良夫之诗"，是为其证），后者为尹吉甫所作（此诗中有"吉甫作诵"之句可证）。《诗》中可以考见作者的还有《小雅·巷伯》，诗中自报作者"寺人孟子，作为此诗"，《鲁颂·閟宫》末章谓"奚斯所作"，此诗作者可能为奚斯，《小雅·节南山》诗中有"家父作诵"之句，表明此诗作者为家父，《鄘风·载驰》为许穆夫人所作（《左传》闵公二年谓"许穆夫人赋《载驰》"，是为其证）。《诗》中还应当有不少为贵族所作，只是史无明载而已。另外，贵族所赋之诗非必为《诗》中之诗，也可能是随口拈来之作，例如，公元前722年（鲁隐公元年）郑庄公和其母武姜，在隧道中相见，"公入而赋：'大隧之中，其乐也融融。'姜出而赋：'大隧之外，其乐也泄泄。'"（《左传》隐公元年）郑庄公与其母所赋之诗句，就是即兴之作。

了《诗》的原本,应当是顺理成章的事情。

春秋早期,贵族所赋之诗皆在《雅》、《颂》之列,由此我们可以推测,西周时期的《诗》是以《颂》、《雅》为主的。古有献诗、采诗之制,由官府所采集的诗,当经过一定的筛选,进行初步的分类、整理,在孔子之前应当有一个《诗》的古本。汉儒曾经论及《诗》之起源,郑玄说道:

> 至于大王、王季,克堪顾天,文、武之德,光熙前绪,以集大命于厥身,遂为天下父母,使民有政有居。其时《诗》,《风》有《周南》、《召南》,《雅》有《鹿鸣》、《文王》之属。及成王、周公致太平,制礼作乐,而有《颂》声兴焉,盛之至也。本之由此,风雅而来,故皆录之,谓之《诗》之正经。①

郑玄依照他自己关于三百篇的断代,将《周南》、《召南》及雅诗的部分篇章列为最早入《诗》者,虽然这是他自己的标准,但《颂》诗的时代不会晚于这些诗应当是可以肯定的。郑玄此说指出《诗》起源于周公制礼作乐之时也还可信。此外,班固说:"自夏以往,其流不可闻已,《殷颂》犹有存者,《周诗》既备。"②按照班固所说,夏代的诗已不可考,而商代的诗犹有保存,即在《周诗》中还有所保留。所以他断言,"孔子纯取《周诗》,上采殷,下取鲁,凡三百五篇。"③所谓的《周诗》,就是孔子以前的《诗》的原本。班固的这些说法也应属可信。

西周前期的诗作,于古文献中尚可考见者还有周穆王时祭公谋父所作的《祈招》一诗。《左传》昭公十二年载:

> 昔穆王欲肆其心,周行天下,将皆必有车辙马迹焉。祭公谋父作《祈招》之诗,以止王心。……其诗曰:"祈招之愔愔,式昭德音。思我王度,式如玉,式如金。形民之力,而无醉饱之心。"

祭公谋父所作之诗,古本《诗》中应当收存因而流传较广,所以春秋时期楚人才

---

① 郑玄:《诗谱序》,《十三经注疏》,中华书局1980年版,第262—263页。
② 《汉书·礼乐志》,《汉书》,中华书局1962年版,第1038页。
③ 《汉书·艺文志》,《汉书》,中华书局1962年版,第1708页。

会娓娓道来。另《穆天子传》载周穆王西行,会见西王母,西王母和周穆王皆有诗作,虽然有人疑其为战国时人的托伪之作,但此怀疑之说并无坚实证据,我们还是可以推测周穆王是一位有文采的周王,其诗作或当有其史影。

郑玄在《诗谱序》中说"孔子录懿王、夷王时诗讫于陈灵公淫乱之事,谓之变风、变雅"①,如果是说可信,那么自然就是有这样一个问题,那就是懿王之前之诗为什么孔子不录呢?一个合理的解释,那就是懿王之前的诗已经录过了,已经有了一个诗的原本。也可以说是有一个《诗》的古本(或称原本)。据此,或者可以推测,《诗》的古本形成于共王时期的周王朝的史官之手。古本初步形成之后,应当在西周后期又有增补。依据周制,王朝的乐官、史官等编定《诗》之后,要颁发给各个诸侯国。因此"邦中之版"和"诸侯之策"②,完全可能保存有周王朝所颁发的《诗》。在孔子所编的定本之《诗》以前,周代贵族所传诵的《诗》皆当为古本之《诗》。例如,《礼记·王制》篇说:

  乐正崇四术,立四教,顺先王诗书礼乐以造士。春秋教以礼乐。冬夏教以《诗》、《书》。

当时诗乐关系密切,所以要由"乐正"之官来传授《诗》、《书》③。乐正传授的《诗》应当就是《诗》的古本。又者,《礼记·内则》篇说周代贵族子弟年13岁,就要"学乐、诵《诗》",所诵之诗,亦当如此。《礼记·曲礼》上篇说,周代贵族在提及长辈名讳的时候,"《诗》、《书》不讳",即指读《诗》、《书》的时候,可以不避讳其中所载长辈的名讳。据《大戴礼记·保傅》所说,按照要求,太子要在"太

---

① 郑玄:《诗谱序》,《十三经注疏》,中华书局1980年版,第263页。
② 《周礼·天官·司书》:"掌邦之六典、八法、八则、九职、九正、九事、邦中之版、土地之图。"《左传》文公十五年"名在诸侯之策",《左传》襄公二十年"名藏在诸侯之策"。
③ 周代官制中,掌《诗》者不少,除"乐正"外,其他如瞽、史、大师等,亦预此事。《大戴礼记·保傅》有"瞽史诵《诗》"的说法。"瞽史"原作"鼓夜",卢辩注谓当为"瞽史",孙诒让引孙渊如说以为卢说"作瞽史为是"(《大戴礼记斠补》卷上,齐鲁书社1984年版,第191页)。史官掌《诗》可以从《左传》昭公十二年的一个记载中推知,是篇载:"左史倚相趋过。王曰:'是良史也。……祭公谋父作《祈招》之诗'。"此诗为"左史"所收录,刘师培曾据以论定"风诗采于辀轩,鲁颂作于史克,《祁招》闻于倚相,则《诗》掌于史矣"("论古学出于史官",《国学粹报》第1期,广陵书社2006年版,第2页)。另外,《礼记·王制》载"大师陈诗,以观民风",记载六笙诗的《仪礼·燕礼》篇说"大师告于乐正曰:'正歌备。'"亦可见大师和乐正一样掌《诗》。

师"的辅导下学习并且正确理解《诗》、《书》,不然的话,"《诗》《书》礼乐无经,学业不法,凡是其属,太师之任也"。这里所说的"经",应当是"先王之正经"①,就是周先王所审定的经典,其中的《诗》当即古本之《诗》,而非孔子为授徒所编选的定本的《诗》。

要之,过去常谓孔子所编定的《诗经》是中国古代最早的诗歌总集,这是一个太笼统的说法。其实在孔子编定《诗》之前,社会上已经有一部《诗》(文献记载或称为《周诗》)在流行②。这部《诗》可以称为古本(或原本)之诗,后来的可以作为定本的、流传至今的《诗》,是孔子在它的基础上所编定的。

(二)"献诗"与"采诗":《诗经》古本的出现

《诗》三百篇的作者,大体可以分为士大夫与村夫鄙妇两类。作为庙堂乐歌的雅、颂的大部分篇章皆当出自士大夫之手,而以民歌为主的十五国风,则当出自民间,多为村夫鄙妇所唱和。周代有献诗与采诗的制度。《国语·周语》上载"天子听政,使公卿至于列士献诗……瞍赋",在周天子的朝会上,从公卿到列士的各级贵族要向周天子献诗,然后由"瞍"者吟诵给周天子及后妃、贵族大臣们听。对于这种献诗制度,春秋时人还津津乐道,记忆尤深③。《国语·晋语》六载:

> 古之王者,政德既成,又听于民,于是乎使工诵谏于朝,在列者献诗使勿兜。

这段文字里的"勿兜"的"兜"字,王引之说为"咒"字之讹,《说文》训为廱蔽。"勿兜"意即"勿廱蔽也"④。"献诗"的目的在于通过这一方式了解风土人情和

---

① 王聘珍:《大戴礼记解诂》卷三,中华书局1983年版,第57页。
② 关于此点,前辈专家曾有所论及,如聂石樵先生说:"整理编定《诗经》的人和具体情形,我们今天已无从得知。可能周王朝的乐官在《诗经》的编集和成书过程中,起了相当重要的作用。"(袁行霈主编:《中国文学史》第一卷,高等教育出版社2005年版,第65页)愚以为其所起到的"相当重要的作用",具体来说应当就是编辑和颁行最初的《诗》。
③ 张西堂先生曾经广为搜集文献记载,举八例以明古代采诗之制,其所举八例,见于《礼记·王制》、刘歆与扬雄书(《方言》附)、《汉书·艺文志》、《汉书·食货志》、《说文》、宣十五年《公羊传》注、《郑志》答张逸、《文选·三都赋序》等(《诗经六论》,商务印书馆1957年版,第78页)。尚未提及《国语》的记载,张西堂先生说"采诗"之事据文献记载,尚有歧异,所以说此事"古代并无定制"。
④ 王引之:《经义述闻》卷二十一,江苏古籍出版社2000年版,第507页。

民众疾苦,以免王者被蒙蔽。

除了士大夫的"献诗"以外,还有一种"采诗"之制。《汉书·食货志》载:

> 孟春之月,群居者将散,行人振木铎徇于路,以采诗,献之大师,比其音律,以闻于天子。故曰王者不窥牖户而知天下。

被派下去采诗的官员称为"行人",又称"遒人"①。这种采诗之制应当是一种古制,《左传》襄公十四年引《夏书》谓"遒人以木铎徇于路",似夏代已有此事。《礼记·王制》篇载上古帝王巡狩时,"命大师陈诗,以观民风"②。汉武帝设乐府官,"采诗夜诵",是采诗之制在汉代绵延的结果。对于这种采诗之制,颜师古注《汉书·礼乐志》谓"采诗,依古遒人徇路,采取百姓讴谣,以知政教得失也",应当是可信的说法。采诗的作用,依王充所说就是"观风俗,知下情"③。对于古代社会政治而言,采诗是政教的一个不可或缺的环节。

孟子说:"王者之迹熄而《诗》亡,《诗》亡然后《春秋》作"④。此说高瞻远瞩,放眼《诗》之兴亡,的确揭示了《诗》之兴亡的深刻的时代背景与社会深层原因⑤。宋儒欧阳修说:"王道废,诗不作焉。秦汉而后何其灭然也?王通谓'诸

---

① 关于采诗者的身份,汉儒何休《公羊传》十六注谓:"男女有所怨恨,相从而歌,饥者歌其食,劳者歌其事。男年六十,女年五十无子者,官衣食之,使之民间求诗,乡移于邑,邑移于国,国以闻于天子,故王者不出牖户尽知天下所苦,不下堂而知四方。"(《十三经注疏》,中华书局1980年版,第2287页)何休所说的采诗者不具备某种官衔,如行人之类,但却有较大的年龄,应当是有社会阅历者,并且他们本人也可能是民间的歌手,是民间诗人。这些人在官府资助下采诗以献王朝,当然也是有可能的。古代文献关于采诗之官的记载有"轩车使者"、"遒人使者"(《说文》"丌部"和《刘歆与扬雄书》,见周祖谟《方言校笺·附录》,中华书局1993年版,第91页)、"行人"(《汉书·食货志》)、"国史"(《诗序》及郑玄答张逸问,见孔颖达《毛诗正义》卷一)等。这些职官皆当是《汉书·艺文志》所说的"采诗之官"。前辈学者或以为这些记载都是汉儒"臆说",但又谓"西汉去古未远,拿它来证明古代情况,是完全可以相信的"(张西堂《诗经六论》,商务印书馆1957年版,第82页),正是以己之矛攻己之盾。就现有资料看,汉儒的史官"采诗"之说,尚不能否定。

② 关于巡狩时的"太师陈诗",《白虎通·巡狩》引《尚书大传》亦谓"见诸侯,问百年,大师陈诗,以观民风俗"(陈立:《白虎通疏证》,1994年版,第289页),按,此说与《王制》篇略同。

③ 《论衡·对作》,黄晖:《论衡校释》,中华书局1990年版,第1185页。

④ 《孟子·离娄》下。

⑤ 前辈专家或质疑孟子的历史观,顾颉刚先生就曾经指出,通过孟子论诗可以看出他是"一个最没有历史观念而最敢引用历史来论事的人"(顾颉刚:"重刻《诗疑》序",《古史辨》第三册,上海古籍出版社1982年版,第415页)。顾先生的说法应当是有根据的,孟子论诗多有断章取义之处,但孟子此处论诗却并非如此。其实,孟子正是从历史发展的角度来分析从《诗》到《春秋》这一变化的。明儒郝敬说"千古知诗,无如孟氏"(《毛诗原解·序》,四部丛刊初编本),信然。

侯不贡诗，天子不采风，乐官不达雅，国史不明变'，非民之不作也。诗出于民之情性，情性其能无哉，职诗者之罪也。通之言其几于圣人之心矣。"①按，欧阳修所引王通之语，见王通及门徒所编《文中子中说·问易》篇。王通和欧阳修将诗亡归之于周王室衰败后"采诗"制度之缺失，有一定道理。按照"普天之下，莫非王土"之义，天下诸侯皆当有献诗之责。但周代亦有例外。那就是宋国，因为"宋，先代之后也，于周为客"②，所以它可以有不献诗的资格，曾有人问郑玄："列国政衰则变风作，宋何独无乎？"郑玄回答说："有焉，乃不录之。王者之后，时王所客也，巡守述职，不陈其诗，亦示无贬黜，客之义也。"③因为客不贬主，所以在《诗经》中没有"宋风"，而只有《商颂》。宋儒或谓陈灵公之后王者迹息，风俗大坏，所以无诗之作，谓"及其（按，指变风、风雅）大亡也，怨君而思叛，越礼而忘反（返），则其诗远义而无所归向。由是观之，天下未尝一日无诗，而仲尼有所不取也……故《诗》止于陈灵，而非天下之无诗也，有诗而不可以训焉耳"④。天下未尝一日无诗的说法是正确的，然而说孔子采诗则没有根据。陈灵以后无诗，根本原因在于王者迹息，时移世异，周王朝亦没有力量再行搜集诗作而观民俗之事，史官不再有采诗之责。《诗》止乎此时，王政衰微为其根本原因，非仲尼不取之故。

要之，古代文献所载的"献诗"、"陈诗"以及"采诗"，应当是《诗》形成过程的源头⑤。它与史官所录贵族诗作同为《诗》成书的不可或缺的部分。

那么，这些诗集中到王朝官府以后，如何来编定呢？对于这个问题，虽然没有明确的记载，但我们还是可以从相关材料中找到一点线索。一是《周语》所说的"瞍赋"，二是《汉书·食货志》所说的大师"比其音律"。"赋"，吟诵出来。所谓"比其音律"是指配上音乐以便于演唱。这两点都是对于所集中起来

---

① 欧阳修：《诗本义》卷十五。四部丛刊三编本。
② 《左传》僖公二十四年。
③ 郑玄：《商颂谱》，见《毛诗正义》卷二十。
④ 苏辙：《诗集传》卷七。宋淳熙七年（1180）刻本。
⑤ 清儒崔述力主"太史采之之说不可信"，他所持的理由是，"克商以后下逮陈灵近五百年，何以前三百年所采殊少，后二百年所采甚多？周之诸侯千八百国，何以独此九国有风可采，而其余皆无之？……且十二国风中，东迁以后之诗居其太半，而春秋之策，王人至鲁虽微贱无不书者，何以绝不见有采风之使？乃至《左传》之广搜博采而亦无之，则此言出于后人臆度无疑也"（《读风偶识》卷二，《崔东璧遗书》，上海古籍出版社1983年版，第543页）。按，崔述目光如炬，所看到的确是《诗经》成书历史上的重要问题，但此一疑问尚不足以否定太史"采诗"之说。

的诗篇进行加工整理过程的事。值得注意是，这个加工整理过程可能并不仅限于这些。所搜集到的诗，因为是要让天子、后妃及贵族们听的，所以整齐文字，改动一些字句以便于沉吟和演唱，乃是情理中事。这种加工整理就是一种过滤，筛掉在贵族眼光上不雅的东西，增添一些为贵族阶层喜闻乐见的内容。这在"采诗"所得诗篇中比较突出，而直接出自士大夫之手的"献诗"、"陈诗"（这些诗大多在《诗》的雅颂部分），则比较少见。十五国风，是通过"采诗"途径所得最多者。其中不少诗都可以得见这种加工整理的痕迹。今可试举两例。如《卫风·木瓜》篇本来写劳动者之间投桃报李的相互馈赠[①]，以表示"永以为好"的愿望。上博简《诗论》第18—19号简谓《木瓜》诗旨是"有藏愿而未得达也"，与原意有相合之处。然今所见本，则非投桃报李而掺杂进了"琼琚"、"琼瑶"、"琼玖"等贵族玉佩，这应当是整理加工的结果。再如《葛覃》本来是写鄙妇村姑采葛的诗，诗的前两章此意甚明。这应当是当时的民歌，但被"采诗"整编之后，便加上了第三章，有了"言告师氏"等语，遂成为贵妇人准备归宁之诗。

再如，《卷耳》。诗谓"采采卷耳，不盈顷筐，嗟我怀人，寘彼周行"，正是鄙妇村姑采卷耳时的民歌，说它是"思君子之劳于行迈"[②]、"因采卷耳而动怀人念"[③]是可以的，然而诗中又有"金罍"、"兕觥"这样的贵族酒器名称出现。《小雅·桑扈》"兕觥其觩，旨酒思柔"，郑笺云："兕觥，罚爵也。古之王者与群臣燕饮，上下无失礼者，其罚爵徒觩然陈设而已。"总之，"金罍"、"兕觥"皆为贵族饮宴所用之器，非鄙妇村姑所当用者。无论是采诗之官，抑或是大师，他们在整理加工《卷耳》一诗的时候对于原生态的民歌做了一定的改造，以适应贵族的"高雅"口味，以取悦周天子、后妃及贵族大臣们的视听。采诗之后进行的初步整理，并不损伤诗之本义及关于来源的记载。

宋儒程大昌说："诗之作也，其悲欢讥誉讽劝赠答，既一一着其本语矣，至

[①] 前人或谓木瓜是"以木为瓜为桃为李，如今所谓假里者，亦画饼土饭之义耳"（焦竑：《焦氏笔乘》续集卷四"木瓜"条，金陵丛书本）。按，此说揆之诗意，是不妥当的。另外，关于《木瓜》诗旨变化及上博简的相关评论的问题比较复杂，烦请参阅拙作"从上博简《诗论》对于《木瓜》的评析看《诗经》的编纂问题"（《史学史研究》2005年第1期）一文。
[②] 戴震：《毛诗补传》卷一，《戴震全书》第一册，黄山书社1994年版，第154页。
[③] 方玉润：《诗经原始》，第78页。

其所得之地,与夫命地之各,凡诗人之言既已出此,史家宁舍国号以从之,无肯少易。夫其不失真如此。所以足为稽据也。"①他所强调的采诗之官力求不失诗之真,应当是正确的说法。大量的诗篇之所以采集至周王朝,目的是为王朝统治者提供治国的鉴戒,即观诗之后可以"不出户牖而知天下"。这些诗篇当然要加工整理和编定,从事这项工作的当即周王朝的史官和乐官。我们若谓史官正其辞,乐官定其音,或当与事实距离不远。《诗序》云:"国史明乎得失之迹,伤人伦之废,哀刑政之苛,吟咏情性,以风其上。"孔颖达疏解这段话的意思,讲得十分清楚。他说:

>　　国之史官,皆博闻强识之士,明晓于人君得失善恶之迹,礼义废则人伦乱,政教失则法令酷,国史伤此人伦之废弃,哀此刑政之苛虐,哀伤之志郁积于内,乃吟咏己之情性,以风刺其上,冀其改恶为善,所以作变诗也。……苟能制作文章,亦可谓之为史,不必要作史官。《駉》云"史克作是颂",史官自有作诗者矣,不尽是史官为之也。言明其好恶,令瞽蒙歌之,是国史选取善者,始付乐官也。②

对于《诗序》和孔颖达的这个说法,朱熹曾经以《周礼》、《礼记》的记载中"史并不掌诗"③为据而加以质疑。古代礼书中所记史官虽然无具体的"掌诗"之责,但记言、记行则是史官的基本职掌,王之言、行无不与政之得失相关,所以在职官中由最有文化底蕴的史官"掌诗"之收集整理,还是比较可信的推测。宋儒王德修与朱熹论诗时,曾谓"《诗序》只是'国史'一句可信"④,朱熹并未认为其说为误。朱熹还曾说:"当时史官收诗时,已各有编次,但经孔子时,已经散佚,故孔子重新整理一番,未见得删与不删。"⑤朱熹不否认《诗序》的"国史"之说,并谓"史官收诗",足见其基本上是承认《诗》之成书是出自国史之说的。但他又觉得礼书中无史官掌诗的记载,所以对于"国史"采诗之事尚未有明确的判

---

① 程大昌:《诗论》十四,《学海类编》第五册。
② 孔颖达:《毛诗正义》卷一,参见《十三经注疏》,中华书局1980年版,第272页。
③ 黎靖德编:《朱子语类》第六册卷八十,中华书局1988年版,第2072页。
④ 同上书,第2068页。
⑤ 转引自朱彝尊:《经义考》卷九十八,中华书局1998年版,第532页。

断。朱熹之疑，并无碍孔颖达疏解《诗序》这段论国史采诗的判断。

综上所述，我们可以得出这样一个认识，即周王朝的"献诗"和"采诗"之制，可以搜集到大量的诗作。这些诗作经史官和乐官整理加工，其篇章与文辞，"必多由王朝诸臣之改作润色"[①]，逐渐编成了一部诗的合集，那就是古本（或称为"原本"）的《诗》，这个古本的《诗》经过颁行，遂流行于各个诸侯国，成为贵族研习及赋颂的依据。

（三）春秋时期古本之《诗》的流传与定本的编辑

以往人们读到记载春秋时期历史的《左传》、《国语》等书时，发现里面所引的诗句，就从《诗经》中找寻其来源，以为那个时期贵族们谈到的《诗》就是今天我们所见到《诗经》，其实，《左传》等书所引的诗句和贵族提到的《诗》绝大部分都应当属于古本之《诗》，而非孔子所编定之《诗》。

春秋时期，社会上流传的古本之《诗》已被广泛认可，被视为社会行为准则之所在。《左传》僖公二十七年载：

> 于是乎蒐于被庐，作三军，谋元帅。赵衰曰："郤縠可。臣亟闻其言矣，说礼乐而敦《诗》、《书》。《诗》、《书》，义之府也。"……乃使郤縠将中军。

晋国所选的中军主帅郤縠，熟读《诗》为其重要特色之一。他在平时言辞中能够引用《诗》，并为赵衰所知。赵衰在关键时刻举出此事，足证《诗》之重要，这是春秋早期的事情，赵衰所说的《诗》应当就是《诗》的古本。楚庄王的时候，大臣申叔时教授太子的内容之一就是"教之《诗》，而为之导广显德，以耀明其志"，并且"诵《诗》以辅相之"[②]。所谓"导广显德"，韦昭注："'导'，开也。'显德'，谓若成汤、文、武、周、邵、僖公之属，诸诗所美者也。"[③]赞美成汤之诗见于《诗·商颂》，赞美周文王、武王、周公、邵公之诗多见《诗·周颂》和《诗·大雅》，赞美鲁僖公之诗见于《鲁颂》。我们从这里可以推想，当时的《诗》应当仍然是以《雅》、《颂》为主的。但《风》诗却有后来居上的势态。春秋早期，《风》诗甫出现于《诗》，《左传》隐公三年载"《风》有《采蘩》、《采蘋》，《雅》有《行苇》、《泂酌》，昭忠信也"，《风》诗排在《雅》诗之前。春秋中期，吴公子季札聘鲁观乐，鲁

---

① 钱穆：《读诗经》，《中国学术思想史论丛》（一），第111页，台北东大图书公司，1976年版。
② 《国语·楚语》上。
③ 上海师范大学古籍整理研究所校点：《国语》，上海古籍出版社1998年版，第529页。

国所演奏的乐歌次序是《风》、《小雅》、《大雅》、《颂》。《庄子·天运》篇曾经记载孔子与老聃的谈话：

> 孔子谓老聃曰："丘治《诗》、《书》、《礼》、《乐》、《易》、《春秋》六经，自以为久矣，孰知其故矣；以奸者七十二君，论先王之道而明周、召之迹，一君无所钩用。甚矣夫！人之难说也，道之难明邪？"老子曰："幸矣，子之不遇治世之君也！夫六经，先王之陈迹也，岂其所以迹哉！今子之所言，犹迹也。"

《诗》是孔子所治"六经"之首，老子称其为"先王之陈迹"。是可推测孔子之前已经有了《诗》的本子，以供学者研习。这时候的《诗》，应当是包括《风》、《雅》、《颂》在内的完整的传本。

如前所述，《诗》的古本，编定于周史官与乐师之手，流传于各诸侯国。宋儒郑樵说，孔子"得之于鲁太师，编而录之"①，应当是一个近于实际的说法。宋儒朱熹谈到"删诗"时说："当时史官收诗时，已各有编次。"②周王朝史官所收录之诗，即为《诗》的古本。朱熹说"史官收诗"是正确的。但是，到孔子之时是否编次尽失，却未必如此。吴公子季札聘鲁观乐时，风、雅、颂次序井然，可证编次未尽失，孔子编定《诗》的定本时可能只是对于编次有个别调整。对于《诗》的古本（或称原本），孔子是不可能有所删削的。清儒朱彝尊曾经指出：

> 《诗》者，掌之王朝，班之侯服，小学、大学之所讽诵。冬夏之所教，莫之有异，故盟会、聘问、燕享，列国之大夫赋诗见志。不尽操其土风。使孔子以一人之见，取而删之，王朝列国之臣，其孰信而从之者？③

这个说法很有道理。只是要注意到朱彝尊所说的实是《诗》的古本。孔子所见到的《诗》的本子，我们可以称为"原本"或"古本"，孔子并未对于古本之《诗》进行删削。后来孔子为授徒所选编成的《诗》可以称为"定本"④。过去的人以为孔子即为"素王"，其影响在当时一定大得很，他编的《诗》流行天下就是一个明

---

① 郑樵：《诗辨妄》，朴社 1933 年版，第 94 页。
② 黎靖德：《朱子语类》卷三十四，中华书局 1988 年版，第 856 页。
③ 朱彝尊：《诗论》一，《经义考》，中华书局 1998 年版，第 533 页。
④ 专家曾引清儒方玉润之说，提出"两次编诗"之论，洵为卓识，但将第二次定为"鲁乐官之手"（周振甫：《诗经译注·引言》，中华书局 2002 年版，第 4 页），则似有不妥之处。

证。其实,孔子在当时社会上的影响是很有限的。如果说他另编了一本与古人大有差异的《诗》,用来授徒,是可以的,但在列国间流行却不大可能,用朱彝尊的话来说,就是"王朝列国之臣,其孰信而从之者?"孔子的权威在那个时代远远达不到让列国贵族信而从之的地步。

孔子率徒周游列国返归鲁国后进行了为诗正乐的工作,他说:"吾自卫反鲁,然后乐正,《雅》、《颂》各得其所。"①关于孔子整理《诗》的情况,司马迁说:"古者《诗》三千余篇,及至孔子,去其重,取可施于礼义,上采契、后稷,中述殷周之盛,至幽厉之缺,始于衽席,故曰:'《关雎》之乱以为《风》始,《鹿鸣》为《小雅》始,《文王》为《大雅》始,《清庙》为《颂》始。'三百五篇孔子皆弦歌之。"②由司马迁首创的孔子删诗说,后世学者质疑者甚多,然信服者亦多。愚以为司马迁此说基本可信。但比较模糊,所谓"古者诗三千余篇",愚以为不当指古本之《诗》有三千余篇,而是古代的诗作有三千余篇,而周王朝所颁发给各诸侯国的却只有三百多篇。清儒朱彝尊说:"当日掌之王朝,班之侯服者,亦止于三百余篇而已"③,这个说法是可信的。

孔子所进行的工作是对于古本之《诗》进行整理,以之作为授徒的教材。经他编的《诗》④,可以称为孔子编定的定本。我们可以作这样的推断,即周王朝和各诸侯国的诗作是大量的,非止三千之数可以概括。出自周王朝史官和乐师

---

① 《论语·子罕》。按,在孔子之前,孔子的远祖正考父曾整理过《商颂》,《国语·鲁语》下载:"正考父校商之名《颂》十二篇于周太师,以《那》为首,其辑之乱曰:'自古在昔,先民有作。温恭朝夕,执事有恪。'"这里所提到的四句诗在今本《诗·商颂·那》篇仍可见到。

② 《史记·孔子世家》,《史记》,中华书局1982年第2版,第1936页。

③ 朱彝尊:《诗论》一,《经义考》,中华书局1998年版,第533页。按,否定删诗之说的学者最著者是唐儒孔颖达。后来,清儒崔东璧亦谓"诗三百","乃当孔子之时已止此数,非自孔子删之而后为三百也"(《洙泗考信录》卷三,顾颉刚编订《崔东璧遗书》,上海古籍出版社1983年版,第309页)。清儒赵翼说,《左传》引诗,"左邱明自引及述孔子之言,所引者凡四十八条,而逸诗不过三条。列国公卿自引诗共一百一条,而逸诗不过五条。……史迁古诗三千余篇之说,愈不可信矣。"(《陔余丛考》卷二,商务印书馆1957年版,第27页"古诗三千之非"条)。

④ 《左传》襄公二十九载吴公子季札聘鲁观乐事,此时孔子年幼,不可能编《诗》,故鲁国演唱的《风》诗次序,与今本《诗经》不同,杜预谓"仲尼删定,故不同"(《春秋经传集解》卷十九),是正确的。《左传》襄公二十六年提到逸诗"辔之柔矣"篇名,杜预以为此诗内容见于《逸周书》。今查《逸周书·太子晋》篇载太子晋语引诗:"马之刚矣,辔之柔矣;马亦不刚,辔亦不柔。志气麃麃,取予不疑。"可证杜预此说不误。杜预释其意谓:"义取宽政以安诸侯,若柔辔之御刚马。"(《春秋经传集解》卷十八)另外,《左传》襄公二十八年提到《茅鸱》之诗、昭公十二年《祈招》之诗,亦逸诗。《左传》所载《辔之柔矣》、《茅鸱》两逸诗的情况,以及其他先秦文献所载逸诗的情况,说明孔子选诗(或谓删诗)的说法可信。前人或比较诸多逸诗与三百篇之异同,谓"凡此数十处,其音响与三百篇何异"(焦竑《焦氏笔乘续集》卷四,"逸诗"条,金陵丛书本)。

之手的古本之《诗》的数量也不大可能达到三千之数。可能只有数百篇(或者就是三百多篇),孔子选编《诗》的时候,"去其重",选取最有代表性的诗作,仅只"三百"而已。孔子所进行的编《诗》的工作可能还有一项,那就是将《鲁颂》列入《诗》①,其所以如此,应当有让弟子认识乡土诗作及鲁国历史传统的用意在内。

从《论语》的记载里可以看到孔子每言"诗三百",愚以为"诗三百"就是指的古本之诗,而非他所编定之《诗》。关于这个问题可以进行如下的探讨。孔子30岁左右即授徒设教,他授徒的内容之一,就是《诗》,故而司马迁说:"孔子以《诗》、《书》礼乐教,弟子盖三千焉,身通六艺者七十有二人。"②孔子整理古本之《诗》,以之授徒之事可能不会太早,他开始授徒时所用的《诗》还当是古本之《诗》,后来在教授过程中发现有些问题,应当加以整理,于是才陆续从事于此,在他晚年的时候才可能整理完成,成为定本之《诗》。关于孔子删《诗》,可以举《论语·八佾》篇所载一例进行探讨。是篇载:

> 子夏问曰:"'巧笑倩兮,美目盼兮,素以为绚兮。'何谓也?"子曰:"绘事后素。"曰:"礼后乎?"子曰:"起予者商也!始可与言诗已矣。"

子夏所请教的诗句,前两句见于今本《诗经·卫风·硕人》次章,而后一句则未见于此诗。前人对此有两种看法,一是说"素以为绚兮"为孔子所删,是孔子删诗有删一句者的例证。二是认为这三句都是逸诗。两说相较,前说为优。这是因为它有今本《诗经》的文本可以比勘。子夏所引的诗句,应当属于古本之《诗》。观今本《硕人》四章,每章皆七句,语意完整,并且流传较广,战国时期楚地流行的爱情诗集中曾有一篇题为《硕人》者③,有可能即是此篇。孔子在整理古本《诗》的时候,应当删去了"素以为绚兮"之句。孔子和子夏讨论此句之意蕴,说明这句在《诗》中肯定是存在的,不可能是子夏虚拟。从《八佾》的这个记载里,我们可以窥见孔子整理古本之《诗》的一些迹象。

《论语》还记载孔子"尝独立,鲤趋而过庭。曰:'学诗乎?'对曰:'未也。'

---

① 专家或指出,"把《诗经》编成目前的样子,大概是鲁国人"(章培恒、骆玉明主编:《中国文学史新著》,复旦大学出版社2007年版,第45页),是有一定道理的。

② 《史记·孔子世家》。

③ 参见马承源主编:《上海博物馆藏战国楚竹书》(四)《采风曲目》,上海古籍出版社2004年版,第1简图版第17页、释文第164页。

'不学诗，无以言。'鲤退而学诗"①，细绎经意，可知这时候孔鲤还是一个小孩子，孔子也非晚年。孔子所说的"学诗"，当即古本之《诗》。《论语·述而》篇载孔子语："志于道，据于德，依于仁，游于艺。"应当是他30岁到51岁之间授徒时语②。此时孔子即"游于艺"，所谓"艺"，当指"六艺"而言，其内容，依《周礼·保氏》"养国子以道，乃教之六艺：一曰五礼，二曰六乐，三曰五射，四曰五驭，五曰六书，六曰九数"的说法，即礼、乐等六项，按照古代诗、乐不分而言，习乐即习诗。可见孔子作为有深厚文化底蕴者，对于《诗》的研习应当是较早的事情（这是他授徒设教的需要），非必等到他周游列国返鲁已年逾花甲之时。

再者，孔子授徒，除了传承古代文化以外，还注意到适应社会的需要。他说："诵诗三百，授之以政，不达；使于四方，不能专对；虽多，亦奚以为？"③研习《诗》的目的，很重要者就是在接受君命出使别国时要能够精通诗义，随时应对问答以不辱使命。此时所称"诗三百"，应当是《周诗》三百篇，各国贵族大多数已经对它熟悉并且能够自如应用，孔子所编定的《诗》只是授徒所用，还达不到《周诗》行用于周王朝和各诸侯国的程度。定本之《诗》的影响是随着儒家兴盛而增益的。定本出现之前社会上所流行的《诗》还是作为《诗》之古本（或称原本）的《周诗》。可以推测，定本与古本的《诗》差别不会太大。如果孔子另起炉灶，重新编一部《诗》，那么他编的《诗》则很难得到各国贵族的认可，流行起来应当是很困难的，这就不大可能适应"专对"的需要。所以说孔子编《诗》只应当是做了一些"去重"、"正乐"的工作，并没有对于古本之《诗》作很大的更改。司马迁说："孔子闵王路废而邪道兴，于是论次《诗》、《书》"④，可见他认为孔子对于《诗》、《书》所做的工作，并非根本性编撰，而只是"论次"而已，这与孔子自己所说的"吾自卫反鲁，然后乐正，《雅》、《颂》各得其所"⑤，完全一致。这是我

---

① 《论语·季氏》。
② 参见钱穆：《孔子传》第四章，三联书店2002年版，第12—22页。
③ 《论语·子路》。按，孔子的"诗三百"之说，还见于《礼记·礼器》篇的一个记载。是篇载："孔子曰：'诵诗三百，不足以一献。'"所谓"一献"，是周代飨礼中的一个仪节，指主人向客人敬酒一次。在朝聘礼中，要依照来宾的地位规格分为从一献到九献这样九个级别，以显示隆重程度的不同。一献之礼是飨礼中之最简者。孔子这句话从实际功用的角度来说"诗三百"，意即仅仅会诵诗而不习礼，是不行的。孔子强调的是应用。孔子此语与他所说的"专对"之义是一致的。
④ 《史记·儒林传》。
⑤ 《论语·子罕》。按，在孔子之前，孔子的远祖正考父曾整理过《商颂》，《国语·鲁语》下载："正考父校商之名《颂》十二篇于周太师，以《那》为首，其辑之乱曰：'自古在昔，先民有作。温恭朝夕，执事有恪。'"这里所提到的四句诗在今本《诗·商颂·那》篇仍可见到。

们理解孔子所讲"诗三百"之说的题中应有之义。孔子授徒时还注重研《诗》，上博简《诗论》可以说就是孔子师徒研诗的一个记录，是孔门师徒所进行的"论次"工作的一部分。

(四) 简短的结论

近年面世的上博简、清华简等战国竹简多有论及《诗》的资料，特别是上博简《诗论》更是讨论《诗》的专篇，清华简《耆夜》揭示了周初贵族赋诗的详细情况，这些都为我们认识《诗》的成书问题提供了新的资料。综观前辈学者的研究成果，我们可以提出如下一些认识。

首先，《诗》的成书有一个过程，先是有一个《诗》的古本，它出自周王朝的史官和乐师之手。西周贵族以《颂》、《雅》为体裁的诗作是最早列入《诗》的作品，《风》则稍晚。

其次，周代有献诗、采诗之制，这是编《诗》的前提和基础。周王朝的史官和乐师对这些诗作进行过加工整理。然，古本之《诗》的编定时间尚不可骤定，只能推测其滥觞的时间盖在西周康王到共王时期。

再次，古本之诗的数量可能就是"三百"，而周代贵族的诗作则是很多的，以"三千"称之，尚不足以言其多。周王所颁发给各诸侯国者，"三百"而已。墨子曾有"诵诗三百，弦诗三百，歌诗三百，舞诗三百"[1]之说，或以为仅此颂、弦、歌、舞四项而言就有诗千二百篇，其实非是。孙诒让说："《毛诗·郑风·子衿》传云'古者教以诗乐，诵之、歌之、弦之、舞之'，与此书义同"[2]。三百篇可诵、可歌、可弦、可舞，只是一体，而非四类。

第四，孔子为授徒所编定的《诗》并不是以他自己所搜集的诗作为基础的，他编定的《诗》的定本，实际上是在古本之诗的基础上进行的。由于我们今天只能窥见古本之《诗》的一些迹象，无法和今本进行详细比对，所以我们只能说，《诗》的定本和古本差别当不会太大。清儒皮锡瑞说："汉时所传三百篇，即圣人所谓'诗三百'，非有不完不备、待后人补缀者。"[3]此说是可信的。汉以后，《诗》的流传情况则明晰可见。

第五，据我的考析和统计，上博简《诗论》总共评析的诗篇数为63篇，其中有56篇见于今本《诗经》，有3篇可以肯定见于今本，只是不知系于何篇。另

---

[1] 《墨子·公孟》。
[2] 孙诒让：《墨子间诂》卷十二，中华书局1986年版，第418页。
[3] 皮锡瑞：《经学通论》二《诗经》，中华书局1954年版，第60页。

有 4 篇存疑者,也不能否定其见于今本的可能性。我们可以总结说,上博简《诗论》所评之诗绝大部分(或者全部)都见于今本《诗经》,属于逸诗者尚未见到。上博简《诗论》的这种情况,让我们知道在孔子之后的时代,《诗》基本上未散佚,这应当是我们感到庆幸的事情。

六　上博简《诗论》与《孔丛子·记义》篇对比研究

上博简《诗论》所记载的孔子与弟子论诗的情况,与《孔丛子·记义》篇所载多有相近之处,将两者进行对比考察,对于二者都是颇有学术意义的事情。今先列出简表进行比较,然后再加以分析。

(一) 对比简表

上博简《诗论》	《孔丛子·记义》	其他文献所载的相关论析
上博简《诗论》论及《周南》、《召南》之诗的有《葛覃》、《甘棠》、《关雎》、《樛木》、《鹊巢》、《汉广》等六篇: 孔子曰:吾以《葛覃》得氏(祇)初之志,民眚(性)固然,见其美必欲反(返)其本。夫"葛"之见歌也,则(以上第 16 号简)以绤綌之故也;后稷之贵也,则以文武之德也。(以上第 24 号简) 吾以《甘棠》得宗庙之敬。民眚(性)古(固)然。甚贵其人,必敬其立(位)。敚(悦)其人,必好其所为,亚(恶)其人者亦然。(第 24 号简)	孔子读《诗》及《小雅》,喟然而叹曰:吾于《周南》、《召南》见周道之所以盛也;	"子谓伯鱼曰:女为《周南》《召南》矣乎?人而不为《周南》《召南》,其正墙面而立也!"(《论语·阳货》)"《周南》《召南》,正始之道,王化之基。"(《诗序》) 吾于《甘棠》见宗庙之敬甚矣,思其人,必爱其树,尊其人,必敬其位,道也。(《孔子家语·好生》) 孔子曰:"善,如汝所闻也。如殷周之祖宗,其庙可以不毁,其他祖宗者,功德不殊,虽在殊代,亦可以无疑矣。诗云:'蔽芾甘棠,勿翦勿伐,邵伯所憩。'周人之于邵公也,爱其人犹敬其所舍之树,况祖宗其功德而可以不尊奉其庙焉。"(《孔子家语·庙制》)

续表

《关疋（雎）》之改，《梂（樛）木》之时，《滩（汉）往（广）》之智，《鹊榑（巢）》之归，《甘棠》之保（报），《绿衣》之思，《燕燕》之情害（曷）？曰：童（终）而皆臤（贤）于其初者也，《关疋（雎）》以色俞（喻）于礼。（以上第10号简）[其三章则]两矣，其四章则俞（喻）矣。以琴瑟之悦，拟好色之愿；以钟鼓之乐，（以上第14号简）[拟好色之]好，反内（纳）于礼，不亦能改虖（乎）？（以上第12号简） 《梂（樛）木》福斯才君子，不[亦能时虖（乎）]？（第12号简） 《鹊榑（巢）》出以百两，不亦又离虖（乎）？（第13号简） 青「情」，爱也。《关疋（雎）》之改，则其思賹（益）矣。《梂（樛）木》之时，则以其录（禄）也。《滩（汉）往（广）》之智，则智（知）不可得也。（第11号简）		孔子曰：吾于《甘棠》见宗庙之敬也，甚尊其人，必敬其位，顺安万物，古圣之道几哉！ 《说苑·贵德》 《国风》（按，指《关雎》）之好色也，《传》曰："盈其欲而不愆其止。其诚可比于金石，其声可内于宗庙。"（《荀子·大略》） 周道缺，诗人本之衽席，《关雎》作。（《史记·十二诸侯年表》序） 周室衰，而《关雎》作。 《史记·儒林列传》 榆（喻）之也者，自所小好榆（喻）虖（乎）所大好，"茭（窈）芍（窕）[淑女，寐]眛（寐）求之"，思色也。"求之弗得，唔（寤）眛（寐）思伏"，言其急也，"繇（悠）才（哉）繇（悠）才（哉），婘榑（转）反厕（侧）"，言其甚□□。□如此其甚也，交诸父母之厕（侧），为诸？则有死弗为之矣。交诸兄弟之厕（侧），亦弗为也。交[诸]邦人之厕（侧），亦弗为也。[畏]父兄，其杀畏人，礼也，繇（由）色榆（喻）于礼，进耳。 《马王堆汉墓帛书（壹）·五行》，文物出版社1975年版，第24页
《北（邶）·白（伯）舟》，闷。（第26号简）①	于《柏舟》见匹夫执志之不可易也。	子夏曰："……敢问何谓'三无'？"孔子曰："无声之乐、无体之礼、无服之丧。此之谓'三无'。"子夏

---

① 按，此诗有"威仪棣棣。不可选也"之句，《礼记·孔子闲居》说它是"无体之礼"。意指人若有威仪，那就是礼之体现，非必与升降揖让之类的礼仪（即"体"）。《记义》篇从"志"的角度论《柏舟》，《礼记》则从礼的角度来论说，皆为引申而言，不若《诗论》之直指诗旨。《记义》所云虽然没有直指诗旨，但体悟到执志不易，亦与见丑恶世态而"闷"相距不远。而《孔子闲居》只是以威仪为说，离诗旨却有了相当的距离。

续表

		曰:"'三无'既得略而闻之矣,敢问何《诗》近之?"孔子曰:"'夙夜其命宥密',无声之乐也。'威仪逮逮,不可选也',无体之礼也。'凡民有丧,匍匐救之',无服之丧也。"(《礼记·孔子闲居》)
	于《淇奥》,见学之可以为君子也;	
	于《考槃》,见遁世之士而不闷也;	
[吾以《木瓜》]得币帛之不可去也。	于《木瓜》,见苞苴之礼行也;	孔子曰:"吾于《木瓜》,见苞苴之礼行。"(《诗·木瓜》毛传)①
	于《缁衣》,见好贤之心至也;	子曰:好贤如《缁衣》。(《礼记·缁衣》)
	于《鸡鸣》,见古之君子不忘其敬也;	
	于《伐檀》,见贤者之先事后食也;	
孔子曰:《七(蟋)率(蟀)》,智(知)难。(第27号简)	于《蟋蟀》见陶唐俭德之大也;	
	于《下泉》,见乱世之思明君也;	
	于《七月》,见豳公之所以造周也;	
	于《东山》,见周公之先公后私也;	
	于《狼跋》,见周公之远志所以为圣也;	
《鹿鸣》以乐,始而会以道交,见善而学,冬(终)虖(乎)不厌人。(第23号简)	于《鹿鸣》,见群臣之有礼也。	
	于《彤弓》,见有功之必报也;	

① 按,《毛传》所引孔子语有可能引自《记义》篇之载。

续表

	于《羔年》①，见善政之有应也；	
《雨亡(无)政(正)》、《即(节)南山》，皆言上之衰也，王公耻之。(第8号简)	于《节南山》，见忠臣之忧世也；	子曰："民以君为心，君以民为体。心庄则体舒，心肃则容敬。心好之，身必安之。君好之，民必欲之。心以体全，亦以体伤。君以民存，亦以民亡。《诗》云：'昔吾有先正，其言明且清。国家以宁，都邑以成，庶民以生。谁能秉国成，不自为正，卒劳百姓？'"(《礼记·缁衣》) 子曰："民以君为心，君以民为体，心好则体安之，君好则民欲之。古(故)心以体法，君以民芒(亡)《寺(诗)》员(云)：'谁秉国成，不自为贞。卒劳百眚(姓)。'"(郭店楚简《缁衣》第8—9号简)
	于《缁衣》，见好贤之心至也。	子曰：好贤如缁衣。(《礼记·缁衣》) 夫子曰：好美如好兹(缁)衣。(郭店楚简《缁衣》第1简)
《翏(蓼)莪》，又(有)孝志。(第26简)	于《蓼莪》，见孝子之思养也；	
	于《楚茨》，见孝子之思祭也；	
《裳裳者芋(华)》则……。(第9号简)	于《裳裳者华》，见古之贤者世保其禄也；	
	于《采菽》，见古之明王所以敬诸侯也。	

---

① 《孔丛子》此处所说的《羔羊》当为《无羊》之误。《羔羊》篇在今三百篇中属《周南》，《孔丛子》此段论诗篇目次序一如今本之序，若是《羔羊》，则不应排在此处。而《无羊》篇在今本中正在《节南山》之前，则恰与《孔丛子》此段论诗次序吻合。此处之所以误"无"为"羔"，盖以形近所致。说详李存山先生所撰"《孔丛子》中的'孔子诗论'"(《孔子研究》2003年第3期)一文。

（二）若干分析

《诗论》的部分文字可与传世文献相印证。如《诗论》说《甘棠》谓："吾以《甘棠》得宗庙之敬，民性固然。甚爱其人，必敬其位。悦其人必好其所为，恶其人者亦然。"《说苑·贵德》篇有类似的说法，谓"孔子曰：'吾于《甘棠》见宗庙之敬也。甚贵其人，必敬其位，顺安万物，古圣者之道哉！'"两者可比，可以看到在语势上十分相同，特别是"见宗庙之敬"和"得宗庙之敬"更是如出一辙。《孔子家语·庙制》篇谓："周人之于召公也，爱其人犹敬其所舍之树，况祖宗之功德可以不尊奉其庙焉。"这里的思想亦与《诗论》及《贵德》一致。我们现在不清楚《贵德》与《庙制》相关文字的直接来源，但可以推测《诗论》的这个论述在战国秦汉间是有流传的，《贵德》据传闻而记，不为无根之谈。否则的话就很难解释两者思想与语势何以如此相同的问题。再如关于《诗·本瓜》篇，《孔丛子·记义》篇所论与《诗论》所述几乎完全相同。两者的渊源关系令人无可置疑。我们很难说《记义》篇所述为向壁虚拟。我们固然不能说有此一条材料的比较就肯定《孔丛子》全书所记全都可信，但我们却可以肯定相关的这一部分的记载是可信的，非伪造的。

关于《孔丛子》一书的写成时间，如下一条材料可供参考。《孔丛子·答问》篇盛赞叔孙通"处浊世而清其身，学儒术而知权变，是今师也"，所以专家推测此书所作，"最有可能出于汉代叔孙通声誉最高之时"①，这个说法是可信的。西汉前期的儒生为了给王朝提供历史鉴诫而整理《诗》、《书》，是为当时的社会风习，所以，献逸《书》之事屡现，讲《诗》者有诸家之多（三家诗就是这一时期的硕果）。孔门师徒研读《诗》、《书》的资料亦被整理，《孔丛子》的许多部分，应当就是在这个背景下出现的。《隋书·经籍志》说《孔丛子》一书"传仲尼之旨"，是说不误。

上博简《诗论》的面世为《孔丛子·记义》篇的相关文字提供了很好的佐证。反之，《记义》篇的一些记载也说明孔门论诗有源有流，传述有序。我们将上博简《诗论》与《孔丛子·记义》篇的相关记载胪列②，就是为了比较研究之需。

---

① 李存山：《孔丛子》中的'孔子诗论'"，《孔子研究》2003年第3期。
② 参见［宋］宋咸：《孔丛子注》，［清］阮元：《宛委别藏》卷一，江苏古籍出版社1998年影印本，第43页。

比较《孔丛子·记义》篇和上博简《诗论》相关记载,可以看到两者的不同之处,首先是《记义》篇不提《诗》的《大雅》和《颂》的篇章,而上博简《诗论》对此则相当重视。个中原因殆因为《记义》篇失载。其次,《记义》篇所载诗论,语气连贯,句式整齐,而上博简的相关记载则句式多变,很可能是孔门弟子各依传授所得整编而成,保存了较多的比较原始的面貌,而《记义》篇所载则是历代传授中经过整理加工的结果。

然而,比较上博简《诗论》和《孔丛子·记义》篇的相关记载,还可以看到两者在本质上的相同之处。例如,在用词方面,上博简《诗论》多用"吾于……得……"的句式,而《孔丛子·记义》篇则说"吾于……见……"。见与得在意义上有相涵之处。依字源而论,以手持贝为得,而眼见之而心领会之,亦可谓为得,即俗所谓"心得"。《说文》"彳"部谓"得",从彳,䙷声。所从"䙷声"的䙷即古文得字,《说文》谓古文得字"省彳"。可见,得字古文从"见",而非一般所说的从"贝",谓以手持贝为得。《说文》"见部"谓"䙷,取也。从见、寸"。要之,从得字古文来看,它所表示正是眼有所见,心有所得的意思。所以说,在古文献中所保存的见与得两字相通的例证,正是两字字源一致的结果。《诗论》第 24 号简谓"吾以《甘棠》得宗庙之敬",而《孔子家语》和《说苑·贵德》篇则皆谓"吾于《甘棠》见宗庙之敬",这里的"见"与"得"意义的一致性质表现得十分清楚。

《孔丛子·记义》篇谓"吾于《周南》、《召南》见周道之所以盛也"。上博简《诗论》所论及的《周南》、《召南》部分的诗篇计有《葛覃》、《甘棠》、《关雎》、《樛木》、《鹊巢》、《汉广》六篇。这六篇诗,确实体现了"周道"的深厚内涵和它的兴盛情况。我们可以依次说之。

先说《葛覃》。

《诗论》简说它"得氏(祇)初之志",这个自古相承的"志",归根到底就是规范,就是礼。所谓"氏(祇)初之志"的意思,可以说就是自古以来相因的作为礼的行为规范。而周人之礼,可以追溯到后稷。后稷为周族始祖,简文认为后稷之所以受到后人景仰,是与周文王和周武王的德操有直接关系的。这里的内容与儒家报本返始的观念,实为一个事情的两个方面。后世子孙得先祖恩德荫庇而成长,而先祖亦得后世子孙的成就与道德而越发彰显其业绩之辉煌、影响之巨大。总之,《葛覃》一诗是讲周礼的,是讲尊祖的,是讲文武之德的。

再说《甘棠》。

依《诗论》之意,礼敬宗庙是民众的本性。道家以素朴为民性,儒家则以礼敬为民性。"民眚固然",是谓民性本来如此。但是民性需要加以引导,所以《礼记·王制》主张"修六礼以节民性",《荀子·大略》主张"理民性"。本简所强调的是"民眚(性)"本来就是尊祖敬宗的,是从礼敬方面对于民性的理解。

再说《关雎》。

此篇作为三百篇之首,历来讲其意蕴者最多。而据上博简《诗论》所载,可知孔子是从情、志并重的角度来解释此诗意旨的。孔子特别重视《关雎》,这应当是他情、志并重的诗歌理论的体现。男女之间的爱慕是"情"之至大至重者,《关雎》所谓"窈窕淑女,寤寐求之"就是此"情"涌动的结果。青年男女"寤寐思服",这种爱慕之情不应当被歧视被禁止,上博简《诗论》第11号简谓"其思贎(益)矣"就表达了孔子对此所持的肯定态度。孔子将《关雎》列为《国风》之首,有其深义在焉。他自己在回答子夏所问"《关雎》何以为《国风》始也"的问题时谓:"《关雎》至矣乎!夫《关雎》之人,仰则天,俯则地,幽幽冥冥,德之所藏,道之所行,虽神龙化,斐斐文章。大哉《关雎》之道也,万物之所系,群生之所悬命也。"孔子将《关雎》的意义发挥到了极致,认为"天地之间,生民之属,王道之原,不外此矣"[①]。他对于《关雎》的深爱,如果用《诗序》的语言来说,那就是"发乎情"而"止乎礼义",有情有志,情志并重,而非汉儒

[①] 《韩诗外传》卷五。按,此所述《关雎》之重要意义,或许有后儒增饰之成分,但其主旨应当是合乎孔子原意的。上博简《诗论》孔子论诗语句最多者为《关雎》,与《韩诗外传》之载可以相互印证。《关雎》一诗写男女情爱,此为人之大欲,得孔子肯定而彪炳千古,中国古代数千年间尽管极尽"灭人欲"之事,但因孔子对于《关雎》的高度赞扬,所以总算为此"大欲"保留了一方净土而不致全部覆灭。对于此点,叶秀山先生曾有精辟论析,他说:"《关雎》,'窈窕淑女,君子好逑',言天下男女爱慕之情,'淑女'、'君子',其位既定,其性得自于'天命',于是此诗'言也顺'、'名也正',乃天下之正声,人伦之大义,后世虽禁锢如宋儒,不可夺也。炎黄子孙仰仗孔子厘定之功,得以保护男女爱慕正当之情欲,美其名曰男女之'大欲',这与西方耶教亚当、夏娃'原罪'观念,大相径庭。耶教'原罪'观念,固有其深刻之处,但不若中国'大欲'观念之切近情理,而且以'天命'之下万物之'自己'——男女各自之'自己'之间的本质关系,受到'(上)天(命)'之保护,也有自身的理路。"("'思无邪'及其他",《中国哲学史》2005年第1期)

所谓"言后妃之德和谐"①,替君主后妃唱赞歌。孔子谓"《关雎》乐而不淫,哀而不伤",极力赞扬《关雎》篇的"性情之正"②,亦从"情"的角度深刻理解诗旨。孔子认为《关雎》所体现的感情中正平和③,可以让人体会到的诗的温柔敦厚,故而特别重视是篇④。

再说《樛木》。

此诗谓"南有樛木,葛藟累之。乐只君子,福履绥之",以"梂(樛)木"和"葛藟"两种植物起兴比喻。展现人们面前的形象是南山那向下弯曲之树("梂(樛)木")被葛藟的藤条缠绕("葛藟累之"),其喻指的意思是在说,下级贵族(即本诗中的"君子"),必得上层人物(或宗主)的考察认可之后,其社会地位方才被肯定,并由此出发而扶摇攀升,此犹藤之缠树而升高。贵族之所以非常欢乐,就是因为他被蒗历("福履")以后和上层人物(或宗主)有了关系("绥之")。这关系犹如葛藤攀树。全诗三章,句式相同,皆由喻指起兴,然后点明主题,表达了"君子"的快乐心情。要之,此诗所展现的是宗法制下各级贵族的平衡与欢乐的心态。

再说《鹊巢》。

此诗首章谓"维鹊有巢,维鸠居之。之子于归,百两御之",赞颂贵族以百辆车的盛大规模迎娶新妇,自然非同寻常,意指此女之"归(嫁)",定会有好的结果。这是宗法与分封制度下各阶层婚姻和谐状态的表现。

再说《汉广》。

这是一首写男女情爱的诗篇,《诗序》说它"德广所及也。文王之道被于南国,美化行乎江汉之域。无思犯礼,求而不可得也",是正确的。从上博简《诗

---

① 《诗·关雎》郑笺。
② 朱熹语,见《论语集注》卷二。
③ 关于孔子"乐而不淫,哀而不伤"之意旨,宋儒郑樵说:"孔子曰:'吾自卫返鲁,然后乐正,《雅》、《颂》各得其所。'亦谓《雅》、《颂》之声有别,然后可以正乐。又曰:'《关雎》乐而不淫,哀而不伤。'亦谓《关雎》之声和平,闻之者能令人感发,而不失其度。"(《通志略·乐略·正声序论》,上海古籍出版社1990年版,第346页)郑樵所谓《关雎》之乐能够让人感动而不失其度,是很正确的说法。
④ 关于《关雎》之主旨,毛传和《诗序》谓是颂扬"后妃之德"的作品。但三家诗却谓是"刺"诗,鲁诗以为是"刺"周康王"缺德于房,大臣刺晏,故诗作",韩诗亦谓是"刺时"之作。清儒范家相解释说:"康王后夫人晏起,毕公思后妃之德,或弹弦以讽谏。"(《三家诗拾遗》卷三,守山阁丛书本)按,无论是何人赋此诗以"刺"康王若后,皆为赋诗者之意,非诗之本义。故而三家诗将《关雎》列为"刺"诗是不妥当的。

论》中可以看到孔子赞成男女在礼义的范围内的情爱,提倡在可能的情况下对于爱情大胆追求,而不是对于男女情爱予以排诋。二南之诗与王化、德教有关,在周道的二南的影响下,二南之中的爱情诗是人的真挚情感的表达。《周南》十一篇,其中有九篇言夫妇男女之情;《召南》十五篇言夫妇男女之情者十一篇。可以说二南之诗最能体现儒家"温柔敦厚"所体现出来的重视性情的诗教①。孔子认为二南之诗重情,读《诗》若不由此而入,便如"正墙而立"一样,找不到门径。

我们再来讨论一下"周道"的涵义。

古代文献中多以具体制度来言周道,如《孔子家语·曲礼子贡问》篇载:

> 子曰:"同姓为宗,有合族之义,故系之以姓而弗别,缀之以食而弗殊,虽百世婚姻不得通,周道然也。"②

这里说同姓不婚之制,说的是宗法制度下的周道。再如《礼记·檀弓》上篇谓:

> 幼,名、冠,字、五十以伯仲、死,谥。周道也。

这是讲周人的姓名称谓制度,之所以有如此的制度,是体现宗法精神的需要。再如《礼记·礼运》篇载:

> 孔子曰:"于呼,哀哉!我观周道,幽厉伤之。吾舍鲁何适矣。鲁之郊禘,非礼也,周公其衰矣。杞之郊也,禹也。宋之郊也,契也。是天子之事守也。故天子祭天地,诸侯祭社稷。"

---

① 《礼记·经解》云:"温柔敦厚,诗教也……温柔敦厚而不愚,则深于诗者也"。所谓"温柔敦厚"皆指的人的性情而言。后儒或谓二南之诗"无乖离伤义之苦,而有敦笃深笃之情"(《论语集释》卷二十五引《论语述要》说),其说颇为精到。

② 《礼记·大传》亦有类似的说法,是篇谓:"四世而缌,服之穷也。五世祖免,杀同姓也。六世亲属竭矣。其庶姓别于上,而戚单于下。昏姻可以通乎?系之以姓而弗别,缀之以食而弗殊。虽百世而昏姻不通者,周道然也。"这里也强调同姓不婚是"周道"的表现。

这里讲周道在周厉王、周幽王的时候被破坏了，保存周道最多的鲁国也出现了周道被破坏的现象。这种现象集中于祭礼，按照周道，祭礼是有级别界限的，只有周天子才可以祭天地，而诸侯只能祭社稷。这里所强调的周道是分封制下的周天子的权威。所以《礼记·祭统》篇说"夫祭有三重焉。献之属莫重于裸，声莫重于升歌，舞莫重于《武宿夜》。此周道也"，在祭礼上的献酒乐舞之仪节是很有级别讲究的，这就是周道。周代礼仪上的种种规定都体现着分封制度下贵族等级的严格区别，有了这些区别，才可以形成社会各阶层的和谐相处的局面。

总之，所谓的"周道"，就是体现着宗法与分封精神的各种行为规律与制度，宗法与分封制度的精神贯穿在周代社会生活的各个方面，周道就是周代社会生活的礼仪、制度与规范。上博简《诗论》论及《诗·周南》和《召南》的六篇诗可以说全部都是周道精神的展现。《葛覃》讲尊祖敬宗，《甘棠》讲分封制度下的臣民和谐，《关雎》和《汉广》讲周礼下人性的温柔敦厚，《樛木》讲周道下的各阶层人们的平衡心态，《鹊巢》讲周道下的婚姻状态的和美。大家知道，上博简《诗论》并非完简，其中残缺部分尚多，所以，《诗论》所提及的二南之诗很可能并非仅此六篇文章。然而，仅就此六篇而言，也已经很能说明周道于社会生活各个层面的表现。从而也可以推想，周道的兴盛并非一时一事，而是有深厚社会基础的事情，是周代社会各阶层共同遵奉的礼仪、制度与精神楷模。强调周道成于文王之化①，从历史渊源上看是可取的，但周道的实质尚不在于是。若论实质，还是把它和周代的宗法与分封制度联系在一起来分析较为妥当。观上博简《诗论》对于二南六诗的评论，可知《孔丛子·记义》篇所载孔子语"吾于《周南》、《召南》见周道之所以盛也"的深刻含义。周道所以能够兴盛，根本原因就是在宗法与分封制度的实施，在于宗法与分封精神之贯彻于社会各个

---

① 关于文王之化，其关键在于周文王实行了和殷商很不相同的治国策略和统治思想。殷商文化神权强大，顾颉刚先生曾说，那时候"君主即教主，可以为所欲为，不受什么政治道德的拘束；若是逢到臣民不听话的时候，只要抬出上帝和先祖来，自然一切解决。这一种主义，我们可以替它起个名儿，唤做'鬼治主义'"（"《盘庚》中篇今译"，《古史辨》第二册，上海古籍出版社1982年版，第44页）。学者多认为周文王脱离了"鬼治主义"以后，便实行起"德治主义"，其实是不够准确的。周文王时期正是周王初创的阶段，摹划建国大业，寻求立国之本，是为急务。为了表示与殷商王朝之区别，从他虞、芮之讼事来看，他实行的很可能是"礼治主义"，实开后来周公制礼作乐之先声。

阶层、影响到社会生活的各个领域。《孔丛子·记义》篇此语可谓要言不烦，起到了画龙点睛的作用。而上博简《诗论》对于二南六诗的评论可谓是对于此点的具体论说。

《诗论》和《孔丛子·记义》篇的说法相同之处不少，如第26号简载"《翏（蓼）莪》，又（有）孝志"，而《记义》篇则谓"于《蓼莪》，见孝子之思养也"，孝子思养与"孝志"，是很一致的。

《诗论》所论诗旨有和《记义》篇不一致之处，如《诗论》第26号简"《北（邶）·白（伯）舟》，闷"，《记义》篇则谓"于《柏舟》见匹夫执志之不可易也"，"闷"所强调的是情绪的烦闷压抑，"志不可易"讲的是意志的坚强，与简文所谓的"闷"并非一途。再如《诗论》第8号简谓"《雨亡（无）政（正）》、《即（节）南山》，皆言上之衰也，王公耻之"，《记义》篇则讲"于《节南山》，见忠臣之忧世也"，与《诗论》所云的角度是不同的。《诗论》是从尊王的角度出发，讲王公大臣以王纲不振为耻，而《记义》则强调忠臣忧世，两者虽然意义有相近之处，但所论重点则不一。再如，《记义》篇从"志"的角度论《柏舟》，《礼记》则从礼的角度来论说，是为引申而言，不若《诗论》之直指诗旨。

总之，依据现有材料，我们可以肯定的是上博简《诗论》和《孔丛子·记义》篇的论述多有相合之处，不少文句的语势与风格两者也都一致，这可能表示着两者有相同或相近的传授系统，并且传授系统之源都是孔子与弟子论诗的言辞记录。战国后期至汉代的儒者编定的《记义》篇与上博简《诗论》所反映的早期儒家论诗的某些区别，其所以产生，大致有三方面的原因，一是为适应时代和社会的需要所进行的改动；二是随着时间的推移和知识背景的变化而产生的对于《诗经》文本意义理解的变化；三是东周到秦汉时代语言表述风格的变迁。对比上博简《诗论》与《孔丛子·记义》的相同与不同之处，使我们看到两者既可以相互印证，又可以看出时代与社会背景变迁对于文献沿革的影响，可以说这两者相对而言都是进一步研究的非常重要的参照资料。

附录:简本《缁衣》引诗考

郭店简和上博简先后发现的《缁衣》篇[①],可与今本《礼记·缁衣》篇对勘。这个重要发现不仅对于研究《缁衣》的成书与流变情况是极佳的资料,而且对于认识《诗》、《书》在那个时代的情况以及早期儒家思想研究,都很有意义。《缁衣》篇的研究是一个十分庞大而杂乱的大问题。由于学力所限,愚于此只能就其引《诗》情况进行一些粗浅分析。在正式进行此分析之前,先谈一下我对于《缁衣》篇的一些认识。这些认识虽然与引《诗》问题没有直接关系,但却是认识某些诗篇在这个时段流传情况的社会背景与学术背景不可或缺的内容。

一、《礼记·缁衣》篇的主旨,清儒孙希旦说是"言君上化民,人臣事君,及立身行己之道"[②],这个概括是正确的,用今天的话来说就是政治哲学与道德修养理论。从内容上看,《缁衣》讲治国化民之道者居于多数。若简言之,可以说《缁衣》篇的性质是儒家政治哲学论纲,它是孔门弟子所选编的孔子言论并附以《诗》《书》名句以为乃师命题的佐证。其内容虽言简而意赅,其词语多有发人深省的警世名句。刘向《别录》将《缁衣》列为"通论",盖谓通论孔子治国之道也。

二、《缁衣》篇各章皆以"子曰"开始,"子曰"之语虽然非必一定是孔子原话,但却可以肯定都出自孔子。各章所讲言辞与《论语》及其他资料比较,可以说大体是一致的,即使不完全一样,也绝无与公认的孔子思想相背离的言辞。愚以为《缁衣》篇所载"子曰"言辞与《论语》所载者,对于研究孔子思想而言,都具有重要价值。

三、《缁衣》篇的作者,《隋书·音乐志》引沈约语谓"《中庸》、《表记》、《坊记》、《缁衣》,皆取《子思子》"。专家一般认为此说可信。今得郭店简和上博简

---

① 郭店简《缁衣》,参见荆州市博物馆编:《郭店楚墓竹简》,文物出版社1998年版,图版第17页,释文第129—132页。上博简《缁衣》,参见马承源主编:《上海博物馆藏战国楚竹书》(一),上海古籍出版社2001年版,图版第45页,释文第174—175页。

② 孙希旦:《礼记集解》,中华书局1989年版,第1322页。

的断代资料，为此说提供了有力证据。竹简《缁衣》的时代在战国中期的前三百年左右，子思生活在战国早期。他受业于曾子，后来的孟子是他的再传弟子。《缁衣》是思孟学派的经典之一，若出自子思之手，则从北方诸国流传到楚地，至少经历了百年左右的时间。郭店简与上博简两个简本的文字与内容基本相同，这应当表示着《缁衣》的传本系统并不复杂。对于《缁衣》传本作较大改动（如今本《缁衣》首章的加入和某些关键言辞的变化），可能是战国后期至汉初这一时段的儒者所为。关于《缁衣》出自子思子，郭店简提供了一个旁证。《文选》载张华《答何劭》诗之二云："周任有遗规，其言明且清"，李善注："《论语》，孔子云：周任有言，曰：陈力就列，不能者止。马融曰：'周任，古之良史。'《子思子》：'《诗》云：昔吾有先正，其言明且清。国家以宁，都邑以成。'"①，这里明谓"昔吾有先正"几句（比《缁衣》所引少"百姓以生"一句），出自《子思子》所引《诗》。"昔吾"等五句诗不见于今本《诗经》，也不见于除《礼记·缁衣》篇之外的其他先秦文献，据李善注所云，只见于《子思子》，于此可以推测，李善的时期《子思子》一书尚存，其中就应当有《缁衣》之篇。由此看来，《缁衣》出自子思学派是很有可能的。

四、《缁衣》篇各章的体例是先载孔子之语，然后引《诗》、《书》语句予以证明。愚以为明谓"子曰"者，皆后学所记孔子之语，但引《诗》《书》则非是孔子所引，而应当是后学所为②。例如，《缁衣》末章载：

子曰："南人有言曰：'人而无恒，不可以为卜筮。'古之遗言与！龟筮犹不能知也，而况于人乎？"《诗》云："我龟既厌，不我告犹。"

《论语·子路》载有相似的文句：

子曰："南人有言曰：'人而无恒，不可以作巫医。'善夫！""不恒其德，

---

① 萧统：《文选》，李善注，上海古籍出版社1986年版，第1133页。
② 清儒陈澧认为"子曰"后面的话不全是孔子之语，其中还有后儒的伸说之语，他认为举出《诗》《书》以证孔子之者是进行伸说的后儒（参见《东塾读书记》，三联书店1998年版，第165—166页），这是正确的。但将"子曰"后的命题之语分别为两类，在实际上很难做到。所以，有些尽管不是孔子之语，可那也是孔子之意，与孔子之语并无大别。

或承之羞。"子曰:"不占而已矣。"

此先载孔子语赞扬南子之言为善,然后,其弟子引《易·恒卦》之辞证成孔子之说①,最后,孔子又加以申述。从《子路》篇所载看,孔子并未引《诗》证成其说,引《诗》者当为孔门弟子,或即《缁衣》之编撰者子思(或其弟子)。引《诗》证说,是为春秋时期贵族言辞所习见,孔子也未能免俗,如《礼记》中的《檀弓》、《礼运》等篇皆有其例。但是《缁衣》篇的性质与之有别,它实际上是子思(或其弟子)所编撰的一个通论性质的篇章,引《诗》证说,当即子思(或其弟子)所为。

五、颂诗、研诗以及引诗证理,是孔门师徒传道授业的重要内容。这些对于《诗》的传播影响巨大。他们研诗的内容是十分深入而具体的,上博简《诗论》的相关记载让我们窥见这方面的一些情况。孔门师徒引诗作为其政治、社会、伦理等方面理论的权威证据,《韩诗外传》和先秦文献中的一些记载透露出这方面的信息。然而,这些记载终究因为是传世资料,与孔门师徒引诗论事、论理的原初面貌,会有一定距离。简本《缁衣》使我们看到了这方面的情况,是我们了解孔门师徒引诗情况的珍贵资料。不唯如此,简本《缁衣》对于我们了解早期《诗》的文本情况也弥足宝贵。就此而言,对于《诗》的研究来说,说它与上博简《诗论》有同等重要的价值,当不为过分。

我们下面的探讨,先从具体分析引《诗》的情况入手②。然后再来一些重点探讨。为简明计,简本引《诗》情况采用列表形式,以便观览。

---

① 历来以为此《易·恒卦》之辞为孔子所引,若此,则其后不当又有"子曰"之辞。若以其为弟子引《易》证说,则不仅于此章文理通顺,而且合乎孔子师徒教学相长、讨论辨析之常态。

② 关于竹简本《缁衣》引诗的研究,有开创之功的是郭店简与上博简《缁衣》篇的原考释者,其后进行研究的专家有李学勤"论楚简《缁衣》首句"(廖名春编:《清华简帛研究》第二辑,清华大学思想文化研究所2002年版,第20—22页)、吴荣曾"《缁衣》简本、今本引《诗》考辨"(《文史》2002年第3辑)、虞万里《上博馆藏楚竹书〈缁衣〉综合研究》(武汉大学出版社2009年版)、廖名春:"郭店楚简《缁衣》篇引《诗》考"(饶宗颐主编:《华学》第四辑,紫禁城出版社2000年版,第62—75页)以及《新出楚简试论》一书的第二章"郭店楚简引《诗》论《诗》考"(台湾古籍出版公司2001年版)、王平"上博简《缁衣》引《诗》中的'又共惠行,四或川之'"(《天津师范大学学报》2002年第3期)等。

（一）

竹简《缁衣》引《诗》表

礼记分章序号	上博简《缁衣》简号	郭店简《缁衣》简号	简本引诗内容	引诗在今本诗经情况	简本引诗与今本《缁衣》引诗比较，简本与今本《诗经》的比较	本表引诗序号与类型①
2	1	1	上博简《缁衣》（以下简称上简）第1简载：子曰："玬（好）頗（美）女（如）玬（好）紂（缁）衣，亚（恶）亚（恶）女（如）亚（恶）巷伯。"简文"頗（美）"今本作"贤"。郭店简《缁衣》（以下简称郭简）第1简作"夫子曰：'好娗（美）女（如）好茲（缁）衣，亚（恶）亚（恶）女（如）亚（恶）巷伯。'"	"缁衣"见《诗·郑风·缁衣》，"巷伯"见《小雅·巷伯》。按，简文这两个名词虽然与《诗》有关，但并非诗篇名（说详下）。	简文之意与今本《缁衣》有较大距离②。（参见考析一）	1③ 2③
2	1	2	（上简）诗员（云）：埊（仪）刑文王，万邦作服（孚）。 （郭简）诗员（云）：悘（仪）刑文王，万邦作服（孚）。③	《大雅·文王》末章。	相同。今本"万邦"作"万国"。论者每谓因避汉高祖讳而改邦为国，其实非如此，说详钟书林《上博简〈诗论〉"邦风"避讳说献疑》（《文博》2008年第6期）一文。	3①

---

① 本表所说的类型即：①引诗之意与诗本义符合；②引诗断章取义；③引诗与诗本义不合，而是赋予新的意义，或者仅有某些联系，意义已经有所转变。

② 简本《缁衣》与今本在此处的差异有二，其一是，简本多"好"与"亚（恶）"两字；其二，简本引两诗名词，而今本则引诗篇名称。此处差异，于诗义理解颇为重要。专家或谓简本多出的"好"、"恶"两字"与文义无涉。盖有之不为衍，无之不为夺"（虞万里：《上博馆藏楚竹书〈缁衣〉综合研究》，武汉大学出版社2009年版，第35页）。按，此说虽然有据有理，但愚以为为尚有再探讨的余地。说详下文。

③ 上简"仪"字作埊，郭简作悘。简文所附加的"土"、"心"皆为羡画。埊、悘与仪古音皆属歌部，因此皆可读为仪。简文"邦"与今传本的"国"字不同。郭简第2简，"刑"作型，"孚"作反，古音奉纽之部，与属敷纽幽部的孚字，声纽同为轻唇，韵部相近，可通。

续表

11	2	3	（上简）《诗》员（云）：静聿（恭）尔立（位），奵（好）是正植（直）。 （郭简）情（靖）共尔立（位），好氏（是）贞（正）植（直）。	《小雅·小明》第4章、5章。	与今本同。	4①
10	2—3	3—4	（上简）《诗》员（云）：吾（淑）人君子，其义（仪）不弌（忒）。 （郭简）《诗》员（云）：吾（淑）人君子，其义（仪）不弌（忒）。	《曹风·鸤鸠》第三章。	与今本同。（参见考析三）	5①
12	4—5	7—8	（上简）《大顝（雅）》员（云）：上帝板板，[下民卒瘅。《小顝雅》员（云）：非其止之共]佳王之功（邛）①。 （郭简）《大顝（雅）》员（云）：上帝板板，下民卒担（瘅），《少（小）顝（雅）》员（云）：非其止之，共唯王恭。	《大雅·板》首章和《小雅·巧言》第三章。	与今本基本相同。郭简所引小雅似当断句为：非其止之，共唯王邛。今本作：匪其止共。维王之邛。两者稍有别。（参阅考析四）	6① 7③
17	5—6	9	（上简）《诗》员（云）：隹（谁）秉或（国）[成，不自为]正（政），卒袭（劳）百姓。 （郭简）《诗》员（云）：隹（谁）秉或（国）成，不自为贞（政），卒袭（劳）百姓。	《小雅·节南山》第六章。	今本《缁衣》此章所引诗的情况是：《诗》云."昔吾有先正。其言明且清。国家以宁。都邑以成。庶民以生。""谁能秉国成。不自为正。卒劳百姓。"其所引"昔吾有先正"以下五句，不见今本《诗经》，应当为逸诗。可以肯定这五句逸诗所加当在简本的时代以后。	8①（参阅考析六）

---

① 简本引诗皆称"《寺（诗）》"，唯有此章称《大雅》、《小雅》，其间原因，廖名春先生说"一章数引，皆称共名'诗'，则会把不同篇的诗混在一起。为了区别，只能称别名《大雅》、《小雅》"（《新出楚简试论》，台湾古籍出版有限公司2001年版，第46页）。此说可从。

续表

6	7	12	（上简）《诗》员（云）：又（有）共惪（德）行，四或（国）川（顺）之。 （郭简）《诗》员（云）：又（有）共惪（德）行，四方忎（顺）之。	《大雅·抑》第二章。	简文"共"，今本《诗经》作"觉"，今本《缁衣》引作"梏"。上简"或（国）"字郭简作"方"。	9①（请参阅考析十九）
5	7—8	13	（上简）[《诗》员（云）：成王之孚]，下土之式。（据郭简补六字） （郭简）《诗》员（云）：成王之孚，下土之弋（式）。	《大雅·下武》第三章。	简本、今本《缁衣》、今本《诗经》所引皆相同。	10①
5	9	15—16	（上简）《诗》员（云）：虙虙帀（师）尹，民具尔詹（瞻）。 （郭简）《诗》员（云）：虙虙帀（师）尹，民具尔赡（瞻）。	《小雅·节南山》首章。	简文"虙虙"今本《小雅·节南山》作"赫赫"①	11①（参阅考析七）
9	9—10	17	（郭简）《诗》员（云）：其颂（容）不改，出言又（有）方，利（黎）民所信。 （上简）《诗》员（云）：[其颂（容）不改，出言又（有）方，利（黎）民]所信。	《小雅·都人士》首章。	上简引诗多残，据郭补出大部。"黎民所信"句，今本《诗经》无。	12②（参阅考析二十三）
15	10	18—19	（上简）《诗》员（云）：皮（彼）求我则，女（如）不我得。执我裁裁，亦不我力。 （郭简）《诗》员（云）：皮（彼）求我则，女（如）不我得，执我栽栽，亦不我力。	《小雅·正月》第七章。	简文"裁裁"，今本《诗经》和《缁衣》作"仇仇"。清华简《系年》这个字是为晋文侯之名，读为"仇"。	12①（参见考析五）
无	13—14	26	（上简）《诗》员（云）：吾大夫龏（恭）且俭，靡人不敛。 （郭简）《诗》员（云）：吾大夫共且辯（俭），靡人不敛。	逸诗。今本《缁衣》无。	简文靡字，原作"林"，依刘乐贤说为释②。	13①（参见考析二十一）

① 郭店简原考释者指出，"这两句诗今本见于第五章。该章中的引文有两段《诗》、一段《尚书》，而在今本相当于简本此章的第四章中却无任何引文，与《缁衣》各章体例显然不合。据简本，今本第五章中的'《诗》云：赫赫师尹，民具尔瞻'，应移至第四章"（荆门市博物馆编：《郭店楚墓竹简》，文物出版社1998年版，第133页）。这是完全正确的判断。今可稍作补充的是今本《缁衣》第四章的旨在于强调在上位者为"民之表"，这两句诗与此意十分吻合，而今本第五章讲大禹化民之事，引"一人有庆"的书语和"成王之孚"的诗句来说明，是正确的，而"赫赫师尹"却与之地位不俟而不相匹配，将这两句诗移之于第四章应当是合适的。

② 参见刘乐贤：《读郭店楚简札记三则》（《郭店楚简研究——中国哲学第二十辑》，辽宁教育出版社1999年版，第359—364页）。李零先生亦谓"原文乃'麻'字所从，这里疑读'靡'，是无的意思"（《郭店楚简校读记》，北京大学出版社2005年版，第65页）。

续表

8	15—16	30	(上简)[《诗》员（云）：誓（慎）尔出话，]敬尔义仪。 (郭简)《诗》员（云）：誓（慎）尔出话，敬尔愄（威）义（仪）。	《大雅·抑》第五章。	上简缺文据郭简补。今本《缁衣》将这两句诗误置于第八章（"王言如丝"章）。简本不误，这两句诗正在"王言如丝"章。	(参见考析二十二)
7	16	32	(上简)《诗》员（云）：淑慎尔止，不侃[于义（仪）]。（"于义"据郭简补。） (郭简)《诗》员（云）：叔誓（慎）尔止，不侃（愆）于义（仪）。	《大雅·抑》第八章。	简文"侃"，今本《诗·抑》作"愆"。	14①（参见考析二十二）
8	17	33—34	(上简)《诗》员（云）：穆穆文王，於幾义之。 (郭简)穆穆文王，於偮（缉）返（熙）敬止。(134)	《大雅·文王》第四章。	上简原缺"敬"字。今本《文王》与郭简同。	15①（参见考析二）
24	18	35—36	(上简)《大雅》员（云）：白珪（圭）之砧，尚可磨，此言之（砧），不可为。 (郭简)《大雅》员（云）：白珪（圭）之石（砧），尚可磨也，此言之玷（砧）①，不可为。	《大雅·抑》第五章。		16①
24	18	36	(上简)《小雅》员（云）：爰也君子，垦（则）也大成。 (郭简)《小雅》员（云）：躬（允）也君子，廛（展）也大成。	《小雅·车攻》末章。	郭简"爰"作"躬"。今本《车攻》作允。裘锡圭先生谓郭简"廛"、"展"音近可通②。	17（参见考析二十四）
18	20	39	[《诗》员（云）淑]人君子，其义（仪）一也。	《曹风·鸤鸠》首章。	相同。（参见考析三）	18①
22	21	41	(上简)《诗》员（云）：備（服）之亡臭（斁）。 (郭简)《诗》员（云）：備（服）之亡懌（斁）。	《葛覃》次章。	相同。简文"臭（斁）"、"懌（斁）"今本《缁衣》作"射"。斁与射古音皆喻纽四等字，属铎部。音同相通。	19③（参见考析二十三）

① 刘钊、虞万里等先生皆指出玷、砧为异体，甚是。多有专家指出简文"石"为"砧"之误书。
② 《郭店楚墓竹简》，文物出版社1998年版，第139页。

续表

20	22	43	（上简）《诗》员（云）：君子好埶（仇）。① （郭简）《诗》员（云）：君子埶（仇）。②	《周南·关雎》首章。	相同。《诗》的"君子好逑"之意为男女情爱，而《缁衣》引来说明交友，将其前的"窈窕淑女"，舍除，仅引君子好逑，是赋予新的意义之例。	20③（参见考析五）
21	23	45	（上简）《诗》员（云）：朋友卣（攸）囩（摄），囩（摄）以威义（仪）。（郭简）《诗》员（云）：朋友卣（攸）奚（摄）；奚（摄）以恨（威）义（仪）。	《大雅·既醉》第三章。	相同。	21（参见考析二十五）
24	24	46—47	［诗］员（云）：我龟即厌，不我告猷。	《小雅·小旻》第三章。	相同。简文"猷"今本《小旻》作猶。	22

竹简本《缁衣》引诗分类表：

引诗分类	上表引诗序号	数量总计
大雅	3、6、9、10、14、15、16、21	8
小雅	2、4、7、8、11、12、17、22	8
颂		
风	1、5、18、19、20	5
逸诗	13	1

关于竹简本《缁衣》引诗若干分析：

　　今本《礼记·缁衣》24章，其首章文例与其他诸章不合，当为后来窜入者。除首章外的其他各章，文例一律，皆为先述孔子之语，恒以"子曰"开头，然后列举《诗》句为证，再引《书》（偶有引《易》之例）句进一步为证。竹简本《缁衣》格局与今本同。竹简本《缁衣》引诗凡22次，其中《大雅》8次，《小雅》8次，《风》5

---

① 简文"埶"字，专家或以为从"来"，或以为从"枣"，季旭昇先生认为暂可依形"隶定作'敕'，但是应该读为'求'声，通今本的'仇'。"（季旭昇主编：《〈上海博物馆藏战国楚竹书（一）〉读本》，台北万卷楼图书股份有限公司2004年版，第146页）

② 郭店简简文这个字作"𣢑"形，原考释者释为"戟"字。今从黄德宽等先生说，隶定作"戜"，读为仇。

次,逸诗 1 次,没有引《颂》诗之例。简本语词有一定规律,那就是为证成所论,每章皆先引《诗》、后引《书》,今本《缁衣》有所窜乱,但亦只两章而已。这表明,在《缁衣》篇作者的心目中,《诗》的地位当高于《书》,把《诗》作为立论的最坚强的理论依据。由此推测,当时社会上《诗》的影响在《书》之上,当不为无据。

简本间及其与今本的文字差异,可以使我们看到,《诗》的文本变化的一些情况。简本《缁衣》为我们提供了难得的例证。其显著者有如下诸条。

(二)相关考析

考析一　简本首章"缁衣"、"巷伯"非篇名说

简本表明,孔子及其弟子释《诗》尚能密合诗旨。对于《缁衣》篇的理解就是一例。今试论如下。简本首章载:

> 夫子曰:"好娩(美)如好缁衣。亚(恶)亚(恶)如恶(恶)巷伯。"

这两句简文,一般都把"缁衣"和"巷伯"作为诗篇名。这样标点是有根据的。那就是今本《缁衣》确实是作为诗篇名称来用的。但是如此理解,于解释简文确有不妥之处,说喜好《缁衣》尚且可以,但若谓厌恶《巷伯》之诗却实难通。有鉴于此而提出卓见者是裘锡圭先生。他指出:"如简文'恶恶如恶巷伯'句'巷伯'上'恶'字非衍文,则孔子或《缁衣》编者似以为《巷伯》作者'寺人孟子'在诗中所指斥之谗人即发位较寺人为高之奄官巷伯。"[①]愚以为现在可以对于裘先生的说法稍加补充的是,不仅简文"巷伯",不当为诗篇名,就是"缁衣"也不是诗篇名。这样判断的理由比较明显,那就是如果说"恶巷伯"的"恶"字是衍文,那么"好缁衣"的"好"字也当是衍文。我们现在找不出理由说简文这两个字都是衍文,并且从诗本义看,这两个字也不当定其为衍文。依裘先生卓见,我们可以判断简文"缁衣"和"巷伯"皆非诗篇名,而应当是两个名词。然而,于此,

---

[①] 荆门市博物馆编:《郭店楚墓竹简》,文物出版社 1998 年版,第 131 页。按,提出卓见的还有彭浩先生,他指出"简本的'好美'者自然是作为人所喜好的朝服的'缁衣',而非是称赞贤者郑武公的《诗·缁衣》。一字之差,意思迥然相异"("郭店楚简《缁衣》的分章及相关问题",参见《简帛研究》第三辑,广西教育出版社 2011 年版,第 47 页)。

我们还应当作进一步的探讨。

简文"好娩(美)如好缁衣",在《论语·子罕》篇中有一个十分接近的用例:

> 子曰:"吾未见好德如好色者也。"

前人注解以为孔子此语,乃是"疾时人薄于德而厚于色"①。在逻辑的排列上,此语与本简简文的"好美如好缁衣",是一致的;只不过一是以否定("吾未见")来达到肯定的句式,一是直接肯定的句式。孔子之意是,如果人们喜好"德"能够像喜好女色一样,那就好了;如果人们能够像喜好缁衣那样爱美,那就好了。所蕴含的意思是,当时社会上流行的是喜好女色而轻于德;喜好缁衣而轻视真正的美。

缁衣,是周代的黑色朝服。《诗·郑风·缁衣》毛传云"卿士听朝之正服",《诗·羔裘》郑笺说是"诸侯之朝服"。缁衣与玄端相同②,都是自国君到士的各级贵族的正服。唐儒孔颖达说缁衣"是诸侯君臣日视朝之服"③。为什么周代要以缁衣为朝服呢?周代重视服色,春秋时人有"五色精心"④之说,认为不同的颜色反映着不同的德行品格。郑玄认为,君臣服缁衣显示出来的是"忠直且君",臣下服缁衣表示着对君主的"忠直",而国君服缁衣则"尊其瞻视,俨然人望而畏之"⑤,表现出君主的尊严。依照儒家观念,许多事物都有德的象征意义,这称为"比德"⑥。缁衣也是被"比德"者。缁衣之色天之色⑦,所以黑色喻庄严之意。卿大夫服缁衣,表示对于君主的尊敬之至,并且"性行均直","躬行善道,至死不变"⑧,所以说"德称其服"⑨。黑色表示庄重正直,但并不鲜活

---

① 程树德:《论语集释》,中华书局 1990 年版,第 612 页。
② 玄色与缁色俱黑而稍浅,所以说"缁与玄相类,故礼家每以缁布衣为玄端也"([唐]贾公彦:《周礼·冬官·画缋》贾疏,《十三经注疏·周礼注疏》卷四十,中华书局 1980 年版,第 918 页)。孙诒让说:"玄与缁同色,而深浅微别。"(《周礼正义》卷七十九,中华书局 1987 年版,第 3316 页)
③ 孔颖达:《论语正义》卷十,《十三经注疏》,中华书局 1980 年版,第 2495 页。
④ 《国语·周语》中。
⑤ 《诗·郑风·羔裘》郑笺。《十三经注疏·毛诗正义》卷四,中华书局 1980 年版,第 340 页。
⑥ 儒家"比德"的事物最典型者是玉和水。如《孔子家语·问玉》篇载孔子语即谓"君子比德于玉",《大戴礼记·劝学》载孔子语"夫水者,君子比德焉"。
⑦ 《周礼·考工记·画缋》"北方谓之黑,天谓之玄",孙诒让谓:"玄黑同色而微异,染黑,六入为玄,七入为缁,此黑即是缁,与玄对文则异,散文得通。"(《周礼正义》卷七十九,中华书局 1987 年版,第 3306 页)
⑧ 孔颖达:《毛诗正义》卷四,《十三经注疏》本,1980 年版,第 340 页。
⑨ 同上书,第 334 页。

亮丽。春秋时代,社会上比较喜欢红、黄、紫等色彩作为服饰的颜色,因为它比较华丽悦目。社会上的贵族多有趋亮丽而服饰的倾向。就连比较守旧的鲁国也是如此。鲁桓公就是一例,本来玄冠缁衣是君臣共用的服色,但鲁桓公偏要显得亮丽些,所以文献记载"玄冠紫緌,自鲁桓公始也"①。他不用黑色的冠带而用紫色的。这说明社会上已经流行紫色,所以鲁桓公要时髦些。

孔子重视服饰的颜色,《论语·乡党》篇所说"君子不以绀緅饰。红紫不以为亵服",应当是合乎孔子本意的说法。孔子赞许正色,"恶紫之夺朱"②。本简简文"好美如好缁衣",说明孔子对于寓意正直、忠君的黑色是赞许的,认为好美者当像喜好缁衣那样喜好正直而庄重的黑色。再进一步想,孔子赞许缁衣,还表示着对于入仕奉君的支持。穿着朝服("缁衣")参与执政,这本身就是一种积极的入世的人生态度。在孔子的心目中这正是人生之美③。春秋末年社会上一般士人对于入仕干禄趋之若鹜,与孔子所持为改造社会服务于国家而入仕的态度是有差别的。本简简文所云"好缁衣",指的是社会上一般士人的干禄风习。简文意谓如果人们都像喜欢缁衣一样爱美就好了。

我们再来看简文提到的"巷伯",它见于《小雅·巷伯》一诗。这是一首痛斥谮谗之徒的诗。其作者在诗的末章已经言明是"寺人孟子"。前人对于诗人孟子是否即篇名"巷伯"的问题讨论甚多,毛传无说,郑笺明谓是两人,后人多不同意郑笺此说,清儒陈启源据《周礼》力辩郑笺此说为是④。以后学者虽然再力辩,终不能回答陈启源提出的关键问题。毛传谓:"寺人而曰孟子者,罪已定矣而将践刑,作此诗也。"这是比较可信的说法。诗人(即寺人孟子)在诗中大声疾呼:"取彼谮人,投畀豺虎。豺虎不食,投畀有北。有北不受,投畀有

---

① 《礼记·玉藻》。鲁桓公此举,表明喜紫之风已开。《韩非子·外储说左上》载"齐桓公好服紫,一国尽服紫,当是时也,五素不得一紫……一国百姓好服紫不已"。
② 《论语·阳货》。
③ 儒家对于"避世之士"取尊重但不赞成的态度。认为那些隐士不顾"长幼之节"和"君臣之义",所以是不合乎"义"的。孔子说:"鸟兽不可与同群,吾非斯人之徒与而谁与?天下有道,丘不与易也。"这表明孔子实取积极入世的人生态度,孟子说"孔子三月无君,则皇皇如也,出疆必载质"(《孟子·滕文公》下)。孔子赞许缁衣,是他这种人生态度的一个表现。
④ 陈启源说:"《周礼》'内小臣'、'奄人'所称上士,是奄官之长,故笺以巷伯当之。伯,长也。寺人无爵且属于内小臣,则奄人之卑者,故不以当伯长之称,宋之说诗者谓寺人即巷伯,已失据矣。……夫内小臣与寺人并列于《周礼·天官》属下,明是二职,岂未见之乎?"(《毛诗稽古编》,参见《清经解》卷七十二,上海书店 1988 年版,第 401 页)

昊!"意谓潛谗之人实在是太坏了,把他丢弃给豺虎,豺虎都不愿意吃他。把他丢弃到荒的极北之地,那里也不愿意留他。只能把他交给苍天来处置了。

此诗所斥的谗人是谁呢?

毛传解释诗中"杨园之道,猗于亩邱"之句时谓"杨园,园名。猗,加也。亩丘,丘名",清儒胡承珙细绎毛传意,说:"谓潛人者由近而加远,由小而加大,如杨园之道而横及亩丘也。"① 潛人者"由近而加远",潛害寺人孟子者当距其不远,最有可能的就是"巷伯"。巷伯之职见于《左传》襄公九年,位列司宫之后,当是奄官之首。巷伯可以上下其手、构谗潛非,诬陷报复。《后汉书·宦者传》赞谓"况乃巷职,远参天机。舞文巧态,作惠作威,凶家害国",对于巷伯之职的重要与构谗的便利说得十分明白。寺人孟子因谗被刑,他痛恨巷伯之潛害,但又因为自己还要在巷伯手下做事,所以诗中不敢提巷伯之名,而只斥构谗之徒,诗序的作者知寺人之意,所以尽管诗人无巷伯字样,但还是以"巷伯"名篇。裘锡圭先生指出《巷伯》一诗所痛斥的"谗人即地位较寺人为高之奄官巷伯",是很正确的。

要之,简本《缁衣》首简的"好娩(美)如好缁衣。亚(恶)亚(恶)如恶(恶)巷伯。"意思是说,喜好美如同喜好缁衣,厌恶丑恶如同厌恶巷伯。如果我们把"缁衣"、"巷伯"作为诗篇名来理解,文意就不大通顺,美和《缁衣》之篇没有直接的关联,恶(丑恶)的也不是《巷伯》之诗。如此看来,简文这两个词还是作为普通名词(而不是篇名)为优。然而,在今传本《礼记·缁衣》篇里,这两个词确乎是作为诗篇名称的,这其中的原因何在呢?原来,后儒在编撰此篇时已经将语意转变,并且去掉了两个动词,这段话作"好贤如《缁衣》,恶恶如《巷伯》"即"好(喜好)"和"恶(厌恶)",这样语意有贯通了。

我们这样解释"缁衣"与"巷伯",是否合乎简本《缁衣》首章的意蕴呢?我们来看首章简文:

夫子曰:"好娩(美)女(如)好兹(缁)衣。亚(恶)亚(恶)如恶(恶)遂(巷)白(伯)。"则民臧放(力)② 而型(刑)不屯。诗员(云):"仪型文王,万

---

① 胡承珙:《毛诗后笺》卷十九,黄山书社1999年版,第1027页。
② 简文"臧",是"咸"的误字。其下一字原作"𢯲"形,郭店简原考释者释为从力从它之字,裘锡圭先生说当释为"放"(《郭店楚墓竹简》,第131页),李零先生说同,并谓读为力,"是尽力、竭力的意思"(《郭店楚简校读记(增订本)》,第80页)。愚以为"放"字或当有它释,容当另考。

邦作孚。"(郭店简《缁衣》)①

子曰:"玝(好)頮(美)女(如)玝(好)紒(缁)衣,亚(恶)亚(恶)女(如)亚(恶)衖(巷)白(伯)。"则民咸劦(力)②而型(刑)不刬(蠢)。诗员(云):"仪型文王,万邦作孚。"(上博简《缁衣》)③

这两个简本的文字、句式都是基本一致的。简文《缁衣》本章主旨在于证明孔子之语的正确,说明如果做到了孔子所说的"好美如好缁衣,恶恶如恶巷伯",将会发生的社会效果,那就是"民咸力而刑不动"④。"民咸力"应当是针对"好美如好缁衣"来说的,民众都去为进入统治阶层而奋斗,会尽力为君主服务。"刑不动"则是针对"恶恶如恶巷伯"来言的,民众都有憎恶谗谮小人的廉耻之心,则会奉公守法而使刑罚设而不用。本章末尾引诗"仪型文王,万邦作孚"作结,也与孔子所言的好美、恶恶之语有关系。孔子以继文王之统为己任,战国时期儒者更是把周文王奉为最著之圣人,就羞耻之心来说,孟子就有"如耻之,莫若师文王"⑤的说法。儒家认为关乎"美"、"恶"的是非感、羞耻感十分重要,所以要搬出文王为证。

大家知道,今传本《礼记·缁衣》已经将相关内容做了重要改动,我们探讨一下改动的情况和原因,应当是有意义的事情。先看一下今本的内容:

子曰:"好贤如《缁衣》,恶恶如《巷伯》。"则爵不渎而民作愿,刑不试而民咸服。大雅曰:"仪刑文王,万国作孚。"

---

① 荆门市博物馆:《郭店楚墓竹简》,文物出版社1998年版,图版第17页,释文第129—132页。
② 这个字原作"𤔲"形,对其上部的解释,颇多歧异。今从李零先生所释,从手从力,释为劦,读为力。(见其所撰《上博楚简校读记(之二):〈缁衣〉》,见《上博馆藏战国楚竹书研究》,上海书店出版社2002年版,第408—409页)
③ 马承源主编:《上海博物馆藏战国楚竹书》(一),上海古籍出版社2001年版,图版第45页,释文第174—175页。
④ 郭简简文"屯",上简附加有刀旁,当系羡划。"屯",诸家或比附今本而读若试,或读若顿、惩、陈等,似皆不若《郭店楚墓竹简》原考释者读为"蠢"为优。蠢有动之意,《说文》训为"虫动也",《尚书·大诰》"越兹蠢",伪孔传"于此蠢动"。《尔雅·释诂》"蠢,作也",郭注"谓动作也"。是皆可以说明屯可以读若蠢、释为动。清儒朱骏声说"屯"字可以假借"为偆"(《说文通训定声》"屯部",中华书局1998年版,第799页)。偆意为蠢动,《白虎通·五行》"偆,动也",《风俗通·祀典》谓"春者,蠢也,蠢蠢摇动也"。是皆可为证。总之,屯可读若春之声的蠢若偆,意皆为动。
⑤ 《孟子·离娄》上。

重要的改动有两处,一是,将"好美"改为"好贤";二是去掉了"如"字后面的"好"与"恶"两个字。愚以为这两个改动都有深意在焉。我们先说第一个。《缁衣》本来是一首赠衣诗①,因为诗中有"好贤"的字样,所以历来的解诗者多据此而言诗义。今得简本《礼记·缁衣》为证,可以推测,在较早的诗经解释里,如孔子到子思时期的儒者,确是将《缁衣》一诗作为赠衣诗来理解的。其原来的意思是好美要如同喜好缁衣那样,厌恶丑恶要向厌恶巷伯那样。从《缁衣》中可以看到诗的主人公对于缁衣的喜好之情,所以对缁衣有"宜兮"、"好兮"、"蓆兮"之叹美②。在诗中,缁衣所喻指的状态为"美",而非贤。后儒泥于《郑风》皆写郑国君主之事,所以把此诗意蕴理解为君主的善善好贤,《礼记·缁衣》此章就将"好美",更动为"好贤"。这个更动的一个社会背景应当是春秋战国时期各国竞相招纳贤才,"贤"(而非"贵")的影响日增,故而社会需要一首敬重贤才的诗作,《郑风·缁衣》的意蕴稍加更动就适应了这个社会思想的需求。我们可以说,简本的"好美",是对于《郑风·缁衣》的本义的释解;今本的"好贤"是对于它的引申义的演绎。孔子和他的及门弟子是以诗本义为基础来说诗的,编撰《礼记·缁衣》的儒者(或者是其再传弟子),没有墨守师说而加以稍许的更动,将"好美"改为"好贤",适应了社会思想发展的需要。

后儒所做的另一个更动是去掉了两个"如"字。这对于疏通语意,显然也是十分必要的。既然是"好贤",那就应当如《缁衣》诗中所描写的那样来好贤,这就是今本所谓的"好贤如《缁衣》"的意思。如果不去掉"如"后的"好"字,那就成了好贤如同喜好《缁衣》一诗了,意思就显得迂曲。同样的道理,既然"恶恶",那就应当如《巷伯》诗中所写的对于谗谮之徒的无比厌恶、痛恨。这就是今本所谓的"恶恶如《巷伯》"的意思。如果不去掉"如"字后的"恶"字,那就成了恶恶如同厌恶《巷伯》之诗了,意思就很难讲通。

最后还应当提到此章所引《诗》是否与章意吻合的问题。此章以"仪型文

---

① 《郑风·缁衣》一诗自毛传郑笺开始,一直被作为君主关心大臣的诗,或者是假托君主好贤的诗。当代学者据此诗本义,作出正确的说明,认为是贵族妇女为丈夫改衣授粲的赠衣诗(闻一多:《风诗类钞乙》,湖北人民出版社1993年版,《闻一多全集》第4卷,第507页;程俊英、蒋见元:《诗经注析》,中华书局1991年版,第219—220页)。

② 关于《缁衣》诗"缁衣之蓆兮"的解释,一般认为与前两章的"宜"、"好"同为赞美之辞,指宽大。独清儒陈奂谓与"宜"、"好""不同义"(《诗毛氏传疏》,商务印书馆1933年版,第60页)。按陈氏此说不确。《说文》以"广多"训蓆,在诗中蓆当指缁衣宽大得宜,亦美也。

王,万邦作孚"作结,以之为最权威的论据。依《缁衣》引诗论诗之例,是先述孔子之语,然而以《诗》、《书》为证。若此章的《缁衣》和《巷伯》是诗篇名,则不合于此例矣。关于"仪型文王"的诗句,其意蕴大致有如下几种理解,主要的不同集中于"万邦作孚"的不同解释。一是万邦咸信而顺之;一是万邦兴起诚信之风①。虽然两说都将孚释为"信"来理解,但具体内容不同。若从密合诗意的角度来看,后一说为优。《礼记·缁衣》此章所讲"好缁衣"、"恶恶人",都是要达到"民作愿"的目的。"愿"的基本意思是诚谨,良善,讲求信用。这种社会风气,正是万邦都兴起诚信之风,亦即"作孚"之意。

考析二 关于《大雅·文王》"缉熙敬止"的早期文本的推测

简本时期,《诗》似有不同的传本,或者是相同传本中个文句有异。《大雅·文王》篇就是一例。

今本《诗经·大雅·文王》"穆穆文王,於缉熙敬止"。此句异释甚多,关键是对于"缉熙"的解释②,历来多释其意为"光明"。但于此诗却有不同的理解。毛传:"缉熙,光明也。"只以光明为释。这是第一种理解。但郑笺却释为"其光明之德",认为文王能够敬保自己的光明之德。后来清儒陈奂说是指"文王其德光明",与郑笺说同。这可以说是第二种理解③。孔颖达则谓:"毛以为,穆穆然而美者,文王也。既有天子之容矣,于呼美哉!又能于有光明之德者而敬之。"孔疏将毛传所训之意推衍为"光明之德者",与郑笺的推衍有所不同。这是第三种理解。

关于"缉熙"之意还有另一种解释,那就是理解为"继续"之意。宋儒朱熹谓"缉,续。熙,明,亦不已之意","穆穆文王之德,不已其敬如此,是以天命集焉"④。

---

① 持前一种说法的最早见于《诗·文王》郑笺,其后朱熹《诗集传》、程俊英、蒋见元《诗经注析》等亦如此解释。后一种说法见于当代专家所论,如王文绵:《礼记译解》(中华书局,第824页)。

② "於缉熙敬止"的"於"或理解为叹词,意同"啊";或理解为助词,同"于";或理解为发语词。"敬止"的"止",或理解为实词,意指容止、止息(日儒竹添光鸿谓"'敬止'之止作实字为是,以为语助者,非也。""'敬之'者,敬於其所当止,所谓敬厥止也。"见其所著《毛诗会笺》卷十六,台湾大通书局1920年版,第1602页);或理解为"至"(清儒陈奂训"止"为至意,"敬止"即敬至之意。"言美哉,穆穆然,文王其德光明而又能敬至也。"见《诗毛氏传疏》卷二十三,《皇清经解》卷八十);或理解为代词"之";或语助词"之"(于省吾先生说,此处的"止","应释作之,系语末助词",见《泽螺居诗经新证》,中华书局1982年版,第190页);或将其直接理解为语气词(说见高亨:《诗经今注》,上海古籍出版社1980年版,第371页)。

③ 当代学者亦多有如此理解者,如程俊英、蒋见元先生说:"缉熙,光明,形容文王品德之美。"(《诗经注析》,中华书局1991年版,第748页)此说即同于郑笺。

④ 朱熹:《诗集传》卷十六,中华书局1958年版,第176页。

当代学者亦有如此理解者，如马持盈先生认为"於缉熙敬止"，意即"能够持续并广大其恭敬之德"，释"缉"为"持续"，熙为"广大、发扬"[①]。高亨先生谓"'缉熙'，奋发前进"[②]。将"缉熙"解为继续，虽然对于疏通诗意不无可取之处，但却不大合乎"缉熙"的古意。《诗经》中，"缉熙"凡五见，即《大雅·文王》和《周颂》的《维清》、《昊天有成命》、《载见》、《敬之》，皆以光明为训[③]。《国语·周语》下载晋叔向解释《昊天有成命》的"缉熙"一语，谓"缉，明也，熙，广（韦注引郑司农说'广，当为光'）也"，亦以"光明"为释。可以推想，尽管缉之初义有继续之意，但周代的人释《诗》时仍然用作光明之意。

总括上述两种解释，我们姑且不论其是非，仅就诗意的疏通看，两者均需增字解经，并且迂曲为释，并不通畅。今得简本《缁衣》引诗，可知这句诗的别一种传本是"於幾义之"，依此传本为释则比较顺畅而无多少滞碍。从是诗的文意看，上句所云"穆穆文王"，是言周文王庄重肃穆之气象，下句"於幾义之（文王于危殆之时恰当应对）"，上下连贯，应当是比较恰当的。简本《缁衣》所引之诗，只是二十余诗篇，尚不是《诗》的全貌，但从相关的异文看，却多合理恰当。上述《文王》一诗的这个诗句的情况，可能就是一例。

郭简与今本《文王》相同，但上简却与之有别。一种简单的理解是上简的"幾义"相当于郭简和今本的"缉熙"，而缺"敬"字。可是这种理解尚有不可逾越的障碍，那就是幾（微部见纽）与缉（缉部清纽），义（歌部疑纽）与熙（之部晓纽）的古音不具备通假的音训条件，简文"幾义"不能够读若"缉熙"。上简"於幾义之"的幾，当依《说文》所训，释为"微也，殆也"，简文"义"，当通假作宜。义与宜为同源字（见王力《同源字典》第433页，商务印书馆，1982年），在先秦文献中每相通假（见高亨《古字通假会典》第659页，齐鲁书社，1989年），新面世

---

① 马持盈：《诗经今注今译》，台湾商务印书馆1971年版，第399页。
② 高亨：《诗经今注》，上海古籍出版社1980年版，第371页。
③ 这几例缉熙之意指光明，问题不大，唯有《敬之》一诗当有所说明。《周颂·敬之》"学有缉熙于光明"，若谓缉熙意即光明，则语意当为郑笺所谓"学於有缉熙之光明者"，论者或这样解释，是说不通的。清儒马瑞辰即谓如此则"不词"。他辨析"缉熙"与"光明"的区别，谓"散文则通，对文则缉熙者积渐之明，而光明者广大之明也。"（《毛诗传笺通释》卷三十，中华书局1989年版，第1098页）。按，郑笺所释固然纠结难通，但马瑞辰所释亦未完善。马氏之释其实已经找到了解决问题的关键，那就是他已经正确地指出了缉熙与光明两者辞意的差异之处，循此思路正可理解"学有缉熙于光明"的诗意，此句意指在晨曦微露半明半暗之际，努力学习而臻至于光明之境。清儒胡承珙指出"缉熙"、"光明"于此诗中之意，皆为"学"所统属（见《毛诗后笺》卷二十八，黄山书社1999年版，第1565页），纠正了郑笺的误释，甚是。

的简帛资料中亦有多例(见刘信芳《楚简帛通假汇释》第 222 页,高等教育出版社,2011 年)。这些都表明,上简的这个"义"可以读若"宜",先秦文献中,"义"亦可用作动词,如《左传》文公七年"士季曰:'吾与之同罪,非义之也。'"《韩非子·扬权》"上不与义之,使独为之。"《孔丛子·记义》"颜雠由善事亲,子路义之。"上简"於幾义之",意思是指周文王遇到危殆时能够做出恰当的应对。上简所载《文王》篇的这个异文可以启发我们考虑到,战国时期,或因传抄之故,而《诗》的文本稍有差异。上简"於幾义之"和郭简"於俖(缗)逅(熙)敬止",当是传本不同所致的异文。

考析三　《曹风·鸤鸠》"其仪不忒"与《缁衣》"可述而知"释意

《诗·曹风·鸤鸠》第三章的"淑人君子,其仪不忒",多曾被先秦时人称引,上博简《缁衣》第 2—3 简与郭店简此篇的第 3—4 简皆有其用例。简本作"《诗》员(云):'㝬(淑)人君子,其义(仪)不弋(忒)。'"简本所引与今本《礼记·缁衣》及《诗·曹风·鸤鸠》所引无异。然而,有一个问题值得提出来探讨,那就是《缁衣》经文所谓"为下可述而知也"的意思与诗意是否吻合。《缁衣》此章原文如下:

> 子曰:"为上可望而知也,为下可述而志也。则君不疑于其臣,而臣不惑于其君矣。"《尹吉》曰:"惟尹躬及汤咸有壹德。"《诗》云:"淑人君子,其仪不忒。"

所谓"其仪不忒",自郑笺云"仪,义也。善人君子,其执义当如一也",以后诸家皆从其说为释,清代解诗大家如胡承珙、马瑞辰等皆以为此诗的"仪"当通作"义"。但是,若"其仪不忒"即执义如一,那么《缁衣》经文所云"为上可望而知也,为下可述而志也",又与之有何逻辑上的关联呢?君主和臣下之"义",不当由眼睛看就能够得知的。可以推测《缁衣》的作者引这句的时候,不是将"仪"假为"义"来理解的。愚以为这里的"仪"不当假为"义",而应当理解为仪容,指人的威仪容止。具体来说就是人的着装、容貌所表现出来的气度。只有仪容才是"可望而知"的,至于属于首先范畴的"义"那是看不清楚的,不大可能"望而知"。

《礼记·缁衣》第十八章和上博简《缁衣》第 20 号简、郭店简《缁衣》第 39

号简皆引用《鸤鸠》诗首章的"淑人君子,其仪一也"的诗句,其中的"仪"和"其仪不忒"的"仪"一样也当做"仪容"之意来理解,意谓仪容一贯而不变化。"其仪一"表现出一种沉稳、自信的心态。

那么《缁衣》所云的"述"该如何解释呢?历来皆作陈述来讲,这是不错的。可是,"述"在《缁衣》此章中其意蕴,不仅指语言的陈述,而且指仪容的表现。这种仪容的表现也可以视为一种陈述的方式,可以说是用仪容来说话。以此来释解经义,可谓通畅而无碍。

考析四　简本《缁衣》"共惟王邛"与今本"惟王之邛"的对比考察

《诗经·小雅·巧言》第三章末句"匪其止共,维王之邛",今本《礼记·缁衣》篇第十二章曾经引用。今上博简和郭店简的《缁衣》篇亦引用此句,可是,引用情况却有些区别。这对于研究《缁衣》一诗和《礼记·缁衣》篇都有比较重要的意义,值得深入探讨。现将简本与今本的引文一并排列如下:

[《小䜴(雅)》员(云):非其止之,共]隹(惟)王之功(邛)①。(上博简《缁衣》第4—5号简)

《少(小)䜴(雅)》员(云):非其止之,共唯(惟)王恭(邛)。(郭店简《缁衣》第7—8号简)

《小雅》曰:"匪其止共。惟王之邛。"(今本《礼记·缁衣》)

这三个文本的用字方面,有的是字虽不同但意思则一,其区别可以忽略不计。如简本的"隹"、"唯"两个字,皆当用如今本的"惟"字,意同于"乃"或"为",其间的区别甚微小。然而,如下的这个区别,却需要讨论:

那就是"共"字的归属问题。它应当属上句,抑或是下句?关于这个问题,吴荣曾先生曾经有过精辟的说明②,今沿着吴先生的思路继续加以探讨。从今本《缁衣》看,无疑是属上句的。但是,简文却展现了另一种读法,即把"共"字连于下句。连于上句,"共"用如供职的"供"。《诗·小雅·巧言》郑笺谓"小

---

① 方括号内的文字据郭店简拟补。简本引《诗》皆称"《寺(诗)》",唯有此章称《大雅》、《小雅》,其间原因,廖名春先生说"一章数引,皆称共名'诗',则会把不同篇的诗混在一起。为了区别,只能称别名《大雅》、《小雅》"(《新出楚简试论》,台湾古籍出版有限公司2001年版,第46页)。按,此说可从。

② 吴荣曾:"《缁衣》简本、今本引《诗》考辨",《文史》2002年第3辑。

人好为逸侻,既不共其职事,又为王作病",《释文》云:"共音恭,本亦作'供'",是为其证。这个字如果连于下句,则当用如共同、总共的"共"。这两种用法,读音有别。虽然皆属东部,但前者为群纽,后者为见纽。这个"共"字用法的区别,对于理解诗意有一定的影响。请看今本《诗经·小雅·巧言》诗的第三章:

> 君子屡盟,乱是用长。君子信盗,乱是用暴。盗言孔甘,乱是用餤。匪其止共,维王之邛。

此章诗的意思是,君子的屡次盟誓因为无诚信,而这样的盟誓只能助长祸乱发展。君子信任盗贼一般的逸潜小人,祸乱只会愈演愈烈。逸人之言很甜蜜,祸乱由此而加剧①。逸人不能供其职事,徒以为王之病累而已②。这是自郑笺以来迄今为止,占主流的解释。但这个解释里面,有一个逻辑方面的问题,那就是最后一句与前面的三句不相匹配。前几句皆讲与诚信相悖的逸言潜语的危害,可以最后一句却转向逸人供奉职事,没有直接讲到危害。这其间的联系比较纠结。也许是有鉴于此,清儒马瑞辰说:

> 《释文》:"共,音恭,本又作恭。"《韩诗外传》引《诗》正作"匪其止恭"。止、共二字平列,与《诗》言靖共、敬恭、虔共,句法正同。《荀子·不苟》篇曰:"见由则恭而止。"杨倞注:"止,礼也。"止共谓止而恭,犹《荀子》言"恭而止"也。诗言长乱之时,群臣非其止恭,适足为王病耳。《礼记》郑注言"臣不止于恭敬",失之。③

马瑞辰的这个解释的关键之处是把"止恭"作为一个词语,语意类于"恭敬"。

---

① 《巧言》诗的"餤"字,毛传释为"进也",《礼记·表记》引此句喻"小人甘以坏",清儒胡承珙谓"此于诗旨最为切合"(《毛诗后笺》卷十九,黄山书社1999年版,第1010页)。马瑞辰说"餤"字"本甘食贪噉之貌"(《毛诗传笺通释》卷二十,中华书局1989年版,第650页),得之。按,此甘犹今语之"糖衣炮弹",人易受其害焉。在本诗中,"餤"字用其引申义,意指进、加剧。

② 《巧言》"维王之邛",郑笺"小人好为逸侻,既不共其职事,又为王作病",后来的解诗者多从此说。然,郑玄注《礼记·缁衣》则谓"言臣不止于恭敬其职,惟使王之劳",与此则稍有区别。

③ 马瑞辰:《毛诗传笺通释》卷二十,中华书局1989年版,第650页。

这样一来，就不大可能作为谗人的行为了，于是他将此行为解释为"群臣"。马瑞辰的这个解释同样没有越过占主流地位的解释所遇到的障碍。分析这两种解释，其问题恐怕还是由文本所决定的。依照现有文本，只能这样解释才是可能的、最佳的解释，但这又不是一个通顺的释解。

如今简本的出现，为解决这一问题提供了可能。上博简《缁衣》所引这两句诗作"[非其止之，共]惟王之邛"①，郭店简所引只是比上博简少一"之"字，可见两简本应当是基本一致的。我们可以推测，在简本的时代，儒者所见的《诗·巧言》此句正作"非其止之，共惟王（之）邛"。依照这个文本来理解，则此句的主体，不是那些谗人，也不是那些"群臣"，而是指的小人的谗言僭语，这些谗僭之辞没有停止下来的迹象，所有这些谗僭词语都成了王之大病（"共惟王邛"）。

我们于此还必须作进一步的分析，即简本《缁衣》的作者是如何理解和运用《小雅·巧言》这句诗来说明问题的呢？愚以为这又是一个化用诗意的例子。他并没有简单地采取这句诗说明臣下不可使君上劳累的问题。而是用诗句"非其止之"指"止民淫"②的问题。本来"非其止之"是指小人之谗言僭语没有被制止，这里却用来指没有制止"民淫"。这里所用所诗句，只是在"止"这个意义上与原诗句相同，而具体内容则不同。说它"化用诗意"，即是如此。

考析五　简本《缁衣》"仇"字补释

今本《礼记·缁衣》第十五章和简本皆引有《小雅·正月》的诗句"彼求我则，如不我得。执我仇仇，亦不我力"，其中的"仇"字，在简本中有不同的写法，

---

① "非其止之共"，几个字据郭店简拟补。
② 简文"洓"字。裘锡圭先生指出，"与《穷达以时》篇 2 号简'殍'字右旁相同，似当释为'漯'。《说文》：'漯，除去也'"（同上书第 129 页，注十九）。愚按，本简的"洓"字原作"紫"形，《穷达以时》2 号简的那个字作"𣲎"形。裘先生指出简文这两个字的右旁相同，很是准确。可是，右旁上半所从是否"世"字，则有再讨论的余地。另有专家认为这个字从"亡"，以音近而借为"御"，以之合于今本《礼记·缁衣》。或读为"柞"，或读为"遏"，或读为困，不一而足。廖名春先生认为这个字"从'止'得义"，愚以为这是一个简捷明快的考释。今沿廖先生的思路，可以再作一些分析。郭店简有两例"世"字，皆见于《唐虞之道》篇，其字形作"𠀎"，与本简"洓"字所从差距较大。因此，原考释者隶定简文这个字作"洓"，可能是比较好的。在简文中"洓"，当读若"止"，意即停止。简文谓"洓（止）民淫"，比说成除民淫，要妥当些。"民淫"是既成事实，只能停止它，不让它再发展，既成之事实，是除不掉的。再从上博简看，此处用了一个"余（御）"字，指防止"民淫"，并不是除去之意。所以原考释者释为"洓民淫"，是较为合适的。

值得进行讨论。

　　郭简这个字作"▨"形,原考释者释为"戮"字,裘锡圭先生说"此字似不从'考'"①。细审原字形,裘先生所云甚是,这个字确实不从"考",黄德宽、何琳仪、徐在国先生据郭简《老子》乙本和《语丛》三,认为其所从者乃是棗字,简文这个字当隶作"戴"。郭简《缁衣》第19简有此字正当读"仇",简43有此字,当读"逑"。古音棗精纽幽部、仇群纽幽部,所以简文这个字"应读为'仇'"②。还有专家指出简文这个字所从是一个"来"字,来字在竹简中习见,多从止或从辶,其典型的字形作"▨"③。专家或将简文这个字定为"栽"④,是可以的。简本的"栽"、"戴"两字如何转变为今本的"仇"字,其间的道理尚不明确。就音训来说,两者古音相距较远,若以音同或音近而字通的原则而言,则通假的条件并不充分。还有专家认为简文这个字从求、从戈,应当读作仇⑤。另有专家释为"救"字异构"栽"⑥,亦可通。诸家所说皆有据,但歧异之处亦甚明显。清华简《系年》有与本简这个字相似的字,字形作"▨"⑦,楷写作"戴",是为晋文侯之名,文献写作"仇"。对比《缁衣》简这个字,两者可谓相同。《系年》简的这个字为本简的释读提供了确证,只是这个字如何楷写尚需再讨论。

　　此章简本与今本词语有较多不同,简本谓"大人不亲其所贤,而信其所贱,教此以失,民此以烦"⑧,今本后两句则作"民是以亲失,而教是以烦"。今本语意迂曲,而简本直截了当。此章所引《小雅·正月》"执我仇仇",清儒胡承珙谓"执",犹"待",例见《荀子·尧问》篇杨注。仇通咎,《说文》咎,高气也,《礼记·大学》"见贤而不通举,举而不通先,命也",郑注"命,读为慢,声之误也"⑨。胡承珙所说甚是。另有说法谓"仇仇"犹"扰扰",意为缓慢,虽亦可通,但不若胡氏说为优。总之,"执我仇仇"意即待我傲慢无礼,与传所释"仇仇,犹謷謷也"

---

① 荆门市博物馆编:《郭店楚墓竹简》,文物出版社1998年版,第134页。
② 黄德宽、何琳仪、徐在国:《新出楚简文字考》,安徽大学出版社2007年版,第6—7页。
③ 张守中等:《郭店楚简文字编》,文物出版社2000年版,第30页。
④ 刘信芳:《楚简帛通假汇释》,高等教育出版社2011年版,第210页。
⑤ 王辉:"郭店楚简释读五则",《简帛研究2001》,广西师范大学出版社2001年版,第171—172页。
⑥ 虞万里:《上博馆藏楚竹书〈缁衣〉综合研究》,武汉大学出版社2009年版,第93页。
⑦ 李学勤主编:《清华大学藏战国竹简》(贰),中西书局2011年版,图版第43页。
⑧ 简文"烦"原作"▨"形,楷写作"缏",原释为"变",可读为繁、烦。
⑨ 胡承珙:《毛诗后笺》,黄山书社1999年版,第959页。

相一致。本章所述孔子语意谓在上位者不重贤才,引诗内容与之相符合。

此章的引《诗》与辨析简本与今本此章的文本是非也有一定的价值。简本所载此章经文是:

> 子曰:"大人不亲其所臤(贤)而信其所戋(贱),教此以失,民以此絣(緐)。"《寺(诗)》员(云):"皮(彼)求我则,女(如)不我得,执我戵(仇)戵(仇),亦不我力。"①
>
> 子曰:"大人不亲其所臤(贤),而信其所贱。教此以失,民此以絣(緐)。"《寺(诗)》员(云):"皮(彼)求我则,女(如)不我得,执我戵(仇)戵(仇),亦不我力。"②

上博简与郭店简这两个简本《缁衣》此章的内容是一致的,文字也少有差异。简本的"絣"字,原考释者释读为变,后来张光裕、李零、刘信芳、陈伟等先生先后读其为"烦"③。按,将简文这个字读为烦以与今本合,本意是不错的。但这个字依《说文》,当即緐字。《说文》:"緐,从系、每。"字又作"緫","緐,或从丿、籀文弁",可以说,简文这个字从系从每,即从系从丿,是为緐字或体。段玉裁说"緐"为繁的俗形,"俗形行而本形废"④。简文此字当依虞万里先生说,"尽可从本字读作'繁(緐)',而不必改读为'烦'"⑤。繁意谓众多、杂乱。简文"民此以絣(緐)",当即"民以此繁",犹言民因此而乱。简文上句"教此以失",即教以此失,与下句"民以此繁"正相对应。我们再来看今本《缁衣》此章的文本:

> 子曰:"大人不亲其所贤而信其所贱,民是以亲失,而教是以烦。"《诗》云:"彼求我则,如不我得。执我仇仇,亦不我力。"

---

① 郭店简《缁衣》第18—19简。陈伟、彭浩主编:《楚地出土战国简册合集(一)》,文物出版社2011年版,第27页。
② 上博简《缁衣》第10简。马承源主编:《上海博物馆藏战国楚竹书》(一),上海古籍出版社2001年版,第54页。
③ 陈伟、彭浩主编:《楚地出土战国简册合集》(一),文物出版社2011年版,第34页。
④ 段玉裁:《说文解字注》十三篇上,上海古籍出版社1981年版,第658页。
⑤ 虞万里:《上博馆藏楚竹书〈缁衣〉综合研究》,武汉大学出版社2009年版,第92页。

这个文本中颇有难解的是"亲失",今所见就有数种解释,一是郑玄注所说"亲失,失其所当亲也"①,意谓民众效仿在上位者亲不当亲之人而失误;二是谓明清之际大儒王船山之说,"亲失"意为"不亲上也"②。这实际上是倒装句,将"亲失"变为"失亲"。意指在上位的统治者由于远贤臣近小人而使民众不亲近在上位者,实际上是说统治者失去民众之亲近。三是当代专家所论,说"亲失"之意即"人民跟着亲近失德的人"③,将"亲失"的"失"理解为失德之人。以上这些歧义的出现,皆源于经文简略,词意不明,所以才将"亲失"作各种不同的理解。这些解释皆增字解经,迂曲为释。再说下句的"教是以烦",教化烦多,固然不好,但这与远贤臣亲小人还说不上有直接的关系。总之,从此章内容看,传世本的文字之意多龃龉难畅,不得不借助增字为释,求其简明是不大可能的。

对照简本的文字,两者优劣可谓比较明显。简本谓"教此以失,民此以緍(緑)",若依"緍(緑)"之杂乱之意,并且把前置宾语的"此"字移后,那么简文实际上是谓"教以此失,民以此乱"。今本所谓"民是以亲失,而教是以烦",则语意不明,比之于简本的文字,差距不小。

从引诗情况看,也可以肯定此处简本文字优于今本。《正月》一诗的主旨,古今无疑义,皆谓此诗是贤大夫怨刺小人并哀叹自己孤立无援之作,周幽王时期的王朝被"虺蜴"一样的小人所占据,他们享尽荣华富贵("佌佌彼有屋,蔌蔌方有穀")。这些小人"彼有旨酒,又有嘉殽。洽比其邻,昏姻孔云",勾结一起,狼狈为奸,使周王朝面临覆灭的危险("赫赫宗周,褒姒灭之")。尽管如此,诗作者还是希望王朝任贤臣而远小人,以此渡过难关("忧心惨惨,念国之为虐")。《正月》一诗是王朝万分危殆时,贤大夫所发出的挽救局势的一点清醒的声音。当时,朝中虽有贤臣,但不被重用,致使他们只能徒唤奈何("执我仇仇,亦不我力")。简本《缁衣》此章所写"教此以失,民此以乱",与《正月》所写

---

① 唐儒孔颖达谓"言以此化民,民效于上,失其所当亲,惟亲爱群小也。"(《礼记正义》卷五十五,台北艺文印书馆2007年版,第931页)清儒孙希旦亦谓"贤者不见亲,而所亲者又未必贤,此亲之所以失也。"(《礼记解》卷五十二,中华书局1989年版,第1328页)。当代专家杨天宇释此句谓"民众因此跟着新所不当亲"(《礼记译注》,上海古籍出版社2004年版,第739页)。孔疏、孙希旦及杨天宇等所释"亲失"意与郑注同。

② 王夫之:《礼记章句》卷三十三,岳麓书社1996年版,第1371页。

③ 王梦鸥:《礼记今注今译》,台湾商务印书馆1979年版,第717页。

王朝情况是一致的,两者的形势皆严峻异常。而今本"民是以亲失,而教是以烦"所反映的情况则比较一般。宋儒王应麟读《诗》"执我仇仇,亦不我力"句时,指出其深层含意正是指明"周所以替也"①。读此诗确实是应当联系到周王朝之所以被更替这一重大历史变化来思考问题。而今本文字,则只指出"民是以亲失,而教是以烦",这两点虽然也是王朝政治的问题,但民众亲近所不当亲,教化烦琐这两个问题,毕竟不能与"教此以失,民此以乱"的影响同日而语。总之,《缁衣》此章引诗也表明简本内容与今本密合,而今本则距离较远。加之简本,文辞简明通畅且上下照应,都可证明简本文字之优。至于简文文字如何变为今本(抑或是本为两个并行的传授系统的文本)的文字,这个问题尚待探讨。

考析六　关于简本《缁衣》所引逸诗的考察

上博简《缁衣》第5—6号简载:"《诗》员(云):隹(谁)秉或(国)[成,不自为]正(政),卒袭(劳)百姓。"郭店简《缁衣》第9号简载:"《诗》员(云):隹(谁)秉或(国)成,不自为贞(政),卒袭(劳)百姓。"可以说两种简本《缁衣》所引《小雅·节南山》的诗句是一致的,并且也与今本《诗经·小雅·节南山》诗句的文本一致。但是,今本《礼记·缁衣》第十七章的文本则与此不同,作:"《诗》云。'昔吾有先正,其言明且清,国家以宁,都邑以成,庶民以生。'""谁能秉国成,不自为正,卒劳百姓。"所引诗句中多出"昔吾有先正,其言明且清,国家以宁,都邑以成,庶民以生"五句,这五句,历来皆被认为是逸诗。然而,这五句逸诗为什么要加在这里,其间的原因还不清楚,亦鲜有专家论及于此。今不揣翦陋,试作解释。

愚以为解决这个问题的关键在于对于《小雅·节南山》诗意的理解。为讨论方便计,现将此诗全文具引如下:

节彼南山,维石岩岩。赫赫师尹,民具尔瞻。忧心如惔,不敢戏谈。国既卒斩,何用不监。

节彼南山,有实其猗。赫赫师尹,不平谓何。天方荐瘥,丧乱弘多。民言无嘉,憯莫惩嗟。

---

① 王应麟:《困学纪闻》卷三,上海古籍出版社2008年版,第394页。

> 尹氏大师,维周之氐。秉国之均,四方是维。天子是毗,俾民不迷。不吊昊天,不宜空我师。
>
> 弗躬弗亲,庶民弗信。弗问弗仕,勿罔君子。式夷式已,无小人殆。琐琐姻亚,则无膴仕。
>
> 昊天不佣,降此鞠凶。昊天不惠,降此大戾。君子如届,俾民心阕。君子如夷,恶怒是违。
>
> 不吊昊天,乱靡有定。式月斯生,俾民不宁,忧心如酲。谁秉国成,不自为政,卒劳百姓。
>
> 驾彼四牡,四牡项领。我瞻四方,蹙蹙靡所骋。
>
> 方茂尔恶,相尔矛矣。既夷既怿,如相酬矣。
>
> 昊天不平,我王不宁。不惩其心,覆怨其正。
>
> 家父作诵,以究王讻。式讹尔心,以畜万邦。

在《诗经》诸篇中,这是一首署有作者之名("家父作诵")并且颇有特点的诗作。全诗从写巍巍南山开始,先说明师尹地位的重要,又指出地处政坛要津的师尹由于无所作为致使社会动荡,丧乱频发,怨声载道。然后,诗作者发出正义的质问,到底是谁造成了这种局面,诗作者还寄希望于局势转好,周王安宁,万邦祥和。

这首诗的诗意并不难懂,明显是刺师尹为政不平并委任小人以至于败政祸国之作。其写作时代当在周平王时期[①],具体说来,应当是两周之际周二王并立时期的作品[②]。这个时期的王权虽然已无往日风光,但王权观念依然根深蒂固,当时贵族的诗作只指责主政大臣而不诋垢周王,从《节南山》一诗看,

---

[①] 《诗经·小雅》的《节南山》、《正月》、《十月之交》、《雨无正》、《小旻》等五篇诗作的写作时代,传笺以来多异说。赵光贤先生曾经论证此五篇诗均作于周平王之世(《古史考辨》第 107 页,北京师范大学出版社,1987 年版)。清儒姚际恒推断《节南山》一诗系东迁以前之诗,"以诗中'南山'证之,是终南山也。……东迁以后,曷为咏南山哉?"(《诗经通论》,中华书局 1959 年版,第 204 页),专家多信姚氏此说,但此说是有问题的。南山之称不能成为此诗断代的证据。"南山"一称先秦文献习见,仅以《诗经》为例,除了《节南山》之外,它还见于《草虫》、《殷其靁》、《南山》、《候人》、《天保》、《南山有台》、《斯干》、《蓼莪》、《信南山》等,南山犹如北山、东海一样是泛称,非必落实为终南山。

[②] 关于周二王并立,愚曾在"论平王东迁"(《历史研究》1991 年第 6 期)一文里进行过探讨,烦请参阅,今不赘述。

诗中言"昊天不平，我王不宁"，作者为天下大乱而造成的周王不得安宁，深为忧虑，作者"家父"直言此诗的目的在于"以究王讻"①，即探究给周王造成祸乱的罪魁祸首。

这个罪人是谁呢？作者在这首诗中并无隐晦，而是直言是主政的"师尹"（亦即"尹氏太师"）。这位"尹氏"，但可以肯定他是掌国政的权臣，所以《节南山》诗中说"尹氏大师，维周之氏。秉国之均，四方是维，天子是毗"。这位尹氏可能是周宣王时期的大臣尹吉甫的后裔，尹氏世卿，《春秋》隐公三年载"尹氏卒"，昭公二十三年载"尹氏立王子朝"，前人谓这种写法寓意是"见权臣之危国也。《诗》之所刺，《春秋》之所讥"②，专家认为此即《公羊传》所说的"讥世卿"③，是很正确的。

诗意如此，但"诗序"并不这样认为，而是说"《节南山》，家父刺幽王也"。其实，《节南山》诗中不仅没有讽刺周王之意，而且多有为王回护之情。诗中慨叹"昊天不平，我王不宁"，并且以追寻影响王政的恶人为己任（"以究王讻"），希望重振王纲，"以畜万邦"。这哪里有"刺王"的影子呢？诗中所刺明显是"师尹"（"尹氏大师"），而不是周王。

郭店简和上博简《缁衣》的两个简本所引《节南山》的诗句，皆为"谁秉国成，不自为正，卒劳百姓"而没有"昔吾有先正，其言明且清，国家以宁，都邑以成，庶民以生"，这几句。这应当表明，其一，"昔吾有先正"等五句，在简本《缁衣》的时代并没有加入《诗·节南山》之篇，今本《诗经》亦没有此五句。再从诗意上看，《节南山》全诗以直刺师尹祸国为主线，诗意连贯，一气呵成，没有再加上此五句的余地。所以，基本上可以肯定这五句不唯不是《节南山》之逸句④，而且也从未入《诗》。今本《缁衣》有此五句，并冠以"《诗》云"，这只能表明，它是《诗》外之诗。其二，战国秦汉间儒者整理加工《缁衣》篇时加入这五句的用意是什么呢？这实际上是与"诗序"的作者唱反调。"诗序"谓《节南山》是刺周

---

① "以究王讻"之义，郑笺谓"以穷极王之政所以致多讼之本意"，以"讼"释"讻"，其意迂曲。清儒朱骏声谓此讻字当假借为凶，同于同诗所说的"鞫讻"，指"穷凶之人"（《说文通训定声》丰字，中华书局1984年版，第53页）。朱骏声的这个说法甚为可取。"以究王讻"意即追寻造成王政困顿的元凶。
② 王应麟：《困学纪闻》，上海古籍出版社2008年版，第390页。
③ 陈子展：《诗三百篇解题》，复旦大学出版社2001年版，第723页。
④ 清儒齐召南谓这五句"散见《传》、《记》者未必即是《节南山》之逸文"（《礼记注疏考证》卷三十五，第540页。《皇清经解》卷三百一十一，上海书店1988年版）。按，此说甚是。

幽王之作；而《缁衣》的整理者则与之相反，所强调的是"究王讻"，是刺师尹大臣。并且唯恐人们不解此意，所以在引诗时加上了其所见到的《诗》外之诗中的"昔吾有先正"五句。"先正"，指先世主政大臣。《诗·大雅·云汉》"群公先正，则不我助"，毛传"先正，百辟卿士也"。《尚书·文侯之命》"惟先正。克左右昭事厥辟"。孔颖达疏谓"先世长官之臣，能左右明事其君"①。是皆戎可证"先正"所指即先世的王朝主政大臣。《缁衣》整理者此五句诗意在反衬《节南山》诗中的师尹之可恶。"先正"主政清正廉明，国家和民众皆赖之而得福；《节南山》诗中的"师尹"则是主政昏暗，国家和民众皆受其祸害。两者相映，明白如画。

附带可以略作推测的是"昔吾有先正"五句诗的来源问题。《文选》载张华《答何劭》诗之二云："周任有遗规，其言明且清"，李善注："《论语》，孔子云：周任有言，曰：陈力就列，不能者止。马融曰：'周任，古之良史。'《子思子》：'《诗》云：昔吾有先正，其言明且清。国家以宁，都邑以成。'"②，这里明谓"昔吾有先正"几句（比《缁衣》所引少"百姓以生"一句），出自《子思子》所引《诗》。但是，这几句诗可能与周任有一定的关系。张华诗所谓"其言明且清"即是"昔吾有先正"这五句诗之一，并且谓"周任有遗规"，当是意味着"其言明且清"，即周任之"遗规"。李善注虽无明言，但若据其意来推测，若谓"昔吾"几句出自周任，当不是无根之谈。

关于周任其人，汉儒马融说他是"古之良史"，西晋杜预说他是"周大夫"③。周任应当是周代有卓识的政治理论家，其言论屡被称引，他强调治理国家要除恶务尽、执政者应当公平公正④。"昔吾"几句诗的主旨亦是讲执政公平的意义，与我们所见到的周任之言完全一致。我们还应当特别提到《孔子家语·曲礼子贡问》的一个记载：

    周任有言曰："民悦其爱者，弗可敌也。"

---

① 孔颖达：《尚书注疏》卷二十，台北艺文印馆2007年版，第309页。
② 萧统著：《文选》，李善注，上海古籍出版社1986年版，第1133页。
③ 《左传》隐公六年注。
④ 《左传》隐公六年载："周任有言曰：'为国家者，见恶如农夫之务去草焉。芟夷蕴崇之，绝其本根，勿使能殖，则善者信矣。'"昭公五年载："周任有言曰：'为政者不赏私劳，不罚私怨。'"

所谓"民悦其爱"之意与简本《缁衣》第六章的"民致行己以悦其上",竟然如出一辙。《缁衣》篇的编撰者对于周任的言论应当很熟悉的。如果说周任之诗被引用来作为立论之据,应当是顺理成章的事情。

考析七　关于简本《缁衣》的"民之蘖"①

郭店简《缁衣》第 15 简有"蘖"字,原考释者释为"蘖",并且解释说:"读作'柬'。《说文》:'柬,分别择之也',今本作'表'。"②其后诸家解释似乎都没有注意到原考释者的读作柬的说法,而只着眼于今本作表一说,并且沿着如何把这个字释读为"表"而努力。这个努力主要有以下两个途径。

一是将这个字释为蘖、標或杪,然后以音同字通的原则而读为表。李零先生谓:"应释'蘖'或'標',简文用为'表'"③,刘晓东先生谓:"蘖,疑为'杪'字的古文,其字变易为'蘖'、'標'……此竹简本作'蘖',犹《周官》故书作'剽';《礼记》本作'表',亦犹《周官》隶定本作'表'。"④白于蓝先生谓:这个字"从木从艹⊘声",所从的"⊘",是一个"从囗少声的形声字","即《说文》'杪'字的异体"⑤陈伟、彭浩先生认为"李零诸氏谓字从'少'声,可从"⑥。

另一个途径是将简文"蘖"字读为宪,孟蓬生先生说:"蘖与宪古音同部声母相近。……《诗·大雅·崧高》:'文武是宪。'注:'宪,表也。'《周礼·秋官·小司寇》:'宪刑禁。'注:'宪,表也。'"⑦

以上两个途径,或求音通,或求意通,皆甚有理致。然而,亦有再探讨的余地。愚以为说这个字所从的"⊘"系从囗少声之字,不太准确。本简的"蘖"字中部所从的是"⊘"和专家所说的那个从囗少声的字并不相同。再说,上博简《缁衣》的这个字作"蘖"形⑧,除了附加羡划火以处,与郭店简的这个字完全一致。其中部所从者,中间也不作"少(小)"形。陈佩芬先生将其写作"蘖",是正

---

① 此节内容参考了王青副教授的意见,谨致谢忱。
② 荆门市博物馆编:《战国楚墓竹简》,文物出版社 1998 年版,第 133 页。
③ 李零:《郭店楚简校读记》(增订本),中国人民大学出版社 2007 年版,第 81 页。
④ 刘晓东:"《郭店楚墓竹简·缁衣》初探",《兰州大学学报》2000 年第 4 期。
⑤ 白于蓝:"郭店楚简拾遗",《华南师范大学学报》2000 年第 3 期。
⑥ 陈伟、彭浩主编:《楚地出土战国简册合集》(一),文物出版社 2011 年版,第 33 页。
⑦ 孟蓬生:"郭店楚简字词考释(续)",张显成主编:《简帛语言文字研究》第一辑,巴蜀书社 2002 年版,第 27 页。
⑧ 字见马承源主编:《上海博物馆藏战国楚竹书》(一),图版第 53 页。

确的。竹简文字的"少"与"小"同字,皆作"小"下有一撇之形,如"少"、"小""少"①,可以肯定,本简"萰"字中部所从的"⿻",其中间并不是"少"或"小"字。说它以少得音而释为杪,是很勉强的。我们再看竹简文字的"柬"字,其字形作"柬"、"柬"、"柬"②、"柬"、"柬"、"柬"③,本简的"萰"字虽然上部的草头与常见的"柬"字稍有别,但只是单头与双头之别,并无根本差异。总之,原考释者将这个字释为"萰",可取。

"萰"系草名,在简文中当读若"柬",用若"揀"。这个字与简字相通(古音皆为见母元部),为选择、简拔、简选之意④。在竹简文字中,柬与简相通⑤,用如选择。例如上博简六《用曰》第 16 号简云"务之以元色,柬其有恒(井)"⑥,意即注重服饰之颜色,调整自己正常的仪容。"柬"意犹选择、调整。让我们来分析郭店简所载《缁衣》本章的内容。此章见于郭店简《缁衣》第 14—16 简:

> 子曰:"下之事上也,不从其所以命,而从其所行。上好此勿(物)也,下必又(有)甚安(焉)者矣。古(故)上之好亚(恶)不可不誓(慎)也,民之萰(柬,简)也。"《寺(诗)》员(云):"鹿(赫)鹿(赫)帀(师)尹,民具尔瞻(瞻)。"⑦

上博简《缁衣》第 8—9 号简所载此章内容与郭店简一致,文字略有残缺,不若郭店简完整。此章的内容见于今本《缁衣》的第四—五章,内容如下:

> 子曰:"下之事上也,不从其所令,从其所行。上好是物,下必有甚者矣。故上之所好恶,不可不慎也,是民之表也。"子曰:"禹立三年,百姓以

---

① 这三个字例皆见于《郭店楚简文字编》,文物出版社 2000 年版,第 11 页。
② 同上书,第 97 页。
③ 以上三例依次见上博简六《用曰》第 2、7、16 简,马承源主编:《上海博物馆藏战国竹简》(六),上海古籍出版社 2007 年版,图版第 106、111、120 页。
④ 王力先生指出:"简指竹简,柬指选择(即后代的揀),因为同音,常通借。……古书也借简表示选择义,故后来有简拔、简选等词。"(《王力古汉语字典》,中华书局 2000 年版,第 893 页)
⑤ 参见刘信芳:《楚简帛通假汇释》,高等教育出版社 2011 年版,第 331 页。
⑥ 上博简《用曰》篇的"恒井",张光裕先生举出马王堆汉墓帛书《十六经》的材料证明"恒井"即"恒形"(马承源主编:《上海博物馆藏战国楚竹书》(六),上海古籍出版社 2007 年版,释文,第 303 页),甚是。
⑦ 荆门市博物馆编:《郭店楚墓竹简》,文物出版社 1998 年版,图版第 18 页,释文第 129 页。

仁遂焉。岂必尽仁?"《诗》云:"赫赫师尹,民具尔瞻。"《甫刑》曰:"一人有庆,兆民赖之。"《大雅》曰:"成王之孚。下土之式。"

我们应当先来说一下今本于此引《诗》的问题。若以《缁衣》篇以"子曰"为标志分章的惯例,今本这两章与简本的差别主要在于第五章所引《诗》"赫赫师尹,民具尔瞻"[1],简本在第五章(简本无今本的首章,所以其第五章相当于今本的第四章),而今本在第五章。从内容上分析,这两句诗原来应当在第四章,战国后期至秦汉间的抄手误写而进入第五章。今本第五章讲禹之德治,引《甫刑》的"一人"、引《大雅》的"成王",皆与禹之地位一致。而"赫赫师尹"则与之不一。列在第五章显然不大合适。如果依简本的记载,将这两句诗移入第四章,则一方面使第四章合乎《缁衣》各章引诗书为证的通例,一方面又使第五章的内容更加合理。简本可以订正今本之误,此当为一例。

我们再来分析简本《缁衣》此章的内容。此章的主旨是说明在上位者的言行对于民众的重要影响("下之事上也,不从其所以命,而从其所行比")。并且,行与言相比影响尤巨。在上位者的好与恶必须谨慎,因为上有所好,下必甚焉。在上位者的所好恶,表示着他的意愿,也表示着他的品德风貌,若在上位者好逸恶劳,则民众就会知道他是个品行不端之人;如果好大喜功,则他就是个张狂之人;如果他喜听谗言,则他便会远离贤才;等等皆是好恶反映着其人品。

我们在这里应当着重分析的是这段简文结语处的"民之藁也"的意蕴。我们前面已经提到,简文"藁"应当读若"柬",用若"简"。"简"每和"阅"意义有相重合处。《左传》桓公六年谓"秋,大阅。简车马也",意即检阅车马。这里的简与今语之检阅是相同的。《管子·立政》"行乡里,视宫室,观树蓺,简六畜","简"与"视"、"观"意同。《礼记·王制》云:"上(尚)贤以崇德,简不肖以绌恶,命乡简不帅教者以告",两"简"字皆有检查、监督之意。简文此处的"之"字用如"所"[2],简文"民之藁也",意即民所监督也。孔子谓在上位者须慎其言行,

---

[1] 两者个别文字的差异,如命与令、焉与安,皆不影响语意,可以置而不论。

[2] 贾谊《新书·等齐》引诗"万民之望",《诗·都人士》"之"作"所"。《韩非子·十过》"寡人之好者",《史记·乐书》"之"作"所"。《吴越春秋·句践伐吴外传》"为越王之禽",即"为越王所擒"。裴学海先生曾举九例论证之作为虚词"犹'所'也"(《古书虚字集释》卷九,中华书局2004年版,第735页)。以上三例皆在此九例之中。

因为民众都在监督着你。对于在上位者的好恶,民众是会分辨的。用今天的语言来说,那就是民众的眼睛是雪亮的。这里突出的是民众的作用。今本作"民之表也",所指的是上位者是民众的表率,与简本强调民众的监督作用,显然有所区别。早期儒家十分强调他人的监督对于个人品德言行的作用,曾子说:"十目所视,十手所指,其严乎!"众目睽睽的监督,是很严厉的,所以朱熹说"可畏之甚也"①。

再从《缁衣》此章引诗"赫赫师尹,民具尔瞻"的意蕴看,可以反证简文"菄"之释的可靠。这两句诗出自《诗·小雅·节南山》,是篇诗的主旨是抨击盘踞高位、尸位素餐的"太师尹氏",他任用姻亚小人,欺罔贤才,弄得天怒人怨。诗谓地位显赫的师尹,民众都在监督着你,为什么还不改弦更张呢?在"赫赫师尹,民具尔瞻"之后的诗句是:"忧心如惔,不敢戏谈。国即卒斩,何用不监?"民众忧心如焚,但却敢怒不敢言。国家都到了山穷水尽的地步,你师尹为什么还看不到呢?师尹虽然地位显赫,但却是在民众的千万双眼睛的注视之下("民具尔瞻"),而师尹却自己看不到这些。"何用不监"这句问话,是质问师尹为什么不以些为鉴戒呢?民众都看得很清楚,师尹为何还昏然不知呢?这样的师尹只配受民众监督,而不配做"民之表"。由此可以说明简本的"民之菄(简)"与引诗的意蕴是密合的,而与今本的"民之表"则不甚合适。

在上位者受民众监督这一理念是古代中国民本思想的一个明亮的闪光点。这个理念虽然如电石雷火,但却如流星过天般消失在夜空中,就连儒家弟子,在君主专制的新的社会局面下,也三缄其口,不再坚持。战国秦汉间的儒者在编定《缁衣》篇的时候,将简本的"菄"字改为"表",一字之更,意义大变,在上位者欣赏"民之表"而不提"民之菄(简)",当是情理中事。在长期的君主专制的古代中国,就连"民之表"也不大提起,充斥于殿堂之上的则是"吾皇万岁万万岁",接下来的就是"龙颜大悦"了。比起这种专制局面,孔子和早期儒家提出的"民之菄(简)"思想史意义当不可小觑。

考析八　简本《缁衣》"有共德行,四方顺之"考

上简第 7 简,"诗员(云):又(有)共惪(德)行",共字作"🅰",郭简作"🅱",与

---

① 朱熹:《四书章句集注·大学集注》,中华书局 1983 年版,第 7 页。

上简同。今本《缁衣》这个字作"梏",今本《诗经·大雅·抑》作"觉"。梏字,竹简文字作"🈳"(上博三《周易》第 22 简)与简文共字殊不相类,再者,共字古音在东部,梏字属觉部,两部相距较远,没有音近通假的条件。这些都表明简文"共"与"梏"两者没有什么关系。若硬牵合"梏"字而就"共",抑或是牵合"共"字而就梏,皆虽左支右绌,终难成功。

《大雅·抑》毛传训觉为"直",郑笺解觉为"大"。依《尔雅》所释,毛传近是。然而,以直为德行之辞稍觉迂曲。今得上博简可知,《诗》的一种传本,这个字为"共"。"共"当读若"恭"。竹简文字中共多指恭敬之德,如上博二《从政》甲本第 5 简"从正(政),敦五惪(德)……二曰共(恭)","共(恭)"即为从政五德之一。以共作恭,理解为恭敬之德者的例证颇多①,《说文》训恭字谓"从心共声",段注谓《论语》每恭敬析言,如'居处恭'、'执事敬'、'貌思恭'、'事思敬'皆是"②。要之,恭与敬意同。简文"共(恭)"即指恭敬之德,"有共(恭)德行"就是这个意思。今本的"觉"若梏"字,当系战国时期《诗》的别本异字,"共"则当为正字。这里要指出的是"觉"字用在《抑》时中的时间应当是较早的,春秋时人引诗已经见到它的影子。"觉"与"共"的文本差异,可能在春秋初期就已经出现了。

从觉的本义看,它与"悟"互训。把它释为"直"只是引申义,以"觉"说明德行,显然不如以"共(恭)"为释。再从《大雅·抑》篇的内容看,也可以说明这一点。此篇是卫武公自儆之作,这在《国语·楚语》上篇有明确说明。是篇载:"昔卫武公年数九十有五矣,犹箴儆于国,曰:'自卿以下至于师长士,苟在朝者,无谓我老耄而舍我,必恭恪于朝,朝夕以交戒我;闻一二之言,必诵志而纳之,以训导我。'在舆有旅贲之规,位宁有官师之典,倚几有诵训之谏,居寝有亵御之箴,临事有瞽史之导,宴居有师工之诵。史不失书,蒙不失诵,以训御之,于是乎作懿戒以自儆也。"韦注谓"《懿》,《诗·大雅·抑》之篇也"。卫武公于《抑》诗中所宣示的美德,核心就是谦恭、谨慎。此诗开篇即谓"抑抑威仪,维德之隅"(审密的容止礼貌,与德行相匹配),诗中还说"慎尔出话,敬尔威仪,无不柔嘉"(谨慎言语,端敬威仪,使之尽善尽美);"惠于朋友,庶民小子,子孙绳绳"

---

① 参见白于蓝:《简牍帛书通假字字典》,福建人民出版社 2008 年版,第 257 页。
② 段玉裁:《说文解字注》十篇下,上海古籍出版社 1988 年版,第 503 页。

（给朋友以嘉惠，施惠及于庶民小人，自己的子孙才会延绵长久）；"视尔友君子，辑柔尔颜，不遐有愆"（你的朋友，那些君子都在看着你，你要和颜悦色，戒慎恐惧，万不可出现过错）。卫武公的自儆和告诫里面，谦恭的心态和仪表是为其主旨。此诗之中，说"有觉（正直也）德行"，是讲得通的，但是若谓"有共（恭）德行"，却更贴合全诗意蕴。若以文本比较而言，本简所引诗句，简本优于今本。

再从《缁衣》第六章的文意看，亦为此说之证。以下是郭店简、上博简和今本《礼记·缁衣》的内容：

> 子曰：上好仁，则下之为仁也争先，古（故）长民者，章志以昭百姓，则民至（致）行己以敓（悦）上。《寺（诗）》员（云）：又（有）共德行，四方顺之。[①]

> 子曰：上好仁，则下之为仁也静（争）先。古（故）长民者章志以昭百姓，则民至（致）行己以兑（悦）上。《诗》云：又（有）共德行，四或（国）川（顺）之。[②]

> 子曰：上好仁则下之为仁争先人，故长民者章志、贞教、尊仁以子爱百姓。民致行己以说其上矣。《诗》云：有梏德行，四国顺之。

比较而言，这三个文本的差别不大。所引诗句无论作"有梏德行"，或是"有共德行"于文意都是可以的，但作"有共德行"却为优。这是因为此章所谓孔子之语的意旨在于强调"民致行己以悦上"。在上位者的哪种德行于此更为切近呢？是正直（"梏"），抑或是敬谨（"共"）？应当说后者都更为近是。正直之德在于办事公平、公正。《左传》昭公五年载：

> 仲尼曰："叔孙昭子之不劳，不可能也。周任有言曰：'为政者不赏私劳，不罚私怨。'《诗》云：'有觉德行，四国顺之。'"

叔孙昭子为鲁国贤大夫，是为鲁国柱石，孔子认为他必定为国事操劳。古之良

[①] 荆门市博物馆编：《郭店楚墓竹简》，文物出版社1998年版，第129页。
[②] 马承源主编：《上海博物馆藏战国楚竹书》（一），上海古籍出版社2001年版，第180—181页。

史周任说过执政为公的话,《诗》亦有"有觉德行,四国顺之"之句,都是这方面的佐证。这里的"觉"与"梏"一样皆以直为训。办事公平才能说得上正直。然而,要让民众"行己以悦上",固然在上位者要办事公平,但更为重要的则是在上位者要严肃恭谨。

如果这样理解不误的话,我们便会遇到一个问题,即《诗》的原本究竟是作"觉(梏)",抑或是作"共(恭)"呢?我们可以这样理解这一问题:即《缁衣》编撰者用的是"共(恭)",而《左传》的编撰者用的是"觉(梏)"。《诗》在先秦时期流传广泛,别本异字的情况可能是大量存在的,以一种文本来否定另一文本的做法,可能不会有效。

考析九 《缁衣》"苟有车"章"服之亡斁"考

上博简《缁衣》第 21 号简和郭店简《缁衣》第 41 简皆载有今本《礼记·缁衣》第二十二章的内容,其简文皆引《诗·周南·葛覃》第二章的末句"服之无斁",简文如下:

《诗》员(云):備(服)之亡臭(斁)①。
《诗》员(云):備(服)之亡懌(斁)。

简文引诗的内容及文本是没有什么问题的。问题在于为什么《礼记·缁衣》此章要引这句诗为证呢?我们先看《缁衣》第二十二章的内容:

子曰:"苟有车,必见其轼②。苟有衣,必见其敝③。人苟或言之,必闻其声。苟或行之,必见其成。《葛覃》曰:'服之无射。'"

---

① 简文"臭"与金文懌字同,陈佩芬先生引《墙盘》铭文为证,(参见马承源主编:《上海博物馆藏战国楚竹书》(一),上海古籍出版社 2001 年版,第 196 页)。

② 简文这个字作"𫐓"形,诸家有释读为第、盖、辙等说,皆可通释经文,比较而言以释读为辙为优,季旭昇先生指出今本的"轼"字是辙的误字,并谓"从义理上来说,车子只要驶出去,就会看到车辙"("从楚简本与传世本谈《礼记·缁衣·苟有车》章的释读",武汉大学简帛研究中心主编:《简帛》第三辑,上海古籍出版社 2008 年版,第 159 页)。按,季先生的说法可从。

③ 《礼记·缁衣》的这个"敝"字,简本作幣,与之相同。然"敝"字之意却颇多异说。或指遮蔽,或指破旧,或通假为"袂",或指"蔽膝"。

我们需要讨论一下这里的"敝"字。《礼记·缁衣》的这个"敝"字,其意颇多异说。或指遮蔽,或指破旧、或通假为"袂",或指"蔽膝"。季旭昇先生指出若以敝破为释,就是拿"负面的结果"来比喻正面之事,于语意"不伦",只能是"勉强牵合",若是以袂或蔽膝当之,则是以"静态的物"与"动态的事"相比,只能是"两不相侔"①。季先生的这个分析颇有理据,可以信从。有鉴于此,专家所提出的新说是将经文和简文的"人"字连于上句,此语即为"苟有衣,必见其敝(蔽)人",还有专家据大字本郭店简《缁衣》,指出在简文"人"字右下方有一小点,当是标点符号,证明简文当在"人"字后断句。但季旭昇先生指出,1998年文物出版社版的《郭店楚墓竹简》本的图版,却看不到这个小点(见右图②)。季先生显然是持谨慎态度,没有匆忙作断。他仔细研究了曹锦炎先生提出的竹简文本补抄漏句于简背,并在相应位置加上抄漏符号的现象,指出即令简文"人"字下有一小点,也不当是标点符号,只可能是一个抄漏符号。

既然文本的审视不能为解决这一问题提供确凿证据,那么,我们的讨论还是以现有的文本资料为依据来进行研讨。愚以为此章的原始状态在"子曰"以下应当是排列齐整的四句:

苟有车,必见其辙;
苟有衣,必见其敝。
苟有言,必闻其声;
苟有行,必见其成。

这四句中,前两句写物,后两句写人。正是由于这个区别,后来的整理者才在第三句之前加上一个"人"字。现在的"人"字是后来加上的,这意味着经文"敝(蔽)人"之说不大可能成立。再深究一步,若不"蔽人",是否一定就没有衣呢?如果衣服存而不用,也不能说他没有衣。所以说"敝(蔽)人"之说,似乎有不可逾越的逻辑阻碍。退一步说,即令经文有这个"人"字,那么它也应当属下句,

---

① 季旭昇"从楚简本与传世本谈《礼记·缁衣·苟有车》章的释读",武汉大学简帛研究中心主编:《简帛》第三辑,上海古籍出版社2008年版,第154页。

② 此图采自《郭店楚墓竹简》(文物出版社1998年版)图版第20页《缁衣》第40简。

而非上句。属于下句只是表示以下是写人而非状物。前两句的状物，应当指物所带来的影响，这个影响是物之外的而非物本身。车辙是车之外的影响，而不是对车本身的影响。同样的道理，下句的"幣"，也应当是衣之外的影响，而非衣本身的影响。只有如此理解，这四句的逻辑结构方可统一。

若按一般的解释，"敝"指破旧①，或指"蔽膝"，抑或是通假为"袂"，那影响还是在于衣本身，而非衣外。循着这个思路，我们会发现，简本的"幣"字，正为这个难题打开了一扇门。幣，在周代是丝织品的称谓，幣与帛的性质一致，可以连用。周代社会上一般的贵族和地位较高的平民可以用它作为衣服的材料。孟子说："五亩之宅，树之以桑，五十者可以衣帛矣"②，这是社会上的一般的人，而非特指贵族。上博简六《景公疟》第10简载"一丈夫执寻之幣"③，可见社会上一般人可以拥有幣帛。愚以为竹简文字"幣"虽然多有通假而读"敝"之例，但非必尽皆如此，径以原字读之，亦有其例。简本"必见其幣"，就当读如原字，指幣帛之幣。那么，经文"苟有衣，必见其幣"，是什么意思呢？它的意思是，如果有衣，必定意味着他有幣帛。这是一个因果互用的例子。因为有衣，那就说明有幣帛；因为有幣帛，所以才有衣。前一句的车与辙的逻辑也是如此。因为有车，所以才有车辙；反之，因为有车辙，所以断定有车。这样来理解，前两句的逻辑应当说是通顺而一致了。

经文这章内容列举了四种现象，都是因果关系的例子。其所说明的因果就是有于此必彰于彼、有其始必有其终、有其事必有其功、有其事物必有其端倪。那么这些与诗句"服之无斁"有何关系呢？清儒姚际恒认为很有关系。他释解《葛覃》一诗的"服之无斁"句时说：

> 《礼·缁衣》引此句以言衣敝，"服"作衣服之服。今从《缁衣》。"服之无斁"。何以见"服之无斁"？则必于其服澣濯之衣见之。又于何见其服

---

① 关于"人苟有衣，必见其敝"，《礼记·缁衣》郑注："敝，败衣也。衣或在内，新时不见"，说甚迂曲难通。孔疏所释有所变化，谓"言人苟称家有衣，必见其所著之衣，有终敝破也"，其思路和郑注一样，也是以破旧释"敝"，其难推终究和郑注相同。

② 《孟子·梁惠王》上。

③ 这里的"丈"字，原释支，然其字形与郭店简《六德》第27简的丈字同，疑释丈字为优；"寻"字原释为"散"，但字形与上博五《鬼神之明》第7简之寻字相同，疑释寻为优。刘信芳先生即已指出这两个字当释为"丈"和"寻"（见其所著《楚简帛通假汇释》，高等教育出版社2011年版，第271页）。

澣濯之衣,则借归宁以见之。①

依照这个说法,"服之无射(斁)"就是对于经文"苟有衣,必见其敝"的证明。按照《缁衣》篇引诗的通例,这是不大可能的。《缁衣》引诗,是对于其前命题的证明,是全局性的,而非只涉及命题的某一部分。所以姚氏的这个说法虽辨而实非。

《诗经》中"无斁"(或作"无射",射为斁的通假字),数见,当为周代成语。如《大雅·思齐》"古之人无斁",《周颂·振鹭》"在此无斁",《鲁颂·駉》"思无斁",《泮水》"徒御无斁",《周颂·清庙》"无射于人斯",《礼记·祭统》"奔走无射"等,《说文》训斁为厌。这当是斁的本义,它的引申意有两个方向,一是满足、停顿;二是败坏②。

那么,在《葛覃》诗中,"服之无斁"是什么意思呢?我们先来看这首小诗:

> 葛之覃兮,施于中谷,维叶萋萋。黄鸟于飞,集于灌木,其鸣喈喈。
> 葛之覃兮,施于中谷,维叶莫莫。是刈是濩,为絺为绤,服之无斁。
> 言告师氏,言告言归。薄污我私,薄澣我衣。害澣害否,归宁父母。

这首诗的首章写在采葛女到山谷中之所见,次章写采葛及织出麻布,制成的衣服穿起来称心如意。三章写要回娘家省亲,让父母整理衣服,洗与不洗要料理清楚,以免把衣服弄坏,因为那是省亲的衣服呀。"服之无斁",在这首诗中的意思就是穿起来称心。

但是,"服之无斁"被引用在《缁衣》当中,就不是这个意思了。它不仅与经文"苟有衣,必见其敝"很难契合,而且与经文全章的意思也不协调。《说文》训服为"用也",清儒马瑞辰指出,《葛覃》诗的"服"字中,"训服用为是"③。这样来理解,就比单纯以穿衣为释扩大了范围。所谓"无斁",当取其不满足之意。

---

① 姚际恒:《诗经通论》,中华书局1958年版,第19页。
② 《诗·思齐》"古之人无斁",郑笺以"口无择言,身无择行"为释,论者多以为不确。其实,斁、择、殬等字同音互通,所以郑笺所谓的"择言"、"择行",意犹败言、败行,以此来解释诗意甚通畅(参见马瑞辰:《毛诗传笺通释》卷二十四,中华书局1989年版,第827页)。
③ 马瑞辰:《毛诗传笺通释》卷二,中华书局1989年版,第38页。

《缁衣》此章用"服之无斁"所说的意蕴是永不满足，用今语言之，即永远奋斗，不要停顿止息。这种精神状态就是只管耕耘，不问收获，并且坚信只要耕耘就一定会有收获。《缁衣》此章的四个排列语句，可以说前三个都是第四个的铺垫，这第四个(即"苟有行，必见其成")，才是关键之所在。"服之无斁"这句诗从《葛覃》篇的原初意义到《礼记·缁衣》篇本章中被引用为相关论断的权威证明，其意义已经有了变化与升华。"服之无斁"，在诗中的原意是穿起来称心如意；《礼记·缁衣》引用时则用其奋斗不止的意蕴。

考析十 关于逸诗"吾大夫龏(恭)且俭，靡人不敛"的推测

这句逸诗，见于郭店简《缁衣》第26简，上博简《缁衣》第13—14号简。两种简本，文字一致。这句逸诗见于简本而不见于今本，并且是简本中仅见的一处逸诗，而今本《缁衣》所引诗则没有出现逸诗。这句逸诗不见于先秦文献记载，关于它的来源和写作时代历来学者鲜有论及者，今试作推测。

首先，这句逸诗对于"大夫"持尽力推崇的态度，称赞大夫"恭且俭"。大夫阶层的兴起，肇端于周初，发展于西周后期。这从周代的诗作中可以看出一个大概。周初诗作颂扬的主角是周天子，而西周后期则多见对于著名大夫的赞美，《大雅》中的《崧高》和《韩奕》就是两篇代表作品。到了春秋时期，各诸侯国大夫阶层普遍发展，有些国家甚至出现了礼乐征伐自大夫出的局面[1]。这句逸诗可能出现于西周后期到春秋时期，不大可能写于西周前期。

其次，"恭(或作共)俭"之意突出的是自我约束，与"克己复礼"相类，而不是简约、节省。墨子谓三代"不肖之民"的特点之一是"甚恶恭俭而好简易"，恭俭与简易相对而言，可见有很大区别。春秋前期，鲁国大夫的观念里，强调恭，谓："俭，德之共也。侈。恶之大也。先君有共德。"[2]这里的"共"字历来读为"恭"，清儒俞樾谓"共当读为洪，《尔雅·释诂》'洪，大也'。'德之洪也'犹曰'德之大也'，下文曰'侈，恶之大也'，'洪'与'大'，文异而义同"[3]。杨伯峻先生赞成此说，谓"旧读共为恭，不妥"[4]。愚今复按其意，仍觉旧说较妥。此点

---

[1] 关于周代卿大夫阶层的发展情况的考析，烦请参阅拙稿"论周代卿权"(《中国社会科学》1993年第6期)一文。
[2] 《左传》庄公二十四年。
[3] 俞樾：《群经平议》卷二十五，《续修四库全书》第178册，上海古籍出版社2005年版，第403页。
[4] 杨伯峻：《春秋左传注》，中华书局1981年版，第229页。

日儒即已提出，谓："《书》云：'恭作肃'，是恭宜作收摄敛约之义说之。恭德即俭德也。成十二年'恭俭以行礼'，又'恭俭'字出《周语》、《表记》、《乐记》、《孟子》。宋本'恭'作'共'。"①此说甚有理致，优于共通假为洪之说。其所谓"收摄敛约"，正是先秦时期"俭"字的主要义项。"恭（或作共）俭"一词不见于较早时期的先秦文献，而多见于春秋战国时代的文献，当为春秋战国时期的习语。由此推测，"吾大夫恭且俭，靡人不敛"这句逸诗，出现于春秋时期的可能性更大一些。

我们还应当讨论一下这句逸诗与《诗》的关系问题。"逸诗"一词的范围，现在大家使用的概念里面包括甚广泛，举凡未收入《诗》者或《诗》在流传过程中散佚者俱可为称。但其间的情况是有所区别的。可以说有古本之《诗》、定本之《诗》以及《诗》之诗等不同的情况。《诗》的流传过程中，自西周后期《诗》初步编撰，到春秋后期孔子再加整理，已经定型，这个定本之《诗》虽然有个别字句的传本不同，但整篇散佚的情况，则未见之。就是个别字句的散佚也很少见。本章简文所引诗句不大可能是从定本之《诗》散佚者，而只可能是《诗》外之诗。

再从另外一方面看，孔子对于各诸侯国大夫擅权深为厌恶，不大可能把颂扬大夫之诗加入定本之《诗》。据此或可推测这句逸诗也当是《诗》外之诗。关于它出入于《缁衣》之篇的情况可以作如下的推测。在开始编撰《缁衣》的时候，因为此章主旨之一是在上位的"君民者""恭以莅之，则民有逊心"，所以引"吾大夫恭且俭，靡人不敛"之句以证之，此诗句与章旨是甚为符合的。后来，大概是战国末年到秦汉时期，再编定《缁衣》的时候，后儒再加斟酌，承孔子斥大夫擅权之意，并且以《诗》中无此句为依据，将此句删掉，以至于今本《缁衣》此章不大符合引诗为证的通例。

我们以上对于《缁衣》此章引诗情况的说明，没有文本依据，纯属以情理度之。从孔子思想和《诗经》编定及流传的情况分析，这个推测，或当不致大谬。

考析十一　今本《缁衣》"君子道人以言"章的一处错讹

今本《缁衣》"王言如丝"章，简本是为两章。从内容和引诗情况看，简本是合理的。简本"王言如丝"章引"慎尔出话，敬尔威仪"为证，十分得体合适。

---

① 竹添光鸿：《左氏会笺》卷三，日本富山房昭和五十三年（1978）版，第70页。

而今本的"王言如丝"章,包括了"可言也"章,引诗"淑慎尔止,不愆于仪"为证,则不大妥帖。为了便于讨论,现将简本《缁衣》的两章与今本的相应内容具引如下①:

　　子曰:王言女(如)丝,其出女(如)綸;王言女(如)索,其出女(如)絟(绋),古(故)大人不昌(倡)流[言]。《诗》员(云):"誓(慎)尔出话,敬尔愄(威)義(仪)。"

　　子曰:可言不可行,君子弗言;可行不可言,君子弗行。则民言不隑(危)行,[行]不隑(危)言。《诗》员(云):"叔(淑)誓(慎)尔止,不侃(愆)②于義(仪)。"

以上简文中几个关键难读的字,多据裘锡圭先生说写出,其意蕴也多依其说为据。如关于简文"絟(绋)"的考释,裘先生说:"'聿'、'弗'皆物部字。又疑'絟'所从的'聿',实当读为筚,'筚'、'绋'声韵皆近。"此论简文"絟(绋)"与今本的"綍"相通假,甚是。再如简文"隑"字,原作 形,释为危。裘先生说这个字当释为"緡",并指出简文的"緡"与今本的"纶"两者意蕴相通,"都可当钓鱼的丝绳讲"③,亦是一个精当的考释。

但是关于简文"隑"字尚有再探讨的余地。杨泽生先生指出,专家将此字读为"危",是为了牵合简文与今本文字相合,然而,危与禾在古代文献中并无通假之例。这个字以"禾"为声,当读为"'祸'或者'过'"④。杨先生的这个说法似较妥当。不过,他倾向于将这个字读为"祸",愚以为读"过"可能更好些。祸有灾害、祸害意,依本章经文之意,说言、行二者相互祸害,比较迂曲。而读若"过",则文从字顺。简文谓"可言不可行,君子弗言;可行不可言,君子弗

---

① 荆门市博物馆编:《郭店楚墓竹简》,文物出版社1998年版,图版第19页,释文第130页。简文在"危行",后依意当拟补一个"行"字,或者是抄手漏点重文符号所致。
② 郭简和今本的"愆"为愆字籀文(见《说文》心部),上博简和今本《诗经·抑》篇的这个字作"侃",是为"愆"字之省写,似乎是表示着两个系统的传本的文本区别。郑玄笺注《诗经·抑》"淑慎尔止,不愆于仪"的意思,谓"善慎女(汝)之容止,不可过差于威仪"。按,此释甚精确。《缁衣》此章经文讲君子当谨慎言行,引这两句诗为证,意蕴两相密合。
③ 荆门市博物馆编:《郭店楚墓竹简》,文物出版社1998年版,图版第19页,释文第135页。
④ 杨泽生:"关于郭店楚简《缁衣》篇的两外异文",《孔子研究》2002年第1期。

行",主旨是说言、行应当一致。过的意蕴在于超,依"过犹不及"的原则,则凡不相符合者,皆可视为"过"。简文"言不隐(过)行,[行]不隐(过)言"作为此章的总结性言辞所强调的正是言与行的一致性。

我们再来看今本《礼记·缁衣》第七章的内容:

> 子曰:"王言如丝,其出如纶。王言如纶,其出如綍。故大人不倡游言。可言也,不可行,君子弗言也。可行也,不可言,君子弗行也。则民言不危行,而行不危言矣。《诗》云:'淑慎尔止。不愆于仪。'"①

显而易见今本此章相当于简本的两章,从"王言如丝"到"不倡游言"为一章,其下当为另一章。简本于前一章引"誓(慎)尔出话,敬尔惧(威)義(儀)"为证,这是密合章旨的。简本于后一章引"叔(淑)誓(慎)尔止,不偘(愆)于義(儀)"也是密合章旨的。而今本则不引"慎尔出话",则"王言如丝"章的意思就缺少了《诗》句的力证。然而,今本第八章,即"君子道人以言"章,则引有"慎尔出话,敬尔威仪"的诗句。第八章还引有《大雅》"穆穆文王於缉熙敬止"之句为证,一章中两引《诗》句,不大合《缁衣》引《诗》常例。所以可以推测,今本《缁衣》的整理编定者是将简本的这两章合为一章的。并且将"慎尔出话,敬尔威仪"的诗句移入下章。今有简本为证,可以说这个移动属于错置。简本《缁衣》这两章的情况比之于今本较为合理。我们虽然不能说简本《缁衣》全部优于今本,但这两章的情况却可以说是优于今本的。

考析十二　简本《缁衣》"出言有方"考析并论《诗·都人士》首章非逸诗

一

郭店简《缁衣》第17简载:"《诗》员(云):'其颂(容)不改,出言又丨,利(黎)民所信。"上博简《缁衣》第9号简下端残缺约15个字,所引此诗即这个残缺部分,下接的第10简上端有"所信"二字。与郭简相应的引诗最后两字相合。

简文的"丨"字诸家考释颇有歧义。大致有以下几种。

一、认为是一个缺笔字,原考释者释为"章",认为是"字之未写全者"②。

---

① 春秋时人对于言行举止是否合乎"义"、"信"等道德标准,甚为重视,"淑慎尔止"之句,常用以勉人。《左传》襄公三十年引有"'淑慎尔止,无载尔伪'的诗句,与本简之用颇为相似,但系逸诗。

② 荆门市博物馆编:《郭店楚墓竹简》,文物出版社1998年版,第134页。

李零先生指出此处所引诗句,在今本《诗经》中是谐韵的,"从简文与今本的对应关系看,此句与下句也应谐韵。疑此字为'川'字之省,在简文中读为'训',与'信'押韵"①。此说的优点在于,若释为"章",则与今本《缁衣》和《诗经》相合。若释为"训",则与简本引诗"万民所信"谐韵。作为缺笔字,另有专家认为简文"极似'人'字右划",当即"'人'字之未写全者"②,依人、仁互训之例,当读为"仁"。或有专家认为是"引"的缺笔字。刘信芳先生据《说文》"引"字"从弓、丨"之说,指出:"《尔雅·释诂》:'引,陈也。','出言有引'者,言而有据也,犹后世之引经据典。"③

二、认为简文这个字是一个完整的古文字,但读法有别。其一,读若"弗"。白于蓝先生说这个字即《说文》的"乀"字,《说文》训为"左戾也,读与弗同"④,但白先生并没有论及这个字在简文中的用法。并且,《说文》中还有"右戾"的独笔字"丿"、"丨",似乎比"左戾"者更为接近简文字形。所以判断其为"右戾"的"乀"字,尚待更多地论证。其二,还有专家认为是"针"字初文,读为"慎"。裘锡圭先生指出,这个字又见于上博简《容成氏》篇⑤,"丨字在郭简和上博简中的两次出现,充分证明这确是一个完整的古文字,决非'字之未写全者。'"裘先生还指出,楚简中"丨"字,有"用作声旁之例"(如"慎"字),"《说文》的'丨'应该就是'针'的初文,只不过许慎已经不知道这一点了","据'慎'可以'丨'为声,和'丨'字有'囟'音('囟'、'信'同音)的现象",这句简文可以释读为"出言有慎,黎民所信"⑥。另有专家把这个简文读为"文"。其三,据《说文》的"丨"字,而读其为"文"。《说文》载:"'丨',上下通也。引而上行,读若囟;引而下行,读若退。"五代时期的徐锴谓:"囟,音信,今人音进,引而下行,音退,又音衮。"⑦

---

① 李零:《郭店楚简校读记》(增订本),中国人民大学出版社2007年版,第82页。
② 虞万里:《上博馆藏楚竹书〈缁衣〉综合研究》,武汉大学出版社2009年版,第85—86页。
③ 刘信芳:"郭店简《缁衣》解诂",武汉大学中国文化研究院编:《郭店楚简国际学术会议论文集》,湖北人民出版社2000年版,第170页。按,刘信芳先生考释上博简《容成氏》与此形体相似的"乚"字,指出即"丨",读为"沌"(《楚帛书通假汇释》,高等教育出版社2011年版,第256页)。依此意,盖以古音"引"(喻纽、真部)、"沌"(定纽、文部)两者相近,而有不同的读法。
④ 白于蓝:"郭店楚墓竹简考释(四篇)",《简帛研究2001》,广西师范大学出版社2001年版,第193页。
⑤ 上博简《容成氏》第1简有"樟乚是(氏)",李零先生指出"乚"字与郭店简《缁衣》第17简中的字相同(参见马承源主编:《上海博物馆藏战国楚竹书》(二),上海古籍出版社2002年版,第251页)。
⑥ 裘锡圭:《释郭店简〈缁衣〉"出言有丨,黎民所信"——兼说"丨"为"针"之初文》,荆门郭店楚简研究(国际)中心编《古墓新知》第1—8页,香港国际炎黄文化2003年版。
⑦ 徐锴:《说文解字系传》,中华书局1987年版,第10页。

颜世铉先生谓简文这个字即,《说文》的"丨"字,读为"文",谓"'文'与'章'同义,而均指'礼法',且与'信'真文谐韵"①,其四,还有专家说它是璋字的象形初文。这种依形象定为璋字象形初文的说法,虽然不能说毫无依据,但与简文形体相似的事物非必只有"璋"一种,所以很难断定它就是璋字。

专家以上几种说法,虽然皆有所据,亦可通释经文,但有些问题,尚需再斟酌。缺笔字之说,会遇到这样一个问题,那就是所写出的这一划应当在完整的那个字的某一部位,比如说在右侧抑或是左侧,在上部或是下部。但是从竹简的字形看(见下图),这一笔似乎有"独霸"之势,位置居中,不再给其他笔画留地盘。缺笔说不大能够成立,这恐怕是主要原因。简文这个字,与"引"字有较大区别,也很难说它是"引"的缺笔字。简文中的这个一笔而成的字,应当把它看成是一个字,而不是某字的缺笔。从这一点来说,颜世铉先生据《说文》"丨"字进行推论,其思路是相当可取的。裘锡圭先生从甲骨文字谈起,历数针字的变化及其音读通假,明显较其他诸家的说法为优。

愚以为应当肯定裘锡圭等先生的思路,把简文"丨"作为一个完整的古文字对待,而不是作为一个缺笔字。这个字考释,愚以为它应当是"方"字异形,上博简《容成氏》第1号简有"樟丨是(氏)",简文"樟"字,专家或读为"混",愚以为若读为与"樟"古音皆属微部的"鬼"字可能更好些。若此,《容成氏》的这个古老氏族的名字,当即"鬼方氏"。简文中的这个独笔字,当即"方"字之异②。简文"出言有方",亦即出言有礼。"有方"应当是春秋战国时期的习语,《礼记·缁衣》载"子曰:唯君子能好其正,小人毒其正。故君子之朋友有乡,其恶有方。是故迩者不惑,而远者不疑也。"《论语·里仁》篇载:"子曰:父母在,不远游,游必有方。"③《大戴礼记·曾子立事》"言必有主,行必有法,亲人必有方",《礼记·经解》篇谓"隆礼、由礼谓之有

---

① 颜世铉:"郭店楚简散论"(三),《大陆杂志》第101卷第2期。转引自虞万里:《上博馆藏楚竹书〈缁衣〉综合研究》,武汉大学出版社2009年版,第84页。
② 独笔的"方"字,在古文字中发现稀少,仅此两个简文尚不足以概括一般。商代彝铭有此文字的一件瓠,当释为《方瓠》(集成12—6802),《友敄父癸瓠》(集成12—7303),最后四字当读为"方(旁,大也)川(顺)之(其)母"。商代彝铭距离战国竹简时代久远,这两个可能读为"方"的字只能作为参考,虽不足以为确证,但亦可窥见此字之源。
③ 所谓"游必有方",汉以前古注皆谓"有方"即"有常",(参见程树德《论语集释》卷八,中华书局1990年版,第273页),常意指常道、伦常。后世多依朱熹《论语集注》之说释为方位,非古意。

方之士；不隆礼、不由礼。谓之无方之民"，《荀子·礼论》谓"法礼，足礼，谓之有方之士。"《韩诗外传》卷一载："公甫文伯之母、贞女也，子死不哭，必有方矣。"《韩诗外传》卷三载孔子语谓："楚庄王之霸，其有方矣，制节守职，反身不贰，其霸不亦宜乎！"可见"有方"的"方"即礼，即道。

分析诸家的考论，应当说都围绕着如下两个思路之一来进行，那就是或者将简文这个字往"章"字靠拢，以求与今本《诗经·小雅·都人士》篇的"出言有章"的诗句相符合；或者将简文这个字往"信"字靠拢，以求与简本《缁衣》引《诗》的"出言有信"相符合。

二

这里必然牵涉到一个问题，那就是《诗·小雅·都人士》首章的认定。为便于讨论计，今将是篇具引如下：

> 彼都人士，狐裘黄黄。其容不改，出言有章。行归于周，万民所望。
> 彼都人士，台笠缁撮。彼君子女，绸直如发。我不见兮，我心不说。
> 彼都人士，充耳琇实。彼君子女，谓之尹吉。我不见兮，我心苑结。
> 彼都人士，垂带而厉。彼君子女，卷发如虿。我不见兮，言从之迈。
> 匪伊垂之，带则有余。匪伊卷之，发则有旟。我不见兮，云何盱矣。

《都人士》之诗共五章，每章六句。格式排列齐整。今可试将此诗意译如下：

> 那位美艳的人士，狐裘下面裳裙黄。容颜不改，出口成章。行事讲求忠信，万民对他仰望。[①]
> 那位美艳的人士，莎草编的斗笠加在黑布小帽上。那位高贵的姑娘，头发茂密顺直油亮。我若见不着她呀，我就心中郁闷发慌张。
> 那位美艳的人士，冠两旁的美玉真漂亮。那位高贵的姑娘，她的名字叫尹吉。我若见不到她呀，我的心情就郁结难畅。

---

① 经文"都"，同于《郑风·有女同车》"洵美且都"、《山有扶苏》"不见子都"的"都"，毛传以"闲"、"美"释之，清儒马瑞辰据《逸周书·大匡解》"士惟都人"，指出"都人乃美士之称"（《毛诗传笺通释》卷二十三，中华书局1989年版，第772页）。经文"周"，毛传"忠信也"。

那位美艳的人士，冠带下垂微飘摇①。那位高贵的姑娘，鬓发就像蝎子尾巴往上翘。我若见不到她呀，昼思夜想都要跟她跑。

冠带不是故意下垂，带子本来就比较长。鬓发不是故意往上翘，鬓发生来就卷曲往上扬。我若见不到她呀，不知道心里多么忧伤。

前人对于《都人士》首章多有怀疑。清儒王先谦曾经举出三项理由力辨其首章为"逸诗孤章"。其一，《左传》襄十四年曾引"行归于周，万民所望"之句，服虔说它是"逸诗也"，郑玄注《缁衣》谓"毛诗有之，三家则亡"，"今《韩诗》实无此首章"；其二，全诗除首章外各章皆"士"、"女"对文，而首章则单言"士"而不及"女"，所以"其词不类"；其三，首章所云"出言有章"、"行归于周，万民所望"，而"后四章无一语照应，其义亦不类"②。此后专家研究此诗，多有同意王氏此说者，如有专家谓"后四章是民间恋歌，与前一章绝对不能混殽"，并且补充一项证据，谓"汉熹平石经《鲁诗》残石，《都人士》正无首章，知此说已成定论"③，还有专家认为"熹平石经《鲁诗》残石，亦无首章，王说可信"④。今按，专家所补充的熹平石经《鲁诗》无此章的理由，实同于王氏所言的第一条理由。石经为官府所定的官学的样本，毛诗未为官学，石经不载毛诗是很自然的事情。服虔说它是逸诗，只是作为官学的三家诗之逸，不能说毛诗亦逸。毛诗和三家诗各有自己的传授系统，章节、字句的差异，在所难免，似不可以相互否定，谓之异本并存较妥。王氏所云第二、三两项，实在于对诗意的理解不同。

依愚理解，此诗的"彼都人士"、"彼君子女"的两个"彼"字，值得玩味，彼者，他也。这表明，诗作者是作为诗外之人来写诗的。在诗中，"都人士"和"君子女"都是美的化身。其首章重点赞美"都人士"的品行，以后各章前两句赞美他冠饰之美，仪容之潇洒。首章以后的各章，中间两句则写"君子女"发饰的漂亮，她的鬓发自然卷曲上扬，婀娜多姿。各章的最后两句，应当是对于"都人

---

① 经文"厉"，毛传"带之垂者"，郑笺"厉字当作'裂'"，孔疏"厉是垂带之貌"。按，诸家多狃于毛传之说，其实，当依孔疏说为是。经文明言"带则有余"，这里没有必要重复此意。厉假作裂，裂多用若分裂义，用来形容下垂之冠带由一而变多的飘动形象。孔疏谓"垂带之貌"，甚确。
② 王先谦：《诗三家义集疏》卷二十，中华书局 1987 年版，第 801 页。
③ 孙作云：《诗经与周代社会研究》，中华书局 1966 年版，第 414—415 页。
④ 程俊英、蒋见元：《诗经注析》，中华书局 1991 年版，第 717 页。

士"心理活动的描述,诗中的"我",乃是诗作者为"都人士"所拟的自谓。通篇以"都人士"的形象以及"都人士"的所见、所思为主线,一气呵成,并无碍滞。篇名冠以"都人士",良有以矣。

三

我们再来探讨简本《缁衣》所引《都人士》诗句的问题。若和今本对照,简本所引三句显然少了一句,《缁衣》引《诗》之句,皆连续,无中间断裂者,所以简本所引三句之后还当有一句。依今本这一句当即"万民所望"。汉儒贾谊《新书·等齐》篇征引《缁衣》此章作:

> 孔子曰:"长民者衣服不二,从容有常,以齐其民,则民德一。"云:"彼都人士,狐裘黄裳。""行归于周,万民之望。"①

从其引诗情况看,此章诗皆以阳部字为韵,与今本《诗经·都人士》篇首章是一样的。贾谊习《鲁诗》,其在《等齐》篇中称引《缁衣》文句,有《都人士》首章之句,可见《都人士》篇的首章在汉初未曾佚缺②。综观简本、今本等文本材料,我们试可探寻简本《缁衣》所引《都人士》首章的情况,简本载:

> 《诗》员(云):"其颂(容)不改,出言又丨(方),利(黎)民所信。"

愚以为其所引《都人士》首章之句,在这三句后当缺一句,依今本,则当补"万民所望",如此,则郭店简《缁衣》篇的作者所见到的《都人士》首章,就可能是这样的:

> 彼都人士,狐裘黄裳。其容不改,出言有方。黎民所信,万民所望。

"黄裳"为《等齐》篇所引,其意比"黄黄"为优。《说文》巾部说裳与常同。《诗·

---

① 阎振益、钟夏校注:《新书校注》,上海古籍出版社1988年版,第14页。
② 《等齐》篇所引有《都人士》首章之句,本来这是一条首章不逸的例证,王先谦亦承认"贾时《毛诗》未行,所引字句亦小异,是汉初即传此诗"(《诗三家义集疏》卷二十,中华书局1987年版,第802页),但他又以汉代有传《鲁诗》者曾传有逸诗之例,进而证明贾谊所引也是逸诗,这是颇为牵强的说法。

邶风·绿衣》"绿衣黄裳",毛传"上曰衣,下曰裳"。《礼记·玉藻》篇谓"狐裘黄衣以裼之"。这里所说的"狐裘黄衣"与《论语·乡党》所云"黄衣,狐裘"相合,皆指狐裘外加黄色的罩衣("裼之")。若《都人士》所写者是如此的话,则诗句应当是与他句不谐韵的"狐裘黄衣"。《等齐》篇所载"狐裘黄裳",则指上衣为狐裘,下衣为黄裳。"黄裳"屡见诸古代文献,《易经·坤卦》六五爻辞"黄裳元吉"。《诗经·邶风·绿衣》"绿衣黄裳",《仪礼·士冠礼》和《特牲馈食礼》皆谓"玄裳、黄裳、杂裳,可也",可见黄裳是常见的礼服。"裳",《说文》训为"下帬("裙")"。黄裳即黄色之裙。商周时代以黄色为吉色。春秋后期,鲁国的南蒯筮卜,得"黄裳元吉"之爻,鲁国大夫子服惠伯说:"'黄裳元吉',黄,中之色也。"解释了为什么黄色之裳何以大吉的问题。《都人士》诗里描写那位潇洒的美艳之士,上穿狐裘,下着黄裳,风度翩翩,十分抢眼,为诗人赞美不已。要之,《都人士》之诗的本初面貌似以"黄裳"为优,"黄黄"当是后来传抄过程中的讹误所致。

还有一个问题值得提一下,那就是"狐裘"配"黄裳"是否合乎礼制呢?《诗·邶风·绿衣》郑笺同意毛传之释,并进一步引申云"妇人之服不殊衣裳,上下同色,今衣黑而裳黄,喻乱嫡妾"。依《绿衣》诗意,毛传、郑笺之释是可信的,历来的解诗者也都不持异义。但《都人士》篇与《绿衣》诗意有别,所写对象非一。"黄裳"穿在那位美艳的士人身上,徒增其美而已,并无违礼之讥。

《诗经·小雅·都人士》篇的主旨是诗人对于《都人士》的赞美,《礼记·缁衣》"长民者"章引其首章之句为权威论据,在引诗方法上近乎断章取义,但基本上合乎诗旨,只是剔除了其男女相慕的成分。其所强调的是仪容之庄重、言行之守礼。《诗序》谓:"《都人士》,周人刺衣服无常也。古者长民,衣服不贰,从容有常。以齐其民,则民德归壹。伤今不复见古人也。"明显是将两个意思糅合一起的,"周人刺衣服无常也,……伤今不复见古人也"当是《诗序》作者发明诗旨之语,而其他内容则可能是抄袭《缁衣》之语。

关于《诗经·小雅·都人士》篇的序与《礼记·缁衣》"长民者"章的时代早晚以及谁者剿袭的问题,清儒讨论甚多。陈启源认为《缁衣》为公孙尼子所作,"尼子者七十子之徒,与大毛公俱六国时人,毛公传《诗叙》,尼子作《缁衣》,孰先孰后,未可定也。……叙《诗》者与尼子各述所闻,著之于书耳。"[1]此说较为

---

[1] 陈启源:《毛诗稽古编》卷十六,《清经解》第一册,上海书店1988年版,第411页。

融通，可是并未解决问题。今简本《缁衣》的面世，可以为解决此一问题，提供了一些可能。简本《缁衣》源自子思（而非公孙尼子），子思受业于曾子，是孔子嫡孙。他撰述《缁衣》篇时尚无《诗序》的影子，上博简《诗论》及其他材料中都还没有出现《诗序》，这表明《诗序》的时代肯定比《缁衣》要晚，如果说有剿袭的话，那就只能是《诗序》剿袭《缁衣》而不会相反。

考析十三　从简本《缁衣》"夋"字说到《小雅·车攻》篇的时代问题

郭店简和上博简的《缁衣》篇的"言从而行之"章皆引《小雅·车攻》篇的诗句作为权威证据，简本所引《诗》的"夋也君子"与今本《诗经·车攻》篇的文字有异。简本的"夋"字的释读值得多加探讨，这个字不当依附今本而读若"允"，而应当读若"俊"，唯有如此才符合《车攻》篇的诗旨。《车攻》的时代，不应当是周宣王时的诗作，而应当是春秋早期的秦诗，其所颂美的"君子"是秦襄公而不是周宣王。

郭店简《缁衣》第34—35简所载内容，又见于上博简《缁衣》第17—19号简，两简本不仅内容一致，而且与今本《礼记·缁衣》"言从而行之"章也相同。简本此章所引《小雅》之诗与今本略有差异。这个差异对于研究简本此章的意蕴和《诗·小雅·车攻》篇的诗旨都有较重要的意义，值得探讨。简文文本的释读是我们认识相关问题的基础。我们先从简文的"夋"字的讨论开始。

一　简文"夋"字考释拾遗

简本和今本文字的一个显著差异，是其引《诗》首字的不同。现将这三个文本排列如下：

《小雅》员（云）：夋也君子，叀（则）也大坺（成）。

《小雅》员（云）：夋也君子，廛也大坺（成）。

《小雅》曰：允也君子，展也大成。①

---

① 以上三个文本，依次是上博简、郭店简、今本《缁衣》。分别见于马承源主编：《上海博物馆藏战国楚竹书》，上海古籍出版社2001年版，第194页；荆门市博物馆编：《郭店楚墓竹简》，第19页；孔颖达《礼记正义》卷五十五。按，郭店简《缁衣》引《诗》的"廛"字，裘锡圭先生说"'廛'、'展'音近可通"（荆门市博物馆编：《郭店楚墓竹简》，文物出版社1998年版，第135页），上博简《缁衣》相对应的这个字陈佩芬先生读为"则"（马承源主编：《上海博物馆藏战国楚竹书》（一），上海古籍出版社2001年版，第194页），李零先生径读作"展"（《上博楚简三篇校读记》，中国人民大学出版社2007年版，第47页），季旭昇先生释为廛，读为展（季旭昇主编：《〈上海博物馆藏战国楚竹书（一）〉读本》，台北万卷楼图书股份有限公司2004年版，第131页）。这些都是很正确的释读，本文不再讨论。

郭店简的整理者将简文"夋"字写作"躬"读作"允"①，上博简《缁衣》篇的整理者陈佩芬先生将其写作"夋"②，其后诸家多将此字读写为"允"。这两种说法，哪一个较为妥当呢？

我们先来讨论简本中的"夋"字。这个字上博简和郭店简写法是相同的。在竹简文字中它的写法比较固定。这个字的典型字例如下：

[字形图示]③

我们先来说将此字释读为"允"的论证。这个论证首先是从郭店简《缁衣》第5简的考释开始的。简文这个字上部皆为"厶"，下部为"身"。郭店简第5简的这个字，原考释者释为"躬"，裘锡圭先生谓：

> 可能是"允"之繁文，长沙楚帛书有此字，旧释"夋"，"夋"从"允"声。……后36号简亦有此字，今本正作"允"。④

这个说法让人信服的地方在于郭店简《缁衣》第5简这个字前面是"尹（伊）"字，如果这个字读为"允"，便可以连起来读为"伊尹"。第5简简文连上此字读若"伊允（尹）"。这确实比原考释诸读为"伊躬"更为合理⑤，并且"允"、"尹"古音相同，古音皆属文部，都是喻纽四等字。将简文"允"，读若"尹"，从音读上是毫无障碍的。另有专家把它写作上厶下身之字，指出长沙子弹库楚帛书甲篇和《中山王壶》铭文曾见此字。此说虽然很有意义，但仍认为是"'允'字之别构"⑥。

---

① 荆门市博物馆编：《郭店楚墓竹简》，文物出版社 1998 年版，第 135 页。
② 马承源主编：《上海博物馆藏战国楚竹书》（一），上海古籍出版社 2001 年版，第 194 页。
③ 以上四例依次见上博简《缁衣》第 18 号简（马承源主编：《上海博物馆藏战国楚竹书》（一），上海古籍出版社 2001 年版，第 62 页）、郭店简《缁衣》第 35 简及郭店简《缁衣》第 5 简（荆门市博物馆编：《郭店楚墓竹简》，文物出版社 1998 年版，第 19 页）、清华简《保训》第 7 简、清华简《程寤》第 8 简（参见李学勤主编：《清华大学藏战国楚竹书（壹）》，中西书局 2010 年版，第 238 页）。
④ 荆门市博物馆编：《郭店楚墓竹简》，文物出版社 1998 年版，第 132 页。
⑤ 裘锡圭先生说，伪古文《尚书》"尹躬"的"躬"字，"可能是讹字"（荆门市博物馆编：《郭店楚墓竹简》，文物出版社 1998 年版，第 132 页）。
⑥ 廖名春：《新出楚简试论》，台湾古籍出版公司 2001 年版，第 65 页。按，廖名春先生所指出的《中山王壶》铭文中的"允"字作"钅"形（《殷周金文集成》第 15 册，中华书局 1993 年版，第 297 页），确为上厶下身之字，铭文谓"於虖，夋（允）哉"，可证此处简文的"夋"字确实为"允"。

此后诸家多同意把这个字释为"允"。

但是,在战国竹简文字中,"允"的写法十分明确,与简文"夋"字有比较明显的区别。郭店简有以下两例"允"字:

简文这个字作上厶、下人之形,读为允,了无问题。其与上引简文"夋"字的区别一望可知。专家或以"人"、"身"义近通用为据,说从人、从身是一致的,因此简文从厶从身,就等于从厶从人。其实,"人"、"身"虽然义近,但并不通用。就依郭店简为例,如果不算本简简文这个字的话,以"人"为偏旁的字计有37例[2],其中无一例是"人"与"身"通用者[3]。总之,简帛文字中,"允"、"夋"是两个字,虽然"夋"字在简文中有时候可以读若"允",但许多时候也不全读为"允",不应当把它混同为"允"字。

下面,我们可以讨论关于"夋"字的释读问题。

"夋"在《说文》"夂部"。《说文》云:"夋,行迟夂夂也,象人两胫有所躧也。从夂,允声。"它的主要的表意部分是"夂",小篆作"夂"形,疑为简帛文字中的"身"字讹化而成。"夋"字除了"夂"之外的部分(厶),极似简文"允"字。依照字形分析,依《说文》之例,"夋"字应当是"从允、从夂,允亦声"之字。"夋"字既然在"允"下加了"夂(身)"形,就必定与允是两个字,而不应当混而为一。"夋"字本义是人行走之形,以它为偏旁的字也多与行走以及行走的引申义有关,如逡、踆、陵、馂等。

简本"夋"字,诸家多释为"允",核诸相关简文之意,今再加考虑,愚以为还有可以再探讨的余地。

这个字可以再探讨之处,首先在于简本《缁衣》第 5 简这个字不当读为"允"。简本《缁衣》第 5 简引《书》证理,引用了《尚书》中如下一段文字:

《尹诰》员(云):"隹(惟)尹夋及汤,咸又(有)一德。"[4]

---

[1] 郭店简《成之闻之》第 25 简、第 36 简。
[2] 参见张守中等撰集:《郭店楚简文字编》,文物出版社 2000 年版,第 117—122 页。
[3] 张守中等:《郭店楚简文字编》,文物出版社 2000 年版,第 117—122 页。
[4] 荆门市博物馆编:《郭店楚墓竹简》,文物出版社 1998 年版,第 132 页。

《尹诰》为《书》的一篇，或称为《咸有一德》，记载伊尹归汤的史事。简文"尹"字，疑当读为"伊"，尹本为官名，而伊为族名亦为私名，上古时代族名私名合一，作为部落首领的伊尹，其私名应当是"伊"。《尹诰》所述伊尹事，此时刚刚归汤，尚未有"尹"之职，故称其私名"伊"为是。是否真的如此呢？让我们特别感到庆幸的是郭店简面世十多年之后，我们又幸运地见到清华简。清华简《尹诰》篇载"隹尹既及汤，咸有一德"①，这里单称"尹（伊）"作为人名，与简本《缁衣》所载能够相互发明。可以说较早文献中述"伊尹"归汤之事，止以一个"尹（伊）"字为称，若说是时已有"伊尹"之名，恐不妥。"伊尹"之私名仅止"伊"一字。"尹"则为其官名。这个官名为汤继位以后所定②。《尹诰》篇为述史之作，其所谓的"尹"，当读若"伊"，为"伊尹"之私名③。我们以上拉杂所言就是要说明，将郭店简第5简的这个简文释为"允"，读若"尹"连前面的"尹（伊）"字，以为"伊尹"之名，这是不大可靠的。由此可以说简本"言从而行之"章的那个上厶下身的字，也就有了重新认识的余地。

　　如果我们上面的分析不误的话，那么郭店简《缁衣》第5简的"尹（伊）夋及汤"的"夋"字当读若逡，意谓急速。《礼记·大传》"率天下诸侯，执豆笾，逡奔走，追王大王亶父"，郑注"逡，疾也"，并引《周颂》"逡奔走在庙"为证。"逡奔"，今本《周颂》作"骏奔"。简文意即伊尹急速到了商汤那里，与商汤同心同德。简文"夋（逡）及"与《礼记·大传》和周颂的"逡奔"语式一致。

　　第二个可以再探讨之处是楚帛书的"夋"字。裘锡圭先生和其他专家都曾指出楚帛书有与《缁衣》简的这个字完全相同的字例，可见它对于考释此字是很有意义的。见诸楚帛书的这个字共有三个，第一个是乙篇第5行的首字，字

---

① 李学勤主编：《清华大学藏战国竹简（壹）》，中西书局2010年版，第133页。

② 见于卜辞记载的伊尹之名皆多简称"伊"，如"伊五示"、"伊二十示又三"，他附祭于殷先王时称"伊宾"，因为他辅佐商汤，所以连其官名，在祭祀卜辞中又称"伊尹"（见岛邦男《殷墟卜辞综类》第365页，汉古书院，1977年）。春秋时期齐器《叔夷镈》铭文称他为"伊小臣"、屈原《天问》亦以"小臣"称他。《尚书·君奭》云："昔成汤既受命，时则有若伊尹，格于皇天。"董仲舒谓："汤命而王……名相官曰'尹'。"（《春秋繁露·三代改制质文》，苏舆《春秋繁露义证》，中华书局1992年版，第183页）陈梦家先生说"伊是其私名，尹是其官名"（《殷虚卜辞综述》第383页），或当据此而论。

③ 清华简《尹至》、《尹诰》两篇，有5处称后世所谓的"伊尹"者，则以"尹"一字为称。这5个"尹"字皆当读若"伊"。

形作"夋"，帛书文辞是"日月夋生，九州不平"；第二个是乙篇第 6 行第 34 字，字形作"夋"，帛书文辞是"帝夋乃为日月之行"；第三个是甲篇第 7 行第 12 字，字形作"夋"，帛书文辞是"出自黄泉，土夋亡昧"①。以上三例，皆当释读为"夋"。第一例的"夋"，专家或读为"允"，疑未是。其相关的内容是讲人们若不敬天顺时，就会出现山崩泉涌、灾异兵祸等恶像，"日月夋生，九州不平"即为其中之两种。此句文辞，实写乱象，此处简文的"夋"，当依《说文》所释，谓"行迟夂夂也，象人两胫有所躧也"，"两胫有所躧"②，犹云两条腿趿拉着鞋歪斜而行。此即"行迟夂夂"之态。"日月夋生"意谓日月升起时歪斜而不循规律，与下文"九州不平"，谓天地皆非常态。第二例的"帝夋"，饶宗颐先生说即《山海经》里的帝俊，《大荒经》中有其妻生十日和十二月的说法③。李零先生亦引《尚书·舜典》舜"协时月、正日"为说，提出"帝俊也与天文历数之学有密切关系"④，也是很正确的。这与帛书所载"帝夋乃为日月之行"是符合的。第三例的"土夋"，的"夋"字，饶宗颐先生以为是"'夋'之省形"，并谓"《尔雅·释言》'土，田也。'故土夋犹田畯"⑤，其说甚确。要之，《楚帛书》所载的关于"夋"字的三例，皆以"夋"为读，而不应当读若"允"。诸家研究《缁衣》时多提到帛书此字而不作进一步探讨，疑与楚帛书这个字不支持将此字释为"允"的说法或有一定关系。

总之，简本《缁衣》以及《楚帛书》的资料表明，"夋"和"允"应当是两个不同的字，虽然因为它们古音皆属文部而具有通假的条件，可以将"夋"读若"允"，但两者毕竟有所不同，有不少情况是不应当将"夋"读为"允"的。《缁衣》简本与今本所引《诗》一作"夋"、一作"允"，应当是传本有所变化或者不同所致，非必将简本的"夋"，硬读作"允"。上古文献传抄过程中出现的文字

---

① 饶宗颐、曾宪通：《楚帛书》，楚帛书分段图版（放大 3.3 倍），第 19、21、30 页，中华书局（香港），1985年。关于"夋"字，李零先生释为"夋"，指出"为帛书夋字所从"（《长沙子弹库战国楚帛书研究》，中华书局 1985 年版，第 59 页），观饶宗颐、曾宪通两先生所作的放大图版，知释为"'夋'之省形"更好一些。

② 《庄子·让王》"原宪华冠縰履"，《释文》"以华木皮为冠"，《通俗文》"履不著跟曰屣"（见王先谦：《庄子集解》卷八，中华书局 1987 年版，第 255 页）。所谓"履不著跟"，即俗语之"趿拉着鞋"。《说文》所云"夂夂"，《玉篇》"夂，行迟貌"。

③ 饶宗颐、曾宪通：《楚帛书》，中华书局香港分局 1985 年版，第 31 页。

④ 李零：《长沙子弹库战国楚帛书研究》，中华书局 1985 年版，第 72 页。

⑤ 饶宗颐、曾宪通：《楚帛书》，中华书局香港分局 1985 年版，第 31 页。

之别，这是客观存在。我们研究这些文献，保持异写而不整齐划一，可能是符合历史实际的。

二　《小雅·车攻》篇探析

《礼记·缁衣》"言从而行之"章引有《小雅·车攻》末章的末二句诗，以之作为权威论证。为了诠释这两句诗，我们对于《车攻》之诗有必要进行一些讨论。大家知道，《诗经》中多数篇章的诗旨、时代以及词语理解等方面的问题往往疑窦丛集，纷纭纠结而难于厘清；而没有什么疑问篇章则比较少见。《小雅·车攻》就是这少数的篇章之一。让我们先看一下这首诗的全文：

> 我车既攻，我马既同。四牡庞庞，驾言徂东。
> 田车既好，四牡孔阜。东有甫草，驾言行狩。
> 之子于苗，选徒嚣嚣。建旐设旄，搏兽于敖。
> 驾彼四牡，四牡奕奕。赤芾金舄，会同有绎。
> 决拾既佽，弓矢既调。射夫既同，助我举柴。
> 四黄既驾，两骖不猗。不失其驰，舍矢如破。
> 萧萧马鸣，悠悠旆旌。徒御不惊，大庖不盈。
> 之子于征，有闻无声。允矣君子，展也大成。

关于这首诗的主旨，《诗序》谓："宣王复古也。宣王能内修政事，外攘夷狄，复文武之境土。修车马，备器械，复会诸侯于东都，因田猎而选车徒焉。"这里讲得很明白，《车攻》是写宣王中兴的诗作，具体内容则是写宣王在东都雒邑会同诸侯田猎的场面。

将《车攻》定为周宣王东都会诸侯之诗，依"中兴"之溢美而言固然自无不可，但却有些难以通释之处。首先，周宣王虽然号称中兴[①]，但国力实际上已

[①] "宣王中兴"首见于《急就章》注所引《世本》谓"周宣王中兴，国人美其德"（《世本八种·秦嘉谟辑补本》，商务印书馆1957年版，第193页）。《世本》书中有"今王迁"之语，故其写定时代当在赵王迁在位的时段（前235—前228），是书为战国末年赵国人的作品。在《世本》之前并无宣王中兴之说。汉朝时人偶或言之（见《汉书·礼乐志》），《后汉书·南蛮传》言"宣王中兴，乃命方叔南伐蛮方，诗人所谓'蛮荆来威'者也。又曰：'蚕尔蛮荆，大邦为仇。'"仅据《诗经》中讨伐蛮夷的诗篇为说。要之，周宣王时期，比之于厉王时期社会动荡的局面而言，确实有所改观，但其内忧外患交替，说它"法文武成康之风"或者尚可，但并无"中兴"到文武成康的文治武功之实，宣王之后西周王朝迅速瓦解覆灭，就是一个明证。

走下坡路，并无大会诸侯于东都的可能。请看《史记·周本纪》关于宣王史事的全部记载：

> 宣王即位，二相辅之，修政，法文、武、成、康之遗风，诸侯复宗周。十二年，鲁武公来朝。宣王不修籍于千亩，王师败绩于姜氏之戎。宣王既亡南国之师，乃料民于太原。仲山甫谏曰："民不可料也。"宣王不听，卒料民。四十六年，宣王崩。

这个记载里，看不出什么"中兴"迹象，反而是败绩不少。《诗经》中状写方叔、召虎、仲山甫等人武功文治的诗篇以及许多彝铭，其主旨也已不是歌颂天子圣明，而是赞扬卿大夫的厉害。宣王时诸侯对于周天子已经不太买账，恪守周礼的鲁国国君鲁武公到宗周朝见过一回，就成为宣王时的一件大事，为史官郑重记载下来。若说此时周宣王还能够抖天子威风而大会诸侯于东都，并不大可能①。清儒胡承珙举两证以说明《诗序》说的正确，一是《逸周书·王会解》孔晁注"王城既成，大会诸侯及四夷"，二是《竹书》"成王二十五年，大会诸侯于东都，四夷来宾"②。胡承珙认为《诗序》所云"复古"，即"重举是礼"，断定这两项是为《车攻》诗系写周宣王会诸侯于东都事的"明证"③。他所举出的两证皆值得重作探讨。《逸周书·王会解》所记是周成王会诸侯于成周的"会同"礼，《纪年》所载成王大会诸侯于东都事，不能说明宣王时亦有"复会"之事，胡承珙所举两条材料，实际上都是以《诗序》来证《诗序》，并不能成为宣王史事的"明证"。

其次，《车攻》一篇之中皆写诸侯事，而无周天子的影子，若说它写宣王会

---

① 《墨子·明鬼》篇讲一个杜伯无辜被宣王杀而复仇的故事，说"周宣王合诸侯而田于圃，田车数百乘，从数千，人满野"，宣王被射杀在田车之上。论者或以为这是周宣王东都大会诸侯之证，其实，田车数百、随从数千，观看的人满山遍野，这只是说明杜伯为鬼而复仇之事人皆所见，车、人云云，皆为衬托之辞，类于小说家言，并不可信。或者我们可以做另外一种推测，那就是虽然周宣王蒐东都之事于史于彝铭皆无征，但古《诗》序有之，熟悉《诗》、《书》的墨子以之为据而编造出这个鬼故事。

② 胡承珙所引《纪年》不见于古本，今本《纪年》见于宣王九年条，此条载"九年，王会诸侯于东都，遂狩于甫"。此条来源显然是出自《诗序》，王国维曾经以"捕盗者之获得真赃"的办法，力证今本《纪年》之后出而非古。他指出此条即源于《车攻》之序（参见王国维《今本竹书纪年辑证》，载方诗铭、王修龄：《古竹书纪年辑证》，上海古籍出版社1981年版，第255页）。

③ 胡承珙《毛诗后笺》，黄山书社1999年版，第870页。按，胡氏此说甚大，后来研诗诸家多以之为立论依据，如陈子展先生谓"此以史事证《序》说是也"（《诗经直解》卷十七，复旦大学出版社1983年版，第595页）。

诸侯于东都,但在诗中却找不出一点迹象。诗云"会同有绎",学者多谓是诸侯朝见天子。其实不然。春秋时期诸侯相见,亦可称"会同"。《左传》定公四年晋、宋、蔡、卫、陈、郑等国诸侯相会,亦称"会同",就是一例。孔子让弟子各言其志的时候,公西华希望自己在"会同"和宗庙典礼上作一个小傧相①。他所说的"会同",应当不是诸侯朝见天子之事。

再如,《车攻》两次提到的"之子",是诗中所着重写的人物,专家或以为指周宣王②,其实是不大可能的。《诗经》中"之子"之称习见,具体所指为待嫁的大姑娘、勇武的小伙子等。"之子"的地位有高有低,从普通士人到诸侯卿大夫无所不在。"之子",在诗中犹今天的俗语所谓的那位小伙子、那位姑娘。"之子"之称在风诗中有43次,小雅中有17次,大雅中有1次,鲁颂中有1次。遍查其所指,没有一个是指周天子的。若说《车攻》篇的"之子"是指周天子,这一点连毛传也不敢相信,毛传谓诗中的"之子"指的是"有司",而不是周天子。既然《车攻》诗所描写的主人公不是周天子,那么说是诗在写宣王大会诸侯,也就不大可信。

再如,诗中所写仪仗皆无天子气象,而是一般诸侯和卿大夫的模样。如"建旐设旄",旐是上画龟蛇之旗,是为卿大夫之旗帜。周代等级制度严格,不同等级者其所用旗帜亦异,《周礼·大司马》所谓"王载大常,诸侯载旂,军吏载旗,师都载旃,乡遂载物,郊野载旐,百官载旟",就是一个典型的说明。在这个系列中,旐只是较低级别的大夫之旗③。诗中全然不见周天子出行时应当有的上画日月和龙饰的"大常"之旗。

总之,我们以上从两个方面说明周宣王的国势虽然可以力撑着讨伐猃狁、淮夷,并且取得一定的胜利,但已是国势衰落,并无大会诸侯于东都的可能。《车攻》诗中不见周天子的影子,诗中也无天子气象。就这两点而言,《车攻》不当如《诗序》所言是为宣王"复会诸侯于东都"之事。那么,《车攻》诗可不可以是卿大夫衔王命而田猎于东都之事呢?愚以为这种可能性是不大的。衔王命而从事之诗必然会在诗中有所表现,如《小雅·六月》写北伐事谓"王于(曰)出

---

① 见《论语·先进》篇。
② 参见马持盈:《诗经今注今译》,台湾商务印书馆1971年版,第269页;程俊英、蒋见元:《诗经注析》,中华书局1991年版,第517页。
③ 《周礼·司常》还有"县鄙建旐"之说,与《大司马》所说是一致的。

征,以佐天子",《吉日》写田猎谓"漆沮之从,天子之所","悉率左右,以燕天子",总会有王若天子的影子显露一下,而《车攻》诗却全然不是如此。《车攻》诗的时代应当在《诗序》之外重新探讨。

程俊英和蒋见元先生曾经指出,《车攻》诗为《石鼓文》所仿,《石鼓文》的"词句多因袭《车攻》如'吾马既工,吾马既同'等"①,把《车攻》诗与《石鼓文》联系起来考虑,这是一个重要的提示。

《石鼓文》的时代问题②,虽然繁难,但其中的关键就是《石鼓文·而师》诗中"天子"与"嗣王"互见,《吾水》篇里的"天子"与"公"的互见③。"嗣王"之称最早见于《尚书》的《酒诰》、《多士》篇,指继位之王。依照一般的情况,新继位之王"践阼、临祭祀,内事曰'孝王某',外事曰'嗣王某'"④。按说,新王继位,旧王已故。但是,《石鼓文》所反映的情况却非如此。《石鼓文》的《而师》载:"天子口来,嗣王始口,古我来口。"《吾水》载:"天子永宁。日隹丙申……公谓大口,……害不余佑。"⑤显然,与"嗣王"并见于《石鼓文》的"天子"尚健在。"嗣王"所指应当是周王而非秦王⑥。"天子"与"嗣王"并存之事,只能发生在

---

① 程俊英、蒋见元:《诗经注析》,中华书局1991年版,第512页。
② 所谓《石鼓文》的时代,应当有如下不同的内容,一是《石鼓文》所写史事的时间;二是《石鼓文》诗作的时间;三是《石鼓文》书写与镌刻的时间。前述第一、二两项,就一般诗作而言,如果不是史诗或忆昔之类的诗作,一般说来都是距离很近的,将其合而为一亦无不可。关于《石鼓文》的时代问题,历代学者皆曾关注,并有卓见。较早者以为是周宣王或成王时所作,后来,多倾向于春秋时期秦国所作,至于是哪一位秦君,则不啻有十数种说法之多。今所见最新的研究成果是高明先生所撰"论石鼓文年代"(《考古学报》2010年第3期),其结论是,"石鼓文制作当在秦惠文王废'公'称'王'改元后的十四年之内"。高先生从凿制工具和字体特征两大方面进行的论证,非常有力。不仅如此,他还有推断《石鼓文》时代的关键问题上提出了新的看法。
③ 《石鼓文》十诗所写内容大体是筑路、植树、涉水、车徒、田猎等事,但此类事情何代蔑有,所以皆不足以成为判断诗作时代的有力证据。近代以来郭沫若、裘锡圭等专家注意到《而师》篇中的称谓问题,是很正确的思路。此点宋儒曾经有所关注,但并未有深入讨论,郭沫若先生据"天子"、"嗣王"同现于一石和秦作西畤的史事,断定《石鼓文》作于秦"襄公八年"("石鼓文研究",《郭沫若全集·考古编》第九卷,科学出版社1982年版,第99页)。裘锡圭先生指出:"按照石鼓文称'天子'、'嗣王'等内容来看,其年代必须合乎两个条件:一,当时的秦与周有相当密切的关系。二,当时的周王应该刚即位不久。……如果撇开字体的时代性不论,郭沫若的襄公说是相当合理的。"("关于石鼓文的时代问题",《传统文化与现代化》1995年第1期)徐宝贵先生认为"见于石鼓的诗原为秦襄公时所作,石鼓上的文字则为秦景公时所写所刻"(《石鼓文整理研究》,中华书局2006年版,第654页)。
④ 《礼礼·曲礼》下。
⑤ 徐宝贵:《石鼓文整理研究》,中华书局2006年版,第760、797—798页。
⑥ 若以《石鼓文》的时代背景须是周秦关系甚好而密切而言,秦当此时不可能对周天子称"王",若以战国时期,各国坐大而称王而言,秦惠文君"初更元年"(《史记·六国年表》),改称"王",然并非"嗣王",而是自称为"王",并无他称"嗣王"的史载。

两周之际"二王并存"的时期①。秦襄公是秦国发展壮大时期的一代英主。他在两周之际纷乱复杂的形式下决策正确,有勇有谋,据周王朝故地,得王室赏识,而使秦国跻身于诸侯国之列。《诗经·秦风》有三首是赞美秦襄公的诗作,《驷铁》述秦襄公狩猎,《小戎》写襄公伐西戎,《终南》写襄公过终南山,皆说明襄公在秦国历史上影响之巨。秦人祭天时把歌颂秦襄公的诗作刻石,"其意犹今人于神祠佛阁建立碑碣"②,应当是极可能的事情。

《小雅·车攻》篇,据专家研究,"文字尤多有和《石鼓文》相似处,其在政治上和军事上的意义又较《石鼓文》为大。两相比较,看出其间有同一时代的生活和语言,足以证明两者是同一时代的作品"③。通过《车攻》篇内容的分析以及它和《石鼓文》的比较,我们可以作出推论,说它是一篇颂秦襄公的诗作。检视《小雅》之诗,其诗作皆描写王室及各阶层贵族生活,以及下层贵族及民众疾苦哀怨,并无歌颂诸侯之诗。《车攻》之诗本当属于《秦风》,何以列入《小雅》呢?其间原因应当是秦襄公与两周之际的周王室关系密切,《车攻》写秦襄公,也就侧面表现了当时王室活动的一个侧面。或者由于这个缘故,编诗者将其纳入《小雅》也就不是毫无道理了。我们若反过来看,《车攻》置于《雅》诗,也说明在编撰者的眼里,它的性质非同于一般的《风》诗。

三 简本《缁衣》引《诗》"夋也君子"释义

简本《缁衣》"言从而行之"章引《诗》"夋也君子",见于《小雅·车攻》篇,为是篇诗的末句。是诗共八章,每章四句,是一首标准的四言诗。此诗先写整治车马的情况,再写向东行进到有广大丰茂草地之处进行狩猎("东有甫草,驾言行狩"),再写狩猎时和诸侯相会("会同有绎"),再写狩猎时射手的身手矫健和猎物众多,末章则写狩猎所展现的君子风姿。全诗以"允矣君子,展也大成"作结,赞颂主持狩猎者必定前途无量。

今本《小雅·车攻》篇末句与《缁衣》简本所引不同,我们先说"矣"字。简本"夋也君子","夋也"二字,今本作"允矣"。专家或认为简本作"也"是,毛诗

---

① 关于两周之际纷乱形势及那个时代的周秦关系的考析,烦请参阅拙作"论平王东迁"(《历史研究》1991年第6期)一文。
② 郭沫若:《石鼓文研究》,《郭沫若全集·考古编》第九卷,科学出版社1982年版,第99页。
③ 陈子展:《诗三百篇解题》,复旦大学出版社2001年版,第677页。

作"矣",误。其实,"也"、"矣"两字在古文献中每每互用。王引之曾举十例说明"也,犹'矣'也",黄侃先生谓"'也'为'兮'之借,'兮'、'矣'声近谊通"①。可见,简本用"也",今本毛诗作"矣",并非误字,而是"谊通"的结果。

再说今本的"允"字,简本作"夋"。虽然专家多以今本为据,力证简本的"夋"字本来就是"允",但终难否认简文这个字本来就是"夋"字(此点我们在前面已经有所讨论)。那么,简本的这个"夋"字该不该读若"允"呢?如果可以的话,那么简本与今本的这个差异问题就会迎刃而解,岂非皆大欢喜之事。愚以为这个字不当读若"允",原因在于,"允矣君子"句中"允"字无论是作虚词,抑或是实词,都不大合适。"允"在《诗经》中用例颇多,郑笺往往训其为"信",王引之认为"失之"②。但"允矣君子"句中若以"允"为发语词,却属不词,因为它后面相连的是一个虚词"矣"。两个虚词一起连读,语意难通。依语意看,"允矣君子"的"允"应当是一个实词,郑笺于此仍训为"信",孔疏遂以"诚实也"③为释。若此,则"允矣"就成为君子品格读实的赞美之辞。然而,我们于《车攻》诗中找不到一点赞美诚实品格的迹象。

诗中赞美君子者有以下诸事,先是狩猎准备齐备,车马弓矢都非常完好,再是驾车技艺和射术皆甚高明,即使是在飞驰的田车上也能够百发百中("不失其驰,舍矢如破"),田猎后猎物甚丰("大庖不盈"),足见射艺超群。《车攻》诗所赞美的君子颇有大将风度,可以指挥千军万马而井井有条("徒御不惊"、"有闻无声")。这样一位君子人物,用"诚实"很难表现其潇洒英姿。大概是觉得用"诚实"释"允"不妥,所以当代专家或有将"允"释为"确实"者④,这虽然比之于郑笺之释,有所前进,可是用"确实"来说明"君子"品格,说了等于没说,仍然不够妥当。总之,今本《小雅·车攻》诗中的"允也君子",虽然勉强可以说得过去,但总是有所遗憾。

简本此句作"夋也君子",完全避免了"允"字在诗句中的问题,并且能够与诗意契合。愚以为,这里的"夋"字当读若"俊"。俊为才德出众,《说文》

---

① 黄侃、杨树达批本:《经传释词》,岳麓书社1985年版,第87页。
② 同上书,第19页。
③ 孔颖达:《毛诗正义》卷十,李学勤主编:《毛诗正义》,北京大学出版社1999年版,第655页。
④ 程俊英、蒋见元:《诗经注析》,中华书局1991年版,第517页。按,日本学者竹添光鸿以"惬当"(《毛诗会笺》卷十,台湾大通书局1920年版,第1117页)为释,与释为"确实",意思是一致的。

谓:"俊,才过千人也。"俊常用的意蕴有俊杰、英俊两种。"夋(俊)也君子"诗中,"君子"确乎是潇洒英俊,才德出众。"夋(俊)"用在诗中,其意思很是妥帖。

我们还需要考虑如下一个问题。

从文本传授的角度看,今本《诗经·小雅·车攻》"允矣君子"与简本《缁衣》引《诗》"夋也大成",是属于两个不同的传授系统,抑或是一个文本的先后差别呢？从现有的材料上看,这是不好判断的。愚以为后一种可能性较大些。早期的文本中,《车攻》诗写秦襄公,用"夋(俊)也"来形容他。后儒将其编入《小雅》的时候,《车攻》诗的主人公在编者的心目中变成为周宣王,似乎觉得用"允"来形容更合适,并且夋、允古音相同(皆文部字),所以"夋"转换为"允"。孔疏理解个中意思,谓"毛以为,是从王往行群臣有善闻,而率其所部,无諠哗之声。王能使所从若是,信矣君子,宣王诚实也"①。这种转换,无伤大雅,也勉强读得通。因此我们不能说今本为非而简本为是,只是可以从中窥见《诗》的文本变化的一点痕迹而已。

考析十四　好仁、好贤与朋友:简本《缁衣》"轻绝贫贱"章和《大雅·既醉》篇补释

简本《礼记·缁衣》"轻绝贫贱"章所提出的"好仁",今本《礼记·缁衣》变为"好贤"。这是社会观念变迁的一个表现。此章所引诗句中的"朋友"之意亦有概念的变化,西周时期的"朋友"指同族兄弟,而春秋战国时期则变为同志、同师者之称。"轻绝贫贱"章引诗虽然用了同一句诗,但此"朋友"非彼"朋友",在引诗者的心目中,其意义是不一样的。

简本《缁衣》"轻绝贫贱"章见于上博简《缁衣》第 23 号简和郭店简《缁衣》第 45 简。其内容和今本《礼记·缁衣》第二十一章可以对读,文字大体一致,但亦有个别重要差异,反映了孔子及儒家思想的一些变化。此章所引《诗》句对于研究《诗经·大雅·既醉》篇的主旨也有较为重要的参考价值。

一　从简本"好仁"与今本"好贤"的差异看周代社会观念的变迁

为了能够明晰简本与今本的个别文字的差异以及引《诗》情况,我们先把

---

① 孔颖达:《毛诗正义》卷十,李学勤主编:《毛诗正义》,北京大学出版社 1999 年版,第 655 页。

简本与今本的相关内容迻录于下,以便分析。

> 子曰:"轻绝贫贱而星(重)绝富贵,则好悬(仁)不坚而恶恶不厝(著)也。人惟曰不利,虖(吾)弗信之矣。"《寺(诗)》员(云):"朋友卣(攸)囡(摄),囡(摄)以咸义(仪)"。①

> 子曰:"轻绝贫贱而星(重)绝富贵,则好悬(仁)不坚而恶恶不纸(著)也。人唯(虽)日不利,虖(吾)弗信之矣。"《寺(诗)》员(云):"朋友卣(攸)叟(摄),叟(摄)以悁(威)义(仪)。"②

> 子曰:"轻绝贫贱而重绝富贵,则好贤不坚而恶恶不著也。人虽曰不利,吾不信也。"《诗》云:"朋友攸摄。摄以威仪。"

以上三段文字,依次是上博简、郭店简和今本《礼记·缁衣》。三者所载内容大体一致,只是个别文字的区别。上博简和郭店简的两个简文虽然个别字的写法有所不同,但却意思一致,如简文厝和纸皆因从"毛"声而读为著、简文囡与叟皆读若摄,就是显例。

愚以为简本与今本《礼记·缁衣》的文字对比,唯有一处值得注意,那就是两个简本一致说"好悬(仁)③不坚",而今本却谓"好贤不坚"。"仁"与"贤"古音皆文部字,声纽亦接近,将仁读若贤从音训上看是有可能的,但实际上的通

---

① 马承源主编:《上海博物馆藏战国楚竹书》(一),上海古籍出版社 2001 年版,第 197—198 页。此处简文据陈佩芬先生的释文。简文"重",简文作"𢀗"形,原疑为"厚"字异体。郭店简这个字作"𨐌"形,原读作"著",疑非。李零和刘钊两先生皆以为简文这个字从石从主,当读为"重"(李零:《郭店楚简校读记》,北京大学出版社 2002 年版,第 67 页;刘钊:《郭店楚简校释》,福建人民出版社 2005 年版,第 67 页)今从李、刘两先生说。关于郭简简文"纸"字,刘钊先生指出,它从"毛"声,因古音铎部、鱼部对转而读为"著"(同上)。依此例,上简简文的"厝"字亦当读为"著"。

② 荆门市博物馆编:《郭店楚墓竹简》,文物出版社 1998 年版,第 131 页。

③ 战国竹简文字中,仁皆作上身下心之形。《说文》"人部"谓"古文仁,从千心",段玉裁说"从心,千声也"(《说文解字注》,上海古籍出版社 1988 年版,第 365 页)。愚按《说文》所引"仁"字古文作"𡰱"形,上部所从是为人形,与"壬"字小篆𡈼同。"仁"字古文当谓从壬、从心,以壬为声。简文上身下心之字,应当是"仁"字别体。郭店简《唐虞之道》第 2 简的"𠬝"字、《忠信之道》第 8 简的"𢔏"字,过去多以为是从千之字,其实,也是从"壬"之字。《唐虞之道》第 8 简的"𠁁"字,专家或认为是从人从心之字,愚以为应当视为从壬从心的缺笔字。简帛文字仁字多作上身下心之形,刘信芳先生举多例对此进行说明,见其所著《楚简帛通假汇释》(高等教育出版社 2011 年版)第 376 页。战国时期的《中山王鼎》的仁字作"𠇮"形,何琳仪《战国古文字典》所举六例,皆为从人从二之形,并不从心。从"亻"从"二"的仁字当是战国后时才出现的。

假却并不存在,原因在于仁与贤在意义上是两个不同的范畴。在古文献和简帛文字中,至今尚未发现仁与贤通假的用例,其原因当在于此。

仁的基本意义是对他人的关爱,贤的基本意义是指杰出人才。孔子和早期儒家对于"仁"作了多方位、多层次的解析。孔子所说的仁的定义的最著名的两句话是,"爱人"和"克己复礼为仁"①。在孔子和早期儒家那里,"仁"对于他人的关爱是有远近亲疏层次的,其核心部分是"孝悌"。《论语·泰伯》篇载:"子曰'君子笃于亲,则民兴于仁;故旧不遗,则民不偷。'"意谓在上位的君子厚待其亲,民众才会兴起"仁"风。所谓的"亲",首先是父母、兄弟,然后是亲族。孔子批评主张废除"三年之丧"的弟子宰予,说:"予之不仁也!子生三年,然后免于父母之怀。夫三年之丧,天下之通丧也。予也,有三年之爱于其父母乎?"②孔子认为,三年之丧体现的是对于父母的敬爱之情,不敬爱父母就是"不仁"。《论语·学而》篇载有子曰:"君子务本,本立而道生。孝弟也者,其为仁之本与!"这应当是表述孔子之意的一个说法③。早期儒家对于仁道始于亲亲这个理念,做过许多阐释,如相传为子思所著的《中庸》篇说:"仁者人也,亲亲为大;义者宜也,尊贤为大;亲亲之杀,尊贤之等,礼所生也。"④后来,孟子说:"尧舜之仁不遍爱人,急亲贤也。"⑤又说:"老吾老,以及人之老;幼吾幼,以及人之幼。天下可运于掌。诗云:'刑于寡妻,至于兄弟,以御于家邦。'"朱熹解释此意谓:"古人必由亲亲推之,然后及于仁民;又推其余,然后及于爱物,皆由近以及远,自易以及难。"⑥要之,孔子和早期儒家的仁道是爱有等差的。在这个等差系列中,完全以血缘关系的远近为准则,所排位次序是父母——兄弟——亲族——国人。

在宗法制度下,各级贵族与普通民众,都在相应的宗法层次中生活,血缘关系是维系人们相互关系的纽带,这条纽带的牢固,对于社会秩序的稳定、人

---

① 《论语·颜渊》。
② 《论语·阳货》。
③ 宋儒朱熹曾引程子之语来解释孝弟为"仁之本"的意蕴,谓:"孝弟行于家,而后仁爱及于物,所谓亲亲而仁民也。故为仁以孝弟为本。……行仁自孝弟始。……仁主于爱,爱莫大于爱亲,故曰孝弟也者,其为仁之本与!"(《四书章句集注》,中华书局1983年版,第48页)。
④ 《四书章句集注》,中华书局1983年版,第28页。
⑤ 《孟子·尽心》上。
⑥ 朱熹:《四书章句集注》,中华书局1983年版,第209—210页。

际关系的和谐有着十分重要的意义。可以说上至周天子、诸侯,下到卿大夫、普通民众,其间的交往与援助,皆以血缘关系分亲疏、定远近。宗法制度下的人际关系必须相互关爱,"仁"就是由爱产生的"黏合剂",可以让宗族保持团结。然而,这种关爱不是无限制、无准则的一团和气,而是需要人际之间保持必要的、长短不同的距离。对于"黏合剂"而言,可以说"礼"可以视为人际关系的"隔离带",它保证了个人、家庭必要的生活与发展空间。西周春秋时期,礼仪有等差、关爱分远近的社会局面,总体来说是和谐稳固的。简本的"好仁",应当是孔子和早期儒家基于血缘关系纽带而提出的"仁学"观念的一个阐述。

简文"好仁"可以有两种理解,一是喜好仁德;二是喜好有仁德之人。从春秋时代使用"好仁"之辞的例子看,当以前者较优。《左传》襄公七年载晋卿韩氏立宗子之事,长子无忌因为自己有废疾,因此建议立其弟名起者为宗子,无忌所举出的理由之一就是其弟起有美德,晋贤人田苏曾以"好仁"来称颂他。《国语·晋语》一载骊姬谮害申生之语谓"申生甚好仁而强",并谓"为仁者,爱亲之谓仁",其所谓的"好仁"的所喜好的仁德就是爱亲。《国语·晋语》八载晋国的范献子以"好仁"自诩,亦是指仁德而言。《礼记·表记》载:

> 《小雅》曰:"高山仰止,景行行止。"子曰:"《诗》之好仁如此。乡道而行,中道而废。忘身之老也不知年数之不足也,俛焉日有孳孳,毙而后已。"

孔子这里所说的"好仁",就是《小雅》诗句"高山仰止,景行行止"所体现的"仁"之美德。孔子从诗句中体悟出孜孜求索的仁德,所以他说"《诗》之好仁如此"。《礼记·缁衣》篇载孔子语谓"上好仁,则下之为仁也争先"[1],所谓"好仁",亦指喜好仁德而言。

春秋时期,"贤"和仁的最大区别就在于它完全没有血缘关系的准则,而是唯"贤"是举,用春秋中期晋臣的话来说就是"外举不弃雠,内举不失亲"[2]。对

---

[1] 李学勤主编:《十三经注疏·礼记正义》,北京大学出版社2000年版,第1504页。
[2] 《左传》襄公二十一年。

比"仁"而言,"贤"出现得较晚,商周时期尚无贤德、贤才的概念①。尊贤、尚贤等以"贤"为贤德、贤才的情况,应当是春秋时期才出现的。《左传》僖公二十四年载周卿富辰语谓"庸勋、亲亲、昵近、尊贤,德之大者也"。此时,作为一种品德,贤尚排在亲亲之后。但是,春秋时期随着士人阶层的兴起,"举贤"、"尚贤"的呼声日益高涨,并且逐渐成为一股社会潮流。相传,齐桓公曾经批评先君的不重视贤才,谓先君的时候,"优笑在前,贤材在后。是以国家不日引,不月长"②,由此而管仲建议齐国应当从乡里开始都实行"进贤",对于"蔽贤"者要进行处罚。从《左传》、《国语》等文献记载中我们可以知道,尊贤的呼声络绎不绝。到了战国初期,墨子的"尚贤"之论,可谓集其大成。孔子多在一般的意义上使用"贤"这一概念,指才能出众和品德高尚。如孔子谓"贤哉,回也"、"柳下惠之贤"、"乐多贤友"③等,他很少提及举贤才之事,仅在和弟子仲弓谈话时提到过"举贤才"④。在"仁"与"贤"二者之间,孔子更为注重的是"仁",他将"仁"作为自己理论体系的核心。

孔子以后,儒家弟子虽然依旧高扬"仁"的旗帜,但却比孔子更多地发出"举贤才"的呼吁。孔子之孙子思,居住于卫国的时候,曾经与卫国君主有过一次关于任用贤才的颇有意思的谈话。卫君让子思进献治国之策,子思以进贤才为答,并举出卫国东境有贤才名李音者,请卫君任用他治政,卫君闻知李音出身世代农夫,就说"寡人不好农。农夫之子,无所用之。且世臣之子未悉官之"。在卫君的心目中世代做官的人家的子弟理应为官,农夫之子怎么能为官呢?子思说:

臣称李音、称其贤才也。周公大圣,康叔大贤。今鲁、卫之君未必皆

---

① 贤字最早见于周代金文,但西周时期的彝铭中,它只作人名使用,西周中期有名贤者,有三件《贤簋》传世。作为德之观念的"贤"最早见于《中山王壶》铭文"举贤使能",但那已是战国时器。在《尚书》诸篇中有"贤"之概念者,皆出现于古文《尚书》,而今文《尚书》则无。此点亦可说明今古文《尚书》的时代之不同。
② 《国语·齐语》。
③ 依次见《论语》的《颜渊》、《卫灵公》、《季氏》等篇。
④ 上博简《仲弓》篇载孔子与仲弓语较全,谓"老老,慈幼,先又司與(举)叚(贤)才"(马承源主编:《上海博物馆藏战国楚竹书》(三),上海古籍出版社 2003 年版,图版第 80 页,释文第 268 页)。后儒浓缩此义编定《论语》时,删去了属于仁道范畴的"老老、慈幼",只剩下"举贤才"一项。

同其祖考。李音父祖虽善农,则音亦未必与之同也。君言世臣之子未悉官之,则臣所谓有贤才而不见用,果信矣。臣之问君。固疑君之取士不以实也。今君不问李音之所以为贤才。而闻其世农夫,因笑而不受,则君取士果信名而不由实者也。①

对于任用官员,子思和卫君的根本区别是对于出身不同的认识,子思认为只要有"实"(才能),就应当被任用,而卫君则要看其出身。子思强调像李音这样的贤才,就是世代为农夫者也应当被任用。作为子思的再传弟子的孟子②,在跟梁惠王谈及"进贤"的问题时,也主张那些被国人普遍认可的贤才,国君可以让他们"卑逾尊,疏逾戚"③。孟子甚至认为只要符合天意,贤才可以主宰天下,"天与贤,则与贤;天与子,则与子"④。孟子主张"养老尊贤,俊杰在位"⑤。战国后期儒学大师荀子,继孟子之后更为有力地阐明举贤才的重要。荀子把"贤"与"仁"合而为一,说道:"贵贤、仁也。"⑥"仁者必敬人。……人贤而不敬,则是禽兽也"⑦。荀子主张贤才应当居上位,"贤能不待次而举"⑧,"上贤使之为三公,次贤使之为诸侯,下贤使之为士大夫"⑨。他多次呼吁"尚贤使能"⑩,强调其对于治国的重要。他说:"推贤让能,而安随其后……不肖事贤,是天下之通义也。"⑪"选贤良……尚贤使能矣,是人君之大节也"⑫"贵贤者霸,敬贤者

---

① 《孔丛志·抗志》。见王钧林、周海生译注:《孔丛子》,中华书局2009年版,第133页。按,《孔丛书》一书,前人多疑其为伪书,近年考古发现的古代文献资料,证明其中有些内容早在先秦时期就已经出现,李学勤先生认为它和《孔子家语》等书一样,"很可能陆续成于孔安国、孔僖、孔季彦、孔猛等孔氏学者之手,有着很长的编纂、改动、增补的过程"("竹简《家语》与汉魏孔氏家家",《孔子研究》1987年第2期),这个说法平实可信。
② 《史记·孟子荀卿列传》谓孟子"受业子思之门人",汉儒赵岐《孟子题辞》说孟子"师孔子孙子思,治儒述之道"(李学勤主编:《十三经注疏·孟子注疏》,北京大学出版社1999年版,第5页),与《史记》说同。
③ 《孟子·梁惠王》上。
④ 《孟子·万章》上。
⑤ 《孟子·告子》下。
⑥ 《荀子·非十二子》。
⑦ 《荀子·臣道》。
⑧ 《荀子·王制》。
⑨ 《荀子·君道》。
⑩ 见《荀子》的《王制》、《富国》、《王霸》、《君道》、《臣道》、《强国》、《君子》等篇。
⑪ 《荀子·仲尼》。
⑫ 《荀子·王制》。

存,慢贤者亡,古今一也"[①]。

今本《礼记·缁衣》的成书的具体时间虽然尚不可定,但今本《缁衣》写定于战国后期到秦汉时代,则是比较可信的。而这个时段,正是儒家学派理念发生稍然变化的时期。从孔子创立"仁学",到孟子宣扬"仁道",再到荀子的化贤为仁进而凸现"尚贤",可以说,先秦儒家的理论体系的关注点已经有所改变。简本《缁衣》的"好仁",可以说反映了孔子及其及门弟子的观念,今本《礼记·缁衣》改"好仁"为"好贤",则反映了战国秦汉时期儒者观念的变化。在以血缘关系为纽带的宗法制度下,人们的视野多关注于血缘亲情,由此而衍化出"仁"的观念。当士阶层大量走出宗法氏族的藩篱而逐步登上社会政治舞台的时候,士人固然不废"仁"之旗帜,但却更多地讲求"贤"的理念,以求争取更大的发展空间。由"好仁"到"好贤"的变迁,其社会背景当大致如此。由此我们可以看出,从简本的"好仁"到今本的"好贤",并不是一个简单地文字更劫,而是儒家理念发展变化的一个反映。

二 《诗·大雅·既醉》篇的主旨问题

《礼记·缁衣》"轻绝贫贱"章的主旨在于说明如果轻易地和贫贱的朋友绝交而难于和富贵者绝交,这种人所表现出来的人品境界便是好仁(或好贤)的态度不坚定、疾恶的态度不明显,这种人的做法,其目的就是贪图私利。此章所称引的诗句"朋友攸摄,摄以威仪",就是证明上述主旨正确无误的权威证据。

为什么这两句诗可以为证呢?也就是说这两句诗果真可以作为权威论据吗?

这两句诗出自《大雅·既醉》篇。我们需要对于此篇的主旨进行探讨,然后才可以解决上面的问题。为方便计,现将这首诗具引如下:

> 既醉以酒,既饱以德。君子万年,介尔景福。
> 既醉以酒,尔殽既将。君子万年,介尔昭明。

[①] 《荀子·君子》。

> 昭明有融,高朗令终。令终有俶,公尸嘉告。
> 其告维何,笾豆静嘉。朋友攸摄,摄以威仪。
> 威仪孔时,君子有孝子。孝子不匮,永锡尔类。
> 其类维何是,室家之壸。君子万年,永锡祚胤。
> 其胤维何,天被尔禄。君子万年,景命有仆。
> 其仆维何,釐尔女士。釐尔女士,从以孙子。

我们如果不纠结于特别难解的地方,而是直指诗意,似可把它意译如下:

> 已经将酒喝醉,更加志得意满。主人万寿,神会赐你大福[①]。
> 已经将酒喝醉,你的佳肴精良。主人万寿,神会赐你光明。
> 光明融融相续,高明前途必定善终。善终与善始相连,公尸嘉言相告。
> 公尸告诉了什么?公尸说笾豆精美。朋友莅临助祭,个个威仪得宜。
> 威仪适宜大方,主人有孝子承继[②]。孝心永不枯竭,永久地传予族类。
> 其族类如何呢?他们都能够把室家治理[③]。主人万寿,子孙永受祚福。
> 子孙后嗣如何?天会赐予福禄。主人万寿,天命附著保佑[④]。
> 天命如何保佑?福佑你的族众朋友[⑤]。福佑你的族众朋友,子子孙

---

① 诗中的"介"字,毛传训为"助",不甚确切。闻一多说:"《诗》多用介。匄介同祭部,乞在脂部,最相近,故三字通用。匄乞兼取与二义,介字亦然"(《闻一多全集》第三卷,湖北人民出版社1993年版,第276页)。此诗中的"介"字当为赐予之意。

② 诗云"主人有孝子",郑笺释为"有孝子之行"。清儒马瑞辰说"有者,又也,言君子以为孝子也。"(《毛诗传笺通释》卷二十五,中华书局1989年版,第895页)。马瑞辰此说多为现代专家赞成。其实,又、有两字古每相通假,但多为"又"读若"有",少有相反者(参见高亨:《古字通假会典》,齐鲁书社1989年版,第369页、王辉:《古文字通假释例》,台北艺文印书馆1993年版,第13页)。再从诗意看,读有为又,不若依原字读切近诗旨,并且无增字解经之嫌。

③ "室家之壸"的"壸"字,郑笺以声训读为梱,可释为齐。似不若以接近壸字的原意为释,《尔雅·释宫》"宫中衖谓之壸",《说文》则训为"宫中道",由此可引申为道、导,亦有整齐之意。

④ 诗中的"僕"字,孔疏以仆御为释。马瑞辰说毛传释为"附"是正确的,孔疏之说"昧古人假借之义矣"(《毛诗传笺通释》,中华书局1989年版,第897页)。

⑤ 诗中的"釐"字,传笺皆释为予。按,釐,说文训为"家福也",段玉裁谓"家居获佑也"(《说文解字注》十三篇下,上海古籍出版社1988年版,第694页),清儒俞樾谓釐当训福,"釐尔女士"与《甫田》"穀我士女""同义"(《群经平议》卷十一,《续修四库全书》第178册,上海古籍出版社2002年版,第176页)。近人多释"女士"为青年男女奴隶,似不妥。俞说可取。

孙永相续。

这首诗主旨颇难理解,研《诗》大家陈子展先生说它"在《三百篇》中是最难直解的一篇"①。仔细品味,此说甚是。是诗之所以难解,愚以为是毛传和郑笺把它弄糊涂了。关键是把《既醉》诗系之于成王,说它是"成王祭宗庙,旅酬下遍群臣"之诗,全诗各章句的释解,皆围绕这一关键进行,而实际上又不是这么回事,所以许多地方的解释便纠结不清。

《既醉》篇的时代与主旨,传、笺和《诗序》皆归之成王,这与汉儒说诗的"美刺"说有关,凡称颂之诗,皆为"美"某王,凡有讥刺意蕴的诗皆为"刺"某王。这种说法,虽然不能说篇篇皆错,但其中许多与诗意未洽,则是大家所肯定的。如《楚茨》一诗写贵族祭祀燕飨,汉儒就说是"刺幽王",朱熹不信此说,谓此"为有田禄而奉祭祀者"之诗②。此说就比较平实。再如《宾之初筵》亦被说为"刺幽王",其实是描写贵族饮宴的诗作。《楚茨》和《宾之初筵》所写都是诸侯或卿大夫这样的"有田禄奉祭祀"的贵族,而非周天子。清儒陈奂说"《楚茨》三章、六章与此篇(按,《既醉》)正合"③,这是比较诗意而得出的持平之论,是可信的。

揆汉儒定《既醉》为成王诗的理由,检此篇的诗序、毛传和郑笺,大致有以下几项。一是,诗所谓"君子万年"指成王有万年之寿;二是,诗云"天被尔禄"指天命授予成王。三是,诗中的"公尸"指天子之卿,是必为天子祭典之尸;四是,诗云"室家之壸",意指广及天下的善道,此亦为天子之事;关于这四项内容,我们可以略作辨析如下:

第一,"君子"之称非必为周天子。检《诗·大雅》的"视尔友君子"、"君子实维"、"大夫君子"、"如贾三倍,君子是识"④等,其中的"君子"皆不指周王。说《既醉》篇之"君子"一定是成王,证据不坚。再说,"万年"意指万寿,在周代是各级贵族习用的祈福之语,亦非必为周天子专用,《豳风·七月》"跻彼公堂,

---

① 陈子展:《诗三百篇解题》,复旦大学出版社2001年版,第984页。
② 朱熹:《诗集传》,中华书局1958年版,第153页。
③ 陈奂:《诗毛氏传疏》卷二十四,商务印书馆1934年版。
④ 此处所引《大雅》之诗,依次见《抑》《桑柔》《云汉》《瞻卬》等篇。

称彼兕觥,万寿无疆",是为显例。再如《小雅·鸳鸯》是称颂贵族婚姻的诗,其中的"君子万年,福禄绥之",亦非必是周天子。总之,《既醉》的"君子万年",不能作为此诗是成王诗或者其他周王之诗的确证。

第二,"天被尔禄"的含意问题。汉儒认为这两句诗表示天授周王以统治天下的"大命"。殷周之王常把统治天下的权力归之于天授。武王克商的时候,即明确表示这是"革殷受天明命"[①]。天所授予的统治天下的权力,多称为"大命"[②]。除了这种"大命"之外,各级贵族亦可以从天那里得到某些权力或爵位的赏赐。例如,《何尊》铭文谓"视于公氏有爵于天,彻令敬享哉!"这是周成王对于名何者所说的话,谓你的父亲公氏有天授之爵[③]。《仪礼·少牢馈食礼》所载嘏辞谓:"来,女孝孙,使女受禄于天。宜稼于田,眉寿万年,勿替引之!"由此看来,贵族的禄田,也为天所授。到后来,甚至认为人的禀性也为天所授,即所谓"性也者,所受于天也"[④]。周代贵族当然清楚自己的福禄是对于宗法体系下先祖权位的承继,但他们认为即令如此,那也是先祖奉天之命的结果。总之,周代所谓天命,王者受其"大命"而统治天下,其他的人各以其地位而受天之命,决定其爵禄和禀性。从这个意义上说人皆受天之命,应当是可以的。要之,《既醉》诗的"天被尔禄"并非表示是天授"大命"于周王,而是说诸侯卿大夫贵族所受之的福禄也是天命的结果,它与《仪礼》对于贵族的嘏辞所谓"受禄于天"的意思是接近的。

第三,关于"公尸",郑玄以为是天子周围的卿大夫,因为他本人的身份为"公",所以称"公尸"。但是,这种说法与一般的"尸"的情况相忤,《礼记·祭统》载:"夫祭之道,孙为王父尸。所使为尸者,于祭者子行也。父北面而事之,所以明子事父之道也。"《礼记·曾子问》载孔子语亦谓:"祭成丧者必有尸,尸必以孙,孙幼则使人抱之。无孙则取于同姓可也。"这样的幼童没有"公"的爵

---

① 《史记·周本纪》。
② 相关记载见《毛公鼎》、《胡簋》铭文及《尚书·西伯戡黎》《尚书·君奭》《诗经·大雅·荡》《云汉》、《逸周书·程寤》、《墨子·非攻》下等篇。
③ 或释铭文"爵"为"劳"或"恪"之假借,疑非。孟子曾谓"有天爵者,有人爵者。仁义忠信,乐善不倦,此天爵也;公卿大夫,此人爵也。古之人修其天爵,而人爵从之"(《孟子·告之》上)他所说的"天爵"虽然与《何尊》铭文不同,但承认有天授之爵则是一致的。
④ 《吕氏春秋·诚廉》。

位,如何称得"公尸"呢?所以"公尸"非必谓为"尸"之有"公"之爵位者,而应当是"尸"所代表者为"公"①。"公"在周初,仅作为天子重臣的周、召二公可称"公",后来,其范围渐渐扩大,凡诸侯及执政之卿皆可称"公"②。历年所发现的西周时代的青铜器彝铭,就周代的卿大夫贵族而言,其先祖不论是否有"公"之爵位,都可以尊称之为公。据统计西周时期称"公"者今所见彝铭中就有339例③,除了少数称"公族"、"公车"者外,绝大部分都是各级贵族的称谓,如甲公、乙公、宄公、皇公等等。请看以下几例:

  用乍(作)文祖也公宝尊彝,用匄万年亡疆,百世孙子永宝。(《师遽方彝》)

  从乍(作)朕皇祖丁公、皇考叀公尊鼎,酾攸从其万年子子孙孙永宝用。(《酾攸从鼎》)

  扬皇公受京宗懿釐(《班簋》)意即颂扬父考皇公蒙受周王室美好的福荫。

  乍(作)兹簋,用飤卿(饗)己公,用恪多公,其虩(慭)哀(爱)乃沈子也唯福,用水(赐)灵令(命)。(《沈子也簋盖》)④

彝铭中的这些"公",皆为某位贵族的祖考。这些"公"去世后,在其后人所举行的祭典上代表其神灵形象的"尸",被称为"公尸",应当是十分自然的事情。我们可以得出这样一个认识,那就是在贵族的祭典上,"尸"是曾经为"公"的,或

---

① 关于周代用"尸",汉儒何休曾经将其严格等级化,谓:"礼,天子以卿为尸,诸侯以大夫为尸,卿大夫以下以孙为尸。"(《公羊传》宣公八年何注。李学勤主编:《十三经注疏·春秋公羊传注疏》,北京大学出版社1999年版,第338页)。清儒胡培翚认为此说与郑玄说不合,并不可信。他指出:"郑注'祭祖则用孙列',皆取于同姓之嫡孙也,是以孙之伦为尸也。据《祭统》言人君祭礼,而亦云孙为王父尸,则天子诸侯与大夫士同矣。"(《仪礼正义》卷三十四,江苏古籍出版社1993年版,第2091页)清儒黄以周赞成胡培翚此说,并引《礼记·曾子问》"为尸于公",认为此"即《诗》所谓公尸"(《礼书通故》卷十七,中华书局2007年版,第782页)按,胡、黄二氏的这个认识是正确的,其所谓的"为尸于公"跟我们所理解的"尸"所代表者为"公",应当说是一致的。

② 参见陈恩林先生"先秦两汉文献中所见周代诸侯五等爵"(《历史研究》1994年第6期)一文。按,瞿同祖曾经指出"凡公、侯、伯、子、男不加国号,都可以称公"(《中国封建社会》,上海人民出版社2005年版,第52页)。

③ 参见华东师范大学中国文字研究与应用中心编:《金文引得-殷商西周卷》,广西教育出版社2001年版,第112—115页。

④ 上引彝铭文字,依次见《殷周金文集成》9897、2818、4341、5057等。

者被尊称为"公"的形象代表①,其被称为"公尸",当源于此②。日儒竹添光鸿谓:"公尸,犹公墓、公牛、公酒之公。"③关于"公尸"之称,也可以反过来看,既然称"公尸",那就应当是"公"之尸,而此"公"为周天子之称的可能性是很小的,应当是指诸侯卿大夫而言的。要之,"公尸"之称非但不能证明《既醉》诗属成王,相反,它却是此诗为诸侯卿大夫之诗的一个证明。

第四,"室家之壸"的意旨,汉儒认为它是由齐家而治国平天下。其实,说"室家之壸"有治家之意,这是没有什么疑问的,但若谓治国平天下,则是诗外求意了。揆汉儒之意,既然周王治家,因而及于天下乃是情理中事。究竟如何,还需从《既醉》诗中"室家之壸"的上句来解决。上一句是"其类维何",这个"类"是"永锡尔类"之类,毛传释为善,郑笺释为族类,依照诗意,郑笺说为优。下句的"室家"正为族类作了释解。和春秋时期作为宗族内的小家庭的"室家"不同,西周时期的"室家"有其特定含意。在分封制度下,"天子建国,诸侯立家,卿置侧室"④。这是指周天子通过分封建立各个诸侯国,诸侯则通过分封建立卿大夫之家,卿大夫子弟,若为小宗,则只能称"侧室"。所以,西周时期的家、室,指卿大夫及其子弟而言。《既醉》诗云"孝子不匮,永锡尔类",意即诸侯卿大夫的孝子之孝心不匮乏,可以永久地传予其作为家室的族类。春秋战国时期,卿大夫贵族之家室在社会上有很大影响,孟子曾谓"为政不难,不得罪于巨室。巨室之所慕,一国慕之",所谓"巨室",赵岐注谓"巨室,大家也。谓贤卿大夫之家,人所则效者"。总之,从"室家"之意看,《既醉》诗正当不为王者之诗,而当属之于卿大夫之诗为妥。

以上所述四个方面,前两项不能说绝对肯定或否定《既醉》是写王者之诗,但是后两项,则表明它《既醉》篇不当归之成王之诗,而应当是述写诸侯卿大夫贵族的祭典后的燕享之礼的诗篇。我们的讨论还可以再向前一步,即从《既

---

① 《仪礼·士虞礼》郑玄注:"孝子之祭,不见亲之形象,心无所系,立尸而主意焉。"
② "公尸"之意或另有所指。《诗经·大雅·凫鹥》孔疏、《周礼·秋官·士师》贾疏皆谓周代祭司命、中霤、国门、国行、大厉、户、灶等七神,为"七祀",祭祀时的"尸",亦称"公尸"。这类"公尸"虽非公之形象代表,但是,当与祭典规格为卿大夫贵族等级之祭有关。是否如此,可存疑待考。
③ 竹添光鸿:《毛诗会笺》卷二十二,台湾大通书局1920年版,第1779页。按,"公墓",周代的国君之墓。《左传》昭公十二年郑国有"司墓",杜注:"掌公墓大夫",可见"公墓"非必为周天子之墓。"公牛",指为国君所养之牛。《周礼·牛人》"掌养国之公牛,以待国之政令"。郑注"公,犹官也。""公酒",指为公事所作所用之酒,见《周礼·酒正》郑注。总之,凡此诸"公",皆非周天子特指,而应当是诸侯之称。
④ 《左传》襄公十四年。

醉》诗中抉发出汉儒所没有注意到的可以确定诗旨的三项内容。

其一,《既醉》诗两言"既醉以酒",说明参加祭典者皆饮醉了酒①。这种醉酒状态不符合王者之礼。周初,周公曾经发布《酒诰》,其中说:"文王诰教小子,有正、有事,无彝酒。越庶国饮、惟祀,德将无醉。"这个禁酒令后来虽然没有被完全遵从(贵族酗酒事亦时有发生,《小雅·宾之初筵》的描写就是贵族酗酒失态的明证),但是,作为周代贵族的最高代表的周天子并不敢明目张胆地酗酒,《诗经》中状写周王祭典的诗篇,如《我将》、《思文》、《潜》、《雝》等,皆无醉酒的说法。这些诗篇的诗旨无一例外,都是颂扬先祖功烈,祈求先祖保佑赐福,没有参加祭典者饮酒的任何记载。按照礼仪,在各种祭典上的饮酒之礼,所看重的只是仪节及其所体现的理念,而非真正的喝酒,按照儒者们的解释,即"壹献之礼,宾主百拜,终日饮酒而不得醉焉,此先王之所以备酒祸也"②。周代贵族典礼饮酒的过程,献、酢、酬以及旅酬等仪节里面多为"啐"、"哜"(即微微品尝),少有"卒爵"而满饮之事③。这些仪节中是不会醉酒的。有可能醉酒的是这些仪节之后的"无筭(算)爵",就是不计数量的饮用,可谓觥筹交错,极尽酒兴。在三礼的记载中,无筭(算)爵只见于乡饮酒礼、乡射礼、燕礼和大射礼。这些典礼皆为诸侯卿大夫之礼,就是"大射礼",也是如此④。郑玄解释《既醉》之意谓:"成王祭宗庙,旅酬下遍群臣,至于无筭爵,故云醉焉"。他所说至无筭爵而醉是正确的,但宗庙之祭则与无筭(算)爵无涉。说成王祭典至于无筭爵,于古礼无征,只是猜测而已。就醉酒这个方面说,将《既醉》归之于成王,是证据不足的。

其二,《既醉》诗云"景命有仆",诗中的"仆",毛传释为附,郑笺从之,后世

---

① 或有专家认为"醉",指"'喝足'而不是'喝醉'"(李中生:《〈诗〉'既醉以酒'辨正》,《古汉语研究》1994年第1期)。按,是说颇有理致,亦可符合诗意。然,饮酒喝足的状态,古人以酣若酲来表示(对于醉、酣、酲三字义蕴的辨析,参见《王力古汉语字典》,中华书局2000年版,第1495页)。《诗·小雅·宾之初筵》"是曰既醉,不知其秩。宾既醉止,载号载呶。乱我笾豆,屡舞僛僛。是曰既醉,不知其邮。侧弁之俄,屡舞傞傞",用"既醉"来描写贵族醉酒状态。因此,愚暂从传统所释,以"醉"为喝醉之意。

② 《礼记·乐记》。

③ 关于周公禁酒令的影响,杨宽先生曾经指出,"西周制定的献酒之礼,采用'哜'或'啐'的方式,只'饮至齿不入口',该与当时'备酒祸'有关的。"(《"乡饮酒礼'与'飨礼"新探》,中华书局1965年版,第308—309页)。

④ 关于"大射礼",《仪礼正义》疏引郑玄《仪礼目录》谓"名曰大射者,诸侯将有祭祀之事,与其群臣射以观其礼"。可以肯定《仪礼》所载"大射礼"是为诸侯之礼。

解诗者多从此说，汉儒由此而以为是天之大命附着于成王。我们若进一步考虑，会发现"仆"字有"附"之意，但非其本义。关于这一点，清儒段玉裁讲得十分明晰。《说文》："仆，给事者。"段注云："《周礼》注曰：'仆，侍御于尊者之名。'然则'大仆'、'戎仆'以及《易》之'童仆'、《诗》之'臣仆'、《左传》'人有十等'，仆，第九，台，第十，皆是。《大雅》'景命有仆'，毛传：'仆，附也。'是其引申之义也。"①这里讲得十分清楚，"仆"本意是仆人、仆从之"仆"。毛传郑笺之释用的是其引申义，"仆"字可以引申而释为"附"②。

按照此诗的特点③，这个说法确是有问题的。因为"景命有仆"的下一章，正是接着它来说的，诗谓"其仆维何？釐尔女士"。"仆"正指大命所"釐（赐）"的"士女"④。周代分封制度下的分封赏赐，周天子有赏赐奴仆多少"夫"者，但无赏赐"士"作奴仆的记录，周厉王《胡簋》铭文载"肆余以馘（义）士、献民，称盩先王宗室"⑤，周厉王所说的意思是要和义士、献民好好地祭祀于先王的宗庙里，义士和献民皆为周之世族成员。《师袁簋》铭文载名师袁者衔王命伐淮夷，获胜后汇报其功绩，"毆孚（俘）士女牛羊，孚（俘）吉金"⑥，所俘获的"士女"，当即淮夷的贵族而言，并非下层奴隶，所以才郑重载于彝铭，并且列于俘获功绩之首。见诸金文的名士某者皆为贵族阶层中人，无一例为奴隶者。《小雅·甫田》"以谷我士女"，孔疏"以善我士之与女"，贵族所善待的"士女"与同诗所说的"食我农人"的"农人"，显然有别。要之，《既醉》篇所说的"士女"，依诗意就是"永锡尔类"的"族类"（郑玄语），即贵族的同宗族的下层贵族和平民。现代学者或有将"士女"释为男女奴隶者，似不确。

周代分封制度下，贵族的影响固然要看其爵位的高低，但实力比较则要看其"族类"（"士女"）之多寡。周康王时期的《宜侯夨簋》记载分封"宜侯"的时候

---

① 段玉裁：《说文解字注》三篇上，上海古籍出版社1988年版，第103页。

② 毛传的说法，后世学者多信之。清儒王念孙曾引用此说解释《庄子·人间世》"有阌虻仆缘"的"仆"字，云："仆之言附也。言阌虻附缘于马体也。仆与附声近而义同。《大雅·既醉》篇'景命有仆'，毛传：'仆，附也。'"（《读书杂志》卷十六《余编》上，北京市中国书店1985年版，第15页）

③ 《既醉》诗艺术的一个特点是各章意蕴接力式地推进，从第三章开始，每章的首句必然对于前一章末句的申说。这种接力式地推进，使读者感受到一种绵延有续的氛围，从而加强了艺术感染力。这种艺术手法，专家或称之为"顶真的修辞手法"（程俊英、蒋见元：《诗经注析》，中华书局1991年版，第812页），是可取的。

④ 《既醉》篇的"女士"，鲁诗作"士女"（王先谦：《诗三家义集疏》卷二十二，第891页）

⑤ 《殷周金文集成》第8册，中华书局2007年版，第4317片。王辉：《商周金文》，文物出版社2006年版，第206—209页。

⑥ 《殷周金文集成》第8册，中华书局2007年版，第4313片。

有"易(锡)才(在)宜王人十又七生(姓)"一项,这十七姓的"王人",当即在王畿地区的十七个氏族随从到宜地。《既醉》篇所谓的"釐尔士女",与"王人十又七姓"的身份是接近的。

说到这里,我们可以再来看看《既醉》诗首章提到的"既饱以德"的意蕴。依郑笺、孔疏之说,所谓"饱德",即通过醉酒,明见了"十伦之义","莫不自修,人皆有士君子之行焉"。把"饱德"之"德"理解为道德,愚以为是不大准确的。醉酒时"载号载呶,乱我笾豆。屡舞僛僛,是曰既醉。不知其邮,侧弁之俄。屡舞傞傞"①,意思是说饮宴醉酒时的人胡号乱叫,碰翻餐具、手舞足蹈,歪歪斜斜,嬉皮笑脸。这副丑态跟德操有什么关系呢?如果说有,那只能是表现了醉酒者的恶德。这与诗中所说的"既饱以德",恐怕不是一回事。"德"观念的形成和发展是一个历史的过程,起初的"德"就是得到的意思,夏商时期的"德"是得天帝之赐的所得,西周春秋时期则是制度礼仪之德,从春秋后期开始人们才逐渐把"德"作为道德之"德"。即令这个时候的"德",也有"得"的影子,只不过它不得自上天或制度,而是得之于内心,是人的精神升华与心理体悟②。"醉酒饮德",意指受到主人款待醉酒时充满了得意之情,宾客从主人那里得到爵位和封邑还饮尝美味佳肴。参加饮宴的宾客陶醉于宗法分封制度下自己所属的社会地位及属于自己的宗族族类。其所得丰厚,故称"饱德"。郑笺以"志意充满"来释"饱德",可谓得其要领。

要之,从"景命有仆"的诗句看,它的意蕴是指天命令宗法分封制度下贵族们都有各自的宗族族类("士女")。这不可能指周天子。周天子所受的天命是统治天下的权力之至高至大者,并非普通的作为"族类"的"士女"。

其三,诗句所云"朋友攸摄,摄以威仪",可谓全诗的"诗眼"。此句之前,《既醉》诗的前三章写祭祀饮酒祈福诸事,目的在于引出"公尸"之"嘉告","公尸"所告的内容就是《既醉》诗后五章的线索。后五章所写的人物就是参加饮宴的"朋友",可以说《既醉》一诗前三章为"朋友"作铺垫,引"朋友"出场,后五章,则为"朋友"祝福祈祷。作为此诗中的关键词语,《缁衣》"轻绝贫贱"章特意拈出"朋友攸摄,摄以威仪"作为权威论证,这也证明了"朋友"一

---

① 《诗经·小雅·宾之初筵》。
② 关于"德"观念的历史发展,烦请参阅拙作"先秦时期'德'观念的起源及其发展"(《中国社会科学》2005年第4期)一文。

词在诗中的地位非同一般。对于"朋友"的理解,既牵涉《既醉》诗的主旨的理解,也涉及《缁衣》篇这一章的理解问题,值得我们在下面单独专门探讨,在这里我们暂不讨论。

对于本节我们所讨论的《既醉》篇的主旨问题,我们可以做如下的概括:列于《大雅》中的《既醉》一诗当是状写西周时期诸侯暨卿大夫贵族祭典后饮宴祈福的诗作,并非如汉儒所理解的那样把它作写周成王宴饮群臣的作品。《既醉》诗用首尾相连、层层递进的艺术手法,把当时贵族饮宴和祈福之事的心理状态描写的相当深入。此诗对于研究在宗法分封制度下诸侯卿大夫阶层的群体心理是一个重要参考材料。

《礼记·缁衣》此章的内容是:"子曰:'轻绝贫贱而重绝富贵,则好贤不坚而恶恶不著也。人虽曰不利,吾不信也。《诗》云……'"其所称引的"朋友攸摄。摄以威仪"这两句诗的意思是说卿大夫贵族之家所举行的祭典以及祭典之后的饮宴,"朋友"们都仪表庄重地前来捧场参加,为主人增色。这说明并没有随世俗贫富分化而轻易地与贫贱的朋友疏远关系,也没有特别看重富贵的朋友,而是一如既往地以血缘亲族的"仁"的情感为纽带,从而团结本宗族的"朋友"。与此相反,若有轻绝贫贱而重绝富贵的人,那他一定是个不重视朋友亲情的好利之徒,就是有人说他不好利,孔子说自己是不会相信的。此章引"朋友攸摄。摄以威仪"的诗句以为证据,可谓十分得当。

我们之所以不厌其烦地讨论《既醉》篇的诗旨问题,是因为若以汉儒之论,将此诗属之于周成王,则作为宗法系统顶端的周天子是没有"朋友"可言的,在宗法体系中只有"士"一级的同族兄弟才是"朋友",所以《既醉》篇应当是卿大夫贵族之诗,他们的祭典及其后的飨礼上有作为同族兄弟的士阶层的"朋友"参加,这样才会有"朋友攸摄"的诗句出现,假若作为周天子之诗,出现"朋友攸摄",就是不合情理的事情。卿大夫贵族举行祭典,然后再进行燕飨之礼,这些都是全宗族的事情,不仅同父母的兄弟及亲戚要来帮助操持,就是同族兄弟也来参加。这表现着宗族的团结与和谐,表现着以"亲亲"为核心的"仁道"精神的发扬蹈厉。《缁衣》此章讲到"好仁"的问题,并引"朋友攸摄"两句为证,其中的逻辑关系贯通而密切。

三 "朋友"观念的演变及其与《缁衣》"轻绝贫贱"章的关系

从西周到春秋战国,"朋友"一词的含意是有所变化的。专家于此多有发明。朱凤瀚先生研究大量彝铭和文献资料,指出西周时期"朋友"的意蕴是指"亲兄弟以外的族兄弟,亦即从父及从祖兄弟等",有时候"亲兄弟亦包含在朋友之称中"①。沈长云先生也指出,《尚书·牧誓》"友邦冢君"、《尚书·大诰》"友邦君"和"有友伐厥子"等的"友"皆指"同族之人"②。"朋友"系指同族兄弟,春秋时人犹知此一道理,在讲述宗法分封体系下的社会阶层时说:"天子有公,诸侯有卿,卿置侧室,大夫有贰宗,士有朋友,庶人、工、商、皂、隶、牧、圉,皆有亲昵,以相辅佐也。"③因为"士"是宗法阶层中之最下者,所以其下不再分封,他的"朋友"即指兄弟或族兄弟而言④。这个时候的"朋友",依照宗法原则,互相之间有相互保护的责任,即所谓"朋友相卫而不相迿,古之道也"⑤。从这个角度来看,郑玄说《既醉》篇"永锡尔类"的"类"为"族类",是可取的⑥。

春秋战国时期,许多士人步出宗法体系下的氏族藩篱,在广大的社会空间里面谋求发展,所结交的范围也空前扩大,于是"朋友"的含意也不再局限于同族兄弟,而是逐渐将同师、同志者视为"朋友"。郭店楚简《语丛》一篇说:"君臣、朋友,其择者也。"⑦从郭店楚简的时代和《语丛》篇的性质来推测,这里所说的内容,应当是战国前期的一种社会观念,认为君臣之间和朋友之间的关系

---

① 朱凤瀚:《商周家族形态研究》,天津古籍出版社2004年版,第297页。
② 沈长云:"《书·牧誓》'友邦冢君'释义——兼说西周宗法社会中的善兄弟原则",《人文杂志》1986年第3期。
③ 《左传》襄公二年。
④ 《礼记·曾子问》篇载孔子语云"天子、诸侯之丧,斩衰者奠,大夫,齐衰者奠,士则朋友奠,不足则取于大功以下者"。殡棺期间所进行的馈奠之礼,属于国君的天子和诸侯由服斩衰者进行;大夫的则由服齐衰者进行,士的则由朋友进行。朋友的人手不够,则要让服大功以下的丧服者参加。"朋友"显然是为作为死者的士服"大功"丧服的人。孔子所讲的丧礼的这种情况,"朋友"显然是指在"五服"之内的同族兄弟。这与《左传》"士有朋友"的说法是完全一致的。
⑤ 《公羊传》定公四年。所谓朋友"不相迿",与《礼记·王制》所云在道路上行走"朋友不相逾"是相似的。
⑥ 《大雅·既醉》郑笺云"长兄与女(汝)之族类。谓广之以教道天下也。《春秋传》曰:'颖考叔,纯孝也,施及庄公。'"(李学勤主编:《十三经注疏·毛诗正义》,北京大学出版社1999年版,第1004页)按,《左传》隐公元年载郑庄公打败受其母支持的其弟太叔段,初意与他们决绝。后来听从颖孝叔劝说而复交。这是在宗法体系下孝悌观念甚有影响的一个典型事例,郑笺引之,甚是。
⑦ 陈伟、彭浩主编:《楚地出土战国简册合集(一)》,文物出版社2011年版,第142页。

都是可以由个人来选择而定的。由血缘关系所决定的"朋友"、"族类",是自然形成的,不能由人来选择。可见这里所说的"朋友"已非同族兄弟。"朋友"的概念稍然变化以后,人们视"朋友"为同师、共志之人①,这就极大地扩展了士人交往的范围,无怪乎孔子弟子子夏说:"四海之内,皆兄弟也。"②孔子言选择"朋友"的标准,谓:"益者三友,损者三友。友直、友谅、友多闻,益矣。友便辟、友善柔、友便佞,损矣。"③这三项标准皆为人品学问,并不涉及血缘关系。

随着血缘亲族的关系的逐渐弱化,以"亲亲"为核心的"仁道"的影响亦有下降的趋势,所以,孔子曾慨叹"仁道"之难行,谓:

> 仁之难成久矣,惟君子能之。是故君子不以其所能者病人,不以人之所不能者愧人。是故圣人之制行也,不制以己,使民有所劝勉愧耻以行其言。礼以节之,信以结之,容貌以文之,衣服以移之,朋友以极之。欲民之有壹也。④

孔子认为,君子行仁道,一切皆以仁爱、宽容、关心为出发点,对于他人不求全责备,而是用礼来节制、用诚信来团结、用仪容和服饰来影响、使朋友真情相处,希望民众都一心向善。这里所说的"朋友"指的是同族兄弟。实行仁道当从亲亲开始,首先在宗族内部进行,然后再扩展到一般的民众。曾子讲齐家可以治国道理时提道:"事父可以事君,事兄可以事师长,使子犹使臣也,使弟犹使承嗣也;能取朋友者,亦能取所予从政者矣;……是故为善必自内始也"⑤。他所列的次序父、兄、子、弟、朋友。曾子这里所讲的"内",指家内、族内,"朋友"指同族兄弟。曾子讲复仇的原则时说:"父母之雠,不与同生;兄弟之雠,不与聚国,朋友之雠,不与聚乡,族人之雠,不与聚邻"⑥,"朋友"排在父

---

① 同师为"朋友"者,可举一例。孔门弟子以朋友相称,"子夏丧其子而丧其明。曾子吊之,曰:'吾闻之也,朋友丧明则哭之。'曾子哭,子夏亦哭"(《礼记·檀弓》上)。
② 《论语·颜渊》。
③ 《论语·季氏》。
④ 《礼记·表记》。按,《礼记·表记》篇的成书与性质与《缁衣》篇相同,其所称引孔子之语,亦皆为孔子弟子的传述,应当是可信的。
⑤ 《大戴礼记·曾子立事》。
⑥ 《大戴礼记·曾子制言》。

母兄弟之后、族人之前,当指同族兄弟①,就亲属关系来说,"朋友"比出了"五服"的普通族人重要。《礼记·曾子问》篇载孔子讲丧礼时说到"士则朋友奠,不足则取于大功以下者",孔子这里所言的"朋友"是指"五服"之内为作为士的死者服"大功"之丧的同族兄弟②。在承继自传统的以血缘关系为基础的作为同族兄弟的"朋友"的概念之外,孔子还接受了当时社会上逐渐形成的排斥血缘关系而仅以同志、同师为"朋友"的概念。孔子主张"朋友切切、偲偲,兄弟怡怡"③,再如,孔子言哭丧之事谓"兄弟,吾哭诸庙……朋友,吾哭诸庙门之外"④。这都是孔子将"朋友"与"兄弟"加以区别的例证。要之,孔子及其弟子所使用的"朋友"的概念,或用其传统的同族兄弟之谊,或用其在新时代所出现的理念,将其理解为同师、同志之人,我们审视相关材料时需仔细加以分辨。

孔门弟子编撰《缁衣》篇的"轻绝贫贱"章时,引用了孔子之语,然后,再引《诗·大雅·既醉》篇的诗句为证。这种模式,对于《缁衣》篇而言,简本和今本是完全一致的。通过以上的分析我们知道,今本《缁衣》的编撰者,通过改动个别字句和同一概念的转换,完成了使此章意蕴符合新的时代、新的社会环境需要的这一任务。具体来说,关键的改动就是一处,即今本将"好仁",改为"好贤",与之相应的是所引《诗》句的"朋友"的意蕴也发生了转换。虽然都是"朋友",但此"朋友"非彼"朋友"。简本所引《大雅·既醉》是西周时期的诗篇,其所用的"朋友"一词,亦当是西周时期的概念,指的是同族兄弟;而今本所引却转换了语意,"朋友"变成了同志、同师者。可以说今本引诗并不符合《大雅·既醉》的原意。这样的引用,不是断章取义,而是变换诗意。我们可以把《缁衣》"轻绝贫贱"章的逻辑搭配列出一个简表:

简本: 好仁————朋友(同族兄弟)
今本: 好贤————朋友(同志、同师者)

---

① 周代丧礼中所称的"朋友"多有作为同族兄弟者,如《礼记·丧服小记》谓"大功者主人之丧,有三年者,则为之再祭。朋友虞、祔而已",有"大功"关系者为人主祭的时候要多进行一些程序,而作为"朋友"来主祭者,则只进行到虞祭和祔祭就可以了。这里所说的情况,与《礼记·杂记》下所载"朋友,虞附(祔)而退"应当是一致的。这里的"朋友"必指同族兄弟无疑。
② 据《仪礼·丧服》贾疏,服大功者主要为共祖的堂兄弟,他们同财共活,关系比较密切。
③ 《论语·子路》。
④ 《礼记·檀弓》上。

建立在血缘亲属关系基础上的仁学理论强调"好仁",自然会引用作为同族兄弟的"朋友"的诗句为证。排斥血缘关系的"尚(好)贤"理论下的"朋友"之意自然也取没有血缘关系的以同志、同师为标准的朋友意蕴。总之,战国后期编撰《缁衣》篇的孔门弟子通过人们不经意间的细微但却关键的文本变动,将传统的观念加以改造,成为适应新时代需要的重要命题,手法之恰当而高明,令人赞叹。

考析十五 《礼记·缁衣》文本的一桩历史公案——早期儒家思想变迁的一个例证

今本《礼记·缁衣》第二十章的"正"字,其早期文本有作"匹"字者,汉儒和清儒于此多有研究,郑玄还明谓这个"正"字为"匹"之误字。今得简本《缁衣》对读,证明确乎如此。但是,从文字发展源流上看,战国秦汉时期的"匹"字与"正"因形近而致误或音近而通的可能性都很小。《缁衣》此章文本的变化应当是编定《缁衣》篇的战国秦汉时期的儒者更动了早期文本的结果。这一更动,反映了儒家思想发展与调整的一个侧面。

今本《礼记·缁衣》第二十章"君子好其正",汉代遍注三礼的大学问家郑玄指出"正"字是"匹"之误字。清代学问家王念孙、孙诒让等遍审古代文献证成郑玄此说。可是历代学者多不信从此说,仍然相信这个字当是"正"字。近年面世的郭店简和上博简的简本《缁衣》此章正作"匹"字。这表明,郑玄的说法是有根据的,王念孙等学问家的考论是精审的。然而,这个文字的公案似乎还有再探讨的余地。今不揣剪陋,试探讨如下。

一 今本《缁衣》"唯君子能好其正"的"正"字为"匹"字之讹的问题

简本《缁衣》"君子能好其匹"章与今本《缁衣》相关文本,有重要的文字差异,并且由此影响到对于此章引诗内容的理解。值得进行分析讨论。为方便计,先将相关文字迻录如下(依次为上博简《缁衣》第21—22号简、郭店简《缁衣》第42—43号简、今本《礼记·缁衣》第20章):

子曰:"惟君子能好丌(其)匹,少(小)人敼(岂)能好丌(其)匹?故君子之友也有䢔(替),丌(其)恶也有方,此以迩者不惑,而远者不疑。"《寺(诗)》员(云):"君子好仇。"①

---

① 马承源主编:《上海博物馆藏战国楚竹书》(一),上海古籍出版社2001年版,图版第65页,释文第196—197页。

子曰："惟君子能好丌(其)馱(匹)①,少(小)人剴(豈)能好丌(其)馱?古(故)君子之友也有乡,丌(其)恶也有方。此以迩者不惑,而远者不疑。"《寺(诗)》員(云):"君子好逑。"②

　　子曰："唯君子能好其正,小人毒其正。故君子之朋友有乡,其恶有方。是故迩者不惑,而远者不疑也。"《诗》云:"君子好仇。"

简本文字的考释首先是读为"仇"的那个字,上博简《缁衣》第22号简的这个字作"𣀉",与郭简这个字基本相同,可以楷写作"𣀉",亦当读为"仇"。对于这个字的考释,专家的思路并不一致,然于简文文意并无大的影响,我们可以暂不讨论。可是对照《缁衣》简的两个简本和今本的文本,最重要的一个差异就是简本的"匹",今本作"正"。

郑玄注《缁衣》时曾经指出这个"正"字,当"'正'当作'匹',字之误也。'匹'谓知识朋友。'"他的这个说法颇有影响,今得简本为证,似乎更可说明郑玄此说之精。郑玄何以作此判断,今已无可推测,或者其所见别本有作"匹"者;或者古文字"正"与"匹"形近易混,因此而误用者。关于这两个思路,现在没有证据可以让我们做出判断以说明郑玄提出此说的原因。清代的学问家或有倾向于后一种思路者。王念孙释《墨子·节葬》篇"存乎匹夫贱人死者"一语时,指出:

　　"匹"旧本讹作"正"。毕云:"正同征。"念孙案:"毕说非也。'正'当为'匹'。《白虎通义》曰'庶人称匹夫'。上文王公、大人为一类,此文匹夫、贱人为一类,无取于征夫也。隶书'匹'字或作'疋',与'正'相似而误。《礼器》'匹士大牢而祭谓之攘',《释文》'匹,本或作正'。《缁衣》'唯君子能好其正',注'正当为匹'。"③

王念孙的这个考证确有不可易移之势,特别是他所指出的匹、正二字容易"相

---

① 简文"馱"字,原整理者指出:"读作'匹',今本作'正'。郑注:'正当作匹,字之误也。匹谓知识朋友。'"(荆门市博物馆编《郭店楚墓竹简》,文物出版社1998年版,释文第136页)这个考释是很正确的,以后诸家皆从之。匹字古音为滂纽、质部。馱字从必得音,为帮纽、质部。这两个字古音同部,声纽十分接近。具备通假的条件。

② 荆门市博物馆编:《郭店楚墓竹简》,文物出版社1998年版,图版第20页,释文第131页。

③ 王念孙:《读书杂志》卷九,北京市中国书店1985年版,第66页。

似而误",并指出古文献中不仅有'匹'误为'正'者,亦有'正'误为'匹'者,更是不刊之论。清儒孙诒让循王念孙的思路,在解释《墨子·大取》"正夫辞恶"一语时指出"'正'当为'匹'"①。清儒俞樾在释《庄子》"外无正而不行"一语的时候,亦援引《礼记·缁衣》郑注所云"正当为匹之误字"的说法,指出"外无正"即"外无匹"②。通过郑玄、王念孙、孙诒让和郭店楚简《缁衣》的整理者等的考释,可以推测《缁衣》"唯君子能好其正"章的"正"可以为"匹"字之讹。若就此而言,后儒皆据"正"字为释,可谓误矣。

然而,为了稳妥起见,凡事似乎都要做退一步想,我们还可以再考问一下这个问题,今本《缁衣》篇的这个"正"字果真是"匹"字之讹吗?为了深入起见,我们有必要先来探讨"匹"的源流。

二 "匹"字源流考略

关于"匹"字的造字本义与源流,我们可略作讨论。

《说文》训"匹"字谓:"四丈也。从匚、八,八揲一匹。八亦声。"关于工"匹"的造字本义,清儒徐灏谓:"从匚,未详。疑当从受物之匚、筐、篚之属,所以盛帛也。"③段玉裁以为"匹"字所从的"八",表示丈量帛之长短,"犹展两臂度之"④。从今天我们所见到的彝铭与简帛文字看,《说文》对于"匹"字的训释,并非造字本意,其做作的训释乃是后起的意项。甲骨文字中尚未见到被认可的"匹"字,有一个未识字与之相类,字形作" "形⑤,作石崖下三人形,这个字与金文常见的匹字字形相类。金文中"匹"字的典型字例作" "、" "、" "、" "⑥等,作石崖下一人或二人形⑦,其所从的人形当即甲金文字中习见的"比",上引《大鼎》的一例(" ")尤为明显。林沄先生曾经指出,甲骨文"比"

---

① 孙诒让:《墨子间诂》卷十一,中华书局1986年版,第375页。
② 俞樾:《诸子平议》卷十八,中华书局1954年版,第356页。
③ 徐灏:《说文解字注笺》第十一下,《续修四库全书》第225册,上海古籍出版社2002年版,第566页。
④ 段玉裁:《说文解字注》第十二篇下,上海古籍出版社1988年版,第635页。
⑤ 这个字见《甲骨文合集》第32294片和《屯南》148片。字形转引自姚孝遂主编《殷墟刻辞类纂》第一册,中华书局1989年版,第77页。
⑥ 所引字形依次见于《曶鼎》、《大鼎》、《单伯钟》和《史颂簋》铭文,字形引自《金文编》,中华书局1985年版,第842—843页。
⑦ 专家或谓所从者为"乙",由《大鼎》之匹字看,疑非。

字所从的人形,在数量众多的宾组卜辞里,"𠂉最常见,𠂉次之,𠂉最少见"①,其他类别的卜辞也大体如此。上引金文匹字所从者应当视为简化的人形。石崖下的人形表示亲密、排比之意,正是比字本意。战国时期的古文犹存此匹字的字形,作"𠂉"若"𠂉",②今所见战国竹简文字中,"匹"字仅见于上博简《缁衣》第21简,计两例,字形作:"𠂉"、"𠂉"③,另据黄德宽先生主编的《古文字谱系疏证》搜集,曾侯乙墓竹简和云梦秦简各有两例,字形如下:"𠂉"、"𠂉"、"𠂉"、"𠂉"④。

综合上引的资料,我们可以把匹字的字形演变示意列表如下:

上表所列的字形可以代表商、西周、战国、秦汉等历史时段里匹字的情况。我们可以对它的演变做如下的分析:第一,从殷商甲骨文开始,到战国简帛文字,匹字皆作石崖下的人形,以二人形为主,亦有一人之形者,可以视为从"匕"或"比",字所从的人形有减少的趋势。第二,匹字所从的山崖形到秦汉时期才逐渐讹变为"匚"形,所从的比,则讹变为"八",可以说秦汉以后才最终形成了今天所见的从"匚"从"八"的匹字。第三,匹字,依《说文》例,可以训为"从匚,从比,比亦声"之字。比字古音为并纽、脂部,匹字为滂纽、质部。显然,脂、质两部字每相阴入对转而通假,并纽与滂纽皆为重唇音,声纽十分接近。脂部的"比"字,音转为质部的"匹"字,应当是有音同字通这一条件的。

如果我们对于"匹"字源流的考释不误的话,那么,我们就可以分析相关辞例来进一步检验这个字的释读是否合适。

先看甲骨卜辞中的两例⑤:

---

① 林沄:《甲骨文中的方国联盟》,《古文字研究》第六辑,中华书局1981年版,第70页。
② 徐在国:《传抄古文字编》,线装书局2006年版,第1274页。
③ 马承源主编:《上海博物馆藏战国楚竹书》(一),上海古籍出版社2001年版,图版第65页。
④ 黄德宽主编:《古文字谱系疏证》,商务印书馆2007年版,第3415页。
⑤ 这两例依次是《甲骨文合集》第32294片和《屯南》第148片。按,甲骨卜辞中这个从厂从三人形的字,辞例甚少,无法做更多分析以为其释为"匹"之证,愚姑提出此说以待专家教正。

乙未……于口烄,匹(俾)雨。(见右图)
辛卯卜,……日壬辰烄匹(俾)雨。(见左图)

这两例都是一期卜辞,其内容相近,都是占卜祈雨之事,意思是占问何时何地举行烄祭,可以使天降雨("匹(俾)雨")。匹、俾两字古音相近而可通。俾,使也。"匹(俾)雨",意即使降雨。

从"匹"字的源流我们可以看到它的本义与"比"很有关系。"匹"字和"比"一样,亦有并列之意,并引申有匹配意。它的彝铭中多用指马之数量为若干匹,在较早的文献里则多指"匹夫"、"匹妇",用如布匹之意者则较晚才出现。

战国秦汉时期的"匹"、"正"两字有没有可能因形近而致混误呢?让我们先来看战国秦汉时期的相关的简文的情况。这个时期的"正"字写得十分规范,可举如下几例:

①

除了我们在前面所举的战国秦汉时期的"匹"字以外,还可以举出汉初马王堆简帛文字中的两例"匹"字为例证。这两例字形作:

②

从"匹"字的源流看,可以说,它从初创到战国时期的字形发生变化,皆与"正"字无涉。比较从战国到汉初的"匹"与"正"字,可以得到这样的认识,如果说两

---

① 这些文例包括了战国时期的竹简文字、彝铭文字和玺印文字以及汉初的马王堆汉墓简帛文字,从左自右依次是包山楚简第135号、第26号、乙邓鼎铭文、郭店楚简《老子》甲本第32简、《古玺汇编》第136号(均转引自李守奎先生:《楚文字编》,华东师范大学出版社2003年版,第91—92页)。上列字例居右的两例,是马王堆汉墓帛书的文字,转引自陈松长编著《马王堆简帛文字编》,文物出版社2001年版,第61页。
② 陈松长编著:《马王堆简帛文字编》,文物出版社2001年版,第512页。

者有相似之处,也只是下拐的一笔("乚")在有的字列中比较接近。除此之外,则并无相似之处。就写手来说,若稍微认真一点,就不会使这两个字因字形相近而讹误,除非是写手头脑冬烘或眼花误识,一般情况下是不会误"匹"为"正"的。再退一步说,即令其他文献中有误"匹"为"正"的现象,也不能绝对证明《缁衣》篇此处亦当如是①。

在肯定《缁衣》简此章的"匹"字不当为"正"之误字的基础上,那就可以说郑玄注《缁衣》说"正"是"匹"之误字,这个重要提示表明郑玄有可能见到《礼记·缁衣》别本有作"匹"者,故有是说。然而,即令如此也并不能绝对肯定当时作为正本的《缁衣》篇之作"正"者为误,而唯作"匹"者为是。

郑玄关于《缁衣》"君子好其正"的以"正"为"匹"之误的说法,后儒多不信从。唐儒孔颖达为《缁衣》郑注作疏的时候虽然守疏不破注的原则,但却没有完全赞成郑注此说,不再坚持正字为"匹"之误。元儒陈澔引宋儒吕大临说谓"先儒以'好其正'、'毒其正'皆当为匹,恐只作'正'字为是"②。明清之际大儒王夫之解释《缁衣》此章时,并不理会郑玄之说,亦以"正"字为释,指出《缁衣》此章之意谓"君子言行壹于正则气类相孚,小人反是"③。清儒孙希旦虽然引用《释文》"正,音匹"之说,但明确指出"正,如字",肯定"正"字为是,显然是以"匹"字为非的。孙希旦还指出:"正,谓益者之友,能正己之失者,唯君子能好之,若小人则反毒害之矣。"④清儒释《礼记》诸家亦多依"正"字为释,唯朱彬循郑注,并引《释文》"正,音匹"⑤为据,他忽略了"正"(照纽、耕部)与"匹"(匣纽、支部)古音相距甚远,没有将正读为匹的音读条件。清儒汪绂所说与孙希旦略同,亦谓"正,友之能正己者也"⑥,也不理会郑玄此说。当代专家考释《缁衣》

---

① 清儒阮元讲《诗经》中"逑"、"仇"两字的用字之例时,曾说:"经中之字,例不画一。他经用'仇',此经用'逑',不嫌同训,未可据彼改此。"(《十三经注疏·毛诗正义》,北京大学出版社1999年版,第23页)我们说明《缁衣》篇中"匹"、"正"两字的情况时亦可谓"例不画一"。

② 陈澔《礼记集说》卷三十一,民国嘉业堂本,第22页。按,吕氏说原谓"亦可"(见陈俊民:《蓝田吕氏遗著辑校》,中华书局1993年版,第350页),陈澔引作"为是",虽然不够准确,但语意是不错的,都是不赞成郑玄之说的表达。

③ 王夫之:《礼记章句》卷三十三,《船山全书》第四册,岳麓书社2011年版,第1378页。

④ 孙希旦:《礼记集解》卷五十二,中华书局1989年版,第1331页。

⑤ 朱彬:《礼记训纂》卷三十三,中华书局1986年版,第814页。

⑥ 汪绂:《礼记章句》卷三十三。《续修四库全书》第100册,第588页。

篇此章时,皆据今本的"正"字为说①。就是在竹简本面世以后,专家经过研究仍然不相信郑玄此说。如陈戍国先生指出:

> 云庄先生不赞成注疏读"正"为"匹",而从吕大临说读如字。他说:"小人未尝不好其同利之朋,不当言毒害其匹也。"②

我们可以得出这样一个认识,即历代学者考释此章多以为"正"非误字,并且"正"字用于此章,文意通畅而无碍,这个"正"字的意蕴在此章中是符合逻辑的。

简本表明早期《缁衣》的文本中,其第二十章所用的字应当是应当是"匹"。这一点我们还可以从简本此章所引《诗》的情况中得到旁证。

三 引诗"君子好仇"证明"君子好其匹"章古本当为"匹"而非"正"字

简本《缁衣》第二十章所引作为权威证据的诗句是"君子好仇"。这是《关雎》诗中的名句,对于其意蕴,值得我们再回味探讨。作为三百篇之首,《关雎》为千古名篇,吟咏与研究者无计其数。《缁衣》"君子好其匹"章引用其中的"君子好仇"之句以为权威证据,可见对于此句的重视。

"君子好仇"之句在今本《诗经》里作"君子好逑"。毛传谓"逑,匹也",《释文》云"本亦作仇"。《说文》释"逑"字谓"又曰:'怨匹曰逑'",与《左传》"怨耦曰仇"相对照可知,"逑"当为"仇"的假借字。《尔雅·释诂》谓"仇、雠、敌、妃、知、仪,匹也"。总之,今本《关雎》"逑"字,古本曾有作"仇"者。无论是逑抑或是逑,均当训为"匹"。

对于"君子好逑"句的理解,毛传、郑笺并不相同。毛传谓"善女宜为君子之好匹";郑笺则谓"怨耦曰匹。……言后妃能为君子和好众妾之怨者"。显然,前者将"仇"解为嘉配;后者则解为仇敌③。郑笺此论虽然后世信服者甚

---

① 当代专家的相关考释见王梦鸥:《礼记今注今译》,台湾商务印书馆1979年版,第720页;王文锦《礼记译解》中华书局2001年版,第834页;杨天宇:《礼记译注》,上海古籍出版社2004年版,第742页;陈戍国:《礼记校注》,岳麓书社2004年版,第446页。
② 陈戍国:《礼记校注》,岳麓书社2004年版,第446页。
③ 夫妇配偶相互间的抱怨之语至今尚有称对方为"怨家"者,但此"怨家"并非真正的仇乱,而是爱的另一种表达,与古语"怨耦"并不相同。

少,但并不能说没有根据,其所引"怨耦曰仇"就颇有来历。此语出自《左传》所载春秋早期晋贤大夫师服之语:"嘉耦曰妃,怨耦曰仇,古之命也。"①可见在师服之前就有仇为怨耦之说,所以他才会说"古之命也"。历代解诗者多认同毛传之说,而认为郑笺此说为非。关于郑笺此说致误之由,黄焯先生曾有透彻的分析:

> 当由郑所见本逑作"仇",又缘误解篇义"无伤善之心"之语,遂援左氏"怨耦曰仇"之文,据《列女传》之说,以仇为"仇怨",以好为和好之"好"耳。惟仇本为"仇匹"义。此诗言"好仇"犹言"好匹"。左氏言"怨耦曰仇",则专言恶仇,好匹、恶匹,其匹则一。左氏所云,实非仇之本义。郑援以易毛,亦非也。②

郑笺以"仇"的引申义为释,是其致误之源。"仇"的本义是"匹"。《说文》"仇,雠也",段玉裁谓:"雠,犹应也"③,雠就是对应、相当、匹配之意。根据反训的原则,《关雎》之"仇",作为"怨耦",亦即嘉耦。无奈郑笺不循此思路为释,遂与毛传所释不一。《关雎》篇的"君子好逑"的"逑",古本应当有作"仇"者,郑笺于此虽然有据,可是其理解发生了偏差,所以其说便不可能正确,也不可能为后儒所信服。

分析《关雎》一诗,"君子好逑"实为全诗的关键,而作为匹配之意的"逑"(仇、雠)字又是《关雎》的诗眼。《关雎》一诗属词离句之法,多匹配对等、正反相补、相映成趣之句,这些诗句前后映带,方现其对称和谐之美。如"窈窕淑女",前者为容,后者为德,乃容德并茂之辞④。关于此句,钱锺书先生说:

> 施山《薑露盦杂记》卷六称"窈窕淑女"句为"善于形容。盖'窈窕虑

---

① 《左传》桓公二年。
② 黄焯:《毛诗郑笺平议》,上海古籍出版社1985年版,第3页。
③ 段玉裁:《说文解字注》八篇上,上海古籍出版社1981年版,第382页。
④ "窈窕",《诗·关雎》释文引王肃谓"善心曰窈,善容曰窕",将"窈窕"分别为释,疑非是。毛传以"幽闲"释之,近是而不准确。愚以为"窈窕"已经不再是"窈"和"窕"两字本来意的简单组合而是成为一个新词,指女子的曼妙美丽之态。

其佻也,而以'淑'字镇之;'淑'字虑其腐也,而以'窈窕'扬之"。颇能说诗解颐。[1]

《关雎》诗中除"窈窕淑女"以外,还有"在河之洲"的"河"与"洲"、"寤寐求之"的"寤"与"寐"、"辗转反侧"的"辗转"与"反侧"[2]、"琴瑟友之""钟鼓乐之"的"琴"与"瑟"和"钟"与"鼓"。就整章布局看如第二章"参差荇菜,左右流之。窈窕淑女,寤寐求之",前两句写淑女,后两句写君子(第四、五章同例),也是对称而和谐的布局。我国古代诗歌属辞造句多对称以见其美、比较以得其真的写法[3],《关雎》篇于此尤多,是为其艺术特色之一。此篇这些对等、匹配的意象,皆与"君子好逑"的"逑(仇)"保持一致。在诗人以及"君子"、"淑女"的心目中一切都是那么和谐、匹配、美妙,以至于物现于外而情动于中。《关雎》篇的"乐得淑女以配君子",其所乐的核心内容不仅在于淑女与君子匹配,而且在于一切外在的意象尽皆和美,似乎是为这对君子淑女祝福和祝贺。《关雎》所展现的意象与心境竟然也是如此的匹配。

《诗序》关于《关雎》一诗的主旨曾经精辟地指出,它是"乐得淑女以配君子"之诗。全诗皆围绕着"君子好逑(仇)"这个关键来状写。而"君子好逑(仇)"句中又以"逑(仇)"为中心。我们前面已经指明,"逑(仇)",意即匹配、相等。后世文学作品每以才子佳人的匹配为中心而展开故事,似乎是《关雎》诗的延续,其实两者之间还是颇有差别的。"才子"不等于"君子";"佳人"也不等于"淑女"。《关雎》诗中的君子和淑女,除了有俊男美女的意蕴之处,还有颇为重要的道德人品方面的内容。"君子"必须具备的当然是君子人格;"淑女"必须具备的则是贤良美善的品德,就此而言,毛传谓淑女为"幽闲贞专之善女"确是精当的解释。《关雎》诗中的君子与淑女除了在体貌方面的男俊女俏相匹配

---

[1] 钱锺书:《管锥编》(补订重排本),三联书店2001年版,第132页。
[2] "辗转",动态;"反侧",静态。两者虽然意近,但并不为一。清儒胡承珙说:"《正义》引《书传》'帝犹反侧,晨兴'。'反侧'既为一,则'辗转'亦为一。"(《毛诗后笺》卷一,黄山书社1999年版,第14页)
[3] 关于对称的艺术手法,唐宋诗讲究"对偶"工夫,就是一例。唐宋诗多有"佳对"、"的对"、"奇对"、"借对"等不同的对仗方法(说详见宋儒魏庆之:《诗人玉屑》卷七,上海古籍出版社1978年版,第169—170页)。这种对偶的形象与事物,给人以和谐之感。关于对称以表现和谐的艺术美的实质,黑格尔曾说:"由于和谐开始解脱定性的纯然外在性,所以它能够吸取而且表现一种较广的心灵性的内容。"(黑格尔著,朱光潜译《美学》第一卷,商务印书馆1979年版,第320页)

以外,在道德人品方面君子人格与幽闲善女也是相匹配的。

我们再来看简文"君子惟君子能好其匹,小人岂能好其匹"这句话,它的意思是说,只有君子才能够真正喜好与自己匹配相等的人,小人哪里能够真正喜好与自己匹配相等的人呢? 简本《缁衣》"君子好其匹"章引《关雎》诗"君子好仇"句为权威证据,正是用了诗中俊男与俏女、君子人格与幽闲善女相匹配这一意蕴。着眼点在于"匹配"、"相等"。

简本《缁衣》此章引《关雎》"君子好仇(匹也)"为权威证据,与此章所云"君子好其匹",是完全匹配的;而与今本《缁衣》"君子好其正"则是不相契合的。这种情况表明用两个"匹"字的《缁衣》简本当是其古本,而化"匹"为"正"的今本,则要晚于简本。这种情况也表明郑玄注《缁衣》篇时说"正"为"匹"的误字有些太绝对了,如果他说"正"字,别本(或"古本")作"匹",就会融通而可信。

四 从"好其匹"到"好其正"——先秦儒家一个重要理念的变迁

无论如何,我们都应当肯定郑玄以"正"为"匹"之误的说法,是一个给读者以重要提示的卓见。现在,摆在我们面前就有这样一个问题:既然郑玄注《缁衣》篇谓"正"为"匹"字之误,言之凿凿,并且引《诗》的情况也说明应当是"匹"而非"正"。那么历代学者为什么多不信从呢? 是历代学者皆误,或是其间存在着尚未揭示出来的原因呢?

这确实是一个饶有兴味的值得探索的问题。

推想郑玄做出"正"字为"匹"之误字的判断,应当是他见到了《缁衣》别本有作"匹"者,通过比较他以为别本所载"匹"字为是。再进一步想,郑玄所见别本与当时习用之本的"匹"、"正"的差异,可能是不同的传授系统所致,但是也可能是同一传授系统的古、今文本的差异。就这两种可能性而言,愚以为后一种可能性更大些。要之,不管是哪一种情况,无论是两个系统的不同传本的差异,抑或是同一系统的古今文本差异,我们都可以说今本《缁衣》的编定者选取或者说是改动了(或不取)郑玄所见别本,进而形成了今本《缁衣》此章的文本。

对比简本和今本,此章的显著差异不仅在于"匹"、"正"两字的不同,而且在于辞句的变化。我们可以将这个差异再排列如下:

简本:惟君子能好丌(其)匹,少(小)人敳(岂)能好丌(其)匹?

今本：唯君子能好其正，小人毒其正。

简本所谓的"匹"，与君子为匹者自当为君子，与小人为匹者自当为小人。而今本不取"匹"之概念而改用"正"，则只有君子之善德，而无小人之恶德。在孔子和早期儒家那里，严君子、小人之辨，是一条很明确的不可逾越与混淆的伦理道德底线①。他们认定的"小人"的特点是朋比为奸、肆为忌惮、不敬天命、贪图私利、心胸偏狭、巧言令色等，所以必须与"小人"划清界限。因此，曾子说："与君子游，苾乎如入兰芷之室，久而不闻，则与之化矣；与小人游，贷（腻）乎如入鲍鱼之次，则与之化矣；是故，君子慎其所去就。"②

在孔子看来，小人的本质是完全丑恶的，《韩诗外传》卷六于此有如下一条记载：

子曰："不知命，无以为君子。"言天之所生，皆有仁义礼智顺善之心，不知天之所以命生，则无仁义礼智顺善之心，无仁义礼智顺善之心，谓之小人。故曰："不知命，无以为君子。"③

《韩诗外传》的作者认为孔子的"不知命无以为君子"之说，蕴含着"小人""无仁义礼智顺善之心"这一命题。在七十子后学那里，孔子的这一思想得到发挥。《郭店楚简·成之闻之》篇说："天降大常，以理人伦。制为君臣之义，作为父子之亲，分为夫妇之辨。是故小人乱天常以逆大道，君子治人伦以顺天道。"在此种观念里面，小人完全站在了人伦、大道的反面，从一开始就是"乱天常"的角色。

大约从战国前期开始，儒家在承继严君子、小人之辨的基础上，对于"小

---

① 孔子曾将普通的"乡人"分为"善者"和"不善者"两类（见《论语·子路》），并且常用对比语言讲君子、小人之别，如《中庸》载："仲尼曰：'君子中庸，小人反中庸；君子之中庸也，君子而时中；小人之中庸也，小人而无忌惮也。……君子居易以俟命，小人行险以徼幸。"《论语·为政》篇载："子曰：'君子周而不比，小人比而不周。'"《里仁》篇载："子曰：'君子怀德，小人怀土；君子怀刑，小人怀惠。……君子喻于义，小人喻于利。'"《述而》篇载："子曰：'君子坦荡荡，小人长戚戚。'"《颜渊》篇载："子曰：'君子成人之美，不成人之恶；小人反是。'"
② 黄怀信：《大戴礼记汇校集注》，三秦出版社2005年版，第608页。
③ 许维遹：《韩诗外传集释》，中华书局1979年版，第219页。

人"的观念看法有所松动。曾子谓:"君子好人之为善,而弗趣也,恶人之为不善,而弗疾也。"①认为对于不为善者,应当采取包容的态度。《礼记·礼运》篇说:"故礼之于人也,犹酒之有蘖也。君子以厚,小人以薄。"认为礼对于人来说,就像酿酒要有酒曲一样,君子就像酒曲多的酒一样礼意醇厚,小人就像酒曲少的酒一样礼意浇薄。《礼记·大学》篇说:"小人闲居为不善,无所不至。见君子而后厌然,掩其不善而著其善。""小人"的这种文饰其过的做法,虽然拙劣,但毕竟知道"不善"之为丑恶,毕竟多少有了些羞耻感,所以就小人而言,也还有一点的向善的意愿。

在对于"小人"本性的认识上,孟子的性善论可谓是一大提升。他说:

> 人皆有不忍人之心。……无恻隐之心,非人也;无羞恶之心,非人也;无辞让之心,非人也;无是非之心,非人也。恻隐之心,仁之端也;羞恶之心,义之端也;辞让之心,礼之端也;是非之心,智之端也。人之有是四端也,犹其有四体也。②

"四端"(仁、义、礼、智),人皆有之。并且,这是人所固有的,"仁义礼智,非由外铄我也,我固有之也"③,君子有,小人亦有。就连"恶人",也可以向善。所以孟子认为"虽有恶人,齐戒沐浴,则可以祀上帝"④,在向善之途上,孟子不排除包括小人、恶人在内的任何人。早期儒家关于人性的探讨,当然要追溯到孔子的"性相近也,习相远也"⑤的名言,说"性相近",就意味着性有差异,孟子的性善论与之还是不一样的。正如程颐、程颢所说"若言其本,则性即是理,理无不善,孟子之言性善是也。何相近之有哉?"⑥二程认为人性皆善,既然大家都一致,也就无所谓相近的问题。有人问孟子是不是"人皆可以为尧舜",孟子做出了完全肯定的回答⑦。

---

① 黄怀信:《大戴礼记汇校集注》,三秦出版社2005年版,第462页。
② 《孟子·公孙丑》上。
③ 《孟子·告子》上。
④ 《孟子·离娄》下。
⑤ 《论语·阳货》。
⑥ 朱熹:《四书章句集注·论语集注》卷九,引"程子"语中华书局1983年版,第176页。
⑦ 《孟子·告子》下篇载:"曹交问曰:'人皆可以为尧舜,有诸?'孟子曰:'然。'"从曹交所问来看,战国中期儒家的性善论已经有了较大的影响。

在性善论的基础上,一个问题就摆到了战国中期的儒者面前,那就是如何对待"小人"乃至"恶人"?是像早期儒家那样泾渭分明、痛斥如仇,抑或是别有选择?孟子有一段论伯夷和柳下惠的话似乎就是对于这个问题的间接回答。孟子说:

> 伯夷,非其君不事,非其友不友。不立于恶人之朝,不与恶人言。立于恶人之朝,与恶人言,如以朝衣朝冠坐于涂炭。推恶恶之心,思与乡人立,其冠不正,望望然去之,若将浼焉。是故诸侯虽有善其辞命而至者,不受也。不受也者,是亦不屑就已。柳下惠,不羞污君,不卑小官。进不隐贤,必以其道。遗佚而不怨,厄穷而不悯。故曰:"尔为尔,我为我,虽袒裼裸裎于我侧,尔焉能浼我哉?"故由由然与之偕而不自失焉,援而止之而止。援而止之而止者,是亦不屑去已。①

孟子这段话的内容又略见于《韩诗外传》卷三,并且加有评论之辞,谓:

> 故闻柳下惠之风,鄙夫宽,薄夫厚。至乎孔子去鲁,迟迟乎其行也,可以去而去,可以止而止,去父母国之道也。伯夷,圣人之清者也,柳下惠,圣人之和者也,孔子,圣人之中者也。②

孟子称颂伯夷之耿介正直,不啻是对于严君子、小人之辨传统观念的一种认可,对于柳下惠的称赞才是孟子言辞的着眼点所在。"柳下惠之风"的要点是不拒绝与小人、恶人交往共事,因为坚信自己不会被小人、恶人污染("浼我")。

孔子和孟子的教化观念中,无疑是包括了对于"小人"进行教化从而使之向善这一个方面内容的。孔子曾谓"小人不可大受而可小知也"③,并主张"有教无类"④,这其中就包括着对于小人、恶人的教育,朱熹释"有教无类"之意

---

① 《孟子·公孙丑》上。
② 许维遹:《韩诗外传集释》,中华书局1980年版,第122页。
③ 《论语·卫灵公》下。按,明儒林希元《四书存疑》释孔子此语,谓"以小节而观人,小人未有不胜君子,君子或置之无用之地矣"(转引自程树德:《论语集释》,中华书局1990年版,第1123页)。
④ 《论语·卫灵公》下。

谓："人性皆善，而其类有善恶之殊者，气习之染也。故君子有教，则人皆可以复于善，而不当复论其类之恶矣。"①

从孔子相关言论中，我们看到他对于"小人"的无情批判和痛斥，可谓夥矣。从中可以看出他是一位光明磊落、爱憎分明的圣人；另一方面，我们从孔子的教化观念中可以看到他是一位胸怀宽广、包容大度的先师，其"有教无类"、循循善诱的教育思想皆散发着仁爱的光辉。这两个形象虽然可以并行不悖，但如何看待和对待"小人"这个节点上却有龃龉之处。可以说，孔子和早期儒家的教化思想与他们的严君子、小人之辨的思想在深层逻辑上有不相容之处，只不过在理论初创时期，尚未及细加理顺而已。

让我们来看简文"好其匹"的问题。简本"小人岂能好其匹"这句问语的真正意思是讲小人根本不会好其匹。"匹"之意即相等、相当，如谓"秦、晋匹也"、"寡君之母也。若以匹敌，则亦晋君之母也"、"秦、楚匹也"、"晋公子在此，君之匹也"、"尊嬖臣而匹上卿"、"彭祖乃今以久特闻，众人匹之，不亦悲乎"②等，上述例中，"匹"皆对等之意。《尔雅·释诂》训匹谓"对也"，是很有根据的③。从《缁衣》此条简文的文意看，君子喜好与之相等的人（亦即君子），小人是不可能喜好与其对等之人（小人）的。说君子喜好君子，这是没有问题的，但小人就不能喜好小人吗？作为动词表示喜好之意的"好"，其性质是中性的，君子可以"好"，小人也可以"好"。当然小人之"好"并不是君子之间的那种真正的"好"，但它毕竟也是一种"好"。如果说"小人"不能"好其匹"，那么狼狈为奸、沆瀣一气、朋比勾结等说明小人之间的联系的词语也就难于说得通了。小人当然是"喻于利"的，那么小人对于同利之朋，应当是喜好而非排斥的。可以说简文"小人岂能好其匹"，在逻辑上有些微障碍，并且在儒家理论进一步发展的时候是需要加以疏通的。

盖有鉴于小人"好其匹"逻辑上的障碍，战国秦汉间的《缁衣》编定者遂将简文的"匹"字改为"正"。用"正"来表示君子之间的关系，这于孔子的理念是

---

① 朱熹：《四书章句集注·论语集注》，中华书局1983年版，第168页。
② 依次见《左传》僖公二十三年、成公二年、昭公元年、《国语·晋语》四、《韩非子·说疑》、《庄子·逍遥游》等。
③ 《国语·齐语》谓"人与人相畴，家与家相畴"，韦注："畴，匹也。"实际上，"畴"当读若俦，为同辈之意，故以"匹"为释。战国秦汉间有"匹俦"一辞，即同辈或相等之人的意思。

有根据的。孔子主张仁者应当"友其士之仁者",应当"友直,友谅,友多闻"①。清儒孙希旦谓:"正,谓益者之友,能正己之失者,唯君子能好之,若小人则反毒害之矣。"②作为"益者三友"之首的"友直"的"直",就是正直之人。对于正直之人,君子喜好而小人则加以毒害,这在逻辑上是通畅的,从而也避免了"小人岂能好其匹"之语出现的窒碍。"小人岂能好匹"是早期儒家严君子、小人之辨这一理念指导下的命题,在战国时期儒家性善论占据理论优势的情况下,对于这一命题加以适当调整,应当是儒家思想发展的应有之事。从简本和今本的对比看,这个调整还是十分合理而且高明的。它没有超越严君子、小人之辨的藩篱,而且还在孔子的理念中选取了"正"字来替代"匹"字,从而把《缁衣》此章内容变得更为合理顺畅。可以说,《缁衣》简本的"小人岂能好其匹"到今本作"小人毒其正"的变化,让我们依稀看到了战国中后期儒家观念进行调整与发展的一个侧面。

考析十六　美丑之辨:孔子思想的一个起点——简本《缁衣》首章补释

《礼记·缁衣》是阐述孔子政治与伦理道德学说的专篇。郭店简和上博简的《缁衣》篇是目前所见最接近原初状态的古本,两种简本的首章皆为"缁衣"章,可见此章是为全篇的统领。此章内容的中心是通过对于缁衣与巷伯的对比,说明民众能够辨别美、丑之重要。周人的社会理念中,以文王为美的化身,演绎出圣王崇拜,对于中国古代社会有深远影响。

博大精深的孔子思想体系,如果要从中寻绎出一个端绪的话,可以说美丑之辨正其逻辑的起点。从美丑之辨开始可以别善恶,进而知荣耻,颂扬美善、抵制丑恶,仁义道德之论于是通行而无阻。反之,如若美丑不辨,那么,孔子思想体系便难以展开。

《礼记·缁衣》是阐述孔子政治与伦理道德学说的专篇。郭店简和上博简的《缁衣》篇作为目前所见最接近原初状态的古本,两种简本的首章皆是"缁衣"章③。

---

① 《论语·卫灵公》、《季氏》。
② 孙希旦:《礼记集解》卷五十二,中华书局1989年版,第1331页。
③ 关于《缁衣》篇的章序,学者多认为传世本的首章为后儒所附加,原因有二,其一,传世本所见的首章开始谓"子夫子曰",与其他各章皆以"子曰"的通例不合;其二,《礼记》诸篇多取首章之辞名篇,传世本首章无"缁衣"二字,这两字见于其第二章。今所见简本首章与传世本次章相同,证明传世本次章,本当为首章,后来作为次章编定,是后儒乱其篇次的结果。

《礼记》诸篇，特别是《表记》、《坊记》这些与《缁衣》性质相同的篇章，其首章皆是全篇之纲领，或者是进入全篇主旨的端绪，《缁衣》篇亦应如此。由此看来，对于简本首章意蕴的抉发应当是研究《缁衣》篇的一项重要问题。

郭店简、上博简所载先秦古书中皆有《缁衣》之篇，是认识《缁衣》初貌的宝贵材料。简本《缁衣》首章所提出的美丑之辨的问题罕有专家论及，今不揣浅陋，略陈拙见以冀求引玉之效。

一 简文"媺"、"遴"、"妧"补释

为了讨论方便，我们先将《缁衣》首章的简本和传世本的文字具引如下：

郭店简：夫子曰："好媺（美）女（如）好兹（缁）衣，亚（恶）亚（恶）女（如）亚（恶）遴（巷）白（伯），则民臧（咸）妧（力）而型（刑）不屯。"《寺（诗）》員（云）："懿（仪）型（刑）文王，萬邦乍（作）孚。"

上博简：子曰：𢼸（好）頪（美）女（如）𢼸（好）纟（缁）衣，亚（恶）亚（恶）女（如）亚（恶）衖（巷）白（伯）。则民成（咸）劣（力）而型（刑）不刿。告（诗）員（云）："娭（仪）型文王，薑（萬）邦复（作）艮（孚）。"

传世本：子曰："好贤如缁衣，恶恶如巷伯。则民不渎而民作愿。刑不试而民咸服。"《大雅》曰："仪刑文王。万国作孚。"①

简本《缁衣》首章中有几个字的考释，对于简文意义的认识颇为重要，有必要在诸家研究的基础上做进一步探讨。

先说"媺"字。郭简"媺"与上简的"頪"同以"𢼸"为声符。这个字当读为"媺（美）"。在《周礼》一书中除写成较晚的《考工记》以外，其他的"美"字皆以"媺"为之。如"美宫室"作"媺宫室"、"美恶"作"媺恶"、"以为美"作"以为媺"。清儒钱大昕曾经论证"媺"即"美"的问题，他说："媺，古美字。此字不见《说文》，非漏落也。古文微与尾通。《尧典》'孳尾'，《史记》作'字微'《论语》'微生亩'《汉书》作'尾生亩'，媺当从微，当与娓通。《诗》'谁侜予美'，韩诗美作娓。

---

① 上引《缁衣》首章文字，"郭简"者引自荆门市博物馆编《郭店楚墓竹简》（文物出版社1998版），"上简"者引自马承源主编《上海博物馆藏战国楚竹书》（一）（上海古籍出版社2001年版），"传世"者引自中华书局编《十三经注疏·礼记正义》（中华书局1980年版）。

《说文》女部有娓字,则该乎嬬矣。"①在近年面世的简帛文字中,"党"以及从"党"的"媺"、"頮"和"娓"多通假为"美"②。郭店简《老子》甲本第15号简云"天下皆知媺之为媺也"③,两个"媺"字皆读为"美",是为一个典型的例证。

我们还可以粗略地推测一下"美"的字源。"美",可以是一个包括了从形式到内容、从感性到理性的综合概念,可是它的起初形式则是直观的体悟,它应当是古人对于外在形象的一种感觉。从嬬、娓即美之古字可知,那个时候是以物或人的细微处为"美"的。如树的细微处是树梢,位于上部随风飘逸,看起来有美感。动物或人的毛发及尾巴是其形体的细微处,亦飘逸有致而彰显其美。1973年青海省大通县上孙家寨出土的属于马家窑文化(距今5100—4700年)的舞蹈纹彩陶盆的舞蹈者的形象,一般认为它表现了《吕氏春秋·古乐》篇所说的"葛天氏之乐,三人操牛尾,投足以歌八阕"的境况,这个图像中的人物,除了长发(或谓发辫类的饰物)飘逸以处,每个人都有尾饰在身后(而不是拿在手中的"操牛尾"),这种造型可能是模仿动物之尾以显示"美"的结果。古人造字时将这种美感具体化便逐渐造出嬬、娓两字作为"美"字。羊大为美,该是后起的文字,而非其溯。

再说"遳"字。郭简"遳",整理者释读为巷,至确。今将此字的考释问题,再略作申述如下。《说文》巷字作"䢽",从双邑从共。这个巷字后世还有流传,杜从古《集篆古文韵海》收巷字即作"䢽"形④,与《说文》同。篆文或作"䢽",从共从邑,省去一个邑旁,是为巷字所本。后世巷字字形虽有不同变化,但皆从"共",则是一致的。巷字不仅以"共"得声,亦从"共"会意,《说文》训巷为"邑中道",正是䢽双邑偏旁中间所夹的"共"所表示的意蕴。上简之巷字作衖形,与郭简的遳表示的意义完全一致,皆谓行走之路,只不过省却了双邑偏旁而已。上简"衖"字,作为偏旁的"行"字中间所从者与郭简"遳"字作为偏旁的"辶"字以上所从者,完全一致,系"共"字异构。若以造字本义论之,则此

---

① 钱大昕:《十驾斋养新录》卷二,上海书店1983年版,第25页。
② 见刘信芳:《楚简帛通假汇释》"履部",高等教育出版社2011年版,第252页。
③ 荆门市博物馆编:《郭店楚墓竹简》,文物出版社1998年版,第4页。原注释者指出,《汗简》引《尚书》"美"字从"女"从"媺",简文"美"字另有作"党"者是"媺"的省形。
④ 转引自徐在国编:《传抄古文字编》,线装书局2006年版,第638页。

"共"可谓"㊟"之省形。包山楚简"州巷"的巷字作"㊟"若"㊟"形①,前一字形与上简"衖"字同,后一字形与郭简"遜"字同,足证战国简帛文字当中巷字无论从"行",抑或是从"辶",皆有作为"㊟"之省形的"共"字在。专家或以为简文"巷"字所从的"芇","应分析为从'巾','共'省声,疑'帙'之省文"②,此说,证据充分,可以成立。然,此说尚不足以完全否定郭简整理者提出的"芇","为'共'字异构"的说法,楚简文字中共字多作㊟、㊟、㊟等形③,而巾字则多作㊟、㊟等形④,而简文"巷"字所从者则作"芇"形。对比字形情况,显然简文的"巷"字与简文共接近而与巾则距离较远。愚以为郭简整理者谓"巷"字是共的异构是较优的说法,若说它是"㊟"的省形,应当更确切。

再说"犮"字。简文"犮",原考释者写为"胧"。诸家多以为这个字从力从攴(不从"它"),今从之。诸家考释或读为"饬"、"服"、"顺"等,似皆不若读为"扐"为优。在古文字中,"攴"与"又"因形意皆近而每相混用,刘信芳先生考释简文这个字说:"应是扐之异构,从攴从手不甚别"⑤,是正确的。上博简此字作"㊟"形,其上部所从为手,与郭店简的手字"㊟"及"㊟"、"㊟"等字的作为偏旁的"手"的字形相一致⑥,由此来看,上博简的这个"㊟"字,释为从手从力的"扐"字,应属可信。郭店简的"犮"字,当依上博简而释为"扐"字之异写。刘信芳先生的说法,可为凭据。

简文"屯",专家或释为"弌"之讹,恐非是。郭店楚简《老子》甲本第9号简"屯"字作"㊟"形与本简的"㊟"形,完全一致,因此释其为"屯"字应当是正确的。"屯"字古音为知纽文部字,原考释者读为"蠢"(穿纽、文部),于音转上没有什么问题。但如何具体释意则尚有分歧。一、专家或谓简文"屯"当读若"顿",《离骚》"屯其车其千乘",王逸注:"屯,陈也"。陈即公布、陈列意。春秋时期郑国铸刑鼎,将刑法公布于众,晋卿叔向反对此举,并引"仪刑文王,万邦

---

① 湖北省荆沙铁路考古队:《包山楚简》,文物出版社1991年版,图版第64、65图。
② 黄德宽、何琳仪、徐在国:《新出楚简文字考》,安徽大学出版社2007年版,第305页。
③ 张守中等:《郭店楚简文字编》,文物出版社2000年版,第45页。
④ 李守奎:《楚文字编》,华东师范大学出版社2003年版,第476页。
⑤ 刘信芳:《郭店简〈缁衣〉解诂》,见《郭店楚简国际学术会议文集》,湖北人民出版社2000年版,第166页。按,刘信芳先生所撰《楚简帛通假汇释》(高等教育出版社2011年版)一书释简文这个字时引用黄锡全先生的说法,将这个字写作从"力"从"文"之字,读若服(见此书第162页)。
⑥ 郭店简的这三个字见张守中等撰集的《郭店楚简文字编》,文物出版社2000年版,第165—166页。

作孚"的诗句说明执政者只要为民表率即可不用刑法。所以简文"刑不屯"即"刑不陈"①。此说虽有理致,但愚以为简文之意在于说明刑法不会被使用。简文"刑不屯",意当为刑不用,而非刑不公布、陈列。因此将"屯"读为"蠢",并以《尔雅·释诂》之说解为"动也",可能较优一些。二、另有专家读"屯"为"顿",以为即古人所云的"甲兵不顿"之意。其实,顿意为困穷、废坏,以此释简文,则较迂曲,不若释其意为动更好些。

疏通简文至为重要的关键,愚以为在于如何理解简文"扐"字。这个字,《说文》谓其"从手力声",固然可由音训而谓简文扐读为力。过去专家多如此释之,我认同专家此说。但细想起来,此释似与"扐"的古义不相符合,所以还有其他解释的余地。"扐"字的最著名的用法是《易传·系辞》所谓的"揲之以四以象四时,归奇于扐以象闰。五岁再闰,故再扐而后挂"。这里是讲演易卦之法,将蓍草任意分为两半之后,分别以四数之,不足四者,即"归奇于扐",前人于此有两种说法,较普遍的说法是将四四数之("揲之以四")剩下的蓍草夹于手指间,即称为"扐";另一种说法是不一定是夹于指间,只要另放一处即是。高亨先生曾经批评前一种说法,谓:"《释文》引马云:扐,指间也。后人皆从之。按,如将余策夹在指间,则不能再揲矣,故知其说非也。"②由此看来,演易之法中的"扐"就是将不能"揲之以四"的那部分蓍草,别放一处,另作处理。"扐"的本义应当是分而理之。《考工记·轮人》"以其围之阞捎其薮",孙诒让《周礼正义》解释"阞"字时引用了郑珍的说法,郑说谓:"阞者,分理之名,本无专字。言地理,即从阜作阞;言木理即从木作朸;言指之分,即从手作扐;言骨之分,从月作肋。"③清儒朱骏声解释《易·系辞》所说的"归奇于扐"的"扐"字时引荀氏说谓"别也"④,深得"扐"字本义。总之,"扐"之本义即分别、辨别。由此来理解简文之意似乎较为通畅。简文主旨是说,如果民众能够以缁衣那样的美为"美"、以巷伯那样的丑恶为"恶",那么民众就皆能够分辨美、恶,如此则刑罚就不必动用了。

---

① 刘信芳:《郭店简〈缁衣〉解诂》,见《郭店楚简国际学术会议文集》,湖北人民出版社2000年版,第166页。
② 高亨:《周易大传今注》卷五,齐鲁书社1979年版,第526页。
③ 孙诒让:《周礼正义》卷七十五,中华书局1987年版,第3156页。
④ 朱骏声:《说文通训定声》"颐部",中华书局1984年版,第225页。

二　美丑之辨：简本《缁衣》首章主旨

简本《缁衣》首章"好美如好缁衣，恶恶如恶巷伯，则民咸扐而刑不屯"的意思是说，只要喜好美善如同喜好缁衣一样，厌恶丑恶如同厌恶巷伯一样，那么民众就都会辨别美丑，如此一来，刑罚就不必动用了。简文在这里强调民众辨别美丑而形成的荣辱理念的重要，人有了耻感，就能够自觉地不触犯刑法。其间的逻辑关系如下：

辨美丑——知荣辱——有耻感——"刑不屯"

正因为简文蕴含着这个逻辑关系，才使得语意连贯一体，具有了很强的说服力。明儒吕坤讲到德、礼、刑等的关系时说："五刑不如一耻"①，足可为本简简文所说"民民咸扐而刑不屯"的注脚。

简本《缁衣》首章即提出美丑之辨的问题，表明七十子深谙乃师学说的登堂入室之门径。在研究此点以前，我们应当先来说一下简本《缁衣》首章作为中心内容的"缁衣"和"巷伯"的含意问题。

传世本《礼记·缁衣》篇次章（即简本首章）的"缁衣"和"巷伯"，郑玄的注和孔颖达的疏，皆以为是《诗》篇名。裘锡圭先生考释简本《缁衣》时指出："如简文'恶恶如恶巷伯'句'巷伯'上'恶'字非衍文，则孔子或《缁衣》编者似以为《巷伯》作者'寺人孟子'在诗中所指斥之逸人即地位较寺人为高之奄官巷伯。"②裘先生的说法甚确，简文"巷伯"确非诗篇之名。除此之外，细绎简文之意，愚以为还可以指出，简文"缁衣"二字亦不当为诗篇之名③。"缁衣"作为服饰来说，是指表示正直忠君的玄黑色的朝服，周人以之为美。以玄黑喻正直忠君，是孔子"比德"审美观念的一个表现。孔子善于以物喻德，如以山喻仁、以水喻智、以松柏喻刚毅、以川水奔腾喻勇敢、以宥坐之器喻谦虚平和等。这种审美观念实质上是以自然美来反观人的道德之美，或者说是通过观察自然之

---

① ［明］吕坤：《呻吟语》卷五《外篇·治道》，《吕坤全集》，中华书局2008年版，第838页。
② 荆州市博物馆编：《郭店楚墓竹简》，文物出版社1998年版，第131页。
③ 关于此问题的详细考析，烦请参阅拙稿《竹简本〈缁衣〉首章补释》《人文杂志》2012年第3期。

美来体悟人的道德之美①。美与丑相反相成。简本《缁衣》首章开宗明义所采用的论述方式就是"比德",以缁衣之美与巷伯之丑喻指人的美德与恶,缁衣的正直之美与巷伯的谗谄之丑恰成对比。《诗经·巷伯》为寺人孟子痛斥巷伯(奄官之首)的作品。他对于巷伯上下其手、构谗潜非,诬陷报复的恶行极为痛恨(巷伯是恶人而非受谮害者)。简文所载孔子语谓社会上的人憎恶恶人都像憎恶巷伯那样就好了。孔子说的美丑之辨,并非个别人的理念与行为,其所强调的是民众的社会行为,是要形成整个社会的风尚与习俗。

"缁衣"之美与"巷伯"之丑,在简文的文本里这是一个明显的对比,但是简本还进一步提醒说,这种客观的对比还不够,还应当主动引导大家都要进行积极的分辨,这就是简文所谓"咸扖"的意蕴所在。

就辨别美丑(亦即审美)的一般情况来说,直观的外表的漂亮、赏心悦目,即是一种美。这种美,是对于事物或人所表现出来的外在的观感。如果再进一步了解,其内在的真实与善良也会被认识,事物或人的本质的真实与善良,就是其内在的美。所以,真、善、美之间的关系,一般说来就是真善其内而美观其外,质言之则可谓"善内美外"。作为能够直接被感知的形象,美是引导人们进入理念世界的最方便的入口和路径。审美从感官判断开始,当它上升到理智判断的时候,也就进入了理念的状态,那就是辨别美丑、辨别善恶的境界。

孔子十分重视区分善恶,他说:"君子成人之美,不成人之恶。小人反是。"②将如何对待美与恶作为君子与小人的分界线。他还十分称许"善"的境界,说:"善人为邦百年,亦可以胜残去杀矣。诚哉是言也!"③"美善"与"丑恶"是相对应的概念。美与善有时候是同义的,《论语·里仁》"里仁为美",别本

---

① 这种以物喻德的方式,可以称为"比德"。孔子关于"比德"审美观念最为集中的一个表达,见于《礼记·聘义》。是篇载:"子贡问于孔子曰:'敢问君子贵玉而贱碈者,何也?为玉之寡而碈之多与?'孔子曰:'非为碈之多故贱之,玉之寡故贵之也。夫昔者,君子比德于玉焉。温润而泽,仁也。缜密以栗,知也。廉而不刿,义也。垂之如队,礼也。叩之其声清越以长其终诎然,乐也。瑕不掩瑜,瑜不掩瑕,忠也。孚尹旁达,信也。气如白虹,天也。精神见于山川,地也。圭璋特达,德也。天下莫不贵者,道也。《诗》云:"言念君子,温其如玉。"故君子贵之也。'"孔子在这里几乎把君子所有的美德都以玉之自然美的形象表达了出来,可谓以物喻德(亦即"比德")的经典表述。
② 《论语·颜渊》。
③ 《论语·子路》。

"美"作"善"①,是古人美、善两意不甚分之例②。然而,美与善还是有一定的程度上的差异。孔子曾用"美"与"善"来区分音乐境界的差异,说《韶》乐"尽美矣,又尽善也",说《武》乐"尽美矣,未尽善也"③。就此而言,可以说善是更高标准的美。美、善两者一般来说是形式与内容、外表与本质的关系。善内美外,作为能够直接被感知的形象,美是引导人们进入理念世界的最方便的入口和路径。审美从感官判断开始,当它上升到理智判断的时候,也就进入了理念的状态,那就是辨别善恶的境界。

人皆能辨别美丑,虽稚子亦可做到,但若能够正确地辨别美丑,具有较高的审美理念,就不是人人皆能的事情,例如视玄黑色的缁衣为"美",视巷伯为丑恶小人,就非人人认可。而孔子所希望达到的社会情况就是人人皆能分辨美、丑,并且进而喜美而恶丑,简文所指出的意蕴就是社会上的人喜欢美色都像喜欢缁衣那样就好了,社会上的人憎恶恶人都像憎恶巷伯那样就好了。这是一种良善而淳厚的社会习俗。这种理念上升到治理国家的层面就是孔子所主张的"尊五美,屏四恶"。他曾经和子张讨论怎样"从政"的问题:

> 子张问于孔子曰:"何如斯可以从政矣?"子曰:"尊五美,屏四恶,斯可以从政矣。"子张曰:"何谓五美?"子曰:"君子惠而不费,劳而不怨,欲而不贪,泰而不骄,威而不猛。"子张曰:"何谓惠而不费?"子曰:"因民之所利而利之,斯不亦惠而不费乎? 择可劳而劳之,又谁怨? 欲仁而得仁,又焉贪? 君子无众寡,无小大,无敢慢,斯不亦泰而不骄乎? 君子正其衣冠,尊其瞻视,俨然人望而畏之,斯不亦威而不猛乎?"子张曰:"何谓四恶?"子曰:"不教而杀谓之虐;不戒视成谓之暴;慢令致期谓之贼;犹之与人也,出纳之吝,谓之有司。"④

关于如何"从政"的问题,孔门师徒多有讨论,然此处的言论最为详尽,正如朱

---

① 见程树德:《论语集释》卷七,中华书局1990年版,第226页。
② 《孔丛子·论书》篇载:"子夏问书大义。子曰:'吾于《帝典》见尧舜之圣焉于大禹。……故《帝典》可以观美。'"这里的"美"实指尧舜政治之善。
③ 《论语·八佾》。
④ 《论语·尧曰》。

熹《论语集注》引尹氏说所谓"告问政者多矣,未有如此之备者也"①。在孔子看来,循行五种美政("尊五美")②和摒弃四种恶政("屏四恶"),是为治国的根本措施。可见,辨别"政"之美恶乃是治理国家、实施政治的起点。鲁国大夫澹台灭明行政以"民利"为重,孔子称赞他说:"独贵独富,君子耻之,夫也中之矣。"③澹台灭明之所以如此,在孔子看来,是因为他拥有不与民同富贵为耻的观念。子张向孔子请教为官执政之道,孔子告诫他的措施之一就是考察民俗的"美恶"④,这样才会有"善政"可行。对于士人致仕从政,孔子认为,"邦有道,谷;邦无道,谷,耻也"⑤。国家无道的时候如果出仕食禄,那就是可耻的事情。此亦孔子所云"邦无道,富且贵焉,耻也"⑥的意思。由此我们可以说,美丑之辨是孔子政治哲学的起点,应该是可以的。

如同美丑之辨是孔子政治哲学的起点一样,美丑之辨也是孔子与儒家道德观念养成的起点。孔子十分重视人的荣辱感、羞耻感的建立。只有能够正确地分辨美丑,才会以美为荣,以丑为耻。他认为之所以不要轻言允诺、保证一类的话,就是因为"耻躬之不逮",就是"耻其言而过其行"⑦。孔子将"知耻"作为个人修身的三个先决条件之一⑧。在个人的道德修养中,耻感观念的建立是必备的基础,孔子说:"士志于道,而耻恶衣恶食者,未足与议也。"⑨他强调有志于道德修养的士人,如果没有正确的耻感(不是以品德不好为耻,而是以恶劣的衣食为耻),其他的就都没有谈说的价值了。有了对于自己曾经的恶

---

① 朱熹:《四书集注·论语集注》卷十,中华书局1983年版,第194页。
② "尊五美"的"尊"字,邢昺疏谓"尊崇"(李学勤主编《十三经注疏·论语注疏》卷二十,北京大学出版社1999年版,第269页),清儒潘维城《论语古注集笺》、俞樾《群经平议》皆指出汉时传本多作"遵",《说文》:"遵,循也。"《方言》:"遵,行也。"(见程树德《论语集释》卷三十九,中华书局1990年版,第1370页)由此可见,"尊五美"当即循行五种美政之意。
③ 《大戴礼记·卫将军文子》。
④ 《大戴礼记·子张问入官》。
⑤ 《论语·宪问》。
⑥ 《论语·泰伯》。按,依孔子之意,国家无道的时候士人应当独善其身,若出仕就应当谋政行道,如果只是窃禄图富,则成为可耻之徒。后来,孟子亦遵循此说,谓"立乎人之本朝,而道不行,耻也",但又认为像柳下惠那样,"不羞污君,不卑小官",不去做隐士而独善其身也还是可以的,所以能够称为"圣之和者"(《孟子·万章》下)只有些"不恭"(不够严肃)(《孟子·公孙丑》上)而已。
⑦ 《论语·里仁》、《论语·宪问》。关于诚信观念的建立,孟子曾发挥这一理念,说:"声闻过情,君子耻之。"《孟子·离娄》上)
⑧ 见《礼记·中庸》。
⑨ 《论语·里仁》。

言丑行的认识,知道它是耻辱,才会有忏悔,才会有与恶言丑行相对的善言懿行。孔子强调人应当有耻感的原因应当就在这里。孟子发展了孔子的这一理念,将"羞恶之心"作人的四个"善端"之一,称其为"义之端"①,足见耻感理念对于人的品德修养的重要。在孝道修养中,耻感观念也是重要的一项。《诗·小雅·小宛》说:"夙兴夜寐。毋忝尔所生。"("早晚操劳,惟求不辱没父母的名声")曾子以为这两诗,"言不自舍也,不耻其亲,君子之孝也"②儒家理念中对于"有耻之士"特别重视,谓:"君子不贵兴道之士,而贵有耻之士也;若由富贵兴道者与?贫贱,吾恐其或失也;若由贫贱兴道者与?富贵,吾恐其赢骄也。夫有耻之士,富而不以道则耻之,贫而不以道则耻之。"③只是对别人弘扬道义而不注重个人修养的"士",经不起富贵的诱惑与贫贱的威胁,而那些有羞耻观念的"士"才会真正践行"道"。对于人的品德修养,孔子强调实践的作用,说:"性相近也,习相远也。"由人的本性的相近,到人的气质之性的差异,是后天实践的结果④,正如朱熹所云,"气质之性,固有美恶之不同矣。然以其初而言,则皆不甚相远也。但习于善则善,习于恶则恶,于是始相远耳"⑤。美丑之辨正是孔子所言"习"的一项重要内容。儒家强调美丑之辨,必须实事求是,"不饰其美,不隐其恶"⑥,这样才会提高道德修养水平。

三 说"仪刑文王"

《缁衣》首章内容以称引《诗》"仪刑文王,万邦作孚"之句作结,其深远用意值得体味。

这两句诗见于《诗·大雅·文王》篇。是篇历数周文王接受天命、创立王朝、保佑子孙福祉的巨大功劳,末章以"仪刑"句作结,起到总括全篇点明主题的作用。关于"仪刑"的刑字,毛传、郑笺皆以"法"为释。这个"法"字不是法律

---

① 《孟子·公孙丑》上。
② 《大戴礼记·曾子立孝》。
③ 《大戴礼记·曾子制言》。
④ 儒家理论中对于先天因素的影响亦曾提及,如谓"息土之人美,耗土之人丑",(《大戴礼记·易本命》)指沃衍土地生活的人多美观,疏薄土地生活的人则多丑陋。这是对于人的外表的观察,而非是人的气质之性。
⑤ 朱熹:《四书章句集注·论语集注》卷九,中华书局1983年版,第175页。
⑥ 《大戴礼记·文王官人》。

之法，而是准则之意。"仪刑"的"仪"字，《说文》训为"度也"，训"度"谓"法制也"。可见，"仪刑"二字乃是由意义相同的二字组成。本简简文的"仪"字从"忄"，而不从"亻"。在战国竹简文字中"心"旁与"人"旁每相通用无别，如上博简《曹沫之陈》第5号简"任"字，作上壬下心之形。再如清华简《尹至》第1号简"僭"字，亦以"心"旁替代"人"旁。本简简文的"憸"读为"仪"应当是没有问题的。

值得讨论的是简文"型（刑）"字。

这个"型"字作"㙻"形，郭店简除《缁衣》以外的篇章中的刑字多作附有刀旁的"㓝"，唯《缁衣》篇的六个"型"字皆不附以刀旁，盖为写手习惯所致。战国竹简文字中的"型"字只有从刀旁或不从刀旁两种写法，从井从土，则是共同的。战国时期中山王诸器的刑字作型（"㙻"），与竹简文字相一致。所从的"井"是为声符，那么所从的"土"又表示什么呢？愚以为它是"型"字造字本义的遗存。"型"字初源于抟土制器，后来竹木、金石等材料亦可制器，所以型或省写作"刑"。后世所见从"刑"的字，如㓝、铏、硎等皆从形体取意，如㓝指成㓝之物，铏和硎皆指食器。《考工记》云："抟埴之工：陶、瓬。有虞氏上陶，夏后氏上匠，殷人上梓，周人上舆。"将不成型的东西制成器物，最早者当为制陶。传说中最早的是"女娲抟黄土造人"，彩陶和黑陶时代以慢轮和快轮制陶，已经达到了较高制陶工艺水平。制陶之轮称为"陶钧"。以金石竹木等材料制器皆当在以埴土制陶之后。将埴土抟制为器，即由不成形之材料，变为成形的器物，这应当是"型"的造字本源，战国竹简文中这个字每从土旁，犹存古意焉。《说文》："型，铸器之法也。"这是以铸造青铜之法为说，虽然不误，但却非其溯。总之，型、荆、形、㓝、硎、铏等字当为可以互相通假的同源字，源于以埴土制陶以及后来的以各种材料制器，器成有形，即型字本意。《孔子家语·致思》篇载："鲁有俭啬者，瓦鬲煮食，食之，自谓其美，盛之土型之器，以进孔子。"所谓"土型之器"意抟土成型之器，指常用的粗制陶器。《墨子·节用》上篇的"土形"，即指土型之器。战国竹简文字中"刑"与"型"每相通用无别。如曾侯乙墓第75号竹简的简文"刑幡之轮"的刑字（"㓝"）字，即当读若形若型，指此车的车轮有屏蔽尘泥的幡。

我们可以附带讨论一下金文中的"刑"字。金文"刑"字多作"㓝"形，读为"荆楚"之荆。散氏盘有"㓝"字，读作刑，专家或与盘铭的上一字"司"系连，读为"司刑"谓其为"掌刑法之官",愚以为当其上一字的"司"字与其上的"有"字连读为"有司",其"刑"字与其下一字连读为"刑考",为人名。"考"为老者,"刑考",即名刑的老者,作为刑法用的可能性很小。现在所见的西周彝铭资料中没有作为刑法字的"刑"字,这应当与"刑不著于鼎"的传统有关。

清儒段玉裁说:"以木为之曰模,以竹曰范,以土曰型。引申之为典型,假借荆为之,俗作刑,非是。《诗》毛传屡云:'刑,法也。'又或假形为之,《左传》引诗'形民之力,而无醉饱之心',谓程量其力之所能为而不过也。"段玉裁说这个字的假借字应当是个从井从刀的字,而不是普通的"刑"字。今见郭店简、上博简等战国竹简文字中"型"字皆从井,可证段说之精确。刑字从井从刀,这种情况汉代亦然,从战国竹简文字中,我们可以知道,那个时期的"型"字多作"坓"形,写作"坓",是个从土从井的形声字。型有形有样,引申意为模样、榜样。就"仪型"两字来说,器之标准可以称为"型",而人之标准则为"仪"。两者连用,意即楷模。"仪型文王",即以文王为楷模。

周文王是有周一代最受推崇的圣王。《大雅·文王》篇所谓"仪刑文王,万邦作孚"("以文王为楷模榜样,天下万国就会信服于周"),成为周人习语。周人之所以无以复加地崇敬文王,是因为他建有大美的功业,有高尚的美德。周人把他作为楷模而顶礼,应当说是最合适不过的。在周人的理念中,文王就是"美"的化身。

关于文王所建立的大美功业,汉儒所著《尚书大传》曾说:"文王一年质虞芮,二年伐于,三年伐密须,四年伐畎夷,纣乃囚之,四友献宝乃得免于虎口,出而伐耆。"①这些业绩,实际上奠定了周灭商的基础。"耆"在今山西上党,已近商王朝腹地。《诗经·皇矣》记载文王伐崇之事,崇地在豫西,已近商都。孔子说周文王"三分天下有其二"②,可见其势力之强盛。周武王虽是周王朝开国之君,但他只是完成了对于商王朝的最后一击,主要的功绩,还当属于周文王。在周人看来,周文王建立巨大功业,都是他膺受天命的结果。《尚书·无逸》篇

---

① 皮锡瑞:《尚书大传疏证》卷三,清刻本。按,关于"伐耆"之举属文王,抑或是武王,历来颇有争论,或谓伐耆当为两次,一为文王,一为武王,说较融通。《尚书·西伯戡黎》载"西伯既戡黎",纣王以"我生不有命在天"应之,此"戡黎(即耆)"之西伯,必当为文王。清华简《耆夜》载"武王八年,征伐耆,大戡之"(李学勤《清华大学藏战国竹简》(壹),中西书局 2010 年版,第 150 页),此次伐戡,必当为武王之举。

② 《论语·泰伯》。

说："文王受命惟中身。"《康诰》说："天乃大命文王，殪戎殷。诞受厥命，越厥邦厥民，惟时叙。"《文侯之命》说："惟时上帝，集厥命于文王。"《诗经·大雅·下武》说："文王受命，有此武功。"《大盂鼎》彝铭说："不（丕）显玟（文）王受天有大令（命）"①，《何尊》彝铭谓："肆玟（文）王受兹[大令（命）]"②。是皆为证。

为什么天帝要把治理天下的大命授予文王呢？这是因为文王有美德的缘故。《尚书·康诰》把这个道理讲得很清楚。是篇说道："丕显考文王，克明德慎罚。不敢侮鳏寡，庸庸、祇祇、威威、显民，用肇造我区夏，越我一二邦，以修我西土。惟时怙冒闻于上帝。帝休，天乃大命文王。"意思是说，伟大光荣的父亲文王能够申明其德并谨慎于刑罚，照顾鳏寡之类的弱势民众，用其所当用，敬其所当敬，威其所当威，由此而德显于民。他缔造了我们华夏，联络其他邦国，大大扩展了我们周的地域。惟是之故而上闻于天帝。天帝很高兴，便将大命授予文王。周文王"明德慎罚"，表现了他治国方略之美善；他平虞芮之讼，表现了他以谦让的美德治理天下；文王"秉鞭作牧"③，亲自劳作，表现了他勤劳的美德；文王营造灵台，与民同乐，"庶民子来"④，表现了与民众共甘苦的美德。从《礼记·文王世子》篇中我们还可以看到他孝敬其父季历的至美德行⑤。就文王的一生来看，也是十分完美的。《史记·周本纪》说，文王的父亲季历本是太伯的少子，因为太伯很看好季历的儿子昌（即文王），便将权位传给了季历，承父业，昌便成为周族的领袖。后来又娶了商王朝的仙女一般的姑娘为妻⑥，诞下周王朝的开国之君××周武王。郭店简《成之闻之》篇谓："文王之型（刑）莫至（厚）焉"（"文王作为典型楷模没有比他更合适的了"）⑦，可以说代表了有周一代人的根深蒂固的理念。

周人理念中一贯坚持的"仪刑文王"，就其积极意义来看，可以说是团结天

---

① 《大盂鼎》，《集成》5.2837。
② 《何尊》，《集成》11.6014。
③ 屈原：《天问》。
④ 《孟子·梁惠王》上。
⑤ 《礼记·文王世子》载文王请安于王季的情况谓："文王之为世子。朝于王季日三。鸡初鸣而衣服，至于寝门外。问内竖之御者曰：'今日安否何如？'内竖曰：'安。'文王乃喜。及日中又至，亦如之。及莫（暮）又至，亦如之。其有不安节，则内竖以告文王，文王色忧，行不能正履。王季复膳，然后亦复初。食上，必在视寒暖之节。食下，问所膳。命膳宰曰：'末有原。'应曰：'诺。'然后退。"
⑥ 《诗·大明》篇载文王娶妻事谓："大邦有子，伣天之妹。文定厥祥，亲迎于渭。"
⑦ 陈伟、彭浩主编：《楚地出土简册合集》（一），文物出版社2011年版，第75页。

下邦国的旗帜,是稳固周王朝的信念基石。从另外一个角度看,这种信念也是周代圣王情结的先河。文王是最先登上"圣王"神坛者,尧、舜、禹、汤等倒还在其后[1]。由对文王的崇敬而形成的圣王崇拜开启了这一思潮的端绪,因圣王崇拜而形成的个人迷信贯穿于整个中国古代社会,深刻影响着人们的社会理念。

---

[1] 我们从西周时期的诗篇中,即可看到"文王陟降,在帝左右"(《诗·文王》)的说法,周初诸诰中也屡言文王受命之事。并于尧、舜、禹、汤等圣王的记载则见诸春秋战国时人的述史之作,他们的时代虽然远在文王之前,但其被神化而登上圣王宝座,则在文王之后。

下编　专题研究[①]

一　先秦儒家"诗言志"理论再探讨

在古代诗歌理论中声名显赫的"诗言志"之说既不是出自遥远的虞舜,也不是出自春秋末年的孔子,而是战国中后期儒家整编古史时所提出的观点。"诗言志"的说法简明扼要,非常适合那个时代的社会需要,所以广为流传,被视为儒家诗歌理论之圭臬。"诗言志"的理论对于古代诗歌发展的确起到过相当可贵的积极作用,但是,有些儒者却高举"诗言志"的大纛,在"诗言志"观点的掩盖下,通过为现实政治服务而图谋个人干禄求仕,为当权者极尽高唱赞歌、谄媚邀宠之能事。在孔子及其弟子的诗歌理论中,情、志并重。将"情"逐出而只讲"诗言志",那是后儒的事情。上博简《诗论》所谓"诗亡(无)隐志",意即诗不必拘泥于志。这是对于孔子诗歌理论的直接说明,与古代文献中所记载的孔子诗歌理论是吻合的。今试将上述看法论析如下。

(一)儒家"诗言志"理论的历史发展

儒家诗歌理论往往认为,"诗言志"远自尧舜时代便已存在。《尚书·尧典》有舜任命夔担任"典乐"之职时的言辞,其中说:"诗言志,歌永言,声依永"[②],《史记·五帝本纪》称引此语稍有变动,改"诗言志"为"诗言意"。《史记正义》引孔安国说云:"诗言志以导其心,歌咏其义以长其言也。"儒家诗歌理论

[①] 本书下编"专题研究"部分的内容有些曾在学术杂志上发表过,收入本书时为统一体例而稍有更动。

[②] 《史记·五帝本纪》作"诗言意,歌长言,声依永",从《说文》志、意二字互训的情况看,汉代志、意二字相通,故而司马迁以"意"代"志"。

对于"诗言志"之说非常重视,清儒或将此视为"千古说诗之祖。……诗之体用,尽于是矣",并且认为此语一定为虞舜所说,"惜其时诗皆不传,仅闻《击壤》、《康衢》数歌,然又非诗体。可见古诗逸者尚多"[①]。其实,《尚书·尧典》的成书年代历经专家研究,已经可以肯定是在战国中后期[②],由此我们可以推测,"诗言志"之说既不是出自遥远的虞舜[③],也不是出自春秋末年的孔子,而是战国中后期儒家整编古史时所提出的看法。"诗言志"的说法简明扼要,非常适合那个时代的社会需要,所以广为流传,被视为儒家诗歌理论之圭臬。

后世儒家诗歌理论的核心是诗、志一体说。"诗言志"本来是春秋时期贵族在礼仪场合赋诗的概念,明确的历史记载见于《左传》襄公二十七年。此年(前546年)以晋、楚为首的各诸侯国举行弭兵大会以后,晋卿赵武返国途中经郑,郑卿伯有赋《诗·鹑之奔奔》,赵武觉得他的赋诗很不妥当,并由此预言伯有将会有祸患发生,赵武说:

  伯有将为戮矣。诗以言志,志诬其上而公怨之,以为宾荣,其能久乎?

郑卿伯有奢泰骄横,赋诗已露端倪,故而赵武认为他不能长久。赵武所谓"诗以言志",这种观点代表了当时贵族对于诗的一般看法,即诗为"志"而发,由诗可以观其志向。春秋中期鲁国的师亥说:"诗所以合意,歌所以咏

[①] 方玉润:《诗经原始》,中华书局1986年版,第42页。
[②] 蒋善国先生曾经总括诸家所论,再加考证,指出:"春秋以来早有尧、舜的传说,战国初年已传有《尧典》的简编。就古籍引《书》看,《墨子》里面引《书》很多,可是一句《尧典》也没有引,到了《孟子》才头一个引《尧典》,这点说明最初的《尧典》在墨子的时候还没有出现,它的成篇,当在墨子以后、孟子以前。……至于今本《尧典》却是秦并天下到秦始皇末年这期间,经儒家和博士整编的,因此里面所收以战国以来所传的旧《尧典》作蓝本,而旁搜关于尧、舜的传说(包括口说和简编),站在儒家立场上根据秦代制度整编的。"(《尚书综述》,上海古籍出版社1988年版,第168页)
[③] 饶宗颐先生曾经把"诗言志"与上古时代"官占"的"蔽志"联系起来。《左传》哀公十八年引《夏书》"官占唯能蔽志,昆命于元龟",饶先生说:"占卜的繇词,亦是诗的性质。"("诗言志再辨——以郭店楚简资料为中心",武汉大学中国文化研究院编:《郭店楚简国际学术研讨会论文集》,湖北人民出版社2000年版,第10—11页),这是一个正确的理解,可是把诗言志之事理解为夏商时代的卜辞中已经如此,则有进一步研究的余地。《夏书》那句话意思是说占筮之官能够"蔽志",然后命龟卜证之。释"蔽志"为断志是不错的,但要知道,这并非表达自己的意志,而是在多种意向中决断于一。所以说"蔽志"与后来的诗言志的意蕴尚有较大距离。

诗也。"①"言志"与"合意",其意正相反背,前者是向外发出,后者是朝内印证。然皆与个人的思想认识有关。孟子认为"说《诗》者,不以文害辞,不以辞害志。以意逆志,是为得之"②。孟子虽然看到了诗的词句与诗志有不一致的地方,但他强调必须关注《诗》中之"志"("以意逆志"),而不必顾及其余。荀子讲到"天下之道"的时候,说:

> 故《诗》、《书》、《礼》、《乐》之道归是矣。诗言是其志也,书言是其事也,礼言是其行也,乐言是其和也,春秋言是其微也,故风之所以为不逐者,取是以节之也,小雅之所以为小雅者,取是而文之也,大雅之所以为大雅者,取是而光之也,颂之所以为至者,取是而通之也。天下之道毕是矣。乡是者臧,倍是者亡;乡是如不臧,倍是如不亡者,自古及今,未尝有也。③

荀子将圣王之道具体转化为儒家经典来讨论。他将诗之志与天下兴亡的政治密切视为一体,充分体现了"诗言志"的重要性。《诗序》谓:"诗者,志之所之也。在心为志,发言为诗。"④《说文》谓:"诗,志也。志发于言,从言寺声。"⑤这个训释与《诗序》如出一辙,都可以代表战国秦汉时期儒家学派的一般看法⑥。汉儒将志、意互训的情况表明,司马迁说"《诗》以达意"实为"诗言志"的另一种表达⑦。魏晋南北朝时期,儒者发挥此说,如刘勰《文心雕龙·明诗》篇云:"大

---

① 《国语·鲁语》下。
② 《孟子·万章》上。
③ 《荀子·儒效》。
④ 《诗序》亦谓"变风发乎情,止乎礼义。发乎情,民之性也;止乎礼义,先王之泽也",此说虽确,但却仅被局限于"变风"的范围。从整体上看,《诗序》所持还是诗、志一体之论。按,上古时代所传的"诗言志",除了"言"作诗者之志以外,主要还是指赋诗者自己(而非诗作中所表现的作诗者)之志。在理解"诗言志"这一命题时这是不可不察的认识前提。朱自清先生曾经把"诗言志"分为"献诗陈志"、"赋诗言志"、"教诗明志"、"作诗言志"四项(《诗意志辨》,开明书店1937年版,第1—29页)。这四项皆指赋诗者本人之志而非作诗者之志。
⑤ 关于诗字训释,"志发于言"今本《说文》所无,《韵会》有此四字,杨树达先生《积微居小学金石论丛·释诗》认为有此四字为是。
⑥ 《庄子·天下》篇亦谓"诗以道志",可以推测"诗言志"之说已是战国社会观念中所认可的一般观念。
⑦ 《史记·太史公自序》"《礼》以节人,《乐》以发和,《书》以道事,《诗》以达意,《易》以道化,《春秋》以道义",《滑稽列传》所载亦有相同的说法。中华书局点校本《史记》将此语列为"孔子曰"之下,似不妥,得《太史公自序》篇之证,可以确定此为司马迁语。

舜云：'诗言志，歌永言。'圣谟所析，义已明矣。是以在心为志，发言为诗，舒文载实，其在兹乎！……人禀七情，应物斯感，感物吟志，莫非自然。"①这里所谓"应物斯感"，指出了外在事物对于人心志的影响。在理学思潮影响下，宋儒在"诗言志"的观念中引入了礼和理等观念，使志与诗有了更为密切的关系。如，程颐谓"三百篇皆止于礼义，……圣人取其归止于礼义而已"②，杨简《慈湖诗传·自序》亦谓"志之所至，诗亦至焉，诗之所至，礼亦至焉"。宋儒多将《诗》所蕴含之"志"理解为人君治国平天下的大业③，吕祖谦就认为"若夫言天下之事，美盛德之形容，固不待言而可知也"④。清儒顾炎武谈"作诗之旨"时也说"舜曰：'诗言志'。此诗之本也"⑤。就是当代专家也每每盛赞"诗言志"理论的正确与重要意义。专家或断定无志即无诗，把"志"之重要扩展到极致。

　　平实而论，"诗言志"的理论对于古代诗歌发展的确起到了相当可贵的积极作用。它使诗人胸怀天下，为朝廷兴衰而殚精竭虑，他们所关注的主要目标是"致君尧舜上，再使风俗淳"⑥。"诗言志"使诗人的观念升华，拥有更多的时代精神与壮志豪情，而不屑于一己之私。唐代大诗人白居易提出的"文章合为时而著，歌诗合为事而作"⑦，成为后代诗歌创作的主旋律。不少诗人以"位卑未敢忘忧国"自励，提出"独坐一隅，孤愤五蠹，虽身在江海，而心驰魏阙"⑧。在"诗言志"的旗帜下，古代诗歌中大量为国家时事忧心的诗作成为时代的瑰宝，这确是无可争议的事实。然而，"诗言志"也多隐蔽了诗人的无尽心酸。杜甫自述其志的著名诗作《奉左丞丈二十二韵》除了豪情壮志的抒发以外，还有这样的诗句："朝扣富儿门，暮随肥马尘。残杯与冷炙，到处潜悲辛。主上顷见

---

① 《文心雕龙·情采》也曾注重"情"在属文时的重要，如谓"情者，文之经，辞者，理之纬；经正而后纬成，理定而后辞畅"，但总体来说，此是"立文之本源"，而非诗旨之所在。所以在是篇中刘勰说"研乎《孝》《老》，则知文质附乎性情"，在《明诗》篇中说"春秋观志，讽诵旧章，酬酢以为宾荣，吐纳而成身文"。
② 程颐：《河南程氏经说·诗解》。参见《二程集》，中华书局1981年版，第1047页。
③ 将诗与治国平天下的政治密切相连，这种认识起源甚早。上引荀子即透露出这种思想。后来《诗序》即谓"故正得失，动天地感鬼神，莫近于诗。先王是以经夫妇，厚人伦，美教化，移风俗"。唐儒成伯玙亦将诗与"继迹王业"密切联系为一体，直至"王泽竭而诗不作"（见《毛诗指说·兴述》）。
④ 吕祖谦：《吕氏家塾读诗记》卷一。
⑤ 顾炎武：《日知录》卷二十一"作诗之旨"。
⑥ 杜甫：《奉左丞丈二十二韵》。
⑦ 《旧唐书·白居易传》卷一百六十六。
⑧ 陈子昂：《喜遇冀侍御圭崔司议泰之二使并序》。

征,欿然欲求伸。"可以说,在诗人的思想中,为国家社稷而奋斗的豪情与个人干禄的悲辛常常是糅合在一起的。豪情与苦辛的融汇,常常使诗人在"富儿门"前与"肥马尘"中痛苦挣扎,处于非常尴尬的悲酸境地。

总之,"诗言志"非虞舜时代所提出的观点,亦非出自孔子,而是孔子后学诗歌理论的表述。孔子对于诗的整编,着眼于保存和发扬"郁郁乎文哉"的周代文化。而七十子后学则大多面临着干禄求仕的迫切需求,他们的诗歌理论自然与此有关联。儒学之士适应卿大夫贵族及王侯将相之类权贵的需要,顺应政治潮流,这就必须将诗篇中蕴含的感情因素减到最低程度,而只强调诗中的治国平天下之志,而尽量淡化个人情感的抒发。从战国秦汉时期开始,历代儒生的意念中,"诗言志"的"志"除了报效国家朝廷的豪情壮志以外,也还有着儒生自己干禄求仕之志。这自然也是无可厚非的事情。

儒家诗歌理论中诗与"志"、"情"的关系又是怎样的呢?

郭店楚简《语丛》一第38简谓:"诗,所以会古今之持(志)也。"①,这段简文认为诗是古今人们之志的汇集,此说密合"诗言志"之旨。这应当是战国时期儒者的一个认识。《诗序》将《书·尧典》所提出的"诗言志,歌永言,声依永"体系,分为两个脉络,一是诗言志的路数,一是情成乐舞的路数,请看其具体论述:

> 诗者,志之所之也,在心为志,发言为诗。情动于中,而形于言,言之不足,故嗟叹之,嗟叹之不足,故永歌之。永歌之不足,不知手之舞之,足之蹈之也。情发于声,声成文谓之音。

这是研诗者耳熟能详的一段言辞。它所指出的两个脉络当中,"志"与"情"基本上没有关系。或有论者把诗与乐相对而论,认为诗以言志,乐以抒情。亦是将志与情分而割之之说。在"诗言志"的理论体系中,诗与志有着不解之缘,"诗"完全是也必然是"志"的表达。所以儒者将志与治国平天下联系为一体,诗也就与政治(而不是人的情感)有了不解之缘,汉代解诗的"美刺说"也就由此而起②。汉儒解诗,无论是《诗序》抑或是传、笺,多将《诗》理解为对于政治

---

① 荆门市博物馆编:《郭店楚墓竹简》,文物出版社1998年版,第80页。
② 汉代的"美刺说"虽然有其偏颇之处,但也有一定的合理性。相关的讨论烦请参见本书"专题研究"部分的"谈上博简《诗论》与《诗·郑风·将仲子》的几个问题"。

的赞美或讽刺,理解为政治的晴雨表。这样的理解给人的感觉就是,"诗言志"强调的只是对于政治的赞美或讽喻,诗必须是也只能是政治的附庸或婢女。

那么,"情"呢?"情"与诗是否有关系呢?

这个问题在汉儒那里本属于不屑于谈论的范畴,或者说汉儒用诗与歌分成两个路数的提法将它置于一旁,避而不谈。南北朝时期的梁代钟嵘《诗品·序》曾经提出"气之动物,物之感人,故摇荡性情,行诸舞咏。……非长歌何以骋其情"的说法,开始重视"情"在诗歌中的地位,但他仍然恪守赋比兴三义并重的原则,不敢逾越①。晋代文学家陆机有"诗缘情"之说,他所写的《文赋》云"诗缘情而绮靡,赋体物而浏亮"②。当时正处在诗的转变阶段,这不仅是四言向五言诗的转变,而且也是由"诗言志"向"诗缘情"的转变。朱自清先生曾谓当时"'言志'以外迫切的需要一个新目标,于是陆机《文赋》第一次铸成'诗缘情而绮靡'这个新语。缘情这词组将'吟咏情性'一语简单化,普遍化,并隐括了《韩诗》和《班志》的话,扼要地指明了当时五言诗的趋向。"③

关于"诗缘情"问题的被充分重视是在宋儒的时代,当时,一批学者逆潮流而动,与《毛诗》的《诗序》、传、笺之传统相背离,公开提出"情"与诗密不可分的观点。如朱熹释《关雎》一诗,即将注意力集中于"性情"之说,谓"为此诗者,得其性情之正、声气之和也。……至于寤寐反侧、琴瑟钟鼓,极其哀乐而皆不过其则焉。则诗人性情之正,又可以见其全体也。"④他虽然还没有完全跳出美刺说的窠臼,但已有了与汉儒颇为不同的认识。

明清之际的大学问家王夫之循此思路,进而提出"诗达情"的理论,谓:

> 诗言志,非言意也;诗达情,非达欲也。心之所期为者,志也;念之所

---

① 钟嵘:《诗品·序》谓:"诗有三义焉:一曰兴,二曰比,三曰赋。文已尽而意有余,兴也;因物喻志,比也;直书其事,寓言写物,赋也。宏斯三义,酌而用之,干之以风力,润之以丹彩,使味之者无极,闻之者动心,是诗之至也。若专用比兴,患在意深,意深则词踬。若但用赋体,患在意浮,意浮则文散,嬉成流移,文无止泊,有芜漫之累矣。"
② 陆机:《文赋》,见《昭明文选》卷十七。
③ 朱自清:《诗言志辨》,开明书店1947年版,第36页。
④ 朱熹:《诗集传》卷一。按,《诗经》中的情爱诗篇,朱熹视其为淫者自作的淫诗,此说虽不确,但为这些诗篇在《诗经》中的地位提供了理论依据。他所强调的"性情"之说,更为其理论的重要表述。

觊得者,意也;发首其自已者,情也;动焉而不自持者,欲也。意有公,欲有大,大欲通乎志,公意准乎情。但言意,则私而已;但言欲,则小而已。人即无以自贞,意封于私,欲限于小,厌然不敢自暴,犹有愧怍存焉,则奈之何长言嗟叹,以缘饰而文章之乎?①

尽管这个理论还是在"诗言志"的旗帜之下,王夫之将志、意、情、欲严格区分的做法,也不无可商之处,但是,他提出的"诗达情"的观点则确为卓识。他指出,人对于自己的私欲常常欲盖之而不迭,怎么能设想还会长言嗟叹,将其写成诗歌大肆张扬呢?王夫之的这个论证应当说是合乎情理而无可移易的。在他以后,魏源进一步论证了诗与"情"的关系。他说:"赋诗与引诗者,诗因情及,虽取义微妙,亦止借词证明,盖以情为主,而诗从之。所谓兴之所也。"②魏源所说的"诗因情及"、"以情为主",使诗与"情"关系进一步密切。在《诗经》理论的研究中,由注目于"诗言志"到注目于"诗达情",这种沿着"诗缘情"命题所做出的新的阐释,是理论认识的重大发展。

"志"与"情"是关系紧密的两个概念,可以说志是情的一种表达。但是这两个概念并不完全吻合。"情"这个概念,其范围要比"志"广大。情可以涵盖志,而志却不可以包括情。情与志的区别主要表现在,情具有率真的特质,它可以不假思索、不加掩饰地表现出来,其感性成分较多;而志则更多的是理性思考的结果。情主要是人的本性的张扬③,而志则赖于客观外界事物对于人的影响,其受外界客观影响的因素比较大。古代诗歌理论中虽然对于情也比较重视,也提倡吟咏情性,但却总不离《诗序》所谓的"发乎情止乎礼义"的原则,实际上依然以志代替(或左右)情的表达。

志虽然也表达着"情",但是由于人的思想的复杂性,因此,志有时候也会背离"情",成为虚情假意的表白④。言不由衷的作品在文学史上并非少见。

---

① 王夫之:《诗广传》卷一。《船山全书》第三册,岳麓书社1996年版,第325页。
② 魏源:《诗古微》卷二《毛诗义例篇中》。
③ 早期儒家十分重视"情"与"性"的密切关系,郭店楚简《性自命出》篇就有"情自性出"、"情出于性"的明确表达。说详下节。
④ 这种情况,用朱自清先生的话来说就是"钻入一种狭隘的'言志'的觭角里"(《诗言志辨》,开明书店1947年版,第36页)。

这类作品的出现当然不能由"诗言志"这一理论来负责,但这一旗帜为言不由衷者所利用却也是不争的事实。

(二)从《性自命出》和《性情论》看早期儒家的情性观

"诗言志"的命题,常常被置于儒家学派理论武库中,与孔子似乎也就有了不解之缘。在孔子神圣的光环下,几乎没有人对这一理论进行质疑式的认真讨论。

关于孔子和以"七十子"为代称的其及门弟子的思想过去多强调其积极入世的一面,强调其治平之策与仁义道德之论,郭店和上博楚简的出现让人们看到了孔子的另一面[①],即讲究天命性情。可以说,孔子及其弟子不仅关注治国平天下之类的社会理念,而且探究"形而上"的精义。早期儒家的情性观,就是这后一方面的重要内容。

郭店楚简《性自命出》篇迭经专家研究,一致断定它是先秦儒家论析人性的专门论文,专家多肯定它是子游,或子游一系儒者的作品。其撰著的时代在孔、孟之间[②]。这篇论文,不仅对于"心"、"性"等概念进行了多方位的探讨[③],而且充分肯定了"情"在心性体系中的重要地位。它足可以代表距离孔子时间很近的儒家学派的情爱观的基本认识,其中不少内容应当是七十子对于孔子思想的表述。上博简《性情论》与郭店简《性自命出》的内容基本一致。这种情况表明战国中后期"情"、"性"问题一直为儒家学派所关注。他们提出许多重要理念,其中有以下几个要点:

第一,"情"的位置重要,内涵丰富。"情"是儒家理论中的"道"、"礼"等重要概念与"性"及"天命"连接的关键之点。第 3 号简谓"道司(始)于青(情)……,司(始)者近青(情),终者近义",《性情论》第 2 号简还谓"智(知)情

[①] 两者内容见荆门市博物馆编《郭店楚墓竹简》(文物出版社 1998 年版)和马承源先生主编《上海博物馆藏战国楚竹书》(上海古籍出版社 2001 年版)。

[②] 关于《性自命出》篇的撰著时代,廖名春先生谓此篇当属子游之作。("荆门郭店楚简与先秦儒学",《郭店楚简研究——中国哲学第二十辑》,辽宁教育出版社 1999 年版,第 60—62 页);许抗生先生谓此篇"应是孟子以前集中讨论儒家人性论,尤其是性、命问题的著作。"("《性自命出》、《中庸》、《孟子》思想的比较研究",《孔子研究》2002 年第 1 期。

[③] 不少专家认为原来定为《性自命出》的一篇,专家或谓当改名为《有性》(参见张立文先生:"《郭店楚墓竹简》的篇题",《中国哲学》第二十辑,辽宁教育出版社 1999 年版,第 334 页),或谓当按照郭店简以钩号分篇之例,而分为两篇,一为《有性》,一为《求心》(参见郭沂先生:《郭店竹简与先秦哲学思想》,上海教育出版社 2001 年版,第 230 页)。

者能出之,智(知)义者能内之"。这里强调了"情"是各种道德理念得以衍生的起点。《性自命出》第18号简谓"礼作于情",并谓"君子美其情,贵[其礼]①,善其节,好其容,乐其道,悦其教,是以教焉"(第19—20号简)。道是儒家理论的主旨,礼是儒家理论的外在表现形式,它们与情皆有密切关系,是情派生出来的内容。不唯如此,就是儒家的"忠"、"信"观念,也由"情"而派生。故第39—40号简谓"忠,信之方也;信,情之方也"②。"情"与"性"非常接近。《性自命出》第3号简谓"青(情)生于眚(性)",第40号简谓"青(情)出于眚(性)",都是同一观念的表述。《诗》、《书》、《礼》、《乐》等儒家经典的出现,与"情"很有关系,它们都是"圣人""里(理)其青(情)而出内(人)之"(第17号简)的结果。依照《性自命出》篇的排列,可以构筑起这样一个儒家自然观与社会伦理观的系统:天—命—性—情—道(包括礼、忠、信甚至儒家经典等)。从这个系统里可以看到,"情"以前的天、命、性等皆属虚幻一格,是人们看不见、摸不着甚至也想不清楚的。而"情"以后者,如礼、忠、信、经典等,则属于现实一格,人们可以具体地了解,可以想得清楚。其间的"道"虽然比较特殊,但也不如天、命、性等那样让人摸不着边际。总之,在这里,"情"实为儒家的相关理念由虚幻幽隐到现实明白、由自然到社会转变的不可或缺的关键一环。"情"的重要于此可见一斑。

第二,强调真情可贵。既然人之性有善有不善③,那么情也有真情、假情之别,只有真情才能让人信任,才能动人心弦,即所谓"凡圣(声),其出于情也信,然句(后)其内(人)拨人之心也厚"(第23号简)。"情"的善与不善,关键在于诚信。所以第50—51号简谓:

---

① 方括号中的"其礼"二字据郭沂先生说补(见其所著《郭店竹简与先秦哲学思想》,上海教育出版社2001年版,第241页)。这两个字裘锡圭先生补作"其宜(义)"(参见荆门市博物馆编:《郭店楚墓竹简》,文物出版社1998年版,第182页)。

② 此处的"方"专家或理解为"方法",似乎不太合适。方本有方位、处所、位置等意义,引申可谓"表现","忠,信之方也"意即忠是信的表现。"信,情之方也"意即信是情的表现。

③ 儒家人性论在战国中期大略有四种不同的认识,即性善、性恶、性无分善恶、性有善有恶等。郭店简《性自命出》篇持第四种观点。这种观点与孔子所谓的"性相近也,习相远也"(《论语·阳货》)的提法相近,清儒戴震发挥此义谓:"中庸曰:'天命之谓性。'以生而限于天,故曰天命。《大戴礼记》曰:'分于道谓之命,形于一谓之性。'分于道者,分于阴阳五行也。一言乎分,则其限之于始,有偏全、厚薄、清浊、昏明之不齐,各随所分而形于一,各成其性也。然性虽不同,大致以类为之区别,故《论语》曰'性相近也',此就人与人相近言之也。"(《孟子字义疏证》卷中)和第四种观点相比,"性善"、"性恶"说皆与孔子"性相近"的观念有较大距离。

凡人青（情）为可兑（悦）也。句（苟）以其青（情），唯（虽）过不亚（恶）；不以其青（情），唯（虽）难不贵。句（苟）又（有）其青（情），唯（虽）未之为，斯人信之矣。未言而信，又（有）美青（情）者也。

这里的意思是说，凡是令人赏心悦目的是真情，而不是虚情假意，只要有真情，即使有过错，别人也会谅解，否则即使完成了难以做到的事情，也没有什么可贵之处。如果有真情，有些事情就是没有做，别人也会相信他能够做到。不言而让人信服，原因就在于他有美好的真情。与此完全相反的，是人的虚情假意，故谓"凡人伪为可亚（恶）也"（第48号简）。

第三，"情"有待外界影响而生。"情"可能表现为喜怒哀悲等情绪[①]，而这些情绪"及其见于外，则勿（物）取之也"（《性自命出》第2号简）。人之"情"表现为行为，所以可以通过人的行为观察其"情"，故谓"察其见（现）者，青（情）焉失哉？"（第38号简）

以上这些材料表明，孔子及其弟子对于"情"、"性"问题不仅不讳言，而且从各个层面对其进行深入探讨。《礼记·中庸》"天命之谓性"的观念在郭店简《性自命出》篇中是用"性自命出，命自天降"的语言表述出来的。这个观念构成了儒家天命观、伦理观的核心内容。依照早期儒家"率性之谓道"[②]的观念，再联系到郭店简《性自命出》篇所谓"道始于情"的说法，可以说早期儒家实认为社会发展道路是由人的"情"而衍生的。其所谓的"率性"，意即"循情"[③]。

[①] 《性自命出》第29号简谓"凡至乐必悲，哭亦悲，皆至其情也"，第42号简谓"用青（情）之至者，哀乐为甚"。"皆至其情"意即"皆其至情"，即人的"情"达到极致，就会出现"至乐"、"悲哭"等表现。可见喜、乐、悲、哀等情绪皆属于"情"。

[②] 语见朱熹《四书章句集注·中庸章句》首章。朱熹注谓："于是人物之生，因各得其所赋之理，以为健顺五常之德，所谓性也。率，循也。道，犹路也。人物各循其性之自然，则其日用事物之间，莫不各有当行之路，是则所谓道也。"《中庸》一书内容比较复杂，前人对于其成书时代多有论辩，比较一致的看法是它为孔子之孙子思依据孔子思想所撰，在编定过程中窜入了一些后人的思想言辞。郭店楚简《性自命出》等篇，为这个比较一致的看法提供了新证据。

[③] 《礼记·乐记》谓"先王本之情性，稽之度数，制之礼义，合生气之和，道五常之行。使之阳而不散、阴而不密、刚气不怒、柔气不慑。四畅交于中。而发作于外。……使亲疏、贵贱、长幼、男女之理，皆形见于乐"，《大戴礼记·哀公问五义》篇载孔子语"所谓圣人者，知通乎大道，应变而不穷，能测万物之情性者也。大道者，所以变化而凝成万物者也。情性也者，所以理然、不然、取、舍者也。故其事大，配乎天地，参乎日月"。这里所提到的"本之情性"以及"圣人"测"万物之情性"等，皆符合早期儒家观念。

《韩诗外传》卷五载有一大段孔子与子夏论《诗·关雎》的言辞,述毕即谓:"孔子抱圣人之心,彷徨乎道德之域,逍遥乎无形之乡。倚天理,观人情,明终始,知得失,故兴仁义,厌势利,以持养之。"孔子对于"人情"是十分重视的,把"人情"提到了与"天理"、"仁义"等同的地位。

我们依据郭店简、上博简和相关文献资料可以对于先秦儒家性情观进行一些粗略缕析。它的大致脉络是,孔子及其弟子的时代,儒家既讲志,又讲情,可谓志、情并重,甚至在有些时候,"情"还超过了"志"的地位。孔子后学中,思孟学派重点讲性,朝着性善论的思路前进,故而孟子说:"尽其心者,知其性也。知其性,则知天矣。存其心,养其性,所以事天也。夭寿不贰,修身以俟之,所以立命也。"①孟子并不把性下延至"情"②,而只是注重"性"与天命的系连。子游一派的儒者讲求"情"的作用,断定"情性"是礼义和音乐的本源。但是,在以后的理论发展过程中,几乎所有儒家学派中人,皆取积极入世态度,强调"治国平天下"。在这个思想指导下,"志"的作用被充分肯定。而"情"、"性"等的地位日趋下降,"志"的理念逐渐充满了全部儒家理论空间。到了战国后期,儒学大师荀子不仅极大地抬高"志"的地位,而且对于"情性"进行鞭挞,荀子在《非十二子》篇中谴责"纵情性"的行为,在《礼论》篇中还说:"人一之于礼义,则两得之矣;一之于情性,则两丧之矣。故儒者将使人两得之者也,墨者将使人两丧之者也,是儒墨之分也。"在荀子心目中,"情性"简直是万恶之源,必欲根除之而后快。

论者或以后儒有将情志二者密为一体来论说者。其根据是,《左传》昭公二十五年谓:"民有好恶、喜怒、哀乐,生于六气,是故审则宜类,以制六志。"唐儒孔颖达说:"此六志,《礼记》谓之六情。在己为情,情动为志,情志一也。"③其实,《礼记》一书中并没有"六志"即为"六情"之说,并且孔颖达在理解情志关

---

① 《孟子·尽心》上。
② 孟子曾谓"乃若其情,则可以为善矣,乃所谓善也"(《孟子·告子》上),赵岐注谓"若,顺也。性与情,相为表里"。若以此为释则孟子亦将情归于性矣。然而,清儒程瑶田辨析谓"乃若者,转语也",焦循进而指出,谓"赵氏以顺释若,非其义矣"(《孟子正义》卷二十二)。清儒戴震指出,孟子所说的"乃若其情","非性情之情",而是指情实之情(参见戴震:《孟子字义疏证》卷下,《戴震全书》第六册,黄山书社1995年版,第196页)。
③ 孔颖达:《春秋左传正义》卷五十一。

系时似乎也不坚持二者合一之说。《礼记·曲礼》上谓"志不可满",孔颖达疏谓"'志不可满'者,六情遍睹在心未见为志。"①这与他的"情志一也"之说实不相同。

综上所述,我们可以看到孔子及其弟子的情、志并重的理论应当是关于诗歌理论的最为正确而深刻的认识。此后儒家的理论发展中,不少人背离了这一传统。特别是以荀子为代表的一系儒者狠批"情性"而只讲"言志"。后世的有些儒者甚至高举"诗言志"的大纛,在为现实政治服务的掩盖下图谋个人干禄求仕,为当权者极尽高唱赞歌、谄媚邀宠之能事,将诗作视为向权势者膜拜顶礼的花瓣。这就不能不使一部分诗歌的创作及诗论走进一个偏颇的狭隘之途。可以说汉儒研诗所提出的"美刺说"和后世不时出现的言不由衷的诗作,就是这条思路上所结的苦果。

(三)上博简《诗论》"诗亡(无)隐志"字释义

上博简《诗论》的出现,展现了孔子和及门弟子间研诗的情况,大家理所当然地会想到,孔子的诗歌理论的核心何在的问题。上博简《诗论》第1号简载:

孔子曰:诗亡(无)隐志,乐亡(无)隐情,文亡(无)隐意。

此句中的"隐"字,对于理解文意,至关重要。这是因为,正确认识这段简文的含义,便会自然而然地提出这样的问题,那就是,传统的以"诗言志"为核心的儒家诗歌理论是否即为孔子思想的表达,亦即孔子的诗歌思想是否可以用"诗言志"来表述?这个问题今得上博简这段十分重要简文内容的提示,可以说能够找到一个突破点。理解此问题的关键点,愚以为就是对于"隐"字的解释。

专家对于第1号简争论最大的也是这个字,这个字左半为"阜",右半上部为"叩",犹器物之器字上部然。这个字的中部为文,下部为心。专家对它的考定今见者有释为离、邻、隐、陵、泯、吝等,这些说法虽然皆信而有征,但思路及结论却很不一致,今试对诸家之说略作介绍与评析。

---

① 孔颖达:《礼记正义》卷一。

首先，马承源先生释这个字为"离"，理由是它以吝为声符，而吝字则是"孞"的异体，《中山王鼎》和《马王堆汉墓帛书·老子乙本》皆以"孞"字为邻。上博简的这个字，"既以孞为声符，是当以声转字视之，按辞义应可读为《离骚》之'离'。离、孞、邻都为双声，韵部为同类旁对转"①。此一考释在音读上是可通的，例如"孞"字，许多专家亦皆认为它可以释为邻，然而问题在于此字非必读为"离"。专家的另一种解释，就是从这个思路出发的。

第二种说法是释其为吝。李零先生谓"吝，从古音考虑，不应读为离（吝是来母文部字，离是来母歌部字）。此字上半是战国文字的'邻'字，下半从心。这种写法的'邻'字，右半所从是'吝'字的或体。我们从字形上看，此字实相当古书中的'悋'；从阅读习惯看，则读'吝'更顺。'悋'、'吝'音义相近，均可训惜，含有舍不得的意思"②。饶宗颐先生也认为"𠼭"是"'吝'字的繁写"，"不必改读为'离'"③。

第三种说法是在读其字为邻的基础上，将其再读为陵。何琳仪先生说：邻与陵双声，典籍往往可通假。战国文字中亦有将邻读若陵的例证。上博简的这个陵字"训越"，"有驰骋超越之意，在简文中为使动用法。其大意谓'诗歌不可使心志陵越，音乐不可使感情陵越，文章不可使言辞陵越'。凡此种种，都合乎儒家'过犹不及'的中庸之道"④，这个说法将释字与释简文之意结合进行，颇有创获，可是这样的再次音转是否为必然，还应当再探讨。

第四种说法是将这个字读为"隐"⑤。

第五种说法将它读为"泯"，认为简文中的这个字"从文得声，而从文之字

---

① 马承源：《上海博物馆藏战国楚竹书》（一），上海古籍出版社2001年版，第126页。
② 李零：《上博楚简校读记》，《中华文史论丛》第68辑，上海古籍出版社2002年版，第7—8页。
③ 饶宗颐：《竹书〈诗序〉小笺》，参见《上博馆藏战国楚竹书研究》，上海书店出版社2002年版，第228页。
④ 何琳仪《沪简〈诗论〉选释》，参见《上博馆藏战国楚竹书研究》，上海书店出版社2002年版，第244页。
⑤ 参见李学勤："《诗论》简的编联与复原"（《中国哲学史》2002年第1期）和"谈《诗论》'诗亡隐志'章"（《文艺研究》2002年第2期）两文。庞朴先生在释上博简《性情论》第29号简的时候，曾将此简上吝、下心之字读为隐（"上博藏简零笺"，《上博藏战国楚竹书研究》，上海书店出版社2002年版，第241页）。周凤五先生从李、庞两家说而读若隐，并谓郭店《性自命出》第59号简"兑人勿吝"当读为"说人勿隐"（《〈孔子诗论〉新释文及注解》，《上博馆藏战国楚竹书研究》，上海书店出版社2002年版，第156页）。俞志慧先生"《战国楚竹书·孔子诗论》校笺"（简帛研究网站2002年10月13日）亦释为隐。

与从民之字多通用","'诗无泯志'即'诗言志'之否定之否定"①。

以上诸家考释,共同之处在于皆认为简文此字以"吝"(或文)为声符,从而导出不同的通假音读。这些考释皆信而有征。现在越来越多的学者取第四种说法,将它读为隐。愚以为多数专家的选择是有道理的。专家或疑虑"文"字是明母文部字,而"隐"为影母文部字,两字相通假,于音训会有问题,李学勤先生已经指明"来母或明母文部的字,每每和喉音晓、匣、影一系同韵的字相关",所以"隐字既可借为来母文部的'吝',也就可以和影文部的隐字相通"②。

依照专家的解释,此字读隐,意同于《说文》所训"蔽也"。这段十分重要的简文,即"诗亡(无)隱(隐)志,乐亡(无)隱(隐)情,文亡(无)隱(隐)言",其意思确如专家所言,"谓人心之真实情志皆反映于诗歌、音乐、言语之中,无法隐匿或矫饰"③。由此来理解简文之意,应当说与传统所认识的以"诗言志"为核心的儒家诗歌理论是吻合的。然而,愚以为在这个关键点上尚有值得再探讨之处。

隐字之意,《说文》训为"蔽也,从阜、㥯声",而《说文》又训"㥯"字以"㐲"为声符,《说文》:"㐲,所依据也,从爪、工,读与隐同"④,段玉裁《说文解字注》四篇下谓:"依、㐲双声,又合韵最近。此与阜部隐音同义近。隐行而㐲废矣。凡诸书言安隐者当作此。今俗作安稳。"这些训释表明,隐字在先秦时期应当有两义,一为隐蔽,一为依据。而这后一义的使用,在先秦时期并不罕见。《尚书·盘庚》下"尚皆隐哉",伪孔传"庶几相隐括共为善政",孔疏:"隐谓隐审也。幸冀相与隐审检括共为善政。欲其同心共为善也。隐括,必是旧语,不知本出何书。何休《公羊序》云'隐括使就绳墨焉'。"唐徐彦疏何休此语谓"何氏言已隐审检括《公羊》使就规矩也。……何氏自言已隐括《公羊》,能中其义也。凡

---

① 廖名春:"上海博物馆藏诗论简校释札记",上海大学古代文明研究中心、清华大学思想文化研究所编:《上海博物馆藏战国楚竹书研究》,上海书店出版社2002年版,第261页。
② 参见李学勤"谈《诗论》'诗亡隐志'章",《文艺研究》2002年第2期。
③ 周凤五:"《孔子诗论》新释文及注解",《上海馆藏战国楚竹书研究》,上海书店出版社2002年版,第156页。
④ 段玉裁《说文解字注》四篇下依玄应《一切经音义》所引将"所依据也"改定为"有所依也",虽有变化,但于此字之训无甚影响。

木受绳墨其直必矣。何氏自言规矩《公羊》令归正路矣"①,这个记载和训释表明,隐字很早就有"隐括"之义。表示这种意蕴的隐字后世多作"檃",它应当是隐字的依据之义被掩盖和被借用之后另造的新字。隐括,又作"檃栝",是为矫正弯曲竹木的工具。《荀子·性恶》"枸本必将待檃栝蒸矫然后直",《淮南子·修务训》"木直中绳,揉以为轮,其曲中规,檃栝之力",是皆为其证。檃栝就是使木正直或弯曲的型范工具,是让木变形的根据。所以说隐(檃)字很早就有依、据之意。春秋战国时期隐字此字仍然经常使用。《礼记·檀弓》载延陵季子的墓葬"其高可隐也",郑注:"据也,封可手据,谓高四尺"。《孟子·公孙丑》下篇谓"坐而言,不应,隐几而卧"。赵岐注云:"孟子不应答,因隐倚其几而卧也"。可见,隐几即据靠于几边。《礼记·礼运》"大道既隐",注疏皆以"去"释"隐",未合经意。小康时代虽然与大同时代有所不同,但仍有禹、汤、文、武、成王、周公等六"君子",这个时代仍然有"大道"可作为依据。所以此处的隐字亦应当释为据。②《广雅·释诂》"隐,据,定也"。王念孙《广雅疏证》卷四上谓:"隐,据者,《方言》'隐,据,定也'。隐又音于靳反,《说文》'䧽,所依据也。读与隐同。……僖五年《左传》'神必据我',杜预注云:'据,犹安也。'《说文》'据,杖持也',段玉裁注'谓倚仗而持之也'。《释名》云:'据,居也。'居亦定也。"是皆可证据意与隐相涵。对于某物的隐倚据持,实际上含有受制于某物的意蕴,含有拘泥之意。《诗论》简的"诗亡(无)䧽(隐)志,乐亡(无)䧽(隐)情,文亡(无)䧽(隐)言",意即诗不必拘泥于志,乐不必拘泥于情,文不必拘泥于意。对于诗、乐、文而言,孔子认为它们不是说与志、情、意等没有关系,而只是说都不必拘谨、拘泥,而应当通融和达观,根据实际情况具体来定,而不要受到某一局部认识的限制。③

总之,隐字古义中十分重要的一项就是依、据。由此而引申出檃栝、隐括、居、定等义。专家们读《诗论》简"䧽"为隐虽然是正确的,但是释其义为隐蔽之隐,则尚可再探讨,愚以为这个隐字当如《孟子》"隐几而卧"之隐,意为据,并且

---

① 参见何休:《春秋公羊经传解诂序》、徐彦:《春秋公羊传注疏》。
② 关于"大道既隐"的含义,拙著《夏商西周的社会变迁》(北京师范大学出版社1996年版)一书曾有讨论,见该书第305、388页,烦请参阅。
③ 《诗论》第20号简还有一处提到"隐"字者,谓"民性固然,其隐志必有以俞(喻)也",意谓民众为某种原因而被拘束之志必然要表达出来。此辞用隐字,亦为将䧽释为隐,提供了一个佐证。

含有拘泥的意蕴。如此,则会出现一个似乎难以逾越的障碍。那就是若以它种解释,例如释此字为离、吝、陵、泯以及隐蔽之隐等,皆合乎"诗言志"所表现的儒家诗歌理论,皆能与诗、志一体的理论"吻合",而若读为"隐几而卧"之隐,所得出的结论则与专家所有的解释大相径庭,不再是肯定诗、志一体的理论,而是将"一体说"否定,然后取通达态度。这种认识是否可以成立呢?让我们先对于孔子诗歌理论进行探讨,然而再来研究这一问题。

(四)试析孔子"情、志并重"的诗歌理论

学者或将"诗言志"断定为孔子诗歌理论,分析孔子论诗情况时皆与此理论相联系,这种做法,实未达一间焉。愚以为孔子诗歌理论应当概括为情、志并重,而非仅仅在于"诗言志"一个方面。我们先来看《论语·八佾》篇的一个记载:

> 子夏问曰:"'巧笑倩兮,美目盼兮,素以为绚兮。'何谓也?"子曰:"绘事后素。"曰:"礼后乎?"子曰:"起予者商也!始可与言诗已矣。"

子夏所引诗见于《诗·硕人》①。《左传》隐公三年提到此诗,谓"卫庄公娶于齐,齐东宫得臣之妹,曰庄姜。美而无子,卫人所为赋《硕人》也"。此诗次章专门描写庄姜的美丽:"手如柔荑,肤如凝脂,领如蝤蛴,齿如瓠犀,螓首蛾眉。巧笑倩兮,美目盼兮。"这章诗句反映了诗人对于庄姜美貌的喜悦心情,所以"美其君夫人者,至无所不极其形容"(顾炎武语,见《日知录》卷三)。所谓"素以为绚兮",意谓庄姜天生丽质而又施以华彩,在美貌丽质的基础上,"一笑酒窝更多姿,秋水一泓转眼时"("巧笑倩兮,美目盼兮")②,可谓美上加美。美丽容颜为人赏心悦目,给人们带来美好印象,产生喜悦之感,这属于人之常情。孔子所说的"绘事后素",谓象在素粉质地上绘画一样,人的美丽容颜产生于天

---

① 子夏所引诗的末句"素以为绚兮"未见《硕人》,何晏《集解》引马融说:"其下一句逸也",朱熹《论语集注》卷二谓子夏所引皆"逸诗",非逸一句。今取马融说。
② 这两句诗的今译取自程俊英先生译文,见其所著《诗经译注》,上海古籍出版社1985年版,第104页。陈子展先生评析此章诗旨谓"笑用一倩字,目用一盼字,化静为动,化美为媚,传神写照,活画出一个美人形象来"(《诗经直解》,复旦大学出版社1985年版,第176页)。

生丽质上的文饰。此语是对于"素以为绚兮"的比喻性解释，是在"情"的范畴内解诗。然而，子夏的问语"礼后乎"，则将问题引到"志"的范围。对于人的道德修养而言，礼属于本抑或末呢？子夏不解乎此，故而听到孔子以"绘事后素"解诗时有"礼后乎"之问①，意即礼是如"素"一样为本质，抑或是如"绘事"一样为文饰呢？从子夏重礼的思路看，他所理解的"礼"应当是和"素"相同的以忠信为本质的礼。孔子谓"起予者商也"，实表示自己原本没有想到"礼"的问题（而非如前人所谓孔子是在说子夏只是发挥己意而已）。孔子赞赏子夏之言，这才由"情"而进入于"志"的范畴。孔子并不否认"志"，而只是在解释此诗时他首先考虑的是"情"，而不是"志"。

孔子编《诗》时将《关雎》定为首篇，这应当是他情、志并重的诗歌理论的体现。男女之间的爱慕是"情"之至大至重者，《关雎》所谓"窈窕淑女，寤寐求之"就是此"情"涌动的结果。青年男女"寤寐思服"，这种爱慕之情不应当被歧视被禁止，上博简《诗论》第 11 号简谓"其思赠（益）矣"就表达了孔子对此所持的肯定态度。孔子将《关雎》列为《国风》之首，有其深义在焉。他自己在回答子夏所问"《关雎》何以为《国风》始也"的问题时谓："《关雎》至矣乎！夫《关雎》之人，仰则天，俯则地，幽幽冥冥，德之所藏，道之所行，虽神龙化，斐斐文章。大哉《关雎》之道也，万物之所系，群生之所悬命也。"孔子将《关雎》的意义发挥到了极致，认为"天地之间，生民之属，王道之原，不外此矣"②。他对于《关雎》的深爱，如果用《诗序》的语言来说，那就是"发乎情"而"止乎礼义"，有情有志，情志并重，而非汉儒所谓"言后妃之德和谐"③，替君主后妃唱赞歌。孔子谓《关雎》"乐而不淫，哀而不伤"，极力赞扬《关雎》篇的"性情之正"④，亦从"情"的角度深刻理解诗旨。孔子认为《关雎》所体现的哀乐之

---

① 在儒家理论中，礼本身即包含着文质两个方面的内容，犹《礼记·礼器》所谓"先王之立礼也，有本有文。忠信，礼之本也。义理，礼之文也。无本不立，无文不行"。春秋时期人们又曾将礼与仪相区别，所以解经者皆以子夏问语中之"礼"指展现忠信本质之礼，而非仅节文饰之礼。孔门弟子中子贡善于解诗，孔子曾经称许他"告诸往而知来者"（《论语·学而》）。

② 《韩诗外传》卷五。按，此所述《关雎》之重要意义，或许有后儒增饰之成分，但其主旨应当是合乎孔子原意的。上博简《诗论》孔子论诗语句最多者为《关雎》，与《韩诗外传》之载是可以相互印证的。

③ 《诗·关雎》郑笺。

④ 朱熹语，见《论语集注》卷二。

情中正平和①,可以让人体会到诗的温柔敦厚,故而特别重视是篇。

孔子虽无"诗言志"之语,但却有其意在焉。他所说的"诵诗三百,授之以政,不达;使于四方,不能专对;虽多,亦奚以为?"②就将"诗"与政治联系得十分密切。《论语·阳货》篇载:

> 子曰:"小子!何莫学夫诗?诗,可以兴,可以观,可以群,可以怨。迩之事父,远之事君。多识于鸟兽草木之名。"

所谓"迩之事父,远之事君"将学诗目的与事奉君父之志密切相连。这些都可以说孔子有十分明确的"诗言志"观念。但是孔子又说"小子!何莫学夫诗?诗,可以兴,可以观,可以群,可以怨",又将诗与"兴"、"群"、"观"、"怨"这些属于"情"的范畴的内容紧密系连③。据此而言孔子亦有"诗达情"的意思,当不为过。从孔子这段话的逻辑结构中可以看到,他将理解诗旨的基础定在"兴"、"怨"之类的"情"的展现,事奉君父之志则是其后的事情,是学诗后的结果。《论语·为政》篇载:"子曰:诗三百,一言以蔽之,曰'思无邪'",意思是说孔子认为"诗三百篇,无论孝子、忠臣、愁女,皆出于至情流溢,真写衷曲,

---

① 关于孔子"乐而不淫,哀而不伤"之意旨,郑樵《通志略》谓:"人之情闻歌则感,乐者闻歌则感而为淫,哀者闻歌则感而为伤。《关雎》之声和而平,乐者闻之而乐其乐,不至于淫;哀者闻之而哀其哀,不至于伤。此《关雎》所以为美也。"(转引自程树德《论语集释》卷六)这里从"人之情"出发所作的分析颇中肯綮。

② 《论语·子路》。

③ 关于"兴"之意义,前人所论极多。钱锺书《管锥编》引李仲蒙说:"触物以起情,谓之兴","触物,似无心凑合,信手拈起,复随手放下,与后文附萌而不衔接,非同'索物'之着意经营,理路顺而词脉贯"(《管锥编》第一册,中华书局1982年版,第63页)。这个解释比朱熹所谓"感发志意"的解释(参见《论语集注》卷九)更切合诗旨。然朱熹亦曾将"兴"与情一起讲解。人或问《诗》如何可以兴,朱熹说:"读《诗》,见其不美者,令人羞恶,见其美者,令人兴起"(《朱子语类》卷四十七),是说从人的喜好或厌恶的感情出发进行解释的,比其所谓"感发志意"说要妥当。程俊英先生说:"兴是诗人先见一种景物,触动了他心中潜伏的本事和思想感情而发出的歌唱。兴是触物起情,所以兴句多在诗的开头……往往贯串全章,甚至全篇。例如《关雎》的作者,看见雎鸠水鸟关关的叫,……'关关雎鸠,在河之洲'的兴句,便标了本诗的主要内容,就是'君子'追求'淑女'的主题。"("诗经的比兴",《文学评论丛刊》第一辑)。这里将"兴"的意旨定为"独物起情"与前引李氏说相一致,都是十分精当的说法。除"兴"、"怨"之外,"观"、"群"亦与情相关。清儒焦循谓诗之"观"与"群"都要讲给他人,若"不本于情性,则听者厌倦"(《〈毛诗补疏〉序》),刘宝楠《论语正义》卷二十引此说,并谓"焦说甚通"。

毫无伪托虚徐之意……诗人千古性情如照,故读者收感兴之效"①。如果此说不误,那么可以说孔子所谓的"思无邪",乃是"诗达情"观念的一种表达。由此我们可以说,和"诗言志"的情况一样,孔子虽然没有"诗达情"之语,但其意在焉。

我们将孔子诗歌理论的核心定为情、志并重,还可以从上博简《诗论》中得到佐证。

第一,孔子对于达情类为主的诗更为重视。大家知道,《诗》中表现情感,体现兴、观、怨之旨的诗集中于《风》和《小雅》这两部分。《诗论》共论诗五十余篇,其中《风》占 26 篇,占总数一半以上。论《小雅》者有 22 篇,亦占有颇大比重。而对于以言政治为主的可以集中体现"诗言志"的《大雅》和《颂》的部分的诗所论甚少。《诗论》对这两部分仅提到四篇。这并不是说孔子完全不重视"志"的表达②,而只是说他于情、志两者之间于前者更为关注。

这里可以举出上博简《诗论》第 10 号简十分集中的一段简文进行分析。这段简文谓:"《关疋(睢)》之改,《樛木》之时,《滩(汉)广》之智,《鹊巢》之归,《甘棠》之保(报),《绿衣》之思,《燕燕》之情,害(曷)？曰:童(终)而皆贤于其初者也。"此简所提到的七篇诗有三篇(《关雎》、《樛木》、《汉广》)见于今《诗经·周南》,有两篇(《鹊巢》、《甘棠》)见于《召南》,有两篇(《绿衣》、《燕燕》)见于《诗经·邶风》。简文认为这七篇诗的共同之处在于它们所表达的情、志等等思想,最后都有比原先预料要好得多的结果。孔子之所以举出这七篇诗进行集

---

① 程树德《论语集释》卷三引郑氏说。按,关于"思无邪"之意,朱熹虽然也承认是"归于使人得其情性之正"(《论语集注》卷),但却将"思"字理解为思想,"邪"字为邪恶。《论语集释》卷三引郑氏说指出,依《诗·駉》篇之意,思当为语辞,而邪则通徐,指无厌斁、无虚徐,心无旁骛,专心不二。依此说,则"思无邪"意即三百篇皆诗人纯真性情的表现,是诗人的真情流露。宋儒家铉翁谓无邪之思,"端本于未发之际,存诚于几微之间"(《则堂集》卷三,四库全书本),"道本无邪正,自正人视之,天下万物未始不皆正;自邪人视之,天下万物未始不皆邪。"(李衡:《乐庵语录》卷二,四库全书影印文渊阁本),即已指明无邪出自人的本心。按,孔子云"诗三百,一言以蔽之,曰'思无邪'"(《论语·为政》),并没有从中划出"有邪"之淫诗。所以说"思无邪",当包括两层意思,一是作诗与编诗者"无邪",诗皆为真性情之流露。二是读诗者"无邪",清者自清可也。孔门诗教强调人的心灵净化,这与《中庸》之说是相通的。《中庸》谓"唯天下至诚,为能尽其性,则能尽人之性;能尽人之性,则能尽物之性;能尽物之性,则可以赞天地之化育;可以赞天地之化育,则可以与天地参矣",若联系到孔门诗教,则可以说,"与天地参"境界的到达,正是"思无邪"的结果。

② 上博简《诗论》表明,孔子就是在论《风》及《小雅》的时候亦重视"志",如第 16 号简谓"吾以《葛覃》得民初之志",《葛覃》今存于《风·周南》。又如第 26 号简赞扬"蓼莪"有孝志",《蓼莪》今存《小雅·小旻之什》。是皆为其证。

中分析,应当与他对于《周南》、《召南》的特别重视有关。《论语·阳货》篇载,孔子对其子伯鱼说:"女为《周南》、《召南》矣乎? 人而不为《周南》、《召南》,其犹正墙而立也与?"汉儒多从"正始之道,王化之基"(《诗序》语)角度来分析二南之诗的重要,并没有真正理解孔子意旨。二南之诗固然与王化、德教有关,但更为重要的是二南之诗是人的真挚情感的表达。《周南》十一篇,其中有九篇言夫妇男女之情;《召南》十五篇言夫妇男女之情者十一篇。可以说二南之诗最能体现儒家"温柔敦厚"所体现出来的重视性情的诗教①。孔子认为二南之诗重情,读《诗》若不由此而入,便如"正墙而立"一样,找不到门径。上博简《诗论》第10号简集中评析的七篇诗是孔子举出的关于诗教的典型诗篇,其中有五篇属于二南之诗,这与《论语》所载孔子之论二南的意旨完全一致。

　　第二,孔子论诗充分体现了他对于"情"、"性"的关注。如前所述,郭店楚简的资料表明早期儒家重视"情",强调真情可贵。《诗论》中的观念与此可以相互印证。如《诗论》第16号简谓"《燕燕》之情,以其蜀(笃)也"②。《燕燕》一诗,见于《邶风》,或谓其为春秋前期卫庄姜送归妾之作,或谓此为年轻之卫君送以前的情侣远嫁之作。此诗将家国兴亡之感,伤逝怀旧之情浓缩于诗中,《诗论》以"蜀(笃)"(情感笃厚)评之,甚精到。《诗论》第10号简赞扬"《燕燕》之情",第11号简"情爱也"据研究亦是"论《燕燕》之义"③,皆可证孔子是从"情"的角度出发充分肯定此诗的。男女之爱是"情"的重要内容,《诗论》第17号简谓"《扬之水》其爱妇烈,《采葛》其爱妇……"④,其他简提到的情诗还有《汉广》、《角忱》、《着而》等,亦表明孔子对于男女情爱的重视。再如《诗论》第21号简载:

　　孔子曰:"《宛丘》吾善之。"

---

① 《礼记·经解》云:"温柔敦厚,诗教也,……温柔敦厚而不愚,则深于诗者也。"所谓"温柔敦厚"皆指的人的性情而言。后儒或谓二南之诗"无乖离伤义之苦,而有敦笃深笃之情"(《论语集释》卷二十五引《论语述要》说),是颇为精到的说法。

② 此简的"蜀"字,诸家读若独。马承源先生将"独"假借为笃(《上海博物馆藏战国楚竹书》,上海古籍出版社2001年版,第145页),更胜一筹。

③ 廖名春:"上海博物馆藏诗论简校释",《中国哲学史》2002年第1期。

④ 《诗》有三篇《扬之水》分别见于"王风"、"郑风"、"唐风",第17号简所提到者当属于"王风"。此诗反复咏叹"怀哉怀哉,曷月予还归哉",表达了久戍不归的戍卒对于妻子的怀念之情。《采葛》亦见于《诗·王风》,反复吟咏"一日不见如三秋兮"之意,《诗论》以"爱妇"评之,甚是。

《诗论》第22号简所载之语可以具体说明孔子为何对于《宛丘》一诗"善之"的问题。此简谓:"《宛丘》曰:'洵有情,而无望',吾善之。"原来,孔子特别称赞的是《宛丘》诗首章"洵有情兮,而无望兮"两句,简文和今传本《诗经》相比,只是少了两个"兮"字而已。《宛丘》写一男子对于一位巫女的爱慕之情[①],心中虽然实在爱慕,但又囿于某种原因(如礼义、观念等)而没有指望,颇与发乎情而止乎礼的原则吻合,故而孔子称赞此诗。孔子没有否定其情,而是更为肯定这位男子能够将"情"控制在一定的范围里面。这个控制标准,按照孔子看法应当就是礼义,用郭店楚简《性自命出》的话来说,那就是"司(始)者近青(情),终者近义"。

除了男女之情被肯定以外,孔子还称赞兄弟、朋友之情,如《诗论》第18号简谓"《杕杜》则情憙之至也"。《杕杜》写"同父"、"同姓"兄弟之情,与《大戴礼记·曾子立事》"兄弟憙憙"之意相合。诗句慨叹:"岂无他人,不如我同父。嗟行之人,胡不比焉",这种兄弟情谊,孔子认为达到了"情憙"的最高境界。再如《诗·甘棠》写民众对于召公的崇敬之情,民众由爱其人进而爱其所休憩过的棠树。《诗论》简文盛赞"《甘棠》之保(报)",并谓"甘[棠思]及其人,敬爱其树,其保(报)厚矣,甘棠之爱,以召公[所芳也]","[甘棠之报,敬]召公也"[②]。诗中所表达的民众的这种感情,亦为孔子充分肯定。

《诗论》简叙说诗的顺序是,《邦风》、《小雅》、《大雅》、《颂》,并且对于《邦风》之诗所论尤多,足可见孔子对于《邦风》的重视。《诗论》第4号简载:"诗,其猷(犹)坪(平)门与(欤)?贱民而逸之,其甬(用)心也将可(何)女(如)?曰:《邦风》氏(是)也。"第3号简载:"《邦风》其内(纳)物也,溥观人谷(欲)安(焉),大敛材安(焉),其言文,其圣(声)善。"意谓诗应当像便利通达的城门可以让人自由出入往来一样,通畅地表达自己的情感,就是普通的老百姓也能够如此。民众的情感思路要在哪一类诗中表达呢?那就是《邦风》了。《邦风》里面的诗

---

① 前儒释《宛丘》一诗,多从《诗序》之说,将其视为"刺幽公"之作,郑笺释这两句诗意为"此君信有荒淫之情,其威仪无可观望而则效"。当代专家或有将此诗视为刺巫女者,比先儒前进了一步,程俊英先生不取美刺说,而谓"这首诗,写一个男子爱上一个以巫为职业的舞女"(《诗经译注》,上海古籍出版社1985年版,第237页),信而有征。今得《诗论》简为证,可证程先生此说之确。

② 以上简文依次见上博馆藏《诗论》第10、13、15、16号方,方括号中字据廖名春先生说拟补,参见廖名春:"上海博物馆藏诗论简校释"(《中国哲学史》2002年第1期)一文。

包纳各种风物,让人从中可以看到民众的欲望情感,可以从中发现人才。由于它是民众真挚情感的表达,所以邦风之诗语言文雅、声情良善。从今传本《诗经》中可以看到,"国风"部分的诗大部分是民歌,真挚地表达了民众各方面的情感。就情、志两方面来看,"国风"以言情为主,而非以言志为主。孔子特别重视"邦风",并将其列为《诗》之首,可以说这是孔子诗歌理论的集中体现之一。《雅》(特别是《大雅》)、《颂》部分的诗,以言志为主,言情为辅。当然也为孔子所看重,但其程度则较"国风"稍逊一筹。我们今天从《诗论》篇论诗的次序、论诗数量的多寡及关注程度等都可以看出这方面的情况。要之,情、志并重,应当说是孔子诗歌理论的重要内容之一,如果仅仅以"诗言志"进行概括,那是很不全面的。

　　简文的"诗无隐志",意谓诗不必据志而发,或者说是诗不必拘泥于志。胡适先生曾说:"诗是人的性情的自然表现,心有所感,要怎样写就怎样写,所谓'诗言志'是。"①这应当是基本正确的。但愚还以为"要怎样写就怎样写"并不是"诗言志",而只能是"诗言情",如果把胡适语中的"志"字换为"情"也就可以说完全正确了。

　　总之,"诗言志"之说是战国中后期后儒整编古史时所提出的看法。这一说法简明扼要,非常适合那个时代的社会需要,所以广为相传,被视为儒家诗歌理论之圭臬。"诗言志"的理论对于古代诗歌发展的确起到过相当可贵的积极的作用,但是,有些儒者却高举"诗言志"的大纛,在为现实政治服务的掩盖下图谋个人干禄求仕,为当权者极尽高唱赞歌、谄媚邀宠之能事。孔子及其弟子的诗歌理论中,情、志并重,虽然肯定"诗言志",但并不否认诗与情的密切关系。将情逐出而只讲"诗言志",那是某些后儒所为。上博简《诗论》所谓"诗亡(无)隐志",意即诗不必拘泥于志。这是对于孔子诗歌理论的直接说明,与古代文献所记载的孔子诗歌理论是吻合的。

二 《诗论》"关雎之改"与《诗·关雎》探论

　　上博简《诗论》论《诗》之诸篇,以《关雎》一诗尤多,可见其重视此诗非同一

---

① 胡适:"谈谈《诗经》",《古史辨》第三册,上海古籍出版社 1982 年版,第 595 页。

般。简文所谓"关雎之改"的"改"字,当读为俟,有大、待两义。《诗论》第 10 号简谓"《关雎》以色喻于礼",足证孔子正是从"礼"的角度来充分肯定《关雎》一诗的。《诗论》述《关雎》之旨在于由"色"生情,以礼囿情,融情于礼,终而使"情"得到最佳归宿。今试对于上述内容进行缕析。

(一)专家的相关论析

上博简《诗论》所论诸诗,以《关雎》篇最多,其第 10 号简论诸篇诗作之旨,提到《关雎》、《汉广》等七篇,若省去《汉广》等篇名及所论之语,并依专家之论,将第 14 与第 12 号简的部分内容附于其后,则这段简文如下:

关疋(雎)之改害(曷)?曰:童而皆臤于其初者也。《关疋(雎)》以色俞(喻)于豊(礼)。(以上第 10 号简)[其三章则]两矣,其四章则俞(喻)矣。以琴瑟之悦,悆(拟)好色之恋(愿);以钟鼓之乐,(以上第 14 号简)[悆(拟)好色之]好,反内(纳)于礼,不亦能改摩(乎)?(以上第 12 号简)①

关于这段简文的整体意蕴的研究,我们先暂不涉及。在这里,我们应当先来具体考察《诗论》简相关文字的意义。

除了以上可以系连的内容之外,第 11 号简还有"《关雎》之改,则其思益矣"一语,亦说明《诗论》对于《关雎》诗的重视。马承源先生将简文"关疋"释为"《关雎》",诸家从之,甚是。然而关于"改"字之释,则有异说,今所见者有三。

第一,马承源先生认为它与"怡"字双声叠韵,"当读为'怡'","指新人心中的喜悦,与《关雎》是贺新婚之诗的主题相合"。②

第二,李学勤先生释为"改"③,廖名春先生从之,并做进一步论证,谓"毛《序》:'《关雎》,后妃之德也,风之始也,所以风天下而正夫妇也。'又称'《关雎》……。'简文的所谓'改',即毛《序》之'风'、'正'、'化',也就是毛《序》所谓

---

① 马承源主编:《上海博物馆藏战国楚竹书》(一),上海古籍出版社 2001 年版,第 139 页。此处依李学勤、廖名春先生说将第 14、12 号简缀连于其后。方括号中的简文系愚依文意拟补。
② 马承源主编:《上海博物馆藏战国楚竹书》(一),上海古籍出版社 2001 年版,第 139 页。
③ 李学勤:"《诗论》简的编联与复原",《中国哲学史》2002 年第 1 期。李零先生亦释为"改",参见李零:《上博楚简校读记》,《中华文史论丛》第 68 辑,上海古籍出版社 2002 年版,第 10 页。俞志慧先生说同,参见俞志慧《战国楚竹书·孔子诗论》校笺》上,简帛研究网站 2002 年月 1 月 17 日。

'移风俗'或《礼记·乐记》所谓'移风易俗'。"① 王志平先生亦释为改,但读为述或求,与《诗·关雎》"君子好逑"对读,并且引《盐铁论·执务》"有求如《关雎》"为证②。

第三,周凤五先生释此字为"嬰"③,但未做解释。按,周先生所释之字,通熙,通妃,并可读若怡。周先生的意思盖与上引第一说接近。

以上三说,皆甚有理致,但亦有未尽意处。为此我们可以先从文字学的角度进行一些补充探讨。

前引第二说,将简文"关雎之"后一字释为"改",从文字学上看应当是毫无问题的。郭店楚简《缁衣》、《尊德义》、《六德》诸篇的"改"字确与它一致,专家谓这个字即"改",是有根据的。然而,古文此字既可以释"改",又可以释为"攺",并非只能释"改"。《说文》关于两字的解释有所不同,谓:"攺,毅攺,大刚卯以逐鬼魃也。从攴巳声,读若巳。"又谓"改,更也,从攴己声"。从《说文》所引小篆字形上看,"攺"的字形与上博简此字相近,而改字则相距较远。前引第一说,将上博简此字释为"攺"比较可信。"攺"字与改"因形近则相混,可能由来已久。段注指出:"攺"的读音作"余止切",在"一部",即通常说的之部,段玉裁又指出《说文》"攺"字"一本作古亥切,非"(《说文解字注》三篇下)。"攺"所从者,《说文》大徐本作"巳",小徐本作"目",两者形近音同故而通用。而巳、己、已诸字,因形近而相混之例,于古甚多。"攺"与改的相混,应当是常见的情况。所以说,郭店楚简此字可以释为改,而上博简《诗论》此字由于"攺"与改的相混而非必释为改,也不是不可理解的了。愚以为这个字可以径释为"攺",不必读若"怡",也不必以形近致误而释为"改"。

前引第三说将此字释为"嬰"。这个字通熙,"从火,巸声"(《说文》十篇上),而"巸"字则为"巳声"(《说文》十二篇上)。总之,即令释为"嬰",亦以"巳"为声符,细审上博简《诗论》第 10 号简此字确实从巳,而不从己。由此可见,将它释为"攺"或"嬰",都比释为"改",更为妥当些。

---

① 廖名春:"上海博物馆藏诗论校释",《中国哲学史》2002 年第 1 期。
② 王志平:《〈诗论〉笺疏》,《上博馆藏战国楚竹书研究》,上海书店出版社 2002 年版,第 215 页。
③ 周凤五:《〈孔子诗论〉新释文及注解》,《上博馆藏战国楚竹书研究》,上海书店出版社 2002 年版,第 153 页。

(二)《诗论》简文"改"字释义

上博简《诗论》第 10 号简简文"关雎之"后面的那个字,如前所述,将它释为"改"或"婴",都比释为"改",更为妥当些。然而将其理解为"怡",则未达一间。

于此,我们尚可进一步论之。愚以为这个字从"巳",简文于此当读若"妃"。《说文》谓妃为"竢"的或体,今通作俟。段玉裁谓:"竢,待也。待,竢也。是为转注。经传多假俟为之,俟行而竢废矣"①。《说文》训俟字本义谓:"大也,从人矣声。《诗》曰:'伾伾俟俟'。"按,《说文》所引见《小雅·吉日》。段玉裁考证谓"《吉日》传有'俟俟,大也'之文",可见《诗经》时代尚有俟为"大也"之训。"自经传假为竢字,而俟之本义废矣"②,段氏此说信而有征,十分精当。然而,春秋战国时期,俟字亦多用如等待之义,如《诗·静女》"静女其姝,俟我于城隅"、《相鼠》"人而无止,不死何俟"、《丰》"子之丰兮,俟我乎巷兮"、《著》"俟我于著乎而"等,皆为其例。总之,春秋战国时期,俟字之义,一谓大,一谓待,两者并行不悖。愚以为,上博简《诗论》的"《关雎》之改(俟)",盖为两义并用③。

"《关雎》之改(俟)"的"改(俟)",完全可以理解为"大"(意即伟大、重大)。《关雎》为《诗》之首,历来无疑义。这种排列,蕴含着深义,表明了孔子对于《关雎》的重视。《韩诗外传》卷五有一大段孔子回答子夏问诗的话,专讲《关雎》之重要,应当是近乎孔子原意的。这段话如下:

> 《关雎》至矣乎!夫《关雎》之人,仰则天,俯则地,幽幽冥冥,德之所藏,纷纷沸沸,道之所行,虽神龙化,斐斐文章。大哉《关雎》之道也,万物

---

① 段玉裁:《说文解字注》十篇下。
② 段玉裁:《说文解字注》八篇上。
③ 上博简《从政乙篇》第五简"君子强行,以待名之至也。君子闻善言以改其……"张光裕先生将此字释读为"改"(马承源主编:《上海博物馆藏战国楚竹书》(二),上海古籍出版社 2002 年版,第 237 页),似谓闻善言以改其过。但是,"善言",即暖人心的肺腑之言(此犹张光裕先生引用的《荀子·荣辱》篇所谓"与人善言,暖于布帛"),非谓批评之言,故而与"改"连读,终有龃龉。此处的"改"字当如愚所释读若俟,此处之意与《论语·里仁》篇所谓"古者言之不出,耻躬之不逮也"相近。若依文例,此第 5 简的简文所缺部分可拟补如下:"君子强行,以待名之至也。君子闻善言以改(俟)其[行之逮也]。"总之,此简为"改"字考释提供了新的佐证。

之所系,群生之所悬命也,河洛出《书》、《图》,麟凤翔乎郊。不由《关雎》之道,则《关雎》之事将奚由至矣哉?夫六经之策,皆归论汲汲,盖取之乎《关雎》。《关雎》之事大矣哉!冯冯翊翊,自东自西,自南自北,无思不服。子其勉之,思服之天地之间,生民之属,王道之原,不外此矣。

在孔子看来,《关雎》之道涵盖天地万物,甚至儒家的经典也源自《关雎》,直可谓"《关雎》之事大矣哉"。此处对于《关雎》一诗的重要及伟大意义的论述,可谓无以复加。

《关雎》一诗如许伟大的原因何在呢?孔子认为,就在于它合乎"礼"。《诗论》第 10 号简谓"《关雎》以色喻于礼",足证孔子正是从"礼"的角度来充分肯定《关雎》一诗的。而礼,则毫无疑问是孔子思想核心内容之一,关于"礼"的重要,《礼记·礼运》篇载孔子语谓:"夫礼,先王以承天之道,以治人之情,故失之者死,得之者生。……礼必本于天,殽于地,列于鬼神,达于丧、祭、射、御、冠、昏、朝、聘。故圣人以礼示之,故天下国家可得而正也。……唯圣人为知礼之不可以已也。故坏国、丧家、亡人,必先去其礼。"《孔子家语·好生》篇载孔子语,亦从礼的角度肯定《关雎》一诗,谓"小辩害义,小言破道。《关雎》兴于鸟,而君子取之,取其雄雌之有别",这显然是完全合乎儒家男女有别原则的解释。[①] 孔子以"礼"的观念审视《关雎》之诗,将《关雎》看作"礼"的典范。孔子正是从充分肯定"礼"的角度出发,而极力称颂《关雎》一诗"至矣乎"、"大矣哉"。愚以为《诗论》所云"《关雎》之改(俟,大也)"的含义亦在于此。简文所谓"改(俟)",即上引《韩诗外传》卷五那一大段话里面所述孔子语的"至矣"、"大矣"。

(三)《诗序》与上博简《诗论》的关系问题

关于这段简文的解释,前引第二说,曾举出《诗序》的相关论断以证明释"改"为"改"字的正确,这在逻辑思路上应当是可以的。毛诗序确实强调了《诗》的移风易俗的作用,《关雎》的诗小序亦言其"风天下"的作用。然而,这并不意味着简文"《关雎》之改"亦当如此理解。这里的关键在于,上博简《诗论》毕竟与《诗序》有不少的区别,若以诗序来证明"改"即改易风俗之"改",愚以为

[①] 《淮南子·泰族训》谓:"《关雎》兴于鸟,而君子美之,为其雌雄之不乖居也",所谓"不乖居",即不乱耦之意,与《孔子家语·好生》篇的说法十分相近。可见,从礼的角度来认识《关雎》一诗,在战国秦汉时期是较为普遍的。

于此尚有进一步研究的余地。

为了说明这一点,这里,我们首先要讨论上博简《诗论》、《诗序》与《诗》的关系问题。如众所知,《诗》的诸篇主要来源于周代统治者的采风所得及庙堂乐歌。从《左传》、《国语》等书的记载看,早在孔子之前,不少诗篇已经广为传颂。这些经初步搜集和传颂的诗篇可以说是《诗》的原始文本。这时候诗的数量,即司马迁所说的"古者《诗》三千余篇",孔子所做的工作就是"去其重,取可施于礼义,上采契、后稷,中述殷周之盛,至幽厉之缺,始于衽席,……三百五篇孔子皆弦歌之,以求合《韶》、《武》、《雅》、《颂》之音"①。他实际上是为了教授弟子而进行了《诗》的编选工作,是在选诗而非古人所谓"删诗"。对于篇章数目甚巨的原始文本进行编选的标准,依司马迁所说,就是"礼义"。

经孔子编选之后,形成了三百余篇的《诗》的初始文本,孔子将它作为教本,授《诗》于弟子。孔子所讲内容经弟子记录整理流传,这应当就是上博简《诗论》的来源。《诗论》形成的时代应当在春秋末年至战国前期,也就是孔子与其及门弟子的时代。战国时期"儒分为八",不少儒家弟子进行诗的传授工作②,其中成绩最著者是子夏一系。子夏以后的传《诗》历史,三国吴陆玑《毛诗草木鸟兽虫鱼疏》排列的次第是:子夏—曾申—李克—孟仲子—根牟子—荀卿—毛亨—毛苌,此即毛诗传授序列,时代相当于战国中期至西汉时代。东汉初年谢曼卿以善毛诗著称,卫宏从谢学诗,《后汉书·儒林传》说卫宏"作《毛诗序》,善得《风》、《雅》之旨,于今传于世"。《诗序》之作,可以说是子夏承孔子授诗之旨而开其端,经过长期传授流传之后,由东汉初年的卫宏最终改定③。儒家对于《诗》的原始文本的释解,大略来说,其第一阶段就是孔子

---

① 《史记·孔子世家》。

② 关于《诗》在孔子以后的流传,李学勤先生指出,"我们关于《诗》的传留的比较系统的记载,最早只能追溯到三国时期,而且有不同的说法。……如果说中国的《诗》学与孔子有关,那么从孔子以后是怎样传的呢?这个问题非常重要,直接关系到孔子的弟子七十子以及七十子的弟子即孔子的再传、三传弟子对《诗》的认识。……今天我们看到的《诗论》时间很清楚是战国晚期,……从我个人来看,和郭店简的时间差不多,可能稍微晚一点。作为战国晚期,即公元前3世纪的本子,它的内容反映了当时孔子及其再传、三传弟子关于《诗》学的思想。"("《诗论》简七问——在清华大学'新出楚简与儒家思想国际学术研讨会'上的演讲",《中国三峡建设》2006年第3期。)

③ 关于卫宏编写《诗序》的问题,除了《后汉书》有明确记载以外,宋儒郑樵还曾经举出一条比较有力的证据,他说"宏序作于东汉,故汉世文字未有引《诗序》者。惟黄初四年有'曹共公远君子,近小人'之语。盖魏后于汉,而宏之《序》至是而始行也"(《诗辨妄》,朴社1933年版,第98页)。

与其及门弟子的时期,其标志性的成果就是上博简《诗论》。第二阶段是子夏到东汉卫宏的时期,标志性成果是今传本《诗序》。过去对于早期儒家解诗情况,并不怎么知晓,上博简《诗论》的发现才让人得见庐山面目,其意义自不可低估。

上博简《诗论》的最大价值也许就在于揭示了《诗》的编定和最早传授者对于《诗》的理解情况。尽管它与《诗》的原始文本意义可能已经有一定距离,但毕竟是距离最近者,因此其解释一般也应当比后来的《诗序》更为可信。《诗论》的内容和《诗序》相比,愚以为两者之间的区别远远大于两者之间的相同、相类。就此而言,如果简单地拿《诗序》模拟上博简《诗论》,并进而释其相关文字,就会令人有所疑问。

《诗·关雎》篇序云:"《关雎》,后妃之德也,风之始也,所以风天下而正夫妇也。故用之乡人焉,用之邦国焉。"《诗大序》亦谓"《关雎》、《麟趾》之化,王者之风,故系之周公。南,言化自北而南也"。前引第二说在考释时特别注意《诗序》所提到的动词,谓"简文所谓的'改',即毛《序》之'风'、'正'、'化',也就是毛《序》所谓'移风俗'或《礼记·乐记》所谓的'移风易俗'"。毋庸置疑,改、正、化、风诸字从动词角度看,其意义确有许多一致性,《诗序》中所提到的"正"、"化"诸字十分有利于将简文此字释为"改"。但是,《诗序》并不等于《诗论》,如我们前面所分析,它们代表着不同历史阶段的阐诗成果。两者虽然有联系,但并不能混而为一,以《诗序》证明简文在这里实有不够妥当之处。

(四)《关雎》的"哀而不伤"

关于《关雎》一诗的主旨和性质,《诗序》有所谓以后妃之德风化天下之说[①],宋儒发挥此说,并将"后妃"具体化为周文王之妃太姒。如欧阳修谓此诗"述文王太姒为好匹如雎鸠雄雌之和谐尔"[②]。朱熹也将《关雎》之旨落实为对于文王、大姒的赞美,并进一步谓诗中的"淑女""盖指文王妃大姒为处子时而言也。君子,则指文王也"[③]。对于汉儒、宋儒此说,清代学者已有疑

[①] 除了此说之外,汉儒还有"刺王"说。产生于汉代的齐、鲁、韩三家诗则将《关雎》主旨定为刺王,谓"康王德缺于房,大臣刺晏,故诗作"(王先谦:《诗三家义集疏》卷一),三家诗此说,后世多不信从。

[②] 欧阳修:《毛诗本义》卷一。

[③] 朱熹:《诗集传》卷一。

之者①，现代专家更直接阐发诗意，不为《诗序》、《集传》说所囿。闻一多《风诗类钞》谓"《关雎》，女子采荇于河滨，君子见而悦之"，此说即远胜于前人。专家或谓其为"贵族的婚礼赞歌"②，或谓"这首诗歌唱一个贵族爱上一个美丽的姑娘，最后和她结了婚"③，或谓"这是一个青年热恋采集荇菜女子的诗"④，皆颇有见地。专家的认识趋于一致者在于断定诗中的"君子"、"淑女"皆为贵族中人，故而此诗"当视为才子佳人风怀作品的权舆"⑤。综观种种解释，似乎皆未充分注意孔子的相关解释，因而与《关雎》诗的主旨尚有距离。这也为后人留下了继续解释的余地。

《论语·八佾》篇载孔子语谓："《关雎》乐而不淫，哀而不伤。"这是孔子对于是诗主旨的最集中的说明。前人释孔子此义，或以为"乐而不淫"指乐得淑女而非淫色，其实是指演奏和演唱《关雎》诗歌的时候，音乐虽盛而不过分。尽管与"乐得淑女"有一定关系，但却与淫色无涉。关于"哀而不伤"的释解，郑笺改哀字为衷，谓"中心恕之，无伤悲善之心"，三家诗则以"刺王"为释，近人或读哀为爱，亦皆未允。程树德谓"盖其忧深而不害于和，其乐虽盛而不失其正"⑥，较平实可信。可以说孔子实认为《关雎》一诗主旨在于哀忧，而不在于欢乐。关于上博简《诗论》"《关雎》之改"的"改"字之释，前引第一说谓"改"当读为"怡"，"当指新人心中的喜悦"。此说虽然亦可通，但与孔子理解的《关雎》

---

① 清代学者姚际恒曾举四证以说明《诗序》、《集传》说之非（见其所著《诗经通论》卷一）。又如清代学者牟应震谓《关雎》篇在于"成婚礼者。问：何不言文王后妃？曰：无据也。《大雅》推文王德业及文王婚娶，大姒世家甚详，《关雎》无一字及之。岂惟《关雎》，二《南》十五篇，无一字及之，何据为文王为后妃也？《序》及《集传》云云者，皆以名篇之周字误之也。"（《毛诗质疑·诗问》，齐鲁书社1991年版第7页。）再如方玉润说："此诗盖周邑之咏初昏者，故以为房中乐，用之乡人，用之邦国，而无不宜焉。""读是诗者，以为咏文王、大姒也可，即以为文王、大姒之德化及民，而因以成此翔洽之风也，亦无不可，又何必定考其为谁氏作欤？"（《诗经原始》卷一）

② 柳正午："《关雎》章臆断"，《文学评论》1980年第2期。

③ 高亨：《诗经今注》，上海古籍出版社1980年版，第1页。

④ 程俊英：《诗经译注》，上海古籍出版社1985年版，第3页。

⑤ 陈子展：《诗经直解》卷一，复旦大学出版社1983年版，第5页。

⑥ 程树德：《论语集解》卷六。按，刘宝楠《论语正义》卷四引丹徒刘氏说谓"《诗》有《关雎》，《乐》亦有《关雎》，此章特据《乐》而言之也。……哀乐者，性情之极致，王道之权舆也。……《八佾》此篇皆言礼乐之事，而《关雎》诸诗列于乡乐，夫子屡得闻之，于此赞美其义，他日又叹其声之美盛'洋洋盈耳'也"，此说与程氏说同。钱穆先生曾经批评云：此说"专指乐声言，不就诗辞言。然曰：'诗言志，歌永言，声依永，律和声。'则诗之言与词，仍其本。专指乐声，使人无所寻索"（《论语新解》，三联书店2002年版，第75页）。按，钱先生此说虽然不无道理，但诗与乐的关系还是不能割裂，其论还不足以否定刘氏之论。

之旨有忤。并且简文明谓"改"指《关雎》一诗,而不是仅指诗中的新人。更可见将"改"读为怡,或如上引第三说读为"娶",似皆未妥。

(五)《关雎》的"情"与"礼"

"《关雎》之改(俟)"的"改(俟)",还应当含有"等待"的意蕴。要说清楚这个问题,尚须从儒家"情"与"礼"的相关理论开始探讨。

在情与礼二者之间,儒家主张以礼约束情。《礼记·中庸》和郭店楚简《性自命出》、上博简《性情论》等篇所勾画出的"天降命、命出性"、"性出情"、"情动心"的发展模式,应当是合乎孔子思想的。郭店楚简《性自命出》篇谓:

> 道司(始)于青(情),青(情)生于眚(性)。……司(始)者近青(情)终者近义,……里(理)其青(情)而出内(入)之,然句(后)复以教。教,所以生德于中者也。[①]

儒家断定情与礼密不可分,此即《性自命出》篇所谓的"礼乍(作)于青(情)",亦即《礼记·乐记》所谓"合情饰貌者,礼乐之事也"。依照人的天性,出自"性"的情,应当得以发展,但儒家认为这个发展应当是有限的,而不应当是无限的。"情"不应当狂放不羁,不应当以情害礼。《礼记·乐记》谓作为"情"的外在表现的乐必须合乎事物发展的规则("理"),故而应当"礼节民心",意即以"礼"节制"情"。

郭店楚简《性自命出》篇第20—21号简还谓"君子美其青(情)……善其即(读节),好其颂(读容),乐其道,兑(悦)其教",认为在情出现的时候,要将它作为美好的事物对待,而不是去扼杀它,但是要节制它,将其纳入教化的轨道。所以,在"情"出现的时候,应当耐心等待,而不是急切成事。《关雎》一诗正是对于孔子这一思想的艺术体现。

《关雎》一诗应当分为四章[②],为讨论方便起见,今具引如下:

[①] 《性自命出》第2、3、17、18号简。参见荆门市博物馆编:《郭店楚墓竹简》,文物出版社1998年版,第179—181页。

[②] 《关雎》一诗的分章情况,毛传以为三章,其第二、三章章八句;而郑玄以五章,章四句。朱熹则以为三章,一章四句,二章章八句。上博简《诗论》第14号简谓"其四章则喻矣"。愚意此所言"其四章"指其第四章,则原来郑玄所定的第四章、五章当同属第四章。其第四章正谓"窈窕淑女,琴瑟友之"、"窈窕淑女,钟鼓乐之",正与简文吻合。总之,《关雎》一诗当依上博简《诗论》定为四章。愚以为其第四章为反复咏唱之辞,故而有句之重复。

关关雎鸠,在河之洲,窈窕淑女,君子好逑。

参差荇菜,左右流之。窈窕淑女,寤寐求之。

求之不得,寤寐思服,悠哉悠哉,辗转反侧。

参差荇菜,左右采之,窈窕淑女,琴瑟友之。参差荇菜,左右芼之。窈窕淑女,钟鼓乐之。

男女之间的爱慕是"情"之至大至重者,《关雎》所谓"窈窕淑女,寤寐求之"就是此"情"涌现的结果。青年男女"寤寐思服",这种爱慕之情不应当被歧视被禁止,《诗论》第11号简谓"其思益矣"就表达了孔子对此所持的肯定态度[①]。然而,有了这种感情,并不能任其随意发展,虽然"辗转反侧"夜不能寐,但还是要依礼行之。诗中的"琴瑟"、"钟鼓"就是礼的物化象征。周代婚姻已有一整套礼俗,《仪礼·士昏礼》、《礼记·昏义》等篇于此多有说明。春秋战国时期的社会舆论对于男女之间的情爱已有许多限制,《孟子·滕文公》下篇谓:"丈夫生而愿为之有室,女子生愿为之有家,父母之心,人皆有之。不待父母之命,媒妁之言,钻穴相窥,逾墙相从,则父母国人皆贱之。"《诗·将仲子》为孟子提到的社会舆论提供了非常形象的说明:"将仲子兮,无逾我里,无折我树杞。岂敢爱之,畏我父母。仲可怀也,父母之言,亦可畏也。将仲子兮,无逾我墙,无折我树桑。岂敢爱之,畏我诸兄,仲可怀也,诸兄之言,亦可畏也。将仲子兮,无逾我园,无折我树檀。岂敢爱之,畏人之多言,仲可怀也,人之多言,亦可畏也。"这位爱恋称为"仲子"的小伙的姑娘畏惧父兄和一般人的舆论而告诫恋人千万不可以逾墙、逾园而相会。这首《将仲子》直可与《关雎》篇对读,都可以从中体味出社会礼俗对于男女爱恋之情的约束,应当承认这种约束对于维护社会安定具有一定的积极意义,对于缺乏社会经验的青年男女也有一定的保护作用。礼俗对于青年男女爱恋之情的约束,正如《关雎》诗中所写的那位贵族青年对于淑女的爱慕尽管到了"辗转反侧"地步,但他并没有"钻穴相窥,逾墙相从",

---

[①] 关于"其思瞠(益)矣"一语,马承源先生指出"即'求之不得,寤寐思服,悠哉悠哉,辗转反侧'之义"(《上海博物馆藏战国楚竹书》第一册,上海古籍出版社2001年版,第141页),其说可从。按,孔子及其及门弟子的诗歌理论,持情、志并重的观念,并非仅言"诗言志"完事。孔子还特别看重真情的表露,《诗论》"其思益矣"之语,就是一个明证。关于此点,本书"专题研究"部分之"先秦儒家'诗言志'理论再探讨"有比较详细的讨论,烦请参阅。

而是按照礼俗去接近淑女,并迎娶她。孔子谓《关雎》"乐而不淫",是合乎诗旨的。男女爱恋之情不应当一无遮拦、狂放不羁,而需要约束和等待。孔子认为《关雎》一诗即表现了这种约束和等待之意,此即"《关雎》之改"的另一意义之所在。

由此而论,欧阳修所谓《关雎》一诗"言不迫切"[①]之意,与简文之"俟(等待)"之意是吻合的。那么,"俟(等待)"的是什么呢?其所等待的应当如孟子所谓的"待父母之命,媒妁之言",亦如上博简《诗论》第12号简所谓的将"好色之恋(愿)","反内(纳)于礼"。孔子强调"《关雎》以色喻于礼",其思路是将"好色"引导至"好礼"。这与孔子的礼学思想是完全一致的。

(六)《关雎》的"慎始敬终"之义

我们还应当讨论上博简《诗论》第10号简"童而皆贤于其初者也"的含义。专家将"童"字读若"终",并指出其与简文的"初"字相对成义[②],说皆甚确。在这里,可以进行补充讨论的内容是,简文此语可与《大戴礼记·保傅》篇之说所揭示的思想相对照。是篇谓:

> 《春秋》之元,《诗》之《关雎》,《礼》之《冠》、《婚》,《易》之《乾》、《坤》,皆慎始敬终云尔。

"慎始敬终"与《诗论》论《关雎》之意相吻合。简文"童而皆贤于其初",字面意思是结果比开始要好。所谓"初",即事情的开始,即《诗论》所谓的"好色之愿"、对于淑女的渴求思念。孔子认为这种思念有益而值得肯定,亦即《诗论》第11号简所谓的"《关雎》之改,则其思益矣"。如前所述,先秦儒家并不反对人的感情,反而强调"道司(始)于青(情)"、"豊(礼)作于青(情)"[③],重视人的情感对于"道"、"礼"的重要的、不可替代的作用。在儒家的礼仪中历来以作为青年男子成人标志的冠礼为开始,以青年男女结为夫妇的婚礼为根本。故而

---

① 欧阳修:《诗本义》卷一。
② 廖名春:"上海博物馆藏诗论校释",《中国哲学史》2002年第1期。
③ 《性自命出》第3号简,参见荆门市博物馆编:《郭店楚墓竹简》,文物出版社1998年版,第179页。关于早期儒家诗歌理论中对于"情"的重视,烦请参阅本书"专题研究"部分之"先秦儒家'诗言志'理论再探讨"。

《礼记·昏义》谓："昏礼者,将合二姓之好,上以事宗庙,而下以继后世也,故君子重之。……敬慎重正而后亲之,礼之大体,而所以成男女之别而立夫妇之义也。男女有别而后夫妇有义,夫妇有义而后父子有亲,父子有亲而后君臣有正。故曰：'昏礼者,礼之本也。'",此说虽不无迂腐之处,但儒家对于青年男女结为夫妇之事的重视,则仍然溢于言表,是值得肯定的。男女的爱恋之情导致婚姻,形成夫妇的结合,从而组成社会的基本细胞。这自然与社会的稳定有密切关系。由于这种结果的重要,所以应当敬慎地予以注意("敬终")。也正由于其结果意义的重大,所以一开始就应当特别慎重地对于这一过程的开始——青年男女的爱恋之情("慎始")。《大戴礼记·保傅》篇所说的"慎始敬终",当即本于此。

从另一个方面看,儒家又强调男女之间的爱恋之情的发展应当纳入礼义的轨道。《诗论》述《关雎》之旨在于由"色"生情,以礼围情,融情于礼,终而使"情"得到最佳归宿。《礼记·坊记》载孔子语谓："礼者,因人之情而为之节文,以为民坊者也。"坊,即防范的堤坝。在孔子看来,《关雎》一诗既然要将"好色之愿""纳之于礼",那么它所说明的就是这个防范爱恋情感泛滥的堤坝之重要。有了这个堤坝,洪水就不会泛滥成灾,就会在礼、仪所限定的轨道中顺畅地行进。正由于在爱恋情感之"初",一开始就将其纳入礼仪范围,所以就会有喜出望外的成果出现,亦即《诗论》简文所谓"童(终)而皆贤(贤)于其初"。男女之间的爱恋情感之所以能够有预期(或超出预期)的好结果,原因应如郭店楚简所谓"司(始)者近青(情)终者近义"[①]。所谓"近义",即因为其符合礼俗而近乎社会伦理规范。

这里还应当讨论一下所谓"好色"的问题。孔子多次提到"好德如好色"[②],认为"好色"是普遍存在的现象。述孔子之意的《礼记·大学》篇谓："所谓诚其意者,毋自欺也,如恶恶臭,如好好色。"这里就肯定了"恶恶臭"(厌恶很臭的气味)和"好好色"(喜欢美好异性)的合理性,因为它出自人的"诚",而不是加以掩饰的结果。那么,孔子到底对于"好色"(包括"好好色")是什么态度

[①] 《性自命出》第3、18号简。参见荆门市博物馆编：《郭店楚墓竹简》,文物出版社1998年版,第179页。

[②] 参见《礼记·坊记》和《论语·子罕》、《论语·卫灵公》等。

呢？从其所谓"吾未见好德如好色者也"①之语看，似乎是排斥、蔑视的态度。其实不然。上博简《诗论》对于"好色"的评论，很能说明孔子对此的态度。《诗论》说："《关疋（雎）》以色俞（喻）于礼。（以上第10号简）[其三章则]两矣，其四章则俞（喻）矣。以琴瑟之悦，拟好色之愿；以钟鼓之乐，（以上第14号简）[拟好色之]好，反内（纳）于礼，不亦能改虏（乎）？"具有至尊至大意义的《关雎》一诗所极力渲染的"琴瑟之悦"、"钟彭之乐"，都是在表达人们内心的"好色"的愿望，表达人们至诚的对于美色的喜好。我们从这里可以悟到，原来孔子一点也不反对和排斥"好色"，只是要把它纳入"礼"的轨道，以使能够更好地"好色"。孔子所开启的这一关于"好德如好色"的观念在孟子的时候大有发展，孟子明确表示，"好色，人之所欲"，人的这种欲望是完全自然而合乎情理的事情，"人少，则慕父母；知好色，则慕少艾"②，人在年少的时候，爱慕父母，年龄大些知道喜欢异性的时候，就会去喜欢帅小伙或是美少女。孟子还曾以周太王为例说明此问题。他对梁惠王说："昔者大王好色，爱厥妃。《诗》云：'古公亶甫，来朝走马，率西水浒，至于岐下。爰及姜女，聿来胥宇。'当是时也，内无怨女，外无旷夫。王如好色，与百姓同之，于王何有？"③周太王古公亶父是周人开始基业的圣王，孟子称赞其"好色"，绝无排诋之意。《诗论》简文中孔子多次有"民性固然"一语，表明了他对于人的本性的理解。儒家理论强调"天命谓之性"，给人的本性以"天命"的灵光加以保护。人的本性里面应当包括"好色"的内容在内。后来，荀子说："《国风》之好色也，《传》曰：'盈其欲而不愆其止。其诚可比于金石，其声可内于宗庙。'"④他将"好色"的范围从《关雎》扩展到了《国风》，其所谓的《传》，虽然今已无可考，但我们可以推测，或许正是《诗论》一类的儒家论著。

总之，《诗论》简文多处关于《关雎》一诗的评析表明，孔子十分重视此诗，

---

① 《论语·子罕》。
② 《孟子·万章》上。按，关于"慕少艾"之意，或有儒生疑其意当为爱慕之心稍有衰减，清儒焦循已辨是说之误，他认为"艾"古通义，"义为芟草，故义亦为绝。宣公十五年《左传》云'郤犨有雋才'，注云'雋，绝异也。'雋即俊，美好之为艾，又如称美色为绝色"（《孟子正义》卷十八，中华书局1987年版，第616页），是说甚确。杨伯峻先生译孟子此语谓"人在幼小的时候，就怀恋父母；懂得喜欢女子，便想念年轻而漂亮的人"（《孟子译注》，中华书局1960年版，第207页），这个译文是准确的。
③ 《孟子·梁惠王》下。
④ 《荀子·大略》。

正如西汉时期匡衡所谓"孔子论诗,以《关雎》为始","妃匹之际,生民之始,万福之原,婚姻之礼正然后品物遂而天命全"①。孔子以"色"、"礼"、情感之说论析《关雎》远较传、笺和宋儒的"后妃之德"说更接近《关雎》一诗的本义。在这里,我们不妨将《诗论》相关简文试译如下:

> 《关雎》一诗的伟大指的是什么呢?那就是结果好于开始。《关雎》一诗将男女的爱恋情感纳入礼的轨道。它的第三章意指男女双方有同样的表现,皆有卧不安席之意。它的第四章就是对于欢愉情绪的描写。《关雎》以琴瑟给人带来的欢悦喻指君子求得淑女以后夫妇间的和美;用铿锵有节的钟鼓声所给人带来的欢乐,喻指淑女的喜好。如果能够将淑女之愿和对于配偶的美好追求都纳入礼的轨道,不就能够达到伟大的境界了吗?

这段简文揭示出《关雎》一诗的重要价值之所在,对于诗中所表现出来的男女爱恋情感做了十分具体的分析。这段简文反映了孔子及其及门弟子的情爱观,其分析远较汉儒、宋儒的相关解释准确可靠。《诗论》第11号简所说的"《关雎》之改,则其思贻(益)矣",与这段简文相得益彰。《关雎》之"思"不仅指诗中所表现的辗转反侧之思慕,而且指《关雎》一诗作者对于爱情与礼义关系的深入思考。《诗论》的相关论析为我们考察《关雎》一诗提供了极为可贵的资料,它不仅揭示了孔子何以特别重视《关雎》一诗的原因,而且对于说明是诗的主旨,也是非常可贵的启示。

三 上博简《诗论》"梂(樛)木之时"释义
—— 兼论《诗·樛木》的若干问题

《上海博物馆藏楚竹书》第一册的《诗论》部分三处提到《梂(樛)木》一诗的主旨为"时"。关于其意义,本文拟联系《诗经》此篇进行探讨。《诗·樛木》篇

---

① 《汉书·匡衡传》。

的"福履"二字盖读若"蔑历",意指贵族受到关于其经历及功绩的考察与肯定。简文的"时"字应当理解为春秋战国时期社会所流行的时遇、机遇的概念。《孔子诗论》的相关简文与《诗·樛木》篇的相互印证,对于阐释楚竹书和《诗经》相关文义都是重要参考。现在试做分析如下。

(一)

上博简《诗论》有三处提到《梂(樛)木》篇:

《梂(樛)木》之时,……害(曷)? 曰:童(终)而皆臣「右又」(贤)于其初者也。(第10号简)

《梂(樛)木》之时,则以其录(禄)也。(第11号简)

《梂(樛)木》福斯才君子,不[亦能时虖(乎)]? (第12号简)①

上引第10号简的省略文字,是为讨论方便计而将原简文提及的其他篇名及论义略去而只保留了本句的结论之语。第12简括号中的字,廖名春先生据文义补出②,甚确。

第10号简的"时"字,简文从止从日,马承源先生据《说文》时字古文释其为"时"字,并谓"或当读为'持'"③。《诗论》简三处论《梂(樛)木》诗,皆提到"时",可见论诗者对于"时"的重视。简文"时"字之义,当为理解《孔子诗论》相关内容的关键所在。马承源先生读若"持",但未云此读的意义,盖谓"持福禄"也。廖名春先生谓:"《梂(樛)木》一诗屡言'福履绥之'、'福履将之'、'福履成之',所谓'绥'(训'降')、'将'、'成''福履'于君子的,当是上天,'君子'有上天降福,是得天时,故于《梂(樛)木》而称'时'。"④以上两说皆信而有征,细绎简文之意,愚以为此处关于"时"的意义的考究,尚可另献一说,以备参考。而申明简文"时"的意义,必须联系《诗·梂(樛)木》之意才可以得入门之径。

---

① 马承源主编:《上海博物馆藏战国楚竹书》(一),上海古籍出版社2001年版,第139—143页。
② 廖名春:"上海博物馆藏诗论校释",《中国哲学史》2002年第1期。
③ 马承源主编:《上海博物馆藏战国楚竹书》(一),上海古籍出版社2001年版,第140页。
④ 廖名春:"上博简《关雎》七篇诗论研究",《中州学刊》2002年第1期。

(二)

为讨论方便计,今将《诗·樛(樛)木》篇抄写如下:

> 南有樛木,葛藟累之,乐只君子,福履绥之。
> 南有樛木,葛藟荒之,乐只君子,福履将之。
> 南有樛木,葛藟萦之,乐只君子,福履成之。

前人的相关解释,最值得重新探讨的是"福履"两字。自毛传"履,禄也"的解释以来,学者们对此的释解,并无异说。陈奂《诗毛氏传疏》卷一还举出《诗·鸳鸯》"福禄绥之"作为旁证。其实,履作禄义,仅是汉儒的理解,非必为古意①。履字本义为鞋,引申为践踏、施行等,西周春秋时期的文字中,"履"用如实地考察之意,如"帅履裘卫厉田四田"(《卫鼎》)、"履大易(锡)里"(《大簋》)等,这种考察类于经历,所以后世将人的经历称为"履历"。《说文》:"历,过也,传也。""履,足所依也"。履与历在意义上有相涵之处。金文惯用成语"蔑历",固然有勉励之意,但更主要的则是对于某人经历成绩的考核与肯定②。

周代贵族虽然有世卿世禄之制,但在承继先辈职位名分时尚须得周天子或上级贵族的肯定,彝铭文习见的"某人蔑某人历"的词语,即表明对于某人的封赏是肯定其资历与功绩的结果。此举的意义在于表明,贵族的权位并非仅由承继先辈而得,而是需要上级的认可与肯定。上级蔑某人之历,是其权力和对于某人有宗主地位(或统属关系)的表示;某人被蔑历,则表示自己权位的被认定和受到周天子或某位高级贵族庇护。可以说"蔑历"是西周春秋时期宗法制度的一个重要体现。

以上的讨论表明,《樛木》诗的"福履"二字盖读若"蔑历",意指贵族受到关于其经历及功绩的考察与肯定。在此基础上我们来理解全诗的意义似可洞若

---

① 诗中的"履"字,宋儒刘克释为"礼"(《诗说》卷一,宛委别藏本,江苏古籍出版社影印1988年版)。按此说于诗意亦颇难通。

② 学者关于蔑历的解释颇多。阮元谓"古器物铭每言蔑历,其文皆勉力之义"(《积古斋钟鼎彝器款识》卷五),于省吾先生《双剑誃吉金文选》卷上谓"蔑谓勉励,历为劳绩"之说。赵光贤先生肯定以上两说,指出金文中蔑历之意即"即赞美,或嘉奖某人的劳绩"(参见《释"蔑历"》,《古史考辨》,北京师范大学出版社1987年版,第117—126页)。金文"蔑历"本意盖谓考察某人的资历与功绩。这种考察,意在勉励。

观火①。此诗以"樛(樛)木"和"葛藟"两种植物起兴比喻。展现人们面前的形象是南山那向下弯曲之树("樛(樛)木")被葛藟的藤条缠绕("葛藟累之"),其喻指的意思是在说,下级贵族(即本诗中的"君子"),必得上层人物(或宗主)的考察确指后,其社会地位方才被肯定,并由此出发而扶摇攀升,此犹藤之缠树而升高。贵族之所以非常欢乐,就是因为他被蒐历("福履")以后和上层人物(或宗主)有了关系("绥之")。这关系犹如葛藤攀树。全诗三章,句式相同,皆由喻指起兴,然后点明主题,表达了"君子"的快乐心情。

全诗三章的用词和意涵是递进的。由起兴之句看三章所用的三个动词依次是"累"、"荒"、"萦"。"累",《说文》"缀得理也",《礼记·乐记》曾用它形容贯珠,其本义指系连。"荒",《说文》训其义有二,其中一项是"草掩地也",用在本诗,指爬满了树,指树藤关系已经密切。"萦",《说文》"收卷也",段注"收卷长绳,重迭如环,是为萦"②,用在诗中,它不仅指藤与树有了联系,而且指藤已与树有了重叠如环般的紧密关系。阐述主题的三章的后句,所用动词亦为递进。这三个词依次是"绥"、"将"、"成"。"绥"字,毛传训为"安"虽然不误,但并非其本意,且不合乎诗旨。《说文》谓"绥,车中靶(把)也",指车中把手,可扶持而升车,故而《仪礼·士昏礼》"授绥",注谓"所引以升车者",诗首章用"绥"字,表示蒐历("福履")可以使贵族攀附而上升。"将"字,毛传"大也",郑笺"犹扶助也",朱熹《诗集传》取笺说,实胜于毛传。比较而言,"将"字的联系之意甚于"绥"。诗的末章用"成"字即成功之意,表示君子的蒐历("福履")获得成功,有了圆满的结果。总之,诗中两组动词(累—荒—萦;绥—将—成)的使用皆有递进之意蕴,并且两组间亦相互照应,十分形象而圆满地表达了"乐只君子"这一主题。

---

① 关于《樛(樛)木》诗的主旨,《诗序》谓:"后妃逮下也,言能逮下而无嫉妒之心焉",毛传申述其义,谓"后妃能和谐众妾,不嫉妒其容貌,恒以善言而安之"。朱熹云:"后妃能逮下而无嫉妒之心,故众妾乐其德而称愿焉。"(《诗集传》卷一)清儒陈奂谓"喻后妃能下逮,其众妾得以亲附焉"(《诗毛氏传疏》卷一)。是皆就"后妃"为说,明代出现的《子贡诗传》谓此诗意指"南国诸侯慕文王之化,而归心于周",清儒姚际恒进而谓此诗意旨在于"以臣附君"(《诗经通论》卷一),突破了《诗序》和毛传的说法。近世以来,学者们多放弃"以妾附后"的旧说,而另作解释。如正确地指出是诗作者攀附一个贵族故而作诗为贵族祝福,虽然已接近诗的主旨,但仍没有对于"福履"等做进一步探讨。

② 段玉裁:《说文解字注》十三篇上。

（三）

要深入理解诗中的"君子"为何而乐，尚需对于周代社会宗法制度进行一些说明。周代宗法制的核心在于嫡长子继承制。嫡长子从原则上讲应当是宗族的继承人，但能否顺利实现继承，则还要经过"蔑历"的手续，周代彝铭的大量"蔑历"用语，就是其实证。

西周春秋时期各诸侯国贵族争权夺利，甚至弑君杀父之事不绝于史，所以后来孟子才有"孔子成《春秋》而乱臣贼子惧"①的说法，宗法制是当时公认的原则，然而亦是不断在实际上被破坏的原则。各级贵级取得权位的过程并非完全一帆风顺。例如春秋初期郑卿祭仲劝郑庄公的太子忽娶齐女以固位，理由便是"子无大援，将不立，三公子皆君也"②。除了太子忽以外，郑庄公其他的三个儿子也可以为郑国君主。春秋中期，郑国贵族公孙黑肱去世前"召室老、宗人立段"，并谆谆嘱咐继其权位的儿子公孙段，谓："吾闻之：生于乱世，贵而能贫，民无求焉，可以后亡。敬共事君与二三子。生在敬戒，不在富也。"③之所以要"敬共事君与二三子"，就是因为君主和大臣对于贵族的继承权位有蔑历之权，所以公孙黑肱嘱咐其子要特别敬重他们。再如鲁国臧氏次子纥得公室支持而被立为宗子，臧氏长子名贾者和次子名为者以大龟贿赂公室请立，致使臧纥逃奔齐国④，此亦贵族继承权位并非易事的例证。西周春秋时期的贵族每用"战战兢兢，如临深渊，如履薄冰"⑤或"惴惴小心，如临于谷，战战兢兢，如履薄冰"⑥形容自己的惧慎心态⑦。这种心态里面不乏对于自己前途地位不可捉摸的担忧。

西周春秋时期，贵族被蔑历而肯定得到权位之时，其欣喜之情溢于言表，《诗·樛木》应当就是这种欢喜情绪的宣泄，诗中反复吟诵"乐只君子"，让读者仿佛看到了被"蔑历"后贵族的欣喜之状。

---

① 《孟子·滕文公》下。
② 《左传》桓公十一年。
③ 《左传》襄公二十二年。
④ 见《左传》襄公二十三年。
⑤ 《诗·小旻》。
⑥ 《诗·小宛》。
⑦ 对这些诗句的引用见于《左传》僖公二十一年、宣公十六年等。

（四）

上博简《诗论》三处提及"《梂（樛）木》之时"，可见这是简文作者对于《梂（樛）木》一诗的最基本最核心的看法。和同简的"《汉广》之智、《鹊巢》之归"等辞例一样，简文作者认为"时"就是《梂（樛）木》一诗的主旨所在。如前所述，申明简文"时"的意义，必须联系《诗·樛木》之意。除此之外，还应当弄清楚"时"字在简文和《樛木》一诗出现的春秋战国时期行用的意义。简要言之，在那个时期，"时"除了表示时间（如季节、时辰等）之外，还表示机遇。

贵族被"蒇历"是其取得权位的标识，对于贵族而言，这自然是一种最珍贵的机遇。古人将机遇称为"时"、"势"或"运"。春秋战国时期诸子学派都在讲"时"的问题。《论语·乡党》载，孔子曾慨叹山梁雌雉翔集谓"时哉时哉"①。孟子称孔子为"圣之时者也"②，孟子拿射箭来比喻，说"射于百步之外也，其至，尔力也。其中非尔力也"，百步之外能够射中目标，这其中应有人力以外的因素，那就是机遇。汉儒赵岐注《孟子》说"圣之时"即"时行则行，时止则止"，实在没有孟子说得明白。孟子曾经把社会上的爵禄分为"天爵"、"人爵"③两种。所谓"天爵"，就包含着机遇的因素，时运来临自然就会有爵禄④，非人力所能实现。

战国时人所讲关于个人的"时"略有两种含义，一是要顺应时世，即荀子所谓"君子时诎则诎，时伸则伸"⑤，"与时迁徙，与世偃仰"⑥；一是时运、机遇，亦恰如荀子所云：

---

① 关于孔子慨叹"时哉"之意，何晏《论语集解》谓"言雌雉得其时而人不其时，故叹"。皇侃《论语义疏》谓"时哉者，言雉道遥得时所也。所以有叹者，言遭乱世，翔集不得其所，是失时矣。而不如山梁间之雉，十步一啄，百步一饮，是得其时，故叹之也。"可见孔子之叹在于时机、机遇。《庄子·秋水》篇载有孔子的一段话："我讳穷久矣，而不免，命也；求通久矣，而不得，时也。当尧舜而天下无穷人，非知得也；当桀纣而天下无通人，非知失也；时势适然。"《庄子》书虽多寓言，但此处所述孔子关于"时势"之论似非虚拟编造。这段话与孔子积极待时的思想是符合的。
② 《孟子·万章》下。
③ 《孟子·告子》上。
④ 赵岐注《孟子》谓"古修天爵，自乐之也。今求人爵，以诱时也。得人弃天，道之忌也。惑以招亡，小人事也"，其说是正确的。所谓诱"时"以求人爵，指盼望时来运转而得爵禄的急切心情。
⑤ 《荀子·仲尼》。
⑥ 《荀子·儒效》。

> 夫遇不遇者,时也;贤不肖者,材也。君子博学深谋不遇时者多矣……遇不遇者,时也;死生者,命也。今有其人不遇其时,虽贤,其能行乎?苟遇其时,何难之有?故君子博学、深谋、修身、端行以俟其时。①

加强学问与道德修养,等待显示治国平天下的身手的时机("以俟其时"),可以说是儒家对于"时"的基本态度。②《诗·樛木》之篇所表现出来的等待机遇的思想,正是西周春秋时期儒家关于"时"的思想的艺术显现。"福履(蓐历)"是得到权位的晋身之阶,又是跻身上层的机遇。只要抓住这个机遇,就会像藤借树而升高、手援绥而登车一样升于佳境。

最后,通过以上的探讨,我们可以集中说明前引三条简文的意蕴:

第10号简:"《棣(樛)木》之时,……害(曷)?曰:童(终)而皆臣「右又」(贤)于其初者也。"意谓《棣(樛)木》诗所表现出来的时遇之境是什么意思呢?答案是说:最终的结果要好于其初。

第11号简"《棣(樛)木》之时,则以其录(禄)也",意谓《棣(樛)木》一诗所说的时遇,是因为君子在被蓐历之后获得了爵禄。此句可与诗的"福履(蓐历)"一词相互印证。

第12号简:"《棣(樛)木》,福斯才(在)君子,不[亦能时虖(乎)]?"意谓:《棣(樛)木》诗所谓幸福赐予君子,不正是因为君子能得时遇的缘故吗?"斯",意犹"乃"也③。"福斯在君子",意谓"福乃在君子"。

总之,上博简《诗论》"棣(樛)木之时"是对于《诗·樛木》意蕴的最初说明,简文三处提到《棣(樛)木》一诗的主旨在于"时",其意思是强调贵族("君子")获取权位尚需依靠上层的考察与首肯,通过"蓐历(福履)"而使地位上升。

---

① 《荀子·宥坐》。按,此篇所谓"君子博学深谋不遇时者多矣",是战国时期许多士人的慨叹。《诗论》第25号简还有一处提到"时",即"《有兔》不逢时",所提及的《有兔》篇疑即传世本《诗·兔爰》篇,此诗三章皆以"有兔爰爰"起兴,全诗主旨是慨叹自己生不逢时,谓"我生之初,尚无庸,我生之后,逢此百凶"(另两章作"逢此百罹"、"逢此百忧"),好像是说什么坏事都让自己碰上了。足可证《诗论》所谓"不逢时"之时,确为时运之意。

② 和儒家积极待"时"、争取机遇的态度不同,道家一般持"安时而处顺"(《庄子·养生主》)、"与时俱化"(《庄子·山木》)的态度,当"时命"未至的时候便耐心等待,"当时命而大行乎天下,则反一无迹,不当时命而大穷乎天下,则深根宁极而待"(《庄子·缮性》)。

③ 王引之《经传释词》谓"福,犹乃也"(《皇清经解》卷一千二百一十五,上海书店1985年版)

四　《诗论》"《汉广》之智"探论
——并论儒家情爱观的若干问题

上海博物馆藏战国楚竹书《诗论》第 10 号简和第 11、13 号简都提到《汉广》一诗,并且进行了较多评析。这对于解决聚讼不已的《诗·汉广》的"游女"身份及诗旨等问题有很大启示。分析《汉广》诗意,可见诗人实在"不可得"与"不可能"之间犹豫徘徊。事物的"可能"与"不可能",并不受礼义界限的影响,而是基本上与礼义无关的事情。然而,事物的"可得"与"不可得"则是礼义影响的结果。《诗论》简,对于《汉广》一诗的评析在所有关于情爱诗篇的说解中显得尤为深刻而重要。孔子对于《汉广》的评析,与《韩诗外传》、《说苑》所记遇浣女事皆表明了孔子的情爱观。其情爱观的中心是赞成男女在礼义的范围内的情爱,提倡在可能的情况下对于爱情大胆追求,而不是对于男女情爱予以排诋。男女间必须授受不亲①,应当有一条不可逾越的鸿沟,这只是后儒之见,孔子之时尚未出现。今试将以上的基本认识缕析如下。

上博简《诗论》有三处提及《汉广》一诗。第 10 号简是对于《关雎》、《汉广》、《鹊巢》、《甘棠》等七篇诗的简明评析。如果将评论其他六篇的内容隐去,则简文谓:

《滩(汉)往(广)》之智害(曷)? 曰:童(终)而皆贤于其初者也。②

这是一段问答式的阐述。所回答的内容是对于"《汉广》之智"的解释。关于《汉广》诗的另一处简文见于第 13 号简:

[《汉广》不求不]可得,不攻不可能,不亦智恒虖(乎)?

---

① 《礼记·坊记》云:"君子远色,以为民纪,故男女授受不亲。"《诗论》第 14 号简评析《关雎》诗谓"以琴瑟之悦拟好色之愿",对于追求"好色"持肯定态度,与《坊记》所谓"远色",大异其趣。

② 这条简文,马承源先生将"滩往"读若《汉广》(参见马承源先生主编:《上海博物馆藏战国楚竹书》第一册,上海古籍出版社 2001 年版,第 140 页),诸家无疑义。简文的童字,李学勤先生读若"涌"("《诗论》说《关雎》等七篇释义",《清华简帛研究》第二辑,清华大学思想文化研究所 2002 年排印本,第 16 页)。廖名春先生读若"终"("上海博物馆藏诗论简校释",《中国哲学史》2002 年第 1 期)。今从廖说。

这段简文开首五字，系廖名春先生据文意及简文辞例补①，甚是。关于这两处简文的释读，专家已有精湛考释，但对于其意义的阐述却比较少，这应当是专家持矜持态度而不愿意多涉及于此的缘故。今拟在专家研究的基础上斗胆进行若干补充。愚以为这两处简文的意义，首先在于为理解今传本《诗·汉广》的含义提供了宝贵的启示。其次，对于认识孔子及儒家的情爱观等问题也有重要启发。不揣窳陋，将此两方面的粗浅考虑陈述如下，供专家参考。

(一)《诗·汉广》本义考索

《汉广》见于《周南》，是一首仅三章的短诗。为了讨论的方便，现将《诗·汉广》先迻录如下：

> 南有乔木，不可休思。汉有游女，不可求思。流之广矣，不可泳思，江之永矣，不可方思。翘翘错薪，言刈其楚。之子于归，言秣其马。汉之广矣，不可泳思，江之永矣，不可方思。翘翘错薪，言刈其蒌，之子于归，言秣其驹。汉之广矣，不可泳思，江之永思，不可方思。

全诗三章，章八句。其首章的"不可休思"的思字，毛诗作"息"，诸家皆认为韩诗作"思"是②。诗中两个关键之处须加以讨论。

第一个关键之处是"游女"的身份。此诗三章皆围绕着她而展开。这位让《汉广》诗的作者一赞三叹的"游女"是什么样的人呢？前人于此有五种说法。其一，唐代孔颖达谓她是有一定社会身份地位的"贵家之子"，"庶人之女执筐行馌，不得在室。故有出游之事。"③依其意，是谓贫家之女每日于外操劳，无人注目。只有那些深居闺奥的贵家之女的出游才会引起注意，故而诗人咏焉。其二，她是汉水之神。《文选·琴赋》"游女飘焉而来萃"，注引《韩诗》"汉有游女，不可求思"为释，并引薛君曰："游女，汉神也，言汉神时见，不可求而得之"，

---

① 参见廖名春：《上海博物馆藏诗论简校释》，《中国哲学史》2002年第1期。另外，李零先生亦补此五字，但在"汉广"二字后空五字，然后再接下文(参见李零："上博简校读记"，《中华文史论丛》第68辑，上海古籍出版社2002年版，第11页)。今暂从廖说。

② 唐代孔颖达以诗韵之例进行解释此字当为"思"字的理由，甚可取。他说："诗之大体，韵在辞上。疑休、求字为韵，二字俱作思。但未见如此之本，不敢辄改耳。"(《毛诗正义》卷一)。姚际恒指出，韩诗已有作思之"本"，盖为孔颖达"偶未见耳"(《诗经通论》卷一)。

③ 孔颖达：《毛诗正义》卷一。

来解释韩诗之意。其三,她是"女妖"。《文选·江赋》"感交甫之丧佩",郭注引《韩诗内传》载"郑交甫遵彼汉皋台下,遇二女,与言曰:愿请子之佩。二女与交甫,交甫受而怀之,超然而去,十步循探之,即亡矣。回顾二女亦即亡矣"①,张衡《南都赋》"耕父扬光于清泠之渊,游女弄珠于汉皋之曲",《后汉书·马融传》注引《襄阳耆旧传》曰:"县西九里有万山,父老传云交甫所见游女处,此山之下曲隈是也。"两处皆将"游女"与郑交甫所遇二女合为一事。清代解诗名儒,如胡承珙《毛诗后笺》、陈奂《诗毛氏传疏》等亦皆认为此述即"游女"之事。其四,她是游泳之女。此说出自朱熹,《诗集传》卷一谓"江汉之俗,其女好游",当代专家从其说,亦谓之"游泳之女"②。其五,劳动人民之女。清儒方玉润谓"樵子入山多唱山讴,回应林谷。盖劳者善歌,所以忘劳耳。其词大抵男女相赠答,私心爱慕之情"③,当代专家从其说,谓"《汉广》,当为江汉流域民间流传男女相悦之诗"④。分析以上五说,皆可牵合《汉广》诗意为证,皆不为无据臆说。至于何说较为切近诗旨而可取,我们将在下面进行申述。

第二个关键问题是此诗的本意何在。前人主要有以下三种说法。第一,强调文王教化说。《诗序》将《诗·汉广》纳入文王之化的轨道进行阐释,谓"《汉广》,德广所及也。文王之道被于南国,美行乎江汉之域,无思犯礼,求而不可得也。"毛传申述此意,谓:"纣时淫风遍于天下。维江汉之哉,先受文王之教化。"此说虽然也认为诗意讲了求女不得的意思,但重点在于强调文王教化的作用深远。王安石曾盛赞此说,谓此篇在于"言文王之德"⑤后来,朱熹亦从此说,谓:"文王之化,自近而远,先及于江汉之间,而有以变其淫乱之俗,故出

---

① 《韩诗内传》一书,论者多以为早已亡佚,杨树达先生指出"韩诗内传未亡",举"四证"证明今本《韩诗外传》的前四卷,即《汉书·艺文志》所载的"《韩诗内传》四卷"(《积微居小学金石论丛》(增订本),科学出版社1955年版,第218—219页)。《文选》注引《韩诗内传》或可为此说之一证,然郑交甫事不见今本《韩诗外传》,当为其佚文。对此,赵善诒《韩诗外传佚文考》卷下已有辨析,参见赵善诒:《韩诗外传补正》,商务印书馆1938年版,第262页。后来,屈守元先生将此记载,列为《韩诗外传》佚文的存疑部分,认为"此事诸书所引'内'、'外'传错出,……是此条不能定为外传,是必然也"(《〈韩诗外传〉笺疏》,巴蜀书社1996年版,第920页)。按,从杨树达先生考证看,以定此条为佚文较妥。
② 程俊英:《诗经译注》,上海古籍出版社1985年版,第16页。
③ 方玉润:《诗经原始》卷一,中华书局1986年版,第86页。
④ 陈子展:《诗经直解》,复旦大学出版社1983年版,第22页。
⑤ 参见邱汉生:《诗义钩沈》卷一,中华书局1982年版,第17页。

游之女,人望见之,而知其端庄静一,非复前日之可求矣。"①第二,强调求女不得说。此说不注目于文王教化,而是认为诗意在于描述"求女不得"的心境。郑笺谓:"贤女虽出游流水之上,人无欲求犯礼者。亦由贞洁使之然。"并且进而解释诗义谓:"楚杂薪之中,尤翘翘者,我欲刈取之,以喻众女皆贞洁,我又欲取其尤高洁者"。是说的特点在于认为,虽然不可求,然而总是心向往之。所以郑笺解释诗中的"之子于归,言秣其马"之句谓:"谦不敢斥其适已,于是子之嫁,我愿致礼饩,示有意焉",宋儒欧阳修说诗中所表达的意思"犹古人言虽为执鞭,犹忻慕焉"②,清儒惠周惕将此点说得也很明白:"言得如是之女归于我,则我将亲迎而自御之"③。清代学者多从此说。第三,当代专家所提出的告诫经营东南的周族战士说。李山先生认为此诗作于西周中晚期,"西周武力经营东南方,……作为征服者,周家的青年男子们,长期驻守此地,难免有诗篇所道及的风情之事,也就难免有诗篇的告诫。这都源于周家子弟对江汉一带的人情风俗尚不了解,不知深浅。……本家子弟在南方是否有欺霸之事自然不会多问,只是从礼法的角度进行劝诫,并警示其胡闹的危险罢了"④。第四,劳动人民爱情说。当代专家或谓"这是一位男子爱慕女子不能如愿以偿的民间情歌"⑤。这种说法与"求女不得"说有相通之处。

由于上面两个关键问题的不同理解,所以对于诗中一些词语的解释也时有不同。因为诗义较为简略,要解决这些歧异,很是困难,所以长期以来只能是言人人殊。现在,有了上博简《诗论》的相关启示,要疏通这些疑问就有一个可靠的基础。故而我们下面再来看一下简文的一些问题,然后再回到我们已经提出的问题上来进行讨论。

(二)简文"不攻不可能"释义

简文中评析《汉广》一诗的文字,其中心是"不攻不可能"一句。简文的

---

① 朱熹:《诗集传》卷一。当代专家或谓是"冶游之女",其语非为褒义,而是与静女、淑女相对的贬义之称,"是江汉一带,不明来历的女子"(李山:"汉儒《诗》说之演变——从《孔子诗论》、《周南·汉广》篇的本义说起",《北京师范大学学报》2004年第4期)。按,此说颇有理致,其意盖与朱熹说相近。
② 欧阳修:《吕氏家塾读诗记》卷二。按此犹今语之执鞭坠镫,心甘情愿。
③ 惠周惕:《诗说》卷二,见《皇清经解》卷二百九十一,上海书店出版社1988年版。
④ 李山:"汉儒《诗》说之演变——从《孔子诗论》、《周南·汉广》篇的本义说起",《北京师范大学学报》2004年第4期。
⑤ 程俊英:《诗经译注》,上海古籍出版社1985年版,第17页。

"攻"字,从工从又。马承源先生的《考释》阙疑待考。其他专家或释为"穷"①,或释为"求"②。今从李学勤先生、廖名春先生说暂定为"攻"字。其意即李先生据《小尔雅》所指出的"攻,治也"。这个字既然是"攻"字,那么前面的阙文补为"[不求不]可得",也就显得更切合《诗论》文例,与《汉广》诗中的"汉有游女,不可求思"在意义上相呼应,不仅如此,而且还不会有因为两处同样用"求"字而造成的词语重复。

"攻"字本义,《说文》谓"击也,从攴,工声"。段玉裁谓:"《考工记》'攻木'、'攻皮'、'攻金',注曰:'攻,犹治也。'此引申之义。"③《考工记》注和《小尔雅》的解释,可以相互印证,说明"攻"确实可以引申为"治"之义,那么,它所表示的"治"有什么特点呢?这还须从"攻"的本义说起。其本义为"击",《说文》训"击也"的字除攻之外,还有叩、椓两字。叩、椓两字义皆为敲击,其击的方式并不连续而持久,如《诗·周南》"椓之丁丁"即为其例。而攻字的意思则与敲击相比,就显得连续而持久,如"攻木"、"攻皮"、"攻金"甚至"攻城略地"等,皆非敲击所能奏效。就动作范围看,"攻"远比"击"为大。就时间范围看,它也比敲击为长。攻与治皆有行为上长久的意蕴,所以训攻为"治也"。据廖名春、李零先生拟补,简文"不攻不可能"的上句是"不求不可得"。两句语意虽相仿,并且意亦相涵,但实有侧重点的区别。所谓于事(或物、或人)之"不可得",其意在于强调由于受到某种主观观念的限制,所以才不可以得到。所谓于事(或物、或人)的"不可能",其意则强调由于客观外界条件的限制,所以才不能够得到。

分析《汉广》诗意,可见诗人实在"不可得"与"不可能"之间犹豫徘徊、在"求"与"不求"之间矛盾斗争。此层意蕴似为前人所未揭出者,今得《诗论》简文提示,才使我们得以认识。那位令人神往不已的"汉之游女",是不可求,抑

---

① 李零:《上博简校读记》,《中华文史论丛》第68辑,上海古籍出版社2002年版,第12页。
② 周凤五:"《孔子诗论》新释文及注解",《上博馆藏战国楚竹书研究》,上海古籍出版社2002年版,第160页。按,释为"求"字比较牵强。求本为裘的本字,故《说文》谓它是"古文裘"。战国文字中"求"将表示皮毛的下垂之形,连为横线,但仍存皮毛之意蕴,即两横约略两端下垂,郭店楚简《六德》第7号简第33号简的两例,即作如此之形。它如包山楚简、石鼓文、诅楚文等的求字,莫不如此。而《诗论》第13号简的这个字,不仅两横不下垂,而且两横位于字的上部,且不与下面的部分相连,与战国时期的"求"字实难类同看待。
③ 段玉裁:《说文解字注》三篇下。

或是不能求呢？表面看来，诗人讲的都是不能求。诗的首章谓"南有乔木，不可休思"、"汉之广矣，不可泳思，江之永矣，不可方思"，意犹乔木下没有阴凉，怎么在其下休憩呢？汉水那么宽，怎么能够"泳"得过去呢？江水那么长，怎么能划着竹筏来往呢？首章此三句皆兴比"汉有游女，不可求思"。意犹这位女子就像不能乘凉的乔木、不能"泳"过的汉江那样，是不可能得到的呀。然而，我们仔细分析起来，就会发现，诗人在这里实为正话反说，我们得出如此判断的理由如下。

先说"乔木"。

乔木本为美好之树木，所以《诗·伐木》有"出自幽谷，迁于乔木"之句。"乔木"与"幽谷"相对成文，"迁于乔木"犹今所云飞上高枝也[1]。正因为乔木高大美好，因此可以在一定意义上作为故乡的代称，所以《孟子·梁惠王》下篇载，战国时期孟子对齐宣王说："所谓故国者，非谓有乔木之谓也，有世臣之谓也"，汉儒赵岐以"高大树木"释"乔木"。高大的乔木之下为什么不能乘凉休息呢？前人解诗多泥于传笺之说，谓乔木高而枝叶上耸，所以不可休息，实际上这是讲不通的。姚际恒发现了这一问题，并作出了比较合理的解释。他说：诗中此句是"借言乔木本可休而不可休，以况游女本可求而不可求，不必实泥谓乔木不可休也"[2]。

我们再来说江汉之水。

诗明谓"不可泳思"、"不可方思"，意即汉江之水既不能只身游泳过去，也不能靠木筏（"方"）渡过。其实，汉江之水尽管宽广，但还没有到不可渡过的地步。就超绝江河的能力看，周代已经相当可观，汉江之水并不在话下。可以说汉江之水是既可以只身游过，也可以方舟横渡。诗句力图让人们明白汉江之水本可渡过而又不可渡过，以况游女本可求而不可求。不必实泥谓汉江不可横绝也。这与诗中用"乔木"所作的兴比是完全一致的。

总之，诗旨在于讲乔木可休而不休，汉江之水可渡而不渡。明明是可以做到也可能做到的事情，到了诗人嘴里却变成了不可以和不可能。这不是矫情，而是诗之婉约使然。依照诗人之意，盖谓应当是把"困难"想得更多一些，所以

---

[1] 《孟子·滕文公》下篇亦载孟子直接引用《伐木》诗意谓"吾闻出于幽谷，迁于乔木者，未闻下乔木而入于幽谷者"，此所云"乔木"则不仅高大，且美好矣。

[2] 姚际恒：《诗经通论》卷一，中华书局1958年版，第27页。

乔木可休而不休，江汉之水可渡而不渡。那么，《汉广》一诗的作者在"困难"面前持何种态度呢？《诗论》第 10 号简谓："《灘(汉)往(广)》之智害(曷)？曰：童(终)而皆贤于其初者也。"依照《诗论》简文的分析，《汉广》一诗的作者态度是明智的。唯有明智，所以才能得到最好的结果。那么，"《汉广》之智"所带来的，亦即与"其初"相比所表现出来的，最好结果在哪里呢？愚以为在《汉广》诗的第二、三章可以看到。这个结果，就是心慕已久的汉女来嫁。《汉广》云"翘翘错薪，言刈其楚。之子于归，言秣其马。翘翘错薪，言刈其蒌，之子于归，言秣其驹。"所谓"于归"，前人或理解为出游之"汉女"的回家，不确。在《诗》中，"之子于归"除见于《汉广》外，又见于《桃夭》、《鹊巢》和《燕燕》三篇，意皆指女子出嫁。此处不应有异。关于《汉广》的"之子于归"，郑笺云："谦不敢斥其适己，于是子之嫁，我愿秣其马、致礼饩，示有意焉。"将诗的婉约之旨，说得十分贴切，故郑玄的这个解释被赞为"文似迂而意正也"[①]。为什么能够有如许的好结果呢？原因就在于《汉广》诗中所说的那位爱慕"汉之游女"的男子保持了明智态度，一开始就把困难想得多一些，将自己控制在礼义的范围之内。李学勤先生释此意谓"不作非分之想，不去强求不可得的对象，硬做不能成功的事情，可谓知足守常，是智慧的表现"[②]，甚确。

愚以为，这里可以稍做补充的是，男子对于所爱慕的女子的追求，虽然不作非分之想是基本原则，但也并不意味着漠不关心，毫无作为，听之任之。《诗论》简文谓"不攻不可能"，依前所分析，"攻"字之意含有"固执"的因素，长久而固执地从事某项事情称为"攻"。"不攻不可能"，即对于那些暂时看来不可能的事情，不要固执地非要去做，不要非去碰壁不可，而是应当等待机会，相机从事。

事物的"可能"与"不可能"，并不受礼义界限的影响，而是基本上与礼义无关的事情。然而，事物的"可得"与"不可得"则是礼义影响的结果。依照儒家理论，它是由礼义所决定的。"不可得"的事情，与礼义相违背，所以一定不要去追求。此即简文"不求不可得"之意。而看来不可能的事情，虽然可以等待

[①] 陈启源：《毛诗稽古编》卷一，《皇清经解》卷六十。
[②] 李学勤："《诗论》说《关雎》等七篇释义"，《清华简帛研究》第二辑，清华大学思想文化研究所 2002 年印本，第 16 页。

时机将其做到,但是在时机不成熟的时候,则不要轻举妄动,不可非固执地拘泥于此事。这就是简文"不攻不可能"的意蕴所在。

(三)从《诗论》简文看《汉广》所反映的先秦儒家情爱观

对于男女间的爱情,大约从孟子时代开始即持封闭态度。对于婚姻来说,媒妁之言、父母之命成为超越男女爱情的重要条件。[①] 在宋儒"存天理、灭人欲"的社会思潮中,男女情爱被纳入"人欲"的范畴而被鞭挞[②]。后世儒者为了论证自己命题的正确,往往将命题归之于孔子。于是孔子常被塑造为只知恪守礼义而循规蹈矩的、对于男女情爱不屑一顾的正人君子形象。其实,从较早的材料看,孔子并不是对于男女情爱的排斥者,相反,孔子充分重视男女情爱,是一个颇有人情味的人。

描写男女情爱的篇章在《诗》中占有重要地位。这类诗歌不仅数量多,而且多保持了下层群众的质朴情感。孔子编《诗》,将《关雎》列为三百篇之首,足可为证。后世儒者解诗,多误解此类诗歌。误解之一,将对于男女情爱的赞颂变成对于后妃的赞美,或者是喻指对于贤才的渴望。误解之二,是将这些诗划入淫诗,认为孔子编选这些诗是为戒淫或惩戒君主和世人。《论语·子罕》载孔子语"吾未见好德如好色者也",古代注家多谓此语是孔子为刺卫灵公而发。和对于孔子编选情诗的误解一样,这里也将此语纳入"美刺说",而作为拘泥的解释。其实,关于孔子此语的解释,朱熹《论语集注》卷五引谢氏说才是比较妥当的。他说:"好好色,恶恶臭,诚也。好德如好色,斯诚好德矣。"喜好美好的异性,并非邪淫,而是一种诚心,是一种正常的心理状态。孔子此语虽稍有某些刺时之意,但并未否定"好色"。《大学》云"所谓诚其意者:毋自欺也,如恶恶臭,如好好色",深得孔子意旨。关于孔子对于情诗的编选,清儒崔东璧力排"美刺说",指出:"诗生于情,情生于境,境有安危享困之殊,情有喜怒哀乐之

[①] 《孟子·滕文公》下篇说:"丈夫生而愿为之有室,女子生而愿为之有家,父母之心,人皆有之。不待父母之命,媒妁之言,钻穴相窥,逾墙相从,则父母国人皆贱之。"当时对于男女间自由爱情的强大社会舆论压力可以从《诗·将仲子》篇得到印证,其所谓"畏我父母"、"畏我诸兄"、"畏人多言"充分展现了"父母国人皆贱之"这样的巨大压力的存在。

[②] 古代学者对于这种理学观念进行深刻批判的,见于清儒戴震。他说:"宋以来儒者,盖以理说之,其辨乎理欲,犹之执中无权;举凡饥寒愁怨,饮食男女、常情隐曲之感,则名之曰'人欲',故终将其身见欲之难制;其所谓'存理',空有理之名,究不过绝情欲之感耳。"(《孟子字义疏证》卷下,《戴震全书》第六册,黄山书社1995年版,第216页)

异,岂刺时刺君之外遂无可言之情乎!""盖先儒误以夫妇之情为私,是以曲为之解。不知情之所发,五伦为最,五伦始于夫妇,故十五国风中男女夫妇之言尤多,其好德则为贞,好色则为淫耳,非夫妇之情即为淫也?……好色之非义,遂以夫妇之情为讳,并德亦不敢好,过矣"①崔氏此说,拨千古阴霾,还孔子本意,对于我们理解孔子的情爱观颇有启示。

《诗论》简多次表明了孔子对于情爱诗的看法。如谓"《关雎》以色喻于礼""以琴瑟之悦拟好色之愿,以钟鼓之乐[喻求女之]好"②。即对于男子追求"好色"作了肯定。尽管这个肯定是在礼乐范围之内所作出的,但是毕竟没有进行排诋和非难。这里所说的"好色",没有什么淫佚贬斥之意,而只是指男女间的情爱。除了对于《关雎》诗的评析之外,我们还可以从《诗论》中看到类似的其他评论,如第17号简谓《扬之水》,其爱妇烈。《采葛》之爱妇等,也都表明了孔子对于符合礼义的男女情爱的肯定态度。前辈专家曾谓"儒家论夫妇关系时,但言夫妇有别,从不言夫妇有爱也"③。今得上博简《诗论》的数据,这个结论可以修改了。应当说儒家关于夫妇关系的理论,既讲夫妇有别,也讲夫妇有爱。至少在孔子时代的儒家理论中这是全面而明确的。而《诗论》简的这类评析中,对于《汉广》一诗的评析显得尤为深刻而重要。下面分两项进行讨论。

首先,简文明谓《汉广》一诗所表现出的智慧,在于能够取得最好的结果,此即第10号简所说的"终而皆贤于其初"。《诗论》第13号简的"恒"字,专家或释其意谓《汉广》所表现的"智"能够永恒,似嫌不妥。愚以为此恒字即长久之意,与简文"智"字是并列关系,并非是对于智的说明,应当标点作"不亦智、恒虖(乎)"。简文"恒"所表示的长久之意,即第10号简所说的取得最好的结果。从《诗论》的语气看,孔子对于《汉广》一诗所描述的结果(即汉女的来嫁)持完全肯定的态度。《汉广》一诗的意蕴在许多方面与《关雎》诗相似。心慕的女子都成为君子的好配偶("君子好逑"),依第10号简之意,这都属一起"贤于其初"的范围。《关雎》谓"窈窕淑女,君子好逑",这是正话正说;而《汉广》谓

---

① 《崔东璧遗书》,上海古籍出版社1983年版,第527—532页。
② 参见上博简《诗论》第14号简和每12号简。方括号中的字据廖名春先生"上海博物馆藏诗论简校释"(《中国哲学史》2002年第1期)一文拟补。
③ 冯友兰:"儒家对于婚丧祭礼之理论",杜正胜编:《中国上古史论文选集》下册,华世出版社1989年版,第1189页。

"汉有游女,不可求思",则是正话反说。两诗的写作手法不一,但所表现的意旨则同。

其次,第13号简所谓"不求不可得"的意思,本质的意义是在肯定行为准则必须是礼。合礼者即为"可得",不合礼者即为"不可得"。不去寻求"不可得"者,意即人们不去做违背礼的事情。《汉广》一赞三叹的"汉之广矣,不可泳思。江之永矣,不可方思",在孔子看来皆喻指那不可逾越的"礼"的准则。

第三,第13号简所谓的"不攻不可能"最能显示孔子的情爱观。"不可能",只是表示一种状态。这种状态意谓着目标难以实现。在这个目标面前,孔子认为不要非坚持顽固到底的执拗态度,而是应当取灵活策略,以待时机成熟。从男子的角度看,对于心慕女子的追求大约可以分为几个层次。其一是"不可求"。在受到"礼"的界限制约的时候,男子不要有跨越过这一鸿沟的意图,此即《汉广》所云"汉之广矣,不可泳思"的意境。其二是"不能求"。在条件不具备的时候,不要匆忙行事,而应当等等时机。其三是,"能求"。即在条件具备的时候,还要将困难想得多一些,而不要沾沾自喜①。可是应当表现出积极态度,如执鞭坠镫在所不辞等。此即《汉广》所表现的"言秣其马""言秣其驹"所表现的意境。其四是,"可求"、"可得"。这样的时候,男子就应当大胆追求,而不要犹豫。能够让自己心仪已久的女子跨出家门来嫁("之子于归"),此即十分美好而理想的结果,亦即第10号简所说的"贤于其初"的含意所在。

在"可求"的前提下,男子应当采取主动去大胆追求,孔子的这一观念,前人多不敢相信,关键在于头脑中先横亘着一个"圣人哪能如此"的雷池。《韩诗外传》关于孔子情爱观念的一个重要记载多被删削,原因就在乎此。因为这个记载与《汉广》诗句有直接关系,所以先将《韩诗外传》卷一的这个记载具引如下:

> 孔子南游,适楚,至于阿谷之隧,有处子佩瑱而浣者。孔子曰:"彼妇

---

① 《关雎》谓"求之不得,寤寐思服。优哉游哉,辗转反侧",就是对于解决困难的认真思考的状态的描述。《诗·将仲子》所云"人之多言,亦可畏也",也是对于此种困难的述说。就是在"能求"的时候,由于种种困难所以也不一定成功,也还会有"求之不得"的情况再现。正因为这种情况可能出现,所以宁可将困难想得多些。这才有达到目标的更多可能。《汉广》一诗的"不可求思"、"不可泳思"、"不可方思"等,应当是"辗转反侧"时焦虑心态的表现。如果将其理解为实指,则殊失诗之婉约旨意。

人其可与言矣乎!"抽觞以[授子贡,曰:"善为之辞,以观其语。"子贡曰:"吾,北鄙之人也,将南之楚,逢天之暑,思心潭潭,愿乞一饮,以表我心。"妇人对曰:"阿谷之隧,隐曲之泛,其水载清载浊,流而趋海,欲饮则饮,何问妇人乎?"受子贡觞,迎流而挹之,奂然而弃之,促流而挹之,奂然而溢之,坐、置之沙上,曰:"礼固不亲受。"子贡以告。孔子曰:"丘知之矣。"抽琴去其轸,以授子贡,曰:"善为之辞,以观其语。"子贡曰:"向子之言,穆如清风,不悖我语,和畅我心。于此有琴而无轸,愿借子以调其音。"妇人对曰:"吾,野鄙之人也,僻陋而无心,五音不知,安能调琴。"子贡以告。孔子曰:"丘知之矣。"抽缔纮五两,以授子贡,曰:"善为之辞,以观其语。"子贡曰:"吾,北鄙之人也,将南之楚。于此有缔纮五两,吾不敢以当子身,敢置之水浦。"妇人对曰:"客之行,差迟乖人,分其资财,弃之野鄙。吾年甚少,何敢受子,子不早去,今窃有狂夫守之者矣。"诗曰:"南有乔木,不可休思。汉有游]女,不可求思。"此之谓也。

此记孔子及其弟子在阿谷遇浣衣之女而主动交辞之事甚详。从记载内容看,浣衣之女是位守礼之人,遵循男女授受不亲的原则而与子贡交辞往来。而孔子则让子贡向漂女求饮、求调琴音、赠送缔纮,让子贡"善为之辞"而与她交谈。孔子此举尽管未越礼义,但已经为儒者不满。相传,孔子六世孙子高就不承认此事[1]。上面所引《韩诗外传》的记载,因为显示了孔子及其弟子的情爱观,所以遭后世儒者诟病,上面引文中方括号内的三百余字(自"授"字至"游"字),许多版本将其删去[2]。后世儒者讳言男女情爱,因此要将《韩诗外传》所载此事隐去。以此表明讳言男女情爱自孔子始。其实,《韩诗外传》述此事是比较可信的,一个重要证据就在于刘向《列女传》卷六有相同的记载可资旁证。并且

---

[1] 《孔丛子·儒服》篇载:"平原君问子高曰:'子之先君,亲见卫夫人南子,又云南游遇乎阿谷而交辞于漂女,信有之乎?'答曰:'……若夫阿谷之言,起于近世,殆是假其类以行其心者之为也。'"按,《孔丛子》一书,学者多疑其伪。其实,它的内容虽然比较驳杂,但却保存了许多真实的材料。其所记孔子后裔事尤为重要而可信。宋儒洪迈见《韩诗外传》所述此事,曾谓"观此章,乃谓孔子见处女而教子贡以微词三挑之,以是说《诗》,可乎其谬戾甚矣"(《容斋随笔》卷八)其说法的前提在于完全否定孔子的情爱观,与子高之语属于同一路数。

[2] 许维遹《韩诗外传集释》卷一引许氏说指出这三百余字,"本多脱去,程荣、胡文焕、唐琳本皆然",许氏谓"是此文久为儒者所诟病,不惜毁弃者已",是十分正确的说法。

其所述子贡与孔子问答之辞更为具体。除了记叙子贡遵命三次与浣衣女交辞往来之事以外，《列女传》中尚有如下记载：

> 子贡以告孔子，孔子曰："丘已知之矣。斯妇人达于人情而知礼。"诗云："南有乔木，不可休息，汉有游女，不可求思。"此之谓也。

《列女传》和《韩诗外传》述遇浣衣女事，皆以《汉广》诗为释，这并非断章取义式的偶然牵合，勉强评论，而是肯定汉之游女与阿谷浣女相同这一观念的表达。刘向评论此事谓："孔子出游，阿谷之南，异其处子，欲观其风，子贡三反，女辞辨深，子曰达情，知礼不淫。"他认为孔子让子贡三反之事，是为了"观民风"，以考察此"处子"的真实情况，看他是否真的懂得"礼"。此说基本可取。因为《说苑》所载孔子语已明谓此女"达于人情而知礼"。应当说，依孔子之意，"汉之游女"亦是一位"达于人情而知礼"的女子。但是，刘向还是没有说明除了考察民风，探询此女是否守礼以外，此事还在提醒人们，男女情爱是正当的，像这样的"达于人情而知礼"的女子，正是君子的好配偶。总之，《韩诗外传》及《列女传》皆述阿谷处子之事，并引《汉广》诗句为释，正是理解《汉广》一诗意旨的重要参考。它至少可以说明在四家诗中，韩诗及鲁诗（刘向为鲁诗派的学者①）并没有如毛诗那样否定孔子的情爱观。也说明韩诗、鲁诗两派认为，《汉广》篇所说的那位"游女"，也是一位"达于人情而知礼"者，故而君子可求并当求之为配偶焉。《汉广》诗所谓的"之子于归"乃是完全合情合理的结局。

总之，《诗论》第 10 号和第 13 号简对于《汉广》一诗的评析深得诗旨。孔子对于《汉广》的评析，与《韩诗外传》、《列女传》所记遇浣女事皆表明了孔子的情爱观。其情爱观的中心是赞成男女在礼义的范围内的情爱，提倡在可能的情况下对于爱情大胆追求，而不是对于男女情爱予以排诋。男女间必须授受不亲②，应当有一条不可逾越的鸿沟，这只是后儒之见，孔子之时尚未出现。

---

① 刘向为楚元王孙，而楚元王与申培公同受学于浮丘伯。申培公为鲁诗大宗。因此学者多推测刘向因家学关系而传鲁诗。（参见戴维：《诗经研究史》，湖南教育出版社 2001 年版，第 54—60 页）
② 《礼记·坊记》云："君子远色，以为民纪，故男女授受不亲。"《诗论》第 14 号简评析《关雎》诗谓"以琴瑟之悦拟好色之愿"，对于"好色"持肯定态度，与《坊记》所谓"远色"，大异其趣。

五　《诗论》"《浴(谷)风》,惥"释义
——并论先秦儒家婚姻观念的若干问题

上海博物馆藏战国楚竹书《诗论》第 26 号简以"惥"所评析的《浴(谷)风》篇应当属于《邶风》而非《小雅》。简文"惥"非必以音转而读若悲、负等字,而应当依其本来的意义为释,其音、意皆与"駁"一致,含有闭塞、偏执之意。《诗·邶风·谷风》的主旨并不是一般意义上的表现弃妇之怨,而是在客观的叙述中蕴含了对于弃妇偏执情绪的委婉批评。孔子的婚姻观念中重视夫妻间的情爱和相互理解,"好美"、"好色"虽然位置在德操之下,但并没有被摈弃、被鞭挞。战国楚简的相关记载为认识和理解孔子以及先秦儒家的婚姻观念,提供了宝贵数据。

上博简《诗论》第 26 号简,在论《邶风·白(柏)舟》篇之后,以极其简短的文字论析了《浴风》篇,谓"浴风"。此处的"浴"字,马承源先生读作"谷",认为此篇即今传本《诗经·小雅·谷风》篇[①],其说多为专家所赞同。分析诸家所提出的理由,断定此篇属《小雅》的主要依据在于《诗论》关于《浴(谷)风》的评析与今传本《诗经·小雅·谷风》篇意旨相同(或相近),而与属于《邶风》的《谷风》篇距离较远。愚以为,对此尚有可以进一步探讨的余地。《诗论》关于《浴(谷)风》的评析仅一个字。由此可见,关于这个字的考释实为解决相关问题的关键。我们的讨论就从这个字开始。此后再讨论《诗经》的两《谷风》的问题。

(一)

第 26 号简的这个字,从否、从心,当楷作"惥",专家的考释今所见者有以下几说:

第一,李学勤先生释其为上否、下心之字,读为悲。[②]

第二,马承源先生释其为上不、下心之字,读为背。[③]

---

① 参见马承源主编:《上海博物馆藏战国楚竹书》(一),上海古籍出版社 2001 年版,第 156 页。
② 李学勤:"《诗论》简的编联与复原",《中国哲学史》2002 年第 1 期。
③ 参见马承源主编:《上海博物馆藏战国楚竹书》(一),上海古籍出版社 2001 年版,第 156 页。

第三,廖名春先生释其为左心、右不之字,字形同于简化字的"怀",但它与简体字怀音义皆不同。廖先生谓其意为恐。①

第四,周凤五先生释同第一说,但读若鄙。②

第五,李零先生释其字谓从心、从丕,读为负。③

细审这个字的字形,愚以为周凤五先生之说当更为妥当些。他指出,"简文从心,从否,但否字下方口与心字有省笔,共享部分笔划"。根据简文字形,可以说上引第一、四两说释其为上否下心之字(忎),较为妥当。

然而,关于简文"忎"的考释仍有问题在,那就是将字读若"悲"或"鄙",虽然于音理可行,但较为迂曲,实有再讨论的必要。今按,这个字曾见于《诅楚文》,文作"悉兴其众,张矜忎怒"④,意指楚王虚张声势,愚蠢而暴虐。"忎"与"怒"并列为两义,非为"怒"的修饰之词。这个字又见于《集韵》,释作"布亥切,悖也",还见于《五音集韵》,释作"五亥切,音骇,义同"。否字与不字皆可表示否定之意,但两字之意仍有所区别。在这里,特别应当指出的是,否字本身即有闭塞、不通的意蕴,《易经·否卦》象传"否之匪人,不利君子贞。大往小来,则是天地不交而万物不通也"。孔疏谓:"否之匪人者,言否闭之世,非是人道交通之时"。《释文》谓"否,闭也",《广雅·释诂》"否,隔也",王念孙解释从病旁的痞字说:"《说文》'痞,结痛也',字或作胚,通作否。《释名》云'胚,否也,气否结也',《素问·六无正纪大论》云'寒至则坚否腹满,痛病生矣'。"⑤总之,这些记载皆可说明"否"字本有闭塞不通之意。如果人的心灵思想闭塞不通,那么,其所表现出来的只能是愚呆。上博简此字于否下加心,同于这个时期竹简文字加"心"旁表示思维状态的通例,只是更增强了否的愚呆的意思。由此看来,这个从

---

① 廖名春:"上海博物馆藏诗论校释",《中国哲学史》2002年第1期。
② 周凤五:"《孔子诗论》新释文及注解",《上博馆藏战国楚竹书研究》,上海书店出版社2002年版,第163页。
③ 李零:《上博楚简校读记》,《中华文史论丛》第六十八辑,上海古籍出版社2002年版,第16页。
④ 参见清儒冯云鹏《金石索》"石索一",原释"忎"为亿字,误。郭沫若释此字为"意",谓:"意从心音声(意旁原作否,以文中'倍'亦从否例之,知古文否、音实一字),殆是悖字之异,在此读为部署之部,分布也。"(《郭沫若全集》(考古编)第九卷,科学出版社1982年版,第810页)。按,从"古文否、音实一字"的角度看,本简简文这个字释为"忎",应当是可信的。
⑤ 王念孙:《广雅疏证》卷五上。

否、从心的字《五音集韵》谓其"音骎,义同",是符合古训而可取的①。以上的讨论表明,《诗论》评析《浴(谷)风》的"悆"字,当依《五音集韵》直接读若"骎",而不必通过音转而读为悲、背、负等。骎字之义,《说文》训为"马行仡仡也",《方言》卷十谓"痴,骎也",所谓仡仡,亦含有呆痴之意蕴。总之,简文"悆"当读若骎,意谓闭塞、呆愚。

(二)

如果我们可以肯定《诗论》简评析《浴(谷)风》篇的那个字是"(骎)",那么,此《浴(谷)风》篇属于《小雅》,抑或是属于《邶风》,这个问题就有了一个研究的比较可靠的切入点。《诗论》简文评析诸篇的文字一般比较简短,这简短的文字有些是评析诗中人物行为的,有些则是评析诗旨,即论说诗作者所表达的意蕴。② "(骎)"字之义,当属于两者兼而有之的情况,而不是单指对于诗中人物行为的评价。明白了这些前提,我们就可以具体探讨《诗》的两《谷风》的问题了。

我们先来看《小雅·谷风》:

习习谷风,维风及雨。将恐将惧,维予与女。将安将乐,女转弃予。

习习谷风,维风及颓。将恐将惧,寘予于怀。将安将乐,弃予如遗。

习习谷风,维山崔嵬。无草不死,无木不萎。忘我大德,思我小怨。

《诗序》所论此诗之意,后人多无疑义。《序》谓"刺幽王也。天下俗薄,朋友道绝焉"。这里将其纳入美刺说,云为"刺幽王"的诗作虽然不太合适③,但是其谓"朋友道绝",则甚合诗旨,毛传、郑笺皆同此意。齐鲁韩三家诗所释与毛诗同。朱熹谓此诗为"朋友相怨之诗"(《诗集传》卷十二)吕祖谦说:"朋友之义出

---

① 骎字通于从马从否之字。《诗·吉日》"儦儦",韩诗作"駓駓",与《说文》人部引《诗》"伾伾"同,张衡《西京赋》"群兽骓骎",《玉篇》马部:"駓駓,字同駓駓",是从马或从人的丕、否、骎等字古皆相通。简文从否、从心的"悆"字,《五音集韵》将其读若骎,应当完全可以的。

② 《诗论》简文的有些评析,应当是两者兼而有之,例如第26号简《蓼莪》"有孝志",《蓼莪》篇反复咏叹"父兮生我,母兮鞠我。长我育我,顾我复我",这即是诗中人物有孝志的表现,亦是诗作者意志的表达。然而,多数的简短评析,应当说还是针对诗作者主旨而发的。

③ 清儒方玉润指出:"以此刺王,何事不可以刺王?且亦天下古今通病,岂独幽王时为然耶?"(《诗经原始》卷十一)

于天,其相求本非以利害也。故穷达若一。不知其义,则利害而已耳。"(《吕氏家塾读诗记》卷二十一)近代以来解诗名家,如姚际恒、方玉润等对此也无疑义。当代专家亦多持此说①。当代研究上博简《诗论》简诸家多以弃妇怨诗来论断第26号简的《浴(谷)风》属《小雅》,实未达一间,于古训有违。

特别值得注意的是《小雅·谷风》第三章的意蕴。此章在前两章谴责朋友道绝的基础上,以"习习谷风,维山崔嵬。无草不死,无木不萎"起兴,说明虽遭朋友抛弃,但那却是可以理解的。这里的诗句之意,正如郑笺所谓"盛夏养万物之时,草木枝叶犹有萎槁者,以喻朋友虽以恩相养,亦安能不时有小讼乎"。这其间的深刻含意盖在于谓朋友相怨不足为奇,只是因相怨而将朋友抛弃之举不可取。朋友因"小讼"而可以相怨,但朋友间毕竟有不可遗忘的"大德",所以朋友之道不当因小怨而绝。《小雅·谷风》第三章的这些诗句,表明诗作者十分理智地将对于遗弃朋友的谴责控制在一定范围之内,而没有过激的言辞。由此也可以看出,《诗论》第26号简的"(騃)"所展现的闭塞、愚呆之意,与《小雅·谷风》篇的诗旨并不契合。由此也可以看到,《诗论》简的《浴(谷)风》很可能不是属于《小雅》者。

(三)

我们再来探讨《邶风·谷风》篇。虽然是篇较长,但为了研究方便,还是将其具引如下:

习习谷风,以阴以雨。黾勉同心,不宜有怒。采葑采菲,无以下体。德音莫违,及尔同死。

行道迟迟,中心有违。不远伊迩,薄送我畿。谁谓荼苦,其甘如荠。宴尔新昏,如兄如弟。

泾以渭浊,湜湜其沚。宴尔新昏,不我屑以。毋逝我梁,毋发我笱。我躬不阅,遑恤我后。

---

① 如陈子展先生谓此诗是"朋友相弃相怨之诗"(《诗经直解》,复旦大学出版社1983年版,第716页)。由于此诗含有遭弃而怨的内涵,所以亦有人以为是弃妇怨诗。早在东汉时期,汉光武帝诏曾引此诗"将安将乐,汝转弃予",谓"风人之戒,可不慎乎"(《后汉书·皇后纪》),表达自己对于阴皇后的情爱不变。此盖断章取义、引诗明志焉,不足为训。当代专家或有以为是弃妇诗者,但皆未说明理由,尚不足以否定传统的说法。

就其深矣,方之舟之。就其浅矣,泳之游之。何有何亡,黾勉求之。凡民有丧,匍匐救之。

不我能慉,反以我为雠。既阻我德,贾用不售。昔育恐育鞫,及尔颠覆。既生既育,比予于毒。

我有旨蓄,亦以御冬。宴尔新昏,以我御穷。有洸有溃,既诒我肄。不念昔者,伊余来塈。

《邶风·谷风》篇全诗六章,章八句。此诗之旨,《诗序》谓:"刺夫妇失道也。卫人化其上,淫于新昏(婚)而弃其旧室。夫妇离绝,国俗伤败焉。"这里所言,不过是以《谷风》为例替《诗序》的美刺说进行论析。虽然杂蔓不精,但还是涉及了诗的主题——弃妇之怨。下面我们逐一讨论各章意旨。

诗的首章为弃妇回忆与夫结怨之根源。她认为夫妇间,只应同心黾勉努力,而不该有怨谴。正如"采葑采菲,无以下体"①一样,夫妇间不必苛责。此章最后落实到"德音莫违,及尔同死",意即如果夫婿"常有德音"而不相乖离,则我才愿与夫"相处至死"②。此章表明这位弃妇是一位理想主义者,她想象中的"夫妇"关系该是一个无差别境界,夫妇同心,只有"德音"相伴,而无相互谴责埋怨。她的这个理想境界当然无可厚非,甚至可以说是十分美妙的。然而,问题也许正出于此。她所谓的"德音",指的是其夫应当对她德音有加,所说的取其善而不记其恶("采葑采菲,无以下体"),指的是其夫对她应当宽容大量,而"不宜有怨",不应有所指责。并且唯有如此,才能够和其夫白头偕老,"及尔同死"。从以下几章内容看,她与其夫反目,最后劳燕分飞,与其奢望过高、责人而不律己的思路有直接关系。

诗的第二、三两章,是弃妇在途中的回忆和对于其夫的谴责之辞。她舒行

---

① 郑笺释此诗尤详而确。依其释,葑、菲皆指蔓菁、萝卜之类,郑笺"二菜皆上下可食,然其根有美时,有恶时,采之者不可以根恶时并弃其叶。"此处所喻者,乃是人应当取他人一善而已,而不必念其恶。《左传》僖公三十三年曾引此句,杜注"葑菲之菜,上善下恶,食之者不以其恶而弃其善,言可取其善节"。汉儒每以此意为释,《春秋繁露·竹林》"夫183惊而体失其容,心惊而事有所忘,人之情也。通于惊之情者,取其一美,不尽其失。《诗》云'采葑采菲,无以下体',此之谓也"。《潜夫论·论荣》篇引此句,谓"苟有大美可尚于世,则虽细行小瑕曷足以为累乎"。并皆为例。

② 王先谦:《诗三家义集疏》卷三上。

于路，心中充满愤恨①。她首先恨的是其夫的寡恩少义，就是她离开家门时，其夫也只送到门限为止，并不远送一步。她回忆起新婚时的幸福，并曾设想着幸福生活："谁谓荼苦，其甘如荠。宴尔新昏，如兄如弟"。但实际却并非这样，而是一开始就埋下了相互怨恨的祸根。这应当是她的第二恨事。她感到特别可恨的是其夫对于她清白的污蔑。在燕尔新婚之时，即不以她为清白②。所以她采取了自卫的态度，不许其夫婿碰她（"毋逝我梁，毋发我笱"③），并且为此而在所不惜（"我躬不阅，遑恤我后"）。可以推测，他们夫妇间的感情裂痕可能就于此时。

诗的第四、五章主要讲弃妇自己的巨大贡献。如同过河必济一样，她拼尽全力胜利到达彼岸（"就其深矣，方之舟之。就其浅矣，泳之游之"）。她不仅为家庭黾勉以求，全力奋斗，而且不遗余力地照顾和帮助邻里（"凡民有丧，匍匐救之"），为家庭赢得好名声。但是正所谓好心没有好报，自己反被视为仇敌，就像毒药一样，必欲弃之而后快。弃妇之恨，这可为其三。

诗的末章意谓：我的一切美好贡献，都"似冬月蓄菜，至春夏见遗"（孔疏语），丈夫每日板着面孔，（"有洸有溃"）将劳苦之事尽付于我。一点也不念我的巨大贡献，而是恩将仇报，对我怒不可遏（"不念昔者，伊余来墍"④）。诗于"伊余来墍"结束，虽然突兀，却也正符合弃妇含泪控诉之状态。令人可以想见，弃妇涕泪纵横诉说自己悲惨遭遇时讲到一半即哽咽而无语的状况。此章的写作，犹如国画中的秃笔，苍劲有力。

弃妇的控诉自然有令人同情之处，但是理智地分析起来，她的控诉也不无偏颇的地方。其思路的偏颇集中到一点就是只述己善，而不识己过。她看到

---

① "中心有违"的违字，韩诗谓"违，很也"，很犹恨也。《尚书·无逸》"民否则厥心违怨"，违与怨意近，违怨意犹怨恨。班固《幽通赋》"违世业之可怀"，《文选》卷十四注引曹大家曰"违，恨也。违或作愇，愇，亦恨也。"是违、愇音义俱同。"违"指弃妇心中之怨恨。

② "不我屑以"之句的"屑"，毛传"絜（洁）也"，弃妇回忆新婚时，自己本为贞洁之女，而被污为不洁，故可伤可恨尤甚。

③ 此句的"发"字，清儒陈奂谓："《释文》引韩诗'发，乱也'，韩读发为拨。《长发》传'拨，治也'，拨之为乱，犹治之为乱。逝梁发笱，喻新昏者入我家而乱我室，我欲禁其无然。"（《诗毛氏传疏》卷一）按，此释发字之义甚确。此处的发，主要不是指乱其室，而应当是指弃妇之夫对于她的云雨之求。

④ 此处的"墍"字，清儒马瑞辰谓"即古文爱字"的假借字，"伊余来墍"，"犹言维予是爱也"（《毛诗传笺通释》卷四）。王引之《经义述闻》所释与之不同，谓这个字当读若忾，训为怒。两说相较，以王氏说较优，今从之。

了现象,却并没有,也不想,去探究这现象背后的深刻原因。例如诗的第五章谓"既阻我德,贾用不售",毛传"阻,难也",郑笺"既难却我、隐蔽我之善,我修妇道而事之,觊其察己,犹见疏外,如卖物之不售",依此意,则这位弃妇将自己估计甚高,是其夫家将其估计过低,所以她才得不到合适的价值评估与认可,以至于她自己在家中"犹卖物之不售"(孔疏语),不被人重视。其实,"不售"的原因不在于别人,而在于弃妇自己,"一钱之物,举卖百,何时当雠乎"①。从这句"既阻我德,贾用不售"的含意可以推测,弃妇之"德"是为夫婿所十分不满的,只是弃妇自己没有感觉而已。循着只述己善而不识己过的思路,弃妇若要客观认识自己被弃的事实,几乎是不可能的。

那么,弃妇的问题(也可以说是过错)到底出在什么地方呢?

从《诗·邶风·谷风》所表现的内容看,弃妇的过错在于忽略了夫妇间的情感交流。这位女子,自视甚高。一方面自置高标,认为夫妇间必须是一个无差别境界,只能"黾勉同心",而"不宜有怒",不许出现龃龉不合的情况。另一方面,她在处理人际关系时只注意到自己的巨大贡献,甚至对于邻里的帮助也十分关心,然而却没有考虑对于其夫的照顾,甚至和夫婿在精神上的交流也不在其关注之列。她对于其夫的要求甚高,但是理解却甚少。稍不如意,便以"毋逝我梁,毋发我笱"相威胁,并且不惜天塌地陷,表现极为激烈的态度。发出"我躬不阅,遑恤我后"的呼喊。当然,不能用河东狮吼来形容这位女子的性格,但她的倔强与偏执从诗意中还是可以看出一些端倪来的。她的暴烈性格有可能是导致其婚姻破裂的原因之一。从诗意上看,其夫的喜新厌旧确实应当被批判,其夫确实没有"糟糠之妻不下堂"之类的观念,但是其夫的缺点和过错不应当是婚姻破裂的唯一理由。正所谓"清官难断家务事"一样。弃妇之辞并不能成为判断她们这个失败婚姻原因的唯一根据。《邶风·谷风》所表现的这个婚姻悲剧,后人多理解为弃妇对于"陈世美"一类背信弃义、喜新厌旧的家伙的血泪控诉。专家在分析《诗论》简的时候,也常常从"弃妇怨"的角度入手探讨。其实,从诗意本身和上博简的相关评析看,至少孔子是并不持此类观点的。

---

① 此为《御览·资产部》十五引韩诗"既诈我德,贾用不售"后的评析之语。清儒王先谦谓"持物入市,故索高价,使不得售也"(《诗三家义集疏》卷三上)。依此之释,可以说弃妇实类于借故找茬儿,自我膨胀,有意让人为难。

(四)

我们再从儒家的婚姻观念的角度来讨论孔子对于《谷风》一诗的评析。

孔子用"愚"来点明诗旨,表明孔子实认为诗中所表现的那位弃妇有偏执、固塞倾向。孔子认为她不会全面、灵活地考虑问题。弃妇的婚姻悲剧,这是一个重要原因。

在儒家的婚姻观念中,孔子所提出的"唯女子与小人为难养"的命题常被后人作为重男轻女的典型命题而遭到挞伐和批判。其实孔子的这一命题固然不能说毫无重男轻女的意思在内,但其主旨并不在乎此。孔子此语的主旨是指出男女之间的差异。就一般的情况而言,男子比较粗放豪爽,而女子则多细腻缠绵。在遇见同类问题时,男子可以不在乎,而女子则会出现考虑过多、思虑过细的倾向。春秋时人所说"女德无极,妇怨无终"(《左传》僖公二十四年),可以说是当时社会舆论中有代表性的说法。① 孔子讲女子"难养"的原因,是"近之则不孙,远之则怨"(《论语·阳货》)。可见孔子认为,就一般的意义而言,女子与男子的性格不同之处,就在于女子容易产生怨恨情绪。在不公正的对待面前,女子的怨恨情绪自然是完全合理的,然而女子如果过于偏执、固塞,那么其怨恨情绪似乎也不应当完全肯定。《诗论》以"(駿)"来分析《邶风·谷风》一诗,就是对于弃妇偏执情绪的理智分析。

在婚姻观念中,孔子重视夫妇间的真挚情感,而不提倡相互埋怨和猜忌。这里可以举出《诗论》第 29 号简的一个记载进行说明。此简有一个与第 26 号简"《浴(谷)风》"类似的评论:"《角枕》妇。"② 《唐风·葛生》篇有关于"角枕"的诗句,或许《角枕》就是《葛生》篇的别名(或当时的用名)。《葛生》篇主旨是"妇人以其夫从征而不归,故言葛生而蒙于楚,蔹生而蔓于野,各有所依托,而予之所美者独不在是,则谁与而独处于此乎"(朱熹《诗集传》卷六)。此诗是征妇怨诗,感情十分真挚动人。诗以葛、蔹皆有依托于野比喻和陈述自己因为夫婿远

---

① 这类观念可以说在周代是普遍存在的。《易·家人》九三爻辞"妇子嘻嘻,终吝",象传"妇子嘻嘻,失家节也",是为此类观念的有代表性的说法。

② 《诗论》第 29 号简的"角"后一字,马承源先生楷作与幡类十分类似之字,不同之处是幡字中的田换作白。马先生认为此篇"今本所无"(《上海博物馆藏战国楚竹书》第一册,上海古籍出版社 2001 年版,第 159 页)。李学勤先生释此字为上币、下白之字(参见李学勤"《诗论》简的编联与复原",《中国哲学史》2002 年第 1 期)。周凤五先生读此字为艳("《孔子诗论》新释文及注解",《上博馆藏战国楚竹书研究》,上海书店出版社 2002 年版,第 165 页)。廖名春先生读为枕,并引《诗·角枕》篇为证。说较其他诸说为优,今从之。

征不归而无依无靠的酸楚。清儒方玉润释此诗谓："征妇思夫,久役于外,或存或亡,均不可知,其归与否,更不能必。于是日夜悲思,冬夏难已。暇则展其衾枕,物犹灿烂,人是孤栖,不禁伤心,发为浩叹。以为此生无复见理,惟有百岁后返其遗骸,或与吾同归一穴而已,他何望耶?"(《诗经原始》卷六)方氏说此诗意甚贴切,已尽发诗旨。孔子以"妇"字评此诗,认为这才是"妇"之标准。依《葛生》诗意,可以看到这位被孔子称许的"妇",没有对于自己巨大贡献的陈述,没有对于夫婿的指责埋怨,更没有怨天尤人般的哭诉,而只有对于夫婿的真挚情感和极充分的理解。通过《诗论》简对于《谷风》、《葛生》两诗分析的对比,我们可以看到,夫妇间应当充分理解宽容和情意真挚缠绵,这恐怕是孔子婚姻观念中的一个重要之点。

在儒家的婚姻情爱观念中,"好色"似乎常处于被批评排斥的位置,所以孔子慨叹"吾未见好德如好色者也"(《论语·子罕》)。但是儒家并不是绝对地排斥"好色",而只是在"德"与"色"二者处对比选择位置时,主张人们应当先德而后色。就拿《诗论》简对于《诗·关雎》的评析来说,第14号简谓"以琴瑟之好拟好色之愿",可见孔子对于《关雎》诗所表现的"窈窕淑女,君子好逑",是完全肯定的①。只要"淑女"如同琴瑟一样有美好的德操,那么,君子对于她的追求就是完全应当的。如同《关雎》所言,君子和淑女结为夫妻之后,还要"琴瑟友之"、"钟鼓乐之",夫妻双方都"反纳于礼"(《诗论》第12号简语),婚姻自然美满幸福。孟子谓"男女居室,人之大伦也"(《孟子·万章》上),共同生活固然是夫妻之间的重要内容,但并非全部内容。夫妻间的相互关心恩爱之重要,并不在柴米油盐之类的共同生活之下②。荀子关于夫妻关系的认识虽然有夫唱妇随的偏颇③,但是他却十分重视夫妻间的感情交流,肯定"情"的合理与价值,他说:"性者,天之就也;情者,性之质也;欲者,情之应也。以所欲为可得而求

---

① 孔子曾经纵论《关雎》之重要,他说:"《关雎》至矣乎!夫《关雎》之人,仰则天,俯则地,幽幽冥冥,德之所藏,纷纷沸沸,道之所行,虽(如)神龙化,斐斐文章。""大哉!《关雎》之道也。万物之所系,群生之所悬命也。"(《韩诗外传》卷五)后来,孟子谓夫妻之事为"人之大伦"(《孟子·万章上》),应当是孔子这种思想的发挥。
② 孟子说:"娶妻非为养也,而有时乎为养"(《孟子·万章上》)依赵注,此处所说的"养"意即"亲执釜灶"。可见"养"只是"有时"而为之者,并非婚姻的长久重要目标。
③ 荀子认为人妻应当"夫有礼则柔从听顺;夫无礼则恐惧而自辣也"(《荀子·君道》)。此处所论妻之地位,只在于从随其夫,而缺乏个人意志的表达。

之,情之所必不免也。"(《荀子·正名》)"目好色,耳好声,心好利,骨体肤理好愉佚,是皆生于人之情性者也,感而自然,不待事而后生之者"(《荀子·性恶》)。上博简《缁衣》篇首句谓"子曰:好美女(如)好《缁衣》",郭店简此句作"夫子曰:'好美女(如)好《兹(缁)衣》'"[①]。《缁衣》为《诗·郑风》篇名,今传本《礼记·缁衣》篇"好美"作"好贤"。贤与美二者的区别在于,贤属于道德品格范畴,而美则具有较多的情感因素。美,可以指美德,也可以指美色。它可以包括贤之类的德操;而贤则不能包容美这样的较广泛的概念。后儒将"美"改为"贤",虽然突出了道德因素,但却与孔子思想有了一定距离。楚简文字时代较早,可能更接近孔子本来的思想面貌。可以说直到郭店楚简及上博简的时代(亦即战国中期),孔子的这个思想还没有被后儒衍变改动。

可以肯定,先秦儒家的婚姻观念中,符合礼义的情爱受到特别重视,这种情爱,以及"好美"、"好色"等思想,绝非处于被忽视或被鞭挞的地位。上博简《诗论》的相关内容可以为这一推断的有力佐证。孔子对于表现男女情爱和夫妻融洽的《关雎》篇推崇备至,对于叙述男女情爱的《汉广》篇等,也都持肯定态度,认为这些诗篇所述之事,"终而皆贤于其初者也"(《诗论》第 10 号简),都能得到好的结果。特别应当提到的是描述弃旧娶新的《鹊巢》篇也被孔子纳入"终而皆贤于其初"的范围。是篇谓"维鹊有巢,维鸠居之。之子于归,百两御之",《诗序》和毛传皆将此诗归入美刺说范畴,认为是在赞美"夫人之德"。清儒王先谦驳之,谓:"鸠居鹊巢,以喻妇道无成有终之意。《推度灾》谓'鸤鸠因成事',最合诗旨,必谓象'天人之贞一',其失也拘矣。"(《诗三家义集疏》卷二)。其实,此诗之意并不难理解,鸠占鹊巢,即"比喻新夫人夺去原配夫人的宫室"[②]《鹊巢》的诗作者没有批评此事,《诗论》第 10 号简谓:"《鹊巢》之归,……终而皆贤于其初者也。"显然亦持肯定态度。

孔子的婚姻观念中对于弃妇之事的理解与宽容,盖与其自身经历有一定关系。专家据史料推测,孔子母颜征在"生下孔子不久,便同孔家关系破裂,带着尚在襁褓的儿子离开"[③],在艰难的生活中将儿子养大。她终生讳言孔子之父的情况,连其墓的所在也不告诉孔子。孔子和其母虽然处于弃妇、孤儿的艰

[①] 《上海博物馆藏战国楚竹书》(一),上海古籍出版社 2001 年版,第 201 页。
[②] 高亨:《诗经今注》,上海古籍出版社 1980 年版,第 16 页。
[③] 张秉楠:《孔子传》,吉林文史出版社 1989 年版,第 7 页。

难境地,但却没有怨天尤人,没有怨恨谴责,而只有自强不息艰苦奋斗。应当说,孔子却从母亲的言行作为里深切体会到了宽容与刚强的高贵品德。在评析《谷风》一诗时,孔子不满意那位弃妇的怨恨情绪,认为她只述己善而不识己过的思路并不可取,从而使她自己处于闭塞、偏颇的境地。这于婚姻悲剧而言,弃妇自己是有一定责任的。孔子的这个评析,应当说与他从少年时代开始所形成的思想观念是一脉相承的。

综上所述,我们可以得出以下的若干认识。首先,上博简《诗论》第 26 号简以"悬"所评析的《浴(谷)风》篇应当属于《邶风》而非《小雅》。其次,"悬"字之义,非必以音转而读若悲、负等字,而应当依其本来的意义为释,其音、意皆与"駚"一致,含有闭塞、偏执之意。第三,《邶风·谷风》并不是一般意义上的弃妇怨诗,而是在客观的叙述中蕴含了对于弃妇偏执情绪的委婉批评。第四,孔子的婚姻观念中重视夫妻间的情爱和相互理解,"好美"、"好色"虽然位置在德操之下,但并不处于被摈弃被鞭挞的地位。

六 《诗论》"《小旻》多疑"释义

上博简《诗论》"《小旻》多疑"论其意旨的两句话似须重加标点,作为重文的"悬"字当读若疑,并且其一字为句,其下之语是对于它的说明。这样句读的理由在于《小旻》一诗所涉及的"疑"有多种意蕴,并且"疑"字在春秋战国时期有多种用法,所以《诗论》作者将其意义限定而予以特指,以准确说明《小旻》诗的主旨。

(一)

上博简《诗论》第 8 号简提及八篇诗作之旨,其中关于《小旻》诗者,已有专家考释,文字虽大致相同,但句读和对于文意的理解却有异,今将两说并列如下:

《小旻》多疑矣,言不中志者也。①

---

① 参见马承源主编:《上海博物馆藏楚竹书》,上海古籍出版社 2001 年版,第 136 页;李学勤:"《诗论》简的编联与复原",载《中国哲学史》2002 年第 1 期。疑本作上矣下心之形,下有重文符号,马承源先生读若"疑矣",此外,还有将其读若"疑心"二字者(参见汪维辉:"上博楚简《孔子诗论》释读管见",简帛研究网 2002 年 6 月 17 日)。

《小旻》多疑,疑言不忠志者也。①

比较两说的区别大致有三:第一,对于"疑"字重文的理解不同。简文疑字作上矣下心之形,下有重文符号。关于这个重文,前说谓"增语辞'矣'";后说不作语辞,而作"疑"并将"疑言"连用,意谓"多疑之言"。第二,两说句读不同,简文此字或连上句为虚词,或连下句为实词。第三,"中"字或作本字用,或径通假作"忠",这于理解文意亦稍有差异。这些不同反映了专家对于《诗论》此语文意理解的差别。除以上两种释解句读之外,愚以为今尚可提出第三种读法,或可更近于简文原意:

《小旻》多疑。疑,言不中志者也。

这样来句读,关键是将简文后句理解为对于"疑"的深入一层的解释。是否正确,首先应从《小旻》的诗意来考究。

(二)

《小旻》之诗所涉及的"疑"有三层意蕴:

第一,《小旻》诗的作者对于周王不听善谋的怀疑与疑虑。《小旻》诗作于西周末年,此时周王朝内外交困,矛盾纠结,而周幽王却刚愎自用,不听善谋(即《小旻》诗所谓"谋臧不从,不臧覆用","谋之其臧,则具是违。谋之不臧,则具是依")。《诗序》谓"《小旻》,大夫刺幽王也",朱熹《诗集传》谓"大夫以王惑于邪谋,不能断以从善,而作此诗",都应当是正确的说法。《小旻》诗的首章谓"我视谋犹,亦孔之邛(我看佞臣们的谋划,真是糟糕透顶)",次章谓"我视谋犹,伊于胡底(我要看看佞臣所谋之策,将何所归)",都表明诗作者的怀疑态度,怀疑对象直指周天子附近的佞臣②。

第二,神龟所表达的天意对权臣的怀疑。《小旻》第三章谓"我龟既厌,不

---

① 参见廖名春:"上海博物馆藏诗论简校释",《中国哲学史》2002年第1期。
② 专家或认为,简文之"疑"指斥了"君王"。似是而实不然。《诗论》指斥的只是君王左右之人,并非君王本人。

我告犹"意谓占卜时大龟不再灵验示意。龟卜本来是决疑的手段①,现在却不管用了,不来预卜吉凶、告知祸福了。神龟为何如此呢?原因就在于是诗首章首句所谓的"旻天疾威,敷于下土",上天已经不满意周王朝的作为,神龟亦表达对周王朝前途的怀疑。

第三,周王朝佞臣们的疑虑。《小旻》第三章谓"谋夫孔多,是用不集。发言盈庭,谁敢执其咎"。大臣们对于周王朝的前途未卜既充满疑虑,又不甘寂寞而纷纷献策。但是大臣们的意见总不一致,争吵声虽然将房子都要震破,但仍然没有结果。原因何在呢?原因就在于没有人敢替王朝前途负责。

我们可以进而讨论一下,为什么在这个时候"疑"如此其多的问题。关于《小旻》诗的背景,《诗序》谓"大夫刺幽王也"。周幽王继位不久,"西周三川皆震","山崩川竭"②,在作为周王朝中心地区的甘陕豫一带发生了特大地震。周幽王在位的十一年间人祸与天灾交织,是社会矛盾相当集中的时期。愚以为此诗应当产生于幽王继位初年,此时王朝矛盾集中于立太子的问题③。当时周王朝隐然有两大集团,一是幽王后(申侯女)及太子宜臼。他们得到不少诸侯(即《古本纪年》提到的鲁侯、晋侯、许文公等)的支持,二是周幽王和宠妃褒姒,他们得到不少朝臣,如《十月之交》提到的皇父、《周本纪》提到的虢石父等的支持。这两个集团的矛盾在周幽王后期因周幽王废太子宜臼而立褒姒子为太子而趋于激化。愚以为至迟于周幽王八年(公元前774年)宜臼已经逃奔西申,投靠其外祖父申侯。据古本《纪年》、《周本纪》、《周语》等记载,此时周王朝矛盾的爆发已如箭在弦上,如何对待和解决复杂尖锐的矛盾,成为周幽王朝臣们关注的头等大事。《小旻》诗应当是这个时期王朝情况的反映。准此,我们可以对《小旻》的个别诗意作较准确的探析。如,"匪先民是程,匪大犹是经",郑笺申毛传意谓"不用古人之法,不循大道之常",朱熹谓"不以先民为法,不以大道为常"④。说虽确而笼统。今据其背景可以推测诗意是指周幽王不

---

① 春秋时期,占卜依然盛行,但人们已有较为客观的态度,故有"卜以决疑,不疑,何卜"(《左传》桓公十一年)的说法。
② 《国语·周语》上。
③ 参见晁福林:"论平王东迁",《历史研究》1991年第6期。是文认为,《小雅》中的不少诗篇,如《节南山》《正月》《十月之交》《雨无正》《小旻》等皆作于周幽王在位的后期,现在我们可以进而补充说明的是,《小旻》一诗是这组诗作中时代最早者,或当在周幽王元年(公元前781年)或稍晚的一些时间。
④ 朱熹:《诗集传》卷十二。

依传统的宗法旧制行事,所以废嫡立庶。再如,"维迩言是听,维迩言是争"的"迩言",传笺皆谓"近言"。胡承珙引"肉食者鄙,不能远谋"为释,意谓"近言"有鄙劣之言的含意①,其说比前人进了一步。今依是诗背景可以指出,"迩言"之意有两层,一指朝臣之言而非鲁侯、许文公这些离周王较远的诸侯之言;二指褒姒及虢石父这类宠妃近臣之言。

总之,联系到时代背景,可以说《小旻》一诗集中反映了幽王时期周王朝君臣疑虑重重的情况。上博简《诗论》的"《小旻》多疑"是对诗意的准确概括。关于《小旻》一诗的主旨,汉儒依照其"美刺说"的模式,毛诗序说它刺幽王,郑笺说它刺厉王。宋儒朱熹说此诗乃"大夫以王惑于邪谋不能断以从善,而作此诗。"

(三)

上博简《诗论》在指出"《小旻》多疑"以后,又进一步指出"疑,言不中志者也",实有深意蕴含在内,这句话的作用是说明儒家对于这个"疑"的字义理解的限定与特指。

疑字虽然出现得很早,但作为怀疑之意使用则较晚。《尚书》中写成时代较早的篇章,如《殷盘》、《周诰》,中皆无疑字。《诗经》疑字仅一见于《桑柔》,但并非作怀疑之意使用。《说文》"疑,惑也"。春秋战国时人疑与惑并用,但用"惑"显然多于"疑",《论语》可为其证。表示怀疑之意,常用"贰"字,如伪古文《尚书·大禹谟》"任贤勿贰,去邪勿疑",《荀子·解蔽》"贰则疑惑",都表明贰与疑意同。《左传》贰字使用颇多,多用如有二心之意。由此意出发,故贰字也通假作忒②,疑、惑两字也都含有对于某种事物不同看法的意蕴。

疑字初谊为止、定。《诗经·桑柔》"靡所止疑",毛传"定也",孔疏"疑,章凝,凝者,安静之义,故为定也"。胡承珙谓"疑,读如屹"③。在这里,无论疑读凝,或是读屹,其意为"定"似可肯定。《尔雅·释言》"疑,戾也",注"戾,止也,疑者亦止"。《仪礼·士昏礼》"妇疑立于席西"与《仪礼·公食大夫礼》"宾立于阶西,疑立",注皆谓"疑,正立,自定之貌"④。《仪礼·乡射礼》"宾升西阶上疑

---

① 胡承珙:《毛诗后笺》卷十九。
② 王引之:《经义述闻》卷五。
③ 胡承珙:《毛诗后笺》卷二十五。
④ 或认为《仪礼》中的这个"正"字是"止"字之误,朱骏声认为作"止"是。见《说文通训定声》颐部。

立",注"疑,止也。有矜庄之色"。《荀子·解蔽》"而无所疑止之",杨注"疑或为凝"。朱骏声认为以止、定之意释"疑"之意,是因为疑字本为㝯字之讹①。段玉裁亦认为疑字"以子、㝯会意"②。而㝯字,《说文》训为"定也"③。两家之说皆指明了疑字的"止"、"定"之意源于"㝯"。疑从其止、定的初谊出发,在西周春秋时期孳乳出巇、碍、痴等字。盖从反训的原则出发,疑由原来"止"、"定"的初谊孳乳出不止、不定的意思,由一致孳乳出不一的意思。从人的认识角度说,不一致、不一定,实即有了怀疑的含义存在。

春秋战国时期,疑字逐渐用如怀疑之意。但其义项却可以分为四类,一是指迷惑、犹豫,《商君书·更法》"疑行无成,疑事无功"是为显例。二是指怀疑,《左传》昭公元年"利则行之,又何疑焉"是为其例。三是恐惧,《礼记·杂记》下"皆为疑死",郑注"疑犹恐也",是为其证。四是比拟、估量,《吕氏春秋·慎势》"立诸侯不使大夫疑(拟)焉",《韩非子·说疑》"大臣拟主,乱之道也",是为其证。

综上所述,可以说在春秋战国时期"疑"是一个歧义较多的用词,上博简《诗论》在指出"《小旻》多疑"之后,又进一步说明"疑,言不中志者也",就是在诸多的歧义中确指所谓"多疑"之疑的特定含义。

(四)

上博简的这个疑字,特指"言不中志",可见其注目的是言与志关系。"言"与"志"二者是先秦诸子,特别是儒家,甚为关心的问题。孔子曾经强调指出:

> 《志》有之:"言以足志,文以足言。"不言,谁知其志?言之无文,行而不远。④

---

① 朱骏声:《说文通训定声》颐部。
② 段玉裁:《说文解字注》十四篇下。
③ 《说文》训此字原作"未定也",段玉裁认为"'未',衍字也"(《说文解字注》八篇上),今从之。若论疑字源流,愚以为在战国文字中,疑是一个从矣、从心的形声字。《说文》"矣,从矢以声",所以说实际上以"以"为声符。从楚简看,战国时期的这个疑字与金文中象人行道上有所疑惑之形的疑字有别。其字意之源盖在于区别、分异。《说文》"异,分也",段注"分则今有彼此之异"。疑与异之意相涵,故音亦同在之部。由看法的不同而致疑,此实为疑的字义之源。
④ 《左传》襄公二十五年。

《说文》"志"、"意"两字互训。《周礼·保章氏》郑注"志,古文识。识,记也"。可见,"志"即人的思想意识、志向目标。人的思想必须在语言的环境中进行,"志"与"言"应当是统一的,而不应当是背离的,此意即春秋时人所说"志以发言,言以出信,信以立志"①。春秋后期的人重视"言"为心志的表达,谓"气以实志,志以定言,言以出令"②。儒家的诚信原则建立在言、志统一的基础上,曾子谓"执仁立志,先行后言"③。孟子强调语言,包括书面语言,应当准确地表达思想,指出"说诗者,不以文害辞,不以辞害志,以意逆志,是为得之。如以辞而已矣"④。他认为士所追求的目标就是"尚志"⑤。在诗与志的关系上,儒家十分强调"诗言志"⑥,荀子曾谓"《诗》言是,其志也"⑦。荀子将"涉然而精,俯然而类,差差然而齐。彼正其名,当其辞,以务白其志义"的语言,定义为"君子之言"⑧。

儒家认为言与志若背离,就会言、行不一,那就会与诚信原则背离。荀子谓,如果语言"无深于其志义",那就是"愚者"之言,这种"愚者"即如《诗经·何人斯》所说的"为鬼为蜮,则不可得。有腼面目,视人罔极",就是反复无常的小人。总之,言者与志相契合,人就是恪守诚信原则的"君子"、"智者";若言不合志(亦即言不衷),人就会成为反复无常的小人、愚者。

(五)

最后我们可以探讨《诗论》"疑,言不中志者也"的具体含义。

此句的"中"字,此处应当读去声,即读若击中目标之"中"⑨,此"中"即有吻合意,"言不中志"亦即言不合志(意)。所谓"疑,言不中志者也"并非指"疑"即对于上级的不忠之心,而是指疑虑仅是言不由衷的表现。儒家认为这是很

---

① 《左传》襄公二十七年。
② 《左传》昭公九年。
③ 《礼记·曾子立事》。
④ 《孟子·万章》上。
⑤ 《孟子·尽心》上。
⑥ "诗言志"的说法见《尚书·尧典》篇,又见于《诗谱序》。关于儒家"诗言志"理论的探讨,烦请参阅本书"专题研究"部分之"先秦儒家'诗言志'理论再探讨"。
⑦ 《荀子·儒效》。
⑧ 《荀子·正名》。
⑨ 关于"中"的这个特定含义,今河南方言里的"中"字尚存古意。学者多从南方偏远地区的方言中寻求字词古义,其实,中原地区方言亦有不少重要资料,非必仅以"礼失而求诸野"一途。

严重的事情。《荀子·宥坐》篇曾将"言伪而辩"列为罪不容诛的小人的"五恶"之一。"言不中志"就是"言伪"。

我们在前面曾指出，《小旻》诗中至少有三层意蕴都在表现着"疑"，细析诗意，可以看出"言不中志"之疑，并非指诗作者对于周王不听善谋的怀疑，也不是指神龟所表达的天意对周王及其谋臣的怀疑，而是指周王朝佞臣们的疑虑。

《诗论》所谓"《小旻》多疑。疑，言不中志者也"实际上是一个旨在选择的句式，首先是指《小旻》之疑乃疑虑之疑，而非凝止之疑。其次是指在多种疑虑中，此诗主题强调的是"言不中志"之疑。由于天灾人祸的影响，当时周王朝内外交困，走投无路。在这种情况下，佞臣们虽然也疑虑重重，表现出对于周王朝关心的样子，但是佞臣们只是装装样子，其内心并非替周王朝的前途焦虑。《诗论》认为《小旻》一诗主题是在揭露佞臣们的言不由衷。儒家理论历来强调"忠"，即对于君主的忠诚不贰，董仲舒谓"心止于一中者，谓之忠，持二中者谓之患"（《春秋繁露·天道不二》），可谓是儒家忠君观念的典型表述。《小旻》诗谓"发言盈庭，谁敢执其咎"，即揭露了佞臣们只会在朝廷上夸夸其谈，但却不敢负任何责任。这些佞臣只会替自己打算，为自己寻出路、留后路，如《十月之交》一诗所揭露的权臣"皇父"除了借机搜刮民财以外，就是狡兔三窟般地营造私邑，以便形势危险的时候随时退逃于私邑避祸。可以推想，皇父一类的佞臣在朝廷上必然会侃侃而论，大讲挽救危亡的计谋，但却没有一件是切实可行的。这是因为他们虽然"发言盈庭"，但却都是"言不中志"的虚伪言辞，不是忠于周王朝，而是忠于自己的私利。

上博简《诗论》第8号简所讲诸诗篇皆两周之际的作品。其中的《小弁》、《巧言》两篇，《诗论》谓其主旨为"言讒（间）人之害"，与《小旻》之旨可以互证，皆为对于佞臣的揭露。《诗论》对于《小旻》等诗的论析，可以帮助我们考虑《小旻》诗篇题的含义。毛传谓"所刺列于《十月之交》、《雨无正》为小，故曰《小旻》"，除此说以外，尚有谓因篇幅较短而言者，谓因别于《大雅》之《召旻》而称者，谓取首句二字而嫌"旻天"范围太广而称小者，等等，说皆牵强而令人难以置信。所谓"小"字，通少，意为始。《诗经》诸篇称"小"者，往往可以通释之，如《小明》意即始明，《小毖》意即始毖，《小星》意即始星，《小弁》意即始弁。准此，则《小旻》意即始旻。旻字通闵,有伤痛怜悯之意。小旻意即周王朝的政治开始令人担忧伤痛。与《十月之交》篇相比,此篇即没有点名痛斥某位大臣,也没有激烈的言辞,只是以筑室道谋之例表明诗作者对于前途的担忧,只是怀疑作为周天子"谋夫"的佞臣们会有良策将周王朝引出困境。上博简《诗论》以"善卑「左言」言(赞扬抨击佞臣之言)"概括《十月之交》,以"多疑言(佞臣多言不由衷之语)"概括《小旻》的主旨,与今传本《诗经》这两篇的意蕴都是契合的。这对于研究《诗经》中两周之际的诗作,是一个重要参考。

七　上博简《诗论》之"雀"与《诗·何人斯》探论

上博简《诗论》第27号简关于《诗·何人斯》的评析,可以与前人对于《何人斯》一诗的研究相互发明印证,对于解决《何人斯》一诗斥逸的指向及具体人物等问题都提供了前所未有的重要数据。《诗·何人斯》所斥的逸人即暴氏陪臣。陪臣在春秋后期已是一支很有影响的社会势力,有识之士对其多持批评讥讽疏远的态度。上博简《诗论》关于《何人斯》的评析直接深入到此诗主旨,远较《诗序》及传、笺说为优。

上博简《诗论》第27号简载:"可斯,雀之矣。离其所爱,必曰吾奚舍之,宾赠氏(是)也。"对于这段简文的理解,诸家多歧义。分歧之关键者有以下两个方面。首先,简文"可斯"所指《诗》的篇名问题。今所见诸家考释多读"可斯"为"何斯[①]",指诗经篇名。但指何篇,尚待研究。其次,简文里面几个难字的释读甚为重要。如简文"斯"字后一字的释读,即为评诗的关键之词,再如简文"其所爱"前一字的释读亦至关重要。又如简文"宾赠"虽然于文字考释没有歧义,但其对于内容的理解却很不一致。对于这些问题专家们虽然确有卓见,为释读奠定了基础,但见仁见智,认识并不完全一致。再从《何人斯》一诗看,前人对于其中的一些关键问题的看法也还有不少区别,仍需再探讨。上

[①] 专家句读,今所见与此有异者为李学勤、姜广辉两先生,他们将简文"可"字连上句读,作"如此可"。参见李学勤:《〈诗论〉简的编联与复原》,《中国哲学史》2002年第1期;参见姜广辉:"《上海博物馆藏战国楚竹书》几个古异字的辨析",廖名春主编:《新出楚简与儒学思想国际学术研讨会论文集》,清华大学思想文化研究所2002年排印本,第42页。今从廖名春、周凤五诸家说,将可字连下句读。

博简《诗论》对于此诗的评析与诗文每可互相启发和印证,为认识此诗提供了前所未有的新数据。今拟在专家相关考释的基础上提出一些拙见,以备参考。

（一）

这段简文的考释与"可斯"所指《诗》之篇名及其意蕴的关系极大,这是必须首先要解决的问题。马承源先生谓简文"可斯"之诗,可能是今本《诗·小雅·节南山之什》的《何人斯》,"但诗意与评语不谐",又谓可能是《诗·召南·殷其靁》,马先生说:"诗义与评语难以衔接,今阙释。"马先生于此持矜慎态度,未下断语。愚以为从简文内容分析,它与《小雅·何人斯》篇接近,而与《召南》之篇则距离较远。由于《诗论》这段简文启发我们对于《何人斯》的主旨应当进行重新思考,所以必须讨论前人及当代专家对于是诗的论析。兹缕析如下。

第一,《何人斯》斥谗的指向问题。

前人多以为此诗所斥谗人即"暴公",此说的根据在于诗本身所示。今《诗·何人斯》一诗分为八章,章六句。其首章云:

彼何人斯,其心孔艰。胡逝我梁,不入我门,伊谁云从。维暴之云。

因为此章有"维暴之云"句,所以《诗序》谓"《何人斯》,苏公刺暴公也。暴公为卿士而谮苏公焉。故苏公作是诗以绝之"。毛传谓"暴也,苏也,皆畿内国名",孔疏发挥此意,具体指明所谓"苏公",即《左传》成公十一年所载周初所封于温地并为周司寇的苏忿生之后裔。

关于暴公,孔疏谓"遍检书传,未闻畿外有暴国",王夫之修正孔疏之说,谓《春秋》文公八年有"盟于暴"之载,暴公之国与苏"境土犬牙相入,故嫌忌而相谤,云'畿内'者,东都之畿也"[①]。《诗序》及传、笺、疏关于苏、暴二公的解释,虽然于诗无确证,但渊源有自,代表了战国秦汉间人的看法,不可轻易否定。或谓"暴"指暴虐之人,并不可信。《淮南子·精神训》"延陵季子不受吴国,而

---

① 王夫之:《诗经稗疏》卷二。

讼间田者惭矣",高诱注:"讼间田者,虞芮及暴桓公、苏信公是也。"胡承珙谓高诱此语"必有所本"①。可见至东汉末年暴、苏二公讼田之说仍很流行。总之,《何人斯》一诗主旨为斥逸之作,古今无甚歧疑,但于逸人所指,则有不同理解。《诗序》以为此逸人即暴公,后世信奉此说者甚多。

郑笺之意与《诗序》说稍异,他以为诗所说的"何人",即"与暴公俱见于王者",暴公跟他一起见周王以后,苏公即遭遣让,"谁作我是祸乎?",显然就是暴公与其侣(即诗中的"何人")。王安石发挥郑笺此意谓:"暴公为卿士,而谮苏公,不忠于其君,不义于其友,所谓大故也。故苏公作是诗绝之。其绝之也,不斥暴公也,言其从行而已。……我岂若小丈夫哉,一与人绝,则丑诋固拒,惟恐其复合也。"②王氏此说影响较大,吕祖谦、朱熹等解诗名家皆赞赏其说。明代郝敬亦云:"诗言微婉,未有刺其人而直斥之者。"③与王安石、郝敬说不同,欧阳修则驳斥郑笺,谓"首章言'维暴之云'者,是直斥暴公,指名而刺之,何假迂以刺其同侣而又不斥其姓名乎?"④。多排斥《诗序》的朱熹于此则维护《诗序》之说⑤,指出,从诗意看,"暴公之谮已也明矣"。朱熹只是略有怀疑,"未敢信其必然耳"⑥。清儒多从《诗序》及毛传之说,而以郑笺说未确。胡承珙谓"《诗》言微婉,必不直斥暴公之谮"⑦。颜广誉《学诗详说》谓"从行者未必果有其人,苏公不欲直斥暴公,托为是言耳。其辞皆指何人,其意则自指暴公"。王先谦谓"暴苏构怨,起于争田,至暴之谮苏,则必隙末之后,因事陷之,曲全在暴"⑧。当代专家解诗多不出《诗序》与毛传之说,或谓《诗序》之说"与诗意尚合"⑨。或谓郑笺将逸人定为"暴公与其侣"二人及后来发挥郑笺意

---

① 胡承珙:《毛诗后笺》卷十九。
② 王安石:《诗义钩沉》,邱汉生辑校,中华书局1982年版,第182页。
③ 郝敬:《毛诗原解》卷二十一。
④ 欧阳修:《诗本义》卷八。
⑤ 朱熹排摈《诗序》甚为用力,他认为,诗之本义"只尽去小序,便可自通","序出于汉儒,反乱诗本意","今人不以诗说诗,却以序解诗,是以委曲牵合,必欲如序者之意,宁失诗人之本意不恤也。此是序者大害处"(《朱子语类》,第697页)。
⑥ 朱熹:《诗集传》卷十二。
⑦ 胡承珙:《毛诗后笺》卷十九。
⑧ 王先谦:《诗三家义集疏》卷十七。
⑨ 高亨:《诗经今注》,上海古籍出版社1980年版,第300页。

的诸家说法"实乖诗旨",所以还是应当回到"斥暴公之说"①。或批评朱熹等宋儒"其好疑毛、郑也过矣",诗旨还是"刺暴公,却从暴公之从者诘责其用心之难险"②。

总而言之,自《诗序》毛传以来,论者多从其说,谓《何人斯》所斥之谗人即暴公,而自郑笺以来,则不少论者又谓所斥直指暴公及其侣。两说虽有区别,但暴公难辞其咎,所以为诗所痛斥,这一点还是相同的。

第二,《何人斯》诗所斥之谗人非暴公。

郑笺的说法之所以值得重视,是因为他没有将所斥谗人完全归诸暴公,而是由暴公及其侣分担。郑笺之说比《诗序》显然要妥当一些,但是,尽管如此,郑笺说依然还是将诗意所斥谗人包括了暴公。其实就诗意看,暴公不仅不是《何人斯》的诗作者所斥的谗人,而且是诗作者(即苏公)所倾慕之人,亦即其所友爱之人。这一点本不难看出,但前人多拘泥于传、笺之说而曲为之解,致使诗旨不明③。最能表现苏公与暴公亲密关系的是诗的第七章:

　　伯氏吹壎,仲氏吹篪。及尔如贯,谅不我知,出此三物,以诅尔斯。

此处的伯氏、仲氏之语,指兄弟和谐,融洽无间,如壎、篪奏音合乐一样完美。实际上苏公之意是说他和暴公"俱为王臣,其相比次如物之在绳索之贯也"(郑笺语)④,彼此的诚心苍天可鉴,直可出豕、犬、鸡三物对天诅咒发誓,来做表白。诗作者苏公对于暴公的殷切盼望以第五、六章,表现得最为鲜明:

　　尔之安行,亦不遑舍。尔之亟行,遑脂尔车。壹者之来,云何其盱。

---

① 黄焯:《毛诗郑笺平议》,上海古籍出版社 1985 年版,第 231 页。
② 陈子展:《诗经直解》卷十九,复旦大学出版社 1983 年版,第 699—704 页。
③ 清儒或谓《彼何人斯》的"何人",系"斥虢石父"(程崇信:《诗补笺绎》卷十二),此系无根之谈,可置而不辨。
④ 关于"贯"字之意,俞樾谓当即《穀梁传》昭公十九年之"羁贯",据范宁注知其意指"交午翦发以为饰"。《诗·甫田》"婉兮娈兮,总角丱兮",此贯与丱音意皆同,亦指幼稚之时,"童稚兄弟相与嬉戏,此情好之最笃者。我与尔之情亦如是,故曰'及尔如贯',言如总角时无猜异也"(《群经平议》卷十)。按俞氏之解可备一说,其所论与郑笺此条在大方向上并不抵触。又按,关于《何人斯》第七章,还很可能不属于《何人斯》一诗,而是错简于此。容当别论。

>尔还而入，我心易也。还而不入，否难知也。壹者之来，俾我祇也。

这两章意谓：你乘车徐行途中，难道无暇光临寒舍休息一下吗？你乘车急行途中，难道不能抽出给车轴膏油的工夫光临寒舍吗？盼望你的来临，真是让我望穿秋水呀。你若能进入我的家门，我会多么高兴。如果不能来，我的难受简直就无法表达。你的来与不来，将我折磨得病倒了呀。这两章中只能体味出苏公对于暴公的友情之深，丝毫看不出他怨恨及痛斥暴公的迹象。

苏公和暴公原来如伯仲兄弟一样友好，后来为何产生龃龉了呢？为什么"谅不我知"①了呢？究其根源，皆在于有人在挑拨离间。诗的最后一章说：

>为鬼为蜮，则不可得。有靦面目，视人罔极。作此好歌，以极反侧。

诗意谓，挑拨离间之人如同鬼蜮一样阴险而人不得见，而他却以极丑恶的嘴脸（"有靦面目"②）含沙射影，逸害于人，无所不用其极。我写这首诗歌就是要"究极尔反侧之心"③。"反侧"即翻覆，指反复无常的小人之心。挑拨离间者非暴公，乃是暴公之侣。诗中反复表达作者苏公盼望暴公能够莅临住所安慰自己，并以诗句形容自己和暴公如同琴瑟一般谐调，如同伯仲兄弟一样友好。恨只恨那如同鬼蜮一样的丑陋而阴险的小人，有了他的挑拨离间才使自己和暴公的关系产生罅隙，这样的小人居心叵测（"其心孔艰"），厚颜无耻，他算得上是什么样的人呢？"彼何人斯"，犹今蔑视之语谓："那家伙算是什么玩意儿?!"

第三，谗人即暴公家臣。

《何人斯》的八章中，以"彼何人斯"为首句的诸章皆指斥挑拨构祸之人，此人"其心孔艰"，如"飘风"一般让人捉摸不透。他不仅坏事做尽，而且恬不知

---

① 关于"谅不我知"之意，依郑笺意谓"今女心诚信而我不知"，即暴公对苏公还是诚心诚意，而苏公不知道罢了。其实也可以作另一读法，即读若"不知我谅"，即暴公不知我的诚心。无论如何，此句意皆指苏、暴二公有彼此交好的诚意。

② 关于"靦"字，毛传释为"姡"，《释文》谓"姡，面丑也"。前人或不信此释，其实，这里正指鬼蜮之丑陋面目。蜮，见于《春秋》庄公十八年"秋有蜮"，杜注"蜮，短弧也，盖以含沙射人为灾"。诗"射人"，意犹见人而射沙。

③ 朱熹：《诗集传》卷十二。

耻,摆出一副"不愧于人,不畏于天"的架势,又臭又硬。苏公谓这个人还惯于花言巧语,"祇搅我心"。此诗写这个人的三章,皆以"彼"开首,与以"尔"开首的两章,语气态度颇有不同,一为揭露斥责,一为翘首企盼。一谓"他算是个什么人呢",一谓"你快来跟我交好吧"。两种诗句所表达的意蕴势同泾渭,不当同指一类人物,孔疏谓"经八章皆言暴公之侣,疑其谗己而未察,故作是诗以穷之",说虽不误,但有些过分,不应将盼暴公者也列入。此外,很耐人寻味的还有这首诗的第二章:

> 二人从行,谁为此祸。胡逝我梁,不入唁我,始者不如今,云不我可。

此处的"二人",或谓指诗作者苏公与暴公两人。或谓二人中只有暴公一人为实指,另一人则为虚指,未必果有其人。或谓此"二人""一谗者,一信者"①。这三说皆与诗意相乖。相比而言,郑笺谓此二人"谓暴公与其侣"的说法则较为恰当。我们作如此论断的一个直接证据是,诗之首章末句已经言明"伊谁云从,维暴之云",另一人是听从暴公之话者,次章一开始即言"二人从行",故而唯有郑笺此说才与诗意相当。此章的"祸",论者或将其落实为《左传》隐公十一载"与郑人苏忿生之田"之事,认为是指周桓王将苏氏世业赏赐郑国②。此说虽然有些牵强,但与诗意尚能符合。果如此说,则能够向周王进言而夺苏氏之田者应当是暴公,但苏公与暴公关系本来很好,为何反目了呢?诗作者苏公弄不大清楚事情原委,所以只能提出疑问:"谁为此祸?"但其怀疑的指向,则指斥跟从暴公之人,即郑笺所云的"其侣"。

揭示谗人即暴公家臣的一个有力证据还见于因错简而误作《巧言》末章的诗句:

> 彼何人斯,居河之麋,无拳无勇,职为乱阶。既微且尰,尔勇伊何。为犹将多,尔居徒几何。

---

① 吴回溪:《毛诗复古录》卷六。
② 王先谦说:"'此祸'者,盖苏公被谮得罪,卒致失国。《左传》所云桓王与郑以苏忿生之田者,即司寇苏公之世业也。"(《诗三家义集疏》卷十七)

此章以"彼何人斯"开首,与《何人斯》一诗极似,且《巧言》与《何人斯》两诗前后紧密相连,断定《巧言》末章当属《何人斯》一诗,不为无据①。此章指明构祸("职为乱阶")之谗人"居河之麋(鲁诗作湄)",说他居住在黄河边岸边。此地应当就是"暴"②。若推测此人为暴公家臣,此为一有力旁证。这个人烂腿肿脚("既微且尰"),虽然无力无勇("无拳无勇"),但是,却有一肚子坏点子馊主意("为犹将多"),并且蓄养着一批打手("尔居徒几何"③)。这样的人,不似威震朝廷的赫赫大员,而正是典型的家臣形象。郑笺谓这样的无力无勇之人"贱而恶之","易诛除也",是正确的。

(二)

《诗·何人斯》所斥的谗人即暴氏陪臣。陪臣在春秋后期已是一支很有影响的社会势力,其代表人物如宋国权卿乐氏的陈寅,郑卿罕达的许瑕,齐国陈氏的陈豹,卫卿孔悝的浑良夫,晋卿赵氏的董安于,鲁卿孟孙氏的公敛处父,鲁卿季孙氏的南蒯、阳虎等。他们的人品,虽然良莠不齐,但却都在各国政治中发挥着不可小觑的作用。这些人臣属于卿大夫,而卿大夫又是国君之臣,作为

---

① 首倡此说者,盖为宋儒,当时曾有将《巧言》末章纳入《何人斯》者,以为《巧言》本在《何人斯》之后,后来错杂在前,故而致乱。然而,《巧言》末章八句,与《何人斯》章六句不合,所以宋儒王柏谓"以句律观之,非可合也",他认为"两诗恐是一人作耳"(《诗疑》卷一)。王氏此说,证据不足,《诗》诸篇中多有各章句数不一者,不能以"句律"断定《巧言》末章与《何人斯》的归并与否。《巧言》与《何人斯》皆斥谗,王柏推测为一人所作,不为无据。但《巧言》一诗所叙背景为大乱已起之时,与《何人斯》有别。不将两者定为一人所作,较妥。后来清儒牟应震复倡此说。他指出:"'居河之麋',与下文'适梁'相照应。'尔居徒几何',与下文'二人从行'相照应。且文体与下篇类,与本篇不类。其为误合无疑。"(《毛诗质疑·诗问》,齐鲁书社1991年版,第165页)。当代专家亦有持此说者,如高亨先生即谓《巧言》诗的最后一章"当是《何人斯》的首章。《何人斯》的第一章、第三章、第四章的第一句均是'彼何人斯',是其明证"(《诗经今注》,上海古籍出版社1980年版,第299—300页)。按,《诗》的错简问题比较复杂,其中可能有"一简两用"的情况,有的简可以同时用于两诗,而与两诗的诗义皆吻合。《诗》的编定者将其同时编入两诗的情况是可能存在的。《何人斯》诗的此章,可以又同时属于《巧言》一诗。另外《何人斯》的第七章亦同时可以是上博简《诗论》第27号简所提到的《中(仲)氏》一诗的次章。相关考析见拙稿"上博简孔子《诗论》'仲氏'与《诗·仲氏》篇探论",载《孔子研究》2003年第3期。

② 《春秋》文公八年"公子遂会雒戎明于暴","暴即成十五年《传》之暴隧,本为周室暴辛公采地,后人于郑,当在今河南原阳县西"(杨伯峻:《春秋左传注》,中华书局1981年版,第565页)。此地正在黄河南岸(参见《中国历史地图集》第一册,中华地图学社1974年版,第20—21页)。"居河之麋"之载与暴的地望相合。

③ 关于"尔居徒几何"的"居"字,俞樾谓"当训为蓄。《论语·公冶长》篇'臧文仲居蔡',皇侃疏曰:'居犹蓄也。''尔居徒几何'言尔所蓄徒众几何人也。"(《群经平议》卷十)按,较之郑笺谓"居"为居住之意的说法,俞说为胜。

臣之臣,所以称为"陪臣"。其地位虽然不高,但有的陪臣却作为卿大夫的代表而管理其封邑,有的陪臣与卿大夫关系密切。封邑经济实力强盛时,陪臣据之可与卿大夫抗衡。陪臣与卿大夫的关系犹强奴与孱主然,这类陪臣,如公敛处父、阳虎等即为典型。另外一类,是作为卿大夫的主要谋臣面目出现,常策划于密室,点火于朝廷,纵横捭阖翻云覆雨。这类陪臣常以挑拨离间为能事。春秋末年田氏代齐前夕陪臣陈豹就发挥了重要作用。《左传》哀公十四年载:

> 陈豹欲为子我臣,使公孙言己,已有丧而止,既而言之曰:"有陈豹者,长而上偻,望视,事君子必得志,欲为子臣,吾惮其为人也,故缓以告。"子我曰:"何害?是其在我也。"使为臣。他日,与之言政,说,遂有宠,谓之曰:"我尽逐陈氏而立女,若何?"对曰:"我远于陈氏矣,且其违者不过数人,何尽逐焉?"遂告陈氏。

子我即齐卿阚止,他与陈成子争宠于齐简公。陈豹原先极力投靠子我,后来转而阴附于陈氏并且将子我的谋划告密于陈氏,遂酿成陈氏代齐的巨变。卫国孔悝的家臣浑良夫"长而美"与悝母私通,直接参与了被逐的太子(悝母之弟)返卫继位的阴谋活动。太子返国后,因嫌浑良夫参与过多阴谋,于己不利,故而寻找借口将浑良夫除掉。鲁国季氏陪臣阳虎是一个反复无常的小人,在鲁国构祸多端,故而"逐于鲁,疑于齐,走而之赵",阳虎志向在于"主贤明,则悉心以事之。不肖则饰奸而试之"①。这类擅长"饰奸"的陪臣之所以能够在春秋末的政治舞台上逞能一时,原因在于卿族内部尖锐,给他们提供了挑拨构祸的机会②。陪臣的势力与影响实际上是卿大夫这一社会集团机体上的毒瘤。他们的影响往往来去匆匆,如同政治舞台上的一阵风。陪臣们的下场多不光彩。他们可以为卿大夫(甚至国君)所垂青而权势炙手,也可以被视如敝屣而抛弃。

对于这类陪臣,社会上的有识之士多持批评讥讽的态度。鲁国季氏家臣

---

① 《韩非子·外储说左下》。
② 关于这个时期卿族间矛盾的复杂情况,参阅拙稿"论周代卿权",载《中国社会科学》1993年第6期。

南蒯曾被其乡人作歌讥刺①。鲁国的阳货（即阳虎）为了培植私人势力，曾极力争取孔子，"欲见孔子，孔子不见。归孔子豚，孔子时其亡也而往拜之，遇诸涂"②。孔子拒斥阳货，原因在于他厌恶阳货作为陪臣而"执国命"。孔子敏锐地觉察了天下大势的变化，说道："天下有道，则礼乐征伐自天子出；天下无道，则礼乐征伐自诸侯出。自诸侯出，盖十世希不失矣；自大夫出，五世希不失矣；陪臣执国命，三世希不失矣。天下有道，则政不在大夫。天下有道，则庶人不议。"③他将"陪臣执国命"视为最为等而下之的政治局面。孔子虽然对于陪臣与卿大夫的争斗曾经奢想，藉陪臣削弱卿大夫专权，从而复兴周礼，但"陪臣执国命"毕竟不合周代宗法制的基本原则，是对于宗法等级制度的破坏，所以孔子还是采取了与陪臣不合作的态度，并且十分蔑视许多陪臣的卑劣品行。孔子编定《诗》的时候，将痛斥作为"陪臣——逸人"的《何人斯》收入，实为这一思想的体现。

（三）

上博简《诗论》关于《何人斯》的评析直接深入到此诗主旨，远较《诗序》及传、笺说为优。下面我们依次讨论简文的内容。

简文"雀之矣"是对于《何人斯》最集中的评语。"雀"字，专家或读为"爵"，或读为"诮"。这几个字古音皆属宵部，所以说将雀读为爵若诮，在古音上都是没有什么障碍的。于通假例证看，雀通假为爵，十分普遍，古读"雀弁"为"爵弁"即为显例。然而这两种读法，愚以为皆不如许全胜先生读为"截"更妥当。④ 按，此字又见于《诗论》第20号简"吾以《折（杕）杜》得雀𠬝"⑤，此处的"雀𠬝"当读若"截服"⑥。《说文》截字从雀从戈，与断互训。《何人斯》一诗表

---

① 《左传》昭公十二年载乡人讥刺南蒯的歌诗："我有圃，生之杞乎！从我者子乎，去我者鄙乎，倍其邻者耻乎！已乎已乎！非吾党之士乎！"，歌诗斥南蒯的鄙陋与无耻，表达了人们对于陪臣的不满。《诗·何人斯》与此歌诗有异曲同工之妙。

② 《论语·阳货》。

③ 《论语·季氏》。

④ 许全胜："《孔子诗论》零拾"，参见廖名春编：《新出楚简与儒学国际学术研讨会论文集》，清华大学思想文化研究所排印本，第134页。

⑤ 《诗论》第20号简的"𠬝"字已残，但从其所保留的字的上部看，与上博简《缁衣》1号简的𠬝字的上部酷似，李学勤先生"《诗论》简的编联与复原"（《中国哲学史》2002年第1期）一文将其释为"𠬝（服）"字是正确的。

⑥ 《诗论》简文的"截服"，意即《礼记·大传》所云"四世而缌，服之穷也。五世袒免，杀同姓也。六世，亲属竭矣。其庶姓别于上而戚单于下"。截服即《大传》所谓的"绝族无移服"。

现了与为鬼蜮般的逸人的决断意志,故简文评论其主旨为"截之矣"。

简文"离其所爱"的"离"字,专家或谓"当读为传代、传世之传"①,或谓此字从㐫,"应读伤"②。此外还有读荡,读俪,读远,释为㐫(通畅),释为㐫(通御),释为传等说③,这些说法皆不如李学勤、廖名春、李零等先生读为"离"为优。按,简文"离"字从禽从走,所从之"禽",起源甚早,从甲骨文中的字形看,它应当是条木所编器物形,实即《说文》所训"田网"的"毕"字初文,它用以代替墙壁,即为篱笆;用若捕兽之器,即为毕、为禽。由于"离"本为条编,而条木非一体,是为篱的本字。篱系由有分离、分散之物而编成,其使用(如篱笆、笯篱),亦有使物分开之功能。所以离(篱)又引申出分离、离散之意。先秦文献中习见的"离"字用法。"离间"一词虽然出现不早,但是其意(使人分离)却较早使用,如《战国策·赵策》一之"离三晋",意即离间三晋。《管子·任法》"信近亲爱者不能离也",即相互信任相互亲爱的人不能被离间。逸人挑拨离间的目的就在于使人疏远、分离。简文所谓"离其所爱",即指逸人通过挑拨离间使人与他所爱的人疏远分离。

简文"必曰吾奚舍之",是对于"雀(截,绝也)之矣"的进一步解释。关于"舍"字,孟蓬生先生"读为赐与之与(予)"④较优,今可补充论证如下。予、与为古今字,予、与的古音和舍一样属鱼部字。舍字从余衍变而成,意通与、予。《墙盘》"令周公舍宇于周卑(俾)处",即命令周公赐予住居处所,让其在周地住下来。《鄂君启车节》"毋舍飤(餴)饮",谓不要给予餴饮。简文"必曰虐(吾)奚舍之",意即如果一定要我说馈赠些什么给他的话。

简文"宾赠氏(是)也"是对于"吾奚舍之"这一问题的回答。关于"宾赠"之

---

① 许全胜:"《孔子诗论》零拾",参见廖名春编:《新出楚简与儒学国际学术研讨会论文集》,清华大学思想文化研究所排印本,第134页。
② 何琳仪:"沪简《诗论》选释",《上博馆藏战国楚竹书研究》,上海书店出版社2002年版,第254页。
③ 诸家之说见于:周凤五"《孔子诗论》新释文及注解"《上博馆藏战国楚竹书研究》,上海书店出版社2002年版,第158页)、俞志慧"战国楚竹书·孔子诗论》校笺"上(简帛研究网站2002年1月17日)、姜广辉"《上海博物馆藏战国楚竹书》(一)几个古异字的辨识"《新出楚简与儒学思想国际学术研讨会论文集》,清华大学思想文化研究所2002年印本,第42页)、何琳仪"沪简《诗论》选释"《上博馆藏战国楚竹书研究》,上海书店出版社2002年版,第254页)。许全胜"《孔子诗论》零拾"《新出楚简与儒学思想国际学术研讨会论文集》,清华大学思想文化研究所2002年印本,第132页)等。
④ 孟蓬生:"《诗论》字义疏证",廖名春编:《新出楚简与儒学国际学术研讨会论文集》,清华大学思想文化研究所印本,第125页。

义,今所见者略有四说:第一,丧礼用语;第二,聘礼用语;第三,读若濒赠;第四,宾亦赠,宾赠两字一义。愚以为李零先生所提出的第一说较优,但他所释其义,则仍待进一步论定。李零先生以为简文意谓所爱之人死去,"一定会说我怎么舍得下他(或她)呢,所以要在丧礼上送玩好之物给他(或她)"①,按,依《仪礼·既夕礼》,宾赠指死者被迁柩于祖庙时"宾"赠送助葬之物。卿大夫士级别者的使臣作为来宾,赠送助葬之物,如车马、衣衾、贝玉、玩好、钱财等,依《白虎通·丧服》所言,"玩好曰赠"。所赠之物没有一定的规矩,故《仪礼·既夕礼》谓"凡赠币无常",郑注"宾之赠也",胡培翚谓"赠有公赠,有宾赠。此赠币无常,是指宾赠言,故注云宾之赠也"②。愚以为简文的"宾赠"以向死者赠送助葬之物取义,非赠送财物,而是赠送一首送葬之歌,恰如《何人斯》末尾之句"作此好歌,以极反侧"。意犹让那反复无常的为鬼为蜮的逸潛小人去死吧,如果说我一定要送他些什么的话,我将赠送一首送葬之歌。诗的"好歌",反话正说,表示气愤已极。

送葬之歌古称挽歌,前人或以为挽歌出现于汉初③,其实春秋战国时期可能已有挽歌。《左传》哀公十一年载齐、吴艾陵之战前,"公孙夏命其徒歌《虞殡》,陈子行命其徒具含玉",杜注:"《虞殡》,送葬歌曲,示必死",疏引贾逵说:"《虞殡》,遗殡歌诗。"孔疏谓"启殡将虞之歌谓之《虞殡》。"章太炎解释春秋末年艾陵之战前齐军"歌《虞殡》"之事谓"吴方乘胜,故其气高激,齐方不竞,故相率悲咽尔"④。死丧悲哀虽然与欢乐欣悦大异,但两者皆为人之情则是一致的,春秋战国时期已有招死者魂归之礼,《楚辞》之《招魂》、《大招》即为招魂之歌,依情理度之,送葬时人之悲哀亦当有歌。《诗·四月》"君子作歌,维以告哀",挽歌即为"告哀"(表达人之悲哀之情)之歌。丧礼上宾赠本指赠送助葬财物,简文"宾赠氏(是)也"不是赠送财物,而是赠一首送葬挽歌给逸人,以后世语类之,即谓"为逸人敲响丧钟"。

---

① 李零:"上博楚简校读记",《中华文史论丛》2001年第4辑,第14页。
② 胡培翚:《仪礼正义》卷三十一。
③ 参见《文选·挽歌》注引谯周《法训》语。崔豹《古今注》亦有此说,谓:"《薤露》、《蒿里》并丧歌,出田横门人","《薤露》送王公贵人,《蒿里》送士大夫庶人,使挽柩者歌之,世亦呼为'挽歌'也。"
④ 章太炎:《春秋左传读》卷七。

（四）

儒家重视交友之道，重视诚信待人，痛斥谗人谮语，孔子认为人的明智就表现在不听佞人进谗，"浸润之谮，肤受之愬（诉），不行焉，可谓明也已矣"①。所谓"谮"、"愬（诉）"，即"一二宵小，妄施谮愬（诉）"②。"宵小"之类的佞人，善于以言辞取信而构祸，故孔子谓"巧言令色，鲜矣仁"③，元儒释其意谓："致饰于外，言甚有理。必有阴机在内，而后致饰于外，将有陷害，使之不为提防也。……李林甫好以甘言啖人，此巧言也，而有阴中伤之之机阱在焉。"④后来，曾子亦谓"巧言令色，能小行而笃，难于仁矣"⑤。战国后期儒学大师荀子主张"残贼加累之谮，君子不用"，统治者应当使"直言至"而"谗言反"，"流言灭之"、"流言止于知者"，对于谗人的流言蜚语亦极力排斥。⑥

《诗·小旻之什》中前后相续的《小弁》、《巧言》、《何人斯》、《巷伯》四首诗虽然内容不一，但皆痛斥谗人。《小弁》述"君子信谗"给人带来的恶果，《巧言》谓"蛇蛇硕言，出自口矣。巧言如簧，颜之厚矣"，揭露谗人恬不知耻的丑态。《何人斯》揭露谗人"为鬼为蜮"，《巷伯》主张"取彼谮人，投彼豺虎"。《诗》将这四首聚合一起，应当说是与孔子厌恶谗人谮语的思想有直接关系的。

总之，上博简《诗论》简文"《可（何）斯》雀之矣。离其所爱，必曰吾奚舍之，宾赠氏（是）也"，是儒家学说中痛斥谗人的较早言论，对于认识孔子思想及《诗·何人斯》一篇的主旨意义重大，弥足珍贵。

八　从王权观念变化看上博简《诗论》作者及时代问题

上博简楚竹书，由于是劫余截归之物，所以其出土时间、地点皆难以确定，

---

① 《论语·颜渊》。
② 《汉书·梅福传》语。
③ 《论语·学而》。
④ 程树德《论语集释》卷一，引元儒苏天爵《四书辨疑》说，参见程俊英、蒋见元：标点本《论语集释》第一册，中华书局1990年版，第17页。
⑤ 《大戴礼记·曾子立事》。
⑥ 参见《荀子》的《致士》、《解蔽》、《大略》等篇。

专家估计这批竹简是"楚国迁郢以前贵族墓中的随葬物"①,应当是可信的。虽然如此,但上博简内容的撰著时代及作者问题仍然阙如。从已经出版的第一册《诗论》的内容看,愚以为其撰著时代虽难以非常准确地推知,然而尚可从战国秦汉间儒家王权观念的变化中略可窥知一些端倪。今试述如下,以供专家参考。

(一)

上博简《诗论》所论诗作,有不少跟周王有直接或间接关系。《诗论》对于周天子论述的主要特色有以下几点。

其一,对于周文王特别赞美颂扬。《诗论》十分强调"文王受命",其编号为2号简和7号简的两简,愚曾著小文论及是可以编连一起的②。编连后的内容是:

> 寺(诗)也,文王受命矣。讼坪(平),德也,多言后。其乐安而迟,其词(歌)绅(埙)而麐,其思深而远,至矣!大夏(雅)盛德也。多言(以上第2号简)怀尔明德害(曷)?城(诚)胃(谓)之也。又(有)命自天,命此文王,城(诚)命之也,信矣!孔子曰:此命也夫。文王隹(唯)谷(裕)也,得摩(乎)?此命也。(以上第7号简)

这段简文的"寺"字疑通假作"诗"③,当指《大雅》之诗。简文意谓:《大雅》之诗的主旨在于讲文王受命。所谓周文王平虞芮之讼④靠的就是文王之德,也可以说这件事,就是文王之德的表现。《大雅》之诗多言文王之德对于后世

---

① 马承源:《上海博物馆藏战国楚竹书·前言》,《上海博物馆藏战国楚竹书》,上海古籍出版社2001年版,第2页。马承源先生还指出由中国科学院上海原子核研究所对这批竹简年代的测定结果为距今2257年,误差为正负65年(参见朱渊清、廖名春主编:《上博馆藏战国楚竹书研究》,上海书店出版社2002年版,第3页)。这个结果表明竹简的时代与郭店楚简的时代是十分接近的。

② 晁福林:"《楚竹书·孔子诗论》'讼平德'释义",《光明日报》2002年2月19日。

③ 简文的这个"寺"字,李学勤先生通假为"时"(《诗论》的编联与复原",《中国哲学史》2002年第1期)。廖名春先生通假为"志"("上海博物馆藏诗论简校释",《中国哲学史》2002年第1期)。两说虽皆可行,但愚以为通假为"诗"字可能更妥当些。郭店楚简《缁衣》篇多有以"寺"作诗之例,而上博简《缁衣》篇则以"告"字作"诗"。

④ 《诗经·大雅·绵》"虞芮质厥成,文王蹶厥生",即《史记·周本纪》及《诗·绵》毛传所载周文王平虞芮之讼事。

的影响。《大雅》诗歌的乐章祥和而舒缓,歌唱的时候以熏、篪等乐器伴奏。《大雅》之诗的思考深邃而辽远,真是达到了最高的境界啊!《大雅》体现了周的盛德。为什么《大雅》反复强调"怀尔明德"一类意思呢?因为《大雅》的主旨确实是这样的呀。《大雅》的诗句说"又(有)命自天,命此文王"(命令来自于上天,将天命交付给这位文王)的诗句,确实表明天命的归属,真是这样的呀!孔子说:这就是天命啊!如果文王没有"明德",他就是想得到天命,就是能够得到的吗?反过来说,就是正因为文王有被上天看重的"明德",所以他想不接受天命,也是不能够的呀。这就是天命啊!

《诗论》作者反复申述的主旨,即周文王从平虞芮之讼开始表明了天命之所归。《诗·大雅》是周族与周王朝的史诗。《大雅》共三十篇,其《文王之什》等十篇诗作皆以"有命自天,命此文王"、"仪刑文王,万邦作孚"为中心展开,《生民之什》和《荡之什》诸篇也大致体现了同一主题,说明文王受命的必然原因和后世必须"仪刑文王"的道理。简文"寺(诗)也,文王受命矣",正是对于这一主题的简要而准确的概括。第21号简谓"《文王》吾美之",第22简谓"《文王》曰:'文王在上,于昭于天',吾美之",也表达了这一思想。第6号简谓"[《清庙》曰:'济济]多士,秉文之德',吾敬之",所谓"秉文之德"意即秉承文王的德,同简所谓"不(丕)显维德",亦指文王之德。第5号简谓:

《清庙》,王德也,至矣。敬宗庙之礼,以为其本,秉文之德,以为其业。

《诗·清庙》一篇十分简短:"于穆清庙,肃雍显相,济济多士,秉文之德。对越在天,骏奔走在庙。不显不承,无射于人斯。"《诗论》所谓的"王德",即诗句和简文皆指出的"济济多士"所秉承的"文王之德"。《诗论》以"至矣"称赞之,充分表现了其对于文王之德的无以复加的高度赞颂。

总之,《诗论》不仅以大段语词讲"文王受命",讲继承文王之德的问题,而且对于颂扬文王的诗篇还特意关注,是皆可以说明对于周文王及其"德"的赞美,正是《诗论》中最突出的特点。

第二,对于其他周王的赞颂也比较显著。第6号简"昊天又(有)城(成)命,二后受之"是讲"二后"(周文王、周武王)接受天命。《诗·昊天有成命》篇除了讲"二后"之外,还讲"成王不敢康,夙夜基命宥密"颂扬周成王尽心尽力地继承文武之业。对于周天子,《诗·烈文》篇以"前王"概括而称之,谓"无竞维人,四方其训之。丕显维德,百辟其刑之,于乎!前王不忘"。第6号简特别重视此语,谓:

> 《剌(烈)文》曰:"乍(亡)竞隹(唯)人,不(丕)显隹(唯)德。于摩(乎)!前王不忘。"吾悦之。

《诗论》的作者以"悦之"来表述其对于《烈文》一诗的喜爱。从这首诗里可以看到,那些贤者之所以能够出类拔萃、德操高尚,关键就在于他们能够不忘记"前王"——即从周文王以降的历代贤圣君王——的榜样。

第三,《诗论》对于敬奉周天子的朝臣和士大夫给予赞扬和关注。《诗论》中三次提及《甘棠》和召公,内容如下:

> 《甘棠》之保(服),……害(曷)?曰童(终)而皆臤(贤)于其初者也。(第10号简)
> 《甘棠》思及其人,敬爱其树,其报厚矣。甘棠之爱,以召公所茇也。①(第13号简、15号简)
> 吾以《甘棠》得宗庙之敬,民眚(性)古(固)然。甚贵其人,必敬其立(位)。悦其人,必好其所为,亚(恶)其人者亦然。(第24号简)

《诗·甘棠》的内容是告诫人们千万不要剪伐召公当年曾在下面休憩过的棠梨树。上引第一例简文意谓《甘棠》之诗对于召公奭的褒赏赞扬的原因在于人们对于召公奭当年建立功勋的怀念。第二例简文意谓《甘棠》吟咏对于召公的思念,由思念人而爱及其树,人们对于这株甘棠树的敬爱,原因就在于它曾经为敬爱的召公遮风挡雨。上引第三例,以在宗庙中人们所表现出的崇敬情感为比喻,说明"贵其人"与"敬其位"的必然关系。周王朝重臣、卿士如林,《诗论》为什么会对召公如许关注呢?《诗序》谓《甘棠》一诗"美召伯也,召伯之教,明

---

① 关于这条简文,廖名春先生于"甘"字下补"棠思"二字,并且下接15号简"及其人,敬爱其树,其报厚矣。甘棠之爱,以召公",再下又补"所茇也"三字(参见廖名春:"上海博物馆藏诗论校释",《中国哲学史》2002年第1期)。

于南国",那么,召伯所教化的是什么内容呢?朱熹谓:"召伯循行南国,以布文王之政,或舍甘棠之下,其后人思其德而不忍伤也。"①原来,召伯颁布推广的是"文王"之教。《诗·甘棠》和《诗论》多次提及《甘棠》都源于对文王之教的重视,也可以说正是重视文王之教,才遂之敬重颂行文王之教的召公,亦爱屋及乌之义也。

对于不尊王者,孔子持斥责的态度。《诗论》第 25 号简谓:"《肠(荡)肠(荡)》,少(小)人。"《荡荡》一诗的残章,可能因错简而混入《大雅·荡》篇,即其首章(其后七章与之内容不类,篇名当为《咨》),此章内容是"荡荡上帝,下民之辟。疾威上帝,其命多辟。天生烝民,其命匪谌。靡不有初,鲜克有终",它的意思是说,天帝骄纵放荡,作为下民之主,他却邪僻暴虐。天生百姓本来是需要善待的,但却政令无常,只是开始讲得不错,却总是结果不良。《荡》诗此章主旨是通过斥天而刺周王。其言辞之激烈于《诗经》中并不多见。从敬天尊王的基本观念出发,孔子是绝不会赞同这种态度的。他将《荡》诗的作者斥之为"小人",理所当然。这个斥责的背后,显然是孔子浓厚的尊王理念。

除了推行文王之德的召公之外,《诗论》还提到在周王宗庙里参加祭礼典礼的"济济多士",他们"肃穆显相","骏奔走在庙"②,虔诚地祭祀周的诸位先王,《诗论》以"敬之"(第 6 号简)表达对于这些士大夫的赞赏。《诗·烈文》歌颂那些为周王朝封殖疆土的诸侯,他们不仅"前王不忘",而且"维王其崇之",《诗论》以"悦之",表示对于尊王的这些诸侯的赞赏。《诗·天保》一篇是写给贵族的祝福诗作,诗谓由于这些贵族能够以"烝尝"等祭典依时祭祀周先公先王,所以他们的福禄便"如月之恒,如日之升",他们的寿考便"如南山之寿,不骞不崩。如松柏之茂,无不尔或承",贵族福禄寿考的保证何在呢?《诗论》谓"《天保》其得禄蔑疆矣,巽寡德故也"(第 9 号简),认为能够随顺周王的"寡(大也)德",才是其"得禄无疆"的根源③,可见对这些士大夫贵族的称赞跟对周王

---

① 朱熹:《诗集传》卷一。按,后来,朱熹的学生发挥此意,谓"有文王之君则有召伯之臣矣;有文王之政则有召伯之教矣"(辅广:《诗童子问》卷一)。这是深得儒学精义的解释。
② 《诗·周颂·清庙》。
③ 简文的巽字,此处当径以其义为释,不必如专家所谓通假为"选"。"巽"本有卑顺之意,故《广雅·释诂》"巽,顺也",《论语·子罕》"巽与之言"马融注"巽,恭也,谓恭孙谨敬之言"。简文的"巽寡德"意即随顺寡德。

的崇敬是完全一致的。

总之,以上三个方面都表明《诗论》具有浓厚的尊王思想,特别是对于周文王存在着无以复加的敬意,这对于我们考察《诗论》的作者应当是有意义的参考。

(二)

在孔子思想中,以周天子为核心的周王朝一直是政治的楷模,周天子即为理想中的圣人。他说:"周监于二代,郁郁乎文哉! 吾从周。"①孔子晚年的时候,还念念不忘复兴周王朝政治,谓:"甚矣吾衰也! 久矣吾不复梦见周公!"②周王朝政治的极善之处,孔子认为就在于它的德政,故谓"周之德,其可谓至德也已矣"③。《论语·阳货》篇载孔子语谓:"如有用我者,吾其为东周乎。"他所奋斗的目标就是在东方复兴周政。

孔子认为文王之德、文王之"文"就是精神与传统的核心,孔子在匡地遭遇危难时说:"文王既没,文不在兹乎?天之将丧斯文也,后死者不得与于斯文也;天之未丧斯文也,匡人其如予何?"④可以说,周文王的"德"操、"德"治是有周一代政治的灵魂,并由此而开启了周代的尚文之风。《韩诗外传》卷五谓孔子"持文王之声,知文王之为人",可谓对于周文王情有独钟。郭店楚简《缁衣》篇有孔子以《诗》、《书》赞美文王之语作为自己论据的记载:

> 夫子曰:"……民臧(藏)它(?)而型(刑)不屯。《寺(诗)》员(云):'仪型文王,万邦乍(作)孚。'"(《缁衣》第1—2号简)
>
> 子曰:"君子道人以言而恒以行,……《寺(诗)》员(云):'穆穆文王,于缉熙敬止。'"(《缁衣》第32—33号简)
>
> 子曰:"言从行止,则行不可匿。……《君奭》员(云):'昔才(在)上帝,割绅观文王德,其集大命于厥身。'"(《缁衣》第34—37号简)

这几段简文皆为孔子之语,参照今本《礼记·缁衣》篇可知,第一段意谓君主的

---

① 《论语·八佾》。
② 《论语·述而》。
③ 《论语·泰伯》。
④ 《论语·子罕》。

爵位不滥授,民众就会有淳厚之风,不须动用刑罚民众就会顺服,所以《诗·文王》篇说"效法文王,万邦就会诚信"。第二段意谓君子以自己的言行成为人们的榜样,正如《诗·文王》篇所说"肃穆的文王,他敬慎己位而昭示人们以光明"。第三段意谓如果说了就去照所说的去做到,因为行动不可隐匿,是人们都瞧得见的。所以《书·君奭》篇说"从前上帝详察文王的品德和行为以后,这才将天命降于其身"。总之,孔子引用《诗》、《书》语句盛赞"文王德",强调文王正是以其"德"影响了天下方国与天下民众。郭店楚简《五行》篇载:

> 明明,智也。赫赫,圣也。"明明才(在)下,赫赫才(在)上",此之胃(谓)也。闻君子道,聪也。闻而智(知)之,圣也。圣人智(知)而(天)道也。智(知)而行之,义也。行之而时,德也。见贤人,明也。见而智(知)之,智也。智(知)而安之,仁也。安而敬之,礼也。圣,智(知)礼药(乐)之所由生也,五[行之所和]也。和则药(乐),药(乐)则又(有)德,又(有)德则邦家口(兴)。文王之见(示?)也女(如)此。"文[王在上,于昭]于而(天)",此之胃(谓)也。①

这段文字所引用的"明明才(在)下,隙隙才(在)上"见于《诗·大明》篇,是篇谓"维此文王,小心翼翼,昭事上帝,聿怀多福。厥德不回,以受方国",可见,《五行》篇所谓的明明之"智"和隙隙(显显也)之"圣",皆是文王美德的表现。简文所引"文[王在上,于昭]于而(天)",见于《诗·文王》篇。此处简文意谓义、德、明、智、仁、礼等德行皆为文王代表上帝而播布于天下者。《五行》篇的这些内容可能是战国中期儒者对于孔子所讲"文王德"的阐释与发挥。从这里也可以看出孔子对于周文王的极度赞扬,对于儒家思想有着深远影响。

儒家学派对于周文王一直赞颂不已,孟子曾经从多方面赞美"文王之德",指出各国统治者都应当"师文王","行文王之政","师文王,大国五年,小国七年,必为政于天下矣","诸侯有行文王之政者,七年之内,必为政于天下矣"②按照"五百年必有王者兴,其间必有名世者"的观念,文王和尧舜、汤、孔子一样

---

① 荆门市博物馆编:《郭店楚墓竹简》,文物出版社 1998 年版,第 150 页。简文个别文字参照李零《郭店楚简校读记》(北京大学出版社 2002 年版)第 79 页进行订正。

② 《孟子·离娄》上。

是其中的圣王①。直到战国后期,荀子还特别赞颂文王。《荀子·王制》篇谓:

> 天之所覆,地之所载,莫不尽其美,致其用,上以饰贤良,下以养百姓而安乐之。夫是之谓大神。《诗》曰:"天作高山,大王荒之。彼作矣,文王康之。"此之谓也。

荀子将周文王的政治歌颂为"大神",赞扬为至高至美,以至于连与文王关系并不直接的事情(如分封诸侯)也挂在文王名下②。然而仔细分析起来,可以发现荀子对于文王的称颂已经与孔子、孟子有了不小的区别,他不是如同孟子那样称赞文王之德,而是赞美文王的诛伐,如"文王诛四"③、"文王伐崇"④、"文王诛潘止"⑤等,把文王塑造成为一个严明执法的圣人。这与孔子所赞颂不已的文王之德,已经有了不小的区别。

以上的缕析似乎可以说明《诗论》对于文王受命与文王之德的充分赞美完全合乎孔子、孟子时代的儒家思想,而与荀子时代的儒家略有区别,由此也会使人想到《诗论》产生的时代应该与孔子的时代接近,而不应当晚至战国后期的荀子时代。

(三)

《诗论》尊王思想的另一个特色在于它对那些颇遭非议的有劣迹的周王没有正面直接痛斥,而是取讽谏的态度,希望这样的周王能够成为圣明君主。这些论析主要见于《诗论》第8号简。今先将简文具引如下:

> 《十月》善諀言。《雨亡(无)政(正)》、《即(节)南山》,皆言上之衰也,王公耻之。《少(小)旻》多参(疑)。参(疑),言不中志者也。《少(小)

---

① 参见《孟子·公孙丑》下篇和《孟子·尽心》上篇。
② 例如,《荀子·君道》篇谓:"文王欲立贵道,欲白贵名,以惠天下,而不可以独也,非于是子莫足以举之,故举是子而用之。于是乎贵道果立,贵名果明,兼制天下,立七十一国,姬姓独居五十三人,周之子孙苟不狂惑者,莫不为天下之显诸侯,如是者能爱人也。故举天下之大道,立天下之大功",分封制本来是周公成王时代开始的事情,而荀子却将说成是周文王"贵道"的结果。
③ 《荀子·仲尼》、《荀子·大略》。
④ 《荀子·议兵》。
⑤ 《荀子·宥坐》。

翕(宛)》其言不亚(恶),少(小)又(有)悬安(焉)。《少(小)复(弁)》、《考(巧)言》,则言谗(间)人之害也。《伐木》……。

此处内容需讨论处较多,兹依次略陈鄙见。

第一,关于《十月之交》一诗的"善諀言"的"諀"字之义,专家有不同说法①,似当依《广雅·释言》"諀,訾也"为妥。《庄子·列御寇》"有以自好也而吡其所不为者也",郭注"吡,訾也",王念孙《广雅释诂》卷二下谓"吡与諀同"。简文"諀"字意类于訾,有揭短、憎疾之意。此处的善字,愚以为并非"善于"之意,而应当理解为"称许"。《十月之交》一诗的作者称许了哪些"諀言(犹后世所谓的愤世嫉俗之言)"呢?此诗痛斥了幽王左右担任司徒、宰、膳夫、内史、趣马、师氏等要职的大臣及宠妃褒姒,而特别提出予以抨击的是"皇父卿士"。专家多谓此诗旨在痛斥幽王无道,其实是不准确的。可举两例以明之。其一,此诗第六章历数皇父恶行之首是为作私邑于向地,并且带走许多官员,以至于"不慭遗一老,俾守我王",所谓的"我王"即幽王,可见诗作者对于"王"的关爱依然;其二,此诗第七章谓"无罪无辜,谗口嚣嚣。下民之孽,匪降自天。噂沓背憎,职竞由人",社会的灾难、民众的痛苦并非自天而降,而是人祸的结果("职竞由人"),哪些"人"呢?显然就是诗所痛斥的以皇父为首的诸人。关于《十月之交》一诗,历来有刺厉王或刺幽王两说之争论,实则皆非,因为诗不刺王,而只刺佞臣,姚际恒谓此诗"实刺皇父也"②,方玉润谓"刺皇父煽虐以致灾变"③,说皆近是。专家或谓简文"《十月》善諀言",意指此诗"善于批评君上",似不确切。其意应当是谓此诗称许了那些对于佞臣的排抵痛斥之言。

第二,简文谓"《雨亡(无)政(正)》、《即(节)南山》,皆言上之衰也,王公耻

---

① 相关的考释今见有三。第一,马承源先生谓此语犹《尚书·秦誓》的"善谝言",意如毛传所释"便巧善为辨佞之言"(《上海博物馆藏楚竹书》(一),上海古籍出版社2001年版,第136页)。第二,廖名春先生谓諀字意为"诽谤"(《上海博物馆藏诗论简校释》,《中国哲学史》2002年第1期)。第三,周凤五先生释此字为"辟",辟指"所言合于法度也"(《〈孔子诗论〉新释文及注解》,朱渊清、廖名春主编:《上博馆藏战国楚竹书研究》,上海书店出版社2002年版,第158页)。三说相比,以第二说较优。第一说将"善諀言"与下句连一句读,似不可从。

② 姚际恒:《诗经通论》卷十。

③ 方玉润:《诗经原始》卷十。

之"。《诗·雨无正》和《诗·节南山》都是产生两周之际的诗作①。此时"周二王并立"②,政治局势动荡不已,"周宗既灭,靡所止戾"③、"乱靡有定,式月斯生"④。周天子作为政治的楷模、宗法制的顶端、天命的承担者,其位置应当是稳固的,不容纷争,所以儒家讳言"周二王并立"之事,故简文只谓两诗"皆言上之衰也",宗周倾覆,二王并立纷争,周王朝自然跌入前所未有的衰落。王位纷争所表现出的王朝颓势不仅贵族大臣("公"),而且周王亦"耻之"。这两篇诗作亦如《十月之交》等诗一样,没有将抨击指向周王,而是痛心于"昊天不平,我王不宁",希望周王听取善谋"以畜万邦"⑤。两诗将批评的矛头指向那些对于周王朝不忠的大臣卿士,他们在周王朝危难的时候表现出自私与虚伪,《诗·雨无正》谓"三事大夫,莫肯夙夜。邦君诸侯,莫肯朝夕",不再以敬奉周王为事。简文谓"王公耻之",其所感到"耻"的内容除了王位纷争以外,主要即在于此类大臣卿士的丑行。

第三,简文"《少(小)旻(旻)》多怣(疑)。怣(疑),言不中志者也"⑥。其中"言不中志"之疑,并非指诗作者对于周王不听善谋的怀疑,也不是指神龟所表达的天意对周王及其谋臣的怀疑,而是指周王朝佞臣们的疑虑。他们虽然也疑虑重重,表现出对于周王朝关心的样子,但只是装装样子而已,其内心并非替周王朝的前途焦虑。《诗论》认为《小旻》一诗主题是在揭露佞臣们的言不由衷。

第四,简文"《少(小)旻(弁)》、《考(巧)言》,则言谗(间)人之害也",其所论"谗(间)人之害"与《诗·小弁》、《诗·巧言》的主旨有着微妙的差异。关于《小弁》的作者,主要有伯奇、宜臼(或其傅)两说。汉儒赵岐注《孟子》谓"伯奇,仁人而父虐之,故作《小弁》之诗曰'何辜于天',亲亲而悲怨之辞也",

---

① 两周之际政治斗争十分复杂,"周二王并立"的局面曾经持续了较长时间。《雨无正》与《节南山》皆作于二王并立的时期,反映了贵族大臣们无所适从的心态。关于两篇诗作的时代问题,烦请参阅拙作《论平王东迁》(《历史研究》1991 年第 6 期)一文。

② 古本《纪年》。

③ 《诗·雨无正》。

④ 《诗·节南山》。

⑤ 同上。

⑥ 这段简文的断句,专家有歧说。愚以为简中作为重文的"怣"字当读若疑,并且其一字为句,其下之语是对于它的说明。说详本书"专题研究"部分之"《诗论》'〈小旻〉多疑'释义"。

齐鲁诸家说《诗》亦谓诗是周宣王大臣尹吉甫之子伯奇所作①,据《说苑》、《琴操》等所载,伯奇为后母所谮而被逐之说于两汉时期流传甚广。而《诗序》则谓《小弁》"刺幽王也,太子之傅作焉",将诗定为宜臼之傅的作品。朱熹《诗序辨说》谓"此诗明白为放子之作无疑,但未有以见其必为宜臼耳。《序》又以为宜臼之傅,尤不如其所据也"。清儒崔述谓朱熹此言"深得古人慎重缺疑之意"②。我们进而可以用这个诘问来分析前说,谓《小弁》亦未必为伯奇所作。

细绎诗意,可知孟子解《小弁》为亲亲而怨之诗为近是。《小弁》一诗表现了被放逐之子的悲怨。因为诗中有对于父母的埋怨情绪,所以在战国时期的儒家弟子那里,曾有人认为是"小人之诗"。孟子认为这是陋固的观点,而强调"《小弁》之怨,亲亲也。亲亲,仁也","《小弁》,亲之过大者也。亲之过大而不怨,是愈疏也","愈疏,不孝也"③。孟子认为父母有了大的过错,就应当埋怨他们,帮助他们改正,这才是恪守孝道而真正与父母亲近的正确做法,这才合乎"仁"的"亲亲"原则。孟子此论与孔子诗教符合,孔子谓"诗,可以兴,可以观,可以群,可以怨。迩之事父,远之事君"④。所谓"怨",应该就是对于"父"、"君"的讽谏。

既然《小弁》之诗主旨在于表现亲亲之怨,那么,《诗论》简文何以不强调此点呢?这是因为如果强调亲亲之怨,那就有将讽谏的矛头指向周王的可能。依《诗论》作者的观点,讽谏甚至痛斥都是可以的,悲怨也是很自然的,但却有一个批评的矛头指向谁的问题。这矛头指向周天子是不对的;指向父母,也不合适。《诗·巧言》痛斥谗言,斥责佞人十分激烈。《诗论》作者将《小弁》主旨与《巧言》同等看待认为都是揭露谗言离间者的诗作。怀有亲亲之仁的贤子被逐是因为进谗之人的诬陷中伤,而非君父所造成的恶果。简文于此强调"譖(间)人之害",实际上是籍诗意而为周王回护。

第五,《诗论》第 8 号简最后部分有《伐木》一诗的篇名,由内容看,可以与

---

① 参见王先谦:《诗三家义集疏》卷十七。
② 崔东璧:《丰镐考信录》卷七。
③ 《孟子·告子》下。
④ 《论语·阳货》。

第 9 简系连,则 9 号简开端的"实咎于其也"①,当是对于《伐木》一诗的评说之辞。此处的"其"字读若"己","其"与"己"音近义同,可以通假②。因为诗中有"宁适不来,微我弗顾"、"宁适不来,微我有咎"之句,表现了宽人而严己的态度,所以《诗论》谓是诗"实咎于其(己)",姚际恒谓"自反之意,较前益深"③,得之。《伐木》一诗以"伐木丁丁,鸟鸣嘤嘤"起兴,写出在平和气氛中朋友故旧的宴飨之乐,诗意虽明,但诗的具体时代背景却不得确解。如今,《诗论》将其安排于两周之际诗作之列,对于理解此诗是很有帮助的④。

总之,《诗论》第 8 号简将两周之际的诗作排列一起所进行的评说,表现了其作者痛斥佞臣而维护周王权威的态度。除了第 8 号简以外,其他简中也有类似的内容而没有出现相反的例证。如第 9 号简谓"《祈父》之责,亦有以也",《诗·小雅·祈父》表明这仍然是一篇斥责朝臣之作,诗谓"祈父,予王之爪牙。胡转予于恤,靡所止居",意指士兵斥责"祈父(司马)"让其久役于外而不得安居,而自己才是"王之爪牙"——即周天子的卫士,本应受到优待,而你祈父有什么资格让我辗转于忧恤之地呢?《诗论》强调了此诗的谴责完全正确、完全合理。为什么谴责"祈父(司马)"就是正确而合理的呢? 宋儒吕祖谦道出了其中的奥妙:"责司马者,不敢斥王也"⑤。

(四)

《诗序》对于《十月之交》、《雨无正》、《节南山》、《小旻》、《小弁》、《巧言》等诗主旨的解释,与上博简《诗论》的解说,大异其趣。上面所提到的诸篇诗作,

---

① 简文之释,此从马承源先生说(参见《上海博物馆藏战国楚竹书》第一册,上海古籍出版社 2001 年版,第 138 页)。其说谓"孔子独重责己之句",故有此评说。廖名春先生连 8、9 两简作"《伐木》[弗]实咎于其也",谓"此是说《伐木》不是真地咎责于己。此是解'微我有咎'之义"("上海博物馆藏诗论简校释",《中国哲学史》2002 年第 1 期)。

② 参见王引之:《经传释词》卷五。

③ 姚际恒:《诗经通论》卷九。

④ 《伐木》一诗,郑笺谓"(周文王)昔日未居位在农之时与友生于山岩伐木为勤苦之事",前人或谓是赞美文王在位以后"不遗故旧"(孔颖达《毛诗正义》卷九),或谓是周武王"灭商之后,燕群臣之诗"(牟应震:《毛诗质疑·诗问》)。今可谓是诗盖为周平王东迁以后燕群臣故旧之诗。首先,"篇中曰'八簋',曰'民之失德',自是天子之诗"(姚际恒《诗经通论》卷九),"诸父"、"诸舅"之称亦表现出天子的身份;其次,诗中颇有喻指平王东迁之事者,如"民之失德,乾糇以愆",喻东迁途中之艰。如"出自幽谷,迁于乔木",喻从残破的宗周迁于雒邑。再如,诗中充满对于故旧朋友的友情,亦与平王得诸侯群臣之助而复兴周王朝于雒邑后的态度心境符合,东迁后,周天子的无上权威已风光不再,《书·文侯之命》所载周平王对于晋文侯的抚问之语,直可与《伐木》一诗对读。总之,此诗虽非必为周平王自作,但若谓周平王近臣的拟作,则似可信。

⑤ 朱熹:《诗集传》卷十一引东莱吕氏说。

《诗序》皆以"刺幽王"为释,而《诗论》却无一言语及,不唯不提"刺幽王"而且连刺王也不说。按照《诗论》作者的看法,这些诗篇如果有所"刺",那所"刺"的也仅是佞臣逸人之类。《诗论》所表现出的尊王思想与孔子思想是一致的。

孔子的政治理想中每以先王为楷模,周文王更是他赞颂不已的圣王典范。他对于周文化心驰神往,故谓"其或继周者,虽百世,可知也"①,他以文王所开创的周文化的当然继承者自豪,说道:"文王既没,文不在兹乎?"②。《礼记·中庸》谓"仲尼祖述尧舜、宪章文武",确实点明了孔子的"圣王"情结。孔子说:"天下有道,则礼乐征伐自天子出;天下无道,则礼乐征伐自诸侯出。自诸侯出,盖十世希不失矣;自大夫出,五世希不失矣。"③他认为天下有道的盛世应当是周天子有绝对权威的宗法礼乐繁荣的时代,只有那个时代才可以真正算是"天无二日,民无二王"④,所以面对诸侯争霸的春秋时代他常常感到困惑,对于鲁卿季氏潜用王礼"八佾舞于庭",孔子更是痛心疾首,予以斥责⑤。孔子对弟子不讲霸道而只讲王道,所以孟子说:"仲尼之徒,无道桓文之事者,是以后世无传焉。臣未之闻也。无以,则王乎?"⑥。孔子作《春秋》记晋文公在城濮之战胜利之后召周襄王至践土之事,仅书"天王狩于河阳"一语,"仲尼曰:以臣召君,不可以训。故书曰'天王狩于河阳',言非其地也,且明德也"⑦。周襄王明明是应召而至,但孔子却力图为其回护,只说是周天子的巡守之举。孔子的这个记载,隐讳晋文公召君一事的失误,而宣扬其勤王之德,其对于王道的重视,于此可见一斑。

可以说,孔子王权观念的核心是只颂圣王、不批昏君。孔子主张"又(有)国者章好章亚(恶),以视民厚,则民青(情)不忒"⑧。关键在于"章(彰)好"即

---

① 《论语·为政》。
② 《论语·子罕》。
③ 《论语·为政》。
④ 文献记载孔子讲"天无二日,民无二王"之处甚多,如《孟子·万章》上、《礼记·曾子问》、《礼记·坊记》、《礼记·丧服四制》、《大戴礼记·本命》等。
⑤ 见《论语·八佾》。按,《礼记·中庸》谓"发而皆中节谓之和",所谓"中节",即指合乎仁之精神、礼之仪节。
⑥ 《孟子·梁惠王》上。
⑦ 《左传》僖公二十八年。
⑧ 郭店楚简《缁衣》第2—3号简,参见荆门市博物馆编:《郭店楚墓竹简》,文物出版社1998年版,第129页。传抄本《礼记·缁衣》此句作:"子曰:上人疑则百姓惑,下难知则君长劳。故君民者章好以示民俗,慎恶以御民之淫,则民不惑矣。"

表彰正面典型。而圣王就是最有说服力的"好（典型）"，所以值得充分赞颂。他对于弟子的教诲中极少提到桀纣等典型的昏君。然而在社会现实中人们不可能总是生活在圣王的光环下，那么，在遇到昏庸君主的时代，人们该怎么办呢？孔子提倡"邦有道，不废；邦无道，免刑戮"的态度，并且特别赞扬宁武子的明智，说他"邦有道，则知；邦无道，则愚。其知可及也，其愚不可及也"①。孔子认为，对于昏庸君主应当采取不合作的态度，应当隐而不现，"邦有道，贫且贱焉，耻也；邦无道，富且贵焉，耻也"②。孔子说："邦有道，危言危行；邦无道，危行言孙。"③何晏《集解》谓"孙，顺也。厉行不随俗，顺言以远害"。他赞扬卫国大夫蘧伯玉，说："君子哉蘧伯玉！邦有道，则仕；邦无道，则可卷而怀之。"④对于昏庸君主，孔子没有提倡以革命的办法将其赶下台。所谓"汤武革命顺乎天而应乎人"⑤，那只是战国中期儒家的观念⑥，孔子思想中尚未有此点。

孔子删诗，以《诗》作为教授弟子的重要教本，目的在于传授他所理解的王道，孟子所说的"王者之迹熄而诗亡，诗亡然后《春秋》作"⑦，深刻地揭示了孔子删诗、授诗以及作《春秋》的根本思路。可以说孔子所删定的《诗》总是在不停地演奏着"王道"的主旋律。其所作的《春秋》则通过对于乱臣贼子的惩戒而讲述王道，孟子谓"孔子成《春秋》而乱臣贼子惧"⑧，良有以焉。依孔子的看法，学《诗》的作用在于"迩之事父，远之事君"⑨，做到"思无邪"⑩，而只有复兴周的王道才会使思想走上正途。对于周厉王、周幽王这样的昏庸君主，孔子并没有进行直接批评，记载孔子思想最为集中可信的《论语》一书中就找不出此类言论，经孔子删定编次的《书》中亦没有此类篇章，似乎也体现了其赞颂圣王

---

① 《论语·公冶长》。
② 《论语·泰伯》。
③ 《论语·宪问》。
④ 《论语·卫灵公》。
⑤ 《易·革卦·象传》。
⑥ "汤武革命"之语虽出自《易传》，但这种思想似肇端于孟子，《孟子·梁惠王》下篇载"齐宣王问曰：'汤放桀，武王伐纣，有诸？'孟子对曰：'于传有之。'曰：'臣弑其君，可乎？'曰：'贼仁者谓之贼，贼义者谓之残，残贼之人，谓之一夫。闻诛一夫纣矣，未闻弑君也'"，可为其证。
⑦ 《孟子·离娄》下。
⑧ 同上。
⑨ 《论语·阳货》。
⑩ 《论语·为政》。

而回避抨击昏君的基本态度。相反《论语·子张》篇载子贡语谓"纣之不善,不如是之甚也。是以君子恶居下游,天下之恶皆归焉"。孔门师徒于此实用"墙倒众人推"的道理为昏君开脱①。在儒家理论中痛斥厉、幽一类的昏君,已是战国后期的事情,迟至《荀子·成相》篇才有"周幽、厉,所以败,不听规谏忠是害"的说法,表达了对于昏君的义愤。秦汉之际,"过秦"思潮甚盛,由此便发展到对于历史上昏暴君主的抨击,辕固生谓"汤武与天下之心而诛桀纣"②,董仲舒谓"有道伐无道,此天理也"③,司马迁所说"幽厉昏乱,既丧酆镐"④,班固《汉书·古今人表》将商纣王、周厉王、幽王等皆列在最末的九等,都是当时社会观念的代表。在春秋至汉代儒家王权观念变化的背景下,后儒(或者是卫宏)将早期儒家所理解刺佞臣、刺谗人的诗旨,改定为刺王之作,应当是顺理成章的事情。

总之,从浓厚的尊王思想看,《诗论》应当是孔子及门弟子关于乃师授诗内容的记载,也就是说《诗论》的思想内容出自孔子,而撰写文字则应当是其弟子的手笔。《论语》、《礼记》、《韩诗外传》、《新序》等书载有子夏问诗于孔子之事,并深得孔子称赞。前人每以为孔门诗学得子夏而传,"孔子删《诗》,授卜商(子夏)"⑤,"发明章句,始于子夏。其后诸家分析,各有异说"⑥。在分析了上博简《诗论》与传世文献的关系后,李学勤先生说"子夏很可能是《诗论》的作者"⑦,是很可信的说法。

根据以上的讨论,在这里我们还可以附论《诗序》的作者及时代问题。

《诗序》与上博简《诗论》的一个重要区别在于对昏君态度的不同,《诗序》

---

① 《论语》一书所载孔门弟子语常与孔子思想若合符契,《子张》篇全载孔子弟子语,可能是经过筛选的孔门弟子言论精粹。《论衡》两引此言,皆谓孔子之语,可见其符合孔子思想。关于"天下之恶",或将"恶"解为恶人,皇侃《论语义疏》引蔡谟说"圣人之化,由群贤之辅;暗主之乱,由众恶之党。是以有君无臣,宋襄以败;卫灵无道,夫奚其丧。言一纣之不善,其乱不得如是之甚。身居下流,天下恶人皆师之,是故亡也"。皇氏亦谓"若如蔡谟意,是天下恶人皆助纣恶,故失天下耳。若置一纣,则不能如是甚也",后人曾引《左传》昭七年"纣为天下逋逃主,萃渊薮"之语证成此说(见程树德《论语集释》卷三十八)。按,上博简《诗论》指斥"谮(间)人之害",而不提周王之恶,与蔡谟、皇侃等人此说的思路一致。

② 《史记·儒林列传》。
③ 董仲舒:《春秋繁露·尧舜不擅移》。
④ 《史记·太史公自序》。
⑤ 陆玑:《毛诗草木鸟兽虫鱼疏》。
⑥ 《后汉书·徐防传》。
⑦ 李学勤:"《诗论》的体裁和作者",《上博简战国楚竹书研究》,上海书店出版社2002年版,第57页。

每言刺幽王、刺厉王等,而《诗论》则以谴责佞臣逸人为主旨。上博简《诗论》与《诗序》并非一事,这也许可以视为一证。关于《诗序》的作者,专家曾经列举出魏晋至北宋时期的十种不同说法①,其中最有影响的主要是将《诗序》的作者定为子夏或卫宏。从文献关于子夏传诗的记载看,将《诗序》之作溯本于他,不是没有理由的,但在儒学发展过程中最初的《诗序》可能进行过不断的增删改定。《后汉书·儒林传》载:"初,九江谢曼卿善《毛诗》,乃为其训。宏从曼卿受学,因作《毛诗序》,善得《风》、《雅》之旨,于今传于世"。可见,卫宏之《诗序》乃是继承谢曼卿之"诗训"的结果,而谢曼卿之"诗训"则以精研《毛诗》而著称。毛诗渊源起自子夏,所以《汉书·艺文志》谓"毛公之学自谓子夏所传"。《诗序》之作,可以说是子夏承孔子授诗之旨而开其端,经过长期传授流传之后,由东汉初年的卫宏最终改定。由此而论,子夏所作的《诗论》虽然与后来的《诗序》并非一事,但也并非与《诗序》绝无关系。它在流传过程中有可能被后人以解题的形式而分散于诸诗篇之前,并且对于其内容进行增删改定,到了谢曼卿和卫宏的时代最终形成《诗序》。后人每有"大序"、"小序"之分,谓置于每篇之前的首句为大序,余则为小序。这可能与《诗序》的形成有关。最初的序应当是十分简单的,例如,《毛诗正义》卷二载郑玄《邶鄘卫谱》说,这三国之诗,"或以事义相类,或以先后相次序。序注无其明说,难以言之",可知郑玄所见之序是很简单的。而今日三国之诗的序则多指明诗的具体时间,如谓《柏舟》"卫顷公之时"、《燕燕》"州吁之难"、《新台》"(卫宣公)纳伋之妻"等等,郑玄应当是没有见到过这些语言的,否则不会有"序注无明说"之语。这些具体解释应当是郑玄以后所补者,很可能为谢曼卿、卫宏等所补。应当注意的是由《诗论》到《诗序》的演变,其内容的变化是

---

① 江林昌:"上博竹简《诗论》的作者及其与今传本《毛诗》序的关系",《上博馆藏战国楚竹书研究》,上海书店出版社2002年版,第104—105页。按,除了这十种说法之外,宋代著名理学家程颐还曾提出"《诗大序》,孔子所为,其文似《系辞》,其义非子夏所能言也。《小序》,国史所为,非后世所能知也"(《河南程氏遗书》卷二十四),他还指出周王朝史官"得诗于采诗之官,故知其得失之迹",谓孔子曾经对于国史所撰诗序之"有害义理处",进行"删改","今之《诗序》却煞错乱,有后人附之者"(《河南程氏遗书》卷十八)。按,程氏此说,亦只是一种推测,而没有提出有力的证据。20世纪二、三十年代,郑振铎先生曾著长文论证《诗序》大多与诗意不合,其美刺说常常自相矛盾,《诗序》出自东汉卫宏(《读毛诗序》,《古史辨》第三册,上海古籍出版社1982年版,第401页),这里我们可以对于专家之说略作补充的是,东汉盛行清议之风,士人品评人物、议论国事成为风尚,《诗序》的美刺说正是这种时代潮流下顺理成章的产物,而且在此之前,从战国到西汉时期,社会上并没有出现这种语境和习尚。

为儒家基本理论的发展变化所决定的,儒家王权观念的变迁是为其中比较典型的内容。

九 《诗论》"讼平德"释义

《诗论》第 2 号简载:"寺(诗)也,文王受命矣。讼坪(平)德也"[①],马先生的考析虽颇多精义,但是关于"讼平德也"的读法和解释,尚有可以商讨的余地,今提出以下愚见,以求教于方家。

(一)

关于"文王受命矣",马承源先生注谓"今本《毛诗》中记文王受命的诗是《大雅·文王》,在《小明》的首句也曾提到。此残文所论应是《大夏》。"关于"讼"字马先生注谓"即今本《毛诗·颂》的编名。《说文》:'讼,争也,从言,公声,一曰歌讼。'徐锴系传云:'今世间诗本周颂亦或作讼。'东周时可能已有称《讼》、称《颂》不同本。"

这里,我们首先应当讨论的问题是,《颂》的主旨是否与文王受命相联系。依注之意"《讼》之平德,必是指文王武王之德",似指《颂》亦是在歌颂文王受命。其实,讲"文王受命"之诗句,多见于《大雅》,特别是《文王之什》诸篇,而于《周颂》则颇少注目于此。《周颂》载有歌颂文王之诗句,如考析所指出的"在《颂·维天之命》、《维清》和《我将》等诸篇中,都竭力颂扬'文王之德'、'文王之典',《执竞》之'执竞武王,无竞维烈','自彼成康,奄有四方'等等亦是",除考析所指出的以外,我们还可以指出,《周颂》中还有"骏惠我文王,曾孙笃之"、"天作高山,大王荒之,彼作矣,文王康之"、"允文文王,克开厥后"、"文王既勤止,我应受之"[②]等诗句亦热烈歌颂文王,但是细绎这些诗句,可以看出,它们着眼于文王对于周的功绩及其对于后世的影响,并不言其如何接受天命的问题。关于文王受命的诗句内容,第 2 号简简文已经明谓"《大夏(雅)》,盛德也",可见讲文王受命的诗属于《大雅》而非《周颂》。在《大雅》诸篇中讲文王受命之意者可举出一些典型例证:

---

① 参见马承源主编:《上海藏战国楚竹书》(一),上海古籍出版社 2001 年版,第 127 页。
② 见于《诗·周颂》的《维天之命》、《天作》、《武》、《赉》等篇。

文王在上,于昭于天。周虽旧邦,其命维新。有周不显,帝命不时。文王陟降,在帝左右。……命之不易,无遏尔躬。宣昭义问,有虞殷自天。上天之载,无声无臭。仪刑文王,万邦作孚。(《文王》)

天监在下,有命既集。文王初载,天作之合。……有命自天,命此文王。于周于京,缵女维莘,长子维行,笃生武王,保右命尔,燮伐大商。(《大明》)

比于文王,其德靡悔。既受帝祉,施于孙子。……帝谓文王,予怀明德,不大声以色,不长夏以革,不识不知,顺帝之则。(《皇矣》)

文王受命,有此武功。既伐于崇,作邑于丰。(《文王有声》)

文王曰咨,咨女殷商。匪上帝不时,殷不用旧。虽无老成人,尚有典型。曾是莫听,大命以倾。……文王曰咨,咨女殷商。人亦有言,颠沛之揭。枝叶未有害,本实先拨。殷鉴不远,在夏后之世。(《荡》)

以上这些例证,皆见于《大雅》,所述中心意思是谓有悠久历史的周邦在文王时得到上帝的眷顾,代替殷商而成为天下万邦的榜样。

《楚竹书》编号为《孔子诗论》的第二简,是其中最完整的竹简之一,其上部留有七八字的空白,属于专家所称的"留白简",这些留白简包括第2至第7号简共六枚。此简开首的"诗也,文王受命矣"句,可能是某一部分内容的开端,并非如注所说为"残文"。由此也可以考虑到"文王受命"是这一部分的主旨,故而提出加以论说。而《诗》之《颂》主旨不在于颂扬文王受命,所以此简的"讼"字通假为"颂"是比较牵强的,不若径以原来的"讼"字为释较妥。

(二)

《诗论》第2号简中的"讼"通假为"颂"者,亦见于第5、6两简,而第2号简者则应当读若诉讼之讼,而不必通假。其读法也不当如注之谓"讼,平德也",而当读若"讼平,德也",在德字前读断。这种读法所表示的具体意义,指《大雅·绵》诗的"虞芮质厥成,文王蹶厥生"事,正是文王止虞芮之讼事,显示了文王之德。关于虞芮两国相争之事,古代文献的记载大体相同,以《史记·周本纪》所载最为翔实:

西伯阴行善,诸侯皆来决平。于是虞、芮之人有狱不能决,乃如周。

入界,耕者皆让畔,民俗皆让长。虞、芮之人未见西伯,皆惭,相谓曰:"吾所争,周人所耻,何往为,祇「去点」辱耳。"遂还,俱让而去。诸侯闻之,曰:"西伯盖受命之君。"

《绵》篇"虞芮质厥成",毛传"质,成也;成,平也",胡承珙谓"言以所争不平之事,待其平于文王耳。或谓断狱谓之成,虞芮之狱,文王成之。其实文王并未断此狱也"①。简文所谓"讼平",即虞芮之讼为文王所平,(即《绵》之"质厥成")。《说苑·君道》篇载此事并引孔子语谓:

> 大哉,文王之道乎!其不可加矣!不动而变,无为而成,敬慎恭己而虞芮自平。

简文"文王受命矣。讼平,德也"当与《说苑·君道》所载孔子此语相互印证。可以看出《说苑》此说亦渊源有自矣。关于文王断虞芮之讼的影响,《诗·绵》毛传谓"天下闻之而归者,四十余国",这正是周文王发展势力的关键时期,所以郑玄评论"质厥成"事的意义谓"广其德而王业大"(《诗·绵》笺),故而《尚书大传》列其事为"文王受命"之首年,可见古人皆肯定"讼平"之事对于周代王业意义之重大。

(三)

关于第2号简的排序,愚以为不当列入《诗序》部分,而应当在第7号简之前,排入《大夏》部分,理由是,首先,第2号简简文明谓"《大夏(雅)》,盛德也",与第7号简"怀尔明德"的意义是相连的。其次,第2号简简文以"文王受命"为主旨,亦与第7号简所引《大明》诗句"又(有)命自天,命此文王,城(诚)命之也,信矣"若合符契。再次,第2号简末尾的"多言"正与第7号简开始的"怀尔明德害(曷)"成句,意即提出《大雅》之诗为什么一再申"怀尔明德"的问题。可见,第2号简与7号简应当是前后相连的两简,这样排列之后简文如下:

> 寺(诗)也,文王受命矣。讼(颂)坪(平),德也,多言后。其乐安而迟,

---

① 胡承珙:《毛诗后笺》卷二十三。

其诃(歌)绅而篪,其思深而远,至矣! 大夏(雅)盛德也。多言(以上第2号简)怀尔明德害(曷)? 城(诚)胃(谓)之也。又(有)命自天,命此文王,城(诚)命之也,信矣! 孔子曰:此命也夫。文王隹(唯)谷(裕)也,得摩(乎)? 此命也。(以上第7号简)

这段简文之意谓:《大雅》之诗的主旨在于讲文王受命。正如《大雅》中的《绵》诗所谓周文王平虞芮之讼,即其德的表现。《大雅》之诗多言文王之德对于后世的影响。《大雅》诗歌的乐章祥和而舒缓,歌唱的时候以埙、篪等乐器伴奏。《大雅》之诗的思考深邃而辽远,真是达到了最高的境界啊!《大雅》体现了周的盛德。为什么《大雅》多言"怀尔明德"一类的意思呢? 这正是《大雅》的中心内容。正如其《大明》篇所谓"命令来自于上天,将平定天下的重任交付给文王"。这正是天的命令,真是这样的呀! 孔子说:"正是因为文王谦让宽厚,所以才得到了天命。这就是天命啊!"系连之后的简文之义揭示出孔子关于《大雅》之论的主旨,即指明《大雅》在于言文王受命,而文王之所以能够受命而建立周之基业,关键在于他做到了"明德",而平虞芮之讼,正是文王之德的最初的重要表现。孔子历来主张以德治理天下,谓"远人不服,则修文德以来之。既来之,则安之。今由与求也,相夫子,远人不服,而不能来也;邦分崩离析,而不能守也"[1]、"为政以德,譬如北辰居其所而众星共之"[2],他还特别强调文王之德,谓周文王"三分天下有其二,以服事殷。周之德,其可谓至德也已矣"[3]。孔子将"明德"的思想与文王受命说联系一体来深析《大雅》之旨,这就是第2号简、7号简的意义所在。如此看来,关于《诗论》的《大夏(雅)》部分,非如注文所云"仅存此枚(指第7号简)",而应当是存有第2号简、7号简两枚。并且其意义完整,非为残文也。

十　上博简《诗论》与《诗经·黄鸟》探论

上海博物馆藏战国楚竹书的《诗论》的第9号简有论析《黄鸟》的语句,专

---

[1]　《论语·季氏》。
[2]　《论语·为政》。
[3]　《论语·泰伯》。

家或将其定为《诗经·小雅》部分的《黄鸟》篇,本文论析《诗论》简文所提到者当为《诗经·秦风》的《黄鸟》篇。这黄鸟不是那黄鸟,只有确指篇什才能够深入理解简文之意。简文所提到的"反(返)古",在儒家思想中有特指的含意,即复归于古礼,而不是返归故乡。简文称许《黄鸟》一诗的作者对于人殉之事的困惑,指出其"反(返)古"倾向,这对于认识孔子的仁学理论,提供了新的重要数据。

(一)

上博简《诗论》第 9 号简载:"《黄鸣》则困而谷(欲)反(返)其古也,多耻者其忎之虖(乎)?"马承源先生考释谓:简文"黄鸣","疑即今本《毛诗》之《黄鸟》。《小雅·黄鸟》诗句云:'此邦之人,不可与明'、'不可与处'、'言旋言归,复我诸兄'、'诸父'。似与本篇有关。"①廖名春先生考释此句谓:"'困'指'黄鸟''集于谷'、'啄我粱'、'啄我黍','此邦之人,不我肯谷'、'此邦之人,不可与明'。'而欲返其故',也就是'言旋言归,复我邦族','言旋言归,复我诸兄','言旋言归,复我诸父'。"②这两说筚路蓝缕,实属不易。然而,两说虽皆信而有征,但却尚有可以进一步探讨的余地。愚以为确定《简文》所提到《黄鸟》与今传本《诗经》的相对篇什,为至关重要之事,这样才会使相关的研究有一个可靠的基础。

第一,简文所提到的《黄鸟》应当属于《秦风》,而不是《小雅》的《黄鸟》篇。专家将简文提到的《黄鸟》一诗定为《诗·小雅·祈父之什》的《黄鸟》篇,并未言明其根据,愚以为其理由可能在于《诗论》第 9 号简所提到的《天保》、《祈父》、《裳裳者华》等皆属《小雅》,所以简文提到的《黄鸟》亦应当是《祈父之什》的《黄鸟》篇。但是此根据并非坚不可移。这是因为《诗论》简并没有严格按照风、雅、颂的原有次序进行论析,而是以《诗论》作者自己的思路选取相关的篇章进行说明。如第 27 号简所选的《何人斯》属《小雅》而同简的《蟋蟀》《北风》则分别属于《唐风》、《邶风》。与此类似,第 26 号简所提到诸篇则分别属于《小雅》、《桧风》。今传本《毛诗》有两《黄鸟》,从论析内容看,这《黄鸟》不是那《黄鸟》,简文提到者应属《秦风》③。

---

① 参见马承源主编:《上海博物馆藏战国楚竹书》第一册,上海古籍出版社 2001 年版,第 138 页。
② 廖名春:"上海博物馆藏诗论简校释",《中国哲学史》2002 年第 1 期。
③ 将此简提到的《黄鸟》属之《秦风》者,尚有刘信芳先生,但其将简文读若"黄鸟则困,天欲反其古也,多耻者其病之乎"("楚简《诗论》述学九则",简帛研究网 2002 年 7 月 31 日),其释字与释意皆与愚不同。

第二，专家将简文的"古"字通假为"故"，并与《小雅·黄鸟》的"复我邦族"、"复我诸兄"、"复我诸父"等一起考虑，似乎简文"返其古"，即返归故乡之意。应当承认，古、故相通假，于音于义都有根据，《说文》谓"古，故也"，《楚辞·招魂》"反故居些"，注"故，古也"，皆可为证。然而，"故"单独使用的时候，尚未见用如"故乡"之意者。简文"反（返）其古"之意似不可以理解为返其故乡。由此而言，可以说将简文从内容上与《小雅·黄鸟》篇的比附也就没有多少根据。

总之，将简文提到的《黄鸟》与《诗·小雅》之篇的对合是有一定困难的。愚以为若与《秦风》之《黄鸟》对合则比较通畅。为说明此点，先须讨论《秦风·黄鸟》的相关问题，然后再进而探讨它与上博简内容的吻合。兹分论如下。

（二）

《诗·秦风·黄鸟》篇写秦穆公以"三良"为殉之事，其首章谓：

> 交交黄鸟，止于棘，谁从穆公，子车奄息。维此奄息，百夫之特，临其穴，惴惴其栗。彼苍者天，歼我良人。如可赎兮，人百其身。

其后两章格式语言与首章略同。诗意谓：飞来飞去的黄鸟，落在枣树丛。是谁从死穆公？原来是子车氏的奄息。要说这位奄息，真是百夫之中的英雄。临近墓穴，战栗悚动。那苍天呀，怎能叫我们的良人把命送。假如可以赎免，让我一身百死也行！

关于此诗史事，《左传》有载："秦伯任好卒，以子车氏之三子奄息、仲行、针虎为殉，皆秦之良也。国人哀之，为之赋《黄鸟》。"[①]诗中所提到的子车氏及"三良"名以及篇名均与《诗》载同，所以定此诗为秦的国人哀"三良"之作，古今皆无疑义。认识的分歧处集中于对秦穆公以"三良"为殉之事的评说。不同的说法主要有以下四种。

第一，谓此事体现了秦地重然诺的民风。相传秦穆公曾经与群臣宴饮，酣畅淋漓，在尽欢豪爽的气氛中，秦穆公说："生共此乐，死共此哀！"[②]"三良"慨

---

① 《左传》文公六年。
② 《史记·秦本纪》引应劭说。

然许诺。"三良"在秦穆公死后实践了诺言,从死自杀殉葬。由此而言,重然诺、轻生死的三位关西大汉,在殉葬时不会贪生而害怕,所以《黄鸟》诗中所谓"临其穴,惴惴其栗",写的只是国人临近"三良"墓穴的表现,而非"三良"之容状。司马迁或认为这是秦穆公的重"义"之举,说是"穆公思义……,以人为殉,诗歌《黄鸟》"①,这与太史公推崇"侠客之义"②的态度应当是有关系的。班固在论及汉初田横的五百壮士自杀从死之事,谓"旅人慕殉,义过《黄鸟》"③,与司马迁所谓"田横之高节,宾客慕义而从横死,岂非至贤"④的思路完全一致。汉代匡衡亦持这种看法,谓"秦穆贵信而士多从死"⑤。三国时期曹植《三良诗》也申述此意,"功名不可为,忠义我所安。秦穆先下世,三臣皆自残。生时等荣乐,既没同忧患"。照这种说法,此事为秦穆公及"三良"的浩然壮气所致⑥。

第二,谓此事为秦穆公的昏庸之举。此说认为"三良"非自杀而是被秦穆公威逼而死,是"秦穆公杀三良"⑦,而非三良自杀。《左传》的作者曾藉"君子曰"的形式痛斥秦穆公,说道:

> 秦穆之不为盟主也宜哉!死而弃民。先王违世,犹诒之法,而况夺之善人乎?《诗》曰:"人之云亡,邦国殄瘁。"无善人之谓。若之何夺之?古之王者知命之不长,是以并建圣哲,树之风声,分之采物,着之话言,为之律度,陈之艺极,引之表仪,予之法制,教之防利,委之常秩,道之礼则,使毋失其土宜,众隶赖之,而后即命。圣王同之。今纵无法以遗后嗣,而又

---

① 《史记·太史公自序》。按,司马迁于《史记》中既肯定秦穆公及三良的义气,又批评人殉之举,《十二诸侯年表》说:"缪公薨,葬,殉以人,从死者百七十人,君子讥之,故不言卒。"所谓"君子讥之",即指《左传》文公六年"君子曰"对于秦穆公的批评之语。章太炎谓"此《左氏》说经之微言,太史公独得之"(《章太炎全集》二,上海人民出版社1982年版,第332页)。
② 《史记·游侠列传》。
③ 《汉书·叙传》。
④ 《史记·田儋列传》。
⑤ 《汉书·匡衡传》。
⑥ 《吕氏春秋·爱士》篇亦载有秦穆公豪爽的事例:"昔者秦缪公乘马而车为败,右服失而野人取之,缪公自往求之,见野人方将食之于岐山之阳,缪公叹曰:'食骏马之肉而不还饮酒,余恐其伤女也!'于是遍饮而去。"后来,秦晋交战时,秦穆公还得此三百壮士的救援。关于此事,《韩诗外传》卷十和《淮南子·泛论训》所载略同。
⑦ 《史记·蒙恬列传》。

收其良以死,难以在上矣!①

认为秦穆公之所以没有能够称雄于天下,而只能在西戎小霸,关键就在于夺取"善人"(即"三良")性命。汉代人比较普遍地认为杀人以殉是非义之举,如《诗序》谓"国人刺穆公以人从死"、《易林·革之小畜》谓"子车针虎,善人危殆。黄鸟悲鸣,伤国元辅",可谓典型的议论。特别值得注意的是,《左传》的作者指出,这种做法与"古之王者"的做法背道而驰。王仲宣《咏史》诗谓:"自古无殉死,达人共所知。秦穆杀三良,惜哉空尔为。"②亦指明了秦穆公此事的错误。

第三,谓此事的主要责任不在秦穆公,而在于其子秦康公。宋儒谓秦康公不能像魏颗那样遵奉父命而致有三良为殉之事③,或者认为秦穆公曾经宽宥败军之将孟明等人而不诛其罪,所以不可能设想他杀三良为殉,以此理由替秦穆公辩护。清儒姚际恒说:"偏是宋儒有此深文,何也?其意以穆公尚为贤主,康公庸鄙,故举而归其罪。"④他认为宋儒为了替贤主秦穆公回护,而不惜将罪名硬安在秦康公头上。

第四,自清儒开始,每有议论谓此事责任既非在秦穆公,也不在秦康公,而在于夷俗如此,如姚际恒说:"非关君之贤否也,何必为穆公回护而归罪康公哉?"⑤晚清时期王先谦谓"西国书记非洲诸国以人从死,动至无数,英法禁之,然后衰息,盖夷俗如此"⑥,当代专家分析此事亦谓"殉葬蛮俗,由来古已"⑦。

无论如何解释秦穆公以三良为殉之事,都给当时的人和后人留下了难以释怀的困惑。从诗义看,国人痛哀三良为殉固然无可指摘,然而,据《史记·秦

---

① 《左传》的"君子曰"是其作者对于史事的直接评论。关于《左传》的作者,专家或以为是鲁国人(参见赵光贤:"《左传》编撰考",《古史考辨》,北京师范大学出版社1987年版,第178页),或谓《左传》出自曾申、吴起(参见杨柏峻:《春秋左传注》,中华书局1981年版,第52页),或谓出自子夏(参见徐中舒:"《左传》的作者及其成书年代",《左传选》,中华书局1963年版,第341页)。虽然诸说不同,但都肯定出自儒家弟子之手。可以说《左传》的"君子曰"多代表了儒家学派对于史事的看法。

② 《文选》卷二十一。按,曹植《咏史·三良》亦云:"误哉秦穆公,身没从三良。忠臣不违命,随躯就死亡。低头窥圹户,仰视日月光。谁谓此可处,恩义不可忘。路人为流涕,黄鸟鸣高桑。"

③ 春秋前期,魏武子疾病时曾命其子魏颗在自己死后让妾改嫁,病笃时遗命以妾为殉。卒后,魏颗以"疾病则乱,吾从其治"为理由让父妾改嫁而不殉,后来魏颗得父妾之父结草为报(见《左传》宣公十五年)。

④ 姚际恒:《诗经通论》卷七。

⑤ 同上。

⑥ 王先谦:《诗三家义集疏》卷九。

⑦ 陈子展:《诗经直解》卷十一。

本纪》记载,秦穆公死,"从死者百七十七人,秦之良臣子舆氏三人名曰奄息、仲行、针虎,亦在从死之中","三良"之殉固可悲哀,那么其他的一百七十四人呢?《黄鸟》诗三章,分别哀叹奄息、仲行、针虎三人为殉,仅对于"三良"情有独钟,而其他的一百七十四人似均在当殉、可殉之列,《黄鸟》诗于此为什么不赞一词呢?是否能由此而断定《黄鸟》诗的作者以为这些人皆不足挂齿呢?愚以为尚须做进一步的探究。

愚以为分析《黄鸟》一诗的内涵,可以看出诗作者的本质想法,即在于他的深沉的困惑感。

首先,《黄鸟》诗每章的后两句皆作"彼苍者天,歼我良人。如可赎兮,人百其身",由诗意看,所谓"赎",自然只能是赎"良人"。前文提到"人百其身"意即"假如可以赎免,让我一身百死也行",自郑笺以来诸家多如此言,仅高亨先生解谓:"'人百其身',承上句省动词赎字。用一百人赎他一人"①。虽然以上两说皆可通释诗义,都能表明"惜善人之甚"(郑笺语)的态度,但是比较而言,似乎后一说更为恰当些。这是因为,《黄鸟》诗既然不提"从死"的其他一百七十四人,这里再说"用一百人赎他一人",也就是顺理成章的事情。其实,这两句每章的结尾诗句,正表明了《黄鸟》诗作者的深入思考。《黄鸟》诗客观地叙述了"三良"从死秦穆公的情况,"如可赎兮,人百其身"是秦的国人的呼声,他们宁可杀掉百人"从死",也要赎回被杀的一位"良人"。此举可乎?当乎?诗作者心中始终梗着这个无法回答的问题。"如可赎兮,人百其身",写出了秦的国人们的悲愤,也在深层蕴含了诗作者的困惑。

其次,"临其穴,惴惴其栗",是《黄鸟》诗三章反复吟诵的诗句。此句有两解,一是指秦的国人临观"三良"从死的墓穴战栗悚动,"临视其圹皆为之悼栗"(郑笺语);一是指三良临死时的战栗,姚际恒谓"即使临穴惴栗,亦自人情,不必为之讳也"②。无论哪一个解释,都可以说殉葬是惨无人道之举,在墓圹旁,无论是"从死"者,抑或是观看"从死"者,似乎都免不了战栗悚动。如果三良之死是重然诺的豪气使然,那么他们为什么在临死时还会如许恐惧呢?如果是观看"从死"的秦的国人的战栗悚动,那么他们为什么对于"从死"的其他的一

---

① 高亨:《诗经今注》,上海古籍出版社 1980 年版,第 171 页。
② 姚际恒:《诗经通论》卷七。

百七十四人无动于衷呢？《黄鸟》诗叙述此情状，但却没有回答诗作者心中会自然出现的这个问题。

再次，诗句写黄鸟的止栖，亦含有深意。王安石曾经涉及这个问题。他说："始曰'止于棘'，中曰'止于桑'，终曰'止于楚'，则与'出自幽谷，迁于乔木'者异矣，以哀三良所止，不能进趋高义，而终于死非其所也"[①]。三良之殉如果就是重然诺的结果，那也只能算是低层次的德操，是意气用事之蠢举。三良之死，即令展示了秦地重然诺的豪气，"从死"的行为也不能算是正确的，也不值得倡导。宋代苏轼《和陶渊明三良诗》亦揭示此意，谓："此生泰山重，忽作鸿毛违，三子死一言，所死良已微。""我岂犬马哉，从君求盖帷。杀身固有道，大节要不亏。君为社稷死，我则同其归，顾命有治乱，臣子得从违。魏颗真孝爱，三良安足希。"[②]诗中"止于棘"之类"死非其所"的喻指，应当是可以表明诗人意旨的。然而在众口一词地齐声颂扬三良豪然壮气的时候，诗人又如何能够表达出其理性的思考呢？率直而盲目的情感冲动掩盖了理性，这种历史现象并非于此仅见。《黄鸟》诗作者的困惑应当也包括了这个方面的内容。

（三）

《诗论》简文谓"《黄鸟》则困而谷（欲）反（返）其古也"，其所提到的"困"，愚以为正是前面我们所分析的诗句所表现出来的诗作者的深沉困惑，这比《诗序》所谓此诗为"刺穆公"之说更合乎诗意。

在儒家理论中，"困"表示一种疑惑状态，《论语·季氏》"困而学之"，集解引孔安国说"困谓有所不通"。"困"所造成的"不通"，有时候可以让人心力交瘁，所以《广雅·释言》谓"困，瘁也"。《孟子·告子》下谓"困于心，衡于虑，而后作"，赵注"困瘁于心，横塞其虑于胸臆之中，而后作为奇计异策"。《黄鸟》诗表明其作者将对于秦穆公以三良为殉之事的多重困惑融入于诗句之中，《诗论》指出《黄鸟》诗的作者处于"困"的状态，显然比《诗序》的美刺说要深刻得多。

《诗论》简文还指出，《黄鸟》的诗作者为走出困惑而寻找的出路是"反（返）其古"。复古思想是儒家基本理论思路。孔子曾经盛赞"古之道"，并且以"古"

[①] 《诗义钩沈》卷六。
[②] 转引自《吕氏家塾读诗记》卷十二，《四部丛刊续编》本，上海商务印书馆1934年版。

之美善与"今"之不良相对比①,他所阐发的"克己复礼",也具有较为浓厚的复古倾向。在各种礼仪中,儒家对于葬礼尤为重视,经常称引古礼以说明当时的葬制,如《礼记·檀弓》篇载季武子语"合葬,非古也",载孔子语"吾闻之,古也墓而不坟"、"吾闻之,古不修墓",还载有"君子"语谓"古之人有言曰'狐死正丘首',仁也"等等。《檀弓》还记载了不修墓的古俗,指出当时为丘墓芟草修治的做法非古之道,谓"易墓,非古也",还谓"帷殡,非古也",认为哭殡时围上帷幕不合乎古礼。孔子虽然在有些场合"从众",但大多数情况下还是以复古倾向占主要地位,就各种礼仪而论,他多认为今不如古②。

对于礼仪的变化,孔子的基本思想是复返于古之道,如《礼记·礼器》篇载:

> 礼也者,反本修古,不忘其初者也。故凶事不诏,朝事以乐,醴酒之用,玄酒之尚,割刀之用,鸾刀之贵,莞簟之安,而稾鞂之设。是故先王之制礼也,必有主也,故可述而多学也。

这里所说的"返本修古",就是返归于先王礼制,这个思想深合孔子"克己复礼"之旨,其所谓"述而多学"亦与孔子"述而不作"之旨一致。为什么礼仪应当"反其所自始"③、"返本修古"呢?这是因为儒家认为礼仪的精神在于"反其所自生"④,在于追寻事物之本源及其本然。先秦儒家认为,"古之制礼也,经之以天地,纪之以日月,参之以三光,政教之本也",不唯如此,礼仪的目的还在于

---

① 《论语·八佾》篇载:"子曰:射不主皮,为力不同科,古之道也。"《论语·里仁》篇载:"子曰:古者言之不出,耻躬之不逮也。"孔子还以自己"好古"而自豪,谓自己"述而不作,信而好古","非生而知之者,好古,敏以求之者也。"(《论语·述而》)孔子还常常将"古"之美好与"今"之不善相对比,如谓"古之学者为己,今之学者为人"(《论语·宪问》),"古者民有三疾,今也或是之亡也,古之狂也肆,今之狂也荡。古之矜也廉,今之矜也忿戾。古之愚也直,今之愚也诈而已矣。"(《论语·阳货》)这些都表明孔子实借古说今,希望今人继承古人的美善传统。
② 《礼记·中庸》载孔子语"愚而好自用,贱而好自尊,生乎今之世,反古之道,如此者,灾及其身者也",似乎是在断定"反(返)古之道"为非,其实细绎上下文意可知,孔子于此所说是强调必行周礼而不要返归于夏商,朱熹解释此语谓:"当是时,周室虽衰而人犹以为天下之共主,诸侯虽有不臣之心,然方彼此争雄,不能相尚,下及六国之未亡,犹未有能更姓改物,而定天下于一者也。则周之文轨,孰得而变之载?"孔子此处非议"反古之道",实是批评不用周礼,与孔子的复古思想并不矛盾。
③ 《礼记·乐记》。
④ 《礼记·礼器》。

"教民不忘本也"①。这些阐述表明,"报本反始"②就是儒家祭礼的基本指导思想,此正如《礼记·祭义》所谓"天下之礼,致反(返)始也"。儒家强调以优秀传统指导现实社会,对于儒家学派中人来说,"今人与居,古人与稽;今世行之,后世以为楷"③,就是其行为准则之一。儒家将其基本的人生态度与政治观念都与"古"相系联,如儒家所提出的格物、致知、诚意、正心、修身、齐家、治国、平天下的基本原则据《大学》说就是"古"人所实践过的真理。总之,就儒家理论看,"反(返)始"、"返本"、"反(返)古"义皆相涵相通,都渗透着复归传统的情结。

《礼记·祭义》篇载,孔子弟子宰我向孔子请教为何祭祀鬼神的问题,孔子有一大篇言语作答,其中谓:

> 教民反古复始,不忘其所由生也。众之服自此,故听且速也。……教民相爱,上下用情,礼之至也。……君子反古复始,不忘其所由生也。是以致其敬,发其情,竭力从事以报其亲,不敢弗尽也。……于是乎取之,敬之至也。古者天子诸侯……所以致力,孝之至也。

孔子认为祭祀典礼的本质意义就在于"教民反(返)古复始",只有如此才能够达到礼、敬、孝的最高境界,由此可见,"反(返)古"正是孔子思想的一个重要命题。

对于孔子"反(返)古"思想的认识,可以帮助我们理解上博简《诗论》所谓"困而谷(欲)反(返)其古"的真正意义。简文之意应当是指《黄鸟》诗表明了对于以人为殉的葬礼、葬俗的困惑,走出困惑的出路就在于"反(返)其古",返归合乎礼仪的随葬的古代礼俗。

(四)

就上古时代葬俗看,人殉、人祭的现象虽然出现得较早,但孔子认为它是晚近的事情,而古代并不如此。这集中表现于孔子关于"俑"的看法上。《孟子·梁惠王》上篇载:

---

① 《礼记·乡饮酒义》。
② 《礼记·郊特牲》。
③ 《礼记·儒行》。

> 仲尼曰:"始作俑者,其无后乎!"为其象人而用之也。如之何其使斯民饥而死也。

就人殉、人祭的历史发展过程看,本来是先有人殉、人祭,再进而使用"俑"为替代物的,但是孔子却将其弄颠倒了,认为是先有"象人"的"俑",然后再有了人殉、人祭,使用人为牺牲随葬或祭祀是对于"俑"的模仿。汉儒赵岐解释孟子上述语句谓:"俑,偶人也。用之送死。仲尼重人类,谓秦穆公时以三良殉葬,本由有作俑者也。夫恶其始造,故曰此人其无后嗣乎,如之何使此民饥而死邪。孟子陈此以教王爱民。"[①]过去曾有人断定《孟子》所载孔子此语只是在表明孔子主张用人,而反对以"俑"随葬,证明孔子是站在奴隶主贵族的立场在说话。这种看法完全是误解。从孔子思想的核心——"仁"学理论看,孔子最为强调对于他人的爱。连使用"象人"的"俑",他都痛斥,怎么能够设想他主张用人随葬呢?于此,《礼记·檀弓》篇的一个记载很能说明问题:

> 孔子谓为明器者知丧道矣,备物而不可用也。死者而用生者之器也,不殆于用殉乎哉!其曰明器,神明之也。涂车刍灵,自古有之,明器之道也。孔子谓为刍灵者善,谓为俑者不仁,不殆于用人乎哉!

孔子认为那些制造"明器"——供随葬的非实用器物——的人很懂得丧葬之道,虽说准备了各种器物,但又不可实用。现在丧葬死去人的拿实用器物随葬,这不就和用活人随葬差不多了吗!所以制作"明器",只是为了供奉神明。使用泥做的车、草扎的人马随葬,这是自古就有的规矩,才真正合乎"明器"之道。孔子肯定扎草人者心地善良,而制作"俑"的人不仁,这是因为雕刻和人十分相似的"俑"随葬,近乎用真人来殉葬。针对当时以人(或俑)殉葬的情况,孔子主张复古,恢复到用"涂车刍灵"(泥做的车、草扎的人马)随葬,而不用"象人"的"俑"。

认识到孔子对于丧葬之礼的复古思想,对于我们理解简文很有帮助。所

---

① 赵岐:《孟子·梁惠王》上篇注。

谓"困而谷(欲)反(返)其古",意即《黄鸟》一诗在于表明其作者因为困惑而返归以"涂车刍灵"随葬的"古之道"的欲望。

（五）

简文"多耻者其忎之"是对于上句的进一步申说。理解此句的关键在于弄清楚"多耻者"及"忎"字的意义。兹分述之。

在儒家观念中，"耻"本来指人的羞怍状态，所以《说文》将耻、辱两字互训。孟子特别强调"耻之于人大矣"，人必须具有羞耻之心，"人不可以无耻，无耻之耻，无耻矣"[1]，孔子曾经将"耻"作为士的标准之一，谓"行己有耻，使于四方，不辱君命，可谓士矣"[2]。所谓"行己有耻"，即自己的行为因为心知有耻而有所不为。有所不为，就是自我所划定的一条必然自觉地不去跨越的道德底线。从另一个角度看，"耻"还可以激励人去奋发有为。有了辱耻之心，就可能决心改正错误，而不会破罐子破摔，这正如孔子所说"物耻足以振之，国耻足以兴之"[3]、"知耻近乎勇"[4]。这也正如《孟子·告子》下篇所说："人恒过，然后能改，困于心，衡于虑，而后作"。

春秋时人曾将"明耻"作为获取战争胜利的一项保证[5]。春秋中期晋国召请士会返国，士会为人所称许的优秀品质之一就包括"贱而有耻"[6]。春秋战国时人常常指明哪些行为属于"耻"的范畴，如秦穆公在享礼之后告诫其随从的大夫说，"为礼而不终，耻也。中不胜貌，耻也。华而不实，耻也。不度而施，耻也。施而不济，耻也。五耻之门不闭塞者，不可以封国为诸侯也"[7]。再如《礼记·杂记》下篇谓"君子有五耻：居其位，无其言，君子耻之；有其言，无其行，君子耻之；既得之，而又失之，君子耻之；地有余，而民不足，君子耻之；众寡均而倍焉，君子耻之"，可见被划入"耻"的范畴者既有个人的品行德操，又有国家的面貌和社会发展水平。战国后期，社会舆论曾将"耻"列为国之"四维"之

---

[1] 《孟子·尽心》上。
[2] 《论语·子路》。
[3] 《礼记·哀公问》。
[4] 《礼记·中庸》。
[5] 参见《左传》僖公二十二年。
[6] 《左传》文公十三年。
[7] 《国语·晋语》四。

一,成为立国的一个精神支柱①。

"耻"可以从两个角度给人们提供鉴戒,一是,耻即辱,有了耻辱而奋进努力,春秋时期为了使国家或君主免遭(或解脱)耻辱而拼搏奋斗之事不绝于史,可为其证;郭店楚简载有"望生于敬,耻生于望,悧生于耻"②,意谓景仰之意生于崇敬,羞耻之心生于景仰,振奋精神生于羞耻之心。这与孔子所谓"知耻近乎勇"的思想是完全一致的。二是,耻即羞,有了这羞辱感,就会自觉地不去做那些道德卑下的事情。儒家讲道德修养的时候特别强调这后一个角度的认识。"耻"这条道德底线,既能够让人知道哪些事情不可去做,又可以让人知道应当去做哪些事情,这种辩证关系即孟子所说的"人有不为也,而后可以有为"。③

孔子曾以"胜而不文"、"胜而无耻"、"文而不惭"④分别点明夏商周三代文代的不足之处,可见"耻"和"文"、"惭"一样也是一种道德形态。简文"多耻",其用例犹言"多文"、"多惭"。就人的道德修养看,"无耻"类于卑鄙,而"有耻"则近乎高尚。简文的"多耻者",意指那些很有羞耻之心的人,也就是那些道德高尚的人。简文的"多耻者"具体是谁呢?应当就是指的《黄鸟》一诗的作者以及那些跟此诗作者有相同认识的人。他们对于秦穆公以"三良"为殉之事有诸多困惑。

简文"忞"字,专家或释为"病",似可再议。郭店楚简《老子》甲本第36简有"疠"字,从方从疒,可读为病,但上博简此字不从疒而从心。如众所知,楚简中表示某种心理状态之字,常附加心旁。所以此字当从以方为音的表示心理活动的诸字中考虑其意,如访、谤、仿、妨等,意皆可通。然而,愚以为简文"忞"

---

① 见《管子·牧民》。
② 郭店楚简《语丛》二,参见《郭店楚墓竹简》,文物出版社1998年版,第203页。李零先生指出,此处的"望"字,"从文义看,应是与'敬'含义相近的词,这里疑是景仰之义。'悧',疑读'烈'('悧'是来母之部字,'烈'是来母月部字),是刚烈之义"(《郭店楚简校读记》,北京大学出版社2002年版,第172页)。按,此说可从。望字本身就有盼望、敬仰之义,《诗·都人士》"万民所望"、《诗·卷》"令闻令望"、《荀子·天论》"望时而待之"等,皆为其例。关于"悧"字,愚以为读烈,固然可取,但若读"厉",似乎更好一些。《史记·田世家》"陈厉公"索隐指出,即《陈家》之利公,"利即厉也"。《论语·卫灵公》"必先利其器",《汉书·梅福传》引作"厉"。是皆为利、厉相通假之例。厉为砺之本字,刃具得磨砺则利,故"利"与"厉"不仅古音相近、声纽相同,而且义亦相涵。厉字有振奋、踊起之意,是为简文"悧"所取焉。
③ 《孟子·离娄》下。
④ 见《礼记·表记》。

字,可以径读如《诗·鹊巢》"维鸠方之"之方,毛传"方,有之也",得之①。

综上所述,简文"《黄鸟》则困而谷(欲)反(返)其古也,多耻者其忎(方)之虚(乎)?"其意当谓:《黄鸟》之诗表明了其作者因困惑而欲返于丧葬古道的愿望,颇多羞耻之心的高尚者该是有这种愿望的吧?

孔子所创立的仁学理论,表明了他对于人的极度关爱,对于人的价值的高度重视。春秋战国之际社会形态正发生着深刻变革,人的身份正由氏族之人逐渐变为个体之人,个体生命的重要性已经在不断增强。孔子充分重视人的价值,将其仁学理论概括为"爱人"②。上博简《诗论》关于《黄鸟》一诗的评论,为孔子仁学理论提供了新例证。郭沫若先生指出秦穆公虽然曾"把人的价值提到最高点",但是"穆公自己死的时候偏偏要教三良从葬。这不一定就是秦穆公自己的矛盾,这只是时代的矛盾的反映。秦穆公的时代应该是新旧正在转换的时代,这儿正是矛盾冲突达到高潮的时候。像这样,《秦誓》在高调人的价值,《黄鸟》同时也以痛悼三良,所以人的发现我们可以知道正是新来时代的主要脉搏"③。《黄鸟》的诗作者在关爱生命、重视人的价值的社会大潮中所产生的深沉困惑,为孔子所首肯,所以赞赏其为"多耻者"。孔子认为"仁"的最高境界虽然可望而不可即,但对于一般人而言,只要理解得多些,实行得多些,也就可以算做到"仁"了。孔子谓"仁之为器重,其为道远,举者莫能胜也,行者莫能致也。取数多者,仁也"④。《黄鸟》的诗作者,其作为"多耻者",也正是于"仁"的"取数多者"。

总之,上博简《诗论》第9号简所提到的《黄鸟》当即《诗·秦风》之《黄鸟》篇,而非属于《小雅》者。简文载:"《黄鸟》则困而谷(欲)反(返)其古也,多耻者

---

① 《鹊巢》的这个"方"字,戴震谓"古字方、房通。房之,犹居之也"(《毛诗补传》卷二),王引之谓其说非是。王引之云"方,当读为放"意为依(参见《经义述闻》卷五)。今按,王氏之说虽甚辨,但毛传之说并不因此而废。即令读若放,意为依,可是其与"有"之意亦相涵。"维鸠有之"与"维鸠依之"之意并不矛盾。简文此字,周凤五先生谓"当读为'方'。《论语·宪问》:'子贡方人。'《释文》引郑本作'谤',训'言人之过恶'。……或读为'妨',害也;其人为多耻者所害,忧逡畏讥而思归也,亦通"("《孔子诗论》新释文及注解",《上博馆藏战国楚竹书研究》,上海书店出版社2002年版,第159页)。按,周凤五先生此说比释"病"为优,然亦未达一间,不若径读为"方"。

② 参见《论语》的《学而》、《颜渊》、《阳货》等篇。

③ 郭沫若:《中国古代社会研究》,引文见《郭沫若全集·历史编》第一卷,人民出版社1982年版,第153页。

④ 《礼记·表记》。

其忿之虙(乎)？"系孔子向弟子阐发《黄鸟》一诗的主旨。他指出《黄鸟》一诗表达了诗作者的困惑及其复返古道的意愿,富于羞耻之心的德操高尚者本来就会有这样的思想。上博简《诗论》的这些评论,对于研究孔子仁学与诗学思想及《黄鸟》诗的深层含意都有较大意义,值得我们充分重视。

十一 《诗论》"雀(截)服"与《诗·杕杜》篇考析
——附论春秋战国时期社会结构松动问题

上博简《诗论》论及《诗·杕杜》篇,谓是篇与"雀(截)服"有关,并谓是篇的"情熹"达到了极致。就《诗·杕杜》的内容看,关于其主旨的释解,朱熹的"求助"说比序、笺的"刺时"说为优,而王安石、姚际恒等的求助于宗族、兄弟之说又胜于朱熹的求助于他人之说。简文的"雀(截)"可读若绝,所谓"雀(绝)服",即《礼记·大传》的"绝族无移服"之意,指超出了"五服"的亲族关系,意与"绝族"相当。《诗经》诸篇常表现"复我邦族"的呼唤,对于同族兄弟友情的盼望。《诗论》两简关于《杕杜》篇论析,深入指出了走出宗族者失去兄弟间的怡怡之乐所产生的幽怨情绪,此种幽怨正反衬了兄弟间怡怡之情的宝贵,故谓"情熹之至也"。兹对于以上论断试做如下分析。

上海博物馆藏战国楚竹书《诗论》简有两处提及《诗·杕杜》者,分别见于第20号简和第18号简,简文谓：

吾以《折(杕)杜》得雀(截)服……。（第20号简）
《折(杕)杜》则情熹之至也。（第18号简）

马承源先生将"折"字释为"杕"字的"传抄之误"[1],是正确的。关于简文《折(杕)杜》之所指,有三种说法,第一,马承源先生以为即《小雅·鹿鸣之什》之《杕杜》篇。第二,专家以为简文之《杕杜》即《唐风》之《杕杜》篇,如廖名春先生释第20号简文谓"《小序》：'《杕杜》,刺时也。君不能亲其宗族,骨肉离散,独

---

[1] 马承源主编：《上海博物馆藏战国楚竹书》（一）,上海古籍出版社2001年版,第148页。

居而无兄弟,将为沃所并尔。'"①,这里所提到《小序》之文,正属于《唐风·杕杜》,可见廖先生将简文提到之篇定为属于《唐风》者。第三,周凤五先生和李零先生则将此篇定为属于《唐风》的《有杕之杜》篇,而非《杕杜》篇②。比较而言,愚以为第二说较妥。今略陈关于简文必当指《唐风·杕杜》篇的理由,并进而讨论简文"雀(截)服"之意以及《唐风·杕杜》所反映的那个时代社会结构的松动、孔子及儒家弟子对于时代大变动的态度等问题。

（一）

为了说明问题方便,我们有必要先来讨论《唐风·杕杜》篇的主旨问题。此篇共两章,为《诗》中最简短的诗篇之一,今具引如下：

> 有杕之杜,其叶湑湑。独行踽踽。岂无他人,不如我同父。嗟行之人,胡不比焉。人无兄弟,胡不佽焉。
>
> 有杕之杜,其叶菁菁。独行睘睘。岂无他人,不如我同姓。嗟行之人,胡不比焉。人无兄弟,胡不佽焉。

前人关于此诗主旨的理解颇有歧义,《诗序》持"刺时"说,并将所"刺"具体落实为讥刺春秋初年晋君,谓"《杕杜》,刺时也。君不能亲其宗族,骨肉离散,独居而无兄弟,将为沃所并尔",郑笺更将"晋君"落实为晋昭公。清儒李庶常为序、笺说回护,谓"沃地大,当时若裂之以封宗族,使食采其中,必无尾大之患。计不出此而尽予成师,如《扬之水》序有分国之词,且又半有晋国而宗族之无位禄者固多矣,此其所以为不亲宗族而骨肉离散"③。按,两周之际晋国政局变化集中于被封在曲沃的晋国小宗尾大不掉,最终吞并大宗。晋昭公元年(前745年)晋昭公"封季父成师于曲沃"④。成师是晋昭公叔父,被封在曲沃,称为曲沃桓叔。就宗族关系看,成师为晋昭公之近亲,晋昭公将重地封给他,《诗序》

---

① 廖名春:"上海博物馆藏诗论简校释",《中国哲学史》2002年第1期。
② 周凤五:《〈孔子诗论〉新释文及考析》,《上博馆藏战国楚竹书研究》,上海书店出版社2002年版,第162页。李零:《上博楚简校读记》,《中华文史论丛》2001年第4辑(总第68辑),上海古籍出版社2002年版,第9页。
③ 李庶常:《毛诗紬义》,《皇清经解》卷一千三百三十七。
④ 《史记·十二诸侯年表》。

和郑笺以为晋昭公"不能亲其宗族",实与史实相悖,不足为据。

与"刺时"说不同,朱熹持"求助"说,谓此诗为"无兄弟者自伤其孤特而求助于人之词"。然而,求助于何人呢？于此的理解,则有不同说法。或谓为求助于他人,即宗族以外之人。诗中的"行人"犹行路之人、涂之人、道之人,意指非本宗族之人。如朱熹谓"嗟叹行路之人,何不闵我之独行而见亲,怜我之无兄弟而见助乎"①。或谓求助于同父、兄弟之人。如王安石谓"既无同父,虽有他人,犹独行也。同姓虽非同父,犹愈于他人耳"②。吕祖谦亦谓:"苟以它人为可恃,则嗟彼行道之人,胡不自相亲比也？"③依此义,所求助者非诗所谓的"行人",而是宗族、兄弟。清儒姚际恒谓是诗为"不得于兄弟而终望兄弟比助之辞"④,方玉润谓是诗主旨为"自伤兄弟失好而无助","言我独行无偶,岂无他人可共行乎？然终不如我兄弟也。使他人而苟如兄弟也,则嗟彼行道之人胡不亲比我而人无兄弟者胡不佽助我乎？"⑤俞樾曾将诗中的两"不"字作为"语词",谓:诗言"彼涂之人胡亲比之有？人无兄弟,胡佽助之有？"⑥此论可为王安石说的佐证。

今按,由诗意而论,朱熹的"求助"说比序、笺的"刺时"说为优,而王安石、姚际恒等的求助于宗族、兄弟之说又胜于朱熹的求助于他人之说。诗谓"有杕之杜,其叶湑湑"⑦,"有杕之杜,其叶菁菁",皆以常见于道路侧畔的甘棠树起兴⑧。此下诗意,朱熹颇有传神之解说,谓"言俅然之杜,其叶犹湑湑然,而人无兄弟,则独行踽踽,曾杜之不如矣"⑨,其下诗句依王安石等的解释,谓为涂行之他人不是没有,但皆不若如宗族的兄弟能够亲密帮助于我。如果说求助

---

① 朱熹:《诗集传》卷六。
② 邱汉生辑校:《诗义钩沉》,中华书局1982年版,第88页。
③ 吕祖谦:《吕氏家塾读诗记》卷十一。
④ 姚际恒:《诗经通论》卷六。
⑤ 方玉润:《诗经原始》卷六。
⑥ 俞樾:《群经平议》卷九。
⑦ 关于"湑湑"、"菁菁"之意,毛传谓前者为"枝叶不相比也",郑笺谓后者指"希(稀)少之貌",皆未确。《诗·裳裳者华》"其叶湑矣",毛传以"叶盛貌"释之,《诗·菁菁者莪》郑笺"长青之者",皆可证此处传笺之释都是以曲说迁就附于《诗序》(说详黄焯《诗疏平议》卷四)。
⑧ "杜"即甘棠树,又称赤棠,《召南·甘棠》毛传"甘棠,杜也",《尔雅·释木》"杜,赤棠"可证。《唐风·有杕之杜》"有杕之杜,生于道左","有杕之杜,生于道周",《召南·甘棠》谓召公循行南国时憩于甘棠树下,皆可证甘棠常植于道旁。
⑨ 朱熹:《诗集传》卷六。

者已经脱离了其宗族,则诗中所表现的他的盼望正是对于宗族兄弟之情的渴求。

(二)

对于兄弟之情的渴求与《诗论》简的"雀㝵(服)"有什么关系呢?

《诗论》第 20 号简"雀㝵(服)"的"雀"字,专家有读若爵、诮、截等歧释。许全胜先生读其为截,似乎更妥当些①。《说文》截字从雀从戈,与断互训。上博简《诗论》第 27 号简载"可斯,雀之矣","可斯"即《诗·何人斯》的省称。《何人斯》一诗表现了与为鬼蜮般的逸人的决断意志,故简文评论其主旨为"截之矣"。此简更证明了简文"雀"读截之可取②。"㝵"字已残,但从其所保留的字的上部看,与上博简《缁衣》第 1 号简的㝵字的上部酷似,李学勤先生将其释为"㝵(服)"③,是正确的。或释为"见"字,疑非是。《说文》"截,断也",而断与绝字同出一源,皆从断丝取意,只不过有从刀与从斤的区别而已。截、绝古音皆月部字,截读若绝应当是没有太大问题的。愚以为简文"雀㝵"当读若"绝服"。

"服"本来是宗法制度下丧服制度的一个词语。它表示穿着丧服的样式、质地、时间等内容。不同的规格丧服,表示着亲疏远近不同的亲属关系。丧服中最重的称为斩衰(子女对父母、妻对夫等),以下依次有齐衰(为继母、为祖父母等)、大功(为堂兄弟、堂姊妹等)、小功(为祖和父辈的兄弟等)、缌麻(为同高祖的族人及为同族兄弟等疏远亲属),合斩衰共称为五服。服丧的时间依五服之次从三年降至三月不等。《礼记·大传》说:

> 四世而缌,服之穷也。五世袒免,杀同姓也。六世亲属竭矣。其庶姓别于上,而戚单于下,……绝族无移服,亲者属也。

这段的意思是,经过高祖、曾祖、祖父、父亲这四世直到自己一辈,丧服至"缌麻"已经到了尽头,所以说"四世而缌,服之穷也"。族人的亲情关系都集中在斩衰至缌麻等五服之内,五服到了缌麻已至终限。若参加出了五服的族人的

---

① 许全胜:"《孔子诗论》零拾",廖名春编:《新出楚简与儒学国际学术研讨会论文集》,清华大学思想文化研究所印本,第 134 页。
② 详细论析参见本书"专题研究"部分之"《诗论》之'雀'与《诗·何人斯》探论"。
③ 李学勤:"《诗论》简的编联与复原",《中国哲学史》2002 年第 1 期。

丧礼,只在丧礼上左袒、带免(以布扎发缠头)致哀就行了,不用穿丧服。所谓"杀同姓",即同姓的族属关系的削减。经过不断地"杀"(削减)。到了六世,亲属关系已经"竭矣",完全消失。所以说从五服制度看,同姓氏的各支家族从上开始分别,休戚与共的族属亲情也依次递减,直至出了五服之后的断绝。所谓"绝族"即超出五服,不再有同宗族属关系,如同高祖的族兄弟间尚有缌麻之服的关系,但同高祖的族兄弟之子相互间已无族属关系,他们一辈相互间的关系可谓"绝族"。"绝族无移服"即"族昆弟之子不相为服"[①]。所谓"移服"当即"服术"中的"从服",即本无直接的亲属关系而被延及而服丧。如果族属关系断绝,那么丧服关系就不再延及。所谓"亲者属也",意即"有亲者各以属而为之服"[②]。这段文字表明,亲族关系是丧服的基础,反过来说,丧服亦即亲属关系的标识。五服即表示服丧之人为同一宗族者,如果超出了五服,那就是超出宗族关系。

《诗论》简的"雀(绝)服",愚以为即《礼记·大传》的"绝族无移服"之意。绝字,《说文》训为"断丝"。先秦时期"绝"字的使用虽然有断绝之意,但更多的是用如竭、尽。如《庄子·渔父》"绝力而死","绝力"即用尽了力气。《论语·尧曰》"继绝世","绝世"指尽绝了其宗子禄位的卿大夫世家。《管子·七法》"威绝域之民",绝域指远得不能再远的地方,到了地域的尽处。《老子》第十九章"绝学无忧","绝学"指停止弃绝学问,而非从中将学问断开。《论语·卫灵公》"在陈绝粮","绝粮"指粮食竭尽。以上这些例证皆说明先秦时期"绝"字多不指从中间断开,而是指到了尽头,不再延续。简文"雀(绝)服"之绝当指亲族关系已经竭尽。"绝服"指超出了"五服"的亲族关系,意与"绝族"相当。

(三)

从周公制礼作乐开始大规模实行分封制与宗法制以降,到了春秋后期,宗法制度下的一般宗族已经有了五六百年的发展历史。宗法制保证了宗族的不断分化繁衍。春秋时期社会上,就某一宗族而言,超出五服关系的族人日渐增多,特别是有些士人率先走出了宗族的藩篱,而不再是从属于自己姓氏的宗族的一员,而成为社会上独立的个体。这种变化意味着宗法制度的趋于没落,宗

---

① 《礼记·大传》郑注。
② 《礼记·大传》孔疏。

法观念趋于淡薄。春秋时期社会结构尽管依然是大大小小的宗族盘根错节居于主导地位,但它却显示了松动迹象。如果说在严密的宗法制度下,没有不属于宗族的人员为社会一大特征的话,那么,在春秋时期则出现了越来越多的个体的(而不是某一宗族的)"人"。

关于当时社会成员的复杂面貌,我们可以从《管子·问》篇窥见一些情况,《问》篇是一个社会调查提纲,其所调查的内容有:

> 问国之弃人何族之子弟也？问乡之良家,其所牧养者几何人矣？问邑之贫人债而食者几何家？问理园圃而食者几何家？人之开田而耕者几何家？士之身耕者几何家？问乡之贫人何族之别也？……外人之来从而未有田宅者几何家？国子弟之游于外者几何人？……外人来游在大夫之家者几何人？

当时在城邑("国")中居住的和在乡野居住的一些人已经不知道他们原来属于何族,所以要调查他们原先的族别,弄清楚他们是"何族之子弟"、"何族之别"。卿大夫之家和乡野地区的富人已经让外来的贫人为其"理园圃",他们"牧(收)养"的人数已经不少,所以要调查依附于他们的到底有多少人。有些人离开了自己原来居住的都邑而到别处谋生("游于外"),所以要调查这样的人有多少。《国语·齐语》曾载有管仲与齐桓公论如何治理齐国的问答,管仲关于治理民众的建议主要有两项,一是"四民(士、农、工、商)者,勿使杂处",二是"定民之居"、"三十家为邑,邑有司;十邑为卒,卒有卒帅;十卒为乡,乡有乡帅;三乡为县,县有县帅;十县为属,属有大夫"。过去以为这些就是春秋初年齐桓公时期的齐国情况,现在看来,这应当是战国时期人们,特别是稷下学宫的学者们,对于齐国情况的追述,其中虽然不乏齐桓公时期的情况,但其主要者可能是战国时期齐国社会情况的反映。《管子·小匡》篇关于"定民之居"的问题亦有类似的说法:

> 士、农、工、商四民者,国之石民也,不可使杂处,杂处则其言咙,其事乱。是故圣王之处士必于间燕,处农必就田野,处工必就官府,处商必就市井。

士农工商的杂处与齐国竭力推行的伍鄙制度都表明战国时期齐国宗族的势力和影响正在衰退,正由于四民"杂处",所以齐国才具备了实行伍鄙制度的社会基础。在周代诸侯国中,齐国是工商业发展较早且较好的国家的代表,社会结构的松动自然比其他国家快些。

春秋时期最初走出本氏族的应当主要是属于士阶层者。在孔子弟子中,受业之后不回到原来的宗族而是赴卿大夫之家为家臣者不在少数,可以说他们凭借自己的知识谋生,已经与原来的宗族没有太多的联系[①]。而孔子自己也是这方面的一个典型。孔子仕鲁为中都宰、司空、大司寇等,都不是靠自己宗族的影响,而是靠自己的知识能力而任职者。当然他在这些职位的时间都不长,这也与他没有强大的宗族背景有关。春秋时期社会上还有事音乐舞、工商的人应当也是走出了本宗族的人,如《左传》成公九年载:

> 晋侯观于军府,见钟仪。问之曰:"南冠而絷者,谁也?"有司对曰:"郑人所献楚囚也。"使税之。召而吊之。再拜稽首。问其族。对曰:"泠人也。"公曰:"能乐乎?"对曰:"先父之职官也,敢有二事?"

钟仪世以"乐"为职业,问他属于什么"族",他说不上来,只说自己是"泠人(乐官)",对于他来说,"族"的观念已经十分淡薄。

春秋时期宗族势力虽然仍占有主导地位,并且拥有着巨大影响,但不少卿大夫宗族已经衰落,如春秋后期晋国有名的卿大夫宗族"栾、郤、胥、原、狐、续、庆、伯降皂隶",又如晋国叔向的宗族本来有十一族,到了春秋后期,这十一族里面"唯羊舌氏在而已"[②]。卿大夫宗族的变化,特别是一些传统的强宗大族的衰落,加速了宗法制度下社会结构的松动。

[①] 《吕氏春秋·博士》篇载:"宁越,中牟之鄙人也,苦耕稼之劳,谓其友曰:'何为而可以免此苦也?'其友曰:'莫如学。学三十岁则可以达矣。'宁越曰:'请以十五岁。人将休,吾将不敢休;人将卧,吾将不敢卧。'今以宁越之材而久不止,其为诸侯师,岂不宜哉?"宁越将学成的知识为诸侯国服务以免"耕稼之劳",这可能是春秋战国之际多数士人的共同之路。儒家弟子"为诸侯师"和卿大夫谋臣者不在少数。他们出身非必高贵,但却凭借知识而走出了宗族。

[②] 《左传》昭公三年。

春秋时期社会结构松动给予人际关系的影响主要表现在宗族成员内部关系的逐渐趋于疏远和作为个体的社会成员间联系的加强。关于这一点可以从"朋友"与"兄弟"观念的转换中大略窥知。西周时期,"朋友"多指同族兄弟[1],而春秋时期"朋友"的范围则超出了同族兄弟的界限。春秋时人谓"士有朋友"[2],指士有辅佐之人,则可知朋友非必为同族兄弟。孔子说他自己的志向是"老者安之,朋友信之,少者怀之",子路说自己的志向是"愿车马衣轻裘与朋友共,敝之而无憾"[3],子夏说人学习之后应当做到"与朋友交,言而有信"[4],子游说朋友之间应当保持一定距离,否则的话,"朋友数,斯疏矣"[5]。孔子谓"朋友切切偲偲,兄弟怡怡"[6],将朋友与兄弟分得十分清楚。与西周时期"朋友"类于"兄弟"的情况大异其趣的是春秋战国时期"兄弟"则类于"朋友"。《论语·颜渊》篇载:

司马牛忧曰:"人皆有兄弟,我独亡。"子夏曰:"商闻之矣:死生有命,富贵在天。君子敬而无失,与人恭而有礼。四海之内皆兄弟也——君子何患乎无兄弟也?"

司马牛之兄向魋,欲弑宋君,素称凶恶,多行不义,早晚必亡。所以司马牛认为自己没有"兄弟",而子夏用"四海之内皆兄弟"之辞宽慰司马牛,其间之意指明四海之内的人都可以是兄弟,非必有血缘关系的同族之人才算是兄弟。孔门大贤曾子亦有类似的言论:

曾子门弟子或将之晋,曰:"吾无知焉。"曾子曰:"何必然!往矣。有知焉谓之友,无知焉谓之主。且夫君子执仁立志,先行后言,千里之外,皆为兄弟。苟是之不为,则虽汝亲,庸孰能亲汝乎!"[7]

---

[1] 参见朱凤瀚:《商周家族形态研究》,天津古籍出版社1990年版,第306—311页。
[2] 《左传》襄公十四年。
[3] 《论语·公冶长》。
[4] 《论语·学而》。
[5] 《论语·里仁》。
[6] 《论语·子路》。
[7] 《大戴礼记·曾子立事》。

无论是"千里之外",抑或是"四海之内",其范围都远远超出了宗族。曾子强调既令不是同宗族之人,但只要是立志行言的君子,人们都会以兄弟待你。

宗族对于其个体成员来说,既是挡风遮雨的保护伞,又是束缚其自由的绳索。走出宗族奔向社会,这固然可以达到广阔天地自由发展,但这个天地里面的风险却远较保护伞下为大。在广阔天地风雨苦痛中,走出宗族者常常留恋宗族内人际关系的淳朴友爱,向往宗族内部秩序的和谐平衡,这种情感表现于诗歌中,最典型的可算是《小雅·黄鸟》篇:

  黄鸟黄鸟,无集于谷,无啄我粟,此邦之人,不我肯谷。言旋言归,复我邦族。

  黄鸟黄鸟,无集于桑,无啄我粱。此邦之人,不可与明。言旋言归,复我诸兄。

  黄鸟黄鸟,无集于栩,无啄我黍。此邦之人,不可与处。言旋言归,复我诸父。

诗中集中体现的情感是强烈希望"复我邦族",与同宗族的"诸兄"、"诸父"和谐静谧幸福生活在一起。这是游子盼归的呼唤,是走出"围城"者对于城内生活的留恋。离开宗族者,无论是自愿走出者,抑或是被抛弃者,他们对于宗族都存在着复杂的"围城"情结,都存在一种莫名其妙的幽怨。我们在《诗经》中所见到的这种情结,除了"复我邦族"的呼唤以外,还有对于兄弟友情的盼望。《诗·常棣》篇所谓"凡今之人,莫如兄弟。死丧之威,兄弟孔怀。原隰裒矣,兄弟求矣",《伐木》篇所谓"伐木丁丁,鸟鸣嘤嘤。出自幽谷,迁于乔木。嘤其鸣矣,求其友声,相彼鸟矣,犹求友声。矧伊人矣,不求友生",可谓将对于兄弟友情的企盼表达得淋漓尽致。这种思想与儒家理论是合拍的、一致的。子夏所谓"四海之内皆兄弟",曾子所谓"千里之外皆为兄弟"所表达的情感是对于走出宗族者的安慰,并不是对于宗族的否定。

(四)

上博简《诗论》第 20 号简:"吾以《折(杕)杜》得雀(爵)服",系残文。由竹简情况看,在"服"字之下尚残缺五六字。在《诗论》简中,"吾以《某某》得……"是一个固定的叙述格式,如:

吾以《葛覃》得氏（初）诗，民眚（性）古（固）然。（第16号简）

吾以《甘棠》得宗庙之敬，民眚（性）古（固）然。（第24号简）

[吾以《鹿鸣》得]币帛之不可迲（去）也，民眚（性）古（固）然。（第20号简）

上引前两例据李学勤先生考释，后一例方括号内所增补文字为愚所论，请参见本书第20号简的考释。如果仿上引第二例，则《诗论》第20号简的残文可复原如下：

吾以《杕杜》得雀（绝）服[之怨，民眚（性）古（固）然。]

在简文"𝇇（服）"字之下正有五六字的缺残，可补齐如上。关于《杕杜》一诗，我们在前面已经分析过它的主旨不是"刺时"，而是求助于宗族兄弟之诗，既然简文指明此诗与"雀（绝）服"有关，那么可以推测《杕杜》一诗所叙述的是绝服之后与宗族兄弟不复存在密切联系的人的幽怨情绪的表达。它与《小雅·黄鸟》篇对于"兄弟"的企盼，有着相同的时代与社会背景。

孔子有"诗，可以兴，可以观，可以群，可以怨"（《论语·阳货》）的说法，关于此"怨"之义，前人多谓指刺时、讥上。其实除了刺时、讥上以外，怨所包括的内容还有很多，就《诗》诸篇言，就还有征夫之怨、弃妇之怨等，《杕杜》篇所表现的绝服离族之怨，亦犹此类。当然，这样的"怨"尚属幽婉，而非怒目切齿般的叫骂。

(五)

《诗论》简关于《杕杜》篇的评析除了上述的第20号简以外，还见于第18号简"《折（杕）杜》则情憙之至也"。关于此处的"憙"字，李零先生径释为"喜"[1]，廖名春先生释为"嘻"，并谓"《说文·言部》：'嘻，痛也。''情嘻之至也'即'情痛其至也'，必情沉痛到了极点。《杕杜》'独居无兄弟'，故有此说"[2]。今按，这两说于音读上是毫无问题的。但是，前一说径释为喜，当表示心情喜

---

[1] 李零："上博楚简校读记"，《中华文史论丛》第68辑，上海古籍出版社2002年版，第10页。

[2] 廖名春："上海博物馆藏诗论简校释"，《中国哲学史》2002年第1期。

悦,与《杕杜》一诗的幽怨情绪不谐。而后一说谓表示"心情沉痛到了极点",似亦不够妥当。

愚以为简文"憙"字之释,不必改心旁为言旁,也不必省略其心旁,而应当移其心旁于左,楷写为"憘"字。憘字通嘻,可作为叹声之词表示和乐之貌。此处的"憘"字当读若怡。喜与台古音皆属之部,故而"憘"字可以读若怡。将其读若怡不仅于音训可通,而且还有古代文献的证据。如,《论语·子路》"朋友切切偲偲,兄弟怡怡",《大戴礼记·曾子立事》作"朋友切切,兄弟憘憘",可证憘与怡相通。

在人际关系中,朋友之间与兄弟之间虽然有一定的相同之处,但其区别也是十分明显的。《诗·常棣》毛传"兄弟尚恩,怡怡然;朋友以义切切然"。孟子云:"父子之间不责善,责善则离。离则不祥莫大焉!""责善,朋友之道也。"① 所谓"责善",即劝勉从善,犹今语之批评。父子之间以亲情系连,相互间关心提携帮助而不指责。而朋友之间则可以指责批评以合乎于"义"。刘宝楠《论语正义》谓"合夫子此语观之,是兄弟亦不可责善",可谓正确的推论。兄弟之亲情类于父子,皆有血缘关系在,所以兄弟间应当怡怡然同心同德,而不是切切偲偲于相互批评。儒家十分重视兄弟之情,曾子谓"君子视死若归。父母之仇,不与同生;兄弟之仇,不与聚国;朋友之仇,不与聚乡"②,兄弟关系之重要于此可见一斑。孟子讲君子人生有"三乐",居于首位的就是"父母俱在,兄弟无故"③,到了战国后期,虽然社会结构状态已有了重大变化,但荀子依然十分重视兄弟关系,他说:"君臣、父子、兄弟、夫妇,始则终,终则始,与天地同理,与万世同久,夫是之谓大本。"④将兄弟关系列为天地间永世长存的根本原则("大本")之一。

需要指出的是,在战国秦汉以后个体家庭占主导地位的时代,与其前的宗法家族时代,家庭内部的兄弟关系虽然都是重要的,但在宗法家族时代同族兄弟间的密切关系在后世却不大能见到。孔子所说的"兄弟怡怡"指的是同族兄弟,而非仅仅是同父母的兄弟,它的范围要比后世大了不少。而这一

---

① 《孟子·离娄》上。
② 《大戴礼记·曾子制言》上。
③ 《孟子·尽心》上。
④ 《荀子·王制》。

点正反映了宗法封建制时代宗族发挥着重大影响这一特色。《诗论》第 18 号简"情憙（怡）"的"情"，依孔子"兄弟怡怡"的说法，只能限定于兄弟之情。由《诗·杕杜》篇对于"同父"、"同姓"兄弟的呼唤看，简文所谓"情憙之至"正指达到顶点的同族兄弟间的情感。孔子认为《诗·杕杜》篇就是这种情感的表达。

我们前面指出《诗论》第 20 号简的简文当补齐为"吾以《杕杜》得雀（绝）服之怨"，它与第 18 号简的内容是否有矛盾呢？表面看来，一为幽怨之绪，一为怡怡之乐，似乎不可并存，但究其实际则可知正是在对于失去兄弟间的怡怡之乐后才产生了幽怨情绪，此种幽怨正反衬了兄弟间怡怡之情的宝贵，故谓"情憙之至也"。反过来说，也正是由于这种兄弟之情宝贵，所以失去它才无比怅惘无比幽怨。否则的话，如果一种并不值得宝贵的情感缺失的话，哪还会有什么幽怨可言呢？

总之，上博简《诗论》关于"雀（截）服"的相关论析可以与《诗·杕杜》篇相互印证发明。《诗经》诸篇常表现"复我邦族"的呼唤和对于同族兄弟友情的盼望。《诗论》两简关于《杕杜》篇论析，深入指出了走出宗族者失去兄弟间的怡怡之乐所产生的幽怨情绪，此种幽怨正反衬了兄弟间怡怡之情的宝贵，故谓"情憙之至也"。此篇内容对于我们分析认识春秋战国之际社会结构的深刻变迁以及这个变迁时代人们的情感的复杂变化，具有重要意义。孔子及其弟子，在这个大变革时代，没有沉湎于对美好传统的追忆并反对社会变革，而是顺应这个社会变革，提倡人们在走出宗族以后不要忘记同族兄弟间那种淳朴情感。这种同族兄弟间的怡怡之情是一种伦理美德，而非恶行。儒家对于这种情感的重视是对于社会变迁的正确态度的表现。

十二　《诗论》"《人之》怨子"考析
——附论逸诗的若干问题

上博简《诗论》"人之怨子"是对于《人之》一诗的评论。《左传》的相关记载表明，此诗应当是为春秋后期人们比较熟知的齐国子尾、高强父子之事而作。在流传的过程中，此诗的大部分混入《瞻卬》篇，小部分混入《小宛》篇。我们将这些内容析出整理后，可以基本看出《人之》一诗的原貌。《诗》中所佚篇什有些是其内容误入它诗因而失名的结果,上博简《诗论》所提到的《仲氏》《人之》等就是比较典型的一个例子。今试做探讨如下。

（一）

上博简《诗论》第27号简载：

> 孔子曰：《蟋蟀》智（知）难,《中(仲)氏》①君子,《北风》不绝,《人之》怨子,《立不》,……。

这段简文的"孔"字之前有墨钉,依例墨钉下当为另一新段落的开始。所以可断定此简的"孔子曰"之后当为孔子对于若干《诗》篇的集中评述,与其前的内容并不属同一章节。简文"孔子曰"之后所反映的《诗论》中这类评述颇有特色,即评述语言十分简短,一般只有一个字或两个字,三个字者已属少见,此可由《诗论》第29号简和第26号简的简文得到明证,廖名春先生将这两简依次列在第27号简之后②,是有道理的。

第27号简"《北风》不绝"之后的文字今所见有两种释读,都和简文"不绝"相联系。一是廖名春先生读若"《北风》不绝,人之怨子,泣不……",将这段话作为孔子对于《北风》篇的进一步评析。二是李零先生将其系连于简文"不绝"之后读若"《北风》不绝人之怨,《子立》不……"③。这两种读法虽然皆有可取之处,都能从《诗·北风》篇得到比较合理的印证。然而,此处皆尚有进一步探讨的余地,其主要问题在于这两种释读与我们上述的简文所载孔子这类评诗的简短用词(少至一二字)之例不合。愚以为从这类用词之例出发,似可以提出如下一种新的释读,以供专家进一步研究时参考。这种释读是在简文的"《北风》不绝"后断句④,下面的简文可以读若：

---

① 《诗论》第27号简的"中氏",此据李学勤先生说释为《仲氏》篇名,见其所著"《诗论》简的编联与复原"《中国哲学史》2002年第1期）一文。另有李零先生和廖名春先生释为《螽斯》篇名,其说见李零著《上博楚简校读记》(《中华文史论丛》第68辑,上海古籍出版社2002年版)和廖名春著"上海博物馆藏诗论校释"(《中国哲学史》2002年第1期）。

② 参见廖名春：《上海博物馆藏诗论校释》,《中国哲学史》2002年第1期。

③ 李零：《上博楚简校读记》,《中华文史论丛》第68辑,上海古籍出版社2002年版,第3页。

④ 在简文"不绝"之后断句,应当是可取的。《诗论》的第29号简载《涉溱》其绝",可见"其绝"、"不绝"之类完全可以作为诗篇评析用语。所以27号简的"《北风》不绝"当依29号简评论《涉溱》篇之例来断句,而不必探下连读。

《人之》怨子。《立不》……。

这个释读的关键是将"人之"二字作为《诗》的篇名。我们前面指出的孔子于简文中的用词之例,表明这样的释读具有能够成立的可能性。

从《诗论》简引诗的情况看,其所提到的篇名与今本《诗经》基本一致。马承源先生在考释时所列出的《竹书本与今本诗篇名对照表》①,就证明了这一点。但是也有篇名不一或简文篇名于今本《诗经》所无的情况存在。这后一种情况于《诗论》简文中可以看到两个显例。第一例是见于第 27 号简的《中(仲)氏》。李学勤先生已经指出,此诗的内容"系指今传本《燕燕》的第四章"②。第二例是第 29 号简的《河水》。《河水》一诗见于《左传》僖公二十四年,史载,这一年晋公子重耳在秦穆公面前为取得秦的支持而赋此诗。杜注:"《河水》,逸诗。义取河水朝宗于海。海喻秦。"《河水》之诗名见于《诗论》简,表明在孔子的时代此诗尚未亡佚③。如今,我们将第 27 号简的"人之"和"立不"释为篇名,不仅可以用简文的《仲氏》、河水》作为旁证而增加了我们释读其为篇名之能够成立的可能性,而且还为逸诗添了新例证。

愚以为《人之》一诗的情况和《诗论》同简提到的《仲氏》一篇的情况类似,即它并没有完全佚失,而是因为错简而混入于它诗。据我的考察,这首诗的内容,至少应当包括了今传本《诗经》的《小宛》篇的第二章和《瞻卬》第五章的最后两句及其第六章。我们将这些内容整理后,可以看出《人之》一诗的大致情况:

人之齐圣,饮酒温克。彼昏不知,壹醉日富。
人之云亡,邦国殄瘁。天之降丧,维其优矣。
人之云亡,心之忧矣。天之降丧,维其几矣。
人之云亡,心之悲矣。觱沸槛泉,维其深矣。

---

① 参见马承源主编:《上海博物馆藏战国楚竹书》(一),上海古籍出版社 2001 年版,第 160 页。
② 李学勤"《诗论》与《诗》",廖名春编:《清华简帛研究》第二辑,清华大学思想文化研究所 2002 年 3 月印本,第 29—31 页。
③ 关于《河水》一诗,《国语·晋语》四韦注谓为《诗·沔水》之误。今得《诗论》可证韦昭注此说不确。

《人之》的"之",作为篇名在《诗》中有不少类似的例证。最直接的证据是《周颂·敬之》。此外,将"之"字用于篇题者亦多有所见,如《扬之水》、《定之方中》、《麟之趾》、《苕之华》等等。《人之》一诗取诗中数章的章首二字为题,应当说合乎《诗》篇命名之例。

《人之》一诗若依照我们复原的情况,当谓全诗四章,章四句。我们如此复原《人之》一诗不仅于《诗论》简文的词例方面得到佐证,而且可以从今传本《诗经》相关内容的分析方面得到佐证。此佐证中比较有力的一点,那就是《人之》一诗的内容若依今传本《诗经》的安排,分散在《小宛》和《瞻卬》两篇,而这些诗句在这两篇里面实为赘疣,若除去这些诗句反而觉得逻辑通畅、文从字顺。以下我们将对此点分别进行探讨。

(二)

我们先来分析《诗·小宛》的相关问题。

今传本《诗经·小宛》属于《小雅·小旻之什》。《小宛》的内容主题,《诗序》谓"大夫刺宣王",郑笺则谓"刺厉王",皆将其纳入"刺王"作品之列。序、笺此说,后人多不相信。朱熹即指出,"此诗之词最为明白,而意极恳至。说者必欲为刺王之言,故其说穿凿破碎,无理尤甚。今悉改定。"[1]朱熹认为"此大夫遭时之乱,而兄弟相戒以免祸之诗"[2]。此诗原本六章,除其第二章外,各章之意皆与主题相合,首章谓"念昔先人,明发不寐,有怀二人",是兄向弟叙述对于父母("二人")的怀念。其第三章谓"教诲尔子,式谷似之",为兄告弟教诲其子。第四章云"夙兴夜寐,无忝尔所生",为兄勉励其弟"各求无辱于父母"(朱熹《诗集传》语)。第五、六两章,亦申述劝勉兄弟"惴惴小人,如临于谷,战战兢兢,如履薄冰",持谨慎小心的态度对待各种事情。上述各章意义连贯,切合主旨。可是,其第二章则与此主题距离甚远。其章谓"人之齐圣,饮酒温克。彼昏不知,壹醉日富。各敬尔仪,天命不又",其意"暗刺君臣纵酒,失仪败德,将

---

[1] 当代专家陈子展先生排斥朱熹此说,谓朱说是"腐儒尊王说教而攻《毛序》,亦已甚矣"(《诗经直解》卷十九,复旦大学出版社1983年版)。但是,细绎诗意还是以清儒陈启源所说较妥。陈氏谓"《朱传》尽扫诸说,定为兄弟相戒之诗。合之诗词,其为相似"(《毛诗稽古编》卷十三)。高亨先生谓此诗是周代一个小官,"作诗以自伤,并劝告他的兄弟"(《诗经今注》,上海古籍出版社1980年版,第291页),说与朱熹同,亦较平实。

[2] 朱熹:《诗集传》卷十二。

致灭亡"①,不似兄弟间语。特别是"天命不又"一语,更有问题,故前人谓"惟天子受命于天耳,大夫戒其弟可妄称天命乎？下复云时王以酒败德,臣下化之,故首以为戒。仍不能脱'刺时'义矣"②。以"天命"用于此处的不妥,作为致疑理由,虽然未必尽是,但亦能看出前人对于此章纳入《小宛》一诗的怀疑已经存在。总之,《小宛》诗的第二章之意于全诗扞格不谐,将其除去则诗意贯通矣。此外尚有先秦文献记载中的两个材料可以说明,今传本《诗·小宛》的第二章很可能与其他各章本非属一诗。

第一,《国语·晋语》四载,秦穆公在宴请晋公子重耳的时候,曾经"赋《鸠飞》",韦注:"《鸠飞》,《小雅·小宛》之首章","言己念晋先君洎穆姬不寐,以思安集晋之君臣也"。可见在春秋时期,今传本《诗经·小宛》篇又名《鸠飞》。篇名既然有异,那么,诗之章句亦异当非绝无可能之事。

第二,《左传》昭公元年载,晋卿赵文子与楚令尹会见时,"赋《小宛》之二章",杜注:"《小宛》,《诗·小雅》。二章取其'各敬尔仪,天命不又',言天命一去,不可复还,以戒令尹。"杜预认为,赵孟所赋即今传本《诗经·小宛》的第二章。他这个说法是很有问题的。我们只要认真分析一下当时的政治形势,就可以看出赵孟不大可能赋此章以为答辞。由此可以推测,《左传》所载赵文子当时所赋的"《小宛》之二章",并非今传本所见的"人之齐圣"章,而应当是今传本的第三章。以下我们可以对于相关史事进行一些必要的分析,以求说明赵文子赋诗的内容问题。

史载鲁昭公元年(前541),在宋召开了有十四个国家参加的"弭兵大会",晋、楚为大会的主持者。代表楚国与会的是时任令尹之职的楚公子围(即后来的楚灵王)。代表晋国与会的是晋卿赵文子。楚在会上气焰炽盛,鲁国使臣曾被楚拘捕,后得赵文子力请而获释。楚公子围意欲攫取楚王之位,出于实现自己意愿的考虑,他宴请赵文子,目的在于跟晋国缓和关系,创造有利的外部环境,以利于自己攫取王位计划的实现。而赵文子一方面感谢楚公子围因晋之请而释放了鲁国使臣,另一方面也希望顺应时代潮流而能够实现晋、楚"弭

---

① 陈子展:《诗经直解》卷十九,上海复旦大学出版社1983年版。
② 陈启源:《毛诗稽古编》卷十三。

兵"。所以双方在宴享时皆有意结好,而无意于争竞①。在宴请赵文子的时候,楚公子围先赋"《大明》之首章",此章诗句是:

> 明明在下,赫赫在上。天难忱斯,不易维王。天位殷適,使不挟四方。

杜预注以为楚公子围赋此章,意在表现自己对于楚国王位的志在必得,不确。此章之意在于说明天意难测,楚公子围赋此,在于表现对于前途未卜的担心。这是外交场合谦谨的表示,而非盛气凌人要摆出吵架的样子。在楚公子围赋诗之后,赵文子赋"《小宛》之二章",依杜注,此章内容当即:

> 人之齐圣,饮酒温克。彼昏不知,壹醉日富。各敬尔仪,天命不又。

若果真是此章,则赵文子实即指责楚公子围只知昏庸地饮酒作乐,天命不佑("又")助公子围这样的人。若此,则赵文子不啻是极度昏头昏脑,以怨报德,故意与宴请他的人吵架,完全背弃了其初衷。杜注谓赵文子赋此,"言天命一去,不可复还,以戒令尹"。其实,"天命不又",指天命不佑助,并非天命不再来。且赵文子以晋卿而"戒令尹",亦不合乎其身份。但是,如果换另一种考虑,即赵文所赋并不是"人之齐圣"章(即今传本《诗·小宛》的第二章),那又该如何呢?如果假定除去"人之齐圣"章,则他所赋的便应当是今传本《诗·小宛》的第三章:

> 中原有菽,庶民采之。螟蛉有子,蜾蠃负之,教诲尔子,式谷似之。

此章之意,朱熹谓指明"善道人皆可行","不似者可教而似"②。按照春秋时赋诗往往断章取义之例,赵文子于此实从中原之菽人皆可得取意,暗示楚公子围愿望可以实现。无论是从春秋时期的外交辞令的需要,抑或是从赵文子的赴宴态度看,都可以说,他赋"中原有菽"章完全合乎其身份与外交辞令的要求。

---

① 在弥兵大会以后,周卿刘定公不满意赵文子对楚国忍让的态度,说他"为晋正卿而侪于隶人,朝不谋夕"(《左传》昭公元年),可见赵文子在弥兵会上确实没有与楚直接竞争的意思。
② 朱熹:《诗集传》卷十二。

而赋"人之齐圣"章,则与此截然相反,并无什么可能。

以上这些分析,可以表明,在春秋后期,在孔子之前,"人之齐圣"一章并不属于今传本《诗·小宛》篇。上博简《诗论》启发我们考虑到,就是在孔子编定《诗》的时候,此章也还没有属于《小宛》。从毛传与郑笺的情况看,很可能迟至汉代毛诗流传时,此章才混入《小宛》之篇。今得《诗论》简文之证,将此章取出,正可复孔子时此篇《诗》的原貌。

(三)

下面我们来讨论《诗·瞻卬》篇的相关问题。

关于《瞻卬》一诗的主旨及背景,《诗序》谓"凡伯刺幽王大坏"。此处的"凡伯"之说,后世学者多谓无实据,可存疑,但对于"刺幽王"之说,则皆无疑义。仅朱熹更具体分析诗义,谓此为"刺幽王嬖褒姒任奄人以致乱之诗"①。清儒姚际恒驳正朱熹此说,谓"褒姒实有其人,实由以致乱,寺(按,指朱氏所说的"奄人")则史无其文,诗以'妇寺'连言者,大抵内有女宠,寺人密迩,自必因缘为奸,不过带言之,非所重也。今实以奄人,与褒姒并举为言,然则何人乎?"②方玉润赞赏姚氏说,谓朱熹若闻此问题,当"无以为对"③。总之,如果将朱熹说中的"任奄人"之义去掉,可以说,他的说法实代表了古今一致的意见。关于此诗的时代背景,我们可以由是诗首章"孔填不宁,降此大厉"的说法,进行一些推测。史载,周幽王二年(前780),"西周三川皆震","三川竭,岐山崩"④。据周大夫伯阳父预计,周王朝"若国亡不过十年,数之纪也"⑤。历史的发展果然如此,周幽王十一年(前771),在内外矛盾交织之下,周幽王被杀于骊山下,西周王朝正式灭亡。从《瞻卬》一诗情况看,此诗当作于周幽王二年至八年(前780—前774)之间⑥。此时褒姒权势炽盛,所以诗中有"哲妇倾城"(第二章)之

---

① 朱熹:《诗集传》卷十八。
② 姚际恒:《诗经通论》卷十五,中华书局1958年版,第317页。
③ 方玉润:《诗经原始》第七,中华书局1986年版,第568页。
④ 《国语·周语》上。
⑤ 同上。
⑥ 周幽王时期的历史,史载有阙。据《左传》昭公二十六年正义引《汲冢书纪年》周幽王末年曾经出现过"周二王并立"的局面。至迟在周幽王八年的时候,太子宜臼已经投奔"西申"其外祖家。所以推测《瞻卬》一诗作于三川大地震以后至宜臼奔逃之前。关于周幽王时期极为复杂的社会形势的分析,参阅拙稿"论平王东迁"(《历史研究》1991年第6期)一文。

说,此时三川大地震已经发生,故诗中谓"昊天"、"降此大厉"(首章)。

然而,细绎诗意可以看出,诗人的主旨并不在于埋怨昊天,而是强调一切灾难皆由长舌妇所引起,故诗第三章云"妇有长舌,维厉之阶。乱匪降自天,生自妇人",而昊天则是没有什么责任的,故诗第五章谓"天何以刺"("天有什么可以被指责的呢")。正是长舌妇弄得天怒人怨,昊天因此才降下"大厉"。诗的末章谓"藐藐昊天,无不克巩"①,意指昊天虽然高远,但却能洞察一切,控制一切。所以,天的作为总是令人恐惧,令人敬畏。由这个主旨我们可以看到,诗的第六意,实与其相悖。此章谓"天之降罔,维其优矣"、"天之降罔,维其几矣",意即昊天之网是那样的宽大优厚呀,昊天之网又是那样的关怀切近呀。其他几章中所出现的令人恐惧之"昊天",于此则是仁慈宽厚之天。此章非属于《瞻卬》一诗,此可谓其内证。再从此章内容上看,主要讲诗人自己的忧愁("心之忧矣"、"心之悲矣"),而不是指责长舌妇的危害。亦可谓另一项内证。

我们将《瞻卬》诗中以"人之"开首的诗句析出之后,其诗的分章的情况则变为全诗六章,三章十句,一章六句,一章八句。这种章句不一的情况于《诗》中习见,仅《瞻卬》篇前后就有《小旻》、《抑》、《桑柔》、《卷阿》等例。

依照郭店楚简和上博简的实例,我们还可以对于《人之》篇混入它诗的情况进行一些猜想。郭店楚简的儒家经典类的简文,如《缁衣》、《六德》等每简约22至24字。上博简《缁衣》每简约40余字。据此,我们可以推测,属今传本《诗·瞻卬》一诗的"人之云亡,邦国殄瘁。天之降罔,维其优矣。人之云亡,心之忧矣。天之降罔,维其几矣。人之云亡,心之悲矣"这40个字,原为一支竹简之文。不知道在什么时候,因简散乱而被抄手混入《瞻卬》诗中。而今传本《诗·小宛》的"人之齐圣,饮酒温克。彼昏不知,壹醉日富"与"各敬尔仪,天命不又"则各属一简,不知因为什么原因而被抄手误入《小宛》诗中。

(四)

在我们整理出《人之》一诗章句内容的基础上,我们应当对其进行必要的考析。

此诗的首章以饮酒为例对比了明智者("人之齐圣")与昏庸者("彼昏不

---

① 关于诗中的"克巩"之于,于省吾先生谓"克肯一声之转。古每通用。""《雨无正》篇'不畏于天'此言'藐藐昊天,无不可恐',意皆相仿。传笺读巩如字,则于诗旨无由通矣"(《双剑誃诗经新证》卷三)王安石谓"昊天之明,视人藐藐",此说甚确,今从之。

知")的区别。明智者能够保持温藉舒缓的态度仪容,而昏庸者只是聚饮沈醉而刚愎自用①。以下三章的首句皆为"人之云亡",前人皆以为指贤人隐匿不出或逃亡不见,致使国家朝廷病患无穷("疹瘁")②。其理由在于,首章所提到"齐圣"之人——即敏锐聪明智慧之人,实与下面三章呼应。以下三章,皆谓"人之云亡",叹息贤人之未见。这样的"人"也就是首章所谓的"齐圣"之人。愚以为此"人"非为"齐圣"之人,而应当是指"彼昏不知(智)"的那些昏庸之人。所谓"人之云亡",即此昏庸之人的败亡和逃亡。

《人之》诗的第二、三章的天命观值得注意,关于天所降丧,诗中一言"维其优",再言"维其几",两者之意合起来则与今语所谓"天网恢恢,疏而不漏"相类。在"邦国疹瘁"的严峻形势下,诗人慨叹昏庸之人虽居于高位,但是只知"壹醉日富",所以使得"邦国疹瘁",他自己也逃亡于他乡。此事令诗人感慨万千,故用"心之忧矣"、"心之悲矣"表达自己忧愁和悲哀的情感。

此诗的末章,诗人将其"志"概括为"各敬尔仪",实与首章之意相互呼应。首章所写的"壹醉日富"表现了周代后期所习见的贵族颓废心态。贵族酗酒成风,在豪饮的时候,他们往往将礼仪弃置一边,正如《小雅·宾之初筵》所载"宾之初筵,左右秩秩。……其未醉止,威仪抑抑。曰既醉止,威仪怭怭。是曰既醉,不知其秩",在人们大醉的情况下,礼仪容止皆不在话下。如果说《瞻卬》诗的首章通过对比批评了那些"壹醉日富"的昏庸之人的话,那么在末章,则劝告人们注意礼仪容止。是什么原因呢?原因在于社会形势严峻,"天命不又(佑)",昊天已经不再保佑我们了。诗人认为在严峻的形势下,人们更应当遵守礼仪,注意容止,而不要过那种醉生梦死浑浑噩噩的生活。

(五)

上博简《诗论》的评析为我们认识此诗的时代背景提供了十分重要的启

---

① 诗中的"温克",郑笺"饮酒虽醉犹能温藉自持以胜",此说于诗意相符可从。"饮酒温克"颇合克己复礼之义。诗中的"壹醉日富",郑笺"饮酒一醉,自谓日益富,夸淫自恣以财骄人"。是说浅陋不可取,故马瑞辰讥之为"望文生义"。清儒谓此句意为"壹醉,专务酣饮也。饮酒至醉者多刚暴,故以温克为良"(马瑞辰:《毛诗传笺通释》卷十九引季氏说)。马瑞辰谓"富之言畐也。《说文》'畐,满也,读若伏',畐通作偪。《方言》'偪,满也。又作愊。'《广雅》'愊满也'。醉则日自盈满,正与温克相反。笺乃谓以财骄人,读富如富贵之富,失之。"(《毛诗传笺通释》卷二十)今从马氏此说为释。

② 毛传"疹,尽。瘁,病也",王念孙说:"疹、瘁,皆病也。疹瘁之同为病,犹劳瘁之同为病。"(王引之:《经义述闻》卷七引)按,此句的"亡"字疑读若"无",犹《诗·邶风·谷风》"何有何亡,黾勉求之"之"亡"。

示,并且由此出发可以对于《人之》一诗的史事进行一些推测。

《诗论》简文谓"《人之》怨子",那么它所怨的"子"是谁呢？很明显,其所怨者依诗意只能是"人之云亡"的"人",如果说是贤人,那么贤人又有什么可以埋怨的呢？从逻辑上看它所埋怨者,应当就是"壹醉日富"的昏庸之人。就"子"的称谓看,它可以指所尊重的人,如夫子；但是它更多地是指父子之"子",即人的子嗣。春秋时期这后一种意义,多被具体化而称为"人之子"。上博简《诗论》简文"《人之》怨子"之"子"与诗中"人之云亡"的"人",皆当指人之子而言。愚以为这位"子"很可能是春秋后期逃亡到鲁国的齐国庆氏后人高强(即子良)。他是齐惠公的后裔子尾的儿子。子尾在剿灭齐权臣庆封的过程中立有大功,故齐景公"与子尾邑,受而稍致之。公以为忠,故有宠"①。当时,齐国有四大强族,即栾、高、陈、鲍,四族中"齐惠栾、高氏皆耆酒,信内多怨,强于陈、鲍氏而恶之"②。高强联络栾氏欲进攻陈氏、鲍氏,但却因为"耆酒"而在关键时候仍然迷恋于酒,陈、鲍两族趁机攻伐得手,高强遂逃亡到鲁国。鲁昭公十年(前532)鲁国贤臣叔孙昭子赴晋后返鲁,请看如下一段史载：

> 昭子至自晋,大夫皆见,高强见而退。昭子语诸大夫曰："为人子不可不慎也哉！昔庆封亡,子尾多受邑,而稍致诸君,君以为忠,而甚宠之。将死,疾于公宫,辇而归,君亲推之。其子不能任,是以在此。忠为令德,其子弗能任,罪犹及之,难不慎也？丧夫人之力,弃德、旷宗,以及其身,不亦害乎？《诗》曰'不自我先,不自我后',其是之谓乎！"③

叔孙昭子的这段话告诉我们,齐国的高强本为齐国有影响的强宗大族的宗子,但是却落到了背井离乡、逃亡他国的地步。其直接影响不仅"弃夫人之力",(抛弃其父的努力和令名),而且"弃德(抛弃了祖宗之德)、旷宗(使宗庙旷而得不到祭祀),以及其身(使自己流亡他国)"。这个危害,正如《诗·瞻卬》所说的"不自我先,不自我后",正好落在高强自己身上,这正是他自己没有继承其父而拥有"令德"的结果。

---

① 《左传》襄公二十八年。
② 《左传》昭公十年。
③ 同上。

推测《诗·人之》一诗即为齐国高强之事而作。我们可以从如下几个方面予以说明。

首先，《人之》诗的首章谓"人之齐圣，饮酒温克。彼昏不知，壹醉日富"，正和齐国子尾、高强父子事吻合。虽然"齐惠栾、高氏皆耆酒"[①]，但是，子尾却没有因酒误事，反而在关键时刻能够借鉴晏婴的经验[②]，将齐君赏赐之邑，尽数还奉于君。若子尾者，当谓其为"饮酒温克"的"齐圣"之人。然而其子高强不仅非常嗜酒，而且在关键时候误事，本来高氏、栾氏势力强盛，但却因为饮酒而被打败[③]，谓其为"壹醉日富"的"昏"者，实不为过。可以推测《人之》的篇名，正可能是从《左传》之语"丧夫人之力"化用而成的。

其次，《诗论》简文评析《人之》一诗用"怨子"之语。我们在前面已经指出，所谓"子"，应即子嗣之子。《左传》昭公十年载鲁贤臣叔孙昭子语以"为人子不可不慎"为其主题。所说的"为人子"者，即高强。从叔孙昭子和《人之》的诗意均可以看出当时和后人对于"为人子"者的高强的埋怨斥责态度。

再次，《左传》昭公二年载，晋贤臣韩宣子至齐为晋平公娶少姜纳聘礼，"见子雅，子雅召子旗，使见宣子。宣子曰：'非保家之主也，不臣。'见子尾。子尾见强，宣子谓之如子旗。大夫多笑之，唯晏子信之，曰：'夫子，君子也。君子有信，其有以知之矣。'"子尾、高强父子之事，当时流传甚广，所以才会有评价高强和子旗一样"非保家之主"的史载出现。高强很可能自小就是骄横异常的纨绔子弟，他后来的败家误国并非偶然。这个记载与《人之》诗的"人之云亡"及高强的"旷宗"，当存在着内在的联系。

第四，《人之》诗多次慨叹"人之云亡"，此与鲁贤臣叔孙昭子对于流亡他国的高强之实叹如出一辙。高、栾、陈、鲍四家强族的争夺是当时齐国政治动荡

---

① 《左传》昭公十年。
② 《左传》襄公二十八年载，平定庆氏之乱以后，晏子不接受齐景公所赏的位于邶殿的六十邑，"子尾曰：'富，人之所欲也。何独弗欲？'对曰：'庆氏之邑足欲，故亡。吾邑不足欲也，益之以邶殿，乃足欲。足欲，亡无日矣。在外，不得宰吾一邑。不受邶殿，非恶富也，恐失富也。且夫富，如布帛之有幅焉。为之制度，使无迁也。夫民，生厚而用利，于是乎正德以幅之，谓之幅利。利过则为败。吾不敢贪多，所谓幅也。'"子尾受到启发，决定将赐邑尽数归还于齐景公。
③ 鲁昭公十年（前532）夏天有人报告陈桓子，谓高强将进攻陈鲍二氏，陈桓子马上"授甲"发兵备战，在他前往联络鲍氏的途中，"遭子良（即高强）醉而骋"，放过了抓捕陈桓子的最佳时机。在陈鲍二氏皆"授甲"而备战的时候，高强和栾氏"则皆将饮酒"，所以陈桓子决定"及其饮酒也，先伐"（《左传》昭公十年）掌握了主动，终于打败了栾氏、高氏。

不已的根源。高强曾经率兵攻打齐景公宫室的虎门,欲"先得公"①,将齐景公劫持。大贵族的军队在齐国都城鏖战。这场动乱的后果,确如《人之》诗所谓的"邦国殄瘁"②。

第五,从关于高强的史载看,当时他确实有可以避免抛弃祖宗家业以至于"弃德、旷宗"并且殃及自身的机会。《人之》一诗所谓的"天之降丧,维其优矣",于此可见焉。然而,天网恢恢疏而不漏,昏庸嗜酒的高强最终只能败走他乡。此亦可见《人之》诗所谓"天之降丧,维其几矣"意旨之所在。

第六,今传本《诗·瞻卬》卒章谓"心之忧矣,宁自今矣。不自我先,不自我后"。如上所述,据《左传》记载,鲁贤臣叔孙昭子引此"不自我先,不自我后"之句,以说明昊天降罚给高强的正确。这一点可以启发人们思考,《人之》一诗的大部分混入《瞻卬》,并非偶然。其所以如此,应当在于《人之》一诗原本就是为子尾高强父子事而发。

需要指出的是,我们上面的分析是仅就《人之》一诗的内容与史事的相互印证的角度来进行分析的。这些分析应当说都是旁证。还没有一项直接证据来断定此诗的确指(也许永远找不到直接的证据来证实或证伪这一问题)。然而,在《诗》的三百余篇中我们可以看到不少篇章是为某人或某事而发,《诗序》及毛传、郑笺多有指明。由此,我们也就不能否定《人之》一篇亦为某个特指的人物及史事而作。既然这种可能性是存在的,那么,我们的推测也就可以为专家们的进一步研究提供一个可能的思路,也许会对于专家们的相关研究有所裨益。非敢自以为是,只是斗胆写出这种推测,以供专家参考而已。

这里还牵涉到《诗经》成书的问题,一般认为它成书于春秋中期。这个判断应当说仅是一个推测,并没有专家举出多少证据。而《人之》一诗,可能作于春秋后期,则《诗经》的成书最早也当在春秋后期。愚以为《诗经》的成书,应当有一个过程,并非成书于一时,也非成书于一人之手。从它的粗创到编定,应当有一个较长的时段。《诗经》的最后成书最早当不过高强在鲁的见诸史载的鲁昭公十年(前532)。从我们前引的《左传》记载看,是年鲁大夫叔孙昭子已

---

① 《左传》昭公十年。
② "人之云亡,邦国殄瘁"一句常为古人引用,如《左传》襄公二十八年和《韩诗外传》卷六第十三章,即为其显例。并且这两处皆以"无善人之谓也"总括诗句之意。

经在大庭广众之下评论高强祸国丧家之事,谓:"为人子不可不慎哉!"[1]这表明高强之事已经是各诸侯国间广为人知的反面教材,所以叔孙昭子才会有"丧夫人之力"的慨叹。是年孔子十九岁,尚不至他编定《诗》作为教本授徒的时候。孔子辞世在公元前479年。如果推测《诗》的最后编定在前532年到前479年之间,有可能是近于实际的。当然,就此一点而论做出这样一个大的推论,理由是不充分的,只能说是一个可以推测《诗经》成书年代这一大问题的一个小例证。

总之,上博简《诗论》"人之怨子"是对于《人之》一诗的评论。种种迹象表明,此诗是为春秋后期人们比较熟知的齐国子尾、高强父子之事而作。在流传的过程中,此诗的大部分混入《瞻卬》篇,小部分混入《小宛》篇。我们将这些内容析出整理后,可以基本看出《人之》一诗的原貌。《诗论》简文的"怨子",即对于作为"人之子"的高强的斥责与埋怨。此可由《左传》的相关记载得到印证。孔子选编诗篇作为教本的时候,《人之》诗尚存,在战国秦汉时代因为错简或其他原因而误入它诗。这应当是逸诗的一种情况。所谓的逸诗,有些诗篇其内容并没有完全佚失,而是混入它诗而失名的结果。上博简《诗论》为我们考察这类逸诗提供了非常宝贵的材料。另外,诗、史的相互印证,为历代研究《诗》的学者们所关注。但是除了诗篇中明载具体所指者或其他文献中有确证之外[2],其余则很难索解。上博简《诗论》提到的《人之》一篇,或许可以推测说是对于齐国贵族子尾及其子高强之事的咏叹之作。这可能为诗、史互证提供了一例子[3]。

按照愚的意见,孔子并未对于《诗》作过大的编纂和更动,在他之前,《诗》早已经过王朝颁发而流传于各个诸侯国。孔子这时往里面塞进一篇新的诗作

---

[1] 《左传》昭公十年。

[2] 前者之例,如《诗·节南山》卒章谓"家父作诵,以究王訩",可知是诗是称为"家父"者所作。后者之例,如《左传》闵公二年载"许穆夫人赋《载驰》",此诗见于《诗·鄘风》,诗意与史载许穆夫人事完全吻合,可为《载驰》篇的确证。

[3] 诗、史互证,在先秦儒者中已开其端绪,荀子论理、论事每引诗句为证,上博简《诗论》中这类例子颇少见,仅有引《甘棠》诗述召公事之一显例。汉儒解诗多将诗还原为历史,将诗落实到历史上的某人或某事,《诗序》、《韩诗外传》可谓典型。徐复观曾谓其表达形式,"除继承《春秋》以事明义的传统外,更将所述之事与《诗》结合起来,而成为事与诗的结合,实即史与诗互相证成的特殊形式"(《两汉思想史》第三卷,华东师范大学出版社2001年版,第5页)。

的可能是不大的,但《人之》一诗,究竟为何人何时而作,现今尚无佐证材料。把此诗和春秋后期齐国贵族高强联系起来,应当只是一个思路而已,要想进而由此而推论《诗》的成书时代问题,应当是很不可靠的。此一思路,姑妄提出,以供达者参考和批评。

十三 《诗论》"仲氏"与《诗·仲氏》篇探论
——兼论"共和行政"的若干问题

上海博物馆藏战国楚竹书《诗论》所载的"中氏"即今传本《诗·仲氏》。孔子时代的《仲氏》一诗,在流传的过程中,因错简而被误入它诗,它的原貌至少包括了《燕燕》诗的末章和《何人斯》的第七章。经复原后的《仲氏》一诗,体现了儒家孝悌精神。上博简《诗论》载孔子以"君子"评《仲氏》一诗,其主导思想即在于对"孝弟"原则的肯定。《仲氏》一诗透露的内容与共伯兄弟的情况十分吻合,且其简被编入《邶风》,此皆可以推测此诗为共伯余之作。对于了解"共和行政"这一重大历史事件提供了相当可贵的资料。今试作分析如下。

(一)

上博简《诗论》第 27 号简载"中氏君子",关于简文"中氏"的看法,今所见者有以下三种。第一,马承源先生的考释虽然正确指出"中氏"为"篇名",可是却认为于"今本《诗》中未见"[①]。第二,李零先生指出此"中氏",以音近读为"螽斯",即今《周南·螽斯》篇,此篇"是以'宜尔子孙'祝福别人,所祝者盖即君子"[②]。廖名春先生同意这个说法,并以《诗序》之说论证称为"君子"的缘由[③]。第三,李学勤先生将"中氏"读作《仲氏》,指出"系指今传本《燕燕》的第四章"[④]。此

---

① 马承源主编:《上海博物馆藏战国楚竹书》(一),上海古籍出版社 2001 年版,第 158 页。
② 李零:《上博楚简校读记》,《中华文史论丛》2001 年第 4 辑,上海古籍出版社 2002 年版,第 14 页。何琳仪先生说略同(参见"沪简《诗论》选译",《上博馆藏战国楚竹书研究》,上海书店出版社 2002 年版,第 255 页)。
③ 参见廖名春:"上海博物馆藏诗论校释",《中国哲学史》2002 年第 1 期。
④ 李学勤:"《诗论》与《诗》",廖名春编:《清华简帛研究》第二辑,清华大学思想文化研究所 2002 年 3 月印本,第 29—37 页。

外,周凤五先生亦将"中氏"释作《仲氏》①,但未作解释。杨泽生先生也认为释为"仲氏","是比较直接和可取的"。②

比较以上三说,愚以为李、周两家将"中氏"读作《仲氏》,比读作"螽斯"可能更好一些。理由如下,首先,就读音上看,简文与"仲氏"更为接近。其次,没有理由认为孔子以"君子"称颂《螽斯》一诗。螽为蝗属害虫,它的繁衍能力极强,有"一生八十一子"③、"一生九十九子"④、"一生百子"⑤等说法,《诗序》毛传皆以后妃比附之,清儒姚际恒、方玉润等已驳斥此说。现代专家更有慧眼独具者,谓"螽斯害虫,以为比兴,虽若美之,实含刺意,不可被民间歌手瞒过"⑥。这首从总体上看含有"刺意"的诗歌不大可能被美誉为"君子"。《诗论》第 27号简载"中氏君子"的说法表明,以"君子"所美赞的这篇诗不会是《螽斯》⑦。

愚以为对于考释这里的简文,特别有贡献的是李学勤先生的说法,他指出:"猜想当时此章独立,与今传《毛传》本连于《燕燕》不同。"⑧细绎诗意,可以明显看出此章与前三章的意义和称谓用法等很难捏合为一体。我们可以至少从以下两个方面看出李先生此说的正确。

首先,今传本《诗·燕燕》的第四章,与前三章差距太大,不似为同一首诗的内容。此诗的前三章皆以"燕燕于飞"起兴,逐次描述送别时的依依惜别之情。第四章的"仲氏"不类前三章所述归宁母家的女子。清儒胡承珙《毛诗后笺》指出"其词不类送妇之作"是颇有见地的。

---

① 周凤五:"《孔子诗论》新释文及注解",《上博馆藏战国楚竹书研究》,上海书店出版社 2002 年版,第 155 页。
② 杨泽生:《战国竹书研究》,中山大学出版社 2009 年版,第 146 页。
③ 苏辙:《诗集传》。
④ 朱熹:《诗集传》。
⑤ 姚际恒:《诗经通论》。
⑥ 陈子展:《诗经直解》卷一,复旦大学出版社 1983 年版,第 13 页。按,先此已有高亨先生提出此诗"以蝗虫纷纷飞翔,吃尽庄稼,比喻剥削者子孙众多,夺尽劳动人民的粮谷,反映了阶级社会的阶级实质,表达了劳动人民的阶级仇恨"(《诗经今注》,上海古籍出版社 1980 年版,第 7 页。)然此说有些绝对化,将诗作者的阶级意识估计过高,不如陈子展先生说平实。
⑦ 杨泽生:"试说《孔子诗论》中的篇名《中氏》",《上博馆藏战国楚竹书研究》,上海书店出版社 2002 年版,第 355—362 页。不仅据张剑先生的说法定简文"中氏"应该读作"仲氏",是今本《燕燕》所包含的另一首诗的一章,而且指出前人以"不妒忌"之说释解《螽斯》一诗,"求之过深,难以信据"。这些都是颇有价值的卓见。愚这里据李学勤先生之说而加以发挥,与杨泽生先生说可谓不谋而合。
⑧ 李学勤:"《诗论》与《诗》",廖名春编:《清华简帛研究》第二辑,清华大学思想文化研究所 2002 年 3 月印本,第 29—37 页。

其次，此诗第四章末句云："先君之思，以勖寡人"，明谓作诗者为"寡人"。《燕燕》一诗前人多以为是指春秋初年，卫庄公妻庄姜送别戴妫之诗①，毛传称："'寡人'，庄姜自谓也。"清儒于此或有解释，谓"《思齐》传'寡妻，嫡妻'，则庄姜嫡夫人，故得自称曰寡人"②。寡人为古代君主自谦之称，周代屡见不鲜，但尚未有女性称寡人之例。偶有例外，自称寡人者非君主，也属于大臣③。清儒的解释实不可通，庄姜作为嫡夫人，依《毛传》之例，可以被其夫称为"寡妻"，也非是寡人。所以寡人为"庄姜自谓"之说是讲不通的。总之，从称谓关系上看，第四章亦与前三章大异，不似为同篇者。

复次，刘向《列女传》卷一述卫姜事云：

> 卫姑定姜者，卫定公之夫人，公子之母也。公子既娶而死，其妇无子，毕三年之丧，定姜归其妇，自送之，至于野。恩爱哀思，悲心感恸，立而望之，挥泣垂涕。乃赋诗曰："燕燕于飞，差池其羽，之子于归，远送于野，瞻望不及，泣涕如雨。"送去归泣而望之。又作诗曰："先君之思，以畜寡人。"

关于《燕燕》一诗的背景及诗旨问题本书"专题研究"部分已有较详细的讨论，此处不作重复涉及，这里要指出的只是依刘向所记，定姜所"赋诗"为"燕燕于飞"之章，而所"作诗"则为"先君之思"之句，"赋诗"是谓诵吟流传于世之诗，而"作诗"则是自己创作之诗，两者含义之别并不难理解。无论《燕燕》一诗是否出自定姜，但刘向确认"燕燕于飞"之章与"先君之思"之句有别，则是毫无疑问的。这就为我们推测两者本非一诗提供了一个比较有力的证据。

（二）

我们在这里可以发挥李学勤先生的卓见，作进一步的推论。根据今传本《诗经》风、雅部分，无一章成诗之例，我们可以推测《仲氏》一诗原来至少有两

---

① 《左传》载：鲁隐公三年（前720），"卫庄公娶于东宫得臣之妹曰庄姜。美而无子，卫人所为赋《硕人》也。又娶于陈，曰厉妫，生孝伯早死。其娣戴妫生桓公，庄姜以为己子。"翌年，"卫州吁弑桓公而立"（见《左传》隐公三年、四年）。《诗序》"《燕燕》，卫庄姜送归妾也，"毛传谓卫桓公被弑之后，"戴妫于是大归远送之于野，作诗见己志"。按，序、传此说可通。当代专家多谓这是一首送昔日情侣远嫁之诗，似乎更得诗旨。
② 陈奂：《诗毛氏传疏》卷三。
③ 《左传》僖公四年载齐桓公率军伐楚，楚使臣质问"涉吾地也何故"，管仲答辞历数理由后谓"寡人是征"，"寡人是问"。由文义看这里的"寡人"很可能是管仲自称，若是代表齐桓公之语，则当称为"寡君"。

章，因错简的缘故而分散于它诗。《燕燕》的卒章盖为《仲氏》的首章，而《何人斯》的第七章则是其次章。《何人斯》一诗为斥谗之作，古今无疑义，但其第七章却深情颂扬兄弟情谊之美好，与《何人斯》斥谗的主旨不类。如果把它与《燕燕》卒章合为一体，则如影随形，相得益彰。今不妨将这两章合为《仲氏》一诗，抄写如下：

> 仲氏任只，其心塞渊。终温且惠，淑慎其身。先君之思，以勖寡人。
> 伯氏吹埙，仲氏吹篪。及尔如贯，谅不我知。出此三物，以诅尔斯。

复原后的《仲氏》一诗可依前人讲诗之例，述其章句情况谓"《仲氏》二章，章六句"。现在，我们可以摆脱《燕燕》、《何人斯》两诗格局的束缚来探讨《仲氏》诗的一些问题了。

"仲氏任只"一句，前人的相关解释，不管是将仲氏定为庄姜，抑或是定姜，皆谓指女性而言。其实，"氏"之称在先秦时期除用于女性以外，还常被用于男性之称。如《左传》襄公九年载"使伯氏司里"，昭公十五年载周王称晋聘周的使臣文伯为"伯氏"，又称晋使臣之介籍谈为"叔氏"；《左传》襄公十年载王叔陈生被称为"王叔氏"，《国语·晋语》一载晋太子申生被称为"伯氏"，《国语·晋语》二载晋臣狐突被称为"伯氏"，这些例证可以说明"伯氏"、"叔氏"之称男子亦可使用。可以说《仲氏》诗中的"伯氏"、"仲氏"是为男子之称。

诗中的"任"字，前人或释为任姓，但不若毛传、郑笺的相关解释为佳。毛传："任，大也。"郑笺："任者，以恩相亲信也。《周礼》：'六行：孝、友、睦、姻、任、恤。'"按，《说文》训任为"保也"，专家指出，任和壬字本为孕妇之象形，"必如其期以生，而似有信，犹孚为卵孚，又训信也。""笺以恩相亲信释任，特以申传，而非易传"[①]。于省吾先生谓"'仲氏任只'，犹言'仲氏善只'，与下'其心塞渊'相衔接"[②]。总之，"仲氏任只"，其意犹言"可亲可信的仲氏呀"。下面的"其心塞（实也）渊（深也），终（即也）温且惠（顺也），淑（善也）慎其身"[③]等进一步申述

---

① 黄焯：《诗疏平议》，上海古籍出版社1985年版，第52页。
② 于省吾：《泽螺居诗经新证》卷上，中华书局1982年版，第10页。
③ 关于《仲氏》诗中的"塞"、"终"等字的考释见陈奂《诗毛氏传疏》卷三和王引之《经义述闻》卷五。

此意,谓仲氏心胸深广,诚实无伪,既温和又随顺,他于安身立命之事善良而谨慎。

《仲氏》诗的次章云"伯氏吹埙,仲氏吹篪。及尔如贯,谅不我知",重点在于强调"伯氏"、"仲氏"兄弟间关系之友好,如埙、篪奏鸣一般和谐完美,如物被贯穿在一起那样紧密相连①。

此章所谓的"出此三物,以诅尔斯",过去在《何人斯》一诗中多被理解为对于逸人的诅咒。其实,诅与盟是很相近的,都有让神明降祸于坏人之意,但是有的"诅"类于赌咒、发誓。如《左传》定公三年载,春秋后期蔡昭侯发誓伐楚时曾"及汉,执玉而沈,曰:'余所有济汉而南者,有若大川!'"意指如果自己再南渡汉水朝楚,那自己就如沉玉一样溺水而死。春秋前期晋公子重耳与大臣子犯相约而发誓时,亦有类似的举动。《左传》僖公二十四年载,重耳"投其璧于河",并声言"所不与舅氏同心者,有如白水!"②。在《仲氏》诗中,"出此三物,以诅尔斯",指出鸡、豕、狗三牲告祭于神明,以向你("尔")发誓。所誓内容即兄弟间的诚信。"以诅尔斯(斯,语辞)"即"以诅于尔"。

(三)

儒家的伦理学说中,除了重视"孝"以外,还十分重视"悌"。孔子教导弟子应当"入则孝,出则弟,谨而信,泛爱众,而亲仁"③。这里的"弟"字或本作悌,指弟对于兄长的敬爱。在宗法制度下,实行嫡长子继承制,弟对于兄的敬爱,当然是非常受重视的伦理原则。但是,从另外一个角度看,兄长对于弟也应当关爱,这也是宗子团结本宗族所需要做到的事情。《诗》中收集了不少咏叹兄弟之情的诗作,如《常棣》篇谓:"凡今之人,莫如兄弟。死丧之威,兄弟孔怀。原隰裒矣,兄弟求矣。脊令在原,兄弟急难。每有良朋,况也永叹。兄弟阋于墙,外御其务。"《角弓》谓:"兄弟昏姻,无胥远矣。尔之远矣,民胥然矣。尔之教矣,民胥效矣。此令兄弟,绰绰有裕。"《行苇》谓:"戚戚兄弟,莫远具尔,或肆

---

① 关于"及尔如贯"的贯字,郑笺谓"其相比次如物之在绳索之贯也",俞樾谓"贯谓羁贯。昭十九年《穀梁传》'羁贯成童',范宁注曰:'羁贯谓交午剪发以为饰'是也。……言童稚兄弟相与嬉戏,此情之最笃者,我与尔之情亦如是。故曰'及尔如贯'。",按,俞氏此说较迂曲,不如郑笺之说。
② 关于先秦时期"诅"的情况参阅拙作《先秦民俗史》(上海人民出版社2001年版)第八章第四节。
③ 《论语·学而》。

之筵，或授之几。"皆为表达兄弟之情的诗篇之佳句。

《仲氏》一诗，亦当属于此类吟咏兄弟之情的作品。此诗的首章是兄对弟的称赞和希望，赞扬其弟心胸宽广，待人和顺，希望其弟成为自己的有力助手。其次章先回溯兄弟间的欢乐和谐，然后表明自己的心迹，即一定会诚心诚意对待兄弟，并且可以赌咒发誓为证。诗中既然提到伯氏、仲氏，那么，诗作者应当就是伯仲兄弟间人，从诗意及语气上看，作诗者应当是"伯氏"，是作为兄长者对于伯仲兄弟友爱的赞美。

儒家所持"君子"标准中有很重要的一项，那就是"孝弟"，《论语·学而》篇载：

> 其为人也孝弟，而好犯上者，鲜矣；不好犯上，而好作乱者，未之有也。君子务本，本立而道生。孝弟也者，其为仁之本与！

在《论语》中此虽然是孔子弟子有子之语，但应当是完全符合孔子思想的，所以汉朝时人每谓此为孔子之言。在孔子思想中，"仁"是君子的主要标准。如此推论，作为"仁之本"的孝弟，亦当与"君子"标准有密切关系。上博简《诗论》以"君子"评《仲氏》一诗，其主导思想即在于对"孝弟"原则的肯定。

（四）

关于《仲氏》一诗的背景与作者是否可以做出某些推测呢？愚以为是可以的，今试作探讨如下。

首先，诗中谓"先君之思，以勖寡人"，可以推测诗作者——"伯氏"——是为君主，而非一般的贵族及平民，所以才能够以"寡人"自称。

第二，《仲氏》诗首章混入《邶风》，这表明其诗与《邶风》关系密切，可能原来即属于《邶风》。关于《邶风》，郑玄《诗谱》谓："成王即黜殷命，杀武庚，复伐三监，更于此三国建诸侯，以殷余民封康叔于卫，使为之长。后世子孙稍并彼二国，混而名之。及卫国政衰，变风始作，作者各有所伤，从其本国而异之，为邶、鄘、卫之诗焉。"邶、鄘、卫，分言之则三国三地，而合言之则统称之为卫。邶、鄘两地可能很早就并入卫国，所以历来认为《邶风》、《鄘风》所述皆卫国之事①。故而《仲氏》一诗史事当与卫君有关。因此可以推测自称"寡人"的"伯氏"应当就是某一位卫君。

第三，上述之"卫君"可能是西周后期的共伯余，而"仲氏"即共伯余之弟共伯和。《左传》襄公三十年载吴季札观乐事：

> 为之歌邶、鄘、卫，曰："美哉渊乎！忧而不困者也。吾闻卫康叔、武公之德如是，是其《卫风》乎！"

卫康叔是卫国的首封之君，他是周公之弟，不得称为"伯氏"。卫为周公、成王所封，卫康叔不得称"先君之思，以勖寡人"。所以，《仲氏》一诗不似卫康叔之歌。那么吴季札所称赞的"邶、鄘、卫"所体现的美好之"德"，就《仲氏》篇而言，只可能属于卫武公。卫武公名"和"，为共伯余之弟。《史记·卫世家》载，卫僖侯四十二年（前812）"僖侯卒，太子共伯余立为君。共伯弟和有宠于僖侯，多予之赂"。可见卫僖侯本来很喜欢共伯余之弟"和"（"有宠"），与《仲氏》诗所谓的"先君之诗，以勖寡人"之意相合。并且吴季札所称赞的卫武公——即共伯和——之"德"，与诗意亦合。季札的称颂卫诗"美哉渊乎"，其"渊"字，与《仲氏》诗的"其心塞渊"，恰相符契，这大概不能视为偶合。

第四，就诗意和史事的分析看，《仲氏》一诗所述当是共伯余及其弟共伯和之事。《史记·卫世家》载西周时期卫君情况十分简略，仅详于卫康叔及共伯余、共伯和三位。这位共伯和是当时叱咤风云力挽狂澜的历史伟人，较早的文献记载都说他在周王朝发生国人暴动的时候，毅然入主周政。据彝铭记载，他不仅摄政，而且称王②，摄政称王之事长达14年之久，史称"共和行政"。共伯

---

① 《诗序》首倡此说，如谓《邶风》的《柏舟》为卫顷公时作，《绿衣》、《燕燕》、《日月》、《终风》为卫庄公妻庄姜作，《击鼓》为卫州吁时作，《雄雉》、《匏苦叶》、《鹑之奔奔》为刺卫宣公之作，《二子乘舟》为卫宣公之子时作，《柏舟》为卫僖侯媳共姜之自誓之作，《定之方中》、《干旄》、《相鼠》等为美卫文公之作。崔东璧谓"《诗序》惟《鄘风》多得其实"（《崔东璧遗书·读风偶识》卷二），是说可信。准此，也可以说，《邶风》诸篇而言，亦得其实焉。在现代《诗经》研究上，倡导《诗经》为劳动人民的艺术作品，是一大发现，强调其"人民性"也并非错误，但是愚以为不能绝对化，不能否定《诗经》中有不少是贵族中人的作品，有些诗本身即标明了其作者，有些诗虽然没有直接证据，但《诗序》和《毛传》、《郑笺》等将其与某些史事系连，恐怕不能绝对斥之为空穴来风而一概摒弃。《诗经》中的贵族文人作品也并非与"人民性"无缘，以"阶级"划线而否定这类作品的价值的做法并不可取。以所谓的"人民性"（实即以"阶级"划线）的观点来指导《诗经》研究，是不可取的。

② 详细论析参阅拙作《伯和父诸器与"共和行政"》一文，载《古文字研究》第二十一辑，中华书局2001年版，第174—190页。

和在摄政称王的局势稳定且周厉王死于彘邑以后,主动将政权交给周宣王,自己仍回到卫国为君。共伯和在耄耋之年逝世。他的儿子作彝器纪念,铭文谓"□淑文祖皇考,克哲厥德,贲屯用鲁,永冬(终)于吉。……用乍(作)和父大林钟,用追孝侃前文人"(《井人钟》)。郭沫若认为此铭所提到的"和父"即共伯和,此铭的作器者"井(邢)人"某者,即食邑于"共之子邑"井(邢)地的共伯和的儿子①。共伯和的儿子称颂其父美德,用"□淑"、"贲屯"(混沌)来概括共伯和的嘉言懿行及高尚德操。铭文所用的"□淑"、"贲屯"(混沌),与《仲氏》一诗所用的"塞渊"、"淑慎",如出一辙。这恐怕也不能视为偶合,而是应当视为钟铭与《仲氏》一诗所颂扬对象可能为一人的佐证。

在这里,我们必须讨论《史记·卫世家》的如下记载:

> 僖侯卒,太子共伯余立为君。共伯弟和有宠于僖侯,多予之赂;和以赂赂士,以袭共伯于墓上,共伯入僖侯羡自杀。卫人因葬之僖侯旁,谥曰共伯,而立和为卫侯,是为武公。

按照这个记载,共伯和应当是一个奸诈、残忍之人,何言其厚重恭谨善良的美德呢?唐代学者司马贞曾经在《史记索隐》中举出三证,以说明《卫世家》所载此事并不可信。今再依次作进一步探讨。司马贞所举第一条例证即我们前面所提及的吴季札对于卫武公——即共伯和——德操的称颂,可证共伯和非残忍缺德之人。司马贞所举出的第二条证据见于《国语·楚语》。楚国的左史倚相称颂卫武公,谓:

> 昔卫武公年数九十有五矣,犹箴儆于国,曰:"自卿以下至于师长士,苟在朝者,无谓我老耋而舍我必恭恪于朝,朝夕以交戒我;闻一二之言,必诵志而纳之,以训导我。"在舆有旅贲之规,位宁有官师之典,倚几有诵训之谏,居寝有亵御之箴,临事有瞽史之导,宴居有师工之诵。

左史倚相还特别指出卫武公因为其恭恪于朝廷的嘉德懿行,在其辞世后被加

---

① 说详郭沫若先生《两周金文大系》(科学出版社1958年版)考释第150页。

以"睿圣武公"的谥号。司马贞所举出的第三个证据是"《诗》着卫世子恭伯蚤卒,不云被杀",其所云卫世子恭伯早卒,见于《鄘风·柏舟》序。司马贞述三证以后曾经理直气壮地质问:"若武公杀兄而立,岂可以为训而形之于国史乎?"应当说他的质疑是很有力量的。其所举出的前两个证据皆出现于《史记》之前,而《诗序》的说法也比较早,皆可据此说明问题。除了司马贞所举的三个证据以外,我们尚可以略作两个方面的补充。前面提及的《井人钟》铭文为其一,《史记·周本纪》正义引《鲁连子》的说法为其二。《鲁连子》谓共和十四年(前828),"厉王死于彘,共伯使诸侯奉王子靖为宣王,而共伯复归国于卫",于此亦可见共伯和德操的一个方面。这个事实表明共伯和并不是如同《卫世家》所述的那样非欲杀而得卫君之位不可。他可以拱手让出周王之位而还政于周定宣王,可见他并没有极强的权势欲。

如果我们以上的推论不为无根妄谈的话,那么,便可以进一步从《仲氏》诗中看出共伯和与其兄关系的一些端倪。他们兄弟间本来是十分融洽的,所以共伯余对其弟极力称赞,还以"先君之思,以勖寡人"之句表达了对于其弟的希望。盼望着其弟能够如同先君设想的那样成为作为卫君的共伯余的助手。但是兄弟间的关系可能会有罅隙,可能出现过不和谐的征兆,所以共伯余作诗自明其志,以"及尔如贯,谅不我知,出此三物,以诅尔斯"来表明心志,赌咒发誓表明自己对于弟弟的信任。然而这几句诗也表明两人关系有了裂痕,所以才需要通过"诅"的形式来弥补。共伯和继位为卫君之后,流言蜚语泛滥亦属顺理成章之事。司马贞谓"盖太史公采杂说而为此记耳",这个推测十分合理可信。如今我们由《仲氏》诗义所看出的共伯余与共伯和兄弟间关系的情况,与司马迁所采之"杂说"若合符契。可视为以诗证史之一例。

总之,《仲氏》一诗透露的内容与共伯兄弟的情况十分吻合,且其简被编入《邶风》,此皆可以推测此诗为共伯余之作。诗中所表现的兄弟间的融洽密切情感,完全符合儒家提倡的孝悌之义。孔子《诗论》以"君子"来评析此诗,其原因应当就在于认为它合乎儒家倡导的"兄弟怡怡"(《论语·子路》篇语)的伦理原则。

附带可以指出的是,上博简所提到的《仲氏》一诗,经我们的探讨,似当肯定它是共伯余及其弟共伯和的伯仲兄弟之歌,不仅研究周代历史发展至关重要而史料稀少的"共伯行政"提供一个材料,而且对于研究逸诗的情况也提供了一个实证。历来的《诗经》研究者都非常重视逸诗的情况,希冀通过"逸诗"的研究弄清楚今传本《诗经》形成的过程。所谓"逸诗",愚以为应当区别为两种情况,一是,经过"公卿至于列士献诗"[①]和"行人振木铎于路以采诗"[②],周王朝已经掌握了大量的诗篇以供其庙堂祭礼和观察民俗之需。这些诗篇可能流传到文化发达的许多诸侯国。孔子为教授弟子而将其作为教本。此即司马迁所谓"古者《诗》三千余篇,及至孔子,去其重,取可施于礼义,上采契、后稷,中述殷周之盛,至幽厉之缺,……三百五篇皆弦歌之"[③]。上博简《诗论》简文发表时,马承源先生筚路蓝缕进行考证时,曾经列出七个篇名,或谓"阙释",或谓"今本所无",表现出十分矜慎的态度。后经专家考究这七篇已皆与今本《诗经》篇名对合。这种情况说明,孔子所选编完成的《诗》,就篇数以及基本面貌而言,与今本《诗经》并无太大不同。这与春秋时期贵族习于赋诗言志及战国秦汉时人引诗以明理的常见情况有直接关系。《诗》的广泛流传对于它的保存起到了积极作用。但是《诗》的简牍散乱而错位的情况及篇名不一的情况是存在的,《仲氏》一篇即为其实例。总之,所谓"逸诗",大多数是为其第一种情况,即属于没有被孔子编选之诗,《仪礼·乡饮酒礼》所保存名称的《南陔》、《白华》等六笙诗可能即属于此例。上博简《诗论》提及《中(仲)氏》一诗名称及对于它的复原,使我们可以看到"逸诗"的另一情况,这也是很有意义的事情。附带可以提及的是,《诗·绿衣》是共伯和儿媳庄姜之诗,其中有"我思古人"之句,就是对于共伯和的怀念。此诗对于说明共伯和影响亦是一个宝贵材料,《诗论》第 10 号简完全肯定"《绿衣》之思",是研究《绿衣》诗旨的重要佐证。烦请参阅本书第 10 号简的考析部分。

十四 《诗论》"以人益"与《诗·菁菁者莪》考论

上博简《诗论》简文"以人益"之意并非"益人",如《诗序》所谓的"长育人材",而是靠与人的交往而得砥砺德操之益。《诗·菁菁者莪》的主旨亦在于此。孔子强调"益者三友",即有益于自己道德修养的朋友有三类,即"友直,友

---

① 《国语·周语》。
② 《汉书·食货志》。
③ 《史记·孔子世家》。

谅,友多闻",讨论《诗论》简文"以人益"应当注意到孔子的这个重要思想。今对此试作讨论如下。

上博简《诗论》第 9 号简论多篇诗作主旨,其中提到"《䅩(菁)䅩(菁)者莪》则以人益也",马承源先生谓简文提到的篇名,即"今本《诗·小雅·南有嘉鱼之什》的《菁菁者莪》"①,其后诸家皆同此释,甚是。关于此句文意的考释,廖名春先生指出:"《小序》:'《菁菁者莪》,乐育才也。君子能长育人材,则天下喜乐之矣。'简文'人益'即'益人',使人长进,义与'长育人材'同。"②如此来理解简文之意,虽然信而有征,但是,愚以为尚可从另一个思路考虑简文与《诗·菁菁者莪》之意。兹进行一些缕析,以供专家参考。

(一)

《诗·菁菁者莪》较简短,为了便于讨论,今具引如下:

菁菁者莪,在彼中阿。既见君子,乐且有仪。
菁菁者莪,在彼中沚。既见君子,我心则喜。
菁菁者莪,在彼中陵。既见君子,锡我百朋。
泛泛杨舟,载沉载浮。既见君子,我心则休。

关于此诗主旨,《诗序》谓"乐育材也。君子能长育人材,则天下喜乐之矣",又谓"《菁菁者莪》废则无礼仪矣"。以后诸家解释,多在以下几个方面阐发《诗序》之意。

第一,君主喜育人才。"乐育材"者为"人君"。毛传进一步将"乐育材"者确指,谓"乐育材者,歌乐人君教学国人秀士、选士、俊士、造士、进士养之,以渐至于官之",将育材者定为"人君"。循此思路,郑笺谓诗中的"既见君子"句,意为"官爵之而得见也,见则心既喜乐,又以礼仪见接",将此诗之旨完全理解为君主纳贤的颂歌。孔疏进一步阐发此意,谓"君子之为人君能教学而长有其国人,使有材而成秀进之士。至于官爵之。君能如此,则为天下喜乐矣"③。笃

---

① 马承源主编:《上海博物馆藏战国楚竹书》(一),上海古籍出版社 2001 年版,第 138 页。廖名春:"上海博物馆藏诗论校释",《中国哲学史》2002 年第 1 期。
② 廖名春:"上海博物馆藏诗论校释",《中国哲学史》2002 年第 1 期。
③ 孔颖达:《毛诗正义》卷十。

信《诗序》的清儒陈启源所著《毛诗稽古编》又具体申述此意,谓"既见君子"之句"自应主育材者",而"乐且有仪"句,"当主贤才言之"。戴震谓此诗在于颂扬"天子以时视学"①。方玉润则更确指是诗为"君临辟雍,见学校人材之盛,喜而作此"②。

第二,人君育材之道在于推重礼仪。王安石谓诗中将"乐且有仪"列入首章,而"锡我百朋"列为第三章,此前后次序亦有深意在焉。"长育人材之道,以'乐且有仪'为大,'锡我百朋'为小,以'乐且有仪'为先,以'锡我百朋'为后"③。王夫之谓诗旨在于"求贤而得之,得之而相乐以有仪,则其心自此畅矣"④。胡承珙亦谓"是诗意以礼仪育人材"⑤。

第三,将此诗纳入《诗序》的"美刺说"⑥范畴。关于《诗·南有嘉鱼之什》诸篇,《诗序》多以为美颂君主吸纳贤才之作,如谓"《南有嘉鱼》,乐与贤也","《南山有台》,乐得贤也","《菁菁者莪》,乐育材也"等。虽然《菁菁者莪》诗中并无颂美人君的直接文字,但诗中却充满对于人君乐育人才事的赞颂。

对于"育材"说提出歧义的是宋儒。如欧阳修曾批评郑笺之说,谓其为"拘儒之狭论",并云"郑谓有官爵然后得见君子,见则心喜乐又以礼仪见接者,亦衍说也。郑氏解诗常患以衍说害义,如其所说,则未仕之人不见君子而不得教育矣"⑦。后来,朱熹谓此诗为"燕饮宾客之诗"⑧,并不从"育材"的思路来释解⑨。

当代专家的解释,或信从《诗序》⑩,或另立新义,如谓诗表现对于扶植自

---

① 戴震:《毛诗补传》卷十六。
② 方玉润:《诗经原始》卷十。
③ 参见王安石:《诗义钩沉》卷十,邱汉生辑校,中华书局1982年版。
④ 王夫之:《诗广传》卷三。
⑤ 胡承珙:《毛诗后笺》卷十七。
⑥ 《诗序》多用"美"某,或"刺"某解释诗旨,郑樵《诗传》云这就是正风、变风的区别,"美者为正,刺者为变"。后来朱熹不同意《诗序》以美、刺解诗,谓"序者立例,篇篇要作美刺说,将诗人意思尽穿凿坏了","《诗序》多是后人妄意推想诗人之美刺,非古人之所作也"(《朱子语类》卷八十)。
⑦ 欧阳修:《毛诗本义》卷十三。
⑧ 朱熹:《诗集传》卷十。
⑨ 当代专家亦有不从"育材"的角度来分析此诗者,如徐正英先生谓此诗意旨是"乐见君子而得恩惠"("《孔子诗论》评《中雅》中两篇作品",《郑州大学学报》2004年第1期),说或近是。
⑩ 如陈子展先生赞同陈启源对于朱熹《诗集解》否定《诗序》说的批评。谓陈氏说"平心静气",并谓《菁菁者莪》篇旨主"育材"的成说,"非有确证,骤难易也"。见其所著《诗经直解》卷十七。

己的贵族的"感激和喜悦的心情"①,或将诗所颂扬者从人君变为"保氏"之官②,说此诗主旨是讲此官"教育人才的事"③。但是,基本思路尚未有大的变化,一般都承认此诗旨在于表现上级(国君、贵族或保氏之官)看到下级成长时的喜悦。

上博简《诗论》既然提到《菁菁者莪》一诗,那么,孔子和早期儒者对于此诗之旨的理解与后来《诗序》等的理解相同吗?如果不同的话,那么,哪一种理解更接近此诗的原意呢?

(二)

《诗论》对于《菁菁者莪》的解释,与《诗序》有很大不同,似不可相互印证或比附。

首先应当肯定的是,简文所提到的"以人益"不当解为"益人"。"益"为"溢"之本字,常常用为增加、利益、补助等意,久假不归,故而另造出"溢"字。在古代文献中,虽然有"益友"、"益智"、"益寿"等辞,但皆谓于己之利,而不云对人之利,所以古代文献并没有"益人"之辞,如果说"益人"勉强可以说成有益于人,并且引申为育人之解的话,那么"以人益"的含义则完全不能作如是观。这是因为前者指由己到人的关系,而后者则是由人到己的关系,两者的价值取向很不一致。"以人益"是在讲自己在与人的交往中而得"益(指品行的提高)"。

在谈论人际关系的时候,儒家所论交友之道有两个关键。

第一,交友目的是"为己",而非"为人"。所谓为己,并非指个人私利,而是指砥砺自己,要通过交友高尚自己的德操。孔子谓"古之学者为己,今之学者为人"④,他认为正确的学习应当美善自身,而不是为了取悦于人。交友是向人学习的一种方式。所以孔子重视通过交友而增强个人的道德修养。

第二,交友应当有所选择。《论语·季氏》篇载"益者三友""友直、友谅、友多闻"(和正直者为友、和守信者为友、和多闻博识者为友),孔子慨叹和三类人交友"益矣",否则的话,便会有损而无益(即是篇所谓"友便辟,友善柔,友便

---

① 高亨:《诗经今注》,上海古籍出版社 1980 年版,第 243 页。
② 程俊英:《诗经译注》,上海古籍出版社 1985 年版,第 324 页。
③ 此说盖本自徐干《中论·艺纪》篇。
④ 《论语·宪问》。

佞，损矣"）。《论语》书中两载孔子之语"无友不如己者"①。《大戴礼记·曾子制言》中篇载，曾子讲交友之道，谓"吾不仁其人，虽独也，吾弗亲也"，卢辩注："人而不仁，不足友也。故周公曰：'不如我者，吾不与处，损我者也。与吾等，吾不与处，无益我者也。吾所与处者，必贤于我。'"此处所引周公语见于《吕氏春秋·观世》篇。总之，依照孟子所谓"友也者，友其德也"②的理论，儒家倡导的交友之道的核心是以德操高尚者为友，以有益于自己的道德修养。

简文所谓的"以人益"其意指靠与人的交往而使自己的德操长进。这才符合孔子所谓的"学者为己"，如果把"以人益"变为"以益人"，则即孔子所批评的"学者为人"了。

（三）

问题还得回到《诗·菁菁者莪》篇的本义上再做进一步讨论。

《菁菁者莪》诗以长在山间或水边的萝蒿的青青繁茂起兴，诗的前三章的前两句的意义犹如姚际恒所谓"兴而比也"③，以萝蒿之茂喻指君子德操之高尚充实。诗的每章的后两句则描述诗作者见到"君子"之后的喜悦心境（"乐"、"喜"、"休"）。第三章"锡我百朋"，意指"见之而喜，如得重货之多也"④，当代专家译作"胜过赏我百千文"⑤，近是。此语见到"君子"的喜悦胜过得到"百朋"重货的高兴，亦可见遇到"君子"的喜悦之甚和对于"君子"的特别重视。

《诗经》诸篇每言"君子"，其含义较多，如指丈夫、武士、贵族等，然而，君子多含有德操高尚者的意蕴。如"淑人君子，正是国人"、"乐只君子，邦家之光"、"乐只君子，德音不已"、"既见君子，孔燕岂弟。宜兄宜弟，令德寿岂"、"淑人君子，其德不回"、"既见君子，德音孔胶"⑥等，皆可为证。《菁菁者莪》一诗中的"君子"非丈夫、武士之类，亦应被视为德操高尚者。《诗经》诸篇中与《菁菁者莪》的意境极为相近的是《卫风·淇奥》篇，今将其首章引于下，以资对比

---

① 语见《学而》篇。《论语·子罕》所载亦同，只是"无"作"毋"。
② 《孟子·万章》下。
③ 姚际恒：《诗经通论·诗经论旨》。
④ 朱熹：《诗集传》卷十。
⑤ 程俊英：《诗经译注》，上海古籍出版社1985年版，第324页。
⑥ 依次见《诗经》的《鸤鸠》、《南山有台》、《蓼萧》、《鼓钟》、《隰桑》等篇。

时参考：

> 瞻彼淇奥，绿竹猗猗。有匪君子，如切如磋，如琢如磨。瑟兮僩兮，赫兮咺兮。有匪君子，终不可谖兮。

这里以淇水岸边的绿竹起兴并喻指君子，又写君子的矜庄与威严之貌，表现出诗作者与"君子"切磋琢磨的愉悦心情①。《菁菁者莪》一诗与此诗在意境、写法、主旨等方面皆可谓有异曲同工之妙。

《菁菁者莪》诗中的一些关键词语尚需讨论。第一，"既见君子，乐且有仪"的主体，毛传将其分属二人，谓"既见君子"应指育材者，而"乐且有仪"则指贤才言之，郑笺则谓"乐"者为见到君子者，"有仪"则指君子。或以为这些皆属"君子"。陈启源谓"一句分属两人，终未浑成"②，并引严氏说谓事当皆属见君子者，"谓见君子者喜，非所见者喜也"。今按，严氏说可从，然尚可略作补充，即从诗四章的吟咏情况看，后三章末句皆有"我"字，其为诗作者自己，似无可置疑。第二，诗句"菁菁者莪"的喻指意义，毛传云："君子能长育人材，如阿之长莪菁菁然。"陈启源谓"前三章皆以莪之长，喻材之育"③。方玉润亦发挥毛传之意，谓"菁莪之产于美地，在彼中阿、中沚、中陵，有润泽以养其材"④。按，此说不可解处在于，菁莪虽被美地润泽而成材，但皆属自然，非为人育，且中阿等亦不可以"美地"释之。比较而言，此处的喻指，朱熹所谓"比君子容貌威仪之盛"⑤则近于诗旨。第三，诗句"载沉载浮"的意义，毛传"载沈亦浮，载浮亦浮"，郑笺"舟者，沈物亦载，浮物亦载，喻人君用士，文亦用，武亦用，于人之材无所废"。孔疏指出传笺于《诗》中载字多释为"则"，这是正确的，但并未破传笺以载为载负之载的成说，只是于载负意前加一则字而已，盖为泥于疏不破传

---

① 关于此章的意蕴，方玉润谓"首章以绿竹兴起斐君子，言彼学问，切磋以究其实，琢磨而致之精"（《诗经原始》卷四）。按，此说甚精当，远甚于《诗序》"美武公"之说。《韩诗外传》卷二载孔子弟子闵子骞语"赖二三子切磋而进之"，又谓"若夫君臣之义，父子之亲，男女之别，切磋而不舍也"，其卷九述子贡与堂衣若的相互批评之语等，皆引诗"如切如磋，如错如磨"为证，可见韩诗已将此诗主旨理解为君子之交。
② 陈启源：《毛诗稽古编》卷十。
③ 同上。
④ 方玉润：《诗经原始》卷十。
⑤ 朱熹：《诗集传》卷十。

之传统的缘故。后来,韩愈将"载"直接说成舟,谓"若舟之于物,浮沈皆载之"①。按,载字之义,当依《诗》中多处用例,如"载驰载驱"、"载笑载言"、"载飞载下"等②,传笺皆以语辞"则"为释。诗句"泛泛杨舟,载沉载浮",形容杨木制成的轻舟在水中沉浮不定,比喻心情起浮难平,"以兴未见君子而心不定也"。比较而言,朱熹的说法是通畅的,载浮句的下面紧接着就是"既见君子,我心则休"这样表达心情状况的诗句。

以上的讨论可以说明,关于《菁菁者莪》篇的主旨,朱熹的"燕饮宾客"说比《诗序》的育材说为优。然而,"燕饮宾客"说亦有难通之处,即此诗完全没有"燕饮"的词语和意境,如证成此说,必将十分迂曲为说乃可近之。愚谓今可以据上博简《诗论》之说而定《菁菁者莪》的诗旨在于"交友"。这样说的根据,一方面在于《诗》中多有与君子切磋而有益德行的诗篇、诗句可以模拟;另一方面在于,如此理解可以较为通畅地解释此诗的辞意,庶几可以避免迂曲为说之弊。

(四)

我们还应当看一下先秦时人对于《诗·菁菁者莪》的理解情况。春秋中期鲁文公曾经在晋侯举行的飨礼上赋此诗,事见《左传》文公三年:

> 公如晋,及晋侯盟。晋侯飨公,赋《菁菁者莪》。庄叔以公降拜,曰:"小国受命于大国,敢不慎仪?君贶之以大礼,何乐如之?抑小国之乐,大国之惠也。"晋侯降,辞。登,成拜。公赋《嘉乐》。

晋襄公赋《菁菁者莪》诗,取"既见君子,乐且有仪"之意,褒扬鲁文公仪礼得当。鲁国庄叔的答辞"敢不慎仪",可为其证。其答辞的"何乐如之"表明《菁菁者莪》诗中"乐且有仪"之乐,亦是"君子"之乐,而非见君子者之乐。春秋后期小邾穆公亦曾赋此诗,事见《左传》昭公十七年:

> 十七年春,小邾穆公来朝,公与之燕。季平子赋《采叔(菽)》,穆公赋

---

① 《韩昌黎集·上宰相书》。
② 见《诗经》的《载驰》、《氓》、《四牡》等篇。

《菁菁者莪》。昭子曰:"不有以国,其能久乎?"

鲁卿叔孙昭子娴于《诗》、礼,他称赞小邾穆公能赋《菁菁者莪》诗作答,亦取"既见君子,乐且有仪"之意,实谓季平子有礼仪。

从这两次赋《菁菁者莪》一诗的情况看,春秋时人采用此诗的意项有二。一是赞颂礼仪的周到("敢不慎仪");二是赞颂因礼仪周到而得到的喜乐("贶之以大礼,何乐如之")。《诗·六月》篇前之序,类于诗《大序》,其中云"《菁菁者莪》废,则无礼仪矣",此说与《菁菁者莪》诗前《小序》的育材说有异,但与春秋时人使用此诗的意旨一致,应当是可信的。

礼仪文化融于周代人际关系的各个层面,君子之交必须合乎礼仪。《左传》、《国语》及《礼记》等古代文献的大量记载表明,礼仪在当时的交友之道中占有非常重要的位置。也可以说,《菁菁者莪》一诗实通过人际交往中的彬彬有礼,颂扬君子之交。上博简《诗论》"《菁菁者莪》则以人益也"的简文揭示出孔子儒学对于此诗意旨的早期理解。所谓"以人益"即靠与君子之类的贤人的交往而使自己的德操受益,亦"如切如磋"之意也。

十五　中国古代"养子"现象的起源及其发展

——附论上博简《诗论》的相关问题

周代社会中的"为人後者"适应周代宗法制的需要而产生,是后世"养子"的嚆矢。他们作为家庭的外来人员,其社会地位较低,通常为社会舆论所轻蔑、甚至不齿。这种"为人後者",在春秋后期已被置于亡国大夫和败军之将同列,而为社会舆论所轻蔑。《诗·小宛》是"养子"悲怨情感的表达,诗中以"螟蛉有子,蜾蠃负之"喻指收养别人家的孩子。历代人们以"螟蛉"作为养子的代称,实际上已经指明了对于这一点的认可。"养子"现象出现于我国古史上的氏族时代向编户齐民时代迈进的时期。它是适应个体家庭需要而正式出现的。上博简《诗论》评论此诗谓"其言不亚(恶),少(小)有悢安(焉)",可以说对于《小宛》诗旨的把握非常准确,评论之语的遣词也极有分寸,为考索《小宛》诗旨和研究先秦时期的"养子"现象提供了重要旁证。

"养子"现象是中国古代社会结构变迁的一个标志,它的出现和发展是古代社会家庭历史的大事。前辈专家很少关注这种现象。近来读上博简《诗论》,其中第8号简论《诗·小宛》篇的内容,感到它对于研究古代"养子"现象颇有启发,因此试由这里入手对于"养子"现象进行一些历史考察。因为与古代"养子"现象的文献记载问题较多,所以我们先来缕析相关的文献数据,以期对于"养子"现象的历史发展有一个初步认识,然后再分析睡虎地秦简和上博简的相关记载,试图以此做到文献与简牍数据相互发明并从而对于认识我国古代"养子"现象能够有一些新的认识。

(一)古史传说中的"逐子"与"弃子"

　　"养子"就是收养别人的孩子为自己的儿子。在中国古史传说中尚未见到真正的"养子"的说法,而只有"不才子"被逐出以及"弃子"的记载。因为这些现象与后来的"养子"有一定关系,所以先来进行一些必要的讨论。

　　相传,远古时代的氏族里面有"才子"和"不才子"的区别,据《左传》文公十八年记载,远古时代的不少氏族,如帝鸿氏、少皞氏、颛顼氏、缙云氏等都有"不才子"被驱逐出去而"投诸四裔"。依我们今天的观点,这些所谓的"子"应当皆为氏族,而不是某一个人的称谓。上述传说,应当是春秋时人以家庭逐子事例对于上古氏族的一种追忆。在此观念之中,离开家庭者往往被视为"不才",是有"凶德"者,他们往往"掩义隐贼"、"丑类恶物,顽嚚不友"、"毁信废忠,崇饰恶言"而"不可教训,不知话言",因此才被逐出[①]。原始氏族时代的这些逐"子"传说,与后世的"养子"现象很不相同,它实际上是氏族、部落之间的关系,而不是氏族内部的家庭所出现的现象。

　　原始氏族时代虽然血缘纽带十分牢固,可是并不因为如此而具有绝对的排他性,没有血缘关系的它族之人有时候也可以被收养在自己的氏族。摩尔根指出古代希腊氏族有"收养外人为本氏族成员的权利"[②]。古代罗马人的氏族亦有"收养不同血统的外人为本氏族成员之权"[③]。恩格斯指出,"收养外人入族的权利,其办法是收养到某一家庭中(像印第安人所做的那样),然后就算

---

　　① 春秋时人所述这些"不才子"的品德表现,虽然可能与上古氏族的实际情况有关,但其中并不乏春秋时人关于"养子"的社会舆论的影响。
　　② 〔美〕摩尔根:《古代社会》上册,商务印书馆1977年版,第225页。
　　③ 同上书,第293页。

收养入族"①。这种情况在中国古史中应当也有过存在。中国远古时代也可能有作为个人的"不才子"被逐出氏族。以情理度之,他们被逐之后应当被别的氏族和家庭所收养,否则就没有办法活下去。所以"逐子"与"养子",应当有所联系。

我们除了以"逐子"推测"养子"现象在远古时代可能存在以外,还可以讨论"弃子"的现象。同样依情理度之,有抛弃就会有拣拾,所拣拾的孩子在家庭中亦是"养子"。古史传说中十分典型的"弃子"的记载,即《诗经·生民》所载周族先祖后稷之事,诗述后稷被抛弃之后:

> 诞寘之隘巷,牛羊腓字之。诞寘之平林,会伐平林。诞寘之寒冰,鸟覆翼之。鸟乃去矣,后稷呱矣。

后稷三次被抛弃,皆因为特殊原因而获救。如果不是幸免,则很难摆脱被牛羊踩死、在森林被野兽吃掉或者是被冻死在寒冰之上的命运。诗明谓后稷"诞弥厥月,先生如达",可见他是其母的长子,所以毛传谓"姜嫄之子,先生者也",朱熹《诗集传》谓"先生,首生也"。远古时代当父权制刚刚确立的时候,氏族间的对偶婚制还有遗存,弃杀首子是为其时之风,目的是为了保证儿子确凿无疑的是父亲的真正后裔。《史记·夏本纪》载:"禹曰:予辛壬娶于涂山,癸甲生启,予不子。"意即不以启为己子。《汉书·元后传》载:"羌胡尚杀首子,以荡肠正世。"颜注:"言妇初来,所生之子,或他姓。"《墨子·节葬》下篇载东越地区有国,"其长子生,则解而食之,谓之宜弟"。如果出于母爱而不杀首子,其结果应当就是将首子抛弃。《吕氏春秋·本味》篇载"有侁氏女子采桑,得婴儿于空桑之中,献之其君。其君令烰人养之"。这个婴儿长大,就是著名的伊尹。他出生后被抛弃于空桑之中,为有莘氏所收养。伊尹大概可以算是中国古代最早的"养子"②。

---

① 〔德〕恩格斯:《家庭、私有制和国家的起源》,《马克思恩格斯选集》第四卷,人民出版社1974年版,第118页。

② 拣拾孩子之事春秋时期犹有记载,如《左传·襄公二十六年》,"宋芮司徒生女子,赤而毛,弃诸堤下。共姬之妾取以入,名之曰弃",这位名"弃"者,就是后来宋平公夫人,不过她只能算是宋共姬的"养女",而非养子。

依古代家庭情理度之,无子的家庭收养别人家的孩子为子,应属常理①。然而为什么秦汉以前没有明确的"养子"记载呢?愚以为这是氏族社会、宗法传统使然。氏族时代,在氏族组织之中虽然普遍存在着家庭,但人们的生老病死,都是以氏族为核心进行的。原始氏族时代公有制的观念占绝对优势,财富是公有的,孩子也是公有的(即氏族的),而不为某个家庭所私有。从根本上说,某个家庭收养孩子的思想与氏族公有观念并不相符。这盖为原始氏族时代没有"养子"现象的根本原因所在。夏商周三代虽然家庭早已广泛存在,但是,社会上作为基本生产生活单位的还是氏族、宗族,就是在家庭的作用趋于强大的西周春秋时期,宗族的作用依然十分强大。一个家庭并不因为无子嗣而陷入困境。相传,周文王"治岐"的时候,很是照顾孤独之人,"老而无妻曰鳏,老而无夫曰寡,老而无子曰独,幼而无父曰孤,此四者,天下之穷民而无告者。文王发政施仁,必先斯四者。诗云:'哿矣富人,哀此茕独。'"②《礼记·王制》篇所谓"少而无父者谓之孤。老而无子者谓之独。老而无妻者谓之矜。老而无夫者之谓寡。此四者。天民之穷而无告者也。皆有常饩",良非虚语,而是合乎中国古史的氏族时代情况的概括。这种传统在春秋战国时期尚有不少遗存,存亡继绝、养孤恤寡常常成为诸侯国争霸的政治口号,甚至作出具体规定:"国都皆有掌孤,士人死,子孤幼,无父母所养,不能自生者,属之其乡党知识故人,养一孤者,一子无征。养二孤者,二子无征。养三孤者,尽家无征。掌孤数行问之,必知其食饮饥寒,身之瘠胜而哀怜之,此之谓恤孤。"③这时所提到的"养孤",亦即养子的又一说法。《论语·泰伯》篇载,孔门大贤曾子讲君子人格,其中一项就是"可以托六尺之孤","六尺之孤"被人养育成人,亦即养子。这是应别人所请而收养"养子",与普通的主动收养"养子"为继嗣的情况仍微有差异。《国语·越语》载,越王勾践下令,

---

① 先秦时代,多重男之俗,但由于生理条件局限,有些家庭可能没有男孩,亦属正常现象。即令王公贵族也无可奈何,如《战国策·楚策》四载:"楚考烈王无子,春申君患之,求妇人宜子者进之,甚众,卒无子",就是一个典型的例子。因为"无子"而被大家逐出,是合乎当时社会礼俗的事情,《大戴礼记·本命》篇载妇人在七种情况下应予逐出,其中之一,就是"无子",原因在于"无子,为其绝世也"。收养男孩以为继嗣,不仅是社会上男子的需要,而且也是妇女为了维护自己在家庭的地位所需。
② 《孟子·梁惠王下》。
③ 《管子·入国》。

"令孤子、寡妇、疾疹、贫病者,纳宦其子",这是国家"养子"的规定,由国家出力养育孤子,即《墨子·兼爱》中篇所谓"幼弱孤童之无父母者,有所放依以长其身",这与家庭"养子"尚有一定区别。汉朝时人曾经比较古、今家庭的不同,谓:

> 八家为邻,家得百亩,余夫各得二十五亩,家为公田十亩,余二十亩共为庐舍,各得二亩半。八家相保,出入更守,疾病相忧,患难相救,有无相贷,饮食相召,嫁娶相谋,渔猎分得,仁恩施行,是以其民和亲而相好。诗曰:"中田有庐,疆场有瓜。"今或不然,令民相伍,有罪相伺,有刑相举,使构造怨仇,而民相残,伤和睦之心,贼仁恩,害士化,所和者寡,欲败者多,于仁道泯焉。①

汉朝时人这个比较,说明在他们心目中,上古时代的家庭相互援助,几为一体,从生产到生活皆无虑有不可克服的困难。这正是氏族内部家庭关系的写照。而后代的家庭,这种仁恩和睦关系消失,代之以相互争竞残贼的局面。所以在氏族时代,是否有子男继嗣的问题对于一个家庭来说并不重要,与氏族时代以后的情况不可同日而语。总之,在中国古史的氏族时代②,例如我们知道情况较多的夏商西周时期,在氏族、宗族的保护伞下,子嗣问题对于家庭而言,虽然存在但并不突出。传说时代的"逐子"、"弃子"的被收养都是氏族行为,和后世的家庭收养"养子"的情况相比,两者只是在收养孩子这一点上有某些类似而已。

(二)周代的"为人後"问题

在盛行宗法制度的周代,对于子嗣的重视,其着眼点在于为了绵延宗族传承而进行的宗庙祭礼的需要。孟子谓"不孝有三,无後为大",所谓"无後",依

---

① 《韩诗外传》卷四。
② 关于中国古史的发展,愚以为可以用注重社会结构的"长时段"理论进行分析,可以区分为氏族时代和编户齐民时代这样前后相连的两个大的历史发展阶段。春秋战国时期虽然基本上可以划到前一个时代,但它实际上是两个历史阶段的交替时期,社会结构正处于深刻变革的阶段。相关探讨参阅拙稿"论中国古史的氏族时代",载《历史研究》2001年第6期。

汉儒的理解就是"不娶、无子,绝先祖祀"①。不娶妻子而出现无子情况的结果就是断绝了先祖的祭祀。这种情况被认为是极为严重的②,所以说"无後为大"。在宗法制度下,只有嫡长子可以成为宗族之长(亦即宗子)而主祭,如果宗族没有主祭者,那就意味着宗族消亡,并为它族所轻蔑。在周代的社会观念中,对于宗族祭祀是否延续极为关注③。春秋时人谓:"保姓受氏,以守宗祊,世不绝祀。无国无之,禄之大者",能够"世不绝祀",即被称为"世禄"④,是家族的荣耀。

一个宗族,如果"宗子"没有子嗣,则必须从宗族内选择合适的人立为其子嗣,所选取的人就是宗子之"後",亦即宗子之"子",确定宗子之"後"的行为称为"立",很为社会所看重。春秋时期有不少此类记载。如卫灵公因为嫡子出奔,故而又选取庶子名子南者,欲立其为继嗣,他对子南说:"余无子,将立女(汝)。"⑤立子南为"子",即立其为宗子,亦即卫国之君。春秋时期无子嗣者可

---

① 《孟子·离娄》上赵岐注。汉儒以降皆以不娶妻室而无後嗣来理解无後为大的意思。这种理解虽然不误,但是,依战国时期尚有西周春秋传统在的情况分析,此处的"无後",可能也包括了乏宗绝祀之义,非必完全是无子嗣一义。孟子所云"无後为大"的"後",盖与见于《仪礼》、《公羊传》等书的"为人後"的"後"是一致的。《礼记·曲礼》下篇谓:"支子不祭。祭必告于宗子。"说明了在祭礼中宗子的特别重要。在周代社会现实中,如果嫡子残废或者死亡,解决问题的方法大致有二,一是选取同宗族的人重新设置宗子;一是将主祭的责任传给嫡子之子,亦即立嫡孙为宗子。这两种方法都可以称为"传重"。依宗法制度规定,如果长子死,其父要为其服斩衰之丧三年,为什么如此呢?原因就在于"正体于上,又乃将所传重也"(《仪礼·丧服》一)。由嫡孙而言,与由祖而言的"传重"相对,则称为"受重"。关于"受重"之意,清儒胡培翚云:"尊祖所以统宗庙也,是以宗绝而继之,使其正宗百代不失也,其继宗者,是曰受重"(《仪礼正义》卷二十一)。"传重"、"受重"所表示的就是对于以嫡长子为核心的宗法制度的特别重视。
② 周人认为,"人死为鬼"(《礼记·祭法》)并且"鬼犹求食"(《左传》宣公四年),在宗法观念支配下,当时的社会观念认为在鬼蜮的祖先要由宗族后人通过祭祀供给饮食。周代祭祀多为宗族行为,"神不歆非类,民不祀非族"(《左传》僖公元年),所以宗族祭祀对于成为鬼的先祖至关重要。例如春秋前期楚国子良之族"若敖氏",曾认定子越椒会将其族灭亡,造成"若敖氏之鬼。不其馁而"(《左传》宣公四年)的局面,认为先祖将会因无人祭祀而挨饿。宗族祭祀之不可或缺,于此可见一斑。
③ 这种情况可能早已有之。相传,夏代初年,太康帝五位兄弟,哀叹太康失国,谓:"荒坠厥绪,覆宗绝祀。"唐代诗人咏史诗还有"惆怅太康荒坠后,覆宗绝祀灭其门"之句。见伪《古文尚书·五子之歌》和《全唐诗》卷七百八十四。
④ 《左传》襄公二十四年。按,这种以有子嗣才可保证家不绝祀的观念延续甚久,例如,明人记叙"惧内"和恶妇死而可喜之事谓:"崔冢宰之妻李尤悍,崔栗栗畏顺。至怒,辄跪起拜谢,以冀免。盖恐传笑于外,而益养成其恶。崔后至冢宰,李病将死,犹听候省视,不敢违。及卒后,妾得专房,遂生二子,不至绝祀,岂非大吉大利之可哂耶?"(尹直《謇斋琐缀录》卷八)悍妇无子而死,妾生子而"不至绝祀",被视为"大吉大利",对于子嗣的重视于此可见一斑。
⑤ 《左传》哀公二年。

以取他人之子以为己子,如齐灵公妾戎子即以仲子之子名牙者为自己的养子。这类养子当时被称为"子",尚无"养子"的名称。如《左传》隐公三年载"卫庄公娶于齐东宫得臣之妹,曰庄姜。美而无子",便以其娣戴妫之子"以为己子",即为一例。当时贵族所以要收养别人之子为己子,尚无太多的养儿防老的意图,主要在于宗族祭祀的需要,亦即宗族必须有"後"的需要。《礼记·杂记》上篇说:"士之子为大夫,则其父母弗能主也,使其子主之,无子,则为之置後。"这里说的是,操办丧事需要由等级身份较高的儿子来担当,如果大夫没有子嗣,则要在本宗族中选取一位大夫级别者的嫡子为丧主("置後"[①])。这反映了在宗法等级制度下,对于"後"的特别重视。孟子的时代虽然已经与西周春秋时代有了很大不同,但宗法传统尚有一定程度的遗留,他所说的"无後为大"的"後",应当与宗法制度下的"置後"之义是一致的。

在这种"置後"观念支配下,周代每有"为人後"的记载。此盖为后代收养"养子"一事之嚆矢。这种收养,主要目的并不在于年老时有人照顾生活,而在于宗法传统下的祭礼以及《仪礼·丧服传》所说的宗族"传重"的需要。据《仪礼·丧服》记载,"为人後"者要为所後者之父服三年之丧。关于这其间的原因,《仪礼·丧服传》有所解释:

> 《传》曰:何以三年也?受重者必以尊服服之。何如而可为之後,同宗则可为之後。何以而以为人後,支子可也。为所後者之祖父母、妻、妻之父母、昆弟、昆弟之子,若子。

这个记载说明,"为人後"者的范围,他们应当是与收养者同宗族的家庭中的庶子。这样的庶子,到了收养他的家庭,就要像亲生儿子对于父母及其亲属一样,履行各种义务。所谓的"若子"的意思就是"为人後"者像亲儿子那样为所"後"者及其亲属服丧。《仪礼》所谓"为人後者为其父母",意味着以所後者为父母,而自己的亲生父母的父子、母子关系则趋于淡化。这种"薄于本亲"的做

[①] 关于《杂记》上篇的"置後"之意,孔颖达疏谓"若死者无子,则为死者别置其後,所置之後即大夫嫡子"(《礼记正义》卷四十),此处指明所置之"後",已有"嫡子"的地位。清儒孙希旦谓:"置後,谓立族人为大夫之子,而以子之礼主其丧也。"(《礼记集解》卷三十九)是说指明选立"置後"者的范围是"族人",颇为可取。于此所选取者应当是同族中其他家庭的庶子,依礼,"长子不得为人後",说见《河南程氏遗书》卷十七。

法，不仅于"为人後"者本人为然，而且他的妻子也要随之变化而"薄于本亲"。例如，子本来为父母应服三年斩衰之丧，但若"为人後"以後，则只为亲生父母服一年之丧，《礼记·丧服传》解释这项规定时谓：

> 为人後者，为其父母报。传曰：何以期也？不贰斩也。何以不贰斩也？持重于大宗者，降其小宗也。孰後？後大宗也。曷为後大宗？大宗者，尊之统也。禽兽知母而不知父。野人曰：父母何筭焉。都邑之士，则知尊祢矣；大夫及学士则知尊祖矣。诸侯及其大祖，天子及其始祖之所自出。尊者尊统上，卑者尊统下。大宗者，尊之统也。大宗也，收族者也，不可以绝，故族人以支子後大宗也。

贾公彦疏谓："欲其厚于所後，薄于本亲。"①这里所强调的是"大宗"传承的重要，而不是血缘亲属关系的重要。宋儒曾经从这个角度肯定为人後者必须称呼所後者为父母，如果不如此，便是违背了宗法之义。依照礼法规定，子只为其父母服斩衰之丧三年。既然"为人後者"已经成为所"後"者之子，那么他就只能为所"後"者服斩衰之丧，而不再次为亲生父母服斩衰之丧。这就是所谓的"不贰斩"。

周代礼制中的"为人後"，直接涉及"为人後"者对于亲生父母的称谓等问题，宋儒曾经对此进行过反复论辩。北宋时期，宋仁宗无子，死後，以濮王之子入继皇位，是为宋英宗。有大臣建议，英宗应当称濮王为"皇伯"，另有大臣力主应称"皇考"。朝野纷争不已。欧阳修撰《濮议》一书，专门记载此事原委。或谓"为人後"者称其亲生父母为伯叔父母，曾巩斥责此说，谓"为人後"者，"为人降其父母之服，礼则有之矣；为之绝其父母之名，则礼未之有也。"曾巩的主要根据在于《仪礼·丧服传》有"为人後为其父母报"一语，宋儒黄震于其所著《黄氏日钞》中驳之，云："礼经'为其父母'一语，谓未尝因降服而不称父母耳。然既明言所後者三年，而于所生者降服，则尊无二上明矣。谓所生父母者，盖本其初而名之，非有两父母也。未为人後之时，以生我者为父母；已为人後，则

---

① 这种"薄于本亲"的做法，不仅于"为人後"者本人为然，而且他的妻子也要随之变化而"薄于本亲"。《礼记·丧服小记》载"夫为人後者，其妻为舅姑大功"，说明其妻要随夫，为夫之亲生父母服丧例降一等。

以命我者为父母。"朱熹亦不同意曾巩的说法,谓"礼经中若不称作为父母,别无个称呼,只得如此说也"①。欧阳修据《仪礼》和《礼记》的记载,指出:"或问曰:为人後者不绝其所生之亲,可乎。曰:可矣。古之人,不绝也而降之。何以知之? 曰:于经见之。"②顾炎武曾经对于这场争论以"重其继大宗"为说,进行总结③,实际上肯定了黄震的说法。

周代所谓的"为人後"者的称呼转变为"养子"的现象盖始于战国时期,而"养子"名称的出现则还要再晚些。《睡虎地秦墓竹简·军爵律》载:

> 欲归爵二级以免亲父母为隶臣妾者一人,及隶臣斩首为公士,谒归公士而免故隶臣妾一人者,许之④。

这里所说的"亲父母",即亲生父母。准此,则可以推知当时社会上必有因收养别人家的孩子而成为继父母的现象出现,只是现在尚没有见到"养子"、"继父"之类的文字记载而已。《汉书·张汤传》载:张贺"无子,子安世小男彭祖",颜师古注:"言养以为子。"张贺虽收养其弟张安世之子名彭祖者为己子,可是,亦仅有养子之实,而尚无"养子"之称。"养子"最初盖出现于后汉安帝元初年间,宦者郑众收有养子,郑众"元初元年卒,养子闳嗣。闳卒,子安嗣"⑤。东汉顺帝时下令"初听中官得以养子为後,世袭封爵"⑥,是为其证。

"养子"在汉魏时期又被称为"假子"⑦,在南北朝以降又被称为"义子"⑧,明清时代若以兄弟之子为後,则又称此现象为"转房"⑨。北齐高欢曾被收养

---

① 《朱子语类》卷八十七。
② 《欧阳修全集·濮议》卷四。
③ 参见顾炎武:《日知录》卷五。
④ 《睡虎地秦墓竹简》,文物出版社1978年版,第93页。
⑤ 《后汉书》卷七十八《宦者传》。
⑥ 《后汉书》卷六《顺帝纪》。
⑦ 魏晋时期的"假子",其范围可能比养子稍大些,《列女传》载后母对于夫之前妻之子即称为"假子",此假子不在养子范围。《三国志》则记载有养子被称为"假子"之例。
⑧ 唐代陆广微《吴地记》载余杭山"有夫差义子坟十八所",盖为后代追记,夫差时可能已有收养"义子"之实,但尚无"义子"之称。
⑨ 清代俞樾《茶香室丛钞》卷五载"今俗无子而以兄弟之子为後,曰过房"。朱子《言行录前集·王沂公事》第七条云:"曾无子,欲令弟子过房,是宋时已有过房之语。"

为"义子",史载"苍鹰母求以神武为义子。及得志,以其宅为第,号为南宅"①,北齐时"和士开、高那肱皆为郡君(按,即陆令萱)义子"②。这应当是关于义子的较早记载。宋代洪迈谓:"人物以义为名者,其别最多。……自外入而非正者曰义,义父、义儿、义兄弟、义服之类是也。"③中国古代对于养子问题曾有不少法律规定,如唐代规定:"诸养子,所养父母无子而舍去者,徒二年,若自生子及本生无子,欲还者,听之。《疏》议曰:依户令:'无子者,听养同宗于昭穆相当者。'既蒙收养,而辄舍去,徒二年。若所养父母自生子及本生父母无子,欲还本生者,并听。即两家并皆无子,去住亦任其情。若养处自生子及虽无子,不愿留养,欲遣还本生者,任其所养父母。"④由此规定可以看到,"养子"在唐代仍然处于极其被动的地位,养父母如果自己有了孩子或不愿意再收养他,可以随时将他送归其亲生父母。

中国古代社会上"养子"现象从战国时代开始出现,并且逐渐流行。这个现象虽然起源于宗法传统下的"为人後",但两者又不完全相同。"为人後"者着眼于宗族祭祀的需要,而收养"养子"的目的中则包括了较多的养儿防老的用意。这种情况的出现应当是由氏族时代向编户齐民时代演进的社会背景所决定的。

(三)周代"养子"的社会地位

社会结构发生深刻变革的春秋战国时期,氏族、宗族的重要性趋减,个体家庭在社会上的地位则逐渐重要。社会上的"为人後者"的称谓渐由"後子"、"养子"等替代。在"养子"增多的情况下,在春秋后期到战国时期的社会上他们可能已经形成一个有一定人数的社会群体。在当时的社会舆论环境中,这个群体的社会地位是比较低的。这可以从以下几个方面进行说明。

第一,"为人後"者常常会受到"不孝"名誉的舆论压力,而成为严重的心理负担。西周春秋以降孝道理论日益受到重视。孝与不孝成为区别人的品格德行的重要标志。不孝者被视为败类而为人所不齿。西周春秋时期,社会舆论

---

① 《北齐书·神武帝纪》。
② 《北史》卷九十二。
③ 洪迈:《容斋随笔》卷八。
④ 《唐律疏议》卷十二。

甚为看重血亲关系,重视血亲关系者可以被冠以"纯孝"的美名①。所谓"纯孝"就是对于血亲关系情感的特别重视。孝道传统在我国古代起源甚早,西周春秋时期已经形成了比较系统的理论和社会舆论环境。由此可以推想,"为人後者"离开自己的亲生父母,并且在种种礼仪场合不得以亲生父母为"父母",实际上是对于其情感的摧残。在强大的孝道传统中,他们自己往往会感到对不住亲生父母,认为自己于孝道有阙。在宗法传统之下,血亲关系本来是十分被看重的,但在讲求"大宗"的礼法要求下,"为人後者"却不得不淡化自己的血缘亲属关系。这对于"为人後者"应当说是颇为不公平的。关于这种情况,欧阳修曾经指出,"为人後者"必须降服于自己的亲生父母,"其必降者,示有所屈也。以其承大宗之重,尊祖而为之屈尔。"②这种"屈",不仅是形式上的委屈,而且也是心理上的扭曲。"为人後者"要在回报生育之恩和养育之恩两者之间徘徊犹豫而无所适从,如果收养养子的家庭与养子亲生父母的家庭因为养子问题而引起纠葛,那就会使"养子"处于更为尴尬难耐的境地③。

　　第二,"为人後者"的辈分和姓名称谓要随其所"後"者的家庭而变化,这不啻是对于他的人格上的侮辱。周代有"为人後者为之子"的传统规定。不管"为人後者"与其所"後"者原来是什么关系,既然为人之"後",他就成为其子辈。春秋时期鲁国仲婴齐的事例,可谓典型。春秋前期,鲁卿襄仲杀太子及太

---

① "纯孝"见于《左传》隐公元年。是年,郑庄公平定大叔段的叛乱之后,曾将支持叛乱的姜氏(郑庄公生母),禁闭起来,并誓不相见,但不久又悔之,颍谷封人颍考叔想办法让其母子见面,并和好如初,史称:"颍考叔,纯孝也。爱其母,施及庄公。诗曰'孝子不匮。永锡尔类',其是之谓乎!"
② 《欧阳修全集·濮议》卷四。
③ 因养子而引起纷争的现象于古代社会屡见不鲜,如东晋时期,散骑侍郎贺乔之妻收养贺乔兄之子为养子,后来养子长大,因为"动于游言,无以自处",不堪社会舆论的压力而回归亲生父母家,于氏遂上书争辩此事,备述养育之恩情,谓:"父母之于子,生与养其恩相半,岂胞胎之气重而长养之功轻?孔子曰:'子生三年,然后免于父母之怀,故服三年。'诗曰:'父兮生我,母兮鞠我,拊我畜我,长我育我,顾我复我,出入腹我,欲报之德,昊天罔极。'凡此所叹,皆养功也。螟蛉之体,化于蜾蠃……由此观之,哺乳之义,参于造化也。"而且养子走后,于氏自己也陷于苦痛之中,哀叹:"婴此茕独,少讫心力,老而见弃,曾无蜾蠃式谷之报,妇人之情,能无怨结?"(杜佑:《通典》卷六十九《养兄弟子为後後自生子议》)元代柯丹丘著《荆钗记》有辞谓"螟蛉者,嗣非其类,鬼神不享其祀",可见螟蛉之子被作为异类而受轻蔑。总之,在重重的矛盾困惑中,"养子"既不能忘记亲生父母的生育之恩,又得时时牢记养父母的养育之恩,往往在"动于游言,无以自处"的境地挣扎,其心情之悲痛可以想见。

子之弟①,而立鲁宣公为君,其子公孙归父在鲁宣公时甚得宠荣,意欲驱逐三桓。三桓却凭借强大实力,于鲁宣公十八年(前591)将公孙归父及其族东门氏驱逐。后来鲁国人怜悯东门氏在鲁国"无後",便立公孙归父之弟公孙婴齐为"後"。《春秋》经成公十五年载"三月乙巳,仲婴齐卒",《公羊传》成公十五年解释此事谓:

> 仲婴齐者何?公孙婴齐也。公孙婴齐则曷为谓之仲婴齐?为兄後也。为兄後则曷为谓之仲婴齐?为人後者为之子也。为人後者为其子,则其称仲何?孙以王父字为氏也。然则婴齐孰後?後归父也。归父使于齐而未反,……鲁人徐伤归父之无後也,于是使婴齐後之也。

《公羊传》所指出的"为人後者为其子",是周代社会上的一条重要原则。本来,公孙婴齐之姓,因为其鲁庄公之孙而得,可是,他被立为公孙归父之"後",便被视同公孙归父之子而随公孙归父称为仲婴齐。杜注谓"使婴齐绍其後,曰仲氏",是正确的。这里所提到的"为人後者为其子",可以视为西周春秋时代的一项通例,"为人後者"的称谓要随所"後"者而加以改变。"为人後者"本来都是庶子,已经有天然的不公平加诸其身,在过继到别的家庭以后,不仅成为别人的儿子,而且连名称都被改变,其心理的不平衡,实属必然。

第三,"为人後者"在社会上被轻视。《礼记·射义》篇所载事例,非常典型地说明这一点。是篇谓:

> 孔子射于矍相之圃,盖观者如堵墙。射至于司马,使子路执弓矢出延射,曰:"贲军之将、亡国之大夫与为人後者,不入。其余皆入。"盖去者半,入者半。

"矍相"是作为临时举行射礼的园圃,到此围观者很多。子路受命邀请比射者入场,但有三种人,即败军之将("贲军之将")、丧失国家的大夫("亡国之大

---

① 襄仲,鲁庄公子,故又称公子遂。其族因受赐而为仲氏,故公子遂又称仲遂。因为他以上卿而为军将(或谓因居于东门),故又称东门襄仲,其族又称东门氏,为春秋中期曾与"三桓"抗衡的强宗大族。他杀太子及其弟而宣公事见《左传》文公十八年及《公羊传》成公十五年。

夫")和那些过继给别家的人("为人後者"),不得入内。听了这番言辞之后,大约有一半的人知趣地离开墨相之圃。这个记载表明,第一,在众多的围观者当中有一半人属于前述的三种人,可见当时社会上"为人後者"的数量并不太少;第二,"为人後者"的社会地位不高,处于受人蔑视甚至不齿的尴尬处境。《孔子家语·观乡射》篇亦载此事而稍详,是篇还记载孔子观乡射之礼时十分感慨,谓:"射之以乐也,何以射,何以听,循声而发,不失正鹄者,其唯贤者。若夫不肖之人,则将安能以求饮?"可见"为人後者"已被摈斥于"贤者"范围,而被视为"不肖之人"①,其遭到社会舆论所轻蔑的情况于此可见。"为人後者"所感受到的人格侮辱及精神负担,与这种舆论有直接关系。

第四,"为人後者"的人身甚至生命安全得不到保证。这些人在战国后期,可能已被称为"後子"。如《云梦秦简·法律答问》记载:

> 士五(伍)甲毋(无)子,其弟子以为後,与同居,而擅杀之,当弃市。"擅杀、刑、髡其後子,□之。"可(何)谓"後子"?官其男为爵後,及臣邦君长所置为後、大(太)子,皆为"後子"。②

这两条前后相连的简文似应联系起来考察,其中所提到的"後子",《云梦秦简》的注解者引《荀子·正论》篇为例,释谓"作为嫡嗣的长子"。按,是说虽然不为无据,但尚有可以再探讨的余地。《荀子·正论》"天下有圣而在後子者,则天下不离",杨注"後子,嗣子",这里讲的是尧舜时期的天子继承人问题,以嗣子为释是正确的。但是《云梦秦简》所说者,是指普通民众而言,并且上引第一条简文已明谓"其弟子以为後",显然是过继的养子。这条简文所强调的是国家爵位的继承者不能空乏无人,所以将"後子"界定为"官其男为爵後"。战国后

---

① 养子的社会地位,在春秋战国时期已经不高,后世更趋于降低。例如,汉代"美阳女子告假子不孝",此"假子"即被美阳令王尊捕杀。(见《汉书·王尊传》)再如,三国时期何晏随母被曹操收养,"虽然见宠如公子"、"服饰拟如太子"并且娶曹操女为妻,其地位虽然如此之高,但还是被曹丕轻蔑地称为"假子"而"不呼其姓字"(《三国志·何晏传》注引《魏略》)。三国时期,刘备有养子刘封,刘备与曹操作战,"太祖在汉中,而刘备栖于山头,使刘封下挑战。太祖骂曰:'卖履舍儿,长使假子拒汝公乎!'"(《三国志·魏书陈萧王传》注引《魏略》),假子之称显然也是十分轻蔑的叫法。再如宋代"习见俚俗养过房子及异姓乞养义男之类,畏人知者,皆讳其所生父母。以为当然"(《欧阳修全集·濮议》卷一)。

② 《睡虎地秦墓竹简》,文物出版社1978年版,第181—182页。

期,秦国的赐爵制度已经普及,成为秦国增强国力的重要政策①。综合上引两条简文,可以说,当时的"後子",不仅有亲生儿子,而且也包括有养子在内②,其首要条件是要被官府承认为爵位的继承人。秦汉时期,赐爵频繁,普通民众常可通过受赐或军功等办法得到爵位,所以有爵位并非贵族身份标识。"擅杀"、"刑、髡""後子"的法律记载表明,"後子"生命和人身安全也是受到法律保护的。然而,这也从一个方面反映了社会上有擅杀"後子"的现象存在。

以上四个方面的情况表明,周代社会中的"为人後者",作为家庭的外来人员,其社会地位较低,通常为社会舆论所轻蔑、甚至不齿。战国秦汉社会上,存在有"赘婿"、"後父"一类人物,与"为人後者"、"後子"等同样,也是家庭的外来人员,其社会地位更低,其所遭到的社会歧视还曾以法律条文固定下来③。"为人後者"的社会身份地位应当与"赘婿"、"後父"等相近。

总之,"为人後者"是适应周代宗法制的需要而产生的。收养别人的孩子为己子,主要目的在于使宗族继嗣不至于乏人。随着宗法制的衰落,到了战国时期"为人後者"的称谓已极少出现,云梦秦简中"後子"可能包括有所收养的

---

① 早在战国中期秦国商鞅变法时就规定"有军功者各以率受上爵",《商君书·境内》篇载有论军功行赏的具体规定以及对于有爵位者的优待措施,《云梦秦简》有"军爵律",规定"从军当以劳论及赐",这些都表明军功爵是秦国普遍作用的重要制度。汉承秦制,赐爵制度在汉代更为普遍。

② 西汉前期常有赐民爵的记载,如汉文帝元年"赐天下民当为父後者爵一级"(《汉书·文帝纪》)。颜师古注:"虽非己生正嫡,但为後者,即得赐爵。"虽然王先谦《汉书补注》引刘焯说非颜注,但颜注仍不可移。汉光武帝建武三年"赐天下长子当为父後者爵,人一级"(《后汉书·光武帝纪》)。此处将"长子"与"为父後者"并列,可以推测汉文帝时的"当为父後者"非必为长子,亦当有养子为"父後者"的可能。日本学者西嶋定生曾经力辩刘焯说可信(参见[日]西嶋定生:《二十等爵制》,武尚清译,国际文化出版公司1992年版,第185—186页),今得云梦秦简资料,可证颜师古说可信、刘焯说非是。秦汉时期,社会观念所重视者已经不是作为宗族主祭者之"後",而在于对于官府赐爵的继承者的确定。汉律已经将"置後"的范围由男子扩大到妇女,由子辈扩大到父母和祖父母。这与先秦时期的"置後"虽然不无联系,但其区别则还是主要的。

③ 战国时期淳于髡就是"齐之赘婿"(《史记·滑稽列传》),《汉书·贾谊传》谓秦人"家贫子壮则出赘"。《汉书·严助传》谓"岁比不登,民待卖爵赘子,以接衣食",注引如淳曰:"淮南俗买子与人作奴,名曰赘子,三年不能赎,遂为奴婢。"让子为"赘婿"与将子过继给人为"养子"的情况不同之处,在于他不是到别人家为"後"而是为奴,其社会地位较"养子"则又等而下之。尽管如此,"赘婿"在性质上与"养子"却有相似之处,就普通家庭而言,两者之间的差别并不太大。《睡虎地秦墓竹简》附录的《魏户律》规定:"赘婿、後父,勿令为户,勿鼠(予)田宇,三世之后,欲仕,仕之,仍署其籍曰:故某虑赘婿某叟之仍孙。""後父"虽非养子,但作为家庭的外来人员,其情况有着类似之处。赘婿的名称在春秋战国时期还没有完全固定化,如《孔子家语·六本》载"子路问于孔子曰:'请释古之道,而行由之意可乎?'子曰:'不可。昔东夷之子,慕诸夏之礼,有女而寡,为内私婿。终身不嫁,嫁则不嫁矣,亦有贞节之义也。'"这里所提到的"内私婿",应当是赘婿的别称。

亲属及别人的孩子。秦汉以降则多以"养子"来称谓所收养的儿子,至南北朝时期则有"义子"名称出现。战国秦汉社会上"养父"、"养母"等称谓亦随着养子现象出现而出现。"养子"现象出现是我国古代家庭成为社会基本生产、生活单位的结果。先秦时期,"养子"被称为"为人後"者,之所以必须有"後",主要是由于宗法传统的需要,与后世家庭收养"养子"的目的并不完全相同。

(四)《小宛》诗旨不在于"刺王"和"兄弟相戒"

《小雅·小宛》是《诗经》中表现"养子"情感的难能可贵的篇章,可是,它的主旨却长期被湮没,这一方面是由于"养子"现象未被充分认识和重视,另一方面也由于诗序和毛传等传统解释的束缚,如今我们得上博简《诗论》相关论析的启示,终于可以对此问题作出一些新的探讨。

我们先来讨论《小宛》的诗旨是否在于"刺王"的问题。《小宛》一诗为今本《小雅·节南山之什》的第六篇。为讨论方便计,现具引如下:

> 宛彼鸣鸠,翰飞戾天。我心忧伤,念昔先人。明发不寐,有怀二人。
> 人之齐圣,饮酒温克。彼昏不知,壹醉日富。各敬尔仪,天命不又。
> 中原有菽,庶民采之。螟蛉有子,蜾蠃负之。教诲尔子,式穀似之。
> 题彼脊令,载飞载鸣。我日斯迈,而月斯征。夙兴夜寐,毋忝尔所生。
> 交交桑扈,率场啄粟。哀我填寡,宜岸宜狱。握粟出卜,自何能穀。
> 温温恭人,如集于木。惴惴小心,如临于谷。战战兢兢,如履薄冰。

《小宛》一诗共六章,章六句。这首诗的主旨,汉儒皆以"刺王"为说,微有不同的只是毛传和《诗序》认为是"刺幽王",郑笺以为"刺厉王"。汉代三家诗之一的《韩诗外传》曾引此诗末章,以论析"明王之惧":

> 孔子曰:"明王有三惧:一曰处尊位而恐不闻其过,二曰得志而恐骄,三曰闻天下之至道而恐不能行。昔者越王勾践与吴战,大败之,兼有南夷,当是之时,君南面而立,近臣三,远臣五,令诸大夫曰:'闻过而不以告我者,为上戮。'此处尊位而恐不闻其过也。"……诗曰:"温温恭人,如集于

木；惴惴小心，如临于谷；战战兢兢，如履薄冰。"

此言大王居人上也。依此之意，韩诗亦认为《小宛》为戒王之作。① 三国时期的王肃虽然力斥郑玄，但对于此诗的认识却与郑玄略同，谓此诗第三章的"教诲尔子"句是王者教民，"王者作民父母，故以民为子"②。唐代孔颖达完全同意毛传的说法，谓"《小宛》诗者，大夫刺幽王也，政教为小，故曰'小宛'"③。宋儒欧阳修虽然多指斥毛、郑"疏妄"，但对于《小宛》一诗的认识却与毛、郑无异，他还进一步发挥诗意，说："大夫刺幽王败政，不能继先王之业，其曰'宛彼鸣鸠，翰飞戾天'云者谓此鸠虽小鸟，亦有高飞及天之志，而王不自勉强奋起，曾飞鸠之不如，以坠其先王之业，故曰'念昔先人'。"④

在这个问题的研究方面，真正跳出《诗序》、毛传窠臼的是宋儒朱熹。他谓《小宛》之诗，"此大夫遭时之乱，而兄弟相戒以免祸之诗。……此诗之词最为明白，而意极恳至。说者必欲为刺王之言，故其说穿凿破碎，无理尤甚。今悉改定。"⑤平实而论，朱熹对于"刺王"说的批评正确而尖锐⑥，从《小宛》一诗中确实找不出"刺王"的迹象。毛传"刺王"说的主要根据在于认定《小宛》首章的"先人"，指"文武"，即文王和武王。《礼记·祭义》篇曾引"明发不寐，有怀二人"之句来说明文王之祭，并谓"文王之诗也"，孔颖达疏谓："此幽王《小雅·小宛》之篇，而云'文王诗'也者，记者引诗断章取义，且诗人陈文王之德以刺幽王，亦得为文王之诗也。"⑦孔颖达解释《小宛》之诗时亦谓"周之先世二人有圣

---

① 清儒陈奂曾引韩诗这段话，得出结论谓："此诗刺幽王以小智而登高位。故末章陈古明王居上位而不敢怠忽于政事者，'恭人'以言明王也。"（陈奂《诗毛氏传疏》卷四）。
② 《毛诗正义》卷十二引王肃说。
③ 孔颖达：《毛诗正义》卷十二。
④ 欧阳修：《诗本义》卷七。尊奉《诗序》毛传的吕祖谦同意并引用欧阳修此说，谓"'念昔先人'，悯周室之将亡，念其开创之人也"（《吕氏家塾读诗记》卷二十一）。后儒或有以此诗比附周宣王或周幽王太子宜臼者，皆为"刺王"说的发挥。
⑤ 朱熹：《诗集传》卷十二。按，朱熹分析诗意于此尚微有粗疏之处，他解释是诗的第二章时谓"时王以酒败德，臣下化之，故此兄弟相戒"，后来，陈启源《毛诗稽古编》曾抓住这句话朱熹"仍不能脱刺时义矣"。
⑥ 清儒方玉润赞许朱熹的论断，但对于朱熹所提出的"遭乱"之说提出异议，谓"言固无所谓'刺王'意，亦何尝有'遭乱'词？"方氏对于诗旨的判断是，"特其词意在即离之间，似专为此，又似不专为此，故人难测其旨"，断定《小宛》是"贤者自箴"之作。（《诗经原始》卷十一）
⑦ 孔颖达：《礼记正义》卷四十七。

德定天位者,唯文武为然。明以文武有天下,今虑其亡灭,故念之也"①。孔氏两说是一致的,依其逻辑,《小宛》虽然是在颂扬文武之德而没有批评,但那也可以认为是在讽刺幽王无德。此一逻辑之牵强可见于此。在先秦时代的文献中,"先人"皆指祖先言之,无特指文、武者;"二人",亦皆泛称,非必将其定为文、武,虽然不可谓绝对不行,但其证据却是不足的。《郑风·扬之水》"终鲜兄弟,维予二人","二人"指兄弟,虽然于此绝无可疑,但却不能据此而肯定文献中其他的"二人"亦必指兄弟。这个道理,于《小宛》诗的"先人"、"二人"亦然。坚持《小宛》"刺王"说的学者所持的一个重要"证据"是诗的第二章的"天命"一词,谓"惟天子受命于天耳,大夫戒其兄弟可妄称'天命'乎"②,魏源曾经专门回答了这一问题。他说:"若谓大夫不得言天命,则试问《国策》称'犀首云:是工用兵,又有天命也',枚乘《谏吴王书》云'弊天命之上寿,全无穷之极乐',杨雄《法言·叙》曰'明哲煌煌,旁烛无疆。孙子不虞,以保天命',陶渊明《归去来辞》云'乐夫! 天命复奚疑',是皆为帝王言之乎?"③当代专家评论魏氏此说云:其说"虽是雄辩,不必合理。即令后人把天命一词用作泛言命运,但诗说'天命不又',语意与革命一词的'命'意义相同"④。愚以为"天命"之辞的使用有一个发展过程,夏商西周时期多用作"天"对于王朝最高统治者的命令,称王朝更迭,即"天命"之转移,春秋战国时期,"天命"下移,不仅最高统治者可称,普通贵族亦行用之,此后则更为普遍⑤。然而,"天命"之称虽然不断下移,但

---

① 孔颖达:《毛诗正义》卷十二。
② 陈启源:《毛诗稽古编》,见学海堂《皇清经解》卷七十二。
③ 魏源:《诗古微》卷十二。
④ 陈子展:《诗三百篇解题》,复旦大学出版社 2001 年版,第 753 页。
⑤ 如《韩诗外传》卷一载:"山锐则不高,水径则不深,仁磏则其德不厚,志与天地拟者,其人不祥,是伯夷、叔齐、卞随、介子推、原宪、鲍焦、袁旌目、申徒狄之行也,其所受天命之度,适至是而亡,弗能改也,虽枯稿弗舍也。"可见当时已将"天命"行用的范围扩得很大。然而直到战国秦汉时期,"天命"与"命运"两词之意尚有区别,并未将它"泛言命运"。愚以为我们分析《小宛》次章的"天命"的含意,应当特别注意《诗》《书》时代,特别是春秋时期社会上一般人使用它的情况。时代相近,才有可比性。《左传》一书用"天命"之例凡五。宣公三年(前 606)"周德虽衰,天命未改",此处的"天命"与夏商西周时期者无异。春秋后期,"天命"虽然未必皆为上天对于最高统治者的命令,但亦多与"君"相关,如昭公元年(前 541)"良臣将死,天命不佑",定公四年(前 506)"君命,天也。若死天命,将谁雠",哀公十五年(前 480)"寡君之命达于君所,虽陨于深渊,则天命也","天命"之称皆与诸侯国君主有关。即令不与国君相关,"天命"之说也是与执政大臣相联系的。如襄公二十九年(前 544)子产执政时,郑臣谓:"善之代不善,天命也,其焉避子产?"与《左传》一样,同为春秋时期重要史乘的《国语》一书,"天命"之辞凡四见,情况与《左传》类似,如《晋语》二"君苟辅我,蔑天命矣",《晋语》六"国之存亡,天命也",《晋语》八两语都云"良臣不生,天命不佑"。这些例证,亦皆言诸侯国君主事。

直到春秋时期,也只是在诸侯国君主那里行用,而尚未移至普通贵族。前述魏源的回答虽然雄辩,但其所引用的材料皆战国秦汉者,与《小宛》一诗的时代距离较远,所以其说服力是不够的。此章的"天命"之称仍然是朱熹定此诗为"兄弟相戒"说的不可逾越的障碍。

愚以为解决这个问题的关键在于,必须充分注意到第二章所出现的"天命"之称,与全诗主旨不合这一事实,再辅以《国语·晋语》四、《左传》昭公元年的记载等其他证据,便可以做出如下的推测,即今传本《小宛》的第二章本是错简而误入者。《诗论》第27号简的内容揭示了逸诗的一些情况,今传本《小宛》的第二章,正是逸诗《人之》篇的首章[①]。分析《小宛》诗旨,应当将此章剔除。如此则通畅而无阻矣。越过了这个障碍之后,我们就可以看到,朱熹对于诗序和毛传的批评是可以成立的,"刺王说"确实不符合《小宛》诗旨。

我们下面应当讨论的问题是,既然"刺王"说不符合诗旨,那么朱熹的"兄弟相戒"之说就可以肯定是诗旨所在了吗?

朱熹之说能够突破"刺王说"的束缚而提出较为可信的新解,已经实属不易。然而他所提出的新解,即"兄弟相戒"之说,与诗旨仍有不小距离。从西周后期开始,宗法制趋于衰落,至春秋时期宗族解体的速度加快,走出宗族而到他处谋生的人逐渐增多。在宗族的保护伞渐失作用的情况下,人们希望通过兄弟的相互提携帮助来共渡难关。这种呼声在《小雅》诸篇中多有反映,如《常棣》篇谓:"常棣之华,鄂不韡韡。凡今之人,莫如兄弟。死丧之威,兄弟孔怀。原隰裒矣,兄弟求矣。脊令在原,兄弟急难。每有良朋,况也永叹。"从这些诗句中可以体味到对于兄弟友情的呼唤是多么强烈。《伐木》篇的例证亦十分典型,是篇谓:"嘤其鸣矣,求其友声。相彼鸟矣,犹求友声,矧伊人矣,不求友声?""友"即朋友,在西周春秋时期,朋友首先是同宗族兄弟,随着时代的发展其范围才逐渐扩大。考察《小宛》篇的内容,其各章皆与兄弟朋友之情距离较远,就是朱熹也没有从各章找出"兄弟相戒"的例证。

(五)《小宛》诗旨在于表达"螟蛉"之子的悲怨情感

下面我们试析《小宛》各章之义,以明诗旨之所在。

此诗首章开始即谓"宛彼鸣鸠,翰飞戾天",表示自己虽然宛如鸣鸠鸟一

---

① 关于这一问题的探讨,详见拙作"诗史互证:上博简《诗论》钩沉",载《史学月刊》2003年第3期。

样,但却有一飞冲天、一鸣惊人之志①。然而自己却落到了十分忧伤的境地,只能思念先辈和父母的辉煌业绩,以至于夜不能寐("明发不寐,有怀二人")。

诗的次章是诗人对于自己悲伤处境的具体说明,原来这是一位过继到别家为养子者("螟蛉有子,蜾蠃负之"②)。诗所谓"中原有菽,庶民采之",其意非如毛传所云"力采者则得之",亦非如郑笺所云"喻王位无常家也",而是说原野田亩中落遗之菽,人皆可以取而得之。意犹《大田》所谓"彼有遗秉,此有滞穗,伊寡妇之利",诗中以之所喻指的意思在于诗人作为养子,就像原野田亩中遗落的菽藿豆粒一样被遗弃,从而能够为别人所拣拾③,与"螟蛉"句的意思是一致的。当代专家或谓此诗次章意指诗作者无子而抱养其兄弟之子,并教诲之("教诲尔子,式穀似之"),故以螟蛉为喻焉。这应当是符合诗旨的说法④。约从魏晋时代开始,"螟蛉"一词已经作为"养子"的比喻用语,故而《文心雕龙·

---

① 首章的"宛"字,毛传和后来的注家多以"小貌"为释,但不若清儒牟应震释若"宛然"为优。牟氏谓:"宛,宛然,《秦风》'宛在水中央'。鸣鸠喻先人,庚天喻品位之高。时先人已没,犹宛然如见之也。"(《毛诗质疑》,齐鲁书社1991年版,第160页)按,宛然,指鸣鸠更妥当些。

② 这两句诗曾经吸引许多学者进行考究,《庄子·庚桑楚》"奔蜂不能化藿蠋",成疏"细腰土蜂能化桑虫为己子",杨雄《法言·学行》谓:"螟蛉之子殪,而逢蜾蠃,祝之曰:类我!类我!久则肖之矣。"朱熹说同毛传郑笺,谓:"螟蛉,桑上小青虫也,似步屈。蜾蠃,土蜂也,似蜂而小腰,取桑虫负之于木空中,七日而化为其子。"(《诗集传》卷十二)对于这种化生而收养之说,早有学者经过目验而指出其非,王夫之曾经总结陶弘景等人的说法,并自己目验,指出"果蠃之负螟蛉,与蜜蜂采花酿蜜以食子同"(《诗经稗疏》卷二)。螟蛉这种桑树上的小青虫被细腰蜂("蜾蠃")负持系作为其幼虫之食物,而非化育其为己子。乃是昆虫学家所充分证明之事。"化生"之说不符合科学,亦完全可以肯定。然而,若以此句给"化生说"带上"唯心论"的帽子,谓其为"死守家法师法","有学派门户之见"(陈子展:《诗三百篇解题》卷十九,复旦大学出版社2001年版),则亦以过矣。对于螟蛉、蜾蠃的科学考察并不能完全替代诗的艺术分析。诗人能够注意到蜾蠃"化生"螟蛉为己子的情况并写入诗中,已实属不易。这里所渗透着的是非常美妙的艺术想象,而不是弱肉强食的残酷现实。王夫之虽然注意到了真实的情况,但谓"诗之取兴,盖言蜾蠃辛勤,攫他子以伺其子,兴人之取善于以教其子。亦如中原之菽,采之者不吝劳而得有获也"(《诗经稗疏》卷二),其释使诗的艺术美妙顿消,盖失之于凿也。清儒姚际恒以"奇思"二字释此句,颇得诗之妙旨(见其所著《诗经通论》卷十)。

③ "中原有菽",毛传"菽,藿也。马瑞辰谓:"其不为豆而为藿者,盖因豆皆有主,惟叶任人采,其主不禁。诗言'庶民采之',故知所采必藿叶也。程瑶田《九谷考》云'闻之山西人言秋间采豆叶以为御冬之菜,盖任人采之,其主不与闻也,殆沿古风耳。'据此可释毛传训豆为藿之义。"(《毛诗传笺通释》卷二十)按,是说亦通。与释其为田之所遗者,皆大旨不误。

④ 高亨先生解释"教诲尔子,式谷似之"句时谓:"作者无子(下文'哀我填寡'可证),抱养他兄弟的儿子以为己子。此二句言:我将教诲你的儿子,这个孩子才能好好地像我。"按,这个解释是正确的,古今学者似尚无此确解者,可谓发千古之矇。但高先生对于全诗主旨的理解,却没有循此思路,而是强调诗作者是"一个小官吏,他生活在黑暗时代,为生活而奔忙,因作此诗以自伤"(《诗经今注》,上海古籍出版社1980年版,第290—292页),所以仍有尚待讨论之处。

比兴》谓"螟蛉以类教诲"①。北魏时,胡叟过权贵之家饮晏后"盛余肉饼以付螟蛉"②,螟蛉即指胡叟的养子。

此诗的第三章,以且飞且鸣的"脊令"鸟起兴,亦以此比喻自己夙兴夜寐、孜孜不懈地努力于各种事务,以求无忝于自己的亲生父母("无忝尔所生")。此诗的第四章则以飞来飞去在场圃边缘觅食的桑扈鸟起兴,喻指自己处境之艰难,且被卷入狱讼之中("宜岸宜狱"),不得已而握粟去占卜,以问吉凶。

《小宛》诗的最后一章的"战战兢兢,如临深渊,如履薄冰",与《小旻》卒章颇为相似,"战战兢兢"盖为周人表示敬惧心态的成语,所以才屡屡出现。此章还谓"温温恭人,如集于木",亦登高思危之意,此章是诗作者戒惧心情的充分表达。

以"桑扈"鸟所表现的哀叹,值得我们注意。桑扈鸟本来以食肉虫为主,但现在却只能在场圃边缘不得已而只能"啄粟"充饥。"桑扈",一名"窃脂",《尔雅·释鸟》郭注:"俗呼青雀,觜曲,食肉,喜盗食脂膏食之,因以名之。"后儒多循"刺王说"的思路,以桑扈啄粟之事喻指周王执政无常,说解牵强,不可信。《小雅》有《桑扈》篇,专以桑扈喻指作为"肉食者"的君子。诗云:"交交桑扈,有莺其羽。君子乐胥,受天之祜。交交桑扈,有莺其领。君子乐胥,万邦之屏。之屏之翰,百辟为宪。不戢不难,受福不那。兕觥其觩,旨酒思柔。彼交匪敖,万福来求",这种"旨酒思柔"的形象与在场连觅食啄粟者迥异。为什么本诗的桑扈鸟落到如此地步呢?原因就在于它所处环境的变化。由原来的树上啄青虫,变成场边拣粟粒,这种变化并不符合"桑扈"鸟的天性,第四章的"哀我填寡",正表现了这种悲哀处境。他不仅感到十分孤独,而且前途未卜,就像要去占卜算卦一样,而对于自己前途吉凶祸福没有把握("握粟出卜,自何能穀")。在新的家庭里面,诗的主人公如同在牢狱里面一样度日如年,但他却能够理解这种处境的来源,理解自己被收养的命运是不能改变的,所以才说

---

① 对于郑笺以刺王说进行的关于"螟蛉"的解释,詹英《文心雕龙义证》卷八引黎锦熙说曾经予以驳正,谓"郑笺说是'喻有万民不能治,则能治者将得之。……今有教诲女之万民用善道者,亦似蒲卢言将得而子也。'是拘泥《小序》而生出来的曲解。《文心雕龙》云:'螟蛉以类教诲。'现在'螟蛉'即用为'养子'的称呼,成隐喻的常语。"可见《比兴》篇所谓的"教诲",意指对于"螟蛉"(即养子)的教诲。

② 《北史》卷三十四《胡叟传》。

"宜岸宜狱"①,犹言活该自己住在牢狱一样的地方,谁让自己命运不济呢?

此诗卒章所谓"温温恭人,如集于木",活活脱脱画出一个恭顺而谨小慎微的人物形象,这种"恭人"的所指,最有可能的是被收养到其他家庭的"螟蛉"养子。他在这个家庭里面没有什么地位,但却有许多义务要履行,他对于新的家庭的事务一概不熟悉,但又是什么都要做好,言谈话语,举手投足,都不仅要符合礼仪,而且要博得养父母的欢悦。那种"战战兢兢,如履薄冰"的"惴惴"不安的心态,不敢多走一步路,不敢多说(或者说错)一句话,也不敢少走一步路,少说一句话。这种情况,十分符合"养子"的身份和地位。

总之,全诗各章都透露出诗人的恐惧敬畏心态。这种心态的出现是环境使然。全诗有三章以鸟起兴,这是颇为耐人寻味的。第一,"鸣鸠"。这是诗人心目中理想的鸟。本来自己是可以大展宏图、高飞冲天的,但是现实使他的理想破灭。第二,"脊令"。这是诗人现实生活的写照之鸟,边飞边鸣叫,哀号不已,只有无日无夜地奋力而为。第三,"桑扈"。这是诗人自叹处非其所的比喻之鸟。本来可以衣食不愁、无忧无虑者,现在却只能拣一些残羹剩饭充饥。那么,是什么样的环境变化使诗人处于非常不理想的境地了呢?这是前人所未曾接触过的问题,值得我们注意。

我们之所以断定《小宛》一诗是"养子"的悲愤情感的表达,主要理由可以分为以下几点。第一,诗中以"螟蛉有子,蜾蠃负之"即喻指收养别人家的孩子。历代人们以"螟蛉"作为养子的代称,实际上已经指明了对于这一点的认可。第二,诗作者的"哀我填寡"一句表明他在家庭中相当孤独,但却十分怀念父母("有怀二人"),这些只能是"养子"的感受,而不可能是普通家庭中的孩子所想到的。第三,诗中所写的处非其地的"桑扈"鸟,正是除"螟蛉"之外的、对于"养子"的另一比喻。第四,诗的主人公虽然像鸣鸠鸟那样心存大志,像"脊令"鸟那样勤奋努力("夙兴夜寐"),但心情却十分"忧伤",他对于自己的亲生兄弟提出希望,"无忝尔所生",意即不要辜负生育自己的本姓家庭,由此可以看到诗的主人公依然关心着自己亲生父母的家庭。

---

① "宜岸宜狱"之意,前人皆从写实解之,如谓意指刺王刑繁,或谓陷于刑辟,或谓受诉讼之累等,殊失诗旨,似皆不若解之为心境之描摹较妥。此句的两个"宜"字,马瑞辰谓"皆且字表近之讹"(《毛诗传笺通释》卷二十),按,此亦是从写实的角度出发所进行的解释,故而不得不改字解经。如果理解了此句原为心境描摹,正可指出"宜"字意犹今语之"活该",其传神妙用不至于被淹没矣。

(六)由《诗论》简看《小宛》诗的主旨问题

上博简《诗论》为我们认识《小宛》一诗提供了新的材料。上博简《诗论》第8号简载有对于此诗的评论：

《小宛》其言不亚（恶），少有㤅安（焉）。

关于这段简文，诸家考释歧义最多者是"㤅"字。诸家的释解，今所见者有以下几说：

马承源先生认为它是从年从心之字，写定其为从年从心之字，谓其义"待考"①，持矜慎态度。李学勤先生和廖名春先生释为"仁"字。何琳仪先生原释为"委"，后来改释为"仁"，并且解释说："意谓'《小宛》并非恶言，且有仁人之心'，似与《小宛》'衰我填寡，宜岸宜狱'诗意相当"②。李零先生释为"佞"字，这是因为"'佞'是泥母耕部字，'年'是泥母真部，读音相近"，并解释说："'佞'是巧于言辞的意思，'其言不恶，少有佞焉'，是说批评比较委婉"③。周凤五先生认为这个字从心、禾声，当释为"危"，简文意谓"盖美诗人处衰乱之世而能戒慎恐惧"④。杨泽生先生亦释此字为从心、禾声之字，"可读'过'，或'祸'。如果读'过'，简文'《小宛》其言不恶，小有过焉'，是说《小宛》里讽刺或劝谏周王的话并非恶言，只有稍微过分一点或小有过失罢了"，"如果读'仁'或'佞'，那么简文'小有仁焉'是说诗人的讽刺带有一点'仁'的色彩，而'少有佞焉'是说很少巧佞的话，这似乎跟《小宛》的诗意没有太直接的联系"⑤。朱渊清先生将此字直接隶定为"悸"，谓《小宛》诗的"惴惴小心"的心境，"非'悸'而何？"⑥许子滨先生不同意此说，他指出，上博简《性情论》悸字字形与此"大异"，故而"不

---

① 马承源主编：《上海博物馆藏战国楚竹书》（一），上海古籍出版社2001年版，第136页。
② 李学勤："《诗论》简的编联与复原"，廖名春："上海博物馆藏诗论简校释"，两文均载《中国哲学史》2002年第1期。何琳仪："沪简《诗论》选释"，《上博馆藏战国楚竹书研究》，上海书店出版社2002年版，第247页。过去我也曾从此说，释其为从年从心之字，读为"仁"。近来再学习考究，觉得还是释为"㤅"字较妥。
③ 李零："上博楚简校读记"，《中华文史论丛》第68辑，上海古籍出版社2002年版，第19页。
④ 周凤五："《孔子诗论》新释文及注解"，《上博馆藏战国楚竹书研究》，上海书店2002年版，第159页。刘信芳先生从其说，见"楚简《诗论》述学九则"，简帛研究网2002年7月31日。
⑤ 杨泽生："上海博物馆所藏楚简文字丛"，简帛研究网站2002年2月3日。
⑥ 朱渊清："释'悸'"，简帛研究网站2002年8月11日。

能视为一字"①。俞志慧先生将此字作为从禾从人之字,将其释为"秀",引《论语》"苗而不秀者有矣夫"为证,认为简文"于此言诗词之秀,盖因《小宛》以虫鸟为喻具生动形象之艺术效果"。②

以上诸家考释,可谓信而有征,于字形、音理、训诂诸方面亦多有发明,但是仍有若干可以再探讨之处。首先,从字形上看,细审简文此字字形,并不如上博简《论情性》第15号简"悸"字那样从有"子"形,诚如许子滨先生所指出,释其为"悸",恐非是。这个字的上部所从是否"年"字,当做考究。战国文字中,"年"字所从的"禾"下必有手形或人形之类的表示,而"禾"字则无。两字并不难区别③。所以说将此字释为"秀"亦恐非是。其次,诸家的考定,往往拿《小宛》诗的主旨进行验证,并且其前提是定这个主旨为"谏王"。如谓劝谏周王之语非恶言,而且在劝谏时有仁人心怀,对于周王的批评比较委婉等。以诗旨验证字释这在逻辑上是完全正确的做法,但是,诗旨的确定则须通过慎重而细致的推敲方可成为有力的证据。《小宛》诗旨聚讼千年不得确解,是很需要再探讨的大问题,若无深入探讨,相关的印证也就缺乏坚实的基础。

今按,简文"恝"字,诸家多以为它从年从心,其音读虽然与"仁"、"佞"俱甚近,但是,不仅两者在字形上不类,而且其意则相距较远。大家知道,郭店简和上博简中从"心"的字比较多,皆表示某种特定的心态。由《小宛》诗旨看,这个字亦当如此,是为一个表示心态之字。愚以为这个字并不从年,其上部虽然与年字相类,但并非年字。古文字中的年字多作上禾下人之形,从人负禾以喻丰收取意,战国文字中此字虽然偶尔少有变异,但只是有些字的下部演变为土旁,而"恝"字既不从人,也不从土,所以很难将其看作年旁。愚以为,"恝"的上部应当是"利"字之异,今试说如下。

"恝"字的上部所从者与禾极类似,只是在禾字下部竖划中部多一圆点,此圆点从笔势上看应为后来加者,而非运笔停顿的结果。所附加此一圆点羡画应当是探究此字极可注意的地方。关于附加羡画之字,于省吾先生曾经精辟

---

① 许子滨:"读《上海博物馆藏战国楚竹书(一)》小识",廖名春编:《新出楚简与儒学思想国际学术研讨会论文集》,清华大学思想文化研究所2002年印本,第50页。
② 俞志慧:"战国楚竹书·孔子诗论》校笺"(上),简帛研究网站2002年1月17日。
③ 参见张守中:《包山楚简文字编》,文物出版社1996年版,第119页;张守中等:《郭店楚简文字编》,文物出版社2000年版,第107页;何琳仪:《战国古文字典》,中华书局1998年版,第1142页。

地作了分类研究,他指出这是"附划因声指事字,是由于文字孳乳愈多而采取了因利乘便的方法,在独体字上附加极为简单的点划,作为区别,既可以达到指其事的目的,而又因原字以为声符,一举两得"①。于先生所指出的这类字是指事字的一种,许慎解释六书,首谓"指事",谓"指事者视而可识,察而可见,上、下是也"②。准此,可以说"称"上部所从附加羡画的禾字,实取于禾断于下部之意,以喻刀之锋利也③。这应当是战国文字中另一类"利"字。关于"利"字的造字本意,何琳仪先生谓:"从刀从禾,会刀割禾锋利之意,禾亦声。"④其说甚确。这个以附加羡画之禾来表示的"利"字见于郭店简《唐虞之道》第18号简⑤。由此可见,《诗论》第8号简的这个字应当说是"从利从心,利亦声"之字,可以写作"称"。这个字是能够同"从年、从心"之字区别开来的。郭店简有两个从"利"(禾加刀旁者)、从心的称字,简文如下:

称生于耻,廉生于称。⑥

李零先生认为"称"字与《说文》心部所载的一个上黎、下心之字相同,《说文》释那个字为"恨也,从心黎声,一曰怠也",李零先生指出"《集韵》省体作'称'。"⑦既然这个字是从黎从心之字的省体,那么其音、意自当相同。《说文》所释其两意,愚以为这里当取前者,即它的意思应当是"恨也",表示一种怨恨、痛恨情绪。就"称生于耻"而言,人由于有了耻辱之心,知道什么是羞耻之事所以才能够对于丑恶之事产生痛恨。由于痛恨丑恶之事,所以能够严格自律,此既简文"廉生于称"意蕴之所在。

---

① 于省吾:《甲骨文字释林》,中华书局1979年版,第462页。
② 许慎《说文解字》第十五上。
③ 《说文》"利,铦也。刀和然后利,从刀从和省",段玉裁注谓"毛传曰:銮刀。刀有銮者,言割中节也"。此以有和羡铃声之銮刀为释,实非利字古意。专家或释其造字本义,为从来刺土会意。虽然是说不无可取之处,但此字实非从来,甲骨金文中的"利"字所从之刀旁偶有类于来形者,实为附加羡画而成。又按,楚简文字中有将竖画中的圆点作为一横画者,如上博一《缁衣》第16简,其有两个"不"字,一有横画,一则将横画变为圆点,至为鲜明。
④ 何琳仪:《战国文字通论》,中华书局1998年版,第1260页。
⑤ 第18号简谓"未利不弋",意指不利于天下之事不弋(取也)之。原先释其为"年",很难通读简文。
⑥ 郭店简《语丛》二第4号简,见《郭店楚墓竹简》,文物出版社1998年版,第203页。
⑦ 李零:《郭店楚简校读记》,北京大学出版社2002年版,第170页。

愚以为《诗论》第 8 号简的这个"悬"字可从李零先生的卓见,以"恨也"为训。由此出发,我们可以讨论一下《诗论》第 8 号简"《少(小)宛》其言不亚(恶),少(小)有悬安(焉)"的含意。简文的"亚(恶)"有厌恶的"恶"与丑恶的"恶"两种读法,于简文皆可通。这两种读法虽然意义极相近,但思路却微有差别。前一种读法强调人的动机和价值取向,后一读法则强调结果和价值判断。愚以为前一种读法可能更好些。如果读为后者,那么简文可径言"善",而不必用"不恶"的提法。再者从《论语》一书看,孔子将"恶"读为"厌恶"之恶者数量较多。这虽然不能作为判断此字音读的根据,但却可以看出孔子使用此字的倾向。孔子说:"唯仁者能好人,能恶人。"(《论语·里仁》)宋儒认为:"好善而恶恶,天下之同情,然人每失其正者,心有所系而不能自克也。惟仁者无私心,所以能好恶也。"①简文"其言不恶"实即肯定《小宛》一诗的作者怀有仁爱之心,能够对于别人(如亲生父母和养父母)持理解、谅解的态度。当然,在这里如果释其意谓指其言不丑恶,而是善良之辞,亦无不可;但是细绎其意,还是释解为对于诗作者态度的肯定更恰当些。然而,尽管诗作者是宽容大度之人,但是却仍有一点儿怨恨情绪,此即简文"少(小)有悬安(焉)"所表达的意蕴。这种怨恨情绪并无碍大局,孔子论诗的功能谓"诗,可以兴,可以观,可以群,可以怨。迩之事父,远之事君。"(《论语·阳货》)《诗论》第 4 号简还将诗比喻作"平门",认为诗是普通民众宣泄情感的便捷通道。将个人的怨恨情绪用诗的形式表达出来,是合乎诗"可以怨"这个原则的。《小宛》一诗所表达出来的"养子"的怨恨情绪最主要的就是对于自己受人歧视的社会地位的怨恨。叹息自己只能如同"桑扈"鸟那样不得其所。尽管如此,诗的主调却是积极的。孔子称许此诗的着眼点应当在以下两个方面。一方面,诗作者(可能就是作为"螟蛉"的养子)念念不忘亲生父母("有怀二人"),并且表示"无忝尔所生"。这是符合孝道精神的。另一方面,"蜾蠃负之"一语表明他并没有忘记养父母的恩情,所以他对于养父母的家庭持"夙兴夜寐"勤劳奋斗的积极态度。这种做法含有"义"之意蕴在内。从这两点出发,尽管诗中有"战战兢兢"的恐惧和"哀我填寡"的呼唤,但总的格调却还是积极向上的。《诗论》评论此诗谓"其言不亚(恶),少(小)有悬安(焉)",可以说对于《小宛》诗旨的把握非常准确,评论之语的遣词

---

① 朱熹:《论语集注》卷二引游氏说。

也极有分寸。

综上所述，我们可以得出如下的一些基本认识。"养子"现象出现于我国古史上的氏族时代向编户齐民时代迈进的时期。它是适应个体家庭需要而正式出现的。周代的"为人後"者虽然是"养子"的嚆矢，但两者的价值取向则有很大区别。这种"为人後者"，在春秋后期已被置于亡国大夫和败军之将同列，而为社会舆论所轻蔑。《诗·小宛》表现了"螟蛉"之子的怨恨情感，而非"刺王"或"兄弟相戒"之作，上博简的相关论析，为这个诗旨提供了重要旁证。

十六 《诗》、《书》互证：
上博简《诗论》第9号简的一个启示

《诗·天保》一诗主旨长期不明晰，前人研究中很少提它与《书·洛诰》篇的关系。上博简《诗论》第9号简所载对于《天保》一诗的评析之语，对于研究《诗·天保》和《书·洛诰》以及《诗》、《书》关系等，提供了十分宝贵的启示。愚以为《天保》与《洛诰》这两者之间，正是《诗》、《书》互证的一个比较典型的材料。这些重要资料被重新认识，对于研究周初历史和论析《诗》、《书》都有较大意义。《诗·天保》使用重复比喻的方式，形象地表达了周王"受天百禄"的稳固，与上博简《诗论》第9号简评析《天保》一诗所谓"得禄蔑置（疆）"的说法意蕴相同，《书·洛诰》"乃单文祖德"、《诗·天保》"遍为尔德"与《诗论》简"巽寡德"完全一致。这些不仅对于探求《天保》一诗的主旨很有作用，而且也为说明《诗》、《书》提供了较明显的例证。今试对相关问题做粗浅分析如下。

（一）《诗·天保》的主旨及其相关争论

《天保》一诗在传世本《诗经·小雅·鹿鸣之什》，排列在《伐木》之后，共六章。为讨论方便计，今先具引如下：

> 天保定尔，亦孔之固。俾尔单厚，何福不除。俾尔多益，以莫不庶。
> 天保定尔，俾尔戬谷。罄无不宜，受天百禄。降尔遐福，维日不足。
> 天保定尔，以莫不兴。如山如阜，如冈如陵。如川之方至，以莫不增。
> 吉蠲为饎，是用孝享。禴祠烝尝，于公先王。君曰卜尔，万寿无疆。
> 神之吊矣，诒尔多福。民之质矣，日用饮食。群黎百姓，遍为尔德。

> 如月之恒,如日之升。如南山之寿,不骞不崩。如松柏之茂,无不尔或承。

关于是诗主旨,《诗序》云:"下报上也。君能下下以成其政,臣能归美以报其上焉",毛传亦谓"归美于王以崇君之尊而福禄之",朱熹《诗集传》卷九承序、传之说,谓"臣受赐者歌此诗以答其君,言天之安定我君,使之获福如此也"。这些说法都比较模糊,关于此诗制作的时代及背景,从这些说法里面是看不清楚的。当代专家亦往往泛泛而论,或说它"是一首给贵族祝福的诗"[①],或谓"这是一首祝颂君主的诗,反映了当时统治阶级'敬天保民'的思想"[②]。其中对于此诗进行严厉批判的是专家如下的说法:

> 《天保》,臣下为对君上献媚祝福,歌功颂德而作。……在三百篇中这诗达到了"善颂善祷"的高峰。此后从歌颂秦始皇的《秦刻石辞》、歌颂王莽的《剧秦美新文》直到贡谀蒋中正的《九鼎铭》,三千年来在历史上出现过无数这种传为笑柄的丑恶作品。我以为应该歌颂的是创造历史的人民群众。尽管《天保》这诗颂祷"九如",善于使用形象,读来却不免肉麻,又感觉语多重复可厌。[③]

这些说法不能说不对,但对于明晰此诗主旨,仍显得不够。特别是将其与歌颂劳动历史上的人民群众对立起来,并以"丑恶"、"肉麻"冠之,也未免稍有些偏颇。

愚以为至少有两个方面的问题还是值得再做一些补充讨论。

其一,《天保》一诗主旨在于对于王德的歌颂,而非臣下对于君主的阿谀谄媚;简文"得录(禄)蔑置(疆)"与《天保》一诗是能够相互印证的。诗云"如山如阜,如岗如陵,如川之方至……,如月之恒,如日之升,如南山之寿……如松柏

[①] 高亨:《诗经今注》,上海古籍出版社1980年版,第225页。
[②] 程俊英:《诗经译注》,上海古籍出版社1985年版,第301页。
[③] 陈子展:《诗三百篇解题》,复旦大学出版社2001年版,第623页。陈先生还曾指出此诗运用"九如"如同前人所说"笔端鼓舞,奇妙",但是"奇妙在往复贡谀献媚,似尚不自觉其肉麻耳"(《诗经直解》,复旦大学出版社1983年版,第537页)。

之茂",在两章诗中用九个"如"字,实即九种比喻,可以给人留下深刻印象。这些诗句以形象化的言语充分表达了诗人对于王禄与王德的恭敬、喜悦心情,反复歌咏而又有所变化,非必如专家所批评的那样是无耻吹捧、令人厌恶。《天保》诗中强调周王"受天百禄"(此亦简文"得录"之意),并用九个"如……"来形容此天赐之"禄"的广大无涯,这"九如"所带来的形象,《诗论》第11号简以"蔑置(疆)"来概括,可谓恰到好处。

其二,此诗不仅以"天保"命名,而且其前三章,皆以"天保"为首句,可见"天保"一词在诗中意义的重要。诗的"天保"一词,应当是有特指含意的。武王伐纣返归镐京途中曾经对周公详说自己的忧虑:

呜呼!旦,维天不享于殷,发之未生,至于今六十年,夷羊在牧,飞鸿满野,天自幽不享于殷,乃今有成,维天建殷,厥征天民名三百六十夫,弗顾,亦不宾戚,用庋于今。呜呼!予忧兹难,近饱于恤,辰是不室,我未定天保。何寝能欲?……旦,予克致天之明命,定天保,依天室,志我其恶,俾从殷王纣,日夜劳来,定我于西土,我维显服,及德之方明。……自雒汭延于伊汭,居易无固,其有夏之居,我南望过于三涂,我北望过于岳鄙,顾瞻过于有河,宛瞻延于伊雒,无远天室,其名兹曰度邑。

《逸周书·度邑》篇的上述记载为《史记·周本纪》所称引以说明周初建国史事。这里所提到的"天保"已经是一个固定的名称。所谓"天保",并不是一般泛指的上天保佑之意,而是指于"天室"附近的"伊雒"建立都邑而言。从周公与武王的谈话情况看,"定天保"是当时他们所关注的首要大事。"天保"之"保"疑当因音通而假作"服"①。服本意为车舟两旁的夹木,有用、事等意蕴,但周人屡用之谓等级之称,如五服、九服等②,《周礼·职方氏》"辨九服之邦

---

① 保与服有意义相涵之处,并且其古音亦相通。保、服相通之例,如《老子》第十五章"保此道者不欲盈",古本《淮南子·道应》篇引作复,《文子·十守》篇引作服。高亨先生《古字通假会典》(齐鲁书社1989年版)以此为据说保、服、复等字相通,是正确的。

② 周代赐命制度往往与赐服有关,如周襄王褒奖晋文公时,"太宰以王命命冕服……,三命而后即冕服",所赏赐器首先是"大辂之服"、"戎辂之服"(《国语·周语》上)。先秦时期有将服命连用者,如《尚书·康诰》"惟命不于常,汝念哉。无我殄享,明乃服命",伪古文《尚书·微子之命》"往敷乃训,慎乃服命"等,皆为其例。

国",郑注:"服,服事天子也。"周有畿服之制,《国语·周语》上载周卿祭公谋父语谓:"夫先王之制:邦内甸服,邦外侯服,侯、卫宾服,蛮、夷要服,戎、狄荒服。甸服者祭,侯服者祀,宾服者享,要服者贡,荒服者王。"从服为服事于上命的角度看,它又含有"命"之意,所谓的"九服"、"五服"等,犹言九命、五命。所谓的"天保(服)",便犹言天命。《度邑》篇所说的"定天命",意即稳定巩固天授之命。

《度邑》篇所说的"依天室",是指在太室山附近建都。因为天、大、太诸字相通假,所以"天室"即太室山。相传它是著名的神山之一,《史记·孝武本纪》说:"天下名山八,而三在蛮夷,五在中国。中国华山、首山、太室、泰山、东莱。此五山,黄帝之所常游,与神会。"太室即嵩山,《汉书·地理志》谓"密(崇)高,武帝置,以奉太室山,是为中岳。有太室、少室山庙。古文以崇高为外方山也。""密(崇)高"即嵩山,太室山应为嵩山之一山。据周武王时器《天亡簋》铭文记载,周武王伐纣获胜返归镐京途中曾经在太室山一带举行"大丰"之礼,"王祀于天室",这与《度邑》篇所载周武王对于太室山附近地理形势特别满意,并有志于在此建都的情况应当是一致的。由于当时形势不允许,所以未能完成其建都伊雒地区的愿望。此事经过周公平叛、稳定大局以后营建雒邑而得以实现,此当即《天保》一诗所云"天保定尔,亦孔之固"("天所保佑而建成的都邑稳定了你的王业,使你所得的福禄如都邑那样非常坚固")。清儒魏源指出,"《天保》一诗则营雒邑宗祀文武时所作。……此诗三言'天保定尔',以山陵岗阜、川之方至为祝,即《周书》所谓'作大邑于土中',南系洛水,北因郏山,以为天下之大凑也"①,是十分正确的说法,可谓发千古之蒙。今得《诗论》简的材料,更证成了魏源之说。

雒邑的建成和周公留守东都,对于周王朝的巩固关系十分重大,东都雒邑拥有八师兵力,其军事力量不亚于西都镐京,东都周围居住着被迁来的殷遗民,镇守于此对于天下局势的稳定应当是关键之点。东都位居天下之中,与各个诸侯国的联系比较方便。正由于东都雒邑的建立有如许重大的意义,所以在建成之后,周成王亲自莅临庆典,主祭祖祢。这个庆典虽然是告祭雒邑建成,但实际上是向天下诰告周王朝天下一统大业的完成。《天保》一诗即令不

---

① 魏源:《诗古微》卷四"正小雅文武诗发微"上。

是主其事的周公亲自创制,那也完全可能是周公周围的史官或近臣的作品,是为雒邑成功的志庆之作①。《天保》一诗主旨,序谓"臣能归美以报其上",后儒多沿用此说,即令以攻序传著名的清儒姚际恒也谓"此臣致祝于君之词"②。是说虽大体不误,但却过于笼统,应当进一步指出它是在雒邑建成庆典上周公对于成王的谆谆嘱咐之辞,而非泛泛的"臣致祝于君"。

那么,天为什么要保佑周之王业呢?周人完全相信这是由于文王之德的缘故,因为"文王之德之纯"③,得到"天"的眷顾,能够在天帝"左右",因此"天"才保佑周之王业。正如《诗·文王》所说"文王在上。于昭于天。周虽旧邦。其命维新。有周不显。帝命不时。文王陟降。在帝左右"。《天保》非是泛泛之作,其所颂扬者只是周文王、武王的功德④,只是对于周成王能够发扬光大文武功德的肯定。

(二)《书·洛诰》篇可以与《天保》相互印证

《洛诰》作于周公摄政七年之岁末,建成雒邑并致政成王之时,这在其文之末已自有说明。文谓"作册逸诰,在十有二月,惟周公诞保文武受命,惟七年"。作册逸记录下周公与成王之语,即为《洛诰》的主要内容。今得《诗论》简启发,可以进而论析的是此篇与《天保》一诗互为表里,能够相互印证。谓《天保》为营建雒邑的志庆之作的意思,明儒何楷《诗经世本古义》已经指出,但是受到胡承珙《毛诗后笺》的批评,胡氏谓"《史记》、《周书》所云'天保'者,不过谓天之保周,与《诗》篇名偶同耳"⑤。今按,我们通过下面的比较可以看出,两者并非"偶同",而是有着必然的关系。

《天保》一诗与《书·洛诰》每相呼应,应当皆是营建雒邑之后的庆功之作。两者相呼应之例,可举出如下一些。

---

① 关于是诗之作,清儒李黼平《毛诗䌷义》谓它与《鹿鸣》等诗一样,"皆周公一人所作,歌文王之事以末后世子孙"(《清经解》卷一千三百四十)。按,其说太过绝对,非必出自周公之手,史臣代拟的可能性还是很大的。
② 姚际恒:《诗经通论》卷九。
③ 《诗·维天之命》语。
④ 对于周文王、武王,周人有特殊敬重的情感。《大盂鼎》铭文谓"不显文王,受天有大命";在武王嗣文作邦,辟厥匿,匍有四方,畯正厥民","《毛公鼎》铭文谓"不显文武,皇天宏厌厥德,配我有周,膺受大命",可以代表周人特别重视文、武功烈的基本认识。周人常将周文王、武王并称"二后",并谓"执竞武王,无竞维烈"(《诗·执竞》)。立都于伊雒地区是武王夙愿,所以《洛诰》谓"诞保文、武受民"、"扬文、武烈",所载志庆祭祖大典是文、武并祭。《天保》所颂者亦应包括武王之德在内。
⑤ 胡承珙:《毛诗后笺》卷十六。

第一，诗谓"天保定尔"，书则谓"天基命定命"、"不敢不敬天之休"。诗的"定尔"，其意犹如书的"定宅"、"定命"。《度邑》篇反复所说的"天保"，与《诗·天保》的"天保"，是完全一致的。"天保"系一名词，而不是作为上天保佑之意的词组。"天保定尔"，意即上天之爵命已经定于你，或者说是你所得到的天命已经巩固。

第二，诗谓"亦孔之固"，说明雒邑之固若金汤，书则谓"大相东土……至于洛师，我卜河朔黎水，我乃卜涧水东、瀍水西，惟洛食；我又卜瀍水东，亦惟洛食"，还谓"来相宅，其作周匹休……定宅"，也是说明雒邑之善。

第三，诗云"万寿无疆"，书则云"公其以予万亿年"，上博简《诗论》第9号简则云"得录蔑疆"，其相互一致有如此者。

第四，诗谓天一定会授予你无穷尽的福禄，云"俾尔单厚，何福不除"①，"俾尔戬穀，罄无不宜。受天百禄，降尔遐福"，而书则云"汝惟冲子，惟终"、"其自时中乂，万邦咸休，惟王有成绩"、"以予万亿年敬天之休"等等，与诗意如出一辙。

第五，告雒邑成功之祭典，书云所祭仅文王、武王，谓"扬文、武烈"、"禋于文王、武王"、"烝，岁祭，文王骍牛一，武王骍牛一"，而诗谓"禴祠烝尝，于先公王"，亦即祭于其祖庙（周文王）、祢庙（周武王）②。

第六，从"尔"的用法看，诗之首章、次章和第三、五章，皆以之作为第二人称"你"字之称，而《洛诰》亦以周公诰成王语为主体。总之，可以说，诗《天保》即《洛诰》之诗作版，而《洛诰》则为《天保》之诰命版。两者互为表里，关系极为密切。今得《诗论》简之证，此意则更为明显矣。

---

① "何福不除"的除字，传笺疏皆以"开"为释，胡承珙谓"如开通道路谓之'除'耳"(《毛诗后笺》卷十六)，马瑞辰谓"除、余古通用。……余、予古今字。余通为'予我'之予，即可通为'赐予'之予"(《毛诗传笺通释》卷十七)。于省吾先生说："除、余，古音近义通。……余犹多也。然则'何福不余'者，何福不多也。"(《双剑誃诗经新证》卷二)今按，于先生说较前儒所云为优，马瑞辰说亦通。

② 《天保》"禴祠烝尝，于公先王"毛传"公事也"，此是对于"禴祠烝尝"的解释，后儒多以毛传云"公，事也"，实误。郑笺谓"先公，谓后稷至诸盎"，清儒陈启源亦谓"周之追王，虽止太王、王季，然后稷以下亦统称为先王"，此说虽为毛传辩，实为郑笺添说，仍误读为"公，事也"。于此提出确论者当属清儒胡承珙，其云："上文'禴祠烝尝'，时享止及亲庙，本非遍及先公。周初亲庙虽有先公在焉，然祭以天子之礼，自可概称'先王'，故毛传以四时之祭事其先王，何等直接！"(《毛诗后笺》卷十六)细绎毛传"公事"之意，盖指此为周公之事。胡氏谓"时享止及亲庙，本非遍及先公"，是正确的，然可以稍有补充者乃在于依《洛诰》所载祭文王、武王之意，所谓"亲庙"，当包括祖庙、祢庙，非必止谓武王之庙。

除了以上所举六项之外，简文"巽寡德古（故）也"，亦为一有力明证，我们将在下面进行探讨。

（三）上博简《诗论》第9号简的若干启示

此简论《天保》一诗辞云：

《天保》其得禄蔑疆（疆）矣，巽寡德故也。

简文"蔑"字，原来其下部从伐，诸家皆读作"蔑（无也）"，是可信的①。简文"得录（禄）蔑疆（疆）"可与《天保》"万寿无疆"句意相互印证。简文"巽寡德古（故）也"，李零先生以为"连下句为读"，指"刺宣王之司马不得其人"②，则"寡德"之义即为缺德、少德。观《诗论》评诗，恒以先言《诗篇》之名，然后评析，未见先评析后言其名者，故此说尚待再论定，今暂据诸家比较一致的看法，将其连于上句为释。

简文"巽"字，马承源先生读若"馔寡"，意谓"孝享的酒食不多，但守德如旧"③，廖名春先生将"巽"字读若"选"，谓"'选'有善意，……'寡德'即君德。此是说《天保》'得禄蔑疆'，是以君德为善的缘故"④。周凤五先生将"巽寡德"读若"赞寡德"，"谓臣下能助成寡君之德"⑤。今按，《说文》"巽，具也"，段玉裁云："孔子说《易》曰，巽，入也。巽乃愻之假借字，愻，顺也。顺故善入。"⑥按，巽字习见于《周易》，并且于《易传》中多有解释，其意常与"顺"义相涵相通。如《易·蒙》象传谓"顺以巽也"，《易·升》象传谓"柔以时升，巽而顺"，《易·家人》象传"六二之吉，顺以巽也"，《易·观》象传谓"大观在上，顺而巽，中正以观天下"。段玉裁释巽为"愻之假借字"是可信的，释其意为顺亦颇多文献之证，

---

① 这个字出现得很早，甲骨文中即有此字，除作神名称以外，还常与"雨"字系连，辞谓"蔑雨"（见《甲骨文合集》第250、24901、12895、33960等片），意即无雨。彝铭中它常与历字连用，意为考察某人履历、功绩。东周时期的《诅楚文》（见《金石索·石索》卷一）有"求蔑法皇天上帝"之语，"蔑法"意犹无疆。
② 李零："上博楚简校读记"，《中华文史论丛》第68辑，上海古籍出版社2002年版，第19页。
③ 马承源主编：《上海博物馆藏战国楚竹书》第一册，上海古籍出版社2001年版，第138页。
④ 廖名春："上海博物馆藏诗论简校释"，《中国哲学史》2002年第1期。
⑤ 周凤五："《孔子诗论》新释文及注解"，朱渊清、廖名春主编：《上海馆藏战国楚竹书研究》，上海古籍出版社2002年版，第159页。
⑥ 段玉裁：《说文解字注》五篇上。

如《尚书·尧典》"巽朕位",伪孔传"巽,顺也",《论语·子罕》"巽与之言",朱注"巽言无所乖忤",皆可为据。简文"巽寡德"不是谓诗作者自己或其所嘱告之人有"寡德",而是说所嘱告之人能够"巽(顺)寡德",即能够遵循前人之"寡德"而行事。

再说寡字。《老子》第四十二章谓"侯王自谓孤、寡、不穀",但文献记载表明侯王自称时恒谓"寡人",从不单称"寡",单称寡者,意为少,或为孤,非侯王自谓也。专家以简文"寡德"为寡君之德,这样解释疑有不通之处。愚以为此处的寡字当循"反训"的原则为释,这其间最为著名的例子是"乱",训为"治"。《左传》昭公二十四年引《大誓》载"纣有亿兆夷人,亦有离德;余有乱臣十人,同心同德",所谓乱臣,即治理国家之臣。这种"反训",是为表面看来意义相反的词义而实际上又是意相涵者,乱字初创会理丝之意,丝有千头万绪的乱态,故为乱,但理丝又有治理之义在,故反训为治。"寡"字亦当如是观,寡字,朱骏声谓:"此字从古文贫,从夏省声,《尔雅·释诂》'寡,罕也'。"① 段玉裁谓《说文》训寡"从颁。颁,分也","颁字本训大头也。此云'颁,分也'谓假借"②。按,依朱说,寡字本从夏得声,而夏字的"引申之义为大"③;而依段说,寡字所从之颁亦有大意。仔细分析起来,寡字的孤、少之义,与普通的孤独、缺少之意并不完全相同。寡字的特点是,它在特定的场合指出类拔萃之孤、超世绝伦之少。其所指的特定位置即在于第一、首先;其所表示的意思虽然为少,但却是稀少,即物以稀为贵之义也。所谓"寡人"即居于首位的无与伦比之人,"寡君"即超世绝伦之君。由于"寡"本身又有少之意,所以说寡人、寡君又有天然的谦逊之意在。所以说,它有着既谦虚又自负的双重意蕴。如此看来,依反训为释,简文"寡德",其意并非缺德、少德,而是无与伦比的伟大之德。

联系到《天保》一诗看,这样的"寡德",就是文王、武王之德。周公营建雒邑的初衷,依汉儒的看法,就是为了"扬父祖功业德泽"④,定天保、营建雒邑,

---

① 朱骏声:《说文通训定声》豫部。
② 段玉裁:《说文解字注》七篇下。
③ 段玉裁:《说文解字注》五篇下。
④ 《诗·周颂谱》正义引《书传》云:"周公作礼乐,优游之三年不能作,君子耻其言而不见从,耻其行而不见随,将大作,恐天下莫我知也;将小作,恐不能扬父祖功业德泽,然后营洛,以观天下之心,于是四方诸侯率其群党,各攻位于其庭,周公曰:示之以力役且犹至,况导之以礼乐乎,然后敢作礼乐,《书》曰:作新大邑于东国洛,四方民大各会,此之谓也。"

皆合乎文王德化和武王之志，《天保》"吉蠲为饎，是用孝享"，兼文武而祭，亦兼文武之德而颂扬焉。"天保"之天，与德泽是完全一致的，所以，《韩诗外传》卷六谓：

> 子曰："不知命，无以为君子。"言天之所生，皆有仁义礼智顺善之心，不知天之所以命生，则无仁义礼智顺善之心，无仁义礼智顺善之心，谓之小人。故曰："不知命，无以为君子。"《小雅》曰："天保定尔，亦孔之固。"言天之所以仁义礼智保定人之甚固也。《大雅》曰："天生蒸民，有物有则。民之秉彝，好是懿德。"言民之秉德以则天也。不知所以则天，又焉得为君子乎！

在周人的心目中，所谓"懿德"，首先是文王之德。天之所以保定周人的天下，就是因为文王之德感动了上天，因此，才可以说"维天之命，于穆不已，于乎不显，文王之德之纯"[①]。《韩诗外传》说是上天的"仁义礼智"保定了下民，其实，这仁义礼智的集中体现正在周文王身上。文王在帝之"左右"，所以天意也就包括文王之意，天德也就包括文王之德。《书·大诰》云"天休于文王兴我小邦周，文王惟卜用，克绥受兹命"，可见，周人认为天的意志是通过文王之德来表示的，这也就是《诗·文王》"上天之载，无声无臭。仪刑文王，万邦作孚"的意蕴所在。

对于文、武之德的重视，《诗·天保》与《书·洛诰》两者是很一致的。《洛诰》谓：

> 考朕昭子刑，乃单文祖德。……予不敢宿，则禋于文王武王。

这里所强调的是要使光明的君主（成王）成为人们的典范，发扬光大文王武王的美德，我不敢稍有停留，立即为祝祷文王武王而举行禋祀。再看《天保》的说法：

[①] 《诗·维天之命》。朱熹释此诗云"言天道无穷，而文王之德纯一不杂，与天无间，以赞文王之德之盛也"（《诗集传》卷十九）。

> 神之吊矣,诒尔多福。民之质矣,日用饮食。群黎百姓,遍为尔德。

这里的意思是说,神明来赐予你许多福禄,民众也因饮食无忧而拥戴你,这都是神明和百姓感化于你能承继先祖美德的缘故。

另外,简文"巽寡德"之意对于我们理解《天保》与《洛诰》篇中的"单"字之义也颇有启示。《天保》首章云"俾尔单厚,何福不除",毛传"单,信也;或曰单,厚也",郑笺"单,尽也"。传笺所释,颇有差异。按,单字本义谓大,故《说文》谓"单,大也",此为"单"字较早之义,其后乃有殚、尽、独诸义出现①。所谓"俾尔单厚"之意,前辈学者早曾指出,"此诗三'俾尔'句,皆以两义相近之字联为一词,'单厚'与'多益'、'戬谷'为平列,宜依《传》训信,不宜依笺训尽也"②。此句诗意谓文王、武王给你以信厚大德,还有何福不能多多地得到呢。细绎其意,其中也包括有只要遵循文祖大德,就能得到多多的福禄之意,与简文"巽寡德"是颇为接近的。《洛诰》"乃单文祖德",伪孔传释为"乃尽文祖之德"实非是,"单"字亦当以"单,大也,信也"为释,句意谓发扬光大文祖之德。与"巽寡德"亦相吻合。

学者早曾指出,周初政治思想最明显的发展变化在于由商代的残民事神变化成为敬德保民。敬天保民的根本在于"德",颂扬文王之德是为周初政治思想的利器,是当时政治社会舆论的核心内容之一。记载周公、召公相勉以佐助成王之语的《君奭》篇谓"我道惟文王德延",与简文"巽寡德"("随顺文王大德")如出一辙。都表现周人思想中"敬德"这一个不可磨灭的亮点。上博简《诗论》第9号简评析《天保》一诗所说的"巽寡德"一语,对于我们认识《天保》一诗主旨意义颇大。关键在于它表明了是诗注目于颂扬文王、武王之伟大德操,此语不仅点明了《天保》诗旨,而且与《洛诰》篇所云"乃单文祖德"、"万年厌于乃德"完全一致,可以比较有力地说明这一点,即能够相互印证的《天保》与《洛诰》皆为营建雒邑成功的志庆之作。

---

① 时代较早的文献,如《诗·昊天有成命》"单厥心。肆其靖之",《书·君奭》"惟冒丕单称德",单字皆为信厚义。时代较晚者,如《礼记·祭义》"岁既单矣,世妇卒蚕",《郊特牲》"唯为社事,单出里",两处"单"字之义皆为殚、尽也。《礼记·礼器》"鬼神之祭单席",单为独之义。由这些例证可以看出单字含意之发展。

② 黄焯:《毛诗郑笺平议》,上海古籍出版社1985年版,第169页。

十七　上博简《诗论》与《诗·绿衣》试论

关于《诗·邶风·绿衣》篇历来聚讼不已的问题,今得上博简《诗论》有望可以找到解决争讼的新思路。简文资料证明,是诗的名称为《绿衣》,而非如汉代经学大师郑玄所说的那样。《绿衣》诗中和上博简《诗论》相关简文所提到的"古人",就是曾经以"共和行政"而叱咤风云的卫武公—共伯和。这是研究"共和行政"历史影响的一个比较重要的材料。《诗·绿衣》是《诗经·邶风》中的一篇,篇幅虽然不长,但历来的诠释中所纠葛的问题却颇为复杂。其一是文字的解释,如是篇的"绿"字,经学大师郑玄谓其为褖的误字,后人虽多有辩解,但因为没有确证,所以问题一直得不到解决。其二是此诗的作者,古代学者多认为是卫庄姜所作,而当代学者则有提出异议者,或谓是"丈夫悼念亡妻而作"①,或谓"这是诗人睹物怀人,思念过去妻子的诗。这位妻子,到底是死亡或离异,则不得而知"②。这些问题长期聚讼而不得确解,上博简相关论述,对于解决《诗·绿衣》篇的问题提供了新的线索。今不揣蒭陋,试析如下。

(一)

《绿衣》一诗见于《诗·邶风》。此诗四章,章四句,为方便讨论,现具引如下：

> 绿兮衣兮,绿衣黄里。心之忧矣,曷维其已。
> 绿兮衣兮,绿衣黄裳。心之忧矣,曷维其亡。
> 绿兮丝兮,女所治兮。我思古人,俾无訧兮。
> 絺兮绤兮,凄其以风。我思古人,实获我心。

诗中的"绿"字,郑笺谓"绿,当为褖,故作褖,转作绿,字之误也",褖衣,依《周礼·天官·内司服》郑注的说法,本为王后"御于王之服",是为燕居的亵衣之类。郑笺如此解释,是为了牵合其以礼笺诗的思路。他认为诸侯国君主的

---

① 高亨:《诗经今注》,上海古籍出版社1980年版,第37页。
② 程俊英:《诗经译注》,上海古籍出版社1985年版,第46页。

夫人所穿以祭服最为上乘,此后依次是鞠衣、展衣、褖衣。褖衣本来应当为黑色之面料以白色之纱为衬里,但是诗中却说"黄里",所以说是"非礼"之制,以此喻指妾的僭越。后来,唐代大儒孔颖达更发挥郑笺之说,谓:

> 必知绿误而褖是者,此绿衣与《内司服》绿衣字同。《内司服》:"掌王后之六服。"五服不言色,唯"绿衣"言色,明其误也。《内司服》注引《杂记》曰:"夫人复税衣褕翟。"又《丧大记》曰:"士妻以褖衣。"言褖衣者甚众,字或作税,此绿衣者实作褖衣也。以此言之,《内司服》无褖衣而《礼记》有之,则褖衣是正也。彼绿衣宜为褖衣,故此绿衣亦为褖衣也。诗者咏歌宜因其所有之服,而言不宜举实无之绿衣以为喻,故知当作褖也。①

孔氏此处辗转所证之事,不出以礼释诗的范围。然而,这种解释于文献版本是没有多少根据的。汉人著作里提到此诗皆谓《绿衣》而无谓《褖衣》者②,尽信汉人之说的清儒惠栋作《毛诗古义》时,对此持游移态度,认为字作为"褖",或见于《齐诗》、《鲁诗》而已不可考。然而,清儒还是信毛传而非郑笺者多,例如,皮锡瑞云:"考之于古,妇人服绿,亦有明征。《周礼》王后六服末之褖衣,外内命妇亦得服之,若未嫁之妇人,不当与命妇同服,或与夏时之制同服绿,亦未可知。此诗言妾上僭,妾非未嫁,得与未嫁同服绿者,古夫人自称小童,盖不敢居尊,而自谦为妾……,其身或亦为未嫁之绿衣矣。"王先谦完全同意此说,谓"诗喻毁常,则绿衣未为害义。"③释诗大儒胡承珙也曾指出,"此与《内司服》'绿'误为'褖'者不同。郑学深于《三礼》,往往以《礼》笺《诗》,所谓'按迹而议性情'者,以此"④。现代专家亦曾指出,"此诗之'绿衣',若为褖衣,则是黑色,六衣之一,男与玄端相配,女为御于君之服,其色本正,黄色虽尊,亦六衣之一色耳。古者衣里皆用素纱,若黑衣以黄为里,是正色之衣用正

---

① 孔颖达:《毛诗正义》卷二之一。
② 杨雄《法言·吾子》篇载:"绿衣三百,色(按,刘师培说当作炎)如之何矣?纴絮三千,寒如之何矣?"《汉书·外戚传》下篇载:"《绿衣》兮《白华》,自古兮有之。"《淮南子·精神训》载"浑然而往,逯然而来。形若槁木,心若死灰。"高诱注:"逯,读《诗·绿衣》之绿。"清儒陈乔枞曾据此而谓郑笺之说误(《诗三家义集疏》卷三上引陈氏说)。
③ 王先谦:《诗三家义集疏》卷三上,中华书局1987年版,第135页。
④ 胡承珙:《毛诗后笺》卷三。

色之里,于诗义不可通矣"①。这个辨析也是十分有力的。

总之,清儒及现代诸家举出汉代所见版本之例以及古代衣之表里颜色问题进行分析,以辨"绿"是而"褖"非,虽然不为无据,但是,郑玄本身即为汉代经学大家,其说颇难以游说无根论之,其权威性质并不易否定。所以,清儒的绿衣之辨,尽管十分有力,但却因为没有确证从而不能根本否定郑笺之说。看来,问题还待寻得汉代以前的接近《诗》之原本的证据,才能解决。今得上博简所载,第10号简和第16号简两次提到此诗皆作"绿衣",可以据此肯定此字正作"绿"字,郑笺以绿为"褖"之说是不正确的,清儒和现代专家的绿衣之辨至此方可以画上一个圆满的句号。

(二)

上博简《诗论》有两处提到《绿衣》一诗,今将第10号简和第16号简的相关文字具引如下:

《绿衣》之思,……害(曷)? 曰:童(终)而皆贤于亓(其)初者也。
《绿衣》之忧,思古人也。②

上引《诗论》第10号简的简文是一个疑问句,意谓,《绿衣》篇对于睿圣而功业卓著的古人的怀念,说明了什么呢? 对于这个问题的回答应当是:这些诗篇都表现出终结好于其开始这一过程的特点。第16号简的辞意谓,《绿衣》一诗所表现的担忧心情,在于通过思念古人而忧虑现实。依简文之意,可以知道,《绿衣》一诗的"忧"、"思"的根源与关键皆与"古人"有关。关于《绿衣》一诗的主旨,当代学者多注目于哀悼亡妻。说是悼亡之作的主要依据在于诗中的"我思古人"之语,专家的逻辑是"古人"的"古"通故,所以说"古人"即指故人,亦即指亡故之人,再引申一步就是此亡故之人即为亡妻。平实而论,古通故,在音读上是没有问题的,然而在语义上则绝不相通。先秦时期,"古人"一词皆指有影响的、为人所怀念的、有一定权威之人。可举以下例证以明之:

---

① 黄焯:《毛诗郑笺平议》卷二,引程晋芳《诗毛郑异同考》(传抄本)语。
② 见马承源主编:《上海博物馆藏战国楚竹书》(一),上海古籍出版社2002年版,第139—145页。

> 古人有言曰，人无于水监，当于民监。
> 古人有言曰，牝鸡无晨。牝鸡之晨，惟家之索。
> 古人有言曰，兄弟谗阋、侮人百里。
> 百里奚令吏行其罪，定分官，此古人之所以为法也。
> 惟王暨尔执政小子攸闻，古人求多闻以监戒。
> 古人为之不然：使民夏不宛暍，冬不冻寒，急不伤力，缓不后时。①

这些例证中的"古人"都是有权威的过去时代的人。先秦文献中没有一例是通作"故人"来使用的。退一步说，即令"古人"可以与故人相通，但"故人"一词在先秦时期已经用如故旧朋友之意，也并不作亡故之人来讲，如《管子·入国》篇谓"士人死，子孤幼，无父母所养，不能自生者，属之其乡党知识故人"，《国语·齐语》"政不旅旧，则民不偷"。这里所说的"旧"，意即故旧之人，同于《论语·泰伯》篇所谓的"故旧不遗，则民不偷"中的故旧之意。可以说先秦时期的故人即故旧之意，并不指亡故之人。

我们还可以再从《诗论》简本身说明这个问题。《诗论》简中提到"古"字者除了我们前面提到第16号简以外，还有六例，可以一并引出如下：

> 《天保》其得录（禄）蔑疆矣，巽寡德古（故）也。……《黄鸣（鸟）》则困而谷（欲）反其古也。
> 币帛之不可迻（去）也，民眚（性）古（固）然。
> 以□□之古（故）也。后稷之见贵也，则以文武之德也。吾以甘棠得宗庙之敬，民眚（性）古（固）然。

以上三段简文依次见于上博简《诗论》第9、20、24三简，其中第9号简的前一例和第24号简的前一例，虽然通假为"故"，但此为缘故、原因之意，而非亡故。第9号简的后一例，用其本义，意指古代②。上引简文中，除此之外的两例皆

---

① 这些引文依次见《尚书·酒诰》、《尚书·牧誓》、《国语·周语》中、《吕氏春秋·不苟》、《逸周书·芮良夫》、《荀子·富国》等。

② 关于此点的详细分析参阅拙稿"上博简《诗论》与《诗·黄鸟》探论"（《江海学刊》2002年第5期）一文。

通假作"固"。可见在《诗论》简文中,"古"字并不用如亡故之故。总之,专家将《绿衣》诗中的"古人"通作"故人"并以"亡妻"释之,可能是缺乏证据的推断。今《诗论》简重提"古人"一语,也就提醒我们更须深入研究其内涵之所在。

《诗论》第16号简特意提出"《绿衣》之忧,思古人也",表明了对于《绿衣》诗中"古人"之意的重视。《诗论》第10号简谓《绿衣》之思,……童(终)而皆贤于亓(其)初者也",其中的含意之一就是说那位古人虽然经历过风浪坎坷,但结果却要好于开始。意即这位古人最终得到了好的结果。《诗论》简所提到的《绿衣》一诗对于古人的"忧""思",与传世本《诗·绿衣》篇是相契合的。诗中确有两句提到"思"(并且这些"思"皆与"古人"有关):"我思古人,俾无訧兮"、"我思古人,实获我心",两者吻合。那么诗中所提到的"思",是什么意思呢?从诗意可知,其所思者为"古人",《诗论》第16号简谓"《绿衣》之忧,思古人也",与传世本《绿衣》可以互证。

《绿衣》一诗的作者,诗序和毛传皆谓为卫庄公夫人,因为她是齐国女子,所以称为"庄姜"。前人研究《绿衣》一诗对于序传此说多取认同态度。宋儒朱熹曾经发出过一点怀疑的声音,谓"庄姜事见《春秋传》,此诗无所考,姑从序说;下三篇同"[1],清儒姚际恒曾经批评朱熹此说,云:"《柏舟》篇非妇人语而以为妇人,又以为庄姜;此篇为庄姜固无可疑,而反作疑辞,何耶?"姚氏实批评朱熹不该对于庄姜的著作权有所怀疑,理由就在于庄姜作此诗"固无可疑"。当代专家中除有认为《绿衣》为悼念亡妻之作以外,大部分人也肯定序传有理,陈子展和周振甫两位先生可为其代表[2]。可以说古今学者大多肯定《绿衣》一诗为春秋前期卫庄公之妻庄姜所作。这一点应当作为我们相关考察的前提[3]。

---

[1] 朱熹:《诗集传》卷二。按,朱熹此处所说"下三篇"指《诗·邶风·绿衣》以下的《燕燕》、《日月》和《终风》。《绿衣》之前的《柏舟》一诗,朱熹认为是"庄姜之诗",故而清儒姚际恒对此有所批评。

[2] 参见陈子展著:《诗经直解》(复旦大学出版社1983年版)第82页,周振甫著:《诗经译注》(中华书局2002年版)第38—39页。

[3] 《绿衣》是否为庄姜之诗,这牵涉到如何认识汉儒解诗的史实化倾向的问题。汉儒笃信"美刺说",常将具有普遍意义的诗作具体化为某人。这种史实化的倾向,确实为理解诗意造成了许多错误,但是《诗》的不少篇章,本身就是具体的有史可查的,这与汉儒的史实化倾向是两回事,例如,《召南·甘棠》一诗是写周代民众对于召公的热爱之事,史有明载,《诗论》简文(第10、13、24等简)亦多次论说,断定《甘棠》之诗与召公密不可分,就不是史实化倾向的问题。我们对于《绿衣》也应作如是观。要之,对于汉儒说诗的史实化倾向似应做具体分析,不可一概否定。就是对于其"美刺"之说也要区别对待。庶几不失实事求是之意焉。

（三）

要对《绿衣》一诗及《诗论》简对它的相关评析进行研究,要探求诗中和简文所提到的"古人"的具体所指,这些都需要从庄姜的境遇谈起。明白了其境遇,《诗论》简所谓"庄姜之忧"的意思也就洞若观火了。

《左传》隐公三年载:"卫庄公娶于齐东宫得臣之妹,曰庄姜。美而无子,卫人所为赋《硕人》也。又娶于陈,曰厉妫。生孝伯,早死。其娣戴妫,生桓公,庄姜以为己子。公子州吁,嬖人之子也,有宠而好兵。公弗禁,庄姜恶之。"这里所提到的"嬖人"就是《绿衣》诗中以"绿"所喻指的嬖妾①。庄姜"美而无子",是一位美丽非凡但却命运多舛从而受到广泛同情的人②。诗中两次提到"心之忧矣",并且说她忧虑得很厉害,"曷维其已"("何时能够终止")、"曷维其亡"("何时才能忘掉"),此并非夸张之辞,而是真实情绪的流露。诗中所表现的庄姜的情绪可以说是幽怨而不怒恨,由"绿衣黄裳"而起兴,可是又没有明说。庄姜虽然幽怨异常,但却没有怒目拍案,而只是低声倾诉思绪。"此种情理,最为微妙,令人可思而难以言。……似乎无头无绪,若断若连,最足令人寻绎",清儒姚际恒的这个分析,颇得诗意之奥。我们结合庄姜史事,似乎可以"寻绎"出其忧虑之所在。她之所忧,其一,为自己的身世而忧,忧虑自己"无子"的后果;其二,她为自己所养的戴妫之子而忧,名字叫"完"的这个孩子虽然继位为君,但州吁骄横,那么,"完"将会有什么命运呢？其三,她为嬖人之子"州吁"的肆无忌惮而忧,这个薄德寡义的家伙将会给卫国带来怎样的祸患呢？总之,她既为个人的身世前途而忧,也为国家的命运而忧。第16号简所谓"《绿衣》之忧,思古人也",从上下文的语意看,完全是肯定的语气。简文肯定《绿衣》所表达的忧愁情绪与诗所谓庄姜的"思古人"有关。于此我们亦可以推测出其中的逻辑关系:庄姜想到古人曾经创造了丰功伟业,再看她自己所面临的国将不国的严峻形势,两者对比强烈,更令人忧愁无绪。庄姜思古而忧今,将个人命运与国家前途联系为一体,所以受到简文肯定。再从文献关于卫国史事的记载看,

---

① 毛传"绿,间色;黄,正色",朱熹发挥此意指出,"绿衣黄裳,以比贱妾尊而正嫡幽微","今以绿为衣,而黄者自里转而为裳,其次所益甚矣"(《诗集传》卷二)。按,朱熹此说甚是。

② 《诗·卫风·硕人》是为卫人赞美庄姜之诗,诗中不仅赞美庄姜有着高贵的出身("齐侯之子,卫侯之妻,东宫之妹,邢侯之姨"),而且身材修长("硕人其颀"),美丽漂亮("肤如凝脂,领如蝤蛴,齿如瓠犀","螓首蛾眉。巧笑倩兮,美目盼兮")。她在卫国人缘很好("硕人敖敖,说于农郊"),所以受广泛赞誉。

庄姜的担忧应当说是完全有根据的，绝非杞人忧天。《左传》隐公三年载，"嬖人之子州吁，有宠而好兵，公弗禁，庄姜恶之"，卫庄公不仅纵容州吁作恶，而且有意让他继位为卫君。后来，虽然卫桓公继位，但州吁之骄横依然如故。鲁隐公四年（前719），州吁弑杀卫桓公而自立为君，卫庄公之子公子冯逃奔于宋，州吁即联合宋、陈、蔡等国两次伐郑，并且在国内"不务令德"、"而虐用其民"，遭到卫国国人和民众的广泛反对，故而《史记·卫世家》言卫人对于州吁"皆不爱"。此年九月，"卫人使右宰丑莅杀州吁于濮"[1]，卫国的内乱外患始定。观这段史实，可以说庄姜之忧良有以矣。

简文所谓的"《绿衣》之思"，也就是诗中所表现的庄姜之思。依《诗论》简，可以肯定，她之所思就是对于"古人"的怀念。

庄姜虽然境遇多舛，但她是一位颇有坚强意志的人，她很了不起的一点就是，能够自己找到心理平衡的支点，这个支点便是她想到了"古人"，从"古人"的榜样那里得到了力量。"古人"一词所包括的范围极大，庄姜没有明说其所指，毛传谓"古之君子"，郑笺谓"古之圣人制礼者"，虽然不误，但并不明确，此后，历来的解释，尚无出其右者。我们分析其意之所在，可以大胆提出一些新的分析考虑。愚以为庄姜此处所说的能够使自己在错综复杂的局势下免陷于过错（"俾无訧"）并且可以安慰其心（"实获我心"）的"古人"应当符合两个条件，首先，这位"古人"应当是卫国前世之君，并且应当是一位能够力挽狂澜，做出重大贡献之人。唯有如此才可以鼓励自己前进，而不至于灰心丧气。其次，这位"古人"应当是一位道德高尚、堪称楷模之人。唯如此才可以有言行的榜样，使自己免于过错。遍检卫国史事，符合这两个条件的"古人"，非卫武公莫属。卫武公名和，是卫僖侯的庶子，因为世子共伯余早逝而继位，是为卫武公。他曾于周厉王奔彘之后以共伯身份入主周王朝执政称王达十四年之久，史称"共和行政"，后来他又主动将政权交付周厉王太子靖，自己返归共国，以高龄而善终[2]。他的德操高尚，春秋时期吴公子季札曾经用"美哉渊乎，忧而不困"之辞赞扬"武公之德"，战国时人还说他"修其行，好贤仁"、"好行仁义，

---

[1]《左传》隐公四年。
[2] "共和行政"史事非常复杂，相关史载又多歧异，愚曾有所辨析，详请参阅拙作《先秦社会形态研究》（北京师范大学出版社2003年版）第459—476页，及拙作"伯和父诸器与'共和行政'"（《古文字研究》第21辑，中华书局2001年版）一文。

诸侯贤之"①。卫武公还是一位能够严格道德自律,善于听从劝谏的贤者。《国语·楚语》上篇载:

> 卫武公年数九十有五矣,犹箴儆于国,曰:"自卿以下至于师长士,苟在朝者,无谓我老耄而舍我,必恭恪于朝,朝夕以交戒我;闻一二之言,必诵志而纳之,以训导我。"在舆有旅贲之规,位宁有官师之典,倚几有诵训之谏,居寝有亵御之箴,临事有瞽史之导,宴居有师工之诵。史不失书,矇不失诵,以训御之,于是乎作懿戒以自儆也。及其没也,谓之睿圣武公。

他的一系列作为和被称为"睿圣武公"是其德操高尚和众望所归之证。卫武公是庄姜之夫——卫庄公——的父亲。她在忧虑之时想到这位曾经力挽狂澜并且道德高尚的伟人——"睿圣武公"——应当是十分自然的事情。可以推测,《诗·绿衣》篇中两次提到的"我思古人"(即卫庄姜所怀念的"古人")就是卫武公共伯和。在诗中,庄姜一云"我思古人,俾无訧兮",意即可以学习"武公之德",使自己能够在复杂多变的世事中采取正确的策略和做法,从而避免过错。她再云"我思古人,实慰我心",意即有了卫武公所奠定的基础,卫国一定会有好的发展,州吁之流的作乱无道成不了气候,"贱妾尊而正嫡幽微"(朱熹语)以及州吁的蛮横作乱犹如浮云蔽日一样,只是暂时现象。想到这些,庄姜心中可自安慰("实获我心")。

庄姜距离卫武公的时间不长,应当比较熟悉其业迹贡献,以其为榜样不仅可以获得力量与鼓舞,而且可以学习其严以自律的高尚品德。庄姜慨叹"我思古人,俾无訧兮","我思古人,实慰我心",但是并不言明其"古人"的实指,这既是诗意委婉的表现,又是庄姜将楷模牢记于心的表示。在卫国此后的历史发展中,作恶多端品行丑恶的州吁终于被诛杀,卫国得以平静,这与庄姜的守礼善思是有一定关系的。本简肯定"《绿衣》之思",实际上是赞扬庄姜的高尚德操,简文还谓"童(终)而皆臤(贤)于其初",其含意之一即在于指出庄姜之思得

---

① 这些资料依次见《左传》襄公二十九年、《吕氏春秋·开春》和《史记·周本纪》正义引《鲁连子》。于此还应当提到一件彝铭资料,即共伯和的儿子为他所铸《井人钟》,钟铭说共伯"克哲厥德,贲屯(纯)用鲁,永终于吉",他的儿子要以其父的"穆穆秉德"为榜样。这些说法都充分肯定共伯和德操的高尚,与文献记载完全吻合。

到了好的结果。文献记载,春秋时人曾经两次引用此诗。《左传》成公九年载,鲁大夫季孙行父送鲁宣公与穆姜之女伯姬到宋国完婚,返国复命受到鲁成公的享礼招待,伯姬母穆姜拜谢季孙行父"赋《绿衣》之卒章",其拜谢之辞谓"大夫勤辱,不忘先君,以及嗣君,施及未亡人,先君犹有望也","未亡人"为寡妇自称,庄姜作《绿衣》时亦为"未亡人",两者身份有相同之处。《国语·鲁语》下篇载:"公父文伯之母欲室文伯,飨其宗老,而为赋《绿衣》之三章。老请守龟卜室之族。师亥闻之曰:'善哉!男女之飨,不及宗臣;宗室之谋,不过宗人。谋而不犯,微而昭矣。'"公父文伯之母亦为"未亡人",她与穆姜皆赋《绿衣》之诗,可以为旁证,用来推测庄姜作为《绿衣》一诗的作者,其身份当为"未亡人"。她是在卫庄公死后,写这首诗的[①]。从春秋时人引用《绿衣》一诗的情况看,此诗为庄姜所作,应当是没有多大疑问的。

总而言之,关于研究《诗·绿衣》的若干纠葛,今得上博简相关简文的证明,可以得到解决。于此可以肯定的有以下三点,其一,是诗的名称为"绿衣",而非褖衣。清儒的相关论辩可以得到极有力的证据而被肯定。其二,《绿衣》一诗的作者为春秋前期卫庄公妻庄姜。其三,《绿衣》诗中和上博简《诗论》相关简文所提到的"古人",就是曾经以"共和行政"而叱咤风云的卫武公—共伯和。关于共伯和的史载较少且多歧异,如果我们的分析不致大误的话,那么,就可以说《绿衣》一诗是共伯和儿媳之作,距离共伯和的时代比较接近,是研究共伯和历史影响的一个比较重要的材料。

十八 上博简《甘棠》之论与召公奭史事探析
——附论《尚书·召诰》的性质问题

上博简《诗论》多次提及《诗·甘棠》篇,说明孔子对于召公奭的重视。简文之论可以与《孔子家语》、《孔丛子》等的相关记载印证,表明了孔子对于宗庙祭典的看法。孔子认为只要有大功德于民于国,都可以在宗庙里面受到祭祀,嫡庶之别并不重要。召公奭是周文王的长庶子,他恭行文王之德,对于周初政

---

① 卫庄公二十三年卒,是年为公元前735年,庄姜所收养的戴妫之子名完者继位为卫桓公,依《史记·十二诸侯年表》,州吁得宠骄横好兵事始于卫庄公后期,卫庄公死后,其骄横愈甚。州吁杀卫桓公事在卫桓公十六年(前719年),可以推测,《绿衣》一诗可能作于前735—前719年之间。

局影响很大。简文还启发我们重新考虑《尚书·召诰》篇的性质以及孔子的宗法观念的复杂性等问题。

上博简《诗论》二十支竹简中有五支简提到《甘棠》一诗。《诗论》共评说诗约六十篇左右,对于一首诗的评论,往往是惜墨如金,有的甚至只有一字的评语,而对于《甘棠》一诗的评论,则不厌其烦地进行评说,反复申明其意。孔子对于是诗的重视于此可见一斑。《甘棠》一诗见于今《诗经·召南》,全诗三章,章三句①。本来是一篇很普通的诗作,意义明晰,训释无大障碍,然而是什么原因使孔子对它倍加关注呢?孔子论此诗的背后之意何在呢?细绎《诗论》相关简文,可以发现,原来孔子对于《甘棠》诗的重视与他对于周初史事的认识颇有关系。再联系到《甘棠》一诗所歌颂的召公史事,他在周初的举足轻重的地位尚为史家认识不足,对于《尚书》中与召公直接相关的《召诰》、《君奭》等篇的一些关键问题的认识也还有再探讨的余地。今不揣蒭陋,对于这些问题试作讨论如下。

(一)

上博简《诗论》第 10、16、13、15、24 号简分别载有关于《甘棠》一诗的评析②,现将简文依次迻录如下:

《甘棠》之保(报)……害(曷)?曰:童(终)而皆臤(贤)于其初者也。

[《甘棠》之保(报),敬]召公也。

《甘棠》[思]及其人,敬爱其树,其保(报)厚矣。《甘棠》之爱,以邵(召)公[所茇也]。

吾以《甘棠》得宗庙之敬,民眚(性)古(固)然。甚贵亓(其)人,必敬亓(其)立(位)。悦亓(其)人,必好亓(其)所为,亚(恶)亓(其)人者亦然。

上引首简为《诗论》第 10 号简,此简评析《诗》从《关雎》到《燕燕》七首诗,省略掉中间内容,即如上所引者。上引第二例见于第 16 号简,方括号中字原缺,据

---

① 为讨论方便计,今将《甘棠》诗具引如下:"蔽芾甘棠,勿翦勿伐,召伯所茇。/蔽芾甘棠,勿翦勿败,召伯所憩。/蔽芾甘棠,勿翦勿拜,召伯所说。"
② 参见马承源主编:《上海博物馆藏战国楚竹书》(一),上海古籍出版社 2001 年版,第 139—153 页。

廖名春先生说拟补①。上引第三例为第 13 号简和第 15 号简系连而成。第 13 号简末尾一字为"甘",第 15 号简首字为"及",其间依廖名春先生说拟补"棠思"二字②,在第 16 号简末尾补"所茇也"三字,可以语意连贯,符合《甘棠》一诗主旨,应当是正确的。上引末例见于第 24 号简,其文字多有与《孔子家语·好生》篇的相关论述相似者。

关于第 10 号简和第 13 号简的"保"字的考释,马承源先生读其为褒,为褒奖之意,以为是对于召伯的赞美。保通假作褒,虽然没有任何问题,但此释还是不若读为"报"为优。李学勤先生说:"'保'读为'报',因思念感激召公,而敬爱召公种植的甘棠,是其报德至厚。"③。按,褒(保)字与报相通假,其例见于《礼记·乐记》,是篇谓"故礼有报",郑注"报读曰褒",而褒与保相通,则保可读为报矣。保字本义为襁褓之子为人所保护、包裹,并由此出发引申出许多义项,比较近直的义项为保持、保有,如今语之"永葆革命青春"然。这里所用的"保"字已有报本反始之意在。《韩诗外传》卷三载:"大道多容,大德多下,圣人寡为,故用物常壮也。传曰:易简而天下之理得矣。忠易为礼,诚易为辞,贤人易为民,工巧易为材。诗曰:政有夷之行,子孙保之。"④所谓"子孙保之",意即子孙报之,意思是说只有宽厚仁慈之政,子孙才能报本反始而长葆其美德之政。本简的"《甘棠》之保",与此所引《诗·天作》篇的"子孙保之"的意思十分接近。《诗·烈文》亦云:"烈文辟公,锡兹祉福。惠我无疆,子孙保之",其意亦可作如是观。

《甘棠》一诗为颂赞召伯的诗作,召伯即召公奭(或谓为召伯虎,似不可信)。《甘棠》之诗为颂赞召公奭之作,全诗表现了人们对于召公曾经在其下休憩过的甘棠树的崇敬之情,人们不得去碰它,更不能损伤它,要做到"勿翦勿

---

① 廖名春:"上海博物馆藏诗论简校释",《中国哲学史》2002 年第 1 期。按,《诗论》第 16 号简有《绿衣》之忧,思古人也"之句,与第 10 号简《绿衣》之思"句式类似。依照此例,补上"《甘棠》之报",可谓有据。然而这其间稍有值得再议的地方在于,第 16 号简与第 10 号简关于《绿衣》一诗的评语之词一为"忧",一为"思",两者并不一样。所以本处是否一定补上"报、敬"二字,还有再议的余地。

② 《孔子家语·好生》篇载孔子评《甘棠》诗有"思其人必爱其树"之语,可证此处拟补"思"字是很可信的。

③ 李学勤:"《诗论》说《关雎》等七篇释义",廖名春编:《清华简帛研究》第二辑,清华大学思想文化研究所 2002 年印本,第 17 页。

④ 《韩诗外传》诸本多衍引诗之十一字,今据许维遹《韩诗外传集释》(中华书局 1980 年版)本所校。

伐"、"勿翦勿败"、"勿翦勿拜（拔）",已将其作为神树对待,愚以为这种树应当是周代的社树①,闻一多先生曾谓:

> 甘棠者,盖即南国之社木,故召伯舍焉以听断其下。……甘棠亦社木,当为大树,故能为召伯所舍,然则蔽芾者,木荫盛覆蔽之貌也,《传》以为"少貌",亦失之。②

按,闻先生此说远胜毛传,卓见灿然。但谓甘棠先为社树而后召公才休憩于其下,恐怕是将事情说颠倒了。事情本来应当是人们由敬仰召公而爱屋及乌,延及爱护甘棠之树,所以诗中才会有"蔽芾甘棠,勿翦勿伐"之语。树由召公的原因而被保护,由此繁茂异常而被视为社神之树。《礼记·郊特牲》篇谓:"社所以神地之道也。地载万物,天垂象。取财于地,取法于天。是以尊天而亲地也,故教民美报焉。家主中溜,而国主社,示本也。唯为社事,单出里。唯为社田,国人毕作。唯社,丘乘共粢盛,所以报本反始也。"可见社祭的目的即在于"报本反始"。人们祭祀召公曾经在其下休息过的甘棠树,就是对于召公功业德操的怀念。以前读诗,觉得此诗中的甘棠当为社树,苦无证据,今得此简文佐证,可以释疑。总之,简文之"保"如果读"褒",固然不误,但不若读"报"为优。简文"保（报）"如果笼统地说是对于召公的报德,固然也不误,但是具体而言,则作为报祭之"报"来理解,似又优于笼统之说也。若能够进一步指出此"报"祭是对于社树的祭祀,则庶几近于实际矣。

（二）

一个引人注意的现象是,上博简的这几条简文可以在文献中找到旁证。由此可以考虑到《孔子家语》的两条相关材料应当是渊源有自的。过去论者多怀疑《孔子家语》为王肃伪造。《四库全书总目提要》一方面谓"其出于肃手无

---

① 周代有社树,如《庄子·人间世》载"匠石之齐,至于曲辕,见栎社树,其大蔽数千牛",《墨子·耕柱》篇所载"丛社",亦当是包括有树木。《白虎通·社稷》所谓"报社祭稷"的"报社",是汉人所记对于社神之祭,而追本其源,可能与古代对于神树的祭祀有关。闻一多先生曾谓"甘棠亦社木,当为大树,故能为召伯所舍,然则蔽芾者,木荫盛覆蔽之貌也,《传》以为'少貌',亦失之"(《诗经研究·诗经通义》,巴蜀书社2002年版,第174页)。

② 闻一多:《诗经研究·诗经通义》,巴蜀书社2002年版,第174页。

疑"，然而，另一方面又指出是书所载材料的价值仍不可废，"遗文轶事往往多见于其中"。此可谓持平之论。今得上博简材料，更可证其语不虚。虽然现在还没有完全充分的证据以否定王肃伪造之说，但却已经可以断定其中的有些材料渊源有自，不应当轻易否定的，足以启发人们更为重视此书的价值。我们先来看《孔子家语·庙制》篇的记载：

子羔问曰："祭典云：'昔有虞氏祖颛顼而宗尧，夏后氏亦祖颛顼而宗禹，殷人祖契而宗汤，周人祖文王而宗武王。'此四祖四宗，或乃异代，或其考祖之有功德，其庙可也。'若有虞宗尧，夏祖颛顼，皆异代之有功德者也，亦可以存其庙乎？"孔子曰："善，如汝所闻也。如殷周之祖宗，其庙可以不毁，其他祖宗者，功德不殊，虽在殊代，亦可以无疑矣。《诗》云：'蔽芾甘棠，勿翦勿伐，邵伯所憩。'周人之于邵公也，爱其人犹敬其所舍之树，况祖宗其功德而可以不尊奉其庙焉？"

这条材料所记孔子与其弟子子羔的对话，是讲古代的毁庙之制的。按照周代庙制，祖先的宗庙，天子立七庙，诸侯五庙，大夫三庙，士一庙，庶人无庙。超出定制之庙，要择吉日将神主迁入太祖之庙，而其宗庙则被毁弃，此举称为"迁庙"，其仪节见《大戴礼记·诸侯迁庙》篇。从上面的引文可以看出，孔子所强调的在于是否迁庙虽然要依礼制而行，但是还要看祖宗的功德如何，如果有大的功德，则"其庙可以不毁"。孔子举出《甘棠》诗句为证，提出这样的反问："周人之于邵公也，爱其人犹敬其所舍之树，况祖宗其功德而可以不尊奉其庙焉？"这里语焉不明之处在于邵（召）公是否周人所敬重的有功德的祖先呢？我们再看《孔子家语·好生》篇的一条材料，对于这个问题似乎可以理解得更多一些：

孔子常自筮其卦，得贲焉，愀然有不平之状。子张进曰："师闻卜者得贲卦，吉也，而夫子之色有不平，何也？"孔子对曰："以其离耶！在周易，山下有火谓之贲，非正色之卦也。夫质也黑白宜正焉，今得贲，非吾兆也。吾闻丹漆不文，白玉不雕，何也？质有余不受饰故也。"孔子曰："吾于《甘棠》，见宗庙之敬甚矣，思其人必爱其树，尊其人必敬其位，道也。"

这条材料虽然与上一条意义大致相同，但是特别令人惊奇的是它所谓"吾于《甘棠》，见宗庙之敬甚矣，思其人必爱其树，尊其人必敬其位"与《诗论》第24号简所载的相关内容非常接近。两者的互证，无疑大大提高了《孔子家语》的真实可信程度①。孔子自筮而得一般认为是吉利之卦的"贲"卦而不悦，原因是他认为贲卦为杂色之卦，贲的卦象为上艮下离，在八卦中，艮为山的象征，离为火的象征，所以孔子说它"山下有火谓之贲"，然而，离火为赤色，贲山为青色，赤、青相间是为杂色，虽然可以文饰，但却泯没了质地。在孔子看来，表示正色者乃是黑白二色，要讲求质朴须是此二色，所以说"夫质也黑白宜正焉"。本质如何就如何，不必加以文饰，孔子得贲卦失却其质朴之求，所以"愀然有不平之状"。这个记载正说明孔子重视本质的朴实无华，讲求实是。值得我们注意的是，在《好生》篇中，孔子引用《甘棠》之诗为证的用意何在呢？愚以为要弄清此点必须首先说明召公身份问题。

（三）

召公为周初重臣这是完全可以肯定的，历来都没有疑义，然而对于他是否文王之子这一点却有不同的记载和说法。关于召公的身份，先秦时期的文献缺载，汉朝时人有两种说法，一是司马迁认为他"与周同姓"②，是为普通的姬姓贵族；二是认为他是周文王子、周公之兄。《白虎通·不臣》篇谓"《礼·服传》曰：'子得为父臣者，不遗善之义也。'《诗》云：'文武受命，召公维翰。'召公，文王子也。"认为他是周文王之子而为文王臣者。《论衡·气寿》篇说："召公，周公之兄也"，与《白虎通》的说法一致。《谷梁传》庄公三十年谓"燕，周之分子也"③，虽取融通说法，但却与《白虎通》、《论衡》等的说法相近。《诗·甘棠》疏引皇甫谧说谓召公为"文王之庶子"，可能是比较接近实际的说法。

---

① 《孔子家语》的这个材料在文献中并非孤证，《说苑》卷五亦有类似的说法："夫诗思然后积，积然后满，满然后发，发由其道而致其位焉；百姓叹其美而致其敬，甘棠之不伐也，政教恶乎不行！孔子曰：'吾于甘棠，见宗庙之敬也'甚尊其人，必敬其位，顺安万物，古圣之道几哉！"这里所说的"尊其人，必敬其位"，与《孔子家语》完全相同，足可为证。关于这些材料的意义，朱渊清先生指出"《孔子家语》很可能就是在《孔子诗论》之类原始本子的基础上钞撮编成，出土和传承文献相互印证，真确地反映了孔子的《诗》说思想"（"从孔子论《甘棠》看孔子《诗》传"，《上博馆藏战国楚竹书研究》，上海书店出版社2002年版，第130页），其推测是可信的。

② 《史记·燕召公世家》"召公奭与周同姓，姓姬氏"，《汉书·古今人表》取此说谓召公奭"周同姓"。《史记·燕世家》集解引谯周说谓"周之支族，食邑于召，谓之召公"。

③ 清儒钟文烝《春秋谷梁经传补注》卷八引姚鼐说谓此处的"分子"，为"别子"之误。其说可信。

我们前面已经指出《孔子家语》中的与《甘棠》一诗相关的两条材料得上博简《诗论》的佐证，表明其渊源有自，是可信的，而非王肃伪造。其中特别值得重视的是讲"宗庙之敬"时以颂扬召公的《甘棠》为例，强调"尊其人必敬其位"，一个合理的推论便是，周人不仅敬受召公曾经休憩过的甘棠树，而且敬重召公在宗庙的神主牌位。既然在周的宗庙里有召公之位，那么他就应当是周文王之子，而不大可能只是周的同姓贵族。这对于我们判断关于召公身份的两种说法的是非，应当是重要证据。

召公虽然是文王之子，但却非嫡系。从他被称为别子的情况看，他很可能是与周公同父异母的庶兄①。在周代宗法制度下，庶出的召公本不仅不应有宗庙，而且也不大可能在祖庙中保存神主牌位，而从《孔子家语》的两条材料看，他却不仅曾立有庙，而且还在周人的祖庙里保存着神主牌位，而受到尊敬和祭祀。这是什么原因呢？从对于子羔所问的回答之语看，孔子实强调了先祖功德的重要。子羔感到"异代之有功德者"已经不在宗法体系之中，为什么还被袷祀和尊重呢？孔子强调虽然"异代"而不在宗法体系之列，但是在"功德"面前，先祖应当是平等的，"功德不殊，虽在殊代，亦可以无疑矣"②。关于庙制中应当重视功德的问题，《孔丛子·论书》篇载有孔子的答问之辞，颇有参考价值：

---

① 关于召公的身份，前人所论甚详，如左暄《三余偶笔》一曰：《谷梁传》曰：'燕，周之分子。''分子'者，犹曲礼之言'支子'，大传之言'别子'也。《逸周书·作雒解》：'三叔及殷、东徐、奄及熊盈以略，周公、召公内弭父兄，外抚诸侯。'《祭公解》：'王曰："我亦维有若文祖周公暨列祖召公。"'此召公为文王子之确证。《白虎通》曰：'子得为父臣者，不遗善之义也。诗云："文、武受命，召公维翰。"召公，文王子也。'则召公为文王子，汉人已明言之。皇甫谧《帝王世纪》以为文王庶子，盖本谷梁氏'燕，周之分子'，故云然，非无据也。司马迁云：'召公与周同姓。'按《史记》于毕公亦云'与周同姓'，亦可谓毕公非文王子哉？"（转引自黄晖《论衡校释》卷一）按，此处举出毕公例进行论证，说服力甚强。愚以为召公身份问题似可定论于其说。

② 汉代人曾多次举《甘棠》而论庙制。如《汉书·高惠高后文功臣表》论及功臣宗庙之事谓："成王察牧野之克，顾群后之勤，知其恩结于民心，功光于王府也，故追述先父之志，录遗老之策，高其位，大其宇，爱敬饬尽，命赐备厚。大孝之隆，于是为至。至其没也，世主叹其功，无民而不思。所息之树且犹不伐，况其庙乎？是以燕、齐之祀与周并传，子继弟及、历载不堕。"可见汉代人实认为召公之庙因其有功而未被毁。西汉后期屡议宗庙之制，不少人提出，"继祖宗以下，五庙而迭毁，后虽有贤君，犹不得与祖宗并列。子孙虽欲褒大显扬而立之，鬼神不飨也。孝武皇帝虽有功烈，亲尽宜毁"，王舜、刘歆等则反驳其说，谓"名与实异，非尊德贵功之意也。《诗》云：'蔽芾甘棠，勿翦勿伐，邵伯所茇。'思其人犹爱其树，况宗其道而毁其庙乎？迭毁之礼自有常法，无殊功异德，固以亲疏相及。至祖宗之序，多少之数，经传无明文，至尊至重，难以疑文虚说定也。"（见《汉书·韦玄成传》）王舜等所提出的"尊德贵功"的原则，合乎儒家尊祖敬宗古义，与孔子重视"功德"之论是完全一致的。

《书》曰:"兹予大享于先王,尔祖其从与享之。"季桓子问曰:"此何谓也?"孔子曰:"古之王者,臣有大功,死则必祀之于庙。所以殊有绩劝忠勤也,盘庚举其事以厉其世臣故称焉。"桓子曰:"天子之臣有大功者,则既然矣;诸侯之臣有大功者,可以如之乎?"孔子曰:"劳能定国,功加于民,大臣死难,虽食之公庙可也。"桓子曰:"其位次如何?"孔子曰:"天子诸侯之臣,生则有列于朝,死则有位于庙,其序一也。"

　　《书》曰:"维高宗报上甲微。"定公问曰:"此何谓也?"孔子对曰:"此谓亲尽庙毁有功而不及祖,有德而不及宗。故于每岁之大尝而报祭焉,所以昭其功德也。"

《孔丛子》此处所论祖宗若有功德者不在毁庙之列的说法,与《孔子家语》所论完全一致,都说明了孔子对于宗法庙制,持融通态度,庙制之礼固然应当遵守,但却不必拘泥。《逸周书·祭公解》称召公为"列祖",与称为"文祖"的周公并列,可证召公必定是文王之子,所以才能有如此的称谓①。按照孔子所强调的"功"、"德"的原则,召公作为对于周王朝有巨大功德者,尽管只是文王庶子,但在周人宗庙有其神主牌位,却应当是完全有可能的事情。

　　说到这里,可以想到我们在前面曾经指出的一个问题,那就是孔子于《诗论》中何以特别重视《甘棠》一诗,此问题的答案就在于《孔子家语》中可以看出的他对于召公"功德"的特别强调。那么,召公有何巨大的特别值得孔子称赞不已的"功德"呢?这就需要我们认真探析《尚书·召诰》等篇的相关问题。

　　(四)

　　召公奭的历史功德,约略有以下三项,其一,助周武王灭商。据《逸周书·克殷解》记载,牧野之战以后"周公把大钺,召公把小钺,以夹王"进入商都,在庆祝革命成功的典礼上"召公奭赞采",即奉币主持。后又奉周武王之命"释箕子之囚",这些都表明他是周武王灭商大业的主要助手之一。其二,支持周公

---

① 周初宗法制初创,嫡庶分别尚未严格,所以《逸周书·世俘解》周武王灭商以后的祭礼谓"王烈祖自大王、大伯、王季、虞公、文王邑考以列升",顾颉刚先生指出"此祭不分嫡庶与直系、旁系,与保定所出《商三句兵》铭文……以三世兄弟之名先后骈列,无上下贵贱之别者同,可见其时尚无宗法之制"(《〈逸周书·世俘篇〉校注》,《文史》第二辑)。按,顾先生说甚是。此时虽无严格的宗法之制,但所祭祀的对象仍是有选择原则的,那就是入选者必定是父兄之辈者,仅为同姓贵族者并不在此列。

东征平叛。在武王死后"三监叛乱"的十分严峻的形势下,周公曾经语重心长地对召公说了一番肺腑之言:"告汝朕允:保奭!其汝克敬以予监于殷丧大否,肆念我天威。予不允,惟若兹诰?予惟曰'襄我',二人汝有合哉!言曰:'在时二人,天休滋至,惟时二人弗戡。'其汝克敬德,明我俊民,在让后人,于丕时。呜呼!笃棐时二人。我式克至于今日休。我咸成文王功于不怠,丕冒,海隅出日,罔不率俾。"①周公吁请召公帮助自己东征平叛,达到"海隅出日,罔不率俾"的目标。可以说,周公在召公的帮助下才能有平叛东征时的巩固后方。关于这方面的史事,《逸周书·作雒解》也提到"三叔及殷东,徐奄及熊盈以略,周公、召公,内弭父兄,外抚诸侯……作师旅,临卫政殷,殷大震溃,降辟三叔",与《尚书·君奭》所载是吻合的。其三,参与周公成王时代的建国大业。周初诸诰表明他不仅是营建雒邑的主要策划和实施者之一,而且也是"文王之德"的最为积极的推行者之一。《诗·甘棠》就是这方面的一个明证。依《毛诗·孔疏》,可知召公所以在甘棠树下休息,是他在行文王之政的途中。据《韩诗外传》卷一所言,召公之所以不愿意扰民而建筑自己的居所乃是为了实践"文王之志"②。

孔子之所以特别重视《甘棠》之诗,着眼点还在于他对于周文王的特别肯定。上博简《诗论》表明孔子论诗并非逐篇评析,而是有自己的选择原则的。其原则之一就是颂扬文王之德的诗篇多选多论,反之则不选或少选,不论或少论。《甘棠》一诗虽然是在颂扬召公,但召公所为是在行文王之政,是在实践文王之志,所以孔子要对它青睐有加。分析上博简《诗论》的思维逻辑,可以大致看出这样一条线索,那就是《甘棠》之诗——敬其人爱其树——召公功业——文王之德。由此看来,孔子重视《甘棠》一诗也就不是偶然的了。

---

① 《尚书·君奭》。按,是篇的著作时代,《史记·燕世家》云:"周公摄政,当国践祚,召公疑之,作《君奭》。"这是可信的说法,《书序》谓作于召公、周公相成王时,将其列于《多士》篇之后,皆不确。《君奭》篇谓"今予小子旦,若游大川,予往暨汝奭其济。小子同(调)未(昧)在位,诞无我责",此时周公自称"予小子",合于《礼记·曲礼》"天子未除丧曰予小子"之说,是时正当武王丧期,故而周公云此。"若游大川"之语,正表明形势之紧张。此篇的著作时代当定于周公甫践位当国方将平叛之时。

② 《韩诗外传》卷一载:"昔者,周道之盛,邵伯在朝,有司请营邵以居。邵伯曰:'嗟!以吾一身,而劳百姓,此非吾先君文王之志也。'于是,出而就蒸庶于阡陌陇亩之间,而听断焉。邵伯暴处远野,庐于树下,百姓大悦,耕桑者倍力以劝,于是岁大稔,民给家足。其后在位者骄奢,不恤元元,税赋繁数,百姓困乏,耕桑失时。于是诗人见召伯之所休息树下,美而歌之。诗曰:'蔽芾甘棠,勿翦勿伐,召伯所茇。'此之谓也。"于此可见《甘棠》之作与"文王之志"密切相关。

然而，问题至此并没有结束。从上博简《诗论》中我们看到孔子所说的"贵其人"、"敬其位"的原因，已如前面我们所分析过的，召公为周文王之子，所以他才能在周人宗庙里面有神主牌位而为后人所崇敬。之所以如此还有另外一个深层原因，那就是召公对于周公的谆谆告诫为孔子所赞赏。要说明这一点，我们必须先来重新认识《尚书·召诰》篇的性质。

（五）

《召诰》是《尚书》中详细记载营建雒邑的月、日、胐等时间的宝贵文献①，是篇的性质尚有若干问题没有解决，《书序》、孔疏及其所引郑玄说，皆以为是篇为召公通过周公而转至成王的诰辞，于省吾先生则认为"昔人以《召诰》为召公之词，今审其语意，察其文理，亦周公诰庶殷戒成王之词。史官缀叙其事以成篇也"②。《尚书·召诰》孔疏所谓"召公以成王新即政，恐不顺周公之意，或将惰于政事，故因相宅以作诰也"，断定《召诰》是召公告诫成王之辞。这可以说是迄今为止有代表性的最为流行的说法。然而，这个说法尚有很大障碍。

其一，营建雒邑是在周公摄政当国的第五年③，其时召公到洛水一带"相宅"，成王并不在这里，经文明言召公"出取币，乃复入，锡周公"，断定《召诰》为告诫成王之辞，于篇中并无迹象可寻。

其二，在周初特殊的历史时期，周公不仅摄政，而且称王当国④。《召诰》

---

① 赵光贤先生指出此篇证明周初记时"尚不知有朔，而以胐为一月之首"，"此篇用的是以建丑之月为年始的殷正"（"说《召诰》《洛诰》"，《亡尤室文存》，北京师范大学出版社 2001 年版，第 105 页）。

② 于省吾：《双剑誃尚书新证》卷三。按，杜勇先生曾经辨析其说之不可信，说甚有据。见杜勇：《周初八诰研究》，中国社会科学出版社 1998 年版，第 55—57 页。

③ 雒邑营建时间，《史记》的《周本纪》和《鲁世家》一谓在"周公行政七年"，一谓在"成王七年"，其间纠葛不清处其为明显。《尚书大传》列周公当政七年史事甚详，其中谓"五年营成周"，应当是可信的。《逸周书·作雒解》谓"作大邑成周于土中，立城方千七百二十丈，郛方七十里，南系于雒水，北因于郏山，以为天下之大凑"，成周规模之大，与考古所见是吻合的。若谓营建雒邑在周公当政七年，则在时间上似不大可能于一年之内完成。合理的推测是成周始建于周公平叛和建侯之事（《尚书大传》说"三年践奄，四年建侯卫"）之后的第五年，到他当政的第七年建成，方致政成王。

④ 关于周公当政称王之事，历来纠葛颇多。然而，先秦文献和彝铭中确切记载表明，周公曾经当政称王是不可否认的事实。如《尚书·康诰》"王若曰：孟侯，朕其弟，小子封，惟乃丕显考文王"，卫国始封君康叔封是"周公同母少弟"（《史记·卫世家》），《康诰》此处之"王"必定是周公，而不会是成王。因为成王不可能称其叔父—康叔封—为"弟"。再加上世纪 60 年代出土的《何尊》铭文载营建成周之事，末尾记年为"唯王五祀"。周王在位"五年营成周"，是此王之五祀，当即周公在位的第五年，其称王之事，可谓又一确证。关于周公当政称王事，顾颉刚先生《周公执政称王》（《文史》第二十三辑）、王玉哲先生《周公旦的当政及其东征考》（《古史集林》，中华书局 2002 年版，第 341—356 页）等所论甚详，令人信服。

之篇既然制作于其当政的"五年",那么,篇中称"王"者应当就是周公,而不会是成王。若谓一直支持周公的召公越过正在称"王"的周公而向尚未在王位的成王告诫,于情理不合。

从以上两点不可逾越的障碍看,将《召诰》的性质定为召公告诫成王之辞并不可取。

愚以为此篇应当是召公诰周公之辞,其时代在周公当政称王的第五年。支持这一点的最有力的证据就在于,《召诰》篇述是时正值"以庶殷攻位于洛汭",亦即勘测成周城基址的时期,是年正是周公当政称王的第五年,所以篇中凡所称之"王"皆当是周公而非成王,更不可能是武王。如果要否定此说,那就需要证明周公没有当政称王,亦没有营建成周,而这些似乎都不是太可能做到的事情。

然而学者们之所以不敢提出此说,其原因似乎在于这其间存在着《召诰》篇中的某些词语的解释问题。今试析如下。

第一,《召诰》曰:"今冲子嗣……,呜呼!有王虽小,元子哉。"作为青年人称呼的"冲子"和作为长子称谓的"元子",似乎非成王莫属。其实,周公亦曾自称为"冲子",《君奭》篇载"在今予小子旦,非克有正,迪惟前人光,施于我冲子",还说:"今在予小子旦,若游大川。予往暨汝奭其济,小子同(童)未(昧)在位,诞无我责。"是皆为其证。周公摄政称王之时年龄并不大,而召公为文王庶长子,年龄自当长于周公。他称呼周公为年轻人,并直呼其名,都是情理中事。"元子"的概念,在《召诰》的时代,亦即宗法制尚未确立的时代,并不具备宗法制下嫡长子的含义。在先秦时期的文献中,后稷、微子启、鲧、吴太伯、周康王钊等都曾被称为元子。可见他只是一个泛称,并非单指嫡长子。周公被称为元子,亦无不可。

第二,经文有"旦曰:其作大邑"的说法,如果理解为召公对成王之语,似乎文从字顺。如果理解为召公对周公之语,则似乎难通。其实,西周初年宗法等级制度尚未严密,称谓也不大严格,特别是周公当政时期直呼其名、称其为"公"、称其为"王",皆属正常,而非僭越或不尊重。周公之名"旦"多曾被人称呼,《逸周书》诸篇和其他先秦文献多有记载,可以为证。再者篇中有"旅王若公"之语,过去皆以为此处的"王"和"公"必定是两人,其实,当指周公一人,正是他当政期间天泽未严和不欲久居王位的一个表现。召公年长于周公,位高且甚有影响,称周公为王,又称其为"公",甚至直呼周公之名而语,也只有召公才能如此。

如果我们消除以上两个方面的问题,那么我们也就可以顺理成章地承认《召诰》篇的性质应当就是召公向称王的周公的进言。清儒崔东壁曾经肯定召公有向周公的进言之事,谓:"召公当亦有告周公之篇,但史逸之耳"[①]。我们今得对于《召诰》性质的重新认识,可以说此"告周公之篇"即《召诰》也。

那么,召公进言的中心思想何在呢?

第一,充分肯定周公称"王"的合理性,表示自己拥戴周公称王的态度。此篇记载"太保以庶邦冢君出取币,乃复入,锡周公曰:'拜手稽首,旅王若公。诰告庶殷,越自乃御事:呜呼!皇天上帝,改厥元子兹大国之命。惟王受命,无疆惟休,亦无疆惟恤。'"这里明言周公受命称王合乎"皇天上帝"的意旨。周公称王虽然是无尽的福祉,但也承担着巨大的责任而为天下百姓忧虑("无疆惟休,亦无疆惟恤")。召公自述其身份,就是"庶邦冢君"的班头,他的言辞实是天下邦国的意见,说明周公称王为天下邦国所拥护。《召诰》篇的末尾,召公再次明确表明此意:

> 拜手稽首曰:予小臣,敢以王之雠民、百君子、越友民,保受王威命明德。王末有成命,王亦显。我非敢勤,惟恭奉币、用供王,能祈天永命。

召公将自己的位置定得十分准确,对于当政称王的周公尊重有加。在周初十分复杂而严峻的政治形势下,召公的支持不仅对于周公特别重要,而且也表现了召公作为一位政治家的应有品质和气度。

第二,召公强调治理天下必须敬德保民。夏商两国皆因为不敬德而导致灭亡("惟不敬厥德,乃早坠厥命"),所以建议周公汲取历史的经验,"疾敬德"。所谓"德"[②],指人的内心德操、精神境界。有德者,就是高尚之人,在处理人际

---

① 《崔东壁遗书·丰镐考信录》卷八。
② 关于德的内涵,郭沫若先生曾经指出,"德字照字面上看来是从值(古直字)从心,意思是把心思放端正,便是《大学》上所说的'欲修其身先正其心'。但从《周书》和《周彝》看来,德不仅包括着主观方面的修养,同时也包括着客观方面的规模——后人所谓'礼'"(《郭沫若全集·历史编》第一卷,人民出版社1982年版,第337页)。

关系中能够关心他人,为大家服务,此即《召诰》篇所说的"丕能諴于小民"、"用顾畏于民嵒"之意。所以对于政治家来说"敬德"与保民有着密不可分的关系。据说周文王就是典型的德操高尚的楷模。殷人不讲"德"这个概念,周人之所以大讲特讲"德",是反思商周之际鼎革变迁的结果,是针对着"敬天"思想而提出的。周人认为只有德操高尚才能够赢得天的眷顾与信任。本来,"敬德"是周公讲滥了的一个命题,召公重新提及并没有什么新意在。召公讲敬德的目的只是在于表示自己对于周公"敬德"思想的拥护,表明他在与周公保持一致。①

孔子对于周公尊崇有加,赞许"周公成文武之德"(《礼记·中庸》),称赞"周公之才之美"(《论语·泰伯》)。他在晚年还曾慨叹:"甚矣吾衰也!久矣吾不复梦见周公。"(《论语·述而》)。召公既然是助周公完成伟业的关键人物,孔子赞美召公亦在情理中事。《诗论》之重视《甘棠》的道理,于是乎在。

然而,孔子于此还与其宗法观念有一定的关系。宗法制度与宗法观念是随着周代分封制的发展而行用和完善的,如《仪礼》所反映的那样系统而繁富的宗法系统的完备不可能是一蹴而就的事情。这个过程大约经过了从周初到春秋这样二三百年的时间。孔子对于宗法的态度比较复杂。大略来说,孔子一方面肯定作为宗法制关键的嫡长子继承制的重要,另一方面他又不将嫡长子继承制绝对化,而是采取融通态度。例如《礼记·檀弓》篇和《孔子家语·曲礼子贡问》篇皆记载如下一个事情:

> 公仪仲子之丧,檀弓免焉。仲子舍其孙而立其子。檀弓曰:"何居?我未之前闻也。"趋而就子服伯子于门右,曰:"仲子舍其孙而立其子,何也?"伯子曰:"仲子亦犹行古之道也。昔者文王舍伯邑考[之子]而立武王,微子舍其孙腯而立衍也。夫仲子亦犹行古之道也。"子游问诸孔子。孔子曰:"否,立孙。"②

---

① 周公初当政称王之时,召公曾经不大理解,所以古书上说"武王既终,成王幼弱,周公摄天子之政。邵公不悦,四国流言"(《列子·杨朱》)《书序》亦云"召公不说,作《君奭》",周公尽全力争取召公支持而完成了东征平叛等伟业。《召诰》之辞表明在周公当政的第五年,召公对于周公的态度已经完全转变。这对于周初政局的稳定是至关重要的事情。

② 引文中方括号内"之子"二字,据清儒崔东壁说补,见《崔东壁遗书·丰镐考信录》卷二。

按照孔子所理解的"古之道",应当立嫡,而不立庶;若无嫡子,即当立嫡孙。这显然是合乎周代宗法精神下的嫡庶之辨的说法。然而,在实际上,周族在周公之前并没有严格的宗法观念,周族历史上,季历、文王、武王、周公皆非嫡长子而继位,而这些人物多为孔子所特别尊敬。如果拘执于嫡长子继位的宗法精神,显然与对于这些孔子心目中的圣人的评价无法吻合,所以孔子又强调"功德",而不着眼于嫡庶之辨。本文前引《孔丛子》和《孔子家语》的材料足可为证。在孔子看来,只要有功德于国于民,其行事可以不必过分拘泥,周公当政称王和召公被奉为"列祖"而被祭祀,皆是顺理成章的事情。

总之,上博简《诗论》特别重视《甘棠》一诗的事实,表明了孔子对于召公的重视和肯定。我们由此出发而分析召公史事及《尚书·召诰》的性质问题,又涉及了孔子宗法观念的复杂性质。由此我们也可以从一个角度看到孔子人文精神的一个重要方面,那就是他完全以国家民众的利益而转移,并不拘泥和偏执。春秋时期"国之大事,在祀与戎"①,孔子虽然十分重视体现宗法精神的祭礼,但并不拘泥于嫡庶之辨与昭穆之别。《诗论》简文所表现出的他对于召公奭的特别重视,就是一个明证。

十九 《诗·燕燕》与儒家慎独思想考析

《燕燕》是《诗·邶风》中的一篇,其背景和史事长期在若明若暗之间。上博简和马王堆汉墓帛书为解决这一问题提供了新的材料,此诗的主旨也由此而得以新的理解。

(一)《诗·燕燕》的篇章与史事问题

《诗·燕燕》是"邶风"中的一篇。原诗四章,章六句②。其第四章,因为其内容与风格与前三章迥异故疑其为它诗之混入者。上博简《诗论》的材料为这种推测提供了重要依据。《诗论》第27号简有"《中(仲)氏》,君子"的评论记

---

① 《左传》成公十三年。
② 为讨论方便计,现将这四章内容具引如下:"燕燕于飞,差池其羽。之子于归,远送于野。瞻望弗及,泣涕如雨。/燕燕于飞,颉之颃之。之子于归,远于将之。瞻望弗及,伫立以泣。/燕燕于飞,下上其音。之子于归,远送于南。瞻望弗及,实劳我心。/仲氏任只,其心塞渊。终温且惠,淑慎其身。先君之思,以勖寡人。"

载,表明《诗》中原来应有《仲氏》一篇,此篇后来散佚。《仲氏》一诗所散佚者,至少有两章现存于传世本《诗经》中,那就是《燕燕》的末章和《何人斯》的第七章[①]。由此可以推测,《燕燕》一诗原本三章,即今传本的前三章。这个推测可以看成是研究《燕燕》一诗的前提,因为唯有如此才可以不必顾虑其第四章的内容而进行考析。

关于此诗的背景和作者,《诗序》谓"卫庄姜送归也",毛传以《左传》所记史事为说,《左传》隐公三年载:

> 卫庄公娶于东宫得臣之妹曰庄姜,美而无子,卫人所为赋《硕人》也。又娶于陈,曰厉妫,生孝伯早死,其娣戴妫生桓公,庄姜以为己子。

这是一段追述的话。此年卫桓公已继位十五年。又据《左传》记载,翌年(即卫桓公十六年,鲁隐公四年,前719年),"卫州吁弑桓公而立"。《诗序》谓"《燕燕》,卫庄姜送归妾也",毛传谓卫桓公被弑之后,"戴妫于是大归,远送之于野,作诗见己志"。按,序、传此说可通。当代专家或谓这是一首送昔日情侣远嫁之诗,似乎颇得诗旨,然而核之于史实和史载,则应当肯定《诗序》和毛传之说至今尚无理由予以否定。

汉代人肯定此诗为述卫庄姜送归妾之诗,不独见于《诗序》及毛传,而且其他典籍中亦有所见,如《列女传·母仪》篇即载有卫姑定姜(卫定公夫人)送归妾时赋《燕燕》一诗之事,似可以肯定早在春秋中期,《燕燕》一诗即被赋引,其时已经流传。《后汉书·皇后纪》载和帝后邓绥送周贵人、冯贵人归园的诏策里面的赠语亦引《燕燕》之诗,其语对于《燕燕》主旨的理解,是与刘向一致的,皆深合庄姜送归妾之意。

卫庄姜是春秋前期受到广泛同情的一位美丽非凡且命运多舛的女子,从《卫风·硕人》看,她在卫国人的心目中的形象可谓美丽的化身。可是,在卫国宫室里面,她却因为嬖妾得宠而遭到冷遇。《邶风·绿衣》即抒写其心中的苦闷。可能正由于她受到广泛的赞美和同情,所以《邶风》、《卫风》等的诗作中便

[①] 关于这个问题的考析,发轫于李学勤先生的卓见。愚曾予以补充论证,参阅本书"专题研究"部分之"《诗论》'仲氏'与《诗·仲氏》篇探论——兼论'共和行政'的若干问题"。

常常有她的身影出现,由于这个同样的原因,《燕燕》一诗也就较早地得以流传于世。上述《硕人》、《绿衣》两篇以及《诗序》所说的"卫庄姜伤己"的《日月》之篇,还有我们这里要重点讨论的《燕燕》一诗皆可为证①。

关于《燕燕》一诗所述的主体,即是否写卫庄姜之诗,前人曾有不同认识。今见两说。其一,郑玄注《周礼·坊记》时谓《燕燕》一诗乃"卫夫人定姜之诗也"。按,此说与上引刘向之说貌似而实不同,依刘向所载是定姜赋《燕燕》一诗,而郑玄则以为定姜作此诗②。两者相较,以刘向说为优。这是因为赋诗言志,为春秋时期贵族通例,所赋之诗多非己作③,而应当是在公众场合能够为大家所理解的诗。定姜送归妇时应当是赋《燕燕》一诗,而非作《燕燕》之诗。其二,清儒魏源曾经指出或说谓"庄姜子完被弑后,姜送完妇归薛,曾有是诗也"④。《左传》、《史记》皆无卫桓公娶于薛的记载,因此这个说法于史无征,不能取信。

关于这位"归妾"的身份,清儒魏源力主是庄姜之妇而非其娣,谓《燕燕》一诗"要为送归妇而非送归娣,为任姓非妫姓女,则可必也"⑤。其实,依《左传》的记载,应当断定庄姜所送者必定是为"娣"的妫姓之女,在没有可靠的证据的时候,是不大可能否定此点的,专家因谓魏源此说"证据颇显不足"⑥,是很有

---

① 清儒魏源《诗古微》"邶鄘卫答问"条认为《诗》中写庄姜者有五诗,谓"庄姜诗,《硕人》一、《终风》二,《绿衣》三、《日月》四、《燕燕》五",其说虽不为误,但《终风》一篇是否为庄姜诗尚不可遽断,故而若谓庄姜四诗较为妥当。
② 郑玄《礼记·坊记》曾谓"此卫夫人定姜之诗也",此是采用汉代齐诗之说,郑玄后来并不坚持此说。他自己曾经在回答炅模的问题时做过解释,谓:"为《记》注时就卢君,先师亦然,后乃得毛公传,记(既)古书,义又且(宜),然《记》注已行,不复改之。"(孔颖达《毛诗正义》卷二引《郑志》)。郑玄改信毛传之说,是因为他觉得毛传此说近古且义宜。
③ 可靠的先秦时期的文献记载,"作诗"之例不多,如《吕氏春秋·古乐》篇载:"周公旦乃作诗曰:'文王在上,于昭于天。周虽旧邦,其命维新',以绳文王之德。"《左传》僖公二十四年载:"召穆公思周德之不类,故纠合宗族于成周而作诗曰:'常棣之花……'。"这两例"作诗"都是为某种特殊需要而进行的,都不属于赋诗言志。而春秋时期贵族赋诗之例则俯拾皆是。
④ 魏源《诗古微》"邶鄘卫答问"条(见《清经解续编》卷一千二百九十九)。清儒于鬯发挥魏氏说,云:"定姜、庄姜,不妨各存其说;送妇、送娣,不必固执其文。而苟为定姜送妇之诗,则妇,薛国任姓之女也。送娣之诗,则娣亦薛国任姓之女也。然则,苟为庄姜送妾之诗,妾亦薛国任姓之女,而非陈国妫姓之女也"(《香草校书》卷十一)。分析魏氏、于氏之说,他们皆据误入《燕燕》一诗的其第四章(按,实即逸诗《仲氏》篇中的一章)"仲氏任只"一句立论发挥,说虽辩而非是也。
⑤ 魏源《诗古微》"邶鄘卫答问"条,《清经解续编》卷一千二百九十九。
⑥ 陈子展:《诗三百篇解题》,复旦大学出版社2001年版,第104页。

见地的。南宋王应麟《诗考》引李氏说谓《燕燕》一诗"定姜归其娣,送之而作",此说更属无据,"不足传信"①。

要之,《燕燕》一诗所述即卫庄姜送归妾之事,其史事于《左传》所载甚详。这位归妾即卫桓公母戴妫,毛传断定她"大归"于母家陈国之时,庄姜送之而作《燕燕》一诗,是公允而可信的说法。

(二)庄姜、戴妫史事索隐

我们循着诗、史互证的思路,似乎还可以对于《燕燕》一诗的具体写作时代背景进行一些较为深入的讨论。如果相关的史事如上分析而断定,那就能够进而分析《燕燕》诗中一个令人颇感疑惑的重要问题,就是依《燕燕》所述,庄姜为什么要违礼而送戴妫呢?

周代贵族妇人送迎之事,不能出闺门,如果违背,那就是"非礼"的举动。依礼,庄姜送戴妫不应当出门,而只在房中送别即可。前人多从情感的角度进行解释,如郑笺指出庄姜此举在于"舒己愤,尽己情",前人或谓"远送于野,情之所不能已也",或谓庄姜与戴妫"嫡妾相与之善"②,或谓"当时两嫠妇郊门诀别,未尝不足以动旧臣故老之心"③。这些认识应当说都是正确的。

戴妫之归陈,毛传谓为"大归",孔疏谓"桓公之时,母不当辄归。虽归,非庄姜所当送归,明桓公死后其母见子之杀,故归。庄姜养其子,同伤桓公之死,故泣涕而送之也。言'大归'者,不反之辞,故文十八年'夫人归于齐',《左传》曰:'大归也。'以归宁者有时而反,此即归不复来,故谓之大归也。"对于传疏此说,历来没有人怀疑。愚以为,"大归"意即"归不复来",是没有什么疑问的,然而,戴妫是否真的"大归",则尚可讨论。

我们可以从《燕燕》篇名谈起。

以"燕燕"名篇取之篇中三章皆以燕燕起兴。燕,又名鳦,《说文》释其为"玄鸟"。它是一种候鸟,春去秋来,《吕氏春秋》谓仲春之月"玄鸟至",仲秋之月"玄鸟归"。高诱注谓:"是月候时之雁从北漠中来,南过周雒之彭蠡。玄鸟,燕也,春分而来,秋分而去,归蛰所也。"燕若筑巢于某处,则不忘年年应时而来,若没有特殊情况,一般不会不归于自己所筑之巢。庄姜唯恐人们不识其深

---

① 王先谦:《诗三家义集疏》卷三上。
② 吕祖谦:《吕氏家塾读诗记》卷四引苏氏说、张氏说。
③ 胡承珙:《毛诗后笺》卷三引姜氏说。

意,故而三章皆述"燕燕"而起兴,这其间不能说没有盼望戴妫去而复归之义在焉。《左传》载隐公四年"春,卫州吁弑桓公而立"。戴妫返陈,不大可能在其子被弑之后的春天,而当在是年夏秋之际。此正燕燕春去而秋来之时,庄姜送之,感慨于"燕燕"之鸟,正寓盼其秋归之意也。《燕燕》一诗何以用"燕燕于飞"起兴,并且贯穿于三章之首,对于这个问题前人并不提及,只是谓之由此"起兴"而已,但为何要以此"起兴"呢?前人并未深究。现在我们明白了其史事背景,此问题似可冰释。以下,我们再来稍作具体分析。

首章云"燕燕于飞,差池其羽",郑笺谓"差池其羽,谓张舒其尾翼,兴戴妫将归,顾视其衣服"。按,"衣服"之说甚费解。王先谦谓"身丁忧戹,容饰不修,故以燕差池其羽为比"①,似亦未得。"差池",意为不齐②。在人们的视界中,燕的羽翼张舒之时,长短不一,故云"差池其羽"。闻一多谓"于此当训两翼舒张之貌",得之。此句正以燕燕舒张两翼奋飞而起兴,鸟之奋飞,有所求也。此处盖喻戴妫归陈虽然不免于苦痛,但却是充满着能够报仇雪恨的希望之旅。

次章云"燕燕于飞,颉之颃之"。关于颉颃之义,现在多据毛传所谓"飞而上曰颉,飞而下曰颃"为释,后又引申出上下不定、抗衡等意。其实,此释虽然已经通用,但为后世之衍变,距离其本义已远。《燕燕》所用者并非如此。《说文》"颉,直项也,从页吉声",段玉裁引《淮南子》之说谓:"颉颃正谓强项也。……直项者,颉之本义。若《邶风》'燕燕于飞,颉之颃之',传曰'飞而上曰颉,飞而下曰颃',此其引申之义。直项为颉颃,故引申之直下直上曰颉颃。"③按,段注此处所论甚精。燕燕展翅向前之时,头部直挺而前伸,正奋飞之状,"燕燕于飞,颉之颃之"所取义在于勉励戴妫勇敢前往,毛传所释,用颉颃的引申义,并不确切。

其三章谓"燕燕于飞,下上其音"。燕燕的鸣叫之音,其所喻指,郑笺已其一端,谓戴妫将归,言语感激,声有小大。庄姜与戴妫同病相怜,嘱托之语自然

---

① 王先谦:《诗三家义集疏》卷三上。
② 关于"差池"之意,马瑞辰《毛诗传笺通释》卷四谓"差池二字迭韵,义与参差同,皆不齐之貌",又谓"《说文》无池字,古通作沱,故《左传》《释文》云'池,徐本作沱',而差池又转为蹉跎,《广雅》'蹉跎,失足也。'失足亦为不齐。"
③ 段玉裁:《说文解字注》九篇上。

情切意真。然而,此处所喻指者尚有"知音"之意在焉,此知音不唯两人相知相亲,而且在于两人有共同商定的大业,并且她们的约定尚属秘密,只需两人心照不宣,故以"下上其音"为喻。

总之,这三章皆取义于燕燕飞翔时的奋勇、挺直所表现出来的坚韧不拔的意志与精神,其间并无太多的感伤(伤感情绪只表现在第一、二两章的后两句)。

我们还应当注意到此诗的第三章的后两句——"瞻望弗及,实劳我心"。对于此句,前人多不解释,似乎是不言而喻者,其实是甚可探究的。戴妫渐行渐远,在庄姜的视野中消失,此时庄姜为何"实劳我心"呢?此处的"劳",主要意思不在于伤感而痛心,而在于担忧,犹今语之提心吊胆。如果依"大归"之论,则戴妫返母家居住,正可不必太担心,如今却更为忧虑,原因就在于庄姜和戴妫所谋划的大事刚刚开始,胜败尚未可知,如果失败则后果不堪设想,提心吊胆自在情理之中。

庄姜和戴妫所谋划的大事是什么呢?

这件大事,应当就是以"大归"为遮掩,寻求陈国帮助以除掉祸乱卫国的州吁。州吁之乱与陈国颇有关系。他弑君自立以后,俨然以东方霸主的姿态出现,主动联合宋国前往讨伐位置偏西一些的郑国。宋殇公继位以后,州吁派使臣告诉宋国:"君若伐郑以除君害,君为主,敝邑以赋与陈、蔡从,则卫国之愿也。"[①]在州吁眼中,陈、蔡两国不啻为自己的附庸,可以完全为己所颐指气使。据《左传》记载,鲁隐公四年(前719)夏天,宋、陈、蔡、卫四国伐郑,和此年秋天再加上鲁国的五国伐郑,主谋者都是州吁。令州吁感到特别担心的是国内局势不稳,鲁国大夫众仲评论当时州吁所面临的形势谓:"州吁阻兵而安忍。阻兵,无众;安忍,无亲。众叛亲离,难以济矣。夫兵,犹水火也;弗戢,将自焚也。夫州吁弑其君而虐用其民,于是乎不务令德,而欲以乱成,必不免矣!"穷兵黩武的州吁,意欲稳定自己的地位迫不及待地令其党羽石厚向卫国重臣石碏(石厚之父)请教良策。石碏趁机建议州吁通过朝见周天子的办法以增强威信。对于州吁来说,实为可行之策。州吁和石厚并不明白石碏的真正用意。州吁作为弑君的乱臣孽子,不可能受到周天子的接见,所以他必定会请与周天子关

---

① 《左传》隐公四年。

系良好的陈桓公引荐前往,石碏的目的即在于州吁前往陈国时待机将其捕获。《左传》记载:

> 石碏使告于陈曰:"卫国褊小,老夫耄矣,无能为也。此二人者,实弑寡君,敢即图之。"陈人执之,而请莅于卫。九月,卫人使右宰丑杀州吁于濮。石碏使其宰獳羊肩弑石厚于陈。

州吁弑君自立,已经重权在握,其党羽一定不少。石碏曾经建议卫庄公不要宠幸"好兵"的州吁,此谏被卫庄公拒绝。以情理度之,此事州吁不大可能不知,州吁对于石碏心存戒备,事属必然。如果想要通过陈国抓获州吁,此事的联络必定要在极隐秘的情况下进行。石碏若派普通人前往,不大可能见到陈桓公,若派自己的家宰或亲信前往,则目标太大,会引起州吁怀疑。最合适的人选应当就是戴妫。她与州吁的深仇可以保证她会全力以赴,不辱使命。卫桓公被杀后,她"大归"返回自己的母家陈国,事在情理之中,不会引起怀疑。戴妫是否陈国君主之女虽然不能肯定,但她一定是贵族中人,则是毫无可疑的。"大归"于陈之后,陈国想要了解卫国君主被弑的情况,戴妫是最合适人选。种种情况表明,能够肩负"联陈"以定卫重任者非戴妫莫属。

石碏谏宠州吁曾得卫庄姜支持,此次戴妫的"大归"之行,庄姜应当是参与者。由于责任重大,所以庄姜对于此行还是有一定忧虑的。《燕燕》一诗所载,她远送戴妫于野,久久伫立,直到戴妫的身影消失在远远的天际,以及诗的第三章所谓"实劳我心"等等,都可以由此而得到合理解释。《燕燕》一诗所表现出来的无限忧伤而又奋飞前进的意境与庄姜当时的思想心境密合无间。戴妫返陈,名为子死而大归,实际上则是肩负着受庄姜和石碏的委托而联络陈国以勘定卫乱的重大责任。《燕燕》一诗所述庄姜送之野的一切现象皆与此相关,此诗的主旨亦可因此而得到较为深入的理解。上述意蕴之浅层者,前人偶或涉及。如宋儒吕祖谦引张氏说:"独言泣涕之情者,盖国家之事有不可胜悲者。"[①]清儒方玉润说:"庄姜之涕泣而送之者,又岂寻常妇人女子离别之情可

---

① 吕祖谦:《吕氏家塾读诗记》卷四。

同日并论哉?"①然而,详细讨论《左传》相关史载来进行深入一层剖析,则未之见。我们上面的讨论可以补前人所未及者。

上博简《诗论》第10号简谓:"《燕燕》之情害(曷)?曰:童(终)而皆臤(贤)于其初者也。"这句简文的意思是说,《燕燕》一诗所表达的浑厚情感说明了什么呢?那就是,其结果总要好于开始。我们只要清楚了《燕燕》一诗的背景,就可以体会到,《诗论》此评信然!庄姜和戴妫两位弱女子在极端困难的条件下,肩负重任勇敢奋斗,终于诛乱臣、安社稷,完成了伟业。《诗论》第11号简谓"[《燕燕》之]青(情),爱也",其中最为重要的意蕴就是庄姜和戴妫对于自己国家之爱,这一点只有在明晰了《燕燕》一诗的史事背景之后才能深刻体会得到。

(三)楚简和帛书《五行》篇何以用《燕燕》释"慎独"之义

关于《燕燕》一诗,不仅上博简《诗论》有三处提及并且加以分析,而且郭店楚简的马王堆汉墓帛书的《五行》篇里面,都有举《燕燕》之诗以释儒家"慎独"思想的文字,《燕燕》一诗在儒家思想中的重要于此可见焉。我们这里特别要予以分析的是《燕燕》之诗与"慎独"思想两者之间的关系。

我们先来分析儒家"慎独"思想的一些问题。"慎独"思想源于《大学》和《中庸》。这两篇文章所反映的"慎独"理论,关键在于对"独"的理解。它大致有这样两个方面的含意,一是自我审视、自我满足,自己不要欺骗自己("诚于中"、"毋自欺");二是扩展自己的内心体验,无论是在众人之间,抑或是个人独处,都要试图格物致知("戒慎乎其所不睹"),力求有个人独到的体会。"慎独"不仅表现于个人独处时,而且也表现在大庭广众之中。朱熹十分强调此点,谓"如'慎独'之'独',亦非特在幽隐人所不见处。只他人所不知,虽在众中,便是独也。'察其所安',安便是个私处"②,这里所强调的便是个人心中的独到的认识、体验。可以说"慎独"就是儒家所强调的"正心"、"诚意"的另一种表达方式,后来成为儒家道德修养理论的重要内容。

郭店楚简和马王堆汉墓帛书《五行》篇皆以《燕燕》的诗句为例说明"慎独"的道理。我们先来看郭店简《五行》篇第17号简的说法:

---

① 方玉润:《诗经原始》卷三。
② 《朱子语类》卷二十四。关于朱熹是否误解了儒家"慎独"思想的问题,近年在简帛研究网站,钱逊、梁涛先生进行了深入辨析,给人以不少启发。梁涛先生"关于'慎独'的训释"(简帛研究网2003年7月7日)一文已经注意到《五行》篇的相关问题。

>"[瞻望弗]及,泣涕如雨",能差沱(池)其羽,然句(后)能至哀(袁、远)。君子慎其[独也]。①

这是一个因果类型的阐述,其逻辑结构是因为《诗》上这样说了,所以说"君子慎其独也"。于此,理所当然地会引起大家注意的一个问题,那就是为什么能够由《燕燕》的"差池其羽"所表现出来的远飞天际的意境而引出"慎独"之义呢？这个问题,郭店楚简《五行》并没有解决,而是由帛书的传文解释清楚的。帛书《五行》篇的经文谓：

>[婴(燕)婴(燕)](以上第184行)于飞,差池其羽。之子于归,远送于野。瞻望弗及,汲(泣)涕如雨。能差池其羽,然[后能](以上第185行)是(至)袁(远),君子慎其独也。(以上第186行)

这段文字,其内容与郭店简相同而略详。文中的"是"字,当读若"至",意即"致"。文的"袁"字与常见的哀字有别(专家或读若哀,疑非是)。愚疑简文和帛书之"哀"字,都应当为"袁"字之误。"至哀"当作"至袁(远)"。哀、袁两字十分接近,仅上部略有细小区别,抄手偶误亦在所难免。考释者依文意而释亦可以理解。如帛书第186行、第222行和第三227行皆有此字,而注释者将前者释为"袁(远)",而后者则释为"哀"。② 由《燕燕》一诗本义推测,原本应当是"袁(远)"字,郭店简的抄手已经将其误为"哀",帛书抄手虽然正确地写为"袁(远)",但未被考释者重视。

分析这两个记载,颇令人疑惑的是为什么"差池其羽"就能引发出"至哀

---

① 简文"及"字虽残,但在第17号简顶端尚可看到其残存的字的下部。推想它应当是"及"字的繁构(即从及、从辶之字)。此字亦见于帛书第三225行。简文"泣"字原作从水从具之字,专家读为"泣"(荆门市博物馆编：《郭店楚墓竹简》,文物出版社1998年版,第149页),与《燕燕》诗句合,今从之。简文"差"字原作从屈、从辶之形,依《燕燕》一诗,在"瞻望"之前,还应当有"燕燕于飞,差池其羽。之子于归,远送于野"四句,今观第17号简已无空此十六字的空余,所以推测此处原抄写者有所遗漏,此四句在帛书《五行》尚见,是可为证。

② 马王堆汉墓整理小组：《马王堆汉墓帛书》(壹),文物出版社1976年版,第3—6页。按,帛书抄手亦有不误而写出"哀"、"袁"二字者,如225行的"袁(远)"字,与第226行的"哀"字,区别甚明,一望可知。但是,第186行和226行者,则与第227行者写成一样,无法从文字上区分。

(袁、远)"的结果呢?"差池其羽"的意思,如前所述,应当是舒张羽翼奋飞于天之意①,如果不是牵强附会,此意很难与极度悲哀之意相联系。帛书《五行》篇传文部分(即专家所谓的《说》),可以为大家释疑解惑。传文谓:

"嬰(燕)嬰(燕)于飞,差(以上第 224 行)池其羽。"嬰(燕)嬰(燕),与也。方其相送,海(诲)也。方其化,不在其羽矣。"之子于归,袁(远)送于野。詹(瞻)望弗及,[泣](以上第 225 行)涕如雨。"能差池其羽,然后能至袁(远),言至也。差池者言不在衰绖。不在衰绖也然后能[至](以上第 226 行)哀。夫丧,正经修领而哀杀矣。其至内者之不在外也,是之胃(谓)蜀(独)。蜀(独)也者,舍体也。(以上第 227 行)

这段文字的考析与逻辑性层次需要我们特别注意。今试析如下。

其一,帛书传文所谓"燕燕,与(专家或释为兴,疑非)也",意指《诗》所说的"燕燕"说的是双燕齐飞。《说文》训"与"谓"党与也",正合此处之意。帛书所谓"与也"正可以用来解释《诗》的"燕燕"两字的含义。庄姜作诗以"燕燕"为喻,正喻指她与戴妫同心协力共同奋斗。

第二,帛书所谓"言其相送海(诲)也",系接上句之意而申述,谓两燕比翼齐飞,正言借相送而"海(诲)"之②,再做最后的商讨与叮嘱。《说文》训"诲"为"晓教也",正可以用来解释此处的"海(诲)之"之意。

第三,传文"方其化"的"化"字,意犹《说文》所训"教行也",意即庄姜作《燕燕》一诗喻告戴妫者,主旨并不在"差池其羽"一句的表面意思。其深意蕴含在"之子于归……,泣涕如雨"等诗句里。"差池其羽"的意境用在诗中犹如画龙点睛一般,指出的正是奋击羽翼,飞向最遥远的目标("言至也")。

第四,传文作者用借喻的手法指出"差池其羽言不在衰绖",差池之意如前所述可以理解为错落而舞动。燕之所以错落而舞动翅膀,目的不在于炫耀其羽翼之美,而在于一直飞向进行的目标。羽,只是飞向目标的外在工具。传

---

① 专家或释其意谓"差池其羽",盖谓燕子飞别,极其悲哀,无心梳理,以致羽毛蓬乱。此说虽然颇有理致,并且与简文"至哀"相应,然而,终觉得与"差池其羽"原意似有距离。不若释其为奋飞之状较妥。

② 帛书此处的"海"字,专家或读为"悔",指悔恨。此释虽然音通,义亦可借,但与传文整体意思不协,不若读若"诲"为妥。

文作者以此比喻丧礼时人所穿的丧服（"衰绖"），只是和燕之羽翼一样是为外在形式。所以说"差池其羽"的诗句用来说明丧服与悲哀心情两者的关系，那就是，穿着丧服的目的不在于形式，而在于内心悲痛这一本质。丧礼时，若不注目于"衰绖"一类的丧服的规格样式，而是重视表达出悲痛心情，那才能够体现出内心最大的悲哀（"不在衰绖也然后能［至］哀"），反之，如果丧礼只是注重丧服的领子和带子的样式（"正绖修领"），那就会减弱悲哀的程度（"哀杀矣"）。

第五，如果要彻底达到自己内心的体验（"其内至者"），那就不必注重外在形式（"不在外也"），而要重视内在本质。传文作者以为这就是所谓的"独"。

第六，传文作者的结论是"独也者，舍体也"，意即"独"就是只注重自己独到的内心体验而将外在的形式（"体"）舍弃①。上博简《诗论》第16号简也曾将《燕燕》一诗与儒家的慎独思想联系起来说明，谓"《燕燕》之情，以其蜀（独）也"。从《燕燕》诗的背景可以知道，庄姜和戴妫是在极其慎重而秘密的情况下商定大事的，在送之于野的时候，叮咛嘱托，当然只能是她们二人彼此心知肚明的事情，甚至一个眼神、一个暗示，两人就会彼此明白用意之所在。这与儒家慎独思想显然是有共同之处的。

通过以上的分析，我们就可以进行以下的总结性的说明。

楚简和帛书何以引用《燕燕》一诗来说明"慎独"理论呢？愚以为大致有这样两层意思。第一层是借用戴妫肩负重任单独远行，喻指个人独处一定要认真把握而慎独。此即简文所谓"能差池其羽，然［后能］是（至）袁（远），君子慎其独也"。"至远"即致远，先秦两汉时期习语，一般指牛马引重致远，或水流不息而致远。慎独与引重或流水在意境上有相通之处，皆谓单独地奋斗不息。简帛述《燕燕》以说明"慎独"，喻意即在于此。

第二层意思在于帛书之"记"特意所指出的"差池其羽"，从而让人联想到外在形式与内在本质的关系，进而肯定应当注重内在本质，再进一步即言慎独就在于作为内心本质的心灵体验，帛书所谓"蜀（独）也者舍体也"正是点明了此境。关于这第二层意蕴的说明，帛书作者绕了一个不大不小的弯子，颇有令

---

① 关于此处的"舍体"的体字之意，今所见者有三说：一，人体；二，外在表现；三，身体感官对于外物的知觉和感受。对比而言，首尾两说，似失之于过于直观和求之过深，而第二说近是。然而，"体"并不只是外在的"表现"，而应当指外在的形式，因为它是与心灵相对而言的。

人费解之处,但是若明白其逻辑结构,后儒解释"慎独"理论的覃思精研,也就不难理解了。

二十　从上博简《诗论》看《诗·齐风·东方未明》的"利词"

上博简《诗论》的相关评析,为我们深入认识《诗·齐风·东方未明》一篇的主旨提供了重要启示。所谓"利词"即儒家历来斥责的巧言。郭店楚简所谓的"人之巧言利词者,不又(有)夫诎诎之心则流",可以与《诗论》之释相互印证。《东方未明》篇的末章即孔子所指的"利词"。孔子之语使我们对于《诗经·齐风》中这一篇具有较高思想水平与艺术价值的诗作有了更多的认识。《诗经·齐风·东方未明》篇的诗旨,学者历来没有太多异义,但是,上博简《诗论》的相关评析却与前人所论了无相涉。这就提出了难题,即《东方未明》的诗旨到底应当如何理解呢?本文试图先从这篇诗的诗旨谈起,再说到《诗论》的相关问题,以求辨明一些关键问题。

(一)关于《东方未明》诗旨的探讨

为研讨方便计,现将《东方未明》全诗具引如下:

> 东方未明,颠倒衣裳。颠之倒之,自公召之。
> 东方未晞,颠倒裳衣。倒之颠之,自公令之。
> 折柳樊圃,狂夫瞿瞿。不能辰夜,不夙则莫。

关于此诗主旨,历来多从《诗序》之说,认为是一首刺朝廷"兴居无节"的诗。序谓:"东方未明,刺无节也。朝廷兴居无节,号令不时,挈壶氏不能掌其职焉。"毛传之释与此相似,谓"号令犹召乎也。挈壶氏,掌漏刻者"。依其所论,这首诗虽然是"刺"齐君之作,但是究其实却是将棍子落在了"挈壶氏"这位小官身上。即使说国君有问题那也只是用人不当的小事。挈壶氏是宫中掌漏刻之官,正是由于他不负责任,所以才使得"号令不时",引起大臣们"颠倒衣裳"赶来上朝,所以诗里才骂他是"狂夫",郑笺解释此诗的第三章遂谓"柳木之不可以为藩,犹是狂夫不任挈壶氏之事"。汉代三家诗对于《东方未明》的解释与此"无异义"①。以毛传、《诗序》、三家诗为代表的汉儒的这些解释,可以说是历代解释此诗的圭臬。

宋代以怀疑精神著称的王安石也没有突破《诗序》和毛传、郑笺的这些说法的束缚。他说:"'折柳樊圃',则其于限禁也,不足赖矣。'狂夫瞿瞿',则其于守视也,不足任矣。"②以疑《诗序》著称的朱熹依然说此诗主旨是"诗人刺其君兴居无节、号令不时"③。直到当代学者,信奉其说者仍不乏人。例如陈子展先生即谓:"《东方未明》,为刺国君兴居无节、号令不时而作。《诗序》和诗旨正合。"④

汉儒关于《东方未明》一诗的解释,曾有学者看出了其中的一些问题。今可概述如下。

其一,对于《诗序》关于"挈壶氏不能掌其职"的说法提出异议。唐代大儒孔颖达说:"挈壶之职唯言分以日夜,不言告中时于朝。《春官·鸡人》云:'凡国事为期,则告之时。'注:云'象鸡知时然。'则告时于朝乃是鸡人,此言挈壶告时者,以序云'兴居无节,挈壶氏不能掌其职',明是挈壶告之失时,故令朝廷无节也。"⑤挈壶氏的职掌是管记时,而向朝廷报时的则是称为"鸡人"的官,把《东方未明》一诗所骂者堆到他头上,实在冤枉。孔颖达的这个质疑是有道理的,但是他提得很委婉,明明是看出错了,却还要替《诗序》说解,这应当是由他疏不破注的原则所决定的。

其二,对于断定此诗"刺无节"于齐君之说提出不同看法。清儒陈启源说:"'未明'、'未晞'皆言早也,未章云'不夙则莫',则有时失之晚矣。诗互文以相备也。故《序》云'刺无节',盖太早太晚兼有之。不然与《鸡鸣》之警、《庭燎》之

---

① 王先谦:《诗三家义集疏》卷六。按,王氏曾发挥序说谓"举动任情,非必辰夜之咎。诗人不欲显君之过,故诿诸具官之不能,冀君之闻而能改耳",据此说,王氏似乎在强调此诗的温柔敦厚之旨和诗人用心之良苦。
② 王安石:《诗义钩沉》卷五,邱汉生辑校。
③ 朱熹:《诗集传》卷五。
④ 陈子展:《诗三百篇解题》,复旦大学出版社 2001 年版,第 363 页。
⑤ 孔颖达:《毛诗正义》卷五。为挈壶氏于此不应受责而辩者,代不乏人。一般皆认为此处未必是挈壶氏的过错,诗人之意表面看来是责臣,但本意却是责君,就好像是《礼记·檀弓》篇所记杜蒉向师旷、李调敬酒是在劝谏晋平公不可淫乐以及《左传》襄公四年所记"敢告仆夫"之语一样,都是在劝谏国君,而非在责臣。然而,应当看到,不管是责君"无节",抑或是责挈壶氏"不能掌其职",这些都在《诗序》之说的范围之内。

问何殊而以为刺哉？"①《诗序》所谓的"兴居无节"，应当指上朝时间有早有晚，如果仅仅是早一些，那便是勤政的表现，何"刺"之有？《东方未明》一诗中首次二章，言"未明"，言"未晞"，如果这样的话，就和《齐风·鸡鸣》的贤妃劝君早朝及《小雅·庭燎》的颂美君王勤政的主旨没有区别，所以陈启源提出"何殊而以为刺"的问题。但陈氏是一个坚决的维护《诗序》说的学者，所以尽管看出了问题，但还是百般回护，硬从《东方未明》诗中找出与"未明"、"未晞"本不相干的"不夙则莫"一语，十分牵强地为序说弥缝，尽管如此，我们还是应当肯定他对于其间的问题看得还是比较清楚的。对于《诗序》的"刺无节"之说提出明确而尖锐批评的是清儒姚际恒，他说：

　　《小序》谓"刺无节"，然古人鸡鸣而起，鸡鸣时正东方未明，可以起矣，并不为蚤（早），何言"无节"乎！此泥后世晏起而妄论古，可笑也。②

这个说法可谓痛快淋漓地批驳了《诗序》之说。③

　　平实而论，前人关于《东方未明》一诗的《诗序》问题的分析还是比较深入而有说服力的。大概是由于看到《诗序》说的无法解决的矛盾，所以现代专家就多另辟蹊径作出新的阐释。现代专家的释解大胆超越《诗序》、毛传、郑笺等的做法，值得肯定。不少解释采用了民俗学的观念或是阶级斗争观念进行分析，也是前所未有的。现代专家的解释主要有三。

　　其一，强调此诗的"人民性"，谓此诗"是一首农奴们唱出的歌，叙述他们给奴隶主服徭役的情况"。从这个基本认识出发，诗中的"狂夫"也就成了"奴隶主派来监工的人"，诗中所说的"颠倒衣裳"就是"农奴天未亮就起来，把衣裳都

---

① 见陈启源《毛诗稽古编》"齐风"部分。清儒陈奂也曾指出此点，他说："通章皆言太早，章末始言晚，盖有失早者，即有失之晚者，所以穷其'无节'之弊。"陈氏还谓"其实，诗的本意，以未明见召为失之太早，《序》所谓'兴居无节，号令不时'也"（《诗毛氏传疏》卷八），按，陈氏此说似未确。《左传》宣公二年载赵盾早朝起得早了些，"盛服将朝，尚早，坐而假寐"，还能坐着睡一会儿。《礼记·玉藻》篇说"朝，辨色始入。君日出而视之"，指天色刚刚能够分辨出黑白之时就要去上朝。《东方未明》诗写"未明"、"未晞"时见召并不为早。

② 姚际恒：《诗经通论》卷六。

③ 这里应当提及的是对于姚际恒十分推崇的清儒方玉润在这一点上却不赞成姚氏此说，反而继续泥于"刺无节"为释，他认为所谓"无节"不是指朝之早晚，而是指为政之急缓，"不然，未明而起，为政之常，何刺之有？诗固详言其急，而缓自见焉耳"（方玉润：《诗经原始》卷六）。

穿颠倒了"①。

其二,发掘这首诗作中的"性欲观",谓这首诗中的"文气不接"之处,都是"诗人想到那种令人害羞的事体,想讲出来,而又不敢明讲,他就制造一种谜语填进去,让读者自己去猜——换言之,那就是所谓隐喻的表现方法。"诗中的"不能辰夜,不夙则莫(暮)",就是女子觉得情夫或丈夫走得太早,回得太晚,而"折柳樊圃"就是性交的比喻②。

其三,将这首诗理解为怨妇之辞,谓"这首诗,以一个妇女的口吻,写他当小官吏的丈夫忙于公事,早晚不得休息,对自己的妻子还不放心,引起了女主人的怨意"③,于是诗中的"狂夫"也就成了女主人的丈夫。所谓"折柳樊圃",也就是狂夫为防范妻子红杏出墙的举动。女主人也就成了一个埋怨丈夫"夜里不能陪伴"自己的性爱狂。

我们今天总结古往今来的相关研讨,可以得出这样两个认识。那就是,第一,诗旨不在于刺君,也不在于刺臣("挈壶氏"),《诗序》的"刺无节"之说是站不住脚的。第二,现代专家所论尚待证明,其中有些问题还不大好解决。如说狂夫就是"奴隶主",就找不出什么证据,而只能是推测。再如,假若断定此诗处处隐喻着性爱,那么,从另一个角度看,若理解为别种事情(如朋友、朝会等),则相关隐喻也是可能成立的,并不能视性爱说为必然。又如,若说"不夙则莫"意即不能早晚陪伴自己,那么这里面就有增字解经的因素在,解释的可信程度就会受到影响。从历来的研讨情况看,关于《东方未明》一诗的探究余地应当说是并不大了。然而,上博简《诗论》的刊布,却为此开辟出一个新境界。上博简《诗论》应当说是距离《诗》的编定时间最近的,对于《诗》的评析,并且许多话出自孔子,这就更增添了它解诗的权威性。我们不妨先来讨论一下《诗论》的相关评析,然后再来讨论《东方未明》一诗的问题。

(二)上博简《诗论》"利词"释义

上博简《诗论》关于《东方未明》一诗的论析见于其第17号简。简文如下:

《东方未明》又(有)利词。

---

① 高亨:《诗经今注》,上海古籍出版社1980年版,第132页。
② 闻一多:《诗经的性欲观》,《闻一多全集》第三卷,湖北人民出版社1984年版,第179—181页。
③ 程俊英:《诗经译注》,上海古籍出版社1985年版,第172页。

简文的"词"字,从言、从刁。《诗论》简的原整理者马承源先生读为"词";或有专家读为"始","指天未明"①,但是此字与"始"差别较大,不若径读为"词"较妥。

简文"利词",专家多理解为锋利的言词。如,马承源先生谓:"'利词'是诗句直言朝政无序。此篇今本云:'东方未明,颠倒衣裳。颠之倒之,自公召之。'又云:'倒之颠之,自公令之。折柳樊圃,狂夫瞿瞿。不能辰夜,不夙则莫。'此言'公'令群官未明而朝,所谓起居无节,早晚失常。'利词'当指此等诗句。"②或有专家将利读为"戾",谓"'利'、'戾'并为来母质部字,可相通假。《尔雅·释诂》'戾,罪也。'"③依此意,"利(戾)词"当指谴责之词。这与马承源先生的理解是一致的。专家曾发挥马承源先生说,谓"'利词'是对《诗·齐风·东方未明》语言风格的准确概括。'利'的本义谓锋利"④。

专家关于利词的解释,即理解为犀利的指责之词,应当是可以理解的,无可指责的。然而,以此来解释《东方未明》一诗却说不大通。我们在前面已经分析过,此诗的主旨并不在于"刺无节",所以它既不是刺君,也不是刺臣。既然它无指责之义,那么说它有锋利的指责言词,自然有南辕北辙之叹。

问题还应当回到对于简文"利词"的理解上。

十分难得的是,在郭店楚简《性自命出》中,有相同的例子可资比较。是篇谓:

人之考(巧)言利词者,不又(有)夫诎诎之心则流。⑤

此语又见于《上海博物馆藏战国楚竹书》第一册的《性情论》,简文文字皆同。这里的意思是说,人如果只是伶牙俐齿,却没有质朴敦厚之心,就会虚夸不实。所谓"利词"并非正义指责之辞,乃是少仁寡义的邪佞之辞。从简文中看,利词

---

① 李零:《上博楚简校读记》,《中华文史论丛》第68辑,上海古籍出版社2002年版,第17页。
② 马承源主编:《上海博物馆藏战国楚竹书》(一),上海古籍出版社2001年版,第146页。
③ 王志平:"《诗论》笺释",上海大学古代文明研究中心、清华大学思想文化研究所编:《上海博物馆藏战国楚竹书研究》,上海古籍出版社2002年版,第219页。
④ 刘信芳:《孔子诗论述学》,安徽大学出版社2003年版,第199页。
⑤ 荆门市博物馆编:《郭店楚墓竹简·性自命出》,文物出版社1998年版,第44—45号简。

与巧言应当是同意同用的。在文献中,利词多写作"利辞"。先秦时期的人常将巧言与利辞一起批判,如《吴越春秋·夫差内传》和《越绝书》均载子贡语谓:

> 太宰嚭为人智而愚,强而弱,巧言利辞以内其身,善为诡诈以事其君,知其前而不知其后,顺君之过以安其私,是残国伤君之佞臣也。

太宰嚭是吴国著名的佞臣,他的特点之一就是"巧言利辞以内其身"。《韩非子·诡使》篇说国之大害之一是:

> 守度奉量之士欲以忠婴上而不得见,巧言利辞行奸轨以幸偷世者数御。

联系到郭店楚简和上博简关于"考(巧)言利词"的说法,我们可以肯定"利辞"的含意并非犀利言辞,而是花言巧语的邪佞之辞。在儒家思想理论中,巧言利辞向来都在被批判之列,如《尚书·皋陶谟》篇谓:"能哲而惠,……何畏乎巧言令色孔壬?"意谓如果选拔的人才能够明智而又仁惠,为何还怕那些花言巧语、胁肩谄笑的极谗佞的小人呢?《诗经·雨无正》篇载:"哿矣能言,巧言如流。"意即能说会道者受称赞,巧言就必定泛滥。春秋后期晋贤臣叔向曾经引用此句以批判"小人之言僭而无征"[①]。《诗经·小雅》有一篇斥谗之作,题名即为《巧言》。其中说"巧言如簧,颜之厚矣",指那些巧言如簧者脸皮太厚。孔子曾经痛斥"巧言"的危害,谓:"巧言令色,鲜矣仁!"[②]《孔子家语·刑政》篇载孔子向仲弓谈行政必须禁绝的几项事情,主张"巧言破律,遁名改作,执左道与乱政者杀",认为必须用严厉的手段禁绝"巧言"。《逸周书·官人》篇谓"华废而诬,巧言令色,皆以无为有者也",认为无中生有是"巧言"的特色。《武纪》篇说:"币帛之闲,有巧言令色,事不成。车甲之闲,有巧言令色,事不捷。"指出了"巧言"的危害。

与对"巧言"、"利辞"的批判相反,儒家历来主张"慎言",《论语·为政》篇

---

① 《左传》昭公八年。
② 《论语·学而》。

载孔子语即谓"多闻阙疑,慎言其余,则寡尤",《孔子家语·观周》篇载有孔子入周庙见金人铭一事:

> 孔子观周,遂入太祖后稷之庙,庙堂右阶之前,有金人焉,三缄其口,而铭其背曰:"古之慎言人也,戒之哉。无多言,多言多败。……诚能慎之,福之根也。口是何伤,祸之门也。……天道无亲,而能下人,戒之哉!"孔子既读斯文也,顾谓弟子曰:"小人识之,此言实而中,情而信。诗曰:'战战兢兢,如临深渊,如履薄冰。'行身如此,岂以口过惠哉?"

孔门弟子亦主张"言有主,行有本"①,不作无根之谈。关于慎言的重要,近年出土的郭店楚简《语丛》四亦有典型的表达,谓:

> 言以司(词),情以旧(久)。非言不酬,非惠(德)亡复。言而狗(苟),墙又(有)耳。往言剔(伤)人,来言剔(伤)己。言之善,足以终世。参(三)世之福,不足以出芒。口不慎而户不闭,亚(恶)言复(报),己而死无日。②

关于不"慎言"的危害这里指出的是,三世之福还抵不住一次出口伤人("出芒"),如果恶言相向,那就会死期即至("死无日")。"利辞"是与慎言正相反的概念,它的特征是伶牙俐齿,"御人以口给,屡憎于人"③。

总之,文献记载和楚简的数据都表明,孔子与儒家主张慎言,而反对巧言利词(辞)。简文谓《东方未明》篇的特征就在它其中有"利词"在焉。若循此思路,我们再来审视《东方未明》篇的诗旨,我们当会有新的发现。

(三)《齐风·东方未明》篇再探讨

如前所述,不管将《东方未明》之旨归结为"刺君",抑或是"刺臣",都与诗的本意相乖戾。如今我们可以进而探讨一下前人极少涉及的此诗末章与前两

---

① 《大戴礼记·曾子疾病》。
② 荆门市博物馆编:《郭店楚墓竹简·语丛四》,文物出版社1998年版,第1—4号简。
③ 《论语·公冶长》。朱熹《论语集注》解释此语谓"佞人所以应答人者,但以口取辨而无情实,徒多为人所憎恶尔"。

章的关系问题①。兹先释末章之义。

"折柳樊圃,狂夫瞿瞿"。自郑笺提出"柳木之不可以为藩,犹是狂夫不任挈壶氏之事"以后,后儒虽多循此为释,但也有微作调整而改变者。主要有两说。其一,宋儒程颐即谓"柳,柔脆易折之物,折之以为藩离,非坚固也,狂夫以知其有限,见之则蹙然而惊。昼夜之限,非不明也,乃不能知,而不早则晏,乃无节之甚。"②这里,不再如郑笺那样强调柳不可为藩,而是说它虽然易脆而为藩,亦自有其作用。将折柳以筑圃之藩篱之事,喻指如此简单之事狂夫犹且知其为界限,然而挈壶氏报出辰夜之限同样是很简单的事情,然而却不能做到,此非不能,乃是不为也。连"狂夫"都能做到的事,挈壶氏为何就做不到呢?可见他是不称职的。其二,清儒于鬯指出,"序言挈壶氏不能掌其职,实无取于折柳以樊其圃"。他进而提出了这样一个新的解释,谓折柳乃是挈壶氏报时所用的漏壶之箭要用樊圃中之柳,他说:"果樊其圃,合当云编柳,何云折柳也。曰'折柳',明樊圃之中有柳,挈壶氏往折之而已。……故折柳于樊圃,求箭材耳"③。此两种解释,说来说去,仍旧拿挈壶氏说话,申述《诗序》的"刺无节"之说。"刺无节"之说虽然影响很大,但究其实,却有一个不可逾越的障碍,那就是诗中并无任何"挈壶氏"的影子,所以这种解释,只是替《诗序》弥缝,而与真正的诗意无涉。总之,前人关于《东方未明》一诗的解释,多围绕"挈壶氏"进行,仍然没有脱离只释《诗序》而不释诗的套路。尽管如此,于氏的说法还是有启发性的。那就是折何处之柳及折柳何用的问题。依于氏说,折柳之地乃在樊圃之中,挈壶氏折它作为制箭材之料。

我们可以进一步分析,折柳非为编筑圃之樊篱,也非于樊圃中折柳以为箭材,而是指弄折了樊之脆柳。如此,"折柳樊圃,狂夫瞿瞿"的意思就是狂夫大睁两眼却不管不顾地弄折了樊篱上的柳。"狂夫"是在干什么呢?他应当就是公室派来招呼上朝的人。

周代小官所居未必像后世住着高墙深宅的高官那样奢华,而可能是比较

---

① 清儒崔述谓"《诗》之为体,多重末章,而前特为原起"(《崔东壁遗书》,上海古籍出版社1983年版,第533页),此说甚确。《东方未明》一诗的要点亦在末章。
② 程颐:《河南程氏经说》,见《二程集》,中华书局1981年版,第1058页。按,朱熹《诗集传》的相关说法与此略同,可能是对于程子之说的因袭。
③ 于鬯:《香草校书》卷十三。

简单的，其住宅当以藩篱为墙[①]，而藩墙里面则可以种些菜，其院落亦即菜圃。到其室屋之前要入藩过圃方可。所谓"狂夫"，即清儒牟应震所说"谓召令之使呼号如狂也"[②]。召令之使急于传达命令，急忙入藩篱，将以柳扎编的樊都弄折了（"折柳樊圃"），还瞪着眼睛大声喊叫（"狂夫瞿瞿"），这些都引起了应召者不满，因此对于召令之使很恼火，不仅不检讨自己晚起上朝的过错，反而埋怨召令使。这些就应当是《东方未明》一诗末章所表达的内容。

《东方未明》一诗所叙的主人公应当是一位在公室任职的小官。他没有成群的姬妾侍候着，所以上朝之前忙乱着穿衣而颠倒了衣裳。他没有专门的人伺候着时间，所以起床时间有些晚，在召令之使前来时方急急起来。然而这位小官毕竟是官场中人，所以自己晚起而忙乱之时，不仅没有内省自责，反而有一番光明堂皇的说辞——"折柳樊圃，狂夫瞿瞿。不能辰夜，不夙则莫"。此诗的第三章，就是这位小官的说辞。他先埋怨召令之使把自己家柳扎的藩篱都弄折了，又埋怨召令之使瞪着眼睛说话，并且直呼其为"狂夫"。还埋怨召令之使掌握不好时间，不是早了就是晚了（"不能辰夜，不夙则莫"）[③]。这位应召小官的迁怒与狡辩之态，可谓活灵活现。他不敢埋怨公室，因为那是他的饭碗所在，所以必须赶忙应召，《东方未明》一诗前两章即描述他急忙应召的情景，听到"自公召之"、"自公令之"，就忙不迭地穿衣准备。但是他心中的不满还是存在的，所以便狡辩而泄愤。这第三章就是他的泄愤之辞——亦即《诗论》所说的"利词"。

要之，《东方未明》一诗的诗旨是通过对于小官应公室之召情况的描述，反

[①] 周代有以"藩墙"连称之例，如与子贡并世的卫国贵族端木叔，"拟齐楚之君焉。至其情所欲好，耳所欲听，目所欲视，口所欲尝，虽殊方偏国，非齐土之所产育者，无不必致之；犹藩墙之物也"（《列子·杨朱》）汉魏时期，也有此类用法，如《汉书·扬雄传》载《甘泉赋》就有"雷郁律而岩突兮，电倏忽于墙藩"的说法，《梁书·韦睿传》载"顿舍修立，馆宇藩篱墙壁，皆应准绳"，亦为此例。按《诗·将仲子》以"树杞"、"树桑"、"树檀"说明里居和家居之藩墙，亦可作为周代以藩为墙之证。

[②] 牟应震：《毛诗质疑》（《山左名贤遗书》之一），齐鲁书社1991年版，第75页。按，牟氏关于"狂夫"之释是正确的，但是他又谓"言我方有事，折柳樊圃"，说应召者在那里正忙着折柳樊圃。此说与《东方未明，颠倒衣裳》之意不合，未有东方未明之时即忙于樊圃之事者。故而其说未达一间矣。

[③] 诗中"不能辰夜"的"辰"字，毛传解为"时"，是正确的。此字在诗中意当若司若伺。时有伺意，《尔雅·释训》"不辰，不时也"；《庄子·齐物论》"见卵而求时夜"，《释文》引崔注云"时夜，司夜"；《广雅·释言》"时，伺也"；《论语》"孔子时其亡也"，即谓"伺其亡也"。等，是皆为证。王先谦《诗三家义集疏》卷六认为"此诗义亦当为司夜。'司'之为言'伺'也。"马瑞辰《毛诗传笺通释》卷九谓"当为时伺之时，'不能辰夜'，即不能伺夜也"，这些说法都是正确的，今从之。

映了当时小官的生存状况及其思想动态,蕴含了对于小官"利词"的批评之意。

孔子主张"君君,臣臣",具有比较浓厚的尊君观念。后来儒家也非常强调君臣之义,对于君主的敬重是君臣之义的重要内容。《孟子·万章》下篇载:

> 万章曰:"孔子,君命召,不俟驾而行。然则孔子非与?"曰:"孔子当仕有官职,而以其官召之也。"

君命召见时,臣则应当立即快速前往应召。孔子认为这是臣的基本职责。《礼记·玉藻》篇载"凡君召以三节,二节以走,一节以趋。在官不俟屦,在外不俟车",是完全符合孔子思想的。请看《论语·乡党》篇所载孔子敬君的表现:

> 君在,踧踖如也。与与如也。君召使摈,色勃如也,足躩如也。揖所与立,左右手。衣前后,襜如也。趋进,翼如也。宾退,必复命曰:"宾不顾矣。"入公门,鞠躬如也,如不容。立不中门,行不履阈。过位,色勃如也,足躩如也,其言似不足者。摄齐升堂,鞠躬如也,屏气似不息者。出,降一等,逞颜色,怡怡如也。没阶趋,翼如也。复其位,踧踖如也。(《论语·乡党》)

在这种敬君的思想支配下,孔子对于听君命召"颠倒衣裳"而急应之的举动理所应当地持赞赏态度。后世儒家引用《东方未明》一诗,也多从此点而断章取义焉。如《荀子·大略》篇载:

> 诸侯召其臣,臣不俟驾,颠倒衣裳而走,礼也。《诗》曰:"颠之倒之,自公召之。"

《说苑·奉使》篇载:

> (魏文侯)敕仓唐以鸡鸣时至。太子起拜,受赐发篚,视衣尽颠倒。太子曰:"趣早驾,君侯召击也。"仓唐曰:"臣来时不受命。"太子曰:"君侯赐击衣,不以为寒也,欲召击,无谁与谋,故敕子以鸡鸣时至,诗曰:'东方未

明,颠倒衣裳,颠之倒之,自公召之。'"遂西至谒。文侯大喜。

分析以上两例,可知而其所强调的都是急赴君召之意。与孔子的尊君思想是吻合的。孔子从《东方未明》一诗里所看重的是其所描写的急应君召举动。孔子还批评了诗中所描写的那位齐国小官应君召之时的狡辩,对于其"利词"是不满意的。内省自责是儒家提倡的基本精神之一,那位小官的"利词"表明他是很缺乏这种精神的。

总之,上博简《诗论》"《东方未明》有利词"的评析,对于我们深入理解《东方未明》一诗的主旨有很大帮助。它足以纠正《诗序》及毛传、郑笺等对于此诗的一些误解,使我们对于《诗经·齐风》中这一篇具有较高思想水平与艺术价值的诗作有了更多的认识。

二十一 谈上博简《诗论》与《诗·郑风·将仲子》的几个问题

关于《诗·郑风·将仲子》一篇诗旨,历来有"刺庄公"与"淫奔"两说,仅据诗意很难释疑解歧,上博简《诗论》的相关评析,为我们解决这个问题提供了重要启示。联系到孔子的"三畏"之说,可以肯定汉儒以"美刺"说来解释此诗,是可信的。由此也启发我们对于《诗序》和毛传、郑笺的价值应当具体分析。

(一)

在《诗》三百篇中,《诗论》提及名称而加以评析,并不太多。所评论的诗作,都是孔子比较重视,而又能反映一些重要问题者。这些诗作往往能够与孔子的诗学、仁学、礼学等方面的思想相吻合,所以才被提及而论之,亦成为孔门弟子研诗的重点所在。《郑风·将仲子》篇就是孔子所关注的重要篇章之一。

《诗论》对于《将仲子》篇的评析,集中于"言不可不畏"这一问题上。第17号简说:

《牆(将)仲》之言不可不韦(畏)也。

简文牆为"酱"之古文别写,诸家读其为"将",甚是。诸家考释皆以此所指为《诗·郑风·将仲子》一诗,诗中屡言"父母之言亦可畏也""诸兄之言,亦可畏也"、"人之多言,亦可畏也",与简文"言不可不畏也"吻合。简文"言不可不畏也"一语有力地证明其前所提到的篇名必为《郑风·将仲子》无疑,关于篇名为何省略"子"字的原因,专家推测说是"此是四字句,为整齐句式,故省略'子'字"①。《诗论》评诗,其所提及诗篇之名多有与传世本不甚相合者,然而传世本以三字为名者,《诗论》简则仍保持三字,如《雨无正》作《雨亡政》、《节南山》作《即南山》、《扬之水》作《汤之水》等皆其例。所以《诗论》之《将仲》未必是为了省略一字而成者,或可推测原本称为《将仲》后世流传中方加字为《将仲子》。简文"韦"字与"畏"古音皆属微部,故而专家说"读为'畏',同音假借字"②,是正确的。

仔细想来,《诗论》所载为我们理解孔子思想提出了一些新的问题。为讨论《将仲子》篇诗旨的方便计,现将《将仲子》全文迻录如下:

> 将仲子兮,无踰我里,无折我树杞。岂敢爱之,畏我父母。仲可怀也,父母之言,亦可畏也。/将仲子兮,无踰我墙,无折我树桑。岂敢爱之,畏我诸兄。仲可怀也,诸兄之言,亦可畏也。/将仲子兮,无踰我园,无折我树檀。岂敢爱之,畏人之多言。仲可怀也,人之多言,亦可畏也。

此诗文句,可谓明白如话,并不难以现代汉语译出。今试将其首章译如下:

> 请仲子啊——
> 不要跨进我居之里③,
> 不要攀折我种的杞。

---

① 廖名春:"上海博物馆藏战国楚竹书校释",《中国哲学史》2002年第1期。
② 马承源主编:《上海博物馆藏战国楚竹书》(一),上海古籍出版社2001年版,第146页。
③ 关于诗中的"里"字,俞樾说:"二十五家之里,不可逾越,故《正义》加垣墙字以成其义。然非经旨也。'里'犹庐也。《文选·幽通赋》'里,上仁之所庐',曹大家注曰:'里、庐皆居处名也。'是里为居处之名,与庐同义。《汉书·食货志》云'在野曰庐,在邑曰里',是其义也。'无踰我里'犹云'无踰我庐',传以居释里,其义已足,又申之曰二十五家为里,则转失之。"(《群经平议》卷八)按,俞说虽辨,但此诗中"里"与"墙"、"园"依次递进,解为二十五家之里,更妥当此,故而译为"我居之里"。

>我不是吝惜这杞树,
>只是担心父母把火发。
>仲子,你是多么让我牵挂,
>只是父母之言,
>教我害怕!

《将仲子》篇其他两章与首章多同,只是以用词的区别表示递进:

>里——墙——园
>杞——桑——檀
>父母之言——兄弟之言——人之多言

尤其让人关注的是它的三章分别列"父母之言"、"兄弟之言"、"人之多言",似乎代表着家庭、宗族和社会三个层次,并且皆以"亦可畏也"进行总结。《诗论》则"言不可不畏也",与《将仲子》篇的意思完全一致。只不过一是正面讲,一是反面强调而已。那么,《诗论》和《将仲子》篇都提到的"言"到底如何呢?为什么它会有那么大的威力而让人可畏呢?要想解决这个问题,恐怕还是从深入理解《将仲子》篇的意蕴才是正确门径。

(二)

关于《将仲子》一诗,宋以前多以为是刺郑庄公之作。此说发轫于汉儒。《诗序》云:"刺庄公也。不胜其母以害其弟。弟叔失道而公弗制,祭仲谏而公弗听,小不忍以致大乱焉。"毛传谓"庄公之母,谓武姜。生庄公及弟叔段。段好勇而无礼,公不早为之所而使骄慢",与序说无异。汉代的三家诗的认识亦同。

宋儒对于此诗有另辟蹊径别作释解者。如朱熹《诗集传》卷四认为它是"淫奔者之辞"。后世学者虽然不尽满意这个说法,但亦多循此思路,以男女情爱之诗视之。如清儒姚际恒《诗经通论》卷五谓:"此虽属淫,然女子为此婉转之辞以谢男子,而以父母、诸兄及人言为可畏,大有廉耻,又岂得为淫者哉!"清儒方玉润《诗经原始》卷五指出是诗"不得谓之为奔,亦不得谓之为淫",乃是"采自民间间巷、鄙夫妇相爱慕之辞"。当代专家则多谓它是女子婉拒情人之辞。或有专家将其上升到爱情与礼教的矛盾来认识,谓"这是一首拒绝情人的诗。她拒绝情人的原因,是怕家庭反对,舆论指责,可是她内心是极爱他的。这种爱和礼教的矛盾,使她痛苦不安,不得不向情人叮嘱,请她不要再来。诗歌透露了当时婚姻不自由的社会现象"①。

宋儒之说,与孔子关于"郑声淫"的说法,看来有相合之处②。汉儒之说要得以确立,这是一个很大的障碍。维护汉儒之论的学者,或从另一个角度来看此问题,认为,《将仲子》虽然为"刺淫"之作,但淫诗的范围应当是比较大的,"男女之奔为淫,君臣之乱未始非淫也;风俗之偷为淫,师旅之危未始非淫也",将此诗定为"淫奔之诗","盖误以郑声之淫惟在于色,不知郑之淫固在声而不在诗也"③。这里所论实际上是更换了朱熹所定为"淫"的概念,名同朱熹之说,实返于汉儒之义④。

事情也怪,有时候就是这么巧。若用汉儒的"刺庄公"说解释《将仲子》篇是吻合的,而用"淫奔说"为释也可天衣无缝。甚至还可以推测《将仲子》一诗,原本是民间情歌,十分委婉地表达了女子对于所爱之人(仲子)的爱慕与畏惧的无奈心情。这从诗中各章,都可以细加体味。此诗曾被郑庄公吟诵以婉拒祭仲之谏;采诗者据此采以献之。若以此言,则汉儒之说(《诗序》与传、笺之释)不为误,后人所释(如宋儒以来的"淫奔"说)也是正确的。此说虽然可以调和汉、宋说的矛盾,然而却无据可证,只能是想象推测而已。

---

① 程俊英:《诗经译注》,上海古籍出版社 1985 年版,第 140 页。
② 孔子的说法见《论语·卫灵公》篇,是篇载孔子语谓"放郑声,远佞人。郑声淫,佞人殆。关于"郑声淫"的问题,宋以来的学者多有研讨,多谓指郑地音乐多"烦手蹢躅之声",故谓之淫。或谓郑声淫,非郑诗淫。但是,平实而言,说它与郑诗淫有一定关系应当是可信的。若将郑声与郑诗截然分开,似乎失之于偏。清儒魏源说:"郑诗二十一篇,说妇人者十九,故郑声淫也。"(《诗古微》上编之二"毛诗义例篇中"条,《续修四库全书》第 77 册,上海古籍出版社 2002 年版,第 40 页。)
③ 马瑞辰:《毛诗传笺通释》卷八。清儒还有将此诗所写之女定为节妇烈女形象者,崔述谓"果奔女与?其肯拒其所欢,而不使来,其肯以'父母'、'诸兄'、'人言'自防闲乎?且既已拒之矣而犹谓之淫奔,彼奔焉者又谓之何?细玩此诗,其言婉而不迫,其志确而不渝,此必有恃势以相强者,故托为此言拒绝之,既不干彼之怒,亦不失我之正"(《崔东璧遗书》,上海古籍出版社 1983 年版,第 554 页)。按崔氏此说驳"淫奔"之说甚辨,然"有恃势以相强者"之说,于诗意毫无踪影,其所言实不可信。按《诗经》诸篇体裁各异,主旨有别,当区别对待,宋儒谓三百五篇,"其言或可取,庞杂不全纯"(欧阳修:《酬学诗僧惟晤》,《欧阳全集·居士集》卷四,中国书店 1986 年版),其说较平实。
④ 宋儒往往批评汉儒乱诗,谓"郑氏妄"、"毛氏疏"(欧阳修《诗本义》卷十五),美刺之说皆"穿凿"为释(《朱子语类》卷八十)。宋儒这类说法,其实是对于汉儒释诗的苛求。

特别是我们今天所见到的关于此诗的最早的解释,即《诗论》的评析并不支持这个推测。

这两类说法,历来多互不相涉,只是各自为说而已,相互交锋的情况很少见,首创"淫奔"之说的朱熹,也并未言"刺庄公"之说的不对。对于汉儒之说进行剖析批评的是以疑古著称的清儒姚际恒。他在《诗经通论》卷五中说:

《小序》谓"刺庄公"。予谓就诗论诗,以意逆志,无论其为郑事也,淫诗也,其合者吾从之而已。今按,以此诗言郑事多不合,以为淫诗则合,吾安能不从之,而故为强解以不合此诗之旨耶!

他举诗中两个例子说明"不合郑事",即与"刺庄公"说相矛盾,一是诗中所谓的"岂敢爱之",一是"仲可怀也",若理解为"刺庄公"都是说不通的,如果强为之解,则"迂折之甚矣"。我们这里不妨先来谈谈这个例子。

"岂敢爱之"一语,诗三章皆有。郑笺理解其意为:"段将为害我,岂敢爱之而不诛与?""爱之",指庄公爱其弟共叔段。姚际恒谓"'岂敢爱之',明接上文,谓'岂敢爱此杞'"。诗中上文言"勿折我树杞",所以姚氏说此女不让折坏所树之杞,并非只爱惜此杞,而不爱作为情人的"仲子"。就此两说而言,孰是孰非,并不易遽定。实在要比较的话,可能前说还稍优一些。愚以为此处的爱字当用如惜,同于《诗·桑柔》"靡爱斯牲"之所用。"岂敢爱之",意思是说:我哪里是在怜惜叔段?[①]"仲可怀也"一语,郑笺以为"仲子之言可私怀也",姚氏认为这是增字解经,"必增'之言'二字,非语气"。其实,加上"之言"正补所省略之意,此意乃题中应有,非节外生枝。总之,姚氏所举两例皆不足以否定汉儒之说。他所谓"其合者吾从之而已"倒是十分贴切的,"淫奔"之说合乎姚氏之意,故而他"从之而已",但这是否合乎《将仲子》诗篇之意呢?这应当是姚氏所未深究的问题。

[①] 吕祖谦:《吕氏家塾读诗记》卷八云:"'岂敢爱之,畏我父母',则于段非有所不忍也。……特迫于宗族国人之议论,非爱段也。"按,所析甚是,足证此处的"爱"字乃惜之意。"岂敢爱之"一句,陈子展先生译为"难道敢吝惜它"(《诗经直解》卷七),程俊英先生译为"不是珍惜这些树"(《诗经译注》,上海古籍出版社1985年版,第139页),都是正确的诠释。

可以说,把《将仲子》一篇作为爱情诗之例,发轫于朱熹,强识于姚际恒、方玉润,确立于现代专家研诗者的"人民性"之说。我们今天得见上博简《诗论》,可以窥见孔子时代对于此诗的认识,庶几可以有接近诗旨原貌的机会。

(三)

上博简《诗论》所说的"不可不畏"的"《将仲》之言"指的是什么呢?就表面上看,诗中所提到的父母、兄弟及社会上一般人的"言"的确应当是其所指。然而,如果联系到《将仲》一篇史事来说,就不这么简单了。让我们的探讨从分析相关的史料入手。

郑伯克段是《左传》叙事之首,也是千古传诵的名篇,为研讨方便计,现将《左传》隐公元所载此篇具引如下:

> 初,郑武公娶于申,曰武姜。生庄公及共叔段。庄公寤生,惊姜氏。故名曰寤生,遂恶之。爱共叔段,欲立之,亟请于武公,公弗许。及庄公即位,为之请制。公曰:"制,岩邑也,虢叔死焉,佗邑唯命。"请京,使居之,谓之京城大叔。祭仲曰:"都城过百雉,国之害也。先王之制,大都不过参国之一,中五之一,小九之一。今京不度,非制也,君将不堪。"公曰:"姜氏欲之,焉辟害?"对曰:"姜氏何厌之有?不如早为之所,无使滋蔓。蔓,难图也。蔓草犹不可除,况君之宠弟乎?"公曰:"多行不义,必自毙。子姑待之!"既而大叔命西鄙北鄙贰于己。公子吕曰:"国不堪贰,君将若之何?欲与大叔,臣请事之。若弗与,则请除之,无生民心。"公曰:"无庸,将自及。"大叔又收贰以为己邑,至于廪延。子封曰:"可矣!厚将得众。"公曰:"不义不昵,厚将崩。"大叔完聚,缮甲兵,具卒乘。将袭郑,夫人将启之。公闻其期。曰:"可矣!"命子封帅车二百乘以伐京。京叛大叔段,段入于鄢,公伐诸鄢。五月辛丑,大叔出奔共。……遂寘姜氏于城颍,而誓之曰:"不及黄泉,无相见也!"

祭仲向郑庄公所进之言,内容有三。一是按照"先王之制"的规定叔段所筑京城超制非度;二是不必顾忌贪心无厌的姜氏;三是要像快刀除草一样迅速剪除叔段的势力。郑庄公听取了祭仲之言,但并未马上照祭仲建议行事,而是采取伺机而动的策略,让叔段"多行不义"之后再下狠手。我们将《将仲子》诗中的"三言"(父母之言、兄弟之言、人之多言)与历史实际相对比,不难发现《将仲子》一诗对于郑庄公的讽刺之所在。

首先,郑庄公直呼其母为"姜氏",不以母亲视之,厌恶之情溢于言表,并且在克段之后将"姜氏"囚于颍地,发誓永不见她。史载表明郑庄公极其厌恶其母之言,并且也并不顾忌其母之言,然而《将仲子》诗中却明谓"父母之言,亦可畏也",直刺郑庄公之虚伪。

其次,叔段为郑庄公的同父母兄弟。郑庄公虽然没有直接杀死他,但其语言中处处流露出狠毒,必欲让叔段"自毙"、"自及"、"自崩"而后可①,关于叔段其人,史载并无提到他有多少劣行恶举,只是贪心大、筑大城、扩大地盘而已,如果把《郑风》中的《叔于田》和《大叔于田》当作写叔段之诗,那么,他也就是沉湎于田猎饮酒而已,还算不得残暴无行之徒。将其弟必欲置之死地而后快的郑庄公,口中却念念有词地说"兄弟之言,亦可谓也",其心口不一昭然若揭矣。

复次,史载叔段地盘扩大以后,郑臣担心他会收买"人心",能够"得众"。而《郑风·叔于田》篇亦载这位"叔""洵美且仁"、"洵美且好"、"洵美且武",极尽赞誉,说明他还是受到当地民众拥护和喜爱的。在叔段尚未作乱之时,郑庄公即先发制人"命子封帅车二百乘以伐京",叔段不得不逃跑到鄢地,郑庄公又亲自伐鄢,叔段方逃到国外的"共"地避难。郑庄公在发兵克段的时候,全然不顾叔段得民心的事实,只相信武力可以解决问题,然而在诗中郑庄公却高唱"人之多言,亦可畏也",将不恤人言说成人言可畏,黑白颠倒甚矣。

以上的分析表明,《诗序》关于《将仲子》篇乃"刺庄公"之作的说法对照史载来看,是完全可以成立的。诗作者模拟郑庄公口吻进行叙述,将刺讥之意蕴含其中。郑国文化发达,郑庄公为一代雄主,其文化底蕴自不可低估。春秋时期的郑国疆域广大时,西起豫西南阳盆地东至豫东平原的开封、杞县。俨然一泱泱大国矣。这个地区又是自古文明昌盛之所在,文化之发达在诸侯国中名

---

① 关于此点,吕祖谦《吕氏家塾读诗记》卷八引苏氏说即已指出,其谓"庄公欲必致叔于死,叔之未袭郑也,罪而未至于死",是正确的说法。

列前茅,士大夫文化品位之高自为情理中事①。赋诗言志,在郑国贵族中习见,诗人写郑庄公吟诗,未为无根孟浪之语。

一个值得注意的现象是,《将仲子》诗中特别关注"言"的问题。可以说,"言"之畏(不管是真"畏"或是假"畏")乃是《将仲子》篇全诗的中心线索。这些认识对于我们体味上博简《诗论》所谓"《将仲》之言不可不畏也"的评析是有说明的。

所谓"不可不畏"者应当有这样两重意蕴。

一是,应当对于郑庄公的老谋深算的巧言感到可怕而戒惧之。郑庄公将自己的险恶用心深藏不露,口头上却是光明堂皇的言辞,行动上却阴险狠毒②。孔子历来痛恨巧言,《论语·学而》篇载孔子语谓:"巧言令色,鲜矣仁!"《公冶长》篇载孔子语谓:"巧言、令色、足恭,左丘明耻之,丘亦耻之。"《卫灵公》篇载孔子语谓:"巧言乱德,小不忍则乱大谋。"《诗论》所载孔子对于《将仲子》篇的评析,所看重的首先就是让人警惕如郑庄公这样的"巧言"。

二是,联系到《将仲子》一篇的背景,可以看到,在整个郑伯克段的过程中,郑国的贤臣还是给郑庄公进献不少明智之言。如祭仲之言,明谓让郑庄公维护"先王之制",不要等事态扩大再来收拾。郑庄公对于这个进言,应当是听得进去了的,所以诗中才有"仲可怀也"之句。祭仲之言,可视为维护宗法之言。此外,《左传》隐公元年还载有克段之后,颍考叔劝郑庄公恪守孝道与母和好之言,颍考叔还建议郑庄公"阙地及泉,隧而相见",解决了郑庄公如何在不违背誓言的情况下与母和好的问题。颍考叔之言,可视为孝道之言。孔子认为这

---

① 《左传》昭公元年载晋卿赵武聘郑,饮宴时"穆叔赋《鹊巢》。赵孟曰:'武不堪也。'又赋《采蘩》。曰:'小国为蘩,大国省穑而用之,其何实非命?'子皮赋《野有死麕》之卒章。赵孟赋《常棣》,且曰:'吾兄弟比以安,尨也可使无吠。'穆叔、子皮及曹大夫兴拜,举兕爵曰:'小国赖子,知免于戾矣!'"又《左传》昭公十六载,韩宣子至郑,"郑六卿饯宣子于郊。宣子曰:'二三君子请皆赋,起亦以知郑志。'子齹赋《野有蔓草》。宣子曰:'孺子善哉,吾有望矣!'子产赋郑之《羔裘》。宣子曰:'起不堪也。'子大叔赋《褰裳》。宣子曰:'起在此,敢勤子至于他人乎?'子大叔拜。宣子曰:'善哉!子之言是。不有是事,其能终乎?'子游赋《风雨》,子旗赋《有女同车》,子柳赋《萚兮》。宣子喜曰:'郑其庶乎!二三君子,以君命贶起,赋不出郑志,皆昵燕好也。'"这两例都是《左传》记载一次饮宴中赋诗之最多者。郑国卿大夫赋诗言志,皆恰当贴切,彬彬有文采,其赋诗水平于此可见一斑。

② 关于诗中"仲可怀也,父母之言,亦可畏也"之语,王夫之曾经指出"先言怀,后言畏,深人之词也,所重在畏,而求以释怀,怀终伏而郑重以持之也。故《将仲子兮》深人之虑也,志将变矣"。(《诗广传》卷一,《船山全书》第三册,岳麓书社1992年版,第346页)

样的"言""不可不畏",与他对于宗法制度和孝道的重视有直接关系。《诗论》此语之旨不能不说有对于此类美善之言的敬畏与重视。

相传孔子"修春秋"①,春秋的遣词用语皆表现了孔子对于史事的微言大义。郑伯克段事,在《春秋》上所载仅一句话,即"郑伯克段于鄢",对于这个记载的深刻意蕴,《左传》隐公元年解释说:

> 书曰:"郑伯克段于鄢。"段不弟,故不言弟。如二君,故曰克。称郑伯,讥失教也,谓之郑志。不言出奔,难之也。②

这个解释认为《春秋》所书"郑伯克段于鄢"一语既批评了叔段没有恪守悌道("不弟"),也批评了郑庄公做法的不妥。"讥失教"之评,与《诗序》的"刺庄公……叔失道而公弗制"之说应当是吻合的。《公羊传》隐公元年认为,《春秋》所书的"克"意即杀,而实际上叔段又没有被杀,何以要写作"克(杀也)"呢?"曷为谓之克?大郑伯之恶也。曷为大郑伯之恶?母欲立之,己杀之。"原来这样写是为了突出郑庄公的罪过。按照《穀梁传》隐公元年的说法,则是"郑伯之处心积虑,成于杀也,犹曰取之其母之怀中而杀之云尔",有杀叔段之心也就是"杀"了。可以看到《春秋》对于郑庄公之"讥"与《诗序》所谓的"刺",其思路观念是吻合的,从思想渊源上看,这些都应当来源于孔子思想。《诗论》"《将仲》之言,不可不畏也",也是渊于孔子同一思想的。

关于《将仲子》篇的诗旨,春秋时人是清楚的,贵族赋诗的时候曾经引用它以言志,从其引用的具体情况亦可看出当时人对于其主旨的理解。见诸史载

---

① 《说苑》卷十四谓:"(孔子)道不行。退而修《春秋》,采毫毛之善,贬纤介之恶,人事浃,王道备,精和圣制,上通于天而麟至。"据《史记·太史公自序》所载,可知司马迁亦认为孔子曾经修《春秋》,他说:"周道衰废,孔子为鲁司寇,诸侯害之,大夫壅之。孔子知言之不用、道之不行也,是非二百四十二年之中,以为天下仪表,贬天子,退诸侯,讨大夫,以达王事而已矣。子曰:'我欲载之空言,不如见之于行事之深切着明也。'"按,孔子是否删削作为鲁国国史的《春秋》虽然不能肯定,但是他以《春秋》作为授徒的教本一事则无可怀疑,如果推测他在用作教本时曾经对于《春秋》进行过整理选择,应属可信;但若谓孔子改动了《春秋》文句,则是不大可能的。

② 此语"郑志",指郑庄公必杀叔段之志,清儒李黻平《毛诗紬义》谓《左传》此评是深文周纳,"庄公只是不胜其母,安必然伴有必死其弟之心乎?"(《皇清经解》卷一千三百三十五,上海书店1985年影印本),按李氏此说不顾史实,其回护之说并不可信。孔颖达《春秋左传正义》卷二引服虔说谓郑庄公"本欲养成其恶而加诛,使不得生出,此郑伯之志意也",此说准确可信。

者有二。《左传》襄公二十六年作为盟主的晋为了支持卫国叛臣孙氏,将卫献公囚禁于晋,齐景公和郑简公一起赴晋为卫求情:

> 齐侯、郑伯为卫侯故如晋,晋侯兼享之。晋侯赋《嘉乐》。国景子相齐侯赋《蓼萧》。子展相郑伯赋《缁衣》。叔向命晋侯拜二君,曰:"寡君敢拜齐君之安我先君之宗祧也;敢拜郑君之不贰也。"国子使晏平仲私于叔向,曰:"晋君宣其明德于诸侯,恤其患而补其阙,正其违而治其烦,所以为盟主也。今为臣执君,若之何?"叔向告赵文子,文子以告晋侯。晋侯言卫侯之罪,使叔向告二君。国子赋《辔之柔矣》,子展赋《将仲子兮》,晋侯乃许归卫侯。

齐、郑两国先各赋诗言其志,但晋佯装不知,最后郑国的子展赋《将仲子兮》,晋侯才放归卫献公。为什么赋此篇能够打动晋侯呢?前人多解个中原因在于郑赋此诗,是断章取义于诗的"人之多言,亦可畏也"之语,请晋注意若不放归卫君,会在诸侯国中造成不良影响。其实晋拘卫侯正是"杀鸡给猴看"之举,目的之一就是显示盟主的权威,若说有影响,只能是晋由此而显示其力量,让各国畏惧而敬服,所以取义于畏人多言是说不大通的。其实,这个原因,《左传》所载晏平仲之语已经说得十分清楚了,晋拘卫侯之不妥关键在于是为臣执君,赋《将仲子》篇的目的即在于说明晋当支持卫君而非卫臣。如《诗序》所说,《将仲子》篇虽然刺郑庄公"小不忍以致大乱",但并没有说郑伯克段不对,只是说其方法欠妥。赋此诗的作用,犹质疑晋君,若晋面对郑国的这个情况,难道会支持拥地自重的叛臣叔段吗?支持谁,这是涉及君臣大义的原则问题,对于所有的诸侯国君都是一样的,晋国也不当例外。子展赋《将仲子》篇,乃郑人赋郑风之诗,对于诗义的理解,应当是准确一些的。总之,前人解赋《将仲子》一篇是取畏人多言之义,尽管不大对,但还是沾边的,如果说是取它"淫奔"情爱之义,则连边都不沾了。关于这个道理,清儒方玉润说得十分畅快:"《左传》子展如晋赋此诗,而卫侯得归。使其为本国淫诗,岂尚举以自赋,而复见许于他国欤?此非淫词,断可知已!"[1]。

---

[1] 方玉润:《诗经原始》卷五。

文献所载另一处引用《将仲子》篇者见于《国语·晋语》四：

> 公子曰："吾不动矣，必死于此。"姜曰："不然。……郑诗云：'仲可怀也，人之多言，亦可畏也。'昔管敬仲有言，小妾闻之。曰：'畏威如疾，民之上也。从怀如流，民之下也。见怀思威，民之中也。畏威如疾，乃能威民。威在民上，弗畏有刑。从怀如流，去威远矣，故谓之下。其在辟也，吾从中也。郑诗之言，吾其从之。'"

文中所说的"公子"，是指在继位之前流落到齐国的晋公子重耳，他留恋在齐的舒适生活，不愿意再去奔波，齐姜劝诫他的话中引用了"郑诗"，韦注谓："诗郑风将仲子之卒章。仲，祭仲也。怀，思也。言虽欲从心思仲，犹能畏人自止，见可怀，思可畏也。"韦注虽然正确指明引此乃是指祭仲劝谏郑庄公之事，但其深意并未被说明。齐姜引郑诗时又提到管子的名言"畏威如疾，民之上也"，意即让重耳去争取君主的权威以治民，只赖在齐国是没有出息的。她再次叮嘱"郑诗之言，吾其从之"，可见是从"畏威"的角度取义于此诗的，并没有取义于淫奔。

（四）

在分析诗旨的基础上，我们应当对于《诗序》及汉儒的"美刺"说略作分析。

汉代解诗多奉"美刺"之说。汉儒解诗，无论是《诗序》抑或是传、笺，多将《诗》理解为对于政治的赞美或讽刺，理解为政治的晴雨表。这样的理解给人的感觉就是，它只关注和强调对于政治的赞美或讽喻。依此说，诗必须是也只能是政治的附庸或婢女。"美刺说"的弊病当在于此。然而，"美刺说"又有其一定的合理性。要究明此点须从《诗》的产生说起。司马迁在《史记·太史公自序》中说，"夫《诗》、《书》隐约者，欲遂其志之思也。……《诗》三百篇，大抵贤圣发愤之作也"。从此语可以体会出司马迁实认为《诗》皆为士大夫所"作"，《诗》的雅、颂部分不必多论，就是"风"的部分，也应当出自士大夫之手。有些诗篇保留了民歌之风，有着民歌的形式，但是书于竹帛，献于官府王室却非普通劳动者所能为。劳动者的歌谣与士大夫手写之诗虽然不无联系，但并非一事。20世纪五六十年代对于《诗经》的研究中，或有专家特别强调其"人民性"者，实际上多忽略了这个区别。士大夫写诗述志，自然会有一定的思想倾向，这于诗中是可以体味出来的,其"美"、其"刺"实为不可避免之事。要之,将《诗》全部纳入"美刺"的范畴,显然是不合实际的,然而说它一无是处,也非客观之论。具体情况只能具体分析,千万不可一概而论。

汉儒以"美刺"说论断《将仲子》,是否可信呢?

如果仅从《将仲子》篇的本身内容上看,是不容易找出答案的。然而,上博简《诗论》却为我们提供了可信的证据,来做出肯定的回答。孔子提到"畏"的问题,这不是孤立的。孔子关于"畏"有过重要论断。《论语·季氏》篇载孔子语谓:

> 君子有三畏:畏天命,畏大人,畏圣人之言。小人不知天命而不畏也,狎大人,侮圣人之言。

在《诗论》简文中,孔子强调"《将仲》之言不可不畏也",这与其"三畏"之说能否吻合呢?应当说两处所言的"畏",在孔子的理念中应当是一致的。换句话说,即孔子必定认为《将仲子》篇之言有可畏之处,所以才下此断语。其所可畏应即君子之"畏",包括了畏天命、畏大人、畏圣人之言等。如前所述,维护宗法之制应在"畏天命"的范畴之中,恪守孝道,应在"畏大人"之意中。然而"畏圣人之言",应当落实于何处呢?愚以为这里的"圣人之言",应即《春秋》之微言大义。反过来看,如果我们把《将仲子》一篇视为淫奔之辞或爱情之诗,则其所"畏"之三个方面,若不做曲解纡辞,则很难说得通。总之,《诗论》所谓的"《将仲》之言不可不畏",联系到孔子的"三畏"之论,则可以肯定《将仲子》篇的诗旨应当在于刺庄公,而非淫奔或爱情。《左传》昭公二年载子产语曾引逸诗"礼义不愆。何恤于人言"。表明当时社会上对于"人言"的一般态度,即只要合乎礼义,就不怕别人议论。若依情爱诗而论,那位女子委婉地劝诫他所怀念的"仲子",动之以情,晓之以礼,丝毫没有越出礼义的范围,直可谓"何恤于人言",如此那还有"不可不畏"之说呢?这也从另一个侧面看出宋儒以来的淫奔说情爱说的不可信。

上博简《诗论》关于《将仲子》篇的评析,可以启示我们对于汉儒解诗的价值应当取实事求是的态度,不可绝对地肯定或否定。例如汉儒每将风诗纳入其"美刺"说的范畴,后世的学者对此斥责甚多。其实"美刺"之说自有其道理在。风诗源于民歌，确无可疑，但是它作为歌谣却尚未登诗之大雅之堂，这其间须由采诗的士大夫记录改制才纳入于《诗》，士大夫的改制过程，必然要融入士大夫的思想理念，因此也就与民间歌谣有了一定的距离。一般说来，民间歌谣与贵族政治距离并不紧密，而多是直抒情感，描摹所见，讽喻所思。但是士大夫则与之有别，他们多是贵族政治中人，与政治联系紧密，所以在改制民间歌谣的时候，常常不知觉中给诗作打上了政治的印记。《将仲子》一篇虽有民歌之风，但却是描摹郑庄公的词语，民歌之风让人亲切，而细绎诗人所述郑庄公词语，又可见其讽讥之意，应当说是一篇上乘之作。然而，汉儒的"美刺"说解诗，过多地附会史实并从而影响了诗旨的阐明，也是明显的事实。对于以《诗序》毛传、郑笺为代表的释解，我们应当充分利用上博简《诗论》的宝贵材料，重新加以探究，庶几可以接近诗之本义矣。

二十二　上博简《诗论》第17号简与《诗·采葛》篇的若干问题

《诗·采葛》篇的诗旨历来颇多迷惑之处，今得上博简《诗论》第17号简的启发，可以有较为深入而明确的认识。此诗所表现的主题，《诗论》将其纳入人伦之道进行评析，从中也可以窥见先秦时期儒家理论中的夫妻观念的一些特点。

（一）

《诗经·王风》的《采葛》一篇犹如后世的竹枝词和小令，清新自然，明白如话，灵动可爱。兹先将其具引如下：

> 彼采葛兮，一日不见，如三月兮。
> 彼采萧兮，一日不见，如三秋兮。
> 彼采艾兮，一日不见，如三岁兮。

这首诗以朴实的语言表达了浓厚的思念之情。这本来是很容易理解的事情，但经汉儒解释以后，却变得迷雾重重，难以识庐山面目了。兹将前人关于此诗的解释分类概述如下：

一、《诗序》谓此篇诗旨在于"惧谗",毛传释"采葛"谓"葛所以为绤绤也,事虽小,一日不见于君如三月不见君,忧惧于谗矣",郑笺对此加以申说,联系到历史时代进行解释,谓"桓王之时,政事不明。臣无大小,使出者,则为谗人所毁,故惧之",还指出"以采葛喻臣,以小事使出"。王先谦《诗三家义集疏》卷四指出,汉代的齐、鲁、韩三家诗对此"无异义"。汉儒认为臣下被派出执行小事而不得见于君,故而惧被谗言所毁,因作此诗哀叹之。汉儒此解影响甚大,后儒解诗者虽然亦加以弥缝,但总体思路却少有突破此藩篱者①。清代前期,牟应震认为此诗所表示的"惧",非惧谗,而是"惧遇害也。宗周颠覆,犬戎肆虐,蹂躏所及,人不保生。一日不见,惊魂动魄矣"②,清儒马瑞辰说"此诗采葛、采萧、采艾皆喻人主之信谗,下二句乃惧谗之意"③。此说割裂各章之意为说,难以取信。此两说皆影响不大,直到清代后期胡承珙作为解诗大家依然谓"此诗三言'不见',正惧谗隐微深切之语。盖谗言之人必乘其间"④。与胡氏同时的陈奂在《诗毛氏传疏》卷二中亦谓"采葛、采萧、采艾皆事之小者,谗之进,而事每始于细小,故以为喻"。当代专家季旭升先生又阐释这一说法,指出"本诗写一位正直的臣子嫉恶小人谗言陷害善良,在他眼中,这些小人贪缘攀附,互相勾结,恶势力发展得非常快,这些小人所散播的谗言,四处蔓延,速度非常快,就像葛、萧、艾一样。全诗咏草,没有一个字写到'惧谗',而'惧谗'的意思跃然纸上。"⑤可以说,汉儒此说,是影响最大的一种说法。

二、宋儒或怀疑"惧谗"之说,认为采葛之事非人臣所当为,以采葛喻人臣为无根妄谈。在这种怀疑的风气下,宋儒朱熹提出"淫奔"说。他在《诗集传》卷四中指出:"采葛所以为绤绤,盖淫奔托以行也。故因以指其人,而言思念之深,未久而似久也。"

三、另有一类看法是认为此诗意旨不明,非惧谗,亦非淫奔,谓"其词遽,其音促,其文不昌,其旨多所隐而不能详"⑥。当代专家解释此诗似乎在承继此

---

① 例如何以用采葛、采萧、采艾喻惧谗的问题,王先谦就曾引用鲁诗之说,谓葛、萧、艾皆恶草,"以恶草喻谗人",采葛之类,自然就是任用谗人之意。说见王先谦《诗三家义集疏》卷四。
② 牟应震:《毛诗质疑》,齐鲁书社1991年版,第61页。
③ 马瑞辰:《毛诗传笺通释》卷七。
④ 胡承珙:《毛诗后笺》卷六,黄山书社1999年版,第355页。
⑤ 季旭昇:《诗经古义新证》,学苑出版社2001年版,第290页。
⑥ 王夫之:《诗广传》卷一,《船山全书》第三册,黄山书社1985年版,第344页。

说，如，郑振铎先生说此诗"描写了不见君子时想望之情"①。周振甫先生释此诗即只列出"惧谗"和"怀友"两说，而不加轩轾。诸多专家虽然用现代汉语译此诗，却也看不出其诗旨如何。②

四、清儒虽然多遵循《诗序》毛传、郑笺等为说，但姚际恒却对于传统的说法进行批判，并且另辟蹊径，提出"怀友"说：

> 《小序》谓"惧谗"，无据。且谓"一日不见于君，便如三月以至三岁"，夫人君远处深宫，而人臣各有职事，不得常见君者亦多矣；必欲日日见君，方免于谗，则人臣之不被谗者几何！岂为通论？《集传》谓"淫奔"，尤可恨。即谓妇人思夫，亦奚不可，何必淫奔！然终非义之正，当作怀友之诗可也。③

姚氏对于《诗序》的批评可以说一语中的，"惧谗"说颇难置辩。他对于"淫奔"的批评也是正确的。此诗中确无淫奔之迹象，如果说是"妇人思夫"倒与诗意无违，然而姚氏还是断定它是"怀友之诗"。推崇姚氏的清儒方玉润，阐发"怀友"说云："此诗明明千古怀友佳章，自《集传》以为淫奔者所托，遂使天下后世士大夫君子皆不敢有寄怀作也。不知此老何以好为刻薄之言若是？至《小序》谓'为惧谗'，尤不足与辩。"④

总之，古代诸家的阐释，虽然每种解释皆可勉强说通，但其间问题和不可逾越的障碍处依然不少。清儒非常痛恨朱熹指出的"淫奔"说，姚际恒和方玉润批驳"淫奔"说，即为其例。戴震也指出将此诗"以为男女之辞，则秽言矣，无足取矣"⑤。然而，此篇的诗旨到底如何，仍然付之阙如。一般的解释，虽然表面意思可以释出，但是深层意义则无从知晓。当然，我们也可泛泛而论只说此诗写了一种思念情感，如陈子展先生所说"徒具概念，羌无故实。徒具抽象之

---

① 郑振铎："读《毛诗序》"，《古史辨》第三册下编，上海古籍出版社1982年版，第382页。
② 参见周振甫：《诗经译注》，中华书局2002年版，第105页。按，周先生所译此诗首章谓："那个采葛啊，一天不见，好比隔了三个月啊。"虽将诗句表面意义译出，但其诗意旨却无从得知，读后仍让人在云雾之中。
③ 姚际恒：《诗经通论》卷五，中华书局1958年版，第98页。
④ 方玉润：《诗经原始》卷五，中华书局1986年版，第199页。
⑤ 戴震：《毛诗补传》卷六，《戴震全书》第一册，黄山书社1994年版，第237页。

形式,而无具体之内容。不知诗人与所思念之人有何关系,无从指实思念何人,缘何思念,又何以一日不见、相思至于如此之迫切"[1]。但是如此解释,终嫌浮泛空虚。究明其诗旨仍然是一个待解决的不可回避的问题。我们今得上博简《诗论》的启发,对于此诗意旨应当说能够有一个深入而明确的认识了。

(二)

当代学者关于《王风·采葛》篇的研究,一扫汉宋儒者"惧谗"说、"淫奔"说的束缚,直指天籁,诗意尽出。例如,高亨先生指出:"这是一首劳动人民的恋歌,它写男子对于采葛、采萧、采艾的女子,怀着无限的热爱。"[2]程俊英先生说:"这是一首思念情人的诗。一个男子,对于采葛织夏布、采蒿供祭祀、采艾治病的勤劳的姑娘的无限爱慕,就唱出这首诗,表达了他的深情"[3]。这些解释为人们所称道,最重要的原因即在于不拘旧说,而另创新意。当代学者的研究虽然直究诗旨,但对于一些具体问题的释解,则不若古代学者之思考为精。

说此诗是"恋歌"是"思念情人的诗",本是不错的,但我们根据《诗论》第17号简的提示,可以肯定地说,它的主旨是"爱妇",具体说来,应当就是远戍的将士对于妻子的思念。在他的想象中,妻子正在采葛、采萧或采艾,总之是忙碌于家庭事务。他对于妻子的思念与日俱增,故而有"一日不见,如三月兮"之类的慨叹。《诗·王风》诸篇颇多久戍盼归主题,如《君子于役》写妻盼夫归,《扬之水》写久戍不归的怨恨,此篇写久戍将士思妇,都是此类作品。我们通过诗中所写的三种劳作,可以大体推测出诗中所写的夫妇的社会地位。

《采葛》三章遣词造句,颇具匠心。例如三章之"葛"、"萧"、"艾"的用途,毛传用"所以为絺绤"、"所以共祭祀"、"所以疗疾"为释,这就具体简明地说明了采这些东西的目的所在。愚以为作为民歌,可能是兴之所至,随口而出,不必过分追求,不必刻意为工,但是采诗者、编诗者对它进行整理和再加工的时候,则应当有所推敲,也可能重加排定。此即所谓的艺术加工工作。《采葛》一诗应当是经过士人或史官艺术加工以后的作品,所以其用辞之妙就更为突出。

"葛",是织造絺绤的原料,周代要往山野之处采集。《诗》中提及此葛者颇为不少,如《周南·葛覃》次章:"葛之覃兮,施于中谷。维叶莫莫,是刈是濩。

---

[1] 陈子展:《诗经直解》卷六,复旦大学出版社1983年版,第222页。
[2] 高亨:《诗经今注》,上海古籍出版社1980年版,第103页。
[3] 程俊英:《诗经译注》,上海古籍出版社1985年版,第132页。

为绤为绤，服之无斁。"再如《小雅·蓼莪》："纠纠葛屦，可以履霜。佻佻公子，行彼周行。"《周礼·天官·屦人》载王后亦服"葛屦"。《仪礼·士冠礼》载，士在夏季要穿葛屦。这些都表明葛可以织布做屦，实为社会各阶层人士重要的衣着原料，所以《列子·汤问》篇说"中国之人冠冕而裳。九土所资，或农或商，或田或渔；如冬裘夏葛，水舟陆车。默而得之，性而成之"，《荀子·富国》篇说"麻葛茧丝、鸟兽之羽毛齿革也，固有余，足以衣人矣"。葛是优良的衣着原料，《墨子·所染》篇说："夏则絺绤之中，足以为轻且清。"孙诒让《墨子间诂》注："《说文》糸部云：'絺，细葛也。绤，粗葛也。'礼家说以絺绤上加中衣，此即以絺绤为中衣，则内衣通得谓之中也。"《墨子·非乐》上篇说："妇人夙兴夜寐，纺绩织纴，多治麻丝葛绪捆布縿，此其分事也。"可见周代妇女采葛制衣为分内之事。《采葛》之诗作为"爱妇"之作，首先想到的便是妇的"采葛"，正与周代社会普遍用葛作为衣着原料的情况相符。《采葛》诗以"采葛"起兴，《诗论》简文又说其诗主旨在于"爱妇"，可见葛之为物，决非恶草。前人谓诗中的葛、萧、艾等为恶草之说，不攻自破。

诗中的"萧"，孔疏谓"《释草》云：'萧，荻。'陆机云：'今人所谓荻蒿者是也……可作烛，有香气。故祭祀以脂爇之为香。许慎以为"艾蒿"，非也。《郊特牲》云："既奠然后爇萧合膻（馨）香"，《生民》"取萧祭脂"，是萧所以供祭祀也。"关于萧用于祭礼的缘由，这里所讲是正确的。我们尚可稍补充一些材料以求进一步说明。《周礼·天官·甸师》载："祭祀，共（供）萧茅"。《礼记·郊特牲》篇谓："萧合黍稷，臭阳达于墙屋。故既奠（荐）然后爇萧合膻（馨）芗（香），凡祭慎诸此。"这里是说，祭祀的时候要用萧混合些黍米饭，将其焚烧，让香气弥漫于墙屋各处，所以荐酒之后仍然要用萧混合些脂油焚烧。凡是祭礼都要谨慎地做到这些。关于焚萧以取其香气的目的，《礼记·祭义》篇谓："燔燎膻（馨）芗（香），见以萧光，以报气也，此教众反始也。"这里是说，祭礼上焚烧馨香之物，闪现着萧的光焰，是用这些产生报祀祖先之气的。这是在教导众人反思本始的做法。以上材料表明，萧作为有某种香味的草，是经常用于祭礼的，既要用其特有的香味，也要用其闪现的光焰，以显示祭神态度的虔诚与热烈。周人尚嗅，祭祀时以为香味上升可达于天，为神所闻到，从而受到神灵的喜好。周人将祭祀作为头等大事，祭祀颇繁，祭礼隆重，萧的使用量当非小数。《采葛》篇次章即言采萧，可见对于萧是比较重视的。萧，除用于祭礼之外，当然还有其他用途，如《庄子·列御寇》篇载"河上有家贫恃纬萧而食者"，成疏云："苇，芦也。萧，蒿也。家贫织芦蒿为薄，卖以供食。"然而，就其主要用途来说，用于祭礼当为大宗。萧非名贵之物而用于祭祀，是与周代社会的祭祀习俗相关的。

"艾"，灸草。《孟子·离娄》上篇"今之欲王者，犹七年之病求三年之艾也"，朱熹注谓："艾，草名，所以灸者，干久益善。夫病已深而欲求干久之艾，固难卒办，然自今畜之，则犹或可及。"可见孟子时候尚且要保存历时长久之干艾以备医病时急用。《采葛》"彼采艾兮"，毛传"艾，所以疗疾"，艾草似为那个时代的家居常备之草药。

从《采葛》一诗的内容看，其"妇"的事务应当是很多的，诗中选取了需沐风栉雨的三项劳作为代表。妇在山野间采葛、采萧、采艾，令远戍的丈夫犹生怜心。其远戍的丈夫应当是属于士庶人阶层者，周代祭礼虽然主要讲求对于鬼神的明信态度，但在宗法制度下，其祭品亦有一定规格。《左传》隐公三年载："苟有明信，涧、溪、沼、沚之毛，苹、蘩、蕰、藻之菜，筐、筥、錡、釜之器，潢污、行潦之水，可荐于鬼神，可羞于王公。"这里强调的是明信的态度，而不是祭品的规格品类。然而，《广雅·释天》篇却说"天子祭以鬯，诸侯以熏，乡大夫以茝兰，士以萧，庶人以艾"，这就说明周代祭祀在讲求明信态度的同时也讲求祭品种类与规格。周代社会中祭祀本为贵族等级所独占，所以《礼记·曲礼》下篇说："天子以牺牛，诸侯以肥牛，大夫以索牛，士以羊豕。支子不祭，祭必告于宗子"，但在春秋时期，社会等级界限逐渐消失，庶人亦可参加祭祀，推测其妇忙于采萧供祭祀的丈夫属于士庶人阶层，可能是近于实际的。士庶人是周代成卒的主要成分，所谓久戍不归者主要就是这些人。他们的思妇盼归情绪十分浓烈而急切。

（三）

让我们来讨论上博简《诗论》第 17 号简与《采葛》篇的相关问题。

愚以为这段简文是与上文相对而言的，主旨是在说明同为"爱妇"的主题，但诗中所包含的情感因素可能并不一致。兹按照这个思路将两句简文并列于下以资比较：

《扬之水》其爱妇，悡（恨也）。

《采葛》之爱妇，□（悁？）。

在第17号简中这是前后相随的两句话。同讲"爱妇"，前一句是讲"爱"中有恨，那么第二句也应当讲"爱"中存在着什么的问题。此处关键一字适缺。这固然是很遗憾的事情，但也留下了人们拟补的余地。此处，专家多不大注意，或者注意而持矜慎态度而不拟补，今所见者仅有黄怀信先生拟补一个"切"字。此补是有启发性的，《采葛》一诗确实是讲了爱妇的迫切心态。但若此则与爱妇属同一思路，与上一句的文理尚有距离。愚以为此处可拟补一个"悁"字。这个字于楚简多见，如下数例，皆为其典型者：

以上五个字例从左开始依次见于郭店楚简《缁衣》第10简、上博二《从政》甲篇第5简、上博二《从政》乙篇第2简、上博二《容成氏》第36简和上博一《诗论》第27号简。这个字从肉从占从心。从肉从占之字，后来讹变为"肙"。何琳仪先生认为它是从食从肙之字的初文①，它在简文多读若怨，但此字既然从心从肙，应当径释为"悁"，此处当以其本义为释。《说文》悁字与忿字互训，段玉裁《说文解字注》十篇下说："忿与愤义不同，愤以气盈为义，忿以狷急为义。"《诗·陈风·泽陂》"有美一人，硕大且卷。寤寐无为，中心悁悁"，毛传及后来的解释皆谓"悁悁犹悒悒也"。悒，《说文》训为"不安也"。总之，悁义指急切和忧忿。简文此处当然可以拟补"切"字，但是切字在楚简中少用，不若拟补习见之字较优。总之，拟补此字的理由是，其一，它在楚简中惯用；其二，它在简文中，能够与诗意密合。

《采葛》诗中用递进的词语写出急切盼归的思妇心情，依次将"一日不见"比喻作"三月"、"三秋"、"三岁"，"爱妇"的情意通过这种急切心情的表达而展露无遗。简文"《采葛》之爱妇，□（悁？）"，意谓《采葛》一诗所表达爱妇情感，含有急切忧忿之意。此正可以与上句"其爱妇，恝"，相应成义。"恝"为恨，"悁"为忿。这种情绪原本不当出现于"爱"的情感当中，但是在将士久戍不得归的特定场合，这种不协调因素的出现却又是合情合理的。《郑风·扬之水》篇写

---

① 何琳仪：《战国古文字典》，中华书局1992年版，第974页。

丈夫远戍前叮嘱其妇不要听信谗言碎语,其爱妇中有恨妇信谗的因素。此篇《采葛》写将士久戍不得归时的忿急心情,他对于其妇的爱中有无可奈何的忧忿情绪。

我们应当进而讨论的问题是,《诗论》拈出此两篇诗作进行说明的意旨何在呢?这应当是与儒家的情爱观、夫妇观有直接关系的。孔子与早期儒家对于男女情爱持肯定态度,这从上博简《诗论》对于《汉广》一诗的评论中即可看出,第13号简评论《汉广》一诗说"不攻不可能,不亦智恒虏(乎)?",认为大胆追求爱情就是智慧的表现。《诗论》用"爱妇",评论描写夫妇情爱的《扬之水》与《采葛》两篇亦是这方面的例证。但是儒家又主张礼为情爱的藩篱,情爱不应当逸出礼的范围,所以《诗序》说"发乎情,止乎礼义。发乎情,民之性也。止乎礼义,先王之泽也"①。孔子认为诗的作用可以兴、观、群、怨,其所包括的内容是非常广泛的,所以朱熹说这其间"人伦之道,诗无不备"②。《诗论》讲两篇"爱妇"诗作的目的即在于体现儒家的"人伦之道",可见对于《扬之水》篇是持肯定态度的,其中所写的丈夫恨其妇听信谗言,并且百般叮嘱,这都是合乎人伦之道的表现,是以礼为原则对于妇的严格要求。而对于《采葛》篇愚以为《诗论》是持否定和批评态度的,"爱妇"是应当的,但须控制在一定的范围之内,如果达到"一日不见如三秋兮"的地步,并且从而表现出某些愤懑忧虑,这就有些过分了。

具体说来,《诗》中所表现的夫妇关系如何才是发乎情而止乎礼呢?

儒家的伦理观念中十分重视夫妻关系,认为它是理解和执行"君子之道"的基础,所以《礼记·中庸》篇说"君子之道,造端乎夫妇;及其至也,察乎天地。……君子之道,辟如行远必自迩,辟如登高必自卑。诗曰:'妻子好合,如鼓瑟琴;兄弟既翕,和乐且耽;宜尔室家;乐尔妻帑。'"然而,夫妻关系毕竟要摆在恰当的位置,《论语·学而》篇载子夏语论人的行为准则,"贤贤易色,事父母能竭其力",就是首要的两条。儒家理论认为,一个人对于妻子的关爱必须摆在孝敬父母之下,所以《孟子·离娄》篇将"私妻子,不顾父母之养"列为必须禁绝不孝行为之一。《国语·鲁语》下篇载有备受孔子称赞知礼的公父文伯之母

---

① 按,《诗序》之说虽然多有不符合孔子思想之处,但是它对于诗礼关系的认识却与孔子思想是一致的。孔子谓"兴于诗,立于礼,成于乐"(《论语·泰伯》),亦主张礼是诗的立足点之所在。
② 朱熹:《论语集注》卷九。

所论夫妇关系一事:

> 公父文伯卒,其母戒其妾曰:"吾闻之:好内,女死之;好外,士死之。今吾子夭死,吾恶其以好内闻也。二三妇之辱共先者祀,请无瘠色,无洵涕,无搯膺,无忧容,有降服,无加服。从礼而静,是昭吾子也。"仲尼闻之曰:"女知莫若妇,男知莫若夫。公父氏之妇智也夫!欲明其子之令德。"

公父文伯去世,其母让其妻妾不要以过分的悲痛显示出夫妇关系的亲爱至密,丧事中一切依礼而行即可,认为这才能表现文伯的美德。孔子称赞公父文伯之母有智能,可以显示其子的"令德"。孔子实认为夫妇关系应当依礼为限度,"好内"、"好色"都是不良表现。所以说,孔子对于《采葛》篇中那位远戍的将士爱妻达到的强烈程度及其愤懑情绪是持批评而非赞许态度的。依后世的观念看,《采葛》那样的"爱妇"是十分自然的、无可厚非的,然而在孔子的时代,宗法观念占据统治地位,在宗法关系中夫妻关系虽然重要,但毕竟是处在君臣、父母,甚至兄弟等关系之下的,如果过分强调则会违背浸透着宗法精神的"礼"的原则。《诗论》第17号简所举两篇"爱妇"诗作进行比较,指出其爱妇情绪中所蕴含的别一种因素,并且形成对比句式,实有深意寓焉。归根到底这种比较,是在说明"爱妇"是应当的,但必须在一定的限度之内,必须合乎"礼"的原则。先秦儒家的这种观念与其诗教理论,在《诗论》篇中多有体现,第17号简关于《采葛》篇的论析就是一例。

二十三　从上博简《诗论》对于《木瓜》篇的评析看《诗经》编纂问题

　　《诗·木瓜》之篇出自民歌,其主旨原为馈赠以结好,采编者对于其主旨加以变化,成为一篇讽刺和揭露佞人之作。汉儒将其作为"美齐桓公"之作,宋儒则以为是"男女相赠答之辞",当代专家则多将其视为爱情诗。上博简《诗论》表明,它的主旨应当是对于工于心计的谗佞小人的揭露。由此我们可以从一个侧面看出士大夫在采诗、编诗过程中变化民歌主旨的情况。《诗经》中所保存的一些民歌往往就是这种变化后的结果,而不是它的原创状态。《木瓜》之篇就是这方面的一个典型。

上博简《诗论》是我们迄今为止所见到的对于《诗经》的最早评析,它的内容出自孔子。作为《诗》的编定者,孔子对于《诗》中诸篇的理解,应当是我们认识诗旨的标准。《诗论》评诗,惜墨如金,所提到的诗作,其评语用字之少者仅一字,多者一般是两三字或五六字。而关于《木瓜》一诗的评语则有 20 字之多①,其对于此诗的重视于此可见一斑。孔子何以如此重视《木瓜》一诗呢?通过《诗论》简文我们可以找到一些理解的线索,并且可以进而分析《诗经》编纂的一些问题。

(一)关于《诗·木瓜》主旨的探寻

《诗·卫风·木瓜》篇共三章,多复迭重沓,应当是民歌风的短诗。此诗各章,词有换而意不移,章相似而意愈深,读后让人回味无穷。诗的全文如下:

> 投我以木瓜,报之以琼琚。匪报也,永以为好也。
> 投我以木桃,报之以琼瑶。匪报也,永以为好也。
> 投我以木李,报之以琼玖。匪报也,永以为好也。

诗意本来是明白的,乃得薄施而厚予回报之意。可是,《诗序》却将其联系到春秋时代史事为说,这就引起后世释解的长期纷争。《诗序》云:"《木瓜》美齐桓公也。卫国有狄人之败,出处于漕。齐桓公救而封之,遗之车马器服焉。卫人思之,欲厚报之,而作是诗也。"②这里所提及者,就是春秋前期齐桓公称霸时援助卫国的为史所艳称的事例。据《左传》闵公二年记载,卫为狄人攻败,卫国贵族和民众东渡黄河逃至曹地暂住,齐桓公"使公子无亏帅车三百乘,甲士三千人,以戍曹。归(馈)公乘马、祭服五称,牛、羊、豕、鸡、狗皆三百,与门材。归(馈)夫人鱼轩、重锦三十两",使得卫国得以复立,后来齐桓公又封卫于楚丘,使卫国民众完全摆脱了狄人威胁,达到了"卫国忘亡"的效果。唐代大儒孔颖达发挥《诗序》之意说:"(《木瓜》)言欲厚报之,则时实不能报也,心所欲耳。经

---

① 上博简《诗论》关于《木瓜》一诗的评论见于第 18—19 号简,专家或将第 20 号简补上"吾以木瓜得"五字,则第 20 号简亦有论此诗的语句,但愚以为第 20 号简词语与孔子评《木瓜》诗的思想不类,故不取专家此说。

② 《诗序》论《卫风》诸篇每每联系卫国史事为说,此将《木瓜》纳入这个模式,不足为怪。

三章皆欲报之辞。"①清儒魏源则推论此诗"正着故卫甫亡之事,则亦邶鄘遗民从徙度(渡)河者所作"②。古代研诗者沿用《诗序》此说解释《木瓜》之诗,是为主流。

宋代儒学大师朱熹突破《诗序》束缚,在《诗集传》卷三里提出此诗"疑亦男女相赠答之辞,如《静女》之类"。《静女》见于《邶风》,是一篇比较典型的爱情诗,朱熹说它"盖相赠以结殷勤之意"。可见朱熹把这两篇都看成是男女相赠答以结好之诗。朱熹此说实将《木瓜》篇归于他所划定的"淫诗"范围③。

清儒对于朱熹的说法多所驳难,对于《诗序》之说亦有批评。其要点如下。第一,史载春秋后期晋卿聘卫时曾赋此诗,依理度之,不当以淫诗示好。毛奇龄说:"《左传》昭二年晋韩宣子自齐聘于卫,卫侯享之,赋《淇奥》,宣子赋《木瓜》。盖卫侯以武公之德美宣子,而宣子欲厚报以为好也。然而此二诗皆卫诗也,向使《木瓜》淫诗,则卫侯方自咏其先公之美诗以为赠,而为之宾者特揭其国之淫诗以答之,可乎不可乎?"④毛氏以晋卿在卫侯享宴时赋此诗,断定《木瓜》不当为"淫诗"。第二,若依《诗序》,将《木瓜》作为美桓公之诗,则于史事不合。得到齐桓公颇多恩惠的卫文公在齐桓公辞世以后不仅不帮助齐国,反而趁齐乱而伐之,以怨报德,故而卫风不当有此诗。因此,姚际恒谓"卫人始终毫末未报齐,而遽自拟以重宝为报,徒以空言妄自矜诩,又不应若是丧心。或知其不通,以为诗人追思桓公,以讽卫人之背德,益迂。且诗中皆绸缪和好之音,绝无讽背德意"⑤。第三,清儒或有另辟蹊径申述《诗序》之说者,方玉润《诗经原始》卷四认为此诗是讽刺卫君以怨报德,"卫人始终并未报齐,非惟不报,且又乘齐五子之乱而伐其丧,则背德孰甚焉?此诗之所以作也。明言之不敢,故假小事以讽之,使其自得之于言外意,诗人讽刺往往如此。故不可谓《序》言尽出无因也。"其说思路同于《诗序》只不过是将诗旨由"美"变为"刺"而已。

---

① 孔颖达:《毛诗正义》卷三,《十三经注疏》本,中华书局1980年版。
② 魏源:《诗古微·邶鄘卫义例篇》下,《清经解续编》卷一千二百九十四,上海书店1985年影印本。
③ 按,朱熹对于《木瓜》诗旨初并不以为是男女相赠答之辞,而只是以为寻常报施的情意表达。《吕氏家塾读诗记》卷六引朱熹的说法是:"投我以木瓜,而报之以琼琚,报之厚矣,而犹曰'非敢以为报',姑欲长以为好而不忘尔。盖报人之施而日如是报之足矣,则报者之情倦而施者之德忘,惟其歉然常若无物可以报之,则报者之情施者之德两无穷也。"朱熹撰《诗集传》时改变了这个看法而另置新说。
④ 毛奇龄:《白鹭洲主客说诗》,《清经解续编》卷二十一,上海书店1985年影印本。
⑤ 姚际恒:《诗经通论》卷四,中华书局1959年版,第91页。

清儒于传统两说之外提出的新说者,首推王先谦。其说以贾谊《新书·礼》篇为根据,贾谊谓:

> 礼者,所以恤下也。由余曰:"干肉不腐,则左右亲。苞苴时有,筐篚时至,则群臣附。官无蔚藏,腌陈时发,则戴其上。"诗曰:"投我以木瓜,报之以琼琚,匪报也,永以为好也。"上少投之,则下以躯偿矣,弗敢谓报,愿长以为好。古之蓄其下者,其施报如此。

王先谦认为"贾子本经学大师,与荀卿渊源相接,其言可信,当其时惟有《鲁诗》,若旧《序》以为美桓,贾子不能指为臣下报上之义,是其原本古训,更无可疑"[①]。王氏之说,忽略这样一个问题,即古人引诗多断章取义,非为解诗而引,而是为了说明自己的言论而找根据。所引的诗句往往已非诗意原貌,此正如《左传》襄公二十八年载春秋人语"赋诗断章。余取所求焉",贾谊《新书》引由余之语是在说明君主少施即可得臣下厚报的道理,故而引用《木瓜》之句,并非在于说明《木瓜》一诗即为臣下报君之作。《木瓜》诗中毫无君臣之迹,是可为证。

关于《木瓜》诗旨,清儒多认为是朋友相赠答之诗。如崔述谓:"天下有词明意显,无待于解,而说者患其易知,必欲纡曲牵合,以为别有意在,此释经者之通病也,而于说《诗》尤甚。……木瓜之施轻,琼琚之报重,犹以为不足报而但以为永好,其为寻常赠答之诗无疑。"[②]

综合古代诸家所论,可以看出,将《木瓜》诗旨定作"美齐桓公"和"男女(或朋友)赠答"是最有影响的两类说法。现代学者的解释则多倾向于"男女赠答"之释,当代学者则多将其定为《诗经》中典型的爱情诗。闻一多先生从解释《木瓜》诗中的"好"字之义出发,申论和断定此诗非如郑笺所谓"结己国之恩",他说:

> 好字从女从子,其本义,动词当为男女相爱,名词当为匹耦,形容词美

---

① 王先谦:《诗三家义集疏》卷三。
② 崔述:《读风偶识》卷二,《崔东壁遗书》,上海古籍出版社1980年版,第550页。

好,乃其义之引申耳。好本训匹耦,引申为美好,犹丽本训耦俪,引申为美丽也。……原始装饰艺术应用对称原则,尤为普遍,故古人言"称"即等于言"好",而好、俪诸字之所以训美,实以其本义皆为匹耦也。上列各诗好字皆用本义。《木瓜》"永以为好也者",以为偶也。①

根据这个解释,可以说"永以为好"之句,意要求偶,犹《关雎》篇之"君子好逑"。依照这种解释而将此诗主旨定为爱情诗者,在《诗经》的现代各种注译本中屡见不鲜。当代研诗大家陈子展先生却不从此说,而断定此篇乃"言一投一报,薄施厚报之诗。徒有概念,羌无故实"②。此篇难道仅仅是徒有概念的赠答之诗吗?今得《诗论》简文启发,知道《木瓜》一诗并非如此简单,关于此诗主旨,尚有再研究的余地。

(二)释《木瓜》篇的"藏愿"

上博简《诗论》第 18 号和第 19 号两简都提到《木瓜》一诗,指明诗中有"藏愿"。关于简序的排列与缀合,李学勤先生提出卓见,将第 18 号简直接缀合于第 19 号简之后③。缀合后的简文如下:

《木苽(瓜)》又(有)藏愿而未得达也,因《木苽(瓜)》之保(报)以俞(喻)其悁者也。

简文愿字从为上元下心之字,诸家皆读若愿,今径写作"愿"。所谓"藏愿"即心中埋藏的愿望。简文的"悁"字,原作上宀下悁之形,今从李学勤先生说读若悁,今从其说而径写之。《说文》悁字与忿字互训,段玉裁《说文解字注》十篇下说:"忿与愤义不同,愤以气盈为义,忿以狷急为义。"《诗·陈风·泽陂》"有美一人,硕大且卷。寤寐无为,中心悁悁",毛传及后来的解释皆谓"悁悁犹悒悒也"。悒,《说文》训为"不安也"。总之,"悁"意指心中不安而忧忿。简文的意思是说,《木瓜》这首诗的写作是因为心中所埋藏的愿望未能表达出来,所以就借《木瓜》诗里面的"报"来比喻他自己内心的愤懑情绪。由此我们可以看出,

---

① 闻一多:《诗经通义》,《闻一多全集》第三册,湖北人民出版社 1985 年版,第 294 页。
② 陈子展:《诗经直解》卷五,复旦大学出版社 1983 年版,第 198 页。
③ 李学勤:"《诗论》简的编联与复原",《中国哲学史》2002 年第 1 期。

《木瓜》一诗之旨并非如《诗序》所言为"美齐桓公"之作,也不是如朱熹所说"男女相赠答之辞",也不是臣子厚报于君或普通朋友的赠答之诗,而是一首表达心中"藏愿"以排泄愤懑情绪的作品。《诗论》此说,对于我们探寻《木瓜》篇诗旨,直可谓释千古之惑矣!

关于《木瓜》篇所表达的"藏愿",由简文我们可以体会到这愿望是要表达出愤懑("悁")。为什么《木瓜》一诗能表达了这种情绪呢?这是我们必须深入体会此篇诗旨方可得到解决的问题。

前人理解《木瓜》之诗多循"温柔敦厚"之旨,认为此诗即为典型之作。如清代大儒戴震说:

> 诗之意,盖以薄施犹当厚报,欲长以为好而不忘,况齐桓之于卫,有非常之赐乎?卫诗终《木瓜》,可为施者报者劝矣。①

他认为《木瓜》一诗充分体现了忠厚之意,无论是施者,抑或是报者皆可从中得到启发。如果依照这个思路,那么此诗作中就只有敦厚而无愤懑。但是情况并非如此。王夫之曾经揭示出《木瓜》诗的真正含意。他说:

> 《木瓜》得以为厚乎?以《木瓜》为厚,而人道之薄亟矣!厚施而薄偿之,有余怀焉;薄施而厚偿之,有余矜焉。故以琼琚絜木瓜,而木瓜之薄见矣;以木瓜絜琼琚,而琼琚之厚足以矜矣。见薄于彼,见厚于此,早已挟匪报之心而责其后。故天下之工于用薄者,未有不姑用其厚者也。而又从而矜之,曰"匪报也,永以为好也",报之量则已逾矣。……恶仍之而无嫌,聊以塞夫人之口,则琼琚之用,持天下而反操其左契,险矣!②

此处所提到的"左契",犹"左券",指债权人所持的契券。这里意指《木瓜》篇报以琼琚者,非是友好为报,而是图谋取得如债权人般的优越地位而稳操胜券。

---

① 戴震:《毛诗补传》卷五,《戴震全书》第一册,黄山书社 1994 年版,第 229 页。
② 王夫之:《诗广传》卷一,《船山全书》第三册,岳麓书社 1992 年版,第 338 页。按,王夫之所提到的"左契",犹"左券",指债权人所持的契券。王氏此说意指《木瓜》篇报以琼琚者,非是友好为报,而是图谋取得如债权人般的优越地位而稳操胜券,其用心阴险,工于算计。

这个说法一反传统的认识,指出《木瓜》所表现的并非忠厚之意,乃是"人道之薄"。别人薄施于我,而我却故意厚报于别人。这里面包含着一种"矜"(意即骄傲),不仅如此,而且还要让人看见对方之"薄"("木瓜之薄见矣")。诗中所写被"投"以"木瓜"者,是一种将利益名誉算计得特别精明的人。其品格本来是浇薄无比的,但却要摆出一副厚道的模样儿,口中念念有词,标榜自己"永以为好",实则图谋厚报而构私。这是一种特别工于心计的做法("工于用薄"、"姑用其厚")。他将天下的事都算计透了,以"琼琚"作为塞别人之口实的工具,目的在于稳操胜券。其如意算盘是,算计遍天下而无敌手("持天下而反操其左契")。王夫之揭露了这种人的阴险之至。他对于这种人的剖析,可谓入木三分。我觉得,只有如此理解方可得《木瓜》一诗的深层含意。船山先生的卓见,不禁令人击节赞叹,拍案称奇。对于《木瓜》一诗能够有此睿识而深合诗旨,船山先生可谓千古一人矣。今得上博简《诗论》简文,更可以确证其说之精当。

简文所谓的"藏愿",即工于心计之人贬低别人抬高自己的心愿。他嘴上高唱"非报也,永以为好也",心中实隐藏着厚报于己的图谋。他的"报"厚是假,以售其奸则是其真。孔子对于此种人深恶痛绝,于《诗论》中亦多有揭露,如第8号简批判"言不忠志"和"譖(间)人之害",第27号简赞扬痛斥那些反复无常的为鬼为蜮的谗潜小人的《诗·何人斯》之篇,皆为例证①。《诗论》简所谓的"藏愿",即心中埋藏某种意愿,这种人可以说是另一类谗潜小人,他们以"厚报"为幌子,一方面贬低了别人("投我以木瓜"的薄施者),另一方面又借以树立了自己的高大形象,把自己扮成忠厚君子。

《诗论》第19号简载"《木苽(瓜)》又(有)藏愿而未得达也,因《木苽(瓜)》之保(报)以俞(喻)其悁",简文的意思是,《诗》的《木瓜》篇的主旨是表现一类人心中埋藏的愿望没有得到表达时的情绪。可以从《木瓜》篇所载的"报"看出他(即诗中每每标榜自己"匪报"之人)内心的愤懑。简文正说明了这种人之所以"厚"报的真实目的,其内心深藏的打算之一就是对于别人没有厚施于己的愤懑("悁")。这类小人颇好"面子",为要面子光彩,他便不肯轻易说出自己的

---

① 关于《诗论》第8、27两简的考释参阅拙稿"上博简《诗论》之'雀'与《诗·何人斯》探论"(《文史》2003年第3辑)与"上博简《诗论》'小旻多疑'释义"(《郑州大学学报》2002年第9期)两文。

内心语言("有藏愿而未得达"),而以《木瓜》之诗作为表达"藏愿"发泄私愤的绝好机会,以求不露声色地损人利己。然而这种小人再工于心计也逃不掉孔子如炬的目光,上博简《诗论》的这段简文就是明证。孔子主张"己所不欲,勿施于人。在邦无怨,在家无怨"①,其意思就是指仁者由于实行了"己所不欲,勿施于人"的原则所以能够心平气和而无怨无悔。如果相反,则会"多怨"。《论语·卫灵公》篇载孔子语:"躬自厚而薄责于人,则远怨矣。"认为只要严于律己,宽以待人,就是远离怨咎,自己心中亦无怨恨情绪。据《礼记·中庸》篇所论,可以知道儒家主张在处理人、我关系时,其原则应当是"正己而不求于人则无怨,上不怨天,下不尤人"。《木瓜》篇所揭露的心中愤懑不平的小人就是孔子所揭露的那种"放于利而行"者,他们厚责于人,而图谋大利,其"多怨"乃势所必然②。

(三)《木瓜》与"苞苴之礼"

关于孔子论《木瓜》一诗之事,《孔丛子·记义》篇曾有这样的记载:

孔子读《诗》及《小雅》,喟然而叹曰:"吾……于《木瓜》见包(苞)且(苴)之礼行也。"③

这里表明孔子是将《木瓜》之诗与苞苴之礼联系一起考虑的。什么是"苞苴之礼"呢?苞苴本意为包裹,指馈赠鱼肉瓜果等物品时加以包裹,后来使用它作为送礼结好乃至贿赂的代称。研诗者往往认为孔子是在赞扬《木瓜》篇所表现的馈赠之礼。其实这种理解正与孔子之意背道而驰。

先秦秦汉时期,社会舆论对于苞苴之礼是持否定与批判态度的。《庄子·列御寇》篇谓"小夫之知,不离苞苴竿牍",指匹夫之智只限于馈赠礼物和书信

---

① 《论语·颜渊》。按,朱熹《论语集注》卷六发挥此处经意谓"敬以持己,恕以及物,则私意无所容而心德全矣。内外无怨,亦以其效言之,使以自考也",对于敬恕之道做了很精辟的解释。
② 《论语·里仁》篇载孔子语"放于利而行,多怨",意即逐利而行必多怨,此"多怨",不仅指别人对于逐利者之怨,而且指逐利者本人之怨气十足。
③ 《孔丛子》一书前人多疑其伪,但其中的许多材料经研究证明还是比较可信的。其中《记义》篇一大段关于孔子论诗的记载与上博简《诗论》颇多相似之处,上引关于《木瓜》的评析语言,毛传曾经引用,证明此段语言绝非伪作。

致意问候这些细枝末节之事。《荀子·大略》篇载：

> 汤旱而祷曰："政不节与？使民疾与？何以不雨至斯极也！宫室荣与？妇谒盛与？何以不雨至斯之极也！苞苴行与？谗夫兴与？何以不雨至斯极也！"①

此载虽然未必为商汤时事，但是传说中的商汤此举却每为后世楷模。《论衡·异虚》篇载："汤遭七年旱，以身祷于桑林，自责以六过"。商汤将苞苴之事作为六种恶劣品行之一。可见对它是持批判态度的。《后汉纪·灵帝纪》载大臣杨赐奏语谓："夫女谒行则谗夫昌，谗夫昌则苞苴通。殷汤以此自诫，即济于旱亢之灾。"这里实认为苞苴馈赠之礼是"谗夫"行潜作恶的行径。《汉书·武帝纪》载荀悦语论风俗之坏，谓"竞趋时利，简父兄之尊，而崇宾客之礼。薄骨肉之恩，而笃朋友之爱。忘修身之道，而求众人之誉。割衣食之业，以供飨宴之好。苞苴盈于门庭，聘问交于道路。书记繁于公文，私务众于官事。于是流俗成矣，而正道坏矣。"《论衡·遭虎》篇讲"苞苴"之事，强调这种行为即为收取贿赂："居功曹之官，皆有奸心，私旧故可以幸；苞苴赂遗，小大皆有。必谓虎应功曹，是野中之虎常害人也。"将收取苞苴贿赂之官视为"野中之虎"。总之，战国秦汉时期，一直将"苞苴"之事视为贿赂恶行。

后世把投桃报李，作为朋友间的问候馈赠，自然是无可非议的事情②。但是在孔子的时代以及战国秦汉时期，却一直将"苞苴"之事作为恶行。孔子说："吾于《木瓜》见包（苞）且（苴）之礼行也"，并不是赞扬苞苴之礼，而是哨叹贿赂公行使得社会风气败坏。春秋时人虽然并不绝对地反对贿赂，在某些礼仪场合，贿赂还是必要的仪节，但却认为如果它变成了一种收买营私的行为，则必定是败坏国家与社会的恶举，《左传》昭公六年载晋贤臣叔向对于子产之语，说明郑国政治情况，谓"乱狱滋丰。贿赂并行。终子之世，郑其败乎"。《左传》襄

---

① 按，此事于古代流传甚广，《说苑》卷一载："汤之时大旱七年，雒坼川竭，煎沙烂石，于是使人持三足鼎，祝山川，教之祝曰：'政不节耶？使民疾耶？苞苴行耶？谗夫昌耶？宫室营耶？女谒盛耶？何不雨之极也？'，盖言未已而天大雨。"此载所述与《大略》篇所载者略同，亦将"苞苴之礼"视为恶行之一。

② 大约从隋唐时代起，投桃报李始作为朋友馈赠之美称，如白居易《岁暮枉衢州张使君书并诗因以长句报之》谓"贫薄诗家无好物，反投桃李报琼瑶"句即已用此意。

公十年载周臣揭露执政的周卿王叔陈生,说他"政以贿成。而刑放于宠",可见"贿"已经是在败坏周政。儒家认为就是在普通人的交往中,如果只是重视馈赠礼品,也是不正确的做法。《大戴礼记·文王官人》谓:

> 饮食以亲,货贿以交,接利以合,故得望誉征利,而依隐于物,曰贪鄙者也。

这里是说,有一种人,靠吃吃喝喝使人亲近,靠馈赠财物("货贿")与别人交往,以利益相接以求结合,他求得美誉名声和攫取利益,主要手段就是以财货("物")贿赂,这种人可以说就是贪鄙之徒。行苞苴之礼者,就是这种贪鄙之徒,《孔丛子·记义》篇说孔子见到《木瓜》一诗所记载的"苞苴之礼","喟然而叹",其所感慨的就是贪鄙之徒"货贿以交"成为社会风气所带来的巨大危害。这段记载正与《诗论》所载孔子对于《木瓜》一诗的认识相互印证,对于我们理解孔子思想是很有帮助的。

以上这些分析,可以使我们看到孔子礼学思想的一个侧面,那就是孔子并非绝对地肯定所有的"礼"。他对于"礼"进行了具体而微的区分,战国时期儒家承继孔子思想,指出,对于礼要区别对待,《论语·子罕》篇载孔子语谓"麻冕,礼也;今也纯,俭。吾从众"。他认为戴麻料的礼帽是冠礼的要求,现在改为戴丝料的礼帽。这样要俭省些,虽然不合冠礼,我也跟大家一样改用丝料的礼帽。细绎其义,可知孔子认为麻冕之冠礼,就是不合适的礼,是应当加以改变的礼。关于丧礼之本,《论语·八佾》篇载孔子语:"礼,与其奢也,宁俭;丧,与其易也,宁戚。"朱熹《论语集注》卷二引范氏说谓:"礼失之奢,丧失之易,皆不能反本,而随其末故也。礼奢而备,不若俭而不备之愈也;丧易而文,不若戚而不文之愈也。俭者物之质,戚者心之诚,故为礼之本。"孔子并不拘泥于礼之条文,而是十分重视礼的本质内容。普通的馈赠礼品是合礼的,但像苞苴之礼这样将馈赠作为贿赂收买的手段,那就是"非礼"的行为,用孟子的话来说就是"非礼之礼"。《孟子·离娄》篇载孟子语谓"非礼之礼,非义之义,大人弗为",所谓"非礼之礼",赵注云:"若礼非礼,陈质娶妇而长,拜之也"。关于"陈质",正义引周广业《孟子古注考》"疑是奠贽之义",意即献礼品。孟子所说的"非礼之礼",应当包括了不正当的馈赠礼品之"礼",如苞苴之礼、奠贽之类。这些

"礼",似礼而非礼,与儒家时常批判的"非礼"实质是相同的。

过去我们多看到孔子对于礼的重视和肯定,我们于《诗论》简关于《木瓜》一诗的评析中明确地看了孔子礼学思想的另一面,即对于礼不要盲目施行,而应当从本质上进行观察分析。判断其是非得失,对于那些属于恶俗之礼则要加以抵制。《荀子·王霸》篇说:"无国而不有美俗,无国而不有恶俗。"俗与礼关系十分密切,"恶俗"犹言恶礼。尽管孔子没有提出恶礼的概念,但他在实际上对于礼是有细微区分的。孔子见到《木瓜》一诗所表现的苞苴之礼"喟然而叹",其所叹息的正是其中所表现的"人道之薄"(王夫之语)。

(四)从《木瓜》看《诗经》编纂的若干问题

关于《木瓜》诗旨,古往今来,多肯定其"诗中皆绸缪和好之音"(姚际恒语),而不谓它是对于那些图谋厚报而工于算计的小人的揭露。今得《诗论》可以使我们看到是诗真正的主旨。这其间的差异是巨大的。难道汉唐宋清历代诸儒的解释皆一无是处而毫不可取吗?答案应当是否定的。这个问题启发我们考虑《诗经》中许多诗篇的诗旨应当存在着不同层面。

让我们从《诗》的编纂说起。

《汉书·艺文志》说:"古有采诗之官,王者所以观风俗、知得失,自考正也。"采诗之官,在先秦两汉时代应当是存在的。《诗》的最初编纂应当出自他们之手。《诗》中有民歌风的诗作最初应当就是民歌谣谚。它们完全出自民间。民间的东西经过文人之手,就难免会渗入文人(亦即那些"采诗"的史官类的士大夫)的思想情感。可以推测,编入《诗》的诗篇与民歌谣谚两者的主旨可能是有一定距离的。《诗》中民歌风作品的编纂过程我们可以做如下的表示:

原创(民歌谣谚)——加工(史官采编)——《诗》中的民歌

认识到这一点,可以帮助我们分析在这个过程中诗旨何以变化的问题。鲁迅先生曾经注意到这类情况。他在《且介亭杂文·门外文谈》中说:

> 《诗经》的《国风》里的东西,好许多也是不识字的无名氏作品,因为比较的优秀,大家口口相传的。王官们检出它可做行政上参考的记录了下来,此外消灭的正不知有多少。……原都是无名氏的创作,经文人的采录

和润色之后,留传下来的。这一润色,留传固然留传了,但可惜的是一定失去了许多本来面目。①

鲁迅先生的这个论析是相当深刻的。他还在《花边文学·略论梅兰芳及其他》(上)中说:

> 士大夫是常要夺取民间的东西的,将竹枝词改成文言,将"小家碧玉"作为姨太太,但一沾着他们的手,这东西也就跟着他们灭亡。他们将他从俗众中提出,罩上玻璃罩,做起檀木架子来,教他用多数人听不懂的话,……雅是雅了,但多数人看不懂,不要看,还觉得自己不配看了。②

当然,"采诗"的"士大夫"们也有将民歌谣谚编入《诗》中从而使民歌谣谚得以保存的功劳,但也有让民歌谣谚"失去"本来面貌的遗憾。那么,这些作品中"失去"了哪些东西,又增添了些什么东西呢?大体说来,所失去的就是原创民歌的质朴,增添的往往是采编者的意识理念。

就《木瓜》一诗看,其原创应当是民歌。它复迭重沓,朗朗上口,并且,从其所表达的内容还可以看出劳动群众间的企盼和睦友好的真挚感情。劳动群众通过并非名贵之物而是普通瓜果(木瓜、木桃之类)的馈赠,所表达的愿望("永以为好")应当是明确的。《礼记·曲礼》上篇说:

> 太上贵德,其次务施报。礼尚往来,往而不来,非礼也。来而不往,亦非礼也。人有礼则安,无礼则危。故曰:礼者不可不学也。夫礼者,自卑而尊人,虽负贩者,必有尊也,而况富贵乎?富贵而知好礼,则不骄不淫。贫贱而知好礼,则志不慑。

民众间真挚而素朴的馈赠是感情表达的重要方式,其所馈赠之物多为自己劳动所得的日常所用之物或时鲜果蔬,如瓜果梨桃之类,若以美玉("琼琚"、"琼

---

① 鲁迅:《鲁迅全集》第六卷,人民文学出版社 1973 年版,第 100 页。
② 鲁迅:《鲁迅全集》第五卷,人民文学出版社 1981 年版,第 579 页。

瑶"、"琼玖")相馈赠,则不似劳动群众的作为。《木瓜》诗中的"琼琚"之类,可能就是采诗、编诗者再加工的结果。这种改变,不仅变民间馈赠为贵族礼数,而且在思想意义上也有了重大变化,具体来说,就是由原来对于民众间馈赠结好情感的表达,变为对于工于心计的小人及"人道之薄"(王夫之语)的揭露。

由此说来,将此诗主旨作为馈赠结好,并不是绝对的错误,因为它毕竟说明了《木瓜》在原创民歌阶段的主题。然而,就整体而言,我们所要寻求的是《诗》中的《木瓜》之篇(而不是它的民歌形态)的主旨。所以说就不应当断定《诗·木瓜》的主旨为馈赠结好,而应该如孔子那样指出其对于工于心计的沽名钓誉之徒的揭露。要之,关于《木瓜》一诗主旨的分析,可以使我们从一个侧面看到《诗经》编纂过程的一些问题,认识到民歌由民间传唱到写入经典正经历着一个随士大夫心态而其主旨略有变化的过程,只不过不同的作品其变化情况亦自有所区别而已。

从上博简《诗论》的语言看,它完全是评诗的口吻,而不是述编诗者自己的体会,这可以让我们略微体会到《诗》应当在孔子之前就已经是一部诗歌总集,它的篇幅是比较多的,《史记·孔子世家》载:

> 古者《诗》三千余篇,及至孔子,去其重,取可施于礼义,上采契、后稷,中述殷周之盛,至幽厉之缺,始于衽席,故曰:"《关雎》之乱以为《风》始,《鹿鸣》为《小雅》始,《清庙》为《颂》始。"三百五篇孔子皆弦歌之,以求合《韶》、《武》、《雅》、《颂》之音。

前人对于孔子是否删诗争论颇多。由《史记》的记载看,我们可以推测孔子曾以《诗》作为授徒的教本。孔子诗教所讲诗篇的重点有二,一是"可施于礼义",二是可以配乐"弦歌之"。民歌风的作品,复沓重叠的特点决定了它比较容易配乐和演唱。"可施于礼义",就是指诗篇的思想品格的高下区别。经士大夫"润色"之后的《木瓜》一诗合乎这两个标准,所以孔门师徒比较关注它。上博简《诗论》的最初形态应当是就是当年孔子授诗时学生的记录。他授诗的内容应当是广泛的,指出诗篇的思想品格可能是孔子所注目的要点之一。孔子特别关注《诗》中那些揭露和讽刺无耻小人的诗作,就是为了发挥《诗》的社会伦理教育功能,《诗论》对于《木瓜》一诗的重视,原因即在于此。

二十四　从上博简《诗论》第 19 号简看《诗·黍离》的"溺志"

上博简《诗论》第 19 号简系对于某诗的评析之辞,虽然所评之诗的诗名适残缺,但可据简文之意拟补。愚以为此篇应当就是《诗·王风》的《黍离》篇。此篇写东周时周大夫行役经宗周地区,过故国宗庙宗室,见其化为丘墟,尽为黍离之地,因而感伤宗周颠覆,彷徨忧思而作此诗,此诗表现出对于家国社稷的忧患意识,合于简文的"溺(惆)志"之说,但是诗中以"此何人哉"之句追寻造成宗周倾覆的罪魁祸首,矛头隐指周幽王。孔子对于这种斥王之语,并不赞成,所以简文说此诗"既曰'天'也,犹有悁言"。从简文之意,我们可以体味到孔子王权观念的一个侧面。上博简第 19 号简简端残缺,所余之字系对于某诗的评析。简文残缺固然给研究带来不少困难,但也留下了揣测和拟补的空间,足可引起研究者探索的兴趣。

（一）

这段简文原作:"……□(溺)志,既曰天也,犹又(有)悁言。"第 19 号简下半评《木瓜》一诗,简文作"《木瓜》有藏愿……",依此例,本简开首句式,也应当提及诗篇名称再加上一个"又(有)"字。本简首字残,此字左从弓,右下从水,右上余残划。这个字又见包山楚简第 5、第 7 简、第 246 简及郭店楚简《老子》甲本第 37 简、《太一生水》第 9 简、上博简《容成氏》第 36 简等,相关字形可以比较而推定,诸家一致肯定它应当是"溺"字,是可信的。

根据简文的内容应当可以推测所评论者为何诗。诸家所论今所见者有以下数种,兹分别介绍并略加分析如下。

一是注意到了简文"既曰天也",认为《诗》中说"天也"的仅《鄘风·君子偕老》一篇。是诗说"胡然而天也,胡然而帝也",乃赞叹卫宣姜美貌之语,犹今语"我的天哪,好漂亮呀",然而从此诗中看不出愤懑情绪,坚持此说的专家谓此诗的"悁"言即在于刺宣姜有失事君子之道。然而,这是诗作者的思想,并非诗中人物的思想。所以此说尚未令人释疑。

二是注意到简文"悁言",同时也注意到了"既曰天也",认为符合者只有《鄘风·柏舟》篇。此篇言"母也天只",毛传径以"天也"释"天只",并且诗中反复表示"母也天只,不谅人只",愤懑之情溢于言表,所以说《鄘风·柏舟》诗与简文是符合的。

三是注意到了简文"既曰天也,犹有怨言"句式与《礼记·檀弓》上篇所谓"既曰明器,而又实之"相近。认为简文意指既然将自身遭遇归之于无可奈何的天命,却还有怨言。故而此诗当即《邶风·北门》之篇。

分析以上诸家说法,可以肯定,所论简文及《诗》作都是言而有据的。但诸家皆忽视一个问题。那就是简文"溺志"也是对于同一篇诗的评语,并且从简文句式上看,它还应当是对于此诗的最关键的评语,如何来理解它呢?专家曾举出《礼记·乐记》"宋音燕女溺志"之语与简文对勘,以证明简文此字为溺,这应当说是卓见。然而,如此来理解,"溺志"之意就是让志沉溺、消退。就此而言,解释简文尚可,但解释《君子偕老》、《柏舟》、《北门》等诗则有些牵强,这些诗作怎么就表现出"溺志"了呢?仔细分析这三篇诗作,其中皆无与"溺志"相关的内容。所以将这三篇诗作拟补于简文是不合乎简文所论内容的。

显而易见,要拟补简文前面所残缺的诗篇名称,此诗必须具备简文所包含的三个条件,一是诗中要有"溺志"的内容;二是诗中要提到"天"[1];三是诗中有"怨言"。

我们可以将《诗论》中与本简相近的评析之语列在下面以供比较:

《蓼莪》有孝志。(第26号简)
《木瓜》有藏愿……(第19号简)

可以说,我们前引的简文句式——"[《□□》有]溺志"——应当与这两例,特别是同简的"《木瓜》有藏愿"是相近的。这种句式所表达的内容是谓某篇诗作本身所含有的内容如"孝志"、"溺志"、"藏愿"等,而不是诗篇的言外之意,即不是作诗者及采诗者所喻含之意。所以简文所缺失的诗篇名,此篇必当包含着"溺志"的内容。那么,一个关键的问题便是,简文"溺志"为何意呢?

"溺志"当如第26号简的"孝志"。"志"前一字应当是对于它的直接说明,

---

[1] 关于这里的简文,愚以为简文"既曰天也",应当标点作"既曰'天'也"。如果标点作"既曰'天也'",那就只有一篇《君子偕老》方可当之,而此篇又不能符合简文的三个条件。所以,简文提到诗中只是说到了"天",而没有说"天也"。

而不是做"使动"用法,不能够解作"使志沉溺"。愚以为这个字当读若"惄",《说文》训此字谓"忧貌,从心弱声,与惄同"。《诗·汝坟》"惄如调饥",《释文》谓"《韩》'惄'作'愵',音同"。"愵"字,《说文》谓"一曰忧也,从心,弱声,读与惄同"。《诗·汝坟》"惄如调饥"意即心忧如饥。"志"古训为识。简文"溺(愵)志",犹今语之"忧患意识"。在《诗论》第19号简开头部分我们所要拟补的诗篇,必须"[又(有)]溺(愵)志",即具备忧患意识。这应当是拟补简文所缺诗篇名称的重要依据。专家所指出的三篇,诗作的主旨与忧患意识皆有相当距离。那么,究竟当为何篇呢?

我们先来看不少专家指出的《鄘风·君子偕老》一篇,此篇先扬后抑,大量篇幅盛赞卫宣姜之美和服饰发式之华丽,然后讽刺她"不淑",与其华美不相称。此诗不能说与忧患意识毫无关系,但主旨并不在于此,而是一首刺卫宣姜之作。再看另有专家指出的《鄘风·柏舟》篇。这是一首贞女或寡妇自誓之诗,主旨在于此女子对于爱情的忠贞不贰,与"溺(愵)志"有较大距离。至于《邶风·北门》一篇,诗的主人公所忧所患者乃是"终窭且贫,莫知我艰",是个人仕而不得志的悲愤情绪的表露。此诗比《君子偕老》、《柏舟》更为接近"溺(愵)志",但所抒发的只是个人情怀,并非对于社稷家国的忧虑。总之,这三诗虽然情况不尽相同,但和简文评析之语,不合处甚多,特别是关键的"溺(愵)志"的定位之辞,差距较大。以此三篇拟补,似乎不太妥当。

(二)

愚以为《诗论》第19号简前半("[有]溺志,既曰天也,犹有悁言")所评析的诗篇应当是《诗·王风》的《黍离》篇。为讨论方便计,现将此篇具引如下:

　　彼黍离离,彼稷之苗。
　　行迈靡靡,中心摇摇。
　　知我者,谓我心忧。
　　不知我者,谓我何求。
　　悠悠苍天,此何人哉!

　　彼黍离离,彼稷之穗。
　　行迈靡靡,中心如醉。

知我者，谓我心忧。

不知我者，谓我何求。

悠悠苍天，此何人哉！

彼黍离离，彼稷之实。

行迈靡靡，中心如噎。

知我者，谓我心忧。

不知我者，谓我何求。

悠悠苍天，此何人哉！

此篇三章，章十句。关于此诗主旨，毛诗与三家诗有别，为了深入认识《黍离》诗旨，兹分别加以探讨。

《诗序》谓"《黍离》，闵宗周也。周大夫行役，至于宗周。过故宗庙宫室，尽为禾黍。闵周室之颠覆，彷徨不忍去而作是诗也"。毛诗认为此诗是周大夫闵宗周沦亡之作，宫室繁华之地变为田垄沟壑，令人颇有沧海桑田之叹。

关于《诗序》此说，清儒崔述质疑说："当东迁之初，故国皆戎也，大夫何为而至其地？宋之渡也，称臣于金，故其臣有衔命至金者。平王未尝乞怜于戎也，大夫安能行役于故国哉？"[1]这个质疑，表面看来是有道理的。如果宗周旧京确为戎人所有，周臣何以前往而发出慨叹呢？按，崔氏此说牵涉到平王东迁史事，需加以辨明。据《史记·周本纪》正义引古本《纪年》记载，周幽王末年，太子宜臼逃奔"西申"，被申侯、鲁侯等拥立为王。此地在今骊山附近，他于此地与虢公翰所拥立的携王进行了长达十年之久的斗争，晋文侯二十一年（前760年）携王被晋杀掉，于是周平王才放心地东迁雒邑。这十余年间，丰镐之地基本上在平王势力范围之内，再过十年，到了前750年，秦文公"以兵伐戎，戎败走，于是文公遂收周余民有之，地至岐，岐以东献之周"。可以说从前771年到前750年这二十年间，周平王在丰镐地区的影响始终没有消退[2]。尽管其间有戎人的影响在，但周平王的势力却占据着主导地位，并且从《秦本纪》的

---

[1] 崔述：《读风偶识》卷三，《崔东壁遗书》，上海古籍出版社1983年版，第552页。

[2] 两周之际史事变迁十分复杂，专家多有所论。愚曾有"论平王东迁"（《历史研究》1991年第6期）一文进行探讨。

记载看,在前750年后之时,秦文公还将"岐以东献之周",这当然是献给了周平王的。"岐以东"的地区当然包括了丰镐地区在内。这以后直到秦完全占有关中地区为止的时候,周并没有失去丰镐地区。周平王的使臣到过丰镐地区应当是顺理成章的事情。崔述"当东迁之初,故国皆戎"的说法是不能够成立的,以此为基础的质疑似可释惑。《诗序》所谓《黍离》为周大夫见宗周故国荒芜情景感叹而作的说法是可以成立的。

无独有偶。《黍离》所表现的情绪在《史记·宋微子世家》所载《麦秀》之作中亦有相同的表达:

> 箕子朝周,过故殷虚,感宫室毁坏,生禾黍,箕子伤之,欲哭则不可,欲泣为其近妇人。乃作《麦秀之诗》以歌咏之。其诗曰:"麦秀渐渐兮,禾黍油油。彼狡僮兮,不与我好兮!"所谓狡童者,纣也。殷民闻之,皆为流涕。

分析两者内容,可以看到《麦秀》与《黍离》如出一辙。它是否后人仿《黍离》之篇的拟作,已不可考见。然而它所表达的情绪则是我们考察《黍离》之篇的重要参考。后世对于故国兴亡、繁华宫掖变为丘墟之事颇多感慨。并且将《黍离》、《麦秀》两篇作为同一主题的代表作品。《三国志·吴书·三嗣主传》注引陆机《辨亡论》:"危与下共患,则其难不足恤也。夫然故能保其社稷,而固其土宇,麦秀无悲殷之思,黍离无愍周之感矣!"《晋书·王弥传》评晋惠帝之后的动乱说:"生灵涂炭,神器流离,邦国轸《麦秀》之哀,宫庙兴《黍离》之痛。"《梁书·武帝纪》述战乱后宫掖情况谓:"天灾人祸屡焚宫掖,官府台寺尺椽无遗,悲甚《黍离》,痛兼《麦秀》",《梁书·敬帝纪》亦谓"瞻彼《黍离》,痛深周庙;永言《麦秀》,悲甚殷虚",杨衒之《洛阳伽蓝记·序》述他自己过洛阳旧都所见所感谓:

> 余因行役,重览洛阳。城郭崩毁,宫室倾覆,寺观灰烬,庙塔丘墟,墙被蒿艾,巷罗荆棘。野兽穴于荒阶,山鸟巢于庭树。游儿牧竖,踯躅于九逵;农夫耕老,艺黍于双阙。《麦秀》之感,非独殷墟;《黍离》之悲,信哉周室。

这里用"《黍离》之悲"形容见到旧都洛阳面目全非的感慨是十分贴切的。《文心雕龙·时序》："幽厉昏而《板》、《荡》怒，平王微而《黍离》哀。故知歌谣文理，与世推移。"《旧唐书·肃宗纪》述安史之乱所造成的影响谓："每读《诗》至许穆夫人闻宗国之颠覆，周大夫伤宫室之黍离，其辞情于邑，赋谕勤恳，未尝不废书兴叹。"《全唐诗》卷六百九十八载韦庄《齐安郡》诗云"黍离缘底事，撩我起长叹"。玄奘《大唐西域记》卷十二所谓"麦秀悲殷。黍离愍周"，可以说是对于两诗主旨的最简明的概括。历代文士反复题咏这两诗，说明两诗所表达的因缅怀故国而产生的悲怆之情影响深远。

与毛诗的说法不同，韩诗认为是周卿尹吉甫之次子伯封所作。三国时期曹植作《令禽恶鸟论》谓"昔尹吉甫信后妻之谗而杀孝子伯奇，其弟伯封求而不得，作《黍离》之诗"①。曹植信韩诗，故而其论被视为韩诗之说。按，《韩诗外传》卷八述魏文侯事亦从此角度提及《黍离》一诗，是可为证于此。其谓：

> 魏文侯有子曰击，次曰诉，诉少而立以嗣，封击中山。三年莫往来，其傅赵苍唐曰："父忘子，子不可忘父，何不遣使乎？"击曰："愿之，而未有所使也。"苍唐曰："臣请使。"……文侯曰："中山之君亦何好乎？"对曰："好诗。"文侯曰："于诗何好？"曰："好黍离与晨风。"文侯曰："黍离何哉？"对曰："彼黍离离，彼稷之苗。行迈靡靡，中心摇摇。知我者，谓我心忧；不知我者，谓我何求。悠悠苍天，此何人哉？"文侯曰："怨乎？"曰："非敢怨也，时思也。"……于是文侯大悦，曰："欲知其子，视其母；欲知其君，视其所使。中山君不贤，恶能得贤。"遂废太子诉，召中山君以为嗣。

赵苍唐所以述《黍离》之篇，意要讽喻魏文侯不要重蹈尹吉甫杀孝子伯奇的覆辙。并且指出作为长子的名"击"者（即后来的魏武侯）"非敢怨也，时思也"，这

---

① 见《太平御览》卷九百九十三羽族部引陈思王植《令禽恶鸟论》，转引自王先谦《诗三家义集疏》卷四。按，关于伯奇为孝子事，后世多有所载如《文选》卷十八马融《琴操》李注："尹吉甫，周上卿人也，有子伯奇。伯奇母死，更娶后妻，生伯邦。乃谮伯奇于吉甫曰：见妾有美色，然有邪心。吉甫曰：伯奇为人慈仁，岂有此也？妻曰：试置空房中，君登楼时察之。后妻知伯奇仁孝，乃取毒蜂缀衣领，伯奇前持之。于是吉甫大怒，放伯奇于野。宣王出游，吉甫从。伯奇乃作歌感之于宣王。宣王曰：此放子辞。吉甫乃求伯奇，射杀后妻。"《文选》卷二十八李注引《说苑》载："前母子伯奇，后母子伯封，兄弟相爱。后母欲其子为太子，言王曰：伯奇爱妾。王上台视之，后母取蜂除其毒，而置衣领之中，往过伯奇，奇往牵袖中杀蜂。王见让伯奇，伯奇出。使者就袖中，有死蜂，使者白王。王见蜂追之，已自投河中。"两载略同，可见伯奇事在古代流传甚广。

个意思应当是与《黍离》一诗吻合的。总之,依照韩诗之说,《黍离》的主旨是其中没有什么怨恨情绪,只是忧思不已。清儒王先谦坚信韩诗此说,谓:"吉甫放逐,伯奇出亡,自是西周之事,年岁无考,存殁不知,盖有传其亡在王城者。及平王东迁,伯封过之,求兄不得,揣其已殁,忧而作诗,情事分明,此不足以难韩说也。"①

韩诗此说不无道理,以此理解《黍离》一诗亦通畅无阻。但是,从总体上不若《诗序》所云更切合诗旨。历代文士说《黍离》一诗皆用《诗序》之说,也表明了其说是为后世所认同的近乎诗旨的定论。

(三)

上博简《诗论》所揭橥的"溺(惄)志",应当是对于《黍离》一诗主题最早的确切说明。"惄志"意即忧思,这从《黍离》诗的内容中不难看出。其诗的这种忧患情感是为孔子所肯定的,因为这种"溺(惄)志",体现了对于国家的责任感和深沉的故国情愫。《诗论》第 11 号简谓"青(情),□(上旡下心)(爱)也"。《黍离》一篇所表达的感情就是对于国家的深厚之爱。《孟子·万章》下篇载:"孔子之去齐,接淅而行;去鲁,曰:'迟迟吾行也。'去父母国之道也。"可见孔子对于父母之国感情之深。对于祖国之爱,是孔子思想的重要内容之一。

上博简《诗论》第 19 号简的这段简文,我们拟补和标点之后,当如下:

[《黍离》又(有)]溺(惄)志。既曰天也,犹又(有)悁言。

我们在前面已经讨论过简文"溺(惄)志"的含义。下面我们再来分析其他相关问题。

简文"既曰'天'也,犹有悁言",意谓《黍离》诗中已经将不可逆转的事情的出现归之于"天"(此诗所谓的"天"深意即指某种必然性),既然如此,就不必再旁生枝节,做无谓的引申发挥了。然而,《黍离》诗中还是讲出了怨愤的言辞。简文"悁言"指的就是,《黍离》诗中所谓的"不知我者,谓我何求。悠悠苍天,此何人哉",简文此处蕴含之意有两重,需要我们细细体味。

首先,孔子认为《诗》"可以怨"。就一般情况来说,埋怨情绪的发泄有时候

---

① 王先谦:《诗三家义集疏》卷四。

是应当而正确的。例如,《诗·小雅·小弁》云:"踧踧周道,鞫为茂草。我心忧伤,惄焉如捣。假寐永叹,维忧用老。心之忧矣,疢如疾首。"此诗对于世事沧桑所引起的环境变迁,感慨系之,并且发无限之忧伤。此诗历来以为是孝子之怨,战国时期或有人认为此是"小人之诗",但孟子却对于此诗进行了肯定,说"《小弁》之怨,亲亲也。亲亲,仁也。……小弁,亲之过大者也。亲之过大而不怨,是愈疏也……。愈疏,不孝也。"①孝子被逐,事出有因,上博简《诗论》第8号简评《小弁》一诗即谓原因在于"谗(间)人之害也"。被谗人谮害而发出怨愤之辞是正当的。

其次,虽然诗中可以表达正确的怨愤情绪,但如果所怨的对象涉及了"王",则要另当别论。斥王即不忠的表现,王有过错,可以谏劝,但不可怨恨,不可隐瞒自己的看法,此即《礼记·檀弓》篇所谓"事君有犯而无隐"。《礼记·礼运》篇载孔子语谓:"君者所明也,非明人者也。君者所养也,非养人者也。君者所事也,非事人者也。故君明人则有过,养人则不足,事人则失位。故百姓则(明)君以自治也,养君以自安也,事君以自显也。故礼达而分定。故人皆爱其死而患其生。"这里指出,国君是为民所敬奉效仿的,对于君必须忠,这就是民的职责("分")。故而《礼记·祭义》篇谓"事君不忠,非孝也"。孔子说:"所谓大臣者:以道事君,不可则止。今由与求也,可谓具臣矣。""事君,敬其事而后其食。"②孔子所论定的《诗》的社会功能在于:

《诗》,可以兴,可以观,可以群,可以怨。迩之事父,远之事君。③

由此可见,《诗》所蕴含的道理之一,依照孔子的说法就是为"事君"服务的。《孝经·事君》篇载孔子语谓:"君子之事上也,进思尽忠,退思补过,将顺其美,匡救其恶,故上下能相亲也。《诗》云:'心乎爱矣,遐不谓矣。中心藏之,何日忘之?'"对于君的忠敬应当时时牢记于心,君若有过错,只能采取匡救的态度,而不应当怨艾愤懑。

简文谓"犹有悁言",实际上是批评《黍离》诗中那种怨君情绪。诗中质问

---

① 《孟子·告子》下。
② 《论语·先进》《卫灵公》。
③ 《论语·阳货》。

是谁造成了繁华宫室变成丘墟的恶果？大声疾呼说："此何人哉！"虽然没有点名，但其所指乃周幽王，是无可怀疑的。这种对王的指斥，孔子认为是不必要的。诗可以求告于天，但不应当斥责君。君主尽管错了，并且是犯了很大的错误，臣下也只能"匡救其恶"，而不要指斥谴责，若说有"过"错的话，那也只能是改正臣下自己的过错，君主怎么能有"错"呢？孔子的这种思想有愚忠的因素在内，并不皆为正确，但在他的那个时代则又是可以理解的。春秋时期弑君之事屡见，社会动荡，民不聊生，建立比较稳固的政权是为社会民心之所向。孔子的忠君思想乃是针对卿大夫僭越及弑君犯上的情况而言的，于此不应当加以苛求。

综合以上的讨论，我们可以得出以下几点基本认识。首先，上博简《诗论》第 19 号简上半的简文"溺（惕）志。既曰'天'也，犹又（有）悁言"，所评诗篇是可以根据简文内容进行拟补的。专家所提出的《鄘风·君子偕老》、《鄘风·柏舟》及《邶风·北门》诸篇与简文之意虽然有些地方相合，但不若《王风·黍离》篇为适。其次，《王风·黍离》诗旨以诗序所云近是，历代学者多相信此诗为周大夫行役路过已经成为丘墟禾黍之地的慨叹之作，诗中充满诗人对于周王朝变迁的忧虑愁思，吻合简文"溺（惕）志"之意。第三，《黍离》诗中不点名地指斥了使宗周覆灭的罪魁祸首周幽王，从简文可以看出，孔子对于这种指斥是不太赞成的。这与孔子的王权观念有直接的关系。

二十五　从上博简《诗论》看《诗经·葛覃》所反映的周代礼俗

《诗·周南·葛覃》一诗的诗意本来是比较清楚的，但历来关于它的争论者很多，争论的焦点在于诗中所写女子的身份及周代"归宁"之礼适用的范围。上博简《诗论》第 16 号和第 24 号简关于《葛覃》一诗的评析为我们解决这些问题提供了重要启示。关于《葛覃》诗意的理解、关于采葛女的身份以及前人释解的得失等，皆可由简文而释其疑难。简文的"乎初之志"可以与儒家文献相印证，对于我们理解孔子思想以及《孟子·尽心》篇的相关记载都很有作用。《葛覃》一诗和上博简的简文为认识孔子礼学思想的积极意义提供了新的说明。

上博简《诗论》评《诗》，惜墨如金，对于某首诗的评论，一般只有几个字，少则仅用一字。而对于《葛覃》一诗则有大段评论,足见孔子对于《葛覃》一诗的重视。通过分析《诗论》中评述《诗·葛覃》的内容,愚以为有助于解决如下问题:一,廓清历来聚讼不休的诗中"采葛女"的身份,进而比较准确地理解诗意;二,有助于判断历来经师注解之得失。三,以此为基础,通读《诗·葛覃》篇,可见孔子对于礼的一些观念。现就以上内容试说如下。

(一)

孔子评述《葛覃》之语见于第 16 号简和第 24 号简。兹先将简文逐写如下:

> 孔子曰:吾以《葛覃》得氏初之志,民眚(性)固然,见其美必欲反(返)其本。夫"葛"之见歌也,则(以上第 16 号简)以绔绤之故也;后稷之贵也,则以文武之德也。(以上第 24 号简)[1]

这段简文抒发了孔子对于《诗·葛覃》的赞美和由此而生的感慨、联想。

《葛覃》见于《诗·周南》,其诗三章、章六句[2]。葛为蔓生之草类,可用作纺织材料,所织之成品为先秦时期服饰的主要面料。《葛覃》诗首章描绘山谷之葛长势茂盛,黄鸟啼鸣其上,采葛之女见到了美丽的景色。次章描述采葛并织为绔、绤,着于身上十分舒畅。末章描写采葛之女禀告"师氏"要回家探望父母,临行前哪些衣服要洗,哪些不洗,都交代清楚。诗的意思原本比较清楚,但历来对此诗的争论却很多。争论的焦点首先是《采葛》诗中女子的身份。

一种观点认为,诗中女子是"后妃"。《诗序》云:"后妃之本也。后妃在父母家,则志在于女功之事。躬俭节用,服浣濯之衣。尊敬师傅,则可以归安父

---

[1] 将第 24 号简系于第 16 号简之后,是李学勤、廖名春、姜广辉等先生的卓见。就两简内容上看,皆有"吾以某诗得……"之类的句式,而 16 简末句与 24 简首句意义紧密,所以将两简系连的做法是很可取的。第 16 号简下端不残,而第 24 号简上端虽残,但其圆弧之状仍清晰可见,字亦以可释出。所以两简系连之后,中间没有补缺的可能。简文"其"字,原释为"一",诸家多谓简文此字乃是"丌(其)"字,只是下部两画模糊不清而已。简文志字原作诗,疑于此处当读若志。或当为"志"之误字。廖名春先生即作"志"("上海博物馆藏诗论校释",《中国哲学史》2002 年第 1 期)。

[2] 《诗·葛覃》全文如下:"葛之覃兮,施于中谷,维叶萋萋。黄鸟于飞,集于灌木,其鸣喈喈。/葛之覃兮,施于中谷,维叶莫莫。是刈是濩,为绔为绤,服之无斁。/言告师氏,言告言归,薄污我私,薄浣我衣。害浣害否,归宁父母。"

母。化天下以妇道也。"认为此诗是后妃未出嫁时在父母家演习女功。朱熹也认为诗中女子为后妃,不过,他认为是已经嫁为君妇的"后妃"。《诗集传》谓:"此诗后妃自作……,已嫁而孝不衰于父母。"[1]清儒姚际恒基本上同意朱熹说,但认为朱熹"后妃自作"之说"殊武断",姚氏以为此诗乃"诗人指后妃治葛之事而咏之,以见后妃富贵不忘勤俭也"。他指出后妃不可能作出这样的诗,因为"后处深宫,安得见葛之延于谷中以及此原野之间鸟鸣丛木景象乎?"[2]当代专家亦指出:"后纵勤劳,岂必亲手'是刈是濩',后即节俭,亦不至归宁尚服澣衣。纵或有之,亦属矫强,非情之正,岂得为一国之母乎?"[3]

另一种观点认为,采葛女为士大夫之妻。此说的主要理由在于古天子诸侯夫人皆不"归宁",而大夫妻则无此限制。王先谦《诗三家义集疏》曾详述这一观点:"《公羊》庄二十七年《传》何休《解诂》云:'诸侯夫人尊重,既嫁,非有大故不得反(返)。惟自大夫妻,虽无事,岁一归宁。'徐彦《疏》:'自,从也。言从大夫妻以下,即《诗》云归宁父母是也。诗是后妃之事,而云大夫妻者,何不信《毛序》故也。"王先谦还引鲁诗说谓:"盖以葛之长大而可为絺绤,如女之及时而当归于夫家。刈濩澣濯,且以见妇功之教成也。"[4]当代《诗经》专家陈子展先生也赞同此说。[5]

还有一种观点认为,采葛女是"女奴"。有学者认为此诗描写了"女奴们给贵族割葛、煮割、织布及告假洗衣回家等一段生活情况"[6]。这种说法与强调《诗经》的"人民性"观念有密切关系。

---

[1] 朱熹:《诗集传》卷一。
[2] 姚际恒:《诗经通论》卷一。
[3] 周振甫:《诗经译注》,中华书局2002年版,第4页。
[4] 王先谦:《诗三家义集疏》卷一。
[5] 陈子展:《诗三百篇解题》,复旦大学出版社2001年版,第10页。
[6] 高亨:《诗经译注》,上海古籍出版社1980年版,第3页。按,早在20世纪20年代胡适先生就曾经提出过类似的看法,认为这首诗"描写女工放假急忙要归的情形",周作人批评这个说法不合历史实际,谓:"猜想胡先生是在讲笑话,不然恐怕这与'初民社会'有点不合。这首诗至迟是孔仲尼先生在世时发生的,照看年月计算,当在距今二千四百几十年以前,那时恐未必有像南通州土王张四状元这样的实业家在山东纠集股本设立工厂,制造圆丝夏布。照胡先生用社会学说《诗》的方法,我们所能想到的只是这样一种情状:妇女都关在家里,于事之暇,织些布匹,以备自用或是卖钱。她们都是在家里的,所以更无所归。她们是终年劳碌的,所以没有什么放假。胡先生只见汉口有些纱厂的女工的情形,却忘记这是二千年前的诗了。倘若那时也有女工,那么,我也可以说太史坐了火车采风,孔子拏着红蓝铅笔删诗了。"("谈谈《诗经》",《古史辨》第三册,上海古籍出版社1982年版,第588页)。

总之,围绕采葛女的身份,人们观点不同,歧义迭出。由于对主人公身份认识不同,所以此诗诗意的诠释也受到很大影响,许多问题只能大略推测而无法确定。今得上博简《诗论》的相关记载,为解决悬而未决的问题提供了启示。

首先是对诗意的理解。诗意阐释方面,长久以来受到采葛女身份的影响而不得确解。上述几个观点中,由于第一种出自《诗序》,长期以来成为主流观点,对于阐释诗意产生很大影响。欧阳修释此诗曰:"诗人言后妃为女时勤于女事,见葛生引蔓于中谷,其叶萋萋然。"[1]认为诗意体现的是后妃为少女时事。清儒胡承珙谓:

> 若谓诗皆述既为后妃之事,则礼有后夫人亲桑,不闻采葛。至于既嫁归宁,更不当有采葛之事。窃意此诗首章、次章自是追溯后妃在父母家勤于女工之事,既《内则》所谓执麻枲,治丝茧,织纴,组紃,学女事以共衣服者。末章言尊敬师傅,教以适人之道,躬习勤俭,服澣濯之衣,如此,则"于归"之后,和于室人而当于夫,乃可以安其父母。[2]

胡氏将全诗三章分开来看,认为末章所写为现实之事,而前两章则是回忆("追溯后妃在父母家勤于女工之事")。但是,就诗本身而言,此说不大可信。因为诗中并无任何追述的字样和含意,明明是说"葛之覃兮,施于中谷,维叶萋萋",乃亲见之实,并无回忆之意。今有《诗论》简文,则可以肯定欧阳氏、胡氏之说不确了。简文评论《葛覃》一诗谓"见其美必欲返其本",所谓"美"就是山谷之葛枝粗叶茂以及葛上"黄鸟"婉转啼鸣的样子。简文用"见"而非"忆",足证此诗前两章并非回忆之事,并不如前两家所说为后妃少女时事,这对于我们理解诗意很有帮助。

此外,《诗论》简对于理解采葛女的身份很有帮助。

历来对于采葛女身份的考察似乎都存在既定的框架。如前所引,古人考察的前提是等级差别,人们一般认为"后妃"抑或是士大夫之妻,绝对不可能去

---

[1] 欧阳修:《诗本义》卷二。
[2] 胡承珙:《毛诗后笺》卷一。

采葛。若果,那就是"说得后妃如小家妇女相似"①。而当代学者的考察则常带有阶级鸿沟色彩,他们认为,采葛只能是"女奴"之事,后妃属于剥削阶级上层人物,不可能去采葛。事实上,等级的、阶级的界限在周代并非不存在,但是,周代社会等级、人们之间的界限并不如后世想象的那样严格。《诗经·七月》写农民到贵族之家"跻彼公堂,称彼兕觥,万寿无疆",《诗经·甫田》写贵族夫妇到田里给农夫送饭,"曾孙来止,以其妇子。馌彼南亩,田畯至喜。攘其左右,尝其旨否。禾易长亩,终善且有。曾孙不怒,农夫克敏"。从《诗经》和其他文献记载的材料看,那时在宗法制度温情脉脉的帷幕之下,社会上等级与阶级的划分并不太严格,各等级间的差别也不如后世那样巨大。《吕氏春秋·孟夏》载后妃参与桑蚕之事,"蚕事既毕,后妃献茧。乃收茧税(蜕),以桑为均,贵贱少长如一,以给郊庙之祭服",《上农》篇载"后妃率九嫔蚕于郊,桑于公田"。后妃既然可以参与蚕桑之事,为何不能采葛呢?《礼记·内则》载贵族女子出嫁前的情况:"女子十年不出,姆教婉娩听从。执麻枲,治丝茧,织纴组紃,学女事,以共衣服。观于祭祀,纳酒浆笾豆菹醢,礼相助奠。十有五年而笄,二十而嫁;有故,二十三年而嫁。"当然,周代贵族女子参与劳动及女工的情况不会与女奴等同,但若她们大门不出,只会衣来伸手,饭来张口,似乎也非事实。就《葛覃》一诗所写,如果就是后妃抑或是士大夫之妻,她们偶到山野采葛,并非不可能的事情。

然而,从《诗论》简的记载中可以看到,孔子对于《葛覃》一诗的评述,并不如后人那样看重采葛女的身份,而只是用一句"民性固然"加以概括。不管采葛女是后妃、抑或士大夫之妻,甚至女奴,或是其他身份,在孔子的评论中,她们都是——"民"。孔子并不关注主人公的身份,而是强调了人性中的本质因素。前人欲究明采葛女的身份而进行研讨,固然有其作用,但孔子看重人性中的本质之处,却更胜一筹,也更为重要。按照孔子的评论,"民"——不管她们是后妃、士大夫之妻或普通女子,以至于女奴,她们在采葛时的有些感受(如见其美必欲返其本)应当是一致的。《葛覃》诗引起孔子注目的就是这个共性,而不是不同社会等级者的感受的差异。如此来看《葛覃》一诗,也许就会看得高、

---

① 姚际恒:《诗经通论》卷一。清儒陈启源亦有相似的说法,谓:"《葛覃》叙后妃在父母家事,朱子辩说讥之,因又谓未嫁时自当服勤女功,不足称述。此恐非确论。豪家女子生长富贵,尚不知丝枲为何事,况大姒'大邦之子'哉?"(《毛诗稽古编》卷一,《清经解》卷六十)

远一些,而不必为一些琐细的问题纠缠不清。

那么,孔子如此来评析《葛覃》一诗,是否断章取义、违背诗旨呢?愚以为不仅没有违背,反而是更接近了诗的主旨。请先举《诗经·桃夭》一诗为例。诗载:

> 桃之夭夭,灼灼其华。之子于归,宜其室家。
> 桃之夭夭,有蕡其实。之子于归,宜其家室。
> 桃之夭夭,其叶蓁蓁。之子于归,宜其家人。

历来学问家多据《诗序》所说而定其为赞美后妃之作,连反对《诗序》的朱熹也说这首诗是"文王之化,自家而国"[1]之作。其实,这首诗中毫无"后妃"的影子,只是民间嫁娶的歌谣。清儒姚际恒曾经猛烈抨击《诗序》多将诗作归于后妃的做法。他针对《桃之夭夭》篇"序"说:

> 《小序》谓:"后妃之所致"。每篇必属后妃竟成习套……即使非后妃之世,其时男女又岂尽逾垣、钻隙乎![2]

其实,对于《葛覃》一诗也应当作如是观,将其属之后妃,亦是《诗序》的"习套"。从上博简《诗论》中我们可以看到孔子具有比较浓厚的王权观念,他对于周天子是很敬重的。但是他在评《诗》的时候,却坚持实事求是的原则,并不将诗都系之于对周天子的歌颂,他评论《葛覃》一诗不将其系之"后妃",而注重"民性之固然",正是这一原则的体现。后来的《诗序》将之归为"后妃"的做法事实上背离了孔子的这一原则。

此外,《诗论》简对于前人解释《葛覃》一诗得失的判定,很有价值。例如,是诗首章云:"葛之覃兮,施于中谷。维叶萋萋。"其所描写的景象并不难知晓,说的是葛藤长长地伸延于山谷之中,藤叶青青,繁茂旺盛。这种景象喻指的是什么呢?毛传释曰:"葛之所以为絺绤,女功之事烦辱者。"郑笺与毛传不同,郑

---

[1] 朱熹:《诗集传》卷一。
[2] 姚际恒:《诗经通论》卷一。

谓:"葛者,妇人之所有事也。此因葛之性以兴焉。兴者,葛延蔓于谷中喻女在父母之家形体浸浸,日长大也。叶萋萋然,喻其容色美盛也。"诗人之所以描绘葛之繁茂,毛传以为它与绨绤有关系,郑笺则认为诗人以葛藤之生长比喻小女渐出落成美丽的姑娘。两种说法虽然皆有道理,但哪一种更可靠呢?

从后儒的解释看,郑玄的说法影响很大。魏晋时期专攻郑笺的王肃虽然不同意郑笺"葛延蔓于谷中喻女在父母家"的说法,但仍按郑笺的思路为释:"葛生于此,延蔓于彼,犹女之当外成也。"①焦循《毛诗补疏》同意王说,谓"肃义为长"。清代解诗大儒马瑞辰亦谓:"诗以葛之生此而延彼,兴女自母家而适夫家,王肃言'犹女之当外成',是也。"他还阐发"黄鸟"之义,曰:"女之父母为女择夫而嫁,犹鸟之择木而栖。故诗以黄鸟之集灌木为喻。"②现代学者更发挥此说,指出此诗首章写葛写黄鸟"同兴女之嫁。葛移于中谷,其叶萋萋,兴女嫁于夫家而茂盛也。鸟集于灌木,其鸣喈喈,兴女嫁于夫家而和声远闻也。盛由于和,其意似迭,而实变化,诵之气穆而神远。笺以'中谷'为父母家,以'蔓延'为形体浸浸日长大,迂矣"③。此评的思路与王肃一致,实际与郑笺也无大区别,亦持葛喻女之论。与上述说法不同,阐发毛传所论者,见于欧阳修,他说:"《葛覃》之首章,毛传为得而郑笺失之。葛以为绨绤尔,据其下章可验。安有取喻女长大哉?"④他从诗本身找出内证,应当是有说服力的,但惜无旁证。

那么,《葛覃》所描绘之"葛",其寓意到底何在?

这个问题,可在上博简《诗论》中获得解答。简文云:"夫'葛'之见歌也,则以绨绤之故也。"《葛覃》一诗之所以描述葛之繁茂美好,是因为它可以做成绨绤,制成衣服。衣服穿着在身上,感受涌现于心上,用今天的话来说就是"穿在身上暖在心里"。葛之宝贵是因为它可以作为"民"的制衣原料。这就是简文所传达给我们的信息。由此来检验前人的说法,显然,毛传更胜一筹。欧阳修指出"葛以绨绤尔",说明葛被重视的原因,与《诗论》之说相合,实属卓见矣。

(二)

以下再集中探讨上博简关于《葛覃》一诗的评论文字。这段简文,开章明

---

① 王肃说见孔颖达《毛诗正义》卷一引。
② 马瑞辰:《毛诗传笺通释》卷二,中华书局四部备要本。
③ 黄焯:《毛诗郑笺平议》,上海古籍出版社1985年版,第6页。
④ 欧阳修:《诗本义》卷二。

义提出"以《葛覃》得氏初之志",引起许多专家的关注。什么是"氏初之志"?

关于简文"氏"字,专家或以为是"民"之误字,或以为读若"祇"、若"衹"、若"遂"、若"是",或以为即指"师氏",或以为指女子出嫁为氏。诸说皆有理致。例如读若"只"者,周代金文中即有例证,《长由盉》"井(邢)白(伯)氏寅不奸",意指邢伯恭敬不邪,"氏"字读若"祇",其证甚坚。然而,于此简文中读若"祇"则不大合适。愚以为此字当依董莲池先生所释,通作"氒"①。兹可补充说明如下,《说文》训"氒"字谓:"木本也,从氏、丅。本大于末也,读若厥。"金文中"厥"字皆写作"氒",可为许氏说之确证。关于其造字本义以及氏、氒、氐等字的相互关系,朱骏声《说文通训定声》"解部"所释甚精。请看其说:

> 本训当为木本,《汗简》引石经作氒,中"一"象地,缭曲于地下者象根,出于地上者象由。柿,小篆象古文之形,艸之始为出(按,即丄和凵的复合之形),木之始为氏,实即氐字。氒字柢字,亦坁字。后人加"一"以象地为氐,复于地下引而深之为氒,俗又加木旁为柢,或加土旁为坁,踵事而分,其音读遂不可复正矣。

此释说明,"氏"与"氒"同出一源,皆为木之始生之象。甲骨金文中"氏"与"氒"相似,是有其造字本源相同这一根据的。简文的这个"氏"字可以看做是"氒"字之省。在简文中应当读作"得氏(厥)初之志",意即从《葛覃》一诗得到了"其初"之志。

"初"字在先秦时期,不仅有开始、起源之意,而且还与根本、典常有关。《礼记·月令》曰:"乃命大史,守典奉法。司天日月星辰之行。宿离不贷。毋失经纪。以初为常。"所谓"以'初'为常",即以开始所建立的原则为长久之规范,"初"既是开初,又是永恒之典常。"初"与"礼"关系密切,《礼记·礼器》篇谓:

> 礼也者,反(返)本修古,不忘其初者也。故凶事不诏,朝事以乐,醴酒

---

① 董莲池:《〈上海博物馆藏战国楚竹书(一)·诗论〉三诂》,"新出土文献与古代文明研究"国际学术研讨会,上海大学2002年7月。转引自刘信芳:《孔子诗论述学》,安徽大学出版社2003年版,第197页。秦桦林先生亦持此说,并谓简文"氒初",实指《生民》之篇("以诗解诗——上博简《孔子诗论》保存的孔门诗教的方法之一"),说亦有据可参。

之用,玄酒之尚,割刀之用,鸾刀之贵,莞簟之安而蒲越之设。是故先王之制礼也,必有主也。故可述而多学也。

这里是讲,礼的形成乃是返本修古的结果,也是不忘先例而积累的结果。"先王"制礼都必须依此为主旨。按照这个说法,礼就是开始所建立的并且长久遵循的规范。"礼"的形成在于"其初",依现在的话语来说,就是"前有车后有辙",就是照先例办事。其初所立下的规矩,下皆为例是也。先秦时期人们对于"厥初"(即其初)十分重视,《尚书·召诰》篇谓:"呜呼!若生子,罔不在厥初,生自贻哲命。"这里谓"厥初"是人生命的根本。《尚书·君奭》篇谓:"公曰:呜呼!君。惟乃知民德,亦罔不能厥初,惟其终。"意谓惟汝知民之德皆善其初,当思其终之难保。人们对于"初"如此重视,是由于它是规范、是根本,是典常之礼。先秦时期较晚文献中"厥初"常常改用作"其初",但其意义则是一致的。例如《礼记·礼运》篇讲到"礼"的起源问题,说:

夫礼之初,始诸饮食。其燔黍捭豚,污尊而抔饮,蒉桴而土鼓,犹若可以致其敬于鬼神。及其死也,升屋而号。告曰:皋!某复。然后饭腥而苴孰(熟),故天望而地藏也。体魄则降,知(智)气在上,故死者北首,生者南乡。皆从其初。

所谓"皆从其初",指"礼"皆是从遵从其初的规范而逐渐形成的,"初"与"礼"紧密关联。

要之,简文"氏初之志"就是"垂初之志",亦即厥初之志、其初之志,归根到底就是规范、根本、典常方面的意识,甚而可以说就是礼的意识,是自古以来相因的行为之规范、根本、制度的认识与观念。明乎此,《诗论》此段简文的含意便会豁然开朗。我们不妨把这段简文的意思明确地说来,那就是:

我从《葛覃》认识到了根本性的意识。人的本性固然如此。人的本性是,见到高尚至美的东西,就要追溯其本源,(《葛覃》一诗正是这样。)诗中为什么要歌咏葛呢?就是因为人穿了用葛织的绨、绤,就会想到它来自山谷中生长的葛,(由此也就会联想到自己的本原,那就是父母。自己应当遵守礼制,归宁父母以尽孝道。人有孝道这种品德,才会给父母增添光辉。)就拿后稷来说,他那么受后人尊敬,靠的就是周文王和周武王恪守孝道的品德呀。

这段简文正是《葛覃》一诗的主旨所在,孔子之论足可廓清后儒对于《葛覃》诗意的误解,对于《诗经·葛覃》的研究,其意义自然非同寻常。

简文所论不仅对理解《诗·葛覃》很有帮助,而且对于理解《孟子·尽心》下篇中一个久而未决的问题也很有帮助。《尽心》下篇谓:

> 万章问曰:"孔子在陈曰:'盍归乎来!吾党之小子狂简,进取,不忘其初。'孔子在陈,何思鲁之狂士?"孟子曰:"孔子'不得中道而与之,必也狂獧乎!狂者进取,獧者有所不为也'。孔子岂不欲中道哉?不可必得,故思其次也。"①

所谓"不忘其初",汉儒赵岐注谓:"叹息思归,欲见其乡党之士也。……思故旧也,《周礼》'五党为州,五州为乡',故曰'吾党之士'也。"赵岐所释,以"初"为故旧之人。宋儒孙奭一仍赵氏之说,以"不忘其初而思故旧"为释②。但朱熹有不同的看法,他认为"不忘其初"意指"不能改其旧也"③,显然所谓"旧"已不指故旧之人,细绎其意应指不能改变其所固有的东西。朱熹之释比之赵岐已前进许多,但清儒却又返回到赵氏的老路上去,如焦循认为"不忘其初"就是思故旧,就是欲见吾党之士、吾乡之士④。当代学者杨伯峻先生注意到了朱熹的说法,用"不忘其本"来解释"不忘其初"⑤。然而,朱熹所谓的"不改其旧"与杨先生所谓"不忘其本","旧"和"本"又指什么呢?用故旧之人来解释"其初",显然是讲不通的。狂简小子的本质特征是"志大而略于事"⑥,这与故旧之人并不

---

① 此载与《论语·公冶长》篇的记载有异,是篇载:"子在陈曰:'归与!归与!吾党之小子狂简,斐然成章,不知所以裁之。'"此系传闻异辞,历来不将这两个记载混为一谈,是可取的。
② 孙奭:《孟子注疏》卷十四下。
③ 朱熹:《孟子集注》卷十四。
④ 焦循:《孟子正义》卷二十九。
⑤ 杨伯峻:《孟子译注》,中华书局1960年版,第342页。
⑥ 朱熹:《论语集注》卷三。

在一个范围之内。

依孔子之意,"不忘其初"乃是狂简小子特征的另一个方面。今得上博简《诗论》"氏(垩,厥)初之志"的启发,可以肯定孔子所谓"不忘其初",就是指那些"狂简"之士虽然志大疏事,但却不忘其典常、礼制。孔子这里所说的"其初",也就是他在《诗论》中所说的"厥初之志"。两者相互印证,其意义亦可相得而益彰矣。

(三)

最后,通过《诗论》所载孔子对于《葛覃》一诗的评论,还可以简单讨论一下孔子关于情与规范、礼之间关系的论述。

简文记载:"孔子曰:吾以《葛覃》得氏初之志,民性固然,见其美必欲反(返)其本。"依孔子之说,"见其美必欲返其本",既是"民"固然之本性,又与"厥初之志"密切关联。"见美返本"与今语之"饮水思源"意思相同,是民之基本情愫与欲求,而这一情愫与欲求,在孔子看来,又是民之"性",不但如此,它又是"氏初之志",构成了典常与礼制的根本内容。因此,来源于内心情愫的民之"性",对于典常及其礼关系重大,甚至可视为典常、规范与礼制产生的动力之源。在这里,"性——情——礼"三者形成了密切关联。从本质上看,所谓典常、礼制应当就是民众情感与欲望的集中表达,而简文"民性固然"一语所表达的正是社会规范、礼制其产生就是"民性"欲求之结果这一意蕴,与现代社会观念正相契合。孔子的这一思想,值得我们深刻体会。需要提及的是,明清之际大儒王夫之曾由《葛覃》一诗得出了与孔子类似的认识,其谓:

> 道生于余心,心生于余力,力生于余情。故于道而求有余,不如其有余情也。古之知道者,涵天下而余于己,乃以乐天下而不匮于道;奚事一束其心力,画于所事之中,敝敝以昕夕载?画则无余情矣。无余者浼滞之情也。……《葛覃》,劳事也……以缔以绤而有余力,"害澣害否"而有余心,"归宁父母"而有余道。故《诗》者,所以荡涤沾滞而安天下于有余者也。[①]

从《葛覃》一诗看,此妇采葛织缔绤,船山由"缔绤"之事而认为此乃"余力"。诗

---

① 王夫之:《诗广传》卷一。

中所说"害澣害否"是妇人为准备归宁之事而用心,故而称之为"余心"。就归宁之礼看,它虽然不是为"妇"之人孝敬舅姑和相夫教子之本事,但却表现了对于自己父母的孝敬之心。正是这种"心"才产生了归宁之"道"。按照船山先生的逻辑,《葛覃》诗正表现了由"余情"而至"余力",再至"余心",然后臻至于"道"的过程。若深入而论,船山先生在这里所说的"道",当然指归宁之道,可是其所指的范围还应当更大一些,恐怕是包括了规范、典常及礼制等在内的。由情至心、至道,与上博简《诗论》所载孔子所谓的由情至性至礼是相通的。我们可以船山先生的说法的逻辑序列与孔子所论者的逻辑序列相比较:

  絺绤——葛——民之本性(见美返本之情)——其初之志(即礼制意识)
  絺绤——余力——余情与余心——道(包括规范、典常,可以礼制概括)

两者的逻辑结构显然基本一致,表明两者对《诗·葛覃》诗意的理解是相同的。船山先生以其精到的认识,悟出了孔子于两千年前所指出的道理,其卓见令人惊叹。

  孔子关于社会规范、典常的观念,过去有学者指出他注重恪守礼制而具有保守性。今依据《诗论》简的材料则可以指出,其思想中还有注重社会民众情感欲望的积极因素,并非保守落后。就《葛覃》诗而言,孔子认为它并不只是对于"归宁"之礼的讴歌,而且还表现了民众那种报本返始,不忘其初的情感,正是这种情愫和欲求造就了社会规范、典常,并且形成了礼制。在孔子的心目中,"礼"并不是一些僵死的刻板的仪节,礼之重要并不在于它的形式,而在于它的本质。《论语·阳货》篇载孔子之语:"礼云礼云,玉帛云乎哉?乐云乐云,钟鼓云乎哉?"细绎其意,可以悟及当时确有人将"礼"只作表面化对待的现象,所以他才说出上面的话。就归宁礼来说,它并不只是一个宗法制度以内的探望父母的刻板规定,而是妇女对于父母的深厚情感的表露,是人之情感的体现。从这个角度来理解《葛覃》一诗,就可以看出孔子礼学思想中一个甚为重要的因素,那就是对于人的本性及情感的高度重视。由此看来,上博简《诗论》

评析《葛覃》一诗的简文对于重新认识孔子的礼学思想,其宝贵价值是不可忽视的。

二十六　从上博简《诗论》第 20 号简看孔子的"民性"观

"民性"问题是先秦儒家一个重要理论观念。在孔子的理论体系中,这个观念不仅见诸《论语》一书,而且在上博简《诗论》中亦有重要表述。从《诗论》简文中可以看出,孔子通过《诗·鹿鸣》篇体悟到"币帛"在礼仪中的重要作用。并且由此而看出"民性"所固有的对于和谐的追求。相关简文由《诗》而论及"民性"观念,是认识孔子思想的一个重要材料。

上博简《诗论》第 20 号简有一段关于"民性"问题的重要论析,可以从中窥见儒家"民性"观的发展脉络和儒家社会理论的若干特点。可惜的是这话论析所评《诗》篇名称适缺,给相关研究带来颇大影响,今先从拟补篇名开始,进而探讨孔子的"民性"观。

(一)《诗论》第 20 号简所缺《诗》篇名称的拟补

上博简《诗论》第 20 号简前后两端皆残,但残去内容并不太多,简文主体部分尚保存较好,其前半内容是:

>　　……币帛之不可达(去)也。民眚(性)古(固)然。其隐志必又(有)以俞(喻)也,其言又(有)所载而句(后)内(纳)。或前之而句(后)交,人不可牾也。①

《诗论》简文在对于《诗》的某篇进行比较详细地分析时,常用的句式是"吾以某篇得某某也",如本简谓"吾以《折(杕)杜》得雀(爵)服……"。这类句式还见于《孔丛子·记义》篇记孔子论《诗》的一段话,如其中谓"吾于《周南》、《召南》见周道之所以盛也",等等。《诗论》第 16 号简的"吾以《葛覃》得氏初之诗,民眚(性)古(固)然。"与本简尤相近,特别是本章亦有"民眚固然"一语,更是如出一

---

① 此段释文据马承源先生主编《上海博物馆藏战国楚竹书》(一)(上海古籍出版社 2001 年版)第 149 页释文写出,个别文字略有调整。

辙，第16号简的这种句式可以作为本简拟补的依据。

这里应当说明一下，为什么在"币帛"之前，当拟补"吾以某某篇得（见）"几字的问题。之所以拟补"见"（或者"得"）字，是因为其文意与《孔丛子·记义》篇的那段话相似。我们先来看那段话：

> 孔子读《诗》及小雅，喟然而叹曰："吾于《周南》、《召南》见周道之所以盛也。于《柏舟》见匹妇执志之不可易也。于《淇澳》见学之可以为君子也。于《考盘》见遁世之士而不闷也。于《木瓜》见包苴之礼行也。于《缁衣》见好贤之心至也。于《鸡鸣》见古之君子不忘其敬也。于《伐檀》见贤者之先事后食也。于《蟋蟀》见陶唐俭德之大也。于《下泉》见乱世之思明君也。于《七月》见豳公之所造周也。于《东山》见周公之先公而后私也。于《狼跋》见周公之远志所以为圣也。于《鹿鸣》见君臣之有礼也。于《彤弓》见有功之必报也。于《羔羊》见善政之有应也。于《节南山》见忠臣之忧世也。于《蓼莪》见孝子之思养也。于《四月》见孝子之思祭也。于《裳裳者华》见古之贤者世保其禄也。于《采菽》见古之明王所以敬诸侯也。"

这段话记载孔子论析二十多首诗，句式皆为"吾于某某见……"。而上博简《诗论》这类句式常用"得"字而不用"见"字。愚以为"得"与"见"两字之意本相通，得为心中所见，犹今语之"心得"，亦含有"见"意；见，则为目所看见，亦含有"得"意。所见即所得，所得亦即所见。简文和《记义》篇中这两个字的用法是完全一致的。由今语看，简文"币帛之不可迲（去）也"之前拟补"见"字较通顺，但依简文之例，则当补"得"字。我们知道了见、得两字的关系，就可以明白，这里依文意所补之"得"字与《记义》篇语之"见"字，是一致的，并无大的区别。

至于简文此处所拟补的篇名，诸家认为当即《木瓜》一篇。我觉得此处尚可再研究。

《木瓜》一篇主旨是对于那些工于心计的小人之类的揭露，并非讲正常的通过馈赠币帛来进行的礼仪交往。王夫之曾经揭示出《木瓜》诗的真正含意。他说："《木瓜》得以为厚乎？以《木瓜》为厚，而人道之薄亟矣！厚施而薄偿之，有余怀焉；薄施而厚偿之，有余矜焉。故以琼琚絜木瓜，而木瓜之薄见矣；以木瓜絜琼琚，而琼琚之厚足以矜矣。见薄于彼，见厚于此，早已挟匪报之心而责其后。故天下之工于用薄者,未有不姑用其厚者也。而又从而矜之,曰'匪报也,永以为好也',报之量则已逾矣。……恶仍之而无嫌,聊以塞夫人之口,则琼琚之用,持天下而反操其左契,险矣!"此处所提到的"左契",犹"左券",指债权人所持的契券。这里意指《木瓜》篇报以琼琚者,非是友好为报,而是图谋取得如债权人般的优越地位而稳操胜券。这个说法一反传统的认识,指出《木瓜》所表现的并非忠厚之意,乃是"人道之薄"。别人薄施于我,而我却故意厚报于别人。这里面包含着一种"矜"(意即骄傲),不仅如此,而且还要让人看见对方之"薄"("木瓜之薄见矣")。诗中所写对于投"木瓜"者还报之人,是一种将利益名誉算计得特别精明的人。《诗·木瓜》之篇出自民歌,其主旨原为馈赠以结好,采编者对于其主旨加以变化,成为一篇讽刺和揭露佞人之作。汉儒将其作为"美齐桓公"之作,宋儒则以为是"男女相赠答之辞",当代专家则多将其视为爱情诗。上博简《诗论》表明,它的主旨应当是对于工于心计的逸佞小人的揭露①。《木瓜》诗所表现的主旨,绝非"币帛"之礼,一定要说它是在讲"币帛不可去"的道理是很牵强的。

另外,《木瓜》诗所述内容与简文提到的"币帛"事相距较远,很难联系起来。"币帛"本指缯帛。《说文》云:"币,帛也。从巾敝声。"段玉裁注谓:"帛者,缯也。《聘礼》注曰:'币,人所造成以自覆蔽。谓束帛也。爱之斯欲饮食之,君子之情也,是以享用币,所以副忠信。'"币起初就是作为礼物的"束帛"②,后来才引申作为财物的泛称,珠玉、黄金、刀布都可称为币,那已经是战国秦汉间事。西周春秋时人称币,主要还是指帛而言。币本指帛,后来作为财物泛称以后,恐人不识,所以又称为"币帛",即作为礼物的帛。战国时期,作为礼物的马称为"币马",助丧之器物称为"币器"。其时,"币帛"应当主要指帛而言。在《木瓜》篇中,双方互赠礼物,其玉器虽然可以勉强称为"币",但以之为"币帛",则说不上。从币帛之辞的本义及其变化情况看,《诗论》第 20 号简所说者,不大可能以《木瓜》篇当之。

除《木瓜》之外,专家或在此处拟补它篇,今所见者如周凤五先生说"盖

---

① 关于《木瓜》篇的诗旨及上博简《诗论》第 18 简、第 19 简的相关简文的研讨,拟另文详论,在此不做过多涉及。

② 关于"束帛"之义,《周礼·大宗伯》贾公彦疏谓:"束帛,十端。每端丈八尺。皆两端合卷,总为五匹,故云束帛也。"可以说,"束帛"就是束卷好了的五匹帛。

指《有杕之杜》而言"①。此说的根据盖在于《诗论》第 20 号简下半所论即"吾以《折（杕）杜》得雀（爵）服……"，简文《折（杕）杜》，周凤五先生认为即是《诗·唐风》的《有杕之杜》篇②。然而，此篇所述与"币帛"事无直接牵涉。此诗云：

> 有杕之杜，生于道左。彼君子兮，噬肯适我？中心好之，曷饮食之！
> 有杕之杜，生于道周。彼君子兮，噬肯来游？中心好之。曷饮食之！

此诗主旨不明，专家或谓是乞食者之歌，渴望有人来送些吃喝饮食，或谓是盼贤者前来造访。王夫之谓此诗"彼君子兮，噬肯适我"之句，"是奔名之邀"，并非"君子之情"③。并且此篇与币帛事并无什么关系，也谈不到"民性"的问题，所以将此篇拟补于《诗论》第 20 号简可能是不大合适的。

（二）《鹿鸣》应即《诗论》第 20 号简缺失的《诗》篇名

上博简《诗论》第 20 号简开头部分所缺失的诗篇名称，愚以为应当拟补的是《诗·小雅》的首篇——《鹿鸣》。现先将全诗具引如下，以便分析探讨：

> 呦呦鹿鸣，食野之苹。我有嘉宾，鼓瑟吹笙。吹笙鼓簧，承筐是将。人之好我，示我周行。
> 呦呦鹿鸣，食野之蒿。我有嘉宾，德音孔昭，视民不恌。君子是则是效，我有旨酒，嘉宾式燕以敖！
> 呦呦鹿鸣，食野之芩。我有嘉宾，鼓瑟鼓琴。鼓瑟鼓琴，和乐且湛。我有旨酒，以燕乐嘉宾之心！

此篇诗作，表现了国君饮宴群臣嘉宾的场景，有景有情，相互交融，一派"和乐"

---

① 周凤五："《孔子诗论》新释文及注解"，上海大学古代文明研究中心、清华大学思想文化研究所编：《上海博物馆藏战国楚竹书研究》，上海书店出版社 2002 年版，第 162 页。
② 周先生的这个说法是很有启发性，可是愚以为简文所指此《折（杕）杜》篇当即《诗·唐风》的《杕杜》篇。对于这个问题的分析非本篇之旨，故于此不作讨论。关于 20 号简的《折（杕）杜》问题的分析，参阅拙稿"《诗论》'雀（爵）服'与《诗·杕杜》篇考析——附论春秋战国时期社会结构松动问题"（《学术月刊》2003 年第 1 期）。
③ 王夫之：《诗广传》卷三，《船山全书》第三册，岳麓书社 1992 年版，第 387 页。

氛围,非常符合宗法制度下社会平稳、和谐的主旋律。此诗传播甚久甚广,《左传》襄公四年载鲁大夫穆叔聘晋,"晋侯享之。金奏《肆夏》之三,不拜。工歌《文王》之三,又不拜。歌《鹿鸣》之三,三拜。韩献子使行人子员问之,曰:'子以君命辱于敝邑。先君之礼,藉之以乐,以辱吾子。吾子舍其大,而重拜其细。敢问何礼也?'对曰:'《三夏》,天子所以享元侯也,使臣弗敢与闻。《文王》,两君相见之乐也,臣不敢及。《鹿鸣》,君所以嘉寡君也,敢不拜嘉?"穆叔对于诗旨的理解十分准确,所以礼仪无衍,周到得体。可证春秋时人确已将此诗理解为君宴臣之诗。然而周代并不只是在此层面上理解此诗,《仪礼》载周代贵族举行乡饮酒之礼或燕礼、射礼的时候,"工歌《鹿鸣》",都要由乐工演唱《鹿鸣》之诗。这表明周代贵普遍喜欢此诗,所以非必在君宴臣的场合才演唱此诗,一般礼仪上也是用它助兴。

将《鹿鸣》一诗名称拟补于《诗论》第 20 号简的理由有以下几点。

第一,《鹿鸣》篇符合简文所谓"得币帛之不可迭(去)"之意。《诗序》分析《鹿鸣》一诗的主题是:

> 《鹿鸣》,燕群臣嘉宾也。既饮食之,又实币帛筐篚,以将其厚意。然后忠臣嘉宾,得尽其心矣。

历来对于《诗序》的这个说法基本上都是赞同的。《鹿鸣》诗首章谓"吹笙鼓簧,承筐是将",意思是说,在一派音乐声中行礼之时,主人将盛币帛的筐篚馈赠群臣嘉宾。依孔颖达《毛诗正义》卷九所说,此即"主人行厚意于宾"。这种以筐篚载币帛馈赠嘉宾的目的在于将自己的深情厚谊("厚意")通过这种形式表达出来,使得嘉宾与自己心心相印,同心协力,而不会离心离德。在礼仪中,这种馈赠并非可有可无,而是不可或缺的仪节。这与简文所云"币帛之不可去"的意旨是吻合的。

第二,《鹿鸣》一诗体现了馈赠币帛的社会礼俗。此诗谓"吹笙鼓簧,承筐是将",毛传云:"簧,笙也。吹笙而鼓簧矣,筐篚属所以行币帛也。"郑笺云:"承犹奉也。"馈赠币帛固然为贵族间事,但民众间交往亦有赠送礼品之俗,所以《诗论》简文谓"民眚(性)古(固)然"。

第三,简文所云"币帛"之事,与《鹿鸣》篇是吻合的。上至天子,下至一般贵族与庶民,皆以馈赠币帛为典礼上不可缺少的仪节。《周礼·秋官·象胥》:"象胥掌……凡其出入送逆之礼。节币帛辞令而宾相之",可见馈赠币帛是国家接待迎送嘉宾的重要仪节。此外,币帛还是告祭先祖所用的不可或缺的贵重物品,《礼记·曾子问》篇载:

> 曾子问曰:"古者师行无迁主,则何主?"孔子曰:"主命。"问曰:"何谓也?"孔子曰:"天子诸侯将出,必以币帛皮圭,告于祖祢。遂奉以出,载于齐车以行。每舍奠焉,而后就舍。反必告,设奠。"①

依礼,天子诸侯外出的时候,以币帛皮圭等告祭于祖祢,然后带着这些币帛皮圭外出,每天都要祭奠一番。这些币帛就代表着先祖之命,可见其重要。《左传》襄公八年载,郑国在晋楚两大国之间须善待两大国,郑卿子驷讲出了其间不可缺失的仪节,那就是"敬共币帛,以待来者,小国之道也",不管哪个大国前来,郑都要恭敬地献上币帛以求免祸。可见币帛的敬献实系郑之国脉。《吕氏春秋·制乐》篇载,战国时人借述周文王事谓"饬其辞令、币帛,以礼豪士"②,由此可见,币帛不仅用于外交,而且亦是内政的手段。总之,币帛之用是郑重严肃的,非民间的普通的投桃报李之举。既然《诗论》简文提到了"币帛之不可达(去)",可知此诗应当与贵族礼仪有关,而《鹿鸣》篇则恰与之相合。

总之,依据以上三个方面的理由,我们可以推测《诗论》第20号简所缺失的《诗》篇名应当是《鹿鸣》。仿照《诗论》第16号简的文例,可以将这段简拟补。补毕当如下:

> [吾以《鹿鸣》得]币帛之不可达(去)也,民眚(性)古(固)然,其隐志必又(有)以俞(喻)也。其言又(有)所载而句(后)内(纳)。或前之而句(后)交,人不可觥也。

如前所述,简文"得"亦见之意。孔子谓:自己从《鹿鸣》篇中见到了在典礼上馈

---

① 《孔丛子·问军礼》篇所载与此略同。
② 《韩诗外传》卷三"豪士"作"俊士"。

赠币帛之事不可缺失的道理（"得币帛之不可去也"），从中认识到，"民性"也一定是这样子的（"民性固然"）。人在内心中的坚定信念与想法必定要有所表达（"其隐志必有以喻也"）。人际交往的时候应当先行礼，说明自己的意思，然而以币帛之物作为心意的载体，将其献上请别人收下（"其言有所载而后纳"）。若有人先献上币帛然后再行礼交往（"或前之而后交"），依孔子看来，这就是对于别人的不尊重。之所以不能这样做，就是因为与人交往时不可卤莽（"人不可觕也"①）。这与《鹿鸣》一诗所称颂的"德音孔昭"是吻合的。

(三)《诗论》第 20 号简的"民性"与"币帛"

我们认识了《诗论》第 20 号简的这段简文的意思以后，就可以进而探讨孔子关于"民性"的思想。我们先来分析一下孔子所谓的"民性"。顾名释义，民性即民之本性。众所周知，孔子所说的"民"与"人"，是有一定区别的。尽管不能用阶级的模式将两者截然区别，然而，还是可以肯定，"民"所代表者社会地位较低些，类似于今语之普通民众。而"人"的范围虽然比较宽广，其所指与周代"国人"的范围相近。人可以包括普通民众，也可以指贵族。上博简《诗论》中讲"民性"者凡三处，句式一致。这三例如下：

> 吾以《□（葛）□（覃）》得氏（祇）初之诗，民眚（性）古（固）然，见其美，必谷（欲）反其本。（第 16 号简）
>
> [吾以《鹿鸣》得]币帛之不可达（去）也，民眚（性）古（固）然，其隐志必又（有）以俞（喻）也。（第 20 号简）
>
> 吾以《甘棠》得宗庙之敬，民眚（性）古（固）然，甚贵其人，必敬其立（位），悦其人，必好其所为，亚（恶）其人者亦然。（第 24 号简）

这三例讲"民性"的词语其共同之处在于，先讲某《诗》篇，再说从这篇诗作中见

---

① 简文里面的这个觕字，诸家多释为从角从干之字。细审其字形，其上部为角，是无可疑的，但字并不从干，而是从牛。其下部偏旁与楚简中的"干"字（如《包山楚简》第 269 简和第 1 号木牍上的"干"字），相距较远。干字为上有分歧的木挺之形，其竖画不加圆点形的饰画，这与楚简上的牛字的区别是比较明显的。这个字的下部与郭店楚简《穷达以时》第 5 简和第 7 简的两个牛字形体略同，只是其竖画稍短了一些而已。觕，与粗、麤两字音义皆同。段玉裁于《说文》麤字下注谓："鹿善惊跃，故从三鹿。引申之为卤莽之称。《韵》云'不精也，大也，疏也，皆今义也。'俗作麁，今人概用粗。粗行而麤废矣。"（《说文解字注》十篇上）段氏的这个考释甚精当，简文觕字当解为与麤同，意为卤莽、粗鲁。

到了什么,然后再归到对于"民性"的认识,最后再对于这种"民性"进行具体说明。孔子说他自己对于"民性"的认识,都是从《诗》篇中所悟出的。可是,《诗》篇意旨往往比较委婉、隐蔽,不大会直接讲出,所以要从中仔细体会。

就《诗论》第20号简来说,孔子从《鹿鸣》诗中领悟出了什么道理呢?

孔子明确指出他从《鹿鸣》诗中看出了"币帛不可去"的道理。这应当是相关体悟中的表层意思。"币帛"是那个时代礼仪上不可或缺的馈赠礼品,是礼尚往来的表现形式。如果没有了形式,那么实质上的内容便无所寄托。形式与内容在这里应当是统一的。

由此再进一步,孔子的分析指出"民眚(性)固然",原来民众的本性本来就是如此。这是一个以小见大的说明。在这个说明里面,"币帛"的概念已经转变为馈赠的礼品,又进而意味着人们相互交往中的礼尚往来。所谓"民性固然",已经不是直接地指礼仪上馈赠"币帛"之事,而是有了更大的含意,即相互馈赠礼品,是民性的需要。

民的本性为什么需要相互馈赠礼品这种形式来表现呢?孔子用层层递进的说明方式指出,这是因为民众内心的愿望("隐志")是一定要有形式表现出来的。"俞(喻)",即表现。"有以俞(喻)",即有用("以")某种物品表现出来的必要。简文"以"字后面省略了宾词。

再进一层,孔子又分析了表达"隐志"的不同方式。第一种方式是正确的,即以礼率物。第二种方式是不大好的,即以物代礼。无论正确与否,可以说,不管哪种方式都是"物"与"意"密切相连的。

最后一层意思,孔子用"人不可觕也"进行了总结。申明了人际交往中的一个重要原则,那就是不可鲁莽行事,必须对别人充分尊重。这就从另一个方面说明了"币帛不可迭(去)"的道理。馈赠礼品,表面看来是物的赠送,实际上是心意的委婉表达。正因为人具有"不可觕"这样的本性,所以馈赠礼品也就具有了人际交往的必要性。

以上五个层次的划分虽然未必绝对,但大体上可以看出,孔子于此做了层层剥笋式的渐进式的说明。这里,不免让人产生这样的问题,即在《诗论》中孔子惜墨如金,用词一般是非常简练的,多者数字,少者仅两三字,或者竟为一字。何以其情有独钟,于《鹿鸣》篇有这样的一大段的分析文字呢?愚以为这里的原因就在于孔子试图以《鹿鸣》诗为例,说明"民性"这一重要的理论问题。

《诗论》中虽然三论"民眚(性)固然",但惟于此处做了哲理方面的深入说明。

在孔子看来,"币帛"之事不仅人际交往中十分重要,而且在人神之际它也有重要作用。《孔子家语·曲礼子贡问》篇记载:

> 孔子在齐,齐大旱,春饥。景公问于孔子曰:"如之何?"孔子曰:"凶年则乘驽马,力役不兴,驰道不修,祈以币玉,祭祀不悬,祀以下牲,此贤君自贬以救民之礼也。"

这里讲遇到自然灾害的时候如何祭神的问题,这时候应当降低祭品的规格,用"币"而不用牲,以示节俭。前引的材料还说明祭神用过的"币帛"也就有了神性,外出时带着这样的币帛,并不时祭祀,也算是与祖先神灵沟通的形式。关于"币帛"的作用,上博简《性情论》第 13 号简有一个说法颇中肯綮,其谓"币帛,所以为信与登(征)也。其治,宜(义)道也"[①],原来币帛是讲求信誉的物证,将"币帛"之事做好,就是"义"之道。币帛不仅取信于人,而且取信于神。《左传》庄公十年记载鲁庄公语谓"牺牲玉帛,弗敢加也,必以信",就是讲祭神时不敢虚报献给神的玉帛数量,一定讲求对神的"信"。礼仪与祭典中,币帛实为取信的象征。孔子曾经高度评价"信"在"民性"中的作用[②],代表信用的"币帛"为其所重视,乃是顺理成章的事情。按照孔子的思想逻辑,他实际上认为"民性"中本来就有着对于"信"的普遍追求,这应当也是所谓的"民性固然"的含意之一。

(四)"物"与"性"的关系问题

孔子在讲到"民性"的时候,实际上是将币帛作为"物"之代表来理解的。这就启发我们必须进一步探讨物与性的关系问题。

我们先来看孔门后学理论中比较完整而深入的相关分析。在孔门弟子那

---

① 马承源主编:《上海博物馆藏战国楚竹书》第一册,上海古籍出版社 2001 年版,第 238 页。

② 《论语·颜渊》篇载:"子贡问政。子曰:'足食,足兵,民信之矣。'子贡曰:'必不得已而去,于斯三者何先?'曰:'去兵。'子贡曰:'必不得已而去,于斯二者何先?'曰:'去食。自古皆有死,民无信不立。'"于此可见"信"实重于食与兵二事。此处的"民无信不立"虽然主要指统治者对于民众之"信",但也不必断言此处之"信"与民众本身无关。此处之"信"也当有"人而无信,不知其可也"(《论语·为政》)之意。孔子所谓"言忠信,行笃敬,虽蛮貊之邦行矣"(《论语·卫灵公》),所指亦当以普通士人与民众为主。这些都可以与《诗论》所云"民性固然"之说相互印证。

里,讲到"性"的问题时,特别强调它与"物"的密切关联。郭店楚简《性自命出》篇第1至14号简对于"性"与"物"的关系问题,有相当集中的论述。可撮集于下:

> 凡人唯(虽)又(有)眚(性),心亡奠志,待勿(物)而句(后)乍(作),待兑(悦)而句(后)行,待习而句(后)奠。喜怒哀悲之气,眚(性)也。及其见于外,则勿(物)取之也。……所好、所亚(恶),勿(物)也。善不[善所善],所善所不善,势也。凡眚(性)为主,勿(物)取之也。……凡勿(物)亡不异也者。刚之桓(强)也,刚取之也。柔之约,柔取之也。……四海之内其眚(性)弌(一)也。其甬(用)心各异,教使然也。……凡动眚(性)者,勿(物)也;逢眚(性)者,兑(悦)也;交眚(性)者,古(故)也;万(厉)眚(性)者,宜(义)也;出眚(性)者,势也;羕(养)眚(性)者,习也;长眚(性)者,道也。凡见者之胃(谓)勿(物),快于己者之胃(谓)兑(悦),勿(物)之势者之胃(谓)势,又(有)为也者之胃(谓)古(故)。义也者,群善之蕝也。习也者,又(有)以习其眚(性)也。道者,群勿(物)之道。①

这一段话的意思是:虽然人皆有性,但是由于心无一定的方向,所以人的心性只能等待事物的影响之后才会开始出现,只有等待心里感到喜悦的时候才会去实行,只有等待实践之后才会有一定的方向与目标。喜怒悲哀的情绪那就是"性",它在一般的情况下只存在于人的心中,之所以能够有时候表现出来,是因为有外在的事物影响它。……人们所喜好与所厌恶的也就是所谓的"物"。能够宽容不善所表现出来的善,其能够宽容或者不宽容,这都是"势"的表现。凡是性都主居于内,只有外界的事物才能够影响它,让它表现出来。……凡是天下之物,其性质没有不出现差异的。刚强者,可以用刚强的方法将其征服;柔弱简约者,则可以用柔的方法征服它。……四海之内的地方,人们的心性都是一致的,但是他们的表现却不一致,他们所展现出来的心态也各不相同,这是对于他们的教育不同的缘故才会有这种情况出现。……凡是

---

① 简文释文据荆门市博物馆编《郭店楚墓竹简》(文物出版社1998年版)第179页,方括号中的字,裘锡圭先生原补"善□也",愚以为补"善所善"三字为适。

影响性的都是物。与性相契合,就会欢悦;与性交融,就必定有缘故;磨砺性的必定是义;让性表现出来的是势;涵养性的是学习的实践;让性正确成长的是人的修养之道。凡是能让人看到的都是"物",让人感到痛快的那就是"悦",物的方向动态就是所谓的势。过去所做过的事情就是所谓的"故"。所谓"义",那是群善的汇聚;所谓"习",那是实践表现其本性。所谓的"道",那就是事物发展的规律。

我们之所以不厌其烦地引出这一大段话,是为了说明孔子关于"性"的认识,在他的弟子中已经有了很大的发展,他们关于"性"与"物"关系的论析更为细密。然而,孔子的"民性"观还是为以上这些儒学的"性"论奠定了基础。我们可以将孔子的"民性"观的要点与战国时期儒家的相关论析进行比较,从中约略可以分为以下几个方面。

第一,孔子认为人的本性都是相近的。《论语·阳货》篇所谓"性相近",是对此的最精练的表述。在上博简《诗论》中孔子三论"民性固然",也含有这方面的意蕴。这表明孔子对于"民性"的普遍性质是有所揭示的。这种认识发展到战国儒家就有了上面提到的"人唯(虽)又(有)眚(性),心亡奠志"和"喜怒哀悲之气,眚(性)也",以及"四海之内其眚(性)弌(一)也"等说明,将"性相近"的意蕴加以细化说明。

第二,孔子认为人生在世,其本性有所区别,品格有高下之分,其原因在于"习",这应当就是《论语·阳货》篇"习相远"之意。战国儒家则谓"凡勿(物)亡不异也者。刚之桓(强)也,刚取之也。柔之约,柔取之也",人的性格中的刚柔之别即在于"物"的影响(亦即"习")的结果。

第三,孔子又说过"唯上智与下愚不移"的话,这似乎与"性相近"之说矛盾,既然人的本性相近,为何还有不可移易的上智与下愚的区别呢?后人对于这一问题的解释,大体有两种,一是说人性本来是处于"静"的状态,所以相近,但是人性受到外物的影响而"动"的时候,就必然有上智与下愚的区别。所以人的本性在静的时候是相近的,在动的时候才产生了智愚的区别。另一种解释是说智愚之分是"习"的结果,习于善是为上智,习于不善则为下愚,而人的本性则是一致的。这两类解释,虽然微有别,但是其思路则是一致的,即都归之人的后天实践("动"与"习")。这种思想因素在战国儒家那里就已经有所表达,前引简文谓"待勿(物)而句(后)乍(作)"、"凡动眚(性)者,勿(物)也"、"兼

(养)眚(性)者,习也"、"习也者,又(有)以习其眚(性)也"等,无不强调了人的后天实践的作用①。

值得注意的是孔子在《论语》中集中表达的这些思想在上博简《诗论》关于"民性"的论析中也有相似的讨论。我们拟从以下两个方面进行分析。

首先,《诗论》简三言"民性",皆指出了"民性"的共同的普遍的性质。孔子从《葛覃》诗中体味到了报本返始之义。例如《葛覃》篇的主旨即在于不管什么人,都有报本之愿,正如《礼记·礼器》篇所谓"礼也者,反(返)本修古,不忘其初者也"②。孔子对于《葛覃》诗的评析直奔主旨,并不计诗中所述采葛女的身份问题,而是从普遍人性的角度进行研究的。孔子对于《鹿鸣》及《甘棠》诗的分析亦然。这里可以推测的一个问题是,孔子何以用"民性"之称,而不说"人性"呢?个中原因应当在于这些诗作中有较浓厚的贵族氛围,以"民性"为释,应当是有意突破了贵族范围的局限,将其扩展至民间,从而具有了更广泛的意义。这应当就是"性相近"只提"性"而不言何者之"性"的关键所在。

其次,孔子讲"民性"的三首诗都与礼相关。《葛覃》一诗讲了"归宁"之礼。这种探望父母之礼,来源于作为内心情愫的民之"性"。在这里,"性——情——礼"三者形成了密切关联。从本质上看,所谓典常、礼制应当就是民众情感与欲望的集中表达。从另一角度看,礼又是锻炼民性,使之向善、向美的重要方式。在行礼的过程中,民之本性亦得到升华。这个过程亦即郭店简所说的"羕(养)眚(性)者,习也"。正是在习礼的过程中,民之本性得到升华。此正如《诗序》所谓"发乎情,民之性也;止乎礼义,先王之泽也"。《甘棠》一诗写

---

① 在《论语》一书中曾经三言"习"的问题,除"习相远"之外,还有《学而》篇所载孔子语"学而时习之"及曾子语:"传不习乎?"关于这些内容,侯外庐先生等曾经进行过分析:"'习'后于'学'而出现,亦即'学'在于由行而致知,'习'在于因知以进行。换言之,'学'是由实践所得的经验或感觉,'习'是在知识指导下的实践或力行。'学'的阶段,是知识之所由生,而'习'的阶段,则是证验知识之大用。在'学而时习'、'传而必习'的要求中,孔门虽强调实践对于知识的根源性,同样也强调了知识对于实践的指导作用。"(《中国思想通史》第一卷中篇第六章,人民出版社1957年版)

② 关于《葛覃》一诗及上博简《诗论》对于它的评析的探讨,容另作探讨。我们可以看出,孔子对于《葛覃》一诗,并不看重采葛女的身份,而只是用一句"民性固然"加以概括。不管采葛女是后妃、抑或士大夫之妻,或者是女奴,在孔子的评论中,她们都是"民"。孔子并不关注她们身份的差异,而是强调了其本性中的共同因素。前人欲究明采葛女的身份而进行的研讨,虽然有其作用,但孔子看重人的本性中的共同之点,却更胜一筹,也更为重要。

了宗庙之礼,《鹿鸣》诗写了馈赠之礼。这些礼仪皆起源于民间,虽然后来多行之于庙堂之上的贵族间,但在民众亦很有影响。"礼"是影响全社会的道德行为规范,实行礼仪的过程本身就是一种道德规范的实践,这种实践对于"民性"有着巨大而深远的影响。不仅礼的普遍性质比较明显,它的实践性质也是显而易见的。在《诗论》中,孔子通过对于这三首诗所涉及的礼的分析,明确指出"民眚(性)固然",实际上是肯定了礼的社会实践对于民性的影响。用前引郭店简《性自命出》篇简的话来说,那就是"习也者,又(有)以习其眚(性)也",民众正是通过礼仪的实践升华了其本性。

(五)追求和谐——"民性"之本

从《诗论》简可以看出,孔子在评析《鹿鸣》一诗的时候,着重分析了民众愿望表达的形式与原则的问题。

简文谓民众的意愿("隐志")"必又(有)以俞(喻)也",是一定会通过某种方式表现出来的。我们前面已经指出,简文"有以"之后有所省略,所省略的即指物品或方式。简文意思应当是说,民众的隐志必定要用某种物品或方式表达出来。简文这里所说的"必"不仅指这种表达本身的必然性,而且指表达自己意愿时所采取的方式的必然性。这后一个方面就是指在人际交往中,必须有一定的合乎礼仪的"物"作为媒介。《鹿鸣》篇所提到的"币帛"就是"不可去"的作为媒介的物品。那么,为什么币帛之物在行礼时不可或缺呢?

孔子是从"民性"的角度来分析这一问题的。按照孔子的理解,人的主观愿望要用客观的"物"的形式表达出来,这是人的本性使然。人为何要有这种本性呢?依简文之意,那是因为"人不可觕"。简文所说的"觕",意即粗暴、粗鲁。人有自己的尊严,都希望别人善待自己,理解自己,而不愿意别人粗暴地对待自己。这实际上包括了待己和待人两个方面,都指明了人际关系不可粗暴无礼。儒家理论主张,人际关系应当和谐,《礼记·中庸》所说的"宽裕温柔",《礼记·经解》所说的"温柔敦厚"皆谓待人的态度的谦和状态。这种状态为儒家所向往。《礼记·儒行》篇和《孔子家语·儒行》篇俱谓:"温良者。仁之本也。敬慎者。仁之地也。宽裕者。仁之作也。孙接者。仁之能也。礼节者。仁之貌也。言谈者。仁之文也。歌乐者。仁之和也。分散者。仁之施也。儒皆兼此而有之。犹且不敢言仁也。其尊让有如此者。"所谓"温良"、"敬慎"、"宽裕"、"孙(逊)接"、"礼节"云云,都为我们画出一幅和美融洽的人际关系图。在孔子看来,人际关系中最重要的原则就是"礼"。

馈赠"币帛"之类的礼物,可以视为人际关系的黏合剂。《礼记·曲礼》上篇说"圣人作,为礼以教人,使人以有礼,知自别于禽兽","礼"乃是人有别于禽兽的分界。在如此重要的"礼"当中,币帛的位置虽然不可或缺,但它毕竟是为礼来服务的。此正如《礼记·坊记》所载孔子语所谓:

> 礼之先币帛也,欲民之先事而后禄也,先财而后礼,则民利。无辞而行情,则民争。故君子于有馈者,弗能见则不视其馈。易曰:"不耕获,不菑畬,凶。"以此坊民,民犹贵禄而贱行。

这里强调了礼先于币帛的原则,因为这样做可以让民众体会到先做事后受利禄的道理。如果要先进献财物而后行礼,民众就会贪利。如果没有礼貌辞让,而直接用财物通达感情,民众就会争利。所以说君子应当在别人馈赠财物的时候,如果馈赠者连面都不露,那就不收他的财物,对他送来的财物看都不看一眼。《易》上说:"不耕种而有收获,不开垦而有良田,是凶险之兆。"用这样的道理来规范民众,民众还是会重利禄而轻德行。所以一定要在礼仪中贯彻礼先于币帛的原则,以此来教育民众,升华其本性。

据第20号简可知,在《诗论》简中,孔子由《鹿鸣》之诗看到了币帛,又由币帛联想到了"民性"。作为不可或缺的礼物的"币帛",其作用就在于使自己的言辞可以方便地据物质载体而存在("其言有所载"),无论是先奉献币帛然后言辞,抑或是先言辞然后奉献,都是对于"人不可䐭"这一原则的充分理解。在人际关系并不融洽的时候,币帛的奉献和得体的、有礼貌的言辞,往往可以起到对抗所达不到的作用,甚至"化干戈为玉帛"也并非罕见的事情。当然,币帛与言辞都只是表达心意的手段,而心意则必须诚恳,正如《逸周书·武纪》篇所说,"币帛之闲(间),有巧言令色,事不成",巧言令色乃虚伪的表现,如果在馈赠币帛的时候巧言令色,那就不能达到目的。《孟子·尽心》上篇载孟子语谓:"食而弗爱,豕交之也;爱而不敬,兽畜之也。恭敬者,币之未将者也。恭敬而无实,君子不可虚拘。"揭露了当时社会上一种虚伪现象,那就是"口惠而实不至",说得好听,却无实际表示("虚拘"),朱熹《孟子集注》卷十三注引程子语说:"恭敬虽因威仪币帛而后发见,然币之未将时,已有此恭敬之心,非因币帛而后有也。"朱熹认为,"此言当时诸侯之待贤者,特以币帛为恭敬,而无其实也"。这里是讲恭敬的态度和奉献币帛的实际表示二者不可偏废。在上古时代人们相互交往的礼仪中,惟有以恭敬态度奉献币帛,才会达到预期的效果。

总之,上博简《诗论》第 20 号简所说的"民性",关键的意旨在于追求人际关系的和谐,这种追求完全体现了先秦儒家的礼义观念。在《诗·鹿鸣》篇中,描述了典礼上"承筐是将",筐中装载着主宾间馈赠的币帛。币帛之作为礼物,起到了融洽人际关系的作用。在这种场合中,币帛就是启迪"民性"之物。孔子之所以强调"民性固然",是因为儒家理论坚信"凡人唯(虽)又(有)眚(性),心亡奠志,待勿(物)而句(后)乍(作)"。人的本性只有在外物的启迪影响下才会表现出来,才会被激发出活力。孔子从《鹿鸣》篇所看到的就是这样一幅合乎逻辑的发展序列:币帛——物——民性——人际和谐。孔子于此所展开的由小见大的分析,蕴含了他所提出的"民性"观念的主要思想萌芽。战国时期,人性问题成为学术界争相研究的热点,"性善"、"性恶"的论争展现了先秦哲学发展的新局面。所有这一切,我们都可以从上博简《诗论》、《性情论》及郭店楚简《性自命出》等篇及传世的《论语》一书中寻绎出其发展的端倪。

二十七　从上博简《诗论》第 21 号简看孔子的情爱观

上博简《诗论》第 21 号简简文认为不可以称赞《诗·大车》篇表现的那种"嚚"的道德精神状态。原因在于"嚚"的状态不符合恰当的"度"。我们可以通过简文从一个侧面看出孔子的情爱观念。鼓励大胆追求爱情与提倡男女情爱应掌握一定的"度",要符合"礼",这构成了孔子情爱观的两个基点。本简采用以诗解诗的方法,通过对于《湛露》篇的分析,说明对于《大车》一篇不可称赞的原因所在。这种独特的解诗方式,展现了孔子启发弟子深入思考问题的匠心。上博简《诗论》第 21 号简前半有关于《诗·大车》和《湛露》两篇的评析,对于认识孔子的情爱观很有意义。简文多经专家研究,今尚可补充若干新的认识。

(一)

上博简《诗论》第 21 号简明显分为前后两个部分,因为中间有墨钉分开。

此墨钉,即《诗论》简文分章的标志。墨钉前的简文如下:

>……贵也。赃(臧)《大车》之嚣也,则以为不可女(如)可(何)也?《审(湛)露》之赑(益)也,其犹□(左车右它)(酡)与!

"贵也"两字是对于另篇诗的分析。由于残缺,我们无从知晓所评为何诗。其后的简文则分析了《大车》和《湛露》两诗。是否如此,及简文分析的逻辑都还有继续研究的余地。要深入明晰简文之意,所牵涉问题甚多,拟分为以下几个要点进行探讨。

先说简文"赃"字。专家多直接释为"将",证据不足,似可商。简文这个字(见下图)

依《说文》释字之例,应当说是一个从贝、从戕,戕亦声之字。其所附加的"口"为羡画①。朱骏声《说文通训定声》壮部释"臧"字,谓:"字亦作藏,实庄之别体,借庄为装耳,俗字亦作赃、作脏。"从这个解释里,可以看出,赃、脏、臧三字实即一字之异。简文这个字从贝,应当直接释为"赃",而以"臧"释其意。诸家多以为这个字从"将",并不大合适。"将"字,依《说文》,它是一个"从寸,酱省声"之字,而简文这个字虽然有"丬"旁,但却看不出"酱省"之踪②,若通假为将,尚可,但直接释为"将"则是很勉强的。黄德宽、徐在国先生把简文这个字释为从贝臧声之字③。此说比把这个字直接释为"将"为适。实属卓见,但将此字释为藏字或体,则似未达一间耳。愚以为此字不必释为藏字或体,而应当

---

① 这种羡画即专家所指出的无义偏旁。在战国文字中以"口"为无义偏旁之例颇多,如上博三《恒先》第 5 简既字,《彭祖》第 5 简的两个纪字和余字,皆为附加无义偏旁"口"的典型例证。见《上海博物馆藏战国楚竹书》(三)(上海古籍出版社 2003 年版)第 110 页和 125 页。何琳仪先生《战国文字通论》(中华书局 1989 年版)即指出这种情况是"在文字中增加形符,然而所增加形符对文字的表意功能不起直接作用……,这类偏旁很可能是无义部件,只能起装饰作用"。其在"增繁无义偏旁"部曾举出"丙"、"念"、"巫"、"秋"等字附加"口"为无义偏旁之例(见该书第 196—197 页)。

② "将"的本字作从"丬"从"手"之字,见于《说文》,训为"扶也"。《诗·无将大车》,郑笺"将犹扶也",合于将字本意。由此可见,所从手旁为"将"字所必需。简文此字却正无这个偏旁,故而释其为将是可疑的。

③ 黄德宽、徐在国:"上海博物馆藏战国楚竹书(一)·《孔子诗论》释文补正",《安徽大学学报》2002年第 3 期。

直接释为"赃"字,并且以"臧"字为其意。诸家把简文这个字释为"将",原因可能在于要与《诗·无将大车》之名牵合。其实这是不大必要的,因为,这里的《诗》篇名并非《无将大车》。

再说简文里的《诗》篇名。诸家定此篇为《诗·小雅》的《无将大车》篇。然而简文虽然可以勉强读若《将大车》,但却没有"无"字,专家或以为传世本衍"无"字,或以为它是虚词而省,或以为它是表示呼声的语气词。其实《无将大车》诗的这个"无"字,应当理解为有无字。《诗·无将大车》的本义,《诗序》谓"悔将小人",其释迂曲牵强,不若理解为感时伤乱之作为适。王船山《诗广传》卷三谓:"有大车之可将,未有不畏其尘者也。逮乎无大车之可将,求尘之雝而不得也。"①就《诗序》说来看,孔疏谓"言君子之人无得自将此大车,若将此大车适自尘蔽于己","无"亦用如有无字。总之,不管如何理解《无将大车》的本义,其"无"字都当是实词而非虚词或语气词。从一般情况看,上博简说《诗》的篇名虽然可以省略某字,但不会省略关键之字。如《十月之交》篇《诗论》简省作《十月》,《何人斯》省作《可斯》②。如果此诗真是《无将大车》,不大可能省作《将大车》。另外,如前所述,简文《大车》前一字应当释为"赃(臧)",而不应作"将"。此外还应当指出的是,《诗论》简的这段评析之辞亦与《无将大车》篇的诗意不合。

《无将大车》一篇的意蕴,《诗序》以为是"扶进小人",三家诗的解释略同。宋儒朱熹《诗集传》卷十三以为是"行役劳苦而忧思者之作",当代专家多承其意谓是"赶大车者所作","推挽大车的人不必是为自己从事生产劳动,而是正在当差受苦"。古今对于此诗主旨的诸种理解虽然有别,但皆与"臧"意相距甚远。且与21号简文下面所述《湛露》一诗之意很难牵涉一起而相互印证。因此,可以推测简文所评非《无将大车》篇,而应当是《大车》之篇。

总之,简文所涉及的诗篇名不是《将大车》而应当是《大车》,"赃(臧)"字是对于《大车》之诗的评析之辞,而非篇中的某字。

(二)

如果确定此简所提到的《诗》篇是《大车》,那么,我们的分析便可以转入以

---

① 《船山全书》第三册,岳麓书社1992年版,第423页。
② 见上博简《诗论》第8号简和第27号简。

下两个问题:一《诗·大车》的意蕴何在,二《诗论》简如何对它进行评析。兹分别进行讨论。

《诗·大车》属于《王风》。此诗共三章,章四句。为讨论方便计,先具引如下:

> 大车槛槛,毳衣如菼。岂不尔思,畏子不敢。
> 大车啍啍,毳衣如璊。岂不尔思,畏子不奔。
> 谷则异室,死则同穴。谓予不信,有如皦日。

此诗的文字训释,并无太难之处,历来也少有异议。我们可以将《诗·大车》意译如下:

> 大车快快地行,发出"槛——槛——"的响声;车上人儿的毛衣颜色像嫩芦荻那样泛着淡青。不是我不想你,只是怕你犹豫不敢行动!
> 大车走得慢慢吞吞,车上的人儿的毛衣像赤玉那样红殷殷。不是我不想你,只是害怕你不敢和我私奔!
> 活着各住各的房,死后同埋一个坑。若说我的话不可信,天上太阳可作证!①

关于此诗意旨,历来大致有三说。

其一,认为《大车》篇是"刺时"之作。汉儒释诗多持"美刺"说。《诗序》谓此篇"刺周大夫也。礼义陵迟,男女淫奔,故陈古以刺今。大夫不能听男女之讼焉"。毛传亦谓:"大车,大夫之车,槛槛,车行声也。毳衣,大夫之服,……乘其大车槛槛然,服毳冕以决讼"。依照此说,诗的首章意谓女子见到大夫之车("大车")随着自己的槛槛之声经过,大夫身穿淡青色毛衣("毳衣如菼")。女子虽然想念情人("岂不尔思"),但却畏惧此大夫("子"),因而不敢与自己的情人私奔,恐大夫治罪于己。此即郑笺所谓"古之欲淫奔者之辞:我岂不思与女

---

① 这里的意译参考了程俊英先生的译文。有些地方略有调整。《大车》诗首章"畏子不敢"和次章"畏子不奔",程俊英先生都理解为女子不敢私奔。细绎其意,愚以为理解为女子对于恋人的看法似乎更妥些。

以为无礼与？畏子大夫来听讼将罪我，故不敢也"。此诗末章之义，依郑笺所云，即"古之大夫听讼之政，非但不敢淫奔，乃使夫妇之礼有别"。这种夫妇之礼，孔疏解释谓"使夫之与妇生则异室而居，死则同穴而葬，男女之别如此"。诗的最后两句则是大夫的自诩之辞，谓自己所言靠听讼而行之古礼是完全可信的，可以指日为证（"有如皦日"）。诗之所刺，乃是"刺""今之大夫不能然"（郑笺语），这也就是《诗序》所谓的"陈古以刺今"之意。汉儒的这种解释，为后代尊毛传、《诗序》的学者所信奉。宋代大儒朱熹虽然极力否定《诗序》等的"美刺说"，但是对于《大车》一诗的解释却未能冲破汉儒藩篱，故而在《诗集传》卷四中仍谓"周衰，大夫犹有能以刑政治其私邑者，故淫奔者畏而歌之如此"。

对于这种"刺时"说进行辩难者，见于清儒方玉润《诗经原始》卷五，他说："此诗若从《序》言，以为'陈古以刺今'，则无以处'谷则异室'之言。盖夫妇虽有别，亦何至异室而分居？"应当说，这个问题确实是汉儒之说无法回答者。将诗中"子"定为"大夫"，也令人费解。诗的末章之义按照汉儒说法亦不能通畅。《诗序》、毛传、郑笺关于此诗的解释，看来不大容易站住脚。

其二，汉代三家诗将此诗定为述史之作，即歌咏春秋时期息夫人的诗篇。刘向《列女传·贞顺》篇所载息夫人事如下：

> 夫人者，息君之夫人也。楚伐息，破之。虏其君，使守门。将妻其夫人，而纳之于宫。楚王出游，夫人遂出见息君，谓之曰："人生要一死而已，何至自苦！妾无须臾而忘君也，终不以身更贰醮。生离于地上，岂如死归于地下哉！"乃作诗曰："谷则异室，死则同穴。谓予不信，有如皦日。"息君止之，夫人不听，遂自杀，息君亦自杀，同日俱死。楚王贤其夫人，守节有义，乃以诸侯之礼合而葬之。君子谓夫人说于行善，故序之于诗。夫义动君子，利动小人。息君夫人不为利动矣。诗云："德音莫违，及尔同死。"此之谓也。

现代研诗大家陈子展先生持此说，谓"楚灭息在鲁庄公十四年，当周僖王二年（公元前680年），息夫人作《大车》就该在这一年。这是她殉夫殉国的绝命词，也是她反侵略反压迫的血泪词"[①]。

---

① 陈子展：《诗三百篇解题》，复旦大学出版社2001年版，第267页。

按，将此诗定为息夫人事的说法似有几个不可逾越的障碍，其一，《列女传》此载与《左传》庄公十四年楚灭息而纳息妫事不合。据《左传》载息妫曾为楚王"生堵敖及成王焉"，并非不从而死。或有人谓《列女传》之息夫人与息妫为两人，但《吕氏春秋·长攻》篇明谓息夫人就是息妫，或说之不可信于此可见。其二，汉儒引诗多为以《诗》句证已所述之事或证已之所论，并非说明其《诗》篇的写作情况。若谓此诗即为息夫人所作，是有问题的，就连刘向都还没有坚持这种说法，而只是谓"君子""序之于诗"。其三，此诗编入《王风》，若果为息夫人之作，拟或是君子为息夫人所作，皆当入于楚诗。此属王风，可证其非为楚诗①。要之，如果说息夫人曾经赋此诗末章以言志，是可以的，但以为此诗即为息夫人之诗，则不大妥当。此外，是诗末章，虽然可以勉强与息夫人事相合，但前两章的意旨则与之方枘圆凿矣。

其三，朱熹《诗集传》定其为淫奔者之诗。当代专家虽然多无明言接受此说，但在实际上是赞成这个说法的，只是改称之为"爱情诗"而已。专家按照这个思路进行的阐释可谓信而有征。例如，程俊英先生谓："这是一首女子热恋情人的诗。她很想和情人同居，但不知情人心里究竟如何，所以不敢私奔。但是她对情人发出誓词，表示她的爱是始终不渝的。这比《风》诗中的其他恋歌，较为大胆而又矜持。"②这个卓见密合诗旨，完全冲破了汉儒之说，这确是一首誓死热恋的情歌。若依汉儒之见把它说成是刺时之作或颂息夫人之作，虽然也可勉强通读，但终是迂曲别扭。不若此解明晰透彻。

（三）

《诗论》简文是如何评析《大车》一诗的呢？

简文评语谓："赃（臧），《大车》之嚣也，则以为不可女（如）可（何）也？"我们应当首先解释"赃（臧）"字。如前所述，赃、脏、臧三字实即一字之异。《说文》训"臧"谓"善也"，段玉裁注："凡物善者必隐于内也。以从艹之藏为藏匿字，始

---

① 王先谦曾辨析过此点，谓"申息亡而楚遂凭陵中夏，故录成申、哀息二诗于《王风》，明东周不振之由，犹黎、许无《风》而附于卫，见卫为狄灭也"（《诗三家义集疏》卷四）。按，其所谓"成申"之诗，指《王风·扬之水》篇，而此篇非是楚人成申，而是周平王派卒成申，列于《王风》乃自在情理之中。《大车》篇若果述息夫人事，则完全是楚事，与写周戍申事的《扬之水》篇是无法相提并论的。若谓因楚势力曾经影响到中原地区，所以虽为楚事而亦当列入《王风》，则楚势力影响甚巨，何以不见相似的《诗》篇呢？总之，《王风》中不大可能有楚诗混入其间，王先谦此说应当是可疑的。

② 程俊英：《诗经译注》，上海古籍出版社1985年版，第134页。

于汉末。改易经典,不可从也。又赃私字,古亦用臧。"①这个解释说明,臧亦即赃。简文读若臧,是完全可以的②。人的内心之善隐于心称为"臧",所隐之善,亦称为臧,故而臧字亦有善义。臧字的这个用法使用得很早,《尚书·盘庚》即有"邦之臧,惟汝众。邦之不臧,惟予一人有佚罚"之语。《尚书·酒诰》篇谓"厥心臧,聪听祖考之彝训",《诗·十月之交》"彼月而食,则维其常。此日而食,于何不臧",此皆"臧"用如善之例。然而,善亦以名词而用若动词,《管子·国准》"以无用之壤臧民之赢",此处的"臧"即使动用法,意即使"民之赢"者"臧",用如"缮",补之意也。善字亦每有意动用法,即以某某为善,"善"字有称许之意,"善某",即以某为善。善字的这种用法在先秦文献中不乏例证,如《国语·楚语》下"朝夕献善败于寡君","善败"即以败为善。《墨子·号令》"善重士",即以重士为善。《谷梁传》庄公六年"称名,贵之也。善救卫也",即称许救卫之举。上博简《诗论》第 8 号简"善諀言",即称许"諀言"。《诗论》第 22 号简"吾善之",即吾以之为善。上博简《论情性》第 12 号简"善其节,好其颂(容)",善其节意即以其节为善。本简的"赃"字,当读若臧,用如"善"。本简的"赃(臧)《大车》之嚣",意即以《大车》之嚣为善。

我们再来看简文"嚣"字。《说文》训谓:"高声也,一曰大嘑也。从䀠丩声。《春秋公羊传》曰:'鲁昭公嚣然而哭'。"嚣的这种"高声"、"大嘑"的本义至今仍然通用。嚣字的大声呼喊之本义可以衍生出自得无惧的意蕴③,《孟子·尽心》上篇载孟子语:"人知之,亦嚣嚣;人不知,亦嚣嚣。……尊德乐义,则可以

---

① 段玉裁:《说文解字注》三篇下。
② 臧字的造字本义,段玉裁《说文解字注》三篇下谓:"凡物善者必隐于内也,以从艹之藏为臧匿字如于汉末",可见臧古即用如藏,《吕氏春秋·上德》篇谓:"天覆地载,爱恶不臧",《荀子·富国》篇谓"足国之道:节用裕民,而善臧其余",皆为其例。古代文献中亦不乏臧、赃两字相通假的例证,如《史记·酷吏列传》"家尽没入偿臧",《盐铁论·刑德》"古者,伤人有创者,盗有臧者罚",臧皆当通假为赃。臧、赃两字相通,当本于臧本来就用如藏匿字。
③ 专家或谓简文"嚣"当读若古音同属宵部的"警",谓"'嚣'、'敖'颇多通假之例。《诗·大雅·板》'听我嚣嚣',而《潜夫论·明忠》引《诗》作'敖敖'。《说文》:'警,不肖人也。'"(王志平:《〈诗论〉笺疏》,载《上博馆藏战国楚竹书研究》,上海书店出版社 2002 年版,第 222 页)。按,此说可通。今尚可做一些补充讨论。《说文》谓"不肖人",朱骏声《说文通训定声》小部谓"肖者,省之误字",依此意,警当即不能体察别人意思的人。《楚辞·哀郢》"警朕辞而不听",王逸注谓"慢我之言,而不采听",《楚辞·九思》"令尹兮警警",王注"警警,不听话言而妄语"。总之,警意即为不听别人意见的傲慢态度。所以《尔雅·释训》谓:"警警,傲也"。简文此处读若"警"固然不误,但依《孟子》之语,嚣字亦可直接为说,义与警同,不通过假借而直接读之亦可。

嚣嚣矣。故士穷不失义,达不离道。穷不失义,故士得己焉;达不离道,故民不失望焉。古之人,得志,泽加于民;不得志,修身见于世。穷则独善其身,达则兼善天下。"赵岐注曰:"嚣嚣,自得无欲之貌。"嚣嚣此处与刚强意通。无欲则刚,故谓"自得无欲之貌"。总之,"嚣"可以表示一种十分自负、毫无顾忌的精神状态。

嚣字此义完全可以说明《大车》篇的主旨。此篇表达了女子对于恋人坚贞不渝,活不能成夫妻,死后也要归于一处("谷则异室。死则同穴")。这种誓死忠于所爱的情感是宝贵的,但却过分得毫无顾忌。女子鼓动男子与她一起私奔,还要誓死同穴而葬。此种决心虽然时至今日可以理解,可是春秋战国社会上人们并不认可。《孟子·滕文公》上篇载孟子语谓:

> 丈夫生而愿为之有室,女子生而愿为之有家。父母之心,人皆有之。不待父母之命、媒妁之言,钻穴隙相窥,踰墙相从,则父母国人皆贱之。古之人未尝不欲仕也,又恶不由其道。不由其道而往者,与钻穴隙之类也。

男婚女嫁,子女的愿望与父母是一致的。父母之命、媒妁之言,是当时婚嫁的必备礼仪。如果私奔,那就会为社会所不齿("父母国人皆贱之")。《大车》诗中所写的那位女子全然不顾这些,她还指日为誓,决心为爱情奋斗到底。她的这种自负而毫无顾忌的态度,就是简文所谓的"嚣"。简文的"如何",是先秦时期惯用的疑问之辞,犹今语:"什么原因呢?"这是古代汉语中习见的用法,《诗·晨风》:"未见君子,忧心钦钦。如何如何,忘我实多。"即为显例。简文"不可如何"的句式,在先秦文献中亦时有所见,如《易·小过》:"初六。飞鸟以凶。"《象传》曰:"'飞鸟以凶'不可如何也?"此"如何",即进一步追问上语所谓"不可"的原因。《孟子·告子》下篇:"曹交问曰:'人皆可以为尧舜,有诸?'孟子曰:'然。''交闻文王十尺,汤九尺,今交九尺四寸以长,食粟而已,如何则可?'"所谓"如何则可",实即"可则如何","如何"是对于上语所谓之"可"的原因的追问。总之,简文的"如何"应当是对于简文上述的"不可"之原因的追问。这段简文的意思是:称赞《大车》篇所表现的自负态度,认为它是不可以的,这是什么原因呢? 这种句式,表明了孔子对于《大车》一诗的重视①。若将其理解为"无可奈何",似未确。关于"不可如何"这个问题的回答,孔子采取了以诗说诗的方式,是以《诗·湛露》篇为例进行说明的。

(四)

让我们进而分析 21 号简提到的《湛露》。此诗见于《小雅》。据《诗序》说,它是"天子燕诸侯"之诗。全诗四章,章四句,兹具引如下:

> 湛湛露斯,匪阳不晞。厌厌夜饮,不醉无归。
> 湛湛露斯,在彼丰草。厌厌夜饮,在宗载考。
> 湛湛露斯,在彼杞棘。显允君子,莫不令德。
> 其桐其椅,其实离离。岂弟君子,莫不令仪。

关于此诗意旨,古今无异议,认为是天子夜宴同姓诸侯之诗。诗意谓:

> 早晨露水浓湛湛,太阳不出不会被晒干。长夜饮宴很舒闲,酒不喝醉不回还。
> 早晨露水亮晶晶,留在野草上使它更显茂盛。长夜痛饮,表示着对宗亲的孝敬。
> 早晨露水闪亮,沾在那杞树和荆棘上。尊贵诚信的君子,德行莫不显荣光。
> 看那桐树和椅树,果实满枝离离。平易和善的君子,酒后莫不彬彬有礼。

饮宴是贵族礼仪中的大事,参加饮宴者饮酒要有限度,不应当醉酒失礼。《小雅》中有一篇《宾之初筵》写贵族酗酒情况:"曰既醉止,威仪怭怭。是曰既醉,不知其秩。宾既醉止,载号载呶,乱我笾豆,屡舞僛僛,是曰既醉,不知其邮",贵族们饮宴醉酒,丑态百出,威仪尽失,实属非礼。《湛露》篇所写饮宴事,虽然

---

① 第 21 号简的这段简文句式,在《诗论》中是比较少见的。《诗论》简文在所述《诗》篇名称前多无动词,而是径提某篇《诗》作名称,然而亦非绝对如此,如第 18 号简"因《木芯(瓜)》之保(报)以俞(喻)其悁者也",第 16 号简"吾以《葛覃》得氏(氒)初之诗,民眚(性)古(固)然"等,《诗篇》名之前的"因"、"以",皆用如动词。《诗论》的这类评析,皆为孔子认为比较重要,其诗旨有待深入说明者,而非一般的诗篇。

有长夜之饮,但饮宴者皆保持君子风度,依然有"令(善也)德"、"令仪"。因为是在宗庙里表示对于祖先的敬意,所以这种饮宴更要展现出美善的德行,以告慰祖先神灵。

《诗论》第 21 号简是如何评论《湛露》一诗的呢?

简文谓:"《湛露》之赠(益)也,其犹□(左车右它)与(欤)!"简文"犹"后一字,专家或读若驰,或读若佗,疑未是。愚以为当从原整理者所释,读若"酡"[①]。"酡"字虽然不见于《说文》但已见于战国时期文献,义指饮酒虽未醉而颜面已泛红,犹今语之"微醺"。这种状态与酩酊大醉"载号载呶"、"乱我笾豆"还是有所不同的。《湛露》诗所写的饮宴,大家喝得尽兴,为长夜之饮,但又没有喝醉,只是喝得微醺而已,可见饮酒时宾主都掌握好了一定的度。这个"度",就是虽尽兴而不失礼。简文的"赠(益)",就是最佳状态,即指饮酒可以兴奋,可以喝得满脸通红,但又不要醉而失礼。过了这个最佳状态,饮酒则不仅无益,而且是有害了。简文认为,《湛露》诗中所展现的饮酒之益,恐怕就在于饮得虽然面红耳赤("酡"),但却没有醉而失礼。

分析《诗论》第 21 号简的简文可以看出,由《大车》篇所引发的问题,孔子通过对于《湛露》篇的分析进行了回答。简文提出的这个问题是:假若称赞《大车》一诗所表现的只顾一点而不管其余的偏执做法("赃(臧)《大车》之嚣也"),那是不可以的("则以为不可"),这是什么原因呢("女(如)可(何)也")?简文对于这个问题的回答是,《湛露》所表现的饮宴的最佳状态("《湛露》之赠(益)也"),恐怕就在于掌握了适当的"度",脸红而不醉吧("其犹酡与(欤)")!

(五)

孔子及其弟子常常对《诗》进行深入研讨,可举《论语》中《学而》与《八佾》两篇中的以下记载为例:

> 子贡曰:"贫而无谄,富而无骄,何如?"子曰:"可也。未若贫而乐,富而好礼者也。"子贡曰:"诗云:'如切如磋,如琢如磨。'其斯之谓与?"子曰:"赐也,始可与言诗已矣!告诸往而知来者。"

[①] 马承源先生指出此字"当读为酡,盖虽未醉而颜已酡"(《上海博物馆藏战国楚竹书》(一),上海古籍出版社 2001 年版,第 150 页)。其说可从。

> 子夏问曰："'巧笑倩兮,美目盼兮,素以为绚兮。'何谓也?"子曰:"绘事后素。"曰:"礼后乎?"子曰:"起予者商也! 始可与言诗已矣。"

子贡引《诗·淇奥》篇的"如切如磋,如琢如磨"之句说明自己与老师关于贫富观念的讨论。子夏由诗句联想到礼与忠信本质二者之间的关系问题,都是在对于《诗》句作深入理解的基础上由此及彼、由表及里进而探求义理。这是孔门研诗的基本方法之一。上博简《诗论》第21号简的这段简文,向我们展现了孔子以诗释诗的研《诗》方法,是甚可宝贵的材料。它表明孔子在教学中,善于启发别人进行联想与深入思考,而不做简单的说教。

孔子与弟子讨论问题,常常采取启发的方法引导弟子思考,采用"其犹"句式者,在《论语》一书中可见以下几例:

> 修己以安百姓。修己以安百姓,尧舜其犹病诸!
> 人而不为《周南》、《召南》,其犹正墙面而立也与?
> 色厉而内荏,譬诸小人,其犹穿窬之盗也与?①

《诗论》第21号简的"《审(湛)露》之賹(益)也,其犹酡与!",与上引《论语》之语的句式是一致的。

《诗论》第21号简对于《大车》、《湛露》两诗的评析,实质是说明人们对于爱情的追求,应当有一定的"度"。这个"度",就是礼,如果属于"非礼",则有害而无益。如果合乎"礼"而恰到好处,则是应当赞许的。

孔子对于男女情爱的肯定之辞,我们可以从《诗论》简中发现不少。如《诗论》第10号简谓"《关雎》以色喻于礼""以琴瑟之悦拟好色之愿,以钟鼓之乐[喻求女之]好"。第11号简肯定《关雎》之篇"其思賹(益)矣",即对于男子追求"好色"作了肯定。第17号简谓"《扬之水》,其爱妇烈。""《采葛》之爱妇"等,也都表明了孔子对于符合礼义的男女情爱的肯定态度。对于爱情的大胆追求,虽然应当肯定,但这肯定须在于礼义的范围之内,这是孔子情爱观的主线。《诗论》第13号简谓:"[《汉广》不求不]可得,不攻不可能,不亦智恒虔(乎)?",

---

① 以上所引孔子语,见《论语·宪问》和《阳货》篇。

就是这一观念的一种表达①。关于婚姻夫妇关系的重要,《中庸》载孔子语谓:"君子之道,造端乎夫妇。及其至也,察乎天地。"《孟子·万章》上篇载孟子语谓"男女居室,人之大伦也"。足可见婚姻夫妇关系是非常重要的伦理。儒家认为处理好夫妇关系是君子之道的开端,由此出发便可以审视天地万物。

在孔子的理念中,情爱与夫妇关系固然重要,但是,决不可违背礼的原则。《礼记·哀公问》篇载孔子语谓:"民之所由生,礼为大。非礼无以节事天地之神也。非礼无以辨君臣、上下、长幼之位也。非礼无以别男女父子兄弟之亲、昏姻疏数之交也。君子以此之为尊敬然。"男女情爱与夫妇关系自然亦必须在礼的范围之内。《礼记·坊记》篇载孔子语谓:

> 夫礼坊民所淫,章民之别,使民无嫌,以为民纪者也。故男女无媒不交,无币不相见,恐男女之无别也。以此坊民,民犹有自献其身。《诗》云:"伐柯如之何,匪斧不克。取妻如之何,匪媒不得。""蓺麻如之何,横从其亩。取妻如之何,必告父母。"

孔子引述两首诗的诗句来说明男女关系中"礼"之重要,第一首是《诗·豳风·伐柯》篇,第二首是《诗·齐风·南山》篇。媒妁之言与父母之命在那个时代的婚恋之"礼"中居于主导地位。这种观念与鼓励大胆追求爱情,构成了孔子情爱观的两个基点。男女由爱恋而婚姻,应当取谨慎态度而不可草率,《礼记·昏义》篇谓:"敬慎重正而后亲之,礼之大体,而所以成男女之别,而立夫妇之义也。男女有别,而后夫妇有义。夫妇有义,而后父子有亲。父子有亲,而后君臣有正。故曰:昏礼者礼之本也。"其所谓的"敬慎重正",就是符合"礼"的要求的正确态度。《大学》论"齐家"在儒家政治伦理中的重要,谓:"治国在齐其家。《诗》云:'桃之夭夭,其叶蓁蓁;之子于归,宜其家人。'宜其家人,而后可以教国人。"这里所引的《诗》句,见于《诗·周南·桃夭》篇。男女相恋是婚姻的开端,而婚姻是齐家的开始。儒家在其政治伦理中历来将个人置于家国的系列链条之中考虑,"个人"并非简单的自我,而是对于家庭乃至国家、天下有责任的个

---

① 相关的探讨参阅拙稿"上博简《诗论》'《汉广》之智'探论"(《古籍整理研究学刊》2003年第2期)一文,兹不赘述。

体。对于个人来说,其所肩负的责任远远大于其个性的自由。孔子与儒家的这些理论,虽然有其注重个体人性不够的一面,在后世也带来一些负面的影响,但从总体上看,强调个人对于国家、天下的责任,这还是可取的,是具有积极意义的理性思考。

按照儒家的情爱观念,《大车》之诗所表达的誓死相恋,有哪些违"礼"之处呢?

首先,诗中的女子欲私奔而遂其愿。这与当时的礼制是相违的。关于此诗首章的"畏子不敢",马瑞辰《毛诗传笺通释》卷七谓:"《广雅·释诂》'敢,犯也',敢谓犯礼。不敢犹不犯也。《吴语》'不敢左右',犹云不犯左右也。'畏子不敢',即谓不犯礼以奔,与下章'畏子不奔'同义"。这个解释是可取的。诗中女子实鼓励男子跟她一起私奔。马瑞辰谓其"犯礼",是显而易见的事情。

其次,依诗中之意,女子所誓("死则同穴")亦不合乎当时的葬礼。清儒姚际恒评论此诗末章之意谓:"淫奔苟合之人,死后何人为之同穴哉!"[①] 如此说来,女子之誓,决心则有之矣,但实际上却是做不到的。

这两点说明《大车》一诗表现的誓死相爱的决心,确与当时的礼制有相违之处。简文所提出的问题("贱(臧)《大车》之嚣也,则以为不可女(如)可(何)也?"),由此可以得到一些解释。为什么这是不可以的呢?就是因为这种做法违"礼"。如何不违"礼"而恰如其分呢?这就是《诗论》21号简文所提到的"《审(湛)露》之赒(益)也,其犹酡与!"的意蕴所在。

关于简文的"其犹酡与",我们还应当再做一些探讨。这句的本质意义在于说明,人的举动行为,必须合乎一定的"度"。简言之,就是不能违礼。《礼记·乐记》谓"终日饮酒而不得醉焉",所讲的就是这个度。然而,这只是问题的一个方面。过了限度而违礼,固然是不对的。可是,达不到应当做到的地步就是正确的吗?若在礼的限度以内,人该如何呢?孔子认为还是要努力争取达到一定限度的。就拿饮酒来说,应当达到"酡"(微醺)的地步,醺而不醉,就是合适的度,亦即是礼的限度。对于能够饮酒的人来说,饮酒时应当尽兴而饮,这其中也有一些礼仪问题。《礼记·玉藻》篇谓:"君子之饮酒也,受一爵而

[①] 姚际恒:《诗论通论》卷五。

色酒如也,二爵而言言斯,礼已三爵而油油以退"这里说,臣下陪国君饮酒接受第一杯酒,表情庄重地饮,接受第二杯时态度要温和恭敬,饮完了第三杯才可以告退。如果拒而不饮,则属非礼。

饮酒过程有许多礼节。长幼尊卑和人际关系准则都要通过饮酒来体现,如《礼记·乡饮酒义》篇谓饮酒时应当"弟长而无遗",即不论长幼都要喝酒而不遗漏。饮酒者的酬酢互敬过程并非仅举一下酒杯就算完事,在不醉的前提下饮酒多少,也是宾主诚意的表示。请看《仪礼·燕礼》所载君臣饮宴时关于饮酒的约定:"君曰:'无不醉!'宾及卿大夫皆兴,对曰:'诺!敢不醉?'皆反(返)坐。"《仪礼·射礼》载诸侯与卿大夫射礼上的饮宴,亦如此约定。显然这都是在以痛饮为约。《诗·湛露》"厌厌夜饮,不醉无归",毛传"不醉而出,是不亲也"。《礼记·乐记》谓"酒食者,所以合欢也",饮酒让君臣或族人同欢,自有其积极作用。关于饮酒之"度",很用得上孔子所谓的"过犹不及"的原则,酩酊大醉固属失礼,可是如果不饮酒示敬、示亲,那也是失礼。饮酒时要依礼而饮。醉而无礼,固然可耻。醉而不失礼,尚属可佳;只有饮得微醺而不醉,才算是最佳境界("䞈(益)")。

总之,孔子是通过《湛露》篇的理解,主旨在讲人的行为的"度"。饮酒依礼而有度,到达"酡"的程度就是最佳状态。孔子实认为男女情爱,亦犹如此。就要像饮酒那样,达到最佳状态。反之,不去大胆地追求爱情和不顾礼仪地过分张扬,孔子认为都是不可取的,当然,也是无"䞈(益)"的。

二十八　孔子与《宛丘》
——兼论周代巫觋地位的变化与巫女不嫁之俗

在上博简《诗论》中,孔子两次称赞《宛丘》,而古人却多视其为淫荡之诗。《宛丘》一诗所写的主人公是一位巫女,一位男子为她跌宕起伏、婀娜多姿的舞蹈所倾倒,与之相爱生情,但迫于客观条件,两人无法结合为婚姻,这一对男女不得不采取冷静态度,谓"洵有情兮,而无望兮"。孔子称赞这种做法。孔子之所以"善之",是由其情爱观所决定的。依照儒家"发乎情,止乎礼义"的情爱观,孔子既赞赏巫女对于爱情的执着,又称赞他们止乎礼义的做法。诗中巫女爱情受挫的重要原因应当在于巫觋的社会地位在周代呈下降趋势和巫女不嫁的社会习俗。

(一)

上博简《诗论》第 21 号简后半直至第 22 号简结尾,这一大段简文以"孔子曰"起头,用同一句式,连续评论《宛丘》、《猗嗟》、《鸤鸠》、《文王》、《清庙》等篇,其评论《宛丘》一诗的简文如下:

> 孔子曰:《宛丘》,吾善之。……(以上第 21 号简)……之。《宛丘》曰:"訇(洵)有情,而亡望。"吾善之。(以上第 22 号简)①

孔子两次提到对于《宛丘》一诗"吾善之"。所谓"善之"意即以"之"(指《宛丘》)为善,称许《宛丘》一诗美善。《宛丘》一诗古人曾以为是淫荡之诗,或者说是写游荡的诗,然而孔子何以"善之"呢? 在下面的简文中,孔子还特别地指出《宛丘》中的两句诗非常值得称许,这两句是"(洵)有情,而亡望",今《诗经·郑风·宛丘》篇其中正有"洵有情兮,而无望兮"之句,与简文吻合。

为什么孔子称许《宛丘》一诗,并且特别称赞诗中的这两句呢? 要解决这个问题,必须从研讨《宛丘》的诗旨入手。为便于讨论,现将全诗具引如下:

> 子之汤兮,宛丘之上兮。洵有情兮,而无望兮。
> 坎其击鼓,宛丘之下。无冬无夏,值其鹭羽。
> 坎其击缶,宛丘之道。无冬无夏,值其鹭翿。

诗中的"子",前人所释,有陈幽公、陈国大夫、一般游荡之人等说,皆指男子而言。诗中的"汤"读若"荡",郑笺以"游荡"释之。"宛丘",毛传谓:"四方高、中央下,曰宛丘。"鲁诗谓:"丘上有丘曰宛丘。"②《尔雅·释丘》谓:"丘上有丘,为宛丘。陈有宛丘。"宛,《说文》"屈草自覆也",段注"引申为宛曲、宛转"。两说相较,以鲁诗、《尔雅》为优。因为诗中谓"宛丘之上",若以"中央下"之地当之,

---

① 简文"宛"字,为备字讹省,也有专家认为它原为畹字,另有专家说当读若䀇、䀇。按,备、畹、䀇、䀇、宛等皆元部字,简文此处诸家皆读若宛,这应当是正确的。简文"吾"字原为从"虍"从"壬"之字,读若吾。
② 王先谦:《诗三家义集疏》卷十,中华书局 1987 年版,第 462 页。

恐非是。依鲁说，当指丘上之丘，它高耸于平旷之地，四方围而观之，犹舞台然。

《宛丘》一诗，汉儒以之为刺淫荡无度之作。然而，对于是诗所"刺"的对象，却有不同理解。其一，《诗序》以为"刺"的是陈幽公。云："《宛丘》，刺幽公也。淫荒昏乱，游荡无度焉。"孔疏谓："淫荒谓耽于女色，昏乱谓废其事。游荡无度谓出入不时，声乐不倦，游戏放荡无复节度也。"其二，毛传以为"刺"的是陈国大夫。认为诗中游荡的"子"，乃是陈国大夫。孔颖达在疏中尽管把毛传打人的棍子接过来，表面看是指向陈国大夫，可是却打在了陈幽公身上，说是"由君身为此恶，化之使然，故举大夫之恶以刺君"。孔疏此论的逻辑是"上梁不正下梁歪"，依此看来，把棍子打在陈幽公头上并不过分①。其三，宋儒朱熹《诗集传》卷七将《宛丘》一诗所"刺"对象扩大到一般的游荡之人，谓"国人见此人常游荡于宛丘之上，故叙其事以刺之"。以疑古著称的清儒姚际恒亦持此说，谓"此诗刺游荡之意昭然"②。总之，古人多将此诗理解为刺君或刺时之作，基本上循汉儒的美刺说进行释诗③。当代专家亦多有信奉汉儒此说者，如陈子展先生说："《宛丘》，是讽刺陈国统治阶级游荡歌舞之诗，当出自民间歌手"④。

对于《宛丘》一诗的诗旨，除美刺之说外，尚有其他几种说法，兹分述之。

其一，将《宛丘》理解为描写巫者之诗。《汉书·匡衡传》注引张晏语："胡公夫人，武王之女大姬，无子，好祭祀鬼神，鼓舞而祀，故其诗曰：'坎其击鼓，宛丘之下，无冬无夏，值其鹭羽'。"依张晏之意，《宛丘》一诗乃是描写自胡公夫人始，陈国巫风盛行的诗篇。而清人王先谦则认为推本溯源，张晏之意应出自《齐诗》。他说："晏生汉魏之际，《齐诗》具存，晏注用《齐诗》，明齐、毛文同。晏

---

① 关于《宛丘》一诗主旨表面在于刺臣，而实质上在于刺君的问题，除孔疏之外，清儒戴震也解释说："意主于君，而辞则言所从之大夫，及击鼓缶持翳舞之属，此杜蒉饮师旷、李调之意也"（《戴震全书》第二册，黄山书社1994年版，第306页）。按，杜蒉事见《礼记·檀弓》下篇，谓杜蒉罚师旷、李调酒，以讽谏晋平公违礼奏乐之举。戴震引此事说明《宛丘》表面上是刺大夫，实际还是讽谏陈君。其义与孔疏意同。清儒陈奂说：此诗乃通过刺大夫而刺陈幽公，"正所谓一国之事系一人之本者"（《毛诗后笺》卷十二）。

② 姚际恒：《诗经通论》卷七，中华书局1958版，第145页。

③ 汉儒释《诗》取"美"、"刺"之说，将《诗》篇主旨皆定为对于圣君的赞美或对于昏君、佞臣的讽刺。汉儒的美刺说，虽然不能全盘否定，但是将美刺说作为一种绝对化的模式，则不可取。

④ 陈子展：《诗三百篇解题》，复旦大学出版社2001年版，第498页。

推本胡公夫人,仍以为嗣君好祭祀,其序'刺公淫荒昏乱',《传》斥'大夫',笺斥'幽公游荡无所不为'之语,皆未之及,知《齐诗》无此说也。"①其后,现代学者延续《齐诗》之说,对《宛丘》一诗进行了具体阐述。闻一多先生说:"《宛丘》篇曰:'洵有情兮,而无望兮',言歌舞祀神之人,虽有诚信之情,而此身无可托恃,意谓鬼神之渺茫难知也。"②高亨先生说"这是一篇讽刺女巫的诗"③,认为女巫虽然有情,但却无威望,不受人敬仰。

其二,将《宛丘》定为爱情诗。程俊英先生说:"这首诗,写一个男子爱上一个以巫为职业的舞女。陈国民间爱好跳舞,巫风盛行。《说文》:'巫,祝也。女能事无形,以舞降神者也。'诗中的'子',就是以舞降神为职业的女子,所以她不论天冷天热都在街上为人们祝祷跳舞。"④日本学者白川静认为此"望"字当通假作"忘",指巫女"容姿之美,有夺人心魄、令人不能忘怀的魅力"⑤。其说与爱情诗之说相近。

总结以上讨论可以看出,汉儒的讽刺说、现当代专家的述巫者说及爱情诗说,都能够与诗意符合,然而究竟哪一种说法更接近《宛丘》一诗的主旨呢?上博简《诗论》为我们重新认识《宛丘》一诗的主旨提供了契机。概括言之,可以肯定简文直接为我们揭示了这样两个方面的内容:一是表明孔子对于《宛丘》全诗的赞许;二是表明孔子特别赞赏《宛丘》诗中的"洵有情兮,而无望兮"两句。这是孔子称赞《宛丘》全诗的主要原因所在。

(二)

上博简两次提到《宛丘》一诗,其中一次是对于此诗的全面肯定("善之"),另一次是对于"旬(洵)有情,而亡望"的特别肯定。这可以理解为孔子唯恐人们不知道《宛丘》一诗特别值得称道的地方,因而画龙点睛式的再说一遍以引起人们的充分注意。"洵有情兮,而无望兮"两句诗,见于《宛丘》首章,为究明其意,也为了深入说明孔子何以赞赏《宛丘》一诗的问题,我们必须将此诗全面讨论一下。

---

① 王先谦:《诗三家义集疏》卷十,中华书局1987版,第463页。
② 闻一多:《闻一多全集》(三),湖北人民出版社1986年版,第353页。
③ 高亨:《诗经今注》,上海古籍出版社1980年版,第176页。
④ 程俊英:《诗经译注》,上海古籍出版社1985年版,第237页。
⑤ 〔日〕白川静:《诗经的世界》,杜正胜译,东大图书公司2002年版,第86页。

作为全诗描写对象的"子",应当指巫。更进一步说,诗中的"子",应指女巫。诗中写"子"不分冬夏冷暖都在宛丘上下及道路上舞蹈,这只能是巫者所为,不可能是陈国君臣,也不大会是一般的游荡之人。巫本来是包括男女的,男巫又称为觋。两者对称为巫、觋,合则为巫。知《宛丘》一诗所写的作为舞者的"子"应当是女巫,理由有二:一是《春官·宗伯·司巫》载"司巫掌群巫之政令。若国大旱,则帅巫而舞雩。……男巫掌望祀望衍,授号,旁招以茅。冬堂赠,无方无算。春招弭,以除疾病。王吊,则与祝前。女巫掌岁时祓除衅浴,旱暵则舞雩。"男巫不如女巫那样有"舞雩"之事。可见巫舞应当是女巫所为。二是用"汤(荡)"描写其舞姿,汤,本作"荡",指摇动、摆动,形容舞者跌宕起伏、婀娜多姿,而非指男子的阳刚之气。就以上两方面原因看,以诗中的"子"为女巫较为合适。

《宛丘》一诗的"无望兮"的"望"字是什么意思呢?依前面提到的闻一多先生的说法,是指"托恃",犹今语"指望"[①]。这个说法是可取的,只是所指望的对象并不是鬼神,而是那位舞蹈蹁跹、舞姿婀娜的巫女。"无望"是指对于那位巫女的爱慕没有实现的指望。明乎此,我们就可以试将此诗意译如下:

巫女的舞姿轻轻摇荡啊,
在那宛丘的高地之上呀。
爱慕之情真的深厚啊——
然而却没有什么指望啊!

击鼓声坎坎响起
在那宛丘下的野地。
不分夏季冬日,

[①] 关于"无望",郑笺谓"此君信有淫荒之情,其威仪无可观望而则效",此解迂曲难通。专家关于《诗·宛丘》和上博简《诗论》的相关研究,对于这个"望"字的理解还有解为忘、见及通假为妄等说法,虽然皆有根据,但与先秦文献中所使用的"无望"一词的意义相距较大。先秦时期的文献中,"无望"为一成语,意皆指没有指望,如《左传》昭公二十七年"呜呼!为无望也夫,其死于此乎"。《孟子·梁惠王》上篇"无望民之多于邻国也",《晏子春秋·内篇·谏》下篇"傲细民之忧,而崇左右之笑,则国亦无望已"等,皆为此例,所以比较而言,黄怀信先生说它"只能是指望、希望"(《上海博物馆藏战国楚竹书〈诗论〉解义》,社会科学文献出版社2004年版,第202页),应当是可信的。

舞动鹭羽不停息。

击缶声坎坎作响，
在那宛丘的道路上。
不分冬夏，
手中鹭翿舞得狂①！

诗中有一些语句变化之处，值得我们注意。就《诗经》四言诗的一般情况而言，这首诗显然其首章的字数与其下两章不同。首章连用四个"兮"字，而后两章则不见一个"兮"字。这四个"兮"字，通过拖长声音节奏，让读者体味诗中所说的"情"深厚婉转，绵延久长，表达了这对男女相爱之深。《宛丘》诗首章的节奏，可以说是和风细雨般地轻歌曼舞，体现了男子和巫女之间的爱慕之情，这种轻抒柔情的节奏，恰当地表现了情意的绵长婉转。此章的最后一句——"而无望兮"，愚以为是让全诗节奏骤然加快的关键，它犹如暴雨突降、狂飙骤至。这一句之后的两章，没有用一个"兮"字，使得节奏简单短促，恰恰表现了这对男女的爱情遭遇了突然的不可逆转的巨大变化。诗中的这对男女诚然相爱（"洵有情兮"），但是迫于种种原因而没有办法再前进一步，结合为夫妻。这对于相爱双方的打击之大可以想见，在这种情绪下，巫女不分冬夏地舞蹈，舞蹈加速了，节奏加快了，舞具也变重了，曼舞变成了狂舞。这或许可以从中体味出诗作者的良苦用心之所在。正是《宛丘》首章这四个"兮"字的使用，使得诗的节奏有了明显不同，使人体会到诗的意境发生了变化。这一点是前人论《宛丘》一诗所忽略的地方，我们今日得上博简《诗论》特别重视"洵有情"句的启示，抉发出首章与后两章节奏之异的情况，对于认识《宛丘》一诗的主旨应当是有一定帮助的。

（三）

值得追问的一个问题是，《宛丘》诗中的那位男子为什么会发出"无望"的呼喊呢？愚以为这可能与巫觋社会地位的变化有关系。

---

① "鹭翿"的"翿"通"翳"，是为扇形舞具，《诗·王风·君子阳阳》"左执翿"者即此。此诗次章写持鹭羽而舞，只是拿着鹭羽，尚较轻，而鹭翿要重于鹭羽，末章写巫女舞鹭翿，舞具加重，也衬托出巫女心情的沉重与舞动时力度的加强。

早期的巫觋是尊贵的神职人员,《国语·楚语》下篇说:"民之精爽不携贰者,而又能齐肃衷正,其智能上下比义,其圣能光远宣朗,其明能光照之,其聪能听彻之,如是则明神降之,在男曰觋,在女曰巫"。可见巫觋是具有精爽不贰、齐肃衷正、智慧圣明多种美好德行的人。有些氏族首领本身就是巫觋,一身而二任。这种情况不仅原始时代为然,就是进入文明时代很久,依然时有所见。相传商汤为祈祷禳除旱灾而亲剪发甲为祭,故《墨子·兼爱》上篇说:"汤贵为天子,富有天下,然且不惮以身为牺牲,以祠说于上帝鬼神"。大量的殷商卜辞记载表明,殷人占卜时商王常常亲自参与并发布占辞,其身份就有"大巫"的因素。周初,周公旦曾经设坛为周武王祈祷,事见《尚书·金縢》篇。是篇载周公"为三坛同墠,为坛于南方,北面,周公立焉,植璧秉圭",为武王祷告,全身佩戴璧圭,俨然大巫形象。《尚书·洪范》篇记载周代王室为释疑惑而讨论决策的情况:"稽疑,择建立卜筮人,乃命卜筮……汝则有大疑,谋及乃心、谋及卿士、谋及庶人、谋及卜筮。汝则从、龟从、筮从、卿士从、庶民从、是之谓大同",可见在决策时卜筮之人意见还是占有一定比重的。就是到了西周后期周厉王的时候,巫的影响依然很大,史载"厉王虐,国人谤王。邵公告曰:'民不堪命矣!'王怒,得卫巫,使监谤者,以告,则杀之"(《国语·周语》上),周王对于巫的信任于此可见。

春秋时期,巫常见于诸侯国的政治生活中,其地位尽管已有所下降,但是仍然不可小觑。春秋初年,鲁隐公"祭钟巫"时被弑(《左传》隐公十一年)。《左传》僖公十年载晋共太子死后显灵,对人说七天之后在"新城西偏,将有巫者而见(现)我焉",亦即其灵魂将附于巫之身上而显现。史载过了七天,果然如此。可见巫者之言,为人所信程度之深。《左传》文公九年载,"楚范巫矞似谓成王与子玉、子西,曰:'三君皆将强死。'"亦为巫者干政之事。

春秋战国时期,随着社会结构的变化、士阶层的崛起、前所未有的知识的广泛传播,巫的降神、接神之举,受到越来越多的质疑。据《吕氏春秋·知接》篇记载,齐桓公妄信"常之巫",事为管仲所谏,可见管仲已对巫别有看法。《春秋》庄公二十三年,记载鲁庄公到齐国"观社",当即被人视为"非礼",《穀梁传》说:"以是为尸女也"。范宁《集解》说:"尸,主也。主为女往尔,以观社为辞。"依范宁解释鲁庄公到齐观社为的是看女人。这个说法本不为错,但并未点明"尸女"的具体所指。《穀梁传》所说的"尸女"应当就是祭典上为"尸"的巫女。

观看社祭上的巫女,被视为"非礼",说明远古时代那种巫女的神圣性质至此已有所变化。《墨子·号令》篇载,"望气者舍必近太守,巫舍必近公社,必敬神之。巫祝史与望气者必以善言告民,以请(情)上报守,守独知其请(情)而已。无与望气妄为不善言惊恐民,断弗赦",这个记载断定巫者可能有"不善言"出现,所以官员警告巫祝类人物,只能"以善言告民"。春秋后期,吴公子季札聘鲁,欣赏音乐,"为之歌《陈》。曰:'国无主。其能久乎?'"《宛丘》为《陈风》首篇,季札听陈国歌曲,自然会有《宛丘》。季札听后,却感觉到这是国家衰亡之音,所以预言陈国不久将灭亡。《宛丘》写了巫风歌舞,被季札视为亡国之征,可以推想春秋后期的各诸侯国,巫风歌舞在大雅之堂的地位已经衰落。《礼记·檀弓》下篇载有如下一件事情:

  岁旱,穆公召县子而问焉。曰:"天久不雨,吾欲暴尫而奚若?"曰:"天久不雨。而暴人之疾子,虐,毋乃不可与?""然则吾欲暴巫而奚若?"曰:"天则不雨,而望之愚妇人,于以求之,毋乃已疏乎?"

鲁国天旱,鲁穆公试图暴巫祈雨,遭到反对,反对的理由是,把希望寄托于"愚妇人"哪里能行?女巫被视为"愚妇人",当时人的眼里的女巫的形象与地位,于此可见一斑。

  战国以降,巫觋的影响每况愈下。《荀子·正论》篇说,"至贤畴四海,汤武是也;至罢不能容妻子,桀纣是也。今世俗之为说者,以桀纣为有天下,而臣汤武,岂不过甚矣哉!譬之,是犹伛巫跛匡大自以为有知也"。巫者已被视为狂妄自大且愚昧无知者的代表人物之一。《吕氏春秋·侈乐》篇批评巫风音乐说:"楚之衰也,作为巫音。侈则侈矣,自有道者观之,则失乐之情。"伪古文《尚书·伊训》篇谓"恒舞于宫,酣歌于室,时(是)谓巫风",并将"巫风"与"淫风"、"乱风"并列为可以导致亡国的不良社会风气。伪孔传说:"常舞则荒淫,乐酒曰酣,酣歌则废德,事鬼神曰巫,言无政",认为以常舞酣歌为特征的"巫风"可以导致废德废政的恶果。《吕氏春秋·尽数》篇谓:"今世上卜筮祷祠,故疾病愈来",认为卜筮祷祠根本不能治病。《韩非子·显学》篇分析了当时社会上的轻视巫祝之风气,说道:"今巫祝之祝人曰:'使若千秋万岁。'千秋万岁之声聒耳,而一日之寿无征于人,此人所以简巫祝也。"所谓"简巫祝"意即轻视、瞧不起巫祝。《诗·陈风·东门之枌》为刺巫之作,诗谓巫女"不绩其麻,市也婆娑",不务正业。对于这一点,汉代王符《潜夫论·浮侈》篇曾举汉代之例进行说明,谓"诗刺'不绩其麻,女也婆娑'。今多不修中馈,休其蚕织,而起学巫祝,鼓舞事神,以欺诬细民,荧惑百姓"。在王符看来,《陈风》之巫当然也是"欺诬细民,荧惑百姓"的骗子。

社会舆论中的"简巫祝"之风,自西周后期直至战国秦汉,一直吹拂不已。尽管如此,巫风并没有因此而止息,它仍然有着广泛的生存空间,社会上层和下层的迷信需求为它的存在提供了可能。《史记·封禅书》载,汉高祖六年(前201)曾经下诏设立"女巫"之官。女巫分为梁巫、晋巫、秦巫、荆巫、九天巫、河巫、南山巫等多种,其中梁巫的职守是"祠天、地、天社、天水、房中、堂上之属"。"索隐"谓:"《礼乐志》有《安世房中歌》,皆谓祭时房中堂上歌先祖之功德也。"《宛丘》为"陈风"中诗篇,陈地近梁,巫之歌"房中、堂上",犹有陈地巫觋歌舞之风。然而,总体来看,春秋战国以至秦汉时期巫术是呈衰落趋势的。汉代大儒郑玄曾经对比古代之巫与后代之巫的区别,说:

> 《国语》曰:"古者民之精爽不携二者,而又能齐肃中正,其知能上下比义,其圣能光远宣朗,其明能光照之,其聪能听彻之,如是则神明降之,在男曰觋,在女曰巫,是之使制神之处位次主,而为之牲器时服。"巫既知神如此,又能居以天法,是以圣人祭之。今之巫祝,既闇其义,何明之见?何法之行?正神不降,或于淫厉,苟贪货食,遂诬人神,令此道灭,痛矣!①

郑玄此论道出了巫风由盛而衰的事实,这是正确的,但是他认为这其间的原因不是巫术不行,而是后代的巫把此术弄坏了,犹今语"歪嘴和尚把经念走了样"。其实,后代巫觋地位的下降和巫风之衰,并非巫觋之无能,而是社会文明进步的必然。巫的"淫厉"和"苟贪货食",只是后代巫觋衰落时的一种表现而已,并非根本原因之所在。

除此之外,周代可能存在着巫女不嫁之俗,也当是重要原因。对此,今可

---

① 贾公彦:《周礼注疏》卷二十七,《十三经注疏》本,中华书局1980年版。

略加考析如下。《汉书·地理志》载齐地之俗,

> 国中民家长女不得嫁,名曰"巫儿",为家主祠,嫁者不利其家,民至今以为俗。

称为"巫儿"者未必为家之"长女",《诗·召南·采苹》"于以奠之,宗室牖下,谁其尸之,有齐季女",所谓的"尸",就是后世子孙所装扮的先祖形象,在祭礼中充当先祖神灵受祭拜。此种祭尸之礼当是巫术变化的结果,交接神灵的巫,可以神灵附体,谓自己就是某某神灵。此俗用于祭礼,就是祭尸之礼。《采苹》诗表明,为"尸"者乃是"季女"。相传楚襄王时,遇巫山神女,巫女自谓:"我帝之季女也。名曰瑶姬,未行而亡。封巫山之台,精魂依草,实为珪芝,媚而服焉,则与梦期,所谓巫山之女,高唐之姬。"①此巫女亦"季女",从以上记载,可以推测,周代可能普遍存在着以女为巫留家不嫁之俗。此女可能是长女也可能是季女。可能是为了保持其神秘性质的缘故,所以巫女不嫁于人。然而据"男大当婚、女大当嫁"的情理推测,巫女不大可能永远不嫁,但巫女嫁人,或者妻、女为巫在实际上可能是被视为不吉利的事情。云梦秦简《日书》甲种 75 简正面载"取妻,妻为巫,生子,不盈三岁死",这里是说不吉利之事的后果便是"妻为巫",并且为巫之妻所生之子也会夭折。另有《日书》乙种 94 简所载凶兆之一便是"生子,男为见(觋),女为巫",子女为巫在当时人心目中毕竟是不吉利的事情②。

关于巫女不嫁,《诗·曹风·候人》可能也是一例。诗的末章谓:"荟兮蔚兮,南山朝隮。婉兮娈兮,季女斯饥。""朝隮"即朝虹,是男女之爱的一种象征③。"季女斯饥",曾有专家解为"饥于爱也"④。《候人》一诗写的是任"候人"之职的小官吏与"季女"的爱得不到的圆满结局的慨叹。我们可以推测,如果

---

① 《太平御览》三百九十九引《襄阳耆旧记》。按《山海经·中山经》载此事谓"帝女死焉,其名曰女尸",所谓"女尸",即传说中的巫山神女,可证"尸"有可能是巫女。

② 关于睡虎地秦简《日书》释文,这里参阅了吴小强先生《秦简日书集释》(岳麓书社 2000 年版)一书,见书第 62、207 页。

③ 闻一多《诗经的性欲观》指出,"隮便是螮蝀,螮蝀便是虹。虹是性交的象征,我已得着充分的证据"(《闻一多全集》第 3 册,湖北人民出版社 1986 年版,第 175 页)。

④ 袁珂:《山海经校注》,上海古籍出版社 1980 年版,第 255 页。

说这里的"季女"就是我们前面所提到的作为巫女者的话,那么,《侯人》所写的季女与《宛丘》所写的巫女,身份应当是相近的。这两首诗的相同之处的在于都写了巫女之爱,都写了对于这种爱不能得到圆满结果而产生的慨叹。

总之,在《宛丘》诗的时代,可能由于巫觋社会身份地位的下降,给爱慕巫女的那位男子以重要影响,让他发出婚姻无可指望的哀叹。如果这位男子是贵族中人,那么他娶一位门当户对的贵族女子,就要比娶一位巫女,要顺理成章得多。当时社会上还可能存在着巫女不嫁之俗①。在这种社会习俗下,那位男子"止乎礼义",顺从了社会习俗,这应当是他与那位巫女爱情发生变故的根本原因。

(四)

关于巫觋社会地位的变化情况的探讨,为我们认识《宛丘》一诗提供了帮助。《宛丘》诗所写那位男子发出"无望"呼喊的真正原因,就在于他不能够与自己相爱的巫女结合,巫女的身份与他有别。男女间不顾社会身份地位的自由相爱,还为当时的社会条件所不容。

让我们回过头来再看《宛丘》一诗。

诗的首章一开始就说"子之汤兮,宛丘之上兮",这显然是观看巫女跳舞的男子的口吻。也许正是巫女的舞姿首先吸引了观看歌舞的这位男子,日久生情,男子与巫女相爱("洵有情兮"),但男子与巫女的进一步结合却遇到了不可逾越的障碍,他坦率地承认没有实现"有情人终成眷属"的指望。男女双方遂陷入苦痛当中,爱情既无可能,剩下的只有巫女发泄郁闷的狂舞("无冬无夏,值其鹭羽"、"无冬无夏,值其鹭翿")。

我们需要研讨的一个重要问题是,孔子为什么要赞美《宛丘》一诗?又为什么要特别赞美《宛丘》诗中的"洵有情兮,而无望兮"这两句呢?上博简《诗

---

① 关于"巫女不嫁"之俗,史料所载甚少,因此只能略做一些推测。依情理分析,巫女不可能永远不嫁。汉乐府"老女不嫁,踢地唤天"(《乐府诗集》卷二十五《地驱歌》)虽然此女并非巫女,但是她的呼喊仍然是不嫁之女心态的典型表露。周代若有留家不嫁的巫女,其心态亦应如是。依情理度之,其婚姻还是要解决的。但限于巫之神职身份和其社会地位的下降,周代巫女和社会上一般女子比较起来,其婚姻的难度应当是很大的。很可能巫女的婚姻采取招婿入赘的方式解决。此点和巫女不嫁之俗一样,都尚待更多的材料和更深入的研究以证其真或证其伪。另外,巫女不婚,在宗教改革之前的欧洲是常见现象,只是宗教改革运动冲击了禁欲观念之后,才逐渐形成了普遍婚姻与和谐的夫妻关系。这种现象对于理解中国古代巫女不嫁的问题也有一定的参考价值。

论》评诗惜墨如金,但是对于《宛丘》一诗却不怕重复,两次提及,这说明孔子于此有深意在焉。愚以为这至少应包括两重意思。

首先,《宛丘》全诗是以男子的视角所叙述的巫女形象,在宛丘之上,巫女跌宕起伏的舞蹈引起男子的爱慕。我们依据《宛丘》一诗,可以推想这位巫女会是一位坚韧执着、不畏困难的女子。孔子说:"《宛丘》,吾善之",实质上是肯定了巫女与男子的爱情。孔子的情爱观的一个重要方面是对于男女情爱的肯定与支持。上博简《诗论》载孔子对于《关雎》一诗是持赞美态度的。《关雎》说:"窈窕淑女,君子好逑"、"窈窕淑女,寤寐求之",表达了一位男子对于所爱姑娘的执着追求。上博简《诗论》第11号简记载,孔子认为《关雎》之篇"其思赠(益)矣"。第17号简记载,孔子对于《扬之水》、《采葛》两篇的"爱妇",亦持赞赏态度。《汉广》是《诗经》中著名的爱情篇章,孔子对此诗亦持肯定态度。《韩诗外传》载孔子南游时曾经鼓励子贡与浣衣之女交往,让子贡向其求饮、求调琴音、赠送缔纮,让子贡"善为之辞"而与她交谈①。于此可见,孔子并没有男女授受不亲之类的观念,而是赞成男女交往并且相爱的。由孔子所选编成书的《诗》三百篇以描写爱情著名的《关雎》一篇为首,就是表明孔子这种思想的一个有力证据。

其次,孔子认为男女交往应当有一定的限度,这限度就是"礼"。孔子主张男女交往时应当分析客观环境,分析社会可以认可的程度。例如《汉广》一诗写青年男子对于"汉之游女"的爱慕,他慨叹"南有乔木,不可求思,流之广矣,不可泳思,江之永矣,不可方思",认为汉之游女可遇不可求。在上博简《诗论》中,孔子即称赞说:"[《汉广》不求不]可得,不攻不可能,不亦智恒乎?"认为那位羡慕"汉之游女"的男子不去强勉做某项事情,不可能做到的事情就不去做,这样才有成功的希望,这才是足智多谋的表现,也才称得上是长久的智慧("不亦智恒乎")。《诗论》对于《宛丘》的评析与对于《汉广》的评析是完全一致的。

春秋战国时期,社会上已经盛行通过媒介结为婚姻,所以孟子痛斥钻穴之事,说:"丈夫生而愿为之有室,女子生而愿为之有家。父母之心,人皆有之。不待父母之命、媒妁之言,钻穴隙相窥,踰墙相从,则父母国人皆贱之。"语见《孟子·滕文公》下篇。《孔丛子·杂训》篇说:"士无介不见,女无媒不嫁。"《战

---

① 李山先生曾经指出这条材料。

国策·燕策》一载术士语谓:"周之俗,不自为取妻。且夫处女无媒,老且不嫁;舍媒而自炫,弊而不售。顺而无败,售而不弊者,唯媒而已矣。"我们从《宛丘》诗中看不到媒介的影子,而只是看到了那位男子与巫女的炽热的爱。可以推想,这种爱的结果只可能是"父母国人皆贱之"。冷静地说,对于情爱应当分析客观形势和各种条件,不可强勉。"洵有情兮,而无望兮"可以说就是对于客观形势冷静分析后的结果,诗中的那位男子与巫女虽然相爱,但没有指望结合为夫妻,所以只好面对这种形势,依《诗论》之语便是"不攻不可能",承认现实,而不做出过激行动。

礼义对于爱情而言,固然有某种限制——甚至禁锢——的负面影响,但是对于爱情也未尝不是一定条件下的保护与保证。所以孔子及儒家主张情动于中,礼义制其外。按照《诗序》的说法便是"发乎情,民之性也;止乎礼义,先王之泽也"。对于男女爱情的肯定,是与孔子对于夫妇关系的重视密切相关的。《礼记·中庸》载孔子语谓"君子之道,造端乎夫妇。及其至也,察乎天地"。夫妇为人伦大事,故而男女之间应当和谐美好。

总之,《诗·陈风·宛丘》是一首描写对巫女爱恋的情爱诗。诗中表现出巫女对于爱情的执著、热烈。此诗通过各章间节奏的调整,表现出诗主人公的情绪变化。诗中所描写的相爱男女,不能再前进一步结为夫妻,而是退守于礼义所限定的范围。这是时代与社会的客观外在条件限制的结果,是当时的人所难以逾越的。孔子既赞美爱情,又肯定礼义的作用。上博简《诗论》对于《宛丘》一诗的评论,使我们从一个方面对于孔子及儒家的情爱观有了更多的认识。

二十九　孔子何以赞美《齐风·猗嗟》

——从上博简《诗论》看春秋前期齐鲁关系的一桩公案

《诗·齐风·猗嗟》篇为孔子所重视,上博简《诗论》两次提到此篇并加以评析和肯定,即是明证。《猗嗟》一诗的史事涉及春秋前期鲁桓公被杀于齐这桩公案。历代大儒研究此诗时多表现出对于鲁桓公夫人文姜的强烈敌忾情绪。分析这桩公案,对于说明孔子赞美《猗嗟》一诗的原因具有直接作用。上博简《诗论》的相关评析,让我们看到了孔子孝道观念和家国观念的一些细微之处。

(一)

上博简《诗论》第 21 号简和第 22 号简两次提到《诗·齐风·猗嗟》篇,简文如下:

> 孔子曰:"……,《于(猗)差(嗟)》,吾喜之。"(以上第 21 号简)……《于(猗)差(嗟)》曰:"四矢弁(反),以御乱,吾喜之。"(以上第 22 号简)①

简文表明,第 22 号简的内容,是对于第 21 号简所谓"《猗嗟》,吾喜之"的具体解释,说明了孔子喜爱《猗嗟》一诗的最主要原因。《猗嗟》一诗,汉儒将其纳入美刺说的范围进行解释,于诗意可以密合,所以古今学者多信而从之。汉儒最为典型的解释,见于《诗序》。《诗序》云:"《猗嗟》,刺鲁庄公也。齐人伤鲁庄公有威仪技艺,然而不能以礼防闲其母,失子之道,人以为齐侯之子焉。"

但是,关于《猗嗟》一诗,明清之际大儒王夫之则指出汉儒将其列为"刺"诗不妥。他从圣人不会赞成淫诗的角度提出问题,谓:"辱子以其母之丑行,而廋文曲词以相嘲,圣人安取此浮薄之言,列之《风》而不删耶?"②清儒方玉润继续这个思路再加辨析,说:

> 此齐人初见庄公而叹其威仪技艺之美,不失名门子,而又可以为戡乱材。诚哉,其为齐侯之甥也!意本赞美,以其母不贤,故自后人观之而以为刺耳。于是纷纷议论,并谓"展我甥兮"一句为微词,将诗人忠厚待人本意尽情说坏。是皆后儒深文苛刻之论有以启之也。愚于是诗不以为刺而以为美,非好立异,原诗人作诗本义盖如是耳。③

专家在研究上博简《诗论》时肯定方玉润此说,谓:"从简文'《猗嗟》,吾喜之'

---

① 钱大昕《十驾斋养新录》卷五云:"古读'反'如'变',《诗》'四矢反兮',《韩诗》作'变'。《说文》:'汳水即汴水。'"马瑞辰《毛诗传笺通释》卷九谓:"'反'古音如变。故韩诗借作'四矢变兮',反通作变,犹卞通作反也"。可以说卞、弁、反诸字古音相同可通。简文的弁,诸家一致读"反",可以。

② 王夫之:《诗经稗疏》卷一。

③ 方玉润:《诗经原始》卷六。按,方氏此处所谓"戡乱",并不正确。诗中赞美鲁庄公之射艺足可"御乱",是指他能够抵御戎狄之乱,而非戡定鲁国内乱。且鲁庄公时国内局势平稳,尚无内乱可言。

看,方说是。下文又说:'《猗嗟》曰:四矢反,以御乱。吾喜之。'其'美'而非'刺'更清楚。"①对于方玉润此说,有的专家认为仍然不够彻底,指出其"仍未走出《诗序》'美'、'刺'之误区。……齐侯与其妹通奸而生鲁庄公,此乃人所不齿之丑事,齐人恐深讳而不及,岂有公开赞美之理?"②这个疑问应当说是很有道理的。

原来,齐襄公与其妹文姜(鲁桓公夫人)通奸,文姜受到鲁桓公指责,齐襄公听了文姜之诉,便在鲁桓公聘齐时,派人将其杀掉。关于此事,诚如专家所云,正为齐人所忌讳,怎么会公开赞美呢?

再说,一位堂堂的诸侯国君主不明不白地死在所出访聘问的国家,此事还由其夫人通奸所致,这在周代应当是绝无仅有,这件事情理所当然地要引起舆论的轩然大波。鲁桓公夫人文姜,也由此被钉在万劫不复的耻辱柱上。文姜与其兄齐襄公通奸为世之"大恶","有关伦常大故",是人所不齿之丑闻。不唯如此,连她的儿子——鲁庄公的出身,也一时间成了问题,断定他是私生子的说法亦甚嚣尘上。如此淫诗竟然被圣人载入经典,这是颇为令人怀疑的事情,难怪清儒方玉润大为感叹,说:"吾不能不于此三致嘅焉!"③今得上博简《诗论》对于《猗嗟》一诗的评析,可以启发我们较为深入地认识这桩公案,透过迷雾而接近真实。

(二)

为了研讨方便计,我们先来讨论《猗嗟》一诗。此诗全文如下:

猗嗟昌兮,颀而长兮。抑若扬兮,美目扬兮。巧趋跄兮,射则臧兮。
猗嗟名兮,美目清兮。仪既成兮,终日射侯。不出正兮,展我甥兮。
猗嗟娈兮,清扬婉兮。舞则选兮,射则贯兮。四矢反兮,以御乱兮。④

这首诗的字词训诂并没有多少疑难歧异,需要说明的是其次章的"甥"字。这

---

① 廖名春:"上海博物馆藏诗论简校释",《中国哲学史》2002年第1期。
② 黄怀信:"上海博物馆藏战国楚竹书〈诗论〉解义",社会科学文献出版社2004年版,第207页。
③ 方玉润:《诗经原始》卷六。
④ 《猗嗟》第二章的"终日射侯"的侯字,依全诗文例,疑原当作"兮"。"侯"字疑本为注文,手民写人正文而夺"兮"字。

是因为，从诗意可以看出，这位"甥"，正是全诗所颂赞的主人公。其身份的确定对于认识此诗意蕴关系极大，所以应当特加说明。关于"甥"，《说文》云："谓我舅者吾谓之甥"，《尔雅·释亲》云："姑之子为甥"，《猗嗟》毛传："外孙曰甥。"甥舅关系的本质，唐代大儒孔颖达在解释"舅氏"之词时说："谓舅为氏者，以舅之与甥，氏姓必异，故《书》、《传》通谓为舅氏。"在兄—妹、姐—弟关系中，姐妹之子皆被称为甥，外孙也被称为甥。这种关系，古今皆然。甥所表示的是血亲关系中的出身姓氏差异。那么，《猗嗟》诗中的"甥"，具体所指的是谁呢？古今学者多肯定诗中的甥即鲁庄公①。愚以为这是很有道理的。

首先，诗中所赞美的人物的身份是"甥"，这点表明他应当是姜齐以外之人。与姜齐结为婚姻的国家比较多，离齐国最近的、与姜齐联姻最多的国家是鲁国。可以推测这位"甥"可能是鲁国人。

其次，射礼非一般人可为，据《大戴礼记·朝事》篇说，它是天子教养诸侯之礼，"古者天子为诸侯不行礼义、不修法度、不附于德、不服于义，故使射人以射礼选其德行；……此天子之所以养诸侯，兵不用，而诸侯自为正之法也。"春秋时期，礼乐下移，诸侯间盟会时亦可进行射礼，再往后，卿大夫和士阶层才可入射礼的行列。《猗嗟》诗中的主人公，相貌俊美，威仪出众，箭法高超，不太像一般的平民百姓或一般的贵族，而应当是贵族中有影响的人物，如诸侯、大夫之类。射礼，有大射、宾射、燕射三类，所用箭靶各不相同。大射张皮侯而设"鹄"，宾射则张布侯而画"正"，燕射则画兽为"兽侯"。诗云"终日射侯，不出正兮"，可见所言之射当即宾射。宾射是特为招待贵宾而举行的射礼，主要行用于诸侯之间，可以推想此诗的主人公应当是诸侯级别者。

再次，诗的主人公是一位箭法娴熟的善射高手。而鲁庄公箭法之精，有史可征。《左传》载庄公十一年鲁宋乘丘之役"公以金仆姑射南宫长万，公右歂孙生搏之"，南宫长万是宋之名将，被鲁庄公用称为金仆姑的箭射落受擒。"金仆姑"遂成为历代形容壮美武将所携弓矢的美称。如杜牧《重送》诗谓："手捻金仆姑，腰悬玉辘轳。爬头峰北正好去，系取可汗钳作奴。"韦庄《平陵老将》诗谓

---

① 关于此诗中的甥，有专家以为当依据《尔雅·释亲》的说法，指的表兄弟，具体来说是表妹赞美表兄。按，此说虽然不为无据，但是表兄弟之间并不互称为甥。还有学者说此诗是女子夸夫的歌，然称夫为甥者，古今皆无此例。比较而言，甥大体上应当是"舅"的对应称谓，表兄弟与夫妻之间似无称甥之例，若将《猗嗟》理解为爱情诗似应有更多的证明。

"白羽金仆姑,腰悬双辘轳",陆游《独酌有怀南郑》诗云"投笔书生古来有,从军乐事世间无。秋风逐虎花叱拨,夜雪射熊金仆姑"等等,其事皆源自鲁庄公善射。

总之,《猗嗟》诗所写主人公应当可以肯定是鲁庄公,方才符合诗意。明乎此,我们不妨将此诗意译如下:

> 哎呀,多么美貌呀,
> 身材高大挺拔啊。
> 隐藏不住的动人呀①,
> 美丽的眼神在飘动啊。
> 射场上的跑动巧妙得像舞蹈呀,
> 射起箭来真是娴熟啊!
>
> 哎呀,长得多么精神呀,
> 美丽的双眼清澈明亮啊。
> 射礼上的仪法多么熟练呀,
> 射礼进行一整天,
> 也是箭箭射得准啊!
> 真是我们齐国的好外甥呀。
>
> 哎呀,多么令人赞美呀,
> 神采飞扬又婉转多情啊。
> 舞动的节奏真好看呀,

---

① "抑若扬兮"句的"抑"字,韩诗作仰,毛传释为美色。王先谦《诗三家义集疏》卷六,谓"抑、懿古通",按,懿意为美(《尔雅》"懿,美也"),抑通懿,可证成毛传"美色"之说。又按,抑除通假读懿外,另有表示语气和表示压抑之意。其本义为压,《说文》"抑,按印也"(印字据段玉裁《说文解字注》九篇上加)段玉裁说:"即今俗云以印印泥也。此抑之本义也,引申之凡按之称……,又引申之为凡谦下之称。"《诗·筵之初宾》"其未醉止,威仪抑抑",毛传"抑抑,慎密也",慎密之意即由压抑引申而来。本诗的抑,疑用若压抑之意,谓鲁庄公本气宇轩昂,相貌出众,但他保持低调,不取张扬之态。然而,他的压抑自谦的行止中亦透露着一种非凡之美,故谓"抑若扬兮"。

箭箭都贯穿箭靶啊。
连续四箭都只射在一个点呀，
如此箭术真能够抵御祸乱啊！

《猗嗟》诗的首章，写鲁庄公貌美，次章写他的箭法精良，末章写箭法可以御乱保国。诗中对于鲁庄公的赞叹可谓溢于言表。那么，这种写法的真正用意何在呢？

关于《猗嗟》一诗的主旨，学者们几乎众口同声地肯定它的主旨是"刺"，争议较大的只是"刺"向谁的问题。古代学者认为它所"刺"的对象有三。一是"刺"鲁庄公，说他空有才艺，却并不能防范其母与齐襄公通奸，让人说自己是舅（齐襄公）之子，前引《诗序》之说就是典型。二是"刺"齐襄公淫其妹，古代学者多认为包括《猗嗟》在内的《齐风》自《南山》以下六篇，皆为斥责齐襄公之作，如《南山》诗郑笺曰："襄公之妹，鲁桓公夫人文姜也。襄公素与淫通。及嫁，公谪之。公与夫人如齐，夫人愬之襄公。襄公使公子彭生乘公而搚杀之，夫人久留于齐。庄公即位后乃来，犹复会齐侯于禚，于祝丘，又如齐师。齐大夫见襄公行恶如是，作诗以刺之。又非鲁桓公不能禁制夫人而去之。"这说明丧失伦理的齐襄公与无能的鲁桓公同为被"刺"的对象。三是"刺"鲁桓公不能禁其妻非礼，依《齐风·南山》孔疏的说法便是"鲁桓纵恣文姜"。比较多的学者认为具体到《猗嗟》一诗（而不是《齐风》中其他的诗），其所刺的主要对象还应当说是鲁庄公，因为只有他才符合诗中所说的"甥"的身份。

既然所"刺"的对象是鲁庄公，那么他是何时到齐国参加了射礼，以其俊美和射艺引起轰动而让人写出《猗嗟》之诗来热情称颂呢？学者或谓是鲁庄公四年（前690）与齐人狩于禚时事，或谓是鲁庄公二十二年（前672）到齐纳币时事，或谓是鲁庄公二十三年（前671）如齐"观社"时事，或谓鲁庄公二十四年（前670）如齐"逆女"时事，诸说皆是以情理推而论之，于诗中尚找不出确切证据。比较而言，鲁庄公二十二年如齐纳币时事之说，较为近是。纳币为送呈订婚礼物，鲁庄公亲自到齐纳币，引起人们极大关注和兴趣，势所必然。由于鲁庄公是诸侯国君主，所以齐侯举行宾射之礼款待，也是很自然的事。

依汉儒所论，《猗嗟》一诗所"刺"鲁庄公者，在于他空有一身好武艺，却不能防闲其母文姜淫乱，结果便是"失子之道"。上博简《诗论》载孔子两用"吾喜之"之语表明他对于《猗嗟》的喜欢。那么,孔子喜欢这首诗的什么内容呢?是喜欢"刺"鲁庄公失子之道吗?要弄清这一点,必须先来说明由文姜所引起的春秋前期鲁桓公非正常死亡于齐国这桩公案。

(三)

研讨《猗嗟》篇诗旨,不能不说到鲁庄公之母(文姜)其人。汉儒对她与襄公的敌忾情绪非常强烈。例如,《诗·南山》序即谓他们"鸟兽之行",郑笺则进而历数文姜之恶,谓:

> 襄公之妹,鲁桓公夫人文姜也,襄公素与淫通。及嫁,公谪之。公与夫人如齐,夫人愬之襄公。襄公使公子彭生乘公而搚杀之,夫人久留于齐。庄公即位后乃来,犹复会齐侯于禚,于祝丘,又如齐师。齐大夫见襄公行恶如是,作诗以刺之。又非鲁桓公不能禁制夫人而去之。

按照这个说法,文姜与其兄在其出嫁之前就已经有奸情。唐儒孔颖达《诗经正义》卷五,为郑笺之说张本弥缝,谓:"笺知素与淫通者,以奸淫之事生于聚居,不宜既嫁始然,故知未嫁之前,素与淫通也。"《公羊传》在此基础上又进一步发挥,谓:"夫人谮公于齐侯:'公曰"同非吾子,齐侯之子也。"'齐侯怒,与之饮酒。于其出焉,使公子彭生送之。于其乘焉,搚干而杀之。"这里替鲁桓公造出一个"同(按,鲁庄公名)非吾子,齐侯之子也"的说法,《诗·猗嗟》序亦谓"人以庄公为齐侯之子"。总之,依照汉儒之说,文姜早就品行不端,而且其出嫁于鲁之后,依然如故,以至于鲁庄公也是她和齐襄公的私生子。

我们于此当辨明两事。

其一,文姜的品行问题。

文姜于鲁桓公三年(前709)嫁到鲁国,其父齐僖公不顾古礼限制,亲自将她送到称为"欢"的地方,由鲁桓公到此迎娶。《左传》桓公三年评论此事谓:"齐侯送姜氏,非礼也。凡公女嫁于敌国,姊妹则上卿送之,以礼于先君。公子则下卿送之。于大国,虽公子,亦上卿送之。于天子,则诸卿皆行。公不自送。于小国,则上大夫送之。"然而,这也只能说明文姜与其父关系甚好,尚不足以构成私通的罪名。不仅如此,文姜当时似乎还曾以"贤"著称。《诗序》谓"《有女同车》,刺忽也。郑人刺忽之不昏于齐。太子忽尝有功于齐,齐侯请妻之。

齐女贤而不取,卒以无大国之助,至于见逐,故国人刺之。"关于《有女同车》一诗是否为"刺忽"之作,我们这里可以暂且置而不论,我们于此要指出的是《诗序》所谓那位被誉为"贤"的齐女正是文姜。据《左传》记载,文姜尚未嫁于鲁的时候,齐僖公曾经想把她嫁给郑太子忽。《左传》桓公十八年载此事谓:

> 公之未昏于齐也(按,指鲁桓公未婚于齐),齐侯欲以文姜妻郑大子忽。大子忽辞。人问其故,大子曰:"人各有耦,齐大,非吾耦也。《诗》云:'自求多福。'在我而已,大国何为?"君子曰:"善自为谋。"及其败戎师也,齐侯又请妻之。固辞。人问其故,大子曰:"无事于齐,吾犹不敢。今以君命奔齐之急,而受室以归,是以师昏也。民其谓我何?"遂辞诸郑伯。

这个记载可以表明,齐侯对文姜十分关心。文姜并未有品行不端的恶名,相反,还可能是一位贤惠之女。鲁桓公在位十八年,多次与齐襄公相会,文姜皆未随从见齐襄公,仅鲁桓公十八年(前694)随从至齐,结果,鲁桓公正是这次走上了不归路,被杀于齐。要之,未嫁前的文姜即使不"贤",也可以肯定她尚未戴私通的恶名①。

其二,鲁庄公是否齐襄公之子的问题。

《公羊传》首先造出鲁桓公有"同非吾子"的说法,然而,这一说法却不见于《春秋》和《左传》,所以,《公羊传》此说很值得怀疑。较早对此明确辩诬的可能是唐儒徐彦②。他在《春秋公羊传注疏》卷六中解释《公羊传》的这个说法,谓:"夫人加诬此言,非谓桓公实有此言,何者?正以夫人之至在桓三年秋,子同之生乃在六年九月故也。"后来,朱熹《诗集传》卷五解释《猗嗟》"展我甥兮"一句时谓:"言称其为齐之甥,而又以明非齐侯之子。此诗人微词也。按,《春秋》桓公三年'夫人姜氏至自齐',六年九月'子同生',即庄公也。十八年桓公乃与夫

---

① 关于出嫁之前的文姜是否"贤",汉儒曾有讨论,《诗·有女同车》篇孔疏载:"《郑志》张逸问曰:'此序云"齐女贤",经云"德音不忘",文姜内淫,适人杀夫,几亡鲁国,故齐有雄狐之刺,鲁有敝笱之赋,何德音之有乎?'答曰:'当时佳耳,后乃有过。或者早嫁,不至于此。作者据时而言,故序达经意。'"按,此处所谓"当时佳耳,后乃有过",是一个比较客观公正的说法。

② 在徐彦之前,郑玄解释"展我甥兮"一语时有以下的说法:"云:'展,诚也。'姊妹之子曰甥。容貌技艺如此,诚我齐之甥。言诚者,拒时人言齐侯之子。"这个说法微有辩诬之意,只是说得不大明确。尽管如此,还是可以说,这是汉儒中关于此事难得的一个比较清醒的声音。

人如齐，则庄公诚非齐侯之子也。"他所说的道理与徐彦说同。从《春秋》、《左传》详记文姜行止的情况看，她在鲁庄公出生之前最后一次赴齐见到齐襄公是三年前的事情，此足可证明，断定鲁庄公为齐襄公与文姜私生子的说法是没有根据的。

分析汉儒对于文姜的痛诋，很用得上《论语·子张》篇所载子贡的一段话：

纣之不善，不如是之甚也。是以君子恶居下流，天下之恶皆归焉。

文姜，诚然是一个与其兄有奸情之人，其夫鲁桓公之暴死，她有摆脱不掉的干系。然而，由此推测她在出嫁前既已行为不端，并且说鲁庄公是她与襄公的私生子，这些都是臆测不实之词。汉代的男女之防，远甚于春秋战国时期，文姜与其兄私通之事，为人所痛恨，事在情理之中。然而，其中难免夹杂推测、想象的因素。人们将其恶名扩大，并从而痛加诋诬，亦事属必然。总之，在当时的社会伦理观念之下，汉儒的义愤，是可以理解的，然而他们的相关说法毕竟与事实有一定距离。明乎此，也就知道汉儒认为《猗嗟》一诗主旨在于"刺鲁庄"一类的论断，便很值得重新认识和辨析了。

（四）

《猗嗟》一诗由衷地赞扬了鲁庄公的才艺之美，从他的相貌到他的射仪箭法，无一不在诗人的赞赏范围之内。由此而言，说《猗嗟》是一首鲁庄公的赞美诗，并不为过。在这里，我们应当说明的是，此诗是赞美鲁庄公，而不是赞美其生母文姜。说《猗嗟》是一首赞美诗，并不是说这首诗赞美了齐侯与其妹通奸的丑事。另外，上博简《诗论》第 21 号简孔子所云"《猗嗟》，吾喜之"之语，并不是肯定此诗为"美"诗的根据，就是一首"刺"诗，孔子也可以喜而赞美它，所以说孔子的赞许与诗的主旨的美刺并无必然关联。《诗论》第 22 号简谓："《猗嗟》曰：'四矢弁（反），以御乱'，吾喜之。"孔子在这里说明了他喜欢《猗嗟》一诗的原因所在。《猗嗟》诗的第三章说，"四矢反兮，以御乱兮"，表明鲁庄公确有治国本领，能够消弭鲁国的祸乱。分析鲁庄公行事，《猗嗟》篇所云良非虚语。

尽管鲁国在诸侯国中并不算强大，但是鲁庄公的武功在春秋前期却是不可小觑的。《左传》庄公九年载："秋，师及齐师战于干时。我师败绩。公丧戎路,传乘而归。"《公羊传》认为此战,鲁庄公虽败犹荣,故以"伐败"称之。干时之战的败北,并没有影响鲁庄公的奋进。就在这次败北的第二年,鲁庄公便于一年之内取得两次败宋、一次败齐的连续胜利。(鲁庄公十一年,鲁又两次败宋。《春秋》庄公十一年:"夏,五月戊寅,公败宋师于鄑。"《左传》载"夏,宋为乘丘之役故,侵我。公御之,宋师未陈而薄之,败诸鄑")《春秋》庄公十年"夏,六月,齐师、宋师次于郎。公败宋师于乘丘。""春,王正月。公败齐师于长勺。"《左传》"夏,六月,齐师、宋师次于郎。公子偃曰:'宋师不整,可败也。宋败,齐必还。请击之。'公弗许。自雩门窃出,蒙皋比而先犯之。公从之,大败宋师于乘丘。齐师乃还。"《左传》庄公十一年述去年事谓:"乘丘之役,公以金仆姑射南宫长万,公右歂孙生搏之",擒宋将南宫长万。鲁庄公曾经于十八年和二十六年两次伐戎,亲自率军"追戎于济西"。

鲁庄公武功虽强,但他并非只是一介赳赳武夫,而是一位颇有头脑的人物。《左传》庄公八年:春,治兵于庙。礼也。夏,师及齐师围郕,郕降于齐师。仲庆父请伐齐师。公曰:"不可。我实不德,齐师何罪?罪我之由。《夏书》曰'皋陶迈种德,德乃降'。姑务修德以待时乎。"秋,师还。君子是以善鲁庄公。这件事情表明鲁庄公重德守礼。《左传》记著名的长勺之战,曹刿论战固然出尽了风头,但鲁庄公亦提出施惠于人、敬慎祭神、明察刑狱等三事,以之为赢得战争胜利的三项要事,其见识虽然不及曹刿精辟,但亦实属不易。

鲁庄公识大体,注重大事,不以小误大。齐为鲁的近邻强国,并且双方历来交往颇多。鲁庄公从鲁国利益出发,对于齐鲁关系格外重视,不再纠缠于其父死于齐国之事,这是明智的做法。《春秋》庄公四年:"冬。公及齐人狩于禚。"鲁庄公在继位之初就与齐侯共同狩猎,似乎并没有将其父死于齐人之手的事耿耿于怀至此时。依照《礼记》记载,与仇敌是应当有明确敌忾情绪的,何休总结此事谓"礼,父母之雠不同戴天,兄弟之雠不同国,九族之雠不同乡党,朋友之雠不同市朝"①。然而,与齐的关系实为鲁的头等大事。且鲁庄公父死于齐之事,已经通过齐满足鲁的要求,杀掉直接凶手公子彭生而得以初步解决。《穀梁传》释《春秋》此年鲁庄公"及齐人狩"事谓:"齐人者,齐侯也。其曰人,何也?卑公之敌,所以卑公也。何为卑公也?不复雠而怨不释,刺释怨

---

① 《春秋公羊传注疏》卷六。

也"。这里所说，实为汉儒的迂腐之论。鲁庄公与齐襄公一同狩猎，是鲁庄公四年冬天的事，就在此年夏天，齐、陈、郑三国诸侯会见，成结盟之势。此年夏天，齐还在实际上灭掉了鲁国的近邻纪国。在齐襄小霸，对于鲁国构成严重威胁的时候，鲁庄公采取了灵活的外交策略，力图化解强齐威胁而取得主动。鲁庄公不汲汲于个人"复仇"，而力求"释怨"，这在当时的形势下，实为明智之举。从庄公八年郕降齐而不降鲁开始，鲁国内部酝酿着对齐的不满，然鲁之实力弱于齐，故而翌年鲁庄公在干时之战中大败于齐。但庄公十年春天，就在著名的长勺之战中，鲁庄公即大败齐国，捞回面子，并于同年夏天于乘丘之战中战胜与齐结盟的宋国。翌年，又一次打败宋国。庄公十三年春，齐联合宋、陈、蔡、邾等国举行北杏之盟，对鲁构成威胁，此年冬鲁庄公与齐"盟于柯"寻求与齐和解。

鲁庄公十一年，在齐襄公被弑、齐国内乱形成之时，鲁庄公发挥了重要作用，先是与齐国大夫盟誓，后又送公子纠返齐继位，虽然没有成功，但此时鲁对齐的影响在诸国中亦可谓无出其右者。鲁庄公与齐本有杀父之仇，后来又因送公子纠返国而与齐结怨，引发了干时之战和长勺之战。此后，鲁庄公以修好关系为重，庄公十五年，鲁庄公参加了以齐为首的幽之盟。庄公二十二年又与齐会盟于扈。庄公晚年与齐关系应当是良好的。所以他于庄公二十三年还"如齐观社"，观看齐的社祭。翌年又迎娶齐女哀姜为妻，还让大夫和宗妇以隆重礼节拜见哀姜①。这其间就有显示特别重视齐国的因素在内。

分析鲁庄公的作为，可以说他是一位遵守孝道的人。这主要表现在他对于其母文姜的态度上。文姜在鲁桓公时期只有一次，即鲁桓公十八年赴齐，此次她与齐襄公私通，导致鲁桓公被杀于齐。史载齐襄公与文姜私通，仅有此例②。

---

① 《春秋》庄公二十四年"夏，公如齐逆女。秋，公至自齐。八月丁丑。夫人姜氏入。戊寅，大夫宗妇觌，用币"。《左传》载此事谓："秋，哀姜至。公使宗妇觌用币，非礼也。御孙曰：'男贽，大者玉帛，小者禽鸟，以章物也。女贽不过榛、栗、枣、脩，以告虔也。今男女同贽，是无别也。男女之别，国之大节也，而由夫人乱之，无乃不可乎？'"按，鲁庄公此举，当时就被认为是"非礼"，然而他坚持这样做，这反映了他对于齐鲁关系的特别重视。

② 按，明确指出文姜与齐襄公奸情者尚有《春秋》庄公二年的一条记载，谓"冬，十有二月，夫人姜氏会齐侯于禚"。《左传》评论此事谓："二年，冬，夫人姜氏会齐侯于禚。书奸也。"《公羊传》何休集解云："书者，妇人无外事，外则近淫。"《左传》和《公羊传》何休集解于此所云，皆非正式记载，而是推想之辞，非必为是。

此后记载鲁庄公时期的文姜之事,我们综合《春秋》、《左传》记载,可以排列如下:

> 元年,三月,夫人孙于齐。
> 二年,"冬,十有二月,夫人姜氏会齐侯于禚"(《公羊传》作郜)。
> 四年,春,王二月,夫人姜氏享齐侯于祝丘。
> 五年,夏,夫人姜氏如齐师。
> 六年,冬,齐人来归卫宝。文姜请之也。
> 七年,春,文姜会齐侯于防。齐志也。
> 七年,冬,夫人姜氏会齐侯于谷。
> 十五年,夏,夫人姜氏如齐。
> 十九年,秋,夫人姜氏如莒。
> 二十年,春,王二月,夫人姜氏如莒。
> 二十一年,秋,七月戊戌,夫人姜氏薨[①]。

总结上列记载,可以看到文姜在21年的时间内10次赴齐,次数之多,远甚于鲁桓公时期。这反映了鲁庄公对于母亲的尊重态度。这里可以将他与同是春秋前期重要的诸侯国君主郑庄公进行比较。据《左传》隐公元年记载,郑庄公先是纵容其母和其弟"多行不义",然后一网打尽,又将其母软禁,还发誓"不及黄泉,无相见也",后得颖考叔劝谏,才想办法与其母"隧而相见"。鲁庄公并不像郑庄公对母亲软硬兼施、隧而相见,而是取尊重态度,不干涉其母的行动自由。鲁庄公还能够正确对待关于其母的传言,以对于母亲的敬重表现自己的孝道。文姜于鲁桓公十八年春至齐,由于桓公被杀,所以她直到翌年春还未归鲁。可以推想当时鲁国国内一定是舆论大哗。鲁庄公元年春,要举行鲁桓公的丧葬之礼,文姜未回鲁,但依礼又应当有她参加,所以鲁国史官记上一笔,说"夫人孙(逊)于齐",这表示文姜有悔过之意,有对于回鲁的恐惧。然而,《左传》庄公元年却说这个记载"不称姜氏,绝不为亲,礼也",似乎鲁庄公极其厌恶

---

① 关于文姜年岁,可推测如下。据《礼记》记载,女子二十而嫁,若依此则可以推定鲁桓公三年文姜20岁时嫁于鲁。文姜35岁时夫死,57岁时去世。

其母,与之一刀两断。其实不然。不称姜氏,并非对于文姜之厌恶。《左传》隐公元年载郑庄公与祭仲对话:"公曰:'姜氏欲之,焉辟害?'对曰:'姜氏何厌之有?不如早为之所。'"称其母为"姜氏",正是郑庄公鄙夷其母的一个表现。这里不以"姜氏"相称,并不应当视为鲁庄公要与其母断绝关系。《公羊传》解释《春秋》的这个记载,应当是近乎实际的。它说:

> 孙者何?孙,犹孙(逊)也。内讳奔,谓之孙(逊)。夫人固在齐矣,其言孙(逊)于齐何?念母也。正月以存君,念母以首事。……念母者,所善也。则曷为于其念母焉贬?不与念母也。

何休《解诂》云:"礼,练祭取法存君,夫人当首祭事。时庄公练祭,念母而迎之,当书迎,反书孙者,明不宜也。"这里是说,为桓公举行练祭时当以桓公夫人为首祭,庄公怀念其母而欲迎其返鲁。鲁庄公"念母",本为孝子之"善"事,而《春秋》只记"夫人孙于齐",所以《公羊传》认为这其间便寓有对于鲁庄公的贬义。不管此处是否有贬义在[①],都可以说,鲁庄公在为其父举行练祭时曾经"念母"而欲迎文姜返鲁,则必当为事实。庄公的杀父仇人——公子彭生——已应鲁国要求而被齐处死,在这种情况下,鲁庄公欲迎母返鲁,表明他已取宽容态度来对待其母。鲁庄公的宽容应当是付诸实践了的,大约在鲁庄公元年文姜既已返鲁,所以《春秋》才于翌年有文姜赴齐的记载。

儒家所强调的子女的孝道,是将孝敬父、母连在一起的。孔子论孝,从来没有忽略对于母亲之孝。孔子此类言论甚多,可举《论语·阳货》篇论为父母守丧三年的一段话为证。是篇载孔子语谓:"子生三年,然后免于父母之怀,夫三年之丧,天下之通丧也"。子女对于父母的缺点、错误可以谏劝,但这并不影响对于父母的孝敬。按照《论语·子路》篇所载孔子的说法,便是"父为子隐,子为父隐,直在其中矣",按照《孟子·离娄》下篇所载孟子的说法便是"责善,朋友之道也;父子责善,贼恩之大者",所谓"隐",所谓"不责善",并不简单地是隐藏或不批评之意,而是包含着对于父母的深切理解。从根本上说,这是为父

[①] 关于此处的贬义,唐代徐彦《春秋公羊注疏》卷八谓:"文十八年夏,'齐人弑其君商人',而不书其葬者,以责臣子不讨贼也。似文姜罪,实宜绝之,公既不绝,宜尽子道,而反忌省,故得责之。"

母与子女间的血缘关系及父母对于子女的"恩"情所决定的。将犯有过错的父母视同路人而寡情少义,当即儒家所不赞许的劣行。

(五)

《诗论》第 21 号简载孔子语"《于(猗)差(嗟)》,吾喜之",这是对于《猗嗟》全诗的肯定,其中当然也包括对于鲁庄公的赞许。第 22 号简指出"《于(猗)差(嗟)》曰:'四矢弁(反),以御乱',吾喜之。"这是孔子具体指明他喜欢《猗嗟》一诗的主要原因。

儒家关于"家——国"的伦理观念,集中见于《大学》一篇,其中说:"物格而后知至,知至而后意诚,意诚而后心正,心正而后身修,身修而后家齐,家齐而后国治,国治而后天下平。"化为一个系统格式便是:格物——致知——诚意——正心——修身——齐家——治国——平天下。其中"修身"之前者,是个人道德修养问题,其后则是参与社会实践以实现理想的问题,而治国平天下则是人的远大目标之所在。这种伦理观念,即古人所谓的"修齐治平"。用《孟子·离娄》上篇所载孟子的话来说便是"天下之本在国,国之本在家,家之本在身"。孔子赞许鲁庄公重视国家利益,顾全国家利益这个大局,可以看出孔子已具有家国一致、国重于家的观念。《论语·颜渊》篇载仲弓问仁,孔子以"出门如见大宾,使民如承大祭。己所不欲,勿施于人。在邦无怨,在家无怨"作答,可见邦(国)与家是并重而不可偏废的。并且"邦(国)"、"家"二者相比,前者应当是重于后者的。儒家伦理的核心内容有二,一是忠,一是孝。国家观念在孔子时期已经兴起。忠于君与忠于国,事同一理。国家利益摆在"孝"之前,所以《论语·颜渊》篇排列的次序是"君君、臣臣、父父、子子"。齐与鲁庄公虽然有杀父之仇,但事过境迁,再耿耿于此,于鲁国并无益处可言。"忠",一般说来是忠于君,但对于作为诸侯国君主的鲁庄公而言,他的"忠"就是忠于鲁国,即国家利益至上。《论语·阳货》篇载孔子语:"恶利口之覆邦家者。"关于文姜之事,鲁国当不乏好事之徒喋喋不休,鲁庄公取不理睬的态度,而将其关注的重点放在调整好与齐国的关系及稳定鲁国内部局势上,应当是最佳选择。他这种做法显然为孔子所赞许。那些孜孜于传播文姜丑行而攻讦鲁国君主的做法必然被孔子视为旨在颠覆邦家的"利口"者之作为,一定会被孔子置于厌恶、排斥之列的。

《猗嗟》诗谓"四矢反兮,以御乱兮",鲁国当时的形势有何"乱"而必须早做准备、未雨绸缪呢？愚以为这"乱"，就是戎狄的威胁。鲁庄公时，戎狄势力已迫近鲁地。《春秋》庄公十八年载，这年夏天，"公追戎于济西"。过了两年，"齐人伐戎"。鲁庄公二十四年"冬，戎侵曹，曹羁出奔陈。"曹与鲁为近邻，曹世子羁的出奔①，说明戎的势力之强大。鲁庄公二十六年，鲁再次伐戎。鲁庄公三十年"齐人伐山戎"。齐鲁两国虽然有矛盾，但在对付戎狄势力时则是团结一致的。《左传》载，就在这次齐伐山戎之前，鲁庄公与齐桓公"遇于鲁济，谋山戎也。以其病燕故也"，双方所商讨的正是伐戎的大计。第二年夏天，齐桓公又派人到鲁国"献戎捷"，表现了两国在对付戎狄势力方面的一致与合作。庄公之后不久，邢国被戎狄所逼不得不迁移；卫国为戎狄所亡，不得不复立。此正是戎狄势力炽盛的标识。《公羊传》僖公四年曾总结当时的形势说："夷狄也，而亟病中国。南夷与北狄交，中国不绝若线。"在咄咄逼人的戎狄势力面前，华夏诸侯国之危殆，可谓千钧一发。《左传》闵公元年载，在狄人进攻邢国的时候，管仲曾向齐桓公进言，说：

戎狄豺狼，不可厌也。诸夏亲昵，不可弃也。宴安酖毒，不可怀也。诗云："岂不怀归，畏此简书。"简书，同恶相恤之谓也。请救邢以从简书。

这段话充分表现了华夏诸国对于戎狄的同仇敌忾。齐桓公正是在这个形势下进行尊王攘夷而成就了一番霸业。在他的霸业中，鲁乃是一个可靠的伙伴。赞美鲁庄公的《猗嗟》诗中说"四矢反兮，以御乱兮"②，所表现的就是在齐国人的心目中，鲁庄公精良的箭法乃是抵御戎狄威胁的一个重要条件。通过孔子对于《猗嗟》一首的赞许，我们还可以从中看出孔子"内华夏、外夷狄"的观念。鲁庄公是齐桓公霸业的重要合作者。孔子十分称许齐桓公的霸业，《论语·宪

---

① 关于羁的身份这里取《左传》杜注之说，《公羊传》以为是曹大夫，不大符合《春秋》文例。按，《春秋》庄公二十四年春，葬曹庄公。此年冬，戎侵曹，并载曹羁出奔事。盖世子此时尚未正式继位，故称"曹羁"。

② "以御乱兮"的"御"字本作御，唐写本省作御，唐代徐彦注《仪礼·大射》亦引作御（见黄焯《经典释文汇校》卷五）。御义为抵挡、抗拒，而御为驾驭车马，引申为治理。按，知"御"乱本作"御乱"，可知诗意不是指治理鲁国内乱，而是抵御戎狄之乱。

问》篇载孔子语谓"管仲相桓公,霸诸侯,一匡天下,民到于今受其赐。微管仲,吾其被发左衽矣",民众从齐桓霸业所受到的恩惠,就在于华夏诸国免遭戎狄过分侵扰,生活相对安定。鲁庄公对此是做出了贡献的。

孔子明确指出他喜欢《猗嗟》一诗。其所喜欢的具体内容可以有多个方面,例如,《猗嗟》诗所写射仪之周全[1]、所写鲁庄公气度轩昂及彬彬有礼之神韵、所写鲁庄公箭术之精湛等,都应当为孔子所喜欢,然而,孔子对于鲁庄公的赞许,最主要的应当在以下两点:一是赞许他重孝道,敬父母;二是赞许他识大体,为国家利益而不汲汲于个人私仇。这两点中又以后者更显得重要。通过竹简《诗论》的相关研讨,我们不仅对于《齐风·猗嗟》可以获得一些新的体会,而且对于齐鲁关系中鲁桓公丧命于齐这桩公案,也有了进一步的认识。

三十　孔子与《鸤鸠》

上博简《诗论》以较多文字评析《诗·鸤鸠》篇,并且明确表明对于此诗的喜爱和信任。孔子何以如此青睐此诗,以及《鸤鸠》诗的主旨何在,它与周代宗法有何关系等,都是值得探讨的重要的问题。

(一)上博简《诗论》对于《鸤鸠》的评析

上博简《诗论》第 21 号简和 22 号简以相同的句式综论《宛丘》等篇。其句式,首先是对于全篇提出总的认识,然后再说明特别关注的诗句之所在。两简论《尸鸠》的简文是:

> 《尸(鸤)鸠》虐(吾)信也。……(以上第 21 号简)《尸(鸤)鸠》曰:"其义(仪)一氏(兮),心女(如)结也。"虐(吾)信之。(以上第 22 号简)[2]

这段简文的意思是说,《鸤鸠》这首诗,我相信它。《鸤鸠》这首诗中说"他的仪容一贯如此,他的心能够坚如磐石",我是相信这一点的。简文中特别值得探

---

[1] 《周礼·乡大夫》曾经言及射礼五物(事也),即"一曰和,二曰容,三曰主皮,四曰和容,五曰兴舞",此五事,在《猗嗟》诗中皆得到印证。
[2] 马承源主编:《上海博物馆藏战国楚竹书》(一),上海古籍出版社 2001 年版,第 151 页。

讨的首先是"氏"字。专家所提出的释读有三，兹略加分析如下。

一、读若"是"或"示"。这样解释虽然于意思可通，也符合古音音同而字通的原则①，但不大符合简文论《宛丘》等六篇诗的文例，简文具体评论这六篇的时候，都是引用一句诗，然后加以概括提出"吾善之"、"吾喜之"之类的评语②，并不割裂诗句再做什么解释。《鸤鸠》一诗此句原文作"其仪一兮，心如结兮"，若简文此字读若"是"，那么简文引诗之语将变成"其仪一"是"心如结"，或者"其仪一"示（表示）"心如结"。这实际上是在引用的诗句中加上评诗者之辞。如是，则明显与简文中相似的其他篇的评论语式不一。再从《诗·鸤鸠》篇的"其仪一兮，心如结兮"两句的逻辑关系看，应当理解为因果关系③，若读"氏"为"是"或"示"，就不能体现这种逻辑关系。所以说"是"或"示"读法于此并不占优。

二、读若"只"。这在古代文献中是有证据的。如扺字，朱骏声《说文通训定声》解部谓"读若扺掌之扺"，"只"、"氏"可通，是为其例。"只"，可以用作语气词，《诗》中多有其例。这里读若"只"，应当是可以的。

三、简文"氏"是"兮"的"借字"。李学勤先生指出，"'兮'字很早就归支部，与支部韵字相通的例子很多。从'兮'的'盻'字也在支部，其与章母支部的'氏'通假，可以理解"④。

总之，"氏"与"是"、"示"、"只"、"兮"古音皆相近而可通，马王堆汉墓帛书《五行》篇引此篇前四句"兮"，皆作"氏"⑤。由此可知，"氏"在这里直接读若

---

① "是"、"氏"、"示"相通见于文献，如《大戴礼记·帝系》篇多处"是产某某"的句式中，"是"皆写作氏，如："颛顼娶於滕氏，滕氏奔之子谓之女禄，氏产老童"。这里的"氏"当读若"是"，至为明显。上博简《容成氏》篇的"氏"字几乎全作"是"，亦两字相通之确证。又《周礼·天官·大宰》"祀大神示"，郑注"示，本又作祇"，是"氏"可读"示"之证。简文"氏"若读"是"，或"示"，其用法当为动词，如此则并非诗中用词，而是评诗用词。

② 《诗论》第22简的"询有情，而无望"、"四矢反，以御乱"、"文王在上，於昭于天"等皆为其例。

③ 《鸤鸠》篇"其仪一兮，心如结兮"之句的意思可以有两种理解，一是因为"其仪一"，所以"心如结"。二是"其仪一"是"心如结"的外在表现。两种解释皆通，并且后者为优，但是此诗第三章有"淑人君子，其仪不忒，其仪不忒，正是四国"之句。语中的逻辑关系是"因为……所以"，"其仪一"与"心如结"的关系亦应如此。所以意译取前一种理解写出。

④ 李学勤：《〈诗论〉与〈宛丘〉等七篇释义》，廖名春编：《新出楚简与儒学思想国际学术研讨会论文集》，清华大学思想文化研究所2002年版，第3页。

⑤ 马王堆汉墓帛书整理小组：《马王堆汉墓帛书》（一），《老子甲本卷后古佚书》图版，文物出版社1974年版，第5页。

"兮",应当优于前两种读法。

我们还应当略作探讨的是简文中的"义"字。从简文引诗与《诗·鸤鸠》篇对照而言,它应当读若"仪",这是没有什么疑问的。但是,专家或将"义"作为本字,认为简文做"义",更合于传意。这样可以表示执义如一,用心坚固不变,所以孔子说"吾信之"。这种理解,实将简文"义"通作意义、意思之意,用作心意字,指思想坚固如一。其实,究其本源,"义"字本指威仪而言。《说文》云:"义,己之威仪也。"段玉裁说:"古者,威仪字作义。今仁义字用之;仪者,度也,今威仪字用之;谊者,人所宜也,今情谊字用之。郑司农注《周礼·肆师》'古者书仪但为义',今时所谓义为谊。是谓义为古文威仪字。谊为古文仁义字。故许各仍古训①。"

按《周礼·大司徒》言对民施"十二教"之事,其中第五项是"以仪辨等,则民不越",郑玄注:"故书仪或为义,杜子春读为仪,谓九仪。"《典命》云:"上公九命为伯,其国家、宫室、车旗、衣服、礼仪,皆以九为节;侯伯七命,其国家、宫室、车旗、衣服、礼仪,皆以七为节;子男五命,其国家、宫室、车旗、衣服、礼仪,皆以五为节。"郑玄注谓:"故书'仪'作'义',郑司农'义'读为'仪'。"所谓"仪",指冕服、车旗、马饰、圭玉等物,可知其所指并非意义,而是仪容、威仪。《肆师》云"凡国之大事,治其礼仪,以佐宗伯。"郑注:"故书'仪'为'义'。郑司农云'义'读为'仪'。古者书'仪'但为'义',今时所谓'义'为'谊'。"从语言文字发生的次第看,一般而言应当先有较为具体形象之字,此后才逐渐出现表现意念抽象之字。可以推测,人们先用表示美善的"羊"与表示自己的"我"字合起来组成"义"字,表示自己得体的服饰仪容,此后才会出现表示道德观念的"义",义表示道德理念之后,才又造出"仪"字表示"义"的本义。

总之,段玉裁引汉儒之说,厘清了"义(仪)"之本义,对于我们理解义——仪的变化,是很重要的启示。段氏此处重点阐明"义"原本为威仪字,后来用为仁义字之后,久假不归,这才出现"仪"字,以之表示义之本义。简文作"义",后世《诗经》传本作"仪",可证段氏之说不误,义字确是"仪"的本字。"义"的其他义项,如宜、善等,皆后起引申所形成。简文"义"字,依《说文》"威仪"之训,今读若仪,应当是没有问题的。义字本有威仪字与仁义字的区别,其始应当是威

---

① 段玉裁:《说文解字注》十二篇下"我部"。

仪字,仁义字则为后起。简文用"义",不用"仪",正说明它是"义"字的初始使用状态,其所表示的是威仪、仪容,不应当引申为仁义字,而将其纳入道德意识范畴。

再从《诗·鳲鸠》篇的内容看,它的第二章谓"其带伊丝。其带伊丝,其弁伊骐"[①],正是对于首章"其仪"的形象化说明。"仪",表示服饰气度、仪表容止,有楷模意,因此可以引申指匹配。《尚书·文侯之命》"王若曰:文义和",郑玄"'义'读为'仪',仪、仇皆匹也,故名仇,字仪",晋文侯名仇,所以以"义(仪)"为字,以求名字相应。这是符合"义"字古训的正确读法,而马融谓"能以义和诸侯"[②],则失之。《文侯之命》的写作时代已是东周,此时,"义"尚用如"仪",此一例也。《鳲鸠》"其义(仪)一兮",意指淑人君子的仪表容止,一如既往,一贯如此[③]。总之,此诗的"义(仪)",指君子的服饰气度,其意指仪容、威仪,并非直接指执义专一之意。将诗中的"仪"理解为"义",自汉儒已然,郑笺既谓"淑善。仪,义也。善人君子,其执义当如一也",孔疏又发挥此说,谓"以仪、义理通,故转仪为义。言善人君子,执公义之心,均平如一",然而,这样的解释于诗意不合,这倒是我们应当详察的地方所在。《鳲鸠》篇的"义",必当读若"仪",指威仪、仪容而言,包括服饰、气度、容止等多方面的内容。对于周代贵族而言,这些是十分重要而不可或缺的,《诗·柏舟》谓"威仪棣棣,不可选也",毛传"君子望之俨然可畏,礼容俯仰各有威仪耳"。有此威仪,就不会有别人挑

---

① 《鳲鸠》诗次章的"其带伊丝,其弁伊骐",就是对于"淑人君子"仪容的具体描绘。"带"和"弁",是贵族服饰中很能标识其身份与气质的部分。关于"带",《礼记·玉藻》篇说"天子素带朱里终辟,而诸侯素带终辟,大夫素带辟垂,士练带率下辟,居士锦带,弟子缟带",周天子用的是素色丝质大带,朱红衬里,彩缯镶边,诸侯卿大夫也用素色丝质的带,只是没有朱红衬里,士以下则用绢质的带。《周礼·典瑞》贾疏就有"大带,大夫已上用素,士用练(熟绢)"的说法。"其带伊丝"一语表明,用丝质大带的"淑人君子"的身份应当属于诸侯或卿大夫阶层。所谓"弁",即周代贵族的冠,平常所戴的称"皮弁",《周礼·弁师》载:"王之皮弁会五采玉璂,像邸,玉笄。王之弁绖,弁而加环绖。诸侯及孤卿大夫之冕、韦弁、皮弁、弁绖,各以其等为之。"弁的形制作合手锐顶之状,上中的缝合处缝上各色之玉以为装饰,侯伯可饰玉七枚,卿大夫饰二至四枚,周王的弁可能饰五采之玉,其他身份的人最多只能饰两种颜色的玉,以示等级差别。"其弁伊骐"的骐,郑笺"骐当作璂"。《说文》云:"弁饰,往往冒玉也。"骐本指青黑色的马,此处"其弁伊骐",盖指其弁饰以青黑色之玉,是为诸侯或卿大夫的皮弁。

② 孔颖达:《尚书正义》卷二十。

③ 关于"其仪一兮"之句,闻一多先生谓"释为父母对七子之情'平均如一'",他认为"仪当训匹,一谓专一",意即"不再匹,不双侣"(《诗经通义甲》,《闻一多全集》第三册,湖北人民出版社1986年版,第292页)。其实,匹为仪之引申,虽然不误,但与义的本义相距较远,所以,闻先生的这个解释难以说通。

剔指责的余地,所以说"不可选也"①。威仪是周代贵族等级标识之一,所以《周礼·大司徒》载对于民众的"十二教"之一就是"以仪辨等,则民不越",不唯如此,威仪对于周代贵族而言,有时候简直到了生死攸关的地步,所以《诗·相鼠》篇说:"相鼠有皮,人而无仪。人而无仪,不死何为?"孔疏释此意谓"人以有威仪为贵。人而无仪,则伤化败俗,此人不死何为?若死,则无害也",威仪之重要于此可见。所以《周礼·秋官》记载,周代专有"司仪"之官,"掌九仪之宾客摈相之礼,以诏仪容、辞令、揖让之节"。在东周社会大变革的时代,贵族们往往更重视"仪",《诗·小宛》说"各敬尔仪,天命不又(佑)",之所以要"各敬尔仪",是因为"天命不佑"。由于天命不大靠得住,所以只好求助于敬慎仪表容止。《诗·假乐》篇谓"威仪抑抑,德音秩秩"。因为威仪凛凛,所以"德音"清明,可见人的威仪与德行有直接关系。《诗·卷阿》"颙颙卬卬,如圭如璋,令闻令望",郑笺云:"令,善也。王有贤臣,与之以礼仪相切磋,体貌则颙颙然敬顺,志气则卬卬然高朗,如玉之圭璋也。人闻之则有善声誉,人望之则有善威仪,德行相副。"人的威仪与其德行相辅相成,相得益彰,故谓两者"相副"。孔疏则进一步说:"敬顺则貌无惰容,故有善威仪。貌善名彰,是德行相副也。"这里所理解的逻辑结构是威仪——貌善——名彰——德行相副。威仪之重要于此可见一斑。

简文"其义一氏,心女(如)结也",见于《诗·曹风·鸤鸠》篇,今本作"其仪一兮,心如结兮"。足可证在上博简写成的时候,尚用义如仪。《礼记·缁衣》篇引此句作"淑人君子,其仪一也。"②若《缁衣》篇果真为属于七十子后学的公孙尼子所撰,那么《缁衣》成书的年代就当在战国前期,与上博简的时代是接近的。这就可以说,在那个时代,"义"与"仪"相通用。清儒胡承珙推测说:"'仪'之为'义',毛(按,指毛传)时通用。……后汉时,则'礼义'之'义',与'威仪'之'仪'截然各异。"③这个说法是可信的。

关于"义"、"仪"两字的关系,我们尚须讨论一下清儒马瑞辰的说法。他在

---

① 朱熹:《诗集传》卷二说"选,简择",得之。
② 郭店楚简《缁衣》篇引此句作"其义(仪)一"。这种情况跟《诗·鸤鸠》与上博简《诗论》用"义"的情况完全一致。郭店简的这个"义"字由上下文意可知是指仪容、威仪而言的,可见其所用的义即"仪"。
③ 胡承珙:《毛诗后笺》卷一四。按,胡氏谓后汉时义、仪相别,是正确的,但他又以为用"容仪"解释诗中的"仪"则"隘矣"。此说有失。上博简引诗作"义"而不作"仪"是为其证焉。

解释"其仪一兮"时谓：

> 《说文》"檥，榦也"，今经传通作仪。《尔雅》"仪，榦也"，左氏文六年传"引之表仪"。仪与表同义。人之立木为表，曰仪。人之为民表则亦曰仪。《荀子》"君者，仪也"，"仪正则景正"，故此诗"其仪不忒"，即曰"正是四国"矣。凡言表仪、言仪式、言仪度，皆仪榦引伸之义也。此诗言君子用心之一，有如仪表之正①。

依照马氏此说，《鸤鸠》诗中的"仪"当读若"檥"，用若仪表之"仪"，有标杆、榜样、表率的意思。其实，从文字发生的次第看，组合式的檥、仪皆当后起字，本初皆源于义字。《说文》谓"义，己之威仪也。从我从羊"，讲"义"解为威仪，尚存"义"的古义。马氏以"檥"释"仪"，虽然不误，但进而以此来解释"义"字，则显得迂而不大合适。

总之，简文"义"字，当用如威仪、仪容之"仪"，而不必作仁义字，也不必由"檥"转训为仪表、榜样。"其仪一兮，心如结兮"是《曹风·鸤鸠》篇首章末句，它的意思与整个诗意密切相关，是全诗意蕴关键之所在。我们辨析了简文"义"字的起源和用法，对于认识全诗可能会有一定的帮助。

(二) 鸤鸠鸟与"淑人君子"

《曹风·鸤鸠》全诗四章，章六句，为研讨方便计，现具引如下：

> 鸤鸠在桑，其子七兮。淑人君子，其仪一兮。其仪一兮，心如结兮。
> 鸤鸠在桑，其子在梅。淑人君子，其带伊丝。其带伊丝，其弁伊骐。
> 鸤鸠在桑，其子在棘。淑人君子，其仪不忒。其仪不忒，正是四国。
> 鸤鸠在桑，其子在榛。淑人君子，正是国人。正是国人，胡不万年？

我们可以将此诗意译如下：

> 布谷鸟居住在桑树上，养育了七个孩子啊。善人君子，他的仪容一贯

---

① 马瑞辰：《毛诗传笺通释》卷一五。

守礼呀①。他的仪容一贯守礼,所以他的心才能够坚如磐石啊②。

布谷鸟居住在桑树上,它的孩子分居在梅树啊。善人君子,他的大带是丝质的。他的大带是丝质的,所以他的皮弁才镶着青黑色的美玉啊③。

布谷鸟居住在桑树上,它的孩子分居在酸枣树。善人君子,他的仪容没有差误啊。他的仪容没有差误,这才能够成为四方的楷模。

布谷鸟居住在桑树上,它的孩子分居在榛树。善人君子,他是国人的榜样呀,他是国人的榜样,怎么能不万寿无疆?

这首诗计四章,每章的前两句皆为"兴"。所谓"兴",依朱熹《诗集传》卷一的说法,那就是"先言他物以引起所咏之词也"。其实,"兴"和"比"("以彼物比此物也")的界限很难截然划分。无论是兴抑或是比,都应当与诗意有直接或间接的联系,只不过"兴"侧重于引起所咏之辞,"比"则侧重于比喻。那么"鸤鸠在桑"两句与下面的诗意是何关系呢?鸤鸠即后世俗称的布谷鸟。此鸟的特点是,一,每于农耕播种时鸣叫,其声似"播厥百谷"或"脱却布袴",似在呼唤快快播种。其鸣声扬不已,善变不息,后世谓贪嘴长舌妇即以其为形容④。但从另外的角度看,其鸣叫之声亦不乏循循善诱之意在焉。不仅如此,布谷鸟还每每让人联想起来勤奋刻苦的精神,故李白《赠从弟洌》诗谓:"日出布谷鸣,田家拥锄犁。"杜甫《洗兵马》诗亦有"田家望望惜雨干,布谷处处催春

---

① 诗中的"仪",本指威仪、服饰、容止等多方面内容,今以"仪容"一词概括之,犹《尔雅·释训》所云之"威仪容止"及《汉书·五行志》上篇的"威仪容貌"。关于"一",毛传认为指鸤鸠鸟养雏鸟始终如一,颇有一心一意的意思,郑笺认为指鸤鸠鸟平等对待雏鸟,不分厚薄,平均如一。《汉书·鲍宣传》谓:"为天牧养元元,视之当如一,合《尸鸠》之诗"。此皆抉发平均的意蕴以说。孔疏则糅合传、笺之说,谓:"执义均平,用心如一"。这些说法皆从仪读义为释,所以将"一"理解为道德范畴的内容。如今在认识到义本义即仪的基础上,"一"字之释亦当摆脱道德范畴,而当指一贯如此。周代贵族的服饰威仪容止等,皆有各种礼数,一贯如此即一贯守礼。

② "心如结"的结字本意指特别牢固的纽结。《说文》谓:"结,缔也","缔,结不解也",是可为证。《鸤鸠》毛传释此为"用心固"。朱熹《诗集传》卷一谓"如结,如物之固结而不散也",皆得之。此处用其引申之意为释,译为坚如磐石,意思是只有其仪容一贯守礼,合乎要求,才会心中踏实稳固。有了这样的容止气度,别人就会对你信任。《荀子·成相》篇谓:"君子执之心如结"。结字的用法与《鸤鸠》篇同。

③ 从全诗各章的逻辑结构看,各章的末两句皆应为因果关系。据《礼记·玉藻》篇所说,诸侯大夫阶层的人皆用素色的丝质之带,他们的皮弁才可以镶以青黑色之玉以与之相称。这种服饰体现了"其仪一"的精神。次章此意是对于首章"其仪一"的进一步说明。

④ 《后汉书·冯衍传》注引《冯衍集·与妇弟任武达书》称其逐妇原因是此妇"词如循环,口如布谷,县幡竟天,击鼓动地,……不去此妇,则家不宁;不去此妇,则家不清"。

种"之句①。二,此鸟喜群居,多繁衍,正如王夫之所说"每飞必群,生类蕃衍"②,乃是一种群居繁衍的鸟类。三,鸤鸠幼鸟或不自筑巢,而是觅鹊巢居之,故《诗·鹊巢》云"维鹊有巢,维鸠居之"。可见其幼鸟另觅新巢而居,与父母不居于一巢。《鸤鸠》篇谓鸤鸠七子,并不与鸤鸠鸟居于一处,而是或在梅,或在棘,或在榛。这首诗各章前两章所咏,应当有其幼鸟另巢而居的意蕴在焉。《诗·鸤鸠》孔疏谓:"'在梅'、'在棘',言其所在之树。见鸤鸠均一养之,得长大而处他木也。鸤鸠常言'在桑',其子每章异木,言子自飞去,母常不移也。"③《鸤鸠》篇的作者,在写此诗的时候,鸤鸠(布谷)鸟的这些特点应当是熟悉于胸的。从诗意上看,本篇起兴于鸤鸠之鸟,并非了无关联之事,而是存在着比较密切的关系。

除了鸤鸠鸟之外,诗中"淑人君子"的身份也值得探讨。依照汉儒的看法,"淑人君子"应当指君主而言,如《礼记·经解》篇说:

> 天子者,与天地参,故德配天地,兼利万物,与日月并明,明照四海而不遗微小。其在朝廷则道仁圣礼义之序,燕处则听《雅》、《颂》之音,行步则有环佩之声,升车则有鸾和之音。居处有礼,进退有度,百官得其宜,万事得其序。《诗》云:"淑人君子,其仪不忒,其仪不忒,正是四国。"此之谓也。

这里引"淑人君子"的诗句以说明天子之事。再如《礼记·缁衣》篇载:

> 子曰:"为上可望而知也,为下可述而志也,则君不疑于其臣,而臣不惑于其君矣。《尹吉(诰)》曰:'惟尹躬及汤,咸有一德。'《诗》云:'淑人君子,其仪不忒。'"④

---

① 李白和杜甫的两诗分别见《全唐诗》卷一七一和卷二一七。
② 王夫之:《诗经稗疏》卷一,《船山全书》第三册,岳麓书社1996年版,第97页。
③ 孔颖达:《毛诗正义》卷七。
④ 郭店楚简《缁衣》第3—5简亦有类似记载:"子曰:'为上可望而智(知)也,为下可类而志也,则君不疑其臣,臣不惑于君。《诗》员(云):淑人君子,其义不忒。《尹诰》员(云):唯尹(伊)躬及汤,咸乂(有)一德。'"(荆门市博物馆编:《郭店楚墓竹简》,文物出版社1998年版,第17、129页)

这里所引此"淑人君子,其仪不忒"之句是泛指"为上"者,其下又述君臣之事,"为上者"即"不疑于其臣"的"君"。在《诗》中除本篇外,《诗·小雅·鼓钟》篇曾经三称"淑人君子",此诗郑笺谓昭王时诗,则"淑人君子"可能是对于昭王的美称。显然"淑人君子"的说法可以颂美天子,但从《鸤鸠》篇列于《曹风》的情况看,此诗的"淑人君子"不当指周天子,而应当指曹国君主而言,或者是对诸侯国君主以及卿大夫贵族的泛指。从诗的主旨看,"淑人君子"所指的应当是包括诸侯国君主在内的大大小小的宗法贵族。

我们在这里还可以举出《荀子·成相》篇的一段话作为以上分析的一个旁证。《成相》篇谓:

> 凡成相,辨法方,至治之极复后王。复慎墨季惠,百家之说诚不详(祥)。治复一,修之吉,君子执之心如结。众人贰之,谗夫弃之,形(刑)是诘。水至平,端不倾,心术如此象圣人。

荀子这里讲的是治术,其中做到"心如结"的"君子",与这段话里所说的"后王"、"圣人"是相类的,而跟那些普通的人("众人")则相反。荀子是传《诗》大家,他对于《诗》十分熟悉。《成相》篇里的荀子此论,有可能是化用《鸤鸠》篇"淑人君子"几句的结果,也是将"君子"作为贵族而言的。

细绎全诗意蕴,可以知道诗中的鸤鸠鸟并非与诗旨关系不大的起"兴"之物,而是具有特定含义的喻指。从表层的意义上看,鸤鸠鸟所喻指的就是诗中的"淑人君子"。然而,这种喻指的深层意蕴何在呢?这应当是剖析全诗主旨以后才可以说清楚的事情。

(三)关于《鸤鸠》篇主旨的探寻

关于此诗主旨,最有影响的是《诗序》的"美刺"说。《诗序》谓"《鸤鸠》刺不一也。在位无君子,用心之不一也",郑笺也指出"刺今在位之人不如鸤鸠",孔疏则认为此诗是寓刺于美,"举善以驳时恶"。此诗主旨固然可以说是赞美,但亦可以说是寓"刺"于"美"。说"刺",说"美"皆不为错。前人解释此诗争论最大的是"美"(或"刺")的具体对象,前人提出的"美"、"刺"的对象有曹叔振铎、周公、僖负羁、晋文公、公子臧等,当代研诗大家陈子展先生在他的《诗三百篇解题》中总结诸家之说,提出新论,谓此诗"当为刺曹共公依附霸王,狐假虎威,

妄自尊大,不知度德量力而作"。他的具体论证是:

> (曹)共公继承其父贻谋,"历事齐桓、宋襄、晋文三霸主",也是屡预征伐会盟。"桓之衰也,宋人即伐曹矣。宋襄图霸,复同伐齐,……以乱齐国,而曹伯(共公)亦不能无咎矣。轻从宋师而以乱齐,复盟曹南而背宋,宜无解宋人之围也。"《鸤鸠》之刺,当在此时。诗说"正是四国",不是刺他乱齐背宋之事吗?狐假虎威,张牙舞爪,居然有"正是四国"的野心!"曹共之位,齐所定也。"齐桓既死,又依附宋襄乱齐,旋复背盟反宋,二三其德,是执义不一而用心不固了。这可说"淑人君子,其仪一兮,其仪一兮,心如结兮"吗?又诗以鸤鸠起兴,鸤鸠之子别托卵翼,不是象征昭共父子依附霸主才自存吗?

此说甚辨,影响很大,在研诗的发展过程中,可谓后出转精。但此说似乎仍于诗意有扞格之处。首先,曹共公被"刺"的主要原因在于他二三其德、执义不一而用心不固,但诗中仍然说"淑人君子,其仪一兮。其仪一兮,心如结兮"。诗意明明是赞美,怎么能是"刺"呢?对此,陈先生的解释是:"曹君有何可美?无可美而亦美之,这不是刺而是什么?"[①]这样拐了一个弯子,虽然可以勉强说得过去,但是诗的主旨是"美",抑或是"刺"(包括寓刺于美),毕竟有一定的区别,而不应当美、刺不分。依照陈先生的说法,这首诗只能是"刺"而不可能是"美"。然而,这却是与《诗论》简文所揭示的内容相矛盾的。简文谓《尸(鸤)鸠》曰:'其义一氏(兮),心女(如)结也。'虐(吾)信之",明确指出诗意可信,肯定其诗是在赞美,而不是讽刺。如果是讽刺,则不大可能以"信"称之。将此诗主旨定位"刺",不大能够成立,这是第一项原因。

其次,若将诗中的"义"理解为仁义的"义",实有悖于诗旨。关于此点,我们在前面已经有所分析,其要点是,汉儒曾经明确指出,古者"义"当读若"仪",实即作为威仪字的"仪"之本字,而并非仁义字。

再次,《鸤鸠》篇的次章与首章相呼应,所云"淑人君子,其带伊丝。其带伊丝,其弁伊骐",都是指仪容而言者,这对于说明首章的"其义(仪)一兮"一句是

---

① 陈子展:《诗三百篇解题》,复旦大学出版社2001年版,第553—554页。

直接的证据。从"义"的古义看,说曹共公"依附宋襄乱齐,旋复背盟反宋,二三其德,是执义不一而用心不固",以此来印证诗中的"其义一兮"之句,是靠不住的。

关于此诗主旨,与汉儒的"美刺说"不同,近代以来,尚有学者认为它是祝婚之诗。日本学者白川静以为《鸤鸠》是"结婚歌谣",是"祝颂诗,鸤鸠譬喻妇女"①。其说与我们前引闻一多先生的说法相近。细绎此诗内容,可以看到它只是在强调仪容,见不到祝贺结婚之语。将其归之于爱情诗,恐怕是不合适的。

战国秦汉时期的儒者往往从"慎独"的角度理解此诗。我们前引《礼记·缁衣》篇一段话,就是如此。这段话对于"淑人君子"身份的理解是正确的,可是若谓诗旨即在于讲求慎独,则恐未必然。郭店楚简《五行》篇说:"'淑人君子,其仪一也'。能为一,然后能为君子,[君子]慎其独也。"这即是从慎独的角度进行的解释。同样的例子还见于马王堆汉墓帛书《五行》篇。是篇谓:

"尸(鸤)叴(鸠)在桑",直也。其子,一也。尸(鸤)叴(鸠)二子耳,曰"七也",与(兴)[言](焉)也。[淑人君子,其仪一兮。其仪一兮,心如结兮](以上第221行)者,义也。言其所以行之义之一心也。能为一,然后能为君子。能为一者,言能以多[为一]。(以上第222行)以多为一也者,言能以夫[五]为一也,君子慎其蜀(独)。慎其蜀(独)也者,言舍夫五而慎其心之胃(谓)[义]焉。(以上第223行)[五]然后一。一也者夫五夫为[德一]也也。然后德之一也,乃德已。德犹天也,天乃德已。(以上第224行)②

---

① 〔日〕白川静:《诗经的世界》,杜正胜译,台北东大图书公司2001年版,第167页。
② 马王堆汉墓帛书整理小组:《马王堆汉墓帛书》(一),《老子甲本卷后古佚书》释文,文物出版社1974年版,第6页。上引这段话里[ ]内的文字为拟补。具体说明如下:拟补的第一处"言"字,帛书尚比较的清楚的残画可见。拟补的第二处"淑人君子,其仪一兮。其仪一兮,心如结兮"计16字,其中"其仪一兮"四字重文,所占位置,帛书整理者留13字的空余,今拟补12字,尚能符合。拟补的第三处"为一"二字,依据是简帛原文下面有"以多为一也者"的说法,依文例,此语上当有"以多为一"四字,以下之语才会顺畅。拟补的第四处"五"字,亦有残画可见,则此文主旨在于讲"五行",下文还有"舍夫五"一语,可能印证。拟补的第六处"义"字,根据在于帛书此处所存残画与第222行义字、第171行首字所存残的义字皆相似,笔势犹存。拟补第七处"五"字,根据在于下文有"一也者,夫五夫为[德一]"之语。拟补第八处"德一"二字根据在于下文有"然后德之一也"之语。

这段话意思是说，"鳲鸠在桑"一语是直接点明（"直也"）鳲鸠鸟所在位置（"在桑"）。鳲鸠对于其所有孩子都能够平均如一，始终如一（"其子，一也"）。诗中所写鳲鸠本来只有两（可能是"三"字之误）个孩子（诗的第二、三、四章分别写其子在梅、在棘、在榛），但却说其子"七也（兮）"，这是起"兴"所要求的呀（"与（兴）言（焉）也"）①。诗中所说的"淑人君子，其仪一兮，其仪一兮，心如结兮"，所讲的是"义"。具体说来就是诗中写的所行之义乃一心为之。能够做到一心一意，然后才能够成为君子。要做到一心一意，就是要将多种品行纳入一途（"以多为一"）。具体来说，就是以五种品行为一，就是君子所要做到的慎其独。所谓慎其独，就是不顾五种品行而只关注于一心，所谓"义"就在乎此（"言舍夫五而慎其心之谓义焉"）。五行而归于一。所谓"一"，就是五种品行纳于"德"之一途（"一也者，夫五夫为德一也"，帛书此处衍一"也"字），做到了归于"德"之一途，就达到了"德"的标准（"乃德已"）。"德"就像天一样，"天"也像德一样呀（"德犹天也，天乃德已"）。

这种从"慎独"的角度所进行的解释，很符合战国秦汉时期人们"断章取义"说诗的习惯。相关的解说，都是只抓住"其仪一兮"之语进行发挥，至于全诗本意是不怎么顾及的。战国末年荀子讲此诗则又进一步引申，从"其仪一"引申到"用心一"。他在《劝学》篇中说：

> 螾无爪牙之利，筋骨之强，上食埃土，下饮黄泉，用心一也。蟹六跪而二螯，非蛇蟺之穴，无可寄托者，用心躁也。是故无冥冥之志者，无昭昭之明；无惛惛之事者，无赫赫之功。行衢道者不至，事两君者不容。目不能两视而明，耳不能两听而聪。腾蛇无足而飞，梧鼠五技而穷。诗曰："尸鸠在桑，其子七兮。淑人君子，其仪一兮。其仪一兮，心如结兮。"故君子结于一也。

---

① 关于"兴"的写作手法，朱熹谓"兴者，先言他物以引起所咏之词也"（《诗集传》卷一，钱锺书先生曾引李仲蒙语"触物以起情谓之兴"，并且指出，"'触物'似无心凑合，信手拈起，后随手放下，与后文附丽而不衔接，非同"索物"之着意经营，理路顺而词脉贯"（《管锥编》第一册，中华书局1982年版，第63页）。《鳲鸠》篇所写本来只有三子，却说为七，就是这类"兴"的手法，理路不顺，词脉亦不贯矣。帛书《五行》以"兴"来解释三子说"七"之事，是正确的。

此处将"心如结"理解为"结于一"、"用心一",不能说不对。但只为讲述专心致志的道理服务,至于全诗意蕴却并没有顾及。《韩诗外传》卷二谓"凡治气养心之术,莫径由礼,莫优得师,莫慎一好。好一则博,博则精,精则神,神则化,是以君子务结心乎一也。诗曰:'淑人君子,其仪一兮,其仪一兮,心如结兮。'"这是从治气养心进行修养的角度所为之说,与荀子解此诗如出一辙。

总之,我们所见到的前人关于《鸤鸠》的主旨的研究,大致可以概括为"美刺说"、"祝婚说"和"慎独说"三种。细加寻绎。皆于是诗的本来主旨未合,因此在这个方面还有继续探讨的余地。上博简对于此诗的评析,为我们对于此诗的再探讨提供了可贵启示。从简文看,孔子对于《鸤鸠》篇特别关注的是其首章。首章谓"鸤鸠在桑,其子七兮。淑人君子,其仪一兮。其仪一兮,心如结兮"。简文所论表明,孔子认为"其仪一兮,心如结兮"两句实为全诗主旨的关键所在,而这两句又是"其"(指"淑人君子")的表现,在桑的鸤鸠则是淑人君子的喻指。《鸤鸠》所描写的鸤鸠与其子实喻指周代宗法系统中的大宗、小宗。如果我们说孔子对于《鸤鸠》篇的分析以及《鸤鸠》篇皆与周代宗族有关系,当不为凿孔之谈。

(四)《鸤鸠》篇是一首宗族赞美诗

为了说明此诗主旨,我们应当先来简略说一下周代宗法制度与宗法观念的基本内容。宗法制度是随着周代立国的基本国策——分封制——的实施而形成的。《左传》僖公二十四年记载周大夫富辰向周天子所说的一番关于分封制实施的情况与道理。他说:

> 大上以德抚民,其次亲亲以相及也。昔周公吊二叔之不咸,故封建亲戚以蕃屏周。管、蔡、郕、霍、鲁、卫、毛、聃、郜、雍、曹、滕、毕、原、酆、郇,文之昭也。邘、晋、应、韩,武之穆也。凡、蒋、邢、茅、胙、祭,周公之胤也。

这里所讲的对于蔡、管等国的分封,就是周初大分封的基本情况。可以看出,当时所分封的诸侯多为周文王、周武王以及周公的儿子。这一段话回顾了分封的历史,指出"封建亲戚"的目的就在于要使亲戚之间团结("亲亲以相及"),虽然有小的矛盾,但亲戚关系是不会泯灭的("不废懿亲")。作为周代社会两大支柱的分封与宗法的基本精神在于"亲亲",分封的实施和宗法的形成,就是

"亲亲"这一原则贯彻的结果。孔子将"亲亲"的精神视为其理论的关键之一。鲁哀公曾经向孔子询问政治,孔子回答说:

> 仁者,人也,亲亲为大;义者,宜也,尊贤为大。亲亲之杀,尊贤之等,礼所以生也。礼者,政之本也,是以君子不可以不修身。思修身,不可以不事亲;思事亲,不可以不知人;思知人,不可以不知天。[①]

孔子将"亲亲"之事与其理论核心内容——"仁"——联系一体来认识,可见"亲亲"之重要,他指出在分封制度下"亲亲则诸父兄弟不怨",宗族内部正是靠"亲亲"的原则团结在一起的。"亲亲"不仅是治国之道,而且还是人生之大道。《礼记·丧服小记》篇谓"亲亲、尊尊、长长、男女之有别,人道之大者也"。儒家理论认为衣服、徽号、正朔等皆可改变,而此四项"人道",则"不可得与民变革"。在这至关重要的人生四个"大道"里面,"亲亲"位居首位,其特别重要的意义自不待多言。宗法观念的基本线索是血缘关系的固定与系统化。在宗族内部,以"亲亲"为原则以贯彻宗法观念,至关重要。

呼唤宗族团结,阐发亲亲精神,这是周代社会的一股时代潮流。赋诗言志,加强族人团结,成为宗族内部人际交往不可或缺的事情。文献记载中就有这方面的例证。如《国语·鲁语》下篇载有鲁国以守礼和知《诗》、《书》著称的公父文伯之母的一件事情:

> 公父文伯之母欲室文伯,飨其宗老,而为赋《绿衣》之三章。老请守龟卜室之族。师亥闻之曰:"善哉!男女之飨,不及宗臣;宗室之谋,不过宗人。谋而不犯,微而昭矣。《诗》所以合意,歌所以咏诗也。今诗以合室,歌以咏之,度于法矣。"

她做的这件事之所以受到赞扬,是因为合乎礼法规定。这个礼法就是宗族内部事情要在宗族内部商议,而不与其他姓氏的人商议关于"亲亲"之事。她用赋诗的形式联合宗族,歌咏赞美宗族的诗篇,这样做完全合乎宗法观念的要求

---

① 《孔子家语·哀公问政》。

("度于法矣")。当时的人特别强调公父文伯之母能够"诗以合室,歌以咏之",即采用赋诗言志的做法来团结宗族,处理宗族内部事务。这是用《诗》直接来为宗法制度服务的一例。今上博简《诗论》提到的《鸤鸠》也应当是此类诗篇之一。

赋诗以宣扬宗法观念,将其作为巩固手段的事情,见诸史载的还有《左传》僖公二十四年的一个记载:

> 召穆公思周德之不类,故纠合宗族于成周而作诗曰:"常棣之华,鄂不韡韡。凡今之人,莫如兄弟。"其四章曰:"兄弟阋于墙,外御其侮。"如是则兄弟虽有小忿。不废懿亲。[①]

召穆公纠合宗族在成周聚会时所赋之诗,即今本《诗经·小雅》的《常棣》篇。可以说《常棣》和《绿衣》一样也是宗族的赞美诗[②]。《礼记·大传》篇说"亲亲"之重要,谓"人道亲亲也,亲亲故尊祖,尊祖故敬宗,敬宗故收族,收族故宗庙严,宗庙严故重社稷,重社稷故爱百姓",如此而论,"亲亲"简直就是天下太平的始点与原动力。

周代社会所特别倡导的"亲亲"精神,在《诗经》中多有所见。例如《伐木》篇说:

> 嘤其鸣矣,求其友声。
> 相彼鸟矣,犹求友声。
> 矧伊人矣,不求友生?

《诗序》说此诗主旨是"《伐木》,燕朋友故旧也。自天子至于庶人,未有不须友以成者。亲亲以睦,友贤不弃,不遗故旧,则民德归厚矣"。所以西周中期以

---

① 《国语·周语》中载富辰此语作:"古人有言曰:'兄弟谗阋,侮人百里。'周文公之诗曰:'兄弟阋于墙,外御其侮。'若是则阋乃内侮,而虽阋不败亲也。"亦是强调亲亲之义。

② 值得注意的是《常棣》是直接方式的赞美,而《绿衣》一诗则是通过赞美"古人",即先祖来间接地赞美宗族。《绿衣》篇还特意提到"绿兮衣兮,绿衣黄里","绿兮衣兮,绿衣黄裳","绿兮丝兮……绨兮绤兮",皆从服饰仪容起兴而言志,与《鸤鸠》篇对于"其带伊丝,其弁伊骐"的重视,是颇为一致的。

降,对于亲情的呼吁每见于《诗》的《小雅》及《国风》部分,其目的自然是为了巩固宗族的团结。这里是用鸟求友进行喻指,而《鸤鸠》篇则以鸟之居来喻指,其思路是一致的。

此诗每章都以"鸤鸠在桑"起兴,每章的第二句,则述"其子"的情况,首章谓"其子七兮",后三章则分别以"其子""在梅"、"在棘"、"在榛"言之,这个关系很像是宗法制度下的大宗与小宗。宗族间大宗与小宗的构成,以《礼记·大传》的"别子为祖,继别为宗,继祢者为小宗"一段话最为典型。依照礼法,大宗居于尊位,小宗只能顺服、敬重于大宗,故谓"大宗者,尊之统也"。① 关于分封制度下所形成的宗法关系,《礼记·礼运》篇说:

>　　天子有田以处其子孙,诸侯有国以处其子孙,大夫有采以处其子孙,是谓制度。②

这里所说的"制度",应当就是宗法制度。小宗接受大宗的分封,另立宗族,这对于大宗是巩固与发展,是利用天然的血缘关系的亲疏远近来避免宗族内部的纷争。对于小宗自身来说,这也是一个发展机遇。《鸤鸠》篇言鸤鸠鸟自己居住于比较高大的"桑"树③,此外还安排其子居住比较低矮的梅、棘、榛等树上,其所形成的格局颇类于"大宗"与"小宗"。春秋时期,随着宗族组织松动,社会结构进行着缓慢而深刻的大变动,各诸侯国的诸侯和卿大夫阶层,也正经历着权力下移的过程。我们可以从《诗经》中看到不少呼唤宗族团结的诗作,它真实地反映了宗法贵族与宗族群众的呼声。④《鸤鸠》一诗藉布谷鸟养子起"兴",这与前引《伐木》篇以泛指的"鸟"作为喻指虽然不尽相同,但是呼唤宗族团结并赞美宗法精神的主旨则是一致的,并且其所指比《伐木》篇更为具体。

---

① 《仪礼·丧服》。
② 关于在分封系列中形成宗法制度的阐述,还见于《孔子家语·礼运》篇,意思与此相同。
③ 桑树比较高大,此可举一例。《国语·晋语》四载晋公子重耳在齐时,其随从商议让他离齐国谋大业时,就曾"谋于桑下,蚕妾在焉,莫知其在叶",桑树上有采桑女,竟然没有被发现,桑树必然不会太小,只有这样,树下的人才会"莫知其在"。桑树喻指吉祥。故《诗·小雅·南山有台》篇说"南山有桑,北山有杨。乐只君子,邦家之光。乐只君子,万寿无疆"。
④ 关于这方面的问题,愚曾在"上博简《诗论》与《诗·杕杜》探析——兼论春秋战国时期社会结构松动及其影响"(《史学月刊》2003年第1期)一文中加以探讨,请参阅。

(五)《鸤鸠》篇的"仪"与"尊尊"的关系

我们在前面已经提到,《诗·鸤鸠》篇的"仪",上博简写作"义"。这一点可以启发我们考虑的是,《鸤鸠》篇的"仪"不应当读若义,而是恰恰相反,作为《诗》的本字,"义"本指"仪",上博简的用法即保存了"义"的本义,而在《诗》编定的时候,为了准确才采用了"仪"字。所以说,简文"其义一"当即"其仪一",而不是相反将《诗》的"其仪一"作"其义一"。《说文》训仪为"度也",其本义指仪容、威仪。《诗·大雅·烝民》"令仪令色",郑笺云:"善威仪,善颜色容貌"。《尚书·洪范》讲人的五种大事,"一曰貌",伪孔传谓貌即"容仪",是为其证。人的仪容、威仪是以其服饰、气度表现其尊严、高贵。在周代分封与宗法制度下,"仪"与"尊尊"的原则有直接关系。

周代社会政治的发展中,"亲亲"的原则每与"尊尊"相谐。"尊尊"的原则是自分封与宗法制度实施以来与"亲亲"同生共存的。在宗族内部小宗尊重大宗,宗族成员尊重宗子。这固然也符合尊亲的原则,但"尊尊"主要强调的是在宗族外部,要求国人与一般贵族尊重国君。尊尊原则里面固然也包括不少亲亲的因素,但更重要的是对于血缘关系之外的国家权威的尊重。例如,春秋初期,鲁文公祭祖时,颠倒了僖公与闵公的先后位置,为礼家不满,所以《穀梁传》文公二年说:

> 君子不以亲亲害尊尊。此《春秋》之义也。

范宁注谓"尊卑有序,不可乱也。"钟文烝《补注》谓:"亲亲、尊尊,人道之大,二者一揆,尊理常伸。"[①]。虽然亲亲与尊尊同为人道之大者,但在春秋时期比较而言,尊尊却包含有政治权威的力量在内,人们将其置于血缘关系之上而不可颠倒("不以亲亲害尊尊")。《礼记·中庸》载鲁哀公询问政治之事,孔子的回答以"亲亲"、"尊尊"为核心,他指出:"仁者人也,亲亲为大。义者宜也,尊贤为大。亲亲之杀,尊贤之等,礼所以生也。"亲亲强调的是发自内心的血缘亲情,所以说它属于"仁"的范畴;而尊尊则强调人际之间社会地位的尊卑高低,所以

---

① 钟文烝:《春秋穀梁经传补注》卷一三。

说它属于"义"的范畴①。尊尊体现了社会等级制度的基本精神,而仪容正是尊尊的这种体现的物化表征。

服饰仪容与宗法制度、宗法观念之间存在着内在的关联。宗法贵族的尊贵固然要表现在其手中的权力方面,但更为直观和具体的表现则是在其服饰仪容上。周代服饰有着较为明显的等级性。例如,周代贵族对于裘和裼衣十分重视,常以之作为等级身份的标识。《论语·乡党》篇所载孔子说的缁衣、素衣、黄衣以及羔裘、麑裘等,都是贵族服装,君主则要更好些。《礼记·玉藻》篇说"锦衣狐裘,诸侯之服也",可见狐裘饰以锦衣非一般人所能服用。

仪容指服饰、威仪、容止②,它是思想与品德的外在表现。《左传》襄公三十一年记载,卫大夫北宫文子见到楚国令尹子围的威仪已有国君之容,遂有一段评论的话语,说道:

> 有威而可畏谓之威,有仪而可象谓之仪。君有君之威仪,其臣畏而爱之,则而象之。故能有其国家,令闻长世。臣有臣之威仪,其下畏而爱之。故能守其官职,保族宜家。顺是以下,皆如是,是以上下能相固也。……故君子在位可畏,施舍可爱,进退可度,周旋可则,容止可观,作事可法,德行可象,声气可乐,动作有文,言语有章,以临其下,谓之有威仪也。

北宫文子此论可以说是周代威仪观的典型表述。威仪的作用非同一般,有了威仪,君主可以保有国家,臣下可以保有其官职,一般贵族可以"保族宜家",层层的贵族皆有威仪,就会使得上下能固。威仪的具体要求是既应当有威风凛凛的气度,又要有和蔼可亲的态度,进退周旋恰如其分,容貌行止皆为楷模,所做事情皆可效法,其德行能够成为表率,彬彬有礼,文雅高贵,言语有章法而不信口开河。如果能够将这些展现在下属面前,那就可以说是有威仪。只有具备了这样的威仪,在下属面前才会受到尊重,尊尊之义于是乎在焉。《鸤鸠》诗的第三章谓"其仪不忒,正是四国",四国即四方,北宫文子说君主有了威仪就"能有其国家","上下能相固",可以说是对于这句诗的最佳注脚。

---

① 关于尊尊与义的关系,《礼记·丧服四制》篇所说"贵贵尊尊,义之大者也",是为典型表达。
② 关于仪容一词,最早见于《周礼·秋官·司仪》"掌九仪之宾客摈相之礼,以诏仪容辞令揖让之节",《楚辞·渔父》谓"屈原放逐,在江、湘之间,忧愁叹吟,仪容变易"。汉代,仪容一词用得更多。

《管子·君臣》下篇谓"戒心形于内,则容貌动于外矣",是不错的说法。《左传》昭公十一年载,代宣王命的周卿单成公与韩宣子相会时"视下言徐",眼睛向下看,言语迟钝,晋大夫叔向评论他说:"单子其将死乎!朝有著定,会有表,衣有襘,带有结。会朝之言必闻于表著之位,所以昭事序也。视不过结襘之中,所以道容貌也。言以命之,容貌以明之,失则有阙。今单子为王官伯,而命事于会,视不登带,言不过步,貌不道容,而言不昭矣。不道不共,不昭不从,无守气矣。"依照周代贵族容貌要求,看别人的时候,眼睛不要低过衣服交接处("襘"),言语要有一定的节奏,不可过快或过慢,要使在座的人都能够听清楚。单子违背了这些,所以被认为是将死的表现。史载次年冬天,单成公果然死去。在这件事情中,"容貌"简直就是生命的标识。郭店楚简《性自命出》篇说,圣人把赋诗读书及礼乐之事看得很重要,"体其义而即(节)度之"(从中看出规律和原则),而这个规律和原则与容貌则有直接关系:

　　至(致)颂(容)庙(貌)所以度即(节)也。君子美其青(情),贵[其义],善其即(节),好其颂(容),乐其道,兑(悦)其教,是以敬安(焉)①。

简文"度即(节)",即节度。"颂(容)庙(貌)所以度即(节)",意为容貌就是对于礼仪的节度调整,只有对容貌进行适当的节度调整,才能美化人的情感("美其情")。所以,人们应当特别注意容貌的节度("善其节"),修饰自己的容貌("好其容")。这是礼仪的需要,也是对于别人的尊重。宗法观念的"尊尊"原则里面,尊重的态度十分重要,否则就不会有"尊尊"之事出现。容貌是人的态度、感情及所实践的原则的外在表现,只有从调整自己的容貌开始,才会有尊敬的情感和态度("是以敬安(焉)"),有了这种态度,才会实现"尊尊"的原则。我们由这个认识出发来读《论语·乡党》篇才会有深入的体会。《乡党》篇以许多篇幅讲人的服饰仪容问题。这并不是繁文缛节,而是贯彻"尊尊"原则的需要。例如,此篇载孔子在乡党及宗庙朝廷上表现:

---

① 荆门市博物馆编:《郭店楚墓竹简》,《性自命出》第 20—21 简,文物出版社 1998 年版,图版第 62 页,释文第 179—180 页。

孔子于乡党,恂恂如也,似不能言者。其在宗庙朝廷,便便言,唯谨尔。朝,与下大夫言,侃侃如也;与上大夫言,訚訚如也。君在,踧踖如也,与与如也。君召使摈,色勃如也,足躩如也。揖所与立,左右手。衣前后,襜如也。趋进,翼如也①。

孔子在不同场合有不同的表现,跟不同的人说话有不同的态度。这并不是虚伪做作,而是"尊尊"的表现。这其中当然也有自尊而尊人的因素在内。《郭店楚简·缁衣》篇所载孔子语提到了仪容与尊尊的关系:

子曰:"为上可望而知也。为下可类而志也。则君不疑其臣,臣不惑于君。《诗》云:'淑人君子,其义不忒。'"

这段简文的意思是,君长之类的上级以其服饰气度所表现出的威严仪容,使下级人员一望可知,成为可以学习模仿的榜样("可类而志也"),这就能使君臣之间信任尊重。《诗·鸤鸠》篇的"淑人君子,其义不忒"说的就是这个意思。关于"其义不忒"的含义,我们还可以从以下三个材料中得知:

其一,《礼记·中庸》篇说:"齐斋明盛服,非礼不动,所以修身也。"可见,符合"礼"的服饰与气度是君子"修身"的重要内容。

其二,《礼记·经解》篇说:"居处有礼,进退有度,百官得其宜,万事得其序。《诗》云'淑人君子,其义不忒。其义不忒,正是四国',此之谓也。"这是从礼仪容止的角度对于"其义不忒"一句的理解。

其三,《孝经·圣治》篇说:"容止可观,进退有度,以临其民,是以其民畏而爱之,则而象之。故能成其德教而行其政令。《诗》云'淑人君子,其仪不忒'。"这也是从"容止"气度方面进行的理解。

这些例证都说明,春秋战国时人对于"其仪不忒",皆理解为礼仪容止。

---

① 这段话的意思是:孔子跟乡亲说话时谦卑温顺,他在宗庙朝廷则闲雅谨敬。朝会前与下大夫身份的人说话十分和气,跟上大夫身份的人说话则直率不苟。国君到朝廷时,孔子则恭恭敬敬,不紧张也不懈怠。如果国君派他担任傧相,孔子接受任务时就变容而特别敬重,举足戒惧,谨慎小心。与站立旁边的其他傧相打招呼时则在左右两手揖致意。在大庭之中快步行进,则有如鸟舒翼般的美好姿势。

淑人君子注意使自己的仪容不出差错("其仪不忒")的重要性于此亦可窥见。

我们之所以在前面说了这许多关于宗法观念与仪容的问题,是因为不如此便不足以说明简文所谓"'其义(仪)一氐(兮),心女(如)结也。'虘(吾)信之"的意义,若不如此,也就很难理解《诗·鸤鸠》篇首章何以特别强调"其仪一"的问题。我们可以把关于"其仪一"的问题总括一下:第一,简文用"义"字,而《诗·鸤鸠》篇则用"仪",这表明简文"义"保存了它的古义,在此用作仪容字,指威仪容止。第二,《鸤鸠》诗的第二章,其所形容的"淑人君子"的服饰,是仪容的表现,第三章的"其仪不忒"①,则是指"淑人君子"守礼,不出差错,如此方可为四方国人的楷模,即由仪容而威仪。这是完全符合尊尊原则的表现。总之,《鸤鸠》篇的"其仪一",必指淑人君子的仪容一贯守礼,做到了这些,就必然会守礼自信、气度轩昂而受到国人尊重,宗法观念下的"尊尊"原则就会得到体现。孔子对于这个从"仪容"到"尊尊"的发展逻辑坚信不疑,故谓"吾信之"。

(六) 简短的结论

总结我们关于上博简《诗论》的相关简文及《诗·鸤鸠》篇主旨的讨论,可以将我们所提出的新认识概述如下。

其一,简文用"义"表示"仪",展现了义字古义。这启发我们考虑到关于《诗·鸤鸠》篇的"仪"字的训释,不当如历来所说的那样读为"义",而应当依本义理解,解释为威仪、仪容。

其二,《诗·鸤鸠》篇的鸤鸠鸟及其"子"的喻指,应当是宗法制度下的大宗与小宗。全诗的主旨应当是对于宗族的赞美。

其三,宗法观念的核心内容是亲亲,在其适应周代政治时又发展为尊尊。亲亲、尊尊二者体现着宗法的基本精神。《诗·鸤鸠》篇所展现的能够成为四方国人楷模的威仪、仪容("正是四国"、"正是国人"),是贯彻尊尊原则的需要。《鸤鸠》之意与《大雅·抑》篇所谓"敬慎威仪,维民之则"完全一致。

第四,我们从《论语·乡党》诸篇中可以知道孔子一贯注意礼仪容止的重

---

① 忒,本指差误,《诗·抑》"取譬不远,昊天不忒"笺云:"不差忒也。"以差释忒,得之。忒,多指礼仪的失误。《管子·弟子职》"入户而立,其仪不忒",是为其例。

要性，今得上博简《诗论》的简文更使我们体会到他特别拈出《鸤鸠》篇的"其仪一兮，心如结兮"之句，是将外在的服饰、仪容与内在的思想意念联合一起考虑。简文表明，孔子似乎唯恐人们有所误解，所以才以"吾信之"加以强调。这对于认识孔子的相关思想，应当有所裨益。

三十一　从上博简《诗论》第21—22号简看文王"受命"及孔子天道观问题

上博简《诗论》第21—22号简的记载表明孔子非常重视文王"受命"。这些不仅对于认识《文王》之篇的一些疑难之处很有启发，而且对于认识孔子的天命观也是一个契机。这两简的材料启发我们，除了说明以上两个方面之外，还应当研讨对于文王"受命"的具体理解及"受命"的时间、形式、影响等问题。通过简文可以看出《文王》一诗的主旨首先并不在于赞美文王之德，而是在赞美天命。在上博简《诗论》第21—22号简里，孔子也正是从这个角度来评论《文王》一诗的。

(一)问题的提出

上博简《诗论》第21号简"孔子曰"之前，有分章的墨节，这表明简文"孔子曰"其后的内容应当是另外的单独一章。简文"孔子曰"之后的内容集中论析了《宛丘》、《猗嗟》、《鸤鸠》、《文王》等诗，皆用一字进行评价，如"《宛丘》吾善之"、"《猗嗟》吾喜之"等，而第22号简则对于21号简所提到的各诗作进一步评析。两简皆提到《文王》一诗，简文如下：

《文王》吾兑（美）之。（第21号简）
《文王》[曰："文]王在上，於卲于天"，吾兑（美）之。（第22号简）①

第22号简所提到的《诗》的内容与《诗经·大雅·文王》篇吻合，所以定此处简文的诗篇名为《文王》是没有什么疑问的。简文"吾兑（美）之"的"美"，原作微

---

① 马承源主编：《上海博物馆藏战国楚竹书》（一），上海人民出版社2001年版，第150—151页。

字的中间部分,此字或从女或从页①,诸家一致将其读为美,是正确的②。其意蕴不仅有赞美,而且可能有以动用法的"贤"若"善"之义。上博简《缁衣》第1号简"好美女(如)好材(缁)衣",今本《礼记·缁衣》篇作"好贤如好缁衣",是可为证。本简"吾美之",可以理解为吾赞美他,也可以理解为吾以他为"美",或者理解为吾以他为"贤"若"善"。简文"之"字,代表《文王》之篇。

然而,关于《诗·文王》之篇前人虽然有过不少说法,但仍有一些关键问题没有完全解决。如果不加辨析,我们就很难知道简文所载孔子所说的"吾美之"的深刻含义。这是我们首先应当解决的问题。本文所要研讨者,此为其一。

关于周文王其人,历来就有他"受命"之说,周原甲骨中有与此相关的记载。辨明这些记载,对于我们深入理解《文王》主旨和孔子的天命观有较为密切的关系。本文所要研讨的问题,此为其二。

孔子之所以力赞周文王,与他的"天命观"有直接关系。换言之,可以说相关简文是孔子"天命观"的一种表达。那么,孔子的"天命观"如何呢?《论语·述而》篇说"子不语怪力乱神"。《论语·阳货》记载,孔子还说过"天何言哉?四时行焉,百物生焉"的话,这些能够代表孔子的天命观吗?孔子对于《文王》之篇及文王其人的赞美,可以使我们比较清楚地看到孔子天命观的一些核心内容。本文所要研讨的问题,此为其三。

对于以上三点,不揣翦陋,敬陈拙见如下,谨供专家参考焉。

(二)《诗·大雅·文王》篇辨惑

《文王》是《诗·大雅》首篇。全篇七章,章八句③。此诗主旨,依《诗序》的

---

① 参见上博简《缁衣》第1、18等简,马承源主编:《上海博物馆藏战国楚竹书》(一),上海人民出版社2001年版,第201—210页。

② 《周礼》中"美"字作"媺",如《大司徒》"媺宫室",《师氏》"掌以媺诏王",《鄁师》"察其媺恶而诛赏",《旅师》"以地之媺恶为之等",《司几筵》"陈玉以贞来岁之媺恶"等,"媺"字皆读若美,用如善。李学勤先生曾指出此点,参见"《诗论》说《宛丘》等七篇释义",谢维扬、朱渊清主编:《新出土文献与古代文明研究》,上海大学出版社2004年版,第2页。

③ 为研讨方便计,兹具引如下(各章间空一字以示区别):"文王在上,於昭于天。周虽旧邦,其命维新。有周不显,帝命不时。文王陟降,在帝左右。 亹亹文王,令闻不已。陈锡哉周,侯文王孙子。文王孙子,本支百世。凡周之士,不显亦世。世之不显,厥犹翼翼。思皇多士,生此王国。王国克生,维周之桢。济济多士,文王以宁。 穆穆文王,於缉熙敬止。假哉天命,有商孙子。商之孙子,其丽不亿。上帝既命,侯于周服。侯服于周,天命靡常。殷士肤敏,祼将于京。厥作祼将,常服黼冔。王之荩臣,无念尔祖。无念尔祖,聿修厥德。永言配命,自求多福。殷之未丧师,克配上帝。宜鉴于殷,骏命不易。命之不易,无遏尔躬。宣昭义问,有虞殷自天。上天之载,无声无臭。仪刑文王,万邦作孚。"

说法是写"文王受命作周"之事的。从诗的内容上看,此说不错。诗的大概意思是:首章写文王接受天命;次章写文王子孙众多,"本支百世",这是"受命作周"的主力;三章写除了文王子孙之外,周还拥有许多杰出人才;四、五两章写灭商之后,殷商子孙遵天命而臣服于周;六、七两章写对于殷商子孙和天下诸侯的告诫,要以文王为榜样服从上帝之命。关于全诗主旨的关键所在,我们将在本文最后说明。这里先来探讨一下两个历来有较大争议的问题。

其一,对于"文王在上"的理解问题。

此诗首句言"文王在上",可见其地位之非凡。并且我们从简文可以看出,孔子特意拈出"文王在上"之句进行赞美,所以辨明其意也就是一个至关重要的问题。所谓"在……上",古人有"在民上"和"在天上"两种不同的理解。毛传:"在上,在民上也。……言文王升接天,下接人也"①。孔疏据诗的下句"於昭于天",发挥毛传谓:"此言'於昭于天',是说文王治民有功,而明见上天,故知'在上,在于民上也'。"

朱熹《诗集传》卷十六不同意毛传之说,指出"在上"之意是"文王既没,而其神在上,昭明于天",清儒陈启源批语朱熹此说,说朱氏"舍人而征鬼,义短矣"②。而清儒阮元却力辨在上即在天上,"非言初为西伯在民上时也"③。陈澧则肯定"此诗毛、郑之说实非,朱子之说实是,若拘守毛、郑而不论其是非,则汉学之病也"④。

总之,所谓"在上"是在民上抑或是在天上,从汉到清,这是个一直有争议的问题。平实而论,朱熹之说较优。这是因为从周人用语来看,所谓"在上"皆指祖先神灵在天上,"严在上"的用法习见于彝铭就是明证⑤。另外,周武王时器《天亡簋》铭文可以为此释的直接证据。此铭谓:"不(丕)显考文王事喜上

---

① 所谓"在上"指"在……之上",即在天上,或在民上。郑笺别解"在,察也。文王能观知天意,顺其所为,从而行之"。按,在字固然可训为察,但是,其本义为存在、在于,并且依《诗》的文例看,解为"在……之上"为优,故而后人理解"在"字,多不从郑笺此说。
② 陈启源:《毛诗稽古编》,《皇清经解》卷七十六,上海书店1982年影印版。
③ 阮元:《大雅文王诗解》,见《揅经室续集》(一),中华书局1986年版。
④ 陈澧:《东塾读书记》,三联书店1998年版,第118页。
⑤ 彝铭中这方面的例证颇多,可举以下几例。西周中期器《痶钟》"烈(列)严才(在)上,……妥(绥)厚多福",周厉王器《胡钟》"不(丕)显皇考先王,先王其严才(在)上",西周晚期器《番生簋盖铭》"不(丕)显皇祖考穆穆克誓(哲)氒(厥)德,严才(在)上。广启氒(厥)孙子于下"。

帝,文王监才(在)上。"这是周武王祭礼上的话,意谓文王神灵事奉着上帝,他在天上还监视和眷顾着我们。再从《文王》诗本身内容看,其首章明谓"文王在上,於昭于天"、"文王陟降,在帝左右",理解为文王神灵在天上,乃文从字顺,不必拐个弯子说话。如果说指的是在民上,那他怎么能够陟降于上下,并且"在帝左右"呢?殷周时人认为人死以后身体虽然在地上,但人的精神灵魂已经升到天上,因而《礼记·礼运》篇说人死之后,应当有叫魂的仪式:

> 升屋而号,告曰:"皋——某复——!"。然后饭腥而苴孰,故天望而地藏也。体魄则降,知(智)气在上。

这里所谓"在上"的"智气",即指在天上的人的精神灵魂。《墨子·明鬼》下篇亦明指"文王在上"之事,是篇载:

> 今执无鬼者之言曰:"先王之书,慎无一尺之帛,一篇之书,语数鬼神之有,重有重之,亦何书之有哉?"子墨子曰:"周书《大雅》有之。《大雅》曰:'文王在上,于昭于天,周虽旧邦,其命维新。有周不显,帝命不时。文王陟降,在帝左右。穆穆文王,令问不已'。若鬼神无有,则文王既死,彼岂能在帝之左右哉?此吾所以知周书之鬼也。"

墨子论证的逻辑就是文王能够在上帝左右,这就表明他的灵魂在天上,可以说对于"在上"之意,墨子的理解是十分明确无疑的。"在上"一语,在春秋战国时期,多有用若"明君在上"、"圣王在上"之意者,此表示明君(或圣王)之在民上,但那并不能代表殷周时人的观念。在可信的殷周文献中,"在上"均指灵魂(或生命、命运)在天上,如《尚书·盘庚》上篇载:"今其有今罔后,汝何生在上?"《尚书·酒诰》:"庶群自酒,腥闻在上,故天降丧于殷。"《尚书·吕刑》:"穆穆在上,明明在下,灼于四方,罔不惟德之勤。"《尚书·西伯戡黎》"王曰:呜呼!我生不有命在天?祖伊反曰:呜呼,乃罪多参在上。乃能责命于天?"此篇所说"在上"其犹上文所云的"在天"。虽然《西伯戡黎》篇成书时代稍晚,但其渊源有自,亦可代表殷周时人的观念。殷周时人鬼神观念浓厚,卜、筮盛行,是为明证。直到墨子的时候,他还专门有《明鬼》篇"证明"鬼神的存在是不可怀疑的。

陈启源批评"朱熹"说"在上"是在天上,乃"舍人而征鬼"。其实,"舍人而征鬼"正是殷商社会观念中居于主导地位的思想潮流。朱熹之说,合乎历史实际,而陈氏之论可谓"舍是而求非"了。

总之,《文王》之篇,《吕氏春秋·古乐》篇说相传为周公旦所作,是为周初之诗,其首句的"在上"之意应当同于那个时代的社会观念,可以肯定其意谓文王之神灵在天上。至于这是文王活着之时其神灵就"在上",或是其死后灵魂"在上",这是个进一步的问题,留待下面我们再来探讨。

其二,文王是否称"王"的问题。

毛传没有明言文王改元称王之事,至郑笺才有特别明确的说法。郑笺释"文王受命"句谓:"受命,受天命而王天下,制立周邦。"孔颖达疏遍引谶纬之书以证郑笺之说,认为"此述文王为天子故为受天命也"。关于文王是否在殷末已经称"王"的问题,汉以后的学者颇有争议。唐儒刘知几《史通·外篇·疑古》以"天无二日,地惟一人,有殷犹存,而王号遽立,此即《春秋》楚及吴、越僭号而陵天子也"为理由反对"称王"之说,认为周文王若有盛德,必不会称王。宋儒欧阳修举四证进行详论,坚决反对"称王"之说①。南宋时,朱熹不坚持欧阳修此说,而是闪烁其词,以"自家心如何测度得圣人心"②,来搪塞学生的疑

---

① 说见欧阳修《居士集》卷十八:"使西伯赫然见其不臣之状,与商并立而称王,如此十年,商人反晏然不以为怪,其父师老臣如祖伊、微子之徒,亦默然相与熟视而无一言,此岂近于人情邪? 由是言之,谓西伯受命称王十年者,妄说也。以纣之雄猜暴虐,尝醢九侯而脯鄂侯矣,西伯闻之窃叹,遂执而囚之,几不免死。至其叛已不臣而自王,乃反优容而不问者十年,此岂近于人情邪? 由是言之,谓西伯受命称王十年者,妄说也。孔子曰:'三分天下有其二,以服事商。'使西伯不称臣而称王,安能服事于商乎? 且谓西伯称王者,起于何说? 而孔子之言,万世之信也。由是言之,谓西伯受命称王十年者,妄说也。伯夷、叔齐,古之知义之士也,方其让国而去,顾天下皆莫可归,闻西伯之贤,共往归之,当是时,纣虽无道,天子也。天子在上,诸侯不称臣而称王,是僭叛之国也。然二子不以为非,之久而不去。至武王伐纣,始以为非而弃去。彼二子者,始顾天下莫可归,卒依僭叛之国而不去,不非其父而非其子,此岂近于人情邪? 由是言之,谓西伯受命称王十年者,妄说也。"

② 具体说法见《朱子语类》卷三十五。按,此卷载有朱熹与其弟子对于这一问题的问答:"'三分天下有其二,以服事商',使文王更在十三四年,将终事纣乎,抑为武王牧野之举乎?"曰:"看文王亦不是安坐不做事底人。如诗中言:'文王受命,有此武功。既伐于崇,作邑于丰,文王烝哉!'武功皆是文王做来。诗载武王武功却少,但卒其伐功耳。观文王一时气势如此,度必不竟休了。一似果实,文王待他十分黄熟自落下来,武王却是生拍破一般。"或问以为:"文王之时,天下已二分服其化。使文王不死,数年天下必尽服。不俟武王征伐,而天下自归之矣。"曰:"自家心如何测度得圣人心! 孟子曰:'取之而燕民不悦,则勿取,古之人有行之者,文王是也。'圣人已说底话尚未理会得,何况圣人未做底事,如何测度得!"后再有问者,先生乃曰:"若纣之恶极,文王未死,也只得征伐救民。"

问。清儒也有反对称王之说的,如姚际恒《诗经通论》卷十三即断言论文王曾经称王之说"皆诬文王也"。然而,在褫夺明祚的时代背景下,清儒则多反对欧阳修关于文王没有称王的说法。陈启源质问道:"《诗》、《书》言'文王受命',皆言受天命也。天命之岂仅命为诸侯乎?"他认为"虽不显言称王,而其实已不可掩也"①。胡承珙《毛诗后笺》卷二十三也反对欧阳修的说法,说欧阳修"真眯目而道黑白者矣。清儒解释《春秋》"春王"之意,多谓这里的"王"即指周文王,如庄存与说,"受命必归文王,是谓天道","《大雅》云'上天之载,无声无臭,仪刑文王,万邦作孚',圣人之志也"②,就是一个典型的说法。

　　解决这个争议颇大的问题,最有说服力的依据在于史实。在可靠的文献记载和彝铭中,周文王当殷末之世即已称王,这样的记载是确凿无疑的。其一,《酒诰》"惟天降命,肇我民惟元祀。"王国维指出,"降命之命,即谓天命。自人言之谓之受命,自天言之,谓之降命。'惟天降命'者,犹《康诰》曰:'天乃大命文王'、《毛公鼎》云'天庸集乃命'矣"③。其二是作为周族史诗之一的《诗·绵》篇历述公亶父兴周之举,诗的末章谓"虞芮质厥成,文王蹶厥生",朱熹《诗集传》卷六引或说谓此意指解决虞芮之讼使得"诸侯归服者众,而文王由此动其兴起之势"。司马迁在《史记·周本纪》中指出,"诗人道西伯,盖受命之年称王而断虞、芮之讼。后十年而崩,谥为文王",司马迁已经从《诗》中看出作诗之人肯定文王受命之年即已"称王"。此说十分明确而毫不游移。既然文献有如此明确的记载,那么后儒为何还不承认呢?原因应当在于后儒的思想背景。可以举儒生在汉景帝前的一场争论来进行说明。《史记·儒林列传》载:

> 清河王太傅辕固生者,齐人也。以治《诗》孝景时为博士。与黄生争论景帝前。黄生曰:"汤武非受命,乃弑也。"辕固生曰:"不然。夫桀纣虐乱,天下之心皆归汤武,汤武与天下之心而诛桀纣,桀纣之民不为之使而归汤武,汤武不得已而立,非受命为何?"黄生曰:"冠虽敝,必加于首;履虽新,必关于足。何者?上下之分也。今桀纣虽失道,然君上也;汤武虽圣,

---

① 陈启源:《毛诗稽古编》,《皇清经解》卷七十六,上海书店1982年影印版。
② 庄存与:《春秋正辞》卷一,《皇清经解》卷三百七十五,上海书店1982年影印版。
③ 王国维:《周开国年表》,《观堂集林·别集》卷一,中华书局1959年版。

臣下也。夫主有失行，臣下不能正言匡过以尊天子，反因过而诛之，代立践南面，非弑而何也？"辕固生曰："必若所云，是高帝代秦即天子之位，非邪？"于是景帝曰："食肉不食马肝，不为不知味。言学者无言汤武受命，不为愚。"遂罢。是后学者莫敢明受命放杀者。

后儒之所以不承认文王"受命"称王，是因为要恪守君臣大义。这正是黄生所谓的"冠虽敝，必加于首；履虽新，必关于足"，君、臣名分是不应当变易的。然而在改朝换代、新君确立之时，此君臣名分则又不可过于拘泥，否则，新君主的"合法"性又从何而来呢？汉景帝在"受命放杀"问题前以"食肉不食马肝，不为不知味"为理由来和稀泥，清儒对此问题侃侃而谈，底气十足，原因都在乎此。

说到这里，就会出现一个逻辑推理的问题有待解决。这个问题就是，持周文王只称"西伯"，而决无称"王"的说法，一个重要的依据在于孔子说过"服事殷。周之德，其可谓至德也已矣"①这样的话，如果周文王当殷末之世即已称"王"，怎么还能算是"三分天下有其二以服事殷"了呢？对此问题，王国维曾经有过辨析，他指出："世异文王受命称王，不知古之诸侯于境内称王与称君、称公无异。……盖古时天泽未严，诸侯在其国，自有称王之俗。即徐楚吴楚之称王者，亦沿周旧习，不得尽以僭窃目之。苟知此，则无怪乎文王受命而仍服事殷矣。"②可以说，此说解决了周文王的"至德"与他"称王"之举是否矛盾的问题，当时"诸侯在其国自有称王之俗"，所以周文王称"王"也就无足为怪了。

我们前面探讨了这样两个方面，一是可靠的文献里确有文王当殷末已称王的记载。二是从逻辑上讲文王称王与其"至德"并不矛盾。然而，尽管如此，问题还没有真正解决。因为即便如此，也还是可以提出这样的问题，即称王之载都是后人追记，怎样能够最终说明他"当时"就已经称王了呢？

那么直接的证据何在呢？

最直接的证据应当就是周原甲骨文。1977年春在陕西省岐山县凤雏周

---

① 《论语·泰伯》。按，宋儒欧阳修所举"四证"的第三项即引孔子此说为根据。关于这里所说的"至德"，宋儒认为其具体内容是指"文王之德，足以代商。天与之，人归之，乃不取而服事焉，所以为至德也"（朱熹《论语集注》卷四引范氏说）。

② 王国维：《古诸侯称王说》，《观堂集林·别集》卷一，中华书局1959年版。

原建筑遗址西厢房的 11 号灰坑和第 31 号灰坑发展甲骨 17000 余片，其编号为 H11:136 片的甲骨载：

> 今秋，王由（斯）克往密。①

确如专家指出，《史记·周本纪》载周文王称王之"明年，伐犬戎，明年伐密须"，周原甲骨所载"往密"之王必当为周文王。是时他已称"王"，于此条卜辞可得确证焉。另外还有文王庙祭商先王的卜辞，亦为证据：

> 贞，王其祈又（侑）大甲，册周方伯，□，由（斯）又正。不左于受右（佑）。
>
> 彝文武丁升，贞，王翌日乙酉，其祈禹中，……文武丁丰……左王。②

上引第一例大意是说，王向商先王大甲祈祷并侑祭，祈请保佑周文王能够得到商的册封。第二例大意是说，祭祀于商王文武丁的宗庙，贞问王在翌日乙酉这天是否可以祈祷"禹中"，即在祭礼上立旗，是否向商王文武丁奉献玉器（"丰"）。这两片卜辞中的"王"，应当就是周文王，因为在周文王之后，周武王已经没有必要在周原为商先王立庙示敬。《左传》僖公十年、僖公三十年记载，春秋时人有"神不歆非类，民不祀非族"及"鬼神非其族类，不歆其祀"的说法，论者或据此断定祭大甲及文武丁的"王"当为商王。其实祭祀本族先祖是周代宗法制度下的观念，殷商时期，未必如此。再从周文王韬光养晦的策略看，"三分天下有其二，尚服事殷"，立庙祭祀商先王等，这些都是做给商王朝看的，是

---

① 甲骨照像见曹玮编著《周原甲骨文》，世界图书出版公司北京公司 2002 年版，第 90 页。摹本采自王宇信《西周甲骨探论》，中国社会科学出版社 1984 年版，第 289 页。释文据王宇信《西周甲骨探论》，中国社会科学 1984 年版，第 189 页。按，关于周原甲骨的族属和时代，专家们的讨论十分热烈。或断定它为商人占卜，是商卜人奔周时（或武王灭商后）带到周原的，或认为它是周人遗物，并且"绝大部分都是周文王时代遗物"（徐中舒：《周原甲骨初论》，1982 年《四川大学学报丛刊》第十辑《古文字研究论文集》）。两说相较，后说为优。

② 周原甲骨 H11:84 片、H11:112 片。甲骨照像见曹玮编著《周原甲骨文》，世界图书出版公司北京公司 2002 年版，第 8、64 页。摹本采自王宇信著《西周甲骨探论》，中国社会科学出版社 1984 年版，第 286—287 页。

一种表示臣服的姿态①。

总之,这两片甲骨的"王"即周文王。总之,关于周文王是否称"王"的长期争论,在周原甲骨文出土之后,应当有一个明确而肯定的结论,即可以完全肯定他确曾在"受命"之后称王。那么,文王是如何"受命"的呢？这应当是另一个很值得探讨的重要问题。

(三)文王如何"受命"

关于文王受命,学者向无疑义,但对于"受命"的理解,却不尽一致。毛传明确指出"受命,受天命而王天下",而郑玄却认为是"受殷王嗣位之命"。清儒陈奂解诗多信毛传,但于此却同意郑玄之说。他在解释"文王陟降,在帝左右"一句时指出：

> 文王受命于殷之天子,是即天之命矣。②

显然,他是把"殷之天子"之命理解为"天命"的。这是一种误说。所谓的文王"受命"非受殷天子命。对此,清儒俞樾曾在中举出一证,谓"唐虞五臣,稷契并列。商、周皆古建国,周之先君非商王裂土而封之也"③,陈子展先生指出这是"从历史上的事实"所进行的说明,虽然并不很充分,但还是有根据的④。然而,尽管周非商裂土所封,但周毕竟在长时间里面臣属于商,还接受过商的"西伯"封号。如果说周完全与商平起平坐,与商并列,实非确论。

其实周文王的"受命",并非基于与商"并列"而产生的,而是由臣属到"并

---

① 关于周文王的韬光养晦之策,古书上有不少说法,近年面世的上博简《容成氏》记载殷纣王无道而众邦国反叛的时候文王的表现可谓典型。是篇载："文王闻之曰：'唯(虽)君亡道,臣敢勿事乎？唯(虽)父亡道,子敢勿事乎？孰天子而可反？'受闻之,乃出文王于(以上第 46 简)夏台之下而问焉,曰：'九邦者其可来乎？'文王曰：'可。'文王于是乎素端(端)襃裳以行九邦,七邦来备(服),丰、乔(镐)不备(服)。文王乃起师以乡(向)。(以上第 47 简)"(见马承源主编《上海博物馆藏战国楚竹书》(二)《容成氏》第 46—47 简,上海古籍出版社 2002 年版。简文据李零先生考释),按,此说应当是战国术士之说而传于世者,虽然不尽可信,但亦距事实并不太远。

② 陈奂：《诗毛氏传疏》卷五。按,当代专家也有论者谓《史记·殷本纪》所言'赐弓矢斧钺,使得征伐,为西伯',就是真正意义上的'文王受命'"(祝中熹："文王受命说新探",《人文杂志》1988 年第 3 期)。

③ 俞樾：《文王受命称王改元说》,见其所著《达斋丛说》,《清经解续编》卷一千三百五十,上海书店 1982 年影印版。

④ 陈子展：《诗三百篇解题》,复旦大学出版社 2001 年版,第 912 页。

列"的发展过程。周人在讲自己接受天命的时候,总是强调这天命本来是天给予"殷先哲王"的,只是殷的"后嗣王"不争气,德行败坏,所以天才将大命转授于周。这在《尚书》周初诸诰中是一条思想的主线,例如《召诰》和《多士》篇谓:

> 呜呼!皇天上帝,改厥元子兹大国殷之命。惟王受命,无疆惟休,亦无疆惟恤。
>
> 尔殷遗多士!弗吊,昊天大降丧于殷,我有周佑命,将天明威,致王罚,勑殷命终于帝。

不仅如此,周人还特别强调周的"受命"是从周文王开始的[①],《尚书·无逸》篇载周公语谓"文王受命惟中身",《尚书·洛诰》载周公语谓"王命予来承保乃文祖受命民"[②],这两例皆为明证。特别要注意的是《尚书·君奭》所载的下面一段周公的话:

> 君奭!在昔上帝割申劝宁王之德,其集大命于厥躬。惟文王尚克修和我有夏,……文王蔑德降于国人,亦惟纯佑秉德,迪知天威,乃惟时昭文王,迪见冒闻于上帝,惟时受有殷命哉。

所说的"宁王",由《礼记·缁衣》篇所引可知其为"文王"。从这段话里,可以确凿无疑地肯定"集大命于厥躬"(将天命集合赐予其身)者就是"上帝"(而非"殷之天子")。而膺受"大命"者正是"宁(文)王"。周初青铜器《何尊》铭文谓"肆玟王受此大命",《大盂鼎》铭文谓"不显文王,受天有大令(命)",可谓最确切的证据。文王"受命"乃受天命之说可无疑矣。

[①] 按,在周人的观念里面,周受天命盖有三,一是文王受天命而兴周室,二是武王受天命"克殷",三是周成王受天命治理天下。这些都可以在周代文献里找到佐证。周成王之后,则不大提受命之事,若提,也只是强调文武受命,而不言时王是否再受天命之事。例如,周穆王时的祭公谋父谓"皇天改大殷之命,维文王受之,维武王大克之",此处所言,足可代表周人关于"受命"的一般看法。

[②] "乃文祖受命民",其中的"文祖"前人或指明堂,清儒皮锡瑞指出"以此文经义论之,与明堂无涉,此云'文祖',下云'烈考武王',则文祖即是文王,似不必牵引明堂文祖之解"(《今文尚书考证》卷十八)。按皮氏此说甚确,此为周公对成王之语,称"乃文祖"即指成王之祖文王。

然而,所谓文王受命的这些说法,皆文王以后人语,那么,文王在世时是否"受命"了呢?

我们先来看《诗·周颂·文王有声》的前两章:

> 文王有声,遹骏有声,遹求厥宁,遹观厥成,文王烝哉。
> 文王受命,有此武功,既伐于崇,作邑于丰,文王烝哉。

诗意谓文王有令闻之声誉,受天命之后,伐崇作丰,其业迹多么伟大呀。诗句表明,文王受命在伐崇之前。此诗虽然也还是文王以后的诗,但亦可以推测,它渊源有自,文王在世时即有此说,所以流传后世而形成这样的诗句。如果说这还不算是有力证据,那么再请看《吕氏春秋·古乐》篇的如下记载:

> 周文王处岐,诸侯去殷三淫而翼文王。散宜生曰:"殷可伐也。"文王弗许。周公旦乃作诗曰:"文王在上,於昭于天,周虽旧邦,其命维新",以绳文王之德。

这里的"绳",是称颂之意。按照《古乐》篇的说法,《大雅·文王》之篇是为周公称颂文王盛德之作,那么称颂的时间在何时呢?由这段首尾连贯一致的记载看[①],应当就是文王未许散宜生关于伐殷建议后所作,此时文王尚在。说到这里,我们已经涉及了《文王》之诗作于何时的问题[②]。这里不妨多说几句。依《吕氏春秋·古乐》篇所说,此诗当作于文王生时,但此说与《文王》篇诗意有违。诗的第四章以降者所述显然为周灭商以后之事。可以推测,此诗前四章

[①] 此段话里的"乃"字为时间副词,犹今语之"这才"、"就",《吕氏春秋·古乐》篇即多此种用例,如"汤于是率六州以讨桀罪,功名大成,黔首安宁,汤乃命伊尹作为《大护》"、"周公遂以师逐之,至于江南,乃为三象"等皆可证。这类"乃"字后所述之事与其前者往往密切相连,时间上虽有先后但却无间隔。又,墨子曾引此诗句,谓"若鬼神无有,则文王既死,彼岂能在帝之左右哉? 此吾所以知周书之鬼也"(《墨子·明鬼》下),虽然依此文意,可知文王死后"能在帝之左右",但墨子只是为成就其"有鬼"之说而举证,并不能说明墨子认为文王活着的时候就不能在帝之左右。

[②] 关于《文王》之诗的作者,可以取前人作于周公之说。虽然毛传只言"文王受命作周",而不言其作者,但后人据上引《吕氏春秋》之说,依然谓"熟味此诗,信非周公莫能作也"(吕祖谦《吕氏家塾读诗记》卷二十三)。当代研诗大家陈子展先生说《文王》周公所作,……无异乎是周代的国歌"(《诗三百篇解题》,复旦大学出版社2001年版,第909页),是皆可信从者。这里稍可补充的是,此诗始作于周公,后又有增补也。

作于周文王不许散宜生之议的时候,而后四章之作则在营成周还政成王之时①。而《吕氏春秋》称引之句是为诗的首章,亦即上博简《诗论》第22号简所称引之句,是文王在世时周公已经在说文王上可至天在帝左右,下可返地而保佑周邦。

那么,周文王"受命"的具体过程(亦即其"受命"的方式)如何呢?依照《诗·大雅·文王》孔疏所引纬书的说法有二,一是谓文王受"河图洛书",二是谓"赤雀衔丹书入丰,止于昌户。再拜稽首,受"。不管河图洛书,抑或是赤雀丹书,都是对于天命的传达。纬书之说,难以取信。但是,《太平御览》卷五百三十三引《逸周书》的说法则还是比较可靠的,是篇说:

> 文王去商在程。正月既生魄,太姒梦见商之庭产棘,小子发取周庭之梓,树于阙间,化为松柏棫柞,寤,惊以告文王。文王曰:"召发于明堂拜吉梦,受商之大命于皇天上帝!"②

这个记载可能是已佚的《逸周书·程寤》篇的一段逸文。这里是说,文王占其妻大姒之梦,认为其梦是"皇天上帝"授予"大命"的征兆。据《吕氏春秋·诚廉》篇记载,商周之际的伯夷、叔齐对此曾经提出批评,说这是"扬梦以说众,杀伐以要利,以此绍殷,是以乱易暴也"。这表明文王、武王曾经广泛宣扬受命于"皇天上帝",所以伯夷叔齐才熟知此事。殷周之际,周人对于占梦相当重视。周武王伐纣之前,曾经宣称,"朕梦协联卜,袭于休祥,戎商必克"③,即为一例。或者这是前一事的异辞。周文王正是在大姒此梦以后,广造舆论,说"皇天上帝"已经将商之大命授予自己,并举行隆重的祭天大典宣称自己"受命"的。文王能够"陟降"于天上人间,接受上帝之命,造福祉于天下,由其占梦之事看,可谓并非虚语。清儒阮元解释"文王陟降,在帝左右"诗句谓:这是"明言宗配上

---

① 按,诗的第三、四章述商之子孙服从周命参加祭典的情况与《尚书·多士》篇所述"惟三月,周公初于新邑洛,用告商王士"的情况如出一辙。两者制作时间,当距离不远。
② 朱右曾:《逸周书集训校释》卷十一,《周书逸文》,《皇清经解续编》卷一千零三十八,上海书店1982年影印版。
③ 《国语·周语》下引《尚书·大誓》。按,《左传》昭公七年载卫史朝语"筮袭于梦,武王所用也",谓筮不谓卜,盖传闻异辞。《逸周书·文儆解》谓"维文王告梦惧后祀(嗣)之无保。庚辰,诏太子发曰"云云,疑与此载事同。

帝之事，岂有文王生前而谓其陟降在帝左右者乎？"①这个质问忽略了梦中神游之事，是不能够成立的。占梦之事表明，文王生前也可能是梦中神游至天而得见上帝的。先秦时期，关于梦中神游至天而接受帝命之事，《史记·赵世家》所记，甚为典型：

> 赵简子疾，五日不知人，大夫皆惧。医扁鹊视之，出。董安于问。扁鹊曰："血脉治也，而何怪！在昔秦缪公尝如此，七日而寤。寤之日，告公孙支与子舆曰：'我之帝所甚乐。吾所以久者，适有学也。帝告我："晋国将大乱，五世不安。其后将霸，未老而死。霸者之子且令而国男女无别。"'公孙支书而藏之，秦谶于是出矣。献公之乱，文公之霸，而襄公败秦师于殽而归纵淫，此子之所闻。今主君之疾与之同，不出三日疾必间，间必有言也。"居二日半，简子寤。语大夫曰："我之帝所甚乐，与百神游于钧天，广乐九奏万舞，不类三代之乐，其声动人心。有一熊欲来援我，帝命我射之，中熊，熊死。又有一罴来，我又射之，中罴，罴死。帝甚喜，赐我二笥，皆有副。吾见儿在帝侧，帝属我一翟犬，曰：'及而子之壮也，以赐之。'帝告我：'晋国且世衰，七世而亡。'"

这个记载让我们看到秦缪公和赵简子皆有梦中神游天庭而受帝命的事例。周文王或其妻大姒梦见"皇天上帝"受命之事，与之如出一辙。

受天命应当有一个普遍认可的仪式。这仪式很可能就是通过隆重的祭天典礼以昭示于诸方国部落。祭天典礼在周代称为郊祭。郊祭据说起源于夏代②，至周代成为祭天大典。一般认为是在春季郊外祭天，虽然非必筑坛，但一定要在高处为祭，此祭类似于燎祭，多焚牛牲为祭，使香味上达于天，以取悦于上帝。汉儒董仲舒说周文王受命曾举行过郊祀。《春秋繁露·四祭》篇谓：

> 已受命而王，必先祭天，乃行王事，文王之伐崇是也。《诗》曰："济济辟王，左右奉璋。奉璋峨峨，髦士攸宜。"此文王之郊也。其下之辞曰："淠

---

① 阮元：《揅经室续集》卷一，中华书局1993年版。
② 《国语·晋语》八载："昔者鲧违帝命，殛之于羽山，化为黄熊，以入于羽渊，实为夏郊，三代举之"，韦注谓"禹有天下而郊祀也"，按照这个记载，可以说禹时即已开始郊祀。

彼泾舟,烝徒楫之。周王于迈,六师及之。"此文王之伐崇也。上言奉璋,下言伐崇,以是见文王之先郊而后伐也。文王受命则郊,郊乃伐崇。崇国之民方困于暴乱之君,未得被圣人德泽,而文王已郊矣。安在德泽未洽不可以郊乎?①

这里强调"受命"时必须行郊祭,就是"德泽未洽"也要进行郊祭,并谓周文王就是榜样。此处引《诗·大雅·棫朴》诗句为证。此诗以祭天起兴,其首章谓"芃芃棫朴,薪之槱之",郑笺谓"白桵相朴属而生者,枝条芃芃然,豫斫以为薪。至祭皇天上帝及三辰,则聚积以燎之",其意思是聚积棫朴之木燎祭于天。燎祭习见于殷代,至周时行用不太多,而且多见于郊天之祭。文王受命的具体形式,当如《周颂·维清》篇所说,"维清缉熙,文王之典,肇禋",诗意谓文王始行禋祀("肇禋"),禋祀即祭天的燎祭。此诗强调是由文王肇(始也)禋的。此点颇能说明文王表示"受命"而行祭典的情况。《孟子·万章》上篇载,战国时,孟子讲接受"天命"之事谓"使之主祭而百神享之,是天受(授)之",周文王之"受命"当即如此。

文王"受命"的时间,应在其断虞芮之讼之后。司马迁《史记·周本纪》据《诗·大雅·绵》篇之意谓虞、芮之人"有狱不能决,乃如周。入界,耕者皆让畔,民俗皆让长。虞、芮之人未见西伯,皆惭,相谓曰:'吾所争,周人所耻,何往为,祇取辱耳。'遂还,俱让而去。诸侯闻之,曰:'西伯盖受命之君。'诗人道西伯,盖受命之年称王而断虞芮之讼"。关于文王断虞芮之讼以后的史事,司马迁说:"明年,伐犬戎。明年,伐密须。明年,败耆国。明年,伐邘。明年,伐崇侯虎而作丰邑,自岐下而徙都丰。明年,西伯崩,太子发立,是为武王。"若从武王伐纣之年(前1045年)上推,则文王"受命"之年约在公元前1058年左右。若依司马迁的说法,我们可以推测,文王先是在各方国部落间有了很高的威信,被认为是"天命"的当然接受者,此后,文王宣示大姒之梦见"皇天上帝"授命之事,形成舆论,然后才正式通过典礼的方式宣布"受命"。这个典礼应即"薪之槱之"的燎祭,宣示正式接受天命。《诗·皇矣》篇载有文王受命的具体内容:"帝谓文王:无然畔援,无然歆羡,诞先登于岸。……以笃于周祜,以对于

---

① 按,此处所引内容亦见于此书《郊祭》篇,文句略同,但此篇所说较详。

天下。"、"帝谓文王：予怀明德，不大声以色，不长夏以革。"、"帝谓文王，询尔仇方，同尔兄弟，以尔钩援，与尔临冲，以伐崇墉"。这些诗句的内容皆以文王受帝命伐崇、伐密为中心。这是"天命"的具体内容，但最终目的则如《皇矣》篇所说"万邦之方，下民之王"，成为天下万邦的榜样和普天之下所有民众的王。

以"帝"为中心的"天国"建构是周人的创造。在周人的天国观念中，"帝"的位置超出于祖先神灵而至高无上，这既是政治斗争的需要，也是思想观念的一个发展。商王在方国部落联盟中只是"诸侯"之长，而按照周文王的设计，周王则应当是"诸侯"之君。应运而生的至高无上的"帝"就是造成这种政治格局的最终理论根据和思想保证。关于先秦时期的彝铭文使用"帝"、"上"、"天"等观念的情况，我们可以做出如下统计[①]：

时代	"帝"	"上"	"天"	分类
殷商	2	1	48	萌生期
西周	17	45	334	鼎盛期
春秋	3	17	51	衰退期
战国	4	58	17	衍变期

从上面的列表中我们可以看出彝铭中采用这些观念次数最多的是西周时期，所以我们将其称为"鼎盛期"，而这个"鼎盛期"是肇端于文王的。这在周武王时器《天亡簋》铭文中有很好的佐证。铭文谓：

乙亥，王又（有）大丰（礼）。王凡三（四）方。王祀于天室，降，天亡右王，衣祀于王。不（丕）显考文王事喜（糦）上帝。文王监才（在）上。丕显王乍（则）眚（省），不（丕）肆王乍（则）赓，丕克屯（殷）王祀。

彝铭的意思是，周武王祭祀于天（大）室，行祭天大礼，光辉卓著的先父文王正在天上事奉上帝的饮食（"事喜（糦）上帝"），文王正在天上监察着下界（"文王监才上"）。《文王》篇所云"文王在上，於昭于天"，正是铭文此意的浓缩。在周人的观念中，能够经常在上帝左右事奉的首位先祖就是周文王。而

[①] 表中数字据华东师范大学中国文字研究与应用中心编：《金文引得·春秋战国卷》，广西教育出版社2002年版，第77、313—314、363—364页。

这正是周文王在世时即已宣称自己陟降天地间,服务于帝之左右的结果。而这个宣称乃是周人所始终坚信不疑者。

文王受命的意义不仅在于宣示与称为"天子"殷王决裂,而且在于在思想观念上对殷人的超越。这对于认识殷周两代的思想发展意义重大。殷商卜辞记载表明,殷人最为推崇的是祖先神。在殷人的神灵世界里面,祖先神、帝、自然神基本上呈现着三足鼎立之势,帝并不占主导地位①。不唯如此,殷人的"天国"观念也是比较模糊的。《尚书·盘庚》篇虽然有"恪谨天命"的话,但是居于天国主导地位的并不是"帝",而是盘庚所说的"我先后"以及诸族首领的"乃祖乃父"。《尚书·西伯戡黎》载,商末纣王在形势危殆时,自信地说:"呜呼!我生不有命在天?"他所说的"天",实指天上的"先后",所以《尚书·微子》篇记载,后来微子即劝告他"自献于先王"。可以肯定,殷末虽然屡以"天"为说,但在其神灵世界里面,祖先仍居于首位。

周文王通过祭典的方式,宣示自己"受命",实际上是将"天"置于祖先神灵之上,这就在气势上压倒了殷人。"天"由此而成为具有普遍意义的至上神,其地位远远超出某一氏族部落或方国的祖先神灵。不唯如此,从《大雅·文王》篇里,我们还可以看到,周文王还将"帝"确立为天国的主宰,文王陟降于天上人间,实际上是"在帝左右"服务忙碌。在殷人观念中的"天国"里面,先祖神灵居于主导地位,帝只是偏居于一隅。如果我们将《大雅·文王》之篇与《尚书·盘庚》对读一下,这种区别是不难发现的。周人所言文王到居于天上的"帝"左右,这种情况颇类后世在灶神前的对联"上天言好事,下界保平安"。可以说,中国古代长期绵延的天国观念实由文王时代发轫。

总之,《文王》篇所谓"文王在上,於昭于天",并非在文王死后人们想象其灵魂所语,而是文王在世时人们对他特异"神"性的赞颂。他是如何"受命"的呢?从《文王》诗里,我们可以看到,首先是他能够由人间而上达,以至于昭显于天②,其次是文王在天上可以事奉上帝。再后帝才将大命授予文王。通过"受命",文王不仅是周族的首领,是天下之"王",而且是能够往来于天地间,为

---

① 关于这个方面的考证,参阅拙稿"论殷代神权",《中国社会科学》1990年第1期。
② 关于"於昭于天"之意,毛传谓"昭,见也",是正确的。孔疏谓"其德昭明,着见于天,……由有美德,能受天命,则有周之德为光明矣",将昭理解为文王之德昭明,并不合诗之原意。"昭于天",即显见于天,其间并没有德行之意。

"帝"所垂青的最尊贵的大巫。这种局面无异地大大加重了商、周势力对比中"周"的砝码,是周族克殷而确立天下共主地位的奠基工程。

(四)孔子为什么这样赞美文王

我们的讨论还应当回到本文开头所提到的上博简《诗论》第 22 号简关于孔子赞美文王的问题,探求一下孔子是怎样赞美文王的。孔子于《文王》之篇特意拈出"文王在上,於昭于天"这句诗来赞美,这说明了孔子对于文王有上天下地的神力深信不疑,对于以"帝"为中心的"天国"建构也是深信不疑的。

专家们谈孔子的天命观,多认为孔子"事鬼神而远之",或者谓孔子实如《庄子·齐物论》篇所说"六合之外,圣人存而不论"。专家论及此问题时只是强调孔子所讲的"天"是义理之天、自然之天。似乎这样说,孔子距离唯物主义思想家的桂冠就会近些。那么,孔子的鬼神观念呢?孔子是否将"天"作为有意志的人格神呢?对于此类问题,专家多不涉及。对于孔子"天道观"的问题,我们应当先来看一下历代学者们十分关注的《论语·阳货》篇的一个记载:

> 子曰:"予欲无言。"子贡曰:"子如不言,则小子何述焉?"子曰:"天何言哉?四时行焉,百物生焉,天何言哉?"

学者或以为"看了孔子这句话,便可以知道孔子心目中的天只是自然,或自然界中的理法"[1],退一步说,也是"由上帝之天到自然之天之过渡"[2]。或有论者提出不同意见,说这表明孔子"以自然为上帝意志的产物",断言这表现了"孔丘自然认识的贫乏与落后"[3],这个偏颇的说法并没有得到学者们的赞同。所以后来学者还是强调孔子的这句话表明了他所说的"天""是自然性质的、具体感性的存在"[4]。综合学者们的不同意见,可以概括为"自然之天"与"上帝意志"两种有很大不同的思路。愚以为如果不计其立意偏颇的因素,那么,后一种认识,可能更接近于孔子原意。任继愈先生主编的《中国哲学发展史》(先

---

[1] 《郭沫若全集·历史编》(一),人民出版社 1982 年版,第 359 页。
[2] 张岱年:《中国哲学大纲》,中国社会科学出版社 1982 年版,第 2 页。
[3] 赵纪彬:《论语新探》,人民出版社 1976 年版,第 184—194 页。
[4] 崔大华:《儒学引论》,人民出版社 2001 年版,第 23 页。

秦）对于这段话有比较集中而精当的分析：

> 有人据此认为孔子所说之天为自然之天，自然之天无意志，故不干予四时和万物的运行变化。这种解释恐不符孔子原意。因为孔子用"天何言哉"譬喻"予欲无言"，正是认为天能言而不言，天和人一样，是具有精神意志的。如果天不主宰四时和百物，那又何必说"天何言哉"。①

细绎孔子的"天何言哉"之语，可以看出他实际上是在强调天之伟大与神秘，只凭"天"自己的意志就可以让"四时行焉，百物生焉"，根本用不着说什么，其意志即可得以体现。此即《文王》篇所说"上天之载，无声无臭"，亦即《孟子·万章》上篇所载战国时孟子所谓"天不言，以行与事示之而已矣"。对于天来说，其意志不用语言即可表达；对于能够真正接受"天命"的圣人来说，也不必寻章摘句问个究竟，只要如《诗·大雅·皇矣》所说像周文王那样"不识不知，顺帝之则"，就可以承奉天命而一统天下了。在天人的交往中，语言是多余的。孔子那段著名的话，只能如此理解，方合其本意。

上博简《诗论》第22号简表明，孔子对于《大雅·文王》篇是持赞美态度的，那么，此篇所述的天国与天命观念应当为孔子所服膺。此篇所表明的"天国"、"天命"观念的基本点有二。其一，"帝"为天庭的主宰，帝命亦即天命。天命是伟大而不动声色的。其二，西周时期天命观的核心并不在于"补'天'的不足"，而是努力获取"天"的眷顾。天本身尚未被道德化。简言之，西周时期人们认为"帝"只信有德之人，所以要"疾敬德"。在人们心目中"上帝监民，罔有馨香德"（《尚书·吕刑》），上帝只是监视着下民，而上帝自己的"德"如何，则不大清楚。但是周人的诗篇中也偶尔透露出一些新颖的看法，《文王》篇的"文王在上，於昭于天"就是一例。这里是在表明，文王之德影响到了天上，直接影响着上帝，使上帝也道德化了②。孔子敏锐地抓住了这个新颖的认识，所以他强调对于这一点，"吾美之"。总之，孔子对于《文王》之篇的赞美，说明"自然之

---

① 任继愈主编：《中国哲学发展史》（先秦），人民出版社1983年版，第194页。
② 《大戴礼记》有《五帝德》一篇，是为将"帝"道德化的典型，此篇正是孔子这一思想的发挥。《中庸》谓"大哉圣人之道！洋洋乎！发育万物，峻极于天"，可以与"文王在上，於昭于天"相互发明，两者皆指圣人之德可以影响到天帝。天帝与人，在道德方面是互动的。

天"的观念尚未在孔子那里出现,孔子之"天"仍然是作为最高主宰的天,但却又是虚悬一格,最终将主宰之权落实到在一定程度上人格化的"帝",这是《文王》一诗阐述的内容,也是孔子赞美和完全同意的观念。

孔子既赞美文王其人,也赞美《文王》之诗。我们可以以此为契机而探讨孔子"天道观"的问题。可以说,孔子思想应当分为前后两个大的阶段①。如果我们袭用《论语》中的"先进"、"后进"之说,不妨将孔子思想以其"知天命"为界划分为"先进思想"与"后进思想"。《论语·为政》篇载孔子总结人生经历,说自己"五十而知天命"。前人认为这与孔子五十学《易》有关,孔子"及年至五十,得《易》学之,知其有得,而自谦言'无大过',则知天之所以生己,所以命己,与己之不负乎天,故以知天命自任"②。据《论语·雍也》和《述而》篇记载,在"先进思想"阶段,孔子主要致力于礼乐的研究与仁学的创建,对于鬼神之事并不关注,持"敬鬼神而远之"和"不语怪力乱神"的态度。五十岁以后,由研《易》开始,其思想进入"后进"阶段。此时,孔子入仕、出仕,跌宕起落。继而又率弟子周游列国,返国后致力于古代典籍的整理与研究。他以学《易》为契机,努力探寻社会与人生的发展规律,探寻事物发展背后的终极原因,将目光投向鬼神及"天国"世界。《论语·子罕》篇载,孔子率弟子在周游列国途中于匡地被围困时,孔子说:

> 文王既没,文不在兹乎?天之将丧斯文也,后死者不得与于斯文也;天之未丧斯文也,匡人其如予何?

这番满怀浩然之气的语言,正是孔子"知天命"的最好注脚。于此我们还可以注意到的一点是孔子以承继传统文化命脉为己任,他是将天命"文脉"之起源定之于"文王"的,所以才说"文王既没,文不在兹乎"。孔子研《易》,对于文王之伟大感触颇深,这从帛书《易传·衷》篇的一个记载里可以看得十分清楚:

> 子曰:易之用也,段(殷)之无道,周之盛德也。恐以守功,敬以承事,

---

① 关于孔子思想的阶段性划分,是研究儒家思想及古代思想的大问题,这篇小文不可能全面深刻研讨,只是提出这一概念,略作分析,以利于我们对于上博简《诗论》的认识。

② 刘宝楠:《论语正义》卷二,中华书局1985年版。

知(智)以辟(避)患,□□□□□,□(非)□(处)文王之危,知史记之数书(者),孰能辩焉?①

这里认为周文王是在十分危难的形势下演《周易》的,这与《易·系辞》"作《易》者其有忧患乎"的说法完全吻合,与今本《易·系辞》的"易之兴也,其当殷之末世,周之盛德邪。当文王与纣之事邪"也完全一致。帛书《易传·要》篇亦有类似的说法,谓:"文王仁,不得其志以成其虑,纣乃无道,文王作,讳而辟(避)咎,然后易始兴也。"《论语·述而》篇载,孔子自己说:"加我数年,五十以学《易》,可以无大过矣。"孔子的思想逻辑于此可以概括为"五十以学《易》"——"知天命"——"无大过",他所企求的正是周文王经过演《易》所宣示的知"天命"而成就大业的道路。

上博简《诗论》所载孔子对于文王的赞美,简文虽然很简短,但却提示了研究孔子思想的重要内容。过去我们对于孔子的天命观认识是不够的,一般来说,只以《论语》书所提到一些内容为据而发挥,这次,简文明确记载孔子对于《文王》之篇及文王之人的赞美,我们完全有根据,将《文王》之篇与文王"受命"所表现出来的天命观视为孔子所赞美的内容,视为孔子其人的天命观。这就在很大程度上扩大了我们相关认识的范围。《文王》篇的这两句诗历来为学者所重视,王夫之说:

《诗》云"文王在上,於昭于天",须是实有此气象,实有此功能。②

那么,什么"气象",什么"功能"呢?所谓"气象"当指文王上到天庭被重视之象,所谓"功能"当指文王因为被重视而被授以"天命"。王夫之认为这种"气象"与"功能"皆来源于文王与天帝的"无私无欲"。简文的这个记载,启发我们

---

① 帛书《易传》《衷》篇初发表时,原名《易之义》,1995 年春,廖名春先生发现该篇尾题残片,确认篇题为"衷"(见廖名春先生所著《帛书〈易传〉初探》(台湾文史哲出版社 1998 年版)一书第 12 页"自序"的相关说明)。这里所引文句,据陈松长、廖名春"帛书《二三子问》、《易之义》、《要》释文"(载陈鼓应主编《道家文化研究》第三辑,上海古籍出版社 1993 年版,第 424—435 页),"非处"二字为李学勤先生拟补,廖名春先生认为"其说颇中肯綮"。按,细绎前后文意,可以肯定李先生所补此二字,甚是。

② 王夫之:《读四书大全说》,中华书局 1982 年版。

把许多相关的记载联系到一起进行分析。例如,《中庸》谓:

> 诗云:"维天之命,於穆不已!"盖曰天之所以为天也。"於乎不显!文王之德之纯!"盖曰文王之所以为文也,纯亦不已。

这里认为天之根本特点在于它深远地、不停息地("于穆不已")赋予圣人以"命",而像文王这样的圣人,其根本特点则在于其具备可以影响天帝的纯粹至诚的"德"。圣人之"德"与天帝之"命",二者互动、联系。我们可以将《中庸》的这段话理解为对于《文王》之诗"文王在上,於昭于天"深刻含意的发挥。侯外庐、赵纪彬、杜国庠著《中国思想通史》第一卷说:"《中庸》按往旧造说的例子颇多。孔子讲《诗》多一般性的说明,例如'《诗》可以观,可以兴,可以群(类),可以怨',仅把《诗》理想化了。反之,《中庸》按《诗》而造说的地方就多了,这就和孔子不同了。"[①]我们现在分析上博简《诗论》的内容,可以说《中庸》"按诗造说"的做法实源于孔子,并非"和孔子不同",而只是发展了孔子的做法而已。

再如,《论语·八佾》篇载:

> 或问禘之说。子曰:"不知也。知其说者之于天下也,其如示诸斯乎?"指其掌。

"禘"是祭祀始祖和天帝的大祭,过去理解《八佾》这个记载多以《中庸》所说"明乎郊社之礼,禘尝之义,治国其如示诸掌乎"为解,其实,《八佾》专以"禘"祭为言,并不包括其他祭典,孔子所言之意是知道禘祭者治理天下易如反掌。为何如此呢?我们看上博简《诗论》所载"'文王在上,於昭于天',吾美之"就清楚了,原来孔子是在赞美"天命",惟有资格受天命者才可以治理天下。

过去一直以为《大雅·文王》之篇主旨即在于赞美文王之德,郑笺即明确地说"文王初为西伯,有功于民,其德著见于天,故天命之以为王"。后世学者也常以赞美文王之德为说。然而,上博简《诗论》的相关简文记载却使我们看

---

① 侯外庐、赵纪彬、杜国庠:《中国思想通史》第一卷,人民出版社1957年版,第374页。

到《大雅·文王》之诗,其着眼点并不在于赞美文王之德,而在于赞美天命、帝命。这些虽然与文王之德有关,但目的是说"天"、说"帝",与赞美文王并非完全是一个思路。德与天命二者间有着密切关系,有德者才被授以天命,但是德与天命毕竟还不是一回事,赞美德与赞美天命毕竟还是有所区别的。孔子以其天命观为基础,正是从赞美天命这个角度来评论《文王》之诗的,《文王》一诗主旨的关键之处就在乎此。关于孔子对于天命的赞美,上博简《诗论》的另外两个记载可以与第22号简的这个记载相互印证。这两个记载见于《诗论》的第2号和第7号简。其中第2号简的简文如下:

寺(诗)也,文王受命矣。讼坪(平),德也,多言后。

这段话的意思是说,《大雅》之诗的主旨在于讲文王受命。正如《大雅》中的《绵》诗所谓周文王平虞芮之讼,即其德的表现。《大雅》之诗的主旨就在于反复强调文王之德对于后世的影响("多言后")。这段简文把文王受命与平虞芮之讼联系起来,可以为我们前面所讨论的文王受命时间问题,提供一个旁证。第7号简的简文亦论天命问题:

"怀尔明德"害(曷),城(诚)胃(谓)之也。"又(有)命自天,命此文王",城(诚)命之也,信矣。孔子曰:"此命也夫?文王隹(虽)谷(欲)已,得摩(乎)?此命也。"

这段简文的意思是,《文王》篇果真有[帝告诉文王我要]"怀尔明德"("赐馈予你明德")这样的话吗?确实是这样说的呀。果真有"又(有)命自天,命此文王"(命令来自于上天,将天命交付给这位文王)的意思吗?确实是可信的呀。孔子说:"这就是天命啊!文王就是想不接受天命,也是不能够的呀。这就是天命啊!"

总之,《诗论》第20—21号简的内容完全可以和第2号、第7号简的内容吻合,表明孔子既赞美文王,更赞颂了天命之伟大。这对于我们认识孔子天命观是很有启发意义的。

三十二　从上博简《诗论》第 23 号简看《鹿鸣》古乐复原问题

上博简《诗论》第 23 号简对于《鹿鸣》一诗的评析，主要是对于《鹿鸣》乐曲意境的分析。简文"《鹿鸣》以乐………"，意谓《鹿鸣》作为配乐之诗如何。以下的简文则是对于这首乐曲意境的具体阐述。简文可以和文献记载互证，说明孔子高度的音乐素养和水平。简文不仅为阐述《诗》乐关系提供了证据，而且为复原《鹿鸣》古乐提供了难能可贵的佐证数据。简文的这个记载表明，复原《鹿鸣》古曲，应当说不仅是有条件和依据的，而且也是有可能的。上博简《诗论》第 23 号简载有孔子评论《鹿鸣》一诗的较长文辞，对于研究诗、乐关系以及理解《鹿鸣》诗意皆有重要意义。

（一）相关简文考释

上博简《诗论》第 23 号简，上端残，下端弧形完整。残辞之外的所余文字评析《鹿鸣》、《兔罝》两诗。论《鹿鸣》者文辞较长。对于评析《鹿鸣》的这段文辞，诸家释字及断句颇有歧异，今所见者有以下四种，皆迻录如下：

《鹿鸣》以乐词而会，以道交，见善而效，冬（终）虖（乎）不厌人。[1]
《鹿鸣》以乐始，而会以道交，见善而效，冬（终）虖（乎）不厌人。[2]
《鹿鸣》以乐始而会，以道交，见善而学，冬（终）虖（乎）不厌人。[3]
《鹿鸣》以乐司而会以道，交见善而学，冬（终）虖（乎）不厌人。[4]

诸家所释皆甚有理致，然因所释字不同及对于语意理解有别，所以断句亦异。这些不同的考释和断句，反映了诸家对于简文意义的理解甚有差异，值得进一步探讨。今拟在诸家精研的基础上，提出一些己见，蕲求补苴之效。我们

---

[1] 马承源主编：《上海博物馆藏战国楚竹书》（一），上海古籍出版社 2001 年版，第 152 页。
[2] 李零：《上博楚简校读记》，《中华文史论丛》第 68 辑，上海古籍出版社 2002 年版，第 20 页。
[3] 王志平："《诗论》笺疏"，《上博馆藏战国楚竹书研究》，上海书店出版社 2002 年版，第 223 页。刘信芳：《孔子诗论述学》一书说与此同。
[4] 黄怀信：《上海博物馆藏战国楚竹书〈诗论〉解义》，社会科学文献出版社 2004 年版，第 147 页。

先来讨论释字的问题,然后再说到简文的断句。

简文"𤔲"字,从司从言,与郭店简《缁衣》第7简的词字"𤔲"颇相似①,马承源先生释为词盖据于此。其实,这个字从台、从司省,愚以为当即訋字,是为辞字之异。战国文字中,"台"字所从的"厶",本作一笔,但也有分为两笔之例,见于何琳仪先生《战国古文字典》所引温县盟书及天星观楚墓竹简此字②。訋、始俱以台为声,例可通假。虽然与词声亦有通假的可能,但分析《诗论》此段简文,在文句中若读为"词",实则不词矣。这是因为,"以乐词",无论理解为"以乐为词",或是理解为"以乐词"云云,似皆难通。此字诸家多读为"始",应当是可取的。就本简内容看,读"始"可通,而读"词"不可通,是比较明显的事情。

再说简文"𢻻"字,这个字原简比较模糊,但它从攴从子,则还是可以肯定的。马承源先生将其释为"效",恐非是。简文这个字见于《说文》子部,训"放"③,但它从爻而不从交,与效字尚有较大距离。经审之,这个字与"学"字相近。《说文》教、学字皆从攴从子,特别是教字所从与简文此字全同,如此说来,释其为"教"当近是。效与教、学,虽然在意义上有相涵之处,古音亦相近,但其本源却很有区别。学字源于爻(交午的物形),而效字则源于交(交胫的人形)。效虽有仿效义,但其意多用如效力、致力于某事,在意义上与教、学字有别。总之,这个字在简文中不当释"效",而应当径释为"教"。

学字本作"斅",与教字相近。教、学两字皆以"𢽳"为根本,由于其所附加之划不同的缘故,所以两者的意义稍有区别,教的意思,依《说文》所训是"上所施下所效",而学的意思则是"学悟也",是接受"教"之后而觉悟。所以说,"教"与"学"实即一件事情的两个方面,自上而言是教,自下而言则是学。古代文献中教学两字常常互训④,根本原因就在于它们的起源相同。简文虽然可以读为"见善而教",但读为"见善而学",更妥当一些。

---

① 此例还见于郭店楚简《老子》甲本第19简"始制有名",丙本第12简"慎终若始",这两例皆当写作词而读为"始"。

② 何琳仪:《战国古文字典》,中华书局1998年版,第56、113页。

③ 《说文》或本训作"效也",段玉裁依宋刻本及《集韵》正之作"放也"(见《说文解字注》十四篇下),今依段注改定。今按,按《说文》之意,疑此字当训放,读仿。

④ 教、学互训的例证颇多,如《尚书·盘庚》"盘庚斅于民",伪孔传"斅,教也"。《礼记·学记》"学不躐等",郑注"学,教也"。是皆为证。

我们再来讨论简文断句问题。我们在前面已经提到若读为"以乐词",不妥。但若读为"以乐始",则亦未必是。所谓"以乐始",意即《鹿鸣》诗首章以乐开始。固然,在《诗·鹿鸣》篇中,确如论者所言,其首章有"鼓瑟吹笙"、"吹笙鼓簧"这样的表示奏乐的诗句,但是此诗的末章亦有"鼓瑟鼓琴,和乐且湛"这样的表示音乐之句,所以说,音乐在《鹿鸣》诗中不仅是"始",而且是"终",何以将贯彻始终的"乐",只称为"以乐始"呢?这是论者很难回答的问题。另外,此诗首句以"呦呦鹿鸣"起兴,这才是真正的"始",显然非是"以乐始"。

愚以为此处当从"乐"字后断句,这段简文的文句应当是:

《鹿鸣》以乐,始而会以道交,见善而学,冬(终)麿(乎)不厌人。

如此断句,必然遇到的问题就是简文"以乐"的含意,这个问题留待下面再讨论,这里先说简文"始而"。诸家断句没有将"始而"连在一起者,原因大概在于认为它不合先秦时代的文句之例。其实,"始而"用在句首,虽然在先秦文献中用例不多,但也可以查到,以下就是与简文颇相似的两例:

乾元者,始而亨者也。①
始而相与,久而相信,卒而相亲,后世以为法程。②

在"始而"这样的句式里,"而"是表示承接的连词,有"乃"、"就"之意。"始"是表时态之词。"始而"意即"开始就"如何如何,犹言"开始"。其句式与《论语·学而》篇的"学而时习之"相同。在叙述性的文辞中,"始而"可用在句首,而不用在句末。与之相类似的还有"退而"、"继而"、"终而"等用法,这在早期文献中例证不孤。例如:

退而有去志,不欲变,故不受也。继而有师命,不可以请。③

---

① 《易·乾》象传。
② 《吕氏春秋·慎行》。
③ 《孟子·公孙丑》下。

> 欲终而释之,而不忍百姓之无天也。①
>
> 阳气究物而使阴气毕剥落之,终而复始,亡厌已也。……周旋无端,终而复始,无穷已也。②
>
> 平阳玄默,继而弗革。③

这些例证,足可证简文"始而"是可以用在句首的,其意义相当于"开始"④。

(二) 从简文看《鹿鸣》诗的内涵

为进一步的讨论方便计,我们需要将《鹿鸣》诗具引如下并加以分析,然后再联系简文进行研究。《鹿鸣》全诗如下:

> 呦呦鹿鸣,食野之苹。我有嘉宾,鼓瑟吹笙。吹笙鼓簧,承筐是将。人之好我,示我周行。
>
> 呦呦鹿鸣,食野之蒿。我有嘉宾,德音孔昭。视民不恌,君子是则是效。我有旨酒,嘉宾式燕以敖。
>
> 呦呦鹿鸣,食野之芩。我有嘉宾,鼓瑟鼓琴。鼓瑟鼓琴,和乐且湛。我有旨酒。以燕乐嘉宾之心。

现将此诗意译如下:

> 鹿呦呦地鸣,唤同伴来吃野地里的苹。我欢迎嘉宾,鼓瑟又吹笙。吹动笙簧出佳音,馈赠玉帛用筐盛。嘉宾对我态度友善,将治国大道讲给我听。
>
> 鹿呦呦地叫,唤同伴来吃野地里的蒿。我迎来众多嘉宾,他们的声誉情操都美好,在民众面前威仪庄重不轻佻,这样的楷模当为君子来仿效。

---

① 《庄子·田子方》。
② 《汉书·律历志》上。
③ 《汉书·叙传》。
④ 关于简文"始"的用法,还可以有另一个思路,即将其理解为《论语·泰伯》"师挚之始"的"始"(《论语》,这个始字虽然古人或理解为师挚在官之初,但不若依《论语骈枝》解为"乐之始"合适),指音乐的首章。如此理解这段简文,亦可通。

我用美酒招待，嘉宾饮宴乐逍遥。

　　鹿呦呦地鸣，唤同伴来吃野地里的芩。我欢迎嘉宾，鼓瑟又弹琴，和美的音乐令人入迷。我用美酒招待，嘉宾愉悦欢心。

《鹿鸣》一诗共三章，章八句。《孔丛子·记义》篇谓"于《鹿鸣》，见君臣之有礼也"，汉时人谓"《鹿鸣》之诗必言宴乐者，以人神之心洽，然后天气和也"[①]，后来的论者多谓此诗意在描写国君宴饮群臣嘉宾（包括四方来宾），表现君臣和谐，同心协力的情况[②]。这是可信的说法。《鹿鸣》全诗意旨的主线可以用《论语·八佾》篇孔子所说的两句话来点明，那就是"君使臣以礼，臣事君以忠"。此即如《诗》序所谓，"《鹿鸣》，燕群臣嘉宾也。既饮食之，又实币帛筐篚，以将其厚意。然后忠臣嘉宾，得尽其心矣"。全诗三章皆以"呦呦鹿鸣"（鹿相呼食于野中）起兴，喻君臣同甘苦。《孔子家语·好生》篇载孔子语谓"《鹿鸣》兴于兽，而君子大之，取其得食而相呼"，点明了此诗起兴的本义。后人对于以鹿鸣起兴的意义颇能认识，如北魏时裴安祖，"就师讲《诗》，至《鹿鸣》篇，语诸兄云：'鹿得食相呼，而况人乎。'自此未曾独食"[③]。诗的三章依次阐述君臣之际和谐关系的三种状态。关于此诗用语口气，顾颉刚先生说《鹿鸣》"这是很恭敬的对宾客说的一番话，是为宴宾而做的诗"[④]，是很正确的，这里可以补充的一点是，此诗口气主要是君主对于嘉宾的语言，但也有些语句是对于饮宴和音乐场面的客观描述。

　　专家已经指出，这段简文是分别就《鹿鸣》诗的三章加以评论的。兹分述如下。

　　可以看出，简文"始而会以道交"，是评析其首章的。其首章谓来宾不仅"承筐是将"，奉赠玉帛，而且进言"至美之道"，即治国理政的良策（"示我

[①]　《后汉书》卷四十一《仲离意传》。
[②]　古人或认为此诗是"刺"、"怨"之诗，如司马迁谓"仁义陵迟，鹿鸣刺焉"（《史记·十二诸侯年表序》）王符谓"忽养贤而鹿鸣思"（《潜夫论·班禄》）。日本学者白川静认为此诗为"祭事诗"，全诗是写祭神之事（见其所著《诗经的世界》，杜正胜译，台北东大图书公司2001年版，第235页）。按，其所言较少证据，尚未能取信。
[③]　《北史》卷三十八《裴骏传》附《裴安祖传》。
[④]　顾颉刚："《诗经》在春秋战国间的地位"，《古史辨》第三册下编，上海古籍出版社1982年版，第321页。

周行")①。嘉宾见君而议政,不负国君"鼓瑟吹笙"并以币帛相赠的殷勤招待之意,此即简文所说的"以道交"(意即按照君臣之道相会)。

　　诗的次章意在赞美君主对于嘉宾"德音"的重视。关于"德音",郑笺谓"先王道德之教",其说不误,但并不确切②。"德音"习见于《诗》,毛传无释,郑笺释为教令,与德音之意距离较远。孔疏谓"其宾能语先王之德音,即是宾有孔昭之明德",意更迂曲。其实,"德音"之意以朱熹《诗集传》释为美誉、令闻为确③,犹如今语之"好名声"。"德音",当非指道德之音,也不应当引申为教令,而是指以音为德。德,有美善之意。德音,意犹以音为美善之德,德音一词是名词的意动用法,意即美誉。在此诗中,它是指嘉宾们的令闻美誉。对于卿大夫们的德音,人们纷纷以之为榜样而学习,此即《鹿鸣》次章所谓的"君子是则是效"。《左传》昭公七年曾经记载孔子对于此诗此句的称引,对于理解诗意弥足宝贵:

　　　　孟懿子与南宫敬叔师事仲尼。仲尼曰:"能补过者,君子也。《诗》曰'君子是则是效',孟僖子可则效已矣。"④

细绎其意,可知孔子将能够"补过"的孟僖子作为"可则效"的榜样。由此来理解简文"见善而教(学)",可以确知其意即指嘉宾皆品德高尚("德音孔昭,视民不恌"),可以作为君子们效仿的榜样。"则"的意思,即法则、榜样。《管子·弟子职》谓"先生施教,弟子是则",是其意焉。

　　比较令人费解的是解释末章的简文——"冬(终)虖(乎)不厌人"。所谓

---

① 关于"示我周行"之意,毛传谓"周,至。行,道也",王肃阐述此意谓"示我以至美之道"。郑笺则谓"示,当作寘,置也。周行,周之列位也。好,犹善也。有人以德善我者,我则置之于周之列位,言己维贤是用"。孔疏并述两说,不加轩轾。按,此诗次章谓"德音孔昭",与首章"示我周行"意相类,诗中不见分封任贤之事,两说相比,郑笺此说牵强,当以毛传为是。简文"以道交",意同"示我周行",足见毛传"行,道也"之说是正确的。郭店楚简《缁衣》第41简引《诗》示作"旨",而示、旨、指古通。此亦证成毛传,而不为郑笺之佐也。

② 按,《隰桑》"德音孔胶",郑笺亦谓"君子在位,民附仰之,其教令之行甚坚固也",亦以教令释德音。

③ 《诗·日月》"德音无良"、《诗·谷风》"德音莫违",朱传皆谓:"德音,美誉也。"《诗·狼跋》"德音不瑕",朱传"德音,犹令闻也"。说见朱熹《诗集传》卷二、卷八。

④ 《孔子家语·正论解》亦载此事,作"二子学于孔子。孔子曰:'能补过者,君子也。诗云"君子是则是效",孟僖子可则效矣'。"此与《左传》之载略同。

"不厌人"指的是不讨厌别人,抑或是不让别人讨厌呢?一般理解为"不使人厌"、"使人不感到厌"。这里所用的是"厌"字的嫌、弃之意。这样解诗及理解简文虽然可通,但似与"厌"字及简文本意有一定距离。愚以为此处还有考虑别解的余地。今试说如下。

"厌"字本义不在于饱,也不在于由此而引申的满足之意,而在于"压"、"合"。《说文》:"厌,筓也,一曰合也。"段注:

> 竹部曰:"筓者,迫也。"此义今人字作压,乃古今字之殊。……《礼经》:'推手曰揖,引手曰厌。'厌即《尚书大传》、《家语》之叶拱。《家语》注云:'两手薄其心。'古文礼,揖、厌分别。今文礼,厌皆为揖。……厌之本义,筓也、合也。与压义尚近,于猒、饱也义则远。而各书皆假厌为猒足、猒憎字,失其正字,而厌之本义罕知之矣。①

这段分析颇为精辟。段玉裁这里强调指出的是厌的本义不当指饱足、嫌恶,而应当是压、合。段玉裁还强调,"猒与厌,音同而义异"②。《说文》所训"厌"的"一曰合也"之义,与压亦近。所谓"引手曰厌",即将手向胸心部位压合。愚疑筓与窄、榨、醡、迮、笮等皆音近意通之字,本义皆从挤压而出,后世方有狭窄、压榨诸词矣。总之,"厌"的本义是为压抑。简文似以用厌字本义为释较佳,"终乎不厌人"指的是说《鹿鸣》一诗所描写的饮宴直至终结,气氛一直和谐美好,让嘉宾都不因为是在君主那里而感到压抑。"不厌人",不让人感到压抑之谓也。"终乎",即终于,它不仅指诗的末章,而且指全诗所写的饮宴气氛。"不厌人"指的是一种心理("嘉宾之心")感受,朱熹解释诗的末章,颇得诗意精蕴,他说:"言安乐其心,则非止养其体、娱其外而已。盖所以致其殷勤之厚,而欲其教示之无已也"。这里实际上说到了宴会主人与嘉宾的心灵沟通,并非只是在一起赏乐饮宴的"酒肉朋友"。简文"终乎不厌人"还有一层意思在于前两章每言治国施政之理("道")和人伦品格的高尚("善"),这些都是会让人有某种压抑感的大道理,但在《鹿鸣》篇所展现的主宾和谐氛围中,这些大道理都易

---

① 段玉裁:《说文解字注》九篇下。
② 段玉裁:《说文解字注》五篇上。

于让人接受,而不叫人感到尴尬为难。

断定简文之意是依先后次序对于《鹿鸣》诗的三章进行评析,这应当是不错的,但愚以为如此解释尚有意犹未尽处。这是因为,除了诗意之外,简文的评析更为看重的是它的音乐。简文的"始"和"终",指的是《鹿鸣》之乐的始与终[①],这段简文开首所谓的"以乐",即点明了此事,惜乎未引起专家注意。《鹿鸣》诗意与其音乐旋律二者和谐相融,达到了完美的地步,这应当是将其列入"四始"的重要原因之一。

(三) 简文"以乐"释意

我们现在应当讨论这段简文开首的"《鹿鸣》以乐"是何涵义的问题了。

诸家所释,多以为简文的"以",意即用,若断句为"《鹿鸣》以乐始",则意即用乐开始,指宴会开始奏乐,或者是指此诗首章即描写用乐的情况。其实,我们在前面已经讨论过,简文首句应当是"《鹿鸣》以乐"。愚以为此处的"以"当如裴学海《古书虚字集释》卷一所释,解为"为"或"以为"[②]。此处典型的例证应该是《诗·鼓钟》篇的两句诗:"以雅以南,以钥不僭。"此处之意,毛传释为"为雅为南",实指举雅、举南[③]。这里的通假关系应当是以"以"字的表动之意为根据的,它的表动之意有为、与、举、及等。我们再来看简文的"《鹿鸣》以乐",意思就比较清楚了,它的意思就是《鹿鸣》一诗写了举乐(演奏音乐)的情况。简文以下三句,就是对于"以乐"的具体说明。此处简文的"以",犹"为",

---

① 关于此点容下文详述之。

② 裴学海《古书虚字集释》,中华书局2004年版,第14—15页。按,这个解释与杨树达《词诠》卷七释其为"外动词",意指"谓也,以为也"(中华书局1965年版,第349页),是相近的。这种解释应当是与王引之《经传释词》释为"与"、"及"之义也是相通的。杨树达先生为《经传释词》所加批注谓:"'以'有引率、带领之义。"并谓"'以'犹'与','与'有'及'义,故'以'亦有'及'谊"。杨树达先生据王引之所释进行的说明,对于我们理解简文"以乐"之意很有说明。王引之所举例证《书·盘庚》"惟胥以沈"、《诗·击鼓》"不我以归"、《左传》襄公二十八年"赋《常棣》之七章以卒"等,皆以释为"引率"更为通谐。再如《诗·击鼓》"不我以归",意即不我与归。简文"以乐",可以读若"与乐",意即与乐关联,在这个意义上,与乐实指举乐,这是因为与、举能够通假的缘故。

③ 毛传谓:"为雅为南也。舞四夷之乐,大德广所及也。东夷之乐曰昧,南夷之乐曰南,西夷之乐曰朱离,北夷之乐曰禁。以为钥舞,若是为和而不僭矣。"孔疏释诗句之意谓:"以为雅乐之万舞,以为南乐之夷舞,以为羽钥之翟舞,此三者,皆不僭差。"按,毛传所谓"为雅为南",即演奏雅乐、南乐,而郑注则强调举行(表演)雅舞、南舞。关于"以雅以南"里面的"南"的含义,古今皆有不同的理解。或谓指《诗经》中的《周南》、《召南》。或谓其指乐器。或谓与作为普通话的雅相对而为南方的方言。或谓为南方地区的音乐。各种解释虽皆不误,但尚缺力证,故而存疑可也。愚以雅、南之义虽然历来解释多歧,但此处似以泛指乐舞较为合适,非必专属某一项。

实即类于今语之"作为……",例如,今语"《诗经》作为我国第一部诗歌总集……","他作为一名领导干部……",这类语言的特点是表示提顿,以下肯定要有进一步解释性的词语。简文"《鹿鸣》以乐………",意谓《鹿鸣》作为配乐之诗,它的音乐所表现出的内容即是如何如何,下面的简文都是对于《鹿鸣》一诗音乐的理解。或者此处采用一种简明的解释,谓"以乐"即用乐,以下简文则解释《鹿鸣》用乐的音乐意境之所在。当然这种理解与诗的词句之意相关,但简文主要的意思不是解释诗意,而是阐明其音乐意境。

我们肯定简文"《鹿鸣》以乐"即指《鹿鸣》一诗用乐的情况,那么,简文所载孔子对于《鹿鸣》音乐意境的分析是可信的吗?答案应该是完全肯定的。从对于音乐的聆听之中体悟出音乐意境,这在周代文化素养较高的人群中并非罕见。著名的吴公子季札就是一个典型。他在聘问鲁国的时候,遍听诸侯国音乐并发表准确到位的评析,就是明证。春秋后期吴公子季札聘鲁时,受到盛情招待,请他欣赏鲁所保存的"周乐"。《左传》襄公二十九年载:

请观于周乐。使工为之歌《周南》、《召南》,曰:"美哉!始基之矣,犹未也,然勤而不怨矣。"为之歌《邶》、《鄘》、《卫》,曰:"美哉渊乎!忧而不困者也。吾闻卫康叔武公之德如是,是其《卫风》乎!"为之歌《王》,曰:"美哉!思而不惧,其周之东乎!"为之歌《郑》,曰:"美哉!其细已甚,民弗堪也,是其先亡乎!"为之歌《齐》,曰:"美哉,泱泱乎!大风也哉!表东海者,其大公乎!国未可量也。"为之歌《豳》,曰:"美哉,荡乎!乐而不淫,其周公之东乎!"为之歌《秦》,曰:"此之谓夏声。夫能夏则大,大之至也,其周之旧乎!"为之歌《魏》,曰:"美哉,渢渢乎!大而婉,险而易行,以德辅此,则明主也。"为之歌《唐》,曰:"思深哉!其有陶唐氏之遗民乎!不然,何忧之远也?非令德之后,谁能若是?"为之歌《陈》,曰:"国无主,其能久乎?"自《郐》以下无讥焉。为之歌《小雅》,曰:"美哉!思而不贰,怨而不言,其周德之衰乎!犹有先王之遗民焉。"为之歌《大雅》,曰:"广哉!熙熙乎!曲而有直体,其文王之德乎!"为之歌《颂》,曰:"至矣哉!直而不倨,曲而不屈,迩而不偪,远而不携,迁而不淫,复而不厌,哀而不愁,乐而不荒,用而不匮,广而不宣,施而不费,取而不贪,处而不底,行而不流。五声和,八风平。节有度,守有序,盛德之所同也。"

之所以要不厌其烦地引用这一大段话，主要是想说明，那个时代通过聆听音乐可以体悟出国家兴衰、政治清浊以及人伦关系等情况，这已经成为一种社会风尚。从这一大段著名的记载中我们可以看到季札的评论主要有三个方面：一是由某国之音乐判断其国家的兴衰和政治清明与否等情况；二是由音律特色判断是为何国或何时的音乐；三是由《小雅》、《大雅》、《颂》的不同音乐特色判断其所蕴涵的伦理概念和文化渊源。概括来说，季札观乐的特点可以说是听乐以知政、听器以知理，亦即《礼记·乐记》篇所谓的"审乐以知政"。约略和季札同时的深知音律的著名乐师师旷也有和季札同样的事例。《韩非子·十过》篇记载晋平公的时候，师旷听师涓弹琴：

> 未终，师旷抚止之，曰："此亡国之声，不可遂也。"平公曰："此道奚出？"师旷曰："此师延之所作，与纣为靡靡之乐也，及武王伐纣，师延东走，至于濮水而自投，故闻此声者必于濮水之上。先闻此声者其国必削，不可遂。"

师旷能够从琴音听出它是"靡靡之乐"，并进而断定它是"亡国之声"，其探究音乐的路径亦是听乐以知政，听乐以知理。三国时期，蔡文姬曾经引用师旷和季札的事例说明从乐音中知晓其他事理的可能性[①]。审乐以知政的根据在于，音乐是人的思想情感的表现，所以能够从音乐中探知人的思想情感。《礼记·乐记》十分精辟地说明了这两者的关系：

> 凡音者，生人心者也。情动于中，故形于声。声成文，谓之音。是故治世之音，安以乐，其政和。乱世之音，怨以怒，其政乖。亡国之音，哀以思，其民困。声音之道，与政通矣。宫为君，商为臣，角为民，徵为事，羽为物。五者不乱，则无怗懘之音矣。

[①] 《太平御览》卷五百一十九引《蔡琰别传》载："琰，邕之女，年六岁。邕夜中鼓琴，弦绝，琰曰：'第二弦。'邕乃故绝一弦。琰曰：'第四弦。'邕曰：'汝偶得中之。'琰曰：'昔吴季札观乐，知国之兴亡；师旷吹律，识南风之不竞。由此言之，何得不知？'邕奇之。"按，此所谓"师旷吹律"事见《左传》襄公十八年，其时楚伐郑，晋戒惧，"晋人闻有楚师。师旷曰：'不害。吾骤歌北风，又歌南风。南风不竞，多死声，楚必无功。'"

从不同的音乐中悟出不同的意境和道理,可以说是春秋战国时期有较高文化水平的人都具备的素养。宫、商、角、徵、羽五音各有其所象征的社会阶层或事物。音乐的不同旋律当然也就会有不同的含义。所谓"审乐以知政",应当就是根据不同的音乐旋律来感悟社会政治以及人际关系状态。先秦儒家认为,音乐是政治与道德的表现,《孟子·公孙丑》上篇载子贡语谓:"见其礼而知其政,闻其乐而知其德",是很典型的说法。审乐以知政,闻乐而知德,这就充分表现出那个时代的人们对于音乐的高度重视。

在这种审乐以知政的社会风尚下,有很高的文化素养和音乐水平的孔子更为其中之特别杰出的代表人物。《论语·子罕》篇载:

> 子曰:"吾自卫反鲁,然后乐正,雅颂各得其所。"

朱熹注谓:"鲁哀公十一年冬,孔子自卫反鲁。是时周礼在鲁,然诗乐亦颇残阙失次。孔子周流四方,参互考订,以知其说。晚知道终不行,故归而正之。"[①]依其意,孔子周游列国返鲁之后所订者为"诗乐",即雅、颂之乐[②]。《史记·孔子世家》谓:

> 三百五篇孔子皆弦歌之,以求合韶、武、雅、颂之音,礼乐自此可得而述,以备王道,成六艺。

孔子所做的主要工作便是将选出的诗歌,与传统的乐曲相配,或者进行调整。调整的工作应当是从两个方面进行的,一是调整音乐,一是调整歌词。此当即所谓的"雅颂各得其所"涵义之所在。《鹿鸣》一诗为小雅之首,它的

---

① 朱熹:《论语集注》卷五。
② 早期的诗、乐、舞三者关系密切,所以墨子称儒者"诵诗三百、弦诗三百、歌诗三百、舞诗三百",说明诗可诵、可歌、可舞。墨子的这个说法应当是可信的。相传墨子曾经"学儒者之业,受孔子之术,以为其礼烦扰而不说"(《淮南子·要略》)。后来,韩愈说:"儒墨同是尧舜,同非桀纣,同修身正心以治天下国家,奚不相悦如是哉?余以为辩生于末学,各务售其师之说,非二师之道本然也。孔子必用墨子,墨子必用孔子;不相用,不足为孔墨。"(马其旭:《韩昌黎文集校注》,上海古籍出版社1985年版,第40页)要之,墨子厌恶儒家之礼,但并不反对儒家的诗书,其所言"诵诗三百"云云,应当正是他据亲历而言者。

音乐应当是小雅类乐曲的典型代表。相传孔子的弟子子赣曾经向师乙请教自己所适宜唱的歌曲,师乙回答谓,"宽而静,柔而正直者宜歌《颂》;广大而静,疏达而信者宜歌《大雅》;恭俭而好礼者,宜歌《小雅》;正直而静,廉而谦者宜歌《风》"①。《小雅》类的歌曲体现了恭俭好礼的精神,它的音乐必然是与之相适配的。

孔子曾经向鲁国的乐师言及音乐演奏过程的奥妙。《论语·八佾》篇载:

> 子语鲁大师乐。曰:"乐其可知也:始作,翕如也;从之,纯如也,皦如也,绎如也,以成。"

孔子向鲁国国家的乐队指挥("鲁大师")谈论聆听音乐的意境,非是班门弄斧,而是畅谈其关于音乐欣赏问题的真知灼见。孔子所描述的乐曲演奏过程是,演奏开始即翕翕地出现热烈气氛,继续演奏下去,则变得清纯和谐、清晰明亮、络绎不绝,以至于最终完成。可见,孔子所聆听的乐曲,既有雄浑威武的部分,也有清纯悠扬的乐章。孔子主张"兴于诗,立于礼,成于乐"②,将诗、乐二者密切结合。孔子和弟子谈论志向的时候,曾晳说自己向往着"冠者五六人,童子六七人,浴乎沂,风乎舞雩,咏而归"那样的载歌载舞的日子,很受孔子赞赏③。作为一个有很高音乐素养的人,孔子非常赞赏古乐,称赞舜时的《韶》乐达到尽善尽美的地步,以至于在齐国聆听到《韶》乐时达到了"三月不知肉味"的痴迷程度,说:"不图为乐之至于斯也!"④。自己十分喜欢唱歌,他自己多曾"取瑟而歌"⑤。《论语·述而》篇载"子与人歌而善,必使反之,而后和之"。皆可见他是很喜欢唱歌的。《论语·泰伯》篇记载孔子曾经评论《关雎》卒章的音乐,说:"关雎之乱,洋洋乎!盈耳哉!"我们从《诗论》第23号简关于《鹿鸣》用乐情况的评析,可以进而指出孔子所说的"乐其可知也",不仅指音乐演过程的

---

① 《礼记·乐记》。
② 《论语·泰伯》。按,朱熹曾经论及音乐的作用,谓"古人之乐:声音所以养其耳,采色所以养其目,歌咏所以养其性情,舞蹈所以养其血脉"(《论语集注》卷四),这个概括是精当的。
③ 见《论语·先进》篇。
④ 见《论语·八佾》和《述而》篇。
⑤ 《论语·阳货》。

各个乐章的特色,而且指音乐所体现出来的意境及其所展现的政治与伦理特征。《论语·八佾》篇载,孔子曾经评论《诗经》首篇《关雎》的音乐。其评论有助于我们认识简文对于《鹿鸣》诗乐的分析,我们可以将两个材料做一对比排列:

《关雎》,乐而不淫,哀而不伤①。

《鹿鸣》以乐,始而会以道交,见善而学,冬(终)摩(乎)不厌人。

两个材料的思路如出一辙。都是将诗旨与音乐合为一体进行评析,一方面深入剖析了诗句的主旨,另一方面也指出了其音乐特色。这次我们见到上博简的相关简文,可见孔子对于诗乐的评析,其例不孤。

我们的讨论还回到简文的问题上。

要深入说明简文"以乐"的涵义,必须涉及诗、乐关系这一重要问题。前人的相关解释,略有三种,一是认为凡诗皆配乐,"诗篇皆乐章"②,"诗三百篇未有不可以入乐者"③,"称诗者亦必言乐。诗与乐一也"④。二是认为《诗》分为乐诗和徒诗两种。宋儒程大昌说,"南、雅、颂之为乐诗,而诸国之为徒诗也",具体说来,"春秋战国以来诸侯卿大夫赋诗道志者,凡《诗》杂取无择,至考其入乐,则自邶至豳无一诗在数也"⑤,或谓"诗有入乐不入乐之分"⑥,"诗有为乐、不为乐作之分,……凡因事抒情不为乐作者,皆不得谓乐章矣"⑦。三是认为孔子以前的诗有入乐和不入乐两种,而孔子整理诗的时候,"得诗而得声者三

---

① 关于"哀而不伤"之意,历来多歧释,或谓指担忧进贤之事,或谓为衷之误字,或谓此处《关雎》指其与《葛覃》《卷耳》三诗,"哀"仅指《卷耳》篇的哀远人,与《关雎》篇无涉。今得关于《鹿鸣》篇的简文,可以进行对比考虑。愚以为这里的"哀",从文意上是指《关雎》"求之不得,辗转反侧"所表现出的焦急情绪,但这种焦虑情绪无伤大雅,也不影响全诗所表现出来的幸福欢乐氛围,故谓之"哀而不伤"也。可是,在孔子的评析中,它不仅指文意,而且更指《关雎》音乐的某种伤感意境。在整个《关雎》音乐中,这种伤感只占小部分,不影响音乐的整体情绪,所以说它"不伤"也。
② 陈启源:《毛诗稽古编》卷二十五。
③ 马瑞辰:《毛诗传笺通释》卷一。
④ 姜宸英:《湛园札记》,《皇清经解》卷一百九十四。
⑤ 程大昌:《诗论》卷二,《学海类编》第五册。
⑥ 顾炎武:《日知录》卷三。
⑦ 魏源:《诗古微·夫子正乐论》上,《皇清经解续编》卷一千二百九十二。

百篇,则系于风、雅、颂,得诗而不得声者则置之,谓之逸诗"①。按,以上三说,第三说实同第一说,亦谓《诗》三百篇皆乐歌。此说合乎史载孔子整理《诗》的情况,比较合理。顾颉刚先生曾撰《论〈诗经〉所录全为乐歌》长文②,详析这一问题。盖诗、乐二者关系当从历史发展来看,在《诗》的古本时代,周王朝和主要的诸侯国之礼乐尚盛,故入《诗》者亦皆入乐,东周以降,周王朝式微。诗乐之流传亦随之变化,其大致情况,当是传《诗》较易,而传乐则甚难。宋儒郑樵谓:"三百篇在成周之时亦无所纪系,有季札之贤而不别国风所在,有仲尼之圣而不知雅、颂之分。"③可以说,诗、乐之渐分,严格说来应当是周王朝式微以后的事情。

简文论《鹿鸣》诗之乐,可谓此说的一个旁证。

周代所谓的"乐",常常是包括了曲、歌、舞三者在内。周代所谓的"诗",常常是配乐之辞,类似于今天的歌词。古人提到某篇诗,常常是既指它的词句,也指它的配乐。

《诗·六月》序所说的一段话很值得我们注意。此段话中提到《鹿鸣》一诗时,云:

《鹿鸣》废则和乐缺矣。

这个说法表明,《鹿鸣》之篇是被视为"和乐"的典型之作的。那么,什么是"和乐"呢?其作为名词之意,"和乐"指陶冶性情的平和优美的音乐。孔颖达注郑玄《周颂谱》谓:"咏父祖之功业,述时世之和乐,宏勋盛事已尽之矣。"④其所说的"时世之和乐",即指当时社会上的和乐。周代礼乐虽然相融为一体,可是,

---

① 郑樵《通志》卷四十九《乐略·乐府总序》。按,对于此说,我们可以进行若干补充。谓孔子之前诗有入乐不入乐两种,这是正确的。但孔子所整编的诗非必尽为入乐之诗。孔子可能是从音乐的角度亦对于所选之诗进行整编,对于不入乐之诗若选中者则配乐,原来即入乐之诗则进行音律调式的调整,让其臻于完美。《史记·孔子世家》谓"三百五篇孔子皆弦歌",是为此说的一个重要依据。
② 顾颉刚:"论《诗经》所录全为乐歌",《古史辨》第三册下编,上海古籍出版社1982年版,第608—657页。
③ 郑樵:《通志略·乐略·乐府总序》,上海古籍出版社1990年版,第345页。
④ 孔颖达:《毛诗正义》卷十九。

两者之间还有着指向的区别。可以说,礼主要是划分社会等级的,而乐则是将各等级的人融合为一体的,"若礼过殊隔而无和乐,则亲属离析,无复骨肉之爱。唯须礼乐兼有,所以为美。故《论语》云'礼之用,和为贵',是也"[①]。"和"的精神不仅应当贯穿"礼",而且也应当贯穿"乐"。所以说"礼乐相将,既能有礼敏达,则能心和乐易"[②]。

一般说来,音乐是人际关系的润滑剂。它不仅可以使现实生活中的人相互和谐,而且可以使人与祖先神灵和谐沟通,"乐既和,奏之音声甚得其所。既宾主有礼,八音和乐,如是则德当神明,可以进乐其先有功烈之祖,以合其酒食百众之礼以献之也"[③]。章太炎说:"大司乐以乐德教国子中和祗庸孝友。大宗伯亦称中礼和乐。可知古人教士,以礼乐为重。后人推而广之,或云中和,或云中庸。孔子曰:'中庸之为德,其至矣乎,民鲜能久矣。'中、庸联称,不始于子思,至子思乃谓:'喜怒哀乐之未发谓之中,发而皆中节谓之和。'其始殆由中和祗庸孝友一语出也。"[④]前人的这些论述表明,"和乐"就是和美之音乐,就其内容看,应即指体现了中庸精神的音乐。

"和乐",就其形式看,可以说它是合乎节拍的、节奏舒缓而优美的音乐。曾侯乙墓编钟出土之后,专家在实测基础上指出宫音上方的纯四度音应称之为"和",这与编钟的中层二组 4 号钟铭文的从音从龢之字(和)是吻合的。作为动词之意,"和乐"犹言配乐。这不仅指各种乐器相配合,而且指各种音调、各种旋律相搭配,即所谓的"弹羽角应,弹宫徵应,是其和乐"[⑤]。这种音律在艺术表现形式上有板有眼,舒缓自如。可以说"和乐"能够较好地体现周代宗法制度之下人际关系的融洽与人们精神状态的雍容平和。

那么,《诗序》所谓的"《鹿鸣》废"与"和乐缺"有什么必然关系呢?依照孔颖达的说法因为《鹿鸣》一诗有"和乐且耽"之句,所以才出现了"和乐缺"的后果[⑥]。其实,不然。这其间的根本联系应当在于《鹿鸣》之篇是"和乐"的典型,

---

① 《论语·学而》篇载孔门弟子有子之语。
② 孔颖达《毛诗正义》卷九。
③ 孔颖达《毛诗正义》卷十四。
④ 章太炎《国学讲演录》,华东师范大学出版社1995年版,第171页。
⑤ 孔颖达《礼记正义》卷三十七。
⑥ 见孔颖达《毛诗正义》卷十,《十三经注疏》。

而这种音乐,在晚周时期日益退出社会舞台,不再流行。年久而罕见,故谓之"和乐缺"了。"和乐缺"的原因在于音乐时尚的变化,而不是《鹿鸣》诗的失传的结果。当然,在实际上,此诗亦并未失传。不仅诗未失传,而且其音乐也还是源远流长,余音袅袅而未绝。从三礼的记载中,我们可以看到在饮酒礼、射礼及燕礼等典礼上,《鹿鸣》是最常见的歌曲之一。孔子应当是多次聆听过《鹿鸣》歌曲的,他用精到的语言对其音乐意境进行评析,乃是十分顺理成章的事情。这种评析应当说也是孔子诗学的题中应有之义。

(四)《鹿鸣》古乐的复原问题

上博简《诗论》所发现的关于《鹿鸣》音乐的评析,不仅证明了孔子音乐素养之高,而且对于说明《鹿鸣》古乐的情况也有极重要意义。我们在前面已经提到过,《诗》三百篇是可以配乐演唱的。然而,因为历时久远,乐曲皆已失传。并且其中大部诗歌的演唱情况,记载亦少。长期以来,《诗》三百篇的古乐复原,令人可望而不可即,原因即在于此。上博简《诗论》关于《鹿鸣》一诗音乐意境的剖析,似乎可以让我们找到《诗》三百篇古乐复原的一个门径[①]。上博简《诗论》的这段简文所评论的是《鹿鸣》音乐的特点,而不是着眼它的诗句意义内涵。细绎简文,甚至可以体会出某种意境,这首古乐的音符似乎已经在我们头脑中闪现。

复原这首古乐的前提条件主要应当有如下几项。

第一是《鹿鸣》古乐源流比较清楚,足可为复原工作提供参考。

春秋时期各国诸侯多采用它作为迎宾曲。《国语·鲁语》下篇载鲁卿叔孙穆子聘问晋国,晋侯欢迎他的时候即"乐及《鹿鸣》之三"。《仪礼·乡饮酒礼》和《燕礼》都记载迎宾时,"工歌《鹿鸣》、《四牡》、《皇皇者华》",这里所排列的三首歌曲,就是前面提到的《鲁语》所说的"《鹿鸣》之三",即《鹿鸣》等三首歌曲。《仪礼·燕礼》还有"升歌《鹿鸣》,下管《新宫》,笙入三成,遂合乡乐"的说法[②]。《仪礼·大射礼》记载在射礼上迎宾时乐工们也要"歌鹿鸣三终",《大戴礼记·

[①] 我们这里所说的"古乐复原",只是依据可靠的记载,体悟原来歌曲的意境与音乐形象,再经音乐家的努力,重新创作出符合那个时代音乐特点的作品。这种复原只能与周代的《鹿鸣》音乐近似,而不会是绝对一致的"复制"。

[②] "升歌《鹿鸣》,下管《新宫》"之制,汉时犹遵奉,似为典礼上奏乐的例程,东汉明帝行"养老礼"时,即"升歌《鹿鸣》,下管《新宫》,八佾具修,万舞于庭"(《后汉书·明帝纪》)。

投壶》篇说"凡雅二十六篇：其八篇可歌"，这八篇为首者即《鹿鸣》。这说明至少在《大戴礼记》编纂的时候，《鹿鸣》还是作为雅乐的典型来演唱的。

秦汉魏晋时代，《鹿鸣》之乐盛于宫中。西汉宣帝时，益州刺史王襄请王褒作《中和》等歌词，"选好事者令依《鹿鸣》之声习而歌之"①，这也是舍《鹿鸣》之辞而用其曲的一例。《后汉书·明帝纪》载汉明帝永平十年（67），"作雅乐，奏《鹿鸣》"，《东观汉记》卷二亦载东汉明帝时"召校官弟子作雅乐，奏《鹿鸣》，上自御埙篪和之"，这只是演奏乐曲，故谓"奏《鹿鸣》"。相传汉代"古琴歌曲有五，如鹿鸣、驺虞之类"②，可以推测，《鹿鸣》之曲不仅用作乐队演出的迎宾曲，而且，可作为琴曲单独演奏。西晋时期《鹿鸣》、《伐檀》等四曲传世，太和年间杜延年改制《伐檀》等三曲，而对于《鹿鸣》之曲却"全不改易。每正旦大会，太尉奉璧，群后行礼，东厢雅乐常作者是也"，后来杜延年制作题为《于赫》的歌颂晋武帝的歌词，"声节与古《鹿鸣》同"③，此可见《鹿鸣》之曲晋时犹存，并且继续使用，还曾采用旧瓶装新酒的方式为其新写歌词，作为皇家祭典上的歌舞曲。

《鹿鸣》歌曲在唐代流行甚广。宫中演唱者为"坐部伎"，"宴群臣即奏。《鹿鸣》三曲。……凡奏曲，登歌先引，诸乐逐之。其乐工皆戴平帻，衣绯大袖"④。《唐会要》卷三十三《雅乐》下，载有"《鹿鸣》三奏"，似乎此时其乐曲尚存，但未见有在宫廷典礼演奏或演唱的记录。然而《唐令拾遗·选举令》卷十一载各州官府向中央荐人才的时候，"具申送之日，行乡饮酒礼，牲用少牢，歌《鹿鸣》之诗"⑤，可以推测唐代地方举行乡饮酒礼的时候，还在演唱《鹿鸣》之歌。唐代诗人姚合《送顾非熊下第归越》诗有"秋风别乡老，还听《鹿鸣》歌"⑥

---

① 《汉书》卷六十四下《王褒传》。
② 《类说》卷三十六载《风俗通》佚文。转引自王利器：《风俗通义校注·佚文》，中华书局1981年版，第485页。
③ 《晋书》卷二十二《乐志》上。
④ 《乐府杂录·雅乐部》。
⑤ 《册府元龟》卷六百三十九《贡举部·条制一》载关于唐代"贡士"的情况，亦有类似记载，谓"每岁仲冬，郡县馆监课试，其成者，长吏会属僚，设宾主，陈俎豆，备管弦，牲用少牢，行乡饮酒礼，歌鹿鸣之诗，征耆艾叙少长而观焉"。关于这种情况，《新唐书》卷十九《礼乐志》载"设工人席于堂廉西阶之东，北面东上。工四人，先二瑟，后二歌，工持瑟升自阶，就位坐。工鼓《鹿鸣》，卒歌，笙入，立于堂下，北面，奏《南陔》"，与周代所记演唱《鹿鸣》的情况如出一辙。这种乡饮酒礼因其演唱《鹿鸣》故而又被称为《鹿鸣》宴。宋代，"腊蜡百神、春秋习射、序宾饮酒之仪，不行于郡国，唯贡士日设鹿鸣宴，犹古者宾兴贤能，行乡饮之遗礼也"（《宋史》卷一百一十四《嘉礼》五，中华书局点校本，第2721页）。可见歌《鹿鸣》之事，至宋代还有遗存。
⑥ 《全唐诗》卷四百九十六。

之句，恐怕只是聆听吟诵《鹿鸣》之诗的意思，不大可能是欣赏其音乐乃至舞蹈了。唐以后《鹿鸣》歌曲似渐失传。但是，宋代朝廷仍用《鹿鸣》之曲，史载"政和二年，赐贡士闻喜宴于辟雍，仍用雅乐，罢琼林苑宴。兵部侍郎刘焕言：'州郡岁贡士，例有宴设，名曰："鹿鸣"，乞于斯时许用雅乐，易去倡优淫哇之声。'"①但是此时《鹿鸣》歌词已经改易，非复《小雅·鹿鸣》之辞，而是改为六章（每章八句）的长诗。可以推测，在歌词大变的情况下，其曲调音律亦应有所改易。宋时有名胡瑗者，"善琴，教人作《采苹》、《鹿鸣》等曲，稍蔓延其声，傍近郑、卫，虽可听，非古法也"②。他演奏的《鹿鸣》之曲，近乎郑卫之音，颇失周代《鹿鸣》音乐原貌。

明代宫廷典礼上有关于《鹿鸣》的记载，但只见于典礼上所演唱的歌词之中，只不过是借以点缀升平而已，并不是真的演唱了这首古曲。然而在地方民间学人中，演唱《鹿鸣》以示古风的情况还时有所见，如明成祖时，名儒李时勉在国子监讲学，"诸生歌《鹿鸣》之诗，宾主雍雍，尽暮散去，人称为太平盛事"③。明代所演唱的《鹿鸣》是否古曲，很难判断。然而，关于这首古曲的大致情况，在明末人所著的《曲律》中还有记载：

> 唐、宋所遗乐谱，如《鹿鸣》三章，皆以黄钟清宫起音、毕曲，而总谓之正宫；《关雎》三章，皆以无射清黄起音、毕曲，而总谓之越调。……《关雎》、《鹿鸣》，今歌法尚存，大都以两字抑扬成声，不易入里耳。④

这里所讲的《鹿鸣》古曲音律属于"正宫"，并且"以两字抑扬成声"，合乎四言诗咏颂特色，都应当是可信的。

清代仍依古制于乡饮酒礼的仪式上"工升歌周诗《鹿鸣》之章，卒歌，笙奏"⑤。乾隆七年（1742）制定的"乡饮酒礼"程序，规定仪式上要"歌《鹿鸣》三章，笙⑥

---

① 《宋史》卷一百二十九《乐志》四。
② 《宋朝事实类苑》卷十九《典礼音律》，上海古籍出版社1981年版，第233页。
③ 《明史》卷一百六十三《李时勉传》。
④ 〔明〕王骥德：《曲律》卷二《论宫调》；卷四《杂论》下。见清末影刻本董康辑《诵芬室丛刊二十种》第71—72册。又见于湖南人民出版社1983年陈多、叶长海注释本。
⑤ 《大清会典》《事例》卷四百零六《礼部》，上海商务印书馆光绪戊申（1908）版。
⑥ 《大清会典》《事例》卷五百二十六《乐部》，上海商务印书馆光绪戊申（1908）版。

清代所演唱的《鹿鸣》似已失古乐之意,清儒亦尝论不必复古,谓"使器必簧桴土鼓,歌必《鹿鸣》、《四牡》,而后可谓之古乐,则孟子又不当曰'今之乐犹古之乐'矣"①。

总之,《鹿鸣》之乐曲,从先秦到明清时代,相传有绪,不绝如缕。这在所有的先秦古曲的流传中,应当是十分难能可贵的。这从一个方面反映了这首古曲强大的生命力,这不仅是由于它的歌词,即《诗·鹿鸣》之篇的文义适应了不同时代的文化需求,而且还应当在于它的曲调舒畅优美,适合在典礼仪式上演唱。从相关的记载中,我们也可以看出,随着时代的变化,其曲调可能发生了一些变化,甚至可能仅用其辞而新谱其曲,甚至连歌词也有所变化而仅用其名。如果我们的音乐家采用复制的先秦时期出现和应用的乐器,尽量吸收历代相传的这首古曲的曲调,复原出《鹿鸣》古曲,那在中国音乐史上一定会是一件十分有意义的事情。

第二,周代乐器的复原。关于中国古代乐器的演变,清儒汪家禧引《宋史·乐志》蜀人房庶著书论古乐谓:"上古世质,器与声朴。后世稍变焉。金石,钟磬也,后世易之为方响。丝竹,琴箫也,后世变之为筝笛。匏,笙也,攒之以斗。埙,土也,变而为瓯。革,麻料也,击而为鼓。木,柷敔也,贯之为板。此八音者,于世甚便,……盖世所谓雅乐,未必如古而教坊所奏岂尽淫声?古今之分,分于声之变而不在器也。"②大量的考古数据让我们可以看到周代不少乐器的形制,有些钟镈历数千年而音韵犹存,能够演奏出美妙的旋律。《诗》中载有许多乐器名称,仅《鹿鸣》篇提到的就有瑟、笙、琴、簧等数种。李纯一先生所撰《中国上古乐器综论》一书③,汇集和研究了大量音乐考古材料,对于古乐器进行了分类整理与研究。为认识周代乐器提供了坚实的基础。依我们现在的考古发掘数据,复原出先秦乐器的基本面貌,应当说是完全有可能的。

第三,《鹿鸣》音乐意境的再现。用音乐语言表达出某种特定的意境是复原古乐的基本要求。上博简《诗论》的这段简文为我们提供了难能可贵的关于《鹿鸣》古乐意境及旋律的情况。简文所谓"始而会以道交",意即音乐表现了

---

① 张照:《论乐律及权量疏》,《皇朝经世文编》卷五十六,《礼政三大典》下。上海焕文书局光绪壬寅(1902)版。
② 汪家禧:《乐章乐器考》,《清经解》第七册,上海书店1982年影印本,第802页。
③ 李纯一:《中国上古出土乐器综论》,文物出版社1996年版。

君、臣两个主题旋律交融的意境。后两个乐章,亦应如是。我们先来看其首章。诗云"我有嘉宾,鼓瑟吹笙。吹笙鼓簧,承筐是将。"正是描写嘉宾来临时的状况。依周礼,来宾入门后即奏迎宾曲①。相传孔子曾经把"入门而县兴"、"入门而金作"②作为迎宾礼仪的重要内容,春秋时期贵族礼仪中应当是确乎如此的。《仪礼·燕礼》载:"若以乐纳宾,则宾及庭奏《肆夏》,宾拜酒,主人答拜而乐阕。公拜受爵而奏《肆夏》,公卒爵,主人升受爵以下而乐阕"。此指在诸侯和卿大夫的燕礼上,"金奏"的时间从来宾入门至庭的时候开始,直到来宾饮酒以后才结束。孔子对鲁大师所说的音乐演奏"始作,翕如也",当即指这种各种乐器的齐奏共鸣,其音乐状况便是"翕如"③。

《诗论》简文谓"始而会以道交",当指《鹿鸣》之乐的开始,与《论语·泰伯》篇的"师挚之始"者意同④。简文之意当谓在迎宾之后,音乐开始时,先由乐师登堂升歌,歌曲的内容即治国施政的深刻道理(后世则变化为以《鹿鸣》篇为升歌演唱的内容)。简文之"交",除了在意义上表示君臣以礼相敬之外,在音律上则是处于"交响"状态的。"始而会以道交",与诗的首章文句之意有不合之处,即简文说得是音乐所表现出来的迎宾状况,其所表现的是在主旋律之下两个音乐主题的交汇,而诗的首章则是通过诗句来讲宾主的融洽("承筐是将","示我周行")。这种不合,正说明简文所表现和描摹的是音乐,而非单纯释诗之意。我们再来看简文对于《鹿鸣》次章的评析。"见善而学"是在讲次章音乐所表现的是宾、主两个主题的交互影响。而简文对于末章的评析"冬(终)虖(乎)不厌人"更是直接讲明《鹿鸣》的末章音乐的特色。简文的"终"的涵义,不

---

① 《礼记·郊特牲》谓"宾入大门而奏《肆夏》,示易以敬也",奏《肆夏》的用意在于表示和易与尊敬。《仪礼·大射》谓"宾及庭,公降一等揖宾,宾辟,公升即席,奏《肆夏》",所说与《礼记·郊特牲》的说法相近,皆谓《肆夏》为迎宾曲。《肆夏》的内容,据《国语·鲁语》下篇知为《樊》、《遏》、《渠》等三首乐曲,早已不传于世。

② 《礼记·仲尼燕居》。

③ 关于"翕如"之意,黄式三《论语后案》谓"翕,乃合起之貌。《说文》'翕,起也',《玉篇》'翕,合也',字从羽,谓鸟初飞而羽合举也"(转引自程树德《论语集释》卷六,中华书局1990年版,第218页)。说甚洽。

④ 《泰伯》篇载孔子语谓:"师挚之始,《关雎》之乱,洋洋乎盈耳哉!"关于"始"字之意,郑玄谓指师挚"首理其乱",朱熹谓指师挚"在官之初"(《论语集注》卷四),刘台拱《论语骈枝》谓"始者,乐之始。乱者,乐之终"。顾梦麟《四书说约》谓指"工歌《鹿鸣》、《四牡》、《皇皇者华》,所谓升歌三终也"(程树德《论语集释》卷十六引)钱穆发挥此说,谓:"古乐有歌有笙,有间有合,为一成。始于升歌,以瑟配之。如燕礼及大射礼,皆由太师升歌。挚为太师,是以云'师挚之始'也。"(《论语新解》,巴蜀书社1985年版,第201页)。按钱穆先生以师挚"升歌"而开始典礼音乐为释,最为精当,远胜于前两说。

仅指诗的末章结束,而且指音乐之末章,犹《逸周书·世俘》篇所谓的"王定,奏其大享三终"。此章音乐的意境应当和谐而愉悦("不厌人"),与我们前面所分析的简文"不厌人"的涵义是一致的。

第三,《鹿鸣》乐曲的再现。这应当是复原工作的结果。近年已有不少古乐复原成功的范例,很可以借鉴其经验。在先秦古乐中,《鹿鸣》之乐流传时间比较长久,后世的相关记载,可以为我们提供较多关于《鹿鸣》音乐特色的叙述,这可以为复原工作提供宝贵的参考。

总之,依据几个方面所提出的有利的条件,我们的杰出音乐家完全可以复原出《鹿鸣》古乐。千古绝唱,若能复原于世,对于满足当代人们理解和认识上古音乐文化的渴求将会产生极大作用。

三十三　试论上博简《诗论》第 23 号简对《诗·桑柔》的评论

——附论"共和行政"的若干问题

上博简《诗论》第 23 号简所评析的两诗,从简文文字对于上看,后一首诗诗名的第一字应当是"象"(读若桑),而不是"兔",何琳仪先生的说法是正确的。其后一字当读若"柔",简文所评析的是《大雅》的《桑柔》篇。将此诗与《逸周书·芮良夫》篇对读,可以看出"共和"前后卿大夫阶层政治态度的明显变化,即由拥戴周王,为王回护,转为猛烈斥王,并且拥戴执政的共伯和。这应当是厉王奔彘及共伯和执政的关键所在。简文表明,孔子虽然不赞成芮良夫对于周厉王严厉批评的态度,但对于芮良夫的是非分明、仗义执言,还是称许的。孔子对待别人的谈论,往往从他所不赞成的问题中找出其合理因素进行肯定,在不赞成中有赞成,在否定中有所肯定。这是孔子思想中对于事物的辩证认识,值得深入体味。

(一)

上博简《诗论》第 23 号简评论了《鹿鸣》和《桑柔》两诗。对于相关《鹿鸣》一诗的研究,专家无疑义,但是对于《桑柔》一诗则有不同意见,根本原因在于简文相关文字漫漶不清,故而释读有异。今试加以讨论。

简文中作为篇名的两个字第一个字原字形模糊不清(见下页图(左一)),

从马承源先生开始,专家多释其为"兔",独何琳仪先生,释其为"象"①。

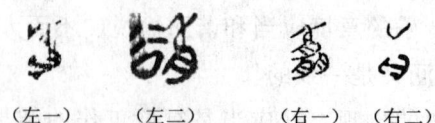

（左一）　（左二）　（右一）　（右二）

今试检查相关简文之字进行比较。上图(左二)是《诗论》第 4 号简的从谷从兔之字,图(右一)是《诗论》第 8 号简的上兔下朋之字。图(右二),是《诗论》第 25 号简的兔字。25 简的兔字及第 4、8 两简所从的"兔",虽然已是简化形态,但却都突出了兔的两只上翘与微耷的大耳之形。这个形状与 23 简的这个字并不相类。我们再来看郭店楚简中的两例"象"字:

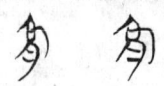

这两例均见于郭店楚简《老子》,前者见于乙本第 12 行,后者见于丙本第 4 行。两者(特别是前面一字的运笔气势)皆与《诗论》第 23 号简者接近。我们再看战国文字中作偏旁的简文象字②:

以上三例皆为豫字,见于《包山楚简》第 2.7 简、第 2.24 简和第 2.72 简。《诗论》第 23 号简的这个字从运笔气势看,更类于象字。特别是作为最上部的十分有力的一撇于漫漶中隐然可见。应当肯定,《诗论》简的那个字距离兔字较远,而与"象"字接近。战国文字中兔与象两字的最大区别在于前者突出了兔的两只大耳,而后者则用向左微下的一撇表示象鼻。战国文字中"为"字较多,其所从的"象"旁,虽然大部分已经省略,但表示象鼻的一撇却还是保留的。检视《诗论》23 号简的这个字,隐然可以看出这一撇的笔势③。总之,何琳仪先

---

① 何琳仪:"沪简《诗论》选释",《上博馆藏战国楚竹书研究》,上海古籍出版社 2002 年版,第 253 页。
② 简文引自滕任生:《楚系文字编》,湖北教育出版社 1995 年版,第 750 页。还有原作为从某从象的两例(豫、豫),亦见于《包山楚简》。原释为从革从双象之家,细审之,所从之"象"与豫字所从的象不类,专家或已释为从革从兕之字,故而所从之字不当作为"象"字对待。关于这两例的专家之释见刘信芳先生著《包山楚简解诂》(台北艺文印书馆 2003 年版)第 302 页,所释较为可靠。
③ 关于古文字中兔、象两字的区别,李学勤先生指出,这两个字"从甲文丈起,是象形字,有躯体足尾可辨。在楚文字中两字除首部外,下作'肉'形,以致难于释读"("释《诗论》简'兔'及从'兔'之字",《北方论丛》2003 年第 1 期)。李先生所说甚是,我们可以进而说明,兔与象的区别,在楚文字中的突出之点是表示兔耳与象鼻的笔画之别。

生将其释为"象"是比较可靠的。

作为此篇篇名的第二个字释为上草下虐之形,当释为"蘆"。除了加草头与否之外,专家的意见是一致的①。至此我们可以确定,《诗论》第23号简作为诗篇名称的两个字应当就是"象蘆"。象与桑古音同在阳部,何琳仪先生于简文此处读其为桑,是可取的。而这个蘆字,其音从"且",古音在幽部。幽、侯两部音近,字每相通假,"且"与"需"字的古音接近,可以说柔、需两字音义皆通。《老子》第三十六章"柔胜刚,弱胜强",朱谦之引顾炎武说谓:"柔,古读如蠕。《说文》猱、鍒皆训耎,魏太武改柔然为蠕蠕,则柔音如蠕,可知也。"②总之,简文的这个篇名,愚以为当读若《桑柔》。

诸家多将此篇诗名的首字释为兔,篇名释为《兔罝》,谓《兔罝》篇中有"赳赳武夫,公侯干城"之句,符合孔子所说的"用人"思想。固然可以于此牵强为说,但细绎其意,《兔罝》篇所云与孔子的"用人"思想,并不吻合。孔子所云的"用人",指的是任用治国之才。他曾慨叹人才难得,谓:"才难!不其然乎?"③所谓的人,有君子、小子之别,在孔子的眼中有君子、圣人、贤人、善人,也有小人、佞人、斗宵之人。孔子主张知人善任,主张任用有贤德之人,指出"举直错诸枉,能使枉者直"④。上博简《诗论》第8号简谓"《少(小)弁》、《考(巧)言》,则言谮(间)人之害也",对于"逸人"取深恶痛绝的态度。孔子考虑人才的标准是多方面的,既注重品德,又重视才能。孔子赞颂治国大才,如上博简《诗论》第15号简称颂《甘棠》一诗"及其人,敬爱其树,其保(褒)厚矣,《甘棠》之爱,以邵公",就是一例。在古典文献中找不出孔子称颂"赳赳武夫"为人才的类似例证⑤。《诗·兔罝》篇仅以"赳赳武夫"为说,与孔子的"用人"思想是有较大距离的。将此诗释为《兔罝》之不妥,于此亦可见其一斑。

还应当说明是这段简文中的"则"字。它在简文里疑读若"贼"。则、贼两字,因其音同而相通假,这在战国简文及古文献中皆有例证。上博楚竹书第三

---

① 关于这个字,或有专家释为"虚"字,细审之,疑非是。
② 朱谦之:《老子校释》,中华书局1984年版,第146页。
③ 《论语·泰伯》。
④ 《论语·颜渊》。
⑤ 前人或将《兔罝》篇与周文王用闳夭、泰颠事相联系,甚牵强。其实,诗中明谓"公侯干城",已经表明此诗与文王是很难牵连一起为说的。

册《彭祖》第 7 号简"贼者自贼也",郭店楚简《老子》甲本"绝巧弃利,盗贼亡又(有)","法勿(物)慈章(彰),盗贼多又(有)",《语丛》二第 27 号简"贼生于惹"。此数处贼字皆作从则从心之形,是战国文字中则、贼相通的直接证据。另查高亨《古字通假会典》,其所汇集则、贼相通的例证亦较多①,如《史记·律书》"申贼万物",《集解》引徐广说谓"贼一作则",《史记·卫康叔世家》"其有贼心",《尚书·大诰》序书疏引贼作则。是皆可以说明简文中的那个"则"字读若"贼",于音读和通假方面应当是没有什么障碍的。

明白了这几字的音读,我们可以将这段简文标点如下:

《象(桑)廀(柔)》其甬(用)人则(贼),吾取……

在这里,之所以将"则"字读为"贼",并且连于上句,原因有二,一是合乎孔子对于《桑柔》诗评析的涵义,二是如果连于下句,"则吾取"语句突兀,并且在现在所见到的孔子语言中见不到相同的用例。此简虽然下端为完整弧形,并未残缺,但"吾取"之后语意未完,还应当有一段话继续进行评析。可惜在《诗论》简中找不出合适的搭配文字,只得付之阙如。马承源先生将 24 简排在此简之后,但并未肯定第 24 简开首内容与本简有联系,从 24 简开首文字的意思看,似亦不当与 23 简密切相连,可以推测,23、24 两简中当有缺简。

这段简文用语简略,省去了一些语句,所以不好通畅理解。今可试述其意如下。简文谓,《桑柔》这篇诗所说的周厉王的错误过于严重了,他的过失仅仅在于任用了"人贼"。因此并不值得大加挞伐。尽管《桑柔》篇斥王过分,但仍有可取之处。我所称赞它的地方就在于此。

(二)

我们要深入理解孔子评析《桑柔》诗的这段简文,必须先讨论《桑柔》一诗的主旨。

《桑柔》为芮国诸侯、周王朝卿士芮良夫有感于当时天下形势而作。《毛传》以为"斥王者",诗序以为"刺厉王",郑笺以为此诗指斥"为政者主作盗贼为寇害,令民心动摇不安定也",宋代朱熹进一步指出:此诗写"厉王肆行暴虐,以

---

① 高亨:《古字通假会典》,齐鲁书社 1989 年版,第 425 页。

败其成业"①。古人的认识中,谓此诗主旨在于刺厉王是正确的,但并未指明所刺的时代背景。孙倬云先生在研究这一问题时明确将其与厉王奔彘事联系一体进行考虑,实为卓见②。对此我们可以进而补充的是,此诗不是描写所谓的"农民大起义"的轰轰烈烈,而是写共和行政的前前后后情况,是对于周厉王的严厉批评和对于共伯和的高度赞美。关于此点,孙先生文章中很少提到,我们于此应当略加补充,以成续貂之义。《桑柔》共十六章,前八章章八句,后八章章六句。全诗的内容可以概括叙述如下③。这首诗在《诗经》中是一首很有特色的长诗,可以视为关于共和行政的史诗。从诗的后半尚在赞美共伯和的情况看,诗的写作时间应当是在共和行政的中、后期,当时共伯和尚未归政于周宣王,所以诗中还称他为"惠君"、"圣人"。

诗的第一部分(包括第一至四章),讲祸乱蜂起的社会局面,"乱生不夷,靡国不泯,民靡有黎,具祸以烬","自西徂东,靡所定处"。在这一部分中,诗作者芮良夫提出一个尖锐问题:"谁生厉阶,至今为梗?"质问谁是这场祸乱的始作俑者。

第二部分(包括第五至七章)的三章,具体分析这场祸乱的起因。这起因一是专取民财("稼穑维宝,力食维好"),把民众压抑得喘不上气来("如彼遡

---

① 朱熹:《诗集传》卷七。
② 孙作云:《我国历史上第一次农奴大起义——公元前842—前828年周京附近农奴反周厉王的战争及其影响,〈诗经·大雅·桑柔〉诸诗新解》,《孙作云文集·诗经研究》,河南大学出版社2003年版,第224—252页。
③ 为研究方便计,现将这首长诗具引如下(其中数字为章次):"1 菀彼桑柔,其下侯旬。捋采其刘。瘼此下民,不殄心忧。仓兄填兮,倬彼昊天,宁不我矜?/2 四牡骙骙,旟旐有翩。乱生不夷,靡国不泯。民靡有黎,具祸以烬。于乎有哀,国步斯频!/3 国步蔑资,天不我将。靡所止疑,云徂何往?君子实维,秉心无竞。谁生厉阶,至今为梗?/4 忧心殷殷,念我土宇。我生不辰,逢天僤怒。自西徂东,靡所定处。多我觏痻,孔棘我圉。/5 为谋为毖,乱况斯削。告尔忧恤,诲尔序爵。谁能执热,逝不以濯?其何能淑,载胥及溺。/6 如彼遡风,亦孔之僾。民有肃心,荓云不逮。好是稼穑,力民代食。稼穑维宝,代食维好。/7 天降丧乱,灭我立王。降此蟊贼,稼穑卒痒。哀恫中国,具赘卒荒。靡有旅力,以念穹苍。/8 维此惠君,民人所瞻。秉心宣犹,考慎其相。维彼不顺,自独俾臧。自有肺肠,俾民卒狂。/9 瞻彼中林,甡甡其鹿。朋友已谮,不胥以穀。人亦有言,进退维谷。/10 维此圣人,瞻言百里。维彼愚人,覆狂以喜。匪言不能,胡斯畏忌?/11 维此良人,弗求弗迪。维彼忍心,是顾是复。民之贪乱,宁为荼毒?/12 大风有隧,有空大谷。维此良人,作为式穀。维彼不顺,征以中垢。/13 大风有隧,贪人败类。听言则对,诵言如醉。匪用其良,覆俾我悖。/14 嗟尔朋友,予岂不知而作!如彼飞虫,时亦弋获。既之阴女,反予来赫。/15 民之罔极,职凉善背。为民不利,如云不克。民之回遹,职竞用力。/16 民之未戾,职盗为寇。凉曰不可,覆背善詈。虽曰匪予,既作尔歌!"

风,亦孔之僾");二是所任非人,"序(予)爵"不当,具体所指就是任用荣夷公之事,《国语·周语》上篇所载之事与《桑柔》一诗所载甚为吻合,今录之如下:

>厉王说荣夷公,芮良夫曰:"王室其将卑乎!夫荣公好专利而不知大难。夫利,百物之所生也,天地之所载也,而或专之,其害多矣。天地百物,皆将取焉,胡可专也?所怒甚多,而不备大难,以是教王,王能久乎?夫王人者,将导利而布之上下者也,使神人百物无不得其极,犹日怵惕,惧怨之来也。……今王学专利,其可乎?匹夫专利,犹谓之盗,王而行之,其归鲜矣。荣公若用,周必败。"既,荣公为卿士,诸侯不享,王流于彘。

那么,这一切错误要由谁来负主要责任呢?诗中认为应当由周厉王负责。这些引起祸乱的原因,在未发生之前,都已经告知了周厉王("告尔忧恤,诲尔序爵"),但是周厉王听不进去。诗中还指出,民众本来是拥戴周厉王的,并无造反作乱之心("民有肃心,荓云不逮"),一切都怪周厉王自己专断独行,这才造成严重后果("天降丧乱,灭我立王")。这一部分从逻辑上看,已经回答了第一部分所提出的"谁为厉阶(祸端),至今为梗"的问题。诗中告诉人们的是,为"厉阶"者,周厉王也。

诗的第三部分(包括第八至第十三章)共五章,其内容要旨是将周厉王与共伯和进行全面对比①。诗人认为其主要区别在于,第一,作为"惠君"的共伯和能够深思熟虑之后任用贤人为辅佐("秉心宣犹,考慎其相"),而拒谏"不顺"的周厉王却刚愎自用,自以为是("自独俾臧,自有肺肠");第二,作为"圣人"的共伯和能够高瞻远瞩,将那些意见不一的人团结起来("瞻言百里"),而作为"愚人"的周厉王却只喜欢那些狂悖小人("覆狂以喜");第三,作为"良人"的共伯和,不像周厉王那样"专利"而搜刮民财,而是"弗求弗迪",减轻民众负担。

---

① 诗中虽然没有明确指出"惠君"、"圣人"、"良人"等所指即共伯和,我们之所以如此肯定,是因为,从《国语·周语》上篇及《桑柔》诗所载芮良夫对于周厉王的尖锐批评看,诗中屡屡指斥的"愚人"、"不顺"、"忍心"等无疑地是指周厉王。而诗中往往将周厉王作为反面人物而与正面形象进行对比。在当时的形势下,能够和周厉王进行相提并论的非共伯和莫属。再从文献所载共伯和的品行看,他确是一位虚心纳谏、周密考虑、敢于作为的圣明君主之才,与刚愎自用的周厉王恰成反对。我们可以断定《桑柔》诗中的"惠君"之类的赞美对象就是共伯和。

而具有残忍之心的周厉王("维彼忍心")却任用荣夷公之类的只知为王聚敛财物的贪冒之徒,以至于引起民乱("民之贪乱,宁为荼毒")。第四,作为"良人"的共伯和用善人、行善政("作为式谷"),而拒谏"不顺"的周厉王却起用恶人("征以中垢"、"贪人败类"),只听得进称颂溢美之言("听言则对,颂言如醉")。

诗的第四部分(第十四至第十六章)是全诗的最后三章,是诗作者最后进行的对于事件的客观分析。其中强调了两点,首先是民众造反作乱,不守正道("民之罔极,职凉善背"、"民之未戾,职盗为寇"),乃是统治者举措失误的结果,("为民不利,如云不克")。那么,谁是罪魁祸首呢?依照前面的分析我们可以看出,在芮良夫心目中,周厉王是难辞其咎的。

通过对诗四部分内容的分析,全诗的主旨可以概括如下,那就是揭露周厉王专断独行所带来的恶果,并且在分析当时社会形势的基础上,提出作者自己的希望:卿大夫和民众都服膺于共伯和以平定天下,恢复安定局面。《桑柔》一诗矛头直指周厉王,进行了无情的批判与揭露。明儒何楷《诗经世本古义》,认为此诗"篇中不敢斥言王,而但斥当时执政者倍用非人,贪利生事,以致祸乱,大抵为荣夷公辈发也"[①]。此说非是。全诗直截了当地批评周厉王之处,所见多有,不是"不敢斥言王",而是大胆斥言王。芮良夫的这种态度,不仅表现于《桑柔》一诗,而且在《国语·周语》上篇里亦有所见。

《逸周书·芮良夫》篇载芮良夫之语与《桑柔》篇的主旨有所区别。作为共和之前的《芮良夫》篇以批判"执政小子"为主,而作于共和之后的《桑柔》诗则直斥周厉王。《芮良夫》篇谓:

> 惟尔执政小子,同先王之臣,昏行罔顾,道(导)王不若,专利作威,佐乱进祸,民将弗堪。……今尔执政小子,惟以贪谀为事,不勤德以备难,下民胥怨,财力单竭,手足靡措,弗堪戴上,不其乱而?……尔执政小子,不图大艰,偷生苟安,爵赇成,贤智箝口,小人鼓舌,逃害要利,并得厥求,唯曰哀哉!

这些语言痛斥执政佞臣的贪婪卑鄙及其祸国丑行,而周王尚不在直斥之列,即

[①] 转引自姚际恒:《诗经通论》卷十五,见林庆彰主编:《姚际恒著作集》第一册,台湾"中央研究院"中国文哲研究所1994年版,第443页。

使王有不善之处,也是这帮佞臣蛊惑的结果("道王不若")。在此篇中,芮良夫劝谏周王的词语是:"天子惟民父母,致厥道,无远不服;无道,左右臣妾乃违,民归于德。'德则民戴,否德民雠'兹言允效于前不远。商纣不改夏桀之虐,肆我有周有家。呜呼!惟尔天子,嗣文武业。"他希望周天子继承文王武王的伟业,为民父母,使得天下皆服。然而,在"共和"之后,芮良夫的态度发生了明显变化,即劝王变为斥王。对于那些执政大臣虽然也有埋怨,但并不深究。诗的第十四章说:

嗟尔朋友,予岂不知而作!如彼飞虫,时亦弋获。既之阴女,反予来赫。

所谓的"朋友",就是那些执政大臣,即,《芮良夫》篇中所谓的"惟尔执政朋友小子"。芮良夫说自己是保护他们的,只是他们不理解而已("既之阴女,反予来赫")。诗中指斥佞臣的语句,例如"匪用其良",但原因最终还是落实于周王用人不当,所以才使得佞臣当道。前人或有谓此诗后八章斥臣,乃无据之说。

要之,《桑柔》诗中对于周厉王的批评尤为严厉而尖锐。毫不隐讳地说周厉王是残忍的("忍心")、刚愎自用的("不顺")"愚人"。诗中看不出《芮良夫》篇中对于"执政小子"批判的影子。从《逸周书·芮良夫》到《诗经·桑柔》,周卿芮良夫的批判矛头指向所发生的明显变化,反映出在"共和"前后,卿大夫阶层政治态度的转变可以概括如下:

拥王(为王回护)——斥王——拥戴执政的共伯和

卿大夫阶层政治态度的这种转变应当是厉王奔彘及共伯和得以执政的关键所在,至于人民起义、国人暴动云云都只是次要的原因。

我们从上博简《诗论》及相关文献记载中,还可以看到孔子王权观念的基本特色,那就是尊奉周天子,只歌颂周王而不斥责昏君[①]。《诗论》第 23 号简

[①] 关于孔子的王权观念参阅拙稿"从王权观念的变化看上博简《诗论》的作者及时代",载《中国社会科学》2002 年第 6 期。

关于《桑柔》一诗的评析，依然是孔子这种王权观念的体现。在《桑柔》诗中，芮良夫将批评的矛头直指周厉王，并不加以掩饰和开脱。孔子对于这种激烈的批评态度并不赞成，而只是指出"《桑柔》其用人贼"，周厉王的问题只是用人不当而已。所谓"人贼"，应当就是执行"专利"政策，后来又被提升为卿士的"荣夷公"一类的小人。简文的"人贼"应当是与孟子指斥的"民贼"一致的。孟子说：

> 今之事君者曰："我能为君辟土地，充府库。"今之所谓良臣，古之所谓民贼也。君不乡道，不志于仁，而求富之，是富桀也。①

荣夷公只知为周厉王聚敛财富，与那些"为君辟土地，充府库"的"民贼"是完全相同的。孔子用"《桑柔》其用人贼"之语，实际上是告诉弟子看这篇诗的时候，不要多看芮良夫对于周厉王的尖锐批评，而只要认识到周厉王的缺点仅仅在于用人不当这一点就可以了。在孔子看来，周厉王即使有不妥之处，那也只是用人不当而已，并没有其他什么责任。

孔子对于"共和"前前后后社会问题的认识相当深刻。简文表明，孔子虽然不赞成芮良夫对于周厉王严厉批评的态度，但对于芮良夫的是非分明、仗义执言，还是称许的。孔子对待别人的谈论，往往从他所不赞成的问题中找出其合理因素进行肯定，在不赞成中有赞成，在否定中有所肯定。这是孔子思想中对于事物的辩证认识。这是很值得我们深入体味的地方。这里可以举出一例证进行说明。史载：

> 楚伐吴，工尹商阳与陈弃疾追吴师，及之，弃疾曰："王事也，子手弓而可。"商阳手弓。弃疾曰："子射诸。"射之，毙一人，韔其弓。又及，弃疾谓之，又及，弃疾复谓之，毙二人。每毙一人，辄掩其目，止其御曰："吾朝不坐，燕不与，杀三人亦足以反命矣。"孔子闻之曰："杀人之中，又有礼焉。"子路怫然进曰："人臣之节，当君大事，唯力所及，死而后已，夫子何善此？"

---

① 《孟子·告子》下。

子曰：“然，如汝言也，吾取其有不忍杀人之心而已。”①

上面所记的战斗之事中，楚将商阳没有严格遵奉王命多杀敌人，而是有所保留，孔子称赞商阳"杀人之中，又有礼焉"。子路认为商阳的问题很大，那就是商阳事君而没有尽忠，完全没有什么值得肯定之处。子路不理解孔子对于商阳做法的某些肯定之处，孔子解释道："吾取其有不忍杀人之心而已。"孔子认为总体上的否定与个别点上的肯定应当是可以并存的，看问题不能绝对化。

对照《孔子家语》的这个记载，体味孔子"吾取其有不忍杀人之心而已"的说法，我们可以推测《诗论》第23号简"吾取"之后还当有若干评析语言，这段进一步评析的语言，其句式，我们可以推测应当是"吾取其……"。如果我们一定要尝试一下进行拟补的话，那么，依照孔子王权观念思想发展的逻辑，此处补充之后有可能是这样一句话："吾取其直也"。所谓"直"，就是指芮良夫的直言不讳。虽然孔子不赞成《桑柔》一诗对于周厉王的激烈抨击，而认为周厉王只是用人不当的问题，但对于芮良夫的直言，孔子还是肯定的，所以这段简文，应当是表达了孔子两方面的意思，一是指出周厉王的问题只在于任用了"人贼"这一点，并不像《桑柔》诗说得那么严重。一是指出，芮良夫的批评虽然过火了些，但尚有可取之处，这可取之处应当就是简文"吾取"之后所缺失的部分。关于简文缺失部分，拟补"其直也"三字，只是一个假设性的推测，仅供专家参考而已。

三十四　孔子何以颂"葛"
——试析上博简《诗论》第16、24号简的一个问题

上博简《诗论》第24号简应当系联于第16号简之后，简文的这段话，从语意上看，孔子是在解释"葛"何以被歌颂的原因。第24号简开首的略有残缺的三个字应当读为"以蒙棘"。"蒙棘"之语见于《唐风·葛生》篇。此篇意蕴，曾

---

① 《孔子家语·曲礼·子贡问》。按，关于《孔子家语》一书过去多以伪书视之，上博简面世后，庞朴等先生多依据相关材料深入论证了其性质，断定此书"确系孟子以前遗物，绝非后人伪造所成"，后来杨朝明先生又进行了全面的研究论析，详请参阅杨朝明先生主编《孔子家语通解》（台湾万卷楼图书公司2005年版）一书的前言"出土文献与《孔子家语》伪书案的终结"。

长期被误解，独王夫之发千古之蒙，指出它是歌颂晋君关爱民众以成就霸业的诗篇。今得《诗论》相关简文印证，不仅使《葛生》诗意大白，而且对于认识孔子的仁学理论，也有重要启发。

孔子在编选《诗》的时候，对于"葛"颇为重视，以"葛"列入诗名者就有《葛覃》、《葛藟》、《采葛》、《葛屦》、《葛生》等篇，其他的诗中也每有提到"葛"者，如《樛木》、《旄丘》、《南山》、《旱麓》等。在上博简《诗论》中我们还看见孔子对于"葛"的评论语句，提出"葛"为什么被歌颂的问题。如果说这些情况可以表明孔子对于"葛"情有独钟，也许并不过分。那么，孔子何以对"葛"这么喜爱呢？上博简《诗论》的相关评析，为我们提供了难能可贵的提示。我们的探讨就从这段简文开始。

（一）

上博简《诗论》第 16 号简的简末一语是"夫葛之见诃（歌）也，则……"①。从语意上看，孔子是在解释"葛"何以被歌颂的原因。此简下端弧形完整，不容再有回答此问题的内容的文字存在。关于回答这个问题的文字应当见于别简。专家在重排简序的时候，多将第 24 号简排于第 16 号简之后②。第 24 号简上端虽然略残，但其简首的弧形尚可见，证明此简开首没有缺失之字。此简简首三字半残，但尚可释读。从语意上看，24 号简恰与 16 号简末尾之语衔接。这些情况表明，专家将第 24 号简系联于第 16 号简之后是比较可信的。如果把这两段话连在一起，再加上其前后的相关文字，便是下面的一段文字：

孔子曰：吾以《葛覃》得氏初之诗。民眚古然。见其美必谷（欲）反亓（其）本。夫葛之见诃（歌）也，则（以上第 16 号简）以□□之古（故）也。后稷之见贵也，则以文、武之德也。（以上第 24 号简）

简文"之古（故）也"后有墨钉，证明这句话的意思，至此已经完整。这句话的意

---

① 简文中的"葛"字原未释出，后经李零、周凤五、何琳仪、黄德宽、徐在国、刘钊、李天虹等专家研究，认为它的主体是一个从艹从禹之字，可以读若"害"，与"葛"皆月部字，故而又可读若葛。这个释读不仅解决了简末此语中的葛字释读问题，而且简文此语前所提到的一篇诗名《葛覃》，亦随之得以确认。

② 持此说的专家有李学勤、廖名春、李锐、姜广辉、曹峰、黄怀信、陈剑等先生，或有专家将第 10 简或第 12 简列于第 16 简之后者。

思应当是关于葛被歌颂的原因的解释。用现代汉语来说，就是葛之所以被歌颂，是由于如此的缘故。由此可见，这句话对于解决我们所提出的问题是十分重要的。所以，现在我们必须着重讨论的是第 24 号简开首略有残缺的这三个字，其第一个字明显就是简帛习见的"以"字，诸家无疑义，但是对于其后两字的释读则分歧较大。从专家的相关研究中可以看出，对于这两个字的不同释读实际上成了问题的核心。今为方便计，先这两个字据上博简图版复制，揭示如下：

为了更清楚地辨认，这里还可以将专家的摹写列在下面：

这两个字系刘信芳先生摹写①。相关释读，主要有两种不同的说法②，今并述如下。

其一，是这两个字以将这两字读若"绤绤"。陈剑先生指出，其第一个字未残部分可隶定为从艹从氏之字，隶定作"苊"，第二个字则可以隶定为从艹、从手、从女之字，隶定作"莥"。音相近而应当"读若绤绤"③。这种释读有一个很大的优点，就是它可恰当地将简文这句话与《诗论》16 简论《葛覃》诗的语意吻合无间。《葛覃》诗写采葛女在山谷中采葛，然后可以"为绤为绤，服之无斁"，简文谓"夫葛之见歌也，则以绤绤之故也"，正是点明葛可以作为织绤织绤的原料，这乃是其被歌颂的原因所在。见绤绤之美而念及葛之为本源，合乎简文所说的"见其美必欲反其本"的民性观念。我过去相信这个释读，原因就在于认为此释能够与其上的简文之意密合无间。现在再来看这个问题，感到这两个字是否读若"绤绤"，尚有可以进一步探讨之处。

其二，是将这两个字读若"荏菽"。胡平生先生认为第一个字从艹从壬，第二个字从艹从朿从女，同意马承源先生所释，并以古音韵通假的例证为据指出

---

① 参见刘信芳：《孔子诗论述学》，安徽大学出版社 2003 年版，第 232 页。
② 除下列两说之外，尚有专家读若"蕺苝"或"叶萋"者，因为专家没有展开说明，所以这里不做讨论。
③ 陈剑："《孔子诗论》补释一则"，朱渊清、廖名春主编：《上博馆藏战国楚竹书研究》，上海书店出版社 2002 年版，第 374—376 页。

"字应从朿得声,今试读为'菽'"。这种解释的优点是能够与其后的简文相吻合,胡平生先生即指出此语"可能是评述后稷之初始,有种植之天性"①。这个解释实将第24号简单独理解,而不将它与16号简系联,与其上简文所述"见其美必欲反其本"也就没有什么关系。然而细绎两简文意,见美反本的意蕴应当是贯穿着上引两简文字的主题。第16号简和24号简很可能是连读而不是分开的。再说,这两个字是否读若"茬菽",仍有继续探讨的余地。

现在我们可以看到,问题的关键在于对那两个字的释读,如果读若"缔绤",就可以将两简系联,而若读成"茬菽",则第24号简就单独成文。那么专家对于这两个字的考释,有何区别呢?我们先来讨论第一个字。如果艹头下面有一个"氏"字,似乎是可以的,但它却与简文习见的氏字有别。一般的氏字,多作ᛊ形,其竖画下的圆点也有作短画者。与之相比,24简的这个字多出了最下面的一个横画,说它"氏"字,难以取信。那么,这个字是否从"壬"呢?简帛文字中,"壬"属于常见字,字形与"王"字极相同,若非联系上下文语意,便很难加以区别。它与简文"王"字最上面皆从左向右运笔,包山楚简编号为2.29号和2.180号的两例作王、王者,尤为明显。简文中屡有从壬之字,除"任"字之外,以及上心下壬之字②,其所从的壬字之形与单独的简文壬字略同。而我们所讨论的24号简阙疑那两个字的首字所从者其上画的运笔明显是自右向左,与习见的壬字有别,说它从壬,有些勉强。

讲到这里,我们不得不先来辨析一下《说文》中与壬字颇相似的壬字,这个字起源甚早,在甲骨文中即已出现,作从土从人之形,意指人立土上,故而有挺立的意思,是为挺之初文,《说文》八篇上尚保存此意谓"象物出地挺生也",其音为"他鼎切",是为耕部字,古文字中以此字得音之字不少,何琳仪先生将圣、呈、逞、郢、涅、廷等字以音而归于其下,"建为独立声首"③,实为卓

---

① 胡平生:"读上博藏战国楚竹书《诗论》简记",朱渊清、廖名春主编:《上博馆藏战国楚竹书研究》,上海书店出版社2002年版,第277—281页。

② 简文"任"字见于上博简第一册《性情论》第31简、第四册《内豊》第6简,另外,郭店简《六德》第4、13简还有作上壬下贝之形的字亦被释读为任者。读为任的上壬下心之字见于上博简第四册《曹沫之陈》第5简。从卢从壬读若吾的字为楚简习见,如上博简第一册《缁衣》第14简、23简,第二册《民之父母》第11简,第五册《竞建内之》第6、8简,《季庚子问于孔子》第2简,郭店简《老子》乙本第7简等均有其例。

③ 何琳仪:《战国古文声系》,中华书局1998年版,第800—807页。

见。《说文》中以它为偏旁的字如征、望、重、量以及简帛文中以它为偏旁的成字①，皆与之音近。这个字与"壬"字的区别在于它的中间一画稍短，而壬字的中间一画则较长。还有一个读若"吾"的上虍下壬之字②。它从虍得音而以"壬"会"吾"之意，显然是采用了"壬"所表示的挺立人形的意蕴。其所从的"壬"，其上部一笔的笔势系从右至左运笔，请看以下几例：

以上四例分别见于郭店简和上博简③，其所从的壬字其上画的运笔之势明显。比较而言，"壬"与"王"、"土"等在后世的文字及偏旁中虽然由于形近而常相混④，但在古文字中还是区分得比较清楚的。其中最大的区别在于壬字的中画较长，所以有学者说它是妊之初文，表示孕妇形体，而壬则表示挺立土上的人形，其中画比较短。综上所述，可以说我们所讨论《诗论》第24号简的那两个字的第一字，与其说从壬，不如说是从壬较为合适。理由有二，其一，它的上画运笔之势从右至左，与简帛文字中所从的壬相同；其二，其中画较短，与习见的壬字有别。总之，这前一个字应当说是一个上部从竹头，下部左从纟右从壬之字，可以写作筳。

我们再来看第24号简那两个字的后一字，说它从竹头、从女，是没有问题的，但谓它从丰，则尚有疑问。关键在于所谓的"丰"形的一、二两横画的左部适残，而右部则有短竖画系连，这一短竖画因与所从的女字左边一画相合而难以辨认。这个字形与简帛文字中的"朿"距离较远，因为朿字及其作为偏旁者，

---

① 这个字在简帛中的用例见郭店简《缁衣》第13简、《太一生水》第8简、《老子》乙本第13简，上博简第5册《季庚子问于孔子》第23简等。

② 从虍从壬读若吾的字为楚简习见，如上博简第一册《缁衣》第14号简、23号简，第二册《民之父母》第11号简，第五册《竞建内之》第6、8简、《季庚子问于孔子》第2简，郭店简《老子》乙本第7简等均有其例。

③ 以上四例的前两例从左至右依次见于《郭店楚墓竹简》的《鲁邦大旱》第3简、《成之闻之》第4简，为图像清楚计，转引自张守中等撰集《郭店楚简文字编》（文物出版社2000年版）第85页。以上四例的后两例见于《上海博物馆藏战国楚竹书》第一册（上海古籍出版社2001年版）第18页所载《诗论》第6简。

④ 王筠《说文释例》卷十七指出："《说文》之部下云从之而土上，是望文为义也。小徐本有古文呈字，乃是从古文省耳，而从壬之字，《说文》多误。毁有古文毁，则亦是从壬省，今隶土部（按，《说文》土部云'古文毁从壬'），是从土为义矣，何不隶毁于壬部而以毁为篆文乎，乃至垩有古文堊而变壬为工，较之从土犹得其半者（原注："壬从人从土"），尤为背理。是李斯改古文时业已向壁虚造，何怪许说之纰缪乎？封之古文作圭，李斯直忘邪？"

其中间部分多作圆形或倒三角形①。这个字与简帛中的朿字接近②。总之,这后一个字应当说是从竹头、从朿、从女之字,可以写作簎。

如果上面的讨论尚无大误的话,我们就可以讨论这两个字(筀簎)的音读问题。

前一个字"筀"字应当从壬得音,而从壬之字,古音多在耕部,而耕部每多与东部字通假,愚以为这个字以古音求之,盖读若东部字的蒙。后一个字"簎"所从的朿,本为刺的本字。其字形在战国文字中变化颇多,这里所从者,类于《六年安阳令矛》和《二年郑令矛》的朿字③。"簎"当从朿得音而当读若棘④。简文"筀簎"两字盖读若"蒙棘"。

我们于此还当辨明一事,即简文"夫葛之见诃(歌)也,则以筀(蒙)簎(棘)之古(故)也",其所述应当是哪篇诗呢?今所见者有二说,一是《葛覃》,二是《生民》。专家或以为它与《诗论》16 简的"吾以《葛覃》得氐初之诗。民眚古然。见其美必谷(欲)反亓(其)本"这段话所述为一,然而,细绎其意,可以推测它们并非一事。理由有二,一是,既然筀字并不从氏,所以专家定其读绨,也就有可以商量的余地。而簎字既然不从丰,所以专家将其读若绤,也就不大可靠。二是,专家肯定这段简文与《葛覃》有关,是因为《葛覃》诗中有"为绨为绤,服之无斁"之句,既然筀簎不读若"绨绤",那么这句简文与《葛覃》篇的内在联系也就不复存在。就语言逻辑结构上看,"夫葛之见诃(歌)也,则(以上第 16 号简)以筀(蒙)簎(棘)之古(故)也",应当是完整的一句话,并不与前后之语相连。再说,既然这两个字,其第一字不从壬,其第二字不从朿,那么将其读为"苤菽",也就没有太多依据。由此出发将这句简文理解为是对于《生民》篇的述说,也当有再探讨的余地。那么,简文"夫葛之见诃(歌)也,则以筀簎之古(故)也"到底应当与哪篇诗作有关呢?从其音读为"蒙棘"的情况看,可以推测它应当与《唐风·葛生》篇有关。提出这个认识的理由有二。其一,"蒙棘"之

---

① 参见何琳仪:《战国古文字典》,中华书局 1998 年版,第 361—365 页。
② 同上书,第 767—769 页。
③ 同上书,第 767 页。
④ "朿"字古音,本读若刺。《方言》卷三谓"凡草木刺人,……江湘之间谓之棘"(周祖谟:《方言校笺》,中华书局 1993 年版,第 20 页),楚简此字或者正是以此得音而读若棘。段玉裁曾称引《方言》之论以说明朿的古音情况(见段氏《说文解字注》七篇上)。

语见于《唐风·葛生》篇。其二,《唐风·葛生》与孔子的仁学思想若合符节。由此可见,我们要深入认识此简文之意,不可不辨《葛生》篇的意蕴。

(二)

《葛生》篇见于《唐风》,共五章,为讨论方便计,今具引如下:

> 葛生蒙楚,蔹蔓于野。予美亡此,谁与?独处。
> 葛生蒙棘,蔹蔓于域,予美亡此,谁与?独息。
> 角枕粲兮,锦衾烂兮。予美亡此,谁与?独旦。
> 夏之日,冬之夜,百岁之后,归于其居。
> 冬之夜,夏之日,百岁之后,归于其室。

此诗可以意译如下:

> 葛藤爬满荆树,蔹草蔓延野外。我的爱人流亡在外啊,谁来相伴?独自居住。
> 葛藤爬满酸枣树,蔹草蔓延庭院。我的爱人流亡在外啊,谁来相伴?独自歇息。
> 角枕粲粲啊,锦衾烂烂啊。我的爱人流亡在外啊,谁来相伴?独自待曙。
> 难熬的漫漫夏日、长长冬夜。但愿百年之后,归于你的长眠之处。
> 难熬的漫漫冬夜、长长夏日。但愿百年之后,归于你的长眠之处。[①]

关于此诗的意蕴,从汉儒开始,多列其为刺诗。《诗序》谓"《葛生》,刺晋献

[①] 诗中的"亡",毛传"弃亡",郑笺"从军未还,未知死生"。"此"读"些",语辞,类于今语之"啊"。"域",清儒牟庭谓"古语凡除地有界限处皆谓之营域,非必谓墓地也"(《诗切》,齐鲁书社1983年版,第1066页)。若与上章之"野"相对,则此域疑指庭院。"谁与?独处"等,皆作两句读,系宋儒程颐所说,见《二程集》(中华书局1981年版)第四册第1059页。"角枕",先秦文献中提到的很少,《周礼·天官·玉府》和《仪礼·士丧礼》虽然提及,但汉唐礼家不言其形制。故而难以索解,顾名释义,当即以角装饰之枕。依古礼,知其用途是,生者斋戒时用之,死则枕尸。用角枕者,非为贫苦百姓,盖为殷实富庶之家。后世多从此意用角枕一词,如隋诗云"玉脸含啼还似笑,角枕千娇荐芬香"(《艺文类聚》卷十八)、唐诗云"挥金得谢归里间,象床角枕支体舒"(《全唐诗》卷三百二十七),即以之为生人富者用物。

公也。好攻战,则国人多丧矣",后儒信奉此说,以为此诗为刺晋献公黩武之作。清儒或谓所刺的对象是不守妇道者,"寡妇服用宜俭素,观其枕衾粲烂,不谨可知也"①。或有以为此诗为悼亡(悼夫或悼妇)之作,清儒姚际恒力辩其非是,谓"云'百岁'者,即偕老之意。若夫已死,而自云'己百岁之后同归于居',便非语气"②。要之,此诗无论是悼亡抑或是思存,都与断定它为"刺"诗无碍。今按,说晋献公"好攻战",此说并不准确。《左传》载晋献公征伐事有五,鲁庄公二十八年伐骊戎;鲁闵公元年灭耿、霍、魏三国;翌年伐东山皋落氏;鲁僖公二年伐虢;鲁僖公五年灭虢与虞;七年,败狄。纵观此类战事,没有一次是真正激烈的战事,晋献公伐骊戎,"骊戎男女以骊姬",即相安无事。灭虢、灭虞,采取的是借道之策,袭而胜之。伐东山皋落氏,目的不是打仗,而是骊姬以此谋害太子申生。晋周围小国耿、霍、魏等,本来就是弹丸之地,绝无与晋抗衡的力量。晋一举而灭耿等三国,血不沾刃,已告胜利,目的只是检查一下"作二军"的效果,并非真要打仗。晋国真正的战争,是后来与秦、齐、楚等大国的争衡,献公时期乃是一个比较和平发展的阶段。当代专家多据毛传所谓的晋献公"好攻战"的不实之词为说,如谓:"晋献公确是好攻战,非正义的战争徒然带给双方人民许多灾难,不止是'寡人之妻,孤人之子'。……这首诗反映了当时晋国人民对于和平生活的愿望。"③此说过分强调了晋献公黩武和晋国战争的"非正义"性质,而实际上并非如此。

古今一反"刺"诗之说,直抵其本意者,首推王夫之。他说:

> 使人乐有其身而后吾之身安,使人乐有其家而后吾之家固,使人乐用其情而后以情向(飨)我也亦将不浅,进而导之以道则王,即此而用之则霸。虽无道犹足以霸,而况于以道而王者乎?故周之失天下也,失之于《中谷》;晋之为政于天下也,得之于《葛生》。相爱以生,相信以死,《绸缪》、《杕杜》之孤心改而兴矣。兼虞、魏,并芮、虢,服蒲、屈,大礼虽颣,而

---

① 牟庭:《诗切》,齐鲁书社1983年影印本,第1067页。按,方玉润《诗经原始》卷六曾批评此说"腐论难堪"。
② 姚际恒:《诗经通论》卷六。按,宋儒程颐曾指出"此诗思存者,非悼亡者,《序》为误矣"。参见《河南程氏经说》卷三,载《二程集》,中华书局1981年版,第1059页。
③ 陈子展:《诗三百篇解题》,复旦大学出版社2001年版,第450页。

邻毂因之,不待教而可用也。武、献之德于民也不薄矣。①

其说的主旨是指出《葛生》一篇乃是赞美之作,所赞美的对象是使民众身安家固而后称霸的晋君。他举出的《中谷》即《王风·中谷有蓷》一篇,此诗写凶年饥荒、夫妇仳离的民不聊生的景象,认为周之"失天下",其原因就在于周让民众无法生活。而《葛生》所述景象与《中谷》迥异,民有室屋居住,有角枕、锦衾以示守礼,并且重情守义,"相爱以生,相信以死"。这样的民众,是晋国发展的基石。所以晋能够先作二军,继而由邻谷等人作三军,壮大武力,富国强兵,走上称霸之路。依照王夫之的看法,《唐风》的《绸缪》篇主旨依序所言乃是写晋"国乱则婚姻不得其时",而《杕杜》篇则是刺晋"君不能亲其宗族,骨肉离散,独居而无兄弟"。此两诗写的是晋武、献以前的情况,至《葛生》篇时晋君政策转而爱民、亲民,能够以"德"治民,使民讲求信义,故而成就了晋之霸业。

按照王夫之的这个思路,我们来分析"葛生蒙楚,蔹蔓于野"、"葛生蒙棘,蔹蔓于域"句的意蕴就比较容易了。前人相关的解释有二,一是喻指妇依于夫。毛传谓:"兴也。葛生延而蒙楚,蔹生蔓于野,喻妇人外成于他家。"后儒常从此义出发,谓这两句比喻妇人依附于丈夫,"托夫以自高"②。二是谓其意指荒冢累累,"葛草蔓延,攀缠杂木,蔓草匍匐于墓茔",此墓茔就是妇人之夫的"安身之地"③。

其实,楚与棘,皆为矮短灌木,多以荆棘称之。葛与蔹皆蔓生,常覆盖于荆棘或野地之上。《葛生》篇的"蒙楚"与"蒙棘"语意性质相同。"棘"有急意,《诗经·采薇》"猃狁孔棘"、《文王有声》"匪棘其欲"、《江汉》"匪疚匪棘",郑笺皆训棘为"急",是为其证。楚常用来指罚人的荆杖,《仪礼·乡射礼》称之为"楚扑",所以"楚"用以表示痛苦就有痛楚、苦楚、凄楚等词。先秦文献中,有用"棘楚"形容苦难者,《吕氏春秋·应同》篇谓"师之所处,必生棘楚",即为其例。"蒙"有覆盖、敦厚之意,引申谓相容并蓄,亦不为过。"蒙棘"用葛条蔓延覆盖于荆棘之上,喻治民者关心广大民众疾苦,犹《易·蒙·彖传》所谓"蒙以养正,圣功也(兼容各种情况,修养贞正之德,类于圣人之功)"。《葛生》篇的"葛生蒙

---

① 王夫之:《诗广传》卷二,《船山全书》第三册,岳麓书社1992年版,第367—368页。
② 牟庭:《诗切》,齐鲁书社1983年版,第1063页。
③ 〔日〕白川静:《诗经的世界》,台湾东大图书公司2001年版,第214页。

楚,蔹蔓于野","葛生蒙棘,蔹蔓于域",皆此之意。所以说,《唐风》此篇不是刺晋献公黩武伤民,而是如王夫之所说,晋君能够关爱民众,使民众"乐有其身"、"乐有其家"、"乐用其情",进而成就晋国霸业。

孔子所编定的《诗》中,习见"葛"的影子,表明了孔子对于葛的喜爱,其间的原因,固然在于葛可以作为原料,制成绤、綌、屦等以供民用,它的蔓延绵长,又可以作为延绵不绝之喻[①],而且在于它和"蔹"等物一样,可以作为兼容并蓄的象征,比喻统治者对于民众的关爱。正是从这一点出发,所以《诗论》第16—24号简的简文所载孔子语才有"夫葛之见诃(歌)也,则以絟(蒙)簸(棘)之古(故)也"的说法。简文指出,葛之所以被歌颂,就是因为它可以"絟(蒙)簸(棘)"的缘故。我们可以进而想到,孔子正是从他的仁学理论出发,强调统治者应当关爱民众,所以才如此揭示葛之被歌颂的真正原因。孔子所论治民理论,有"富之""教之"之语,还认为必须"敬事而信,节用而爱人,使民以时",统治者要做到"为政以德"。[②] 这些思想的背景,不能没有晋君因爱民而富国称霸之事的影子。

总之,《唐风·葛生》篇的意蕴,曾被长期误解,独王夫之发千古之蒙,指出它是在歌颂晋君关爱民众以成就霸业的诗篇。今得《诗论》相关简文印证,不仅使《葛生》诗意大白,而且对于认识孔子的仁学及诗学理论,也有重要启发。

三十五　上博简《诗论》与《诗经·兔爰》考论
——兼论孔子天命观的一个问题

上博简《诗论》第25号简评析《诗·兔爰》篇"不奉时"之语,不应当理解为此诗表现的是生不逢时之叹,而应当理解为是对于此诗不遵奉"天命(时命)"的批评。由此我们可以加深对孔子天命观的认识。孔子从恭敬的角度指出人们应当顺从天命,但他更强调在天命时遇面前要自强不息,积极奋斗,《兔爰》

[①] 例如《诗·葛覃》"葛之覃兮,施于中谷;维叶萋萋",郑笺即指出它是比喻"葛延蔓于谷中,喻女在父母之家,形体浸渍日长大也。叶萋萋然,喻其容色美盛也","兴女有嫁于君子之道"。再如《旄丘》"旄丘之葛兮,何诞之节兮",毛传谓"兴也。前高后下曰旄丘。诸侯以国相连属,忧患相及,如葛之蔓延相连及也"。

[②] 见《论语·子路》、《学而》、《为政》等篇。

篇所显露的那种冷漠对待社会,只求一己之福的态度是不可取的。

上博简《诗论》第25号简系残简,其所保存的简文共评论四首诗,其评论第二首诗谓"《有兔》不奉时"。今传本《诗经》篇名中没有称为《有兔》者。专家一致肯定,简文的《有兔》即《王风·兔爰》篇,因为此诗诸章首句皆谓"有兔爰爰"。《诗》三百篇中多有以诗句的开首二字为题者,故而简文所说的《有兔》当即《王风·兔爰》篇。专家还进而解释说,简文"奉"读若逢。《兔爰》篇有"我生之初,尚无为;我生之后,逢此百罹",并谓"逢此百忧","逢此百凶"等,此皆生不逢时之叹,故而简文说它"不奉(逢)时"。应当肯定,专家判断此诗为《兔爰》篇是正确的,相关解释,亦信而有征,不谓无据。然而细绎简文之意,愚以为对于简文的解释尚有另外一个思路可以提出讨论。今试析之。

(一)简文"奉时"与时命观念

从诸家的相关解释看,读简文"奉"为逢,是为关键。因为只有读"奉时"为逢时,才可以与《兔爰》篇"生不逢时"的意蕴吻合。奉、逢,古音皆属东部,声纽亦近,从上古音读上看,两字通假是可以的。然而,愚以为简文"奉"字仍以不通假读若"逢"为妥,理由有如下两个方面:

首先,两者本义距离较远,《说文》训奉为"承也",训逢为"遇也"。一为奉承,一为路遇,意思不近。在引申义中,奉有进、持、献、送等义,逢有逆、见、迎等义,两者亦相距较远。再说,奉字的使用是比较早的,说它是商周时的惯用字亦不过分(关于其用例,我们下面再进行具体说明),值得注意的是,在先秦文献中,尚未见奉字通假为逢之例。是可见,音相同(或相近)者非必相通假。

其次,《诗论》第25号简的奉字作丰形,可以楷写作"夲"。这个字在简帛文字中又见于郭店楚简《老子》乙本第17号简,简文谓"攸之邦,其德乃夲(奉)"①,传世本和帛书本《老子》此条作"修之于国,其德乃丰"。可证简文夲字非读若"丰"不可,而不可能读若逢。西周时期的彝铭中有一个从丰从双手形的字,可以楷写作"弄",它与夲是很接近的。这个字读若"封"②,亦不用如逢。总之,在先秦时期的甲、金和简帛文字中,这个字从来未见有读若"逢"之例③。

---

① 荆门市博物馆编:《郭店楚墓竹简》,文物出版社1998年版,图版第8页,释文第118页。
② 这个字在《散氏盘》中多有所见,皆读若"封",可谓确证。
③ 马王堆汉墓帛书《老子》乙本卷前古佚书《经法·四度》篇有"后不奉央"之句,"奉央"读为"逢殃",然而,这是汉代读奉为逢之例,尚不足以说明先秦时期此字必当有的读法。

在简帛文字中存在着大量的音同(或音近)而字通的情况。若硬要说此处的简文"奉"读为逢,当然亦无不可。不过,这样硬性的通假并不存在逻辑的必然性。在一般情况下,应当说,只要依本字读而文意通畅的时候,还是以不通假为优。

那么,我们研究《诗论》简文,将"弆"读若"奉",可以读得通吗?简文"奉"字如果和其后的"时"连读,能够文意通畅吗?

答案应当是肯定的。奉字本义为双手捧持之形,它和承字互训。《说文》谓"承也。从手、从廾,丰声","奉"即指双手捧持以示敬。"奉"字为春秋时惯用之语,有拥戴辅助之义,《左传》隐公元年述鲁隐公摄行国政,而尊桓公为君之事谓"隐公立而奉之",三年载宋穆公托孤事于大司马孔父事谓,"请子奉之,以主社稷。寡人虽死亦无悔焉",孔父对曰:"群臣愿奉冯也。"十一年载"奉许叔"事,"奉"亦为拥戴辅助之义。奉还有其他用法,桓公六年"奉牲""奉盛""奉酒醴",谓进献牺牲、粢盛、酒醴,这里的"奉"用如后世所谓的奉献。奉字在使用时多表示尊敬地奉持或接受。

要之,奉字之意用若"敬奉"、"奉献",这并不难理解,可是,它和"时"字可以连用吗?我们先来看一下"时"字的意蕴。

"时"在先秦时期除了表示季节时间之义以外,亦指机遇。它在儒家思想中是一个重要概念。"时"作为机遇的意蕴是如何出现的呢?尽管机遇有偶然因素的影响,但更多的却是为必然的、不为人知晓的因素所决定。那么,这种必然的因素是什么呢?依儒家的看法,那就是"天命"。《论语·乡党》载,孔子曾慨叹山梁雌雉翔集谓"时哉时哉"。何晏《论语集解》谓"言山梁雌雉得其时,而人不得其时,故叹之"。皇侃《论语义疏》谓"时哉者,言雉逍遥得时所也。所以有叹者,言人遭乱世,翔集不得其所,是失时矣"。孔子所慨叹的"时",应当就是天时,山梁间的雌雉得天时,故而翔集、逍遥自在。《庄子·秋水》篇载有孔子的一段话:

> 我讳穷久矣,而不免,命也;求通久矣,而不得,时也。当尧、舜而天下无穷人,非知得也;当桀、纣而天下无通人,非知失也;时势适然。夫水行不避蛟龙者,渔父之勇也;陆行不避兕虎者,猎夫之勇也;白刃交于前,视死若生者,烈士之勇也;知穷之有命,知通之有时,临大难而不惧者,圣人

之勇也。由,处矣,吾命有所制矣。

《庄子》书虽多寓言,但此处所载孔子语与孔子的一贯思想相吻合,应当语出有自,不会完全是虚拟编造。在这段话里,孔子将"时"与"命"对等,"时"与"命"的意义应当是相同的,若合起来,便是后来行用颇广的"时命"一语①。可以说,孔子思想中的"时"的观念中包含着命定的必然的因素。这种观念发展到了孟子的时候,就成为"天时"之语。无论是时命也好,天时也好,其思想的出发原点都是"天命",是"天命"决定了人的时运,决定了人的机遇。儒家的这种时命观在郭店楚简的《穷达以时》篇中表现得颇为突出。是篇举舜遇尧、傅说遇武丁、吕望遇周文王、管仲遇齐桓公等事例,指出他们从默默无闻到事功卓著,关键都在于遇到了圣王的提携帮助。那么,能否遇见圣王的原因何在呢?此篇强调"埅(遇)不埅(遇),天也。"遇到圣王的提携帮助(亦即"时遇")乃天所决定。此乃"天命",是为人事所不及的。故而此篇谓:

又(有)天又(有)人,天人又(有)分(份)。察天人之分(份),而智(知)所行矣。又(有)其人,亡其世,惟(虽)臤(贤)弗行矣。句(苟)又(有)其世,可(何)懂(难)之又(有)才(哉)?②

简文所说的"世",实时世。个人在社会时世中的际遇,乃为天命所定,所以应当了解"天人之分(份)",认识天与人各自的名分,恪守天命而不非分僭越。这种由天所规定的、所赐予的个人命运,亦即"时命"。《楚辞·七谏·哀命》篇谓"哀时命之不合兮,伤楚国之多忧。内怀情之洁白兮,遭乱世而离尤"③,在这里,作者借屈原之意,拟屈原之语,言悲哀时命不与君合,怜伤楚国无有忠臣而致使国家多忧。所说的时命,即天所赐予的命运。要之,战国时期"时"的观念,包含着时遇、时命等意蕴。

---

① 关于"时命"之意,《庄子·缮性》篇所谓"当时命而大行乎天下,则反一无迹;不当时命而大穷乎天下,则深根宁极而待;此存身之道也",颇可以代表先秦士人的一般看法。
② 荆门市博物馆编:《郭店楚墓竹简》,文物出版社1998年版,图版第25页,释文第143页。
③ 《楚辞·七谏》虽为东方朔所作,但其中皆追悯屈原之辞,处处皆模拟屈原之语境和用语,表明东方朔认定屈原有此思想。

"天命"与"时命"这两个概念是什么关系呢？首先,从其所蕴含意义的范围看,如果说"天命"是全部的一贯的概念,那么,"时命"则是天命的一部分,多指特定的存在境域。其次,从价值取向上说,天命多指人们观念中的必然的、长久的规律,而时命则多指偶然的、暂时的际遇,表示这种意蕴的就是战国时期行用的"时势"一语。

简文的"奉时",其意蕴首先应当是指遵奉时命(亦即天命)。"奉时"一语,东周时期已经出现,《司马法·定爵》篇即有"顺天奉时"之说。奉时,亦即"奉天时",《易经·乾卦·文言》关于这个问题的议论,颇为值得注意。是篇指出：

> 夫大人者,与天地合其德,与日月合其明,与四时合其序,与鬼神合其吉凶。先天而天弗违,后天而奉天时。天且弗违,而况于人乎？况于鬼神乎？

这里所说的"奉天时",孔颖达疏谓："若在天时之后行事,能奉顺上天,是大人合天也。"统治者必须遵奉天命的思想在中国古代一直延续,后代多将此意概括谓"奉天承运",以说明皇权天授的意蕴。要之,所谓"奉天时",就是敬奉天命,不违于天。

总结以上的讨论,愚以为简文"奉时"之意,应当是与战国时期的"时命"观及"奉天时"的思想观念相一致的。质言之,"奉时"意即遵奉天命所给予的时遇。这是"奉时"一语的主要意义。此外,它还有其他方面的意义。关于这些,为叙述方便计,我们将在本文第三部分探讨。

(二)《有兔》篇的思想关键何在

既然简文的"不奉时"之语系为《诗·有兔(兔爰)》篇所发,那么讨论《兔爰》篇的主旨就是我们必须探讨的问题。《诗经·王风·兔爰》之诗共三章,每章七句。为了研讨方便,现将此篇具引如下：

> 有兔爰爰,雉离于罗。我生之初,尚无为,我生之后,逢此百罹。尚寐无吪。
>
> 有兔爰爰,雉离于罦。我生之初,尚无造,我生之后,逢此百忧。尚寐无觉。

> 有兔爰爰，雉离于罿。我生之初，尚无庸，我生之后，逢此百凶。尚寐无聪。

可以将其意译如下：

> 狡兔自由自在，野雉落入网罗。我生之初没有发生变故，我生之后却多灾多祸。还是睡过去吧，什么都不要说。
>
> 狡兔自由自在，野雉堕入网罗。我生之初没有遇到灾祸，我生之后却多忧多患。还是睡过去吧，不必有什么知觉。
>
> 狡兔自由自在，野雉闯进圈套。我生之初没有徭役困扰，我生之后却多险多恶。还是睡过去吧，什么都不要听到。

关于此诗写作的时代，诗序谓在周桓王时，后人多不信从。前人谓从诗意看写诗者当"犹及见西周之盛"①，此时当为"自镐迁洛者所作"②。这应当是可信的说法。两周之际兵祸连结，社会动荡不已。《兔爰》诗中所述"百罹"、"百忧"、"百凶"合乎这个历史时期人们所见到的社会情况。写此诗者所见的"西周之盛"应当是宣王中兴的局面，此即《史记·周本纪》所载，"宣王即位，二相辅之，修政，法文、武、成、康之遗风，诸侯复宗周"。《兔爰》一诗的作者得沐"文武成康之遗风"，得见太平盛世，都符合他诗中所述其"生之初"无灾无祸的安宁、祥和景象。

从《兔爰》诗中可以看出，其作者确有生不逢时之叹，这是诗作者年轻时的太平盛世与近老时的兵祸连结形成强烈对比的结果。摆在作者面前的罪罹、忧患、凶险，使他感触最深的是生不逢时。《兔爰》每章皆以雉、兔对比起兴，里

---

① 朱熹：《诗集传》卷四。清儒陈启源在朱熹之说上发挥，批评诗序所谓此诗作于周桓王时之说，指出"如朱子之言，则作诗者必生于宣王时，又能追忆，其意已非童幼无知，计其作诗时，应八九十岁，尚从征役，无是理也"（《毛诗稽古编》）。我们可以按照这个思路估计此诗作者年龄，若诗作者于周宣王末年20余岁，则历幽王在位之十一年，到周平王前期其年龄当在五十岁左右，按照其社会经历，可以知人论世，写此诗应当是比较合理的。

② 崔述：《读风偶识》卷三。《崔东璧遗书》，上海古籍出版社1983年版，第553页。陈子展先生总结前人说法得出结论谓《兔爰》一诗，当是作者生及宣王承平，经过幽王丧乱，平王播迁，从镐京到洛邑以后所作"（《诗三百篇解题》，复旦大学出版社2001年版，第253页）。

面可能有君子罹忧("雉离于罗")、小人得志("有兔爰爰")之喻,但其主旨应当是说万物皆在自然过程中完成其归宿和命运,作者慨叹自己不能如狡兔般飘逸而幸福,而像野雉那样自投罗网。推其原因就是自己命运不济,生不逢时。如果生在宣王中兴的盛世,岂不是满眼繁华,幸福无限了吗?前人述《兔爰》诗旨,多从诗序所提出的"闵周"为说,认为是诗作者替周王朝的衰败及"东周之中兴无复可望"而慨叹[1],是为闵伤周王朝"国势危蹙"而作[2],实际上是拔高了他为国担忧之心绪,忽略了此处的"闵周"只是表面现象,"闵"己之生不逢时才是核心内容。而且,这个"闵周"之象,乃是诗序所编造的一个假象,从诗中体会不到一点对于周王朝闵伤的意思,诗中反复申述的就是作者自己的生不逢时之叹,以及自己心中的郁闷,看不出他有多少对于周王朝的担心与忧虑。前人或谓《兔爰》篇的作者为"老成忠贞之士"、为遭遇乱世的"君子",实过誉之称。或谓诗作者见国势日蹙,悲哀至极,痛不欲生。此说亦非是。宋儒黄震曾经批评此说,谓:

  盖寤则忧,寐则不知,故欲无吪、无觉、无聪,付世乱于不知耳。近世释以为欲死者,过也。[3]

《兔爰》篇的作者虽然有生不逢时之叹,但其所表现的情绪,毫无奋发图强之意,更无闻鸡起舞之志,而是采取了完全消极的逃避态度,闭目塞听,连想都不愿意想一下("无觉"),"付世乱于不知"。在乱世中的这种态度,实为完全不负责任的自私之举,不值得同情和褒奖。

(三)孔子的"时命(天命)"观念

既然作为"天命"一部分的"时命"里面也有必然的因素,是人们偶然际遇中的必然,那么对待它的态度就成为人生在世的关键问题之一。我们要深入认识简文何以批评《兔爰》之篇"不奉时"的问题,必须先认识清楚孔子及其弟子的"时命(天命)"观念,亦即他们对于"时命(天命)"的态度。这可从以下几个方面分述之。

---

[1] 刘玉汝:《诗缵绪》卷五,《四部丛刊》初编本。
[2] 张耒:《张右史文集》卷五十二,《四部丛刊》初编本。
[3] 黄震:《黄氏日钞》卷四。影印版《四库全书》本。

首先,要敬奉天命。孔子曾以"五十而知天命"而自慰[1],还说若"获罪于天"便"无所祷也"[2],将天视为最高主宰。孔子始终坚信天命,坚信自己对于天命负有责任。在匡地遭到危难时,他说:"文王既没,文不在兹乎?天之将丧斯文也,后死者不得与于斯文也;天之未丧斯文也,匡人其如予何!"[3]后来,他和弟子被宋司马桓魋率军围困时,孔子谓:"天生德于予,桓魋其如予何?"[4],孔子对于天命有高度的责任感,把天作为道德伦理的最高诉求对象。孔子称"中庸"为天下之"至道",而这"至道",即天命的表现,所以《中庸》篇开宗明义地说道"天命之谓性,率性之谓道",又说"道也者,不可须臾离也,可离非道也"。在孔子及其弟子的心目中,天命实即客观自然规律,其正确和伟大不容否认和歪曲。正确对待天命,是君子、小人的分水岭。所以孔子说"君子中庸,小人反中庸。君子之中庸也,君子而时中;小人之中庸也,小人而无忌惮也"。这一点也正是儒家天命观的核心内容,即坚信天命,积极认识天命。

其次,要顺从天命。在孔子和儒家弟子心目中,天不仅赐福于人,而且也会以祸示警,苦难与灾祸也会降临世间。如何在乱世中生活,便是摆在人们面前的重要问题。孔子曾多次赞许那些用大智慧在乱世中避祸的贤者,他称许南容"邦有道不废,邦无道免于刑戮"还将自己的侄女嫁给他。卫国大夫宁武子多智谋,在乱世中存身以济大事,孔子赞扬他"邦有道则知(智),邦无道则愚。其知(智)可及也,其愚不可及也"[5]。孔子提倡"危邦不入,乱邦不居,天下有道则见,无道则隐"[6]。这里所强调的并非消极避世,而是倡导正确地审时度势,以睿智、可行的态度对待混乱的社会。用孔子的话来说就是"邦无道,危行言孙"[7],在语言上要谦虚恭顺。要像蘧伯玉那样"邦有道,则仕。邦无道,则可卷而怀之"[8]。孔子曾谓颜渊曰:"用之则行,舍之则藏,惟我与尔有是夫!"(《论语·述而》)在乱世中存身以待时,显然是智慧之举。

---

[1] 见《论语·为政》。
[2] 《论语·八佾》。
[3] 《论语·子罕》。
[4] 《论语·述而》。
[5] 《论语·公冶长》。
[6] 《论语·泰伯》。
[7] 《论语·宪问》。
[8] 《论语·卫灵公》。

再次,要自强不息。孔子虽然主张于乱世中避祸,但并不是要人们采取消极态度,与恶势力同流合污,而是保持操守,积极努力为社会进步做出自己的贡献。在"邦无道"的时候,孔子所说的"危行"就是德行高峻而非随波逐流。孔子说:

> 士而怀居,不足以为士矣。
> 岁寒,然后知松柏之后凋也。
> 志士仁人,无求生以害仁,有杀身以成仁。①

他所强调的是士应当励志修行以为世用,若只是"怀居"安逸,便非真正的"士"。松柏于寒冬时犹青,正喻指着士穷见节义,世乱识忠臣。在孔子看来,这方面的榜样除了为坚持原则而饿死首阳之下的伯夷、叔齐之外,还有卫大夫史鱼。孔子赞美他说:"直哉史鱼!邦有道,如矢。邦无道,如矢。"②孔子所提倡的就是于乱世中保持操守,就是要捍卫"仁"的原则。"杀身以成仁",这是儒家所提倡的大勇的最高境界。孟子发展了孔子的说法,谓:"生,亦我所欲也;义,亦我所欲也,二者不可得兼,舍生而取义者也。"③这里所特别强调的是"舍身而取义"。仁、义二者,是儒家所倡导的最高伦理准则。这个标准,实际上成了君子、小人的分水岭,所以孔子说"君子上达,小人下达",④意即朱熹所谓"君子循天理,故日进乎高明;小人殉人欲,故日究乎污下"⑤。要达到君子之域,必须上达于天,遵奉天命,做到"不怨天,不尤人"⑥。所谓"不尤人",就是要"躬自厚而薄责于人"⑦,严以责己,宽以待人。对于处乱世而消极逃避的隐士,孔子并不完全赞成其作为,认为这些人是"避世之士",孔子说:

---

① 《论语·宪问》、《子罕》、《卫灵公》。
② 《论语·卫灵公》。
③ 《孟子·告子》上。
④ 《论语·宪问》。
⑤ 朱熹:《论语集注》卷七。
⑥ 《论语·宪问》。
⑦ 《论语·卫灵公》。

> 鸟兽不可与同群,吾非斯人之徒与而谁与?天下有道,丘不与易也。①

孔子认为不应当绝人逃世而自洁其身,"天下若已平治,则我无用变易之。正为天下无道,故欲以道易之耳"②。虽然处于乱世,但救世救民之仁心,还是必须保持的。孔子曾经多次表明,他自己在任何情况下都要固守德操,这一点在战国时代人们的心目中留有深刻的印象,所以楚国隐士说他"临人以德","福轻乎羽,莫之知载;祸重乎地,莫之知避"③。孔子的这种态度,强调人的社会责任,是其积极的天命观念的表现。

总之,孔子及儒家弟子的天命观虽然肯定天命,要求人们顺从天命,但那是存身以待时的不得已的办法,其总体思路还是让人取积极的人生态度,这是因为天命本身就是积极的,用《易传》的话来说就是"天行健",那么君子人格在形成的时候,必须仿照"天行健"而"自强不息"。对于自己面临的时遇,如果是混乱的世道,不是取避世之态,也不是得过且过,而是要保持自己的高贵品格,自强不息地去改造世界。

(四)《诗论》简何以斥《兔爰》篇"不奉时"

如前所述,《诗·兔爰》之篇所表现的是对于乱世的趋避心态和对于天命时遇的极度不满。而孔子及儒家弟子的"时命(天命)"观念则强调积极入世而自强不息,实现人格的完美,努力完成天之使命。在这种观念下,《诗论》析《兔爰》之篇不是指出它有生不逢时之叹,更不是赞美其对于天命时遇的不满,而是痛斥其不遵奉"天命(时命)",指责它对于乱世不取自强不息的正确态度。这在逻辑上是必然的结果。

应当引起我们注意的是,《诗论》第 25 号简评析《有兔》之前所评的《肠(荡)肠(荡)》一诗,评语是"小人"。《诗·荡》篇咒骂天命,孔子按照其"小人不

---

① 《论语·微子》。按孔子这种积极救世的精神于《论语》书中多有记载。例如,孔子所说"夫仁者,已欲立而立人,已欲达而达人。""若圣与仁,则吾岂敢? 抑为之不厌,诲人不倦,则可谓云尔已矣。"(《雍也》)子张问政。子曰:"居之无倦,行之以忠。"(《颜渊》)"苟有用我者,期月而已可也,三年有成。"(《子路》)"如有用我者,吾其为东周乎?""吾岂匏瓜也哉? 焉能系而不食?"(《阳货》),皆为其证。

② 朱熹:《论语集注》卷九。

③ 《庄子·人间世》。

知天命而不畏"的理念,斥此篇为"小人"之语。《诗论》第25号简在评析《荡》篇之后紧接着就评析《兔爰》篇,谓其"不奉时"(不遵奉天命),这与简文前面评析《荡》篇之意一脉相承,都是孔子以其天命观的理念为指导来论《诗》。反过来说,亦是以评诗来表现其天命理念。我们还可以从《诗论》简用陈述句评诗的惯例的角度来看这一问题。如果这里的简文读若"《有兔(兔爰)》不奉(逢)时",那么,孔子就是在肯定《兔爰》篇的生不逢时之叹,肯定此篇所表现的对于天命时遇的不满情绪。而这些却正是与其天命理念背道而驰的,并且是与第25号简对于《肠(荡)肠(荡)》一诗的评析相矛盾的。我们将简文读为"不奉时",而不是通假读若"不逢时",这也是一个有力证据。

我们还可以联系到《诗论》第25号简在评论《有兔》一诗之后的情况进行说明。此简所评析的后两首诗是《大田》(只论其"卒章")和《小明》,此两诗皆见于《小雅》。《大田》末章谓准备好祭品,"以享以祀,以介景福"是对于天命赐福的尊敬,《小明》篇谓"神之听之,介尔景福",亦天命神明赐福之意。总括此简所评析四诗,前两篇斥不遵奉天命之狂,后两诗则赞遵奉天命而得福之举。此简所选四诗,前后对照,更有利于阐释孔子天命观的内涵。可以说,《诗论》第25号简所评四诗,其遵奉天命的理念是一致的,而不是前后矛盾的。

《诗论》简中对于"时命"的评析,还集中见于关于《诗·樛木》篇的简文:

《梂(樛)木》之时,……害(曷)?曰:童(终)而皆臤(贤)于其初者也。(第10简)

《梂(樛)木》之时,则以其录(禄)也。(第11号简)

《梂(樛)木》,福斯才(在)君子,不[亦能时虖(乎)]?(第12号简)

这三简的意思是说,《梂(樛)木》诗所说的时遇,意味着最终的结果要好于其初,君子掌握了时遇就会获得爵禄。简文认为《梂(樛)木》诗所谓幸福赐予君子,正是因为君子能得时遇的缘故。这些简文所体现的正是遵奉"天命(时命)"的理念。此亦可以间接看出第25号简斥《兔爰》篇所体现的内容为"不奉时",必当是斥其不遵奉"天命(时命)"的意思。

总之,从《诗论》简所析各篇的情况看,联系天命问题者,都贯穿着孔子的天命理念，其所论《兔爱》者，不应有异于此。我们认识了简文之意，再来看《诗序》及后儒关于此诗旨在于"君子"、"闵周"的断言，就可以明显看到其不妥之处。孔子对于《兔爱》一诗"不奉时"的评析，实质上批评了《兔爱》篇所显露的那种冷漠对待社会，只求一己之福的错误态度。这对于我们研究此篇的主旨和认识孔子相关思想都有重要启示。

三十六　"时命"与"时中"：孔子天命观的重要命题

　　孔子的时遇、时运思想，表明他已经将"时"的概念与其天命观念联系一起进行深入探讨。"时命"一词虽然出现得较晚，但其基本思想早在孔子的理论系统中就已经形成，孔子关于"时"的言论多蕴含其意。《中庸》所载的"时中"之论是其时命观的一个重要命题。先秦时期的天命观念在商周之际有一个重要变化，那就是由天命的不可移易，变为天命的可以以人之"德"而转移。天命观的这个变化虽然是一个巨大进展。可是，这一变革并没有从根本上触动天命的权威。天命还是高悬世人头上的铁板一块，人们在它面前并无自由可言，只能俯首帖耳地绝对顺从，其所强调的是以个人的高尚德操博得天命的眷顾。孔子的"时命"观念，给生命个体开辟了总体的"天命"观念下面一定的自由维度。这应当是先秦时期天命观念的又一次重大进展。

　　历史在时空中展延。人们对于时空的认识，起初是比较感性而肤浅的。特别是对于时间的概念，往往以四季、昼夜以及历法作为代替。思想家们对于时间概念认识的深化，大致是在春秋战国时期，孔子是为其中的代表。孔子不仅在一般的意义上使用"时"的概念，而且将"时"与"命"联系起来，进行深入思考。研究孔子及儒家思想的学者，较少关注其时命观念。这是因为"时命"一语出现得较晚，是战国后期才行于世的说法，而孔子的时代还无这一用语出现。另一方面，这也与《论语》中的两个记载有一定关系。一个记载见于《子罕》篇，谓"子罕言利与命与仁"，还有一个记载见于《公冶长》篇所载子贡之语"夫子之言性与天道，不可得而闻也"[1]。这两条材料，多被理解为孔子不言"天"，甚至讳言"天"。由于这些原因，孔子的时命观念自然也就隐而不见。随

---

[1] 以上两条材料见朱熹《四书章句集注》，中华书局1983年版，第109页和第79页。

着近年研究的深入,专家已经指出,孔子不仅言天,而且非常重视"天"。"天"、"天命"、"天道"等都是孔子思想中的重要命题。《中庸》篇记载的孔子所提到的"时中",亦是孔子时命观的另一种表达。上博简《诗论》的相关材料也为专家的这些认识提供了不少佐证,《诗论》第25号简关于《兔爰》篇的论析就是其中的例证之一。总之,孔子的天命观里面,"时命"是一个重要部分,特别是今得上博简《诗论》的宝贵材料,对于这个问题更值得深入探讨。今不揣浅陋,试析如下。

(一)孔子的"山梁雌雉"之叹

孔子论"时",多指时间、光阴、季节、时候等义,如:"使民以时"、"行夏之时"、"少之时,血气未定"①等,可是孔子亦将时遇、时命的观念用"时"字来表示。这是很值得我们注意的。例如《论语·乡党》篇载:

> 色斯举矣,翔而后集。曰:"山梁雌雉,时哉!时哉!"子路共之,三嗅而作。

这段文字虽然费解,但其大概意思还是可以明白的。它是说,山梁上一群雌雉见人们在窥望它,就赶紧飞翔盘旋,见到人们没有恶意,才又飞回,齐聚在树上。孔夫子说:"山梁上的那些雌雉,它们很懂得'时'呀!很懂得'时'呀。"子路朝着这些鸟拱手致意,抛下食物让它们吃,它们三次嗅过,不敢吃,这才飞走②。此章的"时",虽然可以解释为"时候",但距离孔子之意恐较远。钱穆先生以"时宜"③解之,应当是比较准确的。其实,如果更精确地说,这里的"时"字的涵义,应当指的时运。山梁雌雉发现有危险就飞翔而起,后来又待感觉平安了才集于树木,地上有了食物嗅而不食,以防被擒。这些都是雌雉掌握时遇的结果。更进一步还可说,雌雉遇到了孔子和其弟子这些善良的人,免遭被擒杀的噩运,说明雌雉的时运不错。孔子说的"时哉,时哉"应当包括时运、时遇

---

① 以上所引孔子语依次见《论语》的《学而》、《卫灵公》、《季氏》等篇。引文见朱熹《四书章句集注》,中华书局1983年版,第49、163、172页。
② 关于此章意蕴历来多歧释,或以为有阙文。今主要依杨伯峻《论语译注》和钱穆《论语新解》之说写出此章大意。
③ 钱穆:《论语新解》,巴蜀书社1985年版,第256页。

等等意蕴。

船山先生一反常人对于此章的认识,谓此章是在批评雌雉之傻。他说:

> "时哉"云者,非赞雉也,以警雉也。鸟之知时者,"色斯举矣,翔而后集"。今两人至乎其前,而犹立乎山梁,时已迫矣,过此则成禽矣。古称雉为耿介之禽,守死不移,知常而不知变,故夫子以翔鸟之义警之,徒然介立而不知几,难乎免矣。人之拱己而始三嗅以作,何其钝也!①

这个解释强调雌雉不知时变,两人立乎前而不知警惕,似乎是很迟钝的表现。船山先生从另外一个角度所进行的解释,亦有一定道理。细绎这个解释,若可以成立的话,那也无碍乎关于"时"为时运的解释。依照船山先生的这个思路,可以说,雌雉虽然"耿介",虽然"知常而不知变",但毕竟没有被擒捉,这也应当是其时运好的原因。孔子实际上是肯定时运对于雌雉的重要。如果按照一般的解释,引申而言,雌雉尚且会把握时运,人就更应当如此。无论如何理解,都可以说这是《论语》中记载的一条孔子以"时"喻时运之意的重要材料。

(二)"时中"与"天命"

孔子关于"时"的一个非常重要的概念就是《中庸》所载的"时中"之论②。这是很能够表现孔子时命思想的记载。是篇谓:

> 仲尼曰:"君子中庸,小人反中庸。君子之中庸也,君子而时中;小人之中庸也,小人而无忌惮也。"③

关于"时中",向以唐儒孔颖达的影响最大,他说道:"君子之中庸也,君子而时

---

① 王夫之:《读四书大全说》卷五。
② 先秦儒家的中庸思想集中见于《礼记·中庸》篇,是为孔子的孙子子思所著,从儒家学说发展趋势看,它和《大学》篇一样,也应当是孟子以前的儒学著作。依宋儒所排列的儒学传承系列,《中庸》之篇当是子思发挥孔子及曾子的学说撰著而成。孔子对于中庸推崇备至,说:"中庸之为德也,其至矣乎!民鲜久矣。"(《论语·雍也》)皆可证孔子对于中庸思想的重视,推测孔子曾经以中庸思想授徒,应当是可信的。《中庸》篇所引述孔子论中庸之语,当源自孔子。
③ 朱熹:《四书章句集注》,中华书局1983年版,第18—19页。

中者,此覆说君子中庸之事,言君子之为中庸,容貌为君子,心行而时节其中,谓喜怒不过节也,故云君子而时中。"①依照这个解释,"时中"便是君子能够做到时时节制自己,使自己的言行喜怒,既不过分,也无不及,从而符合中庸之道。如此,则"时"是一个时间副词,用来修饰"中"。"时中"的中,则是名词,指中庸之道。"时节其中",实际上是附加了"节制"之意,属增意解经。关于"中"字意思的理解,应当是解释《中庸》篇里面"时中"意蕴的关键。

孔颖达之后,解释此处者以宋代大儒朱熹用力最勤。朱熹的解释大致分为两种。第一种是,以为这里的"时"字为随时之意,《朱子语类》卷五十八载:"问:'孔子时中,所谓随时而中否?'曰:'然。'""随时而中",朱熹在注解《中庸》时,便以"随时以处中"解释"时中",意即随时都符合中庸之道。与孔颖达此说是相近的。但他理解"时中"的"中"字之意强调当为"射中"之"中",而不是指中庸之道,则又是与孔疏不同的地方。第二种是,朱熹在另外的地方,又以为"时中"为权衡时宜。谓"权是时中。不中,则无以为权矣",又谓"'时然后言,乐然后笑,义然后取',似乎易,却说得大了。盖能如此,则是'时中'之行也。"朱熹还指出,"时中之道,施之得其宜便是"②,时中就是权衡时宜。在另外的地方,朱熹还指出,"中"与正确不是一个概念。"盖事之斟酌得宜合理处便是中,则未有不正者。若事虽正,而处之不合时宜,于理无所当,则虽正而不合乎中。此中未有不正,而正未必中也"③。朱熹所谓"施之得其宜"、"斟酌得宜"云云,都是权衡的意思。其实,"时中"一语里面,没有权衡之意,权衡云云,亦增意解经。朱熹或谓"其曰'君子时中',则执中之谓也"④,其所释"执"之义,亦然。

总之,我们分析这两种解释,当以他的前一种解释近是,"时中"的"中"字,当读若射中之"中"。"时中"意指时运而中,或者说是"中时",指符合时运。这里的"时"实指天命。对于此点,可以分析如下。

"时中"的意义显然与"中庸"密切相关。对于"中庸"意义的理解,自朱熹以来,向以程颢、程颐所谓"不偏之谓中,不易之谓庸。中者,天下之正道,庸

---

① 孔颖达:《礼记正义》卷五十二。
② 《朱子语类》卷三十七、四十四、七十四。
③ 《朱子语类》卷六十七。
④ 《中庸章句序》。

者,天下之定理"①为标准。其实,从孔子所论来看,中庸不仅是"不偏""不易"之道,而且更重要的是对于孔子的"时中"观念的表达。孔子指出,君子的中庸在于君子能够做到"时中",而小人的反中庸,则在于小人"无忌惮"。显然,"时中"是与"无忌惮"相对而言的。"无忌惮"是什么意思呢？朱熹申述孔疏的说法,认为是小人不知道"中"的道理,所以肆欲妄行,而无所忌惮。这个解释可能是不够准确的。

愚以为这个问题应当从《论语·季氏》篇所载孔子关于"三畏"的论析中找答案。此篇载：

> 孔子曰："君子有三畏：畏天命,畏大人,畏圣人之言。小人不知天命而不畏也,狎大人,侮圣人之言。"②

我们再把孔子论"中庸"的那段话拿来进行对比：

> 仲尼曰："君子中庸,小人反中庸。君子之中庸也,君子而时中；小人之中庸也,小人而无忌惮也。"

这两段话的对比可以使人们看到,孔子所说的"小人不知天命而不畏",应当与《中庸》所载仲尼语"小人而无忌惮"的意义是一样的。所谓"无忌惮",应当就是对于"天命"的无知和不敬畏。孔子将这一点列为小人特点之首,孔子对于"天命"十分重视,这一点自不待多说。按照孔子的说法,君子对于中庸采取"时中"的态度,而小人则采取"无忌惮"的态度。如此说来,"无忌惮"既然是对于"天命"的蔑视,那么与之相对的"时中"之意应当就是对于"天命"的敬重,用孔子的话来说就是"畏天命"(意即敬畏天命)。如果这个分析不错,我们可以肯定,孔子所提出的"时中"观念是与其天命观有关系的。"时中"的涵义之一,应当在于中"时",即符合时运、符合天命。《中庸》所载孔子提出的"时中"这一命题正是孔子"时命"观的一个表达。

---

① 朱熹：《四书章句集注》,中华书局1983年版,第17页。
② 同上书,第172页。

时运者,天命也。依孔子看来,天是最富于威严与智慧的。所以他说:"天何言哉?四时行焉,百物生焉,天何言哉?"①天可以什么也不说,四时与百物就会按照天的意志运行和生长,其权威于此可见。《论语·尧曰》篇载有孔门弟子所记孔子关于尧舜历史的论述,很合乎孔子"祖述尧舜"②的一贯思想脉络。其中论尧舜间的权力禅递,就很有天命时运的特色。是篇载:

> 尧曰:"咨!尔舜!天之历数在尔躬。允执其中。四海困穷,天禄永终。"舜亦以命禹。曰:"予小子履,敢用玄牡,敢昭告于皇皇后帝:有罪不敢赦。帝臣不蔽,简在帝心。"

所谓"天之历数",依朱熹所说,即"帝王相继之次第,犹岁时气节之先后也","历数"蕴含有轮番相序之义,与"时运"的意思是完全一致的。特别是此处强调"历数"乃"天之历数",是为天所赐予的命运。尧、舜为孔子特别敬重的上古圣王,《尧曰》篇所讲他们权力的禅递在于"天之历数",实际上代表了孔子对于"时命"的认识。由此亦可证我们前面所指出的"时中"即敬畏天命之意为不诬。总之,孔子讲时遇,讲时中,已经蕴含了时运之义。这是孔子对于宇宙和人生的非常重要的观念。

(三)孔子学说中的"天命"与"时命"

孔子对于"天"(包括"天命"、"天道"等)与"性"有很精深的研究,并且曾经以此授徒。《论语·公冶长》篇载:

> 子贡曰:"夫子之文章可得而闻也,夫子之言性与天道不可得而闻也。"

过去理解这个记载多谓从中可以看出孔子只重视现实社会与人生问题,只强调伦理道德哲学,而对于形而上的理论性颇强的"性"与"天道"问题,则放诸"六合之外",只是存而不论。金景芳、吕绍纲、吕文郁等先生指出,子贡的这句

---

① 《论语·阳货》。
② 《中庸》语,参见朱熹《四书章句集注》,中华书局1983年版,第37页。

话只能"证明性与天道是一个很难了解的问题,即便是孔子生时,群弟子中以言语见称的子贡,亦曾以'不可得而闻也'而兴叹"①。李学勤先生很同意这个解释,并且指出"闻"并不只是感官的听,而且指思考和理解。子贡所语之意,是指"孔子关于性与天道的议语高深微妙,连他自己也难于知解"②。

孔子的时命观念,可以说是他的"天命"观的延伸。关于这一点,除了在《论语》、《礼记》等书有迹可寻以外,还比较集中地见于《庄子》一书③。《庄子》内篇的《人间世》载"孔子适楚"之事,谓:

> 孔子适楚,楚狂接舆游其门曰:"凤兮!凤兮!何如德之衰也!来世不可待,往世不可追也。天下有道,圣人成焉;天下无道,圣人生焉。方今之时,仅免刑焉。福轻乎羽,莫之知载;祸重乎地,莫之知避。已乎已乎,临人以德!殆乎殆乎,画地而趋!迷阳迷阳,无伤吾行!吾行郤曲,无伤吾足!"

这件事又见诸《论语·微子》篇,内容大同而简约。是篇载:

> 楚狂接舆歌而过孔子曰:"凤兮!凤兮!何德之衰?往者不可谏,来者犹可追。已而,已而!今之从政者殆而!"孔子下,欲与之言。趋而辟之,不得与之言。

这个记载与《人间世》篇所载的不同之处主要有三,一是,这里所说的"今之从政者殆而",显然是《人间世》篇所载那一派关于混乱不堪的社会现实的说明的浓缩。二是,附加了孔子欲与楚狂交谈而被拒的叙事。三是,把"来世不可待,

---

① 金景芳、吕绍纲、吕文郁:《孔子新传》,长春出版社 2006 年版,第 95 页。
② 李学勤:《孔子之言性与天道》,杨朝明主编:《孔子文化研究》第 1 辑,曲阜师范大学编印本 2007 年版,第 1—5 页。
③ 庄子思想历来多被认为与儒学相关,据推测,庄子的师传可能出于颜氏之儒。观《庄子》书,可见其思想的大旨与儒家理论多有相通之处。例如,"内圣外王之道"本为儒术主线之一,可是关于这一重要命题的言辞却出自《庄子·天下》篇。《庄子·齐物论》有"六合之外,圣人存而不论;六合之内,圣人论而不议"之说,表明庄子很能理解孔子思想的精义。《庄子》书中的孔子形象,尽管亦庄亦谐,甚至不乏揶揄,但大体来说,还是赞誉有加,并且往往与孔子思想若合符契。

往世不可追"改变成为"往者不可谏,来者犹可追"。《人间世》篇的态度"来世不可待",持完全消极的认识①;而《微子》篇的"来者犹可追",则是一种积极的态度。儒、道两家对于社会未来态度的区别也许正在于此。从孔子的表现看,他很想与隐士对话,但隐士却避而不谈。孔子对于隐士的理论和作为是有保留的支持。应当说他对于现实社会的批评与隐士是基本一致的,而在所持的态度上则有别。孔子和隐士一样,对于社会现实亦持批判的态度,认为他那个时代"天下无道"。隐士面对这样的社会取明哲保身的做法,避世而求全,孔子则取积极进取的态度,欲挽天下既到之狂澜。隐于田野山林的隐士,看不惯黑暗社会现实,安贫乐道,不与世俗同流合污。尽管不少人对于隐士逃避社会责任、不顾君臣大义的做法甚有微辞,但孔子还是尊重他们,力求深入理解他们。孔子的这种态度,与其时命观念颇有关系。《微子》篇载楚狂事,将《人间世》篇的"来世不可待",改成"来者犹可追",这不一定就是隐士思想的变化,而应当看作是时命观念方面儒、道两家有所区别的结果。

孔子的时命观念充满了前进的精神与坚强的意志,与隐士的避世不可同日而语。尽管有时候,孔子也会发牢骚,甚至说出要"乘桴浮于海"、"居九夷"之类的话来②,但是他还是在积极奋斗,倡导"杀身以成仁",他坚定"仁"的理想,"造次必于是,颠沛必于是",在世人的眼中,就是被视为"丧家之犬"那样凄惶地奔走,也在所不惜③。隐士的基本理论在于世道昏暗所以隐以待时,孔子弟子子路批判这种理论说:"不仕,无义。长幼之节,不可废也;君臣之义,如之何其废之?欲洁其身,而乱大伦。君子之仕也,行其义也。道之不行,已知之矣。"④这应当是孔子所同意的说法。隐居和出仕,这其间有着是否合乎"大伦"的义或不义的区别。按照孔子的逻辑,时世昏暗,正是应当更加努力奋斗

---

① 关于"来世不可待",《庄子》成玄英疏谓"当来之世,有怀道之君可应聘者,时命如驰,故不可待",其意是指,时命变动无常并且很迅速,是不可待而得之的。这种对于前途的瞻望固然不无合理之处,但态度仍属消极。钟泰先生曾经指出,"盖悲孔子虽有道而卒不见用于世也,然悲孔子者,亦正以自悲"(《庄子发微》,上海古籍出版社2002年版,第103页),悲观的态度正是其避世的思想基点。

② 见《论语·公冶长》,《论语·子罕》。

③ 见《论语》的《卫灵公》、《里仁》等篇。《韩诗外传》卷九载有人说孔子如丧家之狗,"子贡以告孔子。孔子无所辞,独辞丧家之狗耳。曰:'丘何敢乎?'子贡曰:'污面而不恶,葭喙而不藉,赐以知之矣,不知丧家狗何足辞也?'子曰:'赐,汝独不见夫丧家之狗欤?既敛而椁,布器而祭,顾望无人,意欲施之。上无明王,下无贤士方伯,王道衰,政教失,强陵弱,众暴寡。百姓纵心,莫之纲纪,是人固以为欲当之者也。丘何敢乎'"。

④ 《论语·微子》。

（而不是隐居躲避）的理由。

《庄子·秋水》篇载有孔子周游列国时受困于匡的事情。记载说孔子因为宋人的误会而被围困数重，但是孔子毫不惊慌，而是依然"弦歌不辍"，子路问孔子何以能够如此，孔子给他讲不一派关于"时"的道理以作答。孔子说：

> 来！吾语女。我讳穷久矣，而不免，命也；求通久矣，而不得，时也。……夫水行不避蛟龙者，渔父之勇也；陆行不避兕虎者，猎夫之勇也；白刃交于前，视死若生者，烈士之勇也；知穷之有命，知通之有时，临大难而不惧者，圣人之勇也。由处矣！

这里所强调"穷之有命"与"通之有时"相对成义，"命"就包含着时遇，而"时"又为命运所安排，所以孔子的时命观念里面，可以说其核心内容在于时、命二者。时中有命，命中有时，时与命虽各自有所侧重，但总的来看，两者则是相融相合的。此处记载孔子受困于宋之事，孔子在被围数匝的困境中，依然"弦歌不辍"，支配他的不仅有坚强的意志和勇敢的精神，而且有着浓厚的"时命"观念。在孔子看来，"时命"的命乃是一个超乎人的认知和实践范围的、外在的绝对权威，可是其权威性质已经为"时"所限制，在历史的运转过程中发生着一定的变化。

战国时期，"时"与"命"的关系是思想界的热门话题，郭店楚简《唐虞之道》篇谓"圣以遇命，仁以逢时"，可以说是当时比较典型的说法。战国时人讲《易》每谓某卦涉及"时"的意蕴"大矣哉"，表明对于"时"的重视。时之被重视，其理论依据在于它是"天命"的一种具体化的话语。《易·乾卦·文言》谓

> 夫大人者，与天地合其德，与日月合其明，与四时合其序，与鬼神合其吉凶。先天而天弗违，后天而奉天时。天且弗违，而况于人乎？况于鬼神乎？

关于"天"与"人"的关系，《易传》强调了"先天"与"后天"，不管如何，圣人、大人、智者之举都是与天命相符合的，也说明"天命"与"时命"的一致性质。孔颖达疏谓"'先天而天弗违'者，若在天时之先行事，天乃在后不违，是天合大人

也。'后天而奉天时'者,若在天时之后行事,能奉顺上天,是大人合天也",正说明了这个意蕴。

关于《易传》所讲的"奉天时",我们还要多说几句,因为它和《诗论》简的相关简文有着直接关系。

奉字之义,本为双手敬捧而进献,所以它自来就有敬之意蕴含于其中,如奉命、奉书、侍奉、奉见、奉陪等皆然。《商君书·定分》篇谓"皆务自治奉公",所谓奉公,就是敬奉公事,以公事为重。《孔子家语·六本》载子夏语谓"商请志之,而终身奉行焉",所谓奉行,意即敬奉敬诲而实行。《战国策·燕策》二"奉教于君子",奉字亦含敬意。

《易·乾·文言》谓"后天而奉天时",此意犹言敬天命。与伪古文尚书《泰誓》篇所谓"惟天惠民,惟辟奉天"之语意正相符合。从明代开始,皇帝诰敕文辞中每有"奉天承运"云云,究其源,皆当来自先秦时期的奉天之说。下面我们还要谈到,《诗论》简所说的"奉时",其涵义与奉天命是相近的。先秦时期,运用"时命"一语分析世事人情者,首推《庄子·缮性》篇。是篇讲隐士问题指出:

古之所谓隐士者,非伏其身而弗见也,非闭其言而不出也,非藏其知而不发也,时命大谬也。当时命而大行乎天下,则反一无迹;不当时命而大穷乎天下,则深根宁极而待。此存身之道也。

"时命"合适的时候,就"大行乎天下",反之,则深藏不露,宁以待时。所谓"时命",即此时之天命,含有时世、命运、机遇等义。"时命"不以个人意志为转移,人们只能如《庄子·徐无鬼》篇所说"遭时有所用",而不能够逆时而动。

再进一步说,人们应当如何对待时命呢?《庄子·山木》载孔子有"无受天损易,无受人益难"的话,其所说的"天"即指时命,人们若安于时命就会通达,而人世间的爵禄之得却令人难以抗拒。所以说,要安于时命,还须排除功名利禄的干扰。道家所说的人们应当清心寡欲的道理,是否合乎孔子思想,是一个值得考虑的问题。愚以为《山木》所载的这段话不能够代表孔子思想。孔子主张积极入世,努力去改造和影响世界,而不是脱离和逃避现实。这段话只不过是在用孔子之口讲道家的理论而已。

总之,关于孔子的天命与时命观念,我们可以得出如下几点认识。其一,孔子坚信并赞扬天命之伟大与诚信。其二,天命与圣人、智者相通。这与《尚书·皋陶谟》所谓"天聪明,自我民聪明。天明畏,自我民明威",是一致的。其三,人应当敬畏天命,遵奉天命。其四,天不断给人以机遇,这种机遇就是"时命"。孔子认为人应当抓住时命,积极进取。

(四)上博简《诗论》第25号简的"奉时"问题

上博简《诗论》第25号简评析《又(有)兔》一诗谓:"《又(有)兔》不奉时。"其中提到了"奉时"的问题,这应当是理解孔子授徒所论的"时"的观念的一个重要材料。我曾有小文予以分析①,今专门讨论孔子的"天命"与"时命"的问题,对于"奉时"一语特再加以申述。

专家一致认为简文所说的《有兔》即今本《诗经·王风》的《兔爰》篇。这个认定是正确的。此篇三章,每章首句皆作"有兔爰爰",可以推测其篇最初的名字称为"有兔",后来才改为"兔爰"②。今所见专家考释一致将简文的"奉"读若逢。这样读有两点是完全可以成立的,其一是奉与逢,古音皆属东部,具有通假的音读条件。其二,《兔爰》一诗中确实充满了生不逢时之叹,与简文的评析文辞"不奉(逢)时"密合无间。过去,我也曾经如此认识③。然而,再考虑这个问题,感觉并非如此。这主要在于,《兔爰》一诗虽然有生不逢时之叹,但这只是诗作者所展现的思想,并不能够说是孔子评述这首诗的着眼点,换句话,就是孔子并不赞成《兔爰》所表现出来的这种哀叹。如果孔子拈出《兔爰》一诗授徒,就是要指出此诗表现的是一般人都会了解的生不逢时之叹,那就太低估了孔子的认识水平。要说明这一点还需从对于《兔爰》一诗的研讨说起。关于此诗的主旨,历来也没有什么疑义。《诗序》谓:"《兔爰》,闵周也。桓王失信,诸侯背叛,构怨连祸,王师伤败。君子不乐其生焉。"这里提出的"君子不乐其生"而作是诗是可信的。只是定于周桓王时诗,并无确证。或谓作于周平王时,亦无确证。从诗中看其作者当见过周代的繁华兴盛,又见过混乱动荡。两种社会局面形成强烈对比,所以才会有对于"生之初"与"生之后"的强烈对比

---

① "从上博简《诗论》对于《诗·兔爰》的评析看孔子的天命观",《孔子研究》2007年第3期。
② 诗三百篇的篇名前人多认为是诗作者自题,并多取诗首句或诗中文句为题,字数从一字到五字不等。但亦不可一概而论,或有后人加以改定者,《有兔》变为《兔爰》即为一例。
③ 参见拙稿"上博简《孔子诗论》'樛木之时'释义—兼论《诗·樛木》的若干问题",《古籍整理研究学刊》2002年第3期。

所发出的慨叹。在百罹齐备、百忧俱集、百凶并现的时局面前,诗作者欲求常寐不醒,不欲耳闻目见,实有可以理解之处。此诗主旨,当代学者定为"没落贵族的哀吟"①,是正确的。

现在摆在我们面前的问题在于孔子论此诗是持何种态度呢?如果按照专家所释,以"不奉(逢)时"来理解,那么《诗论》简的评析就是对于《兔爰》诗作者的生不逢时之叹的赞赏,而这种赞赏并不符合孔子及其弟子积极入世这一根本理念与态度。如前所述,孔子的天命观念与时命观念都强调抓住时命,积极进取,而不是消极避世,更不是悲观厌世。在当时人的心目中,孔子是一位"知其不可而为之者"②,他惶惶然奔走于列国之间宣传自己的主张,表现出为理想而奋斗的精神。晋国大夫家臣佛肸叛乱的时候,欲请孔子加盟,子路反对孔子前往。孔子与子路有一段很有意思的对话,《论语·阳货》篇载:

> 佛肸召,子欲往。子路曰:"昔者由也闻诸夫子曰:'亲于其身为不善者,君子不入也。'佛肸以中牟畔,子之往也,如之何!"子曰:"然,有是言也。不曰坚乎,磨而不磷;不曰白乎,涅而不缁。吾岂匏瓜也哉?焉能系而不食?"

子路的谏劝是有道理的。孔子自己曾经说过:"危邦不入,乱邦不居。天下有道则见,无道则隐。邦有道,贫且贱焉,耻也;邦无道,富且贵焉,耻也。"③,如今竟然要到叛乱者佛肸那里,正是入于危乱之地,其事让弟子担心,实为理之所必然。然而,按照孔子的入世理念,此事又是很合情理的。孔子绝不会像匏瓜那样只能看不能食的摆摆样子,而是要真正去实践去奋斗,干一番事业。依照孔子"磨而不磷"、"涅而不缁"的逻辑,越是危乱之地,越能表现出英雄本色。观《泰伯》篇的这个记载,可以说孔子积极入世的态度,于此跃然纸上矣。至于何时不入危邦、不居乱邦,何时又知难而上不惧危乱,按照孔子的时命观,这就

---

① 高亨:《诗经今注》,上海古籍出版社1980年版,第101页。另外,程俊英、蒋见元解释此诗,也认为"此诗作者斤斤于个人沉浮,乏忧世之意,心胸狷隘,厌不乐生"(《诗经注析》上册,中华书局1991年版,第207页),亦是精到之见。
② 《论语·宪问》。
③ 《论语·泰伯》。

要看时命机遇了。再来看《诗论》关于《兔爰》的评析，若谓"不奉(逢)时"，则是对于诗作者态度的一种理解，或者说是一种肯定。这样简单地理解或复述诗旨，并不合乎《诗论》论诗的惯例。《诗论》论诗皆站在比较高的角度对于诗篇作出评析，而不会对于诗旨只作简单的复述。《兔爰》一诗的生不逢时之叹，诗中表达得至为明显，读诗者莫不知之，何须孔子讲解？再者，孔子积极入世的态度与诗中所表现的避世、厌世之态度迥异，孔子又有什么必要对其加以复述和肯定呢？

从另外一个角度看，《兔爰》一诗的写作时间不管定于周桓王，抑或是定于周平王的时期，作者所慨叹的都是王朝局势的混乱不堪，于是进而采取闭目塞听、消极逃避的态度，其怨天尤人之气甚炽盛，而积极进取的态度则毫无踪影。孔子有浓重的王权观念，对于周王朝情有独钟，这在《诗论》多有体现，可以说是《诗论》论诗的主导思想之一[①]。《兔爰》一诗所展现的生不逢时之叹，充满着怨天情绪。对于尊奉周王、尊奉天命甚笃的孔子来说，《兔爰》所展现出来的这两种情绪都是不能够容忍的，依孔子的逻辑当被斥退至"小人"之列[②]。就此而言，《诗论》评《兔爰》一诗，也不应当以"不奉(逢)时"为辞来解释。孔子评析此诗所谓的"不奉时"，指的是此诗表现的是不遵奉"时命"(亦即天命)的小人之态。

(五)让"天命"动起来——先秦天命观的一个重要进展

先秦时期的天命观念(专家或称之为"天道观")在商周之际有一个重要变化，那就是由天命的不可移易，变为天命的可以以人之"德"而转移。郭沫若《先秦天道观之进展》一文对此有详细论述。然而，他谓周初诸诰"凡是极端尊崇业的说话是对待着殷人或殷的旧时的属国说的，而有怀疑的说话是周人对着自己说的。这是很重要的一个关键。这就表明周人之继承殷人的天的思想只是政策上的继承，他们是把宗教思想视为愚民政策"[③]。这个著名的论断的意旨在于强调周人的"敬德"思想，这是合理的。可是，说法尚有可疑处，其一，

---

① 相关这一问题的讨论，详请参阅拙稿"从王权观念的变化看上博简《诗论》的作者及时代"一文，载《中国社会科学》2002年第6期。
② 《论语·季氏》篇载孔子语谓"小人不知天命而不畏也，狎大人，侮圣人之言"，《兔爰》诗所展现的正是这种"小人"之态。
③ 郭沫若：《青铜时代》，河北教育出版社2004年版，第259页。

极端尊崇天的话,见于《大诰》、《康诰》、《酒诰》、《梓材》等篇,不能说这些皆是对殷人所讲。其二,说周人已经把天命观视为愚民工具,这就意味着周代统治者自己并不怎么相信天命,这与周人言必称天命的实际情况是有距离的。与这个论断相比,郭沫若先生所指出的周人"用尽了全力来要维系着那种信仰(按,指对于天的信仰)"①的说法应当说是更为精辟的。可以说,从周初开始的周人的天命观到了春秋时期,非但没有削弱,而且还在增强,这从大量的周代彝铭及文献资料中可以得到证明。

商周之际的天命观经历过一个大的变动,那就是周人将殷的天命有常,改变为天命无常,天命可以赋予殷,也可以赋予周。天命观的这个变化是一个巨大进展。然而,这一变革的本质并没有从根本上触动天命的权威。"天"还是那个"天","天命"依然还是那个"天命",只是它可以将所授予的对象改变而已。天命还是高悬世人头上的铁板一块,人们在它面前毫无自由可言,只是俯首帖耳地绝对顺从。《诗经》所载西周晚期的诗篇中出现了对于天的抨击,如"上帝板板,下民卒瘅"②、"疾威上帝,其命多辟"、"天降丧乱,灭我立王"③等,这些诗句表明在西周末年社会动荡的形势下,人们胸中有一股对于天的怨气,天被视为顽固的、呆板的、降灾降祸的至上神灵。人们虽然不满意天,但天的权威性并没有被动摇。天命在商周间的游移,不是对于其权威的削弱,而是从另一个角度所进行的强化。周人敬德配天的观念所强调的是个人对于天命的绝对服从,强调的是以个人的高尚德操博得天命的眷顾与青睐。"天命"作为高悬于人们头上的一块亘古不变的铁板,让人们时时处处小心顶礼膜拜,似乎压得人们喘不过气来。孔子提出的"时命"观念,首先是让"天命"动起来。"时"以其时间观念的特质,在与"命"合而用之的时候,便突出了"命"的历时性质,使"天命"这一概念从单纯的天之权威,改变成为历史发展过程中的权威。通过对"天命"的历史性的赋予,实质上是使天命权威在历史性质面前受到挑

---

① 郭沫若:《青铜时代》,河北教育出版社2004年版,第264页。
② 《诗·板》是刺周厉王的作品。诗中的"上帝板板"的板,依清儒马瑞辰说,板字本当作版。其义历来训为反。此训虽然不误,但本义却与之有一定距离。愚以为"板",即《孟子》所载"举于版筑之间"的版,为筑墙时横置的挡泥土的木板,本有钳制之意,所以"上帝板板",意指上帝钳制民众。以之喻周厉王,正相符合。
③ 依次见《诗经》的《板》、《荡》、《桑柔》等篇。

战,在一定程度上削弱了其权威性。

我们分析西周——春秋时期天命观的进展,用得着一句俗话,那就是"堡垒容易从内部攻破"。要动摇根深蒂固的传统的天命观,如若只从人们自己一方强调"敬德",是无济于事的。最好的办法是在"天命"观本身做文章,从天命自身(而不是人自身)找出破绽来。孔子的"时中"、"时命"等思想就是对于传统的"天命"观的一个冲击。这个冲击是从天命观内部所发起的。孔子并不否定天命,而是通过重新诠释,而赋予"天命"以新的姿态。这个新面貌,就是"时命"。

"天命——时命"之变,通过历史性的赋予,天命不再是因静止而凛然的庞然大物,原来,它也和人世一样在不断变化,可以让人在天命面前有所选择。在天命面前,个人有了一点点儿的自由,那就是我可以在合乎自己发展的时候,应时而动,也可以在不适合的时候,蛰居而待时。凝固静止的天命只要动起来,也就闪现出了空隙,也就赋予人以一定的自由的维度,尽管这维度还非常有限,但它毕竟可以供人们选择,让人的意志在天的面前得以伸一下腰身,喘一口气。"时命"可以说就是运动起来的天命。对比而言,按照时命观念,人是主动的,而天命却在被动地运动着,或多或少地给人们提供时遇、机遇,供人们所选择。人们在"时命"面前,总比在铁板一块的凝固而绝对的天命面前要舒服不少。关键在于"运动",在于变化。只有运动,才使得铁板一块的天命闪露出空隙,给世人留出了一点空间。尽管这一点空间非常有限,但它毕竟给人以自由选择的余地。孔子"时"的观念,给生命个体开辟了总体的"天命"观念下面一定的自由维度,它关注的不在于天命的绝对,而是个体的相对自由,是个体的存在状态,他所说的"君子之于天下者,无适也,无莫也,义之与比"[①],就展现了这种人在天命面前相对自由的精神状态。就共时性而言,时命显然已经表现着"天命"的不公。它可以让某些人"穷",又可以让另一些人"通",同是"天命",何以不同如此?这一问题实质上留给了人们批判与否定"天命"观的不小的空间。战国时期道家学派,对待"时命"观念,往往舍"命"而重"时",强调"与时俱化"、"与时消息"。虽然孔子没有走出"天命"这个圈子,但他所提出的"时"与"时命"的命题却在实际上开启了由"命"向"时"迈进的途径。人们

---

① 《论语·里仁》。

对于"时命"的取舍,对于时命的俯就抑或是逃避,实际上展现了个体的存在过程。"天命"向"时命"的转变,开启了人们真正对于天命可以怨恨、可以批判的大门。贫士、隐士的不逢时、不遭时之叹,固然是在说自己命运的不济,但同时这叹息声中也透露出对于天命不公的声讨。对比西周时期充斥着的"配天"之论,孔子以降的"时命"观,不啻为一个巨大进展。如果说"命"体现着过程的必然,那么"时"则透露着过程的偶然。

孔子提倡人们奉时,其实,孔子自己就是遵奉时命而积极进取的样板。对于这一点,孟子看得非常清楚。孟子曾以"圣之时者"赞扬孔子,后儒对于"圣之时"的意蕴每每求之过深,其实还应当说是赵岐注《孟子》所说的"孔子时行则行,时止则止"①,最为近是。所谓"圣之时",就是能够审时度势,有时命则行动,没有时命则停止。"圣之时",就是能够抓住时命的圣人。但这只是说到孔子行止有时、因时应变这一个方面,而对于孔子知"时命"而积极进取这一点则没有涉及。其实孟子所云似有深意在焉。孟子所说的"圣之时"的时与天关系密切,正如王夫之所谓:"曰'圣之时',时则天,天一神矣。易曰'化不可知',……化则圣也,不可知则圣之时也。化则力之至也,不可知则巧之审中于无形者也。"②王夫之不仅强调了孔子对于时世的出神入化的功夫,而且明确指出"时则天",可谓卓识。孟子和孔子一样,充满着天生我才必有用的豪迈之气。孔子周游列国被困于匡的时候曾经非常自信地说:"文王既没,文不在兹乎?天之将丧斯文也,后死者不得与于斯文也;天之未丧斯文也,匡人其如予何?"③他以继承文王以来的道统而自豪。孟子因不受重用而离开齐国的时候,曾谓:"五百年必有王者兴,其间必有名世者。由周而来,七百有余岁矣。以其数则过矣,以其时考之则可矣。夫天,未欲平治天下也;如欲平治天下,当今之世,舍我其谁也?吾何为不豫哉?"④在孟子的心目中,孔子和他自己都是得天应时而生的圣者,可以为平治天下而大显身手。孔子以天命为己任,孜孜不倦地奋斗,创立儒家学派,整理夏商周三代文化遗产,开创一代学风,正是抓住了天赐良机,孟子说孔子是"圣之时者",实寓有得天应时之意。如果

---

① 焦循:《孟子正义》卷二十,中华书局1987年版,第672页。
② 王夫之:《读四书大全说》卷九。
③ 《论语·子罕》。
④ 《孟子·公孙丑》下。

把"圣之时者"仅仅理解为时代的弄潮儿,理解为"时髦圣人",那是很不够的。

近来已有专家关注到孔子的"时"的观念的研究。过去学者曾断定孔子没有提出"时"的观念作为行为准则,认为推崇"时"始于孟子。针对此说,廖名春先生在研究《易经·乾卦》的时候指出,"这种重'时'的思想,在九三爻中尤其突出","可以说,《乾》卦六爻,虽然没有一个'时'字,但没有哪一爻不是在说'时','时'是《乾》卦的核心精神"①,此论甚是,令人信服。孔子研《易》甚精,马王堆汉墓帛书关于孔子论《易》的多篇著作,足证"韦编三绝"之说绝非虚语,《易传》内容贯穿着孔子的研《易》思想,他关于"时"的思想融入其中,应当是自然而且必然的事情。

三十七　诗意礼学:谈上博简《诗论》所载孔子对于《诗·大田》的评析

上博简《诗论》第 25 号简用"知言而有礼"评论《诗·大田》的卒章(即其第四章),启发我们对于此章的内容及主旨进行再探讨。此章内容的问题集中于诗中提到的"曾孙"的身份、"馌彼南亩"其事的理解等处。这些问题皆有重新研讨的余地。惟有如此,才能正确理会《诗论》相关简文之意。简文所谓"知言"意指曾孙与妇、子馌彼南亩时知道所当讲的慰劳之言,"有礼"指曾孙对于耕作者很有礼貌。简文评论此章,是孔子礼学思想的一个展现。

(一)

上博简《诗论》第 25 号简评析四首诗,其中以评析《大田》一诗的文字最多,现将评论《大田》一诗的简文具引如下:

《大田》之卒章,智(知)言而又(有)豊(礼)。②

---

① 廖名春:"《周易·乾》卦新释",《社会科学战线》2008 年第 3 期。
② 简文释文据马承源先生主编《上海博物馆藏战国楚竹书》(一)所载释文,上海古籍出版社 2000 年版,第 155 页。简文"卒"字,从爪、从衣,《说文》所无。《说文》所录卒字不从爪,而是"从衣、一",所从的"一"表示衣服上的"题识"。(段玉裁《说文解字注》八篇上,上海古籍出版社 1988 年版,第 397 页)。简文此字与《说文》所录者相近,诸家释为"卒",可信从。

《大田》一诗见于《诗经·小雅》，为著名的周代农事诗之一。全诗共四章。首章写大田里的庄稼长势很好，作为宗法贵族的"曾孙"看到后很高兴。次章写农民在田间防治虫害，将有害虫的庄稼秸秆堆起来用火烧掉。第三章写在阴雨将至的时候，农民的愿望，"雨我公田，遂及我私"，并且写到收割庄稼后的田地里面遗下的谷穗任凭寡妇拣拾①。其第四章（即简文所谓"卒章"）内容是：

  曾孙来止，以其妇子，馌彼南亩，田畯至喜。来方禋祀，以其骍黑，与其黍稷。以享以祀，以介景福。

这章诗的内容可以意译如下："曾孙来到田亩视察，还带着夫人、孩子，一起送饭给耕田的人，田畯也送来了酒食②。曾孙馌食之后开始禋祀。祭祀所用的赤黄色的牛牵过来，祭祀所用的黑色的猪赶过来，祭祀用的黍稷也都摆放完毕。祭礼上的牺牲和黍稷请神灵享用，祈求神灵赐予大大的福祉。"《大田》诗共四章，简文特别拈出此诗的"卒章"予以说明，其间原因，耐人寻味。

  简文以"知言"评论此诗的"卒章"，《大田》诗有比较明确的言语的诗句，见于第二、三章，如"无害我田稺"、"秉畀炎火"、"伊寡妇之利"等，而卒章并无明确的语言记载，为何单单说此章诗"知言"呢？

  我们先来看"知言"的意思。有两位专家的解释是有道理的。廖名春先生认为，"知言"就是明智之言，指有见识的话，并引《左传》襄公十四年所载秦伯谓士鞅"知言"之事为证。刘信芳先生同意廖说，并指出，《荀子·非十二子》篇载"言而当，知也，默而当，亦知也"，这说明"言而当"，就是知言。"曾孙赛祷，其言有当，是'知言'也"③。按照两位专家的看法，"知言"所指就是知道该说

---

① 为了便于研讨，现将《大田》诗的前三章具引如下："大田多稼，既种既戒，既备乃事。以我覃耜，俶载南亩，播厥百谷。既庭且硕，曾孙是若。/既方既皂，既坚既好，不稂不莠。去其螟螣，及其蟊贼，无害我田稺！田祖有神，秉畀炎火。/有渰萋萋，兴雨祈祈。雨我公田，遂及我私。彼有不获稺，此有不敛穧。彼有遗秉，此有滞穗，伊寡妇之利。"

② 诗中的"至喜"，愚以为当读若"致饎"。郑笺谓"喜读为饎。饎，酒食也"，是正确的。至字通致，王力先生曾辨析此点，谓至与致相通假，原因是意义相蕴含，"至本义指到，致的本义是使到。'使到'分两个方面。使到及于他人，便是送达、给予、献出等义"（《王力古汉语字典》，中华书局2000年版，第1021页）。诗中的"至"通"致"用的正是致的使到、送达之义。

③ 刘信芳：《孔子诗论述学》，安徽大学出版社2003年版，第238页。

什么,不该说什么。这样,说出来的话就是明智之言。这样来解释简文"知言",应当是正确的。

现在的问题是,简文"知言"具体指的是什么呢?也就是说所"知"的是什么"言"呢?有"言"是"知言"的前提,如果根本无"言",那又何必谓"知言"呢?从《大田》诗的末章内容看,所有内容都是关于过程的叙述,并无言语出现[①]。愚以为理解此点的关键在于应当认识到,《大田》末章之"言"实隐于事中。此章所述之事有两件,皆须有"言"。一是,曾孙赛祷时要用言语表达对于神灵的祈祷,"以享以祀,以介景福";二是,曾孙"馌彼南亩"时须用言语表示慰劳之意。要说明这个问题需要对于《大田》一诗进行较为深入的梳理。

(二)

以下几个关键之处的理解,对于认识《大田》一诗的内容至关重要。

其一,"曾孙"的身份。

郑玄注《大田》诗谓"曾孙"就是周成王,"成王来止,谓出观农事也。亲与后、世子行,使知稼穑之艰难也"[②]。后来的解诗者多承此说认定为周成王,其实周王固然可称"曾孙",但其他贵族亦可以之为称。最早指出此点的亦为郑玄。他注《礼记·郊特牲》篇谓"谓诸侯事五庙也,于曾祖以上,称曾孙而已。"[③],这个解释实际上是认为诸侯亦可以自称"曾孙"。后来,唐代孔颖达亦持此说。伪古文《尚书·武成》"告于皇天后土,所过名山大川,曰:惟有道曾孙周王发。"孔颖达疏谓:"称曾孙者,《曲礼》说诸侯自称之辞云:'临祭祀,内事曰孝子某侯某,外事曰曾孙某侯某。'哀二年《左传》蒯聩祷祖亦自称'曾孙',皆是言已承藉上祖奠享之意。"[④]宋代朱熹亦持此说,认为"曾孙"乃是"主祭者之称,非独宗庙为然"[⑤]。要之,"曾孙"可以视为主祭的贵族在祭礼上的通称,非必周天子为然。当代学者解诗,不拘旧说,而对于"曾孙"作出新的解释者,首推高亨先生。他指出,"曾孙"是"周人对于祖先之神的自称",并谓《甫田》诗的

---

① 关于此点,黄怀信先生已经指出,谓"其卒没有'言',可以肯定"(《上海博物馆藏战国楚竹书〈诗论〉解义》,社会科学文献出版社 2004 年版,第 108 页)。这个肯定有一定的道理。但他由此来推论"卒章"当即今本的第三章,则有可商之处。我觉得专家们一般的意见谓"卒章"即今本的第四章(即末章),比较可信。

② 孔颖达:《毛诗正义》卷十四引。

③ 孔颖达:《礼记正义》卷二十六引。

④ 孔颖达:《尚书正义》卷十一。

⑤ 朱熹:《诗集传》卷十三,上海古籍出版社 1980 年版,第 156 页。

"曾孙"乃是"农奴主自称"①。如此看来,曾孙所指应当是周代作为宗族长的宗子这样的贵族之称,作为"天子"的周王可以以曾孙为称,普通的作为宗子的贵族亦可以"曾孙"为称。从《大田》的内容看,其中的"曾孙"应当是作为宗子的普通贵族,而非周王。

其二,"馌彼南亩"者是什么人。

在周代农事诗里面,"馌彼南亩"之事既见于《大田》,又见于《小雅·甫田》和《豳风·七月》。《大田》和《甫田》两诗写此事皆作"曾孙来止,以其妇子,馌彼南亩,田畯至喜"。两诗同写此事,并且一字不差,可见这些诗篇的作者和编纂者对于此事的重视非同一般。

关于"馌彼南亩"之人,本来郑玄之说是很明确的,他指出"以其妇子"的其应当就是曾孙本人,"亲与后、世子行,使知稼穑之艰难也。为农人之在南亩者,设馈以劝之"②。他所说的曾孙为周成王,虽然不确,但谓"馌彼南亩"为曾孙及其妇子所为,则还是正确的。前人解诗者狃于曾孙为周成王之说,认为天子不可能为农夫送饭,所以将"馌彼南亩"者曲为之解。魏晋时期的王肃说:"农夫务事,使其妇子并馌馈也。……帝王乃躬自食农人,周则力不供,不遍则为惠不普"③,王肃以此驳郑玄之说,后人多以为是。后来,朱熹谓"曾孙之来,适见农夫之妇子来馌耘者,于是与之偕至其所"④。清儒姚际恒谓"王者省耕,至于尝其馌食,古王之爱民如此"⑤,亦持此说,主张馌食者为农夫家人。当代学者强调阶级斗争严酷,因此多不取郑玄之说,而以王肃、朱熹等人之说为是。

上博简《诗论》评析《大田》诗,让我们有了重新思考这一问题的余地。简文所谓"知言而有礼",强调的是和谐氛围,而不是森严的等级差异。"馌彼南亩"者为曾孙之妇、子,应当是更符合《大田》诗旨的。不仅如此,前人所谓"馌彼南亩"者为农夫妇、子,还有一个问题很难逾越。那就是诗中明明说"曾孙来

---

① 高亨:《诗经今注》,上海古籍出版社1980年版,第326、332页。按,把曾孙之称扩大到"周人"和一般的"农奴主",似不大准确。曾孙当为主祭者,应当将其作为宗族长的宗子之称为妥。但是尽管如此,高亨先生不将曾孙局限于周成王,其说还是基本正确的。
② 孔颖达:《毛诗正义》卷十四引。
③ 同上。按,当代学者亦有赞赏王肃此说者,如程俊英、蒋见元两先生就认为"王说甚有道理"(《诗经注析》下册,中华书局1991年版,第671页)。
④ 朱熹:《诗集传》卷十三,上海古籍出版社1980年版,第156页。
⑤ 姚际恒:《诗经通论》卷十一,中华书局1958年版,第234页。

止,以其妇子","其"字指"曾孙"无疑,又何以可能解释为农夫呢?关于此一问题,唐代孔颖达辩之甚谛,其说谓:"《大田》卒章,上言曾孙,下言禋祀,并是成王之事,不当以农人妇子輙厕其间也。且言'曾孙来止',即言'以其妇子',则是曾孙以之也。上无农人之文,何得为农人妇子乎?既言曾孙以其妇子,则后之从行,于文自见。"①此论除将曾孙定为成王外,其他都是十分正确的解释。如果承认孔疏无误,那么《大田》诗本身就已经表明了"馌彼南亩"的具体所指,就此而言,再用阶级界限分明之类的理由予以曲解,就是无据之论了。

其三,《大田》诗暗示"曾孙"说了何种言语。

简文"知言而有礼",强调的是人际关系的和谐。那么作为《大田》诗主角的"曾孙"何以"知言"呢?愚以为"知言"之意藏于《大田》卒章的"馌"字里面。

《诗经》中的馌字,毛传谓"馈",郑笺谓"野馈",历来被奉为圭臬的这个解释是正确的。后来,《说文》训馌字所据者应当与毛、郑之释有密切关系。可是,馌与馈毕竟有不同之处,否则为何不言馈彼南亩,而一定要说"馌彼南亩"呢?我们关于这个问题的讨论可以从分析馈、饷、馌等意思相近的字的本义入手。

"馈",意为送、赠物品,事情进行时多无语言相伴。《尚书·酒诰》"尔尚克羞馈祀",郑注"馈祀,助祭于君",《诗经·伐木》"于粲洒埽。陈馈八簋"。《国语·晋语》三"改馆晋君,馈七牢焉",《国语·晋语》九"馈之始至,惧其不足",《管子·戒》"桓公外舍,而不鼎馈",《论语·乡党》"朋友之馈,虽车马,非祭肉,不拜",《孟子·公孙丑》下"王馈兼金一百而不受",《史记·平准书》:"千里负担馈粮"。《管子·轻重》甲"衢处之国,馈食之都"。《左传》桓公六年"齐人馈之饩",是皆送物而不赠语为"馈"之证。赠送物品为馈,若是往田亩间送饭,则称为"饷"。饷,《说文》训"馈也",《说文》又训饟谓"周人谓饷曰饟",是饷、饟同字。饟字从襄。襄,《说文》:"《汉令》:解衣耕谓之襄。"是饟字之本义指以送食物给耕田之人。今不少地方方言有"晌饭"一语,指午饭。究其源当来自古代午间送饭给耕田者之俗,与饷字应当是有关系的。先秦文献中使用馈、饷两字最典型的语例见于《孟子·滕文公》下篇。是篇载:

---

① 孔颖达:《毛诗正义》卷十四。

汤使亳众往为之耕，老弱馈食。葛伯率其民，要其有酒食黍稻者夺之，不授者杀之。有童子以黍肉饷，杀而夺之。

这里所说的馈、饷皆指送饭，送黍、肉，而馌字的意思应当与这两个字的用意有所区别。

馌字，《说文》训谓"饷田也"，孙炎曰："馌野之饷"①。"野"指远郊。准此，则可以知道馌指的是往远郊送饭给耕田者。除此之外，馌字应当还有另外一层意思在焉。与食字相关的饟（饷）、馈两字皆与所从的另外一个偏旁的意义密切相关。馈字所从的贵，实际上要读若表示送予、赠予的古音在微部的"遗"，所以馈有赠送物品予人之意。饟字之意我们前面已经说过，它是表示"解衣而耕"的襄字取意。准此，我们可以说，馌字应当是从所从的"盍"字取意。盍是"发声之词"②，以盍为偏旁的字多表示语言、声音。如在《说文》里面，嗑，训"多言也"，磕训"石声"。阖虽然以"门扇也"为训，但却会意谓闭口无言，《楚辞·谬谏》"欲阖口而无言"，是其意焉。要之，以表示语言、声音的盍为偏旁的馌字，理应与语言、声音有关。周代农事诗的重要诗篇《诗经·载芟》"有嗿其馌，思媚其妇"，意指故意把吃饭的声音弄得很响很大，让送饭的妇人喜欢。馌与声音有关，是为确证。馌彼南亩的"馌"所表示的应当是在送饭给耕田者的同时又讲出慰劳的话。

分析《大田》诗的卒章，可以看出简文"知言"所指当是携妇、子到田间送饭的"曾孙"（宗法贵族），对于耕作者进行了由衷的慰问，其内容应当是道辛苦和表示感谢。"馌彼南亩"者，此之谓也。"知言"者，知道慰劳之言也。如果没有慰劳的语言表示，那么"馌彼南亩"之事，与"嗟来之食"还有什么区别呢？

说到这里，我们应当分析一下周代社会阶层的关系。贵族与农民之间肯定存在着一定的剥削关系，然而这只是问题的一个方面，从另外一个方面看，周代是宗法封建时代③，宗族—氏族组织依然是社会的细胞，宗族—氏族组织依靠血缘团结族众，在井田制度下发展农业生产，亲缘关系在很大程度上超过了阶级斗争关系，社会各阶层之间比较和谐，周代社会从未见到大规模的农民

---

① 孔颖达：《毛诗正义》卷八引。
② 朱骏声：《说文通训定声》谦部，中华书局1984年版，第150页。
③ 关于周代社会形态的讨论，参阅拙作《先秦社会形态研究》，北京师范大学出版社2003年版。

起义就是一个明证。宗族贵族一方面剥削农民,另一方面也努力调和与农民的关系。在周代社会中,不同社会阶层之间的差异是存在的,但并没有尖锐化;矛盾斗争是存在的,但尚未打破总体上的社会和谐局面。表现周代贵族与农民关系的著名诗篇《诗经·七月》里写出农民从年初到年终一年间的劳作情况,其间固然反映着贵族对于农民的剥削,如"采荼薪樗,食我农夫",到了农闲季节,农民还要"上入执宫功",可是也有农民被邀到"公堂"之上参加宴飨的情况,"跻彼公堂,称彼兕觥",依然有十分和谐的一面。《大田》全诗所表现的并不是作为宗法贵族的"曾孙"以及作为田官小吏的"田畯",如何到田间监工,如何欺压耕田农民,而是体现着一种人际间其乐融融的和谐状态。就此而言,周代农事诗确实是我们认识周代社会面貌的难能可贵的重要资料,如果只简单化地把它说成是对于贵族阶层的美化,恐怕是不正确的。

(三)

我们再来讨论简文"知言而有礼"的"有礼"的所指。《大田》诗卒章后五句述"禋祀"之事,谓:"来方禋祀,以其骍黑,与其黍稷。以享以祀,以介景福。"专家论简文"有礼"之所指,说法有三。一谓指第二句"以其骍黑",因为"用牲合于方色,以黍稷报神,是'有礼'也"①。一是谓指后两句"以享以祀,介尔景福"②。一是指《大田》诗的第三章的"雨我公田,遂及我私"句,因为"先'公'后'私',讲得既合时宜,也合礼法,所以说'知言而有礼'"③。分析这三种说法,第三说实将简文所谓的"卒章"认为《大田》的第三章,与一般专家的说法不同,并且证据不足,因此我们可以暂不讨论。

其他两说所指具体诗句虽然有所不同,但皆谓禋祀之礼,则又是一样的。"禋祀"本为升烟以祭天神之祀,为祭礼之大者,《周礼·大宗伯》"以禋祀祀昊天上帝",《大司寇》"奉犬牲。若禋祀五帝",皆指周天子祭天之祀。《诗经》的《维清》、《生民》、《云汉》及《穆天子传》所载的禋祀即此。此种办法殷代称为燎祭。这种祭礼方式不仅王者可用,一般诸侯亦用之,《左传》隐公十一年、桓公六年、襄公九年以及《大戴礼记·诰志》载有郑、随、鲁等国诸侯禋祀之事,是为

---

① 刘信芳:《孔子诗论述学》,安徽大学出版社 2003 年版,第 238 页。陈桐生先生的说法与此相近,谓有礼"指以骍黑和黍稷礼神"(《〈孔子诗论〉研究》,中华书局 2004 年版,第 270 页)。
② 李零:"上博楚简校读记",《中华文史论丛》第 68 辑,上海古籍出版社 2002 年版,第 17 页。
③ 黄怀信:《上海博物馆藏战国楚竹书〈诗论〉解义》,社会科学文献出版社 2004 年版,第 108 页。

其证。要之,若谓简文"有礼"指《大田》卒章有禋祀之礼,是可以说得通的。但其中尚有扦格之处。

《大田》卒章的"曾孙",如前所分析,并不指周成王,所以"禋祀"若为祭天大祀,便与曾孙身份不合,曾孙举行禋祀,当即非礼,而不是"有礼"了。升烟以祭天神,其事并不复杂,一般贵族亦有能力举行。可以推想,周代贵族确有禋祀者,但一般而言,其规格是赶不上周天子的,可是禋祀的方式则会一致。《大田》诗第二章载扑灭虫害之事有"秉畀炎火"之说,是将有害虫的庄稼秸秆堆起来烧掉,曾孙"馌彼南亩"时的禋祀有可能是就此炎火焚烧骍黑与黍稷以祭天神,其中自然也会包括第二章所说的"田祖"之神。要之,我们应当注意的一个逻辑推论是,如前所述,我们讨论了《大田》一诗的"曾孙"所指问题,曾孙若指周成王,则与诗中的"禋祀"是合拍的,但我们已经探讨了此点,说明"曾孙"并非专指周成王,特别是《大田》诗的"曾孙"不是周成王,则依照传统的周礼,《大田》诗的"禋祀",就是不会是"有礼"。反过来说,既然简文肯定《大田》诗的卒章"知言而有礼",那么,"有礼"就不应当指此章所写的禋祀。

愚以为简文所说的"有礼"的礼,并不指祭祀之礼,而是另外的一种礼。关于"礼",周代应当有两种不同范畴的礼:一是作为国家或宗族大典的祭祀、行政、外交、集会等典礼;二是人们日常生活中的态度之礼,犹后世所言的"礼貌",亦即孔子所说的文质彬彬(后世演变为"彬彬有礼")。周代以礼乐文明著称,所谓礼乐不仅指国家大典、伦理规范,而且指人际关系的和谐状态。在"礼貌"之礼中,语言是必不可少的内容。语言是人际关系的黏合剂,恰当的语言是为"有礼"所必需的。相传孔子曾经评论吴国著名的季札为儿子举行的葬礼,不仅所有程序和规格都合乎礼制,而且还"号者三,曰:'骨肉归于土,命也,若魂气则无所不之,则无所不之!'"孔子认为这些表明"延陵季子之礼其合矣"[①]。这说明,季札之有礼,不仅指其所进行的葬礼符合礼制,而且他的"号",即葬礼上哭喊的语言也是"有礼"的。

"礼",应当是人的情感的表现[②],此正如《礼记·坊记》所言"礼者,因人之

[①] 《孔子家语·曲礼子贡问》。
[②] 礼应当合乎人情,这在先秦时期,不只是儒家一派的观念,似乎也已经是各个学派的共识,如《韩非子·解老》篇谓"礼者,所以貌情也",《管子·心术》上篇谓"礼者,因人之情,缘义之理,而为之节文者也",皆说明此点。

情而为之节文，以为民坊者也"。《礼记·乐记》谓："礼者殊事，合敬者也。乐者异文，合爱者也。礼乐之情同，故明王以相沿也。"礼与乐合为一体，皆为人情而制作。《礼记·乐记》又指出，联系到《诗经》诸部分而言，则是"恭俭而好礼者，宜歌小雅"。《小雅》诸篇可以使人"恭俭而好礼"，这是《诗》的制作与编纂者的主旨之所在。孔子对于这一点深有体会，他用"知言而有礼"来评论《小雅》的《大田》一诗，就是一个证明。在孔子的时代，以"恭俭而好礼"最为著称的贵族，据《国语·周语》所载周卿刘康公之语，可知是季氏、孟氏两家，他们"恭俭"的影响主要是"以恭给事则宽于死，以俭足用则远于忧。若承命不违，守业不懈，宽于死而远于忧，则可以上下无隙矣，其何任不堪？上任事而彻，下能堪其任，所以为令闻长世也。今夫二子者俭，其能足用矣，用足则族可以庇"。季孙、孟孙两家贵族注意发展经济而"用足"。我们从《甫田》、《大田》一类的农事诗中隐然可见鲁国季孙氏、孟孙氏这样的有"恭俭"态度的贵族的影子。他们尽力调和与普通农民群众的关系，并且重视农作，发展自己的农业经济，"乃求千斯仓，乃求万斯箱"，以求"用足"，为了大田作物丰收，不惜自己率领妇人、孩子到田间表示慰劳关怀，甚至可以"攘其左右，尝其旨否"[①]，与劳作者"打成一片"。"馌彼南亩"之事，非独《诗经》农事诗里面记载如此，《韩非子·外储说左上》里也有类似的记载可资参考。

> 卖庸而播耕者，主人费家而美食、调布而求易钱者，非爱庸客也，曰：如是，耕者且深耨者熟耘也。庸客致力而疾耘耕者，尽巧而正畦陌畦畴者，非爱主人也，曰：如是，羹且美钱布且易云也。

韩非子所说的这种情况是战国后期事，与周代农事诗所述情况当然有很大差异，温情脉脉的纱幕下的礼貌，被赤裸裸的金钱与劳力的交易所代替。然而，虽然生产关系已经有重大变化，但是"馌彼南亩"之事，与"主为费家而美食"，却还是有着一些相似之处。正如战国时期雇主的"美食"其中不能说绝无感情的因素一样，"馌彼南亩"也不能说其中绝无"作秀"的成分在内。可是大

---

① 《诗经·甫田》。按，这里的"攘"字，自来所释歧义甚多，当以读为"让"近是。此句盖指"曾孙"和农民共餐，让左右的农民共食，并亲自品尝饭食的好坏。

致可以肯定的是周代贵族正是依靠着宗族血缘关系,通过"馌彼南亩"的方式,来调和人际关系以求得到更多的农业收入。

先秦儒家,特别是孔子和孟子,很注意强调贵族阶层知礼、守礼和对他人的敬重。孔子赞成"贫而乐,富而好礼",孟子强调"仁者爱人,有礼者敬人"①。依照孔子的观念,居于上层的贵族特别要注意对于普通劳动者的关心,《论语·乡党》篇载:"厩焚。子退朝,曰:'伤人乎?'不问马。"就是一个著名的例证。《礼记·曲礼》上篇谓"夫礼者,自卑而尊人。虽负贩者,必有尊也",所谓"负贩者",泛指小商贩。此句意谓"即使是挑担子的小贩,也一定有值得尊敬的"②。此篇还载贵族乘车的时候,"若仆者降等,则抚仆之手",意即如果驾车人身份低下,那么乘车的贵族在接过挽索的时候,就要按一下驾车人的手,表示谦谢。此皆指贵族对于身份低下者也须有礼貌,这正是先秦时期儒家思想的表现。《大田》写曾孙的"有礼",亦此之类。虽然《曲礼》上有"礼不下庶人"之说,但那是指贵族间的礼不必下及庶人,而不意味着对于庶人可以不讲礼貌。

总之,通过以上探讨,我们可以依照简文所云为序,作一初步归纳:

第一,简文谓"《大田》之卒章,智(知)言而有豊(礼)",所说的"卒章"即此诗的第四章:"曾孙来止,以其妇子,馌彼南亩,田畯至喜。来方禋祀,以其骍黑,与其黍稷。以享以祀,以介景福。"

第二,所谓"知言",指曾孙率妇子"馌彼南亩"时的慰劳之言。

第三,所谓"有礼",非指此章所写的禋祀之礼,而是指曾孙对于劳作者的彬彬有礼。这是符合孔子"礼"的观念。

第四,《大田》一诗和《甫田》等《诗经》中的农事诗一样,通过诗句所要揭示的主旨之一,不是反映阶级斗争的尖锐与严酷,而是叙述了周代社会在宗法制度下比较和谐的人际关系。

第五,孔子对于周礼情有独钟③,周礼的特色之一就是强调宗法制度下人

---

① 见《论语·学而》、《孟子·离娄》下篇。按,到了战国后期儒家已经在特别强调礼的区别贵贱的功能,荀子所谓"礼者,贵贱有等,长幼有差,贫富轻重皆有称者也"(《荀子·富国》),就是一个明确的表达。

② 杨天宇:《礼记译注》上册,第4页。按,关于此句的理解,学者或以为是指即使是小商贩也有他们尊敬的人。愚以为不若杨天宇先生此释为妥。

③ 孔子曾经比较三代之礼,他的认识是:"吾说夏礼,杞不足征也;吾学殷礼,有宋存焉;吾学周礼,今用之,吾从周。"(《礼记·中庸》),还曾表示,"如有用我者,吾其为东周乎"(《论语·阳货》),其意思如朱熹所谓"言兴周道于东方"(《论语集注》卷九)。

际关系的和谐。孔子重礼,不仅强调君主和贵族之间的相互尊重,而且还不忽视对于普通劳动者的尊重。孔子正是从这种观念出发特别拈出《大田》一诗的卒章进行评论的,简文所述正是孔子礼制观念的一个重要方面的表达。孔子在这里没有强调"礼"的经天纬地、治国安邦的伟大作用和意义,而是通过对一章诗的分析,启示人们认识"礼"的一个重要侧面,那就是礼不仅是行为规范,不仅有等级差异,而且也有对于他人的敬重与理解。周礼不止有其严峻的一面,也有相当温情的一面,就这一点来说,孔子通过对于《大田》诗的卒章的分析,正是在教诲其弟子理解其诗意般的礼学。

三十八　从上博简《诗论》看孔子的君子观

"君子"、"小人"是孔子人格观念的重要命题。孔子曾经通过评论某些《诗》篇来讲相关的理念。上博简《诗论》的材料所展现的孔子的人格观念,与传世文献记载有不同之处,可补文献记载的不足。《诗论》评析《梂(樛)木》、《中(仲)氏》两诗,皆提到"君子",这不仅对于认识两诗很有启发,而且对于全面认识孔子的人格理念也有重要意义。

在孔子的人格观念中,"君子"、"小人"的对比占有重要位置。《论语》一书对此多有记载。在近年面世的上博简《诗论》中,亦有孔子结合论诗而谈论此一问题的材料,有许多地方可补文献记载之不足,所有这些材料应当是十分宝贵的。今可将这些材料集中一起进行探讨。上博简《诗论》有两支简直接提到"君子",另有一简直接提到"小人",还有一些地方间接地表达了孔子对于"君子""小人"人格的认识。根据这些材料,我们不仅可以深入认识相关《诗》篇的主旨,而且可以进一步了解孔子的人格理想与道德观念。不揣谫陋,试说如下。

(一)君子之"福"何须"福履"?

我们先来讨论载有"君子"的《诗论》简。

上博简《诗论》第 12 号简载"《梂(樛)木》,福斯才(在)君子,不"。简文"不"字之后有缺文,廖名春先生据《诗论》的第 10 号简和第 11 号简两处皆提及的"《梂(樛)木》之时",补"[亦能时虖(乎)]"[①]四字,甚确。这支简完整

[①] 廖名春:"上海博物馆藏诗论简校释",《中国哲学史》2002 年第 1 期。

来读应当是：

《椂（樛）木》，福斯才（在）君子，不［亦能时虖（乎）］？

简文"福斯在君子"，意即"福乃在君子"①，犹言幸福于是才赐予君子。此简的意蕴是说，只有像《樛木》一诗所写的那样，幸福才能够赐予君子，这不是表明了时遇的重要了吗？那么，《樛木》一诗写了些什么内容，表示了这个意蕴呢？《樛木》见《诗·周南》。为研讨方便计，现将是篇全文具引如下：

南有樛木，葛藟纍之，乐只君子，福履绥之。
南有樛木，葛藟荒之，乐只君子，福履将之。
南有樛木，葛藟萦之，乐只君子，福履成之。

这首诗可以意译如下：

南山上那弯曲的树木枝杈，葛藟藤条依附着它。那欢乐的君子呀，福履来联络他。

南山上那弯曲的树木枝杈，葛藟藤条爬满了它。那欢乐的君子呀，福履来扶助他。

南山上那弯曲的树木枝杈，葛藟藤条萦绕着它。那欢乐的君子呀，福履来成就他。

这是一首以起兴进行譬喻的小诗。此诗意旨，汉儒以后妃之德为释，很难说得通。其实它应当是讲贵族个人当积极奋进的诗。愚曾有小文专门讨论②。现在先撮其要点，略而述之，然后再讨论以前所没有涉及的问题。这首小诗的每

---

① 简文"斯"字，当用如"乃"，《尚书·洪范》"时人斯其惟皇之极"、《尚书·金縢》"罪人斯得"、《诗经·小旻》"何日斯沮"、《礼记·檀弓》"人喜则斯陶"等，"斯"字皆为其例。所以王引之《经传释词》卷八谓"斯，犹乃也"。见黄侃、杨树达批本《经传释词》，岳麓书社1985年版，第169页。

② "《上博简·孔子诗论》'樛木之时'释义——兼论《诗·樛木》的若干问题"，《古籍整理研究学刊》2002年第3期。

章前两句皆以樛木与葛藟起兴,展现在人们面前的艺术形象是:在南山里面,那向下弯曲之树("樛木")正被葛藟的藤条缠绕("葛藟纍之")。纍、荒、萦三字依次递进地写出藤条缠树的情况,比喻其攀附高大的樛木而上升。后两句写快乐的君子所用的"绥"、"将"、"成"三个字,亦是递进地写出君子快乐幸福的程度①。"绥"指有了依靠,"将"指有了把握,"成"指有了成就。从诗意中可以看出,君子的欢乐福佑的获得皆得力于"福履"。那么,"福履"一语是什么意思呢?君子之福佑又何须经过"福履"才能获得呢?汉儒释此意每谓履即禄,所以"福履"即常语之福禄。福禄降临于君子之身,能不"乐"乎?故而谓"乐只君子"。《尔雅·释诂》谓"禄、履,福也",为汉儒此说的一个重要佐证。后世皆从此说以释《樛木》之诗。本来此说大家皆习以为常,不觉其怪,但读上博简《诗论》的相关简文却不免使人疑窦丛生。依简文意"福斯才(在)君子,不亦能时虖(乎)",幸福归于君子是因为他能够抓住时遇积极奋斗。而依汉儒的解释,此原因只在于要像藤攀树一样依附于整个贵族宗法体系,幸福自然会到来,并不需要怎么去努力黾勉奋发有为。要之,传统的说法难于和《诗论》之意吻合,自然会令人想到"福履"未必如汉儒所谓就是"福禄"。

　　愚以为这里的"福履"当读若金文习见的"蔑历"②。"蔑历"意犹勉励,多指周天子或上级贵族对于属下进行鼓励、奖勉。"蔑"字古音当读若昩,属于宵部,在古文献中多与勖音意相通。《尚书·牧誓》篇的"勖哉夫子",就是书面语言中表达"蔑历"的最著名的例子。这种口头表扬的形式称为"蔑历",意犹勉励。从相关的彝铭记载里面我们可以看到贵族们对于这种勉励形式十分关注,往往在被周天子(或上级贵族)"蔑历"之后铸器纪念。这种"蔑历"代表了周天子(或上级贵族)对于某人行为或努力的肯定,有的也在表示着贵族自己黾勉从事的态度。"蔑历"不是册命制度,没有册命制度那样隆重,但其进行勉励的性质却是与之相近的。贵族被"蔑历"或册命是非常荣宠的事情,所以郑

---

①　关于《樛木》诗中的"君子"的身份,诗序、毛传、郑笺、孔疏、朱传等皆以为指后妃,宋儒始有提出新说者,或谓指文王,或谓指夫家。清儒或谓是诗"为群臣颂祷其君"(崔东壁:《读风偶识》卷一,《崔东壁遗书》,上海古籍出版社1983年版,第534页)之诗,或谓"上美上"(戴震《毛诗补传》卷一,《戴震全书》第一册,黄山书社1994年版,第155页)。比较而言,清儒之说近乎诗旨,远胜于之前的"后妃"说。

②　彝铭中"蔑历"记载甚多见,专家多有考释,愚曾综合诸家之说进行申论,参阅拙作"金文'蔑历'与西周勉励制度",《历史研究》2008年第1期。

玄笺《诗·瞻彼洛矣》"福禄如茨"时谓"爵命为福"。再如著名的西周中期的彝铭《墙盘》，它用大段篇幅写周文王以降直到任史官的名墙者所在时王的丰功伟绩，再进而述其祖先在周王朝的业绩，所述业绩包括史墙的高祖、烈祖、乙祖、亚祖及其文考五代人的功勋，然后又说到史墙自己：

> 史墙夙夜不坠。其日蔑历，墙弗敢沮。对扬天子不（丕）显休令（命）。

铭文意思是说，史墙能够兢兢业业地勤奋努力，所以被周天子口头勉励（"蔑历"），史墙不敢稍有怠惰，一定会继续努力。史墙非常感谢此事，所以诚敬地颂扬天子的显耀的、美善的命令。这段铭文所记的中心事件是周天子对于史墙的"蔑历"，这种勉励使史墙倍感幸福。

要之，《樛木》诗中的"福履"，意犹西周时期彝铭中的"蔑历"，就是贵族的业绩和努力被肯定和勉励。由此我们可以较为深入地理解《樛木》一诗的意蕴。所谓"南有樛木，葛藟累之"，隐喻着贵族个人只是整个大树附属的葛藟，随着樛木而向上攀附①。它能够攀附向上固然需要樛木支撑，但也需自己积极努力。总之，在这个过程中黾勉从事的贵族快乐着并奋进着（"乐只君子"），其成绩被肯定和勉励（"福履绥之"）。于是，一幅完美的奋斗画面就呈现在了我们的面前。

我们再来分析上博简《诗论》的这段简文。其意重点是强调《樛木》一诗的主旨是在说明幸福之所以能够降临于君子（"福斯在君子"），不正是君子能够抓住时遇而积极奋进的结果吗（"不亦能时乎"）。

《诗论》强调时遇，是要说明什么问题呢？愚以为其深刻含义在于指出贵族个人的幸福不仅是因为居于天生有利的地位，可以有樛木大树可供攀附，而且在于他个人还要黾勉努力，不失时机地奋斗。在这样的观念中，如果我们把"樛木"之喻理解为周代贵族的"宗法体系"，当无大错在焉。

那么，《诗论》所讲的能够得到幸福的"君子"，是怎样的呢？孔子以前社会行用的"君子"概念多指有身份地位的贵族而言，孔子在这个概念里面注入了

---

① 关于"葛藟"与"樛木"的关系，陈奂《诗毛氏传疏》卷一谓"樛木下曲而垂，葛藟得而上曼之"，甚得其意。

品德与气质的理念,将"君子"从社会阶层的概念转变为道德人格的概念,使"君子"成为德操高尚、气质儒雅者的标识与代称。后来,《白虎通·号》所谓"或称君子者何?道德之称也",即源于孔子的理念。在社会结构开始动荡变迁的春秋时代,"士"阶层中人为了找寻社会上的立足点,必须付出艰辛的努力,必须不失时机抓住机遇,创造条件图谋发展。世卿世禄的传统贵族天生具备的社会地位和福禄,于这些"士"人而言是可望而不可即的事情,所以积极进取是儒家学派处世之道的主导思想。所以孔子评论《樛木》一诗便十分强调诗中的自我激励,黾勉奋进的意蕴。孔子之论切中实际,直可谓目光如炬了。

(二)儒家君子人格视域里的"仲氏"

《诗论》第 27 号简,对于《诗·中氏》篇有十分简明的评析,谓"《中氏》,君子",意指此篇阐发了"君子"人格。关于《中氏》相当于今传本《诗经》何篇问题略有两说,一谓即《周南》之《螽斯》篇,一谓指今《邶风》中的《燕燕》的末章。愚以为后说是正确的,我曾经从两个方面论析过其说之确的原因。另外,《诗》的风、雅部分,从来没有一章成诗之例,所以《中氏》篇不应当只是《燕燕》篇的末章一章。我以为《何人斯》篇的第七章系错简所致,当即《中氏》篇的次章。这两章诗皆有"仲氏"一语,并且是诗所吟咏的中心,《诗论》简的《中氏》的中当读若"仲",篇名当即《仲氏》。《诗》的《中(仲)氏》篇可以复原而抄写如下:

仲氏任只,其心塞渊。终温且惠,淑慎其身。先君之思,以勖寡人。伯氏吹埙,仲氏吹篪,及尔如贯。谅不我知,出此三物,以诅尔斯。[①]

诗中的伯氏、仲氏,犹后世所谓的老大、老二。诗为哥哥称赞弟弟的语气。诗中的"任"字古训有大、亲、孚、信等意。"三物",指设诅用以献神的鸡犬豕三

---

① 关于复原《中氏》篇的考证,是依据李学勤先生之说而进行的发挥。参见李学勤:《诗论》与《诗》",廖名春编《清华简帛研究》第二辑,清华大学思想文化研究所 2002 年 3 月印本,第 29—37 页。拙稿"上博简孔子《诗论》'仲氏'与《诗·仲氏》篇探论"(《孔子研究》2003 年第 3 期)发挥此说。按,《诗》的错简问题比较复杂,其中可能有"一简两用"的情况,有的简可以同时用于两诗,而与两诗的诗义皆吻合。《诗》的编定者将其同时编入两诗的情况是可能存在的。

性。我们可以把这首诗意译如下:

> 仲氏多么可亲可信,他的心灵诚实而深厚。
> 他最温和并且恭顺,善良谨慎地修养安身。
> 不忘先君的思虑谋划,用来鼓励我奋勇前进。
> 哥哥吹埙,弟弟吹篪。声音和谐心相连,犹如两物一线穿。
> 如若还不知我心,就用鸡犬豕三物,对天发出誓言,诅咒违誓者遭灾遇难。

诗的主旨在于强调兄弟关系的和谐美好,兄长首先称赞弟弟可亲可信,夸他的品行诚实宽容,性格温和恭顺,善良谨慎修身养性,兄长又赞扬弟弟用先君的教诲不断地勉励作为国君的自己。然后,兄长对天发誓,表明心志,立誓兄弟间永远和美相处,请弟弟用此誓来监督哥哥。通观此诗,兄弟间的真诚和友爱,可谓溢于言表。关于此诗的"伯氏"、"仲氏"具体所指,可以略作推测,称为"寡人",应当属于国君一级的人物,此诗首章混入属于《邶风》的《燕燕》一诗,可能与卫国有关,从史载共伯和的品行看与诗中的"仲氏",完全一致,可以推测说《中(仲)氏》一诗是以共伯余的口气所写的对于其弟共伯和的赞美诗。诗意的直接效果是让人看到了共伯余与其弟的和谐关系[1]。儒家伦理中除了孝道居于非常重要的位置以外,其下的应当就是"悌"了。它的中心是兄弟之爱,所以孔子主张"入则孝,出则悌,谨而信,泛爱众,而亲仁"[2]。《诗论》第27号简以"君子"评价《中(仲)氏》一诗,这是第一项原因。可见"君子"人格中须有"悌"这一项。

除此之外,以"君子"赞扬此诗还在于其中所写的"仲氏"有君子之风。从诗中看这种君子之风主要的就是严于律己、谨慎恭敬和纯朴厚重、宽容待人两个方面。兹分别述之。

关于共伯余与共伯和兄弟之事,《史记·卫世家》载"(卫)厘侯卒,太子共伯余立为君。共伯弟和有宠于厘侯,多予之赂。和以其赂赂士,以袭攻共伯于

---

[1] 这一点对于我们认识颇为复杂难辨的"共和行政"的一些问题,很有启发意义。因非本文主旨,所以未予讨论。

[2] 《论语·学而》。

墓上,共伯入厘侯羡自杀。卫人因葬之厘侯旁,谥曰共伯,而立和为卫侯,是为武公"。这个说法,自古人们就很怀疑,唐代司马贞曾举三证说明此说不可信,谓"季札美康叔、武公之德。又《国语》称武公年九十五矣,犹箴诫于国,恭恪于朝,倚几有诵,至于没身,谓之睿圣。又《诗》著卫世子恭伯早卒,不云被杀。若武公杀兄而立,岂可以为训而形之于国史乎?盖太史公采杂说而为此记耳"①。他说这些记载是司马迁"采杂说"而成,应当是可信的。这些"杂说",就是后人的传闻异辞,其中有些是可信的,例如说卫厘侯喜欢共伯和,就是可信的。但谓他攻杀其兄,则不可信。司马贞所举三项,足可为证。《诗论》第27号简以"君子"称颂"仲氏"应当是三证之外的另外一证。本来,周代继位之君与其兄弟的关系是很难处好的。共伯余继厘侯为卫君,最要防备篡夺其位的就是其弟"和"。《左传》隐公元年所记郑庄公严防其弟共叔段一事,即为显例。然而,卫僖侯传位于共伯余之后,其弟"和"跟他和谐相处,感动得其兄共伯余("伯氏")对他交口称颂,这就充分说明了其弟"和"的人格之高尚。这在贵族阶层中,不能不说是出乎其类而拔乎其萃者也。

共伯和人格的特点,从《仲氏》诗中看是有这样一些内容,即塞渊、温惠、淑慎和对于兄长的帮助("以勖寡人")。其他文献记载和周代彝铭记载的"仲氏"(即共伯和)的人格有以下几点:记载,第一,《井人妄钟》他能够"克哲厥德,得屯用鲁",其子称他为"觐淑文祖皇考"。这与《仲氏》诗中称许他"淑慎"的契合应当不是偶然的。第二,心胸宽广,善于听从不同意见。春秋时期,楚国的左史名倚相者曾经称颂卫武公(即共伯和)为德行的榜样,他说:"昔卫武公年数九十有五矣,犹箴儆于国,曰:'自卿以下至于师长士,苟在朝者,无谓我老耄而舍我,必恭恪于朝,朝夕以交戒我;闻一二之言,必诵志而纳之,以训导我。'在舆有旅贲之规,位宁有官师之典,倚几有诵训之谏,居寝有亵御之箴,临事有瞽史之导,宴居有师工之诵。"②卫武公时时都能够虚心听取别人的意见和建议,从驭者、瞽史、乐工到一般官员的意见都能够认真听取。《仲氏》诗说他"塞渊",犹言他心胸宽广,是很可信的。第三,善于辅助君主。他自己曾写诗劝诫

---

① 《史记·卫世家》索隐。
② 《国语·楚语》上。

周厉王并用以自儆,这篇诗据说就是《诗·大雅》的《抑》篇,在《国语·楚语》中称为《懿》。他并不以自己正确而贬斥国君,而是努力帮助君主理政治事。《仲氏》说共伯余谓他"以勖寡人",帮助自己。这与共伯和写《抑》诗的情况是一致的。

我们应当特别说明的是共伯和的德行完全合乎孔子所论的君子人格。君子人格的核心内容,其要点约略如下述:

其一,君子应当有高尚的德行,如重义轻利、心胸坦荡、虚心纳谏等,孔子谓"君子不重则不威,学则不固。主忠信。无友不如己者。过则勿惮改"①。君子须讲求团结,不结党营私。按照孔子的说法就是"君子周而不比,小人比而不周"②。依照《易传》所记载的儒家的君子理念,自强不息与厚德载物亦是君子人格的重要内容。总之,君子应当满怀仁爱之心,以高尚德操为修身养性的主导,做到"无终食之间违仁,造次必于是,颠沛必于是"③。有了这样的心胸就会无忧无惧地奋进,为社会甚至天下做出贡献。共伯和,在西周后期的特殊环境里面,毅然代替周天子主政14年之久④,待形势安定下来之后,又将政治移交给周宣王,表明自己并无占据最高权位的欲望。他死后被谥称"睿圣"。从《国语·楚语》里可以看到,这种称颂是为后人所首肯的。其品德之高尚,能够做到自强不息与厚德载物,这应当是毫无疑义的事情。

其二,君子应当好学多识、讷言敏行,孔子谓"君子食无求饱,居无求安,敏于事而慎于言,就有道而正焉,可谓好学也已"⑤。共伯和"位宁有官师之典,倚几有诵训之谏,居寝有亵御之箴,临事有瞽史之导",其丰富的学养应当是可以肯定的事情。

其三,君子应当厚重少文、谦虚谨敬,不与人争利。孔子说:"君子无所争,必也,射乎!揖让而升,下而饮,其争也君子。"⑥。关于共伯和的品行,史载和

---

① 《论语·学而》。
② 《论语·为政》。
③ 《论语·里仁》。
④ 关于"共和"行政的解释,历来有周召二公共同行政和共伯和执政两说,本文取古本《纪年》所载的两说中的后一说。相关的分析,参阅拙稿"伯和父诸器与'共和行政'",《古文字研究》第二十一辑,中华书局2001年版。
⑤ 《论语·学而》。
⑥ 《论语·八佾》。

彝铭记载有"塞渊"、"得屯(即"混沌")"①之说,皆与厚重同意。共伯和甘心辅佐其兄治理卫国,为世所称颂,亦说明他具有谦虚谨敬的人格。

从以上几点的对比可以看出,共伯和完全合乎孔子关于君子人格的标准。在《诗论》简中以"君子"一词评析《中(仲)氏》一诗,实际上是对于共伯和君子人格的称美。孔子的君子观,有着十分重要的思想解放的意义。传统的理解,君子与小人只是贵族与普通民众的差异,而孔子却赋予其道德品行的全面含义,不再注目于人的身份地位的差别。这就从根本上提升了人的个人主体意识。附带应当指出的是,孔子用其君子人格理念,来分析历史人物,将共伯和评价为"君子",也是注重他的道德品行,而不是其等级地位。关于共伯和的评析,在现今所见的关于孔子思想的文献记载中尚无发现,《诗论》第 27 号简对于《中(仲)氏》篇的分析,可补文献记载的不足,这也是此简简文的宝贵价值之一。

(三)君子人格与春秋时代的思想解放

对于"人"的认识,上古时代经历了几个关键的转变。第一个是从关注天命鬼神转向关注于世上的"人"。周初诸诰表明,这种理念是在西周初年周公的时代就基本构建完成。周公提出"敬德","德"就是人的德行,他虽然还相信天命,但强调天命是依人的"德"行而转移的。第二是从宗法体系下的"尊祖敬宗",转向看重个人。这是春秋以来逐渐形成的社会观念。"祖"和"宗"代表着宗法体系,个人的价值隐藏于这个体系之中,春秋初期已经有人提出了"不朽"的观念②。到了春秋中期,更有远见卓识者将"不朽",解释为个人的"立德"、"立功"、"立言"三项,认为实现了这三者,"虽久不废,此之谓不朽"③。然而,如何认识个人价值的高低呢?在传统的观念中,个人社会地位的高低仍然是一个重要的衡量标准。孔子提出了"君子"人格的问题,可以从根本上转变判断人的价值的社会标准。这种观念开启了对于"人"的认识方面的思想解放的一个新时代。

如前所述,上博简《诗论》两处明确提到"君子"的简文,为我们认识孔子的

---

① 《井人妄钟》铭文谓"得屯用鲁"。"得屯",即混沌,淳朴。"鲁"有迟钝意,与"得屯"相近。清儒或谓鲁字从鱼入口会意,有嘉美、完美的意蕴。此说可信。"得屯用鲁"意犹淳朴而臻至完善。
② 《左传》僖公三十三年。
③ 《左传》襄公二十四年。

人格理想补充了新材料。其中第12号简的简文指出,《棶(檖)木》一诗所称许的"君子",一方面要自我激励,黾勉从事,另一方面要抓住时遇,不失时机地奋发前进。《诗论》简的第27号简的简文指出,像"中(仲)氏(即共伯和)"那样的"君子",必须重视道德修养,以宽广的胸怀、容人的肚量,与人和谐相处,这样才能像共伯和那样为社会做出重大贡献。在孔子心目中,共伯和应当就是能够在"德"、"功"、"言"三个方面做出表率的"君子"。

通过评《诗》来表达孔子自己的人格理念,除了《诗论》简的这两处文字以外,我们还可补充两条材料,那就是《孔丛子·记义》篇所提到的对于《淇澳》和《鸡鸣》两诗的评论之语。这两句话是:

于《淇澳》,见学之可以为君子也。
于《鸡鸣》,见古之君子不忘其敬也。

在研讨这两段话之前,我们应当先来说一下《孔丛子》的问题。此书过去多以为伪,近年地下简帛材料大量面世以后,专家依据这些材料指出,过去疑伪的《孔子家语》、《孔丛子》等可能皆出自"汉魏孔氏家学",是汉魏时代孔子后裔采集先秦至秦汉时代,孔氏所保存的及社会上所流传的孔子及其弟子的言论及遗文而补缀成书的[①]。《孔丛子·记义》篇有一大段论《诗》中诸篇的文字,其用语格式及思想内容都与上博简《诗论》相类似,今可以将其相互对比印证,至少说明这一段语言不应当疑伪。这一段话可以说与上博简《诗论》有同样重要的价值。

明确指出有君子之风的《淇澳》篇见于《卫风》。诗分为三章,以淇澳(淇水弯曲处)绿竹茂盛起兴,称颂卫武公的道德成就与君子胸怀,其中的"有匪君子,如切如磋,如琢如磨",成为千古传颂的名句。它所表现的与人切磋,虚心听取他人意见的气度与《仲氏》篇所表现的内容是完全一致的。另外一篇,即《鸡鸣》,见于《齐风》,是诗写贤妃劝君早朝之辞,历来多无疑义。孔子评析说从这首诗里可以见到"古之君子不忘其敬",是说这首诗被列为《齐风》首篇而

[①] 专家所论,参见李学勤:"竹简《家语》与汉魏孔氏家学"(《孔子研究》1987年第2期)、李存山:"《孔丛子》中的'孔子诗论'"(《孔子研究》2003年第3期)、姜广辉:"郭店楚简与《子思子》"(《中国哲学》第二十辑)等文章。

传颂，是因为它表达了君子尊君的思想，所谓"古之君子"固然或可指贤妃，但若谓指传颂之诗者，则更恰当些。国君应当按时早朝议事，处理政务，以此不负人望。这应当是孔子所倡导的"君君"的重要内容①。国君按时早朝，表面看来是一个形式问题，而实质上是君主对于臣民的敬重。所以说，"古之君子"之语，不仅指《鸡鸣》一诗的传颂者，而且应当包括那些能够按时早朝的、对于臣民怀有敬意的君主。这样的君主，应当属于"君子"之列。就此而言，《孔丛子·记义》篇所表现出来的敬重臣民的思想，与《仲氏》篇所称颂的卫武公应当是有共通之处的。所通之处就在于，它们都赞美了对于臣民满怀敬意的"古之君子"。

讲孔子人格理想的"君子"观，不可避免地就要提到作为"君子"对立面的"小人"。孔子虽然在有些时候，将社会地位低下者称为"小人"，但纵观他的言论，应当说，他主要是依据道德品行的高低区分，将人格猥琐、污浊卑下者称为"小人"。"小人"主要是一个道德理念，而不是一个社会阶层概念。在《诗论》一文中，孔子痛斥的人主要是如下一些人，即那些以谗言谮害他人者、图谋私利而工于心计者、如同鬼蜮一样的阴险而丑陋者、挑拨离间居心叵测者、花言巧语胁肩佞笑极尽谄谀之事者以及不畏天命者②。

综上所述，我们可以对于《诗论》简文中所展现的孔子的君子观进行总结。首先，孔子重视时遇，认为君子必须及时抓住机遇进行奋斗。而这一点，在传世的文献关于孔子"君子"观的记载中是见不到的。其次，孔子虽然亦曾许人以"君子"之称，如曾谓子贱、蘧伯玉、孟僖子、子产等以"君子"③，但所称许者都是孔子同时代的人，称许历史上的著名人物为"君子"，还仅见于《诗论》简所

---

① 《论语·颜渊》篇载："齐景公问政于孔子。孔子对曰：'君君，臣臣，父父，子子。'"史载齐景公除了问政于孔子以外，亦曾向晏婴询问，晏婴认为必须守礼，"君令、臣共（恭）"、"君令而不违"（《左传》昭公二十六年）。晏婴所论与孔子是一致的，都强调了君主必须有威望，必须使政令行之于臣下。而执政者的威望是要由自己的高尚德行来树立的，《论语·颜渊》篇载"季康子问政于孔子。孔子对曰：'政者，正也。子帅以正，孰敢不正？'"强调君主的表率作用，是孔子一贯坚持的思想。他所说的"其身正，不令而行；其身不正，虽令不从"（《论语·子路》）是最为直接的表述。

② 《诗论》所提到的诸篇诗作，明确提到"小人"者，仅第25号简所载《肠肠》，少（小）人》。《肠肠》之名不见于今本《诗经》，它的具体所指牵涉问题甚多，这里不可能作深入讨论，仅附志于此，容当再议。

③ 以上依次见《论语·公冶长》、《论语·卫灵公》、《左传》昭公七年、《左传》昭公十三年。

载关于《中(仲)氏》一诗的评析。可见用其君子观念来评价历史人物,这应当是孔子历史观的一个重要内容。

三十九 "浑厚"之境:论上博简《诗论》第25号简对于《诗·小明》篇的评析

上博简《诗论》第25号简最后三字作"《小明》,不",专家多疑其后有阙。然而简文"不"字后有近两字的空白,证明其后不大可能有缺文。这几个字的释读在《诗论》的相关研究中,多呈空白状态。其实,这里是一字为释,用一个字,直指《小明》篇的主旨。简文这里的"不"字当依古音通假之例,读若负担、负责之"负"字。《小明》篇学者多从汉儒之说定为大夫"悔仕"之作,如今得上博简《诗论》的启示,可知并非如此。《小明》一诗的作者应当是一位忧国忧民,与友人相善的正直的有较高德操的王朝大夫。与《北山》、《四月》之诗只泄私愤而不顾国家需要的诗作者的道德品格的差距显而易见。清儒姚际恒谓《小明》辞意"浑厚",信然。

(一)上博简《诗论》相关简文辨析

上博简《诗论》第25号简为残简,此简最后三个字是"《小明》不"。此简上部的半圆部分隐然可见,证明上部文字不残,所残部分为下部,"不"字下残,所以诸家往往只指出简文"少(小)明"即今本《诗经·小雅·谷风之什》的《小明》篇,而不做具体解释。一般将这里的简文标点为"《小明》不……",表示以下有缺文,而不再做解释。这固然是慎重的做法,但是细审视原简图片,在"不"字下尚有大约近两个字的范围为空简,所以不大可能有缺文。现将《上海博物馆藏战国楚竹书》(一)第37页所载第25号简图片的相关部分截取如右图,以供参考。

这个较大长度的空简可能表示,相关评论的一个部分的结束。马承源先生解释此处只明确指出《少(小)明》即《小雅·谷风之什》的《小明》篇,并未进一步解释,但他将第26号简系连于此简之后,马先生虽然没有确指两简有先后系连的关系,但实际上会使人想到此间的"不"字下连26号简开头的"忠"字,连读起来,即《小明》,不忠",但是《小明》诗意与"不忠"相距甚远,因此忠

字不大可能与 25 简的末字相连。愚推测第 26 简与第 25 简之间可能另有若干支简,可惜已不可见。专家或有在简文"不"字之后补字进行继续说明者,其努力甚为可贵①,但所补内容甚难找到旁证,故而暂不就此进行讨论。

愚以为简文在这里是一字为释,是用一个"不"字对于《小明》之诗进行评论的。并且,这里的"不"字愚以为当读若"负"②。"不"与"负"两字古音皆属之部,每相通假。例如《公羊传》桓公十六年"负兹",《礼记·曲礼》下《正义》引《音义》作"不兹"。以"不"为声符之字亦多与以"负"为声之字相通,如坏与负、丕与负、芣与苢等③。那么,《诗论》何以用"不(负)"来评析《小明》一诗呢?这里应当说明两个方面的问题,一是负字古义,二是《小明》一诗的主旨。我们可以先来考察第一个方面。

"负",《说文》训为"恃也,从人守贝,有所恃也",古文献中多用其引申之义,指承担、承载。在背上背东西谓负,如《诗·生民》"是任是负",孔疏谓"以任、负异文。负在背,故任为抱"④,其实在胸前抱物,亦可谓"负",如《礼记·内则》"三日始负子",郑注"谓抱之而使乡前也"⑤,不管是在胸前抑或是背后,"负"皆从承载、承担取义。负字与任、担、荷等意义皆相近,《国语·齐语》谓"负、任、担、荷,服牛轺马,以周四方",韦注"背曰负。肩曰担。任,抱也。荷,揭也"。由于意义一致,所以"负"每与"任"或"担"合为一词使用。《韩非子·存韩》"负任之旅,罢于内攻",《慎子·民杂》"人君自任而务为善以先下,则是代下负任蒙劳也"。《左传》庄公二十二年"弛于负担。君之惠也",《汉书·食货志》"作者数万人,千里负担馈饟",等皆为其例。《汉书·郊祀志》"丕天之大律",颜注"丕,奉也"。在这里,之所以以"丕"为奉之意,应当是将丕读若负,取"负"的承担之意而作出的解释。总之,负有承担责任之意,这在古文献中可谓例证不孤。

---

① 黄怀信先生在"不"字之后"据诗意"补"得归"两字,指出此诗是在写"一个在外服役而不得回家之人所唱的怨歌。所以《诗论》'不'下所阙当为'得归'二字"(《上海博物馆藏战国楚竹书〈诗论〉解义》,社会科学文献出版社 2004 年版,第 110 页)。是说颇有启发意义。到底补何字更妥,值得再深入研究。

② 简文的"不"字或可依习见的不、丕相通之例,读若丕,意为大,简文之义虽然可通,但比较勉强。金文与文献习见的"丕"字多用作形容之词,修饰后面的主词。单独用其为意者尚未见。故而愚不取此说,而将简文的"不"字读若"负"。

③ 例见高亨、董治安:《古字通假会典》,齐鲁书社 1989 年版,第 434 页。

④ 孔颖达:《毛诗正义》卷十七。《十三经注疏》本。

⑤ 孔颖达:《礼记正义》卷二十八。《十三经注疏》本。

(二)《小明》诗的主旨何在

关于《小明》篇的主旨,汉儒的说法历来占优。今得上博简的启示,让我们可以重新审视这一问题。《小明》一诗见于《小雅·谷风之什》,诗共五章,其中三章每章十二句,另有两章每章六句。为研讨方便计,现具引如下:

> 明明上天,照临下土。我征徂西,至于艽野。二月初吉,载离寒暑。心之忧矣,其毒大苦。念彼共人,涕零如雨。岂不怀归,畏此罪罟。
> 昔我往矣,日月方除。曷云其还,岁聿云莫。念我独兮,我事孔庶。心之忧矣,惮我不暇。念彼共人,睠睠怀顾。岂不怀归,畏此谴怒。
> 昔我往矣,日月方奥。曷云其还,政事愈蹙。岁聿云莫,采萧获菽。心之忧矣,自诒伊戚。念彼共人,兴言出宿。岂不怀归,畏此反覆。
> 嗟尔君子,无恒安处。靖共尔位,正直是与。神之听之,式谷以女。
> 嗟尔君子,无恒安息。靖共尔位,好是正直。神之听之,介尔景福。

《小明》诗意不难理解,其中繁难处不多。只是此诗主旨值得深思,《诗序》谓"大夫悔仕于乱世也",诗中明谓"心之忧矣,自诒伊戚",其中似有"悔"意,故而郑笺谓"我冒乱世而仕,自遗此忧。悔仕之辞"[1]。汉代三家诗亦持此说而"无异义"[2]。当代专家亦往往对此深以为然[3]。然而,对于此诗主旨,很早就有人提出过异议,只是没有引起多数专家注意而已。驳诗序、郑笺的"悔仕"说者,以清儒姚际恒最为精辟。他说:

> 《小序》谓"大夫悔仕于乱世"。按此特以诗中"自诒伊戚"一语摹拟为此说,非也。士君子出处之道早宜自审,世既乱,何为而仕?既仕,何为而悔?进退无据,此中下之人,何足为贤而传其诗乎?盖"自诒伊戚"不过自责之辞,不必泥也。此诗自宜以行役为主,劳逸不均,与《北山》同意,而此

---

[1] 孔颖达:《毛诗正义》卷十三引。
[2] 王先谦:《诗三家义集疏》卷十八,中华书局1987年版,第743页。
[3] 陈子展先生谓《诗序》说"不错",并谓郑笺"说得好"(《诗三百篇解题》,复旦大学出版社2001年版,第802页)。

篇辞意尤为浑厚矣。①

这里的驳议,是以"悔仕"说逻辑来攻其自相扞格之处,又指出此篇诗意"尤为浑厚",实为卓见。清儒方玉润继续发挥姚氏此说,进一步找出"悔仕"说的不通之处。他质问道:若依诗序所谓"大夫悔仕于乱世",但是诗中却又明谓让自己的朋友"靖共"(意即恭敬于所仕之位),"有是理哉?"②。可以看出,姚、方两家之说,确是直击了"悔仕"说的要害,那么,《小明》一诗的"浑厚"之意何在呢?姚际恒指出,此意在于是诗的第四、五两章,"呼之以'君子',勉之以'靖共',祝之以'式谷'、'介福',其忠厚之意蔼然可见"③。原来,"浑厚"之意即蕴含于这两章诗所表达的对于朋友的殷殷情意当中。对于《小明》诗的第四、五两章的意义,当代专家有不同的看法,如谓"尤其是末二章,遣词枯燥,像在打官腔,不但与后世的诗歌不可同日而语,便是与《小雅》中其他名篇如《采薇》等相比,也逊色不少。读者细细玩味,自能辨出高低"④。平实而论,这两章诗确实没有动作、景物的描写,但这并不等于说它就"枯燥"。动作和景物的描写见于这篇诗的前三章。而后两章,诗作者是直抒胸臆,对于友人的关心尽皆表达,真挚而深切。直抒胸臆之语,只要写得好,并不会让人感到枯燥。《小明》诗的前三章屡言对于友人怀念,后面的诗如果仍然这样写,不免重复。此诗作者把对于友人的思念,进一步升华为叮嘱,是合乎逻辑的思维发展。就写作技巧而言,"末二章勉友以无怀安,首尾义意自相环贯"⑤,显然是比较高明的。总之,姚际恒用"浑厚"说明《小明》诗旨,是十分恰当的评析。诗的后两章虽然词语不多,但却是全诗画龙点睛的所在。前面我们提到的姚际恒言《小明》与《北山》"同意",是说并不尽然。在《小雅》中与《小明》题材相近者,还有《四月》一篇。如果我们把这三篇诗进行对比,便可以发现其中意旨之别,这可能是一个饶有兴味的讨论。

《四月》、《北山》、《小明》三诗皆见于《小雅·谷风之什》,所写内容都是士

---

① 姚际恒:《诗经通论》,中华书局1958年版,第227页。
② 方玉润:《诗经原始》,中华书局1986年版,第428页。
③ 姚际恒:《诗经通论》,中华书局1958年版,第227页。
④ 程俊英、蒋见元:《诗经注析》,中华书局1991年版,第648页。
⑤ 方玉润:《诗经原始》,中华书局1986年版,第428页。

大夫阶层中人对于久役在外而不得归的烦闷情绪的表达。《诗序》把前两诗的主题皆归之于"大夫刺幽王",对于后一诗虽然归之于"大夫悔仕于乱世",但亦是间接地说是在"刺"王。依汉儒诗学的美刺说,把这些诗定为刺幽王之作,势所必然,虽然不大准确,但"刺王"之意确实在焉。三诗写事相近,但主旨和辞气颇相异,欲明《小明》之意旨,将其与其他两诗对比,应当是可行的做法。我们先来看《四月》。

《四月》一诗述久役不归者的悲愤心情,颇难找寻出"刺王"的诗句。其中有"滔滔江汉,南国之纪"一语,论者即谓其意"言江汉为南国之纲纪,王朝反不能为天下之纲纪也",此论为论者所猜测,是以此解释《诗序》的"刺王"之说,非必为诗作之意。诗中的刺王之意蕴含于充斥全诗的愤懑情绪之中,诗谓"民莫不谷,我独何害"("人们都生活得很好,为什么独独我自己承担祸患"),"我日构祸,曷云能谷"("我自己天天倒霉,日子如何能过得好"),"尽瘁以仕,宁莫我有"("我当官鞠躬尽瘁,可是就没有人说过我好")等,都是严厉质问,都是一个腔调的控诉,似乎人人皆好,唯独自己一个人在受苦受难。从诗中的情绪看,不唯不为天下苍生请命考虑,而且连自己的同事朋友,尽皆不在话下,有的只是自己个人的一己之私怨,只是怨天尤人的发泄。其心胸之偏颇狭窄溢于言表。这种愤懑情绪若层层推衍,归之于周王,固然是可以的,但诗作之意,似乎还不在乎此,而只是表达了一己之私的怨恨情绪而已。《四月》一诗不仅怨天尤人,而且把指斥的矛头指向自己的祖先,谓"先祖匪人,胡宁忍予"("先祖难道不是人吗,为什么忍心让我遭受苦难"[①])骂自己的先祖不是人,直是市井无赖之语,《四月》诗的作者在愤懑之中脱口而出,并不足奇。孔子诗教讲究"温柔敦厚",《四月》一诗离此远甚。

再说《北山》一诗。此诗亦有久役不归的怨愤,但没有《四月》那样以"先祖匪人"的尖刻词语,只是抱怨上司太不公平,"或燕燕居息,或尽瘁事国"("有的人在家中安乐享受,有的人为国事劳累不堪")、"或不知叫号,或惨惨劬劳"("有的人不闻上司有任务召唤,有的人却总被使唤而劬劳痛苦")。这种怨气

[①] 关于"先祖匪人"之意,今见有三种解释,其一,王肃述毛传意谓自己的先祖难道不是应当受祭之人吗,"征役之时,旷废其祭祀,我先祖独非人乎?王者何为忍不忧恤我,使我不得脩子道?"(孔颖达:《毛诗正义》卷十三引)其二,郑笺谓"我先祖非人乎?人则当知患难,何为曾使我当此难世乎?"准此之意,则"匪人"犹言不是人。其三,王夫之谓"匪人"者,"犹非他人也"(《诗经稗疏》卷二)。三说相较,以郑笺为优。

还发到了周王头上,请看如下一章非常著名的诗句:

> 溥天之下,莫非王土。率土之滨,莫非王臣。大夫不均,我从事独贤。

大家经常引用到的两句"溥天之下"的话意思是说,天底下都是王的土地,都是王的臣子。这并不是在歌颂周王,而是为下面的"大夫不均"作铺垫,重点是在质问:既然大家都一样,为什么偏偏让我苦累呢?是谁造成了这种不公平呢?那就是周王啊。就此而言,《诗序》说是"刺幽王"并不为过。然而,"刺王"的目的何在呢?究其原委在于泄一己之私愤而已。当然,我们对于古人不能求全责备,似乎连发怨气也是不对的。可是,总有一个品格高下的区别、正当与否的审视问题。王夫之谓"为《北山》之诗者,知己之劳,而不恤人之情;知人之安而妒之,而不顾事之可;诬上行私而不可止","是以君子甚恶夫音之遽哀而不为之节也"①,正指出此种情绪之不可取,这种没有节制的哀怨情绪,于国家于社会徒增烦乱而于事无补。

通过对比,我们再来看《小明》之诗的主旨就比较清楚了。这首诗虽然也写了久役于外的苦闷和怀归的情绪,如"岂不怀归,畏此罪罟","岂不怀归,畏此谴怒",说自己"心之忧矣,其毒大苦",但没有多少怨天尤人的怒气,并且在后两章强调友人要尽职尽责,亲近贤人("靖共尔位,正直是与"),不要贪图享受("无恒安息"),还祝愿友人得到神的保佑,"式谷以女"("把福禄吉祥赐予你")。诗的主人公话里话外透露出这样一种情绪,那就是尽管自己受苦,但还是希望友人幸福,自己很愿意回去与友人朝夕相处,但却忙于"政事"而不能如愿。愚以为"畏此罪罟"云云,应当视为托词,诗作者本人的主导思想还是在离不开繁忙的政务,不忍心国事受损。诗作者不愿意炫耀自己的这种高尚境界,但又必须找出一个理由,给友人一个"说法",所以才有"畏此罪罟"之语。可以看出,《小明》一诗的作者应当是一位忧国忧民,与友人相善的正直的有较高德操的王朝大夫。与《北山》、《四月》之诗只泄私愤而不顾国家需要的诗作者的道德品格的差距,应属显而易见者。姚际恒谓《小明》辞意"浑厚",信然。

---

① 王夫之:《诗广传》卷三,《船山全书》第三册,岳麓书社1992年版,第422页。

(三)几个相关问题的探讨

首先,我们可以根据《小明》诗的内容,推测是诗的写作时代。

诗中所述情况,周王朝的势力还比较强盛,影响力达到了较远的地方,所以诗作者才能自谓"我征徂西,至于艽野",诗中所谓"政事",如前所论,应当是征收赋税之事。诗意表明,外出的大臣,一定要听命于王朝指派,不敢擅自行动,否则就会有"罪罟"之苦,有"谴怒"之责,可见周王朝此时力量尚强盛,并非是末世的周幽王时的社会情景。然而,此时"政事愈戚",政局亦不容乐观。此时的周王朝既非昭穆盛世,亦非厉幽末世,而很可能属于孝夷时期。古本《竹书纪年》载"夷王衰弱,荒服不朝,乃命虢公率六师,伐太原之戎,至于俞泉,获马千匹",可见周夷王时虽然国力趋弱,但仍然控制着太原地区。约在周厉王以后,周王朝才渐失对于太原地区的控制。我们可以推论,《小明》诗作于西周中期偏晚的孝夷时期。

其次,推论诗作者衔王命所赴之地域。

《小明》诗既然明言"我征徂西,至于艽野",那么诗人所到之处肯定在周王朝核心地域以西的地方。周王朝立基业于关中平原地带,以西地区的经营直接关系到周王朝安危,所以历来为王朝统治者所重视。周武王时,曾经"放逐戎夷泾、洛之北,以时入贡,命曰'荒服'"[1]。"泾、洛之北地区",当在今宁夏泾川、固原一带。此时已被视为周王朝的"荒服"。周穆王时,又伐犬戎,"得四白狼,四白鹿以归,自是荒服者不至"[2]。此时周王朝国势尚盛,所以周穆王能够"迁戎于太原"[3]。"太原"之地,据顾炎武《日知录》考证[4],地在今宁夏平凉、泾川一带,其地更在"泾洛之北"以西。这个地区,是泾水源头地带,顺泾水沿山川而下,即直奔关中平原。经营这个地区对于周王朝显然是十分重要的。依《尚书·禹贡》所言,荒服是五百里以外的区,《荀子·正论》说荒服地区的戎狄对于周王朝要有"时享"与"岁贡"。《小明》篇所说的"艽野",毛传谓"荒远之地",若谓此处正是周王朝西北的被视为"荒服"的"太原"地区,当不为臆说。

---

[1] 《史记·匈奴列传》。
[2] 《国语·周语》上。
[3] 《后汉书·西羌传》。
[4] 顾炎武:《日知录》卷三"太原"条。

第三,《小明》诗作者的身份。

郑笺谓诗作者为"牧伯之大夫,使述其方之事"。所谓"牧伯",应当是周代称雄于一方的诸侯之长,《尚书·立政》"宅乃牧",伪孔传云"牧,牧民,九州之伯",疏引郑玄说谓"殷之州牧曰伯,虞夏及周曰牧"①。《礼记·曲礼》下篇谓"九州之长,入天子之国曰'牧'"。《周礼·大宗伯》谓"八命作牧,九命作伯",注引郑司农云"长诸侯为方伯"。总之,"牧"、"伯"皆诸侯之长的称谓,汉儒诸说内容相近,然而亦多有差池,这说明汉儒对于"牧伯"之意已不甚明确。然而,将"牧"、"伯"二者合一谓之"牧伯",则是汉儒的说法,非必为商周时代原有之称。郑玄说《小明》诗作者为"牧伯之大夫",孔颖达曾有详细解释如下:

> 知者以言"我征徂西,至于艽野",是远行巡历之辞。又曰"我事孔庶",是行而有事,非征役之言,是述事明矣。述事者,唯牧伯耳,故知是牧伯之下大夫也。若然,王之存省诸侯,亦使大夫行也。知此非天子存省诸侯使大夫者,以王使之存省,上承王命,适诸侯奉使有主,至则当还,不应云"我事孔庶",岁莫(暮)不归,故不以为王之大夫也。牧伯部领一州,大率二百一十国,其事繁多,可以言"孔庶"也。前事未了,后又委之,可以言"政事愈蹙"也。如此,则为牧伯之大夫,于事为宜故也。且牧伯之大夫,不在王之朝廷,今而为王所苦,所以于悔切耳。然则牧伯大夫自仕于牧,非王所用,而言悔仕者,此之劳役,由王所为,故曰"幽王不能"。征是者王,而使己多劳,故怨王而悔仕也。②

此说似是而实非。首先,诗中所谓的"我事孔庶",在诗的次章,而"我征徂西,至于艽野"在首章,时间是年初,次章所写已经是岁末之时,将这二者联系起来,并不妥当。其次,此说的最关键之处是谓若是周王朝命令省视诸侯的大夫,一定是宣付王命后即返还,不会有许多"政事"存在。此说可以成立,但只能说明此大夫并不是宣周王之命于诸侯国的大夫,并不能说明它一定不是周王朝的大夫。周王朝派往各诸侯国的大夫所承担的任务并非只有宣付王命一

---

① 孔颖达:《尚书正义》卷十七,《十三经注疏》本。
② 孔颖达:《毛诗正义》卷十三,《十三经注疏》本。

项。就此两点而言，断定诗作者一定是"邦伯之大夫"而非周王朝的大夫，这是缺少根据的。"芜野"指非常遥远荒凉的边地，若是邦伯，其辖地很难以此为称。若谓周王朝有此边远之地，则属正常。周王朝派往远处的官员，除了宣付王命之外，还有征伐、镇守、征收赋税等事。

愚以为诗作者应当是周王朝所派出的远赴外地的官员，从其政事繁杂的情况看，可能是负责赋税征收之事者。可资参考的材料是彝铭中的记载。如属于周宣王时期的《兮甲盘》铭文载周宣王曾派重臣名"兮甲"者①治理以成周为中心的天下四方的赋税，铭文载：

> （兮甲）政（征）治成周四方积。至于南淮夷。淮夷旧我赒（赋）畮（贿）人，毋敢不出其赒（赋）、其积、其进人。其贮，毋敢不即次、即市。敢不用令，则即井（刑）扑伐。其唯我者（诸）侯百生（姓），氒（厥）贮毋不即市，毋敢或入阑宄贮，则亦井（刑）。

所谓"四方积"的"积"，指的是从四方运送到的粟米粮食、谷物、草料、薪材、菜蔬等物品②，兮甲还曾亲赴南淮夷督察征收之事。南淮夷地区的淮夷族众进献赋税和力役人员，都要到当地"司市的官舍办理货物存放和陈列市肆"③的手续，以免逃避关税的征收。可以推测负责这些名目繁多的赋税的征收的各种手续（如查验、收纳、登记、管理市场等）的官府人员一定不少，事务也会相当杂乱和忙碌。周王派员到远处征收赋税事，非独《兮甲盘》一例，而是多有所见，再如周卿士南仲（即《诗·出车》所载的"赫赫南仲"）曾命名驹父者和南方诸侯之长名高父者见南淮夷各国诸侯，"取氒（厥）服"（征收各诸侯国应当贡纳的赋税）④。再如近年公布的《士山盘》载名士山者曾衔周王命，"人于中侯，出，征䧹、刑（荆）方服，暨大藉服、履服、六𦅫（粢）服"⑤。征收的内容应当包括给周王朝所出的耕种田地的力役、粟米铚秸等。显然，周王朝派往远地所征收

---

① 兮甲，从同时期的《兮伯吉父盨》铭文可知其字伯吉父，一般认为即《诗·六月》篇的"文武吉甫"。
② 《左传》僖公三十三年"居则具一日之积"，杜注"积，刍米菜薪"，是可为证。
③ 马承源：《商周青铜器铭文选》，上海古籍出版社1982年版，第306页。
④ 同上书，第311页。
⑤ 关于《士山盘》铭文的考释，参阅拙稿"从士山盘看周代'服'制"，《中国历史文物》2004年第6期。

赋税的品种与数量都是相当可观的。要完成这些征收任务，绝非一两个大员至而即还、去去就回所能够完成的。由情理推之，当有常驻的官员负责此事。这样的官员或当是轮流替换的，但既然到了荒远之地，来往不便，若谓官员于这些地方住上一年半载，是很有可能的事情。《小明》诗谓"我事孔庶"、"政事愈蹙"，应当就是此类征收赋税之事。上古时代政事的主要内容之一是征收赋税，所以"政"字亦通假用若"征"①。诗作者的"政"事，可能就是"征"收赋税之事。

第四，此诗何以用"小明"名篇。

开始对于这个问题进行解释的是郑玄，他依照汉儒"美刺说"的原则进行分析，说道："名篇曰《小明》者，言幽王日小其明，损其政事，以至于乱。"宋儒多不取此解，而另外进行解释，谓原因是为了与《大雅》篇什中称"大"者相区别，如苏辙《诗集传》谓："《小旻》、《小宛》、《小弁》、《小明》四诗皆以'小'名篇，所以别其为《小雅》也。其在《小雅》者谓之'小'，故其在《大雅》者谓之《召旻》、《大明》独《宛》、《弁》阙焉，意者孔子删之矣，虽去其'大'而其'小'者犹谓之'小'，盖即用其旧也。"吕祖谦完全赞成苏辙之说，指出所以题名《小明》乃是"名篇者偶为志别尔，了不关诗义"②。平实而论，"幽王日小其明"说和与《大雅·大明》相区别之说，并非没有一点道理，但却都没有解决根本问题③。"幽王日小其明"和用以区别《大雅·大明》之篇的两说固然没有多少道理，可是《小明》到底是因何名篇的呢？其实，这个问题还是要归结到诗的本义上。《大雅·大明》篇歌颂周人心目中最神圣的文、武二王，文王、武王之德广溥无边，犹光辉普照天下，故谓之《大明》。而《小雅·小明》之篇述大夫级别者忧国、善友之志，虽尚属明理通达，但其影响毕竟不及周王，故而以《小明》名篇。这是我们

---

① 先秦古书，此例甚多，可试举以下几例。伪《古文尚书·蔡仲之命》书序"作《成王政》"，《释文》政，"马本作征"。《周礼·小宰》"听政役以比居"，郑注"政，谓赋也。凡其字或作政，或作正，或作征，以多言之宜从征，如《孟子》'交征利'云。《国语·齐语》"择其淫乱者而先谮之"，《管子·小匡》作"择其沉乱者而先政之"。《荀子·王制》"相地而衰政"，《国语·齐语》作"相地而衰征"。

② 吕祖谦：《吕氏家塾读诗记》卷二十二，四部丛刊本。

③ 欧阳修曾用《诗序》来驳郑笺，指出此篇主题既然是"大夫悔仕之辞"，但诗中却"了无幽王日小其明之意"，以此证明《小明》篇并非来刺幽。他还指出，《大雅·大明》篇因为有"明明在下"之句，故称为《大明》，那么，《小雅·小明》篇有"明明上天"之句何以就称为《小明》了呢？可见《小明》名篇亦非是为了与《大雅》相区别。说详见欧阳修《诗本义》卷八，《通志堂经解》本。

通过探讨其篇诗旨所得出的一个新的认识。"小明"之称与其诗旨是直接相关的,而非"了不关诗义"。

(四)试析《诗论》简文对于《小明》诗的评论

在明晰《小明》诗的主旨的基础之上,我们还可以探讨上博简《诗论》何以用"不(负)"来评论《小明》的问题。

我们前面已经提到过,负在先秦时期的文献中多用作承担、承载之意,并且多与"担"若"任"连用,称为"负担"或"负任"。我们下面将进一步探讨"负"字的使用问题,重点在于说明它可以一字为用,意指"任"。这在春秋战国时期有不少例证,可以予以证明。如《管子·兵法》篇载:"五教各习,而士负以勇矣。"所谓"负以勇"意即任以勇。再如《战国策·燕策》载"寡人任不肖之罪",鲍注"任,犹负"。是负与任意同。屈原《九章》"骤谏君而不听兮,重任石之何益",朱熹《楚辞集注》卷四注谓"任,负也"。"负"字单独使用,表示"任"之意的例子就是《诗经·生民》的"是任是负",负与任的意义与用法亦完全相同。《吴越春秋·勾践阴谋外传》"重负诸臣",意即重任诸臣。这些例证说明,负字可以一字为用,意同于"任",意犹负责、负任,即今言的负责任。

上博简《诗论》第25号简"《小明》,不(负)",意思是指《小明》篇的主旨表现出一种负责任的态度。这种态度从诗中至少可以明白地看出以下几点:

首先,诗作者的身份依照我们前面的分析,应当是衔王命而远赴荒远之地忙于政事的王朝大夫。他在出发时,心情庄重,有很强烈的责任感。首章即谓"明明上天,照临下土。我征徂西,至于艽野"。虽然所远赴的是荒远的"艽野"之地,但头顶上的太阳还是明亮的,心情自然也是开朗的。寒来暑往过了一年("载离寒暑"),还在荒远之地为王命而奔波劳累,并且最后也没有显露什么悔恨情绪,而是以叮嘱同僚作结,表现出诗作者以大局为重而不计较个人辛苦的心态。

其次,《小明》诗中常被误解为"悔仕"之意的诗句,并非悔恨,而是念友情深的表示。例如,首章谓:"心之忧矣,其毒大苦。念彼共人,涕零如雨!岂不怀归,畏此罪罟。"这几句诗的意思是说:自己心里的忧愁,比吃下毒药还要苦。想念共事的友人,不禁伤心落泪,不是不想回家,只是怕触犯法网。这几句诗意里面,不能说没有一点埋怨的情绪,但诗作者的意旨并不在于怨天尤人,而是对于友人的思念过深,以至于"涕零如雨"。思念不得相见,诗作者的"大苦",实从此来,而不是直接地埋怨为政事而奔波于芃野之地。诗的次章谓"念彼共人,睠睠怀顾",第三章谓"念彼共人,兴言出宿",皆言思友的情绪。从诗中可以看到,诗作者对于友人的思念,感情深切而真挚。

再次,诗的末两章以叮嘱友人、祝福友人为主线,显示了诗作者的诚挚愿望。这两章皆有"靖共尔位"("恭敬而认真地完成所在职位的任务")之句,这也说明了汉儒所谓此诗主旨为"悔仕"说的不可信,欧阳修《诗本义》曾经提出此点进行质疑,他说:"大夫方以乱世悔仕,宜勉其未仕之友以安居而不仕,安得教其'无恒安处'?"诗的后两章劝勉友人"靖共尔位",表明诗作者并不"悔仕",而是把"仕"作为被神所保佑的高尚行为。诗作者为友人祈祷"神之听之,式谷以女"、"神之听之,介尔景福",尽显忠厚长者之风。

总之,《小明》诗所体现的是诗作者,作为衔王命赴远方的王朝大夫,其比较宽广的心态。他不抱怨自己命运不济而奔劳于芃野之地,不嫉妒在朝共事的友人安享平静的舒适生活,虽然亦有自己内心的痛苦,但仍然显示出自己的大度与宽容。姚际恒谓《小明》诗"辞意尤为浑厚",宋儒范处义说《小明》诗表现了"贤者虽不得志,不忘体国。斯其所以为忠厚欤"[①]。《小明》诗的作者,勤劳国事,善待友人,其"浑厚"与"忠厚",正是其对于国事与友人负责任的表现。这种态度显然为孔子所赞许,用"不(负)"来评析是诗之旨,实为简明中的之辞。孔子论诗注重诗的品格,对于尊君尊王之作,每每肯定其大旨,而不计较其中的一些怨幽之语。他说读《诗》的作用之一,就是"可以怨。迩之事父,远之事君",对于《小明》一诗的评析,正体现了孔子的这一诗学主张。孔子强调"怨而不怒"的态度,实际上是强调"事父"、"事君"这种至重至大的"人伦之道"。朱熹曾经论"传道"与"传心"的关系,钱穆指出朱熹所论是在强调"圣人之心存于六经,求诸六经,可以明圣人之心"[②]。由此可见,对于《诗经》诸篇的解释,实为孔子思想的一个重要表达方式。孔子之"心",有许多蕴含于他对于《诗》篇的解释之中。他肯定《小明》一诗所表现的不计个人幽怨而重视国事的顾全大局知道负责任的态度。"浑厚"、"忠厚"之辞,不仅可以用以说明《小明》诗旨,而且可以用以说明孔子论诗的态度。

---

① 范处义:《诗补传》卷二十,四库全书本。
② 钱穆:《朱子新学案》第二册,巴蜀书社1987年版,第103页。

四十　诗意外的责任：上博简《诗论》第 26 号简的启示

《诗·桧风·隰有苌楚》篇是《诗》中意义深远并且易被误读的典型诗作之一。前人理解此诗或释为讽刺诗，或以为是悲观厌世之作，或以为是一首爱情诗。通过对于诗中关键词语的辨析，我们可以发现这是一首意境美丽、节奏欢快的诗作，没有必要作为一首政治诗来读，若非要从中体味出"亡国之音"来，则于诗旨大相乖戾。上博简《诗论》第 26 简论析此诗谓："《隰又（有）长（苌）楚》得而悔之也。"正为我们提供了一个重新认识《隰有苌楚》一篇诗心的契机。对于《隰有苌楚》一诗，后人往往从忧生之叹的角度来观察，自然会从中看出相当凄美的的意境。这种误读化欢快为低迷、变明亮为阴沉，虽然可以引人从另外的角度深思，但与诗心毕竟有了一定距离。

（一）《桧风》与《隰有苌楚》

《桧风》在《诗经》中历来不大受人重视，春秋后期吴公子季札聘鲁"观于周乐"，聆听诸国诗歌演唱以后讲述其感觉，虽然他侃侃而谈，纵论多国诗歌，但"自《桧》以下无讥焉"[1]，听而不予置评，看来公子季札认为《桧风》实在没有令其称道的价值。当代学者也多不重视《桧风》，蒋见元、程俊英先生说："从现存的四首诗中，看不出《桧风》有什么特点，《隰有苌楚》表现着浓重的悲观厌世的色彩，《匪风》情调也十分低沉，可能都是亡国之音吧。"[2] 既然是"亡国之音"，还有什么可以称道的呢？这种论断，说明了学者对于桧风轻蔑的原因，颇具代表性质。

桧国在文献中又写作"郐"。西周末年为子男之国，国小势微，西周末年被从关中地区东迁的郑国所灭。《公羊传》桓公十一年述郑国史事谓郑桓公时"有善于郐"，"通乎夫人以取其国而迁郑焉"，《史记·郑世家》谓"郐之君贪而好利，百姓不附"，《逸周书·史记》篇载"郐君嗇俭，灭爵损禄，群臣卑让，上下不临"，皆言郐君贪而无谋，其为郑灭乃势所必然。郐国虽灭，但郐地尚存，其地之诗而冠以郐名，被称为《桧风》，似有较大可能，非必其诗皆属西周。郐国

---

[1] 《左传》襄公二十九年。
[2] 蒋见元、程俊英：《诗经注析》，中华书局1991年版，第385页。

在两周之际就被郑灭,今存《桧风》诗四篇,专家或认为皆西周时诗,说似不确。郑玄《桧谱》谓"宣王任贤使能,周室中兴,不得有周道灭而令《匪风》思周道也,故知《桧风》之作,非宣王之时也。宣王之前,有夷、厉二王,是衰乱之王。考其时事,理得相当,故为周王夷、厉之时。"①其谓《桧》诗不是宣王时作品,是可信的说法,但将《桧风》之作推至夷、厉时代则未有确证,无法让人释疑。朱熹《诗集传》卷七引苏氏说谓"桧诗皆为郑作,如邶、鄘之于卫也"②,当近是。

《桧风》今存诗四首,即《羔裘》、《素冠》、《隰有苌楚》、《匪风》。四篇诗作的主旨为思夫、悼丧、悲念、感伤。《桧风》诸诗思深而旨远,与《郑风》的诗篇有较大区别。《郑风》今存诗二十一首,爱情诗占了多数,余者的主旨多赞美猎手或夫妇情话等,亦多欢快明朗之作。《桧风》虽然亦是流传于郑地的作品,但其忧患意识强烈,风格与《郑风》迥异。编诗者据其出现的地区,而编为《桧风》而不混入于《郑风》,应当说是颇有见地的。

《隰有苌楚》是《桧风》的第三篇。从上博简《诗论》的内容可以看到,孔子所选出并且置评者,皆为有深意或易被误解之诗作。孔子授徒不大可能将三百篇逐一讲过,而可能是选取其中之一部分。从"旨深"而"易误"这两个方面的情况看,《隰有苌楚》篇是兼备二者的典型作品,完全符合孔子授徒之诗的入选标准。

为研讨方便计,我们不妨将这首仅三章的小诗迻录如下:

> 隰有苌楚,猗傩其枝。夭之沃沃,乐子之无知。
> 隰有苌楚,猗傩其华。夭之沃沃,乐子之无家。
> 隰有苌楚,猗傩其实。夭之沃沃,乐子之无室。

苌楚,即今俗称的猕猴桃,藤本蔓生,善攀援向上。《隰有苌楚》全诗以对于苌楚的感叹组成。要说明诗意须说明一下诗中的"无"字,此处的"无"字不能够理解为没有、毋、不等意,而须理解为从反面的强调之意,意犹无不。王引之

---

① 孔颖达:《毛诗正义》卷七引。
② 按,朱熹所引"苏氏说",疑苏辙《诗集传》之说,然而苏氏论桧风,仅谓桧"为郑桓公所灭,其世次微灭不传,故其作诗之世不可得而推也"(苏辙《诗集传》卷七,四库全书本),未言诗为郑作事,或者朱熹引苏氏别有其人。

《经传释词》卷十曾经旁征博引,说明经传中的"无"每作"发声"之词,如《礼记·祭义》篇"天之所生,地之所养,无人为大",王引之说:"'无人为大',人为大也。《大戴礼记·曾子大孝》篇:'天之所生,地之所养,人为大矣。'则'无'为发声可知。《正义》曰:'天地生养万物之中,无如人最为大。'失之。"杨树达补充王说,谓:"此'无'犹惟也。"①按,王、杨两家之说皆可通,但孔颖达《礼记正义》释为"无如"之说,更为近之。愚以为若释为"无不",可能更妥。《祭义》所云"无人为大",意即天地之间无不以人为大。以此来理解诗意,诗中的"无知"意即无不有相知;"无家"意即无不有家;"无室"意即无不有室。准此,我们将此诗可以意译如下:

> 湿地上长着苌楚,枝叶好看多婀娜。枝叶嫩嫩有光泽,喜欢你们无不有相知。②
>
> 湿地上长着苌楚,繁华艳丽好婀娜。枝叶嫩嫩有光泽,喜欢你们无不有室家。
>
> 湿地上长着苌楚,果实累累真婀娜。肥肥大大有光泽,喜欢你们无不有家室。

诗的意思应当说是比较清楚的,诗人见湿地上生长着的婀娜多姿的苌楚而感慨,此意不难理解。然而,所感慨者为何事,则古今皆有不同说法。大略言之有五:

其一,认为这是一首讽刺诗,所"刺"的对象就是国君之"淫恣"。《诗序》谓:"《隰有苌楚》,疾恣也。国人疾其君之淫恣,而思无情欲者也。"这个意思比较别扭,郑笺拐了不少弯子才把它说清楚。郑笺云:"(苌楚)始生正直,及其长大,则其枝猗傩而柔顺,不妄寻蔓草木。兴者,喻人少而端悫,则长大无情欲。"

---

① 王引之:《经传释词》,黄侃、杨树达批,岳麓书社1985年版,第232页。
② 《隰有苌楚》诗中的"夭"字,毛传"少也",郑笺"疾君之恣,故于人年少沃沃之时,乐其无妃匹之意。"皆用以释人之幼时,俞樾谓"'夭之沃沃',仍当以苌楚言。诗人固借物为喻,不必斥言人也"(《群经平议》卷九)。"夭之沃沃",指枝叶果实的娇嫩厚实光润之态。诗中的"猗傩其华",于省吾先生曾以石鼓文的"亚箬其华"进行模拟(《泽螺居诗经新证》卷上,中华书局1982年版,第21页),意谓"猗傩"与"亚箬"音同。按,亚、恶、猗等字古音皆鱼部字,傩、娜古音为歌部字,依通假而言,"猗傩"当读若今之婀娜,形容轻盈柔美。

人从小就品行端正,长大了就会无情无欲。以此讽刺国君之多欲。这种说法显然是硬将此诗纳入汉儒说诗的"美刺说"的范围,颇为牵强。宋儒或将"刺"意理解为"夭之沃沃",指"反思始苦其牙,未有牵蔓之时,生意沃沃然,盖甚可爱也,此所谓赤子之心也",但是长大之后,则"柔弱牵蔓,盖如人之多欲"①。此说实为郑笺说的发挥,与诗旨的距离依然不小。

其二,认为这是一首悲观厌世之诗。宋儒朱熹说:"政烦赋重,人不堪其苦,叹其不如草木之无知而无忧也。"②当代学者亦多沿着朱熹的思路为说,如郭沫若说:"这种极端的厌世思想在当时非贵族不能有,所以这诗也是破落贵族的大作。""自己这样的有知识罣虑,倒不如无知的草木!自己这样有妻儿牵连,倒不如无家无室的草木!作人的羡慕起草木的自由来,这怀疑厌世的程度真有样子了。"③钱锺书亦谓"室家之累,于身最切,举示以慨忧生之嗟耳"④。这样的说法影响不小,后来,陈子展、蒋见元、程俊英等先生亦从此说。

其三,认为这是望子成龙者伤其子不成器之诗。清儒牟应震说此诗之旨在于"伤子之不材也。苌楚之猗傩,自枝而华,自华而实,不改其观。而予所乐者,则子无知无室家之时,盖有则不能乐矣。"⑤

其四,认为这是一首哀叹遭乱逃难之诗。清儒姚际恒说:"此篇为遭乱而贫窭,不能赡其妻子之诗。"⑥方玉润发挥此意,说:"桧破民逃,自公族子姓以及小民之有室有家者,莫不扶老携幼,挈妻抱子,相与号泣路歧,故有家不如无家之好,有知不如无知之安也。"⑦如前所述,如果不能断定此诗必为桧国之诗,此说就将是无根之谈。

其五,认为这是一首爱情诗。高亨先生说:"这是一首女子对于男子表示爱情的短歌"⑧,或有论者谓这首诗是婚恋之诗,"用猕猴桃枝柯柔美,枝叶肥润来比喻对方的年轻可爱"⑨。论者将此诗视为爱情诗一般认为是女慕男之

---

① 吕祖谦:《吕氏家塾读诗记》卷十四,四部丛刊本。
② 朱熹:《诗集传》卷七,上海古籍出版社1980年版,第86页。
③ 郭沫若:《中国古代社会研究》,《郭沫若全集》历史编第1卷,人民出版社1982年版,第165、148页。
④ 钱锺书:《管锥编》,中华书局1979年版,第128页。
⑤ 牟应震:《毛诗质疑》,齐鲁书社1991年版,第104页。
⑥ 姚际恒:《诗经通论》,中华书局1958年版,第154页。
⑦ 方玉润:《诗经原始》,中华书局1986年版,第295页。
⑧ 高亨:《诗经今注》,上海古籍出版社1980年版,第190—191页。
⑨ 毛忠贤:"高禖崇拜与《诗经》的男女聚会及其渊源",《江西师大学报》1988年第4期。

意,见到苌楚即联想到自己所爱悦之少年美盛,并且欣喜其未有家室,正是自己与其结合之机遇。可是,这种说法的证据比较单薄,义多未安之处,并且与上博简《诗论》评析此诗的意蕴很难牵合。此说若能够成立,尚需很多论证方可。

以上诸说虽皆力求诗旨之本真,但由于所处角度不同,故而对于诗旨的理解或是或否、或近或远,不可能一致[①]。概括言之,汉儒纳此诗于美刺之列,显然,这种解释迂曲而不能令人信服。宋儒看出其中的悲观情绪,比之于汉儒是一大进步,但是从诗中的"无知"、"无家"、"无室",如何推论出厌世,其间缺环太多,不一定符合诗人之志。清儒谓此为乱离感伤或悲子不成材之诗,可是从诗中反复重叠出现的"隰有苌楚、夭之沃沃"的形象看,很难与乱离和伤子不成器的意思联系一起。当代学者的爱情诗之说仅从"知"字来看问题,一字立论,证据有所不足。

要正确理解此诗的主旨,必须先对诗中的关键词进行辨析。

如前所述,这首诗的字面意思不难理解。但是其中的"知"字却不容易解释。最能引人入胜的解释是将它解释为"智",知与智相通用是先秦词语中的常识,将知读为智,证据无数,完全可行。并且如此释读还可以有相当精彩的意蕴供发掘。人有苦恼的时候,常羡慕草木之无情无知无虑。正如专家所指出,这种嗟叹常常为诗歌造就一种"低徊暗淡的美"的境界[②]。然而,美则美矣,无奈这只是读诗的人所赋予它的境界,并不是《隰有苌楚》诗的本来意旨。

我们这么说的一个重要的证据就是此诗三章句式相同,用字类似,其内容应当属于同一类型,而不大可能是两个范畴的事情。遍检《诗》十五国风,这类情况多见,一诗当中句式相同而小有变化者,皆为所咏事情的反复强调,或者是语气的加重变化。例如《桃夭》首章的后两句作"之子于归,宜其室家",次章变动了两个字,作"宜其家室",末章则变成"宜其家人"。室家、家室、家人,意属同类。再如《干旄》首章作"彼姝者子,何以畀之",次章变作"何以予之",末

[①] 按,这种情况应当就是"诗无达诂"的表现,由于诗的表达方式的特殊性质,所对于诗的主旨理解发生歧异是很正常的事情。孟子主张"说诗者,不以文害辞,不以辞害志。以意逆志,是为得之"(《孟子·万章》上)。赵岐注谓:"人情不远,以己之意逆诗人之志,是为得其实"。后来董仲舒提出"诗无达诂",正是对于孟子"以意逆志"思路的延续。

[②] 蒋见元、程俊英:《诗经注析》,中华书局1991年版,第390页。

章作"何以告之",畀之、予之、告之,亦属同类词语的递进重复。再如《汾沮洳》首章末句作"殊异乎公路",后两章则变作"公行"、"公族",三者皆是管理交通的职官名称,例如同类词语。再如《蒹葭》首章末句作"宛在水中央",后两章各变动一个字,作"水中坻"、"水中沚"。再如《破斧》篇首章末句"亦孔之将",后两章分别作"亦孔之嘉"、"亦孔之休"。将、嘉、休,皆美好之意。总之,《国风》诸篇中,末句只改变一个字进行重复递进表达的句式,不在少数①。其所表示的意蕴,皆属同类。遍检《国风》诸篇尚未发现一例是末句用字类似而意义却迥异者。据此,我们可以分析,《隰有苌楚》篇三章的末句,句式一致,其意蕴亦应属同类。此诗三章的末句分别作"乐子之无知"、"乐子之无家"、"乐子之无室",首章的末字"知",应当是和次章及末章的"家"、"室"意蕴一致的。如果释知为智,则与后两章末字的意蕴相距甚远。也有专家认为一篇诗中诸章句同词位同而字异,字义可同也可以异,不必过于拘泥。这个认识虽然不能说错,但《国风》诸篇中,字义相同者比比皆是,而一定要以不拘泥为理由说此篇例外,似乎没有多少说服力。

　　钱锺书先生曾经把这里的"知"释为情欲,谓"'知',知虑也,而亦兼情欲言之","苌楚无心之物,遂能夭夭沃盛,而人则有身为患,有待为烦,形役神劳,唯忧用老,不能长保朱颜青鬓,故睹草木而生羡也"。②

　　我们的这个认识似乎很有利于我们前面提到的将此诗定为爱情诗的判断。对于这一点我们不能不做较详细的探讨。

　　郑笺释"知"意为"匹",谓"夭之沃沃,乐子之无知"句,意即"于人年少沃沃之时,乐其无妃匹之意"。此说影响很大,《尔雅·释诂》盖据此而专门为释③。清儒马瑞辰所论甚辨,颇有典型性质,可以引之如下:

　　　　《尔雅》:"知,匹也。"笺训知为匹,与下章"无室"、"无家"同义,此古训

---

① 这类例子,除上引者外,还有《兔罝》、《甘棠》、《式微》、《墙有茨》、《兔爰》、《葛藟》、《采葛》、《将仲子》、《叔于田》、《风雨》、《著》、《庐令》、《敝笱》、《载驱》、《陟岵》、《伐檀》、《绸缪》、《蟋蟀》、《羔裘》、《无衣》、《东门之池》、《月出》、《蜉蝣》等。
② 钱锺书:《管锥编》第一册,中华书局1979年版,第128页。
③ 清儒陈启源《毛诗稽古编》指出,"《尔雅·释诂》'知,匹'语,殆专为此诗注脚"(《清经解》第一册,上海书店1988年版,第376页)。

之最善者。或疑知不得训匹,今按《墨子·经上》篇曰:"知,接也。"《庄子·庚桑楚》篇亦曰:"知者,接也。"《荀子·正名》篇曰:"知有所合谓之智。"凡相接、相合皆训匹,《尔雅》"匹,合也",《广雅》"接,合也"是也。知训接、训合,即得训匹矣。又古者谓相交接为相知,《楚辞·九歌》"乐莫乐兮新相知",言新相交也。交与合义亦相近,《芄兰》诗"能不我知",知正当训合。"不我知"为不我合,犹"不我甲"为不我狎也。《礼记·曲礼》"男女非有行媒不相知名",《释名》作"不相知",云"'本或作不相知名'。名,衍字耳。"今按,不相知者,即不相匹也。此皆知可训匹之证。①

这些论证应当说都是正确的,但其所讲的意思则不对。知固然可以训为匹,匹亦有接、合之意,但匹字在先秦时期并无作配偶的意蕴。《曲礼》"不相知名",即令作"不相知",其意只是说互不知晓,或者说是不为相互认识提供条件。如果把这里的"知",理解为配偶,那是说不通的。总之,马瑞辰申述郑笺之意,其逻辑顺序的"知——匹——接(合)",是能说得通的,但下一步再判定为"配偶"之意则说不通。总之,郑笺的说法虽然符合《国风》诸诗末字用语之例,但将知释作配偶讲却又是说不通的。

既然《隰有苌楚》诗的首章末字的"知"不可通假而作"智",又不可以通作"匹",那么该如何理解它呢?

愚以为这个"知"字应当理解为朋友、友人。在先秦文献里面,虽然"知"无配偶之意的例证,但是将其释为"友",则用例甚多。可以试举几个较为典型的用例如下。

> 以周公之圣。兄弟相知之审。而近失于管蔡。明人难知也。
>
> 若颜阖者,非恶富贵也,由重生恶之也。世之人主,多以富贵骄,得道之人,其不相知,岂不悲哉!
>
> 孔子见温伯雪子,不言而出。子贡曰:"夫子之欲见温伯雪子好矣,今也见之而不言,其故何也?"孔子曰:"若夫人者,目击而道存矣,不可以容声矣。"故未见其人而知其志,见其人而心与志皆见,天符同也。圣人之相

---

① 马瑞辰:《毛诗传笺通释》卷十四,中华书局1989年版,第429页。

知,岂待言哉?①

上引第一条材料,称"兄弟相知",可见"相知"者,兄弟也。第二条材料谓鲁国君主与士人颜阖不能相知,即不能够成为知己朋友。第三条指孔子与士人温伯雪子为"相知"。其他如《庄子·齐物论》说:"我与若不能相知也。"指的是庄子假托的高士长梧子与翟鹊子两人不能相知。最能说明"知"所指的人物关系的例子是《仪礼·既夕礼》的记载。是篇说:"兄弟,赗奠可也。所知,则赗而不奠。"其说是指丧礼当中,外人助丧的时候,兄弟关系者,可以赗、奠皆施,如果只是"知",则只能赗而不能奠。此处的"知",郑玄注谓"通问相知也,降于兄弟。奠,施于死者为多,故不奠。"依此说,则"知"只是相互有交情的朋友,其与死者关系的密切程度低于兄弟。清儒胡培翚认为"知",应当包括"朋友"在内,并引敖氏说:"赗以币马,尊敬之意也,故亲疏皆得用之。奠以羊,若相饮食然,亲亲之恩也。故疏者不得用之。所知,谓知死知生者也,朋友亦存焉"②。《既夕礼》所言的知之所指为朋友,以此来看上引几条材料,皆可吻合。还有一条材料可以确证此点。《吕氏春秋·遇合》篇载:"人有大臭者,其亲戚、兄弟、妻妾、知、识无能与居者,自苦而居海上。"所谓"知识",即指所相知所相识之人。其亲疏程度在亲戚、兄弟、妻妾之外。男女恋人亲密程度超出相知相识,其关系并不属于"知"的范围。当然,男女恋人在开始的时候,亦从相知相识发端,可是相恋之后,作为恋人,就不会再称为相知了。屈原《九歌·大司命》"乐莫乐兮新相知"。王逸《楚辞章句》解释说:"言天下之乐,莫大于男女始相知之时也。屈原言己无新相知之乐,而有生别离之忧也。五臣云:喻己初近君而乐,后去君而悲也。"此处的"新相知",可以指恋人初识,但屈原于此所喻者是君臣之交,所以说"相知",还是不能以此为据说就是恋人。

我们可以进一步分析相关问题,即如此来理解《隰有苌楚》诗中的"知"、"家"、"室"之意是否合乎诗旨呢。答案应当是肯定的。我们可以再来说一下"苌楚"的习性。苌楚,木质蔓生,但又不像紫藤那样整个缠绕于它树,而是长大之后靠枝蔓攀援它物(如树木、支架等)向上生长而结出果实。苌楚为人所

---

① 这几条材料依次见于《孔丛子·儒服》、《吕氏春秋·贵生》、《吕氏春秋·精谕》。
② 胡培翚:《仪礼正义》卷二十九,江苏古籍出版社1993年版,第1877页。

喜爱,故歌而咏之,诗的首章谓"乐子之无知",表明诗人先喜它幼苗之时"真而好"①,并不依附它物,连叶子都光泽嫩润。无相知者,无不有相知也。它树皆在其周围,供它选择攀援相伴。次章言"乐子之无家",表明诗人喜欢它长大之后攀援它树向上挺拔,此时已经攀援它树,犹如有了家庭可以依靠,所以诗人说喜欢它无不有家。末章言"乐子之无室",室与家本来可以互用,但在先秦时期,一般说来,室要大于家,就地位看,室可以有"王室"、"公室",就数量上看,室可以包括许多家。一个宗族也可以称为"室",如《国语·越语》上"当室者死",韦注"当室,嫡子也"。此诗中的室相当于屡见于先秦文献的"宗室"②,是为宗族的代称。诗末章中的室盖用此意。谓果实累累的苌楚,像宗室(宗族)有许多"家"那样令人喜悦。

总之,这是一首意境美丽、节奏欢快的诗作,没有必要作为一首政治诗来读,若非要从中体味出"亡国之音"来,则于诗旨大相乖戾。

(二)上博简《诗论》相关评析的启示

上博简《诗论》正为我们提供了一个重新认识《隰有苌楚》一诗的契机。《诗论》第 26 号简载:

《隰又(有)长(苌)楚》得而悘之也。

评析《隰有苌楚》篇的简文之意专家没有多少异义。简文中的"悘"字专家多据《玉篇》、《集韵》释为悔,简文之意则是自悔恨命薄,连草木都不如,或谓有室家之累者羡慕无室、无家者之洒脱,是诗作者后悔自己有媳妇、已成家、有妻室,正所谓"得而悔之"③。专家读简文的"悘"为悔,有古代字书为证。这是可以说得通的,然而这并不能肯定"悘"一定只能读若悔,也不能排斥掉其他读法的可能性。庞朴先生即谓这个字"似应释'无'。其诗有云:'乐子之无知'、'乐子

---

① 牟庭:《诗切》,齐鲁书社 1983 年版,第 1226 页。
② "宗室"之称,于先秦文献中甚多,如《诗·采苹》载"于以奠之,宗室牖下"、《左传》襄公十七年载"不唯其宗室是暴,大乱宋国之政"、《左传》昭公六年载"丧而宗室,于人何有"、《国语·鲁语》下载"宗室之谋,不过宗人"、《韩非子·扬权》载"公子既众,宗室忧吟"等皆为显例。
③ 参见李零《上博楚简校读记》,《中华文史论丛》第 68 辑,上海古籍出版社 2001 年版,第 16 页。

之无家'、'乐子之无室',皆以无为乐,即以无为得也"①。"无"的古音亦在鱼部,与"悔"相同,读若无从古音通假方面说并无障碍。简文的这个字如果释读为"无",那么,照此理解诗旨,则与"悔"意就有着较大距离。

愚以为,简文的这个"愗"字寻求其通假之例,应以上博简自身的材料以及与上博简时代很近的郭店楚简的材料,最为直接可信。它在上博简里面有多处用例是读作"谋"的②。例如上博简《缁衣》第12号简谓:

君不与(以)少(小)愗(谋)大,则大臣不令。叶公之《寡(顾)命》员(云)"毋以少(小)愗(谋)败大者"。③

陈佩芬先生注释此条简文说:"愗,为,谋,字之古文。《中山王礐鼎》铭文'谋'字从母从心作'愗',与简文同。《集韵》'谋,或作愗。'"④此条简文的两个"愗"字,今本《礼记·缁衣》皆作谋,可证愗读谋之正确无误。再如上博简《性情论》第39号简载:

速(数),愗(谋)之方也。⑤

濮茅左先生注释此条简文和陈佩芬先生一样,亦引《集韵》"谋,或作愗"为说,论证简文愗当读若谋。再如,上博简《彭祖》第6号简载:

愗(谋)不可行,述(怵)惕之心不可长。⑥

---

① 庞朴:《上博藏简零释》,《上海博物馆藏战国楚竹书研究》,上海书店出版社2002年版,第239页。
② 专家对于此字的释读,据贺福凌先生说,台湾学者郑玉珊曾经释作"谋"字(按,郑玉珊"诗论二十六简愗字管见"一文见简帛研究网2003年6月1日),贺先生亦同意此说并引用了郭店楚简的例子进行说明,见其所撰"释上博楚简《孔子诗论》中的愗字—兼辨《桧风·隰有苌楚》诗义"(《古汉语研究》2004年第1期)一文。
③ 马承源主编:《上海博物馆藏战国楚竹书》(一),上海古籍出版社2001年版,图版第56页,释文第187页。
④ 同上书,释文第187页。
⑤ 同上书,图版第109页,释文第275页。
⑥ 马承源主编:《上海博物馆藏战国楚竹书》(三),上海古籍出版社2003年版,图版第127页,释文第307页。

再如,上博简《曹沫之陈》第 13 号简载:

> 臣闻之:又(有)固慗(谋)而亡(无)固城。①

再如上博简《三德》第 13 号简载:

> 邦且亡,亚(恶)圣(圣)人之慗(谋)。②

再如上博简《鬼神之明》第 20 号简载:

> 去以慗(谋),民之所欲,鬼神是有(佑)。③

再如郭店楚简《语丛》四第 25 简载:

> 女(如)慗(谋),众强甚多不女(如)时。古(故)谋为可贵。④

上引这些例证可以说明简文慗字确实可以读作"谋",虽然它也有读作敏、毋、悔等读法,但读作谋却是最主要的读法。

《说文》云:"虑难曰谋,从言某声。"《说文》所引谋字古文作"䜶",作"譬"。古文字中,从言从心之字每互用,如《徐王子钟》"其音悠悠",悠字不从心而从言,即为其例。再如睡虎地秦墓竹简《封诊式·治狱》载:"治狱,能以书从,迹其言,毋治(笞)谅(掠),而得人请(情)为上,治(笞)谅(掠)为下。"其中"人请"的请,应当读若情,亦可证从言从心,可相通用。《说文》载"谋"字古文有从母从言者,依古文字从言从心字相通之例来看,《诗论》简的"慗"字,读作"譬"(即

---

① 马承源主编:《上海博物馆藏战国楚竹书》(四),上海古籍出版社 2004 年版,图版第 104 页,释文第 251 页。
② 马承源主编:《上海博物馆藏战国楚竹书》(六),上海古籍出版社 2006 年版,图版第 139 页,释文第 297 页。
③ 同上书,图版第 146 页,释文第 302 页。
④ 荆门市博物馆编:《郭店楚墓竹简》文物出版社 1998 年版,第 218 页。

谋),不仅应当是可以的,而且也是较优的。再如上博简《季庚(康)子问于孔子》篇第 19 号简载孔子语:"今之君子,所竭其青(情),尽其誓(慎)者三害(患)。"①誓读若慎,亦为从言从心相通用之证。总之,简文"《隰又(有)长(苌)楚》得而愍之也"的"愍",当以读若谋为优,而非读若悔。

  谋的意蕴是考虑、筹划,与计、谟等意皆相近。《说文》:"谋,虑难曰谋。"春秋时人谓"咨难为谋"、"咨事为谋"②,《诗·皇皇者华》"周爰咨谋",毛传"咨事之难易为谋",皆与《说文》之训相同。谋与谟相通,徐锴《说文解字系传》云:"虑一事、画一计为谋,泛议将定,其谋曰谟。"谋和计一样也有心中考虑之意,故《尔雅·释言》云"谋,心也"、《论衡·超奇》云"心思为谋"。谋虑、谋划,是为历来儒家理论所重视。孔子在谈到战争与军事的时候主张"临事而惧,好谋而成"③,孔子讲为政的理论,主张"不在其位,不谋其政"④,他反对"小不忍而乱大谋"⑤。《论语》载曾子"三省吾身"的首位就是"为人谋而不忠乎"。总之,遇事思虑成熟而行,是为取得成功的必由之路。《郭店楚简·语丛》四谓"虽勇力闻于邦,不如材。金玉盈室,不如谋。众强甚多,不如时。故谋为可贵,"充分肯定"谋"之重要。《礼记·檀弓》下篇谓"君子不能为谋也,士弗能死也,不可。"儒家学派认为,"君子"的责任之一就是"为谋",可见对于谋的重视。简文"得而谋之也",字面的意思是说得到了就要谋虑它、谋划它⑥。这是对于诗旨的直接评析,从中也可以充分体会到儒家理论对于谋以及谋与礼的关系的重视。

  另外,可以附带指出的一点是,简文对于判断诗的"无"字的释读,有很大作用。既然说"得"(得到),那就是拥有,而不是"无"(没有),所以诗中的"无"字我们前面考析认为它的意思当如"无不",应当是可信的。

---

  ① 马承源主编:《上海博物馆藏战国楚竹书》(三),上海古籍出版社 2003 年版,图版第 93 页,释文第 277 页。
  ② 《左传》襄公四年、《国语·鲁语》下。
  ③ 《论语·述而》。
  ④ 《论语·泰伯》。
  ⑤ 《论语·卫灵公》。
  ⑥ 简文的"得",多数专家理解为得到,个别专家解释为助动词,表示可以、能够之意,虽亦可通,但不若理解为得到之得为优。先秦文献中,得、而连用之例,皆谓得到。如《吕氏春秋·慎人》篇谓"得而说之,献诸缪公",《吕氏春秋·任数》篇载"颜回索米,得而爨之",《荀子·议兵》"厄而用之,得而后功之,功赏相长也"等等,语式与简文相同,皆用若得到之得。

(三)《隰有苌楚》诗旨在诗外

就诗体而言,赋、比、兴三者,以"兴"最难理解。一般认为,"兴"在诗中就是引譬连类、托事于物引起诗人之意,所兴之辞虽然隐晦但却意义深远,使诗达到文已尽而意有余的效果。兴体常通过譬喻表达意蕴,但意蕴只在于有意、无意之间,并非一眼即可望穿。《隰有苌楚》一诗,朱熹以为皆赋体①,并不正确,倒是毛传以之为兴体,更令人信服。但是毛传只在此诗前两句之后注明"兴也",后两句(以及后两章)是否"兴"体,却并未言之。元儒刘玉汝指出《隰有苌楚》全篇为兴体。这种兴体的诗意"犹在一篇所言之外","诗中有此体者,惟此(按,指《兔罝》)与《隰有苌楚》二篇而已","或曰:如此则当为比。曰:比者,以彼物状此物,盖于物也。若此诗则以此事兴此事,非有二事也。故只当为兴,不可以为比也"②。愚以为此说甚是。《隰有苌楚》诗的各章的前两句,皆作"隰有苌楚,猗傩其枝(后两章分别改枝字为华、实)",其"兴"之意明显。而后两句,为什么说也属"兴"体呢?原因就在于后两句"夭之沃沃,乐子之无知(后两章分别改知字为家、室)",也是在托物兴辞,实际上只是说了苌楚枝叶之润泽而令人喜欢,诗人的意蕴于诗句中依然看不出来。末句所云"乐子之无知(家、室)",与前面所写不同,似乎是直抒诗人胸臆,但细绎诗句,还是看不出来诗人到底在说什么。"乐子之无知(家、室)"表示诗人之"乐"而已,实际上是托诗人之乐,来暗喻诗人的真正意思,但这一点在诗中是看不出来的。所以说,《隰有苌楚》一诗全篇皆为"兴"体,诗意只能够在诗外体味。王夫之谓"兴在有意无意之间"③,用来说明此诗应当说是很贴切的。清儒方玉润曾谓:"六经中唯《诗》易读,亦唯《诗》难说。固因其无题无序,亦由于词旨隐约,每多方言外意,不比他书明白显易也。"他主张讲求诗旨,要"得诗人言外意"④,按,此说确有见地。所谓"诗人言外意",即诗外之意。

诗的"兴"体的特点之一在于,起兴小物而取义大事,亦即小处着眼而大处思考,有以小喻大的作用。《文心雕龙·比兴》篇正道出了此意,是篇说:"兴

---

① 朱熹:《诗集传》卷七。
② 刘玉汝:《诗缵绪》卷一,四库全书本。
③ 王夫之:《姜斋诗话》卷一,《诗译》卷十六。关于意在诗外之旨,宋儒就曾论及,如吕祖谦谓"闵惜惩创之意隐然自见于言外"(见《吕氏家塾读诗记》卷五。四部丛刊续编本。)
④ 方玉润:《诗经原始》卷首上,中华书局1986年版,第4页。

者,起也。附理者切类以指事,起情者依微以拟议。起情故兴体以立,附理故比例以生。……观夫兴之托谕,婉而成章,称名也小,取类也大。"称名与取类的关系,儒家理论中时有涉及,以《易·系辞》下篇所言易象与卦的关系说得最为明确,是篇谓"其称名也小,其取类也大",孔颖达解释此语谓:"'其称名也小'者,言《易》辞所称物名多细小,若'见豕负涂'、'噬腊肉'之属,是其辞碎小也。'其取类也大'者,言虽是小物,而比喻大事,是所取义类而广大也。"①儒家讲易与讲诗主旨皆一,可以说易的象犹如诗所"兴"之物事,而易卦辞爻辞则是所"兴"之意。

《隰有苌楚》一诗全篇"兴"体,诗旨在诗外,这一特点就给读诗的人留下了广阔的想象空间,留下了可以观察此诗的各个不同角度供人们选择。然而,什么是最贴近诗旨的解释呢?愚以为那就是上博简《诗论》的简文的解释:"得而悬(谋)之也"。兹试析之。

这首诗三章分为三个层次让人体味其意旨。诗中明谓已经得到了朋友、家庭、宗族,那么,在此之后呢?那还必须进行考虑如何对待的问题。诗外之意蕴,就是围绕这三点展开的。第一个层次是诗的首章,讲人有了朋友的时候要考虑如何相待朋友。依照儒家的交友之道,那就是要选择道德高尚及博学者为友,用孔子的话来说就是"无友不如己者"、"友其士之仁者"、"友直,友谅,友多闻"②。还需要对朋友讲究诚信。曾子提倡的"三省",其第二项就是反思自己"与朋友交而不信乎?"子夏亦主张"与朋友交,言而有信"③。孔子在回答弟子询问时说自己的志向,其中之一,就是"朋友信之"④。孔子认为朋友间可以相互批评,"切切偲偲"⑤,若朋友有了过错,应当"忠告而善道(导)之"⑥。可以说,首章的"得而谋之"意即有了朋友就应当"谋(考虑)"如何与朋友交往。

诗的次章是讲家庭的。在儒家的治国理论中,家庭居于重要地位,孟子说:"天下之本在国,国之本在家"⑦,就是关于家之重要性的明确表达。孟子

---

① 孔颖达:《周易正义》卷八。
② 《论语·子罕》、《论语·卫灵公》、《论语·季氏》。
③ 《论语·学而》。
④ 《论语·公冶长》。
⑤ 《论语·子路》。
⑥ 《论语·颜渊》。
⑦ 《孟子·离娄》上。

的这个思想,在《礼记·大学》中是这样表达的:"欲明明德于天下者,先治其国;欲治其国者,先齐其家;欲齐其家者,先修其身。"家是国的基本单位,所以孔子及儒家学派特别重视"齐家"。《隰有苌楚》的次章很应当和《周南·桃夭》诗的首章进行对比研究。请看这两章诗:

隰有苌楚,猗傩其华。夭之沃沃,乐子之无家。
桃之夭夭,灼灼其华。之子于归,宜其室家。

这两章诗,皆写其繁华正茂之时,"猗傩其华"与"灼灼其华",如出一辙。"夭之沃沃"与"桃之夭夭",亦极类似。只是后者前两句为兴体,后两句则为赋体,而前者则整章皆兴体。然而两章诗表达的意蕴则是相同的,都是在讲"家"的重要,及如何对待"家"。春秋战国时期,"家"、"室"两者每相一致。固然称"家"者多指卿大夫贵族之家,但并不否定夫妻称家的情况存在。《孟子·告子》下篇载"踰东家墙而搂其处子,则得妻",《桃夭》诗的"宜其室家",毛传:"宜,以有室家无踰时者",家即指夫妻之家,非谓卿大夫之家①。《隰有苌楚》诗的"家"亦当指夫妻之家。"得而谋之",对于得到"家"之人来说,是一个严肃的问题,依照儒家的理论,那就需要先从自身做起,即《大学》所谓"欲齐其家者,先修其身;欲修其身者,先正其心;欲正其心者,先诚其意",提高自己的道德修养。对于家人要"孝"、"弟",对于家中的劳动者要仁慈。这些都是"齐家"的要点,皆属于须"谋"的内容。

诗的末章"猗傩其实",点明了这是猕猴桃成熟的时候。猕猴桃结果繁多,层层累累,正可喻指宗族内部室家数量众多,旺盛发达。宗族是周代社会基础最重要的组织形式,而宗族则由"室"来组成。周代著名的农事诗《良耜》谓收获的时候,"获之挃挃,积之栗栗。其崇如墉,其比如栉,以开百室",郑笺云:"百室,一族也。……其已治之,则百家开户纳之。……一族同时纳谷,亲亲也。百室者,出必共洫间而耕,入必共族中而居,又有祭酺合醵之欢"②。此诗末章"乐子之无室"的"室",实即宗族的基本组成单位。某个地区宗族的"室"

---

① 清儒胡承珙释"宜其室家"句,谓"《左传》申繻曰:'男有室,女有家。'自是以'室家'指夫妇而言。"(《毛诗后笺》卷一,黄山书社1999年版,第42页)。
② 孔颖达:《毛诗正义》卷十九,十三经注疏本。

的数量是很多的,《管子·乘马》述古代社会情况谓,"上地,方八十里,万室之国一,千室之都四;中地,方百里,万室之国一,千室之都四。下地,方百二十里,万室之国一,千室之都四。"可以看出大大小小的"国",也有"室"之多寡的区别。孔子所说的"千室之邑"①,应当是当时中等的邑的规模。孟子所说的"万室之国"②应当是当时的中等诸侯国的规模。作为宗族的组成单位,"室"自然也受到宗族的庇护。春秋后期齐国的晏婴说到自己的宗族情况谓,"婴之宗族待婴而祀其先人者数百家"③。我们依然可将《隰有苌楚》与《桃夭》诗进行比较,请看《桃夭》的次章和《隰有苌楚》的末章:

   桃之夭夭,有蕡其实。之子于归,宜其家室。
   隰有苌楚,猗傩其实。夭之沃沃,乐子之无室。

这两章诗皆写果实成熟时节,一个是红白相间,果实斑驳("有蕡其实"),一个是果实丰收把枝条压得弯弯("猗傩其实")。果实丰收,意味着家庭建立,并且融入了宗族之中④。如何处理自己在宗族内部的关系,那是很有一番理论可以考虑的。依孔子所定"士"的标准,必须在宗族内部真正做到孝敬长辈,使得"宗族称孝焉"⑤。两章的不同处在于,《桃夭》的"宜其家室",为赋体,意在诗内,而《隰有苌楚》的"乐子之无家"依然是就"苌楚"说话,意旨在诗外,此句依然为"兴"体。诗内诗外之意虽然位置不同,但意蕴却是一致的,诗所表达的情绪皆欢快而乐观,并不如学者所论的那样消沉、暗淡和低徊。这首诗浸透着诗人的欣喜之心,诗人既为婀娜多姿的苌楚高兴,也为自己如苌楚般的际遇高兴,自己有相知的朋友,有家室和宗族可资凭依。然而在高兴之外呢?那就应当是深深的责任感,对于朋友、家室、宗族的高度责任感。上博简《诗论》第25号简简文论析这首诗所说的"得而悔之也",应当就是基于这种责任感

---

① 《论语·公冶长》。
② 《孟子·告子》下。
③ 《吕氏春秋·外篇》卷七《仲尼称晏子行》章。
④ 《隰有苌楚》诗实际上采用了拟人化的手法,将"苌楚"拟化为有朋友、有家室的人,诗中的"乐子"之辞,其"子"即明明将"苌楚"作为人来写。拟人化手法在《诗》三百篇中不多见,相传的例子还可举出《鲁颂·駉》篇,是篇写马"思无疆"、"思无期"等,亦然。
⑤ 《论语·子路》。

而发的。从另外一个角度看,正是这个简文启发我们考虑到了这种诗意下的责任感[1]。

总之,《隰有苌楚》完全是一首咏物之诗,它描写了苌楚的茁壮成长的过程,表现了苌楚的美好与可爱,湿地上遍布的苌楚润泽美丽,孜孜向上,丰腴多子,这正是人生状态的况照。然而作者为什么要如此来描绘苌楚之状态呢?从诗中可以看的就是三章同用的一个"乐"字,那么作者在"乐"苌楚的什么呢?诗人为何而"乐"呢?从诗中还是找不出解决这个问题的答案。这答案并不在诗内,而是此诗之外的。原来,诗人所"乐"苌楚者正是其高度的社会责任感。苌楚的成长过程告诉人们要善待朋友,处理好家事,巩固好宗族。这一切均须深谋远虑才能够做得完美。不去谋划这些,不为这些操心不行吗?不行的。谁让你已经得到了呢?得到就意味着有了责任,就意味着为了不负此责任而必须去思虑、去谋划,必须把该做的事情做好。回过头来看,这不正是简文"得而谋之也"的意思吗?

对于《诗》的误读由来已久。"诗无达诂",既然不能"达诂",对诗篇的本意没有确解,那么,"误读"又怎么能够可以避免呢?不同时代、不同境况中、不同阅历的人,以不同的视角来解诗,必然会出现不同的理解与判断。春秋时人每每断章取义赋诗言志,这种做法并不遭非议,可见当时社会上对于误读还是认可的。诗作犹如一颗能够折射七色光的宝石,视角有别即可以看到不同的光芒。同为宝石一般的诗,其意境就随之大相径庭。美则美矣,然而对于宝石的本质理解却会出现不小的距离。诗心可以说是诗作者的本心,而诗意则是其诗作所表达之意。诗意可以误读,甚至可以由此读出很美的境界。可是,诗心却是不应当被误读的。此乃不可不辨之事。就《隰有苌楚》篇而言,我们不敢保证孔子一定没有误读,上博简《诗论》所记载的孔子对于此篇的评论一定符合是篇的诗心,但是我们可以肯定的是,编《诗》和最早论《诗》的孔子的理解要比后人的解释可信。

对于《隰有苌楚》一诗,后人往往从忧生之叹的角度来观察,自然会从中看

---

[1] 孔子论诗诗强调要考虑诗外之意,《论语·学而》篇载:"子贡曰:'贫而无谄,富而无骄,何如?'子曰:'可也。未若贫而乐,富而好礼者也。'子贡曰:'诗云:如切如磋,如琢如磨。其斯之谓与?'子曰:'赐也,始可与言诗已矣!告诸往而知来者。'"依孔子所论,"告诸往"者,即《诗》内之意。所知之"来者",当即诗外之意。孔子所以称赞子贡,是因子贡能够体悟出诗外之意。

出相当凄美的意境。人生苦短、人生苦忧、人生实难之叹,每每见诸各种作品中,推究其意境之源,专家亦有将其溯源到此诗者①。其实,这样理解诗意没有什么不可以。这种误读化欢快为低迷、变明亮为阴沉,虽然可以引人从另外的角度深思,但与诗心毕竟有了一定距离。这也许可以作为俗语所谓"距离产生美"的一种表现吧。细细体味全诗可以悟出,这首诗的诗心所蕴含的、诗意之外让人体悟的,正是一种欢乐情绪下的严肃的社会责任感。

四十一　试析上博简《诗论》中的"知言"与"不知言"
——附论《诗论》简所反映的孔子语言观

上博简《诗论》简中关于"知言"与"不知言"的相关评析,可以使我们看到孔子对于《诗·大田》与《墙有茨》篇的深刻理解。关于这两首诗的意旨,前人多有不同的解释,得《诗论》的简文不仅可以化解相关歧义,而且能够进一步理解孔子的语言观。

上博简《诗论》第25号简谓"《大田》之卒章,智(知)言而有豊(礼)",第28号简谓"《墙又(有)茡(茨)》慎密而不知言",孔子对于《小雅·大田》的卒章和《鄘风·墙有茨》篇分别以"知言"和"不知言"评析。这对于认识孔子的语言观和这两首诗的主旨很有参考意义,专家们的相关研究虽然解决了不少重要问题,但尚有若干有待再探讨之处,今试说之,以求引玉之效焉。

(一)简文"知言而有礼"析义

上博简《诗论》第25号简的简文"知言而有礼",是对于《大田》一诗的评析,此诗见于《诗经·小雅》,是《小雅》所载四篇著名的农事诗之一。其中的"雨我公田,遂及我私"之句,成为研讨井田制学者最看重的一个证据。全诗共四章。为研讨方便计,现略述各章之意。其首章的内容讲大田庄稼很多,农夫播种忙碌,苗儿长得不错。第二章讲庄稼抽穗,籽粒饱满。多亏田祖之神保佑,螟螣一类害虫都被付之一炬。第三章讲到了抢收抢种季节,天上掉下雨滴,希望它先下到公田,然后再落到私田里("雨我公田,遂及我私")。收获时遗落的谷穗,要照顾寡妇,让她捡去。诗的末章(即简文提到的"卒章"),原文

---

① 程俊英、蒋见元:《诗经注析》,中华书局1991年版,第389—390页。

如下：

> 曾孙来止，以其妇子，馌彼南亩，田畯至喜。来方禋祀，以其骍黑，与其黍稷。以享以祀，以介景福。

这里的意思是，作为大田的主人，"曾孙"带着妻儿到大田送饭犒劳农夫，"田畯"见了很欢喜。曾孙来到大田禋祀祭神，祭品除了牺牲，还用黍稷，以此来祈求莫大的幸福。这里需要辨析的是"曾孙"的身份问题。汉唐儒者皆以其为周天子，或确指为周成王，此论甚占优势，至当代仍有不少学者信之。与此说不同的是宋儒朱熹之说，他认为《小雅》的《楚茨》至《大田》四篇农事诗的"曾孙"是"有田禄而奉祀者"①。从"以其妇子，馌彼南亩"的说法看，实不当为周王的举动。再从上博简《诗论》简文的"知言"之语看，虽然亦是褒辞，但用在周王身上，亦觉不妥。要之，两说相较，后说为优②。

关于简文和《大田》诗，黄怀信先生曾提出一个很有见地的看法，他说："其卒章没有'言'可以肯定。所以，也谈不上知言。窃疑《诗论》所谓'卒章'，指今本第三章；'言'当指'雨我公田，遂及我私'二句。因为二句无疑是希望之言。先'公'后'私'，讲得既合时宜，也合礼法，所以说'知言而礼'。据此可知，《诗论》作者所见《大田》篇当缺第四章。《诗序》曰：'《大田》，刺幽王也。言矜寡不能自存焉'，无疑也指第三章言。"③此说确实很好。"雨我公田，遂及我私"，就是劳作者农夫之言，先公而后私，亦完全吻合井田之礼。孟子说井田制情况，最要紧的是"八家皆私百亩，同养公田。公事毕，然后敢治私事"④。《大田》诗第三章"雨我公田，遂及我私"的话无疑是其最好的注脚。然而，惜乎黄先生此说与简文的"卒章"说不能契合，除非是认定《大田》诗原本就是三章，其第四章

---

① 朱熹：《诗集传》卷十三，上海古籍出版社1980版，第152页。
② 坚持前说的学者曾举农事四诗中有"鼓钟送尸"事，不当为公卿大夫所有。按，《礼记·祭义》谓送尸事，谓"乐以迎来，哀以送往"，孔疏云"孝子之心，虽春有乐及钟鼓送尸，孝子之心，祭末犹哀也"。此孝子系指一般贵族，非必谓周王。《仪礼·士虞礼》载"送尸"事，亦指贵族而言。要之，学者所论"钟鼓送尸"的仪节，周王祭礼或者有之，但并不意味着卿大夫必不用此仪节。此正如钟鼓奏乐之事，周天子有之，一般贵族虽无周王之等级规格，但用钟鼓奏乐则是相同的。
③ 黄怀信：《上海博物馆藏战国楚竹书〈诗论〉解义》，社会科学文献出版社2004年版，第108页。
④ 《孟子·滕文公》上。

为后加者。可是这只能是一个推论。因此,要解决问题还得从其"卒章"(即第四章)的内容分析做起。

从我们上引《大田》诗的第四章的内容看,其中确实没有"言"字,但它和第三章的情况有着相似之处。第三章是把"言"寓于语中的,虽然没有明说其言,但"雨我公田"之句就是农夫之"言"。此是不说"言",而有言的做法。而《大田》诗的卒章,虽不寓言于语,但却是寓言于事的。此章所述三事,皆非"言"不可。其一是率妇子送饭田间之事须有"言"。妇儿往田间送饭,是和美之事。《诗·载芟》述其事,谓农夫把吃饭的声音弄得很大("有嗿其馌"),显示出饭香可口,以让其妇高兴("思媚其妇")。或以为《大田》诗所写是农夫之"妇子",可是细绎诗意,诗明谓"曾孙来止,以其妇子",若强为之分开,未必合适。犒劳之事,若"无言",则直是让农夫食嗟来之食。观诗意,必不然矣。其二是"田畯至喜"。田畯,《礼记·郊特牲》称之为"农",《国语》称之为"农正"、"农大夫",《谷梁传》宣公十五年称为"吏",杨疏谓"田大夫"。《诗·七月》"馌彼南亩,田畯至喜",郑笺谓"见田大夫,又为设酒食焉,言劝其事,又爱其吏也"。总之,古人释"田畯"之职,多以为是管理农作的吏员,这是可信的。田畯应当是卿大夫家宰或其下的"有司"之类。仲弓为季氏家宰之前,孔子教诲他要"老老幼幼"①,《大田》第三章谓"彼有遗秉,此有滞穗,伊寡妇之利",应当是"田畯"照顾的结果。《韩诗外传》卷四引此语时谓"天子不言多少,诸侯不言利害",也从一个角度说作为此诗主体的"曾孙",不应当是周天子或诸侯。"田畯至喜"之意,虽然歧释颇多,但据《甫田》篇所载"田畯至喜,攘其左右,尝其旨否"的诗句,谓"却除其左右之从者,而亲尝其馌之旨否,言其上下相亲之甚也"②,盖近其真。诗所描述的场面,应当说是欢声笑语不断。其三是诗卒章所写"以享以祀",必有祭神的嘏辞或祷辞,以与神灵交流,正《中庸》所引孔子语"齐明盛服。以承祭祀。洋洋乎如在其上。如在其左右"。享祀时不仅进献祭品,而且要用语言向神灵报告和祈求,请神灵赐予"景福"。专家指出,"曾孙赛祷,其言有当,是'知言'也"③,是很正确的说法。总之,《大田》卒章所述三事,皆须用语言来和谐

---

① 马承源主编:《上海博物馆藏战国楚竹书》(三),《仲弓》第 7 简,上海古籍出版社 2003 年版,图版第 79 页,释文第 268 页。
② 胡承珙:《毛诗后笺》卷二十一引曹氏说,黄山书社 1999 年版,第 1109 页。
③ 刘信芳:《孔子诗论述学》,安徽大学出版社 2003 年版,第 238 页。

人际关系,用语言来与神灵交流,并且这些做法,皆合乎礼仪①,简文谓其"智(知)言而有豊(礼)",当矣。

(二)简文"慎密而不知言"如何理解?

上博简《诗论》第28号简谓"慎密而不知言",这句简文是对于《墙有茨》一诗的评析。是诗见于《诗·鄘风》。此篇不长,为研讨方便计,今具引如下:

> 墙有茨,不可埽也。中冓之言,不可道也。所可道也,言之丑也。
> 墙有茨,不可襄也。中冓之言,不可详也。所可详也,言之长也。
> 墙有茨,不可束也。中冓之言,不可读也。所可读也,言之辱也。

全诗共三章,每章六句。有两个词语,需要先讨论一下,其一是"中冓"。毛传释为"内冓",郑笺遂以为"中冓之言"就是宫内所构关于公子顽与君夫人淫昏之言。闻一多指出,冓、媾、觏等字"指女阴的作用,及和性交相近的各种意义"②。"中冓"之冓,当读若媾,指性交、交媾之事。它并不与淫秽下流相等。古人的相关认识,亦持平和态度,《易·系辞》谓"男女构精,万物化生",就是明证。其二是诗中的"道"、"详"(韩诗作"扬")、"读"(毛传"读抽也",郑笺谓"抽,犹出"),三字皆指向外人言说。下面我们可以试将此诗意译如下:

> 墙上的蒺藜,不要将它扫掉。夫妻的枕边话,不可让外人知道。如果说了出去,那就会叫人耻笑。
> 墙上的蒺藜,不要将它割光③。夫妻的枕边话,不可向外张扬。如果向外张扬,那将使流言嚣张。
> 墙上的蒺藜,不要将它束起丢出。夫妻的枕边话,不可演绎泄露。如

---

① 给农作者送食田间的"馌"于《诗》凡三见,即《小雅》的《甫田》、《大田》及《周颂》的《载芟》,疑即古代馈食礼之一。《尔雅·释诂》"馌,馈也",邢疏谓"馌者,以食遗与也,野馈曰馌。"(《尔雅注疏》卷二,《十三经注疏》下册,中华书局1980年版,第2576页)再者,卒章所言以"骍黑"享祀神灵之祭祀,当即其第二章的祭田祖之礼。"田祖"所指或谓"先啬"之神,或谓神农,或谓周先祖叔均,或谓是田间高大的社树。诗句述采取"禋祀"的办法行礼,并且进献牺牲和黍稷,皆井井有条,合乎祭礼的仪节。
② 闻一多:《诗经的性欲观》,《闻一多全集》第3卷,湖北人民出版社1986年版,第181页。
③ 诗中的"襄"当读若攘,《诗·出车》"赫赫南仲,玁狁于襄",或本襄作攘,是为其证。攘有除意,但只是指赶走,而非将消灭,所以这里用割光来译其意。

果向外泄露,那将会自取其辱。

诗中的"所",皆当读"若",正如王引之《经传释词》卷九所说"所犹若也、或也"。显而易见,这是一首民歌风的小诗。本来其意是指,夫妻间的枕席词语,只应室中言,而不可传扬于外。汉儒将其纳入美刺说的范畴之后,在释其意蕴的时候,总是和卫国的宫廷"丑闻"联系起来。原来,卫宣公为太子娶齐女为妻时,见齐女貌美而自取之。此齐女即宣姜。卫宣公卒,宣姜子继位为卫惠公。齐国为增加齐在卫国的影响而强迫惠公庶兄公子顽,烝娶宣姜。这个婚姻生下五个子女。对于昭伯"烝"娶宣姜之事,春秋时期人们不以为怪,因为这是当时"团结宗族的一个办法"①,所以《左传》的作者对于春秋时期五件"烝"婚之事,无一例加一评论者,而只是客观地予以记载。昭伯"烝"娶宣姜,是为社会认可的事实婚姻,他们所生五个子女,有两个在卫国继位为君,有两个被聘娶为别国国君夫人,其为社会所认可,此当为有力证据。汉代婚姻观念已与春秋甚有不同,所以汉儒大力斥责昭伯"烝"宣姜之事。《诗序》谓:"《墙有茨》,卫人刺其上也。公子顽通乎君母,国人疾之,而不可道也。"这里所说的"君(按,指卫惠公)母",即指宣姜。总结上面所述情况可以得出两点基本认识,一是,《墙有茨》的意旨本来是劝告不要将夫妻枕席词语外传,并不与昭伯"烝"宣姜事相关。由此来看,《诗序》及后人基于昭伯烝宣姜事而进行的批判,当属无的放矢。二是春秋时人对于"烝"这种事实婚姻并未视之为非礼而加以谴责。上博简《诗论》第 28 号简所载孔子对于《墙有茨》一诗的评析,为我们以上的两点认识提供了有力的证据。

首先,简文所谓"慎密而不知言"让我们可以正确理解"墙有茨"所起兴的意义。墙上长满了蒺藜,不可把蒺藜扫掉,更不可以将它割光,最不可以的是将它束起拔掉。为什么这样呢?毛传以为除掉"茨"会"伤墙"。郑笺将蒺藜视为恶物,"宫内有淫昏之行者,犹墙之生蒺藜",孔疏从毛传说,谓"上有蒺藜之草,不可扫而去之,欲扫去之,反伤墙而毁家。以兴国君以礼防制一国之非法,今宫中有淫昏之行,不可灭而除之,欲除而灭之,反违礼而害国"。两说相较,毛传之说近于诗旨。本简简文"慎密",专家或读若"缜密",甚是。意指墙上生

---

① 顾颉刚:"由'烝'、'报'等婚姻方式看社会制度的变迁",《文史》1982 年第 14 辑。

茨，更增强了其阻隔的效果。《诗·将仲子》篇云"将仲子兮！无蹦我墙"，若墙上满布蒺藜，仲子之类者恐难以蹦墙矣。《墙有茨》三章递进描写除去蒺藜之法，亦递进写出枕边话外泄的不良影响。诗中所写墙与茨的情况，用"缜密"来释其作用，才是准确可信的。毛传所谓的"伤墙"正是减弱或破坏其缜密地阻隔作用的意思。如果像郑笺那样视茨为恶物，则简文"慎（缜）密"之意即不可解矣。

其次，简文所谓的"不知言"之意并非指内言不可向外泄露。其意思是说，就是在居室之内，就是在夫妻之间，也应当言所当言，而不能因为满布蒺藜的墙的阻隔作用而任意言语。这与儒家的慎独思想似有一定关系。《中庸》谓"莫见乎隐，莫显乎微，故君子慎其独也"。朱熹释此意谓"言幽暗之中，细微之事，迹虽未形而几则已动，人虽不知而己独知之，则是天下之事无有着见明显而过于此者。是以君子既常戒惧，而于此尤加谨焉"①。郭店楚简《六德》篇，是反映儒家学派思想的作品，其中第 37 号简的简文讲道：

君子言信言尔，言炀（诚）言尔，设外内皆得也。其反，夫不夫，妇不妇，父不父，子不子，君不君，臣不臣。②

这里强调了君子应当讲诚信之言，这样对人对己皆好。如果不讲诚信之言，那就会出现君臣、父子、夫妻关系不协调的违礼局面。夫妻的枕席之言虽然还不能说就是"慎独"之言，但却与之是接近的。孔子认为就是夫妻之间也应当讲诚信之言，而不可以随意胡说。清儒方玉润认为《墙有茨》篇是提醒人们要知道"虽闺中之言，亦无隐而不彰也"③，总会泄露于外，所以应当慎言。这是符合此诗主旨的。但是孔子认为怕泄露于外而慎言，并非达到了"知言"的标准。君子应当做到的操守之一，就是慎独，就是言所当言——即诚信之言。从另一个角度看，只要能够慎独，能够合礼而诚信，那就不在乎区隔内外。因此说《墙有

---

① 朱熹：《中庸章句》，《四书章句集注》，中华书局 1983 版，第 18 页。
② 荆门市博物馆编：《郭店楚墓竹简》，文物出版社 1998 年版，第 188 页。按，王夫之《读四书大全说》卷一云："慎独之学，为诚意者而发，奈何暇取小人而谆谆戒之耶？"他关于慎独与诚信关系的理解与郭店简《六德》所提出的"言诚言"的命题是一致的。
③ 方玉润：《诗经原始》卷四，中华书局 1986 年版，第 156 页。

茨》篇所表达的意思,虽然注意到了室居内的言辞应当缜密,应当保守秘密而不外泄,但却没有进一步体会到"知言"的道理。所以孔子批评它"不知言"①。

(三)上博简《诗论》所反映的孔子语言观

孔子非常重视语言表达。他的语言观的主要内容,从《论语》等文献的记载看有以下三点:一是慎言。之所以要慎言,是因为作为思想交流的工具,对于人际关系有着直接的影响,认为"不知言,无以知人"②,所以他提倡"非礼勿言"③,要求弟子"敏于事而慎于言","言必有中"④。遇到乱世更要谨慎,应当"危行言孙(逊)"⑤。二是要言行一致,君子对于自己的言行应当自省,"耻其言而过其行"⑥,对于别人的分析判断,要"听其言而观其行"⑦。三是,应当做到语言有文采,孔子曾经引用《志》书的话,说"言之无文,行而不远"⑧,就是明证。

孔子语言观的这些基本点,在《诗论》简文中多少都有所体现,除此之外,《诗论》简所反映的孔子的语言观还有些是他在别处没有讲过,或者是语焉不详者。

首先,就是我们前面所分析的第25简和第28简的两处简文,重点分析了

---

① 关于简文"不知言"之义,廖名春先生曾谓言指讽谏之辞,意谓"为了'缜密'而不加以讽谏,就是'不知言',即不懂得、丧失了言说的原则"("上海博物馆藏诗论简校释",《中国哲学史》2002年第1期)。是说甚有理致,足供参考。今按,简文所谓"不知言",并非与"缜(慎)密"之意相左,而是其相关认识的深化。《易·系辞》上载有孔子语谓:"乱之所生也,则言语以为阶,君不密则失臣,臣不密则失身。几事不密则害成。是以君子慎密而不出也。"如果做到了慎密,那就是知晓了言为乱阶的道理。这是表层的意思,亦可谓知言,然而简文所述孔子所谓"不知言"之意乃是深层意蕴,指只注意了慎密而忽略了慎独观念下的言所当言的深层意思。
② 《论语·尧曰》。
③ 《论语·颜渊》。
④ 《论语·先进》。
⑤ 《论语·宪问》。按,慎言的语言观自孔子之后成为儒家的一个传统。孔子曾谓"言未及之而言,谓之躁。言及之不言,谓之隐。未见颜色而言,谓之瞽"(《论语·季氏》),后来,荀子《劝学》篇亦有类似的表达,谓"未可与言而言谓之傲,可与言而不言,谓之隐不观气色而言谓之瞽"。
⑥ 《论语·宪问》。按,上博简所存儒家文献《弟子问》第12简载"[又(有)夫行]也,求为之言,又(有)夫言也,求为之行,言行相近,然句(后)君子"。(马承源主编:《上海博物馆藏战国楚竹书》(五),上海古籍出版社2005年版,图版第110页,释文第275页)
⑦ 《论语·公冶长》。
⑧ 《左传》襄公二十五年。按,孔子持积极的语言观,主张语言应当行而远之,以扩大其影响。相比之下,道家的语言观则比较消极,老子所谓"智(知)之者弗言,言之者弗智(知)"(《郭店楚墓竹简·老子》甲本,荆门市博物馆编:《郭店楚墓竹简》,文物出版社1998年版,第112页),就将言辞与思想对立起来立论。

"知言"与"不知言"的问题。在这个方面其语言观念的特色就在于强调言所当言。

其次,孔子还对语言与文字的关系进行过说明,其所提出的"文不隐言"的命题,就是一个十分深刻的观念。关于"文无隐言"的释读,专家理解多歧。愚以为其意应当是指文字表达与语言是有距离的,写成文字的东西,自有其逻辑结构,而不必拘泥于言谈话语,不必照言直录①。

再次,孔子还分析了言与志的关系问题。《诗论》第8简谓"《少(小)旻》多疑。疑,言不中志者也"。《诗·小旻》写了对周王朝佞臣之疑,佞臣们"谋夫孔多,是用不集。发言盈庭,谁敢执其咎",其言虽多,但都是"言不中志"的虚伪言辞。简文批评佞臣的"言不中志",表明孔子是提倡"言须中志"的②。语言应当是自己真实意志的表达,人所说的言辞不应当是虚情假意的表达。《诗论》第20号简分析"民眚(性)"的问题时亦提出了类似的表达,谓"民眚(性)古(固)然,其隐志必又(有)以俞(喻)也。其言又(有)所载而句(后)内(纳)"③,意即依照民的本性,民所据之志必定要有所表达。这个表达就是载有其志的语言。

复次,在《诗论》中,孔子还分析了言与天命的关系。其第19号简有如下的简文评论《诗·黍离》篇,谓:"[《黍离》又(有)]溺(惄)志。既曰天也,犹又(有)悁言"④,《黍离》诗中有"悠悠苍天,此何人哉!"的慨叹,此诗为周大夫行役路过已经成为丘墟禾黍之地的慨叹之作,诗中充满诗人对于周王朝变迁的忧虑愁思,吻合简文"溺(惄)志"之意。诗中通过斥天来指斥使宗周覆灭的罪魁祸首周幽王,从简文可以看出,孔子对于这种指斥是不太赞成的⑤。从孔子

---

① "文无隐言"见于上博简《诗论》第1号简,载于马承源主编:《上海博物馆藏战国楚竹书》(一),上海古籍出版社2001年版,图版第13页,释文第123页。按,在"文无隐言"之前,还有"诗无隐志、乐无隐情"等语,其中的"隐"字之释及相关内容的理解,都非常重要,且繁复难辨。相关的问题非此小文所能解决,容当再议。

② 关于这段简文的考释,参阅拙稿"上博简《诗论》'《小旻》多疑'释义",《郑州大学学报》2002年第5期。

③ 马承源主编:《上海博物馆藏战国楚竹书》(一),上海古籍出版社2001年版,图版第20页,释文第136页。

④ 同上书,图版第31页,释文第148页。

⑤ 关于这段文的分析,详请参阅拙稿"从上博简《诗论》第19号简看《诗·黍离》的'溺志'",《中州学刊》2005年第1期。

尊崇王权的主导思想看,他认为对于天应当充满敬意,而不应当有怨恨之语("悁言")出现。这与孔子的"畏天命"的思想是一致的。

总之,孔子的语言观得《诗论》简,使我们有了更多的认识。《论语·尧曰》篇载孔子语谓"不知命,无以为君子也。不知礼,无以立也。不知言,无以知人也",言之地位,虽然摆在了命、礼之后,但仍然可以说它是十分重要的。关于孔子论"知言"与"不知言"的问题,传世儒家文献中所载很少,然而在《诗论》中却以对比状态出现,结合相关《诗》篇的分析,可以让我们进一步了解孔子的语言观。就此而言,这两支简内容可以说是弥足珍贵了。

四十二　孔子如何评析论"言"三诗
——上博简《诗论》第 28 号简补释

上博简《诗论》第 28 号简所评析的是《诗经》中的论"言"三诗。今缕析简文的上下文意,可以将缺失文字略为拟补。《巧言》、《墙有茨》和《青蝇》所写之言皆非良善之言,而是谗言恶语或者是不当之言。简文表明孔子就如何对待这类言语所持的态度。孔子坚持守礼的原则,认为语言必须守礼。孔子通过评析论"言"三诗还向人们讲述了在社会中的生存智慧问题。从《论语》等文献里我们可以看到孔子语言观的主要方面,那就是慎言与言而有信。然而,如何对待谗言恶语却没有专门论及。孔子拈出论"言"三诗加以评析,在一定程度上展现了孔子在这个方面的态度。这对于全面认识孔子的语言观当有一定作用。

上博简《诗论》第 28 号简,此简上、下两端皆残,今存 17 字(包括一个残字),其内容是对于三首诗的评论。相关简文迭经专家考析,许多关键问题得以解决。但有若干内容尚有再探讨的余地。兹依简文顺序分别讨论,然后再综合探讨孔子语言观的若干问题。

(一)

上博简第 28 号简今存的简文如下:

……(言)恶而不荐;《墙有茨》,慎(缜)密而不智(知)言;《青蝇》智……

简文保存了三段评论，分别是对于《诗经》三首诗的论析。所评的第二、三两首诗的名称是《墙有茨》和《青蝇》。所评的第一首诗名称适缺，我们可以依据简文之意，加以推测（说详下文）。我们先来评析第一首诗的简文。这段话是："（言）亚（恶）而不荐"。这里有两个关键问题，值得探讨。

首先，今存此简上端的首字，只残留了这个字下部的一个半圆形笔画。对于此字，原考释者马承源先生未加考释，李零、廖名春、黄怀信等先生始以为所残的是"言"字①。虽然，凭一个半圆形笔画就判定一个字，证据并不充分（因为它可以是言字，也可以是下部从口的其他字），但是从简文意思看，说它是"言"之残字，还是比较恰当的。另外，第28号简所论三诗，所评析的第二首是《墙有茨》篇，简文谓其"慎密而不知言"。其上面的简文若果真如专家所论是"言亚（恶）而不荐"，则两句评语皆系对于《诗经》中涉及"言"的问题的评论。这在简文内容的逻辑上是十分合理的。上博简《诗论》论诗不是依"风"、"雅"、"颂"的次第，而是依内容归类，将涉及"言"者归于一起评论是可能的。所以说残留的这个简文被专家推测为"言"之残字，当属可信。

其次，我们再来说简文这段话里面的"荐"字。它在竹简文字中比较常见，这个字原作█，是竹简文字中这个字最典型的写法。专家对这个字的考释分歧较大，有读若席、读若度或序、读若文或悯、读若且等不同说法。我曾写有专文，对于这个字提出拙见，认为它是"荐"字异构。关于这个字的相关论证，可以撮其要略述如下。这个字楷写作"廌"。专家认为它从鹿头，似可再商。其实它所从的应当是廌头，与专家常谓的鹿头是有区别的。在甲骨文中鹿作双角之形，写作"█"或"█"、"█"②，而廌字写作"█"或"█"③，其间的区别比较明显。简文"█"的上部显系从甲骨文廌字演化而来。周代彝铭中，廌字依然保存了甲骨文的形体，并且加上草头而作荐字，写作"█"或"█"④。简文"█"，延续了甲骨文、金文的廌字的写法，其上部应当就是廌头。古文字中廌与荐相通用。简文"█"从"且"，实蕴含了它的古义。段玉裁曾谓："薦，训兽所食草，荐训薦席，薦席谓草席也。草席可为藉，谓之荐。故凡言藉当曰荐。而经传薦、

---

① 参见黄怀信：《上海博物馆藏战国楚竹书〈诗论〉解义》，社会科学文献出版社2004年版，第127页。
② 〔日〕岛邦男：《殷墟卜辞综类》（增订版），日本东京汲古书院1971年版，第228—229页。
③ 于省吾主编：《甲骨文字诂林》，中华书局1999年版，第1611页。
④ 容庚编：《金文编》，张振林、马国权摹补，中华书局1985年版，第679页。

荐不分。凡藉义多用薦。……且,古音俎,所以承藉进物者。引申之,凡有藉之词皆曰且。"①"廈"字从且得音。"且"为清母鱼部字,荐为精母元部字,清母、精母皆齿头音,十分邻近,"且"与"荐"可视为一声之转。总之,简文𢷎字从鷹头,以且表示其荐藉之意并标其音,所从的"又"为附加羡画,可能含有以手持物而荐的用意。愚以为它应当就是荐字异构,是甲骨文、金文中的荐字演化的结果。

𢷎(荐)字在竹简中用例较多,有些文例可以作为它释读的比较坚实的证据。例如,上博简《曹沫之陈》第11号简"居不袭(设)廈"。段玉裁云"薦席谓草席也。草席可为藉,谓之荐",荐即草席。简文"居不袭(设)廈",亦即居不设席之意。再如,郭店简《语丛》三第44简谓"廈(荐),衣(依)勿(物)以青(情)行之者"②。这条简文意思是说在祭礼中,荐献祭品的数量和质量要依能够进献之物和人的情感的表达需要来进行,前者是量力而行,后者是重视情感。《礼记·祭统》篇说:"天之所生,地之所长,苟可荐者,莫不咸在,示尽物也。外则尽物,内则尽志,此祭之心也。"简文的"依物以情",与"外则尽物,内则尽志"的意思完全一致,两者都是在讲"荐"的道理。再如,上博简《子羔》第5薦简谓"……或以其廈(荐)而远。尧之取舜也,从者(诸)卉茅之中,与之言豊(礼)"③,意谓尧让四岳举荐他们所知道"疏远隐匿者",舜正是由于四岳的"荐举"而被发现的人才。这里的"廈",读若荐,密合文意。要之,在战国时期的竹简文字中,"廈(荐)"的用法大致有三,一是用其本义,指荐席;二是用如藉④;三是用如推荐、荐举。

我们在探讨以上的两个关键之处的基础上,可以进而分析此句简文的意蕴。简文谓"……言恶而不荐",意思是说《诗经》中的某诗"言亚(恶)"。这里

---

① 段玉裁:《说文解字注》十四篇上,上海古籍出版社1988年版,第716页。
② 荆门市博物馆编:《郭店楚墓竹简》,文物出版社1998年版,图版第100页,释文第211页。
③ 马承源主编:《上海博物馆藏战国楚竹书》(二),上海古籍出版社2002年版,图版第37页,释文第188页。
④ "荐"与"藉"相通假,参见高亨:《古字通假会典》,齐鲁书社1989年版,第198页。段玉裁谓:"荐即薦之假借字也。……,荐者,藉也,故引申之义为进也、陈也"(《说文解字注》十篇上廌部,段玉裁:《说文解字注》,第469页)。《易·大过》"藉用白茅",孔颖达谓"荐藉于物,用絜白之茅"(《十三经注疏》,中华书局1980年版,第41页),荐、藉连用,字义完全一致,是为其证。这里的"廈"字可以用若藉,有凭借、依靠之意。

可能出现两种不同的理解。一是"言"用如名词,指言语、言辞,则"言恶",意指语言丑恶,或者说是言辞恶毒。《战国策·燕策》二谓"其言恶矣",《列子·说符》篇谓"言美则响美,言恶则响恶",是为其用例。

二是"言"用作动词,表示言说、展现,则"言恶"的"恶"是为与"善"相对的名词。"言恶"意即言说丑恶之事于人,展现恶言恶行。或者说是指某人某事为恶,《韩非子·三守》篇云"诸用事之人,壹心同辞以语其美,则主言恶者,必不信矣,此谓事劫。"《孔子家语·执辔》篇载"今人言恶者,必比之于桀纣",可为其用例。另外,"恶"字在用如名词,指丑恶之外,还可能有另外一种情况,即"恶"字和"言"一样,也用作动词,指厌恶。《韩非子·内储说下》载"言恶王之臭",是为其用例。恶或用作疑问代词,训为何。《庄子·齐物论》谓:"言恶乎隐而有是非?道恶乎往而不存?言恶乎存而不可?""恶乎"犹言"何所",可为其用例。但是,此处的言,用为名词,指语言。

分析这些用例情况,简文的"言恶"应当是哪一种用法呢?专家或释简文的"恶"字,认为其意为"憎恶"①,绎其意,简文"言恶",即言说憎恶的情感。这是我们前面所指出的第二种用法,言用如动词。或有专家认为这段简文所评论的诗是《鄘风·相鼠》篇,认为是在"咒骂不知礼仪者","其言不可谓不恶。而且咒人赶快死,毫无怜悯之情"②,这里是说言语恶毒,是我们前面所指的第一种用法,言用如名词。

专家的这两种解释虽然都不无道理,但也都还有值得商量的地方。若谓"言恶"是言说憎恶的情感,这与孔子对于《诗经》的总体看法不大符合。孔子认为读诗之人应当温柔敦厚,他说:"入其国,其教可知也。其为人也温柔敦厚,《诗》教也。……其为人也温柔敦厚而不愚,则深于《诗》者也。"(《礼记·经解》)若某诗只是言说憎恶,则既不符合诗作者的意旨,也不符合孔子所希冀的以温柔敦厚为主旨的诗教。《论语·里仁》篇载孔子语谓"惟仁者能好人,能恶人",又谓"苟志于仁矣,无恶也"。这里所提到"恶",皆读为憎恶、厌恶之恶。孔子讲仁者能够厌恶别人,唯恐别人不解"恶人"之旨,故而又言"苟志于仁,无

---

① 李零:《上博楚简校读记》,《中华文史论丛》第68辑,上海古籍出版社2002年版,第15页。
② 黄怀信:《上海博物馆藏战国楚竹书〈诗论〉解义》,第128页。

恶也"之语。这句之意前人虽然解释很多,但王闿运《论语训》的解释颇中肯綮,并得到时人赞许。王氏谓:"上言仁者能恶,嫌仁者当用恶以绝不仁,故此明其无恶。仁者爱人,虽所屏弃放流,皆欲其自新,务于安全。不独仁人无恶,但有志于仁皆无所憎恶。"①准此,我们可以看出,孔子所云的"恶人"并非真的憎恶别人,而是希冀别人自新。

我们再来研究"言恶"指语言丑恶这种看法。按照这种看法,"言恶"即意指语言丑恶,"言恶"实即"恶言",而这正是孔子及儒家弟子十分反对的事情。曾子有一段著名的话谓:"孝子恶言死焉,流言止焉,美言兴焉,故恶言不出于口,烦言不及于己。"(《大戴礼记·曾子本孝》)所谓"恶言死焉",清儒王聘珍谓恶言"离而去之也"②,孙诒让引杨倞注《荀子》说"死犹尽也"③。"恶言"到了孝子那里不再被传播,即走到了尽头,所以说是"死焉"、"尽也"。可见孝子对于恶言深恶痛绝,决不传而播之。曾子还谓孝子"一出言不敢忘父母,是故恶言不出于口,忿言不及于己"④,此为曾子弟子乐正子春所转述的曾子之语,乐正子春还特意说明"吾闻之曾子,曾子闻诸夫子"(《大戴礼记·曾子大孝》)。可见这应当是自孔子以来儒家弟子一直恪守的信念。道德高尚的人,口不出恶言,也不传播恶言,是为儒家坚守的道德底线之一。孔子所删定的《诗经》其中不应当有"言恶"之诗,充斥污言秽语之类的恶言的诗,孔子应当不会将其列为教授弟子的教材。

不少专家找出《诗经·鄘风》的《相鼠》篇以为"言恶"之例,然而,此说尚有说不大通的地方。为了便于说明问题,我们先把这篇不长的诗,具引如下:

> 相鼠有皮,人而无仪。人而无仪,不死何为?
> 相鼠有齿,人而无止。人而无止,不死何俟?
> 相鼠有体,人而无礼。人而无礼,胡不遄死?

---

① 王闿运:《论语训》,转引自程树德《论语集释》卷七,中华书局1990年版,第231页。
② 王聘珍:《大戴礼记解诂》,中华书局1983年版,第79页。
③ 孙诒让:《大戴礼记斠补》,齐鲁书社,1985年版,第203页。
④ 《礼记·祭义》篇云"恶言不出于口,忿言不反(返)于身",孔疏认为"恶言"即"悖逆恶戾之言"。此处所云与曾子之说是完全一致的。

这首诗的意思十分明白，就是痛斥那些没有礼仪容止的人[①]，认为这些人连老鼠都赶不上，何不快快死掉呢？从道德水平的层面上看，那些不讲求礼仪容止的人的确算不上高层次的人，但从法律层面上看这些人尽管不好，但却罪不当死，若如诗作者那样，诅咒其快快死掉，确实言辞过激，不够宽容大度。然而，我们反过来看，《相鼠》篇的作者是在痛斥无礼之人，尽管痛斥得有些过分，可是却不能算是"恶言"，也不能说是"言恶"。清儒王先谦谓此篇"语虽激切，意可矜原"[②]，应当是通达之论。总之，《相鼠》一诗虽言辞激切，但属痛斥无礼之徒的作品，与自孔子以来儒家所深恶痛绝的"言恶"或"恶言"大相径庭，二者是不可同日而语的。

我们基本弄清楚了前面所述的几个关键，下面就可以进而探讨如下两个方面的问题，一是 28 简开首这段简文的意思；二是依据简文的意思来拟补 28 简上端残缺的所论诗的篇名。

先来看第 28 简开首这段简文："……言亚（恶）而不荐。"依照我们前面的分析，简文"言恶"的意思应当不会是语言丑恶（言辞恶毒），也不会是言说厌恶之情；而应当是指明恶言、恶行。以温柔敦厚为主旨的《诗》中为什么会有明显的恶言、恶行的诗作呢？此点以朱熹所论最为精辟。朱熹曾经和弟子就其所提出的诗有"言善"、"言恶"之分的说法进行讨论，朱熹说：

> 凡言善者，足以感发人之善心；言恶者，足以惩创人之逸志。……好底诗，便吟咏，兴发人之善心；不好底诗，便要起人羞恶之心。[③]

他认为诗的言善、言恶，皆为诗教所需要，即"善者师之而恶者改焉"，含有圣人

---

① 关于《诗经·相鼠》篇的诗旨，毛传"刺无礼"之说，历来没有异议，只是对于所刺对象有不同看法。郑笺说所刺者为"居尊位"者，毛传认为是卫文公刺无礼之臣，《白虎通·谏诤》篇以为是"妻谏夫"之诗（陈立：《白虎通疏证》卷五，中华书局 1994 年版，第 232 页），当代学者或谓其是人民群众揭穿统治者虚伪面目的诗（见陈子展：《诗三百篇解题》，复旦大学出版社 2001 年版，第 177 页），亦有学者谓人民的这种诅咒是一种"大无畏的反抗精神"（程俊英、蒋见元：《诗经注析》，中华书局 1991 年版，第 143 页）。尽管如此，毛传的"刺无礼"之说却向来被视为确论。
② 王先谦：《诗三家义集疏》卷三，中华书局 1987 年版，第 248 页。
③ 黎靖德编：《朱子语类》，中华书局 1994 年版，第 541—542 页。

的"陈善闭邪之意","言恶",乃是为了让人"以为戒"①。简文"言恶"的意思应当是指某篇诗作展现了恶言恶行。

那么,依照简文"言亚(恶)"之义,28简上端所残缺的应当是哪一篇诗的名称呢?我们前面已经分析了《相鼠》篇不大可能,而最有可能的应当是关于"言"的诗篇,第28号简以下简文亦皆关于"言"的评析。如此系连一起,就可以说,第28号简连续评析了三篇写"言"之诗。我们从这一角度来考虑来寻找,思路应当是正确的。

愚以为此诗当即《小雅·巧言》篇。做出这个推测的理由如下。第一,28简所评析的三诗,皆与恶言有关。其所评的第二首诗是《墙有茨》,简文说它"缜密而不知言"。其第三首是《青蝇》篇,此诗痛斥谗言害人。上博简所论诗往往连类而评之。《巧言》一首也是痛斥谗言谮语之作,若谓28简开头所评的诗与其下两篇为同类之诗,应当是有可能的。第二,第28号简上端残缺,疑水渍断折所致,所以开首字迹漫漶不清,细审上端所残的"言"字,其下右侧当有重文符号,虽因水浸而漫漶不清,但亦可辨识。如果这个推测可以成立,那么,简文"言"就应当是一个重文。则简文就可能是诗篇之名的末一字为"言"之诗,检《诗经》诸篇,没有单独一字为"言"的篇名,篇名末一字为"言"的诗仅《巧言》一篇。所以,28号简上端所残去之《诗》篇名称很有可能是《巧言》。我们可以推测今所见《诗论》第28号简上端残字"言"字之上应当有一"巧"字②。如果这个推测不误的话,那么第28号简开头的简文应当是:"《[巧]言》,言恶而不荐"(言字系重文)。

现在,我们在这个基础上对于简文做进一步地探求,重点在于说明为什么说《巧言》一诗是"言恶而不荐"的呢?为讨论方便,现将《巧言》诗具引如下:

悠悠昊天,曰父母且。无罪无辜,乱如此幠。昊天已威,予慎无罪。昊天泰幠,予慎无辜。

乱之初生,僭始既涵。乱之又生,君子信谗。君子如怒,乱庶遄沮。

---

① 朱熹:《诗集传》序,上海古籍出版社1980年版,第1—2页。
② "巧"字以上依原考释者所排列的情况看(参见马承源主编:《上海博物馆藏战国楚竹书》(一),上海古籍出版社2001年版,图版第4页),所残缺的"言"字以上还应当有七个字左右,除"巧"字可推测以外,今已经无法推测知晓其他内容。

君子如祉，乱庶遄已。

　　君子屡盟，乱是用长。君子信盗，乱是用暴。盗言孔甘，乱是用餤。匪其止共，维王之邛。

　　奕奕寝庙，君子作之。秩秩大猷，圣人莫之。他人有心，予忖度之。跃跃毚兔，遇犬获之。

　　荏染柔木，君子树之。往来行言，心焉数之。蛇蛇硕言，出自口矣。巧言如簧，颜之厚矣。

　　彼何人斯，居河之麋。无拳无勇，职为乱阶。既微且尰，尔勇伊何。为犹将多，尔居徒几何。

　　《巧言》一诗今六章①，每章八句。《诗序》谓："《巧言》，刺幽王也。大夫伤于谗，故作是诗也。"此诗是刺王抑或是刺天、刺时，可以有不同的理解，但其主旨是痛斥"巧言"误国致乱则是肯定的。对此，古今皆无疑义。今细缕其意，可知此诗要意有二。一是痛斥"巧言如簧，颜之厚矣"，不要脸皮的无耻之徒以"蛇蛇硕言"来蛊惑人心，从而招致大乱。诗言"乱之初生，僭始既涵。乱之又生，君子信谗"，社会与朝廷的"乱"，无论是乱之初生，或者是乱的进一步发展，都完全是"盗言孔甘"，欺世惑主的结果。此诗要意之二是指出君子对于巧言谮语、谗辞应当拒挡，而不可纵容。"君子如怒，乱庶遄沮"，君子只要怒斥、拒绝，谗言就会止息。清儒曾谓此诗，"谗人之言非巧不入，诗人所深恶也。大夫伤于谗者，非独一己伤困于谗，谓大夫伤痛谗言之乱政，故其词屡言'乱'，而深望君子之能察而止之"②，此乃深得诗旨之精见。巧言之"恶"，不仅在于使得社会与朝廷大乱，而且在于蛊惑人心，使"君子"落入其圈套，其"恶"可谓大矣。

---

① 《巧言》诗的末章，前人曾指出它与其他章字律不合，当纳入《何人斯》。清儒牟应震还指出："'居河之麋'，与下文'适梁'相照应。'尔居徒几何'，与下文'二人从行'相照应。且文体与下篇类，与本篇不类。其为误合无疑。"（《毛诗质疑·诗问》，齐鲁书社1991年版，第165页）。当代专家亦有持此说者，如高亨先生即谓《巧言》诗的最后一章"当是《何人斯》的首章。《何人斯》的第一章、第三章、第四章的第一句均是'彼何人斯'，是其明证"（《诗经今注》，上海古籍出版社1980年版，第299—300页）。然此诗末章何以列入《何人斯》一诗，尚未有确证可以说明。此章的归属是一个复杂问题，愚曾有小文讨论，参阅拙稿"上博简《诗论》之'雀'与《诗·何人斯》探论"（《文史》2003年第3辑）。这一点与本文所讨论者关系不大，为避免枝蔓，所以在此不做探讨。

② 胡承珙：《毛诗后笺》卷十九，黄山书社1999年版，第1006页。

孔子对于"巧言"十分痛恨。《论语》的《学而》和《阳货》篇两载孔子语"巧言令色，鲜矣仁"，《卫灵公》篇载孔子语谓"巧言乱德"，都明确表明了孔子对于"巧言"的斥责①。《诗论》第 28 号简论"言"三诗首列《巧言》之篇，与孔子的这种思想应当是有关系的。

要之，此诗虽然痛斥"巧言"，但只是明谓其厚颜无耻，揭示"巧言"祸国乱世的严重危害，并没有具体陈列"巧言"的内容。简文《巧言》言恶而不荐"意即《巧言》一诗指出了巧言的丑恶无耻，但是，并不举出其具体内容。简文"薦"，正用其"薦举"之本意②。之所以不举出"巧言"的具体内容，是因为没有必要举出，若举出了，便会让"巧言"得以流传，这是会有副作用的。所以说"言恶而不荐"，只指出其丑恶而不举出其具体内容。

（二）

上博简《诗论》第 28 号简在评析《巧言》以下，简文谓"慎密而不知言"，这句简文是对于《墙有茨》一诗的评析。是诗见于《诗·鄘风》。此篇不长，为研讨方便计，今具引如下：

墙有茨，不可埽也。中冓之言，不可道也。所可道也，言之丑也。
墙有茨，不可襄也。中冓之言，不可详也。所可详也，言之长也。
墙有茨，不可束也。中冓之言，不可读也。所可读也，言之辱也。

此诗主旨汉儒定为讥刺卫公子顽通乎君母宣姜之作，历代相沿，几成定论。此诗的关键在于对"中冓"的理解，现代学者一反汉儒之说，做了新的解释，才使此诗的理解摆脱了汉儒的"深文周纳"③，脱离了汉儒窠臼而接近诗的本来意义。"中冓"，毛传释为"内冓"，郑笺遂以为"中冓之言"就是宫内所构关于公子顽与君夫人淫昏之言。闻一多指出，冓、媾、觏等字"指女阴的作用，及和性交

---

① 《论语·公冶长》篇载孔子语"巧言、令色、足恭，左丘明耻之，丘亦耻之。匿怨而友其人，左丘明耻之，丘亦耻之"，足见当时社会上道德高尚的人对于"巧言"的不齿和摈弃。
② 专家曾谓，薦的薦举之意，后世多用"荐"字表示，但这个意义"在汉以前的典籍里不作'荐'"（《王力古汉语字典》，中华书局 2000 年版，第 1107 页）。
③ 顾颉刚语，见《论诗经所录全为乐歌》《古史辨》第三册，上海古籍出版社 1982 年版，第 623 页。

相近的各种意义"①。"中冓"之冓,当读若媾,指性交、交媾之事。日本学者白川静指出此诗是写男女间的"枕边细语",认为连这类事情"也逃不了人民的吟唱"②。下面我们可以试将此诗意译如下:

墙上的蒺藜,不要将它扫掉。夫妻的枕边话,不可让外人知道。如果说了出去,那就会叫人耻笑。

墙上的蒺藜,不要将它割光③。夫妻的枕边话,不可向外张扬。如果向外张扬,那将使流言嚣张。

墙上的蒺藜,不要将它束起丢出。夫妻的枕边话,不可演绎泄露。如果向外泄露,那将会自取其辱。

显而易见,这是一首民歌风的小诗。本来其意是指,夫妻间的枕席词语,只应室中言,而不可传扬于外④。汉儒之说之所以不可信,主要在于此诗中并无迹象说明它是在刺卫国公室。另外还在于春秋时期,亦即此诗写成的时候,社会对于卫公子顽烝娶君母事并不持异议,也从无讥讽之语。史载,卫宣公为太子娶齐女为妻时,见齐女貌美而自取之。此齐女即宣姜。卫宣公卒,宣姜子继位为卫惠公。齐国为增加齐在卫国的影响而强迫惠公庶兄公子顽,烝娶宣姜。这个婚姻生下五个子女。对于昭伯"烝"娶宣姜之事,春秋时期人们不以为怪,因为这是当时"团结宗族的一个办法"⑤,所以《左传》的作者对于春秋时期五件"烝"婚之事,无一例给予评论者,而只是客观地予以记载。昭伯"烝"娶宣姜,是为社会认可的事实婚姻,他们所生五个子女,有两个在卫国继位为君,有两个被聘娶为别国国君夫人,其为社会所认可,此当为有力证据。汉代婚姻观念已与春秋甚有不同,所以汉儒大力斥责昭伯"烝"宣姜之事。当代专家每谓

---

① 闻一多:《诗经的性欲观》,《闻一多全集》第三卷,湖北人民出版社1986年版,第181页。
② 〔日〕白川静:《诗经的世界》,台湾东大图书股份有限公司2001年版,第157页。
③ 诗中的"襄"当读若攘,《诗·出车》"赫赫南仲,狁于襄",或本襄作攘,是为其证。攘有除意,但只是指赶走,而非将消灭,所以这里用割光来译其意。
④ 关于此诗词语的训诂和考析,愚曾撰有小文分析此诗,见拙作《上博简〈诗论〉的"知言"与"不知言"——附论〈诗论〉所反映的孔子语言观》(《齐鲁学刊》2007年第5期)。
⑤ 顾颉刚:《由"烝"、"报"等婚姻方式看社会制度的变迁》,《文史》1982年第14辑。

此诗是在"揭露、讽刺卫国统治阶级淫乱无耻"①,乃是以后世的观念对于此事的推想,与当时的社会实际是有距离的。今得上博简《诗论》28 简的有关评析,更可证成此诗的主旨,就是一首写夫妻枕边话不可外露的民歌风的诗作。简文并不以"言恶"进行来评析它,可见并不认为它是在展现丑恶,而是另有专门的评析。

简文"《墙有茨》缜密而不知言"。专家或将简文"缜"字通假而读若"慎",虽然不无道理,但并无通假的必要。简文"缜",依原意来理解已经很好。缜,谓细密。简文"缜密而不知言"有两层意蕴。一是谓此诗只注意了"缜密"。诗谓墙上长满蒺藜,可谓缜密矣。比喻此墙将居家与外界有所隔离,应当内外有别。那么这个"长满蒺藜的墙"所喻者是什么呢?依诗意应当就是社会舆论。诗的末章谓"所可读也,言之辱也"就是明证。只有社会舆论才会使不注意内外有别的小夫妇感到其辱。同具有民歌风的《将仲子》篇写恋人之"畏",就是害怕父母、诸兄以及乡人的舆论。《墙有茨》篇所写的长满蒺藜的墙所防者就是内言外露而遭人耻笑。这是此篇诗作所要告诉人们的意思。《诗论》简文用"缜密"来评论此诗,对这一点是持肯定态度的,认为内外有别,内语不外泄还是需要的,《礼记·曲礼》下篇谓"公庭不言妇女",《礼记·内则》篇谓"男不言内,女不言外。……内言不出,外言不入",上博简《昔者君老》亦有类似的说法,谓"喜于内,不见于外;喜于外,不见于内。愠于外,不见于内。内言不以出,外言不以入"②。其意所指皆与此相类。简文的第二层意蕴是指出此诗注意"缜密"虽然不误,但还是不够的。夫妻之间应当言所当言,而不能因为有满布蒺藜的墙的阻隔作用而任意言语。这应当与儒家的慎独思想有一定关系。《中庸》谓"莫见乎隐,莫显乎微,故君子慎其独也"。朱熹释此意谓"言幽暗之中,细微之事,迹虽未形而几则已动,人虽不知而己独知之,则是天下之事无有着见明显而过于此者。是以君子既常戒惧,而于此尤加谨焉"③。再进一步说,缜密之言也须守礼,此正如孔子所谓"非礼勿听,非礼勿言"(《论语·颜渊》)。要之,简文"缜密而不知言"意思是强调像《墙有茨》篇所说的那样,只注

---

① 程俊英、蒋见元:《诗经注析》,第 124 页。高亨:《诗经今注》,第 65 页。
② 马承源主编:《上海博物馆藏战国楚竹书》(二),上海古籍出版社 2002 年版,图版第 89 页,释文第 244 页。
③ 朱熹:《中庸章句》,《四书章句集注》,中华书局 1983 年版,第 18 页。

意了言之缜密而不外泄,是很不够的。这是因为没有注意到言所当言这个原则,所以简文说它"不知言",即不知道言语所应当遵循的根本原则。

(三)

第 28 号简所评析的第三首诗是《青蝇》篇,此篇亦是讲"言"的诗作,全文如下:

营营青蝇,止于樊。岂弟君子,无信谗言。
营营青蝇,止于棘。谗人罔极,交乱四国。
营营青蝇。止于榛。谗人罔极,构我二人。

《青蝇》是一首仅三章、每章四句的短诗。诗的内容是说谗言犹如嗡嗡叫的苍蝇,扰乱视听,驱之不去,终至祸国殃民。前人多推测《诗序》"《青蝇》,大夫刺谗也",具体所指就是卫武公刺幽王信谗之作,然而诗中明谓"谗人罔极,构我二人",卫武公是德高望重的侯伯,在两周之际甚有影响。他可能会不满意周幽王信谗,但并没有卫武公与周幽王交恶的史载,"构我二人"之说若用于此二人,是不大可信的。《青蝇》若果真是"大夫刺谗"之作,则应当是王朝卿大夫劝谏同僚"无信谗言"的作品。春秋中期,晋卿会盟诸侯时曾以"言语漏泄"为借口要拘执戎子驹支,戎子驹支据理力辨,说:"我诸戎饮食衣服不与华同,贽币不通,言语不达,何恶之能为?"并且,"赋《青蝇》而退"(《左传》襄公十四年)。戎子驹子赋《青蝇》之诗让晋卿省悟自己是听信谗言而作出了错误判断,并且已经造成恶果,让戎子驹支蒙受了谗言之害。一个戎族酋长可以赋《青蝇》以言己志,表明此诗于春秋之时已经广为流传。此诗在汉代流传更广,班固曾经历数谗言害人误国之事,谓:

仲尼"恶利口之覆邦家"。蒯通一说而丧三俊,其得不亨者,幸也。伍被安于危国,身为谋主,忠不终而诈谖,诛夷不亦宜乎!《书》放四罪,《诗》歌《青蝇》,《春秋》以来,祸败多矣。……可不惧哉!可不惧哉!(《汉书·蒯通、伍被、江充、息夫躬传》赞)

孔子对于谗言谮语的态度可以概括为三:一是,深恶痛绝。他所说的"巧言令色,鲜矣仁"、"恶紫之夺朱也,恶郑声之乱雅乐也,恶利口之覆邦家者"(《论语·阳货》),就是明证。二是,竭力排摈,不与散布谗言的小人为伍。孔子不赞成"乡原"之人,认为这类人是"德之贼"(《论语·阳货》),孟子具体解释这种人的作为是"同乎流俗,合乎污世;居之似忠信,行之似廉洁;众皆悦之,自以为是"(《孟子·尽心》下)。三是,孔子主张远辟谗言,他说:"贤者辟世,其次辟地,其次辟色,其次辟言。"(《论语·宪问》)所谓的"辟言",就是回避谗言恶语以免受其害。

我们再来分析《青蝇》一诗,此诗只说谗言的危害,只劝说"君子""无信谗言",并没有达到孔子所说的"辟言"的水平。由此我们可以对于下面所缺的评析《青蝇》一诗的部分简文做出推测。要做出推测应当合乎两个条件,一是,前面所评两诗皆是论"言"之诗,并且紧连在下面又是斥谗言的《青蝇》一诗,所以简文也应当与"言"有关。二是在语势上要与前面的简文符合。其前的简文是"[《巧》言],言恶而不荐;《墙有茨》,慎密而不智(知)言",简文两用"而不",下面所存的简文是"《青蝇》智(知)",那么,其下的简文就有可能是"《青蝇》智(知)[言,而不]",若简文如此,不仅正可密合语势,而且与上面两句简文形成一个递进的关联。这种递进式的关联词语,可以使言辞气势宏大而连贯,强化说理效果,孔子和儒家弟子喜用这种句式,例如:

> 亚(恶)之而不可非者,谓于宜(义)者也;非之而不可亚(恶)者,笃于仁者也。①
>
> 言之而不义,口勿言也,见之而不义,目勿见也。听之而不义,耳勿听也。②
>
> 君子和而不同,小人同而不和。君子泰而不骄,小人骄而不泰。(《论语·子路》)

我们再来推测一下第 28 号简"《青蝇》,知[言而不]"下面的用语该是什么字。

---

① 《性情论》第 24 简,见马承源主编:《上海博物馆藏战国楚竹书》(一),上海古籍出版社 2001 年版,图版第 94 页,释文第 255 页。
② 《君子为礼》第 1—2 简,见马承源主编:《上海博物馆藏战国楚竹书》(五),上海古籍出版社 2005 年版,图版第 81—82 页,释文第 255 页。

愚以为有一个字备选，那就是"辟"字。在复杂的社会中求得生存与发展，孔子固然主张积极进取，但也主张审时度势，趋利避害。马王堆汉墓帛书《易传》的《要》篇记孔子与子赣论《易》之语，其中说到"文王仁，不得其志以成其虑。纣乃无道，文王作，讳而辟（避）咎，然后《易》始兴也。予乐其知（智）……"①。显而易见，孔子甚为赞扬周文王"避咎"而演《易》的做法，认为周文王的这种做法是明"智"之举。依照孔子的这个思路，我们可以于此为评析《青蝇》篇的简文拟补出其辟祸之意。若此，简文可能即"《青蝇》智（知）[言而不辟]"，意指《青蝇》一诗所写的情况是知道谗言之害却没有说如何"辟（避）"的问题。孔子之意是说《青蝇》一诗的意思虽然不错，但还没有深入到"辟言"的层面。对于人的语言，孔子讲究"慎"，"辟言"是为其一种，《礼记·表记》载孔子语谓："君子慎以辟祸，笃以不揜，恭以远耻。"谗言固然可恶可恨，可是谗言之害并不是不能预防的。对于谗言，明智之人应当而且也可以远以避之。孔子认为贤者可以"辟言"，其实，智者也是可以"辟言"的。然而，从《青蝇》一诗所写的情况看，其作者（姑且说是一位周王朝的大夫）并没有避开谗言之害，所以才有"谗人罔极，构我二人"的末尾诗句在。《青蝇》一诗里的进谗言者已经造成了影响，所以诗作者才苦口婆心地劝说"岂弟君子，无信谗言"。若简文谓"智（知）言而不辟"，正是对于这种情况的揭示。

（四）

总括以上的分析，我们可以据拟补的文字，将上博简《诗论》第28号简的简文较完整地写在下面（方括号内的字为拟补）：

……[《巧]言》，言恶而不荐；《墙有茨》，慎（缜）密而不智（知）言；《青蝇》智（知）[言而不智（知）辟]。……②

在《诗经》中，专门写"言"的诗篇以《巧言》、《墙有茨》、《青蝇》最为显著。这三篇诗作有一个共同的特点，那就是都写了对于恶言或不良之语的态度。然而

---

① 廖名春："帛书《要》释文"，《帛书〈易传〉初探》，台湾文史哲出版社1998年版，第279页。
② 上博简《诗论》共29支简，"满简约为五十四或五十七字"，第28简仅存17字。我们可以拟补5字，字数也仅有23字，亦尚不足原简文字之半。除了这些内容以外，所缺内容已无可稽考。所幸简文所保存的文字，内容连贯，为进一步的分析和推测提供了基础。

这个态度又不尽相同。《巧言》和《青蝇》主要写了对于恶言的厌恶,而《墙有茨》则强调语言得体并且内外有别,使言语合乎礼仪规范。

《巧言》、《墙有茨》和《青蝇》是《诗经》中很有特色的三首诗,可以合称之为论"言"三诗。孔子将此论"言"三诗拈出,合在一起论析,是否有深意在焉呢?答案应当是肯定的。从孔子对于论言三诗的评析,我们可以体会到孔子这样三方面的意思。

第一,孔子坚持守礼的原则,认为语言必须守礼。这一点在《墙有茨》一诗中表现得最为明显,其他两诗亦可得见,如《巧言》诗的第四章谓:"奕奕寝庙,君子作之。秩秩大猷,圣人莫之。他人有心,予忖度之。跃跃毚兔,遇犬获之。"此章的后四句是说谗人的花言巧语尽管可以像毚兔那样奔突跳跃迷人视听,但总能被识破擒获。为什么能够这样呢?原因就在于此章的前四句,其所谓的"寝庙"、"大猷"皆为礼仪的象征,先言此点意在表示自己有礼仪在胸,不怕巧言肆虐。自己的言辞须守礼,不畏谗言、巧言并战而胜之,亦须守礼。这就是孔子评析论"言"三诗所强调的关键之处。

第二,孔子拈出《巧言》、《青蝇》之诗评析,实际上是在赞赏诗作者对于巧言僭语的义正词严的批判,这与孔子对于"乡原"的一贯的批判是完全一致的。《孟子·尽心》下篇曾经引述孔子之语:"过我门而不入我室,我不憾焉者,其惟乡原乎!乡原,德之贼也。"又载孔子语:"恶似而非者:恶莠,恐其乱苗也;恶佞,恐其乱义也;恶利口,恐其乱信也;恶郑声,恐其乱乐也;恶紫,恐其乱朱也;恶乡原,恐其乱德也。"这里所说的"利口"之言、佞人之语,皆与《巧言》、《青蝇》篇所揭示的巧言僭语完全相同。可以说,孔子通过评析论"言"三诗再一次表明了他对于"德之贼"的"乡原"之人和"鲜矣仁"的"巧言令色"[①]之谗人的批判态度。

第三,孔子通过评析论"言"三诗还向人们讲述了在社会中的生存智慧问题。在社会生活中一般说来,人们对仁者、善人的关系是比较容易处理的,但对于恶人、谗人则不容易处理关系。孔子虽然对于"乡原"、谗人持批判态度,但并不主张强横蛮干,而是要讲求方式方法,尽量避免受其害。孔子主张与人交往言谈时应当注意恰当的度,他说:"可与言而不与之言,失人;不可与言而

[①] 《论语·阳货》载"子曰:'乡原,德之贼也。'"《论语·学而》载:"子曰:'巧言令色,鲜矣仁!'"

与之言,失言。知(智)者不失人,亦不失言。"(《论语·卫灵公》)依照此意,"不可与言"的人就应当是那些谗人与"巧言"者。简文有三处可以明显地看出孔子这种智慧观,一是论析《巧言》诗时指出它"言恶而不荐",只指出"巧言"之恶而不举出它的具体内容,如果举出了具体内容,当然亦非大错,但是却在客观上传播了"巧言",这是智者所不为的。对于这一点,孔子弟子曾子主张"乱言而弗殖"、"灵言弗与,人言不信不和"(《大戴礼记·曾子立事》),"恶言死焉,流言止焉"(《大戴礼记·曾子本孝》),所坚持的就是这种明智态度。二是评析《青蝇》时指出"知言而不避",没有能够避开谗言之害。不能避开,就不能算明智。三是在评析《墙有茨》篇时指出其只注意了言语的缜密,还不知道言语的原则。后来,曾子说:"鄙夫鄙妇相会于廛阴,可谓密矣,明日则或扬其言矣。"(《大戴礼记·曾子制言》上)这样的"鄙夫鄙妇"连"缜密"都不注意,更可谓等而下之了。对于智者来说,《墙有茨》那样的"中冓之言",首先要注意言辞守礼的原则。其次还要注意"缜密",不要像"鄙夫鄙妇"那样宣扬内言于外。孔子这种主张并非单纯的明哲保身,而是有其原则的。在不与谗人巧言者同流合污的原则下,尽量避免谗人之害,不失为明智之举。

上博简《诗论》第 28 号简所载孔子对于论"言"三诗的评析让我们看到了孔子语言观的另一个方面。从《论语》等文献里我们可以看到孔子语言观的主要方面,那就是慎言、言而有信。然而,如何对待谗言恶语却没有专门论及。孔子拈出论"言"三诗加以评析,在一定程度上展现了孔子在这个方面的态度。认识这些,对于研究孔子思想当有所裨益。

四十三 《诗经·卷耳》再认识
——上博简第 29 号简的一个启示

《诗·卷耳》篇古今解释纷纭,歧义众多。上博简《诗论》的面世,为此篇的再认识提供了一个契机,或者说给人们提供了一把进入堂奥之门的钥匙。《诗论》第 29 号简的简文谓:"《惓(卷)而(耳)》,不智(知)人。""知人"是孔子师徒的一个重要政治命题,目的在于知人善任,使贤者为官。简文之意启发我们重新认识《左传》及汉儒的相关论析。其所论《卷耳》诗旨在于写后妃助君主求贤审官,其说是符合被编定的《诗·卷耳》篇的意蕴的。《卷耳》篇和其他不少《国风》之诗一样都是王朝遒人"采诗"之后由专门的王朝职官予以整理加工的结果。从根本上来说,原创之诗与整编之诗的不同,乃是造成《卷耳》篇歧义迭出的主要原因。今试缕析如下。

(一)歧义迭出:《卷耳》诗旨疑义缕析

《诗·卷耳》是仅有四章、每章四句的短诗。为讨论方便计,我们先将此诗具引如下:

> 采采卷耳,不盈顷筐。嗟我怀人,寘彼周行。
> 陟彼崔嵬,我马虺隤。我姑酌彼金罍,维以不永怀。
> 陟彼高冈,我马玄黄。我姑酌彼兕觥,维以不永伤。
> 陟彼砠矣,我马瘏矣。我仆痡矣,云何吁矣。

这首诗的问题很多,如果我们对于非常费解的地方暂时忽略不计,那就可以简单地把它意译如下:

> 遍地茂盛的卷耳①,采不满一个浅浅的小筐。叹息我的怀人呀,被置在周行。
> 登上那崔嵬高山,马儿跑得疲惫腿软。姑且用金罍酌饮,以消退那长长的怀念。
> 登上那高高山冈,马儿病瘵玄黄。姑且用兕觥酌饮,以抚慰那长长的忧伤。
> 登上乱石山丘,马儿累病了呀,仆人也疲劳得再也走不动,多么忧愁啊。

对于此诗主旨,古今解释纷纭多歧,大体言之,可以分为两类,第一类是思贤

---

① "采采",《诗·蜉蝣》毛传"采采,众多也",《蒹葭》毛传"采采,犹萋萋也",此当为同例,《卷耳》篇之采采"盖极状卷耳之盛"(马瑞辰:《毛诗传笺通释》卷一语,中华书局1989年版,第41页)。毛传于《卷耳》篇谓采采为"事采之也",不若其释《蜉蝣》篇所说为优。

求贤。其中又可分为君主思贤、后妃辅佐文王求贤、远世明君任贤等不同的解说①。第二类是思夫或思妇②，或有专家谓此诗是"花开两朵，各表一枝"③，分别写了夫与妻的思念情况。也有的说这是两首诗因错简而误合为一。种种歧异多因为这首诗第一章明显是写女子持"顷筐"采卷耳，而后三章，则写男子之事，所以很难合为一体④。虽然可以用虚构意境之说来弥缝，但终难惬意得当。当代专家的解释，除了承继古人的这些解释以外，亦有专家另辟蹊径，如说它是对于上古陟神礼的描写⑤，或谓此诗"是游人旅外与思恋旅人者之间心神灵魂感应的古俗"⑥，以此来分析诗意，亦清新可喜，颇有可取之处。然疑问还是没有得到真正解决。

《诗·卷耳》一篇古今皆谓费解，探究其根源，首先应当是为"诗无达诂"⑦这一基本前提所决定的。就《诗经》而言，与叙述性的文字不同，许多诗歌往往只是写一种意境或情绪，点到为止，甚至意在言外，所以不少诗歌多不指明作者、时间、地点、人物、事件经过等事，"犹抱琵琶半遮面"，"恍惚之中见有物"，让人看到的只是模糊景象。后人解诗，要把恍惚景象还原为本来的实指诸事（如作者、事件经过等）就有种种可能的合乎此景象的解释。这些不同的解释虽然合乎诗的语言形象，但却很难直达诗旨。就《卷耳》篇来说，它不仅完全合

---

① 这些说法的首倡情况如下：君主思贤说见《左传》襄公十五年，后妃佐君求贤说见诗序和郑笺，远世君子求贤说见《淮南子·俶真训》。按，此说在宋代即遭苏辙质疑，谓妇人不当有求贤之事，"若夫求贤审官，则君子之事也"（《诗集传》卷一，宋淳熙七年刻本）。

② 焦延寿《易林》说此诗写"役夫憔悴，逾时不归"、"役夫憔悴，处子畏哀"，可谓思夫说的首倡。清儒方玉润说："此诗当是妇人念夫行役而悯其劳苦之作。"（《诗经原始》卷一，中华书局1986年版，第78页）近代以来，此说甚盛。征夫思妻说首倡者当是俞平伯，他说："从诗文本看，只见有征夫思妇，并不见有文王后妃，更何处着一贤人耶？'怀人'明明是念远人，乃释为思贤人，岂非在杀风景？这都是中了《传》、《笺》之毒，套上了一副有色眼镜，故目中天地尽变色了。"他的学生施德普说："第一章的叙述，我却以为是征人的忆别或幻觉。"俞平伯认为"若说一章为幻觉，反而更合理些。"因为这个解释"较为直捷"（俞平伯：《葺芷缭衡室读诗札记》，《古史辨》第3册下编，上海古籍出版社1982年版，第454、456页。）

③ 钱锺书先生谓《卷耳》的写法，"男女两人处两地而情事一时，批尾家谓之'双管齐下'，章回小说谓之'话分两头'，《红楼梦》第五十四回王凤姐仿'说书'所谓：'一张口难说两家话，花开两朵，各表一枝。'"（《管锥编》第1册，中华书局1979年版，第68页。）

④ 此诗诸章之意亦可做如下两种方式理解：一是，首章实写女子之嗟，而后三章则是她的想象；二是，后三章实写，而首章是男子的想象，即或谓的"幻觉"。

⑤ 于茀：《〈诗经·卷耳〉与上古陟神礼》，《北方论丛》2002年第1期。

⑥ 〔日〕白川静：《诗经的世界》，台北东大图书股份有限公司2002年版，第46页。

⑦ 《春秋繁露·精华》，苏舆：《春秋繁露义证》，中华书局1992年版，第95页。

乎"诗无达诂"的这些因素，而且诗的首章与后三章辞气不连贯，并且首章写女，后三章写男，幻觉穿梭其间，诗意奔腾跳跃，所以无论如何牵合皆难以弥缝。诚如前贤所云"此盈彼绌，终难两全，惬心贵当，了不可得"①。如果说它是《诗经》中最为费解的篇什之一，当不为过。

我们可以举出对于理解诗意十分关键的两例，说明此诗的费解，并缕析历代学者的歧义所在。

先说"周行"。

此诗的首章谓"嗟我怀人，寘彼周行"，诗中的所有感叹都与诗作者的"怀人"被"寘"于"周行"有关，"周行"应当是诗中的关键词语。较早提到"周行"的是荀子。《荀子·解蔽》篇谓："《诗》云：'采采卷耳，不盈顷筐，嗟我怀人，寘彼周行。'顷筐易满也，卷耳易得也，然而不可以贰周行。故曰：心枝则无知，倾则不精，贰则疑惑。以赞稽之，万物可兼知也。身尽其故则美，类不可两也，故知者择一而壹焉。"荀子这里只是强调"心枝则无知"，强调"贰则疑惑"，指出做事应当心无旁骛，不可三心二意。荀子只是说到采卷耳者一边采卷耳，一边想着"周行"，所以易满之筐也没有满（"不盈"），以此比喻心无旁骛的道理。但是，"周行"是什么意思却没有说。依荀子之意将"周行"解释为道路抑或是周之列位，似乎都可以说得通。明确释"周行"之意的是《左传》，其说法可以代表春秋时人的一般看法。《左传》襄公十五年述楚康王时任命令尹、右尹、司马、莫敖等官员之事以后有如下的评论：

> 君子谓"楚于是乎能官人。官人，国之急也。能官人，则民无觎心。《诗》云'嗟我怀人，寘彼周行'，能官人也。王及公、侯、伯、子、男、甸、采、卫大夫，各居其列，所谓'周行'也"②。

杜注："周，徧也。诗人嗟叹，言我思得贤人，置之徧于列位。"③依《左传》作者的理解，"周行"就是周遍列位，"寘之周行"意指贤人都能被安排在合适的官位

---

① 俞平伯：《葺芷缭衡室读诗札记》，《古史辨》第3册下编，第454页。
② 专家或谓《左传》这段话里，自"王及"起的21字为古注之混入者，此说虽有理致，但无文献版本的依据，所以不可贸然改动原文。我们还是应当把解释"周行"的这21字看成是《左传》作者之语。
③ 《春秋左传正义》卷三十二，《十三经注疏》，中华书局1980年版，第1959页。

("能官人也")。此说影响很大①，后来毛传本左氏说，释《卷耳》"寘彼周行"，谓："寘，置。行，列也。思君子官贤人，置周之列位。"郑玄笺申毛传之说，谓"周之列位，谓朝庭臣也"②。历来的诸多学问家强调此说来源甚古。如清儒陈奂《诗毛氏传疏》即谓"毛传以怀人为思君子，官贤人以周行，为周之列位，皆本左氏说"③。对于此说的怀疑后世也颇多，如清儒方玉润就直接批判《左传》之说，认为《左传》说乃断章取义，不可取信。他说："殊知古人说《诗》，多断章取义，或于言外，别有会心。……左氏解此诗，亦言外别有会心耳，岂可执为证据？况周行可训行列，执筐终非男子。'求贤审官'是何等事，而乃以妇人执筐为比耶？"④大体说来，宋以前的学者多从毛传郑笺之说，而宋以后的学者则或作它解，即把"行"释为道路，朱熹即谓"周行，大道也"⑤。后来解诗者多谓采卷耳者因为心中"怀人"而谓"寘彼周行"之意即将"浅筐丢在大道旁"⑥。尽管对于"周行"（亦即"周道"）的含意仍有不同理解，但释其为道路，这在不同意毛传郑笺说的学者间则没有多大疑问。

"周行"即"大道"之说盛行之后，以它是指"周之列位"的说法并未消退，相反，坚信毛、郑说的学者仍然从各方面予以论证。例如，明儒何仲默不信宋儒之说，认为解此诗应当"直从毛、郑"⑦。清代解诗大家马瑞辰指出："周、匍同声而异字。……今经典多假周为匍，周行亦匍之假借"，所以他坚持《卷耳》诗中的"周谓周徧，非商周之周"⑧。今按，《诗经》中"周行"凡三见，除《卷耳》"寘彼周行"以外，《鹿鸣》篇有"示我周行"，"周行"谓至善之道，《大东》篇有"行彼周行"，其意则指周之大道，而"寘彼周行"者则与上二者意皆不同。可以说，在

---

① 《卷耳》诗旨在于官贤人之说后人每遵奉之，如《艺文类聚》卷五十五引束皙云"颂《卷耳》则忠臣喜。"王先谦引此语谓："盖人君志在得人，是以贤才毕集，乐为效用，而国势昌隆也。"（《诗三家义集疏》卷一，中华书局1987年版，第23页）后世赞美后妃贤慧，亦多以《卷耳》比附之。
② 《毛诗正义》卷一，《十三经注疏》，中华书局1980年版，第277页。
③ 陈奂：《诗毛氏传疏》卷一，商务印书馆1933年版，第11页。
④ 方玉润：《诗经原始》卷一，第77、78页。
⑤ 朱熹：《诗集传》卷一，上海古籍出版社1980年版，第3页。
⑥ 程俊英：《诗经译注》，上海古籍出版社1982年版，第7页。
⑦ 周延良：《文木山房诗说笺证》，齐鲁书社2002年版，第60页。
⑧ 马瑞辰：《毛诗传笺通释》卷二，第42—43页。按，章太炎曾经盛赞马瑞辰此说，并举数例证明先秦文献所用"周"字，有不少是指周徧之意。（参见章太炎：《膏兰室札记》卷一，《章太炎全集》卷一，上海人民出版社1980年版，第129页。）

《诗经》的时代,"周行"是一个多义词,历来的分歧异说,良有以也。

再说此诗的作者。

《诗序》谓:"《卷耳》,后妃之志也。"认为它是后妃所作。以攻序著称的朱熹,这里却同意《诗序》之说,谓:"此亦后妃所自作,可以见其贞静专一之至矣。岂当文王朝会征伐之时,羑里拘幽之日而作欤?然不可考矣。"[1]依照其推测,《卷耳》之作乃出自周文王妃太姒之手。欧阳修提出了不同看法,他从后妃越权越位、彰显君主失职的角度来立论,谓:"妇人无外事,求贤审官非后妃之职也,臣下出使,归而宴劳之。此庸君之所能也,国君不能官人于列位,使后妃越职而深忧至劳心而废事,又不知臣下之勤劳。阙宴劳之常礼,重贻后妃之忧伤如此,则文王之志荒矣。"[2]清儒陈启源曾经驳斥将《卷耳》定为太姒所作的说法,认为文王受命已届中年,太孺人之年应当与其相当,她作为后妃,"身为小君,母仪一国,且年已五六十,乃作儿女子态,自道其伤离惜别之情,发为咏歌,传播臣民之口,不已媟乎?至于登高极目,纵酒娱怀,虽是托诸空言,终有伤于雅道"[3]。清儒崔述亦从另外一个角度驳斥《诗序》之说,谓此篇"言太亲狎,非别男女、远嫌疑之道。况'牝鸡之晨,维家之索',人君之职而夫人侵之如是,岂可为训哉!……登高饮酒殊非妇德幽贞之道,即以为托言而语亦不雅"[4]。这些说法皆强调后妃不当为此类事,但学者又指出,此类事虽不大可能,但此类志则是可以的,后妃纵然不必有其事,但可以有求贤审官之志。胡承珙承认"懿筐非后妃所执,大路非后妃所遵,至于登山极目,纵酒遣怀,尤为拟不于伦"[5],但强调前人所辨的道理,特别对于宋儒吕祖谦的说法深表赞许。吕祖谦说:

> 求师取友,妇人固无与乎此,而好善之志则不可不同。崇德报功,后妃固无与乎此,而体群臣之志则不可不同也[6]。

---

[1] 朱熹:《诗集传》卷一,第4页。
[2] 欧阳修:《诗本义》卷一,通志堂本。
[3] 陈启源:《毛诗稽古编》卷一,《清经解》第1册,上海书店出版社1988年版,第347—348页。
[4] 崔述:《读风偶识》卷一,《崔东壁遗书》,上海古籍出版社1983年版,第534页。
[5] 胡承珙:《毛诗后笺》卷一,黄山书社1999年版,第24页。
[6] 吕祖谦:《吕氏家塾读诗记》卷二,《四部丛刊》续编本。

问题的关键似乎在于，后妃固然不可能有登高饮酒诸事，但求贤审官之志则不能没有，作为"小君"而关注朝政，其心可嘉，其意可褒，托言其志而述其所想之事，并非无据。纵观宋以后学者论析《卷耳》作者问题，那种为汉儒所持后妃所作之说张目的解释，并没有引起重视，不少学者反而特别讨厌汉儒之说。姚际恒谓："《周南》诸什岂皆言后妃乎？《左传》无'后妃'字，必泥是为解，所以失之。"①钱锺书先生谓"《小序》谓'后妃'以'臣下''勤劳'，'朝夕思念'，而作此诗，毛、郑恪遵无违。其说迂阔可哂，'求贤'而几于不避嫌！"②还有学者谓汉儒之说"牵强傅会""支离窘曲"③。还有专家谓汉儒所谓"后妃之志"，"此说最为荒谬"④。

再说《卷耳》诗中"我"的指代。

在断定诗中的"我"即诗作者的前提下，专家所说它的指代可以分为以下几种：一，后妃（包括具体到周文王之妃）；二，思妇；三，思夫。每种说法虽然都可以曲折旁通，但总难顺畅。依诗序和毛传、郑笺的"后妃之志"、"思君子官贤人"之说，"嗟我怀人"之"我"为后妃，而"我马虺隤"的"我"则是"我使臣也"，而"我姑酌彼金罍"的"我"又是"我君也"。同一首诗里的"我"字有三种不同的意思，这是指代最为繁复的说法，亦有学者跳出这个思路，认为诗中之"我"并非诗作者，而是诗人托言之"思妇"或"劳人"。钱锺书先生谓"作诗之人不必即诗中所咏之人，妇与夫皆诗中人，诗人代言其情事，故各曰'我'。首章托为思妇之词，'嗟我'之'我'，思妇自称也。……二、三、四章托为劳人之词，'我马'、'我仆'、'我酌'之'我'，劳人自称也。"⑤这是按照"花开两朵，各表一枝"的思路所作的分析，准此，则《卷耳》诗中"我"则有两种指代。相关的解释中，独树一帜的是黄焯先生，他引章太炎《正名杂义》所论《诗经》中往往有实词用如虚词之例，如"'事'与'我'即为助词"，"皆以助唇吻之发声转气而已"，指出《卷

---

① 姚际恒：《诗经通论》，中华书局1958年版，第20—21页。按，姚际恒又谓"此诗固难详，然且当依《左传》，谓文王求贤官人，以其道远未至，闵其在途劳苦而作，似为直捷。但采耳执筐终近妇人事，或者首章为比体，言卷耳恐其不盈，以况求贤置周行，亦惟恐朝之不盈也，亦可通"，说来说去似乎又回到汉儒的思路上。
② 钱锺书：《管锥编》，第1册，第67页。
③ 吴闿生：《诗义会通》，中华书局1959年版，第4页。
④ 蒋伯潜：《十三经概论》，上海古籍出版社1983年版，第215页。
⑤ 钱锺书：《管锥编》，第1册，第67页。

耳》诗中的"我"即为"语助"①。此说虽然颇有理致,然尚有不足之处,那就是若将"我"作助词,则诗意因此而愈加混乱。总结前人的相关认识,陈子展先生提出了比较通达的看法,他指出:"一章为作者自道。我,是作者自我。二、三、四章设为作者所怀念之人的自道。六我字,全是所怀念之人自我。"②这个解释虽然没有解决诗作者的问题,但于"我"字之释可谓大体融通可信。

总之,分析以上我们所讨论的理解《卷耳》篇诗旨的关键问题,可以看到前人对于此篇诗旨的探索可谓"上穷碧落下黄泉",进行了全方位的大搜寻,提出了一切可能的释解,然而迄今为止,尚无一个令人十分满意的答案③。这些复杂的问题盘根错节,相互纠葛,令人眼花缭乱,理不出一个头绪。对于《卷耳》篇的再研究的出路在哪里?如何进一步接近正确的答案呢?上博简《诗论》的面世,很可能为此提供了一个契机,或者说给人们提供了一把进入堂奥之门的钥匙。

(二)一把钥匙:上博简《诗论》第 29 号简的启示

我们应当先来讨一下《诗论》第 29 号简开首的简文是否评论了《卷耳》一诗的问题。

上博简《诗论》第 29 号简虽系仅存 18 个字的残简,但其所评论的《诗》的数量却有五篇之多。其所评的第一首诗是《卷耳》,依马承源先生释文,简文原作:"《惓(卷)而(耳)》,不智(知)人。"马承源先生认为简文的"惓而",即今本《诗经》中的《卷耳》,因为两者"字音相通"④。李学勤先生认为简文此处的"惓",当读若患。并且以为此简可以和第 28 号简连读作"《青蝇》知惓(患)而不知人"⑤。周凤五、季旭昇先生亦将卷读若患⑥。卷与患古音同在元部,相通假在音读上是可以的。上博简《性情论》第 31 号简"凡忧卷之事",郭店简《性

---

① 黄焯:《毛诗郑笺平议》,武汉大学出版社 2008 年版,第 7 页。
② 陈子展:《诗三百篇解题》,复旦大学出版社 2001 年版,第 19 页。
③ 日本学者青木正儿所著《支那文学艺术考》一书认为现存《卷耳》一诗本为两首诗,后来误一诗。孙作云先生赞成此说,见其所著"诗经的错简"(载《诗经与周代社会研究》,中华书局 1966 年版,第 404 页)。按,错简之说,虽然可备一说,但只能算是一种推测。于此暂不作讨论。
④ 马承源主编:《上海博物馆藏战国楚竹书》(一),上海古籍出版社 2001 年版,第 159 页。
⑤ 李学勤:"《诗论》简的编联与复原",《中国哲学史》2002 年第 1 期。
⑥ 周凤五:"《孔子诗论》新释文及注解",《上博馆藏战国楚竹书研究》,上海书店出版社 2002 年版,第 156 页。季旭昇主编:《〈上海博物馆藏战国楚竹书〉(一)读本》,台北万卷楼图书股份有限公司 2004 年版,第 56 页。

自命出》第62简作"凡忧患之事"①。上博简《诗论》第4号简"民之有慽惓也"②，惓亦可读作患。这些都是"卷"通假作患的旁证。这些说法给将简文《惓而》认定为《卷耳》的马承源先生的原考释带来了很大挑战，足以启发人们做进一步的思考。

其实，简文的这个卷字读为患，虽然不误，但却未必合适。《诗论》第4号简的"慽惓"，应当是当时习语。《淮南子·人间训》："患至而后忧之，是犹病者已惓而索良医也。"高注："惓，剧也。"简文"慽惓"意即悲慽已剧。这个"惓"字依原字读，即已通达，不必通假而读若患。关于第29号简是否和第28简连读的问题，专家已经指出《诗论》第29号简上端残，"根据契口，中间至少还有四个空格"③，所以不能够径自将两简连读。这个意见应当是正确的。于此还可以再补充一下，细审两简的情况④，不仅第29简上部至少有四个字的空格，而且第28简下部还有30余字的空格，因此是无法直接连读的。另外，还有专家指出，若将29简连读28简，这于诗意上难以解释，《诗·青蝇》篇明言谗言之害，若依29简说它"不知人"，则"比较勉强"⑤。

要之，依照第29号简所评五诗的情况看，每一诗的评语皆甚简明，都是要言不烦，"惓而"二字理解为篇名是比较合适的。简文的"而"与耳，古音皆之部字，段玉裁谓"凡语云而已者，急言之曰耳"⑥，可见两者相通假在古音上是没有问题的。耳字多借用作尔⑦，"而"在先秦文献中每与"尔"相通假。简文"惓而"，依马承源先生原考释读若"《卷耳》"，说较为优。

那么，简文"《惓（卷）而（耳）》，不知人"是什么意思呢？

依《诗·卷耳》的诗意分析，今所见的分析有以下四种：一，专家或谓它"是说妻子不了解人"⑧；二，或谓指"所怀之人不知何处，故谓之'不知人'"⑨，"伤

---

① 马承源主编：《上海博物馆藏战国楚竹书》（一），第101页。荆门市博物馆编：《郭店楚墓竹简》，文物出版社1998年版，第66页。
② 同上书，第16页。
③ 季旭昇主编：《〈上海博物馆藏战国楚竹书〉（一）读本》，第65页。
④ 参见马承源主编：《上海博物馆藏战国楚竹书》（一），第4页图版。
⑤ 黄怀信：《上海博物馆藏战国楚竹书〈诗论〉解义》，社会科学文献出版社2004年版，第132页。
⑥ 段玉裁：《说文解字注》十二篇上，上海古籍出版社1988年版，第591页。
⑦ 参见黄侃先生为王引之《经传释词》所加的批语。《经传释词》，岳麓书社1985年版，第162页。
⑧ 黄怀信：《上海博物馆藏战国楚竹书〈诗论〉解义》，第134页。
⑨ 廖名春："上海博物馆藏诗论简校释"，《中国哲学史》2002年第1期。

所怀之人不可见,故曰'《卷耳》不知人'"①;三,或有专家谓"不知人"是指"'我仆'并不理解我心……我仆不知我"②,或谓系指"我仆"蠢笨,"不智于人"③;四,亦有专家谓此诗为男女对唱,所以"不知人",指"不相知、不相接之人"④。这些论析皆有所发明,启示人们从不同的角度来理解《卷耳》一诗,但尚有再研究的余地,今试作讨论如下。

首先,判定妻子不知道丈夫的苦衷即"不知人",很难合乎诗意。即令把后三章作为丈夫回来向妻子的解释之语,也不能说妻子不知人。这位妻子就是采卷耳时也不忘"寘彼周行"的丈夫,正是心心相印的表现,诗意正是表现了妻子对于丈夫的惦念、记挂,哪能说"不知人"呢?

其次,若谓不知所怀之人在何处即"不知人",那么,诗中明谓"寘彼周行",怎么能说不知何处呢?从诗人托言的角度来看的话,《卷耳》后三章乃妻子想象之辞,丈夫的登高、饮酒、驾车、疲惫、病痛诸事在妻子心中犹历历在目,直可谓远在天边、近在眼前。所以也不能说是所怀之人不可见即"不知人"。

复次,若把"不知人"说成是对于"我仆"的说明,那么,这就与《诗论》论诗皆言简意明,直击诗旨风格不类。在《卷耳》诗中,"我仆"只是一个配角,类同描写主人公的一个道具,若单拈出他来评析,不仅没有必要,而且与惜墨如金的《诗论》风格了无相似之处。所以,从这个角度来理解"不知人"的涵义,也很难取信。

最后,若谓妻子与丈夫不相知、不相接即"不知人",则是把"知"这个动词作形容词来使用。这就与诗意有了较大距离。另外,如果将《卷耳》理解为妻子与丈夫对唱,则他们都各自被对方装在心中,想念之情直是跃然纸上,这种心灵的沟通,很难说是"不相知"。

总之,今所见的专家对于简文"不知人"的解释,虽然皆有理致,每多发明,但正如前贤所说对于令人费解的《卷耳》一诗的释解往往是"此盈彼绌,终难两全"。既然这些解释皆未能令人信服,那么有无可能在这些解释之外提出新的解释的可能呢?愚以为答案是肯定的。今试说如下。

---

① 李零:《上博楚简三篇校读记》,中国人民大学出版社2007年版,第21页。
② 胡平生:"读上博藏战国楚竹书《诗论》札记",《上博馆藏战国楚竹书研究》,第287页。
③ 马承源主编:《上海博物馆藏战国楚竹书》(一),第159页。
④ 李山:"《孔子诗论》札记之二",转引自黄怀信《上海博物馆藏战国楚竹书〈诗论〉解义》,第134页。

"知人",在儒家社会理念中是一个非常重要的命题,它总是与政治密切相关,并不仅仅是一个简单的"知道别人"的意思。孔子常常从举贤才的角度来论说"知人"。请看《论语·颜渊》篇的一个记载:

> 樊迟问仁,子曰:"爱人。"问知,子曰:"知人。"樊迟未达。子曰:"举直错诸枉,能使枉者直。"樊迟退,见子夏。曰:"乡也吾见于夫子而问知,子曰,'举直错诸枉,能使枉者直',何谓也?"子夏曰:"富哉言乎!舜有天下,选于众,举皋陶,不仁者远矣。汤有天下,选于众,举伊尹,不仁者远矣。"

孔子认为"知人"就是"举直",具体来说就是把贤人、好人放在掌握权力的位置上,这样他们就会发挥才能管理那些不贤之人,使他们变好。子夏举出历史事例来解说"举直错诸枉"之意,一是舜的时候,举皋陶,那些"不仁者"见有"直"者在位,就会远远避开。二是汤据天子位的时候,举伊尹,也达到了同样的效果。在这里,孔子所理解的"知人"就是知道贤人所在,并且知道把他们选拔出来做官掌权。还有一个关于鲁哀公与孔子谈话的记载,也说明了同样的问题:

> 哀公问政。子曰:"文、武之政,布在方策。其人存则其政举;其人亡则其政息。人道敏政,地道敏树。夫政也者,蒲卢也。故为政在人……不可以不知人。"①

周文王、武王之政,是周代政治的楷模,但是,这些虽然都有文字记载可以考察,却只是简牍上记载的东西,还算不得真正的政治。政治要靠人的实践。只要有贤人在位就会有善政,这就是"人存政举"的意思。否则的话,那就只能是"人亡政息"。孔子认为,这些做起来也并不难,以人立政,就像地上种树、种蒲苇一样迅速取得成果。政治的关键在于选拔人才。孔子强调"不可以不知人",朱熹释此意谓"欲尽亲亲之仁,必由尊贤之义,故又当知人"②。可见在孔

---

① 《礼记·中庸》,《礼记正义》卷五十二,《十三经注疏》,第1629页。
② 朱熹:《中庸集注》,《四书章句集注》,中华书局1983年版,第28页。

子的理念中,"知人"与尊贤、举贤密不可分。孔子似乎多次向鲁哀公谈起为政需"知人"的道理。鲁哀公曾慨叹自己"未能知人,未能取人"①,孔子就曾耐心地讲述通过"观器视才"的办法来"知人"的道理。"知人"是和"取人"联为一体的,"知人"的目的就在于选取贤才。

  社会管理重在"知人",这成为上古时代的一个传统。相传在舜的时代皋陶和大禹不约而同地都建议舜帝"知人",谓"知人则哲,能官人"②,意即知晓人的贤能与否,并且让贤者为官。孔子曾经十分赞赏尧舜和周文王武王时代的任用贤才,说道:"才难,不其然乎!唐虞之际,于斯为盛。"③管鲍之交是春秋时代的佳话,鲍叔知管仲之贤才,力荐其为齐桓之相,主持齐国之政,时人评论此事谓"天下不多管仲之贤,而多鲍叔能知人也"④。

  "知人"不是一件容易的事情,孔子曾经从"知言"的角度来谈论"知人",认为分析别人的言论是为"知人"的必经门径,说"不知言,无以知人也"⑤。孔子弟子子贡曾经感叹贤人难于被发现和认识。他说:"贤人无妄,知贤则难,故君子曰:'知莫难于知人'"⑥。春秋时期士阶层开始登上社会政治舞台,在社会上很有影响的儒、墨两家高揭举贤才之帜,为之奔走呼吁,正是士阶层为争取更大发展空间的努力的表现。当然,孔子也从了解别人、认识别人的角度来谈论"知人",谓"不患人之不己知,患不知人也"⑦,但他对于"知人"这一命题更为看重的则是知人而善任,实为举贤才之说张目。

  明晰了孔子及其弟子所言"知人"的真谛,这对于我们认识《诗论》简文"《卷耳》不知人",该是一个重要的基础。再者,从上博简《诗论》中我们可以看到,孔子解诗往往渗透着其王权观念、君权观念和社会政治理念⑧。从这两个

---

① 《大戴礼记·四代》,王聘珍:《大戴礼记解诂》,中华书局1983年版,第167页。
② 《尚书·皋陶谟》(《尚书正义》卷四,《十三经注疏》,第138页)。汉代谷永曾经在上疏时引用此说,谓"帝王之德莫大于知人,知人则百僚任职,天工不旷。故皋陶曰:'知人则哲,能官人。'"(《汉书·薛宣传》,《汉书》,中华书局1962年版,第3391页。)
③ 《论语·泰伯》,《论语注疏》卷八,《十三经注疏》,第2487页。
④ 《史记·管晏列传》,《史记》,中华书局1982年版,第2132页。
⑤ 《论语·尧曰》,《论语注疏》卷八,《十三经注疏》,第2536页。
⑥ 《大戴礼记·卫将军文子》,王聘珍:《大戴礼记解诂》,107页。
⑦ 《论语·学而》,《论语注疏》卷一,《十三经注疏》,第2458页。
⑧ 相关论析参阅拙稿"从王权观念的变化看上博简《诗论》的作者及时代"(《中国社会科学》2002年第6期)、"从上博简《诗论》看文王'受命'及孔子天道观问题"(《北京师范大学学报》2006年第2期)。

基本前提出发，我们可以做出这样一个推测，即简文评《卷耳》之语"不知人"，是从知人善任以举贤才的角度来说话的。

我们前面已经说过，对于《卷耳》一诗我们所能见到的最早的解释是《左传》的"能官人"的记载，此后汉儒对此进行了发挥，将《卷耳》的叙事论定为"后妃之志"，其"志"亦在于"官贤人，置周之列位"。汉儒解释《卷耳》实际上是对于《左传》说的引申。后来的论者多不敢挑战《左传》的权威地位，于是就拿汉儒之说撒气，每每痛斥其迂腐，胡说八道。现今，我们有了上博简《诗论》的材料，再来重新认识这一问题，就有可能悟到诗旨。如果我们对于孔子和儒家"知人"观念的理解不误的话，如果我们理解了上博简《诗论》解诗多为阐发孔子和儒家的服务王权政治这一特色的话，那就可以说《左传》和汉儒之说很可能是近于诗旨的。要之，"直从毛、郑"，回到《左传》和汉儒，应当是我们再认识《卷耳》篇的正确门径。

我们再回过头来看一下《左传》的说法，《左传》是在讲楚康王任命令尹、右尹、司马、莫敖等官员之事的时候引用《卷耳》诗句的，实际上是称赞楚康王能够任用贤才，是在讲楚康王能够知人善任。但是《左传》的作者只引用了《卷耳》的"嗟我怀人，寘彼周行"两句诗，并没有指明"嗟我怀人，寘彼周行"的行为主体。但它既然肯定了"王及公、侯、伯、子、男、甸、采、卫大夫，各居其列，所谓'周行'也"，其行为主体自然也不难看出。能够将贤才安排在"公、侯、伯、子、男"等"周行"之位者，非周王莫属。诗序谓此乃"后妃之志"，其志在"进贤"，志在"求贤审官"。由此可见，《卷耳》篇的诗旨乃在于赞美后妃协助国君举贤，这正是"知人"的表现，可是简文却说"不知人"，这又是为什么呢？

解决这个问题要从分析《卷耳》的诗意入手。

很值得注意的是，《卷耳》篇所写的"怀人"的形象。在这首诗里，后妃心中所挂记的人，并不具备积极进取勇往直前的精神，其形象完全是一副颓废潦倒之态，马儿"虺隤"了，仆人也累得不行了，这个"怀人"不去解决问题，不去克服困难，而是只顾哀叹饮酒（"我姑酌彼金罍"、"我姑酌彼兕觥"）。诗中那位为后妃所"怀"之人，因为没有被置于"周行"（即在朝廷中做官），就感怀伤心（"维以不永怀"、"维以不永伤"）、颓废沦丧，再也打不起精神。这样颓废的形象与儒家理念中的那种在困难面前百折不挠的气魄相比，实在不可同日而语。孔子在匡地被围困的时候，孔子大义凛然地说："文王既没，文不在兹乎！天之将丧斯文也,后死者不得与斯文也。天之未丧斯文也,匡人其如予何?"①孔子倡导"杀身以成仁"②的精神,赞扬"匹夫不可夺志"③的气魄,坚信艰难之中方显英雄本色,谓"岁寒然后知松柏之后凋"④。《论语·泰伯》篇载曾子语谓:"士不可以不弘毅,任重而道远。仁以为己任,不亦重乎?死而后已,不亦远乎?"弘毅精神所表现出来的儒家之勇就是杀身成仁理念的发扬。这种精神发展到了孟子,就是"舍生而取义"般的无畏,就是那种"至大至刚"的"浩然之气"⑤。总之,《卷耳》篇所表现的那位为后妃所挂记之人,因为没有在朝为官("寘于周行"),就颓丧潦倒,饮酒叹息。这种人贪恋朝廷中的官位,在困难面前只会借酒浇愁、悲观叹息,缺乏勇敢进取精神,足见其并非贤才。"后妃之志"固然可嘉,帮助君主审官选贤亦属不易,但却失之详察,没能了解其人的精神面貌。简文说"不知人",应当就是从这个角度有感而发的。汉儒析诗旨所提出的"后妃之志"的说法,大体不误。只是没有更进一步指出《卷耳》篇所写后妃的"不知人"的深层意蕴。若谓之未达一间,可也。

(三)峰回路转:《卷耳》诗意再探索

上博简《诗论》第 29 号简关于《卷耳》篇的评析,让我们悟出这样一个道理,即回到《左传》、"直从毛、郑",乃是认识此篇诗旨的正确路径。儒家"知人"的命题并不是一个简单的认识他人的问题,而是一个为"举贤才"呼吁、希望君主知人善任的理念的表达。用这个理念来分析《卷耳》"不知人"的简文,才能够看出《左传》所谓"能官人"、汉儒所谓"后妃之志"的说法是近乎诗旨的。

然而,问题并没有到此为止。我们的认识似乎还应当再推进一步。摆在我们面前的仍有这样一个问题在,那就是,《左传》与汉儒对《卷耳》的解释是真正的诗旨吗?

对于这个问题,可以做肯定的回答。理由在于这是关于《卷耳》诗旨的最早的解释。我们可以简略排列一下关于《卷耳》诗旨的早期认识的发生次第。

---

① 《论语·子罕》,《论语注疏》卷九,《十三经注疏》,第 2490 页。
② 《论语·卫灵公》,《论语注疏》卷一五,《十三经注疏》,第 2517 页。
③ 《论语·子罕》,《论语注疏》卷九,《十三经注疏》,第 2491 页。
④ 同上。
⑤ 《孟子·告子》上,《孟子·公孙丑》上,《孟子注疏》卷一一下、卷三上,《十三经注疏》,第 2752、2685 页。

依时间先后来说是这样的：

《左传》——上博简《诗论》——汉儒

这三者的说法虽然小有异,但基本认识的脉络是一贯的。最早的解释就意味着诗旨在时间长河里被扭曲被篡改的可能性较小,能够最接近诗旨的本初意蕴。上博简《诗论》面世以后,大量的研究表明它源于孔子以《诗》授徒的记录,《诗》曾经是孔子编定来作为授徒教本。《诗论》对于《卷耳》篇的评析,自然具有权威性。简文"不知人"的评析,与《左传》及汉儒的解释若合符契,这就在很大程度上增强了对此问题作肯定回答的可信度。

这个问题的回答也可以是否定的。理由在于,若依照这些最早的解释,《卷耳》的诗意还有许多说不大通的地方。本文在前面所提到的历代学者对于汉儒说的质疑和批评多有见地,且持之有故,言之成理。如谓诗中写后妃对于在外的臣子伤离惜别,怀想惦念,以至登高极目,纵酒娱怀,皆不符合后妃身份,即令理解为《卷耳》诗的一章和后三章的形式为"对唱",或是"花开两朵,各表一枝",于此理解后妃与臣下的关系,亦属"不雅"。若把后妃定为太姒,则周文王的伟大形象又颇受影响。如何解释历代学者的这些质疑,应当是绕不过去的重要问题。

现在,两个截然不同的答案摆在了我们面前。如何化解这一矛盾呢？在肯定与否定之间,是否有第三条道路存在的可能呢？

这第三条道路的入口应当是对于《诗》的成书过程的考究。

《诗》三百篇的作者,大体可以分为士大夫与村夫鄙妇两类。作为庙堂乐歌的雅、颂的大部分篇章皆当出自士大夫之手,而以民歌为主的十五国风,则当出自民间,多为村夫鄙妇所唱和。周代有献诗与采诗的制度。《国语·周语》上载"天子听政,使公卿至于列士献诗,……瞍赋",在周天子的朝会上,从公卿到列士的各级贵族要向周天子献诗,然后由"瞍"者吟诵给周天子及后妃、贵族大臣们听。对于这种献诗制度,春秋时人还津津乐道,记忆尤深,《国语·晋语》六载：

古之王者,政德既成,又听于民,于是乎使工诵谏于朝,在列者献诗使勿兜。

这段文字里的"勿兜"的"兜"字，王引之说为"兆"字之讹，《说文》训为廱蔽。"勿兜"意即"勿廱蔽也"①。"献诗"的目的在于通过这一方式了解风土人情和民众疾苦，以免王者被蒙蔽。除了士大夫的"献诗"以外，还有一种"采诗"之制。《汉书·食货志》载：

> 孟春之月，群居者将散，行人振木铎徇于路，以采诗，献之大师，比其音律，以闻于天子。故曰王者不窥牖户而知天下。

被派下去采诗的官员称为"行人"，又称"遒人"。这种采诗之制应当是一种古制，《左传》襄公十四年引《夏书》谓"遒人以木铎徇于路"，似夏代已有此事。《礼记·王制》篇载上古帝王巡狩时，"命大师陈诗，以观民风"②。汉武帝设乐府官，"采诗夜诵"，是采诗之制在汉代绵延的结果。对于这种采诗之制，颜师古注《汉书·礼乐志》谓"采诗，依古遒人徇路，采取百姓讴谣，以知政教得失也"，应当是可信的说法。采诗的作用，依王充所说就是"观风俗，知下情"③。对于古代社会政治而言，采诗是政教的一个必不可少的环节。

古代文献所载的这些"献诗"、"陈诗"与"采诗"应当是《诗》形成过程的源头。这些诗集中到王朝官府以后，如何来编定呢？对于这个问题，虽然没有明确的记载，但我们还是可以从相关材料中找到一点线索：一是《周语》所说的"瞍赋"，二是《汉书·食货志》所说的大师"比其音律"。"赋"，吟诵出来。所谓"比其音律"是指配上音乐以便于演唱。这两点都是对于所集中起来的诗篇进行加工整理过程的事。值得注意是这个加工整理过程可能并不仅限于这些。所搜集到的诗，因为是要让天子、后妃及贵族们听的，所以整齐文字，改动一些字句以便于沉吟和演唱，乃是情理中事。这种加工整理就是一种过滤，筛掉在贵族眼中不雅的东西，增添一些为贵族阶层喜闻乐见的内容。这在"采诗"所

---

① 王引之：《经义述闻》卷二十一，江苏古籍出版社 2000 年版，第 507 页。
② 关于巡狩时的"太师陈诗"，《白虎通·巡狩》引《尚书大传》亦谓"见诸侯，问百年，大师陈诗，以观民风俗"（陈立：《白虎通疏证》，1994 年版，第 289 页），与《王制》篇略同。
③ 《论衡·对作》，黄晖：《论衡校释》，中华书局 1990 年版，第 1185 页。

得诗篇中比较突出,而直接出自士大夫之手的"献诗"、"陈诗"(这些诗大多在《诗》的雅颂部分),则比较少见。十五国风,是通过"采诗"途径所得最多者。其中不少诗都可以得见这种加工整理的痕迹。今可试举两例。《卫风·木瓜》篇本来写劳动者之间投桃报李的相互馈赠,以表示"永以为好"的愿望。然今所见本,则非投桃报李而掺杂进了"琼琚"、"琼瑶"、"琼玖"等贵族玉佩,这应当是整理加工的结果。再如《葛覃》本来是写鄙妇村姑采葛的诗,诗的前两章此意甚明。这应当是当时的民歌,但被"采诗"整编之后,便加上了第三章,有了"言告师氏"等语,成为贵妇人准备归宁之诗。

我们再来看《卷耳》。诗谓"采采卷耳,不盈顷筐,嗟我怀人,寘彼周行",正是鄙妇村姑采卷耳时的民歌,说它是"思君子之劳于行迈"[①]、"因采卷耳而动怀人念"[②]是可以的,然而诗中又有"金罍"、"兕觥"这样的贵族酒器名称出现。罍是商末和西周前期流行的大型盛酒器。考古发现有陕西扶风庄白一号窖藏陵方罍,其器形特征是敛口中、直颈、较宽的圆肩,腹径最大处在肩底与上部交接处,器腹自此斜收至底。兕觥是贵族所用的以犀牛角制成的名贵大酒杯。《小雅·桑扈》"兕觥其觩,旨酒思柔",郑笺云:"兕觥,罚爵也。古之王者与群臣燕饮,上下无失礼者,其罚爵徒觩然陈设而已。"总之,"金罍"、"兕觥"皆为贵族饮宴所用之器,非鄙妇村姑所当用者。无论是采诗之官,抑或是大师,他们在整理加工《卷耳》一诗的时候对于原生态的民歌做了一定的改造,以适应贵族的"高雅"口味,以取悦周天子、后妃及贵族大臣们的视听。

关于《诗·风》的创作,朱熹曾谓"凡诗之所谓风者,多出于里巷歌谣之作,所谓男女相与咏歌、各言其情者也"[③],此说影响很大,后世多有学者阐发此义。20世纪中叶以来以阶级斗争、人民性等观点阐诗的学者多由此途而前进。但是,亦有学者反驳此说,最著名者当属朱东润先生。他在《国风出于民间论质疑》一文中指出国风"未必出于民间",而"多为统治阶级之作品"[④]。我们今天看来,说国风的许多作品"多出于里巷歌谣"还是可取的,说为"统治阶级的作品",亦不为误。因为这些作品出自里巷歌谣,却成自士大夫贵族之手,是经他们整

---

① 戴震:《毛诗补传》卷一,《戴震全书》第1册,黄山书社1994年版,第154页。
② 方玉润:《诗经原始》,第78页。
③ 朱熹:《诗集传序》,《诗集传》,第2页。
④ 朱东润:《诗三百篇探故》,云南人民出版社2007年版,第44—45页。

理加工过的。这两个阶段的诗简要言之,可以称为原创之诗与整编之诗。

属于十五国风的《周南》、《召南》,朱熹曾经另眼相看,谓"惟《周南》《召南》亲被文王之化以成德,而人皆有以得其性情之正,故其发于言者,乐而不过于淫,哀而不及于伤,是以独为《风》诗之正经"①。所谓"亲被文王之化",然后民众才得性情之正,并从而有二南之诗,这是不可信的。然而,从另一角度看,二南之诗曾经得整编者之青睐,受他们之"化",则大有可能。二南之诗在整编者看来,经他们之"化",不啻为"点石成金",而按照鲁迅先生的看法,则是"将'小家碧玉'作为姨太太"②。二南之诗原出于里巷鄙夫村姑者,整编者多点"化"为后妃之作。这些"小家碧玉",岂止是作了"姨太太",而是成为母仪天下的后妃了。

试看汉儒解《周南》诸诗,大多跟"后妃"有不解之缘。例如,据《诗序》所说,《关雎》篇言"后妃之德",《葛覃》篇言"后妃之本",《卷耳》篇言"后妃之志",《樛木》篇是"后妃逮下也",《螽斯》篇言"后妃子孙众多",《桃夭》篇是"后妃之所致也",《兔罝》篇言"后妃之化",《芣苢》言"后妃之美"。《麟之趾》篇是写男人的诗,不好直接跟后妃系连,于是便绕一弯子说是"《关雎》之应"。《关雎》既然是言后妃之德,则《麟之趾》篇自然也是在后妃的光环之下。《召南》诸篇则大多跟国君夫人有关,如《鹊巢》言"夫人之德",《采蘩》言"夫人不失职"。在《召南》诸篇里,下一等者则系"大夫妻"之事,如《草虫》言"大夫妻能以礼自防",《采蘋》言"大夫妻能循法度"。还有一些诗不好与"国君夫人"或"大夫妻"系连,便想方设法与国君的媵妾或女儿联系起来。如《召南》的《江有汜》篇就是"美媵也",《何彼襛矣》篇则是"美王姬也"。过去常以为汉儒这样的解释是对于《诗》的"歪曲"、是故意蒙上的"灰尘"和"雾翳"。汉儒的这些释解多被斥为无根妄谈。平心而论,汉儒的这些说法还是有根据的。这些说法并非无源之水。溯其源,应当说就是最初采诗和整理加工诗的周王朝的士大夫。他们已经把出自民间的诗歌整编成了适合周天子及后妃们喜闻乐见的作品。汉儒解诗只不过是发挥了整编者的意蕴而已。

总之,《诗》的起源与形成,大体上可以分为原创之诗与整编之诗③两个阶

---

① 朱熹:《诗集传序》,《诗集传》,第2页。
② 《鲁迅全集》第五卷,人民文学出版社1981年版,第579页。
③ 关于《诗经》的编订,一般认为可能经过多次,一是周朝乐官编《诗》,二是鲁乐官编《诗》,三是孔子编《诗》。我们这里指的是周乐官最初编订的《诗》。

段。如果此说不致大谬的话,那么《诗经》发展史上的不少问题就可以有一个新的认识。这对于我们认识上博简《诗论》应当也是有益的。上博简《诗论》展现了孔子师徒解诗的情况。他们解诗的旨趣主要在于以王权观念说诗。《诗论》第29号简以"不知人"评《卷耳》一诗,虽然简短,但也可以看出这种旨趣。在《诗论》里,孔子师徒多据整编之诗来阐释诗旨,而不去考究原创之诗的面貌和含意。基于此,我们再回过头来看前人对于《卷耳》一诗释解中的歧义迭出的现象,就可以理出一个大致的线索了,那就是从《左传》、孔子师徒的《诗论》开始,直到汉儒,主要是依据整编之诗的《卷耳》篇立论的,而宋儒以来的新释,则是努力追溯《卷耳》原创面貌的结果。两者所据材料不同,意见之歧异,就是情理之中的事情了。

四十四　英雄气短:春秋初期社会观念变迁之一例
——上博简《诗论》第29号简补释

今本《诗·郑风》有《褰裳》,其中有"子惠思我,褰裳涉溱"的诗句,上博简《诗论》第29号简所评析的称为"《涉秦》"即《诗·郑风·褰裳》一诗。《褰裳》的诗旨,甚有歧义,或谓指状写春秋初年郑太子忽之事,或谓是村姑与情夫的打情骂俏之辞,自汉儒以来世有纠葛。上博简《诗论》第29号简的简文谓其所写乃"绝附之事"。证明汉儒之说渊源有自,是比较可信的。郑太子忽先是持不依附大国的强硬立场,拒绝齐国请婚的要求,后来在大国政治交易和权臣弄权的情况下,接连倒霉以至于败亡被弑。《褰裳》诗"刺"郑忽狂傲而不能自保,反映了春秋初期社会观念开始转变的一个侧面。上博简《诗论》第29号简的相关简文,为解决自汉儒以来的《褰裳》诗旨之讼提供了重要材料。为了研究方便计,我们先来谈谈历史上的郑太子忽,再来分析《褰裳》一诗,然后讨论相关简文,最后,再说那个时代的社会观念变迁的问题。兹依次述之。

(一)春秋初期的郑忽其人其事

春秋时代人才辈出,如果我们要在林林总总的人物中找出集幸运与倒霉为一体的父子俩,那么郑庄公、郑昭公父子应当名列前茅。

郑庄公是幸运的。他虽然因"寤生"(难产)而遭母亲的忌恨,但他凭借着自己的努力，又修复了与母亲的关系，还靠着计谋将蛮横跋扈的弟弟叔段打败并赶出国外。郑庄公敲响了春秋霸权的开场锣鼓，以春秋时最初的霸主而称雄于世①。然而，他的儿子郑昭公却很倒霉。郑昭公名忽，被立为世子，称"太子忽"。他的命运本来应当是一帆风顺的，但他却在霸权政治的旋涡中吃尽了苦头，成为当时一个最倒霉的人。让我们来看一下他在春秋初期政治进程中沉浮情况吧。

郑忽作为太子，曾于公元前720年作为"质子"，被派往周王朝以示信。大概因为才貌双全吧，得到为周王青睐的陈桓公的赏识，招他为婿，回到郑国以后，即被指派统领军队。前718年，卫和南燕的军队伐郑，郑派三军迎战。郑太子忽和公子突"潜军"于敌军之后，在"北制"地方打败敌军。这次偷袭敌军而获胜，只是郑太子忽军事才能的牛刀小试。到前707年郑国打败周桓王的繻葛之战时，他已是独当一面的大将，他所率领郑军右翼获得大胜。翌年，他率军往救被北戎攻伐的齐国，"大败戎师，获其二帅大良、少良，甲首三百，以献于齐"②，足证他是一位既有杰出军事才能，又恪守周礼的军事统帅。这次大败北戎之前，齐僖公想要把爱女文姜嫁给他③，被郑太子忽拒绝。他的拒婚之辞，有理有据，铿锵有力：

"人各有耦。齐大，非吾耦也。诗云：'自求多福。'在我而已，大国何为？"君子曰："善自为谋。"

这次拒婚的时间，应当是在前712年④，到了前706年郑太子忽大败戎师之

---

① 童书业先生指出，春秋初年，"齐僖为当时名义上之伯主（所谓'小伯'），然实无能，郑庄又挟之以令诸侯，故郑庄公既挟天子，又挟伯主，复结交当时国力甚强之鲁国，凭其本国之富强，故能纵横一时，成为真正之'小霸'也"（《春秋左传研究》，中华书局2006年版，第40页）。
② 《左传》桓公六年。
③ 齐僖公之女文姜是一个淫兄弑夫的恶女，这些固然是以后的事情，但郑太子忽坚辞拒婚，亦可谓有先见之明焉。
④ 关于郑忽首拒齐婚的具体年代，史籍乏载。今可略作推测。《左传》桓公六年述此事时谓"公之未昏于齐"，指鲁桓公未娶文姜。文姜嫁鲁桓公是在前709年，所以郑忽首次拒齐婚必当在此之前。郑忽此次拒婚之辞言"齐大，非吾耦"，当是齐势正炽之时。前713年齐僖公联合郑、鲁伐宋，并攻入违王命的郕国。翌年，齐僖公复率郑、鲁攻入许国，此时齐僖"小霸"之势已成。攻许时郑军立有首功，齐僖欲嫁文姜于郑忽，当于此年（即前712年），方合乎郑忽拒婚所言的"齐大"之辞。

后。齐僖公又请求将孟姜嫁给他。他再次辞绝。有人问他再次拒婚的缘故。郑太子忽说:

> 无事于齐,吾犹不敢。今以君命奔齐之急,而受室以归,是以师昏也。民其谓我何?①

这又是一番掷地有声的言辞。分析他这两次辞婚的理由,可以看到郑太子忽讲礼讲义、自强自立的基本性格。他不依靠强齐为后援以求利,郑国权臣祭仲曾经向郑太子忽分析国内外的形势,认为郑庄公多内宠,郑公子子突等人都垂涎于君位继承,太子忽"无大援,将不立"②。可是,郑太子忽坚持自己做人的准则,不求携"大援"而自重,而是坚信"自求多福"、"善自为谋",这在春秋时期的霸权政治中,是独树一帜的卓识。并且,他认为奔命救齐,是在完成君父之命,不能借此而娶妻。否则的话,就会在民众中造成不良影响。他将国家利益摆在个人利益之上,不屈从于大国强权,坚持自己做人的准则。郑太子忽两次辞婚之事,虽为当时郑国俗人所讥,但实为高风亮节。宋儒朱熹认为"未有可刺之罪"③,清儒崔东壁以为"乃贤哲之高行"④,都是很正确的说法。

这期间还有一个"鲁班齐饩"的事件。在北戎伐齐被打败后诸侯国的大夫们率军戍齐,齐国馈赠牛羊刍米等物,让鲁国主持排定先后次序,鲁国将立有大功的郑国排在了后面。郑太子忽十分愤怒,便于前702年联合齐、卫两国侵伐鲁国。这本来不是什么大事,但却涉及了郑国的尊严面子问题。郑公子忽气愤不过而联合别国发动战事,有其情绪激动欠周详之处,但为国事而争却也是不可否认的。在这件事情上,鲁国虽然表面看似恪守周礼,但实际上是对于郑国的轻蔑。鲁在春秋初年曾经打败齐、卫、燕,并时常侵犯杞、邾、莒等小国,迫使曹、滕、薛、纪、邓、郳、葛、鄪、州等小国朝鲁,总之在齐桓称霸之前,鲁实为国际舞台上的主角之一,其国势不亚于齐,"诚春秋初年一强国"⑤。郑国虽然

---

① 《左传》桓公六年。
② 《左传》桓公十一年。
③ 朱熹:《诗序辨说》,《丛书集成》初编本,上海商务印书馆1937年版,第17页。
④ 崔东壁:《读风偶识》卷三,见《崔东壁遗书》,上海古籍出版社1983年版,第577页。
⑤ 童书业:《春秋左传研究》,中华书局2006年版,第43页。

凭郑庄公之雄，一时颇为得意，但终因国力不足，而在庄公后期影响趋弱，鲁这样无理对待郑忽，其背后乃是国家实力的对比在起着决定作用。

现在，该说到郑太子忽英雄气短的事情了。郑太子忽两次拒婚于齐，语词掷地有声，俨然铮铮铁汉。可是在大国政治中他却不得不屈从于实力的比量，虽然曾经标榜"自求多福"、"大国何为"，但为了向鲁国讨回一点面子，却向齐国"请师"①，乞求齐军帮助。然而，齐国却以大国自居，摆起架子，齐国自己并不出兵，而是让卫国出兵帮助郑国，郑、卫两国军队虽然攻入鲁国，但郑国并没有取得任何成果，鲁国史官记此事谓"齐侯、卫侯、郑伯来战于郎"，虽然齐未出兵，郑为戎首，但还是把郑排在后面，这只算是一个事件，连侵伐都算不上，《左传》释《春秋》笔法谓"不称侵伐，先书齐、卫，王爵也"，"我有辞也"②。在鲁国人的眼里，郑太子忽只是一个跟在大国后面摇尾乞怜的走狗而已，既无地位，亦无志气。

有勇有谋，屡建功勋的太子忽，其命运本来该是一帆风顺的，可是在大国政治与权臣弄权的形势下，却只能英雄气短，自毁其志，乞怜于大国。尽管如此，他也未能摆脱厄运。前701年郑庄公死后，他只当了四个月的国君，就被权臣祭仲支持的公子突篡了权。这是宋国图谋制郑的结果。郑庄公之妾雍姞为宋雍氏女，生公子突。雍氏是宋国大族，唆使宋庄公抓捕祭仲，以死相威胁，让他返郑立雍姞所生的公子突为国君。宋国还将公子突抓了去，逼他答应为君之后，投靠宋国，多送宝物给宋。在祭仲与公子突应允后，宋将他们一起放归郑国。郑忽被废与公子突之立，完全是宋庄公所导演的闹剧。

君位被篡夺之后曾经以"善自为谋"相标榜的郑太子忽，被逼出逃，因为没有多少选择，便去投奔了比较弱小的卫国。想以卫为靠山来复辟。他在卫国住了三年，到了前697年因为国际国内形势皆有了变化才返回郑国为君。郑忽勉强当了三年国君（史称昭公），最后还是死在权臣高渠弥手中③。郑忽为太子时勇武有加，志高气盛，气节高尚，是一位不屈不挠的硬汉，可是，在他为君之后却悄无声息，乏善可陈，窝窝囊囊地当了三年国君。在大国政治中，在

---

① 《左传》桓公十年。
② 同上。
③ 郑忽曾经反对其父立高渠弥为卿。《史记·郑世家》载，"及昭公即位，惧其杀己，冬十月辛卯，渠弥与昭公出猎，射杀昭公于野"。（《史记》，中华书局1982年版，第1763页。）

国内权臣阴谋之下,他虽然自损己志,寻求别国救助,但终究没有逃脱败亡的噩运。宋儒说一部春秋史"最是郑忽可怜"①,清儒谓"春秋最苦是郑忽"②,正道出了郑忽的悲剧命运。造成这个悲剧的根源就在于春秋时期君权趋落,卿权兴起。不合大国争霸这一潮流的郑太子忽吃苦头乃是一件令人惋惜,但却是无可奈何的事情。

孔子曾经敏锐地觉察到春秋时代政治的变迁轨迹,他指出,礼乐征伐在春秋时代已经成了诸侯的事情,并且在各国内部,大夫势力兴起,即所谓"政逮于大夫"③。春秋中、后期,鲁国三桓之兴,晋国六卿之起,确实是这种政治变迁的显例。然而,就是在春秋早期,这种苗头即已出现,郑忽的兴替败亡就是一个证明。这件尘封已久的历史往事,本来算不得什么重要的大事,没有多少必要让我们细说,但是,上博简《诗论》第29号简的简文却涉及了它,我们不由得不先把它说说清楚。我们这样做,实际上是为研究第29号简做一个铺垫。不过在正式说到第29号简之前,我们还得再做一项准备工作,那就是研究一下《诗·郑风·褰裳》篇的诗旨问题。

(二)《诗·郑风·褰裳》篇的诗旨问题

依照汉儒的说法,这是一篇与郑忽密切相关的诗。然而,从宋儒开始,历代学者却把汉儒此说批得体无完肤,晚清以来直至现代专家于此尤甚。然而,上博简《诗论》面世以后,随着研究的深入,却发现第29号简的说法与汉儒所论倒是最接近的。这其间的是非,自然很引人关注。我们的讨论应当从这篇诗说起。全文不长,具引如下:

子惠思我,褰裳涉溱。子不我思,岂无他人?狂童之狂也且。
子惠思我,褰裳涉洧。子不我思,岂无他士?狂童之狂也且。

我们先把这首诗试译如下:

你若思念我,提起衣裳趟溱河。你若不想我,难道没有他人来爱我。

---

① 《朱子语类》卷八十。黎靖德编:《朱子语类》,中华书局1994年版,第2091页。
② 毛奇龄:《白鹭洲主客说诗》,《清经解续编》卷二,上海书店1988年版,第86页。
③ 《论语·季氏》。

看你这个疯小子的疯样儿哟!

你若思念我,提起衣裳趟洧河。你若不想我,我难道没有别的事儿做?看你这个疯小子的疯样儿哟!

关于此诗的训释,异说甚多。今取其关键者,略加讨论。其一,诗中的"狂童"。"狂童",当依郑笺、孔疏之意释为疯狂的年轻人,具体指的是郑突[①]。其二,"岂无他士"一句的"士",郑笺释为"他人",不若毛传释为"士,事也"为确[②]。此"事",当为事奉之事,犹《左传》屡言的"事大国"[③]。"岂无他士(事)",即岂无他国可事奉的意思。

关于《褰裳》的诗旨,我们先来看汉儒的解释。《诗经·郑风》的《有女同车》、《山有扶苏》、《萚兮》、《狡童》、《褰裳》、《扬之水》、《出其东门》等七篇,《诗序》皆以为"刺忽"或与郑忽有关之作,其于《褰裳》篇谓"思见正也,狂童恣行,国人思大国之正己也"。郑笺皆申述《诗序》之说[④]。郑笺释《褰裳》序谓"狂童恣行,谓突与忽争国,更出更入,而无大国正之",可谓深得序旨。对于上述与郑忽有关的《郑风》七诗,汉代齐、鲁、韩三家诗有五篇"无异议",另有两篇微有

---

① 清儒于鬯释"狂童之狂也且"句谓"狂也且即狂且也……之字古有作与字解者。"他又在考释《诗·山有扶苏》篇时说,"姐字从女,自合以谓母为姐为本义。谓母为姐,故后世谓未嫁之女加小字别之曰小姐。犹谓母为娘,故谓未嫁之女曰小娘子也。狂姐之称,盖犹之今俗谓泼婆痴妇耳。"(《香草校书》上册,中华书局 1984 年版,第 244 页)他推断"狂也且"即"狂姐"。"狂童之狂也且",就是狂童与狂姐。按,此说虽辨,但有可疑处,于氏既然认为诗中的"子"为"助突之诸侯",那么所说的"他人"、"他士"应当与之相当,也是诸侯一类中人,这其中当不会有"泼婆痴妇(狂姐)"。于氏失之于前后照应,其说没有人响应,盖在乎此。牟庭谓"且,凌若姐,尊老之称也。……狂童之狂也且,言子自童幼疎狂不可羁致,今已老而犹狂耶?……狂童今老也,狂性犹难驯。"(《诗切》,齐鲁书社 1983 年版,第 818—820 页)。他释《山有扶苏》篇谓"且当读曰姐。……姐亦可称公。姐、祖古声同也。……诗以其人老而疎狂谓之狂且。"(《诗切》,第 810 页)按,以狂童为老人,于诗意很难牵合,不若依郑笺、孔疏之意将"狂童"释为疯狂的年轻人为妥。

② 段玉裁释"事"字谓"《郑风》曰:'子不我思,岂无他事。'毛曰:'事,士也。'今本依传改经,又依经改传,而此传不可通矣。"(《说文解字注》,上海古籍出版社 1988 年版,第 117 页)。按《说文》释"士",谓"事也",段注"《豳风》、《周颂》传凡三见",可知以士为事,是《诗经》中的常见的通假现象。马瑞辰谓"经传中训士为事者多矣,未有训事为士者也"(《毛诗传笺通释》,中华书局 1989 年版,第 275 页)。依此说,可见经文本当作"士",毛传训为"事也",是正确的,并无段玉裁所谓的依传改经,再依经改传的情况。《诗·东山》"勿士行枚"、《诗·敬之》"陟降厥士",毛传皆曰"士,事也",亦皆为证。

③ 见成公十二年、定公九年、文公十七年、襄公二十六年和二十七年、昭公六年等。

④ 毛传与郑笺稍有区别,只以为《山有扶苏》篇的狡童乃"昭公也",《狡童》篇则述"昭公有壮狡之志",肯定此两篇与郑忽有关,对其他几篇则未作肯定之辞,然亦没有否定。

不同,大旨一致①。可以说汉儒释此《郑风》七诗,意见是比较一致的,都肯定它们与郑忽之事有关。其中以《诗序》说得最为明白:

> 刺忽也。郑人刺忽不昏于齐。太子忽尝有功于齐,齐侯请妻之,齐女贤而不取,卒以无大国之助,至于见逐。故国人刺之。

总之,汉儒释《褰裳》,是把它作为一首政治诗来对待的,认为此诗是在比兴郑国公子突(郑厉公)与太子忽(郑昭公)争国的史事。

宋儒朱熹对于诗序此说深加辨析和驳斥,他说:"此诗未必为忽而作,序者但见孟姜二字遂指以为齐女而附之于忽耳。假如其说,则忽之辞昏,未为不正而可刺。至其失国,则又特以势孤援寡,不能自定,亦未有可刺之罪也。序乃以为国人作诗以刺之,其亦误矣。后之读者,又袭其误,必欲锻炼罗织,文致其罪而不肯赦,徒欲以徇说诗者之缪,而不知其失是非之正、害义理之公,以乱圣经之本指,而坏学者之心术。故予不可以不辩。"②这个辨析是有道理的。究郑忽之事,本无被"刺"的理由,朱熹以义理说诗,于此是正确的。朱熹依据其辨析遂将此《郑风》七诗皆定为"淫女"之诗。他释《褰裳》诗旨谓:"淫女语其所私者曰:'子惠然而思我,则将褰裳而涉溱以从子。子不我思,则岂无他人之可从,而必于子哉?'"③。由于朱子之学长期被尊崇,所以此说影响很大,直到清代才有学者对其质疑④。

清儒对于"淫诗"说进行了有力的驳斥,综合其所提出的理由,大体有以下几项⑤:其一,春秋时期盟会赋诗时曾经引用这些诗,如昭公十六年(前526年)晋卿韩起聘郑,在郑定公为其饯行的享宴上郑卿子大叔赋《褰裳》以明志,希望晋国保护郑国⑥,韩起致答辞说:"起在此,敢勤子至于他人乎?"表明他对

---

① 参见王先谦:《诗三家义集疏》卷五,中华书局1987年版,第353—369页。
② 朱熹:《诗序辨说》,《丛书集成》初编本,上海商务印书馆1937年版,第17页。
③ 朱熹:《诗集传》卷四,上海古籍出版社1980年版,第53页。
④ 按,明儒郝敬虽然指斥朱熹此说"偏执成误"(《毛诗原解》,中华书局1991年版,第72页),但并未如后来清儒那样进行深入分析。
⑤ 清儒支持汉儒此说的代表著作有:毛奇龄《白鹭洲主客说诗》、陈启源《毛诗稽古编》、胡承珙《毛诗后笺》、陈奂《诗毛氏传疏》等。
⑥ 郑卿赋《褰裳》诗以明志,除《左传》所载此事以外,《吕氏春秋·求人》篇亦载子产曾赋此诗。情况与此相同。

于《褰裳》一诗的意思有很明确的理解。此时郑正在倚晋以拒楚,而宣子为晋国权臣,郑卿决不会赋淫诗以自彰己丑并兼污大国正卿①。其二,同一篇诗作而不同的人读起来,所得感受不一。清者自清,浊者自浊,或起淫心,或生忠志,自当有别。将有些诗视作"淫诗",乃是读者浊者自浊的结果,而非诗作本身的问题。其三,《褰裳》一诗之所以定为"刺忽"之作,非是痛斥其罪过,而是怜惜其被逐,惋惜其被弑。郑忽坐失强援而招致败亡,其昧于事机是为关键,汉儒所刺止在于此。郑忽因势孤援弱而败亡,其事固无可刺之罪,但其举措不当,外则因小义而失大国之助,内则因无策以制权臣,其被逐被弑,与此也不无关系。若谓郑忽当"刺",关键是"刺"其尸位而无能。

在清代《诗经》研究的复古风气中,还有一些学者试图摆脱汉、宋释诗窠臼,而直接从诗意出发进行阐释。具体到《郑风》诸被定为"淫诗"的篇什来说,崔述认为"其诗亦未必皆淫者所自作,盖其中实有男女相悦而以诗赠遗者,亦有故为男女相悦之词",《褰裳》等篇即是"假事而寓情","明明男女媟狎之词,岂得复别为说以曲解之"②。依照此种解释,《褰裳》诸篇则既非"刺诗",亦非"淫诗",作为"男女相悦之词",现代学者所谓的"爱情诗"概念,可谓呼之欲出了。还有学者另辟蹊径,谓《褰裳》诗旨是"诗人有望于良友之裁成其子弟"③,亦不采汉儒、宋儒之说。

现代学者常把被朱熹定为"淫诗"的那些诗说成是爱情诗,并且常常由此而体现出《诗经》的"人民性"。《褰裳》篇被视为情人的打情骂俏之辞,顾颉刚先生曾经从他搜集的现代"吴歌"中找出一首类似的诗进行类比,这首诗中有几句说,"你有洋钱别处嫖,小妹的身体有人要。你走你的阳关道,奴走奴的独木桥"④。他认为《褰裳》的诗句"正是荡妇骂恶少的口吻"⑤。高亨先生以为

---

① 清儒毛奇龄亦曾论及此事,谓"是时郑方倚晋以拒楚,而宣子为晋上卿且又甚贤,乃复以郑商玉环之故与宣子抗,则其郊饯时赋诗言志,重申其倚恃大国之意,尚何敢以'岂无他人',自露贰心于晋、别求荆楚,开郑罪戾?而子大叔赋《褰裳》而不为恶,宣子闻之而不为怪,且曰:'起在此,敢勤子至于他人?'言必不烦求他人也。一似其言固然有彼此相安而不之觉,皆正以诗解固如是也,正以作诗之本事原求救大国而非有他也。"(《白鹭洲主客说诗》,《清经解续编》卷二十一,上海书店1988年版,第87页)按,此论甚辨,毋庸置疑。
② 崔述:《读风偶识》卷三,《崔东壁遗书》,上海古籍出版社1983年版,第558页。
③ 方玉润:《诗经原始》,中华书局1986年版,第217页。
④ 顾颉刚:"《褰裳》——《吴歌甲集·写歌杂记》之四",《古史辨》第三册下编,上海古籍出版社1982年版,第451页。
⑤ 顾颉刚:"诗经在春秋战国简的地位",《古史辨》第三册下编,上海古籍出版社1982年版,第334页。

《褰裳》乃是"一个女子告诫她的恋人"之辞,"是情人之间的戏谑之词"①。程俊英先生说"这是一位女子责备情人变心的诗"②。

《褰裳》一诗到底是汉儒所理解的政治诗?抑或是宋儒所说的"淫诗"(亦即后来所说的爱情诗)呢?陈子展先生所做的总结较为平实而客观。他说:"《褰裳》,很像是出自民间打情骂俏一类的歌谣……《集传》(按指朱熹的《诗集传》)是用当初民俗歌谣的意义",而"《诗序》是用《春秋》贵族赋诗的意义"③。陈先生将《褰裳》诗旨分开来说,既肯定了宋儒之说,又肯定了汉儒之说,各取其长,化解了矛盾。愚以为陈先生此说已经是当前所能见到的最为可信的总结性的说法。然而,此说虽然平实圆通,但对于认识《褰裳》诗的真正诗旨,似乎还缺少一些说明。汉、宋之说的对立还没有真正消融。上博简《诗论》第29号简的相关内容为我们在陈先生总结性的认识的基础上再前进一步,提供了契机。这也许就是《诗论》简非凡价值的表现之一。

(三)上博简《诗论》第 29 号简补释

这支简上下两端皆残,今存18字。其所评析的《诗》有四,其所评的第二首诗就是《褰裳》。简文如下:

《涉秦(溱)》其绝柎(胕)而士。

这段文字有几点应当略作说明,兹以简文之序,依次说之。

其一,简文"涉秦",马承源先生谓:"今本《诗·国风·郑风》有《褰裳》,诗句云'子惠思我,褰裳涉溱','涉溱'通'涉秦',当为同一篇名,简本取第一章第二句后二字,今本取其前二字。"④专家皆同意此说,肯定《涉秦(溱)》与《褰裳》异名同篇。

其二,简文"其"字,当训为"乃"⑤。

---

① 高亨:《诗经今注》,上海古籍出版社1980年版,第119页。
② 程俊英:《诗经译注》,上海古籍出版社1985年版,第155页。
③ 陈子展:《诗三百篇解题》,复旦大学出版社2001年版,第319—322页。
④ 马承源主编:《上海博物馆藏战国楚竹书》(一),上海古籍出版社2001年版,第159页。
⑤ 王引之谓"其,犹'乃'也"(《经传释词》卷五,岳麓书社1985年版,第110页)。按,在其训乃的这种用法里面,实包含有一些"殆"与"庶几"的意蕴。

其三，简文"柎"，原释律，或释肆，皆不若李零、何琳仪等先生释"柎"为洽①。从原简文字看，这个字上半为付，下半为木，释为"柎"，是可信的。

其四，或有专家把这段简文的七个字分为两句读，谓"《涉秦(溱)》其绝"为一句，后面的三个字为一句。我觉得此说虽然可通，但并不可靠。因为从原简看，虽然文字不多，但却有三个作为分隔符号的小墨钉，而上述简文的七个字正在两个小墨钉之间。在《诗论》简评论具体某篇诗的系列文字中，凡两墨钉间的文字，皆为评一首诗的内容，从来不将评两首诗的短语列为一体，而不加墨钉，《诗论》第25、26号两简是为典型。在评论短语中加墨钉以示区别，可见当时书手的良苦用心。要之，专家将简文此七字当一句读之说②，是可信的，是符合《诗论》简书写体例的。

其五，简文"柎"，愚以为当读若附。两字古音同在侯部，声纽亦相近，当因音近而相通。

其六，简文"而"当读若"之"。虽然文献中"而"字常用作承上之词，但亦偶有通假作"之"者，《诗·角弓》"民之无良"，《说苑·建本》引作"人而无良"③，即为其例。

其七，简文"士"字，当读若"事"。这两个字相通假我们在前面分析《褰裳》"岂无他士"时已经提及，这里还可以做一点补充。《荀子·致士》"士其刑赏而还与之"，杨注"士当为事"。高亨先生以此为例说士、事相通假④。

总之，简文"《涉秦(溱)》其绝柎(附)而士"，当读若"《涉秦(溱)(褰裳)》，其绝附之事"。理解这段简文的一个关键问题，就是"绝附"的意蕴何在？

---

① 李零：《上博楚简三篇校读记》，中国人民大学出版社2007年版，第21页。何琳仪："沪简《诗论》选释"，《上博馆藏战国楚竹书研究》，上海书店出版社2002年版，第256页。

② 持此说的专家有刘信芳先生（《孔子诗论述学》，安徽大学出版社2003年版，第257—258页）、季旭昇先生、郑玉珊先生（《〈上海博物馆藏战国楚竹书（一）〉读本》，台北万卷楼图书股份有限公司2004年版，第65页）等。

③ 按高亨先生以此为据认定"而与之"可相通假（见高亨：《古字通假会典》，齐鲁书社1989年版，第397页）。论证"而"训为"之"之说，以裴学海先生最精审。他指出"而"训之，犹口语之"的"，并举八例以证明"'而'与'之'为互文"，如《淮南子·人间训》"虞之与虢，相恃而势也"，所云"相恃而势"即"相恃之势"，《庄子·大宗师》"天而生也"，即"天之生也"，《论语·泰伯》"人而不仁"，《论衡·问孔》引"而"作"之"，可见"人而不仁"即"人之不仁"等等。他还另举多例证明古文献中"而"可训为"之"。见其所著《古书虚字集释》卷七，中华书局2004年版，第533—536页。

④ 高亨：《古字通假会典》，齐鲁书社1989年版，第405页。

简文"绝附"①,指的是郑忽拒绝依附大国之事。春秋时代社会上国人地位重要,他们参政议政意识很强烈,对于国家大事每每加以评论,赞美、惋惜者有之,讥刺、怒骂者亦皆有之。郑忽失国败亡之事为国人所熟知,并用诗歌的形式表示国人的某种情绪是完全可能的。简文"《涉秦(溱)》,其绝柎(附)而(之)士(事)",意即《涉秦(溱)(褰裳)》此篇讲的就是(郑忽)拒绝依附(大国)的事情。

这条简文对于研究《褰裳》诗旨的意义是什么呢?这条简文表明,在《诗经》形成的时候,它应当是作为一首政治诗而入选的。孔子认为此诗所写的乃是郑忽拒绝依附大国之事。细绎诗意,可以知道它是以讽刺的口吻来叙事的。就像一个摆架子的姑娘一样,她对恋人说你爱我你就过来②,你不来难道我就没有他人可爱。诗的末句"狂童之狂也且",是诗人的口气,言郑忽之狂妄骄傲。"岂无他士"一句,诗人巧妙地利用了士与事的通用,表面看来是姑娘说岂无其他男人("士")可爱,实际上是说岂无其他大国可以依傍("事")。简文之意与汉儒的"政治诗"的理解虽然在具体解释上微有区别,但大体是一致的。反过来,也可以说汉儒之说当来自于先秦儒家对于诗旨的解释,并非"冬烘先生"的向壁虚拟。然而,还应当指出的是宋儒的说法亦不可废。《褰裳》一诗最初的起源应当是一首表现男女情爱的民歌,周代史官在搜集整理的过程中加进了讥讽政治的意蕴,或者说是借村姑之口说出了国家政治的道理。这种诗旨意义的转换是一个将民歌民谣纳入国家政治、社会观念的思维系统之中的结果。穿的是村姑衣衫,讲的是士大夫的意思。这种情况在《诗经》中不独《褰裳》为然,还有一些诗篇也存在着这种情况,这对于认识《诗经》的成书,当有一定的启发意义。

(四)重德——重力:社会观念变迁的发轫

我们先来简略地谈一下上古时代社会观念变迁的问题。韩非子有一个说法很值得我们注意。他说:"上古竞于道德,中世逐于智谋,当今争于气力。"③

---

① "绝附"两字含意古今变化不大。绝即断绝、拒绝。附即依附、附属。先秦文献中用"绝"表示对于某种行为的拒绝或结束,并不乏例,如"绝踊而拜"(《礼记·杂记》下)、"子绝四:毋意、毋必、毋固、毋我"(《论语·子罕》)、"绝学无忧"(《老子》第二十章)等。
② 这个意思用毛奇龄所拟之意来说就是"嗜山不顾高,嗜桃不顾毛"(《毛诗写官记》卷二,《四库全书》第86册,上海古籍出版社1987年版,第183页)。
③ 《韩非子·五蠹》。

他所讲的"上古",当指春秋以前。在韩非子看来那是一个重德的时代,而"中世"和"当今"应当是韩非子眼中的春秋战国时代。其实重智谋和重气力就社会观念而言不大好区分,智谋也是一种力,就是智力。若从大体而言,上古时代就是从重德向重力转变的时期。

《诗经·褰裳》篇就为我们认识这种转变提供了一个实例。

《左传》所记载的郑忽拒婚之辞中的"自求多福"和"善自为谋",都是传统观念的表达。"自求多福",见于《诗经·大雅·文王》,原诗谓"永言配命,自求多福",意即符合天命,以自己的努力来寻求多多的福禄。后人常用"自求多福"说明祸福由己的道理。"自求多福"有一个前提,那就是"永言配命",即让自己的行为观念符合天命。这种天命观是氏族(宗族)时代的社会观念,人们在现实生活中的地位际遇都是天生的、祖传的,个人行为与观念应当符合氏族(宗族)的原则。这种"自求多福"的观念与战国时期诸子兴起以后出现的重视个人价值的思想是有区别的,它的深层含义是自己在天命的范围里面自求多福。由于个人的社会身份地位都是命定的、天然的,"世卿世禄"的社会现实是这种认识产生并为人们笃信的基础。所以,个人不需要去依傍他人的施舍恩典来寻求福禄。不屈从权贵,在周代被视为高尚之事,《易·蛊》上九之爻即谓"不事王侯,高尚其事",马王堆汉墓帛书《周易》作"不事王侯,高尚其德,凶"[1],高亨先生以为此爻辞"乃指伯夷、叔齐而言。意谓夷、齐不为周臣,高尚其志,而得凶祸,饿死于首阳山"[2]。此爻的《象传》谓"'不事王侯',志可则也",与爻辞"高尚其德",意同。伯夷、叔齐宁肯饿死也不屈从权贵这个传说的来源应当是很早的,它表明上古时代的一种社会观念,即笃信天命而蔑视现实中的权贵。郑忽拒婚以"自求多福"为理念依据,表明他的观念还是属于传统的。

然而在郑忽的时代,社会现实已经悄然变化了,诸侯霸权开始登场,卿大夫擅权也在许多国家兴起,并且这些情况于郑国表现得更为突出。郑忽所持的传统观念在现实面前碰壁可以说是自然而又必然的事情。从《左传》相关记载看,郑忽虽然是"世子",是君位当然的合法继承人,但是对于他的被逐、被

---

[1] "马王堆帛书《六十四卦》释文",载《文物》1984年第3期。

[2] 高亨:《周易大传今注》,齐鲁书社1998年版,第157页。按,"高尚其德"与"高尚其事"两者的意思是一致的。细绎《蛊卦》,今本作"高尚其事",乃是意以其事为高尚(这是古汉语中的"意动"用法),亦通。帛书作"高尚其德",与其意并不相左。

弑，郑国人却没有留下一点支持"正义"的声音，没有国人为他呼喊，没有卿大夫支持他获得应得的君位，有的只是对他的不公正遭遇的漠然。郑国的国人和贵族，不唯对郑忽的遭遇漠然视之，而且还讥讽他的无能。《褰裳》诗"刺"他"狂"，讥讽他因"狂"而失国，反映了当时郑国社会观念中对于权力、实力的认可。尽管后来有不少宋儒、清儒为郑忽喊冤，但在郑忽的时代却没有人发出这样的"正义"之音。要之，上博简《诗论》第29号简简文表明孔子及其弟子肯定《褰裳》一诗写的是郑忽拒绝依附大国之事。

在解决了这个问题的基础上，我们还应当再进一步考虑这个问题，即孔子对于郑忽的拒婚之事是赞扬抑或是否定呢？当然相关简文只是一个客观阐述，指出此诗写了什么，但并未表明自己对郑忽之事的态度。对此，我们可以略做推测。

首先，从孔子尊王、尊君的思想来说，他会支持郑忽为君而反对郑突的篡位。《春秋》桓公十五年载"郑世子忽复归于郑"，这里称郑忽为"世子"，即肯定了他的君位合法继承人的地位。这一点还可以从《春秋》义例上看出一些痕迹。孔子修《春秋》虽然"但据直书而善恶自著"[①]，但还是在字里行间体现着春秋时代的名分等级[②]。写"世子"之称，一般是父在所称，此时郑忽之父郑庄公已死，还谓其为"世子"，实际上是强调其合法地位。再如，《春秋》桓公十一年载"突归于郑"，《穀梁传》释其意谓"曰'突'，贱之也。曰'归'，易辞也"[③]，本来，依辞例，"归"为善辞，此用归，非指其善，故曰"易辞"，即变换了善之辞义。这表明孔子对于郑突持贱贬的态度，与对于郑忽的肯定恰成反背。

其次，孔子会赞扬郑忽不依附权贵的高风亮节。郑忽拒婚之辞掷地有声，表明了他的志向。孔子曾用"不降其志，不辱其身"[④]之语来赞扬伯夷、叔齐，郑忽之事与之类同，孔子对于郑忽的肯定应当有这一因素在内。

最后，孔子在不丧失原则的前提下，还提倡权变。孔子曾经盛赞卫国大夫蘧伯玉能够顺应形势韬光养晦，说："君子哉蘧伯玉！邦有道，则仕；邦无道，则

---

① 《朱子语类》卷八十三。黎靖德编：《朱子语类》，中华书局1994年版，第2146页。
② 《庄子·天下》篇谓"《春秋》以道名分"，指出了《春秋》遣词造句的关键所在。
③ 钟文烝：《春秋穀梁经传补注》，中华书局1996年版，第111页。
④ 《论语·微子》。

可卷而怀之。"①孔子提倡通权达变，这样才能有利于事业成功而避免灾祸。郑忽之作为虽然坚持了一己的高尚准则，但不知顺应形势，这种情况用《论语·子罕》篇的话来说就是"可与立，未可与权"。简文说"《涉溱》其绝附之事"，只是指明了《褰裳》一诗内容之所指，并未对于郑忽之事加以臧否，实际上默认了国人对于郑忽之讥刺。推演孔子之意当是既肯定郑忽的不依附大国之志，又惋惜他不知权变而败亡。

总之，春秋初期社会观念已经悄然开始了变化。人们在重德的传统观念中逐渐加进了对于力量的认可。由重德到重力的这种社会观念的转变，在春秋初年虽然只是发轫，但也足以开始了一个新的历史进程，直到韩非子慨叹"当今争于气力"之时，可以说才完成了这一观念的变革。《褰裳》一诗正是此种社会观念变化发轫的一个历史见证。

四十五 试释战国竹简中的"薦"字并论周代的薦祭

近年出土的战国竹简文字中多见"廌"字，它是"薦"字的异体。这个字的考析，不仅对于认识许多简文的确切意义有作用，而且还可以对于周代的薦（荐）祭有新的认识。周代的"荐"可以是祭礼中的一个仪节，也可以是独立的一种祭礼名称。简文"荐"字的考释为认识商周时代的荐（薦）祭提供新材料，使我们能够窥见当时人们祭祀观念之一斑。

(一) 关于战国竹简文字中的"廌"字的考析

战国竹简文字中有一个比较常见的字，作"廌"形，楷写作"廌"。这个字在战国竹简文字中较为规范，写法大致相近，未见差别很大的写法。这个字的典型者，可举出以下三例：

以上三例，居左者见于上博简《诗论》第 28 号简②，居中者见于《郭店楚简·

---

① 《论语·卫灵公》。
② 马承源主编：《上海博物馆藏战国楚竹书》（一），上海古籍出版社 2001 年版，第 40 页。

尊德义》第17号简,居右者见于《郭店楚简·性自命出》第17号简①。

这是一个比较常见的字,仅郭店楚简中就有17例,上博简今所见者有五例,其他还有包山楚简、望山楚简、仰天湖楚简等皆有所见。关于这个字的释读,今所见者有六:

其一,读若席,上博简《曹沫之陈》第11号简有"居不亵(设)廈(席)",李零先生释读为席,谓"'廈'是精母鱼部字,'席'是邪母鱼部字,读音亦相近"②。廖名春先生认为"居不亵席"即"居不重席"③。

其二,读若"度"或者"序"。郭店楚简《性自命出》第17号简"体其宜而即廈之",裘锡圭先生说"即廈似当读为次序、次度,或节度。"认为这个字应当从且得声,"'且'与'度'、'序'古音皆相近"。但是,这样解释与下面的简文不协,所以裘先生取慎重态度,觉得此字应当"待考"④。

其三,读若"文"。陈伟先生研究《郭店楚简·语丛》一篇,指出第31号简应当和第97号简连读,简文作"豊(礼)因人之情而为之即(节)廈者也",此语相当于《礼记·坊记》"礼因人之情而为之节文"⑤。后来李家浩、李学勤先生发现这个字即《汗简》卷中之二乡部"閔"字的"",'文'、'门'、'閔'古音都是明母文部,以'閔'、'文'通假,自无障碍",认为"它简直是'节文'的'文'的专用写法"⑥。李天虹先生亦释此字为"文",但思路有别,认为"廈可能是'麟'的象形字,因而可以读为文。古'文'为明母文部字,麟为来母真部字,再者声、韵均近可以通转"⑦。

其四,读若"且"。刘信芳先生认为"字从'且'声,读为'且'"⑧。

其五,读若"敏"。郭店简《尊德义》第17号简"行此廈也,然句(后)可逾也",李零先生指出"与《性自命出》读为'文'的字写法相同,但这里不应读为

---

① 荆门市博物馆编:《郭店楚墓竹简》,文物出版社1998年版,第56、62页。
② 李零:"《曹沫之陈》释文",马承源主编:《上海博物馆藏战国楚竹书》(四),上海古籍出版社2004年版,第250页。
③ 廖名春:"读楚竹书《曹沫之陈》札记",清华大学简帛研究网,2005年2月12日。
④ 《郭店楚墓竹简·性自命出》注释10与13的"裘按",荆门市博物馆编:《郭店楚墓竹简》,文物出版社1998年版,第182页。
⑤ 陈伟:《郭店竹书别释》,第209页,
⑥ 李学勤:"试解郭店简读'文'之字",《孔子·儒学研究文丛》,齐鲁书社2001年版,第117—121页。
⑦ 李天虹:"郭店竹简《性自命出》研究",湖北教育出版社2003年版,第20页。
⑧ 刘信芳:《孔子诗论述学》,安徽大学出版社2003年版,第252页。

'文',而应读为'敏'"①。

　　以上诸说中,每一种说法皆有合理的因素,例如,若将这个字读若席,在《曹沫之陈》的简文中即文从字顺,语义十分恰适,远远超过其他的解释。又如将这个字读若且,似乎也合乎以旁取音的一般情况。再如,将这个字作"节文"一语的"文"字的专用写法,这样来解释,就可以与《礼记》相关内容对读,其可信度是很强的。也正由于这个原因,所以以上诸说中,影响最大的就是第三说。但是,此说亦有一定问题。第一,专家断定简文中的这个字没有兽足之形恐怕有些绝对。虽然简文这个字多数没有足形,但也有少数的带一足之形者,上列三例是居左的就是如此,其他两例可以说是犹带此意。第二,专家断定这个字读若"文"的一个重要理由是认为它不从兽头而是从"民",所以字从民取声而读"文"。这一点,亦有再探讨的余地。关键在于,从"民"字字形上看,固然有省作"𠂉"或"𠂉"形者,但其中间一画总是上下贯通的,然而,简文"廑"字所从的兽头,则全然不见上下贯通的情况存在,所以将这个字说成是从民省声,就未免牵强,在此基础上释其为冺,读若文也就很难让人信服。

　　考虑以上几说,愚斗胆提出一个新的思路来解释这个字。

　　此字从麀、从且、从又,疑当读为"荐"。具体思路如下:一般认为它从鹿头,其实应当是从麀头,与鹿头是有区别的。在甲骨文中鹿作双角之形,写作"𢊁"或"𢊁"、"𢊁"②,而麀字写作"𢊁"或"𢊁"③。简文"𢊁"的上部显系从甲骨文麀字演化而来。周代彝铭中,麀字依然保存了甲骨文的形体,并且加上草头而作荐字,写作"𢊁"或"𢊁"④。简文"𢊁",延续了甲骨文、金文的麀字的写法,其上部应当就是麀头。古文字中麀与薦相通用。《易·豫》"殷薦之上帝",《释文》"薦,本作麀",是为其证。专家在考释《包山楚简》的麀字时曾指出"麀,读若荐"⑤,还

----

① 李零:《郭店楚简校读记》,北京大学出版社2002年版,第142页。
② 〔日〕岛邦男:《殷墟卜辞综类》,日本东京汲古书院1971年(增订版),第228—229页。
③ 于省吾主编:《甲骨文字诂林》,中华书局1999年版,第1611页。
④ 容庚编:《金文编》,张振林、马国权摹补,中华书局1985年版,第679页。
⑤ 刘彬徽等先生说,见湖北荆沙铁路考古队:《包山楚简》,文物出版社1991年版,第63页。按这个字见于《包山楚简》第265号简,原文作"二□麀(荐)之真(鼎)",似指两件有底盘的鼎。简文麀,正用荐字的籍的本意。

有专家指出,"'䗞',读为'薦',薦字从䗞得声,例可相通"①。然而,薦字不从"且",而简文"廌"则从"且",这又如何解释呢?原来,"且"与"薦"是有密切关系的,可以说"薦"即蕴含了"且"之意旨。《说文》:"且,薦也。从几,足有二横,一,其下地也。"这里以薦训且,可见两者关系密切。段玉裁所见《说文》别本谓"且,所以薦也",段玉裁注《说文》亦屡言:"且,薦也"、"且者,薦也"②。且就是荐,荐也就蕴含了"且"的意义。段玉裁注云:

> 薦,训兽所食草,荐训薦席,荐席谓草席也。草席可以为藉,谓之荐。故凡言藉当曰荐。而经传薦、荐不分。凡藉义多用薦。……且,古音俎,所以承藉进物者。引申之,凡有藉之词皆曰且。③

王筠《说文释例》亦谓"且,盖古俎字,借为语词既久,始从半肉定之"④,他以为且是俎的本字,久假不归故而再造出俎字。俎为祭礼上摆放祭品的器物,或可释为切东西时垫在下面的砧板,两说皆有藉之意。可以说简文"廌"字,从鹿从且,就已经保存了《说文》所言的荐席之意。所从的且,表示荐、藉之意。所从的又,是且的附加意旁。金文且字有加"又"旁者,专家解释说,"古置肉俎上以祭祀先祖,故金文或增从手"⑤。总之,简文"廌"字从鹿从且从又,表示荐席之意,可以说是"荐"字的异构。

以上是从荐字的字义上的分析。再说"廌"字的音读,愚以为我们前面提到的刘信芳先生的说法,是可信的。"廌"字从且得音。"且"为清母鱼部字,荐为精母元部字,清母、精母皆齿头音,十分邻近,"且"与"荐"可视为一声之转。在音近通假方面,应当是可以的。

简文"廌"字应当读若荐,或者说是荐字异构。下面我们可以略述这个字的源流。

---

① 曹锦炎:"《天子建州》第8简释文考释",《上海博物馆藏战国楚竹书》(六),上海古籍出版社2007年版,第324页。
② 见段玉裁:《说文解字注》草部、用部、几部、人部等。
③ 段玉裁:《说文解字注》十四篇上,上海古籍出版社1988年版,第716页。
④ 王筠:《说文释例》卷二十,中华书局1987年版,第489页。
⑤ 方述鑫等编:《甲骨金文字典》,巴蜀书社1993年版,第1105页。

甲骨卜辞中有一个从麂头、从双手形、从丙的字，作"𢍜"或"𢍜"形，罗振玉、于省吾曾关注到这个字。罗振玉释其义为"升首之祭"，于省吾进而识其字，谓"即薦之初文"，并且指出彝铭中的"薦簠"（《邵王簠》）、"薦鬲"（《郑登伯鬲》），"均祭器"，这个字"象共牲首于几上，为祭登牲首之专名。自以苴藉之薦为薦进，而薦废矣"①。这个考证信而有征，甚确。从这个考证里可以看到，商代甲骨文字中的薦，即周代彝铭中的薦。在殷墟卜辞中，它只用于王的宾祭卜辞，典型的完整辞列是："甲午卜贞，王宾小甲，薦（薦），无尤。"②受到薦牲首这样高规格祭祀的先祖有大乙、大丁、外丙、小甲、大戊、雍己、祖辛、祖丁、南庚、祖己、祖庚、祖甲等先王。

金文中有薦字，多作从草从麂之形③。值得注意的是，周代金文的薦字除了从草从麂的薦字以外，还有从麂从皿的薦字出现，字形作"𥁋"。这是薦字的异体。彝铭中的这个字见于《邵王簠》④。可以楷写作"薦"。在彝铭中，薦字多用作器物名称，如"薦鬲"、"薦簠"、"薦壶"、"薦盨"等，均为祭器的名称。春秋时代的彝铭里，《郑登伯鬲》的"薦"字作从双艹、从麂之形，何琳仪先生分析战国文字中的"薦"字说它"承袭春秋金文，或省双艹为艹旁"⑤。彝铭中，薦字还有从手形的异体出现，如《吴王光鉴》的"薦鉴"的薦字即作"𦞦"形⑥。

《说文》"薦"字小篆作"薦"，应当是一个据竹简文字而加以简化的字。王筠《说文释例》卷十八曾谓小篆"麂"字"通体象形"⑦，观小篆薦字当亦然。盖当时规范六国文字时，将战国文字中附加的声符等略去而成。汉代碑刻文字中，薦字多异体。《祀三公山碑》"薦牲纳礼"，其中的"薦"字作从艹、从鹿头、从夂之形，《史晨后碑》"享献之薦"、《礼器后碑》"薦席十里"、《灵台碑》"先薦毛血"《张公神碑》"岁聿再薦"、《费凤碑》"上书而薦君"等，亦皆如此⑧。战国竹

---

① 于省吾：《双剑誃殷契骈枝三编》，中华书局2009年版，第268—269页。
② 《甲骨文合集》，第35594片。
③ 见《金文编》卷十，中华书局1985年版，第679页。
④ 丁佛言：《说文古籀补》解释这个字说，"字从麂从皿，疑是古薦字。……此言薦簠，当是祭器。"日本学者高田忠周《古籀篇》九十一说《邵王簠》的这个字"盖薦字异文"（转引自《古文字诂林》第8册，第508页）。
⑤ 何琳仪：《战国古文字典》，中华书局1996年版，第1401页。按，何先生此书因出版较早，所以未涉及郭店简、上博简中出现的"薦"字。
⑥ 徐中舒主编：《殷周金文集录》，四川人民出版社1982年版，第469页。
⑦ 王筠：《说文释例》，中华书局1987年版，第440页。
⑧ 高文：《汉碑集释》，河南大学出版社1997年版，第32、36、341页。

简文字"荐"字所从的"又",转化为"夊",形成一个新的异体。在《古文四声韵》一书中有荐字古文作形者,是一个从廌从肉从支的古文异体①。据李零先生研究,《古文四声韵》所录"古文","实际是来源于战国时期的简帛书籍"②。可以说,"荐"字在周代是一个异体较多的字,作"廈"形者,是为其一。

我们可以按照时代先后,将古文字中的"薦"字的演变大略情况,示例如下:

（甲骨文）、（金文）、（简文）、（小篆）

我们可以看出,战国竹简文字的"薦"字正是上承甲骨金文,下启小篆文字的一个重要阶段。它附加了"且"为意符兼声旁,亦是战国时期有些文字"繁化"的一个表现。

值得指出的是战国竹简文字中的"薦",已有简化作"廌"者,上博简《天子建州》的甲本和乙本的第8简"大夫承荐"一语的"荐"均以"廌"为之,曹锦炎先生精辟地指出,"'廌',读为'薦',荐字从廌得声,例可相通。'薦',进献。"③。将简文的廌作为荐的假字固然可以,但若理解为薦的简体(或别体)似乎更妥一些。上博简《曹沫之陈》第42号简"其将卑,父兄不廌"④,李零先生读廌为薦,是很正确的。上博简《子羔》第12号简有"薦"字正体,作从艹从廌之形⑤,不过这个正体很罕见其用,在竹简文字中仅此一见而已。战国时期文字变化较剧烈,薦字的繁化与简化变动不居,应属正常。

(二)试析战国竹简中"廈(荐)"字的相关辞例

我们这样释读,是否能够密合相关文辞呢?

---

① 夏竦:《古文四声韵》卷四,中华书局1983年版,第61页。
② 李零:《〈汗简〉〈古文四声韵〉出版后记》,中华书局1983年版,第1页。
③ 马承源主编:《上海博物馆藏战国楚竹书》(六),上海古籍出版社2007年版,图版第134、150页,释文第324页。
④ 马承源主编:《上海博物馆藏战国楚竹书》(四),上海古籍出版社2004年版,释文第270页。按,《曹沫之陈》第24号简"三代之陈皆廌"(同上书,第252页),李零先生读廌为存,似不若读为荐,释为引更妥。
⑤ 马承源主编:《上海博物馆藏战国楚竹书》(二),上海古籍出版社2002年版,图版第45页。

我们先来讨论本文前面所引专家相关论述里提到的简文,看这个字的考释究竟如何读才妥当一些。兹依次分析上述专家所提及的辞例。专家尚未提及的使用文例,我们下面再做探讨。本文意欲探讨和这个字有关的全部文例,愚以为唯有如此,才可以检查考释的正确与否的问题。

其一,上博简《曹沫之陈》第 11 号简"居不裹(设)廑",从文意上看读若"席"是十分合理的,如今按照我们的新释,读若荐,似乎更为恰适。正如段玉裁所云"荐席谓草席也。草席可以为藉,谓之荐",荐即草席,简文"裹(设)廑",意即设席。简文"居不裹(设)廑",亦即居不设席之意。由此我们可以说李零、廖名春先生考释《曹沫之陈》篇时将其读为席洵为卓识。如今,将此字释为荐,不必通假就解决了问题。

其二,郭店简《性自命出》第 17 简"体其宜而即廑之","礼因人之情而为之(以上第 31 简)即廑者也(以上第 97 简)",陈伟先生将此句读作"体其义而节文",谓此语相当于《礼记·坊记》的"礼因人之情而为之节文"①。简帛文字的"宜"确有不少可以通假而读为"义",但此处似以原字读较妥,不必作通假读。专家或读若"即度之"②,意即"次序重新编排"。似也不大合乎简文之意。为了弄清原意,现将这段简文具引如下:

> 时(诗),又(有)为为之也;箸(书),又(有)为言之也。礼、乐,又(有)为举之也。圣人比其(以上第 16 简)类而论会之,观其先后而逆顺之,体其宜而即荐之,理(以上第 17 简)其情而出入之,然后复以教。(以上第 18 简)③

这段话是讲诗、书、礼、乐都是有目的制作出来的,圣人对待它们采取了正确的态度,即进行分类考察,综理次序,并且,"体其宜而即荐之"。"体其宜",意指体味诗书礼乐的适合时宜之处,"即荐之",意犹"就以之作为凭藉"。这句简文是说,圣人体味诗书礼乐,将其适合时宜之处作为推行教化("以教")的依据。总之,是讲圣人对于诗书礼乐的态度不是教条照搬,而是依照实际情况进行选

---

① 陈伟:《郭店竹书别释》,湖北教育出版社 2003 年版,第 186 页。
② 陈宁:"《郭店楚墓竹简》中的儒家人性论初探",《中国哲学史》1998 年第 4 期。
③ 这段简文的释文参照诸家的考释写定,个别字的考定,如"论",或读若"纶","即"或读若"节"等,这些歧异对于理解简文之意尚无大碍,所以暂不作讨论。

用,用来作为施行教化的依据。《礼记·坊记》"礼者,因人之情而为之节文,以为民坊者也",这是讲的"坊民"之事,意即为民划定不可逾越的伦理界限,这就是"礼"的作用,而《性自命出》的这段简文讲的是《诗》、《书》、礼、乐的作用,强调的是要将其中的适合时宜者作为施行教化的凭借、依据。两者意义有别,似不可并为一谈。

其三,郭店简《语丛一》第31简和97简连读作:"礼因人之情而为之(以上第31简)即荐者也(以上第97简)"。这个简序的调整,是合理的,是成功的,这是陈伟先生的贡献①。但是简文"即荐"却非必读为"节文"。表面看来,将简文这两个字读若"节文"是有充分的文献学证据的,陈伟先生就曾举出《礼记·坊记》、《管子·心术上》、《淮南子·齐俗训》、《礼记·檀弓》、《孟子·离娄上》等多篇的文句进行印证,然而,假若再进一步考虑,相似说法的简文一定要和后世的文献对读吗？甚至字句也应当一致吗？诚然,专家通过对读,考释出不少难认的简帛文字,这样的成功事例表明,后世文献与简帛文字确实存在着传承关系。可是,这种传承关系似不应当被绝对化。后世文献的字句与简帛文字有可能是一致的,也有可能存在着不一致的情况。这种不一致的原因可能在于后世文献的撰写者虽然借用简帛(以及其他文献)思想与文句,但也可能进行发展或改变,文句的不一致也就在所难免。如果不把这种"对读"绝对化,那么,不同的解释就会得到存在的空间。"礼因人之情而为之,即荐者也",这句简文之意应当是因人情而制定的礼就是可以凭借的依据。这句简文里面尚没有"节文"之意,如果硬拿后世出现的"节文"之话来套它,恐怕与简文原意是有距离的。总之,郭店简《语丛一》的这句简文的"廖"字读若荐,可能较妥；读若文,则证据不足。

其四,郭店简《尊德义》第17简"行此廖也,然句(后)可逾也",这段简文的系连,不同于原编连次序的,今有两家之说:一是李零先生的说法,他系连的顺序是36＋37＋38＋17＋18②;一是陈伟先生的说法,他系连的顺序是39＋17＋18③。两种新说都比原编连合理。然此两说相较,则似以前说较优。今依李零先生的排序将此段简文具引如下:

---

① 陈伟:《郭店竹书别释》,湖北教育出版社2003年版,第209页。
② 李零:《郭店楚简校读记》,北京大学出版社2002年版,第140页。
③ 陈伟:《郭店竹书别释》,湖北教育出版社2003年版,第168页。

下之事上也,不从其所命,而从其所行。上好是勿(物)也(以上第36简),下必又(有)甚安(焉)者。夫唯是,古(故)德可易而施可迡(转)也。又(有)是施,少(小)(以上第37简)又(有)利,迡(转)而大又(有)害者,又(有)之。又(有)是施,少(小)又(有)害,迡(转)而大又(有)利者,又(有)之(以上第38简)。行此慶也,然句(后)可逾也。因恒则固,察曲则无僻,不党则无(以上第17简)(怨)。

这段简文讲,上有所好,下必甚之。这就有利于统治者的政策因时宜而转变,有的措施虽然有小利,但长远是大害的;有的措施虽然有小害,但长远是有大利的。这两种情况都是存在的,统治者应当有所选择而加以引导("行此慶"),这样才能有所发展("可逾也"),如果只照常规行事则只会使政策僵硬("因恒则固"),能够观察到细微的区别则政策就不会怪僻而不合情理("察曲则无僻"),民众也就不会结党而怨恨上级("不党则无怨")。既然存在着民众可以引导的事实,那么统治者就应当对于民众加以引导,而不要因循守旧。简文的"慶(荐)",就是引导之意。《尔雅·释诂》"荐,引,进也",可以为证。

"慶"字的用例在竹简文字中甚多,我们上面讨论的四例,都是专家在考释此字时提到的例证。下面我们再来讨论专家尚未专门提及的关于这个字的典型用例。

(一)慶(荐)生于豊(礼),尃(溥)生于慶(荐)。(郭店简《语丛》二第5简)①

这条简文里的慶,读若"文"或"度",语意皆不恰适,而读若荐,则比较通顺。"荐"意指向祖先鬼神等进献祭品,如"荐酒"、"荐玉"、"荐血"、"荐牲"、"荐车"、"荐马"等。这些仪节皆为祭礼所实行者,所以说"荐生于礼"。也就是说,若无"礼",则无"荐"之事。"尃"字,简文多见,有读若博、辅等用法,疑这里读若"溥"②,通假做"嘏",《尔雅·释诂》"溥、嘏,大也"可以为证。就音读而言,从

---

① 荆门市博物馆编:《郭店楚墓竹简》,文物出版社1998年版,图版第89页,释文203页。
② 这个字,李零先生读作"博"(《郭店楚简校读记》,北京大学出版社2002年版,第170页)。

古从甫之字可以相通假,胡与簠相通就是一例①。简文讲"尃(敷)生于荐",是强调荐的重要。《礼记·礼运》篇讲"祝以孝告,嘏以慈告",很能说明这个道理。按照《礼运》篇的说法,在隆重的祭礼上,祭祀者要将煮熟的犬、豕、牛、羊等牺牲亲手撕碎分开,"实其簠、簋、笾、豆",装进各种祭器里面荐献于先祖神灵,这样才会有"祝以孝告,嘏以慈告"的效果,这就是祭礼的"大祥"。祭礼中的"祝、嘏"是两件事,"祝,祝为主人飨神辞也。嘏,祝为尸致福主人之辞也"②。掌祭礼的巫祝要将祭祀者献荐丰盛祭品的孝敬(即祝辞)禀告神尸,并且将神尸所表达的神的恩慈赐福(即嘏辞)转达给祭祀者。就神人关系而言,嘏辞的赐福那是"果",而荐献祭品所表达的对神的尊敬则是"因"。这也就是简文"尃(敷)生于荐"的意蕴所在。这条简文的意思与《礼记·礼运》篇若合符契,颇应受到重视。

(二)豊(礼)作于青(情)(以上第 18 简),或兴之也,堂(当)事因方而折(制)之。其先后之舍(序)则宜道也。或舍(序)为(以上第 19 简)之即(节),则廙也。至(致)颂(容)貌,所以廙,即(节)也。君子美其青(情),贵□□,(以上 20 简)善其即(节),好其颂,乐其道,兑(悦)其教,是以敬安(焉)。拜所以□□□(以上第 21 简)其馨廙也(以上 22 简)。(郭店简《性自命出》第 18—22 简)③

这段简文的意思是,以人情为基础的礼,在进行的时候应当依据时宜("方")来具体制定④。礼的先后次序的排列应当适合时宜,次序要节制,这就是荐礼所需要的。所以说礼有了各种节制安排,这才向祖先神灵行荐祭("或序为之节,则荐也")。致祭者保持着肃敬的容貌,才能以此来向神灵荐献祭品,这就是一种节制。君子这样做看重的是其真挚的感情,称道其节制,欢悦其教化,所以要有敬重的态度。这段简文里三用廙字,皆可读若荐,意谓荐祭。简文馨字不识,应当是一个修饰或限制"廙(荐)"字的一个副词。这个字从臾从音,疑从臾

---

① 《左传》哀公十一年"胡簋之事",《孔子家语·正论解》、《论语·子罕》邢疏俱引胡作簠。
② 《礼记·礼运》郑玄注。见《十三经注疏·礼记正义》,中华书局 1980 年版,第 1416 页。
③ 荆门市博物馆编:《郭店楚墓竹简》,文物出版社 1998 年版,图版第 62 页,释文 179—180 页。
④ 简文"方"字当释为适宜,《左传》闵公二年"授方任能",杜注:"方,百事之宜也。"

得音,臾为黄字古文,所以这个字可读若黄,《说文》释为"草器"。简文"謩廈",即黉荐,其意盖谓以草编之器荐祭,只要有敬重之情,也是可以的。

(三)起习廈(荐)章,益。(郭店简《语丛》三第 10 简)①

郭店简《语丛》三的各条简文,皆为学习及处世的格言。从第 9 简到第 16 简皆以"益"或"损"评价某种行为,如"与为义者游,益"、"与庄者处,益"、"与褒者处,损"、"自示其所能,损"等。我们所引的这条格言,专家多读为"起习文章,益",就今语看甚合适。然而,先秦时期并无"文章"一词,在郭店简中出现文章可能性不大。愚疑当读若"起习籍、章,益"。简文"廈"在这里读若籍②。籍字在先秦时期多指官府文件,如策籍、图籍等,《说文》"籍,簿书也"、《周礼•小行人》"掌邦国宾客之礼籍"、《周礼•大司马》"九畿之籍"等,所说的就是这个意思,《孟子•万章》下篇说:"诸侯恶其害己也,而皆去其籍。"籍指诸侯国所保存的文档、文件、典册等。而"章"与籍有区别,它一般指书籍或诗歌的某一部分或段落。这条简文类于格言,意思是说,士人黎明即起,温习"籍"、"章",这是有益的事情。先秦时期尚无后世那种"文章"的概念。以篇幅不太长的独立成篇的文字来理解的"文章"是汉代才出现的概念,先秦时期,文章多指错杂的色彩或纹饰,用以区别人的社会地位的尊卑高下。礼乐制度的灿然可观也可以被称为"文章",显然无论是表尊卑的色彩纹饰,抑或是礼乐制度,都不应当是当时的士人黎明即起就来温习的内容。

(四)端(专)廈(籍)(以上第 14 简)视于天下,番(审)于国。(以上第 15 简)。(上博简《凡物流形》"甲本")③

这里的"廈"字,简文作"🔲"形,原释为从民从皿从又之字,其实应当是"廈"之误

---

① 《郭店楚墓竹简》,文物出版社 1998 年版,图版第 97 页,释文第 209 页。
② 荐与藉两字本意相通,藉即指草垫,即荐,祭祀时用以陈列祭品。
③ 马承源主编:《上海博物馆藏战国楚竹书》(七),上海古籍出版社 2008 年版,图版第 91 页,释文第 249、251 页。

字,从笔势上看,应当是可以肯定的①。简文端字同专,段玉裁谓其"多用端为专"②。高亨《古字通假会典》指出从端之字多与从专之字相通假,如颛与专、揣与抟等多例③。《说文》谓"耑"字"读若专"。王国维考古器物名称时曾经指出,"古书多以耑为专"④,并举下列几例为证:《急就篇》颜本之从足从专之字,皇本用从足从耑之字。贾谊《服鸟赋》"何足控抟",《史记》、《文选》作抟,《汉书》作揣。《急就篇》皇本、颜本之从木从专之字,宋太宗本作从木从耑之字。简文端字读若专,用如《孟子·万章》下篇"庶人不传质为臣"的传,赵岐注"传,执也",此处实用专之专擅之本义。朱骏声认为《孟子》书这里本当是"专"字而"以传为之"⑤,甚确。所以说,简文"耑(专)荐(籍)",犹言执籍。这样释读简文正跟此语的上下简文的意思吻合。现将这段简文具引如下:

问之曰:识道,坐不下席,耑(专)荐(籍)(以上第14简)视于天下,番(审)于国。坐而思之,每(谋)于千里;起而甬(用)之,练(陈)于四海?⑥

这里所提出的问题是,如何才能做到"识道"所达到的水平呢?简文说,这个高水平就是坐不下席就可凭借着所执的典籍而遍视天下之事,清楚地了解国家情况。坐在席上思考,就可以谋划千里之外的事情,若把这个谋划付诸实践,就会遍陈四海之内。后人有云"修政庙堂之上而折冲千里之外,拱揖指挥而天下响应"⑦,"寂然凝虑,思接千载;悄焉动容,视通万里"⑧,其中那种运筹神思的境界在这条简文中已露端倪。简文"耑(专)荐(籍)"的"荐(籍)",当指官府图籍。秦朝末年刘邦攻破咸阳时,"萧何尽收秦丞相府图籍文书"⑨。这些"图

---

① 可以将第14简的这个字和第26简的"鷹"字相比较,可证两者之相同处十分清楚。
② 段玉裁:《说文解字注》七篇下,上海古籍出版社1988年版,第336页。
③ 高亨:《古字通假会典》,齐鲁书社1989年版,第199—201页。
④ 王国维:《观堂集林》卷六,中华书局1959年版,第292页。
⑤ 朱骏声:《说文通训定声》干部,中华书局1984年版,第765页。
⑥ 这句简文多据曹锦炎先生的释文,见《上海博物馆藏战国楚竹书》(上海古籍出版社2008年版)第七册,第249—252页,曹先生的考释筚路蓝缕,甚多卓见,例如,此处简文的读番为审,读从幺从东之字为陈等皆甚确。
⑦ 《淮南子·兵略训》。刘文典:《淮南鸿烈集解》卷十五,中华书局1989年版,第495页。
⑧ 《文心雕龙·神思》。
⑨ 《汉书·高帝纪》。

籍文书"记载着各地的情况,刘邦统一天下"所以具知天下厄塞,户口多少,强弱之处,民所疾苦者,以何具得秦图书也"①。根据图籍记载而具知天下情况,正是此处简文所说的"端(专)荐(籍)视于天下番(审)于国"这一愿望的具体实践。此篇简文第15、16简还讲到"圣人"的高明之处,"至情而知书,不与事之,知四海,至听千里,达见百里"。这个说法,与此句的意思可以相互印证。

(五)恸,哀也。三恸,荐(荐)也。(郭店简《语丛》三第41简)②

简文恸,原作从同从辶之形,专家读若恸,或当近是。或有专家读为踊,虽然亦可,但于简文"三恸,荐也"则甚难通。所以不若读恸为妥。《礼记·礼器》篇谓"君子曰:礼之近人情者,非其至者也。"郑注:"近人情者亵,而远之者敬。"这里是说丧、祭等礼中有不近人情之处,表达了最高的礼敬,虽然不近人情但也要坚持。孔疏谓:"天神尊严,不可近同人情,故荐,远人情者以为极敬也。"恸本来就是非常悲痛了,"三恸",可谓悲痛至极,孔疏以"远人情者以为极敬"来释"荐",正合乎简文"三恸,荐也"之意。这条简文意思是说丧礼的时候,悲恸,正是对于死者的哀悼。到了极度悲恸的时候,才行荐献之礼。这虽然不近乎人情,但却是"远人情者以为极敬"的表示。

(六)虔(荐),衣(依)勿(物)以青(情)行之者。(郭店简《语丛》三第44简)③

这段简文与上引同篇的第41简相近,李零先生将两简连读④,是可以的。然,两简文意尚有区别,分别单列,可能更好一些。这条简文意思是在祭礼中,荐献祭品的数量和质量要依能够进献之物和人的情感的表达的需要来进行,前者是量力而行,后者是重视情感。《礼记·祭统》篇说:"天之所生,地之所长,苟可荐者,莫不咸在,示尽物也。外则尽物,内则尽志,此祭之心也。"简文的

---

① 《史记·萧相国世家》。
② 《郭店楚墓竹简》,文物出版社1998年版,图版第100页,释文第211页。
③ 同上。
④ 李零:《郭店楚简校读记》,北京大学出版社2002年版,第148页。

"依物以情",与"外则尽物,内则尽志"的意思完全一致,两者都是在讲"荐"的道理。这条简文恐怕是释虔为"荐"的比较有力的一条证据。

(七)命牙(邪),虔牙(邪)(以上第71简),虖(服)勿(物)(以上第72简)。(郭店简《语丛》三第71简上段和第72简上段)①

原释文将"牙"释为与,似不确。今从李零先生说,改释为"牙"。这两简的缀合,以及"牙"字之释,皆取李零先生说②。简文虖字,多读若乎,但此简的虖字却应当读若"服"。古音"乎"为鱼部字,"服"为职部字,两部旁对转可通假。王辉先生《古文字通假释例》曾经指出这种通假的实例,彝铭的辅(鱼部)与偪(职部)可以"鱼职旁对转"相通假③。此句简文是对于"服物"的感叹。"服物",《周礼·秋官·大行人》载"采服,四岁壹见,其贡服物",郑注:"服物,玄纁絺纻也",指的是"采服"地区的国家向周天子进贡的丝织物品。《礼记·祭义》篇谓"孝子将祭祀,必有齐庄之心以虑事,以具服物,以修宫室,以治百事",孔疏"'以具服物'者,以备具衣服及祭物"。两说相较,孔疏将"服物"释为"衣服及祭物",比郑注《周礼》只作为丝织物品来讲当更近是。周代贵族服饰有比较严格的等级差别,不同服饰即标志着人的不同的社会等级地位,这种等级地位为周天子及其以下的各级贵族之"命"来确定,周代彝铭多载有贵族接受"册命"的情况,赐"服"为其中一项重要内容。身份地位由周天子及其以下各级贵族的"赐命"所决定,所以周人又有"服命"之说。《尚书·康诰》有"明乃服命"之说,即周公册命卫康叔时的嘱咐之语。这种册命层层上推,自然可以上推到"天命",所以在周人的观念里面,"服"乃是"天命"的表现,是天命所赐。所以简文赞叹"服物"之语,首用"命邪"之语。要得到"天命"和先祖神灵的眷顾恩赐就要虔诚地荐献祭品,《礼记·礼器》篇载"君子曰:礼之近人情者,非其至者也",郑注:"近人情者亵,而远之者敬",孔疏:"天神尊严,不可近同人情,故荐,远人情者以为极敬也",荐献祭祀物品,是对于天命神灵的极度崇敬。盖缘于此,所以简文用"荐邪"来赞叹献祭之诚与祭祀物品之丰盛。总之,这段简文的

---

① 《郭店楚墓竹简》,文物出版社1998年版,图版第102页,释文第213页。
② 李零:《郭店楚简校读记》,北京大学出版社2002年版,第148页。
③ 王辉:《古文字通假释例》,台湾艺文印书馆1993年版,第276页。

意思是说:服与祭物这是天命的体现呀!是对天、对神灵的虔诚进献呀!当然,这里的"廙"字,若读为籍,简文意思也较顺畅。意思就是指"服物"乃是册命并载之于"籍"的呀。籍,也可以指周王室或诸侯国官府的文档。比较而言,似以前说较优。

(八)行此廙也,然句(后)可逾(愉)也。(郭店简《尊德义》第17简)①

此简的系连有异说,陈伟先生将其系连于《尊德义》第39简之后②,李零和刘钊先生则系连于《尊德义》第38简之后③。这种系连的区别,主要原因可能在于对于廙字理解的不同。"行此廙也",是此简首句,依文意看应当与前面的一支简的意义有密切联系,"此"即代表着前简所述的某种意思。将这里的"廙"读若敏,或读若文,于简文较通顺。如今依照我们的解释,此"廙"字读若荐,则原注者最初的系连则是比较合适的。如此系连之后的简文是:

先之以德,则民进善安(焉)。(以上第16简)行此,荐也,然句(后)可逾(愉)也(以上第17简)。④

在周人的观念中,荐献祭品固然重要,但若荐献者有美善之德、有功勋于民,则神灵便会接受其荐献并保佑他。反之,则神灵就会不理睬这种荐献。春秋初年宫之奇曾有一段名言,谓"鬼神非人实亲,惟德是依。故《周书》曰:'皇天无亲,惟德是辅。'又曰:'黍稷非馨,明德惟馨。'又曰:'民不易物,惟德繄物。'"这说明,在当时人的意识里面,神灵对于"德"的重视要超过一般的祭品,孔疏谓"无德而荐,神所不享"⑤,正说出了这个关键。春秋后期,齐景公欲杀祝史以

---

① 《郭店楚墓竹简》,文物出版社1998年版,图版第56页,释文173页。
② 陈伟:《郭店竹书别释》,湖北教育出版社2003年版,第168页。
③ 李零:《郭店楚简校读记》,北京大学出版社2002年版,第140页。刘钊:《郭店楚简校释》,福建人民出版社2005年版,第123页。
④ 第16简的简文"先之"原作"先"字重文,裘锡圭先生按语谓"似应读为'先之'"(《郭店楚墓竹简》,文物出版社1998年版,第175页),甚是。今从之。
⑤ 《左传》僖公五年。

祷神使己病愈,晏子反对这样做,据理力争,谓"君若欲诛于祝史,修德而后可"①。可以说,春秋战国时期,重"德"已经成为社会舆论的一项重要内容。《尊德义》篇的这条简文,意思是说治民者把"德"放在首位使民向善,然后再行荐献祭品之事,这样,神灵就会欣然接受祭品,从而治民者受到保佑,神人即可皆大欢喜("愉也")。

(九)凡敓(说)之道,级(急)者为首,既得其级(急),言必又(有)及(以上第5简)之。及之而不可,必廖(荐)以讹,母(毋)命(令)智(知)我。皮(彼)邦芒(亡)(以上第6简),将流泽而行(以上第7简)(郭店简《语丛》四第5—7简)②

这段话应当是战国时期术士进言于别国君主的经验之谈。意思是说进言时要将别国的紧急事项作为进言的首要内容,术士若认定了其紧急事项,在进言时就要说到它。如果说了还没有效果("及之而不可"),那就必须以变动言辞将关注的目标引向别处("必廖以讹"),不要让别国君主知道我方的真正意图("毋令知我")。这样的话,别国的丧亡,将会像流水一样自然而然地顺流而下。简文的"讹",即变化之语,与《诗·小雅·沔水》"民之讹言"相类,有误导之意。简文"廖(荐)"当释为引,《尔雅·释诂》"引,荐,陈也",是为其证。战国时期术士的言说之道在长期的实践中曾经总结出不少经验之谈,如《韩非子·说难》即谓"凡说之务,在知饰所说之所矜而灭其所耻。彼有私急也,必以公义示而强之",所说之内容与简文近似。这条简文所讲述的应当就是术士的这类经验之一。

(十)宾客,青(清)庙之廖(荐)也。(郭店简《语丛》一第88简)③

清庙,指周王的宗庙。其称"清庙"的原因古人的说法有二:一是谓"取其宗庙

---

① 《晏子春秋》外篇《景公有疾梁丘据裔款请诛祝史晏子谏》。
② 《郭店楚墓竹简》,文物出版社1998年版,图版第105页,释文第217页。
③ 同上书,图版第84页,释文第197页。

之清貌则曰清庙"①；一是谓"天德清明，文王象焉，以文王能象天清明，故谓其庙为清庙"②。两说相较，盖以前说近是。清庙祭祖，主祭者要献牺牲，正如《诗·周颂·清庙之什》的《昊天有成命》篇所说"我将我享，维羊维牛"，而前来助祭的宾客，则只是荐献黍稷而已。献黍稷（而非牺牲），这正是荐祭的特色。所以简文说，宾客只是清庙中行荐献的人。如果把这里的虞字读若文，或读若度，那么简文的意思就是宾客是宗庙的装饰或宗庙的节度，则实为不辞矣。

（十一）即，虞（荐）者也。（郭店简《语丛》一第 97 简）③

这里的"即"在简文中疑当读若"稷"。即和稷古音完全相同，皆职部字，精纽，具备通假的条件，并且在意义上也是有联系的。《说文》释即谓"即食也，从皀，卩声"，又训皀为"谷之馨香也"，《左传》僖公五年有谓"明德以荐馨香。神其吐之乎"，可见，周人认为祭礼上荐献黍稷，就是让神灵闻到蒸熟的黍稷的馨香，人来就食为即，神来享用馨香也是即。稷为五谷之长，为古人最为重视的谷物，为献物祭神之首选，所以简文说"即（稷），荐者也"。简文这里的即，亦可依原意读，意谓神来享用馨香，是由于荐献了祭品的缘故。

（十二）正（政）其然而行息（治）安（焉）尔也（以上第 59 简）。正（政）不达，虞（荐）生虞（乎）不达（以上第 60 简）其然也。教，教其［然］也。（以上第 61 简）（郭店简《语丛》一第 59—61 简）④

这段简文讲述政治之事，意思是说，政治它是这样的（"其然"），即它是实行治理的（"行治焉尔也"）。政治若不能够显达，全是由政治不通畅所造成的。教

---

① 《诗·灵台》孔疏引蔡邕《月令论》。后来贾逵《左传注》亦谓"肃然清静，谓之清庙"（《诗·清庙》孔疏引），《左传》桓公二年"清庙茅屋"，杜预注亦谓"以茅饰屋，著俭也。清庙，肃然清静之称也"。
② 《诗·清庙》孔疏。
③ 《郭店楚墓竹简》，文物出版社 1998 年版，图版第 85 页，释文第 198 页。
④ 同上书，图版第 81—82 页，释文第 195 页。

化，正是教化才使得政治成为这种状态的①。政治的核心内容就是对于社会的治理，正如上博简《从政》篇所说"凡此七者，正（政）之所治也"、"从正（政），不治则乱"②（上博简《从政》甲篇第9号简）。简文中的廙（荐）疑读如荩，用如尽。《尔雅·释诂》"荐，荩，进也"，是为其证。在简文中它用如副词尽，意为完全。"廙（荐）生虖（乎）不达其然也"即指政治若不清明显著，完全是由于统治者和民众关系不通畅这种情况造成的。

（十三）……或以其廙（荐）而远。尧取之舜也，从者（诸）卉茅之中，与之言豊（礼）。（上博简《子羔》第5号简）③

马承源先生在考释此简的时候曾引《史记·五帝本纪》的如下材料作为参考："尧曰：'嗟！四岳，朕在位七十载，汝能庸命，践朕位？'岳应曰：'鄙德忝帝位。'尧曰：'悉举贵戚及疏远隐匿者。'众皆言于尧曰：'有矜在民间，曰虞舜。'"④这个称引是正确的，然原释文未将荐字释出，乃未达一间也。若有此释，则正可将此条与《五帝本纪》对读，简文的"或以其廙而远"（可读作"或以其荐尔远"），正是尧让四岳举荐他们所知道"疏远隐匿者"的意思。这里的廙字用如荐，廙、荐两字相通假⑤。

（十四）（众）人亡廙，言台（以）为章。起事乍（作）志，叡亓（其）又（有）中成。（上博简《用曰》第18号简）⑥

---

① 简文"怠"，刘钊先生读为"治"，甚是（刘钊：《郭店楚简校释》，福建人民出版社2005年版，第182页）。简文两个"达"，其意应有别，前一个表示显达，后一个表示通畅。简文"教"系重文，依文意在简文"其"字后可以拟补一个"然"字，理由是这段简文屡言政治局面谓"政其然"、"不达其然"，末尾应当是肯定政治的这种状态都是教化的结果（"教其然也"）。上博简《缁衣》第14号简载孔子语"正（政）之不行，教之不成也"（《上海博物馆藏战国楚竹书》第1册，上海古籍出版社2001年版，图版第58页，释文第189页），与此语意正同。简文"教"字重文，专家或读为"教，学"二字，疑非是。
② 两条简文内容分别见上博简《从政》甲篇第9简和乙篇第3简，见《上海博物馆藏战国楚竹书》第2册，上海古籍出版社2002年版，图版第67、81页，释文第223、235页。
③ 马承源主编：《上海博物馆藏战国楚竹书》（二），上海古籍出版社2002年版，图版第37页，释文第188页。
④ 马承源主编：《上海博物馆藏战国楚竹书》（二），上海古籍出版社2002年版，第189页。
⑤ 参见朱骏声：《说文通训定声》屯部，中华书局1984年版，第818页。
⑥ 马承源主编：《上海博物馆藏战国楚竹书》（六），上海古籍出版社2002年版，图版第125页，释文第304页。

这条简文的"虘"原释为虩,疑非是。这个字原作"☒"形,字从鹰头而不从虎头,应当释为虘。简文的"众"字见于《用曰》第17号简。第17号简的末尾简文是"柔闻亚(恶)谋,事既无功众"①。张光裕先生解释此简文意时,曾经引用《诗经·小雅·小旻》"发言盈庭,谁敢执其咎"进行说明,甚确。此简意谓,众人都说些让人迷惑的假话,言语滔滔,徒增混乱。主事者优柔寡断,听信不负责任的无根之谈("恶谋"),事情自然不会成功。众人的意见都是靠不住的。简文"亡荐"即"无藉",意谓无可依靠。"众人亡藉",意指众人的言论皆无根妄谈,只是以言辞来彰显己意("言以为章")。因此,主事者应当把事情做起来("起事"),把目标明确起来("作志"),这样才能够明智地把事情办成。

除了我们上面提到的近二十例以外,战国竹简文字数据的相关记载,还可以提出以下三项:

其一,《包山楚简》载有人名为"虘(荐)缰"者②,缰为使驭牲口的绳索,"荐"有"引"意(见《尔雅·释诂》),"荐缰"意指牵牲口者,某人常执牵牲口之事,久之而用为其名。

其二,望山二号楚简所出土的竹简系遗策,其中第48简载有"二苇圆,二虘(荐)筭",专家认为"都是以苇竹之类编成的盛物之器"③,甚确。筭,是一种竹编器物,"荐筭"当是草、竹混合编制之器。简文"荐",在这里正用其"草"的本意。

其三,仰天湖1号简记载随葬物品有"一新智缕,一㤅(旧)智缕。皆又(有)虘疋缕。"朱德熙先生曾有精到的考证,指出简文"智缕"当读若"鞮屦"④。后来吴振武先生又把朱先生的考证向前推进一步,指出,"简文很可能不是以'疋缕(履)'为一词的,而是以'虘疋'为一词"⑤。我们可以在朱德熙、吴振武

---

① 《用曰》第17简的"事既无功"的功字原从工从示,当读若功。郭店简《老子》丙本第2简"成事述(遂)功"的功字既从示从工而读为"功",上博简《用曰》第4简亦有此例,皆可以为佐证。
② 湖北荆沙铁路考古队:《包山楚简》,文物出版社1991年版,图版第85页,考释第31页。
③ 湖北省文物考古研究所、北京大学中文系编:《望山楚简》,中华书局1995年版,第61、112、126页。按,简文的筭字,商承祚先生也曾谓是"竹器之属"(《战国楚竹简汇编》,齐鲁书社1995年版,第104页)。
④ 朱德熙:《朱德熙古文字论集》,中华书局1995年版,第37页。按,亦有专家认为简文"智"当读若"履",指本有齿的鞋子,似不若朱先生之释为优。
⑤ 吴振武:"说仰天湖1号简中的'虘疋'一词",《简帛》第二辑,上海古籍出版社2007年版,第39—46页。

先生精湛研究的基础上再进行一些补充探讨。关键就是简文"廌",依我们的考释,应当就是"薦"字,《说文》以"兽所食草"为训,《尔雅·释器》谓"薦,席也",指草席、草垫。愚以为本简的"薦"字当用若动词,意同于垫。简文"疋",专家读为疏,是正确的,但"疋缕"之"缕"则不应当读"履",而应当用其本义,指丝线或麻线。"疋(疏)"用如动词,《释名·释彩帛》谓"纺粗丝织之曰疏"①。这个意义上的疏,后世多用作梳字代替。简文"薦疋(疏)缕",意即垫有梳理过的丝麻缕做的鞋垫。本简的"又"字读为"有",用为语助。此简之大概意思是:一双新皮鞋,一双旧皮鞋,都垫有丝麻缕编的鞋垫。此简的"薦"字,用的是它的本义。

其四,仰天湖25号楚墓竹简遣策记载某官员馈送的助葬物品有"三种",据商承祚先生研究,这三种东西是"一件夹纺衣、五张席子、一种名□□的器物",这三种东西里面最后一种是以兽为名的物品,简文记载它"又(有)廌(荐)"②,盖指其物有草编的提手。和望山简的情况一样,这个"荐"字也是使用其本义的。

总之,竹简文字"廌"的考释,可以说为释读数量众多的相关竹简资料提供了一个必要的前提。反之,我们也可以这样看,即相关资料的释读又加强了释其字为"荐"字异体这个推断的可信度,如我们前面提到的简文"居不褺(设)廌"(《曹沫之陈》第11简)、"或以其廌(荐)而远。尧取之舜也,从者(诸)卉茅之中,与之言豊(礼)"(《子羔》第5简)等,都是简文此字必读为"荐"方可文通意顺的显例。

(三)从竹简文字的"廌(荐)"看周代祭礼中的荐祭

古代的祭、祀二者无别,祭字从肉从又,当指以牲肉祭神,而祀字不从肉,而只从示从巳,所以《说文》谓"祀,祭无已也"。祭祀是表示对于逝者的哀思或对于先祖及神灵的崇敬而举行的仪式。祭祀可以没有祭品,也可以进献祭品。进献祭品的祭祀,或可称为"薦(荐)祭"③。关于荐祭的具体情况,古人有许多

---

① 《释名》卷四,第70页,见王云五主编:《丛书集成》初编本,商务印书馆1939年版。
② 商承祚:《战国楚竹简汇编》,齐鲁书社1995年版,第45、51、62页。按,这个字专家或释为从草头从虍从又之字,愚疑是荐字误写。按,这个字比较清楚的字形,见于《长沙楚墓》(下册),文物出版社2000年版,图版第162幅。
③ 薦与荐古通用,段玉裁曾详论之,谓:"荐与薦同音,是以承藉字多假借为之。如节南山传:薦,重也。说文云:且,薦也。皆作荐乃合。左传云:戎狄荐居。外传荐处。服云:荐,艹也。此谓荐同薦。韦云:荐,聚也。此与尔雅再训近"(《说文解字注》"草部")。

说法,今得简帛的相关材料,使我们对于荐祭有了较多的认识,大略说来有以下几项。

其一,荐祭是礼的需要,它因礼而生,无礼即无荐祭之事。我们前引郭店简《语丛二》的简文就说明了这一点。是篇简文云:"廌(荐)生于豊(礼),尃(溥)生于廌(荐)。"行礼为什么要进献祭品给鬼神呢?《礼记·礼运》篇说:"夫礼之初,始诸饮食,其燔黍捭豚,污尊而抔饮,蕢桴而土鼓,犹若可以致其敬于鬼神。"原来,这些祭品是用来"致其敬"的。郑玄注谓"言其物虽质略,有齐敬之心,则可以荐羞于鬼神,鬼神飨德不飨味也"①,祭品是虔敬心情的表达,为古礼所必须。

其二,儒家传统的祭祀观念里面,关于"荐"祭内容的理解存在着两分的情况。《礼记·祭统》篇说:

> 贤者之祭也致其诚信,与其忠敬,奉之以物,道之以礼,安之以乐,参之以时,明荐之而已矣。……天之所生,地之所长,苟可荐者,莫不咸在,示尽物也。外则尽物,内则尽志,此祭之心也。

这里所言荐献于先祖神灵的有二,一是诚信忠敬之意,二是天地间所生长之物以及礼乐之类的物化形式。质言之,意、物二者皆不可或缺。

从竹简资料所反映的战国前期及中期的儒家观念看,似乎更应注意荐祭时的崇敬情意,如前引郭店简《语丛》三的一条简文即明谓"廌(荐),衣(依)勿(物)以青(情)行之者",虽然,天地间的万物都在荐祭所献物品的范围之内,但也要量力而行,所荐物品的丰寡与质量以能够表达情意为限。

关于祭祀观念中的情意与物品的关系,在春秋战国时期社会上可能存在不同的理解。按照一分物一分情意的逻辑,必然是荐物越丰盛,情意就越厚深。春秋战国时期的考古资料表明,贵族间普遍存在的丰祭厚葬的情况可以视为这种观念的注脚。可是,春秋战国时期的有识之士的祭祀观念却与贵族间普遍盛行的观念不同,他们主张以意为主、以物为辅。如《左传》隐公三年载:"苟有明信,涧、溪、沼、沚之毛,苹、蘩、蕰、藻之菜,筐、筥、锜、釜之器,潢、

---

① 《十三经注疏》,中华书局1980年版,第1415页。

汙、行潦之水,可荐于鬼神。可羞于王公。"《礼礼·礼运》篇说:"礼之初,始诸饮食,其燔黍捭豚,污尊而抔饮,蒉桴而土鼓,犹若可以致其敬于鬼神。"这里强调是对于鬼神"明信"的诚意,而"物"的方面则不讲究,野草、果蔬、清水皆可,就是平时食用之品如"燔黍捭豚"(烧烤的黍米饭和手撕豕肉)之类亦皆可以。这应当和后世所说的"心诚则灵"是很近似的。前引郭店简《性自命出》简文的"豊(礼)作于青(情)",其思路和当时社会上的有识之士的祭祀观念是一致的。前引郭店简《语丛》三第41简所说的"恂,哀也。三恂,廌(荐)也",也说明了在荐祭中,哀恸之情的表达是先于祭品的。

其三,"荐"与"祭"的关系应当是并列且又在某些地方相涵的两个概念。荐可以是祭礼中的一个仪节,也可以单独成为一项礼仪。专家曾经指出,"荐也是一种祭祀,荐壶、荐鬲、荐簠,即指荐祭所用之器"①。这个说法是正确的。古人常有"荐祭"之说。《易·豫·象传》:"雷出地奋,豫。先王以作乐崇德。殷荐之上帝,以配祖考。"孔疏:"殷荐之上帝者,用此殷盛之乐,荐祭上帝也。"孔颖达遍注诸经,多以"荐祭"为称②,可见他是断定荐为祭礼之一种的。一般说来,荐虽然是祭礼的一个仪节,但有时候也能独立于祭礼之外,还会有"荐(荐)而不祭"的情况出现。周代社会等级森严,祭、荐的区别亦体现出此点,《礼记·王制》谓"大夫、士宗庙之祭,有田则祭,无田则荐。庶人春荐韭,夏荐麦,秋荐黍,冬荐稻",庶人以及无田的大夫和士只有"荐"的资格,而不能举行祭礼。显然,在这个社会等级背景下,薦(荐)要低于祭,即《礼记·祭法》篇孔疏所谓"荐轻于祭,鬼疏于庙"。前引郭店简《语丛》一简文"宾客,青(清)庙之廌(荐)也",指出"宾客"只是在清庙中进行荐祭的人,并不参加对于周先王先祖的祭礼。对于"荐"与"祭"的区别,也是一个旁证。

其四,荐祭所荐献的物品的种类和数量,在古代有一个变化过程。商代的荐祭,多为献特首之祭(此点已见上文所述于省吾先生的考证),而周代的荐祭

---

① 戴家祥:《金文大字典》下。转引自周法高主编:《金文诂林》第八册,香港中文大学1979年版,第509页。
② 如《礼记·礼器》孔疏:"'荐不美多品'者,荐祭品味宜有其定,不以多为美,故《郊特牲》而社稷大牢是也。"《礼记·祭法》孔疏:"云'凡鬼者荐而不祭'者,若其荐祭祖为,则鬼与见庙,其事何异?若都不荐祀,何须存鬼?荐轻于祭,鬼疏于庙,故知荐而不祭。"皆可为例。另外,唐代贾公彦疏《周礼》、《仪礼》时亦惯用"荐(荐)祭"之称。

若只是祭礼中的一个仪节,那么它与一般的祭祀并无什么区别,也进行荐牲、荐物、荐酒等事,可是若是只荐不祭,单独作为一种祭礼,那么,它不再像商代那样荐献牲首,也不像作为周代祭礼中的一个仪节那样荐献牲肉,而它只限于荐献稷黍等谷物类食品。《礼记·礼器》篇说"牲不及肥大,荐不美多品",这里将献牲肉与荐祭品对举,意味着荐祭并不包括牲肉。《诗经·生民》讲周人祭祀谓"卬盛于豆,于豆于登,其香始升。上帝居歆,胡臭亶时?",孔疏:"盛之于豆,又盛之于登,以此而往荐祭。此豆登所盛之物,其馨香之气始上行,上帝则安居而歆飨之",豆和登所盛的荐祭食品只不过是腌菜和大酱之类①,并无牲首、牲肉。《生民》通篇颂扬后稷率族众发展农业生产事,述其祭祀后稷神灵,亦离不开农作粮食,诗谓"诞我祀如何?或舂或揄,或簸或蹂。释之叟叟,烝之浮浮",正是稷黍之类饭食的馨香。商周两代荐祭献品的这种区别的原因,可能在于商代畜牧业发达而周代农业发达的缘故。《礼记·王制》说庶人的祭祀,"春荐韭。夏荐麦。秋荐黍。冬荐稻",《大戴礼记·曾子天圆》篇讲"无禄者稷馈",稷馈即无牲之荐祭,此即《公羊传》桓公八年何休《解诂》所云"无牲而祭谓之荐"。周代的"庶人"、"无禄者"行荐祭而无牺牲之献,这固然与"庶人"、"无禄者"的经济地位低有关系,然而也正是如此,方符合周代荐祭的主旨。我们前面提到的郭店简《语丛》一的简文有"即(稷),廈(荐)者也"的说法,与周代荐祭以荐献黍稷为主的情况是一致的。

其五,周代"荐(薦)祭"体现着重"德"观念。春秋前期虞国贤臣宫之奇说:"鬼神非人实亲,惟德是依。故《周书》曰:'皇天无亲,惟德是辅。'又曰:'黍稷非馨,明德惟馨。'"这是强调"德"之重要的典型话语,孔颖达疏谓"无德而荐,神所不享"②我们前引郭店简《尊德义》篇的简文谓"先之以德,则民进善安(焉)。行此荐也,然句(后)可逾(愉)也",也充分体现了重"德"的思想。

总之,竹简文字"廈"的考释,是一个比较重要的问题,如果我们将它作为"荐"字异体的释读不致谬误的话,那么,不少竹简材料的释读将会得到新的认识,并且可以为认识商周时代的薦(荐)祭提供了新材料,使我们能够多少窥见战国时期人们的祭祀观念之一个方面。

---

① 《诗经·生民》毛传"豆,荐菹醢也。登,大羹也"。《十三纪注疏》,中华书局1980年版,第532页。
② 《左传》僖公五年。《十三经注疏》,中华书局1980年版,第1795页。

(四)附论:两个应当讨论的字

竹简文字中有一个"麂"字,其字形作

这个字见于上博二《容成氏》第48简。可以视为"麂"字的繁构。我们前面已经讲过,薦字所从的主要部件是麂头(而不是鹿头),写作"⺕",正与《容成氏》简文这个麂字相同。《容成氏》简文这个字比一般的其下麂头多了下面的部件"八",它应当是麂足之形。总之,《容成氏》简文的这个字可以视为"麂"字的首足齐全的象形字。明乎此,我们可能推测,竹简文字"薦"的起源就是这个麂字。

还有一个以麂为偏旁的字作

这是一个从水从麂的字,可以写作灖。关于其字意,我们可以参照简文来讨论。我们看《容成氏》第48简的内容:

　　……豐、喬(鎬),三鼓而进之,三鼓而退之,曰:"虘(吾)所智(知),多麂。一人为亡道,百眚(姓)亓(其)可(何)皋(罪)?"豐、喬(鎬)之民闻之乃陞〔降〕文王。①

这段简所述当是周文王率军攻占丰、镐地区的史事,打仗的时候周文王三次击鼓进攻,又三次击鼓退兵。这是什么原因呢?周文王说:我所知道的是战斗的时候"多麂"。商纣王一个人行无道之事,百姓有什么罪过呢?正因为百姓无罪而"多麂",所以才停止了进攻。丰镐地区的民众听说周文王如此爱民,于是便投降了周文王。"多麂"的麂字,李零先生谓"疑读为'尽'。下文(按指《容成氏》第51简)'孟津'作'孟灖',字亦从麂",依此说,则灖可以通假而读为津。《容成氏》第51简载武王十一年伐殷之事,《史记·周本纪》载"诸侯不期而会

---

① 这段简文的文字据李零先生的释文写出,见《上海博物馆藏战国楚竹书》(二),上海古籍出版社2002年版,第287页。

盟津者八百诸侯"，与此简所载"涉於孟瀌"正相符合，所以瀌字读为"津"，是可以肯定的。可是为什么读为"津"呢？愚以为，其间原因盖在于音读的通假。这几个字的古音情况如下：

  廌，澄纽，支部。
  盡，从纽、真部。
  津，精纽，真部。

这些字中的基本字是廌字，在竹简文字里它是"廌"字的主要构成部件，廌可以写作"薦"。薦今简化字作荐①。

  这几个字因古音接近而可相通假。精纽、从纽皆为齿头音，澄纽、从纽皆为全浊之音，从古音声纽系统上看，是比较接近的。从古音韵母系统上看，真、脂两部阴阳对转，而脂部、支部两部古音接近，这些韵部的字有可能通假。廌古音为澄纽字，是舌上音，津古音为精纽字，是齿头音，古音精澄两纽之字可相通假，就音纽而言，舌齿通转亦有多例②。所以，李零先生读廌为盡、瀌读为津，从古音通假的角度看皆无可疑。薦古音为精纽元部字，其古音的来源，应当是廌字音转的结果。

四十六　《诗经》学史上的一段公案
——兼论消隐在历史记忆中的邶、鄘两国

  《诗·国风》部分的《邶》、《鄘》、《卫》三诗的分合问题，历来纠葛不清。阜阳汉简首次为这个问题的解决提供了重要资料，上博简《诗论》又为这个问题的解决提供了新的证据，说明早在《诗》成书的时候，三诗就是分别单列而又存在着一定的关联。与这个问题连带的一个问题是《邶》、《鄘》两诗何以能够进入十五国风。史实表明，邶、鄘两国虽然国祚短暂，但却是存在的，它们都是周

---

① 王力先生曾辨析其异同之处，谓"'荐'字用在'草席、草垫'和'一再，频频'的意义上，与'薦'相同。""但'薦'字的'推举'和'进献'意义在汉以前的典籍里不作'荐'。唐宋以后逐渐混用。"(《王力古汉语字典》，中华书局 2000 年版，第 1107 页。)

② 参见黄焯：《古今声类通转表》第七表"舌齿通转"，上海古籍出版社 1983 年版，第 196 页。

初立"监"所封之国,这两个地区的诗歌称为《邶风》、《鄘风》是完全可以的。但是就这两部分诗歌的内容看,它们还是卫诗,而并非当初邶、鄘两国之诗,用这两个国名为称,显示了周人的历史记忆。

(一)《诗》之卷数与《邶》、《鄘》、《卫》三诗的纠葛

关于《诗经》的最初卷数问题,历来都讲不大清楚。直到现在我们也没有见到原始《诗》的面貌,所以最初的分组分卷情况,仍然只得存疑。不过,近年得上博简《诗论》的简文,使我们对于这个问题的一个方面有了可供清楚判断的依据。我们先来简单介绍相关的情况,然后再做具体探讨。

《诗经》作为我国上古时代诗歌总集,其初步形成的时间肯定在孔子之前。鲁襄公二十九年(公元前544年)吴公子季札聘鲁观周乐,乐工所歌唱的诗篇次第,即风—雅—颂为序,十五国风的次序,与今本《诗经》大致相同,可证今本《诗经》的分类与排序在那个时候即已基本形成。然而,原始《诗经》的卷数并不清楚。所谓"卷",这应当是汉以降的称呼。《说文·卩部》:"卷,䣛曲也,从卩关声。"段注曰:"卷之本义也。引申为凡曲之称,《大雅》'有卷者阿',传曰:'卷曲也。'又引申为舒卷。《论语》:'邦无道,则可卷而怀之。'即手部之捲收字也。又《中庸》'一卷石之多',注曰:'卷,犹区也。'又《陈风》'硕大且卷',传曰:'卷,好兒。'此与《齐风》传'鬈,好兒'同谓即一字也。《檀弓》'女手卷然',亦谓好兒。"我查字典,䣛,"膝"的本字,看来"卷"的本义是"曲",而"卷"为引申义。竹简编连以后,通常要由后往前卷起来以便于保存,卷起来之后,一般在第二支或第三支简的背面书写此卷的题目。从上博简出土的那个时代竹书情况看,一部书多则可以达到六、七十支简,少则一、二十支简。一卷竹书可以包括多种书,一种书也可以分为几个卷。这些书应当是称为篇的,《尚书》即为其例。《诗经》三百篇应当是分为若干组进行编排的。最初的《诗经》写本情况应当与此相似。从上博简第四册的《逸诗》情况看,当时的情况可能是一首诗一般要写两三支简,多则达到四、五支简,如果十篇为一组的话,这一组竹简可能有三、四十支或五、六十支简,正好作为一卷进行编连。一卷竹简书,简数多少,并无定制,可能是依内容多少来决定的。从今传本《毛诗》的情况看,十五国风,每国之风多在十数篇至二十余篇,可能最初是每国之风为一卷者,《小雅》、《大雅》、《周颂》皆以"什"为一组,可能当时是十篇为一卷的。《桧风》、《曹风》、《鲁颂》、《商颂》篇数较少,也可能是两组为一卷的。关于《诗经》的卷数,

《汉书·艺文志》载汉代所保存的情况是：

> 《诗经》二十八卷，鲁、齐、韩三家。
> 《鲁故》二十五卷。
> 《鲁说》二十八卷。
> 《齐后氏故》二十卷。
> 《齐孙氏故》二十七卷。
> 《齐后氏传》三十九卷。
> 《齐孙氏传》二十八卷。
> 《齐杂记》十八卷。
> 《韩故》三十六卷。
> 《韩内传》四卷。
> 《韩外传》六卷。
> 《韩说》四十一卷。
> 《毛诗》二十九卷。
> 《毛诗故训传》三十卷。
> 凡《诗》六家，四百一十六卷。

可以看出其所列分卷情况，不仅三家诗与《毛诗》不同，就是三家诗的各家之学所分卷数亦自有别，《毛诗》也是如此。对于《诗经》卷数问题，论者最感困惑的问题就是《邶》、《鄘》与《卫》的分与合。据《汉书·艺文志》所载，可以肯定的只是三家诗在汉时有二十八卷，《毛诗故训传》则是三十卷。而这些数字所包括的具体内容是并不清楚的。不仅现在不清楚，而且似乎从汉代以后就一直弄不大清楚了。可以说，《诗经》分卷的情况相关史载是不明确的。就《毛诗》而言，本为二十九卷，《毛诗故训传》变为三十卷，而《隋书·经籍志》有"《毛诗》二十卷，汉河间太守毛苌传，郑氏笺"的说法，可见当时载有毛传和郑笺的本子又合为二十卷，唐代孔颖达作《毛诗正义》则析为四十卷。

《诗经》在流传过程中卷数不清，分合情况不明，应当说是很正常的事情。学者中对此做深入研究的是清儒马瑞辰，他指出："古盖合《邶》、《鄘》、《卫》为一篇，至毛公以此诗之简独多，始分《邶》、《鄘》、《卫》为三，故《汉志》《鲁》、

《齐》、《韩》诗皆二十八卷，惟《毛诗故训传》分《邶》、《鄘》、《卫》为三卷，始为三十卷耳。"①后来，晚清大儒王先谦依据《汉书·艺文志》所载二十八卷与三十卷之别的情况，推断二十八卷之分在前，而三十卷所分在后，他所论定的情况是"《毛诗》作传，取二十八卷之经，析《邶》、《鄘》、《卫风》为三卷，故为三十卷"。王氏举出的证据是《左传》襄公二十九年载吴公子季札聘鲁"观周乐"之事，鲁国乐工演唱《邶》、《鄘》、《卫》的时候，季札评论说："吾闻卫康叔、武公之德如是，是其《卫风》乎！"王氏以为这就是"三诗同为《卫风》"的"明证"②。若此说能够成立，那将是探求原始《诗经》面貌的重要进展。

马、王两家之说影响较大，当代学者多从而信之，并且为之补充证据进行再说明。于此，可以举出两家之说。一是程俊英、蒋见元先生之说。他们举出《左传》襄公三十一年的记载为另一证据，此年史载卫国大夫北宫文子称引"威仪棣棣，不可选也"的诗句，称其为《卫诗》，而这句诗见于《邶风·柏舟》篇，所以《邶》、《鄘》、《卫》三诗同为一卷，"只有《毛诗》才把它分为三卷"③。二是陈子展先生。他举出《汉书·地理志》关于邶、鄘、卫三国的由来，和"邶、鄘、卫三国相与同风"的论断，以为"这就是《邶》、《鄘》、《卫》都称《卫风》的由来"④。关于这一问题，高亨先生的说法，可以为当代专家相关论析的代表，他说：

《邶》、《鄘》、《卫》共诗三十九篇，在春秋时代便已混在一起，今本《诗经》，《邶》十九篇，《鄘》十篇，《卫》十篇，是汉人随意分的⑤。

以上诸家说法可以简称之为"同为卫风"说。其实，此说存在着尚未洽适人意之处，就拿此说的被视为"明证"的季札论乐的记载来说，恐怕不仅不是此说的明证，而应当是其说的反证。请看《左传》襄公二十九年的相关记载：

---

① 马瑞辰：《毛诗传笺通释》卷一，中华书局1989年版，第18—19页。
② 王先谦：《诗三家义集疏》卷三上，中华书局1987年版，第124页。
③ 程俊英、蒋见元：《诗经注析》上册，中华书局1991年版，第59页。
④ 陈子展：《诗三百篇解题》，复旦大学出版社2001年版，第99页。
⑤ 高亨：《诗经今注》，上海古籍出版社1980年版，第7页。

> 吴公子札来聘。……请观于周乐。使工为之歌《周南》、《召南》，曰："美哉！始基之矣，犹未也。然勤而不怨矣。"为之歌《邶》、《鄘》、《卫》，曰："美哉渊乎！忧而不困者也。吾闻卫康叔、武公之德如是，是其《卫风》乎。"

这个记载，恰恰证明了季札聘鲁时《邶》、《鄘》、《卫》三风俱在，若三风为"汉人随意分"的，那么何以其名会出现在《左传》的记载里面呢？季札之所以总而评之，谓之《卫风》，是因为这三个地方的历史与地理原因，邶、鄘、卫本来皆为卫地，民风与乐风皆相同，所以应当总称之为《卫风》，犹《汉书·地理志》所云"邶、庸（鄘）、卫三国之诗，相与同风"，但毕竟是三地之风，所以最初的编《诗》者，还是将它分别为《邶》、《鄘》、《卫》三个并列的部分。其实，三诗是合则为一、分则为三的，季札"观周乐"之载就已表明《邶》、《鄘》、《卫》三诗之乐当时是分而为三的，季札合而评之称其《卫》，只是其合则为一情况的反映，而不能够证明三诗当时本混为一。同样前引卫国大夫北宫文子之语亦应作如是观才可。总之，不仅不能够确定在春秋时期《邶》、《鄘》、《卫》三风同为一卷为《卫风》，并且也不能断定《毛诗故训传》的三十卷是为析《卫风》为三所致。

我们还有材料可以说明判断《邶》、《鄘》、《卫》为汉儒随意所分这一论断是不正确的。阜阳汉简《诗经》第 s051 号简有"右方北（邶）国"四字（见上左图①）；所谓"右方"，当是竹简编连之后以"右"为前，在此简之前者的简被称为"右方"，意即"右面那些简"，"北国"的北，专家指出当读若邶，简文"右方北国"，意指右面那些简是采自"邶"地的诗作，合编一起，当即《邶风》。根据阜阳汉简《诗经》的材料，专家指出，"在正式的入乐的诗章里，《诗》的格局是三国（按：指邶、鄘、卫）分立的"②，这是一个很有说服力的论断。我们如今依据上博简《诗论》的材料可以进一步指出邶、鄘、卫三诗的分立早在孔子的时代即已如此，至汉代亦多未改变。当然，阜阳汉简的材料还不足以说明汉代《诗经》的全部事实，但至少可以证明汉代诗学中实有三诗相分之例，而三诗不分之例却是至今尚无一例可资证明。

---

① 转引自胡平生、韩自强：《阜阳汉简诗经研究》，上海古籍出版社 1988 年版，摹本图版第 3 页。
② 胡平生、韩自强：《阜阳汉简诗经研究》，上海古籍出版社 1988 年版，第 35、57 页。

那么，我们若推断最初编定的情况是邶、鄘、卫三诗并存，有无直接的证据呢？回答是肯定的。上博简《诗论》为我们认识这个问题，提供了千载难逢的好机会。其第26号简有评析《邶风》首篇《柏舟》的文字，就为我们提供了这方面的直接证据。第26号简开头部分的简文是："《北（邶）·白（柏）舟》，闷"（简文如上图①）。

上博简《诗论》这个简文的"北"字，专家一致认定当读若"邶风"之"邶"。从这条简文我们可以认识到两个问题，一是，孔子的时代，邶地之诗是称为《邶》的，《邶》不是融合进《卫风》，而是单独为称的。二是，简文之所以单独提出《北（邶）·白（柏）舟》来评析，是因为《鄘》风之中还有一诗题名为《柏舟》，所以在此处特意指明此《柏舟》非彼《柏舟》，否则的话就没有必要把"邶"字写出了，这也就可以推论当时《鄘风》也是和《邶》一样是并列而存在的，再进一步说，《卫风》自然也是并列而存在的。由此我们可以得出这样的判断，那就是在孔子之前的原始的《诗经》的时代，《邶》、《鄘》、《卫》三风并列而存在，《毛诗故训传》对此的排列保存了《诗经》的比较原始的面貌。值得提出的一个问题是，虽然有这个简文出现，但是三家诗何以为二十八卷的问题我们还是不知道其具体原因，我们只是可以肯定《毛诗》的三十卷与三家诗的二十八卷的这一差异，是与《邶》、《鄘》、《卫》三诗的纠葛无涉的。

（二）邶国、鄘国与《邶风》、《鄘风》

以上的讨论，可以说明早在《诗经》编纂成书的时候，《邶》、《鄘》就是和《卫》并列的"风"，表示三个国家的"风"，所以后世才称为十五国风②。如果它们皆属《卫风》则与十五国风的称谓不合。这是至为显明的事情。现在的问题是《邶》、《鄘》两风和邶、鄘既然有关系，那么邶、鄘是两个国家，抑或只是两个普通的地名呢？

要说明这个问题应当从"三监"的问题谈起。"三监"的人物及疆地等问题，专家辨证甚多，然尚有纠葛之处，我们在这里不可能全面研究，只能大略作

---

① 此图采自马承源主编：《上海博物馆藏战国楚竹书》（一），上海古籍出版社2001年版，第35、57页。
② 《诗序》谓："风之始也，所以风天下而正夫妇也，故用之乡人焉，用之邦国焉。"（见孔颖达：《毛诗正义》卷一引，《十三经注疏》，中华书局1980年版，第269页。）陆德明《经典释文》云："风之始也，此风谓十五国风，风是诸侯政教也。"（《毛诗音义》上，《经典释文》卷五，黄焯：《经典释文汇校》，中华书局2006年版，第119页。）

一些说明，以求有利于《邶风》、《鄘风》的探讨。

邶、鄘皆殷商旧地，周初又为"三监"辖地。《史记·周本纪》载周武王灭商之后，"封商纣子禄父殷之余民。武王为殷初定未集，乃使其弟管叔鲜、蔡叔度相禄父治殷"。武庚禄父和管叔、蔡叔一起管理殷之旧地，所以称之为"三监"①。明确提出"三监"之称，并论述者是班固和郑玄。《汉书·地理志》载：

> 河内本殷之旧都，周既灭殷，分其畿内为三国，《诗·风》邶、庸、卫国是也。邶，以封纣子武庚；庸，管叔尹之；卫，蔡叔尹之：以监殷民，谓之三监。

郑玄《邶鄘卫谱》也有类似的说法：

> 周武王伐纣，以其京师封纣子武庚为殷后。庶殷顽民，被纣化日久，未可以建诸侯，乃三分其地，置三监，使管叔、蔡叔、霍叔尹而教之②。

这个说法和《地理志》所论稍有不同，那就是郑玄所说的"三监"完全排除了武庚禄父，而《地理志》则是将其包括在内的。关于邶、鄘、卫三处的地望，《汉书·地理志》颜师古注曰："自纣城而北谓之邶，南谓之庸，东谓之卫。……邶，字或作鄁。庸，字或作鄘。"《汉书·地理志》明谓武庚禄父、管叔、蔡叔为三监。关于"三监"的所指，除此说外，还有指管叔、蔡叔、霍叔三人为三监者，上引郑玄的说法就是一例。此外还有晋代皇甫谧所著的《帝王世纪》。"三监"人物及疆域问题，史载歧异，颇难辨析③。大体言之，前说多出自较早文献，后说则较

---

① 《逸周书·作雒解》载："建管叔于东，建蔡叔、霍叔于殷，俾监殷臣。"王引之《经义述闻》卷三"三监"条已经注意到《作雒解》的这条材料，但称引不确。他据孔晁注，称《作雒解》篇中"蔡叔"之载为"俗本"，不可信从。(《经义述闻》，江苏古籍出版社 2000 年版，第 90 页)按，此处疑王引之所言证据不足。在《作雒解》"臣"字下，孔晁注："东谓卫为鄘，霍叔相禄父也。"管、蔡相禄父《史记·周本纪》有明文，但未提霍叔相禄父事，或者可以认为孔晁注因为这个原因才单独提出霍叔为说，非谓管、蔡不相禄父。遗漏了蔡叔，遂误以为此条材料为"三监"中不包括蔡叔之证。《作雒解》述平三监之乱史事，有谓"乃囚蔡叔于郭凌"一语，如果删去"建蔡叔、霍叔于殷"句中的"蔡叔"，则上下文意不协，是必不然也。王引之谓"孔氏所据本，但有霍叔而无蔡叔可知"，论断似乎太过绝对，容有可商之处。

② 《毛诗正义》卷二，《十三经注疏》，中华书局 1980 年版，第 295 页。

③ 参见拙作《夏商西周的社会变迁》，北京师范大学出版社 1996 年版，第 133、175 页。

晚。《逸周书·作雒解》所记颇值得重视：

> 武王克殷,乃立王子禄父,俾守商祀,建管叔于东,建蔡叔、霍叔于殷,俾监殷臣。

细绎此说,似可释疑关于"三监"所指不同说法的一些差异问题。在周文王十子当中,霍叔排行第八,灭商时尚幼小,不足以当立国监殷之重任,故而附其于蔡叔(文王十子中行五),共担一国之任。在夏商方国联盟的传统下,征服其国而已,并不灭之。周武王既然使武庚禄父"守商祀",其地当在殷之故地,即当在邶。晋代皇甫谧作《帝王世纪》谓霍叔监邶,此说实不可取,但其谓霍叔在三监之内,亦不为错。要之,"三监"之意在于三国治理殷之旧地,非为三人之监。此三国之封当武王时,蔡叔、霍叔共治一国也。因为霍叔年幼,且附于蔡叔为治,所以古文献记载,或有纳其于"三监"之列,或有不纳之者。《左传》每言管、蔡作乱,不及霍,原因当在乎此。邶、鄘、卫三国在周初并立只有短短的四五年的时间。大约是周武王的时代有两年、周公的时代有三年左右。管、蔡自有封国,他们在自己的封国是"侯",而在邶、鄘则是"监",是一人而统领两地。作为监,他们是代周王朝进行治理。关于邶国的地望,《说文》邑部谓:"邶,故商邑,自河内朝歌以北是也。"《后汉书·郡国志》一,也说"朝歌,纣所都居,南有牧野,北有邶国"。邶国其地,专家多以为在今河南汤阴县东南的邶城镇,这里正在殷代末年都城朝歌的东北处。鄘的地望,或说在纣城之南,或说在纣城之东,似以前说较妥。自王国维提出"邶即燕,鄘即鲁"[1]之说以后,专家多信从之,但从邶、鄘皆在卫境的情况看,此说并未能落实,专家对此屡有辨析,可以说是对于"三监"问题以及邶国地望研究的重要进展[2]。

今试就邶国名称的起源提出一点新的看法,依文献所载,专家多以为邶

---

[1] 王国维:《邶伯鼎跋》,《观堂集林》卷十八。
[2] 相关成果较多,今就管见所及,举出以下诸篇。如,张新斌"周初'三监'与邶鄘卫地望研究"(《中原文物》1982年第2期)、魏建震"邶国考"(《河北学刊》1992年第4期)、陈恩林"鲁、齐、燕的始封及燕与邶的关系"(《历史研究》1996年第4期)、周书灿"三监人物及其疆地再考察"(《北方论丛》1998年第5期)等。

因为在朝歌以北,故以之为称。其实,若邶城镇之地真邶国故地的话,那么,它在纣城朝歌的东北,称其为邶,虽未为不可,但似乎还有些不妥。专家每指出殷卜辞中的"北方"之"北"为地名,非必为方位之名。卜辞曾有"黍于北""北受年"①的记载,证明它是商王朝一个农业区,还有"在北工"、"在北吏(史)"②的记载,证明这里是商王朝设官分职进行管理的地区。专家多认为卜辞的这些"北",即文献所记的"邶"③。专家或指出,"卜辞之北方可能即《史记·殷本纪》所载北殷氏,《索隐》引《世本》作髦氏"④,确是很有价值的见解。总之,卜辞表明,"北"确为商代一个地名,而非仅指方位。而卜辞之"北",缘何为称呢? 说它在殷都之北,就说不通了,前引卜辞称"北"为地名的材料皆为一期卜辞,是时殷并未都于朝歌。是此"北"可以肯定不当以北的方位为释的。

愚以为"北"作为地名,可能跟先秦时期人们的阴阳观念有关。先秦时期人们以为山南为阳,山北为阴。这是根据阳光照射的情况为说的,山的北侧为背光处,故称为"阴"。同样的道理,人们还以为河北为阳,河南为阴。若以向阳计,则位于河之南而面向太阳的话,那么正是背朝着河的。河南为北,或许因此而起。例如,鲁僖公二十八年著名的城濮之战以后周天子到温地慰问晋军,《春秋》为周王讳,只记"天王狩于河阳",这是煞费苦心地不直接提温地,而只写"河阳",故意将此事模糊化。《榖梁传》僖公二十八年解释了"河阳"之称,谓"水北为阳,山南为阳。温,河阳也。"大约在商代还没有周人这样的阴阳观念,但是,向着太阳或是背着太阳的观念则应当是有的。古黄河的流向,《尚书·禹贡》篇载"东至于孟津,东过洛汭,至于大伓,北过降水,至于大陆","大伓"位置,学者多以为在今河南温县、武陟一线,黄河过大伓以后偏东北行至淇县、汤阴一带。今邶城镇应当就是古黄河的南岸不远处。因为其在河南之背阳处,所以称为"北"。"北"字在甲骨文中为两人相背之形,北行而其意则另造背字表示,称地名者或作为鄁若邶。《诗·邶风》的

---

① 《甲骨文合集》,第 9535、9734 片。
② 同上书,第 7294、914(正)片。
③ 郭沫若:《殷契粹编》,第 1217 片考释,认为"在北工"的北即"邶",系地名。
④ 魏建震:"邶国考",《河北学刊》1992 年第 4 期。

"邶"又称为"鄁"①。《汉书·地理志》明谓将"鄁"分封给了纣子武庚。这证明邶、鄁相通，还保留着其背朝黄河而得名的史影。周初立监封侯多以现成的地名为称，置三监时，将武庚置于"邶"地，而为邶国，邶国的范围大致在今河南汤阴以南，至浚县、滑县、淇县一带。《诗·邶风》诸诗所涉及的地名亦在这一带。

关于《邶风》、《鄘风》，我们可以把以上的讨论概括如下。它们列入十五国风，是因为它们有邶国、鄘国两个背景。这两个国家虽然不是周王朝正式分封的诸侯国，但却是周王朝设"监"治理的国家。监国与侯国的地位相当。将这两个地区的诗歌分别称为《邶风》、《鄘风》并不是由于《卫风》诗篇数量过多而分出两部分，而应当是这两部分诗歌原来就是属于邶国、鄘国之地的诗歌。邶、鄘两国虽然立国时间很短，但留给周代人们的印象却是十分深刻的。说起来，这还是与周公有密切关系的。周公及其以后长时期的周王朝统治者大力总结周革殷命的历史经验以为历史鉴戒②。可能就是这种做法使得邶、鄘两个短祚的国家没有完全消失在周人历史记忆之中。

四十七　说新蔡楚简的"薦"字和薦祭

战国竹简文字中有一个比较常见的"薦"字，多写作🈳、🈳等形③，由于这个字行用较广，牵涉的竹简文字内容亦多，因此专家多有考证。然而，迄今为止仍然众说纷纭，尚无定论。愚曾撰有小文参加研讨④。由于闻见不广，在我的小文中忽略了新蔡葛陵竹简的材料。得友人指教方得知这批材料对于考证此字的重要。今检读新蔡简，发现相关的字例，确实于考证有比较重要的作用。今试就此字的考证和新蔡简中的薦祭问题提出一些新的认识。

---

① 《国语·鲁语》韦注称《绿衣》谓"《诗·邶风》也"。《孔子家语·好生》篇引今本《诗·邶风·简兮》篇诗句，谓"《邶》诗"，是皆为证。

② 《史记·管蔡世家》载蔡叔度死后，其子胡被周公复封于蔡，《伪古文尚书·蔡仲之命》载周公语谓"尔尚盖前人之愆……率乃祖文王之彝训，无若尔考之违王命"，甚合周公复封蔡之意。《蔡仲之命》可能是后人的述古之作，不可以其为伪古文而弃之。

③ 前一例见上博简《诗论》第28号简（马承源主编：《上海博物馆藏战国楚竹书》（一），上海古籍出版社2001年版，第40页）。后一例见郭店楚简《尊德义》篇第17号简（荆门市博物馆编：《郭店楚墓竹简》，文物出版社1998年版，第56页）。

④ 小文"试释战国竹简中的'薦'字并论周代的薦祭"，《中国史研究》2010年第2期。

（一）

关于竹简文字中的这个字的考释，一个很重要的问题是，这个字从麇而不从鹿。今将此点再申述如下。从麇、从鹿之字在甲、金文字中的区别十分明显，其所从的麇或鹿皆作麇或鹿的全貌，并无简化的情况出现，这种情况在《说文》中依然可以看到。今人在隶定竹简文字时多简化写出，只写上部，而忽略下部，所以弄得从麇、从鹿不辨。这种做法就隶定而省简的原则说当然也无可厚非，专家一致将竹简文字中的这个字隶定作"虞"，也是可以的，只是应当注意到隶定字的上部所从的是麇头而非鹿头。

还有一种现象很值得我们注意，那就是新蔡简中的从麇头的字常和从虎头的字因形近而易混。新蔡简薦字的典型写法是 、 [1]，它所从的虎头，是从麇头讹变而来[2]。李家浩先生曾经指出，战国文字中"虎"头、"鹿"头形近易混。刘钊先生以为这种易混的现象是"类化"的结果。宋华强先生以新蔡简的资料证成此说[3]。专家们的这些论析是可信的。这里可以稍作补充的一点是，新蔡简的这些字所从的虎头与战国竹简文字中的一般的虎头有着较多区别。我们可以举较为典型的两例以资对比。如郭店楚简《老子》的两例从虎头的"虚"字，字形 、 [4]。对比两者，可以看出新蔡简所从的虎头只是略有虎头之意而已。新蔡简写手的书法流利而略显草率，其所写的虎头即为一个证明。其所写的虎头应当是麇头讹变的结果。据此，我们可以将新蔡简的这个字隶定作"虞"。另有专家将此字释为虞或从虞从又之字，将这个字隶定为虎头，虽然不能说错，但不若释为麇头之字更妥。

见于新蔡简的这个"虞"字，据我的拙见应当是战国文字中"薦"字的异构。

---

[1] 以上两列分别见新蔡简甲三 136 简和甲三第 269 简，见《新蔡葛陵楚墓》，大象出版社 2003 年版，图版第 91、108 页。

[2] 竹简文字中麇每作偏旁，用作字头。这里我们可以举一个例证。上博简《缁衣》第 5 简有一个" "字，原考释者楷写作"麇"，以《广雅·释诂一》"麇，灋也"为释，并提出郭店简此字作"灋"，似这个字当通假为法（《上海博物馆藏战国楚竹书》（一），上海古籍出版社 2001 年版，图版第 49 页，考释第 180 页）。裘锡圭先生指出，郭店简的这个"法"字，"疑当读为'废'，二字古通"（《郭店楚墓竹简》，文物出版社 1998 年版，第 132 页）李零先生也认为"以作'灋'读'废'为是"（《上博楚简三篇校读记》，中国人民大学出版社 2007 年版，第 41 页）。其实简文这个字除了从麇之外，还从有一个虫字，当写作"蠒"，不当写作麇。

[3] 宋华强：《新蔡葛陵楚简初探》，武汉大学出版社 2010 年版，第 221—223 页。

[4] 这两例分别见郭店楚简《老子》甲本第 30 简和乙本第 7 简，此据张守中等《郭店楚文字编》（文物出版社 2000 年版）第 85 页转引。

它在新蔡简中有 15 例之多。今举简文字数较多的一例,先进行说明。此例如下:

  虡(薦),君必徙凥(处)安(焉)。善。𣪠(☰☷)或为君贞。(甲二 19、20)

此简的简文相当完整。简文"薦"字之上有墨钉,可以判断,这条占筮之辞,是从简文开始的。简文贞有两字的空白处,当表示"贞"字为句末。理解此简的关键是有以下四点:

  第一,要将简文"虡(薦)"的意思弄清楚。战国竹简文字中,这个字有直接用为薦字本义者,即为草或草编之器①。如上博简《曹沫之陈》第 11 号简"居不设薦",意即居不设草席。望山二号墓出土楚简之遗策有"二薦笄"即两件草编之笄。本简的虡(薦),可以直接用其本义,指席。

  第二,简文之"君"为墓主平夜君之名成者②。新蔡简中这种例子甚多,如"……筮为君贞……"(乙四 100)、"……为君卒岁贞。"(乙四 102)、"君七日贞。"(零 329)等。本简的"或为君贞",意即又为平夜君成筮贞。

  第三,新蔡简有 10 组卦画符号,本简为其中之一。对于这些符号的认识,专家尚有歧异。或认为是数字卦,或认为就是阴爻、阳爻组成的卦画符号。李学勤先生指出,新蔡简的 10 组卦画,共有 96 个符号,"大多数是'一'和'六',所谓'八'仅有四见,'五'更少,只有三见。要明白,如果这是用某种揲筮法产生的'巫数',如此不平衡的现象是不可能出现的。……简上这些符号,其实不过是把表示阴爻的符号"一一"写作两斜笔,又有时出现分离或者交叉而已。它们是卦画,不是数字"③。依照这个分析,我们可以把本简的卦画写成周易

---

① 《说文》"薦部"谓"薦,兽之所食草。从薦、草",段玉裁指出,薦与荐字相通假,"'草部'曰:荐,草席也。'"(《说文解字注》十篇上)。按,上博简《曹沫之陈》第 11 简"居不褱(设)薦",薦即席,可证简文"薦",用其本义,指席。

② 关于墓主的判断,发掘者即已指出墓主为楚国卦君"平夜君成"(河南省文物考古研究所:《新蔡楚墓》,大象出版社 2003 年版,第 184 页)。新蔡简大部分内容是为平夜君成进行卜筮、祝祷等的记录,简文之"君",即平夜君成的省称。

③ 李学勤:《论战国简的卦画》,见李先生所著《文物中的古文明》,商务印书馆 2008 年版,第 384—385 页。

《比》卦和《同人》卦的阴、阳爻的卦画符号。按照书写的先右行、后左行的原则，《比》卦是为本卦，而《同人》则是之卦（变卦）。从《左传》、《国语》等文献记载看，纯参照卦、爻辞临场发挥之辞。

第四，要分析本简筮卦与占辞的关系。此简所记占筮的本卦是比卦，此卦是吉利之卦，指相辅相成，精诚团结便会亨通吉利。此卦虽然吉利，但与筮者本意有距离，可以推测筮者是以本卦的之卦《同人》为主来占筮的。《同人》卦的六二之爻是此卦中唯一的一个阴爻，且位中正，其他之爻当与之相谐，九三之爻为阳爻，因为是阳爻，并处阳位，所以体现出较为暴躁，过于刚强的特点，为趋于平和，所以它应当和临近的六二之爻和谐相处。九三之爻的爻辞是："伏戎于莽，升其高陵，三岁不兴。""戎"有阳刚之气，依卦理当伏之于阴柔之草莽之中，方可免除过阳过刚之失。爻辞所谓"三岁不兴"，当指三年间可以保持平和之气，不受过于阳刚之苦。这样来理解占筮者之意，就可以比较贴切地解释本简的筮辞之意了。占筮的结果是须迁居于草席或竹席之上，这与"伏之于阴柔之草莽之中"，也是暗合一致的。

本简谓"薦，君必徙凥（处）安（焉），善"，意指君当徙居于薦（草席或竹席）之上，才是吉利善事。简文"处安（焉）"，意犹处于此。这正是占辞后所附易卦的卦画符号所揭示的意义所在。战国时人的占筮和引用《诗句》一样，采用"断章取义"之法，是以占筮者所要达到的目标为准的。据新蔡简的记载，平夜君患有疥疾①，如果长期居于茵褥之上，不利于病，若迁居于草席或竹席之上，则因较为凉爽而舒适，从而利于疥疾的康复。新蔡简记载建议平夜君移动住处的简文有多处，如甲三132和130简谓"……或为君贞，以其不安于是处也，亟徙去……"，此简即与我们上引的新蔡简的那条简文很相一致。证明移动住处确为平夜君所必须。

对于说明竹简文字的"薦"，这条简文与上博简《曹沫之陈》第11号简"居不设薦"一样，都是说明"薦"字本义的重要资料。

（二）

为避免繁琐，我们下面研讨新蔡简中的"薦"字，分类进行，将辞意相同相

---

① 关于平夜君患有疥疾的记载，见新蔡简甲二28、甲三198、甲三291—1等简。

近的例证一起来讨论。

1. ……珥、衣常（裳），薦祭之以一豭於东陵。占之：吉。（甲三 207）
2. 祷於吝（文）夫人型牢，乐、薦，貢之。（乙一 11）
3. ……既皆告、薦、祷巳。（甲三 138）
4. 宜少迟薦……（甲三 153）
5. 无瘳，至癸卯之日，安，良。薦其祝（祟）与龟……。（甲三 39）
6. 既城（成），薦……。（甲一 17）
7. ……占之曰：吉。尽八月疾，薦……。（甲二 25）

以上这 7 条简文里面的薦字，专家或皆读为"且"若"瘥"，虽然于有些简文之意亦可曲折旁通，但却无法解释所有的简文。我们如今释为薦，就能够使所有简文之意通畅无碍。今依次试说如下。

上引第 1 条简文是占筮的记录。它与甲三 269 简内容相同，可以对读。本简的"珥"字虽然上至简端，但并非简文首字，应当上连于前一支简（似为甲三 206 简）。此简为占筮祭祷之辞，贞问若除了献祭珥和衣裳之外还用"一豭""薦祭"于"东陵"之神①，贞问如此是否可行。占筮的结果是吉利的。"豭"字之意当从其所从的昔旁推求。昔，《说文》谓"干肉也。从残、肉。日以晞之"。它的本意应当就是晒干的肉。加上豕旁的豭字，应当是猪肉干的意思。

上引第 2 条简文可以与新蔡简甲三 200 简的简文对读。甲三 200 简谓祷于"文夫人"的有"戠牛馈"，意即一头牛牲②，和第 1 条简文的"豭"是类似的。简文"乐、薦，貢之"，意思是在奏乐声中以向神灵薦献祭品的方式贡献祭品。"乐"、"薦"是对于"贡"的说明。

上引第 3 条简文意思大概是说对于祭祷的神灵都已经完成了如下的工作：第一，报告祭祷的目的和祭品内容；第二，薦献祭品；第三，祈祷神灵佑助。

---

① "东陵"又见于包山楚简，似不当理解为祖先陵墓，而解为神名较妥。然何以如此，尚不明确，待考。
② 简文"戠牛馈"之称，又见于包山楚简。刘信芳先生谓"戠牛"当读为特牛。并指出"凡祭祀用一牲，或牛或豕，称作'特'"（《包山楚简解诂》，台北艺文印书馆 2003 年版，第 214 页）。

简文"告、薦、祷巳",当即"告巳、薦巳、祷巳"的省称①。简文巳字原释为"也",专家改释为已,未达一间。从字形上看,当以释为"巳"较妥。新蔡简还有一条简文作"既告薦"(甲三 136),意思与此简相类。

上引第 4 条简文的"宜"字于新蔡简中的用例有十几处,皆用如适宜之意,如甲三第 65 简谓"休有成庆,宜尔",甲三第 247 简谓"毋有大咎,躬身尚自宜训(顺)"等,"宜"皆当训为适宜之义。本条简文意谓薦祭不必太匆忙,应以稍迟一些进行为佳。专家或读简文"少"为小,似不若以原简文读之更好。与"迟薦"相对应,新蔡简还有"迭(速)薦"(甲三第 22 简),可以相互印证。

上引第 5 条简文,应当是记述占筮结果之辞。意思是说平夜君之病症不见好转,到了癸卯这天才转危为安好良善。占筮所见的"祟(祸害)"与龟卜的结果是相同的。简文的"薦"字通假用若"举"②。简文"薦其应当祝(祟)与龟",即举出其祟的情况与龟卜相同③。新蔡简谓"与龟同敚(祟)",跟此条简文"其祝(祟)与龟"的意思应当是一致的。

上引第 6、7 简两条简文的"薦",皆当理解为薦献祭品。"既成,薦"意谓某项准备工作已经完成,可以薦祭了。"尽八月疾",指平夜君八月底疾病发作④,当薦祭祷神保佑。

(三)

新蔡简中还有一类从病字头的薦字,可以楷写作"癍",专家或释其为从病、从虘、从又之字,并且读为瘥,但于简文之意多不能密合,所以尚有再探讨

---

① 巳字,《说文》训谓"四月阳气已出,阴气已藏",《史记·律书》谓"巳者言阳气已尽也",故巳之本义有完成、终结之意。

② 薦与荐相通假(说见朱骏声《说文通训定声》"屯部",中华书局 1984 年版,第 818 页),当为古今字,荐有荐举之意。上博简《子羔》第 5 简"或以其薦而远"与《史·五帝本纪》载尧之语"举贵戚及疏远隐匿者"可以对读,"薦而(尔)远",正是"举……疏远隐匿者"之意。战国竹简文字"薦"用如荐举之意,此为显例。

③ "与"有合之意。清儒钱大昕谓《论语·公冶长》篇所云"性与天道","犹言性与天合也"(《潜研堂文集》卷九,《钱大昕全集》卷九,江苏古籍出版社 1997 年版,第 118 页),谓性合乎天道。后来,宋翔凤也说:"所谓与者,天人相与也。人皆有天命之性,不能率性则离道。圣人能率性则合道。……何平叔亦无以'与'为'及'之说。至皇氏《义疏》始以'与'为'及'。"(《论语说义》卷三,《续修四库全书》第 155 册,上海古籍出版社 2002 年版,第 295 页)。可见孔子言"与"字有用如"合"的情况。愚以为简文此处"与龟",犹言合于龟也。

④ 简文"尽八月"当指到八月末,新蔡简还有"未尽八月"(甲三 160)之辞,可与之相印证。

的余地①。愚以为这个字是为疾病而举行薦祭的专用字,应当是薦字异体,为保存其字形,我们在讨论时可以写作"瘑"。由于新蔡简的主体内容是为患有多种疾病的楚国贵族平夜君的占筮祈祷之辞,所以简文"瘑"字用例也比较多,共有 30 余例。今择其内容较为典型者列之如下:

1. ……疾,尚速瘑? 定贞(占)之:恒贞无咎,疾,迟瘑又(有)瘥(祸)。(甲一 24)

2. ……瘑。以其古(故)敚(祟)之。享薦。(甲三 256)

3. ……[占]之曰吉,无咎。速瘑。(甲二 34)

4. ……怀(背)膺忘(闷)心之疾,迻(速)瘳,迻(速)瘑。(甲三 22、59)

5. 既又(有)疾,尚遬(速)瘑,毋又(有)咎。占之:难(傩)瘑。(甲三 194)

6. 占之曰:吉。宜少迟瘑。(乙二 2)

7. 将遬(速)瘑,无咎无敚(祟)。(乙三 2、甲三 186)

上引第 1 条简文是占筮之辞,贞问的意思是,有某种疾病时是否应当迅速为疾病而向神灵薦祭。占筮的结果是迅速薦祭没有祸咎,然而,如果发生疾病不马上薦祭,而是迟薦的话,那就会有灾祸。简文"尚速瘑"应当是一句问语,意谓是否以迅速薦祭为佳。上引第 2 条简文末尾的"薦"字是新蔡简中仅见的一例,它从草头、从鹿、从且、从又,当直接楷写作薦。它与瘑字并见于一词,说明"瘑"字确是为祛除疾病而举行薦祭的专门用字。此条简文先说举行为祛疾而进行的薦祭,本想求得神灵喜欢,不料却惹下灾祸("敚(祟)之")。此后,平夜君应当举行正式的、比单纯的"瘑"祭规格要高的"享薦"之礼。"享薦",即享礼薦献牲币食米的仪节。上引第 4 条简文谓平夜君患心闷之疾要想迅速痊愈,就应当迅速薦祭。上引第 5 条简文的"难",疑读为"傩",简文"难(傩)瘑",意即以傩舞的方式进行薦祭。上引第 6 条简文意谓应当稍微迟一些再进行薦

---

① 简文这个字从且得音,古音属鱼部,而瘥字古音在歌部,两部相距较远,难以通假。所以把这个字读为瘥,在古音通假上是困难的。

祭。瘥字在简文中大部分与"迟"、"速"相关。上引第3、6、7几条简文就是例证。附带提到的一点是,我们前引新蔡楚简甲三153一条简文谓"宜少迟薦"与此辞相同,而对于薦祭的表示,一作"薦",一作"瘥",可见两者意思相类而只是稍有区别而已。加病旁的"瘥",应当只是为祛病而薦祭的专门用字①。

新蔡简中还有几例"薦"字不从草头,而直接写作"廌"。这几例应当皆读作薦。《易·豫》"殷薦之上帝",《释文》"薦,本作廌。"专家在考释《包山楚简》的廌字时曾指出"廌,读若薦。"②曹锦炎先生考释上博简时亦谓"'廌',读为薦,薦字从廌得声,例可相通。"③李家浩先生提及新蔡简甲三105简的简文时将"廌"字直接读作"薦"④。这些都是很正确的读法。新蔡简中的这类"廌(薦)"字共有7例,今将词语较完整者列之如下:

八月甲戌之日,廌(薦)之。(甲三80)

八月壬午之日,廌(薦)太一(?)(甲三300、307)

……乙亥之日廌(薦)之。(甲三119)

……戠牛。既廌(薦)之于东陵。(零303)

……之日,廌(薦)太一,𤻲,……(甲三111)

上引前三例简文皆贞问薦祭的日期。第4例当为记事之辞,谓已经将"戠牛"薦祭于东陵。上引最后一条简文谓某日向太一神薦祭了牛牲("𤻲")。

简文"廌"字可以直接读若"薦",这一点对于我们认识竹简文字"虘"的音读,很有启发。在新蔡简中,有两例简文,"廌"与"虘"并见于一词。这时候"虘"在简文中不再读若"薦",而是读若"且",而"廌"字则直接读若"薦"。这两

---

① 新蔡简中还有两例"瘥"字,漏写"又"旁,并且在简文中皆与"迟"字相连用,谓"迟瘥"(甲三173、乙三39)。疑简文的这两个字,为书手误写(或省写)所致。

② 刘彬徽等先生说。参见湖北荆沙铁路考古队编:《包山楚简》,文物出版社1991年版,第63页。

③ 曹锦炎:"《天子建州》第8简释文考释",马承源主编:《上海博物馆藏战国楚竹书》(六),上海古籍出版社2007年版,第324页。

④ 李家浩:"楚简所记楚人祖先'鬻熊'与'穴熊'为一人说",《文史》2010年第三辑,中华书局2010年版,第13页。

例简文如下：

……于九月鹰（薦）廑（且）祷之，吉。（甲三 401）
……巳之昏鹰（薦）廑（且）祷之地主。（乙三 60、乙二 13）

上引第 2 条简文的"地主"，应当是薦祭和祈祷的对象，是为地主之神。在考释上博简《诗论》的时候，刘信芳先生曾经指出"廑"字，"从且声，读为'且'"①。愚亦曾补充论证了此点，谓"'薦'蕴含了'且'之意旨。《说文》：'且，薦也。从几，足有二横，一，其下地也。'这里以薦训且，可见两者关系密切。……段玉裁注《说文》亦屡言：'且，薦也'，'且者，薦也'……王筠《说文释例》亦谓'且，盖古俎字，借为语词既久，始从半肉定之'，他以为且是俎的本字，久假不归故而再造出俎字"②。周代彝铭中有从鹰、从皿的薦字异体③。这个字读为薦，证明薦字古音确实从鹰而来，战国时期的竹简文字"廑"，附加声符"且"，可能是表示着它的读音有所变化。所以跟正宗的"鹰（薦）"字并见于一词的时候，便不得不让位而读若"且"。但这类用例很少，并且仅见于跟鹰字并于一词的两条简文，所以还不能说这是竹简文字的普通用法，它的常见用法还是读若"薦"。我们在前面讨论了新蔡简中薦字的几种用例。一是用其本义，指草席；二用作薦祭之义；三是加"疒"旁，表示为祛病而专门举行的薦祭。"瘺"，只是薦字的一个异体；四是当它和鹰字并见于一词的时候，读若"且"。这是从简文"廑"字本身所带的音符即可以看出来的。

（四）

我们下面可以根据新蔡简所提供的材料来研讨当时薦祭的情况。

古代礼书所载祭礼情况表明，薦与祭是两个可以并列的概念，但有时候薦又只是祭礼中的一个仪节。我们前引简文所载的"速瘺（薦）"、"迟瘺（薦）"（甲

---

① 刘信芳：《孔子诗论述学》，安徽大学出版社 2003 年版，第 252 页。竹简文字中有读薦如"且"音的例子。上博四《曹沫之陈》第 56 简"民有宝（保）：曰城、曰固、曰薦"，这是指民众守城的三种方法，李零先生指出，薦即读若"且"音的阻，"是险阻之义"（马承源主编：《上海博物馆藏战国楚竹书》（四），上海古籍出版社 2004 年版，第 280 页）。刘信芳先生同意此说，将此作为用例，改入他所撰著的《楚简帛通假汇释》一书，见该书第 197 页，高等教育出版社 2011 年版。
② 参阅拙稿"试释战国竹简中的'薦'字并论周代的薦祭"，《中国史研究》2010 年第 2 期。
③ 《金文编》卷十，中华书局 1980 年版，第 679 页。

一24)等例是简文"薦"可以单独使用以表示薦祭的例子。而上引简文的"乐、薦"(乙一11)、"告、薦、祷"(甲三138),则是它可以与祭礼中其他仪节并列的例子。《礼记·王制》篇谓"大夫、士有田则祭,无田则荐",可见祭是可以包括荐(薦)在内的高一个规格的礼仪,如果只薦不祭,那就低了一个规格。新蔡简的墓主平夜君,是楚国封君,当在《王制》所说的"有田"者之列。简文所说的"薦"应当都是薦祭的省称。也有不省称者,如甲三207号简谓"薦祭之以一貓於东陵。占之:吉","东陵"可能是平夜君特别敬重的神灵名称,对于它的祭礼比较隆重,所以简文"薦祭"连称。

新蔡简还有"享薦"(甲三256)的记载,值得注意。享,虽然本义为献,但上古时期每每称盛大祭礼为享,如:"兹予大享于先王"、"王用享于西山"、"享于祖考"、"是用孝享"、"以享以祀"等①。西周春秋时期的享礼,或为诸侯朝聘、或为周王优渥臣下,礼皆丰厚隆重,享礼有敬献币帛、饮酒、宴飨等事。"享"若用于祭神,则多称"享祀"。关于享祀的情况,如下的文献记载可以参考推测。《诗·鲁颂·閟宫》写鲁国"享祀"先祖的情况谓:"白牡骍刚,牺尊将将,毛炰胾羹,笾豆大房。万舞洋洋,孝孙有庆。"可见享祀时,不仅有丰盛的祭品,而且还有乐舞相伴。春秋前期鲁僖公五年,晋假道于虞以伐虢,虞君以为自己"享祀丰絜",神灵必定会给予保佑②。享祀时祭品之"丰絜"就是《閟宫》所言"白牡骍刚,牺尊将将"的概括说法。新蔡简甲三256号简所说的"享薦"是否就是享祀之礼,尚不可断言,但若推测两者相近,则应当是可信的。战国时期,古礼蜕变,享祭之礼或者仅用其意,以其名号以示重视,和一般薦祭相比,可能有音乐伴奏,祭品也比较丰盛。依《礼记·王制》篇所说,庶人的荐祭只是献韭、麦、黍、稻之类的农作物,并不献牲肉。而平夜君的薦祭则每有貓、戠牛、犢等牲肉祭品,可见其薦祭的规格已远远超出了庶人阶层。

总之,新蔡简所见的战国竹简中习见的薦字,种类比较多样。既有多见的薦、薦一类的写法,又有加病字旁的表示为祷病而行薦祭的"癰"的专用写法。其中表示荐席的一例,对于说明"薦"字本义,是一个有力的证据。新蔡简使用

---

① 上引材料依次见《尚书·盘庚》、《易经·随卦》、《诗·小雅·信南山》、《诗·小雅·天保》、《诗·小雅·楚茨》
② 见《左传》僖公五年。

薦字多与迟、速字相连用,表示对于薦祭时间的关切。新蔡简所提到的"薦祭"、"享薦",皆可从上古时代的礼书找到相应的影子。文献记载虽然不能对简文做直接的确切的说明,但却有着重要的参考价值。新蔡简的相关记载是我们研究周代薦祭的重要的新材料。

参考论文目录

(依作者姓氏汉语拼音为序)

（此目录仅收录上博简《诗论》出版以来所发表的与之相关的论著。因个人精力有限，闻见不广，所以收录不全，遗珠尚多，深以为遗憾。武汉大学、清华大学、复旦大学的简帛研究网以及其他网站，多年来发表了关于《诗论》简的大量研究论文，对于推动相关研究作出了巨大贡献。这些网站的论文有不少后来发表于学术报刊，或收入各种文集，因此本目录没有收录网载论文。）

B

白于蓝："郭店楚简拾遗"，《华南师范大学学报》2000年第3期。

C

蔡先金、赵海丽："楚竹书《孔子诗论》中'邦风'及'夏'之名称意义"，《孔子研究》2003年第3期。
曹道衡："试论《毛诗序》"，《文学遗产》1994年第2期。
——："读战国楚竹书《孔子诗论》"，《北京大学学报》2002年第3期。
——："关于《诗经》研究的几个问题"，《中国诗歌研究》2004年。
曹　峰："对《孔子诗论》第八简以后简序的再调整——从语言特色的角度入手"，朱渊清、廖名春主编：《上博馆藏战国楚竹书研究》，上海书店出版社2002年版，第199—209页。
——："'色'与'礼'的关系——《孔子诗论》、马王堆帛书《五行》、《孟子·告子下》之比较"，《孔子研究》2006年第6期。
曹建国："孔子论《诗》与上博简《孔子诗论》之比较"，《孔子研究》2003年第3期。
——："'夸富宴'与《诗经》中宴饮诗"，《渤海大学学报》2005年第4期。
——："由楚简'蔽志'论'诗言志'产生的年代和原初内涵"，《长江学术》2010年第2期。
——："《诗》本变迁与'孔子删诗'新论"，《文史哲》2011年第1期。
——："《诗》纬三基、四始、五际、六情说探微"，《武汉大学学报》2006年第4期。

——:"楚简逸诗《交交鸣鹥》考论",《考古与文物》2010第5期。
——:"春秋燕飨赋诗的成因及其传播功能",《长江学术》2006年第2期。
曹建国、胡久国:"论上博简《孔子诗论》与《毛诗序》阐释差异——兼论《毛诗序》的作者",《安徽警官职业学院学报》2003年第3期。
——:"孔子论'智'与上博《诗论》简以'智'论诗",《江汉考古》2004年第2期。
——:"孔子的时命观与上博简《孔子诗论·兔爰》之评",《孔子研究》2008年第5期。
——:"先秦《诗》本与今传《诗经》文本的关系考论",《锦州师范学院学报》2003年第6期。
陈冠梅:"论以礼说《诗》的因缘、源头及相关原则",《湖南大学学报》2008年第4期。
陈　剑:"《孔子诗论》补释一则",朱渊清、廖名春主编:《上博馆藏战国楚竹书研究》,上海书店出版社2002年版,第374—376页。
陈桐生:"《商颂》为商诗补正",《文献》1998年第2期。
——:"《孔子诗论》的论诗特色",《文艺理论研究》2003年第5期。
——:"从战国初期儒家人性论思潮看《孔子诗论》价值",《湖北大学学报》2006年第1期。
——:"《论语》与《孔子诗论》的学术联系与区别",《孔子研究》2004年第2期。
——:"哲学·礼学·诗学——谈《性情论》与《孔子诗论》的学术联系",《中国哲学史》2004年第4期。
陈桐生:"上博《孔子诗论》对诗教学说的理论贡献",《陕西师范大学学报》2006年第4期。
——:"从出土竹书看'诗言志'命题在先秦两汉的发展",《文艺理论研究》2007年第5期。
——:"论先秦两汉诗学礼化的进程",《中山大学学报》2010年第2期。
陈　立:"《孔子诗论》的作者与时代",朱渊清、廖名春主编:《上博馆藏战国楚竹书研究》,上海书店出版社2002年版,第62—73页。
陈斯鹏:"上海博物馆藏战国竹简《诗论》解诂",《考古与文物》2007年第6期。
——:"竹简《诗论》在中国文学批评史上的地位与意义",《复旦学报》2006年第6期。
陈　伟:"郭店楚简别释",《江汉考古》1998年第4期。
陈彦辉:"上博简《孔子诗论》的四个层次",《学术交流》2003年第11期。
陈　致:"古金文学与《诗经》文本研究",《学灯》第11期。
程二行:"楚竹书《孔子诗论》关于'邦风'的二条释文",《武汉大学学报》2002年第5期。
程亚林、黄鸣:"楚竹书《诗论》在先秦诗论史上的地位",《武汉大学学报》2002年第5期。

D

董莲池:"上海博物馆藏《战国楚竹书(一)·孔子诗论》解诂"(一),《古籍整理研究学刊》2002年第2期。
——:"上海博物馆藏《战国楚竹书(一)·孔子诗论》解诂"(二),《古籍整理研究学刊》2003年第2期。

F

范毓周:"上海博物馆藏楚简《诗论》第2简的释读问题",《东南文化》2002年第7期。
方　铭:"《孔子诗论》与孔子文学目的论的再认识",《文艺研究》2002年第2期。
——:"《孔子诗论》第一简'隐'字及与《诗序》的联系",《湖北大学学报》2006年第1期。

——：" 《孔子诗论》第一简与《诗序》"，《文艺研究》2006年第7期。
——："从出土文献诗与志的关系看文学的价值"，《中国文化研究》2001年冬之卷。
房瑞丽："《上海博物馆藏战国楚竹书·诗论》作者身份及思想内涵探析"，《兰州学刊》2005年第6期。
——："《韩诗外传》传《诗》论"，《文学遗产》2008年第3期。
冯胜君："读上博简《孔子诗论》札记"，《古籍整理研究学刊》2002年第2期。
冯　时："战国楚竹书《子羔·孔子诗论》研究"，《考古学报》2004年第4期。
傅道彬："《孔子诗论》与春秋时代的用诗风气"，《文艺研究》2002年第2期。
——："'诗可以观'——春秋时代的观诗风尚及诗学意义"，《文学评论》2004年第5期。
——："'诗可以兴'：由艺术兴起的思想延伸路线"，《吉林师范大学学报》2008年第4期。
——："乡人、乡乐与'诗可以群'的理论意义"，《中国社会科学》2006年第2期。
傅凯瑄："《孔子诗论》中的思想史线索"，武汉大学简帛研究中心主办：《简帛》第五辑，上海古籍出版社2010年版，第309—322页。
傅斯年："周颂说"，《中研院历史语言研究所集刊论文类编（历史编·先秦卷）》，中华书局2009年版，第1—18页。

G

高华平："上博简《孔子诗论》的论诗特色及其作者问题"，《华中师范大学学报》2002年第5期。
郭　丹："读上博楚简《孔子诗论》劄记"，《福建师范大学学报》2007年第4期。

H

何定生："从诗经本身看乐歌关系"，林庆彰编：《诗经研究论集》，台湾学生书局1983年版，第1—18页。
何琳仪："沪简《诗论》选释"，朱渊清、廖名春主编：《上博馆藏战国楚竹书研究》，上海书店出版社2002年版，第243—259页。
胡平生："做好《诗论》的编联和考释"，《文艺研究》2002年第2期。
——："读上博藏战国楚竹书《诗论》札记"，朱渊清、廖名春主编：《上博馆藏战国楚竹书研究》，上海书店出版社2002年版，第277—288页。
胡　莺："上博竹书《诗论》作者研究综述"，《古籍整理研究学刊》2004年第4期。
黄德宽、徐在国："《上海博物馆藏战国楚竹书（一）·孔子诗论》释文补正"，《安徽大学学报》2002年第2期。
黄怀信："'《关雎》之改'等七句非孔子《诗论》说"，《东岳论丛》2003年第1期。
——："诗本义与《诗论》、《诗序》：以《关雎》篇为例看《诗论》、《诗序》作者"，《齐鲁学刊》2003年第6期。
——："《孔丛子》的时代与作者"，《西北大学学报》1987年第1期。
黄康斌："《孔子诗论》的论诗方式"，《荆楚理工学院学报》2009年第8期。
——："《孔子诗论》与《黄鸟》考释"，《信阳师范学院学报》2008年第6期。
黄康斌、何江凤："《孔子诗论》第十七简'《扬之水》其爱妇烈'考释"，《襄樊职业技术学院学报》2005年第6期。

黄羽璠:"郭店、《礼记》本《缁衣》比较——兼论传世本之形成与《子思子》的关系",武汉大学简帛研究中心主办:《简帛》第五辑,上海古籍出版社2010年版,第297—308页。
黄人二:"从上海博物馆藏《孔子诗论》简之《诗经》篇名论其性质",朱渊清、廖名春主编:《上博馆藏战国楚竹书研究》,上海书店出版社2002年版,第74—92页。
——:"'孔子曰诗无离志乐无离情文无离言'句跋",朱渊清、廖名春主编:《上博馆藏战国楚竹书研究》,上海书店出版社2002年版,第327—334页。

J

江林昌:"由古文经学的渊源再论《诗论》与《毛诗序》的关系",《齐鲁学刊》2002年第2期。
——:"上博竹简《诗论》的作者及其与今传本《毛诗序》的关系",《文学遗产》2002年第2期。
——:"由上博《诗说》的体例论其定名与作者",《孔子研究》2004年第2期。
——:"诗的源起及其早期发展变化",《中国社会科学》2010年第4期。
姜广辉:"《上海博物馆藏战国楚竹书(一)》几个古异字的辨识",廖名春编:《新出楚简与儒学思想国际学术研讨会论文集》,清华大学思想文化研究所2002年版,第41—45页。
蒋　方:"楚竹书《诗论》之说《木瓜》探释",《周口师范学院学报》2003年第6期。
——:"从楚竹书《诗论》之说'好色'谈《毛诗序》的旧争议",《湖北大学学报》2004年第1期。

K

康少峰:"《诗论》'满写简'与'留白简'之争辨析",《宝鸡文理学院学报》2008年第4期。
——:"《诗论》竹简残断类型与残简缀合",《求索》2008年第6期。
——:"《诗论》竹简编联原则与文本复原",《宝鸡文理学院学报》2010年第1期。

L

黎　平:"《孔子诗论》的'留白'之争",《贵州文史丛刊》2003年第1期。
李存山:"《孔丛子》中的'孔子诗论'",《孔子研究》2003年第3期。
李会玲:"《孔子诗论》与毛诗序说诗方式之比较:兼论《孔子诗论》在《诗经》学史上的意义",《武汉大学学报》2003年第5期。
李　开:"沪博楚竹简《孔子诗论》'隱'字考释",《古汉语研究》2004年第4期。
——:"上博楚竹简《孔子诗论》词语考释",《古籍整理研究学刊》2005年第1期。
李　山:"汉儒《诗》说之演变——从《孔子诗论》、《周南·汉广》篇的本义说起",《北京师范大学学报》2004年第4期。
李　锐:"《孔子诗论》简序调刍议",朱渊清、廖名春主编:《上博馆藏战国楚竹书研究》,上海书店出版社2002年版,第192—198页。
——:"试论上博简《子羔》诸章的分合",朱渊清、廖名春主编:《上博馆藏战国楚竹书研究续编》,上海书店出版社2004年版,第342—347页。
——:"读上博楚简札记",朱渊清、廖名春主编:《上博馆藏战国楚竹书研究续编》,上海书店出版社2004年版,第397—402页。
——:"儒家诗乐思想初探",《中国哲学史》2002年第1期。
李守奎:"《战国楚竹书·孔子诗论·邦风》释文订补",《古籍整理研究学刊》2002年第2期。

——:"楚简《孔子诗论》中的《诗经》篇名文字考",朱渊清、廖名春主编:《上博馆藏战国楚竹书研究续编》,上海书店出版社 2004 年版,第 85—96 页。

李天虹:"上海简书文字三题",朱渊清、廖名春主编:《上博馆藏战国楚竹书研究续编》,上海书店出版社 2004 年版,第 377—382 页。

李学勤:"《诗论》简的编联与复原",《中国哲学史》2002 年第 1 期。

——:"谈《诗论》'诗亡隐志'章",《文艺研究》2002 年第 2 期。

——:"《诗论》说《关雎》等七篇释义",《齐鲁学刊》2002 年第 2 期。

——:"释《诗论》简'兔'及从'兔'之字",《北方论丛》2003 年第 1 期。

——:"《诗论》简七问——在清华大学'新出楚简与儒家思想国际学术研讨会'上的演讲",《中国三峡建设》2006 年第 3 期。

——:"《诗论》的体裁和作者",朱渊清、廖名春主编:《上博馆藏战国楚竹书研究》,上海书店出版社 2002 年版,第 51—61 页。

廖名春:"上博简《关雎》七篇诗论研究",《中州学刊》2002 年第 1 期。

——:"上海博物馆藏诗论简校释",《中国哲学史》2002 年第 1 期。

——:"上博《诗论》简的形制和编连",《孔子研究》2002 年第 2 期。

——:"上海博物馆藏《战国楚竹书·孔子诗论》研究浅见",《文艺研究》2002 年第 2 期。

——:"上博《诗论》简的作者和作年——兼论子羔也可能传《诗》",《齐鲁学刊》2002 年第 2 期。

——:"上博《诗论》简的天命论和'诚'论",《哲学研究》2002 年第 9 期。

——:"上博《诗论》'以礼说《诗》'初探",《中国诗歌研究》2004 年。

——:"楚竹书《诗论》一号简'隱'字新释",《郑州大学学报》2008 年第 2 期。

——:"上海博物馆藏诗论校释札记",朱渊清、廖名春主编:《上博馆藏战国楚竹书研究》,上海书店出版社 2002 年版,第 260—276 页。

——:"楚简'逸诗'《多薪》补释",《文史哲》2006 年第 2 期。

——:"上博《诗论》简的天命论和'诚'论,哲学研究 2002 年第 9 期。

——:"郭店楚简引《诗》论《诗》考",《新出楚简试论》,台湾古籍出版公司 2001 年版。

林素英:"从《孔子诗论》到《诗序》的诗教思想发展——以《皇矣》、《大明》、《文王》为例",《古籍整理研究学刊》2009 年第 6 期。

林庆彰:"诗经中人文思想的脉动",《诗经研究论集》,台湾学生书局 1983 年版。

林志鹏:"战国楚竹书《子羔》篇复原刍议",朱渊清、廖名春主编:《上博馆藏战国楚竹书研究续编》,上海书店出版社 2004 年版,第 53—84 页。

刘成群:"《孔子诗论》、《荀子》及先秦儒学思想的历史脉络",《湖州师范学院学报》2008 年第 5 期。

——:"清华简《耆夜》、《蟋蟀》诗献疑",《学术论坛》2010 年第 6 期。

刘冬颖:"上博竹书《孔子诗论》与《毛诗序》的再评价",《华侨大学学报》2002 年第 4 期。

——:"上博竹书《孔子诗论》与风雅正变",《古籍整理研究学刊》2003 年第 2 期。

——:"上博竹书《孔子诗论》与《诗三百》的经典化源流",《学习与探索》2004 年第 4 期。

刘乐贤:"读上博简札记",朱渊清、廖名春主编:《上博馆藏战国楚竹书研究》,上海书店出版社 2002 年版,第 383—387 页。

刘立志:"先秦逸诗残句摭释考论",《中华文史论丛》2010年第1期。

刘信芳:"关于上博藏简的几点讨论意见",廖名春编:《新出楚简与儒学思想国际学术研讨会论文集》,清华大学思想文化研究所2002年版,第33—40页。

——:"郭店简《缁衣》解诂",武汉大学中国文化研究院编:《郭店楚简国际学术会议论文集》,湖北人民出版社2000年版,第165—180页。

——:"关于竹书《诗论》'秉'之释义的补充说明——答黄怀信先生",《考古与文物》2004年第6期。

——:"楚简《诗论》释文校补",《江汉考古》2002年第2期。

——:"楚简《诗论》苑丘考",《古籍整理研究学刊》2002年第3期。

——:"孔子《诗论》与新世纪的学术走向——《诗论》研究述评",《安徽大学学报》2002年第4期。

——:"《诗论》考释的意见分歧以及相关问题",《中州学刊》2003年第1期。

刘毓庆:"楚竹书《孔子诗论》与孔门后学的诗学倾向",《北京师范大学学报》2004年第4期。

——:"《诗》的编定及其文化使命",《文史哲》2008年第6期。

——:"《诗》学之'兴'的还原与背离",《文学评论》2008年第4期。

刘毓庆、李蹊:"郑玄诗学理论及其对传统诗论的转换",《文学评论》2007年第6期。

刘青松:"《诗经》毛传、郑笺的义理声训",北京师范大学民俗典籍文字研究中心编:《民俗典籍文字研究》第七辑,商务印书馆2010年版,第336—342页。

刘　钊:"读《上海博物馆藏战国楚竹书》(一)札记",朱渊清、廖名春主编:《上博馆藏战国楚竹书研究》,上海书店出版社2002年版,第289—291页。

刘晓东:"《郭店楚墓竹简·缁衣》初探",《兰州大学学报》2000年第4期。

卢盛江:"上博楚简《诗论》与《毛诗序》浅思录",《创作评谭》2004年第4期。

陆　华:"读上博简《孔子诗论》札记二则",《兰州学刊》2008年第12期。

吕绍纲、蔡先金:"楚竹书《孔子诗论》'类序'辨析",《东南文化》2005年第2期。

吕文郁:"读《战国楚竹书·诗论》札记(之二)",《吉林师范大学学报》2004年第5期。

M

孟蓬生:"郭店楚简字词考释(续)",张显成主编:《简帛语言文字研究》第一辑,巴蜀书社2002年版,第24—34页。

马承源、朱渊清:"马承源先生谈上博简",朱渊清、廖名春主编:《上博馆藏战国楚竹书研究》,上海书店出版社2002年版。

马银琴:"上博简《诗论》与《诗序》诗说异同比较——兼论《诗序》与《诗论》的渊源关系",李学勤、谢桂华主编:《简帛研究2002、2003》,广西师范大学出版社2005年版,第98—105页。

毛宣国:"'诗可以兴,可以观,可以群,可以怨'——孔子诗论的解释学意味",《中国文学研究》2003年第4期。

——:"汉代《诗经》历史化解读的诗学意义",《文学评论》2007年第3期。

P

庞　朴:"上博藏简零笺",朱渊清、廖名春主编:《上博馆藏战国楚竹书研究》,上海书店出版社

2002年版,第233—242页。
彭裕商:"读《战国楚竹书》(一)随记三则",廖名春编:《新出楚简与儒学思想国际学术研讨会论文集》,清华大学思想文化研究所2002年版,第33—40页。
濮茅左:"《孔子诗论》简序解析",朱渊清、廖名春主编:《上博馆藏战国楚竹书研究》,上海书店出版社2002年版,第9—50页。

Q

钱　穆:《读诗经》,《中国学术思想史论丛》(一)第99—152页,台湾东大图书公司1976年版。
秦桦林:"上博简《孔子诗论》辨证",《古汉语研究》2003年第2期。
邱德修:"《上博简》(一)'诗无隐志'考",朱渊清、廖名春主编:《上博馆藏战国楚竹书研究》,上海书店出版社2002年版,第292—305页。
裘锡圭:"谈谈上博简和郭店简中的错别字",廖名春编:《新出楚简与儒学思想国际学术研讨会论文集》,清华大学思想文化研究所2002年版,第13—25页。

R

饶宗颐:"诗言志再辨——以郭店楚简资料为中心",武汉大学中国文化研究院编:《郭店楚简国际学术研讨会论文集》,湖北人民出版社2000年版,第8—11页。
——:"竹书《诗序》小笺",朱渊清、廖名春主编:《上博馆藏战国楚竹书研究》,上海书店出版社2002年版,第228—232页。

S

桑彩静:"上博简《孔子诗论》'绅而苃'献疑",《常熟理工学院学报》2007年第1期。

W

王　灿:"近十年孟子《诗》论研究的综述及展望",《济宁学院学报》2010年第1期。
王初庆:"由上海博物馆所藏《孔子诗论》论孔门诗学",廖名春编:《新出楚简与儒学思想国际学术研讨会论文集》,清华大学思想文化研究所2002年版,第72—88页。
王承略:"《孔子诗论》说《关雎》等七篇义解",《孔子研究》2007年第6期。
——:"《毛诗故训传》标'兴'含义新解",《晋阳学刊》2003年第3期。
王磊平:"《毛诗序》对儒家诗论的继承与发展",《长春理工大学学报》2007年第6期。
王齐洲:"孔子、子夏诗论比较——兼论上海博物馆藏战国楚竹书《诗论》之命名",《华中师范大学学报》2002年第5期。
王小盾、马银琴:"从《诗论》与《诗序》的关系看《诗论》的性质与功能",《文艺研究》2002年第2期。
王秀臣:"'礼义'的发现与《孔子诗论》的理论来源",《江海学刊》2006年第6期。
——:"上博简《孔子诗论》的诗学结构及其意义",《社会科学辑刊》2007年第2期。
——:"从'诗乐'到'乐诗':礼与诗、乐关系的角色演变",《江西师范大学学报》2006年第2期。
王礼卿:《诗序辨》,台湾黎明文化事业股份有限公司1981年版。

王泽强:"《孔子诗论》的诗学观点及其与《毛诗序》的关系",《西北民族大学学报》2005年第5期。
王志平:"《诗论》笺疏",朱渊清、廖名春主编:《上博馆藏战国楚竹书研究》,上海书店出版社2002年版,第210—227页。
王志轩:"上博楚竹书《诗论》第八简'即'字考辨",《古籍整理研究学刊》2006年第5期。
王洲明:"上博《诗论》的论诗特点与《毛序》的作期",《山东大学学报》2004年第5期。
——:"从《汉书》称《诗》论定《毛诗序》基本完成于《史记》之前——兼答张启成先生的商榷",《河北师范大学学报》2007年第3期。
——:"关于《毛诗序》作期和作者的若干思考",《文学遗产》2007年第2期。
魏启鹏:"简帛《五行》直承孔子诗学——读《楚竹书·孔子诗论》札记",《中华文化论坛》2002年第2期。
魏宜辉:"读上博简文字札记",朱渊清、廖名春主编:《上博馆藏战国楚竹书研究》,上海书店出版社2002年版,第388—396页。
——:"试析上博简《孔子诗论》中的'蝇'字",《东南文化》2002年第7期。
吴建伟:"上博简《孔子诗论》文字考辨",《山东师范大学学报》2004年第3期。
吴荣曾:"《缁衣》简本、今本引《诗》考辨",《文史》2002年第3辑。

X

夏承焘:"'采诗'和'赋诗'",《中华文史论丛》第一辑1962年版。
肖从礼:"释'𦎟'",武汉大学简帛研究中心主办:《简帛》第五辑,上海古籍出版社2010年版,第113—115页。
许全胜:"《孔子诗论》零拾",朱渊清、廖名春主编:《上博馆藏战国楚竹书研究》,上海书店出版社2002年版,第363—373页。
徐正英:"《孔子诗论》评《小雅》中两篇作品",《郑州大学学报》2008年第2期。
——:"上博简《孔子诗论》第二十六简新论",《郑州大学学报》2010年第6期。
——:"上博简《孔子诗论》第九简新论",《中州学刊》2010年第6期。
许子滨:"读《上海博物馆藏战国楚竹书(一)小识》",廖名春编:《新出楚简与儒学思想国际学术研讨会论文集》,清华大学思想文化研究所2002年版,第46—55页。
熊公哲:"孔子诗教与后世诗传",《诗经论文集》,台湾黎明文化事业股份有限公司1981年版。

Y

严金东:"评朱熹对'思无邪'的解说",《重庆社会科学》2007年第10期。
杨朝明:"上海博物馆竹书《诗论》与孔子删诗问题",《孔子研究》2001年第2期。
杨春梅:"上博竹书《诗论》与《诗经》学的几个问题",《齐鲁学刊》2002年第4期。
——:"关于《诗论》简的编联及相关问题研究综述",《文史哲》2004年第1期。
杨怀源:"上博简(一)《孔子诗论》'绅而荡'考",《广西师范大学学报》2008年第5期。
杨泽生:"试说《孔子诗论》中的篇名《中氏》",朱渊清、廖名春主编:《上博馆藏战国楚竹书研究》,上海书店出版社2002年版,第355—362页。

杨　挺:"'读者反应'与'圣人之志'——宋代'思无邪'阐释变化的接受理论意义",《湘潭大学学报》2008 年第 4 期。
姚　娟、张志敏:"孔子与《孔子诗论》",《船山学刊》2008 年第 4 期。
姚小鸥:"《孔子诗论》与先秦诗学",《文艺研究》2002 年第 2 期。
——:"《孔子诗论》第六简释文考释的若干问题",朱渊清、廖名春主编:《上博馆藏战国楚竹书研究》,上海书店出版社 2002 年版,第 350—354 页。
——:"关于上海楚简《孔子诗论》释文考释的若干商榷",《中州学刊》2002 年第 3 期。
——:"《孔子诗论》第九简黄鸟句的释文与考释",《北方论丛》2002 年第 4 期。
——:"《周易》经传与《孔子诗论》的哲学品格",《文学评论》2003 年第 5 期。
——:"《孔子诗论》第二十九简与周代社会的礼制与婚俗",《北方论丛》2006 年第 1 期。
姚小鸥、任黎明:"关于《孔子诗论》与《毛诗序》关系研究的若干问题",《中州学刊》2005 年第 3 期。
叶秀山:"'思无邪'及其他",《中国哲学史》2005 年第 1 期。
于　茀:"上海博物馆藏战国楚简诗论补释",《北方论丛》2003 年第 1 期。
——:"郭店楚简《缁衣》引诗补释",《北方论丛》2001 年第 5 期。
——:"《诗经·卷耳》与上古陟神礼",《北方论丛》2002 年第 1 期。
虞万里:"上博《诗论》简'其歌绅而荡'臆解",《古汉语研究》2006 年第 4 期。
俞志慧:"《孔子诗论》五题",朱渊清、廖名春主编:《上博馆藏战国楚竹书研究》,上海书店出版社 2002 年版,第 307—326 页。

Z

臧克和:"释上海博物馆藏《战国楚竹书》中的'诗论'文字",《天津师范大学学报》2002 年第 3 期。
——:"上博楚竹书中的'诗论'文献及范型",《学术研究》2003 年第 9 期。
曾　毅:"从上博简《孔子诗论·甘棠》看周代祭祀制度——兼论孔子的祭祀观",《北方论丛》2008 年第 4 期。
张　朵:"上博简《孔子诗论》第十七简新论",《中州学刊》2009 年第 4 期。
张桂光:"《战国楚竹书·孔子诗论》文字考释",朱渊清、廖名春主编:《上博馆藏战国楚竹书研究》,上海书店出版社 2002 年版,第 335—341 页。
张玖青:"从出土楚简看'诗言志'命题在先秦的发展",《文化与诗学》2010 年第 1 期。
——:"上博简《诗论·总论》与《诗大序》之比较",《湖南大学学报》2007 年第 3 期。
张明华:"《孔子诗论》与春秋时期诗学观念之比较",《孔子研究》2004 年第 2 期。
张　强:"《孔子诗论》与《鲁诗》考论",《社会科学战线》2008 年第 12 期。
张启成:"《诗经》逸诗考",《贵州文史丛刊》1984 年第 1 期。
——:"《诗经》逸诗考补遗",《贵州文史丛刊》1984 年第 3 期。
——:"论《毛诗序》非一人一时之作",《贵州文史丛刊》2003 年第 3 期。
——:"《诗经·卷耳》本义考",《贵州大学学报》1987 年第 3 期。
——:"论《商颂》为商诗补证",《贵州文史丛刊》1996 年第 5 期。
张三夕:"关于上博简《孔子诗论》编联排序的几个问题",《华中师范大学学报》2002 年第 5 期。

张西堂:"逸诗篇句表(附考)",《西北大学学报》1958年第1期。
——:"毛诗序略说",《人文杂志》1957年第1期。
郑杰文:"上博藏战国楚竹书《诗论》作者试测",《文学遗产》2002年第4期。
——:"墨家的传《诗》版本与《诗》学观念",《文史哲》2006年第1期。
——:"先秦《诗》学观与《诗》学系统",《文学评论》2004年第6期。
钟书林:"上博简《诗论》'邦风'避讳说献疑",《文博》2008年第6期。
周恩荣:"《孔子诗论》的思维方式与孔子诗教的政治伦理功能",《河南大学学报》2004年第2期。
周淑舫:"《孔子诗论》与朱子《诗集传》诗学理论的文化传承",《湖州师范学院学报》2006年第3期。
——:"孔子'诗论'与朱子诗学理论的比较研究",《孔子研究》2011年第1期。
周延良:"《诗经》'颂'诗名义考原",《天津师范大学学报》2004年第6期。
周凤五:"《孔子诗论》新译文及注解",朱渊清、廖名春主编:《上博馆藏战国楚竹书研究》,上海书店出版社2002年版,第152—172页。
——:"论上博《孔子诗论》竹简留白问题",朱渊清、廖名春主编:《上博馆藏战国楚竹书研究》,上海书店出版社2002年版,第187—191页。
朱湘蓉:"上博简《诗论》二十六简'愚'字之我见",《阜阳师范学院学报》2004年第1期。
朱渊清:"读简偶识",朱渊清、廖名春主编:《上博馆藏战国楚竹书研究》,上海书店出版社2002年版,第403—407页。
——:"《甘棠》与孔门《诗》传",《中国哲学史》2002年第1期。
朱中明:"《孔子诗论》的原创性诗学观",《贵州师范大学学报》2006年第6期。

参考书目

(以著者时代先后为序,同一时代者以姓氏汉语拼音为序)

蔡　邕:《琴操》,续修四库全书本。
韩　婴:《韩诗外传》,汉魏丛书本。
陆　玑:《毛诗草木鸟兽虫鱼疏》,咸丰七年(1857)刻本。
成伯璵:《毛诗指说》,吉林人民出版社 2009 年影印四库全书荟要本。
孔颖达:《毛诗正义》,十三经注疏本。

程　颐:《诗解》,见《二程集》第四册,中华书局 1981 年版。
段昌武:《诗义指南》,知不足斋丛书本。
辅　广:《诗童子问》,元至正四年(1344)刻本。
程大昌:《诗论》(《学海类编》第五册),上海涵芬楼 1920 年版。
欧阳修:《诗本义》,四部丛刊三编本。
刘　克:《诗说》,宛委别藏本,江苏古籍出版社 1988 年版。
苏　辙:《诗集传》,宋淳熙七年(1180)刻本。
王　柏:《诗疑》,顾颉刚校点本,景山书社 1930 年版。
王　质:《诗总闻》,丛书集成初编本。
王应麟:《诗地理考》,吉林人民出版社 2009 年影印四库全书荟要本。
——:《诗考》,《玉海》第六册,江苏古籍出版社、上海书店联合出版 1987 年版。
魏庆之:《诗人玉屑》,上海古籍出版社 1978 年版。
杨　简:《慈湖诗传》,四明丛书本。
叶　适:《习学记言序目》,中华书局 1977 年版。
朱　熹:《诗序辩说》,丛书集成初编本。
——:《诗集传》,中华书局 1958 年版。
郑　樵:《诗辨妄》,顾颉刚辑点本,朴社,1933 年版。

——:《通志略》,上海古籍出版社1990年版。
——:《六经奥论》,福建文史研究社1976年版。

朱　焯:《诗经疑问》,吉林人民出版社2009年影印四库全书荟要本。

吕　枏:《毛诗说序》,丛书集成初编本。
袁　仁:《毛诗或问》,丛书集成初编本。
朱　善:《诗解颐》,吉林人民出版社2009年影印四库全书荟要本。

陈玉树:《毛诗异文笺》,续修四库全书本。
程廷祚:《青溪集》,金陵丛书乙集本。
成左泉:《诗说考略》,续修四库全书本。
陈　奂:《诗毛氏传疏》,商务印书馆1933年版。
陈乔枞:《诗经四家异文考》,续修四库全书本。
——:《诗纬集证》,续修四库全书本。
陈启源:《毛诗稽古编》,皇清经解本。
陈　澧:《东塾读书记》,三联书店1998年版。
崔　述:《读风偶识》,见顾颉刚编:《崔东壁遗书》,上海古籍出版社1983年版。
戴　震:《毛郑诗考正》,皇清经解本。
——:《毛诗补传》,《戴震全书》第一册,黄山社1994年版。
段玉裁:《毛诗故训传定本》,皇清经解本。
——:《诗经小学》,皇清经解本。
李富孙:《诗经异文释》,皇清经解本。
毛奇龄:《白鹭洲主客说诗》,皇清经解续编本。
马瑞辰:《毛诗传笺通释》,中华书局1989年版。
高侪鹤:《诗经图谱慧解》,康熙四十六年(1707)稿本影印本。
桂文灿:《毛诗释地》,光绪丙申年(1896)刻本。
范家相:《三家诗拾遗》,守山阁丛书本。
方玉润:《诗经原始》,中华书局1986年版。
冯登府:《三家诗遗说》,续修四库全书本。
郝懿行:《诗经拾遗》,光绪八年(1882)《郝氏遗书》本。
——:《列女传补注》,光绪八年(1882)《郝氏遗书》本。
胡承珙:《毛诗后笺》,黄山书社1999年版。
李黼平:《毛诗紬义》,皇清经解本。
黄位清:《诗绪余录》,续修四库全书本。
惠周惕:《诗说》,皇清经解本。

林伯桐：《毛诗通考》，丛书集成初编本。
刘台拱：《论语骈枝》，皇清经解三编本。
牟　庭：《诗切》，齐鲁书社1983年版。
焦　循：《毛诗补疏》，皇清经解本。
劳孝舆：《春秋诗话》，丛书集成初编本。
皮锡瑞：《六艺论疏证》，光绪己亥年（1899）师伏堂丛书本。
——：《经学通论》，中华书局1954年版。
阮　元：《三家诗补遗》，崇惠堂刻本。
——：《诗说》，宛委别藏本。
汪　中：《策略谀闻》，见田汉云点校《新编汪中集》，广陵书社2005年版。
王　崧：《说纬》，皇清经解本。
王先谦：《诗三家义集疏》，中华书局1987年版。
王引之：《经义述闻》，江苏古籍出版社2000年版。
吴敬梓：《文木山房诗说》，见周延良《文木山房诗说笺证》，齐鲁书社2002年版。
魏　源：《诗古微》，《魏源全集》第一册，岳麓书社2004年版。
徐　鼎：《毛诗名物图说》，清华大学出版社2006年版。
姚际恒：《诗经通论》，中华书局1958年版。
尹继美：《诗管见》，续修四库全书本。
俞正燮：《癸巳类稿》，辽宁教育出版社2001年版。
——：《癸巳存稿》，辽宁教育出版社2003年版。
俞　樾：《群经平议》，续修四库全书本。
于　鬯：《香草校书》，中华书局1984年版。
赵　翼：《陔余丛考》，商务印书馆1957年版。
朱右曾：《诗地理征》，皇清经解续编本。
朱彝尊：《曝书亭集》，世界书局1937年版。
曾　钊：《诗毛郑异同辨》，续修四库全书本。

江荫香：《诗经译注》，中国书店1982年版。
赵善诒：《韩诗外传补正》，商务印书馆1938年版。
吴承仕：《经典释文序录疏证》，中华书局1984年版。
吴闿生：《诗义会通》，中华书局1959年版。
〔日〕竹添光鸿：《毛诗会笺》，台湾大通书局1920年版。
〔日〕中村璋八、安居香山辑：《纬书集成》，河北人民出版社1994年版。
〔日〕白川静：《诗经的世界》，杜正胜译，台湾东大图书公司2001年版。
胡朴安：《诗经学》，商务印书馆1930年版。
马其昶：《诗毛氏学》，续修四库全书本。

王心湛:《文中子集解》,广益书局1936年版。
王国维:《观堂集林》,中华书局1959年版。
谢无量:《诗经研究》,商务印书馆1923年版。
章太炎:《膏兰室札记》,《章太炎全集》(一),上海人民出版社1982年版。

程俊英:《诗经漫话》,上海文艺出版社1983年版。
——:《诗经译注》,上海古籍出版社1985年版。
程俊英、蒋见元:《诗经注析》,中华书局1991年版。
程燕:《诗经异文辑考》,安徽大学出版社2010年版。
陈戍国:《〈诗经〉刍议》,岳麓书社1997年版。
陈桐生:《〈孔子诗论〉研究》,中华书局2004年版。
陈子展:《诗经直解》,复旦大学出版社2000年版。
——:《诗三百篇解题》,复旦大学出版社2001年版。
陈　致:《从礼仪化到世俗化:〈诗经〉的形成》,上海古籍出版社2009年版。
戴　维:《〈诗经〉研究史》,湖南教育出版社2001年版。
傅斯年:《诗经讲义稿》,中国人民大学出版社2004年版。
范文澜:《文心雕龙注》,人民文学出版社1962年版。
高　亨:《诗经今注》,上海古籍出版社1980年版。
洪湛侯:《诗经学史》,中华书局2002年版。
胡平生、韩自强:《阜阳汉简诗经研究》,上海古籍出版社1988年版。
黄怀信:《上海博物馆藏战国楚竹书〈诗论〉解义》,社会科学文献出版社2004年版。
黄　焯:《毛诗郑笺平议》,上海古籍出版社1985年版。
——:《诗疏平议》,上海古籍出版社1985年版。
——:《诗说》,长江文艺出版社1981年版。
季旭昇:《诗经古义新证》,学苑出版社2001年版。
李　零:《上博楚简三篇校读记》,中国人民大学出版社2007年版。
李　锐:《新出简帛的学术探索》,北京师范大学出版社2010年版。

刘操南:《诗经探索》,浙江大学出版社2003年版。
刘毓庆:《历代诗经著述考》(先秦—元代),中华书局2002年版。
刘毓庆、贾培俊、张儒:《〈诗经〉百家别解考(国风)》,山西古籍出版社2002年版。
刘乐贤:《战国秦汉简帛丛考》,文物出版社2010年版。
刘信芳:《楚简帛通假汇释》,高等教育出版社2011年版。
——:《孔子诗论述学》,安徽大学出版社2003年版。
逯钦立:《先秦两汉魏晋南北朝诗》,中华书局1983年版。
沈泽宜:《诗经新解》,学林出版社2000年版。

马持盈:《诗经今注今译》,台湾商务印书馆 1971 年版。
屈守元:《韩诗外传笺疏》,巴蜀书社 1996 年版。
屈万里:《诗经选注》,台北正中书局 1976 年版。
孙作云:《诗经与周代社会研究》,中华书局 1966 年版。
王晓平:《日本诗经学史》,学苑出版社 2009 年版。
王　辉:《古文字通假释例》,台北艺文印书馆 1993 年版。
王　力:《诗经韵读》,上海古籍出版社 1980 年版。
汪祚民:《诗经文学阐释史》(先秦—隋唐),人民出版社 2005 年版。
吴闿生:《诗义会通》,中华书局 1962 年版。
闻一多:《诗经编》,《闻一多全集》(第 3—4 卷),湖北人民出版社 1993 年版。
——:《神话与诗》,上海人民出版社 2006 年版。
——:《诗经研究》,巴蜀书社 2002 年版。
——:《闻一多诗经讲义》,天津古籍出版社 2005 年版。
吴承仕:《经典释文序录疏证》,中华书局 1984 年版。
夏传才:《〈诗经〉研究史概要》,中州书画社 1982 年版。
许维遹:《韩诗外传集释》,中华书局 1980 年版。
于　茀:《金石简帛诗经研究》,北京大学出版社 2004 年版。
袁愈荌、唐莫尧:《诗经全译》,贵州人民出版社 1981 年版。
袁长江:《先秦两汉诗经研究论稿》,学苑出版社 1999 年版。
杨合鸣:《〈诗经〉疑难词语辨析》,崇文书局 2002 年版。
杨任之:《诗经探源》,青岛出版社 2001 年版。
扬之水:《诗经名物新证》,北京古籍出版社 2000 年版。
——:《诗经别裁》,中华书局 2007 年版。
杨泽生:《战国竹书研究》,中山大学出版社 2009 年版。
虞万里:《上博馆藏楚竹书〈缁衣〉综合研究》,武汉大学出版社 2009 年版。
张西堂:《诗经六论》,商务印书馆 1957 年版。
周振甫:《诗经译注》,中华书局 2002 年版。
朱东润:《诗三百篇探故》,云南人民出版社 2007 年版。
朱自清:《古诗歌笺释三种》,上海古籍出版社 1981 年版。
——:《诗言志辨》,开明书店 1947 年版。
——:《经典常谈》,上海古籍出版社 1999 年版。

后　　记

近二十多年来,战国竹简资料的面世,是为当代学人极为幸运的事情。地不吝宝,将这些宝贵资料呈现于世,使我们可以直面两千多年前学人的手泽文字,并且可以通过这些文字走近他们的思想理念领域,从一个角度重新审视传统文化的精蕴。释读研究这些竹简资料,可能是数代学人像传递接力棒一样不断努力的事业。

作为传统文化核心经典之一的《诗经》是先秦时期认识社会与历史的百科全书,对于当时人们的思想与文化有极大影响,孔子曾经把它提到"不学诗,无以言"、"迩之事父,远之事君"[①]的重要地步。对于上博简《诗论》的学习和研讨,我深感其牵涉问题之大之多。这些问题中最著者就是如何认识《诗经》这部书及如何认识孔子思想。我们现在研讨上博简《诗论》,必须结合《诗经》的研讨同时进行,亦必须结合孔子与七十子后学思想的研讨同时进行。此于一人之学力而言,实在是很困难的事情。愚不自量力为此学习与研究工作,多得北京师范大学历史学院中国古代史研究中心诸位同仁的支持,清华大学李学勤先生、香港中文大学张光裕先生、北京大学朱凤瀚先生、吉林大学吴振武先生、中国社会科学院卜宪群先生和王震中先生、曲阜师大黄怀信先生、武汉大学陈伟先生、东北师大王彦辉先生等,多有指教和关心帮助。安徽大学刘信芳先生惠赠大作并来函赐教,使我受益不少。商务印书馆于殿利、郑殿华两位领导鼎力支持此书出版,编校同志们为此书付出了辛勤劳动,认真负责,耐心细致,令人感动。此书即将付梓之际,特向他们表示衷心感谢。

晁福林
2013 年识于北京师范大学历史学院
中国古代史研究中心

---

① 《论语·季氏》、《论语·阳货》。